HEYNE BÜCHER

W0306007

Von Jackie Collins sind als
Heyne-Taschenbücher erschienen

Die Stute · Band 01/5492
Die Welt ist voll von liebeshungrigen Frauen · Band 01/5713
Die Welt ist voll von liebeshungrigen Männern · Band 01/5807
Sex ist ihre Waffe · Band 01/5869
Ekstasen · Band 01/5956
Das Luder · Band 01/6041
Die Sünderinnen · Band 01/6352
Die Frauen von Hollywood · Band 01/6904
Die Männer von Hollywood · Band 01/7982
Die Welt ist voll von liebeshungrigen Frauen/
Sex ist ihre Waffe/Die Stute · Band 23/49

JACKIE COLLINS

LADY BOSS
LUCKY BOSS

Zwei Romane

WILHELM HEYNE VERLAG
MÜNCHEN

HEYNE TOP TEN
Nr. 01/8522

LADY BOSS/Chances
Copyright © 1981 by Candy Enterprises
Copyright © der deutschsprachigen Ausgabe 1983
by Hestia Verlag GmbH, Bayreuth
Aus dem Amerikanischen übersetzt von Helga Künzel
(Der Titel erschien bereits in der Allgemeinen Reihe
mit der Band-Nr. 01/6659 und liegt dort in der 5. Auflage vor.)

LUCKY BOSS/Lucky
Copyright © 1985 by Jacky Collins
Copyright © der deutschsprachigen Ausgabe 1986
by Hestia Verlag GmbH, Bayreuth
Aus dem Amerikanischen übersetzt von Christine Frauendorf-Mössel
(Der Titel erschien bereits in der Allgemeinen Reihe
mit der Band-Nr. 01/7706 und liegt dort in der 8. Auflage vor.)

Copyright © dieser Ausgabe 1991 by Wilhelm Heyne Verlag
GmbH & Co. KG, München
Printed in Germany 1991
Umschlagfoto: G.P.A./Bumm-Hengstenberg, München
Umschlaggestaltung: Atelier Ingrid Schütz, München
Gesamtherstellung: Presse-Druck Augsburg

ISBN: 3-453-05059-2

LADY BOSS

Jeder hat den Hang zum Diebstahl in sich,
nur die meisten haben nicht den Mumm,
ihm nachzugeben.

»Lucky« Luciano

Es ist eine Männerwelt,
und so soll es auch sein.

Vincent Teresa

Einmal drin, gibt es kein Heraus mehr.

Al Capone

1. Buch

New York, Mittwoch, 13. Juli 1977

Costa Zennocotti starrte die junge Frau an, die auf der anderen Seite seines reich geschnitzten Schreibtisches aus edlem Holz saß. Sie sprach rasch, gestikulierte lebhaft und verzog immer wieder das Gesicht, um ihren Worten Nachdruck zu verleihen. Himmel! Er haßte sich, weil er solche Gedanken hatte, aber sie war die sinnlichste Frau, die ihm je unter die Augen gekommen war...

»Costa?« fragte sie scharf. »Hörst du mir überhaupt zu?«

»Natürlich, Lucky«, antwortete er rasch und ein wenig verlegen. Sie war zwar nur ein schlankes junges Ding – wie alt mochte sie jetzt sein, sieben- oder achtundzwanzig? –, dabei aber überaus gescheit und wissend. Vermutlich *wußte* sie, was er dachte.

Lucky Santangelo. Die Tochter Ginos, seines besten Freundes von Kindheit an.

Edelnutte. Kind. Emanzipierte Frau. Versucherin. Als dies alles kannte Costa sie.

»Du siehst also«, sie wühlte in einer übergroßen Gucci-Tasche und brachte eine Packung Zigaretten zum Vorschein, »daß jetzt auf keinen Fall der richtige Zeitpunkt für Vater ist, ins Land zurückzukommen. *Auf gar keinen Fall.* Du mußt ihn davon abhalten.«

Costa zuckte die Achseln. Manchmal konnte sie so verbohrt sein. Was brachte sie auf den Gedanken, daß *irgend jemand* Gino von etwas abhalten konnte, das er tun wollte? Als seine Tochter hätte sie wissen müssen, besser als jeder andere, daß niemand ihn von etwas abzuhalten vermochte. Schließlich waren Gino und Lucky zwei von der gleichen Sorte, einander so ähnlich, wie zwei Menschen einander nur ähnlich sein konnten. Auch im Aussehen glich Lucky ihrem Vater wie ein Ei dem anderen. Das gleiche sexuell aufreizende Gesicht mit der olivfarbenen Haut, den tiefliegenden, glühenden schwarzen Augen und den breiten, sinnlichen Lippen. Der einzige Unterschied lag in der Nase: Ginos war ausgeprägt männlich, ihre kleiner, passender für eine Frau. Beide hatten rabenschwarzes, lockiges Haar. Lucky trug ihres schulterlang in einer wirren Mähne, und Gino hatte trotz seiner mehr als siebzig Jahre noch immer einen dichten Schopf.

Wehmütig griff Costa nach oben und berührte die kahle Stelle auf seinem Schädel – es war mehr als eine Stelle, es war eine Wüste, ein dürres Stück Haut, das auch die kunstvollste Frisur nicht verdeckte.

Na ja, er war achtundsechzig. Was konnte man bei diesem Alter anderes erwarten?

»Wirst du ihm Bescheid sagen?« fragte sie. »Hm? Wirst du es tun?«

Costa verriet ihr lieber nicht, daß Gino in einer Düsenmaschine saß, die bereits über der Stadt kreiste. Bald würde er landen. Bald würde er zurück sein. Lucky würde der Tatsache ins Auge sehen müssen, daß ihr Vater das Steuer wieder übernahm.

Himmel, das würde einen Riesenkrach geben! Und er, Costa, befand sich genau in der Schußlinie.

Drei Stockwerke höher arbeitete Steven Berkely konzentriert in der Stille des Büros seines Freundes Jerry Meyerson. Die beiden hatten vereinbart, daß Steven, wenn er völlige Abgeschiedenheit brauchte, das Büro nach der normalen Arbeitszeit benutzen konnte. Er fand das großartig. Keine Telefone klingelten. Niemand fand ihn hier. Sein eigenes Büro war das reinste Irrenhaus, zu jeder Tages- und auch Nachtzeit. Sogar in seiner Wohnung schwieg das Telefon selten.

Steven streckte sich und schaute auf die Uhr. Fast halb zehn. Er fluchte leise. Die Zeit war wie im Flug vergangen. Er dachte kurz an Aileen und überlegte, ob er sie anrufen sollte. Die Theaterverabredung mit ihr hatte er abblasen müssen. Das gefiel ihm an Aileen, nichts brachte sie aus der Fassung, sie nahm alles gelassen, ob es nun ein versäumter Theaterbesuch war oder ein Heiratsantrag. Er hatte sie vor drei Wochen gebeten, seine Frau zu werden, und sie hatte ja gesagt. Steven war nicht überrascht gewesen, bei Aileen gab es keine Überraschungen, doch nach Zizi, seiner Exfrau, hatte er wahrlich kein Verlangen danach.

Er war achtunddreißig und sehnte sich nach einem geregelten Leben. Aileen war dreiundzwanzig und würde es ihm geben.

Steven Berkely zählte zu den erfolgreichsten Staatsanwälten der Stadt. Als die Bewegung »Black is beautiful« entstanden war, hatte er in den Startlöchern gekauert, mit abgeschlossenem Jurastudium und viel Begeisterung. Dank seines umfassenden Wissens, seiner geistigen Wendigkeit und seines scharfen Verstandes hatte es ihn relativ wenig Mühe gekostet, dorthin zu gelangen, wohin er wollte. Sein außergewöhnlich gutes Aussehen war dabei keineswegs ein Hindernis gewesen. Er maß über einsachtzig, hatte den Körper eines durchtrainierten Sportlers, sehr offen blickende grüne Augen, lockiges schwarzes Haar und eine Haut in der Farbe von Milchschokolade. Entwaffnend wirkte an ihm, daß er sich seines guten Aussehens eigentlich gar nicht bewußt war. Das brachte die Leute aus dem Gleichgewicht. Sie erwarteten Selbstgefälligkeit und fanden Höflichkeit. Sie erwarteten Arroganz und fanden einen Mann, den die Gedanken und Gefühle anderer beschäftigten.

Methodisch sortierte er seine Papiere und legte die geordneten Stapel in seine abgewetzte Aktentasche. Dann schaute er sich im Büro um, schaltete die Schreibtischlampe aus und ging zur Tür. Er hatte an einer Sonderermittlung gearbeitet, und allmählich zeichnete sich ein Ergebnis ab. Er war müde, aber es war eine angenehme Müdigkeit, wie man sie nach harter Arbeit verspürte – seinem liebsten Zeitvertreib. Harte Arbeit schlug den Sex jederzeit, was den reinen Genuß anbelangte. Nicht daß Sex ihm keinen Spaß machte; mit der richtigen Frau war er wunderbar, aber Zizi war regelrecht davon besessen gewesen. Gib, gib, gib. Die geile kleine Zizi hatte zu jeder Tagesstunde Sex haben wollen, und wenn er nicht zu Hause gewesen war – nun, sie hatte Wege gefunden, sich die Zeit zu vertreiben. Er hätte auf seine Mutter hören und sie gar nicht erst heiraten sollen. Aber wer hört schon auf die Mutter, wenn er Ameisen in der Hose hatte?

Mit Aileen war alles anders. Sie war ein nettes, altmodisches Mädchen und gefiel seiner Mutter sehr. »Heirate sie«, hatte seine Mutter ihm geraten, und genau das gedachte er zu tun.

Er ließ den Blick ein letztes Mal durchs Büro schweifen und ging zum Lift.

Dario Santangelo grub die Zähne in die Lippen, um nicht zu schreien. Über ihm bewegte sich der magere dunkelhaarige Junge stetig auf und ab. Schmerz. Wonne. Köstlicher Schmerz. Schier unerträgliche Wonne. Nicht ganz... Noch nicht... Dann konnte er nicht mehr an sich halten. Er schrie, und sein Körper zuckte, unbeherrschbar im Höhepunkt.

Der dunkle Junge zog seinen noch immer steifen Penis sofort zurück. Dario rollte sich herum und seufzte. Der Junge stand auf und schaute auf ihn hinunter.

Dario fiel ein, daß er nicht einmal den Namen des Burschen wußte. Ein weiterer namenloser dunkelhaariger Jugendlicher. Na und? Er versuchte nie, sich mehr als einmal mit ihnen zu treffen. Ficken, und dann ab mit ihnen. Er mußte kichern. So lief das Spiel, nicht wahr?

Als er vom Bett aufstand und zur Badtür ging, musterte ihn der Junge reglos und stumm. Laß ihn schauen, laß ihn starren, mit *ihm* würde er es nicht mehr machen.

Im Bad schloß er die Tür ab und ließ warmes Wasser ins Bidet laufen. Er hatte hinterher immer das Bedürfnis, sich zu waschen. Es war wunderbar, während es geschah, aber danach... Nun, am liebsten vergaß er alles, verdrängte es, bis der nächste dunkelhaarige Junge auf der Bildfläche erschien. Dario hockte sich rittlings aufs Bidet, seifte sich ein, drehte den Duschhahn auf kalt und ließ den eisigen Strahl auf seine Hoden spritzen, die sich in belebender Weise zusammenzogen. Den ganzen Tag war es so heiß gewesen, so schwül und stickig. Er hoffte, daß der dunkelhaarige Junge nicht bleiben wollte. Vielleicht sollte er ihm etwas Geld geben und versuchen, ihn loszuwerden. Mit zwanzig Dollar war das normalerweise zu bewerkstelligen.

Er zog einen Veloursbademantel an und betrachtete sich im Spiegel. Man sah ihm seine sechsundzwanzig Jahre nicht an. Er sah aus wie neunzehn, schön, schlank, groß, blaue Teutonenaugen und glattes blondes Haar. Er glich seiner Mutter; mit seinem Vater Gino und seiner Schwester Lucky, diesem Luder, verband ihn eine rein unkörperliche Verwandtschaft.

Er schloß die Badezimmertür auf und ging ins Schlafzimmer zurück. Der Junge hatte seine schmutzigen Sachen, die Jeans und das T-Shirt, wieder angezogen, stand am Fenster und schaute hinaus.

Dario trat an die Kommode und zog aus einem kleinen Bündel Banknoten zwei Zehndollarscheine heraus. Er hatte nie viel Geld in der Wohnung – es wäre nicht gut gewesen, seine Zufallsbekanntschaften in Versuchung zu führen.

Er räusperte sich, um den Jungen wissen zu lassen, daß er wieder da war. *Dreh dich um, nimm das Geld und geh,* befahl er stumm.

Der Junge drehte sich langsam um. Die Wölbung vorn in seinen Jeans sah aus, als habe er immer noch eine Erektion.

Dario hielt die beiden Zehndollarscheine hoch. »Fahrgeld«, sagte er freundlich.

»Hol dich der Teufel«, erwiderte der Junge unfreundlich, hielt einen Schlüsselbund hoch und klimperte drohend damit.

Dario bekam es mit der Angst. Er haßte Schwierigkeiten und Gewalt jeder Art. Das Bürschchen hier würde Schwierigkeiten machen; dies hatte er irgendwie von dem Moment an gewußt, wo der Junge sich auf der Straße unaufgefordert an ihn herangemacht hatte. Normalerweise war es Dario, der den ersten Schritt tat, denn trotz seiner blonden Haare und blauen Augen sah er nicht aus wie ein Homosexueller. Er wirkte ganz normal und achtete auch immer sorgfältig darauf, sich unverdächtig zu kleiden und betont männlich zu geben. Er war sogar übervorsichtig. Bei einem Vater wie dem seinen konnte er sich ein anderes Verhalten gar nicht leisten.

Langsam wich er zur Tür zurück. In seinem Schreibtisch im Wohnzimmer lag seine Lebensversicherung, eine stumpfnasige kleine Pistole vom Kaliber 0,25. Dazu bestimmt, seinen Zufallsbekanntschaften notfalls gehörigen Schiß einzujagen.

Der dunkelhaarige Junge lachte. »Wo willst du hin?« Seine Stimme hatte einen eigenartigen nasalen, quengeligen Ton.

Dario war fast an der Tür.

»Vergiß das Ding«, sagte der Junge. »Hab mich schon drum gekümmert, und die Schlüssel da, Mann, das sind *deine* Schlüssel. Kapiert? *Deine* Schlüssel. Weißt doch, was das heißt, oder? Heißt, daß wir in der Wohnung da eingeschlossen sind. Die ist zu wie Präsident Carters Arsch. Und ich wette, der ist fest zu – sehr fest, Mann.«

Langsam griff der Junge in den Bund seiner Jeans und brachte ein tödlich aussehendes Messer zum Vorschein. Gut zwanzig Zentimeter glänzenden Stahls.

»Du hast 'ne großartige Fickerei wollen«, sagte er spöttisch, »und ich werd dir 'ne großartige verpassen – 'ne wirklich ausgiebige, die du nicht so schnell vergißt.«

Dario stand reglos an der Tür. Seine Gedanken rasten. Wer war der Kerl? Was wollte er von ihm? Womit konnte er ihn bestechen?

Und vor allem, hatte ihn Lucky auf ihn losgeschickt? Hatte das Luder beschlossen, ihn endgültig auszuschalten?

Für eine Frau von mehr als sechzig Jahren sah Carrie Berkely sensationell aus. Zwei Sätze Tennis am Tag hielten sie schlank und fit. Das straff nach hinten gekämmte, von zwei Brillantspangen gehaltene schwarze Haar betonte ihren Gesichtsschnitt: hohe Wangenknochen, schräge Augen, voller Mund. Als junges Mädchen war Carrie nicht hübsch gewesen – sie hatte wild erotisch ausgesehen. Doch jetzt, mit der strengen Frisur, dem sparsamen Make-up und den eleganten Kleidern war sie eine schöne Frau. Achtunggebietend. Reich. Beherrscht. Eine schwarze Dame, die in der Welt der Weißen bis an die Spitze gelangt war.

Carrie fuhr einen dunkelgrünen Cadillac Seville, lenkte ihn langsam am Straßenrand entlang und schaute nach einem Parkplatz aus. Sie hatte die Lippen verärgert zusammengepreßt, und dies entsprach genau ihrer Stimmung – sie war verärgert. So viele Jahre waren vergangen, und während der ganzen Zeit hatte ihr Geheimnis im Dunkel der Vergangenheit geruht. Jetzt aber – eine unbekannte Stimme am Telefon, und schon fuhr sie nachts durch die Straßen New Yorks auf Harlem zu, auf eine Vergangenheit zu, die sie ein für allemal hinter sich gewähnt hatte.

Erpressung nennt man so etwas. Simple, reine Erpressung.

Sie hielt an einem Rotlicht und schloß die Augen, dachte an ihren Sohn Steven – so erfolgreich, so angesehen. Großer Gott, wenn er je die Wahrheit erführe... Nicht auszudenken.

Von hinten hupte sie jemand an. Sie fuhr mit einem Ruck von der Ampel los. Langsam streckte sie die Hand aus und tätschelte ihre Tasche, ein Weihnachtsgeschenk von Steven. Er hatte einen absolut sicheren Geschmack. Der einzige Schnitzer, den er je begangen hatte, war die Heirat mit diesem Flittchen gewesen – Zizi. Doch das Weibsstück war aus seinem Leben verschwunden und würde nicht wieder auftauchen. Geld... Welch süße Macht es doch besaß.

Carrie seufzte und schob die Hand in die Tasche. Der kleine Revolver fühlte sich kalt an. Ebenfalls Macht. Schimmerndes Metall, letztes Abschreckungsmittel.

Sie hoffte, daß es nicht notwendig sein würde, dieses Abschreckungsmittel anzuwenden. Aber sie wußte, daß es notwendig sein würde. Und wieder seufzte sie...

Gino Santangelo war müde. Es war ein langer Flug gewesen, und die letzten zehn Minuten zogen sich endlos hin. Er hatte den Sicherheitsgurt angelegt und seine Zigarre ausgemacht. Ihn verlangte jetzt einzig danach, die Füße fest auf den Boden des guten alten Amerika zu setzen. Nach so langer Abwesenheit kehrte er nun endlich heim – ein schönes Gefühl.

Eine der Stewardessen kam den Gang entlang. »Geht es Ihnen gut, Mr. Santangelo?« fragte sie mit strahlendem Lächeln. Alle zehn Minuten war es das gleiche gewesen: »Haben Sie irgendeinen Wunsch?« – »Kann ich Ihnen etwas zu trinken bringen, Mr. Santangelo?« – »Ein Kissen?« – »Eine Decke, Mr. Santangelo?« – »Eine Zeitschrift?« – »Möchten Sie etwas essen, Mr. Santangelo?« Der Präsident hätte nicht aufmerksamer behandelt werden können.

»Mir geht es glänzend«, sagte Gino zu dem Mädchen. Sie war hübsch, aber ein Flittchen; er hatte einen Blick für so etwas.

»Oh, schön.« Sie kicherte. »Wir sind bald da.«

Ja, bald würden sie da sein. New York. Seine Stadt. Sein Territorium. Seine *Heimat*. Israel war sehr angenehm gewesen. Ein erholsames Zwischenspiel. Aber er hätte die sieben Jahre seiner Abwesenheit lieber in Italien verbracht.

Gino schaute auf seine Armbanduhr, ein mit Edelsteinen besetztes goldenes Schmuckstück, das ihm vor zehn Jahren ein berühmter blonder Filmstar geschenkt hatte. Er seufzte. Bald würde er zu Hause sein... Bald würde er sich mit Lucky und Dario befassen müssen. Ein bißchen väterlicher Rat, das war es, was die beiden brauchten.

»Kann ich Ihnen irgend etwas bringen, Mr. Santangelo?« fragte eine andere Stewardeß im Vorbeigehen. Er schüttelte den Kopf.

Bald... Bald...

Lucky verließ Costas Büro und trat in die Damentoilette. Sie prüfte ihr Gesicht im Spiegel und war nicht sehr zufrieden mit dem, was sie sah. Sie wirkte müde und erschöpft, hatte dunkle Ringe unter den Augen. Was ihr fehlte, waren ein Urlaub und Sonnenbräune, doch sie konnte sich weder das eine noch das andere genehmigen, bevor die Dinge nicht geregelt waren.

Sorgfältig trug sie frisches Make-up auf: Rouge, Lippengloss, Lidschatten. Dann schüttelte sie ihre schwarze Lockenmähne und schob sie mit den Fingern zurecht.

Sie trug Jeans, die sie in die Stiefel gesteckt hatte, dazu eine hellblaue Hemdbluse, deren obere Knöpfe leger geöffnet waren. Durch die dünne Seide zeichneten sich ihre Brüste deutlich ab. Sie entnahm ihrer Schultertasche mehrere Goldketten und schlang sie um den Hals; dann streifte sie zwei breite goldene Armreifen über und vervollständigte ihre Aufmachung mit großen Kreolenringen.

Nun war sie bereit, in die Stadt zu gehen. Das letzte, wonach sie sich jetzt sehnte, war ihre leere Wohnung.

Sie verließ die Damentoilette und drückte ungeduldig den Liftknopf. Auf ihr bewegliches Gesicht trat ein Ausdruck der Mißbilligung, und sie fing an, mit dem Absatz ihrer zweihundert Dollar teuren Leinwandstiefel in nervösem Rhythmus zu klopfen. Costa wurde alt. Und, Teufel noch mal, wem gehörte eigentlich seine Loyalität? Sicher nicht ihr – wenn er es auch noch so nachdrücklich behauptete. Idiotisch, daß sie das nicht längst gemerkt hatte.

Sie schaute auf ihre Cartier-Uhr. Halb zehn. Zwei Stunden mit einem senilen alten Mann vergeudet. »Scheiße!« Das Wort entschlüpfte ihr, und sie blickte schnell den Gang entlang. Hatte jemand sie gehört? Natürlich nicht. Zu dieser späten Stunde war das riesige Bürogebäude verlassen.

Der Lift kam, und sie trat hinein. Ihre Gedanken begannen zu rasen. Wenn sich der liebe Herr Papa tatsächlich auf dem Heimweg befand, was würde passieren? Konnte sie mit ihm klarkommen? Würde er bereit sein, sie anzuhören? Vielleicht... Schließlich war sie eine Santangelo und das einzige von Ginos beiden Kindern, das Mumm in den Knochen und etwas auf dem Kasten hatte, nicht wahr? In den vergangenen sieben Jahren hatte sie viel erreicht. Es war nicht leicht gewesen. Costa hatte ihr sehr geholfen. Aber würde er weiter auf ihrer Seite sein, wenn Gino zurückkehrte?

Lucky zog die Stirn in tiefe Falten. Verflucht noch mal. Gino. Ihr Vater. Der einzige lebende Mann, der ihr je Verhaltensvorschriften gemacht hatte und damit durchgekommen war. Aber sie war kein kleines Kind mehr, und Gino würde der Tatsache ins Auge sehen müssen, daß er nicht mehr der Boß war. Nein, mein Herr. Sie würde nicht alles aufgeben. Macht – das beste Aphrodisiakum. Sie war am Ruder. Und sie gedachte am Ruder zu bleiben. Er würde sich mit dieser Tatsache abfinden müssen.

Steven Berkely schaute nicht von seiner Zeitung auf, als Lucky in den Lift trat. Blickkontakt war immer ein Fehler, er führte zu belanglosen Unterhaltungen wie: »Ist es nicht heiß heute?«, oder: »Herrliches Wetter haben wir.« Gespräche im Lift waren reine Zeitverschwendung. Lucky beachtete ihn genauso wenig wie er sie. Sie dachte an die vor ihr liegenden Probleme.

Steven las weiter seine Zeitung, und Lucky gab sich weiter ihren Gedanken hin, als der Lift plötzlich mit einem magenhebenden Ruck zwischen zwei Stockwerken stehenblieb und das Licht ausging. Undurchdringliches Dunkel umgab die beiden.

Dario und der dunkelhaarige Junge bewegten sich gleichzeitig, doch Dario war schneller. Er schlüpfte aus dem Schlafzimmer, schlug seinem Gegner die Tür vor der Nase zu und drehte den Schlüssel, der zum Glück im Schloß steckte, rasch herum. Nun hatte *er* den Jungen im Schlafzimmer eingesperrt, und der Junge hatte *ihn* in der Wohnung eingesperrt. Dario verfluchte sein extrasicheres Sicherheitssystem. Er hatte es ausschließlich darauf abgestellt, ungebetene Gäste draußen zu halten. Der Gedanke, daß es jemandem gelingen könne, ihn in seiner eigenen Wohnung einzuschließen, war ihm gar nicht gekommen. Nun saßen sie beide fest, verdammt noch mal. Was konnte er tun? Die Polizei rufen? Das hätte ein schönes Gelächter gegeben! Die Bullen hätten die Wohnungstür aufgebrochen, und was dann? Die Erniedrigung, bekennen zu müssen, daß in seinem Schlafzimmer eine übergeschnappte Strichbekanntschaft mit einem Messer lauerte – und noch dazu eine männliche. Die Bullen hätten sofort gewußt, daß er Homosexueller war – und Gnade Gott, wenn das seinem Vater zu Ohren käme...

Nein, Dario dachte nicht im Traum daran, die Polizei zu rufen.

Lucky hätte natürlich genau gewußt, was man in einer solchen Situation tat. Sie wußte in jeder Situation, was man tat. Aber wie konnte er sich an sie wenden, wenn sie ihm den Jungen vielleicht selbst auf den Hals gehetzt hatte? Das raffinierte Luder Lucky. Kalt. Ruhig. Sicher. Mehr auf dem Kasten, als gut war. Dieses *Luder* Lucky.

Ein bösartiger Schlag an die Schlafzimmertür trieb Dario zur Aktion. Er öffnete die Schreibtischschublade und stellte entsetzt fest, daß seine Pistole tatsächlich nicht mehr da war. Der Junge hatte also nicht nur ein Messer, sondern auch die Pistole. Jede Sekunde konnte er das Schloß der Schlafzimmertür aufschießen und herauskommen.

Ein Angstschauder überlief Darios Körper. Genau in diesem Augenblick gingen in der Wohnung alle Lichter aus, und Dunkelheit umgab ihn. Dario war mit einem wahnsinnigen Fremdling in tödlicher Finsternis eingeschlossen.

Carrie Berkely wußte, daß sie sich verfahren hatte. Die Straßen Harlems, einst so vertraut, wirkten häßlich und fremd. Aus ihrem bequemen, vollklimatisierten Cadillac schaute sie verzweifelt auf die Straße hinaus. Geöffnete Hydranten verströmten Wasser auf schmuddelige Gehsteige, Menschen lehnten lethargisch an den Wänden oder hockten auf den Stufen der halbverfallenen Häuser.

Der Cadillac war ein Fehler. Sie hätte ein Taxi nehmen sollen. Aber jedermann wußte, daß Taxis sich nicht mehr in die Straßen Harlems wagten – besonders nicht während einer Hitzewelle, wenn die Eingeborenen gereizt, unruhig und aufgebracht waren.

Sie gewahrte einen Supermarkt und fuhr auf den Parkplatz daneben. Den Wagen stehenlassen. Zu Fuß gehen. Schließlich waren zu viele Menschen auf der Straße, als daß irgendeine Gefahr bestanden hätte. Außerdem besaß sie noch immer die beste Lebensversicherung – ein schwarzes Gesicht. Und am Informationsstand konnte sie nach dem Weg fragen. Ohnehin klüger, sie ließ den Wagen stehen, auch wenn sie so vorsichtig gewesen war, die Nummernschilder unkenntlich zu machen.

Carrie stellte den Wagen ab und ging in den Supermarkt. Trotz ihres schwarzen Gesichts starrte man sie an. Zu spät erkannte sie, daß sie hier nicht mehr herpaßte. Sie sah teuer aus, roch teuer. Und sie hatte vergessen, ihren Brillantschmuck abzunehmen, die Haarspangen, die Ohrringe und den großen Solitär.

Zwei Jugendliche hefteten sich an ihre Fersen. Sie beschleunigte den Schritt. Am Informationsstand saß ein Mädchen, das sich damit beschäftigte, in den Zähnen zu stochern.

»Können Sie mir sagen...«, begann Carrie. Sie vollendete die Frage nicht, denn mit einemmal erloschen in dem Supermarkt sämtliche Lichter.

Turbulenzen hatten Gino nie gestört. Tatsächlich genoß er es, so durchgeschüttelt zu werden. Wenn er die Augen schloß, konnte er sich einbilden, mit einem Motorboot auf rauher See zu sein oder einen Kleinlaster über steiniges Gelände zu fahren. Er hatte nie begriffen, wie jemand vor dem Fliegen Angst haben konnte.

Er schaute zu der alleinreisenden schlanken Blondine auf der anderen Gangseite hinüber. Sie umklammerte verzweifelt einen kleinen Flachmann und trank immer wieder in großen Schlucken daraus.

Gino lächelte beruhigend: »Das ist nur ein Wärmegewitter. Kein Grund zur Sorge. Wir werden unten sein, bevor Sie es recht merken.«

Er schaute auf das Lichtermeer hinunter, das sich unter ihnen ausbreitete. New York City. Was für ein herrlicher Anblick. »He!« rief er plötzlich verwundert.

»Was ist?« fragte die Frau ängstlich.

»Nichts.« Gino schlug einen lässigen Ton an. Er wollte sie nicht noch nervöser machen. Und, bei Gott, hätte sie gesehen, was er eben gesehen hatte, wäre sie furchtbar nervös geworden!

New York war vor seinen Augen verschwunden. Eben noch eine phantastische Märchenstadt aus Lichtern, und im nächsten Augenblick – nichts. Ein Meer der Schwärze.

Gino, 1921

»Hör auf!«

»Warum?«

»Du *weißt*, warum.«

»Sag's mir noch mal.«

»Gino, *nein*, ich mein es ernst – *nein*.«

»Aber du findest es doch schön...«

»Tu ich nicht, nein. O Gino! Ooooh!«

Immer die gleiche Geschichte. *Nein, Gino. Nicht, Gino. Faß mich dort nicht an, Gino.* Und die Geschichte hatte immer ein Happy-End. Sobald er den magischen Knopf fand, protestierten sie nicht mehr, ihre Beine öffneten sich, und sie merkten es kaum, wenn er den Finger zurückzog und ihn durch sein steifes italienisches Glied ersetzte.

Gino der Rammler, so lautete sein Spitzname. Und es stimmte, er hatte mehr Frauenzimmer vernascht als jeder andere Junge in seinem Block. Nicht schlecht für einen Fünfzehnjährigen.

Gino Santangelo. Ein liebenswerter Junge. Ein zungenfertiger Junge, der zur Zeit bei seiner zwölften Pflegefamilie lebte und nach einer Fluchtmöglichkeit suchte. Er war 1909 aus Italien nach New York gekommen, im Alter von drei Jahren. Seine Eltern hatten gehört, daß man in Amerika leicht ein Vermögen machen könne und daraufhin beschlossen, ihr Glück in der Neuen Welt zu versuchen. Seine Mutter Mira, eine hübsche Achtzehnjährige. Sein Vater Paolo, kaum zwanzig, aber voll unschuldiger Begeisterung für alles bereit, was Amerika zu bieten hatte.

Arbeit war damals schwer zu finden. Mira bekam einen Posten in einer Kleiderfabrik. Paolo nahm alles an, was des Wegs kam – und das war nicht immer legal.

Gino machte den Frauen, die sich während der Arbeitszeit seiner Eltern um ihn kümmerten, keine Mühe. Jeden Abend um halb sechs holte ihn seine Mutter ab. Auf diesen Augenblick wartete er den ganzen Tag über.

Als er fünf war, blieb sie eines Abends aus. Die Frau, die ihn versorgte, wurde böse, als niemand erschien. »Wo bleibt deine Mama? He? He?« schrie sie ihn immer wieder an.

Als ob er das gewußt hätte. Er drängte die Tränen zurück und wartete geduldig.

Um sieben Uhr kam sein Vater. Ein bedrückter, verhärmt wirkender Mann mit einem blassen, für seine Jahre zu alten Gesicht.

»Wo ist Mama?« fragte Gino.

»Ich weiß es nicht«, murmelte Paolo, nahm seinen Sohn auf die Schultern und eilte in das Zimmer, das sie ihr Zuhause nannten. Dort gab er ihm zu essen und brachte ihn ins Bett.

Die Dunkelheit war keineswegs tröstlich. Gino sehnte sich verzweifelt nach seiner Mutter, aber er wußte, daß er nicht weinen durfte. Wenn er nicht weinte, würde sie am Morgen wieder da sein. Wenn er weinte...

Mira kam nicht zurück. In der Fabrik, wo sie gearbeitet hatte, verschwand zur selben Zeit ein Geschäftsführer, ein älterer Mann mit drei Kindern – lauter Mädchen. Später, als Gino das nötige Alter erreicht hatte, machte er sich nacheinander an diese drei Mädchen heran und verführte sie systematisch. Das war die einzige Rache, die ihm einfiel. Aber sie befriedigte ihn nicht.

Nach Miras Treuebruch änderte sich das Leben. Paolo wurde bitter und heftig, und Gino war das Ziel seiner Gewalttätigkeiten. Mit sieben Jahren hatte er bereits fünf Krankenhausaufenthalte hinter sich, doch er war ein zäher kleiner Kerl, der sich im Leben zurechtfand. Er wurde ein Meister darin, sich vor Paolo zu verstecken, wenn ihm Prügel zu drohen schienen. Und weil dann kein Kind da war, an dem Paolo seine Wut auslassen konnte, begann er seine Freundinnen zu prügeln, von denen es sehr viele gab. Diese Angewohnheit brachte ihn ins Gefängnis – und Gino sah das erste Fürsorgeheim von innen. Im Vergleich zu dem Leben dort war das Leben mit seinem Vater paradiesisch.

Paolo gelangte zu dem Schluß, daß sich Verbrechen lohnten. Es kostete keine Mühe, ihn zu krummen Touren zu überreden. Das Gefängnis wurde für ihn zur zweiten Heimat, und Gino verbrachte immer längere Zeiträume in Heimen.

War Paolo nicht im Gefängnis, galt sein Interesse hauptsächlich den Frauen. Er nannte sie »Schicksen« und vertraute seinem Sohn an: »Alles, was sie wollen, ist ficken, und das ist alles, wozu sie taugen.«

Paolo ging wie ein Stier auf sie los. Gino – manchmal im selben Zimmer festgehalten – sah zu. Es widerte ihn an, und gleichzeitig erregte es ihn. Mit elf Jahren probierte er es selbst bei einer aufgetakelten alten Hure, die sich seine zwanzig Cents schnappte und während der ganzen Zeit Flüche murmelte.

Gino, von einer Schar bewundernder Freunde umringt, zuckte die Achseln, als er herunterstieg. »Es ist nicht schlecht«, räumte er ein. »Besser als selber reiben!«

»Komm wieder, Söhnchen«, sagte die Hure glucksend. Schon der Elfjährige beeindruckte durch seine Männlichkeit.

Mit fünfzehn besaß er die Gewieftheit der Straße. Er war ein aufgeweckter, gescheiter Junge, der auch den Mund zu halten verstand. Die Kinder der Gegend bewunderten ihn und schauten zu ihm auf. Ältere Jungen wählten ihn aus, wenn sie jemand brauchten, der kleinere Geschäfte für sie erledigte. Und die Mädchen vergötterten ihn.

Erwachsene begegneten ihm voll Mißtrauen: ein Fünfzehnjähriger mit den kalten, harten Augen eines Mannes. Irgendwie hatte er, obwohl er gerne lächelte, fast etwas Bedrohliches.

Er war nicht sehr groß, einssechsundsechzig, was ihm Kummer bereitete. Darum arbeitete er eifrig an seinem Körper, lief, spielte Baseball, machte Kniebeugen, Liegestütze und Streckübungen.

Er hatte lockiges schwarzes Haar, ein weiteres physisches Merkmal, das ihn störte, darum glättete er es mit reichlich Fett. Seine dunkle Haut war makellos, er litt nicht an der verunstaltenden Akne, die seinen Freunden so zu schaffen machte – ein entschiedenes Plus. Er sah nicht im üblichen Sinn gut aus, seine Nase war zu ausgeprägt und sein Mund zu fleischig, aber er hatte ein bezauberndes Lächeln und prächtige Zähne.

Eine wirksame Kombination. Gino Santangelo hatte Klasse.

»Gino – nein!«

»Ach, komm schon, Susie. Laß es mich bloß da hin tun, bloß zu dir legen. Ich steck's nicht rein, das schwör ich dir!«

»Aber, Gino...«

»Da. Ich hab's dir gesagt. Fühlt es sich nicht gut an?«

»Mhm, ich denk schon... Aber beweg dich nicht, *versprich*, daß du dich nicht bewegst.«

»Natürlich nicht. Ich will bloß bei dir sein, das ist alles.« Behutsam führte er sein Glied ein.

»Was tust du da?« quiekste sie.

»Bloß zurechtrücken«, antwortete er, schob die Hand zwischen ihre Beine und tastete nach dem magischen Knopf.

Susie seufzte auf. Er hatte ihn gefunden.

»Ist's schön?« erkundigte er sich.

»O ja, Gino. O ja.«

Alles geritzt. Kein Problem. Er ließ die Finger auf dem Knopf und begann sie richtig zu ficken.

Sie erhob keinen Einspruch. Er verstand zu gefallen. Im zarten Alter von zwölf Jahren hatte ihm seine vierte Pflegemutter beigebracht, den magischen Knopf zu suchen. Eine Lektion, für die er ihr ewig dankbar war. Dadurch war er den anderen Jungen überlegen, die meinten, zum Liebemachen gehöre nur schnelles Stoßen. Gino wußte, man mußte es so machen, daß es den Mädchen gefiel, daß sie es wollten – daß sie sogar darum bettelten. Er dachte nicht daran, den

Freunden, die ihn glühend um seine Erfolge beneideten, dieses Geheimnis zu verraten.

Susie geriet in Erregung, sie wand sich und ächzte beunruhigend. Er steigerte das Tempo.

Himmel, wie gern er Fötzchen spürte.

Himmel, wie sehr er sich wünschte, ein Mädchen zu finden, das nein sagte.

»Ooooh, Gino!«

Er kam zum Höhepunkt. Stand dann auf. Zog seine Hose an.

»Wir hätten das nicht tun sollen«, erklärte Susie ernst. Doch ihre Wangen glühten vor Wonne, und ihre kleinen Brustwarzen waren keck aufgerichtet.

»Warum nicht? Es war doch schön, oder?«

Sie kicherte zustimmend.

Gino, fertig angekleidet, wollte möglichst schnell aus der leerstehenden Garage weg, wo es dunkel war und kalt. »Muß zu den andern«, erklärte er.

»Seh ich dich bald wieder?«

»Klar, bin immer in der Gegend.«

Susie eilte davon, Gino – die Hände tief in den Hosentaschen – stolzierte lässig in die entgegengesetzte Richtung.

Die anderen warteten auf ihn, eine Schar verwahrloster Jungen, die vor einem heruntergekommenen Drugstore lungerten. Sein bester Freund war ein drahtiger Junge namens Catto, der mit seinem Vater bei der Müllabfuhr arbeitete, weshalb ihm stets ein unbestimmter Gestank anhaftete. »Kann nichts dafür«, sagte Catto mit einem fröhlichen Achselzucken. In dem Haus, wo er wohnte, gab es kein Bad, und wer das öffentliche Bad an der 109. Straße benutzen wollte, mußte gewöhnlich zwei Stunden anstehen. Catto hatte den Ehrgeiz, ein Mädchen mit Bad aufzugabeln.

Ein anderer enger Freund Ginos war Pinky Banana Kassari, ein aufgeschossener Junge mit dem Hang, seinen großen Penis zu zeigen, der tatsächlich einer rosaroten Banane ähnelte – daher der Spitzname.

»Hast du eine vernascht?« fragte Pinky.

»Nee, ich hab gefastet«, antwortete Gino grinsend.

»Verlogener Erzvögler...«, brummelte Catto.

Die ganze Schar wußte, daß der Tag, an dem Gino Santangelo mal keinen Treffer landete, ein höchst ungewöhnlicher Tag sein würde.

»Was tun wir also heute abend?« erkundigte sich Gino.

Die Jungen berieten leise, machten einige Vorschläge, wandten sich dann wie üblich an ihren Anführer und sagten: »Was du willst.«

»Ich will, daß wir ein bißchen Spaß haben«, erklärte Gino. Es war Samstag abend, er hatte gerade ein Mädchen gehabt und fühlte sich großartig. Unwichtig, daß er ganze zehn Cents besaß, daß seine Schuhe Löcher hatten, daß den Pflegeeltern, bei denen er derzeit wohnte, sein Anblick zuwider war. Er wollte Spaß haben. Er hatte ein Recht darauf, oder?

Sie strebten dem Stadtzentrum zu wie ein Rudel Ratten, Gino voran. Er ging übertrieben großspurig, federte auf den Ballen und wiegte sich hin und her. Sie waren zu acht, pfiffen den vorbeigehenden Mädchen nach oder pöbelten sie an: »He, Schätzchen! Willst du's mit mir machen, Schätzchen?« – »Jej, Baby, ich könnte ins *Kittchen* kommen für das, was ich denke!«

Gino entdeckte den Wagen am Straßenrand als erster: einen langen, glänzenden weiß-braunen Schlitten, in dem – er konnte sein Glück kaum fassen – der Schlüssel steckte! In Sekundenschnelle quetschten sich die acht Jungen hinein, und Gino, der sich selbstredend ans Steuer gesetzt hatte, fuhr wie der Blitz los. Seit seinem Schulabgang im vorigen Monat arbeitete er als Automechaniker, er kannte sich inzwischen mit Autos ganz gut aus. Das Fahren lag ihm, wie er sofort merkte. Die ersten paarmal krachte es, wenn er schaltete, doch bald schaukelten sie lässig dahin. Sie fuhren bis Coney Island.

Die Strandpromenade war verlassen, und vom Meer her wehte eisiger Wind. Doch das störte sie nicht. Sie tobten am Strand herum, schrien und lachten, ballten den feuchten Sand zu Klumpen und bewarfen einander.

Sie waren leichte Beute für den Streifenpolizisten, der geduldig bei dem gestohlenen Wagen wartete, seine Pistole in der Hand.

Gino geriet zum erstenmal mit der Polizei in Konflikt. Als Fahrer des Wagens – er gestand bereitwillig, daß er chauffiert hatte – bekam er die härteste Strafe aufgebrummt. Man verurteilte ihn zu einem Jahr im New Yorker Heim für verwahrloste Knaben, einer strengen Besserungsanstalt in der Bronx, wohin man Waisen und erstmals straffällig gewordene Jugendliche steckte.

Gino war noch nie eingesperrt gewesen. Er fühlte sich sofort bedroht. Die Ordensbrüder, denen die Anstalt unterstand, waren hartgesottene Männer. Tags hielten sie auf strengste Disziplin, nachts hielten sie es oft mit den jüngeren Knaben. Gino war empört. Die kleinen Burschen hatten keinerlei Chance.

Gino wurde der Schneiderei zugeteilt, einer Arbeit, die ihm verhaßt war. Bruder Philippe leitete die Schneiderwerkstatt mit eiserner Faust. Wen er beim Bummeln erwischte, den verprügelte er mit seinem Meterstab. Als Gino an der Reihe war, bot ihm Bruder Philippe statt der Prügel eine andere Lösung an. Gino spuckte ihm ins Gesicht. Ab diesem Tag kam er im besten Fall drei Tage durch, ohne Prügel zu beziehen.

Als Gino sechs Monate hinter sich hatte, traf ein magerer kleiner Waisenknabe von noch nicht ganz dreizehn Jahren ein. Der Junge –

Costa mit Namen – war ein gefundenes Fressen für Bruder Philippe, der nicht lange fackelte. Der Kleine versuchte sich zu wehren, doch das half ihm nichts. Die anderen Jungen beobachteten stumm, wie Bruder Philippe den bleichen Costa ins Hinterzimmer schleppte, wo er solche Dinge mit ihm anstellte, daß der kleine Kerl lauthals schrie vor Schmerzen und Pein.

Gino tat nichts, wie alle anderen. Sechs Wochen vergingen, in denen Costa immer mehr zusammenschrumpfte. Er war schon bei seiner Ankunft dürr und unterernährt gewesen, doch jetzt war er nur noch Haut und Knochen. Gino versuchte sich rauszuhalten. Wer hier überleben wollte, durfte sich nirgends einmischen.

Eines Tages, als Bruder Philippe sich Costa erneut herausangelte, spürte Gino Spannung in sich aufsteigen. Der kleine Junge wimmerte und protestierte, aber Bruder Philippe zog ihn am Arm ins Hinterzimmer und warf die Tür zu. Die Schmerzensschreie setzten fast sofort ein.

Gino konnte nicht mehr an sich halten. Er packte eine Schere, die auf einem Arbeitstisch lag, und lief hinterher.

Als er die Tür öffnete, sah er Costa, über einen Tisch gebeugt, Hose und Unterhose um die Knöchel, und Bruder Philippe, der sich anschickte, sein Glied einmal mehr in den After des mageren Kindes zu stoßen. Der Unmensch hob bei Ginos Eintritt nicht einmal den Kopf, so versessen war er auf sein Vergnügen. Er drang in den Jungen ein und pumpte ohne Rücksicht darauf, daß dessen Inneres riß. Costa brüllte vor Schmerz.

Gino handelte, ohne zu denken. Er sprang Bruder Philippe an und stieß zu. Die Schere drang durch die Jacke des bulligen Mannes und bohrte sich in seinen Arm. »Gehen Sie weg von ihm, Sie stinkiges Dreckschwein, lassen Sie ihn in Ruhe!« schrie er.

Bruder Philippe, dem Höhepunkt nahe, versuchte ihn abzuschütteln. Das war ein Fehler, denn nun verlor Gino die Beherrschung. Plötzlich war der Mann, den er angriff, sein Vater. Eine Art schwarzer Nebel senkte sich auf ihn, und er gab seinem Vater die Schuld an allem: Am Verschwinden seiner Mutter. An den Prügelstrafen. An den miesen Pflegeeltern. An den lausigen Einzimmerwohnungen, die das einzige Zuhause waren, das er je kennengelernt hatte.

Er schrie und die Schere stieß zu. Er hörte erst auf, als der dreckige Hurenbock zu Boden sank. Dann verzog sich der Nebel, und er sah wieder klar. Doch was er sah, das schaute nicht gut aus.

Carrie, 1913–1926

In Philadelphia war der Sommer sehr heiß. Lureen Jones saß auf dem Bett, das sie mit ihrem sechsjährigen Bruder Leroy teilte. Tränen rannen über ihr hübsches schwarzes Gesicht. Sie war dreizehn und seit siebeneinhalb Monaten schwanger. Niemand wußte es, und sie konnte mit niemandem darüber reden. Sie hatte keinen Vater. Auch kein Geld. Und ihre Mutter Ella, eine magere, ruinierte Frau, verkaufte ihren Körper für Drogen.

Leroy wimmerte. Lureen streckte sich neben ihm aus. Sie konnte nicht einschlafen. Unten trafen »Freunde« ihrer Mutter ein, laute Musik drang die Treppe herauf. Nach einer Weile erklangen andere Geräusche, Stöhnen und Ächzen, unterdrückte Schreie und das Klatschen von Schlägen auf Fleisch.

Sie stopfte sich Watte in die Ohren und kniff die Augen zu. Es dauerte lange, aber schließlich sank sie in Schlaf.

Sie hatte einen Alptraum – glaubte zu ersticken – wollte schreien – *hörte* sich schreien.

Plötzlich war sie wach. Es schrie wirklich jemand. Sie sprang aus dem Bett und roch den Rauch, noch bevor sie die Schlafzimmertür öffnete und die dichten Qualmwolken hereindrangen.

Sie begann zu würgen, zwang sich aber trotzdem, auf den Gang zu treten. Das ganze Haus brannte. Die Flammen leckten bereits am oberen Treppenabsatz, und von unten kamen jetzt grauenhafte Schreie.

Seltsam, doch sie geriet nicht in Panik. Tränen liefen ihr herunter, aber sie wußte genau, was sie tun mußte.

Sie kehrte ins Schlafzimmer zurück, schloß die Tür, öffnete das Fenster, machte sich bei den unten herumrennenden Leuten durch Rufen bemerkbar und bat, Leroy aufzufangen. Dann zerrte sie den Jungen aus dem Bett und warf ihn zum Fenster hinaus.

Die Flammen sprengten die Schlafzimmertür auf und waren hinter ihr, als sie sprang. Mit einem dumpfen Schlag landete sie auf dem Gehsteig. Blut breitete sich um sie aus, doch sie konnte noch leise zu einem Sanitäter sagen: »Rettet mein Baby... O Gott, *bitte* rettet mein Baby.«

Bei ihrer Einlieferung ins Krankenhaus war sie tot.

Der Sanitäter sagte einem jungen Notarzt, daß sie schwanger sei, und der Arzt, noch beflügelt von der Begeisterung des Neulings, horchte nach dem Herzschlag des Babys – er war da, wenn auch ganz schwach. Daraufhin alarmierte er einen Chirurgen, und der fand sich bereit, an dem toten Mädchen einen Notkaiserschnitt vorzunehmen. Eine knappe Stunde später erblickte Carrie das Licht der Welt.

Ihre Überlebenschancen waren sehr gering. Sie war winzig, kaum fähig zu atmen. Der Arzt, der sie geholt hatte, gab ihr keine vierundzwanzig Stunden.

Doch Carrie – so tauften sie die Schwestern – war zäh. Sie hatte den Sturz ihrer Mutter überlebt, das Fruchtwasser in der Embrionalhülle hatte als Stoßdämpfer gewirkt, und sie wollte auch den verfrühten Eintritt in die Welt überleben.

Woche um Woche setzte sie alle in Erstaunen, indem sie durchhielt. Als die Wochen zu Monaten wurden, kam sie zu Kräften und entwikkelte sich zu einem normalen, robusten Baby. Sie war so gesund, daß bald der Zeitpunkt nahte, wo sie das Krankenhaus mit seiner liebevollen Fürsorge verlassen mußte. Doch es gab ein Problem – niemand wollte sie haben.

Sie besaß keine Verwandten außer ihrer Großmutter Ella, die man in einem Zustand betrunkener Stumpfheit aus dem brennenden Haus gerettet hatte, und ihrem sechsjährigen Onkel Leroy.

Ella zeigte sich nicht begeistert von dem Gedanken, ein Maul mehr ernähren zu müssen. Sie schrie im Krankenhaus herum, das Kind habe mit *ihr* schließlich nichts zu tun. Die Schwestern waren entsetzt bei der Vorstellung, den winzigen Säugling, den sie aufgepäppelt hatten und liebten, einer solchen Frau anzuvertrauen. Eine der Schwestern – eine warmherzige Frau namens Sonny, die drei eigene Kinder hatte – erklärte sich bereit, Carrie zu nehmen.

Ella willigte sofort ein, und so nahm Sonny das Baby mit nach Hause. Von diesem Tag an zog sie Carrie wie ihre eigene Tochter auf. Die Familie war arm, doch was ihr an Geld fehlte, machte sie durch Liebe wett. Carrie gehörte bald ganz dazu. Niemand erzählte der Kleinen je etwas über den tragischen Beginn ihrer Existenz.

An ihrem dreizehnten Geburtstag wurde ihr junges Leben grausam erschüttert, denn Ella erschien auf der Bildfläche.

Wer war diese Fremde, diese verwelkte Frau mit dem narbigen Gesicht, den hohlen Augen und dem fettigen Haar?

Ella war es seit dem Brand nicht gut ergangen. Wer wollte schon eine Hure mit einem narbenbedeckten Körper und einem entstellten Gesicht? Eine Zeitlang schlug sie sich mehr schlecht als recht durch, doch bald begann sie mit kleinen Diebereien, um das Geld für ihre Drogen aufzubringen. Ihre Rettung war Leroy, ein kräftiger junger Kerl. Ella nahm ihn aus der Schule und ließ ihn für sich arbeiten. Mit zwölf

Jahren war der Junge bereits der Ernährer der »Familie«. Ella saß trübsinnig und wie versteinert in der gemieteten Einzimmerwohnung, während Leroy sich halb zu Tode arbeitete. Als er achtzehn wurde, verschwand er. Ella stand allein da, eine schwache, kränkelnde, träge Frau ohne Geld.

Da dachte sie zum erstenmal wieder an ihre Enkelin – wie hieß das Gör? Carey – Carrie – ja, Carrie. Wenn Leroy für sie arbeiten konnte, warum nicht auch Lureens Kind? Schließlich war sie eine Blutsverwandte, oder?

Ella machte sich auf die Suche nach ihr.

Gegen Ende des Sommers 1926 trafen das dreizehnjährige Mädchen und seine Großmutter in New York ein. Ella hatte sich gesagt, in New York sei mehr Geld zu verdienen als in Philadelphia, und sie wollte in dieser großen Stadt sein, wo sich alles Wichtige zutrug.

Was sich zutrug, waren ein verkommenes Zimmer für sie beide und ein Arbeitsplatz für Carrie in einem Restaurant, wo sie den Küchenboden zu putzen hatte. Sie wirkte älter als dreizehn, war hoch aufgeschossen, hatte große Brüste, glattes schwarzes Haar und sehr klare Augen.

Ella, die ein böser Husten plagte, sah für das Mädchen gute Chancen – zu denen Bodenputzen freilich nicht gehörte. Aber man mußte noch warten, den rechten Augenblick abwarten. Das Mädchen war schwierig – sogar böse. Man hätte meinen sollen, sie wisse es zu schätzen, daß ihre Großmutter sie gesucht hatte. Doch es war verflucht schwer gewesen, sie von der Familie loszueisen, die sich um sie gekümmert hatte. Diese Leute hatten sogar die Polizei gerufen, aber Ella war es schnell gelungen, ihre Rechte durchzusetzen. Carrie hatte mit ihr gehen *müssen*. Allmächtiger Gott, sie war die *Großmutter* des Mädchens, ihre einzige echte Blutsverwandte, und kein Argument auf der Welt konnte *diese* Tatsache widerlegen.

»Wie alt bist du?« fragte der schwabbelige kleine Chefkoch.

Carrie, damit beschäftigt, den dreckigen Küchenboden zu schrubben, schaute nervös hoch.

»Ich wette meinen Kopf, daß du *keine* sechzehn bist«, sagte der dicke Mann höhnisch.

Es war jeden Tag das gleiche. Zwanzigmal hatte sie ihm erklärt, sie sei sechzehn, aber er glaubte ihr nicht.

»Nun?« Er leckte sich die Lippen, deren Anblick Carrie an Würmer erinnerte. »Was machen wir da?«

»Bitte?« fragte Carrie matt.

»Was wir da *machen?* Wenn der Manager dahinterkommt, daß du zu jung bist, setzt er deinen hübschen schwarzen Hintern schneller an die Luft, als eine Hure einen lecken kann.«

Carrie konzentrierte sich auf ihre Putzarbeit. Wenn sie ihn ignorierte, ging er vielleicht.

»Nigger, ich red mit dir!« Er beugte sich zu ihr herunter. »Ich muß ja keinem was sagen – wenn du nett zu mir bist, verrate ich nichts.«

Bevor sie Zeit für eine Bewegung hatte, schob er seine fette Hand unter ihren Rock.

Sie sprang auf, stieß dabei den Eimer mit Seifenwasser um. »Wagen Sie nicht, mich anzurühren!«

Er wich zurück, sein schwammiges Gesicht rötete sich.

Der Manager erschien, ein magerer, jämmerlich anzusehender Mann, der Schwarze haßte. Seine kalten Augen glitten über die Wasserpfütze. »Wisch das auf«, sagte er zu Carrie, den Blick auf die Wand hinter ihr gerichtet, als existiere sie gar nicht. »Dann mach, daß du verschwindest und laß dich hier nicht mehr blicken.«

Der dicke Chefkoch bohrte sich im linken Ohr. »Dummes Ding«, sagte er. »Ich hätte dir doch nichts getan.«

Langsam wischte sie das verschüttete Wasser auf. Sie konnte noch immer nicht fassen, was aus ihrem Leben geworden war. Ihr war nach Weinen, aber sie hatte keine Tränen mehr. Als die Frau, die sich ihre Großmutter nannte, gekommen war und sie geholt hatte, da hatte sie so viel geweint, daß es für Jahre reichte. Und dann New York – keine Schule mehr – sich die Hände beim Bodenschrubben wundarbeiten. »Du bist verzogen«, hatte Großmama Ella zu ihr gesagt. »Damit ist jetzt Schluß, hörst du, Mädchen? Deine Mama hat immer gearbeitet. Sie hat das Haus saubergehalten und sich um ihren Bruder gekümmert. Sie hat das *geliebt*, jede Minute davon.«

Carrie *haßte* jede Minute ihres jetzigen Lebens. Sie haßte ihre Großmutter und New York und die Arbeit. Sie wollte nichts als heim nach Philadelphia, zu der Familie, die sie als ihre wirkliche betrachtete.

Nun hatte man sie rausgeworfen, und Großmama Ella würde hochgehen. Und es würde ihr nicht mehr möglich sein, ab und zu einen Cent wegzustecken, den sie beim Putzen auf dem Boden fand. Das Ganze war einfach ungerecht.

Nachdem sie zusammengewischt hatte, verließ sie die Küche. Auf dem Gehsteig blieb sie wie betäubt stehen und überlegte, was sie tun sollte. Vielleicht sollte sie sich andere Arbeit suchen, bevor Großmama Ella herausfand, daß man sie entlassen hatte.

Der Winter faßte allmählich Fuß. Es war kalt, und sie hatte keinen Mantel. Frierend setzte sie sich in Bewegung, ging an dem billigen Stehimbiß vorbei, sog hungrig den Geruch von heißen Würstchen ein. Der Geruch war alles, was sie sich leisten konnte; außerdem war Negern der Zutritt zu dem Imbiß nicht erlaubt.

In New York hatte Carrie erfahren, was es bedeutete, schwarz zu sein. Sie hatte das Wort Nigger zum erstenmal vernommen und sich bald angewöhnt, nicht hinzuhören, wenn man sie wegen ihrer Hautfarbe verhöhnte. In Philadelphia waren die Weißen die Außenseiter gewesen. Carrie hatte dort in einem Farbigenviertel gelebt und eine Schule für Farbige besucht. Weiße! Was ließ sie überhaupt glauben, daß sie etwas Besseres seien?

Die Männer, an denen sie vorbeieilte, musterten sie. In letzter Zeit musterten die Männer sie immer. Ihr Pullover spannte über den Brüsten, sie hüpften beim Gehen, und das mochte Carrie gar nicht. Mama Sonny hatte ihr einen BH versprochen, doch als sie ihrer Großmutter mit der Bitte gekommen war, hatte Ella sie von oben bis unten betrachtet und gesagt: »Führ vor, was du hast, Schätzchen. Zeig denen deine Titten. Mach diesen Weißen 'nen Steifen, dann hast du *immer* Arbeit.«

Das stimmte doch nicht, oder? Hätte der dicke Chefkoch den Blick auf seine Töpfe gerichtet statt auf sie, wäre sie nicht entlassen worden.

Carrie kam an einem italienischen Restaurant vorbei, das warm und einladend aussah. Frierend blieb sie stehen. Der Wind war jetzt beißend kalt, und sie hatte schon eine Gänsehaut. Sie schlang die Arme um den Oberkörper und überlegte, was sie tun sollte. Ein Landstreicher schlurrte an ihr vorüber, der von ihm ausgehende Gestank nach abgestandenem Alkohol erinnerte sie an Großmama Ella. Carrie wußte, daß sie etwas unternehmen mußte. Wenn sie nun einfach durch den Vordereingang hineinging und nach Arbeit fragte? Was konnte ihr schon groß passieren? Auffressen konnten sie sie nicht, nur beleidigen. Und daran gewöhnte man sich in New York sehr schnell.

Ihren ganzen Mut zusammennehmend, schlüpfte sie durch die Tür und wünschte im selben Augenblick, es nicht getan zu haben. Ihr kam es vor, als stehe sie stundenlang da und alle Augen richteten sich auf sie. Doch in Wirklichkeit näherte sich ihr bereits nach wenigen Sekunden ein riesiger Mann. Sie reckte sich, gefaßt darauf, hinausgeworfen zu werden.

»Suchen Sie einen Tisch?« fragte er.

Sie glaubte nicht recht zu hören. Einen Tisch? Sie? Ein farbiges Mädchen in einem Restaurant für Weiße! War der Mann übergeschnappt?

»Ich suche Arbeit«, murmelte sie, »Putzen, Geschirrspülen – irgendwas...«

»Ah!« dröhnte er. »Sie wollen eine Stellung. Gehen wir in die Küche. Ich weiß nicht, ob wir was haben, aber wir können ja mal drüber reden. Möchten Sie heiße Pasta?«

Carrie hatte keine Ahnung, was Pasta war, aber jede warme Speise klang verlockend. Sie konnte ihr Glück gar nicht fassen, die Freundlichkeit des Mannes kam ihr unglaublich vor. Sie nickte, worauf er ihr den Arm um die Schulter legte und sie durchs Restaurant führte. In der Küche lernte sie seine Frau Luisa kennen und erfuhr, daß er Vincenzo hieß. Die beiden machten ein Aufhebens um sie, als spiele ihre Hautfarbe überhaupt keine Rolle.

»Sie ist so jung«, sagte Luisa mit singender Stimme, »ein richtiges Baby.«

»Ich bin sechzehn«, log Carrie, doch aus den Blicken, die zwischen den beiden hin und her gingen, erkannte sie, daß das Ehepaar ihr nicht glaubte. Sie wäre gern ehrlich gewesen, aber Großmama Ella hatte ihr schreckliche Angst gemacht. »Verrate jemandem dein wirkliches Alter«, hatte sie gedroht, »und man steckt dich in ein Heim für schlechte Mädchen, die von der Schule abhauen.« Das war gemein. Schließlich hatte Großmama Ella selbst sie aus der Schule herausgerissen und ihr Leben ruiniert.

Vincenzo und Luisa hatten für sie keine Verwendung; ihre Küche war klein, und sie beschäftigten schon drei Helfer. Doch Vincenzo fragte herum und kam mit der guten Nachricht wieder, daß Mr. Bernard Dimes, ein Stammgast von ihnen, für sein Haus jemanden zum Putzen brauche. Wenn sie die Stellung wolle, könne sie sie haben. Und ob sie wollte!

Vincenzo führte sie ins Lokal und stellte sie Mr. Dimes vor, der sie mit seinen ruhigen braunen Augen musterte. »Kannst du am Montag anfangen?« fragte er.

Sie nickte, denn sie war so eingeschüchtert, daß sie kein Wort hervorbrachte.

Wie benommen verließ sie das Lokal, betäubt von ihrem ungeheuren Glück. Was sollte sie Großmama Ella sagen? Die Wahrheit, daß sie in einem Privathaus arbeiten und mehr verdienen würde? Oder die Lüge, daß sie weiter Küchenböden schrubbe?

Sosehr es gegen ihre Natur ging, es schien ihr vernünftiger zu lügen. Auf diese Weise konnte sie für sich selbst ein bißchen Geld beiseite legen und trotzdem noch den gleichen Betrag abliefern.

Einen Monat lang lief alles glatt. Jeden Morgen verließ Carrie das schäbige Zimmer, das sie mit ihrer Großmutter teilte, und fuhr ins Stadtinnere zu Mr. Dimes' imponierendem Haus in der Park Avenue. Eine Haushälterin beaufsichtigte sie. Den Hausherrn selbst bekam Carrie nur zweimal zu sehen, beide Male lächelte er und erkundigte sich nach ihrem Befinden.

Sie hatte das Gefühl, ihn gut zu kennen. Sie machte jeden Tag sein Bett, wechselte die seidenen Laken, putzte sein Bad und seine Schuhe, wusch und bügelte seine Wäsche und staubte sein Arbeitszimmer ab. Dort verweilte sie manchmal und betrachtete die silbern gerahmten Fotos von Berühmtheiten.

Mr. Dimes war Theaterproduzent. Eine Mrs. Dimes gab es nicht, nur eine Reihe gepflegter Blondinen, die ihn bei gesellschaftlichen Anlässen begleiteten. Keine blieb je über Nacht – dessen war sich Carrie sicher. Für sie war Mr. Dimes der schönste und beeindruckendste Mann, den sie je gesehen hatte. Er war dreiunddreißig, wie sie herausfand, und sehr reich.

Eines Tages fragte die Haushälterin, ob Carrie nicht in dem Haus an der Park Avenue wohnen wolle. »Im Souterrain ist ein kleines Zimmer«, sagte sie, »und für dich wäre ohne diese Fahrerei bestimmt alles viel einfacher.«

Carrie hielt das für eine großartige Idee. »Ich würde schrecklich gern hier wohnen«, antwortete sie.

»Also abgemacht«, erklärte die Haushälterin. »Bring am Montag deine Sachen mit und richte dich ein.«

Carries Gedanken rasten. Sie würde es tun! Wie wollte Großmama Ella sie dort je finden? Großmama Ella wußte nichts von ihrer neuen Stellung und würde ganz sicher nicht mehr die Energie aufbringen, sie zu suchen.

In dem Haus an der Park Avenue wohnen – ein wahrgewordener Traum! Ein eigenes Zimmer! Fünf Dollar in der Woche! Innerhalb kürzester Zeit würde sie genug beisammen haben, um nach Philadelphia zu ihrer richtigen Familie zurückkehren zu können.

Es war Freitag, also mußte sie nur noch das Wochenende durchstehen. Sie eilte heim, plante in Gedanken ihre Flucht. Großmama Ella wartete auf das Geld, das Carrie am Freitag abend brachte, kassierte es und ging weg.

Carrie legte sich auf ihr Bett. Sie war zu müde, um noch zur Eckkneipe zu gehen und sich ein fettiges Stück Hähnchen oder Grütze zu kaufen. Von der Straße unten drang laute Jazzmusik ins Zimmer. Carrie hatte keinen anderen Wunsch, als die Augen zu schließen und möglichst schnell einzuschlafen. Je eher sie einschlief, desto eher würde es Samstag sein und dann Sonntag und dann...

Eine Hand weckte sie zwei Stunden später. Eine harte Hand, die sie grob an der Schulter rüttelte.

Sie kam langsam zu sich, rieb sich die Augen und fragte: »Was ist, Großmama? Was ist los?«

Doch es war nicht ihre Großmama. Es war ein hoch aufgeschossener schwarzer Bursche mit großen Augen und struppigem Haar.

»Wer sind Sie?« schrie Carrie entsetzt.

»Nur keine Angst«, sagte der Bursche mit breitem Grinsen. »Ich bin Leroy. Ich such bloß meine Mama.«

»Wie sind Sie herein...«, begann sie, doch dann sah sie, daß er sich gewaltsam Zutritt verschafft hatte. Die dünne, morsche Tür hielt niemandem stand.

»Schätze, du bist Lureens Kleine. Jemand hat mir gesagt, daß Mama so nett war, dich zu sich zu nehmen.«

Carrie setzte sich auf. Sie hatte von Leroy gehört. Großmama Ella erwähnte ihn oft. »Diese miese kleine Ratte, seine eigene Mutter im Stich lassen. Wenn mir der kleine Dreckskerl je wieder unter die Augen kommt, schlag ich ihm den Schädel ein!«

»Sie ist nicht da. Am besten kommen Sie morgen wieder.«

Leroy ließ sich auf dem Fußende ihres Bettes nieder. »Mädchen! Ich geh nicht weg. Ich bin hundemüde. Habt ihr irgendwas zu essen da?«

»Nein.«

»Oh, Scheißdreck. Sieht meiner lieben alten Mama ähnlich.« Er musterte sie mit unverschämtem Blick. »Schätze, du mußt dich genauso für sie abschinden wie ich.« Seine Augen verweilten auf ihren Brüsten, die von dem dünnen Unterrock, den sie trug, kaum verhüllt wurden. »Du bist ein hübsches kleines Ding. Ich wette, Mama hat dafür gesorgt, daß du deine Zwetschge verkaufst.«

Carrie zog die Bettdecke um sich. »Ich arbeite als Dienstmädchen«, entgegnete sie steif. Sie wünschte, er wäre gegangen.

»Als Dienstmädchen, so? Für 'nen dicken, fetten Weißen, was?«

»In einem Restaurant.«

»Einem Restaurant? Scheißdreck!« Er kaute an einem Nietnagel herum und studierte sie mit zusammengekniffenen Augen. »Wenn du deine Zwetschge verkaufen willst, bin ich der Richtige, ich kann's für dich einrichten.«

Plötzlich war sie sehr nervös. Es war, als dröhne in ihrem Kopf ein Warnsystem: *Gefahr, Gefahr, Gefahr.*

Sie bewegte sich im gleichen Augenblick wie er. Aber er war größer und stärker als sie und hatte ihre Arme im Nu aufs Bett gepreßt. »Mach *mir* doch nicht weis, daß du's nicht machst«, fauchte er, umklammerte ihre Handgelenke mit einer Hand und fuhr ihr mit der anderen über den Körper.

»Laß mich in Ruh«, keuchte sie.

»Warum sollte ich?« Er lachte. »*Ich* brauch nicht zahlen. *Ich* krieg's umsonst. Ich bin dein Onkel – Mädchen.«

Mit einem groben Ruck riß er ihr die Unterhose herunter. Sie bäumte sich auf, in dem vergeblichen Versuch ihn abzuschütteln. Er preßte sie einfach aufs Bett, drückte mit seinen Knien ihre Beine auseinander und drang in sie ein.

Heftiger Schmerz durchfuhr sie. Aber nicht der Schmerz ließ sie aufschreien, sondern die Empörung, die Wut, ihre völlige Hilflosigkeit angesichts dessen, was mit ihr geschah.

»He! He! He!« Er lachte und ergoß sich im selben Augenblick. »Du hast mich nicht verscheißert – du *warst* 'ne Jungfrau. Heilige Scheiße!

Du und ich werden ein *Vermögen* machen. Deine enge kleine Büchse wird uns *reich* machen. Schei-ße!« Er war fertig und ließ sie los.

Sie blieb reglos liegen, zu verängstigt, um sich zu bewegen oder etwas zu tun. Zwischen ihren Beinen spürte sie eine brennende, heiße Klebrigkeit. Das war es also, was die Männer wollten. Das war die sogenannte Liebe.

Leroy wanderte fröhlich im Zimmer umher; er knöpfte seine Hose zu und redete leise mit sich selbst, während er ihre Besitztümer inspizierte. »Irgendwelches Geld da?« fragte er.

Sie dachte rasch an die paar Dollar, die sie hatte sparen können. Das Geld steckte in einem zusammengerollten Strumpf unter ihrer Matratze. »Kein Geld«, murmelte sie matt. Sie wünschte, Großmama Ella möge kommen und sehen, was Leroy ihr Entsetzliches angetan hatte.

»Schei-ße!« rief er. »Kein Geld, kein Schnaps. Schei-ße! Hm, schätze, hier kann man nichts tun, als das schwarze Pferdchen reiten.« Unvermittelt war er wieder über ihr, er spreizte die mageren Beine, hockte sich rittlings auf sie und stieß mit seinem Ding auf sie ein.

Wellen der Schwärze schlugen über Carrie zusammen; sie spürte, wie sie langsam ins Leere fiel...

»Ah, komm, Mädchen – genieß es«, hörte sie ihn noch sagen. »Ist kein Spaß für mich, wenn's für dich keiner ist.«

Als sie wieder zu sich kam, hörte sie Stimmen, Worte, die keinen Sinn ergaben. Sie war wie zerschlagen, fühlte sich mißbraucht und, was das Schlimmste von allem war, völlig hilflos.

Großmama Ella war es, die da sprach. Gott sei Dank, daß sie wieder da war!

Carrie versuchte sich aufzusetzen, aber alle ihre Kräfte schienen sie verlassen zu haben.

»Du hast uns 'nen großen Dienst erwiesen.« Großmama Ella lachte gackernd. »Jetzt, wo du ihr enges Fötzchen in Betrieb genommen hast, können wir *wirklich* Geld machen. Weißt du, Junge, ich wollte warten, bis sie vierzehn ist, aber jetzt – na, Leroy, Schätzchen, ich denke, wir haben da ein Pferdchen, wie's in dem Geschäft kein zweites gibt!«

Gino, 1921–1923

Bruder Philippe schwebte drei Wochen in Lebensgefahr, was Gino jedoch nicht wußte. Er glaubte, ihn erstochen zu haben, aber wenn er ehrlich war, ließ ihn das ziemlich kalt. Der Zwischenfall mit der Schere hatte ihn zum Helden gemacht.

Während Gino dann im Kreisgefängnis in der Bronx saß und auf die Verhandlung wartete, bekam die Presse Wind von der Sache. *SKANDAL MIT JUGENDLICHEN*, schrien die Schlagzeilen, *KINDER SCHÜTZEN KINDER*. Bruder Philippes junge Opfer konnten gar nicht erwarten zu reden, jetzt, wo ihr Peiniger ein für allemal ausgeschaltet war.

Costa wurde in den Zeitungen abgebildet, großäugig und mitleidheischend. Seine Geschichte rührte ans Herz der Nation, und prompt adoptierte ihn ein reicher Anwalt namens Franklin Zennocotti aus San Francisco, der ihn in ein neues Leben mitnehmen wollte, sobald er seine Aussage gemacht hatte.

Gino hatte Glück, die Öffentlichkeit war auf seiner Seite. Als der Richter entscheiden mußte, was mit ihm geschehen sollte, gab er ihm sechs Monate auf Bewährung und verfügte seine sofortige Freilassung.

Vor dem Gerichtsgebäude sah Gino sich unvermittelt Costa gegenüber. Der kleine Kerl, mit dem er bis dahin keine zwei Worte gewechselt hatte, faßte nach seiner Hand, umklammerte sie und sagte mit leiser, ergriffener Stimme: »Danke, Gino, danke, daß du mir das Leben gerettet hast. Ich hoffe, daß ich es dir eines Tages vergelten kann.«

Gino war verlegen. Er zog seine Hand zurück und lachte unsicher: »Nicht der Rede wert, Kleiner, vergiß es.«

Er sah Costa nach, wie er mit seinem neuen Vater wegging, und war auf einmal neidisch. Warum bot man *ihm* nicht ein nagelneues Leben an? Er war doch auch in den Zeitungen gewesen. Wieso erschien niemand, um *ihn* zu adoptieren?

Herrje, er hatte ja schon einen Vater. Einen Mistkerl, der wieder mal im Gefängnis saß. Gino blickte auf den Zettel mit Paolos neuester Adresse. Obwohl der Alte im Knast hockte, hatte er wieder geheiratet, und Gino sollte bei der neuen Frau wohnen; er hatte sie im Gerichtssaal zwei Minuten lang gesehen. Eine verwelkte Blondine mit einem Paar großer Dinger.

Als er an ihre Brüste dachte, kriegte er sogleich einen Steifen. Neun Monate war er eingesperrt gewesen, und er war scharf wie Cayennepfeffer. Das Abspritzen hatte er nie gemocht, besonders nicht in einem Schlafsaal, wo zehn Jungs es gleichzeitig machten. Er wollte ein Mädchen. Er wollte sofort ein Mädchen.

Gino nahm den billigen Koffer auf, der seine ganze Habe enthielt. Er beschloß, ihn in sein neues Zuhause zu schaffen und sich dann auf die Suche nach einer Mieze zu machen.

Beim Gehen rieb sich sein Glied unangenehm an der Hose, dennoch mußte er grinsen. Er war draußen. Er war wieder auf der Straße.

Der Mann stemmte sich hoch, ächzte, stöhnte und ergoß sich. Dann stand er auf und zog sich an, wobei er es vermied, die Frau auf dem Bett anzusehen.

Die Frau hieß Vera, sie war die Blondine mit dem schönen Busen, die Ginos Vater geheiratet hatte.

Sie schloß die Beine, zog den Rock herunter und sah dem Mann stumm zu, wie er sich fertig ankleidete, Geld auf den Tisch legte und ging. Sie war müde. Gottlob brauchte man als Dirne keine Energie. Man mußte nur die Beine breitmachen, und das Geschäft konnte beginnen.

Es war eine harte Woche gewesen. Erst Paolo in Sing-Sing besuchen. Dann sich in den Gerichtssaal bemühen und sagen, daß Paolos Bengel bei ihr wohnen könne. Einen Scheißdreck konnte er. Sie war nur hingegangen, weil Paolo darauf bestanden hatte. »Er braucht nicht bei uns leben«, hatte Paolo erklärt, »aber du mußt sagen, daß er es kann, damit sie ihn nicht wieder in ein Heim stecken. Wenn er auftaucht, gibst du ihm zwanzig Dollar und sagst ihm, daß er verschwinden soll.«

Vera verzog das Gesicht. Zwanzig Dollar! Sie würde dem Bengel fünf geben.

Sie stand auf, nahm das Geld vom Tisch und antwortete auf das Klopfen an der Tür mit einem lustlosen: »Herein.«

Es war einer ihrer Stammkunden, also bestand kein Grund zu einer Unterhaltung. Sie ließ sich aufs Bett fallen, hob den Rock und spreizte die Beine. Als der Mann seine Hose aufknöpfte, konnte sie nur mit Mühe das Gähnen unterdrücken.

Gino eilte munter die Straße entlang. Er war so froh, wieder in Freiheit zu sein, daß er die drückende Hitze gar nicht bemerkte. Es war wirklich heiß, um die dreißig Grad, und kein Lüftchen regte sich. Er dachte an seine Freunde. Ob sie noch in der alten Gegend waren? Und Susie und alle die anderen Mädchen, die sich für ihn hingelegt hatten? Welche würde heute die Glückliche sein?

Er schaute noch einmal auf den Zettel mit der Adresse. Fast da. Aus einem offenen Hydranten sprudelte Wasser, und eine Schar nackter Kinder tanzte darum herum. Ein in der Nase bohrender alter Mann saß auf den Stufen des Hauses, das er suchte. Es war in einzelne Wohnungen aufgeteilt, Nummer sechs lag im zweiten Stock. Er klopfte, klopfte ein zweites Mal. Als keine Antwort kam, drückte er die Klinke nieder – und die Tür ging auf.

Seine neue Stiefmutter lag auf dem Bett und trieb es mit einem Mann. Die Unterbrechung schien sie keineswegs zu stören. »Ich bin beschäftigt«, erklärte sie ungeniert.

Das sah Gino. Er schob seinen Koffer durch die Tür, sagte schnell: »Ich komme später wieder«, und machte die Tür zu. Teufel noch mal, was ging hier vor?

Dann begriff er. Sie war eine Hure, klar. Welche andere Art Frau hätte schon seinen Vater geheiratet?

Gino nahm die Untergrundbahn nach Coney Island. Sie war voll und stickig. Der Strand dann war sogar noch voller. Gino suchte sich vorsichtig einen Weg zwischen den Leibern und hielt Ausschau nach einem bekannten Gesicht. Die alte Bande hatte sich immer hier getroffen, wenn es in der Stadt zu heiß gewesen war. Da er niemanden fand, den er kannte, zog er sich bis auf seine Shorts aus, sprang ins Wasser und schwamm zu dem gedrängt vollen Holzfloß hinaus. Zwei Schwestern musterten ihn und kicherten.

»Kommt ihr oft hierher?« fragte er. Die höfliche Tour zog immer.

Eine knappe Stunde später vergnügten sie sich zu dritt, schwammen und tauchten, jagten einander auf der Strecke zurück zum Strand. Gino mußte seine ganze Selbstbeherrschung aufbieten, um zu verhindern, daß man sein steifes Glied sah. Er schaffte es mit knapper Not.

Als es langsam dunkel wurde und die Familien mit den greinenden Kindern aufzubrechen begannen, wußte Gino, daß er nicht mehr länger warten durfte.

Die Schwestern redeten vom Heimgehen.

»Noch eine Runde«, drängte Gino. »Ein Wettschwimmen zum Floß.«

Das jüngere Mädchen zögerte, doch das ältere willigte ein. Sie war etwa achtzehn, hatte krauses karottenfarbenes Haar und vorstehende Zähne.

Die beiden schwammen unter viel Geplatsche und Gespritze zum Floß. Gino ließ sie einen kleinen Vorsprung gewinnen und umfaßte sie von hinten, als sie sich aufs Floß stemmen wollte.

Sie stieß scharf die Luft aus. »Was unterstehst du dich, was tust du da?!«

Gino wußte sehr genau, was er tat. Er schob die Hände auf ihre

Brüste, arbeitete rasch und geschickt, brachte sie schnell an einen Punkt, an dem sie nicht mehr wollte, daß er aufhörte.

Er trat Wasser, seine Beine stampften wie Kolben, während das Mädchen schlaff am Floß hing und Schnurrtöne von sich zu geben begann.

Sie war soweit. Er preßte seinen Körper an ihren und küßte ihre salzigen Lippen, ohne das Kneten ihrer Brüste zu unterbrechen.

»Wir sollten wirklich nicht...«, sagte sie schwach, als er ihr den Badeanzug abstreifte.

»O doch, wir sollten.« Er tauchte unter die Oberfläche und schob eines ihrer Beine aus dem engen Wollzeug.

Es war aufregend im Wasser. Aber nach neun langen Monaten war natürlich alles aufregend.

Er tauchte unter, um ihre Brüste zu küssen, drückte mit den Händen ihre Beine auseinander und tastete nach dem magischen Knopf.

»Gino!« stöhnte sie.

Er kam hoch, holte Luft, wand sich aus seinen Shorts und schob sich zwischen ihre Beine. Der Wasserdruck hätte es ihm eigentlich erschweren müssen, in sie einzudringen, aber er war so verdammt hart, daß ihn nichts aufhalten konnte.

Leidenschaftlich klammerten sie sich aneinander, und die Beine des Mädchens schlangen sich um ihn, während sie unter die Oberfläche sanken. Gino wußte, daß er sofort zum Höhepunkt kommen mußte oder ertrinken würde. Er hatte die Wahl. Er entschied sich für das erstere, und sie schossen an die Oberfläche, holten keuchend und spuckend Luft.

»Du hättest mich fast ertränkt!« sagte sie vorwurfsvoll.

»Eine tolle Art, es zu machen!« Er lachte.

»Ich hab das noch nie gemacht«, behauptete sie in klagendem Ton.

»Klar hast du's schon gemacht«, entgegnete er. Plötzlich merkte er, daß er in der Hitze des Gefechtes seine Shorts verloren hatte. Er tauchte, fand sie aber nicht.

Langsam wurde ihm kalt, und Kraushaar quengelte, sie wolle zurück.

»He, ich finde meine Shorts nicht«, sagte er.

Kraushaar begann zu kichern.

»Wir schwimmen rein, bis ich stehen kann, dann gehst du raus und holst mir meine Hose«, erklärte er.

»Und was soll ich meiner Schwester sagen?«

»Sag ihr, ein Hai hätte sie gefressen. Sag ihr irgendwas, ist mir egal, was.«

Sie schwammen zurück, und als er Boden unter den Füßen hatte, wartete er, während Kraushaar an den Strand watete. Er sah sie zu ihrer Schwester gehen und ein Handtuch überwerfen. Dann rannten die beiden davon, ohne sich auch nur einmal nach ihm umzuschauen. Er traute seinen Augen nicht. Sie ließen ihn einfach da stehen. Mit bloßem Hintern und frierend. Himmel noch mal!

Schnell blickte er den Strand auf und ab, holte tief Luft und rannte in wilden Sätzen zu seinen Kleidern.

»Wer ist da?« fragte Vera nuschelig.

Er klopfte sicherheitshalber noch einmal an. »Ich bin es, Gino Santangelo. Ist es jetzt okay, wenn ich reinkomm?«

Vera setzte sich auf. Dank einiger kräftiger Schlucke war sie in einen angenehmen Schlummer gesunken. Paolos Sohn hatte sie völlig vergessen. »Ja, komm rein...«

Er trat ein, und sie musterten einander.

Er sah eine müde, etwa dreißigjährige Blondine mit verschmierter Schminke und großen Titten.

Sie sah einen kräftigen jungen Burschen mit lockigem schwarzem Haar, olivbrauner Haut und tiefliegenden schwarzen Augen, die viel älter wirkten als der übrige Kerl. Seinem Vater glich er zweifellos nicht.

»Du bist naß«, konstatierte sie gleichgültig.

»War schwimmen.«

»In den Kleidern?«

»Ach wo, ohne alles, aber ich hatte kein Handtuch mit.«

Sie betrachteten einander aufmerksam.

»Du kannst nicht hier bleiben«, sagte Vera schließlich. »Wir haben es bloß gesagt, damit sie dich nicht wieder einsperren.«

»Aber ich dachte...«

»Mir egal, was du dachtest. Das hier ist meine Wohnung, nicht die von deinem Vater.«

»Ja«, erwiderte Gino bitter, »und du mußt deinem Geschäft nachgehen.«

»Na und?« fauchte Vera. »Ich lebe ganz gut davon. Ich schäme mich nicht deswegen.«

Er ergriff seinen Koffer und wandte sich zum Gehen.

»Wo wirst du schlafen?« fragte sie unvermittelt.

»Weiß ich nicht«, murmelte er.

»Hm...« Sie zögerte. »Ich hab nur noch einen Freier heute. Geh raus, bis er seinen Spaß gehabt hat; dann kannst du für diese Nacht auf der Couch schlafen. Aber nur für diese Nacht, denk dran.«

Gino nickte. Er war naß, müde und nicht in Stimmung, auf den Straßen umherzuwandern. Eine Nacht bei Vera war ihm höchst willkommen.

Er blieb sechs Monate. Er bekam seine alte Stellung als Automechaniker wieder, so daß er tagsüber versorgt war, und an den Abenden strolchte er mit der alten Bande umher, drehte einige kleinere Dinger, die niemandem weh taten. Nebenbei kümmerte er sich um Vera, er hielt ihr unbequeme Freier vom Hals, und an den Sonntagen, den einzigen Tagen, wo sie sich weigerte zu arbeiten, führte er sie aus.

Jede Woche meldete Gino sich bei seinem Bewährungshelfer, der ihm stets eine scharfe Fünfminutenpredigt hielt. Komisch, jede Woche erwartete ihn dort ein Brief aus Kalifornien. Costa Zennocotti hatte offenbar beschlossen, ihn über sein Leben auf dem laufenden zu halten. Obwohl Gino sich nie die Mühe machte zu antworten, trafen die Briefe mit schöner Regelmäßigkeit ein.

Seltsamer kleiner Kerl... Wieso glaubte er, daß Gino an seinem Leben interessiert sei? Und was für ein Leben das war! Schule. Ein herrliches Zuhause. Eine Stiefschwester, die eine richtige Plage zu sein schien. Der Kleine lebte in einer unwirklichen Welt.

Als Ginos Bewährungsfrist endete, schickte er Costa eine kaum leserliche kurze Nachricht, in der er ihm eine Postfachnummer nannte. Wenn der Kleine gern schrieb – na, warum sollte er ihm den Spaß verderben?

Am Abend vor Paolos Entlassung ging Gino mit Vera ins Kino. Sie wirkte nervös und angespannt. Als sie durch den Schnee nach Hause stapften, klammerte sie sich an seinen Arm.

»Hör mal, Kleiner«, sagte sie, »wenn Paolo heimkommt, wird das nicht gutgehen. Weißt du, was ich meine?«

Er nickte.

»Wir könnten es probieren«, fuhr sie fort, »aber – zum Teufel, du kennst deinen Alten.«

Ja. Er kannte ihn. Paolo war ein gemeiner Schuft. Er prügelte Frauen. Behandelte sie wie Dreck. Vera war kein Engel, aber Gino mochte sie gern, sie war gut zu ihm. Vera und er wußten, daß Gino, wenn Paolo auf seine Frau losging, unmöglich dastehen und zusehen konnte.

»Ich zieh morgen früh aus«, sagte er.

»Ich werd dich vermissen«, sagte sie, und Tränen traten in ihre wäßrigen Augen. Sie legte ihm die Hand auf den Arm. »Wenn ich dir je mit irgendwas aushelfen kann...«

Er nickte. Vera hatte ihm in der kurzen Zeit mehr Liebe und Zuneigung gezeigt, als er in seinem ganzen bisherigen Leben von seinem Vater erfahren hatte.

Am nächsten Morgen packte er seinen einzigen Koffer und ging, noch bevor sie aufwachte. Er nahm den Koffer mit zur Arbeit und fragte bei den Kollegen nach einer Wohngelegenheit.

Ein neuer Mechaniker namens Zeko erklärte, bei ihm sei ein Zimmer frei. Zeko war etwa neunzehn, hatte ein dunkelhäutiges Gesicht und wirkte immer schmuddelig. Niemand mochte ihn sonderlich, aber ein Zimmer war ein Zimmer, darum begleitete Gino ihn nach der Arbeit zu dem heruntergekommenen Haus in der 109. Straße, wo er wohnte.

»Ein beschissener Bau«, sagte Zeko. »Keine Heizung, kein warmes Wasser, kein Bad, Klos auf dem Gang.«

»Was für Neuigkeiten gibt's sonst noch?«

»Ich bin nicht mehr lang hier«, eröffnete ihm Zeko. »Hab 'nen Job in Aussicht, der mich von dem allem wegbringt.« Er zwinkerte. »Bin Fahrer bei 'nem großen Ding. Ich hab's geschafft. Ich bin mit drin. Kapiert?«

»Warst du schon mal im Kittchen?« fragte Gino.

»Ich?« Zeko lachte gackernd. »Ich bin zu schlau, um mich schnappen zu lassen.« Er wischte sich die Nase mit dem Jackenärmel ab. »Hör zu, wir stellen deinen Koffer rein und gehn uns ein paar Biere und ein paar Huren genehmigen.«

»Ich hab 'ne Verabredung«, entgegnete Gino.

»Hat sie 'ne Freundin?« Zeko sah ihn lüstern an.

»Hab sie nie danach gefragt.«

»Dann frag sie.«

»Ja – klar. Vielleicht nächstes Mal.«

Das Zimmer war noch mieser, als Gino erwartet hatte, aber er nahm es trotzdem. Er war nicht gerade an Paläste gewöhnt. Das mit der Verabredung stimmte nicht, doch er hatte keine Lust, den Abend mit Zeko zu verbringen. Zeko der Schleicher, so nannten sie ihn in der Werkstatt.

Gino brauchte ganze fünf Minuten, um sich in seinem neuen Zuhause einzurichten. In dem Zimmer gab es ein Bett, einen abgetretenen Teppich und in der Ecke eine Kommode, von der die Farbe abblätterte. Das war alles, aber wenigstens war es seins.

Fat Larry's, ein Drugstore in der 110. Straße, diente Gino und seinen Freunden als Stammlokal. Dort traf er sich mit ihnen, und dort machte er gewöhnlich auch seine Eroberungen.

»Wo hast du Zeko den Schleicher gelassen?« fragte Pinky Banana, als er eintrat.

Er zuckte die Achseln. »Ich hab ein Zimmer bei ihm. Heißt noch lange nicht, daß wir aneinanderkleben.«

»Gehst du jetzt deinen Alten besuchen?« wollte Catto wissen.

»Nein. Damit laß ich mir ein paar Tage Zeit.«

»Ein paar Tage, und er wird wieder drin sein.« Pinky Banana lachte lauthals über seinen Witz, und dabei entkamen ihm ein paar Furze.

»Himmel!« Gino verzog die Nase. »Ist es nicht schon schlimm genug, daß ich Catto auf einer Seite hab? Jetzt auch noch du!«

Pinky Banana brach in wieherndes Gelächter aus und beäugte eine niedliche kleine Blondine, die an einer Eiscreme-Soda lutschte. Er erwog, sich an sie ranzumachen, doch Gino sagte rasch, als könnte er seine Gedanken lesen: »Die nicht. Auf die steh *ich.*«

Pinky Banana und Catto sahen einander an und verdrehten die Augen. Wieder eine Eroberung für Gino. Was hatte er bloß für ein Geheimnis?

Die niedliche Kleine trank ihre Soda aus und rutschte von dem Barhocker. Sie war bildhübsch und wußte es auch. Mit hoch erhobenem Kopf stolzierte sie an Gino und seinen Kameraden vorbei.

»Mädchen wie du könnten in Schwierigkeiten geraten, wenn sie allein rumlaufen«, rief Gino leise, mit singender Stimme.

Sie tat, als höre sie nicht.

»He«, sagte er scharf, »schau nicht über mich weg, als sei ich Dreck auf der Straße.«

Das Mädchen errötete und beschleunigte den Schritt. Pinky Banana lachte.

Gino wandte sich ab und schlug die Hände zusammen. »Bin nicht in Stimmung, hinter einem so eingebildeten Aas herzulaufen.«

Zwei Minuten später hörten sie das Mädchen schreien, von der Straße drang ihr entsetztes, angstvolles Kreischen herein.

Gino rannte sofort los, weich auf den Ballen federnd. Catto und Pinky Banana folgten ihm.

Zeko der Schleicher drückte das kleine Fräulein Niedlich an die Wand, sie quiekte wie ein verängstigtes Kaninchen, während seine Hände sie abtasteten. Ihre weiße Bluse war vorn aufgerissen und gab ihren Busen frei.

»Was machst du da, Zeko?« fragte Gino ruhig.

»Geht dich nichts an, du Knilch«, knurrte Zeko.

»So? Ich finde, es geht mich sehr viel an.«

Zeko preßte sich an das entsetzte Mädchen. »Ich bin nicht habsüchtig. Wenn ich fertig bin, könnt ihr euch alle 'ne Runde genehmigen.«

»Laß sie los, du schleimiger Schleicher.«

»Verzieh dich, Gino.«

Bevor jemand wußte, wie, rauften sie. Keuchend wälzten sie sich auf dem Boden, hieben mit Füßen und Fäusten aufeinander ein.

Gino war jünger und kleiner als Zeko, aber stärker. Er verpaßte Zeko einen Haken, der ihm die Lippe aufriß. Blut begann zu fließen.

»Du dreckige, stinkende kleine Ratte«, fauchte Zeko. Er griff in seinen Stiefel und zog ein Messer.

Beide waren nun wieder auf den Beinen, umkreisten einander lauernd. Zu Pinky Banana und Catto hatten sich Leute aus der

Nachbarschaft gesellt, die nach Blut schrien. Einige feuerten Gino an, andere Zeko.

Gino hörte nichts. Er hatte das Messer im Auge und beobachtete jede Bewegung Zekos.

Plötzlich stieß Zeko zu, das Messer fuhr seitlich an Ginos Wange herunter und hinterließ einen bösen Schnitt, der nicht sehr schmerzte, aber heftig blutete.

»Du verdammter Sauhund!« brüllte Gino. Wut überkam ihn, diese alles einhüllende schwarze Wut, die er beim Angriff auf Bruder Philippe empfunden hatte. Zeko war nicht mehr Zeko – er war der gemeine Paolo. Mit einemmal verfügte Gino über grenzenlose Kräfte. Er packte Zekos Messerarm, drehte und drehte, hörte weder das scheußliche Krachen des Arms noch Zekos Schmerzensschreie. Pinky Banana und Catto mußten ihn von dem heulenden Zeko wegzerren.

»Ich glaub, du hast ihm den Arm gebrochen«, verkündete Catto, nicht gerade traurig bei dem Gedanken.

Langsam verzog sich der Nebel vor Ginos Augen. Er schüttelte den Kopf, wußte einen Moment lang nicht, wo er war und was er da machte. Er blickte auf den winselnden Zeko nieder. »Nächstes Mal schlag ich dir den Schädel ein«, sagte er warnend. Er schaute sich nach der kleinen Blondine um, derentwegen überhaupt alles angefangen hatte. Sie war längst weg. Typisch Frauenzimmer!

»Wir sollten lieber ins Krankenhaus rübergehen – dein Gesicht versorgen lassen«, meinte Pinky Banana.

Gino griff an seine blutverschmierte Wange. Das hätte ihm gerade noch gefehlt, eine widerliche, klaffende Narbe. »Gehn wir«, sagte er.

Im Krankenhaus nähten sie die Wunde mit zehn Stichen. Sie stellten auch viele Fragen, aber Gino schwieg beharrlich.

Als Gino und seine Kameraden das Krankenhaus verließen, wurde Zeko eingeliefert. Die beiden Kampfhähne tauschten haßerfüllte Blicke, aber beide blieben stumm. Das Gesetz der Straße hieß: Mund halten. Keiner der beiden hatte die Absicht, es zu brechen.

Zwei Tage später, während Gino in der Werkstatt gerade unter einem aufgebockten Packard lag, erhielt er Besuch von einem Fremden. Zunächst sah er nur die Schuhe des Fremden. Zweifarbige Lackschuhe. Sehr elegant und rassig.

»Bist du Gino Santangelo?« erklang es über den Schuhen.

»Wer will das wissen?« Gino schob sich unter dem Wagen hervor.

»Darum kümmre dich nicht. Bist du's?«

Ginos Herz begann schneller zu schlagen. Über ihm stand Eddie die Bestie, rechte Hand und Stellvertreter des berühmten Salvatore Charlie Lucania.

Er schluckte, bemühte sich, seine Nervosität zu verbergen. Langsam stand er auf und wischte seine ölverschmierten Hände an seiner dreckigen Hose ab. »Ja, ich bin Gino Santangelo«, brachte er nach ein paar Sekunden hervor.

Eddie die Bestie fackelte nicht lange. Er versetzte Gino einen Hieb in den Magen, der ihn zusammenknicken ließ.

»Das ist von Zeko«, sagte Eddie ruhig. »Er schickt dir seine Grüße durch mich, weil er mit einem kaputten Arm im Krankenhaus liegt und sie nicht selber abliefern kann.«

Gino richtete sich auf; jedes Quentchen seines Straßeninstinkts riet ihm, nicht zurückzuschlagen. Also blieb er stehen, schaute Eddie fest an und sagte: »Sein Pech, er hat's herausgefordert.«

Eddie lachte. »Wir haben gehört, daß du ein harter kleiner Brocken seist. Scheint zu stimmen. Komm mit. Mr. Lucania möchte dich sprechen.«

Pinky Banana fielen fast die Augen aus dem Kopf.

»Bin gleich wieder da«, sagte Gino betont lässig zu ihm. »Regle es mit dem Chef. Erzähl ihm irgendwas, mir sei schlecht geworden...«

»Das könnte es dir noch werden«, warf Eddie mit drohender Stimme ein.

Seltsamerweise war Gino überhaupt nicht mehr nervös. Er hatte nicht das Gefühl, in Gefahr zu sein. Ganz im Gegenteil, er spürte, daß er großes Glück haben würde.

Charlie Lucania erwartete ihn im Fond eines großen schwarzen Cadillac, der unweit der Werkstatt geparkt war. Er musterte Gino vom Scheitel bis zur Sohle und sagte dann, sehr schnell sprechend: »Hab viel von dir gehört, Kleiner, manches Gute, manches Schlechte.«

Gino schwieg.

»Du hast Temperament – das ist okay. Ich hab auch Temperament. Du mußt nur wissen, wann man ihm nachgeben darf. Verstehst du, was ich meine?«

Gino nickte.

»Ich hab gern gute Leute um mich. Jung anheuern, schulen, und man kann auf Treue bauen. Verstehst du mich?«

Wieder nickte Gino.

»Wie alt bist du?«

»Siebzehn«, log er. Einen Monat war es noch bis dahin.

»Das ist gut. Sehr gut. Wenn du nur Schneid und die Ruhe weg hast.« Lucania neigte sich vor. »Ich hab Zeko für 'nen Job eingeteilt gehabt. Du hast ihn außer Gefecht gesetzt. Ich will nachsichtig mit dir sein. Ich geb dir seinen Job. Nächsten Mittwoch. Acht Uhr abends. Eddie wird dir alles Nötige sagen.«

Lucania lehnte sich zurück. Für ihn war die Unterredung beendet.

Gino räusperte sich. »Hm, schauen Sie... Ich bin froh, daß ich die

Chance krieg – aber ich möcht auf keinen Fall wieder im Knast landen...«

Lucania warf ihm einen trägen Blick zu. »Bist du ein guter Fahrer?«

»Der beste.«

»Dann wird man dich nicht erwischen.«

Eddie die Bestie öffnete die Wagentür. »Los, du Knilch«, sagte er grinsend. »Raus.«

Da begriff Gino, daß er gar keine Wahl hatte.

Carrie, 1927

Der Mann starrte auf Carrie hinunter, und sie starrte mit riesigen, angsterfüllten Augen zu ihm hinauf. Er war ein großgewachsener Neger, ein ganzes Stück über einsachtzig. Doch nicht seine Größe entsetzte sie, sondern die Länge und Dicke seines Gliedes.

Sie hatte ihn schon zweimal »unterhalten«, und jedesmal hatte er sie fast entzweigerissen. Sie hatte beide Male geblutet und sich weinend bei Leroy beklagt. Doch er hatte sie nur ausgelacht und gesagt, sie solle kein solches Baby sein. Sie war kein Baby. Sie war eine Gefangene.

»Ich fühl mich nicht wohl«, sagte sie zu dem Mann und blinzelte, um die Tränen zurückzudrängen.

»Klar fühlst du dich wohl, Schätzchen«, entgegnete der Mann und stieg aus seiner Hose. »Alle Damen fühlen sich wohl, wenn sie sehen, was ich für sie habe.«

Oh, guter Gott! Was hatte sie getan, um ein solches Leben zu verdienen?! Seit der verhängnisvollen Nacht, in der Leroy sie vergewaltigt hatte, war sie eingesperrt. Nicht einen Augenblick Freiheit oder Tageslicht hatte es für sie mehr gegeben, nur einen ständigen Strom von Männern. Leroy kassierte, und Großmama Ella brachte Essen, Laken und Handtücher, wenn sie daran dachte – was nicht so oft geschah, wie es hätte sein sollen.

Leroy hatte das Nebenzimmer gemietet, und hier hielt er sie gefangen. Eine menschliche Maschine, nur dazu da, Männern zu Willen zu sein.

Zuerst hatte sie versucht, sich zu wehren. Doch Leroy hatte sie so lange geprügelt, bis es ihr als das kleinere Übel erschienen war, nachzugeben.

Der Mann hatte mittlerweile auch seine lange wollene Unterhose ausgezogen. Er stand vor ihr, das Hemd hing komisch an ihm, und sein großes Organ ragte darunter heraus.

»Sie – Sie tun mir weh mit Ihrem Ding«, stieß Carrie hervor. »Gibt es denn keine andere Möglichkeit?«

Der Mann überlegte kurz, dann breitete sich auf seinem dümmlichen Gesicht ein Lächeln aus. »Ich könnte es zwischen deinen kleinen Titten reiben und es dir dann in den Mund stecken«, meinte er.

Alles war besser, als ihn zwischen die Beine nehmen zu müssen. Sie nickte dumpf und schlüpfte aus ihrem Unterrock. Sie sah jämmerlich aus, ihre Arme und Beine wirkten wie Stöcke, und ihr hagerer Körper wies verblassende Spuren von Leroys Schlägen auf. Noch immer jedoch hatte sie große Brüste. Der Mann packte sie jetzt grob, rieb sein Glied daran.

Sie schloß die Augen und wünschte, sie hätte auch die Ohren schließen können. Das Stöhnen des Mannes war ihr zuwider. Sie versuchte an die Vergangenheit zu denken, an das Gute in ihrem Leben: Mama Sonny. Philadelphia. Ihre Stellung in Mr. Dimes' herrlichem Haus an der Park Avenue.

Der Mann stopfte ihr jetzt sein Ding in den Mund. Es schmeckte nach Urin und Schweiß. Sie wollte protestieren, aber zu spät, sie konnte nicht mehr sprechen. Er pumpte und rieb sich an ihren Zähnen. Sie hätte am liebsten zugebissen.

Carrie hatte das noch nie gemacht. Würde er sein Ding bis in ihre Kehle rammen und sie ersticken?

Sie würgte, worauf er sich ein Stückchen zurückzog. Dann umklammerte er ihre Brüste, als seien sie zwei Melonen, deren Reifegrad er durch Drücken prüfen wolle. Er stöhnte laut, begann eine Art Gebet zu singen. Schließlich kam er zum Höhepunkt, und salzige, dicke Flüssigkeit spritzte ihr in die Kehle.

Sie glaubte, sich übergeben zu müssen, doch statt dessen schluckte sie, er befreite sie von sich, und es war vorbei.

Sie hatte verhindert, daß er sie zersprengte. Das war doch was, oder? Sie mußte feiern, wirklich. Schließlich war heute ihr vierzehnter Geburtstag.

Großmama Ella starb wenig später. Leroy hielt es jedoch nicht für nötig, Carrie davon zu unterrichten. Erst drei Tage nach dem Tod seiner Mutter erschien er wieder bei ihr, und sie war inzwischen buchstäblich am Verhungern.

»Zieh dich an«, sagte er und warf ein schmutziges altes Kleid in ihre Richtung.

»Ich brauche was zu essen«, entgegnete sie flehend. »Wie kannst du mich ohne Essen hier eingesperrt lassen? Ich hätte sterben können und...«

»Halt's Maul, Mädchen«, befahl Leroy grob. »Meine Mama hat sich auf die Reise in den Himmel gemacht, und dir fällt nichts Besseres ein, als über dich selber zu winseln.«

Ihre Augen weiteten sich. »Großmama Ella ist gestorben?«

»Großmama Ella ist gestorben?« äffte er sie nach. »Ja, das ist sie... Und ich werd nicht länger hier rumhängen. Ich werd mich auf die Reise nach Kalifornien machen.« Er verdrehte die Augen. »Sonne und schöne Zeiten – hier kommt Le-roy!«

Sie starrte ihn an. »Du meinst, ich bin frei?«

Leroy lachte in sich hinein. »Mädchen, du bist meine Fahrkarte nach Kalifornien. Ich verkauf dich.«

Carrie wich vor ihm zurück. »Das kannst du nicht machen.«

»So? Du wirst schon sehen, Mädchen. Und führ dich lieber anständig auf, sonst könnte es passieren, daß ich dir den hübschen Hals aufschlitze, bevor ich abdampfe.«

Leroy meinte es ernst. Er zog sie an, gab ihr ein Stück fettes Brathähnchen zu essen, faßte sie derb am Arm und führte sie in ein nahegelegenes Haus, wo eine große dicke Frau sie kniff und befühlte, als sei sie ein Stück Roastbeef.

»Lissy, du wirst diesen Gelegenheitskauf nicht bereuen«, dröhnte Leroy. Er faßte Carries Kleid und riß es ihr vom Leib. »Schau diese Titten an, diese Beine, diese saftige kleine Zwetschge.«

Carrie entwand sich seinem Griff.

Lissy nickte und gab ihm fünfundfünfzig Dollar. Dann ging Leroy ohne ein Wort des Abschieds.

Lissy musterte Carrie. »Du bist zu mager«, konstatierte sie. »Wir müssen dich rausfüttern. Komm mit, ich zeig dir dein Zimmer. Und ein ausgiebiges Bad könnte dir auch nicht schaden.«

Das Leben in Lissys Etablissement bedeutete zweifellos eine Verbesserung. Carrie erhielt regelmäßig zu essen, die Freier waren angenehmer, und das Zimmer, in das man sie gesperrt hatte, kam ihr luxuriös vor im Vergleich zu dem, was sie bisher kennengelernt hatte.

Es gab noch andere Mädchen. Anfangs durfte Carrie sie nicht einmal sehen, doch nach ein paar Monaten, als sie ihren Preis bei weitem hereingebracht hatte, ließ Lissy die Zügel ein wenig lockerer und gab ihr einige Bröckchen Freiheit zu kosten.

Carrie wäre gern weggelaufen. Aber Leroy hatte recht, sie wußte nicht, wohin. Sie war jetzt eine Dirne, und diese traurige Tatsache ließ sich durch nichts ändern. Nach Philadelphia oder in die Stellung bei Mr. Dimes konnte sie auf keinen Fall zurück. »Liebe« für Geld, das war ihr Leben. Wenn dies aber schon ihr Leben war, so sagte eines der anderen Mädchen zu ihr, sollte sie zusehen, daß sie auch selbst etwas dabei verdiente.

Nach kurzem Überlegen ging sie zu Lissy. »Ich möchte einen Anteil von dem, was ich einbringe«, erklärte sie.

Lissy lachte. »Wie kommt es, daß du so lange gebraucht hast, um das zu verlangen?«

Carrie hatte bald ein ganz hübsches Sümmchen beisammen, denn ihre großen Brüste, das lange dunkle Haar und die orientalischen Augen machten sie sehr begehrenswert.

Lissy war zwar nicht glücklich, als Carrie ihr eines schönen Tages eröffnete, daß sie anderswo hin wolle, zeigte aber Verständnis, zumal sie ohnehin nichts dagegen tun konnte.

Carrie suchte Florence Williams auf, eine der mächtigsten Bordellmütter in Harlem. Florence lebte mit drei ausgesuchten Mädchen in einer sehr schönen Wohnung unweit der 114. Straße, und nach einem einzigen Blick auf Carrie gab sie ihr mit Freuden ein Zimmer. Eine Vereinbarung wurde getroffen, derzufolge Carrie pro Freier zwanzig Dollar bekommen und fünf davon als Miete an Florence bezahlen sollte.

Ihr neues Zimmer war ein Traum. Ein bequemes Bett mit weißer Decke und passendem Telefon. In der Ecke eine Waschschüssel aus Porzellan, daneben ein Stapel frischer Handtücher, den das Dienstmädchen, das nach jedem Kunden ihr Zimmer in Ordnung brachte, laufend ergänzte. Ein Dienstmädchen! Carrie hatte keine Freude an dem, was sie tat, doch es wurde jetzt zweifellos erträglicher.

Die anderen Mädchen bei Florence waren nett, mehr noch, zwei waren weiß. Carrie fand bald heraus, daß die Kundschaft zur Hälfte aus Weißen bestand.

Cecilia hatte eine Haut wie Buttermilch, rotes Haar und phantastisch lange Beine. Sie sprach mit schleppendem, trägem Südstaatenakzent. Das andere weiße Mädchen bestand aus riesengroßen Augen und aus Temperament. Dann gab es noch Billie, eine Negerin, die nach Carries Vermutung etwa so alt war wie sie selbst, wenn auch beide behaupteten, achtzehn zu sein.

Carrie fand Billie ausnehmend hübsch und mochte sie sehr gern. Billie war mit ihrer Mutter aus Baltimore auf Besuch in die Stadt gekommen, hatte eine Stellung als Dienstmädchen erhalten, die Arbeit gräßlich gefunden und sich schließlich bei Florence Williams als Dirne verdingt. »Macht dich fix und fertig, 'nem fetten, weißen Weibsbild hinterherzuputzen«, meinte sie gedehnt. Sie hatte eine schöne Stimme, wirklich weich und angenehm, fand Carrie, besonders wenn sie in den Gesang der Jazzmusiker auf dem Victrola einstimmte. »Du solltest Sängerin werden«, sagte Carrie.

»Ja«, stimmte Billie zu, »gibt 'ne Menge Dinge, die ich tun sollte – eines Tages werd ich den Sprung machen und alle überraschen.«

»Klar, du wirst es schaffen«, bekräftigte Carrie, »und ich auch.« Sie wußte bloß nicht recht, wie sie das anstellen wollte. Billie hatte einen Traum. Sie selbst hatte nichts. Wenn sie ihren Körper verkaufte, war sie wenigstens in Sicherheit. Sie empfand kein Verlangen, in die Welt hinauszugehen und den Menschen gegenüberzutreten. Alle würden beim ersten Blick wissen, was sie war.

Eines Abends, während Carrie einen Freier bediente, hob vor ihrem Zimmer großer Tumult an. Zornige Stimmen erklangen – Billie und ein Kunde. Dann hörte man Florence, die zu beschwichtigen versuchte.

Als Carrie wieder frei war, erfuhr sie, daß Billie einen Kunden abgewiesen hatte. Einen riesigen Neger namens Big Blue Ranier. Einen Mann mit Beziehungen. Er gehörte zu Bub Hewlett, dem Mann, der Harlem praktisch beherrschte.

Florence war wütend. »Diese Burschen verstehen's mit der Polente, hocken sogar oft mit Polypen zusammen«, tobte sie. »Du mußt lernen, zu wem du nein sagen kannst und zu wem nicht.«

Billie blickte verstockt drein.

Am nächsten Morgen, als die Mädchen in der Küche herumsaßen und frühstückten, fand eine Razzia statt. Die Polypen drangen in die Wohnung ein, verhafteten alle Anwesenden und brachten sie in einer grünen Minna zum Gefängnis.

Florence Williams und die beiden weißen Mädchen wurden nach wenigen Stunden wieder freigelassen. Billie und Carrie nicht. Man klagte sie der Prostitution an und sperrte sie ein. Nach einer schrecklichen Nacht in einer Zelle schaffte man sie in das Gericht am Jefferson Market.

Als Billie sah, wer auf dem Richterstuhl saß, stöhnte sie auf. »Wir sind geliefert«, flüsterte sie der versteinerten Carrie zu. »Siehst du das alte Miststück dort droben? Das ist Richterin Jean Norris – sie ist hundsgemein, schlimmer als ein Haufen Dreck!«

Billie kam, soweit Carrie sagen konnte, glimpflich davon. Ihre Mutter erschien vor der Richterin und schwor, daß Billie achtzehn sei. Daraufhin blickte die Richterin mit zusammengekniffenen Augen auf ein Stück Papier und erklärte, das sei ein ärztliches Attest, demzufolge Billie krank sei. Sie schickte Billie in ein städtisches Krankenhaus in Brooklyn.

Als Carrie an der Reihe war, musterte die Richterin sie mit einem gemeinen Blick und stellte allerlei Fragen, auf die Carrie mit beharrlichem Schweigen reagierte. Sie machte nur von sich aus die Aussage, daß sie achtzehn Jahre alt sei.

Schließlich sagte Richterin Norris gereizt: »Wenn Sie die Fragen des Gerichts nicht beantworten wollen, so liegt das ganz bei Ihnen, junge Dame. Ich könnte nachsichtig zu Ihnen sein, aber wegen Ihrer Haltung habe ich nicht die Absicht. Drei Monate. Welfare Island. Die Verhandlung ist geschlossen.«

Richterin Norris hatte ihrem Ruf, gemein zu sein, alle Ehre gemacht.

New York, Mittwoch, 13. Juli 1977

»Himmel!« rief Lucky, »was ist denn los?«

Steven, der an die Wand der stockfinsteren Fahrstuhlkabine geprallt war, antwortete: »Der Generator muß ausgefallen sein.«

»Wer sind Sie?« fragte Lucky mit plötzlichem Mißtrauen. »Wenn Sie den Schalter gedrückt haben, weil Sie irgendwas im Schilde führen, sind Sie an die *Falsche* geraten. Das lassen Sie sich gesagt sein. Ich habe den schwarzen Karategürtel, und wenn ich auf Sie losgehen müßte, würden Sie es bis in Ihre Eier hinunter spüren. Ich bin ...«

»Entschuldigen Sie, Fräulein«, fuhr Steven sie an, »Sie selbst stehen neben der Schaltertafel. Warum drücken Sie nicht den Notrufknopf, statt Reden zu halten?«

»Frau.«

»Oh, tut mir furchtbar leid, entschuldigen Sie, gnädige Frau. Glauben Sie, daß Sie so freundlich sein könnten, den Notrufknopf zu drücken?«

»Ich kann den verdammten Knopf nicht sehen.«

»Haben Sie keine Zündhölzer, kein Feuerzeug?«

»Haben Sie keines?«

»Ich rauche nicht.«

»Ha! Hätte ich mir denken können!« Sie zog den Reißverschluß ihrer Schultertasche auf und suchte nach ihrem Dunhill-Feuerzeug. »Scheiße!« rief sie, denn ihr war eingefallen, daß sie es auf Costas Schreibtisch liegengelassen hatte. »Ich hab's nicht.«

»Was?«

»Mein Feuerzeug. Wissen Sie genau, daß Sie keine Zündhölzer haben?«

»Natürlich weiß ich das.«

»Jeder hat Zündhölzer einstecken.«

»Sie nicht.«

»Auch wieder wahr.« Sie stampfte mit dem Fuß auf. »Verdammt noch mal, ich hasse Dunkelheit.«

Steven streckte die Arme vor und bewegte sich vorsichtig durch die

Kabine. Er berührte Lucky und erhielt noch in derselben Sekunde einen Tritt ans Bein.

»Au! Warum tun Sie das?«

»Ich habe Sie gewarnt, Freundchen. Fangen Sie was an, und Sie geraten in große Schwierigkeiten.«

»Sie sind wirklich ein verrücktes Frauenzimmer«, sagte er vorwurfsvoll. »Ich versuche doch nur den Notrufknopf zu finden.«

»Ihr Glück.« Sie wich in die Ecke zurück und hockte sich auf den Boden. »Machen Sie schnell, seien Sie so gut. Ich hasse Dunkelheit.«

»Das haben Sie bereits gesagt«, erwiderte er. Sein Bein fühlte sich an, als sei es von einem Vorschlaghammer getroffen worden. Wahrscheinlich hatte er schon einen gehörigen Bluterguß. Er tastete die Schalttafel ab und drückte auf gut Glück alle Knöpfe. Nichts tat sich.

»Haben Sie ihn gefunden?« fragte sie bissig.

»Funktioniert offenbar nicht.«

»Großartig! Dazu hat man Notrufknöpfe eingebaut, damit sie, wenn man sich in einer beschissenen Notlage befindet, *nicht funktionieren!*«

»Kein Grund, so zu schreien.«

»Sagen *Sie* mir nicht, was ich tun soll oder nicht.«

Stille herrschte, während beide über ihre Lage nachsannen.

Lucky dachte: So geht's mir doch immer. Sitze mit einem blöden, miesen Quatschkopf fest, der nicht mal raucht. Einem verdammten Klugscheißer.

Steven dachte: Was für ein Mundwerk! Sie klingt, als seien die ganzen New York Yankees über sie hinweggestiegen.

»Also«, sagte Lucky nach einer Weile und zwang sich, ruhig zu sprechen, »was machen wir jetzt?«

Gute Frage. Was sollten sie machen? »Stillsitzen«, antwortete Steven.

»Stillsitzen«, schrie sie. »Verfluchte Scheiße, wollen Sie mich aufziehen?«

»Hören Sie auf, solche Wörter zu gebrauchen!«

»Oh, tut mir leid.« Ihre Stimme triefte vor Sarkasmus. »Ich werde nie mehr aufziehen sagen.«

In seinem luxuriösen Büro oben stand Costa Zennocotti an einem Schrank und tastete nach Kerzen. Er fand sie und zündete sie mit Luckys Feuerzeug an, das auf seinem Schreibtisch lag. Dann trat er ans Fenster und schaute hinaus. Die Stadt breitete sich vor ihm aus, nur vom Mond beleuchtet. Es war genau wie damals im Jahr 1965 – nur hatten seinerzeit alle gesagt, es handle sich um einen höchst ungewöhnlichen Kurzschluß, und so etwas könne nie wieder passieren. Nun war es doch wieder passiert.

Er fluchte leise, als er an die achtundvierzig Stockwerke dachte, die er würde hinuntersteigen müssen. Vielleicht auch nicht. Vielleicht war es diesmal nur ein kurzer Stromausfall. Seufzend kehrte er zu dem Schrank zurück, aus dem er die Kerzen geholt hatte. Seine Sekretärin, eine pessimistische Dame, hatte für solche Notfälle ein eigenes Fach eingerichtet. Neben Kerzen enthielt es eine Decke, einen batteriebetriebenen tragbaren Fernseher und sechs Dosen Orangensaft. Kluges Mädchen. Morgen würde er ihr eine Gehaltserhöhung geben.

Costa hob den Fernseher heraus, ergriff eine Dose Orangensaft, machte es sich auf der Couch bequem und lockerte seine Krawatte.

Er schaltete das kleine Gerät ein. Das Bild erschien sofort, Charlies drei Engel schlugen ihre Kapriolen. Costa schaltete die anderen Kanäle durch, und dabei kam ihm der Gedanke, daß Lucky vielleicht im Fahrstuhl festsaß. Aber nein, sie war gut zehn Minuten vor dem Stromausfall gegangen.

Er schaltete auf einen Kanal, der Nachrichten sendete, und lehnte sich zurück, auf schlimmste Neuigkeiten gefaßt.

»Was treibst du da draußen, Arschloch?« schrie der in Darios Schlafzimmer eingeschlossene Junge gellend. »Es hilft dir nichts, wenn du die Sicherung rausdrehst und deine beschissenen Lichter ausschaltest. Hörst du mich, verdammt, du Arschloch?« Er trat mit den Füßen gegen die Tür. Dario war dem Innendekorateur dankbar, daß er darauf bestanden hatte, die dünnen Zimmertüren durch massive Eichentüren zu ersetzen.

»Was hast du eigentlich?« rief er, um eine feste, furchtlose Stimme bemüht. »Ich meine, wir haben doch Spaß miteinander gehabt.«

»Du Arschficker!« schrie der Junge. »Du dreckiger Schwuler!«

Dario war völlig ratlos. »Wenn ich ein dreckiger Schwuler bin, was bist dann du?«

»Du hast sie wohl nicht alle, Mann!« Aus der Stimme des Jungen klang wachsende Hysterie. »Ich bin kein Schwuler. Ich steck mein Ding gern in große feuchte Mädchen.«

Dario fühlte sich ein bißchen sicherer – trotz des Stromausfalls und obwohl er mit diesem Irren in seiner eigenen Wohnung eingeschlossen war. Die starke Eichentür würde nicht nachgeben. Sie würde dem wahnsinnigen Kerl standhalten, bis er Hilfe herbeigerufen hatte. In möglichst kühlem Ton fragte er: »Hat dich jemand geschickt?«

»Ach Quatsch«, antwortete der Junge. »Schalt die beschissenen Lichter wieder ein. Im Dunkeln hocken nützt dir nichts.«

Dario überlegte, wen er um Hilfe bitten könnte. Die Auswahl war beschränkt, er hatte nicht viele Freunde.

»Mach die Lichter an, Arschloch«, schrie der Junge, »sonst brech ich hier durch und schlag dir deinen verdammten Schädel ein.«

Als die Lichter ausgingen, erstarrte Carrie. Sie beendete die Frage nicht, die sie hatte stellen wollen. Wie betäubt, mit offenem Mund, blieb sie in dem Harlemer Supermarkt an der Information stehen.

»Was ist denn hier los?« kreischte die Frau hinterm Informationspult. Ihre Worte gingen fast unter im Gejohle und Geschrei der Kunden, denen klar wurde, daß es nicht nur keine Lichter, sondern auch keine Sicherheitseinrichtungen, keine Kontrolle mehr gab.

»Nichts zu sehen!« schrie eine erregte Frauenstimme. »Bedienen wir uns doch selber, Schwestern!«

Noch bevor Carries Augen sich einigermaßen an die Dunkelheit gewöhnt hatten, standen die beiden Burschen, die ihr in das Geschäft gefolgt waren, neben ihr, stießen und schubsten sie zwischen sich hin und her.

»He, Lady, was sucht eine aufgedonnerte Puppe wie du in der Gegend hier?«

»Komm schon, Baby, Baby, Baby... Gar kein Gefühl, Baby? Hast du Kaffeesahne zwischen deinen langen Beinen, Baby?«

Während sie schmeichlerisch auf sie einredeten und sie hin und her schubsten, raubten die beiden sie aus. Sie rissen ihr die Brillanten von den Ohren. Zogen ihr den Brillantring vom Finger. Zerrten die Brillantspangen aus ihrem Haar. Und während der ganzen Zeit setzten sie mit heiseren, singenden Stimmen ihren Dialog fort, der fast wie der Anfang einer Platte von Teddy Pendergrass klang.

Carrie war wie gelähmt vor Angst. Erinnerungen aus der Vergangenheit stiegen vor ihr auf. Es war alles so lange her – und doch, es hätte gestern gewesen sein können. »Laßt mich in Ruhe«, begann sie zu schreien, »laßt mich in Ruhe!«

Die Burschen gaben ihr einen letzten Schubs, schnappten sich ihre Handtasche und rannten davon.

Für Gino kam es nicht überraschend, als das Flugzeug, das sich bereits auf dem Landeanflug befunden hatte, den Kurs änderte und wieder zu steigen begann.

Stimmengemurmel klang durch die Kabine. Gino war nicht der einzige, der den totalen Stromausfall bemerkt hatte.

»Mir ist heiß«, klagte Lucky. »Wie lange sind wir schon hier?«

Steven schaute auf die Uhr. »Etwa zwei Stunden.«

»Zwei Stunden? Himmel! Wenn das so weitergeht, hocken wir morgen früh noch hier.«

»Wahrscheinlich.«

»Ist das alles, was Ihnen einfällt – wahrscheinlich? Ich meine, es muß doch *irgendeinen* Weg geben, hier rauszukommen.«

»Dann nennen Sie ihn mir.«

»Scheiße! Sie sind wirklich eine verdammte Nervensäge.«

Wieder schwiegen sie.

Lucky konnte die Stille nicht ertragen. Es war schon schlimm genug, in einem stockfinsteren Kasten festzusitzen, der weiß Gott wie viele Stockwerke über dem Boden hing, aber warum, warum bloß mußte ihr das mit einem solchen Idioten passieren?

»Wie heißen Sie?« fragte sie.

»Steven Berkely.«

»Und ich Lucky.«

»Was? Lucky? Glücksbringerin? Sie machen wohl Witze?«

»Nein, ich heiße wirklich so. L-u-c-k-y. Kapiert?«

Er wünschte, sie wäre endlich still gewesen. Dann hätte er vielleicht schlafen können, vielleicht sogar durchschlafen bis zum Morgen, bis Rettung kam.

»O Gott! Ich halte das nicht aus!« Sie stand auf und trommelte mit den Fäusten an die Wand der Kabine. »Hilfe!« schrie sie. »Hilfe! Hallo, dort draußen! Wir sitzen im Lift fest! Hilfe!«

»Das bringt nichts«, erklärte Steven lakonisch. »Dort draußen ist niemand, der Sie hören könnte.«

»Woher wollen *Sie* das wissen?«

»Es ist spät. Niemand mehr da.«

»Scheißdreck! Wie können Sie so etwas behaupten? *Sie* sind da, oder? *Ich* bin da. Das Gebäude könnte voller Menschen sein.«

»Glaube ich nicht.«

»Natürlich, *Sie* nicht.«

Er schluckte eine grobe Antwort hinunter. Diese Frau strapazierte seine Nerven.

»Na?« spöttelte sie.

»Ich versuche zu schlafen«, erwiderte er barsch. »Ich empfehle Ihnen, das gleiche zu tun.«

»Schlafen?! In diesem Schwitzkasten? Ist das Ihr Ernst?«

»Ja. Mein voller Ernst.«

Sie beschloß, ihn anzumachen. Dabei würde wenigstens die Zeit vergehen. »Ich habe eine bessere Idee.«

»Was für eine?«

»Warum schlafen wir nicht miteinander?«

Ihre Frage stand im Raum. Er antwortete nicht.

»Nun?« hakte sie kühn nach.

»Ich hatte den Eindruck«, sagte er langsam, »daß es, als der Lift stehenblieb, Ihre Hauptsorge war, mich von sich fernzuhalten.«

»Klar. Da habe ich Sie noch nicht gekannt. Jetzt sind wir alte Freunde.«

»Ich glaube Ihnen kein Wort.«

»Glauben Sie mir ruhig. Es wird *großartig* sein. Ich bin siebenundzwanzig, sehe nicht schlecht aus, gute Figur. Kommen Sie, Steven Wer-immer, Sie werden's nicht bereuen. Das verspreche ich Ihnen.«

»Sind Sie ein Mädchen für Geld?«

Sie begann zu lachen. »Ein Mädchen für Geld? Junge, Junge!«

»Jedenfalls klingen Sie wie eines.«

»Oh, ich verstehe. Jedes weibliche Wesen, das Sex will, ist ein lockerer Vogel. Sie sind einer von der alten Schule, was? Ein netter altmodischer Herr, der seine Damen echt konventionell mag.«

»Ich glaube, Sie brauchen Hilfe.«

»Ha! *Sie* sind derjenige, der verklemmt ist.« Lucky hielt inne, grinste im Dunkeln vor sich hin. »Sie wollen's also nicht mit mir machen?«

»Nein. Ganz bestimmt nicht.«

»Sind Sie schwul?«

»Nein, das bin ich nicht.«

»Dann sind Sie außergewöhnlich. Die meisten greifen sofort zu, wenn ihnen die Chance zu einer kostenlosen Tour geboten wird.«

»Ich bin nicht die meisten. Außerdem sollten Sie, glaube ich, wissen, daß ich schwarz bin.«

Sie lachte verächtlich. »Was macht das schon aus?«

»Nun, meine Dame«, sagte er mit gepreßter Stimme, »ich möchte Ihnen ersparen, daß Sie einen Schock kriegen, wenn die Lichter wieder angehen. – Was nicht bedeutet, daß ich Ihnen gern ›zu Willen‹ wäre«, fügte er rasch hinzu.

»Haben Sie mir gesagt, daß Sie schwarz sind, weil Sie hoffen, mich damit abschrecken zu können?« fragte sie spöttisch.

»Ich habe es Ihnen gesagt, weil ich Sie vom Hals haben will. Sex mit einer Fremden entspricht nicht meiner Vorstellung von Vergnügen.«

»Eine Schande! Sie wissen nicht, was Ihnen entgeht.«

»O doch, ich weiß es. Aber wie dem auch sei, ich schlafe nicht mit weißen Frauen.«

Sie schnaubte. »Guter Gott! Sie sind mir ein Pharisäer. Darf ich fragen, warum Sie nicht mit weißen Frauen schlafen?«

»Weil sie sich in zwei Kategorien unterteilen.«

»Und in welche?«

»Wollen Sie das wirklich wissen?«

»Sonst würde ich nicht fragen.«

»Na schön. Entweder suchen sie nach dem Mythos vom riesigen schwarzen Penis, oder sie sind so verdammt liberal, daß einem übel wird... Sie wissen: ›Schaut mich an, ich schlafe mit einem Schwarzen, bin ich nicht mutig?‹«

Lucky lachte. »Ich kenne die Sorte. Aber ich kann Ihnen versichern, daß ich zu keiner Ihrer Kategorien gehöre.«

»Darauf würde ich wetten.«

Beide schwiegen.

Steven überlegte, warum er ihr soviel über sich verriet. Er gab zuviel preis. Wenn die Lichter angingen und sie beide wieder in die Wirklichkeit zurückkehrten, würde er es bereuen.

»Ich unterteile die *Männer* in zwei Kategorien«, sagte Lucky. »Wenn ich einem Mann begegne, weiß ich sofort, zu welcher er gehört.«

»Und was für Kategorien gibt es für Sie?«

»Den Mann, mit dem ich sofort ins Bett ginge. Und den Mann, den ich erst kennenlernen möchte. Männer der zweiten Kategorie sind dünn gesät.«

Steven lachte freudlos. »Klingt, als hätten Sie Ihre Probleme. Jetzt werden Sie mir wohl gleich erzählen, daß Sie in Ihrer Kindheit schlecht behandelt wurden.«

»Mein Vater entsprach nicht gerade dem Bild des durchschnittlichen Mannes von der Straße. Tatsächlich mußte ich immer ein großes Geheimnis um ihn machen, sonst wäre bei mir gar nichts gelaufen.«

»Warum? Was war er, Polizist?«

»Unwichtig, was er war.« Sie stand auf, stampfte mit den Füßen. »Scheiße! Wann kommen wir endlich hier raus?«

»Setzen Sie sich hin. Es nützt nichts, sich aufzuregen.«

»Hören Sie mal, ich konnte *Sie* nicht aufregen, warum soll ich also nicht *mich* aufregen?«

»Wir haben eine lange Nacht vor uns. Sparen Sie Ihre Energie.«

»Sie haben recht.« Lucky ließ sich wieder in ihre Ecke fallen, öffnete die Reißverschlüsse an ihren Stiefeln und zog sie aus. Dann wand sie sich aus ihren Jeans. »Jej! Viel besser so!«

»Was ist besser?«

»Ziehen Sie sich aus. Ich hab's schon getan.«

»Das Thema hatten wir bereits...«

»Nicht für Sexübungen, Dummkopf. Es ist nur viel kühler so.«

Er erwog, ihren Rat zu befolgen. Doch wie würde es aussehen, wenn man sie fand und sie praktisch nackt waren?

»Ich wette, daß ich weiß, was Sie denken«, scherzte sie. »Sie denken, wenn ich mich ausziehe, wird sie über mich herfallen. Sie wird sich auf mein jungfräuliches Fleisch stürzen und...«

Er mußte lachen. »Sie sind wirklich verrückt.«

»Klar bin ich das. Schon mein ganzes Leben lang. Es hilft mir über den Tag weg. Ziehen Sie sich aus. Ich verspreche, daß ich Sie mit keinem Finger anrühre.«

Er überlegte, wie sie wohl aussah. In der Dunkelheit konnte er nicht mal ihre Umrisse ausmachen. Er stellte sie sich blond vor, leicht mollig, mit vorstehenden Zähnen und einem netten Lächeln.

Sie überlegte, wie er wohl aussah. Gelehrt, vermutlich Brillenträger. Typ Alex Haley, ganz bestimmt kein Typ wie O.J. Simpson.

Costa, der in seinem Büro auf der Couch eingeschlafen war, wurde vom Klingeln des Telefons geweckt. Er tastete nach dem Apparat und stieß die Couchtischlampe um, die scheppernd auf dem Boden landete. Da fiel ihm ein, daß er noch im Büro war. Taumelnd erhob er sich und tappte zum Schreibtisch. Er hob den Hörer ab. »Ja?«

»Costa?«

»Ja. Wer spricht?«

»Ich bin's, Dario. Ich hab schon geglaubt, dich nicht mehr zu erwischen. Hab in deinem Club angerufen, dann bei dir zu Hause, dann dachte ich, du seist vielleicht noch im Büro... Himmel, bin ich froh, daß ich dich endlich erreicht habe!«

Dario. Costa runzelte die Stirn. Der Bursche ließ gewöhnlich nur von sich hören, wenn er etwas brauchte.

Wie auf ein Stichwort fuhr Dario fort: »Costa, ich brauche deine Hilfe. Ich bin in Schwierigkeiten. Ich möchte – jemanden loswerden.«

»Quatsch nicht am Telefon«, fuhr Costa ihn an.

»Nicht kaltgemacht«, erklärte Dario, »nur aus meiner Wohnung raus, das ist alles.«

»Willst du wohl den Mund halten?« zischte Costa, der daran dachte, wie sich dieses Gespräch anhören mußte, wenn sein Telefon angezapft war. Er ließ sein Büro zwar jede Woche von einem Fachmann untersuchen – aber man konnte nie wissen.

Darios Stimme begann zu zittern. »Costa, ich brauche sofort Hilfe. In meiner Wohnung ist ein Wahnsinniger, der mich umbringen will. Ich habe ihn zwar im Schlafzimmer eingesperrt, aber...«

»Verlasse sofort die Wohnung«, befahl Costa. »Übernachte in einem Hotel und setze dich morgen mit mir in Verbindung. Ich werde dafür sorgen, daß die Sache – geregelt wird.«

»Du verstehst nicht.« Darios Stimme wurde hysterisch. »Ich kann nicht raus. Er hat meine Schlüssel. Ich bin eingesperrt.«

Costa überlegte fieberhaft, suchte nach einer Lösung. »Die Polizei...«, begann er.

»Vergiß es«, unterbrach ihn Dario. »Meinem Vater würde die Publicity nicht gefallen.«

Nun sah Costa klar. Dario hatte wieder einmal irgendeinen Kerl aufgegabelt, und der hatte sich dann gegen ihn gewandt. »Ich weiß jemanden«, sagte er langsam. »Bleib nur ganz ruhig.«

»O Gott!« Aus Darios Stimme klang Entsetzen. »O Gott! Ich glaube, er kommt – raus. Costa! Du mußt mir helfen... Er – er ist... Lieber Himmel!«

Costa hörte nichts mehr, die Leitung war tot.

Mit angstvoll aufgerissenen Augen wich Carrie in eine Ecke zurück, denn der Lärm und Tumult um sie nahm immer mehr zu. Von ihren zerfetzten Ohrläppchen tropfte Blut, ihr langes schwarzes Haar hing ihr wild ins Gesicht, und bitterer Gallengeschmack stieg ihr in den Mund. *Ich muß mich erbrechen. Jesus Christus, ich werde mich erbrechen.*

Das Splittern von Glas drang an ihre Ohren. Dann rannten zwei erregte Frauen an ihr vorbei zum Ausgang und schrien: »Los, wir holen uns nebenan einen Fernseher umsonst.«

Sie taumelte hinter den beiden aus dem Supermarkt, in einem Gewoge von Menschen, die alle bis an die Nasenspitzen mit Lebensmitteln bepackt waren. Carrie hatte nur einen Gedanken: Zu ihrem Wagen kommen. Weg aus diesen entsetzlichen Straßen.

»Hallo, Schwester, nimm die hier.« Eine dicke Frau drückte ihr kichernd ein Paket Papierhandtücher in den Arm. »Ich kann sie nicht schleppen, aber ich laß sie bestimmt nicht da.«

Carrie hielt das Paket benommen fest. *Wo war ihr Wagen? Wo hatte sie ihn geparkt?* Sie schüttelte den Kopf. *Gottverdammt, Weib. Nimm dich zusammen. Du mußt hier weg.*

Natürlich. Ihr Wagen stand auf dem Parkplatz. Doch wenn sie ihn fand und wegfuhr, was dann? Sie war aus einem bestimmten Grund nach Harlem gekommen. Es war wichtiger, Steven zu schützen, als von hier wegzukommen.

Plötzlich fiel ihr ein, daß ihre Waffe in der Handtasche steckte, und die hatte man ihr geraubt.

Sie eilte zum Parkplatz, kam gerade recht, um ihren Wagen herausschießen zu sehen. Ihr schöner dunkelgrüner Cadillac Seville. Alle Fenster standen offen, das Stereoradio plärrte, und die beiden halbwüchsigen Räuber lümmelten bequem auf den Vordersitzen. *Natürlich. Die Wagenschlüssel waren in der Handtasche gewesen.*

Sie hätte weinen mögen, schreien, irgendwas tun. Statt dessen stand sie reglos da und ließ den Haß in sich aufsteigen, von ihrem ganzen Körper Besitz ergreifen. Sie beschloß, daß derjenige, der sie hierher zurückgelockt hatte, sterben müsse – irgendwie.

»Mr. Santangelo.« Die hübsche Stewardeß beugte sich zu ihm und flüsterte ihm ins Ohr: »In New York hat es einen totalen Stromausfall gegeben, darum bringt uns der Pilot nach Philadelphia. Dort können wir landen. Ich hoffe, das bereitet Ihnen keine allzu großen Ungelegenheiten...«

Er wollte eben antworten, da verkündete der Flugkapitän über die Kabinenlautsprecher dieselbe Neuigkeit.

»Kann ich etwas für Sie tun, Mr. Santangelo?« fragte die Stewardeß höflich.

»Nein, danke.« Er schüttelte den Kopf. »Bin wunschlos glücklich.«

Das stimmte nicht. Er war stocksauer, weil er den Fuß nicht auf New Yorker Boden setzen konnte. Sieben Jahre fort gewesen – und jetzt das!

Gino, 1923–1924

Der Job, den Gino von Charlie Lucania bekam – Fahrer beim Raub geschmuggelter Spirituosen –, sollte sein ganzes Leben verändern. Es ging um eine Racheaktion gegen jemanden, der Lucania hereingelegt hatte. Gino wurde als Ersatz für Zeko gewählt, weil die Bande jemanden brauchte, der sauber war; falls man ihn schnappte, würden keine Spuren zu Lucania zurückführen.

Gino fand sich also am Lenkrad eines nagelneuen Packard wieder, den er an der festgelegten Stelle abgeholt hatte. Zwei auf eigenes Risiko arbeitende Gangster fuhren mit ihm.

Er war teuflisch nervös, doch wenn einen der König des Alkoholschmuggels bat, etwas für ihn zu tun, konnte man schlecht ablehnen. Außerdem war es wirklich seine Schuld, daß Zeko nicht eingesetzt werden konnte – auch wenn der miese Hund mehr verdient hätte als nur einen kaputten Arm.

In gewissem Sinn schmeichelte es Gino, daß man ihn genommen hatte. Eine Wucht, daß er bereits einen Namen besaß – und todsicher würde *er* niemanden hängen lassen. Es war allgemein bekannt, daß Charlie Lucania immer nach jungen Talenten Ausschau hielt. »Ein Reich baut man auf Treue auf«, hatte er gesagt, »fang sie jung ein und behandle sie gut, dann werden sie dich nicht in die Eier stechen.«

Gino fuhr den Packard ausgezeichnet. Die Aktion verlief vollkommen glatt und problemlos. Am nächsten Tag erschien Eddie die Bestie in der Werkstatt und reichte ihm ein Päckchen, das fünfzig knisternde Eindollarscheine enthielt. »Gut gemacht«, erklärte Eddie. »Wir kommen wieder auf dich zu.«

Gino war völlig von den Socken. Fünfzig Mäuse! Scheiße, er hatte noch nie im Leben fünfzig Dollar besessen.

Er wollte feiern, und was gab es da Besseres, als sich neu auszustaffieren? Im Fenster eines Schneidergeschäftes hatte er einen Anzug gesehen, den er haben wollte, schwarz mit weißen Nadelstreifen, der tollste Anzug, der ihm je unter die Augen gekommen war. Und jetzt konnte er ihn kaufen!

Er wartete nicht bis zum Ende der Arbeitszeit, sondern ging einfach los. Pinky Banana rief ihm nach: »He, Gino, was soll ich dem Chef sagen?«

»Sag ihm, daß er sich seine Arbeit in den Hintern stecken kann«, antwortete er selbstbewußt. Hatte Eddie die Bestie nicht gesagt, daß man wieder auf ihn zukommen werde? Zum Teufel, warum sollte er sich abschinden und für ein paar lausige Dollars die Woche anderer Leute Autos reparieren, wenn er für ein paar Stunden Arbeit fünfzig nagelneue Scheinchen kriegen konnte?

Beschwingt, wie auf Luft, ging er die Straße entlang. Er hatte das Gefühl, ihm seien die Augen geöffnet worden. Plötzlich wußte er, was er im Leben wollte. Geld. Viel Geld. Und das kriegte man nicht, indem man sich von neun bis fünf die Finger wund arbeitete. Nein, Sir! Charlie Lucania war am Anfang nicht auf Rosen gebettet gewesen, aber er hatte Gelegenheiten beim Schopf gepackt, wenn sie sich ihm boten – und schau ihn jetzt an. Ein großer Mann. Ein Held. Hart, das stimmte schon, aber wenn man auf der Straße aufwuchs, überlebte man nur, wenn man hart war.

Der Schneider nahm den Anzug zögernd aus dem Fenster, und das erst, nachdem Gino ihm Geld unter die Nase gehalten hatte. Gino schlüpfte hinein, doch der Anzug war zu groß, das Jackett viel zu lang und die Hose mindestens drei Größen zu weit. Mit wachsender Enttäuschung betrachtete sich Gino im Spiegel. »Paßt nicht«, konstatierte er ausdruckslos.

»Ich kann ihn ändern«, erbot sich der Schneider. Er hatte das Geld gesehen und wollte es haben. »Eine Woche. Wenn Sie dann wiederkommen, sitzt er perfekt.«

»Heute abend.«

»Unmöglich.«

Gino kniff die Augen zusammen. »Heute abend«, sagte er mit seiner härtesten Stimme. »Wieviel extra?«

Der Handel kam zustande, für Gino ein Beweis, daß man mit Geld alles erreichen konnte.

Gino stolzierte die Straße entlang, sehr zufrieden mit sich. Er hatte Geld, um einen drauf zu machen, und Zeit.

Es zog ihn ins Fat Larry's, aber dort war nicht viel los. Er setzte sich in eine Nische und bestellte eine doppelte Schokolade-Soda.

Zuerst bemerkte er die hübsche Blondine gar nicht, aber sie ging immer wieder an seiner Nische vorbei, die festen Brüste herausfordernd vorgestreckt. Schließlich sah er sie. Das kleine Fräulein Niedlich von neulich. Er befingerte die häßlichen schwarzen Stiche, die immer noch seine Wange zusammenhielten. »He, du!« rief er sie an.

Sie blieb neben seiner Nische stehen, die Augen groß und sehr blau. »Ich?« fragte sie unschuldig.

»Ja, du.« Er zeigte ihr die Narbe auf seiner Wange. »Schau her, was ich deinetwegen abgekriegt hab.«

Ihre großen blauen Augen blieben teilnahmslos. Sie war ungewöhnlich hübsch. Gino hatte plötzlich heftiges Verlangen, seine Finger auf ihren magischen Knopf zu legen.

»Willst du nicht wenigstens danke sagen?«

Sie warf mit einer herrischen Bewegung die blonden Locken zurück. »Ich danke dir vielmals dafür, daß du einen deiner *Freunde* davon abgehalten hast, mich zu überfallen.« Sie hatte eine leise, weiche Stimme, die nicht recht zu dem Sarkasmus paßte, den sie hineinzulegen versuchte.

»Einen meiner Freunde?« Ungläubig sah er sie an, dann deutete er auf seine Wange. »Glaubst du, daß ich das von einem Freund habe?«

»Es ist mir gleich, woher du's hast.« Sie starrte ihn kühl an. »Sieht ziemlich scheußlich aus – das ist alles, was *ich* weiß.«

Als sie sich abwandte, um zu gehen, sprang er auf. »He, du«, brüllte er, wütend über ihre Unverfrorenheit. »Weißt du nicht, wer ich bin?«

Sie lächelte süß. »Ein Raufbold, genau wie deine Freunde.«

Sie ging zur Tür, wo zwei Freundinnen von ihr nervös warteten.

»Ich bin Gino Santangelo«, rief er. »G-i-n-o. Merk dir den Namen, du wirst noch viel von mir hören.«

»Na klar«, sagte sie sarkastisch, und die drei verließen das Lokal.

Er schüttelte ungläubig den Kopf. So ein freches Luder. Und wegen *so was* hatte er sich das Gesicht zersäbeln lassen. Er hätte Zeko machen lassen sollen, der würde ihr die Flausen ausgetrieben haben.

Gino überlegte, wie sie wohl hieß. Wo sie wohnte. Wer sie überhaupt war. Er trank seine Soda aus.

Zeit genug, das herauszufinden.

Gino war noch nie in einem Bordell gewesen. Im Gegensatz zu seinen Freunden hatte er das nie nötig gehabt – für ihn gab es auf der Straße frische junge Pfläumchen genug. Er konnte nach Belieben wählen, und das tat er auch. Doch er hatte von den Mädchen bei Mutter Lola gehört. Wirklich hochklassige Huren, die zwölf Dollar verlangten, bevor sie die Beine breit machten. Was hatten sie so Besonderes? Pelzgefütterte Fotzen?

Catto und Pinky Banana trieben es immer nur mit einer Schar Flittchen, die so aussahen, daß sogar Dracula Angst gekriegt hätte. Drei Dollar, und dann hatte man vielleicht 'nen Tripper weg. Auf die Tour mochte Gino es auf gar keinen Fall machen. Aber ein wirklich erstklassiges Bordell... Mit Dirnen, die zwölf Piepen kassierten... Hm, er fand, daß er alles einmal ausprobieren müsse. Außerdem hatte er einen freien Nachmittag – und viel Geld in der Tasche machte einen natürlich heiß.

Mutter Lola war eine magere Mulattin mit harten, blutunterlaufenen Augen und einem Löwenmaulmund. Sie musterte Gino vom Scheitel bis zur Sohle und fauchte: »Ja?«

Er wurde sich plötzlich seines Aussehens bewußt: geflickte Arbeitskleidung, mit Öl und Fett verschmiert, eine dicke Dreckschicht unter den Fingernägeln. Vielleicht hätte er besser gewartet, bis er seinen Anzug bekam. Aber hol's der Teufel. Er wußte von Vera genug über Huren. Wenn man das Geld hatte, war es egal, wie man ausschaute. Er griff in die Tasche und zog ein paar Scheine hervor.

Mutter Lola streckte die Hand danach aus, aber er hatte nicht die Absicht, sich hereinlegen zu lassen. »Wieviel Zeit kriege ich für zwölf Dollar?« fragte er.

Sie lachte. »Wieviel Zeit? Söhnchen, du wirst gar nicht mehr als zwei Minuten schaffen, 's wird dir kommen wie der Blitz, und raus ist's.« Sie bedeutete ihm mit langen rotlackierten Fingernägeln, ihr zu folgen, und führte ihn durch einen Perlenvorhang in einen muffigen Raum voller Samtsofas und kleiner Tische mit illegalen Spirituosen. Mutter Lola versorgte die richtigen Leute auf die richtige Weise.

Mit einer Hure war die Sache ganz anders. Das Mädchen, das Gino sich ausgesucht hatte, eine hübsche kleine Blondine, behandelte ihn sachlich und nüchtern. Sie führte ihn in ein Schlafzimmer, schlüpfte aus ihrem dünnen Kimono, legte sich mit gespreizten Beinen aufs Bett und wartete. Eine völlig andere Situation, als wenn er es auf verlassenen Grundstücken oder Dachböden machte. Gino zögerte, dann zog er seine Hose und die Shorts aus. Zu seiner Überraschung war er lange nicht so scharf, wie er gemeint hatte. Tatsächlich war er enttäuschend schlaff.

»Das erstemal, Schätzchen?« fragte die Hure mitfühlend.

»Du machst wohl Witze«, erwiderte er herausfordernd.

»Kein Grund, verlegen zu sein.«

Er – verlegen? Zum Lachen. Gino der Rammler. Zum erstenmal im Leben bekam er sein Ding nicht hoch.

Die Hure setzte sich auf. Sie hatte einen sehr kleinen Busen, eine Brust war an mehreren Stellen leicht blau. Sie griff nach seinem Glied.

Er wich zurück. »Nein«, sagte er rasch, »ich möcht was anderes machen.«

»Was?« fragte sie argwöhnisch.

»Ich möcht dich lecken.«

»Was?«

»Na, dich lecken – saugen.«

Sie war beunruhigt. Seit sechs Monaten arbeitete sie jetzt als Dirne, aber noch nie war von ihr etwas anderes als simpler, normaler Verkehr verlangt worden.

»Leg dich hin und mach die Beine breit«, forderte er sie auf.

Die kleine Blondine war ihrer Sache nicht mehr sicher. »Das kostet wahrscheinlich extra«, sagte sie fast weinerlich. »Ich muß Lola fragen.«

»O nein«, entgegnete Gino, dessen Selbstvertrauen von Minute zu Minute wuchs. »Es ist billiger, denke ich. Aber ich hab die zwölf Piepen bezahlt, und ich will nichts zurück.«

»Wie alt bist du überhaupt?« murmelte sie, legte sich hin und spreizte die Beine.

»Alt genug, um mich um dich zu kümmern.« Er holte tief Luft und senkte den Kopf auf sie.

Ein seltsames Gefühl. Er erforschte ihre Klebrigkeit mit der Zunge, nahm den Geruch und den Geschmack in sich auf, während sie stillag, die Beine steif gespreizt.

Der Instinkt lenkte seine Zunge zur magischen Stelle. Als sie leise aufstöhnte, wußte er, daß er am Ziel war. Er bewegte seine Zunge eifrig. Wenn er etwas Neues lernte, wollte er sicher sein, daß er es richtig lernte.

Bald entspannten sich ihre Beine, und die Klebrigkeit wurde zu glatter, heißer Feuchtigkeit. Sie stöhnte lauter.

Die Hure begann sich auf dem Bett zu wälzen. Gino öffnete sie mit beiden Daumen, und das gefiel ihr. Dann steckte er die Zunge tief in sie und spürte ihr Pulsen.

Jetzt war er scharf und hart. Er schob sich hoch und führte sein Glied ein.

Sie hatte völlig die Beherrschung verloren und stöhnte laut. Gino erreichte, während sie noch pulste, ebenfalls den Höhepunkt. Fest vereinigt bewegten sie sich auf dem Bett. Mehrere Minuten lang blieben sie so beisammen, dann wurde der Hure allmählich bewußt, was geschehen war; verlegen löste sie sich von ihm und schlüpfte in ihren Kimono, ohne ihn anzusehen.

Er lachte, zufrieden mit seinem ersten Versuch. »Gut, was?«

»Wo hast du das gelernt«, fragte sie wider Willen.

»Bei dir«, antwortete er, stieg vom Bett und zog sich an. »Jetzt kann ich losziehen und es in der wirklichen Welt praktizieren.«

Der Anzug paßte ausgezeichnet, und Gino gab dem Schneider einen Dollar mehr für die gute Arbeit.

Er bewunderte sich im Spiegel. Sehr elegant, wirklich. Aber ein schwarzes Hemd hätte besser ausgesehen. Und neue Schuhe wären auch kein Fehler gewesen. Er befingerte die häßlichen schwarzen Stiche, die sich von seiner Wange abhoben, roch die Hure noch an seinen Daumen und lächelte.

»Kommen Sie wieder, jederzeit«, sagte der Schneider dienstbeflissen, »zu jeder Zeit.«

»Ja. Könnte sein, daß ich's tue.« Mit neuem Selbstgefühl stolzierte er auf die Straße hinaus. Er fühlte sich wie ein König. Neuer Anzug. Lolas Etablissement. Und immer noch Geld in der Tasche.

Während er gemächlich dahinschlenderte, gingen ihm allerlei Gedanken durch den Kopf. Er wollte nicht wie sein Alter werden, ein beschissener zweitklassiger Gauner, dessen größte Wonne im Leben es war, Frauen zu verprügeln. Die Erfahrung, eingesperrt zu sein, wollte er kein zweites Mal machen. Das Heim reichte ihm; er gab sich keinen Illusionen über Gefängnisse hin. Gino hatte Pläne. Er würde ein großer Mann werden und viel Geld besitzen, wie Charlie Lucania. Und jetzt war der richtige Zeitpunkt, anzufangen.

Er ging ins Fat Larry's; als er eintrat, stürzten sich Pinky Banana und Catto auf ihn.

»Jej-jej-jej, wo hast du *den* her?« Catto sang fast vor Begeisterung.

»Ich will auch so einen.« Pinky Banana verdrehte die Augen und befühlte den Stoff. »Mama, ich will auch so einen!«

»Kein Grund, warum du nicht auch einen kriegen solltest«, sagte Gino. »Ich hab eine Idee. Wir brauchen uns bloß ein paar Kanonen besorgen, ein Auto klauen, und hei, hei, schon sind wir im Geschäft!«

»Kanonen?« Catto blinzelte. »Damit will ich nichts zu tun haben.«

»Nicht zum *Ballern*«, sagte Gino rasch. »Bloß zum Drohen – funktioniert wie im Traum.«

Catto wischte sich die Nase am Ärmel ab. »Wovon quasselst du da eigentlich, Gino?«

»Von Geld«, antwortete er. »Es liegt auf der Straße. Verdammt noch mal, warum schinden wir uns dafür ab? Warum gehn wir nicht einfach auf die Straße und holen es uns, wie alle anderen auch?«

Man konnte es sich natürlich holen – vorausgesetzt man hatte genügend Geld für den Start. Und hier lag Ginos Problem. Der Anzug und die Hure hatten von den fünfzig nicht viel übrig gelassen. Um Geld zu machen, brauchte man Geld. Wenn er Vera sagte, was er vorhatte, pumpte sie ihm vielleicht was... Er konnte sie an dem Geschäft beteiligen und würde ihr ganz bestimmt zu dem, was sie ihm lieh, einen ordentlichen Gewinn zurückzahlen können.

Später am Abend beschloß er, sie zu besuchen. Er hatte ihr versprochen, reinzuschauen und sie wissen zu lassen, wie er zurecht kam. Wenn er Glück hatte, war Paolo nicht da.

Vera arbeitete nicht. Sie war auch nicht nüchtern. Sie lag auf ihrem Bett, die einzige Beleuchtung im Raum kam von der Straßenlaterne vor dem Fenster draußen. Auf Ginos Klopfen sagte sie: »Komm rein, leg das Geld auf den Tisch und mach schon zu.«

»He, ich bin's«, sagte er schnell. »Wollte nur schauen, wie's dir geht.«

»Prima«, murmelte sie, »ganz prima.« Sie griff nach einer Flasche, die neben dem Bett stand, nahm einen Schluck und fragte dann: »Wer, zum Teufel, ist ›ich‹?«

»Gino natürlich!« Er langte nach dem Schalter, machte Licht und wünschte, es nicht getan zu haben. Sie war kein schöner Anblick. Ihr schmutziges Satinnachthemd war ihr von der Schulter gerissen worden, es verdeckte ihren Busen nicht mehr, ihre mit leuchtend roten Brandwunden von Zigaretten übersäten Brüste. Ihr Gesicht war fast zu Brei geschlagen, sie sah kaum mehr aus den Augen.

Trübselig blickte sie zu ihm auf und versuchte zu lächeln. Mehrere ihrer Schneidezähne fehlten.

»Ich schau schön aus, was?« nuschelte sie. Tränen stiegen ihr in die Augen und rollten ihr über die blaufleckigen Wangen.

Er brauchte nicht zu fragen, wer sie so zugerichtet hatte. Sie gehörte auf schnellstem Weg in ein Krankenhaus.

Er ging zum Bett hinüber und nahm sie in die Arme. Sie roch wie eine Brauerei, und dazu kam noch ein scharfer Geruch nach Schweiß und Urin.

»He«, sagte er sanft, »ich laß dich 'ne Minute allein und hol einen Krankenwagen.«

»Kann nicht weg«, murmelte sie. »Muß dableiben. Pauly hat gesagt, ich muß dableiben und Geld verdienen, viel Geld...«

Ihre Augäpfel drehten sich nach oben, und die Lider schlossen sich. Sie hatte das Bewußtsein verloren.

Im Krankenhaus stellte man Gino eine Reihe Fragen, aber er spielte einfach den Dummen und antwortete nicht. Er hatte einen Entschluß gefaßt. Diesmal würde Paolo nicht ungeschoren davonkommen.

Als man ihm versicherte, daß Vera versorgt sei und im Bett liege, ging er.

Er kehrte in ihr Zimmer zurück und wartete. Drei Stunden saß er auf einem Stuhl und starrte auf die Tür.

Um vier Uhr morgens erschien Paolo. Gino griff seinen Vater an, bevor dieser wußte, wie ihm geschah. »Du dreckiger – Feigling...«, stieß er zwischen den Boxhieben und Fußtritten hervor. »Kinder – und Frauen... Du gemeiner – Dreckskerl!...«

Paolo brauchte eine Weile, bis er begriff, was mit ihm passierte. Er hatte in einer Flüsterkneipe einen angenehmen Abend verbracht und eine Flasche Whisky genuckelt. Jetzt war er mit dem Vorsatz heimgekommen, ordentlich zu vögeln und sich dann gemütlich schlafen zu legen. Statt dessen wurde er überfallen. Er hatte keine Ahnung, warum. Gewöhnlich war der Stiefel am anderen Fuß, war *er* derjenige, der zuschlug. Als ihn ein Hieb seitlich am Kopf traf, ächzte er. Die Flasche Whisky schoß aus seinem Mund, zusammen mit Teilen der Lasagne, die er am Abend gegessen hatte.

»Du stinkst!« schnaubte sein Angreifer angewidert. »Hörst du mich? Du *stinkst!*«

Die Stimme kam Paolo bekannt vor, aber er konnte sie nicht unterbringen. Dann landete ein Schlag voll auf seinem Kinn, und er ging zu Boden.

»Rühr sie bloß nicht mehr an«, warnte die Stimme. »Das nächste Mal kommst du nicht so billig weg.«

Paolo erbrach den Rest der Lasagne, während sein Angreifer ging. Diese Vera, diese Schickse. Sie hatte einen Freund. Wenn er sie das nächste Mal in die Finger kriegte, würde er es ihr *wirklich* geben.

Gino rannte in sein Zimmer zurück und zog seinen ruinierten Anzug aus. Er zitterte vor freudiger Erregung. Was für ein Tag!

Er setzte sich aufs Bett und durchdachte ihn noch einmal, Augenblick für Augenblick. Das Geld. Die kleine Blondine. Die Hure. Vera. Paolo. Und seine Pläne, Kies zu scheffeln.

Er legte sich hin und starrte an die Decke, deren Risse und abblätternde Farbe ihn anwiderten, wie die ganze Schäbigkeit seiner Umgebung. Er kannte zwar nichts Besseres, aber er war im Kino gewesen und des öfteren die Park- und die Fifth Avenue entlanggegangen, hatte dort die prächtigen Häuser und die großen Schlitten mit den Chauffeuren gesehen. Er *wußte*, daß es irgendwo da draußen ein besseres Leben gab. Und er *wußte*, daß der einzige Weg zu diesem Leben Geld war.

Am folgenden Tag trat er in Aktion. Es gab mehrere jüngere Straßenbanden, die immer nach frischem Blut Ausschau hielten. Am stärksten waren die berüchtigten Minutenmänner; den Namen hatten sie sich erworben, weil sie es immer fertigbrachten, einzubrechen und in weniger als einer Minute wieder weg zu sein. Gino erwog, sich ihnen anzuschließen, aber sie hatten einen wirklich fixen Fahrer namens Valachi, und Gino konnte sich ausrechnen, daß es bei ihnen nichts würde.

Es gab irische Banden, jüdische Banden, gemischte Banden, einige hatten kleinere Schutzgebührengeschäfte laufen, andere waren im Zahlenlotto tätig, die meisten jedoch betrieben simple Diebstähle vom Typ »zuschlagen und rennen«.

Gino wollte zu einem kleinen Haufen, den er im Lauf der Zeit übernehmen konnte. Er wußte von einem Burschen namens Aldo Dinunzio, der Gelegenheitsarbeiten machte und mit nur zwei anderen arbeitete. Ein gewiefter Kerl, der sich immer abseits hielt und allein blieb. Das Gerücht ging, daß er in Chicago einen Vetter habe, einen fast so mächtigen Mann wie Capone. Gino suchte ihn auf und schlug ihm vor, zusammenzuarbeiten.

Aldo nickte. Gino genoß in der Gegend ein gewisses Ansehen. Er war stark, er war hart, und was noch mehr zählte, er konnte wirklich mit einem Auto umgehen.

Im Fat Larry's, bei einer Tasse Kaffee, besiegelten sie das Abkommen durch Handschlag, und Aldo weihte Gino in die Pläne für den nächsten Coup ein. Er sagte, ein mit Pelzen vollgestopftes Warenhaus warte nur darauf, besucht zu werden. »Wir können einen saftigen Batzen verdienen«, erklärte er, »aber wir müssen schnell handeln. Ein kleines Vögelchen hat mir zugezwitschert, daß das Alarmsystem außer Betrieb ist. Du, ich, zwei andere, und den Nachtwächter müssen wir auch berücksichtigen. Teilt sich also durch fünf. Könnte sehr viel sein.«

»Wann?« fragte Gino.

»Heute nacht. Machst du mit?«

»Klar.«

Sie sprachen die letzten Einzelheiten ab, dann trennten sie sich.

Gino feierte seinen siebzehnten Geburtstag, indem er mit Aldo sein fünftes Ding drehte. Leicht verdientes Geld. In einem knappen Monat hatte er fünfzehnhundert Dollar beiseite legen können. Ein Vermögen! Er eröffnete ein Bankkonto, auf das er fünfzig Dollar einzahlte. Den Rest gab er in ein Bankschließfach. Er hatte Pläne mit dem Geld, wollte es nicht mehr verprassen wie seine ersten fünfzig. Keine Anzüge mehr, keine Huren. Nichts, was irgend jemand mißtrauisch machte, zumal die Polypen aus der Gegend seit neuestem im Fat Larry's aufkreuzten und die Leute kontrollierten. So viele Banden und Einbruchsdiebstähle. Die Polente ging zunehmend massiver vor.

Gino nahm eine Stellung an, um bei den Gesetzeshütern unverdächtig zu bleiben. Lieferjunge für eine Apotheke. Doch was er lieferte, das hatte mit simplem Aspirin kaum etwas zu tun. Rauschmittel, fünfundzwanzig Piepen pro Lieferung. Nicht wenig. Nicht viel. Der Job war riskant. Wenn man ihn erwischte...

Jeder Job hatte seine Risiken. Über Pinky Banana war ein Wagenheber eingeknickt, als er unter einem Cadillac gelegen und Kundendienstarbeiten durchgeführt hatte. Ein gebrochenes Bein, drei gebrochene Rippen, nur dank viel Glück überhaupt noch am Leben. Und für dieses Risiko kassierte er nicht mal fünfundzwanzig die Woche.

Gino hatte ihn im Krankenhaus besucht und sein möglichstes getan, ihn zur Vernunft zu bringen. Wenn Pinky herauskam, würde er nicht länger ein Herr Ehrlich sein.

Bei ihm persönlich tat sich nicht viel. Fräulein Niedlich erschien immer noch um die Mittagszeit im Fat Larry's, aber Gino verlangte es nicht nach ihren Beleidigungen, also mied er sie. Er hatte keinen Mangel an Mädchen, die er in sein Zimmer mitnehmen und an denen er seine sexuellen Künste üben konnte. Für Gino waren es Künste.

Wenn es ihm nicht gelang, die Mädchen glücklich zu machen, machte die Sache auch ihn nicht glücklich. Gino der Rammler war in voller Aktion.

Er hatte Vera noch nicht wieder besucht. Er nahm sich vor, es zu tun, und ließ es dann doch. Eine weitere Woche verging, dann erfuhr er, daß sie aus dem Krankenhaus abgehauen sei. In Wahrheit hatte Gino Angst. Eine Heidenangst, Paolo könnte Vera so arg zugerichtet haben, daß er gezwungen war, etwas zu unternehmen. Und er wußte, wenn das geschah, würde er sich wahrscheinlich nicht mehr beherrschen können. Das letztemal war er vorbereitet, war es keine blindwütige Raserei gewesen. Aber wenn es noch mal passierte – wenn Paolo nüchtern war und zurückschlug...?!

Also hielt er sich fern. Dachte, was ich nicht weiß, macht mich nicht heiß.

Costas Briefe aus Kalifornien trafen weiterhin regelmäßig ein. Und einmal lag eine Aufnahme bei. Costa, der zaundürre Knirps, jetzt ein nett aussehender Bursche, war mit seinen Hunden und seiner Stiefschwester abgebildet. Gino grinste, als er das Bild betrachtete. Er konnte sich nicht helfen, ihn freute es, daß sich die Dinge für den Kleinen so gut entwickelt hatten. Er war in eine Welt entwischt, die Gino so unwirklich vorkam wie ein Spaziergang auf dem Mond.

Zwei Monate nach seinem siebzehnten Geburtstag wurde Gino vor einem Warenhaus in der Bronx aus seinem Dodge heraus verhaftet. In dem Geschäft nahmen die Polypen Aldo und seine beiden Komplicen fest, die damit beschäftigt waren, Seiden- und Satinballen zum Abtransport auf einen Handwagen zu laden.

»Wir sind verpfiffen worden«, murmelte Aldo in dem Polizeifahrzeug, das sie zum Revier brachte. »Das weiß ich gewiß. Wem hast du's gesagt?«

Gino schüttelte wütend den Kopf: »Verdammt, was meinst du damit, wem *ich* es gesagt hab? Niemand, du blödes Arschloch. Wem hast du's gesagt?«

Sie wurden vernommen und ins Gefängnis gesteckt. Ginos Magen verkrampfte sich. Er ertrug es nicht, wieder eingesperrt zu sein. Und diesmal war es keine Besserungsanstalt. Diesmal war es der Knast.

Carrie, 1927–1928

Welfare Island. Dreck. Unrat. Ratten so groß wie Hauskatzen. Miserables Essen. Überbelegte Zellen. Mädchen mit Krankheiten aller Art. Kopfläuse. Filzläuse. Flöhe. Tripper. Und Mannweiber. Hatten es auf alle abgesehen, die sich nicht zu wehren wußten.

Carrie lernte es auf die harte Tour. Zwei Wochen nach ihrer Einlieferung fiel die selbsternannte Chefin der Abteilung, eine massige, schielende Rothaarige mit gemeinem Blick, über sie her.

Es war Nacht, und Carrie döste in der überfüllten Zelle auf ihrem schmalen Feldbett. Plötzlich sank ein schweres Gewicht auf sie, und sie spürte Hände auf ihren Brüsten.

»Verdammt, was soll das?« Sie versuchte, ganz wach zu werden.

»Halt den Mund und lieg still«, zischte der Rotschopf. »Ich werd dich fingerficken, besser als jeder Kerl es dir gemacht hat.«

»Runter von mir«, fauchte Carrie leise, mit harter Stimme.

Der Rotschopf war überrascht. »Machst du Witze? Die meisten Mädchen würden ihre linke Titte dafür geben, daß *ich* zu ihnen komm.« Sie knetete Carries Brustwarze zwischen Daumen und Zeigefinger. »Werd dich glücklich machen, Mädelchen.«

Carrie strampelte, bis sie frei war, ließ sich auf den Boden fallen und ging in Hockstellung. Sie funkelte den Rotschopf an: »Laß mich in Ruh, hörst du? Laß mich bloß in Ruh.«

»Blödes Niggergör. Du weißt ja nicht, was gut für dich ist.«

Carrie schauderte. »Such dir jemand anders. Ich will dich nicht.« Als Carrie dies sagte, wußte sie, daß die Angelegenheit damit keineswegs erledigt war. Und sie täuschte sich nicht. Am nächsten Tag redete niemand mehr mit ihr. Es hatte sich herumgesprochen, daß sie die Chefin beleidigt hatte, und das genügte den meisten Mädchen. Niemand wollte Schwierigkeiten kriegen, darum behandelte man Carrie von nun an, als existiere sie nicht. Welfare Island war davor schon schlimm genug gewesen, jetzt wurde es unerträglich.

Eines Tages herrschte im Waschraum seltsame Stille. Die anderen Mädchen starrten Carrie an und beeilten sich sichtlich mit der Morgenwäsche, trachteten danach, möglichst schnell zu verschwinden.

Ungute Schwingungen waren fast zum Greifen spürbar. Doch sie gehörten mittlerweile so sehr zu Carries Dasein, daß sie nicht darauf achtete. Sie seifte sich mit der stark riechenden Karbolseife ein, unter den Armen, zwischen den Beinen, am ganzen Leib. Es war für sie zu einer Zwangsvorstellung geworden, sich sauberzuhalten.

»Hallo, Nigger.« Rotschopf erschien in Begleitung von vier anderen Mädchen.

Dies waren die ersten Worte, die seit dem Zwischenfall in der Zelle vor sechs Tagen jemand an Carrie richtete.

»Weißt du, was?« sagte sie neckisch, während sie aus ihrem Gefängniskittel stieg. »Ich hab beschlossen, dir nicht bös zu sein, weil du eben blöd bist.« Sie zog ihren BH aus und berührte ihre riesigen Brüste. »Ich will, daß du mich saugst«, befahl sie.

Carrie legte die Seife weg und versuchte aus dem gefliesten Duschabteil zu schlüpfen.

»Nicht so schnell, Herzchen.« Zwei von Rotschopfs Freundinnen vertraten ihr den Weg, nahmen sie in die Mitte. »Legt sie hin«, kommandierte die Chefin, »und zieht ihr die Beine auseinander.«

Sinnlos, sich zu wehren. Zu viert packten sie Carrie, warfen sie auf den nassen Fliesenboden, rissen ihr Arme und Beine auseinander und hielten sie so fest. Der Rotschopf grinste.

»Und jetzt, du blöde Niggerin, will ich dir aus reiner Herzensgüte ein bißchen was beibringen.«

Eine Stunde lang lag Carrie so da, hilflos ausgestreckt, während die fünf sich damit vergnügten, alles in sie zu stopfen, was ihnen in die Finger kam. Der Rotschopf hockte sich rittlings auf Carrie und masturbierte als Schlußakt. Schließlich zogen sie lachend ab. Für sie war es eine gute Morgenunterhaltung gewesen.

Carrie rührte sich nicht. Sie lag da und starrte zu der tropfenden Dusche hinauf. Redete tonlos vom Tod. Jetzt reichte es. Ihr Leben war zu Ende. Sie *wollte*, daß es zu Ende sei.

Die Aufseherin fand sie zwei Stunden später, in der gleichen Stellung ausgestreckt, blau vor Kälte, geronnenes Blut auf den Schenkeln. »Allmächtiger Gott! Wer war das?«

Carrie antwortete nicht. Zwei Wochen lang sagte sie kein Wort. Teilnahmslos lag sie im Krankenrevier auf einem Feldbett. Es war besser, als auf den Beinen zu sein.

Als sie die Krankenstation verlassen mußte, kehrte sie stumm zu den anderen zurück. Die Mädchen mieden ihren Blick und sprachen nach wie vor nicht mit ihr. Carrie machte sich nichts daraus. Sie entwickelte eine neue Eigenschaft: Haß. Ein gutes, mächtiges Gefühl. Und die von ihr ausgehenden Schwingungen warnten die anderen, bedeuteten ihnen, sich von ihr fernzuhalten.

Eines Tages faßte sie einen Entschluß. Wenn sie raus kam, würde sie sich zur Abwechslung mal selber um sich kümmern. Sie würde die härteste, schärfste, gemeinste, erfolgreichste Niggerhure der Stadt werden.

Der Winter hatte Fuß gefaßt, als Carrie endlich entlassen wurde. Sie war sechs Monate auf der Insel gewesen, das Doppelte ihres Strafmaßes, doch auf Welfare Island hielt man nicht sonderlich viel von Buchführung. Sie hatte achtzehn Pfund abgenommen, was bedeutete, daß sie praktisch nur noch aus Haut und Knochen bestand. Das Haar hatte man ihr wegen der Läuse sehr kurz geschnitten. Sie zitterte in ihrem dünnen Sommerkleid vor Kälte, als die Fähre sie über den East River zu den Docks brachte.

Carrie besaß ganze zehn Dollar, doch sie hoffte, daß Florence Williams ihre Sachen noch hatte, unter anderem auch das kleine Kästchen mit ihren ersparten sechshundert Dollar.

An der Anlegestelle standen Zuhälter herum, die auf ankommende Mädchen lauerten. Sie musterten die Mädchen aus der Ferne wie zum Verkauf stehende Rinder und näherten sich jenen, die ihnen vielversprechend erschienen. Den Behörden war diese Situation wohlbekannt, doch niemand dachte daran, etwas zu unternehmen. Auch die Polizei machte die Augen zu. Schließlich – einmal Hure, immer Hure.

Welche Chancen hatten die Mädchen schon? Wie hätten sie nein sagen sollen, wenn ihnen jemand ein bequemes Bett anbot, ein paar neue Kleider, eine heiße Mahlzeit und die Gelegenheit, sofort Geld zu verdienen?

Carrie wußte, wie die Sache lief. Auf Welfare Island machten sich die Mädchen einen Spaß daraus, zu tippen, welcher Zuhälter der Glückliche sein und sie kriegen würde. Die zurückbleibenden Mädchen erteilten jenen, die entlassen wurden, nette kleine Aufträge: »Wenn Lumpensack da ist, dann verbieg ihm von mir die Gießkanne!« Oder: »Geh zu dem Lackaffen mit dem gelben Auto und hau ihm noch ein Messer rein! Das miese Schwein verdient's wirklich!«

Vorsichtig sah Carrie sich um. Sie erregte nicht viel Aufmerksamkeit. Zweifellos sah sie gräßlich aus. Sie holte tief Luft und streckte die Brust heraus. Daraufhin schlich sich ein dunkelhäutiger Weißer heran und murmelte: »Willst du Arbeit haben, Blacky?«

Carrie mochte den Ausdruck »Blacky« nicht. Sie schüttelte den Kopf.

»Komm schon«, sagte der Mann in unverschämtem Ton. »Keiner sonst wird *dich* fragen.«

Ihre Augen verengten sich: »Wenn du sehen könntest, was ich zwischen den Beinen hab, würdest du nicht so reden, Whity!« Sie drehte ihm den Rücken zu und erblickte den Zuhälter, den sie suchte. Nicht zu verkennen. Groß. Schwarz. Vollkommen kahl. Weißer Anzug. Pelzkappe. Carrie hatte auf der Insel alles über ihn gehört. Er hieß Weißjacke und machte den Zuhälter für Mae Lee, die sensationellste schwarze Puffmutter in Harlem.

Weißjacke lehnte an einem glänzenden neuen Auto und kaute auf einer langen, dünnen Zigarre herum. Keines der Mädchen hatte seine Aufmerksamkeit erregt. Verständlich, denn sie waren ein trübseliger Haufen.

Carrie ging auf ihn zu, bemühte sich um einen möglichst herausfordernden Gang. »'tschuldigung, Mister«, sagte sie kühn, »ich such 'ne Fahrgelegenheit.«

Seine Augen wandten sich ihr zu. Träge musterte er sie vom Scheitel bis zur Sohle. Zweimal, um sicherzustellen, daß ihm nichts entging.

»Du schaust dich besser woanders um, Schätzchen«, erwiderte er schleppend, völlig uninteressiert.

»Ich bin letzte Woche grad süße sechzehn geworden.« Sie sprach rasch. »Süß, schwarz, heiß und jung, genau wie diese alten Weißen es mögen. Ich hab 'ne Weile bei Florence Williams gearbeitet, bin keine Anfängerin.«

»Aber heiß bist du auch nicht.«

»Wie wär's, wenn du mir 'ne Chance gäbst?« schmeichelte sie und strich mit den Händen an ihrem Körper herab. »Du machst 'nen wirklichen Fang mit mir, brauchst mich bloß rausfüttern und gut anziehen. Probier's doch mit mir.«

»Ich und Mutti Mae halten auf Klasse, Mädelchen. *Klasse.* Geh und scharwenzel vor jemand anderm rum.«

Das einschmeichelnde Lächeln verschwand blitzartig von Carries Gesicht. Finster starrte sie ihn an. Der Haß, den sie auf der Insel entwickelt hatte, stieg in ihr hoch, und sie hätte am liebsten zugeschlagen. Doch dann zuckte sie die Achseln und wandte sich zum Gehen.

Er hielt sie am Arm fest. »Willst du Arbeit als Dienstmädchen?«

Sie schüttelte seine Hand ab und ging. Als Dienstmädchen!

»Du!« Er kam ihr nach.

Sie blieb stehen. Sie spürte, daß er endlich interessiert war.

»Hast du wirklich bei Florence Williams gearbeitet?« fragte er.

»Prüf's nach. Ich, ein Mädchen namens Billie, außerdem zwei weiße...«

»Hmmm.« Er blies ihr einen dünnen Rauchstrom ins Gesicht. »Willst du's riskieren und schaun, ob du Mutti Mae gefällst?«

Sie wußte, wann sie kühn sein mußte: »Ich gefalle dir, dann werde ich auch ihr gefallen. Jeder weiß, daß es so läuft.«

Er lächelte. »So ein gescheites Ding...«

Sie lächelte ebenfalls, doch ihre Augen blieben kalt. »Und so jung...«

»Steig in den Wagen.«

»Ja, Weißjacke.«

»Woher kennst du meinen Namen?«

»Auf der Insel drüben kennen ihn alle – ist doch klar, bist ein großer Mann.«

Sein Lächeln vertiefte sich. »Weißt die richtigen Dinge zu sagen.«

»Und weiß, wann es an der Zeit ist, nichts zu sagen.«

Er brach in Lachen aus. »Schei-ße, da hab ich eine aufgegabelt, die sich aufs Reden versteht!«

Sie stimmte in sein Lachen ein. »Klar, hast du!«

Man badete sie, desinfizierte sie, entlauste sie, gab ihr zu essen, ließ sie von einem Arzt innen und außen untersuchen, steckte sie in ein rosarotes Satinkleid und teilte sie sofort zur Arbeit ein.

Mae war so groß wie Weißjacke, hatte üppige Formen und trug eine lange, blonde Lockenperücke, die in seltsamem Gegensatz zu ihrer rabenschwarzen Haut stand. Sie war eine arbeitende Puffmutter, verlangte horrende Summen für ihre gelegentlichen Dienste. Seit ihrem zwölften Lebensjahr war sie Prostituierte, und jetzt ging sie auf die Vierzig zu.

Sie haßte Carrie auf den ersten Blick, aber sie erkannte ein gutes Geschäft, wenn sie eines sah. »Du willst sie reinnehmen, also tu es«, sagte sie zu Weißjacke. Carrie hatte sich in dem Punkt also nicht getäuscht. »Aber du bleibst mir aus ihren Hosen heraußen«, sagte Mae warnend. »Ich will das, was ich hab, nicht mit 'nem Kind teilen.«

Weißjacke lachte unbehaglich. »Hab nicht im Traum an so was gedacht, Mama!«

»Von wegen nicht!«

»Ach, Schei-ße. Du glaubst, ich fang mit der was an, wenn ich dich hab?«

»Ich glaub, du fängst mit allem was an, das atmet. Ich geb nicht genug auf dich acht!«

Carrie war entschlossen, Erfolg zu haben. Ihr lag nicht daran, mit dem Haus ein Abkommen zu treffen, bevor sie sich durchgesetzt hatte. Ein Anteil von fünfzig Prozent genügte ihr für den Anfang vollkommen. Sie holte ihre Sachen bei Florence Williams und war hocherfreut, auch ihre sechshundert Dollar unangetastet vorzufinden. Florence fragte sie sogar, ob sie wieder zu ihr kommen wolle, doch Carrie lehnte ab. Mutti Maes Etablissement war viel größer, und wenn Carrie sich einmal durchgesetzt hatte, wollte sie ohne Pause arbeiten. Geld war das, worauf es ankam. Und sie war entschlossen, eine ordentliche Summe zu sparen.

Mutti Maes Kundschaft war gemischter als jene von Florence Williams. Mae führte ein offenes Haus und hatte zehn sehr hart arbeitende Mädchen: außer Carrie zwei weitere Negerinnen, eine Puertorikanerin, drei sehr hellhäutige Blondinen, eine dicke Mexikanerin, eine Chinesin und eine vollendet gebaute, hübsche Zwergin namens Lucille.

Carrie mußte sich anstrengen, um die anderen zu übertreffen. Aber sie hatte Ehrgeiz. Sie wollte die Beste sein.

Ihre Kunden erschienen alle wieder, vom allerersten an. Carrie verstand es, einem Mann das Gefühl zu geben, ein Mann zu sein. Die Kunden kamen mit schlaffen Schwänzen, mit Problemen und Jammergeschichten zu Carrie, und Carrie schickte sie erfrischt weg, gestärkt, ordentlich gefickt.

Sie haßte einen jeden.

Ein jeder liebte sie.

Lucille war von den Mädchen im Haus die einzige, die mit ihr sprach. Die anderen begegneten ihr voll Mißtrauen und waren eifersüchtig darauf bedacht, ihre Stammkunden zu behalten.

»Ich bin seit fünf Jahren hier«, vertraute Lucille ihr an. »Weißjacke hat mich in einer Show mit Mißgeburten gefunden, ich hab dort gearbeitet. Er war wirklich nett zu mir, das hier würde mir besser gefallen, hat er gesagt, und er hat wahrlich recht gehabt, Schätzchen.«

Carrie stand der Sinn nicht nach einer Freundschaft, sie wollte sich ganz aufs Geschäft konzentrieren, aber irgendwie erinnerte Lucille sie an sich selbst. Beide waren sie Mißgeburten, beide Ausgestoßene, die nur für eines taugten.

»Ich komme irgendwann hier raus«, erklärte sie Lucille. »Ich werde ein größeres und besseres Etablissement haben als Mutti Mae. Das beste in der Stadt.«

»*Das* hat schon mal jemand gesagt.«

»Ja, aber ich meine es ernst«, erwiderte Carrie. Und das stimmte. Aus welchem anderen Grund hätte sie sich für jeden hinlegen sollen? Wenn sie nicht die Beste sein konnte, hätte sie genausogut tot sein können.

Ihr Ansehen wuchs. Ebenso die Liste ihrer Stammkunden.

»Was hast du bloß an dir, das mir entgeht?« fragte Weißjacke sie eines Tages scherzend.

Sie setzte ein gekünsteltes Lächeln auf, das ihre Augen jedoch nicht erreichte. »Ich hab's dir gleich gesagt, oder? Süß, schwarz, heiß und jung. Ist doch bekannt, daß weiße Schwänze genau darauf scharf sind.«

Weißjacke schaute sich um. Carrie und er waren allein im Salon. Er streckte lässig die Hand aus, schob sie in ihren Kimono und legte sie auf ihre Brust. »Du hast dich als große Nummer entpuppt, Mädchen.«

»Klar. Ich hab dir gesagt, daß ich gut bin.«

Er bewegte seine Hand nicht. »Ich hätte dich für mich selber behalten sollen. Dir irgendwo ein Zimmer einrichten...«

Weißjacke wurde scharf. Carrie blickte wissend auf seine enge weiße Hose. Sie konnte sehen, daß sein Ding den Stoff spannte. Es war eine Leistung, Weißjacke scharf zu machen!

Sie leckte sich die Lippen. Sie sah gut aus und wußte es auch. »Und warum hast du's nicht getan?«

Seine Hand begann sich auf ihrer Brust zu bewegen. »Kleine Mädchen sind nicht mein Fall.«

»Ich bin kein kleines Mädchen, Weißjacke. Bin ziemlich rumgekommen.«

»Das bist du.« Er schob sich an sie heran, drückte sein hartes Ding an ihren Schenkel.

Genau in diesem Augenblick traten Mutti Mae und zwei der Mädchen in den Salon.

Weißjacke wich blitzschnell zurück, aber Mutti Maes kleine Knopfaugen hatten die Lage bereits erfaßt. Sie warf ihm einen tödlichen Blick zu. »Hier drin wird dafür bezahlt, mein Schatz. Wenn du 'ne Tour mit dem Kind reiten willst, mußt du bezahlen.« Aus ihrer Stimme sprach beißender Spott.

Weißjacke gewann seine Fassung wieder. »Wenn der Tag kommt, wo ich dafür bezahl, Weib, bin ich als Mann tot.«

Mutti Mae ließ sich die Gelegenheit zu einem Hieb nicht entgehen. »Du sagst es, mein Schatz, du bist ein toter Mann«, murmelte sie honigsüß.

Die Mädchen lachten, die Türglocke läutete und unterband jede weitere Diskussion.

Gino, 1924–1926

Am 9. Juli 1924 wurde Gino Santangelo nach fünfwöchiger Haft im Kreisgefängnis in der Bronx vor Gericht gestellt, des versuchten Einbruchdiebstahls schuldig befunden und zu achtzehn Monaten Gefängnis verurteilt. Er kam relativ glimpflich davon. Aldo Dinunzio erhielt zwei Jahre. Man brachte sie zusammen nach Sing-Sing.

Aldo war überzeugt, daß jemand sie verpfiffen hatte, und sann auf Rache. »Wem habt ihr's gesagt, verdammt noch mal?« fragte er die beiden Burschen, die bei der Sache mitgemacht hatten. »Wer hat von dem Warenhaus gewußt?«

Beide stritten ab, etwas verraten zu haben. Doch Aldo bohrte so lange weiter, bis ans Licht kam, daß einer vor seiner Schwester mit der Sache großgetan hatte.

Diese Information stellte Aldo zufrieden. Wenigstens hatte er nun jemanden, dem er die Schuld an der Pleite geben konnte. »Dieses Mistweib!« murmelte er unaufhörlich. »Sie muß zur Polente gegangen sein. Wenn ich wieder rauskomme, wird dieses Mistweib was erleben.

Ich verpaß ihr ein solches Ding, daß ihr elendes Leben nicht mehr lebenswert ist.«

Gino versuchte, ihn zu beruhigen, aber Aldo blieb unnachgiebig.

»In dem Moment, wo ich den Bau hier verlasse – kriegt sie's, das Miststück. Du wirst schon sehen.«

Gino fand sehr schnell heraus, daß man mit dem Gefängnisleben am besten fertig wurde, wenn man sich absonderte und allen Schwierigkeiten aus dem Weg ging. Sein Zellengenosse war ein alter Mann, der wegen versuchten Mordes einsaß. Die beiden ignorierten einander. Auf diese Weise ertrug man es am leichtesten, zusammen eingesperrt zu sein.

Es war kein Honiglecken, in Sing-Sing einzusitzen. Gino wurde einem Bautrupp zugeteilt. Die Arbeit schlauchte ihn, dafür aber war die Gesellschaft interessant. Er knüpfte gute Beziehungen und lernte viel von älteren, erfahrenen Männern, die eine Menge erlebt hatten und sich auskannten.

Die Monate vergingen ziemlich rasch, und nach einem Jahr wurde Gino wegen guter Führung auf Bewährung freigelassen.

Als er dann vor der Kommission für bedingte Haftentlassungen stand, erwartete ihn ein Schock. Costa Zennocottis Adoptivvater hatte einen Brief geschrieben, in dem er sich erbot, Gino für einen Urlaubsaufenthalt aufzunehmen. Offenbar blieb Gino gar nichts anderes übrig, als sofort hinzufahren. Raus aus dem Gefängnis und rein in den Zug nach Kalifornien, ohne auch nur Zeit für ein Mädchen zu haben.

Gino war einigermaßen verwirrt. Er kannte Costa Zennocotti doch kaum – nur aus seinen Briefen, wirklich. Scheiße! Was waren das für Schwachköpfe, die jemandem wie ihm zu einem Urlaub verhelfen wollten?

Auf dem Bahnhof von San Francisco wartete Costa ungeduldig mit seinem Adoptivvater Franklin Zennocotti. Costa war ein Stück gewachsen und etwas dicker geworden, ein nett aussehender Junge, wenn auch klein für seine sechzehn Jahre.

»Ich weiß nicht, ob das eine gute Idee ist«, sagte Franklin, wie seit Wochen schon zigmal.

»Ach, komm, Dad«, entgegnete Costa. »Du hast *mir* eine Chance gegeben. Und schau doch, was aus mir geworden ist.«

Franklin konnte sich eines Lächelns nicht erwehren. Costa hatte recht. Es *war* etwas aus ihm geworden. Das gescheiteste Kerlchen in der ganzen Gegend. Er brachte aus der Schule ausgezeichnete Noten heim, und es war eine Freude, ihn zu Hause um sich zu haben.

Trotzdem, die Adoption Costas war etwas völlig anderes als die Aufnahme seines Knastfreundes. Aber schließlich sollte es ja nur für einen Monat sein. Und Costa hatte ihn so darum gebeten, hatte immer wieder gesagt: »Und wenn wir etwas für ihn tun können...«

Noch nie hatte Costa um etwas gebeten. Es wäre schwer gewesen, ihm diese eine Bitte abzuschlagen.

So kam Gino Santangelo zu einem Urlaub, und Franklin Zennocotti hoffte, daß sich dies entgegen seinen Befürchtungen nicht als Fehler erweisen würde.

Gino stieg großspurig aus dem Zug, versuchte auf diese Weise, seine gewaltige Nervosität zu verbergen. Er befingerte die Narbe auf seiner Wange und staunte über den hellen Sonnenschein.

Unsicher zog er sein Lumberjacket aus, rollte es zu einer Kugel zusammen und klemmte es unter den Arm. Dann roch er seinen eigenen Schweiß und zog die Jacke schnell wieder an.

Er entdeckte Costa sofort, aber der kleine Knilch schien ihn nicht zu erkennen. Na klar, er hatte sich vermutlich verändert... Außerdem schaute er viel älter aus, als er war. Alle meinten, er sei älter als neunzehn.

Er hatte Zeit, Costa und den neben ihm stehenden Mann zu mustern. Die beiden wirkten so – sauber. Ein anderes Wort fiel ihm nicht ein.

Er ging auf sie zu, und endlich erkannte ihn Costa. »Gino!« rief der Kleine, und zu Ginos Entsetzen lief er auf ihn zu und umarmte ihn. Scheiße! Vielleicht war der Kleine als Folge seiner Kindheitserlebnisse schwul geworden. »Ich freue mich so, daß du da bist!« sagte Costa; Franklin Zennocotti lächelte verkrampft.

Gino kannte diesen Ausdruck, er besagte: Mir gefällt dein Aussehen nicht, warum muß ich mich überhaupt mit dir abgeben?

»Tag«, sagte Gino und streckte die Hand aus. »Freut mich, Sie kennenzulernen.«

Auf der Fahrt vom Bahnhof zum Haus der Zennocottis bekam Gino eine Menge Dinge zu hören, die ihn herzlich wenig interessierten. Die Rede war von Schwimmfesten und Tennisclubs und weiß der Teufel was nicht allem. Ihn interessierte etwas ganz anderes, nämlich der nagelneue, stromlinienförmige Cadillac, in dem sie fuhren. Wie gern wäre er hinterm Lenkrad dieser Kutsche gesessen!

Das Haus hätte direkt aus einem Hollywoodfilm stammen können. Riesig groß, mit Säulen und Bleiglasfenstern mit Läden. Hinterm Haus gab es ein Schwimmbassin. Costas Mutter machte ein arges Getue um ihn, bot ihm Plätzchen und Limonade an und forderte ihn auf, seine Jacke auszuziehen.

Jerum! Was für ein vornehmer Laden!

Er behielt die Jacke an, schlang ein paar Plätzchen hinunter und dann schlug Costa vor, ihm sein Zimmer zu zeigen.

Gino, auf den Ballen tänzelnd, inspizierte alles, bewunderte die Aussicht, das Bett, den begehbaren Schrank. »Jerum, Jerum«, rief er immer wieder. »Du hast wirklich eine vornehme Bude, Kleiner.«

Gino stellte schnell fest, daß er sich in Costa vollkommen getäuscht hatte. Der Kleine war eine Wucht. So verdammt nett, daß einem schlecht werden konnte! Und kein Schwuler, nichts dergleichen. Der Kleine hatte noch nie ein Mädchen geküßt, geschweige denn mit einer geschlafen. Gino hielt es für seine Pflicht, *dagegen* etwas zu unternehmen. Zuviel Schwimmen und Tennis war nicht bekömmlich. Und eine kleine Vögelei würde die Langeweile vertreiben.

»He«, sagte er zu Costa, »hier muß es doch irgendwo ein Puff geben.« Er brauchte eine Frau, sonst platzte er demnächst.

»Ein Puff?« Costa war feuerrot geworden, bevor er das Wort über die Lippen brachte.

»Ach, komm schon«, redete Gino ihm zu, »wir gehen zusammen hin. Hör mal, Kleiner, wenn ich nicht bald einen Rock unter mich kriege, zerreißt es mir die Eingeweide!«

Costa war entsetzt und gleichzeitig erregt. Er wußte, daß es irgendwo unten am Kai ein Bordell gab. Zwei seiner Freunde waren dort gewesen und hatten danach phantastische, wenn auch etwas unwahrscheinliche Dinge berichtet.

»Nach dem Essen sagen wir, daß wir ins Kino gehen«, entschied Gino.

Das Bordell am Kai war eine herbe Enttäuschung. Gino spürte schon bei der Ankunft, daß es nichts taugte.

Seine ärgsten Verdachtsmomente bestätigten sich, als er die Frau erblickte, die ihnen die Tür öffnete. Sie hatte eine pickelige Haut und aufgesprungene Lippen, außerdem trug sie eine gräßliche Perücke. Sie zwinkerte und führte die beiden hinein. »Paar wilde Draufgänger, die Spaß haben wollen, was?«

Sie trug ein verschossenes, mit Perlen besticktes Kleid, das bessere Tage gesehen hatte. Ihr Busen war schlaff vom Gewicht zahlloser Freier. »Macht zehn pro Kopf«, sagte sie schnell. »Wer zuerst?«

»He, warten Sie mal«, protestierte Gino. »Wo sind die Mädchen?«

»War noch ein Mädchen hier«, antwortete sie, »vor ein paar Monaten. Aber sie ist weg, wollte heiraten. Bin bloß ich da, mein Hübscher.« Sie legte ihm die Hand auf die Schulter. »Du zuerst?«

Er schüttelte ihre Hand ab. »Nein, ich nicht!«

Sie wandte sich Costa zu: »Komm rüber mit dem Geld.«

Costa fummelte nervös in seiner Gesäßtasche.

»Warten Sie eine Minute«, sagte Gino, »ich muß erst mit meinem Freund reden.« Er drehte der Frau den Rücken zu und flüsterte rasch: »Komm, verschwinden wir hier. Die ist eine Schreckschraube. Zum Teufel, wer will sein Ding in *die* stecken?«

Costa glühte vor Erregung. »Ich«, antwortete er einfach.

»Oh, Himmel!« Gino mußte lachen. »Wenn du so scharf bist...«

Costa zählte bereits das Geld ab. Die Frau faßte ihn am Arm und zog ihn in einen Nebenraum.

Gino ging wartend auf und ab. Nach wenigen Minuten erschienen die beiden wieder. Die Frau lüpfte den Rock und sah Gino an. »Du jetzt?« fragte sie und leckte sich die aufgesprungenen Lippen.

»Ein andermal.«

Dann waren sie draußen auf der Straße. Sie brüllten vor Lachen.

»Wie konntest du bloß? Bei diesem Ekel!«

Costa entgegnete, rot vor Stolz: »Es war schon in Ordnung, Gino, ehrlich. Ich glaube nicht, daß ich es mit jemand – hm, weißt du – mit jemand Hübschem oder Jungem oder dergleichen hätte machen können. So war es genau richtig. Es war mir egal, was sie dachte, also habe ich es einfach getan.« Er kicherte. »Ich glaube, es hat mir gefallen!«

Gino klopfte ihm auf die Schulter. »Klar hat es das, du bist schließlich mein Freund, oder?«

Am ersten Samstag, den Gino in San Francisco verbrachte, gingen Costa und er an den Strand zum Schwimmen. Als sie zurückkamen, stand ein Mädchen in der Halle, das schönste Mädchen, das Gino je gesehen hatte. Sie war zart gebaut, hatte weißblondes Haar und leuchtende Kristallaugen.

»Das ist meine Schwester Leonora«, sagte Costa gleichgültig.

Dieses eine Mal vergaß Gino seinen Penis und konzentrierte sich auf Leonoras Kopf. Sie war so – sanft, ganz anders als alle Mädchen, denen er bisher begegnet war. Und seine Gedanken waren ganz anders als alle Gedanken, die er bisher gehabt hatte.

»Freut mich, dich kennenzulernen, Gino«, sagte sie und streckte ihm die kleine Hand hin. »Costa redet unaufhörlich von dir – er langweilt einen regelrecht damit!«

»Ja.« Er brachte nichts anderes heraus, starrte sie nur an wie ein grünes Jüngelchen. Für ihn war dies der wichtigste Augenblick in seinem Leben.

Während der nächsten zwei Wochen sah er sie zweimal. Sie besuchte ein Pensionat für junge Damen und kam nur an den Wochenenden nach Hause. Kaum eine günstige Situation für eine Liebesaffäre, doch genau danach stand ihm der Sinn.

Gino und Leonora waren nie miteinander allein, und sie konnten sich auch nie richtig unterhalten. Trotzdem – Leonora wußte, was Gino empfand. Das merkte er genau. Er hatte sie dabei ertappt, wie sie ihn über den Eßtisch ansah. Die leuchtenden blauen Augen waren jeder seiner Bewegungen gefolgt, die feinen Lippen hatten gebebt, die kleine Hand hatte eine Haarsträhne aus dem Gesicht gestrichen...

Ihn gelüstete nicht nach ihrem Körper, seine Gefühle für sie waren völlig anders. Er wollte sich um sie kümmern und sie beschützen. Vielleicht sogar heiraten.

Jerum! Dieser Gedanke brachte ein Lächeln auf sein Gesicht. Da stand er, neunzehn Jahre alt, ein Knastbruder ohne irgendwelche Zukunftsaussichten. Nach Bezahlung des Rechtsanwalts, den er sich genommen hatte, besaß er noch genau zweitausendfünfundsiebzig Dollar. Nicht gerade ein Vermögen, aber auch nicht wenig. Außerdem besaß er Ehrgeiz. Und ob er sein Glück auf legalem oder illegalem Weg machen würde, er *wußte*, daß er es eines Tages machen würde... Wenn dieser Tag kam, wollte er Leonora an seiner Seite haben.

Er mußte eine Möglichkeit finden, ihr seine Pläne zu enthüllen. Nur zwei Wochen noch, dann würde er auf seinen vier Buchstaben im Zug nach New York hocken. Mrs. Zennocotti mochte ihn, aber mit dem alten Herrn Zennocotti verhielt es sich völlig anders. Oh, er war höflich, sogar großzügig, doch seine Augen ließen erkennen, was er dachte. Er wollte, daß Gino möglichst schnell aus seinem Leben verschwand. Das war ihm ins Gesicht geschrieben, deutlich wie mit Druckerschwärze.

Leonora Zennocotti merkte genau, daß Gino sie ständig ansah. Es machte sie verlegen und erregte sie gleichzeitig.

»Ich finde ihn nett«, vertraute sie ihrer besten Freundin Jennifer an. »Aber er *sagt* nie was zu mir. Er starrt nur so über den Tisch. Was soll ich tun?«

Jennifer fand das Ganze höchst romantisch. »Ich wünschte, *ich* hätte jemand, der mich anstarrt«, sagte sie klagend. »Costa weiß nicht einmal, daß ich existiere.«

»Ach, Costa! Er ist jünger als du. Wie kannst du ihn mögen?«

»Bloß sieben Monate jünger, und ich *mag* ihn – das weißt du.«

»Komm doch übers Wochenende zu uns. Das gibt einen Spaß!«

Jennifer sagte voll Freude zu.

Am Samstag abend dann gingen viele Blicke über den Eßtisch hin und her. Mary und Franklin Zennocotti ahnten nichts von den jugendlichen Leidenschaften, die im Raum schwelten. Franklin hatte Kopfschmerzen und zog sich noch vor dem Kaffee in sein Zimmer zurück. Mary folgte ihm wenig später.

Zum erstenmal befand Gino sich mit Leonora in einem Zimmer, ohne daß die Eltern ihn an der Entfaltung seiner Fähigkeiten hinderten. »Wie geht es dir?« murmelte er. »Wie ist's in der Schule?«

Sie leckte sich die blassen Lippen. »Prima, danke.« Nach kurzem Schweigen fragte sie: »Und du, gefällt es dir in San Francisco?«

»Er amüsiert sich großartig«, antwortete Costa.

Leonora verzog die Lippen. Unglaublich, wie Costa sich seit Ginos Ankunft verändert hatte! Sie freute sich zwar darüber, daß er aufgeblüht war, aber es paßte ihr nicht, daß er die an seinen Freund gerichteten Fragen beantwortete.

Keiner sprach. Jennifer brach schließlich das Schweigen: »Können wir nicht zum Schwimmen gehen? Mir ist so warm, und es würde solchen Spaß machen.«

»Ja«, pflichtete Gino ihr bei. »Großartige Idee.«

»Papa würde nie erlauben...«, begann Leonora.

»Papa wird es nie erfahren«, unterbrach Costa sie. »Er hat seine Kopfwehtabletten genommen, und wenn wir ganz leise sind...«

»Warum ins Schwimmbassin?« fragte Gino. »Wenn wir an den Strand runtergehen, brauchen wir nicht aufpassen und nicht leise sein.«

»O ja!« Jennifer hatte Sehnsucht nach ein bißchen Aufregung. »Bitte!«

»Wir dürfen das Haus nicht verlassen«, erklärte Leonora pedantisch.

»He, willst du mich nicht besser kennenlernen?« Gino starrte sie wieder an.

Sie spürte einen Schock der Erregung durch ihren Körper strömen und besann sich schnell anders. »Ich hole meinen Badeanzug. Komm, Jennifer, ich leih dir einen von mir. Am besten ziehen wir uns gleich oben um und ziehen die Mäntel drüber.«

»Brave Mädchen.« Gino nickte voll Bewunderung.

Eine halbe Stunde später schwammen sie im nachtschwarzen Wasser des Hafenbeckens. »Ist das aufregend«, kreischte Jennifer. »Costa, los, um die Wette...«

Gino glitt durchs Wasser zu Leonora. Sie hatte ihr langes helles Haar mit Spangen auf dem Kopf festgesteckt und trat bei einem Fischerboot Wasser. »Ich bin nicht sehr gut im Reden«, stieß er schnell hervor, »aber ich muß dir sagen, was ich fühle.«

Leonoras Puls beschleunigte sich. »Ja?« hauchte sie.

»Hm – es ist – weißt du – hmmm... Jerum! Ich weiß nicht, wie *Liebe* ist. Himmel! Aber wenn sie wie eine Erkältung ist, dann hat's mich erwischt – weißt du?« Er griff nach ihrer Hand. »Mich hat's wirklich erwischt.«

»Ich weiß, was du meinst«, wisperte sie, »und ich glaube, mich hat's auch erwischt.«

»Hei!« Er zersprang schier vor Glück. Es war ein Gefühl, das er noch nie erlebt hatte.

Nebeneinander schwammen sie hinein, bis sie stehen konnten. Dann nahm er behutsam ihr Gesicht zwischen beide Hände und küßte diesen Mund. Er vermied jede körperliche Berührung, doch sie lehnte sich an ihn, erwiderte seinen Kuß, und er spürte weiche Brüste, glatte Schenkel. Er wußte, daß sie seine Erektion, die selbst das kalte Wasser nicht hatte verhindern können, spüren mußte.

»Ich liebe, liebe, liebe dich«, murmelte er zwischen Küssen.

»Ich dich auch, Gino, oh – ich dich auch.«

Seine Hände griffen automatisch nach ihren Brüsten, und sie stieß ihn nicht zurück. Er hatte seit der Entlassung aus dem Gefängnis noch keine Frau gehabt – aber das Mädchen hier war Leonora! Er unterdrückte sein Verlangen.

»Himmel!« stieß er leise hervor. »Ich will nicht, daß es so passiert.«

»Warum nicht? Laß uns doch tun, was wir tun wollen.« Sie küßte ihn leidenschaftlich. »Ich habe noch nie so etwas empfunden.«

In diesem Augenblick näherten sich Costa und Jennifer spritzend und platschend. »Los, kommt«, rief Jennifer vorwurfsvoll, »ihr seid Spielverderber. Ich dachte, wir machen ein Wettschwimmen.«

Gino gab Leonora zögernd frei. »Gut, machen wir«, sagte er.

»Vielleicht sollten wir rausgehen«, meinte Costa. Er spürte, was sich hier abspielte, und ihm war nicht wohl dabei. Er hatte gesehen, wie Gino und Leonora sich getrennt hatten, als Jennifer und er auf sie zugeschwommen waren. Die Sache gefiel ihm nicht. Sein Freund nutzte die Situation aus, und das gehörte sich nicht.

»Ja, gehen wir«, pflichtete Jennifer ihm bei. »Mir wird langsam kalt, und das Wasser hier ist nicht gerade sauber.«

Alle vier wateten hinaus. »Wir haben vergessen, Handtücher mitzunehmen«, stöhnte Leonora.

Die Mädchen mußten naß in ihre Mäntel schlüpfen, die Jungen in Hose und Pullover. Der Rückweg war ein einziges langes Bibbern.

Gino legte schützend den Arm um Leonora und zog sie an sich. »Hör zu. Ich weiß, daß wir nicht viel Zeit miteinander verbracht haben, aber ich weiß es, wenn was richtig ist, und das mit uns – mit dir und mir – das ist richtig. Das hab ich beim ersten Blick auf dich gewußt.«

»Ich glaube, ich habe es auch gewußt«, murmelte sie. »Wenn ich dich ansah, fühlte ich mich dir nahe wie noch nie irgend jemandem – nicht einmal meinen Eltern.«

»Ich bin kein Engel«, sagte er leise. »Hab 'ne Menge Dinge getan, die ich vielleicht nicht hätte tun sollen. Aber ich bin kein schlechter Kerl. *Du* weißt das. Außerdem hab ich nie jemand gehabt, den es gekümmert hat, was ich mach.«

»Jetzt hast du mich.« Ihre Stimme war weich.

Er drückte ihre Schulter. »Wir heiraten«, sagte er fest, »das ist abgemacht.«

Costa schaute sich nach ihnen um und forderte sie schroff auf: »Beeilt euch.« Seine Augen funkelten.

»Wie stellen wir das an?« wisperte Leonora. »Mein Vater wird es nie erlauben...«

»Keine Sorge. Wir heiraten. Das verspreche ich dir feierlich.«

Sie blieb stehen und sah ihn an. »Ich wünschte, es wäre möglich. Sie werden sagen, daß ich zu jung bin und daß du kein Geld hast...«

Er nahm ihr Gesicht zwischen die Hände. »Hör auf.« Seine Stimme klang rauh. »Hör auf damit, okay? Wir werden heiraten, vielleicht nicht gleich, aber sobald ich ein bißchen Geld beisammen habe. Wir warten eben. Es wird nicht leicht sein, aber wir warten. Einverstanden?«

Ihre schönen blauen Augen leuchteten. »Einverstanden.«

Er neigte den Kopf und küßte sie hungrig.

Costa drehte sich um, sah, was sie taten, lief zu ihnen zurück und zog sie auseinander. »Jerum!« rief er, eines der Wörter gebrauchend, die er von Gino übernommen hatte. »Was ist in euch zwei gefahren?«

Leonora kicherte. »Wir lieben uns, kleiner Bruder, wir lieben uns.«

»O nein«, stöhnte Costa. »Das darf doch nicht wahr sein.«

»Es ist wahr.« Sie lächelte erregt. »Und wir werden heiraten!«

»Wunderbar, wie wunderbar!« zwitscherte Jennifer.

Gino hatte das Gefühl, sehr blöd zu grinsen. »Ich werde ein verheirateter Mann sein!« jubelte er. »Könnt ihr euch das vorstellen?«

»Nein, kann ich nicht«, fauchte Costa. »Ich weiß nicht, was mit dir los ist. Ich glaube, du bist vollkommen übergeschnappt.«

»Gratuliere uns«, drängte Gino. »Ich bin dein bester Freund, und sie ist deine Schwester – du solltest vor Freude auf der Straße tanzen!«

»Gino!« Costas Stimme war fest. »Überlege einmal vernünftig. Was ist mit meinem Vater?«

Gino antwortete von oben herab: »Wir sagen es ihm noch nicht. Wenn ich wieder in New York bin, werde ich einen Haufen Geld verdienen und dann Leonora holen. Er wird nichts dagegen haben, wenn ich reich bin.«

Costa schüttelte staunend den Kopf. Er konnte nicht fassen, was sich da zutrug. Und er hatte Angst, denn für ihn stand fest, daß aus der Sache nur Schwierigkeiten erwachsen würden. Er war verständig genug, um zu wissen, daß sein Vater, wenn er das geringste witterte, Gino in den ersten Zug nach New York verfrachten und für immer aus ihrer aller Leben schicken würde.

Die restlichen Tage von Ginos Aufenthalt in San Francisco vergingen wie im Flug, er konnte nur noch ein einziges Mal mit Leonora allein sein, aber sie vermochten einander ohnehin mit den Augen mehr zu sagen, als sich die meisten Menschen zeitlebens sagten.

Sogar Costa erkannte, daß es ihnen wirklich ernst war.

In der Nacht vor seiner Abreise schlüpfte Gino in Leonoras Zimmer, sie führten ein langes Gespräch und schmiedeten Pläne für die Zukunft, die sie gemeinsam zu verbringen gedachten. Sie küßten sich, zuerst keusch, dann wurde es mehr. »Du kannst mich nehmen, wenn du willst«, hauchte Leonora. »Ich hab noch nie…, weißt du. Aber, Gino, mit dir… Hm, ich möchte nicht, daß du zu – zu anderen Frauen gehen mußt… Ich weiß, daß Männer gewisse Bedürfnisse haben.«

Er zwang sich, sie loszulassen. »Ich kann warten, wenn du es kannst«, sagte er einfach.

»Aber wir müssen nicht warten, Gino.« Ihre Wangen waren gerötet. »Wir lieben uns, und wenn zwei Menschen sich lieben, dann kann es kein Unrecht sein, oder?«

Er sah sie an, sie war so sanft, so schön, so verletzlich. Er hatte solches Verlangen nach ihr, daß er meinte, sein steifes Glied werde sich gleich durch seine Hose bohren. »Es ist kein Unrecht, aber wir sollten es uns aufheben«, sagte er.

Wer hätte je gedacht, daß Gino der Rammler einmal *diese* Meinung vertreten würde. Bestimmt nicht Gino selbst.

Gino kehrte voller Tatendrang nach New York zurück. Zum erstenmal im Leben hatte er etwas – jemand –, wofür sich das Arbeiten lohnte. Leonora würde auf ihn warten. Ihrer beider Zukunft lag in seinen Händen.

In New York suchte er sich als erstes ein Zimmer. Es war zwei Häuserblöcke von dem entfernt, das er bis zu seiner Verhaftung gehabt hatte, und ebenfalls ein Loch. Aber er brauchte es nur zum Schlafen, bis er wieder im Geschäft war. Außerdem mußte er jetzt ernstlich sparen, jeden Cent und jeden Dollar. Sein Bankkonto besaß er immer noch, es wies großartige fünfundsiebzig Piepen auf. In seinem Bankschließfach lagen gut zweitausend Dollar in nagelneuen Scheinen. Gino vermutete jedoch, daß er eine Menge mehr brauchen würde, bevor er daran denken konnte, Leonora kommen zu lassen. Er mußte eine anständige Wohnung haben, ein Auto und einen Haufen Geld. Franklin Zennocotti würde seine Tochter nie und nimmer ziehen lassen, wenn Gino sie nicht in angemessenem Stil ernähren konnte.

Sein erster Schritt bestand darin, ins Fat Larry's zu gehen und zu schauen, was lief. Es war noch früh am Abend, und das Lokal war voll, aber er sah keine bekannten Gesichter, sondern nur grüne Küken, die an Milchshakes lutschten.

»Wo ist der alte Verein?« fragte er den Mann an der Theke. Der Mann blickte sich vorsichtig um. »Hat sich viel geändert hier, Gino. Geh nach hinten und klopf zweimal an die Tür, die früher zum Lagerraum geführt hat.«

Gino stieß einen überraschten Pfiff aus. Fat Larry's war also eine

Flüsterkneipe geworden. Er ging nach hinten, durchquerte den einstigen Lagerraum, stieg die Treppe in den ehemaligen Keller hinab, und da war er – in einem Raum mit gedämpfter Beleuchtung, runden Tischen, einer aus vier Mann bestehenden Jazzkapelle und Kellnerinnen in bauschigen kurzen Kleidchen, die ihre Beine freigaben. Die Umgestaltung mußte eine Menge gekostet haben.

An einem der Tische saß Pinky Banana in einem klasse Nadelstreifenanzug, eine Zigarre zwischen den fleischigen Lippen, auf dem Schoß eine kleine Blondine, die er von einem Glas Schmuggelfusel trinken ließ.

War das nicht Fräulein Niedlich? Älter wirkend durch Lippenstift und Dauerwelle, aber mit dem gleichen arroganten, verzogenen Blick. Fräulein Niedlich. Das Mädchen, dem alle seine Gedanken gegolten hatten, bis Leonora in sein Leben getreten war. Jetzt war sie für ihn nur noch eines von vielen Frauenzimmern, und noch dazu eines, das ziemlich billig aussah.

»He!« Er steuerte auf die beiden zu. »Pinky!«

»Gino!« Pinky Banana sprang auf. »Wann haben sie dich rausgelassen, du Gimpel? Wie war's?«

Er verzog das Gesicht. »Was soll ich dir sagen, Kumpel? Eines weiß ich aber, nämlich daß ich es dir nicht als Ferienort empfehle.«

Pinky Banana lachte und umarmte ihn. »Komm, ich spendier dir 'nen Drink, und du erzählst mir alles.«

»Entschuldige *bitte*«, sagte Fräulein Niedlich scharf und zog Pinky Banana am Jackenärmel.

»Hm? – O ja... Gino, du erinnerst dich doch an Cindy, oder?«

»Klar doch.« Er grinste. »Sie war immer so freundlich, wie könnte ich sie je vergessen?«

Cindy funkelte ihn an. »O ja«, erwiderte sie schnippisch, »Gino Santangelo. G-i-n-o. Hast du nicht gesagt, ich würde noch viel von dir hören?«

»Wirst du, wirst du.« Er wandte sich Pinky Banana zu. »Schau an, schau an! Du siehst aus, als ginge es dir recht gut. Bei unserer letzten Begegnung bist du mit ein paar gebrochenen Knochen im Krankenhaus auf der Schnauze gelegen. Was ist passiert?«

Pinky Banana klopfte sich auf den Kopf. »Ich bin gescheit geworden. Erinnerst du dich an die Predigt, die du mir im Krankenhaus gehalten hast? Hast recht gehabt. Wer will sich schon den Arsch wundschinden und sich mit dem Scheißdreck anderer Leute vollschmieren? Bin endlich gescheit geworden. Und bin jetzt ein großer Mann in der Gegend, Gino. Kannst es mir glauben, ein großer Mann.«

Sie setzten sich, und Pinky Banana schnippte mit den Fingern nach Drinks.

»Und was machst du?« fragte Gino.

Pinky Banana senkte die Augen. »Ich – äh – ich erledige verschiedene Dinge für andere Leute. Wichtige Leute.«

Gino schwieg. Er wollte Pinky nicht bedrängen. Das Erledigen von Dingen konnte alles bedeuten. Er sprach besser mit Pinky allein darüber, nicht jetzt, wo Cindy ihnen auf der Pelle hockte.

»Cindy und ich leben zusammen«, erklärte Pinky. »Haben eine nette Wohnung drüben in der Hundertzehnten Straße.«

»Sag bloß! Hier hat sich wirklich einiges geändert. Du bist der letzte, von dem ich erwartet hätte, daß er sich einfangen läßt.«

»Und warum das?« fragte Cindy.

Sie war noch genauso hübsch, nur ein bißchen kantiger.

Er zuckte die Achseln. »Ich weiß nicht. Pinky schien mir einfach nicht...« Er ließ die Worte in der Schwebe. Schließlich konnte er schlecht sagen, daß er Pinky nie für einen Typ gehalten hatte, der sich mit einem einzigen Rock zufriedengab. Gino wechselte das Thema: »He, gehst du nicht mehr in die Schule?«

Sie leckte sich die stark geschminkten Lippen. »Ich hab die Schule satt gehabt. Und mein Zuhause auch. Also hab ich beides aufgegeben. Ich bin siebzehn und alt genug, um zu tun, was ich tun will. Schließlich ist es *mein* Leben, oder?«

Siebzehn. Genauso alt wie Leonora. Aber welcher Unterschied zwischen den beiden! Cindy – apart, geschminkt, erfahren. Leonora – sanft, schön, unberührt und unschuldig.

»Hast du Catto irgendwo gesehen?« fragte er Pinky.

»Catto!« Pinky Banana stieß den Namen verächtlich hervor. »Was für ein Blödian! Saugt immer noch Mamis Milch.«

»Was meinst du damit?«

»Ich meine, daß er ein Hornochse ist. Er weiß nicht, was gut für ihn ist. Er arbeitet immer noch mit seinem Alten bei der Müllabfuhr. Und *das* nennt der sauberes Geld. Ich geb mich nicht mehr mit ihm ab.«

»Ich möchte tanzen«, erklärte Cindy.

»Gleich.«

»*Jetzt.*«

Pinky Banana grinste verlegen. »Na, gut, also jetzt.«

Am nächsten Tag ging er Catto besuchen. Der Freund wohnte in einem halb verfallenen Mietshaus, teilte mit seinen Eltern und vier Geschwistern drei Zimmer. Gino war dort gern gesehen. »Mrs. Bonnio.« Er küßte die abgehärmte Frau. »Ist Catto zu Hause?«

»Gino! Seit wann bist du wieder da?«

»Erst seit gestern. War in San Francisco.«

»Ich dachte, im Gefängnis – du Schlimmer.« Sie tätschelte ihn liebevoll und hob die Stimme: »Catto! Catto! Komm und schau, wer da ist.« Dann fragte sie: »Du bleibst doch zum Essen?«

Catto schlenderte herein und brachte den vertrauten schwachen Müllgestank mit. »Gino! Du verrückter Kerl!« Er umarmte seinen Freund. »Wir haben dich alle vermißt.«

Gino erwiderte die Umarmung. Der Müllgeruch hatte ihn nie gestört, er war damit aufgewachsen.

Bei Cattos Familie war das Essen ein Ritual, zu dem sich immer alle versammelten. Gino fühlte sich richtig zu Hause. Später machten Catto und er einen Spaziergang. Sie redeten von den alten Zeiten, schließlich fragte Gino: »Was ist mit Pinky los? Er sieht aus, als sei er gut bei Kasse. Wie kommt es, daß er Geld scheffelt und du noch immer Scheiße fährst?«

Cattos Gesicht wurde hart: »Hast du's noch nicht gehört?«

»Was?«

»Weißt du, warum Pinky so gut bei Kasse ist? Was er macht?«

»Wenn ich's wüßte, würde ich nicht fragen.« Doch noch bevor Catto antwortete, dämmerte es Gino, und er täuschte sich nicht.

»Pinky bringt Leute um«, sagte Catto unverblümt. »Für Geld. Die bieten ihm fünfhundert Mäuse dafür, daß er dich umlegt – und du kannst es mir glauben, er legt dich um.«

Gino schwieg. Er war nicht schockiert, Gewalt gehörte seit jeher zu seinem Leben. Doch Pinky Banana – ein Killer? Schwer zu glauben.

»Scheiße«, stieß Catto hervor, »ich treff mich nicht mehr mit ihm – und wenn du schlau bist, tust du's auch nicht.«

Gino war zwar schlau, aber ein Freund war ein Freund. Und wer wußte schon, was die Zukunft brachte und wann man einen Freund brauchen konnte...?

Der alte Mann hustete und spuckte Schleim in ein zerknülltes Taschentuch.

Gino schaute nicht auf. Mühsam schrieb er den Text ab, den er sich von dem alten Mann hatte aufsetzen lassen: *Liebste Leonora, meine große Liebe.*

Es war der vierte Brief, den er ihr in vier Wochen schrieb. Weil er sich seiner mangelnden Bildung schämte, hatte er den alten Mann, Mr. Pulaski, um Hilfe bei der Rechtschreibung und der Zeichensetzung gebeten. Mr. Pulaski bewohnte das Zimmer über Gino, das Arrangement war also sehr praktisch. Es kostete Gino nur ein paar Dollar und ersparte ihm viel Peinlichkeit. Außerdem lernte er eine Menge dabei.

Leonora hatte ihm zweimal geantwortet. Es waren sehr schön geschriebene Briefe auf duftendem rosarotem Papier, die er ständig bei sich trug. Auch Costa hatte ihm geschrieben und ihn gebeten, das Gespräch zu beherzigen, das Franklin am Tag vor seiner Abreise mit ihm geführt hatte. Gino erinnerte sich genau daran. Franklin hatte ihn in sein Arbeitszimmer gebeten und ihm einen Vortrag darüber gehalten, was er mit seinem Leben anfangen solle: Verbrechen macht sich nicht bezahlt, und so weiter, und so weiter.

Verbrechen *machte* sich bezahlt. Dies wußte Gino längst aus eigener Erfahrung. Seit der Rückkehr nach New York hatte er weitere zweitausend Dollar in sein Bankschließfach legen können. Und dafür hatte er lediglich bei einem Bankjob das Fluchtauto gefahren und war Fahrer beim Ausräumen eines Pelzlagerhauses gewesen. Zwei einfache Jobs, die er vorher sehr genau unter die Lupe genommen hatte, weil er nichts im Leben weniger brauchen konnte als wieder eingebuchtet zu werden.

Er stand mittlerweile in dem Ruf, einer der gewieftesten und besten Fahrer der Stadt zu sein, und sein Ansehen wuchs ständig. Mit Autos konnte er umgehen wie mit Frauen – absolut meisterhaft. Doch er hatte keineswegs den Ehrgeiz, am Lenkrad von Autos ein Vermögen zu machen. Zu gefährlich und zu auffällig. In Wahrheit suchte er einen Einstieg in den Alkoholschmuggel, wo das wirklich große Geld lag. Männer wie Meyer-Lansky, Bugsy Siegel und vor allem Lucania waren seine Idole. Sie hatten keinen viel besseren Start gehabt als er, und jetzt standen sie ganz oben!

»Bist du fertig?« fragte der alte Mann.

»Ja.« Er setzte ein Blütensiegel auf den Brief und fummelte in seiner Gesäßtasche nach Geld.

»Gleiche Zeit nächste Woche?«

»Klar.«

»Deine junge Dame hat Glück.«

»Finden Sie?« Die Bemerkung freute ihn.

»Nicht viele junge Männer schreiben solche Briefe wie du.«

»So?« Er grinste. »Ist ganz einfach, Pop, ich liebe sie.«

Der alte Mann klickte mit seinem Gebiß. »Es ist wunderbar zu lieben. Meine Frau und ich waren zweiundsechzig Jahre verheiratet, dann ist sie gestorben...« Seine Stimme bebte. »Sie war müde... Es war das beste so... Ich gehe jede Woche zu ihr auf den Friedhof.«

Gino griff in die Gesäßtasche und zog zwei Extradollar hervor. »Bringen Sie ihr ein paar Blumen von mir, Pop.«

»Danke.« Der alte Mann war ehrlich erfreut. »Lilien mochte sie immer besonders gern. Das waren ihre Lieblingsblumen.«

»He, das ist gut.« Gino verabschiedete sich und ging mit dem für ihn typischen federnden, wiegenden Gang die Straße entlang. Leonora zu schreiben, versetzte ihn immer in Hochstimmung. Außerdem wünschte der große Lucania ihn zu sehen. Dies konnte nur bedeuten, daß die Dinge sich besserten.

Das Treffen fand diesmal nicht im Fond eines Cadillacs statt, sondern im Fat Larry's – im vorderen Teil. Lucania saß an einem Tisch und löffelte italienisches Eis. Eddie die Bestie und zwei weitere Gangster hielten Wache.

»Setz dich zu mir.« Lucania war freundlich, aber sachlich.

Er suchte wieder einmal loyale neue Leute und fragte Gino, ob er seiner Organisation beitreten wolle.

Gino fühlte sich natürlich geschmeichelt, doch er wußte, daß er nur als einer von vielen die Chance erhielt, dem großen Lucania Treue zu geloben. »Ich hab eigene Pläne«, antwortete er ausweichend.

Lucania zog eine Augenbraue hoch. »Ehrgeiz ist recht und schön, solange du niemandem in die Quere kommst.«

»Tu ich nicht.« Gino schüttelte den Kopf. »Meine Pläne sind ganz einfach.«

Ja, seine Pläne waren einfach. Er wollte ein eigenes Alkoholschmuggel-Imperium haben.

Und er glaubte den besten Weg zu kennen, es zu erhalten.

Aldo Dinunzio kam stinkwütend aus dem Gefängnis.

Gino holte ihn ab. »Du hast Beziehungen, ich hab Ideen«, sagte er.

»Red mir nicht vom Geschäft. Ich will dieses Luder haben, das mich in den Knast gebracht hat.«

»Ja, klar. Aber woher willst du denn wissen, daß sie es war?«

»Und ob ich das weiß!« bellte Aldo. »Wenn du mitkommen willst, dann los. Gehen wir.«

Gino begleitete Aldo, weil er nach Möglichkeit verhindern wollte, daß sein Kumpel etwas tat, was ihn hinterher reute. Aldo war wichtig für ihn und durfte auf keinen Fall wieder im Gefängnis landen. Aldos Vetter Enzio Bonnatti gehörte in Chicago zu den wirklich großen Bossen, und er war die Beziehung, auf die Gino baute.

Aldo hatte herausgefunden, daß das verräterische Luder Barbara hieß und in einer Bank arbeitete. Sie wohnte mit ihren Eltern und ihrem Bruder in einem hübschen kleinen Haus in Little Italy und war mit einem Polizisten verlobt. »Einem verfluchten Polypen«, tobte Aldo. »Den bring ich auch um die Ecke!«

Sie gingen zu der Bank und warteten den Geschäftsschluß ab. Aldo fragte nacheinander alle herauskommenden weiblichen Angestellten: »Sind Sie Barbara Riccaddi? Sie? Sie?«

Sechs Mädchen hatte er gefragt, dann kam sie endlich. Sie war groß, hatte braunes Haar und Sommersprossen, trug eine Brille und einen zu langen Rock. Aldos Frage beantwortete sie mit einem scharfen: »Ja, das bin ich. Und ich vermute, daß Sie Aldo Dinunzio sind. Ich habe erfahren, was Sie mit mir machen wollen, und ich möchte Ihnen sagen...«

Ein Hagel von Schimpfwörtern, wie er sie noch nie gehört hatte, ging über Aldo nieder. Als sie fertig war, stakste sie davon, die Nase in der Luft, furchtlos, triumphierend. »Jesus, Jesus!« rief Aldo. »Das nenne ich 'ne *wirkliche* Frau!«

Carrie, 1928

Carrie hatte es allmählich satt, die Hälfte ihres Verdienstes an das Haus abzuliefern. Sie mußte hier weg. Und um sich erfolgreich absetzen zu können, brauchte sie Weißjacke.

Natürlich machte er ihr nur Avancen, wenn Mutti Mae außer Haus oder anderweitig beschäftigt war. »Ist dir dein ganzer Mumm in die Eier gerutscht, großer Mann?« fragte Carrie ihn eines Tages herausfordernd, als sie allein im Salon waren. »Hast wohl Angst, Big Mama könnte sie dir abschneiden, was?«

Weißjacke grinste. Er hatte ein prächtiges Gebiß, in dem nur ein Schneidezahn aus massivem Gold störte, das Resultat eines lange zurückliegenden Streites mit Mutti Mae. Seit zehn Jahren waren sie jetzt zusammen – seit er in einem Bordell seinen zwanzigsten Geburtstag gefeiert hatte und von ihr bedient worden war. Er hatte es nie bereut. Jetzt aber brachte dieses heiße, kleine Luder Carrie ihn durcheinander. Sie war immer noch mager wie ein ausgehungertes Kaninchen, hatte jedoch das größte Paar Äpfel in diesem Teil Harlems. Und was tat dieses Stück bloß, daß alle ihre Freier immer wieder zu ihr gerannt kamen? Was hatte sie da unten zwischen ihren hageren Schenkeln? Sein steifes Glied sagte ihm, daß er das ergründen müsse.

»Meine Eier gehen dich nichts an«, erwiderte er ruhig. »Himmel, Himmel, was hast du bloß für ein Mundwerk entwickelt, seit du hier bist. Damals an den Docks ist ein zaundürres Ding vor mir gestanden, das zu nichts und niemand muh oder mäh sagen konnte.«

Sie streckte sich genüßlich. »Das Mundwerk ist nicht alles, was ich entwickelt hab, großer Mann. Ich glaub, ich will bald woanders hin.«

»Hast du das Mutti Mae schon eröffnet?«

»Nein, hab ich nicht. Warum sollte ich? *Mich* hat sie nicht am Bändchen.«

»Mich auch nicht.« Dieses Biest reizte ihn, immer stellte sie es so hin, als sei er an die Kette gelegt.

»Ha!« Carrie lachte. »Du großer Mann. Großer Herr Weißjacke. Wir alle wissen, wer hier die Hosen anhat.«

Er machte ein finsteres Gesicht. »Ihr alle wißt 'nen Scheißdreck.«

»Ha!«

Er packte sie am Arm. »Wetz dein Mundwerk nicht an mir, hörst du, Mädchen?«

»He«, entgegnete sie spöttisch, »sag bloß nicht, daß ich dich reizen kann, den großen Herrn, der alles schon getan hat und alles schon gesehen hat – den Herrn Eisblock!«

Er befand sich auf gefährlichem Gelände, aber hol's der Henker. Man mußte diesem Luder das Maul stopfen. Er preßte seinen Mund auf ihren. Saugte und sog an ihren Lippen. Drang mit seiner Zunge ein.

Sie reagierte sofort, klammerte sich fest an ihn und schlang die Beine um ihn, so daß er ihren Körper durch den dünnen Morgenrock spürte.

Er verlor fast die Beherrschung, aber sein Verstand suchte noch immer nach einer Möglichkeit, die Tat zu tun, ohne von Big Mama erwischt zu werden. Sie war nicht da, aber einige der Mädchen waren im Haus, und wenn eine ins Zimmer kam... Schei-ße! In einem Bordell sollte man so was nicht geheimhalten müssen, oder?

»Willst du's mir machen, großer Mann?« Carrie verspottete ihn. »Ich weiß, daß du's willst. Ich kann *fühlen*, daß du's willst.«

Sie machte sich an den Knöpfen seiner Hose zu schaffen, und er ließ sie gewähren. Er wartete auf den Moment, wo sie seine Hose offen haben würde, dann wollte er es mit ihr machen, wie sie es noch nie erlebt hatte.

Er fickte seit seinem zehnten Lebensjahr, sie würde also einen Schwanz mit zwanzigjähriger köstlicher Erfahrung zu spüren kriegen. Sie war ein Glückspilz, dieses Mädchen.

»Oooh, Baby, Baby, Baby«, säuselte Carrie zärtlich, »du bist – soo schön.«

Sie hatte ihren Morgenrock abgeworfen, und ihr glatter junger Körper gehörte ganz ihm.

Sie umklammerte ihn wieder, und irgendwie, obwohl sie beide standen, war er in ihr. Und es *war* was Besonderes. Oh, *Scheibenkleister,* war das was Besonderes!

Nichts hatte mehr Bedeutung. Nichts auf der ganzen verdammten Welt. Nichts – nichts – nichts...

Und dann schoß er seine Ladung ab, in langen pulsenden Stößen. Ein Orgasmus wie seit Jahren nicht mehr. Sprengte ihm schier die Schädeldecke weg.

Verflucht noch mal, Carrie hatte recht. Höchste Zeit, daß sie *beide* Mutti Mae auf Wiedersehen sagten.

Carrie nahm einen tiefen Zug aus der langen, dünnen Zigarette, so daß der Rauch ihre Lungen füllte und ihre Lider sich senkten. Marihuana. Manche nannten es Rauschgift. Sie nannte es den großen Entspannungs- und Friedensbringer. Ein Lächeln huschte über ihre Lippen. Sie reichte die Zigarette an Weißjacke weiter. Er nahm ebenfalls einen Zug und gab sie seinerseits weiter.

Sie lagen auf Kissen herum, Carrie, Weißjacke, zwei Musiker und Lucille, die zwergenwüchsige Dirne, die bei der Trennung darauf bestanden hatte, mitzukommen.

Und was das für eine Trennung dann gewesen war! Eine herrliche Szene!

Mutti Mae hatte Weißjackes Weggang nicht so einfach hingenommen.

»Du dreckärschiger, hinter Niggerhuren herjagender Sohn von 'nem syphilitischen Flittchen!« hatte sie wütend gekreischt, und die Locken ihrer platinblonden Perücke hatten gebebt. »Wenn du mich hocken läßt, bist du in dieser Stadt erledigt. Hörst du? *Erledigt*!«

Weißjacke mochte Streitereien nicht. Warum konnten sie nicht als Freunde auseinandergehen?

»Ach, Schei-ße, Weib...«, hatte er begonnen.

»Komm du mir nicht mit deinem *Schei-ße«*, hatte sie geschrien, »mit deiner süßrednerischen Schmeichelstimme, die einen bequatscht. Ich kenn dich, Weißjacke, ich *kenn* dich.«

Ihre Augen hatten wild gefunkelt. »Wenn du heut mit dieser blöden Kinderhure hier gehst, setzt du *nie mehr* den Fuß in mein Leben. Wenn du die kleine Fotze satt hast, komm bloß nicht wieder hier angekrochen, weil du was Richtiges kosten willst. Hörst du mich, Nigger?«

»Ich hör dich. Der ganze Block hört dich.«

Weißjacke hatte nicht länger versucht, freundlich zu bleiben. Er hatte einen Koffer mit Kleidern gepackt und Carrie befohlen, in zehn Minuten fertig zur Abfahrt zu sein.

Mutti Mae war mit verrutschter Perücke im Gang gestanden, die Arme in die Seiten gestemmt. »Idiot!« hatte sie Weißjacke angefaucht, als er einmal mehr zu seinem Wagen hinuntergegangen war, seine vielen Anzüge ordentlich über den Arm gelegt. »Du kahlköpfiger, hirnrissiger blöder Idiot! Wie weit wirst du es denn bringen ohne mich? Du wirst bald wieder angekrochen kommen – und dann tret ich dir in dein blödes zwetschgenschleckendes Maul!«

Es war kein Abgang gewesen, wie Carrie ihn sich vorgestellt hatte. Sie hatte Zeit zum Planen haben wollen und in keiner Weise erwartet, daß Weißjacke der Alten gleich alles sagen würde.

Aber Weißjacke hatte erkannt, daß Carrie ihr Gewicht in Gold wert war. Warum also warten? Er sah zehn weitere schöne Jahre vor sich, in denen Carrie die ganze Arbeit tun würde. Bei ihr hatte er sich gefühlt, wie seit einer Ewigkeit nicht mehr. Und wenn eine Dirne es schaffte, daß er sich so fühlte, verdammt... Mit ihr mußte sich Geld machen lassen. Viel Geld. Was für ein Vermögen würden sie zusammen verdienen!

Carrie rechnete es sich als große Leistung an, Weißjacke von Mutti Mae losgeeist zu haben. Er war der gerissenste Zuhälter in dem ganzen Geschäft, und genau das brauchte sie.

Carrie war zufrieden. Was für einen Haufen Dollars würden sie zusammen verdienen.

Sie waren in Weißjackes glänzendem Oldsmobile weggefahren. Mit Lucille, der Zwergin, die ihnen auf die Straße nachgerannt war und darum gebettelt hatte, auch mitgenommen zu werden. »Warum nicht?« Sie hatten gelacht, in Hochstimmung wegen der plötzlichen Freiheit.

Das war vor zwei Monaten gewesen. Und seit zwei Monaten taten sie nichts anderes als sich amüsieren. Sie hatten viel Spaß. Eine wunderbare Zeit, faule Tage und noch faulere Nächte.

Carrie war anfangs verwirrt gewesen. Weißjacke hatte sie zum Vergnügen angemacht. Und etwas, das sie in ihrem kurzen, harten Leben nicht kennengelernt hatte, war Vergnügen. Sie hatte erwartet, gleich wieder arbeiten zu müssen, aber ihm hatte etwas anderes vorgeschwebt. Er hatte eine Wohnung für sie alle drei gemietet und gesagt: »Wir werden einen kleinen Urlaub machen, einfach für eine oder zwei Wochen abschalten und uns ein bißchen erholen.«

Weißjackes Vorstellungen von Erholung eröffneten Carrie, die im Leben nichts kannte als das Innere von Bordellen und von Welfare Island, eine völlig neue Welt. Er hatte beschlossen, ihren Horizont zu erweitern.

Er liebte es, sich wirklich elegant zu kleiden, hatte dreiundzwanzig Anzüge, dreißig Hemden und fünfzehn Paar Schuhe zur Auswahl. Bevor er sich anzog, badete er gewöhnlich, und meist gab er einige Tropfen Damenparfüm ins Wasser. Nach dem Bad rasierte er seine Kopfhaut und rieb seinen kahlen Schädel mit reinem Olivenöl ein. Wenn er geschniegelt und gestriegelt war, kontrollierte er Carries und Lucilles Aussehen. Er wollte, daß die beiden umwerfend aussahen. Das taten sie auch, denn er hatte ihnen Kleider, Seidenstrümpfe und hochhackige Schuhe in den leuchtendsten Farben gekauft, außerdem hatte er ihnen beigebracht, wie man sich schminkte. Zu dritt zogen sie dann in dem weißen Oldsmobile los.

Weißjackes Lieblingsgegend war die 133. Straße. Man kannte ihn dort in verschiedenen Restaurants, Flüsterkneipen und Jazzlokalen. Jeden Abend gewann er neue Freunde, denn Weißjacke war ein großzügiger Mann. Weißjacke gab Geld aus.

Carrie pflegte still neben ihm zu sitzen. Sie nahm alle die neuen Dinge und Töne begierig in sich auf. Und als er ihr Rauschgift gab, war für sie alles vollkommen. Drogen waren *die* Lösung, sie drängten die

Wirklichkeit zurück und ließen das Lachen, die schönen Tage und das Vergnügen in hellem Glanzlicht erscheinen.

Die drei gingen jeden Abend aus und kamen in den frühen Morgenstunden nach Hause. Manchmal schliefen Carrie und Weißjacke miteinander. Es war immer erregend und wild, und es ging sogar Carrie unter die Haut, obwohl das Ganze als geschäftliches Unternehmen begonnen hatte.

Plötzlich war dieser große kahlköpfige Mann mit dem durchdringenden Blick und der einschmeichelnden Stimme *ihr* Mann.

Plötzlich liebte sie.

»Carrie.« Lucille sprach durch den Nebel zu ihr,

»Was ist, Schätzchen?« fragte sie träge.

»Weißjacke will, daß wir den beiden Kerlen richtig einheizen.«

»Was?«

Lucille machte eine Handbewegung zu den Musikern hin, die auf den Kissen lagen. »Ich glaube, wir sind wieder im Geschäft.«

Carrie rollte die Augen. »*Du* vielleicht Schätzchen, aber ich... Kann mir nicht denken, daß Weißjacke das will. O nein, das ist kein Leben mehr für mich.«

Lucille schaute verlegen zur Seite und erklärte mit leiser Stimme: »Er hat mir aufgetragen, es dir zu sagen.«

»Irrtum.« Sie gähnte und streckte sich. »Muß 'n Irrtum sein.« Eine schöne Bessie-Smith-Platte spielte auf dem Victrola, und ein angenehmes weiches Pulsen hüllte sie ein. Sie hatte nicht die Absicht, sich von der Stelle zu rühren, nicht die geringste.

»Da.« Einer der Musiker reichte ihr die Zigarette.

Carrie nahm sie dankbar, inhalierte das starke Rauschgift tief und wälzte sich dann zur Seite, um Weißjacke einen Zug nehmen zu lassen. Er war nicht da.

»Du bist wirklich 'ne Schau, weißt du das?« sagte der jüngere der beiden Musiker. »Ich hab schon lang ein Auge auf dich, aber ich hab nicht gewußt, ob ich an das Honigtöpfchen ran darf. Ich dachte, du bist für Weißjacke reserviert – aber er hat mir gesagt, daß wir beide es treiben können, wie wir wollen.«

Sie versuchte sich aufzusetzen. Ihr Kopf dröhnte. »Hör zu«, lallte sie, »du täuschst dich.«

»Ach, komm schon, ich hab dem Mann zwanzig Mäuse gegeben, also täusch ich mich nicht.«

Langsam drang zu ihr durch, daß Lucille recht hatte. Sie waren tatsächlich wieder im Geschäft.

Aber es wäre nett gewesen, wenn Weißjacke es ihr selbst gesagt und sich nicht wie ein Dieb in der Nacht davongeschlichen hätte.

Liebe! Liebe war Scheiße! Das Leben war Scheiße!

Der Musiker fummelte an ihr herum, zog ihr das Oberteil des roten

Seidenkleides aus, das Weißjacke ihr erst diese Woche gekauft hatte. »Jej!« sagte er, »du hast den größten Vorbau, den ich je im Leben gesehen hab!«

Sie wußte, daß es ihr nichts hätte ausmachen sollen. Schließlich zählte sie schon lange die Männer nicht mehr, die für die Benutzung ihres Körpers zahlten. Aber Weißjacke hätte sie zumindest *fragen* müssen. Wenn sie das Geld wirklich brauchten, das verstand sie doch. Er hätte sie selbst die Entscheidung treffen lassen müssen, ihre Arbeit wieder aufzunehmen, verdammt noch mal!

Der Musiker strich mit der Zunge über ihre Brustwarzen, doch er schmeckte nicht das Salz ihrer Tränen, als sie stumm zu weinen begann.

Es war zwei Uhr morgens.

Seit genau zwei Stunden war sie fünfzehn Jahre alt.

Gino, 1926–1927

Der Aufstieg Gino Santangelos und Aldo Dinunzios im Geschäft des Alkoholschmuggels vollzog sich stetig und unaufhaltsam. Die beiden begannen klein, investierten ihr gesamtes Geld und schafften aus Kanada mehrere Wagenladungen erstklassigen Whisky heran. Sie gingen kein Risiko mit Fremden ein, sondern fuhren die Lastwagen selbst und benutzten nur ein paar sorgsamst ausgewählte Helfer, um sicherzustellen, daß ihnen die Ladung nicht von anderen Banden geraubt wurde.

Aldo und er arbeiteten gut zusammen. Sie vertrauten einander, und als sie es sich leisten konnten, umgaben sie sich mit einer Gruppe treuer Gefolgsleute.

Ein Jahr verging wie im Flug. Gino war jetzt zwanzig, aber er sah viel älter aus und handelte auch wie ein viel älterer Mann. Sein hartes, forsches Auftreten verschaffte ihm Respekt in der Gegend. Man schaute zu ihm und Aldo auf und behandelte sie wie Fürsten.

Pinky Banana war der Vollstrecker der Bande. Er sicherte die Transporte mit der Waffe und pulverte sofort drauflos, wenn jemand sie aufzuhalten versuchte. Er lebte immer noch mit Cindy zusammen, Cindy mit dem blonden Haar und dem niedlichen Popo. Sie war eine richtige Schwanzquälerin – eine Bezeichnung, die speziell für sie erfunden schien.

Die langen, strapaziösen Fahrten nach Kanada und zurück begannen zunehmend an den Nerven der Leute zu zerren. In der Santangelo-Bande, wie man sie nannte, kam es zu Streitereien und Kämpfen. Ein schlechtes Zeichen. Gino erkannte, daß die Spannungen aus den gefährlichen Fahrten erwuchsen, darum beschloß er, nach anderen Möglichkeiten zu suchen. Die Prohibitionsgesetze wiesen Lücken auf, das wußte jeder, und eine der größten war, daß Alkohol aus medizinischen Gründen genossen werden durfte. Da die Ärzte ihn verschreiben konnten, mußte ihn auch jemand herstellen dürfen. Deshalb erhielten bestimmte Firmen Regierungslizenzen, die ihnen die legitime Herstellung von Spirituosen gestatteten.

Aldos Vetter Enzio Bonnatti hatte sich zu solchen Firmen in und um Chicago Zugang verschafft. Das Gerücht ging, daß sein Einfluß sogar noch viel weiter reichte.

»Warum arrangieren wir nicht ein Treffen?« meinte Gino zu Aldo. Er wollte Bonnatti schon lange kennenlernen.

Aldo dagegen schien sich von ihm fernhalten zu wollen. »Er ist ein schwieriger Bursche«, sagte er ausweichend.

»Schwierig!« spottete Gino. »Er ist dein Vetter, um Himmels willen. Ein genauso mächtiger Mann wie Capone. *Nutze* doch deine verwandtschaftlichen Beziehungen.«

Zögernd willigte Aldo ein, und nach einigen Telefongesprächen bestiegen die beiden den Zug nach Chicago.

Es war erholsam, im Zug zu sitzen. Aldo schlief bald ein, Gino starrte zum Fenster hinaus und zog Bilanz. Er hatte inzwischen einen ansehnlichen Batzen auf der Seite, die Bilanz sah recht gut aus, fast gut genug, um Leonora zu holen. Er schrieb ihr immer noch regelmäßig jede Woche – mit Mr. Pulaskis Hilfe. Ihre Antworten kamen unregelmäßig, doch wenn sie kamen, waren sie herrlich, darum verübelte er es ihr nie, daß sie seltener schrieb, als er sich gewünscht hätte.

Seine Briefe waren voll Liebe und voller Pläne.

Ihre Briefe waren eher kindlich und handelten meist von der Schule oder vom Elternhaus, selten von der gemeinsamen Zukunft.

Das war verständlich. Sie wollte sich nicht auf etwas freuen, das nach ihrer Ansicht erst in Jahren geschehen konnte. Was für eine Überraschung würde es für sie sein, wenn er ihr eröffnete, daß die Hochzeit praktisch vor der Tür stand.

Er hatte eine Wohnung gefunden und eine hohe Anzahlung dafür geleistet. Sie war klein, lag aber in einer guten Gegend, in den Upper Forties, nicht weit von der Park Avenue. Bestimmt würde sie Leonora gefallen. Leonora konnte sie selbst einrichten. Er wollte vor ihrer Ankunft lediglich ein großes, bequemes Doppelbett kaufen.

Bei dem Gedanken stöhnte er fast. Ein Bett. Ein Frauenkörper. Liebe machen...

Es war so lange her. Aber er hatte Leonora ein Versprechen gegeben, und Gino Santangelo fühlte sich an sein Versprechen gebunden.

Er hatte die Wohnung Vera gezeigt. »Gino, die wird deim klein Mädel gefalln«, hatte sie begeistert gelallt. »Verdammt beste Wohnung, die *ich* je gesehn hab.«

Vera war betrunken gewesen, wie üblich, aber ihn störte das nicht. Sie hatte ein Recht darauf zu trinken, wenn es sie besser über den Tag brachte. Er hatte ihr Geld angeboten, damit sie in ein besseres Zimmer umziehen könne, aber sie hatte mit der Begründung abgelehnt: »Hab 'ne Menge Stammkunden – kann sie nicht im Stich lassen.«

Gino wußte, daß dies eine Ausrede war. Nach seinen Informationen saß Paolo erneut im Gefängnis, und aus irgendeinem Grund wollte Vera an einer Stelle sein, wo er sie bei seiner Entlassung finden konnte.

»Ich werd nicht auf dich aufpassen, wenn du ihn wieder aufnimmst«, hatte er warnend zu ihr gesagt.

»Klar, Süßer, ich kann selber auf mich aufpassen.«

Ja, genau wie letztes Mal. Gino hoffte, es würde lange dauern, bis sich für Paolo die Gefängnistore öffneten.

Als sie in Chicago ankamen, schneite es. Dicke Flocken sanken auf Haar und Kleider und schmolzen dort zu kleinen Tropfen.

»Da sind wir den weiten Weg hergefahren, nur um hier ein solches Wetter zu haben«, brummte Aldo. In Wahrheit paßte es ihm nicht, daß er so weit von seiner stürmischen Flamme Barbara Riccaddi entfernt war. Nach der ersten Begegnung vor mehr als einem Jahr hatte Aldo sie beharrlich umworben. Anfangs hatte sie ihn mit ihrer scharfen Zunge fortgejagt. Doch im Laufe der Zeit hatte er sie weich bekommen, bis sie schließlich ihre Verlobung mit dem Polizisten gelöst hatte. Jetzt traf sie sich regelmäßig mit ihm. Sie putzte ihn immer noch bei jeder Gelegenheit herunter, doch er schien ganz versessen darauf. »Das erste *echte* Weib, das mir je begegnet ist«, sagte er dann mit einem entrückten Lächeln.

Gino und Aldo fuhren mit einem Taxi zu dem Hotel, das Enzio als Treffpunkt genannt hatte. An der Rezeption bat man sie, mit dem Fahrstuhl in den fünften Stock hochzufahren. Oben nahmen zwei von Enzios Bande sie in Empfang und begannen sie zu filzen.

Aldo war zutiefst gekränkt. »He, er ist mein *Vetter*. Ihr haltet mich wohl für einen Schwachkopf, oder? Wenn ihr meine Kanone wollt, da habt ihr sie.« Er reichte ihnen seine kleine 25er Pistole.

An seinem Bein, knapp über dem Knöchel, fanden sie ein festgegurtetes Jagdmesser mit fünfzehn Zentimeter langer Klinge.

Aldo zuckte die Achseln. »Was glaubt ihr denn? Daß ich meinem eigenen Vetter die Kehle aufschlitze?«

Dann erschien Enzio, eine mächtige Gestalt, in einen schlichten dunklen Anzug gekleidet. Aldo erinnerte Gino immer an ein Eichhörnchen. Zwanzig Jahre alt, klein, vorzeitig ergraut, vorstehende Zähne und eine große Leidenschaft fürs Essen. Irgendwie hatte Gino gemeint, Bonnatti war ein gutaussehender Mann. Zweiundzwanzig, groß, durchtrainierter Körper, glattes dunkles Haar, tiefliegende Augen, dem Vernehmen nach sehr hart. Fiel der Name Capone, so fiel auch der Name Bonnatti. Die beiden hatten Chicago weitgehend in ihrer Gewalt.

Enzio reichte seinem Vetter und Gino förmlich die Hand. Ohne lange zu fragen, bedeutete er dann einem seiner Leute, Drinks einzuschenken. Große Schwenker mit schottischem Whisky pur wurden ihnen gereicht.

»So.« Er setzte sich. »Warum seid ihr zwei Helden nach Chicago schnüffeln gekommen?«

Gino übernahm das Reden. Aldo saß schweigend neben ihm.

Enzio hörte zu. Er brauchte die beiden nicht, diese kleinen Würstchen aus New York ohne Muskeln auf den Knochen. Was er brauchte, waren Leute, denen er trauen konnte. Je größer er wurde, desto mehr Schwierigkeiten bekam er. Ein schwelender Machtkampf mit Capone machte ihm das Leben sauer. Er konnte nicht mal pinkeln, ohne daß seine Leute das Pissoir vorher durchsuchten.

Aldo war allerdings ein Verwandter. Er hatte den lieben Vetter zwar nicht mehr gesehen, seit dieser vor zehn Jahren Chicago den Rücken gekehrt hatte, um nach New York zu gehen. Aber ein Blutsverwandter *war* er. *Mußte* also was taugen.

Und das Geschäft, das dieser Gino vorschlug, war gar nicht schlecht. Konnte eine Menge Kies bedeuten, ohne daß er, Enzio, dafür einen Finger rühren mußte. Ein paar Telefongespräche – an einer Schlüsselstelle wissen lassen, daß es in Ordnung war, die beiden zu beliefern.

»Hör zu, Gino – sei nicht beleidigt, aber ich möchte mit Aldo allein sprechen.«

»Klar.« Gino stand auf. Seit zwei Stunden saßen sie bei Enzio, und er wußte, daß sie »drin« waren.

Salvatore, einer von Enzios Männern, brachte Gino in das Hotelzimmer, das für Aldo und ihn als Nachtquartier bestellt worden war. »Alles, was Sie wollen. Klingeln Sie einfach dem Empfang«, erklärte Salvatore liebenswürdig. »Ein Mädchen, alles – kostenlos.« Auch er wußte, wie die Dinge standen.

Gino lag auf einer Seite des bequemen Doppelbetts, die Hände hinterm Kopf verschränkt. Wenn Bonnatti sie unterstützte, konnten sie groß einsteigen. Sie würden die nötige Schlagkraft kriegen, um besser und größer zu werden. Binnen kürzester Zeit konnten sie auf einer Stufe mit Lucania, der Meyer-Lansky-Bande, Siegel und Costello stehen. Chancen gab es in Massen – es war nur eine Frage des Mumms, sie zu nutzen.

Gino hatte mittlerweile genau begriffen, warum Lucania immer versuchte, frisches junges Blut anzuheuern. Er *brauchte* treue Leute; das brauchten sie alle. Und darum würde Bonnatti ihnen helfen. Aldo war sein Vetter. Unwahrscheinlich, daß Aldo ihm in den Rücken fiel...

Oder wenigstens unwahrscheinlicher als bei einem Fremden.

Aldo trat strahlend ein. »Wir sind drin!« rief er. »Du hast recht gehabt, du schlauer Hund! Er will, daß wir mit ihm zu Abend essen – eine kleine Feier. Ich hätte Barbara mitbringen sollen.«

Gino grinste. »Ich hab gewußt, daß es klappen würde. Schon vor einem Jahr hab ich dir gesagt, daß wir mit ihm Kontakt aufnehmen sollen.«

»Ich geh gern auf Nummer Sicher. Auf diese Weise mußten wir nicht gekrochen kommen. Wir haben unsere eigene Organisation, und das gefällt ihm.«

Gino klopfte seinem Freund auf die Schulter. »Damit gehören wir zum Verein der Großen, Kumpel.« Als er das sagte, wurde ihm bewußt, daß er Leonora jetzt kommen lassen konnte. Jetzt würden sie eine Menge Kies scheffeln. Die Anlieferung legitimer Spirituosen aus Chicago auf regulärer Basis bedeutete ein Vermögen!

Der Satin Club, im Kneipenviertel Chicagos gelegen, gehörte zu den feudalsten Flüsterkneipen der Stadt. Die Gäste waren durchweg hochkarätig. Politiker, Leute aus der großen Gesellschaft, ranghohe Beamte und natürlich schöne Frauen.

Enzio besaß einen ansehnlichen Anteil an dem Unternehmen. Und er besaß auch einen ansehnlichen Anteil an Peaches La Moore, dem Star des Abendprogramms.

Gino und Aldo saßen mit Enzio, Peaches und zwei Freundinnen von ihr an einem Tisch. Am Nebentisch saßen fünf von Enzios Leuten – ohne Mädchen.

Enzio meinte, den beiden Burschen etwas Gutes anzutun. Knakkige Chicagoer Liebchen. Er wußte nichts von Leonora und Barbara. Weder Gino noch Aldo standen auf Chicagoer Liebchen, und mochten sie noch so knackig sein.

»Gefällt euch das Lokal, Jungs?« quiekste Peaches. Sie war blond, hatte einen aufreizenden Körper und eine Stimme, die Sahne zum Gerinnen bringen konnte.

»Ja, wirklich große Klasse«, antwortete Gino. Er meinte es ernst. Er war noch nie in einem solchen Lokal gewesen. Es beeindruckte allein schon durch seinen Luxus. Und der Geruch nach teuren Zigarren und Parfüm ließ Gino glauben, dies sei das wahre Leben. Was für eine Wonne, Leonora hierher zu bringen und vorzuführen. Sie hätte alle Frauen in dem Lokal mühelos ausgestochen. Sie bestand nicht aus Puder und Farbe. Sie besaß echte, natürliche Schönheit.

»Ich werde jetzt gleich singen, Jungs.« Peaches räkelte sich in ihrem Sessel. »Euch steht ein Ohrenschmaus bevor.«

»Eher doch ein Augenschmaus«, scherzte Enzio.

»Sei nicht frech.« Sie zog eine Schnute und stand auf. »Schließlich war es mein Gesang, der dich in meine Richtung schauen ließ.«

Enzio zwinkerte und blickte lüstern auf ihren Busen. »Natürlich, Schätzchen, natürlich war es dein Gesang!«

»Kommt, Mädchen«, forderte Peaches ihre beiden Freundinnen auf. »Showtime. Euch große Herren sehen wir später wieder... Halte eine schön kühle Flasche Champagner bereit. Du weißt, wie durstig die kleine Peaches wird!«

Enzio lachte und sah ihr nach, während sie mit wogenden Hüften durchs Lokal ging. »Dummerchen!« sagte er liebevoll. »Sie sind alle Dummerchen. Nimm sie und nasch sie, lieb sie und laß sie – das ist meine Devise.«

Gino erkannte, daß dies einmal auch seine Devise gewesen war. Vor Leonora natürlich.

Auf einem Miniaturflügel am Rande der Tanzfläche hämmerte jemand ein Vorspiel herunter, dann schlenderte der Conférencier herein. Er erzählte ein paar unanständige Witze, sang schmachtend ein Liebeslied und kündigte die Tanzgruppe an, hochgewachsene Mädchen, die sich mit wirbelnden Beinen über den Tanzboden bewegten.

»Jej!« murmelte Aldo. Barbara geriet in Vergessenheit angesichts dieser silbern bestrumpften Beine und dieses Gewoges verführerischer Federboas, die zehn ausgewählte, hüpfende Busenpaare quälend weit verdeckten.

Gino stellte zu seiner Verlegenheit fest, daß sein Glied sich aufrichtete. Aber wie denn auch nicht, bei dem Leben, das er führte?

Dann erschien Peaches in einem sensationellen, mit Ziermünzen benähten Kleid, das an ihrem Körper anlag wie eine zweite Haut. Sie stand vor der Treppe und sang quieksend den Schlager »O könnte ich doch Shimmy tanzen wie meine Schwester Kate«.

Gino erkannte, warum es bei ihr auf die Stimme nicht ankam. Jeder Mann im Lokal war von ihrem Körper elektrisiert.

Enzio sog zufrieden an seiner Havana. »Toll, was?« Er seufzte stolz.

Aldo küßte seine Fingerspitzen. »Vetter, du verstehst es, sie auszusuchen. Ich glaube...«

Er kam nicht dazu, den Satz zu vollenden. Unvermittelt brach die Hölle los, Männer mit Maschinengewehren stürmten herein und feuerten, ohne zu zögern; sie schwenkten ihre Waffen, als hielten sie Schläuche zum Sprengen von Rosenbeeten in den Händen.

Heilloses Durcheinander herrschte – Panik, Geschrei, wild hin und her rennende Menschen und ein gnadenloser Kugelhagel...

Enzio hatte sich wie der Blitz bewegt, er hatte den Tisch umgestoßen und war dahinter in Deckung gegangen. Aldo wurde am Arm getroffen. Gino war unverletzt, denn er hatte sich beim ersten Schuß aus angeborenem Instinkt zu Boden geworfen.

»Verfluchte Dreckschweine!« tobte Enzio. »Macht die Ratten kalt!«

Seine Leute erwiderten das Feuer bereits. Doch zwei lagen erledigt am Boden, und die restlichen drei konnten es mit den Maschinengewehren der Angreifer nicht aufnehmen. Diese begannen jetzt, sich nach wohlgetaner Arbeit aus dem Lokal zurückzuziehen.

Gino zerrte Aldo aus der Schußlinie.

Enzio hatte seine Waffe gezogen und feuerte um die Tischseite. Er warf Gino eine Pistole zu. »Gib es diesen Schweinehunden«, brüllte er.

Eine Frau überschrie alle anderen: »Mein Mann! Mein Mann! O Gott, sie haben ihm das Gesicht weggeschossen! Oh, mein Gott!«

Gino fing die Pistole auf und visierte eine der zurückweichenden Gestalten an. Es war das erstemal, daß er eine Waffe benutzte, aber Pinky Banana hatte ihm Tips gegeben und ihm gesagt, was er tun mußte.

»Getroffen!« rief Enzio. »Du hast den Dreckskerl voll erwischt!«

Die Maschinengewehre verstummten, denn die Männer hatten die Tür erreicht und suchten das Weite. Sie ließen zwei der Ihren zurück: den Mann, den Gino erschossen hatte, und einen anderen, der an beiden Beinen verwundet war und der sich hinauszuschleppen versuchte.

Enzio zögerte nicht. Er hob seine Waffe, schoß, und der Mann sackte mit einem letzten durchdringenden Schrei tot zusammen.

»Los«, murmelte Enzio, »verschwinden wir, und zwar schleunigst, bevor die Polente kommt.«

Gino stand da und schaute sich um. Das Lokal war ein Trümmerhaufen, überall Glasscherben, Verwundete und Tote.

»Du kannst nichts tun«, sagte Enzio scharf, als lese er seine Gedanken. »Faß Aldo unter und beweg dich! Wir setzen euch in einen Zug – du läßt ihn in New York zusammenflicken.«

Gino stützte Aldo, der zwar stark blutete, aber doch mit Hilfe seines Freundes aus dem Lokal wanken konnte und dabei sogar heftig fluchte.

Enzio führte sie durch die Hintertür zu einem wartenden Wagen. Noch ehe sie richtig saßen, schrie er den Fahrer an: »Hau ab!« Der Mann gehorchte sofort.

»Sind Sie in Ordnung, Boß?« fragte er besorgt.

»Das verdanke ich bestimmt nicht den Flaschen vorm Eingang. Verdammt, wie konnten Big Max und Shotty diese Bande durchlassen?«

»Die haben sie überfallen. Es gab 'ne wilde Schießerei. Ich kam gerade noch in den Wagen und bin hierher gefahren, wie Sie mir immer aufgetragen haben für den Fall, daß es Schwierigkeiten gibt. Stimmt's, Boß?«

»Klar, stimmt.« Enzios Stimme war hart. »Fahr zum Bahnhof. Ich möchte die beiden hier weghaben.« Er wandte sich an Gino: »Du warst gut. Dein Stil gefällt mir. Bist ein prima Schütze.«

Gino nickte. Er hatte Angst zu sprechen. Er fürchtete, das Zittern in seinen Eingeweiden würde hervorbrechen, wenn er etwas sagte.

Sie waren am Bahnhof, und Enzio stieß sie fast aus dem Wagen. Er hatte eine Menge wichtige Dinge zu erledigen und konnte keine Ablenkung brauchen.

Nachdem sie sicher in New York angelangt waren, schmiedete Gino Pläne. Das Leben war kurz. Wie kurz, das wußte er nur allzu genau. Und die Schlagzeilen in den Zeitungen erinnerten ihn auch noch daran.

FÜNFZEHN TOTE. BANDENMASSAKER IN CHICAGOER FLÜSTERKNEIPE.

Nicht viel, und er hätte jetzt in Chicago in einer Leichenhalle gelegen. Keusch seit mehr als einem Jahr. Ein Schwachkopf, der darauf wartete, heiraten zu können. Warten. Ein lausiges Wort. Für Gino Santangelo würde es kein Warten mehr geben.

Er ging auf schnellstem Weg zu Mr. Pulaski. »Diesmal ist's der große, Pop. Ich möchte sie herholen. Wir werden heiraten. Ich will, daß dieser Brief ein wirkliches Meisterwerk wird. Glauben Sie, daß Sie das schaffen, Pop?«

»Natürlich schaffe ich es, Gino«, antwortete Mr. Pulaski feierlich. »Es wird der romantischste Brief, den du und ich je zusammen verfaßt haben.«

Carrie, 1928

Weißjacke war ein Mann mit ausweichendem Wesen. Er hatte die schlechte Angewohnheit, Fragen nicht zu beantworten, sondern in klagendem Ton »Schei-ße« zu sagen, als ob dies alles erklärte.

Carrie konnte ihm nicht lange böse sein. Er war das einzige, was sie auf der Welt hatte. Er war ihr Mann, und wenn er sie auch wieder hatte arbeiten lassen, ohne sie erst zu fragen – nun, so war er eben. Und niemand konnte abstreiten, daß er großzügig war. Seit ihrem Auszug aus Mutti Maes Haus bezahlte er für sie alle – einschließlich Lucille –, ohne sich je zu beschweren.

Jetzt brauchten sie offenbar Geld, und es war nur anständig, daß Lucille und sie welches verdienten. Auf die einzige Art, in der sie es verdienen konnten. Außerdem war es ja von vornherein so geplant gewesen.

Weißjackes Verhalten ihr gegenüber hatte sich nicht geändert. Er war immer noch sehr lieb und zärtlich zu ihr, wenn er in die entsprechende Stimmung kam. Geschah dies jedoch, nachdem sie gerade einen Freier bedient hatte, war ihr irgendwie nicht danach. Es kostete sie dann Mühe, so zu stöhnen und zu ächzen, wie er es mochte, und so zu tun, als sei es für sie eine Wonne, während sie in Wirklichkeit todmüde war, ihr Unterleib wund war, ihr Rücken schmerzte und sie nichts anderes wollte als schlafen.

»Was ist los mit dir, Frauenzimmer?« fragte er eines Tages scharf. »Du warst doch das heißeste, süßeste Ding in der ganzen Gegend. Und jetzt krieg ich nichts geboten als einen kalten Hintern.«

»Ich bin einfach erschöpft«, antwortete sie. »Ich fertige mehr Kerls ab als bei Mutti Mae – und für weniger Geld. Ich dachte, wir würden ein Haus haben, die Sache richtig aufziehen.«

»Wir brauchen 'ne Menge Kies, bevor wir ein Haus aufmachen können. Nicht meine Schuld, daß dieses Luder Mae das Bankkonto geplündert hat, bevor ich meinen Anteil holen konnte.«

»Ich weiß ja gar nicht, daß sie das getan hat«, rief Carrie.

Weißjacke sagte triumphierend: »Da siehst du es, ich belästige dich nicht mit meinen Problemen. Weshalb also belästigst du mich mit deinen?« Er stand vom Bett auf und streckte sich. »Warum ziehen wir nicht los, in die Stadt?«

Sie seufzte. Sie wäre gern ausgegangen, weggekommen aus der

kleinen Mietwohnung, aber sie erwartete einen Freier, und es war wichtig, daß sie wieder Stammkunden bekam. »Ich kann nicht, aber geh doch du.«

»Klar. Ich zieh los. Suche uns noch ein Mädchen, das dir und Lucille hilft.« Er steckte die zwanzig Dollar ein, die ihr letzter Kunde auf dem Tisch liegen gelassen hatte. »Wie wär's, wenn ich uns eine große platinblonde Weiße besorgen würde? Wie würde *das* zu dir und Lucille passen, hm? Eine Show mit euch drei, und wir könnten wirklich absahnen.«

»Eine Show?« Carrie wußte nicht, was er damit meinte.

»Eine Show, Baby, das sind drei flotte Frauenzimmer, die es miteinander treiben, miteinander spielen. Du weißt schon, all das Zeug, das du auf der Insel draußen tausendmal gemacht haben mußt.«

Sie erstarrte. »Das würde ich nicht tun.«

In seiner Stimme lag keine Feindseligkeit, sondern angeborene Freundlichkeit: »Du bist eine Hure, Mädchen. Du tust alles.«

Sie sah ihm beim Ankleiden zu. Sah zu, wie er ging. Dann warf sie sich auf den Bauch und schluchzte, bis sie keine Tränen mehr hatte.

Sie hörte Lucille nicht ins Zimmer kommen und wurde sich deren Anwesenheit erst bewußt, als sie eine tröstende Hand auf ihrem Rücken spürte.

»Hast du geglaubt, er sei der Prinz aus dem Märchen?« fragte Lucille mitfühlend. »Er ist ein Zuhälter, mein Kind, und wir sind seine Mädchen. Wir haben einander, kein Grund also, sich aufzuregen. Wenn du wirklich einen Grund zum Heulen willst, dann überleg mal, was es heißt, so zu sein wie ich.«

Carrie setzte sich auf und sah Lucille starr an: »Du verstehst das nicht.« Ihre Stimme brach. »Du warst *immer* so. Ich hätte ein schönes Leben haben können, aber ich wurde gezwungen, eine Hure zu sein. *Von meinem eigenen Onkel.* Er sperrte mich in ein Zimmer und schickte mir einen Mann nach dem anderen rein, während meine Großmama im Nebenzimmer saß und das Geld kassierte. Ich war damals dreizehn. Und jetzt gibt's für mich nichts anderes mehr als dieses Leben.«

Lucille blinzelte. »Ich war sechs, als meinem Papa aufging, daß ich nicht mehr wachsen würde. Also verkaufte er mich an eine Mißgeburten-Show, die durch unsere Stadt zog, und als ich dann elf war, mußte ich jeder gottverdammten Mißgeburt in der Show zu Willen sein. Weißjacke fand mich, als ich sechzehn war. Man könnte sagen, daß er mich gerettet hat. Er hat mich buchstäblich aus diesem Höllenloch entführt und es fertiggebracht, daß ich wieder leben wollte. Mutti Maes Haus war ein Paradies im Vergleich zu dem, was *ich* davor gewohnt war.«

Carrie hörte gespannt zu, vergaß allmählich ihre eigenen Probleme.

»Diese letzten paar Monate mit dir und Weißjacke waren die allerschönsten in meinem Leben«, fuhr Lucille fort. »Ihr beide behandelt mich wie jeden anderen, nicht wie eine Mißgeburt, nur weil ich klein bin. Ich würde alles für Weißjacke tun, er ist ein guter Kerl. Und du, Schätzchen, solltest genauso denken. Er ist zu uns *beiden* gut.«

Carrie nickte. Das war er.

Gino, 1928

Gino empfand große Erleichterung, als der Brief an Leonora geschrieben und abgeschickt war. Er hatte so lange gewartet, und jetzt konnte er endlich die Dinge in Gang bringen.

Gleichzeitig mit dem Brief an Leonora hatte er einen an ihren Vater aufgegeben, einen höflich-formellen Brief, worin er um Leonoras Hand anhielt. Ganz korrekt und wie es sich gehörte. Wenn alles nach Plan lief, würde er bald ein verheirateter Mann sein.

Einstweilen mußte er sich um die Geschäfte kümmern. Es dauerte nicht lange, bis Bonnatti sein Versprechen einlöste und sich meldete. Eine Ladung legal hergestellter Spirituosen sollte in einer Firma am Rande von Trenton, New Jersey, abgeholt werden.

Gino und Aldo hatten unweit der 110. Straße ein verschließbares Lagerhaus gekauft. Dort standen Kisten mit Spirituosen, die der Auslieferung harrten, zwei Lastwagen und ein zerbeulter Ford. Die Laster trugen die Aufschrift DINUNZIO SPEDITION UND LAGERUNG, und sie wurden auch gelegentlich zu solchen Zwecken verwendet. Doch das war nur eine Tarnung, in Wirklichkeit dienten sie dem Transport von Spirituosen.

Der zerbeulte Ford sah aus, als schaffe er es kaum mehr von einem Ende der Stadt zum anderen, aber unter der Haube verbarg sich ein Motor, der auch für einen Rolls-Royce geeignet gewesen wäre. Gino selbst hatte ihn voll Hingabe eingebaut. Er war ein Meistermechaniker, wenn es galt, alte Autos zu frisieren.

Obwohl erst einundzwanzig, ging es ihm recht gut. Er konnte sich nicht beklagen. Zwar war er noch kein Lucania, aber er befand sich auf dem Weg dorthin, und eines stand fest – niemand würde ihn aufhalten.

Er beschloß, in dem Trenton-Geschäft den Laster selbst zu fahren. Die Raubüberfälle auf Schmugglerfahrzeuge nahmen immer mehr zu, und der Verlust dieser Ladung hätte bedeutet, daß er bei Bonnatti das Gesicht verlor – nicht zu reden von seinen Eiern.

Pinky Banana fuhr als Bewacher mit, und Aldo setzte sich ans Lenkrad des Ford. Sie waren alle drei bewaffnet und rechneten mit Schwierigkeiten. Doch nichts passierte. Die Fahrt verlief glatt.

Als Gino, Pinky Banana und Aldo die Ware ausgeladen und den dankbaren Kunden geliefert hatten, gingen sie ins Fat Larry's, um zu feiern. Das Lokal kam immer mehr in Mode. Damen der guten Gesellschaft und ihre Begleiter tranken sich von ihren Sandsteinhäusern in der Park Avenue bis hierher durch.

»In dem Laden rührt sich heute echt was«, rief Pinky Banana, als sie unter der Tür standen. Er kaute auf einem Nietnagel herum und schnippte mit den Fingern der anderen Hand nach einer Kellnerin.

Eine kleine Rothaarige führte sie zu einem Tisch im Hintergrund.

»Der taugt nichts. Wo ist Larry?« fragte Pinky Banana mit lauter, aggressiver Stimme und hielt die Kellnerin am Band ihrer hübschen Schürze fest, so daß sie nicht weg konnte.

»Verzeihung, *Sir*«, fauchte sie, »*Mister* Larry ist heute abend nicht da.«

»*Mister* Larry!« äffte Pinky Banana sie nach. »Ich hab den verdammten Mister Larry schon gekannt, als er einfach der verdammte Fatso war!«

»Setz dich hin, Pinky«, sagte Gino ruhig. »Wir trinken schnell was und verschwinden hier wieder.«

Pinky Bananas fleischige Lippen verzogen sich. »Geht schon klar, Gino, keine Bange. Ich mach das. *Niemand* schiebt *mich* in dieser Scheißbude nach hinten ab.«

Die Kellnerin bekam es mit der Angst. Sie war neu in dem Lokal und hatte Pinky Banana noch nie gesehen, aber sie wußte, wann ihr Schwierigkeiten drohten. »Wenn Sie mich loslassen, hole ich Ihnen den Geschäftsführer.« Ihre Stimme zitterte leicht.

»Nee«, stieß Pinky angriffslustig hervor, »wir brauchen keinen Geschäftsführer. Merk dir lieber gleich, wer ich bin. Ich bin *Mister Kassari*, und ich nehme den Tisch da drüben.« Er deutete auf einen leeren Tisch vorn in der Mitte, direkt am Rand der kleinen Tanzfläche. »Beweg dich, Süße.« Er versetzte ihr einen scharfen Klaps auf den Popo.

Sie warf ihm einen bösen Blick zu. Dann sagte sie sich, daß ihr die Stellung wichtiger sei als Streit mit einem Kunden, und sie führte die drei durch das volle Lokal zu dem Tisch, den Pinky Banana verlangt hatte. Auf dem Tisch stand ein Reserviert-Schild, aber sollte der Geschäftsführer sehen, wie er das regelte.

Die Kellnerin kam mit den Getränken und mit ihr kam Fat Larry. Er war nicht mehr der liebenswert schlampige Fettwanst, der er gewesen war, als sein Lokal nur aus dem Vorderteil bestanden und er nur Milchshakes verkauft hatte. Fett war er zwar noch, aber er hatte seinen massigen Körper in einen unbequemen dunklen Anzug gezwängt und sein Haar mit Öl glattgestrichen. Jetzt rann ihm Schweiß über die Wangen, und er warf in gespielter Verzweiflung die Arme hoch. »Pinky, mein Junge, was tust du mir da an?«

Pinky Banana schniefte laut und fuhr sich mit dem Handrücken über die Nase. Dann zwinkerte er Gino und Aldo zu: »Wartet ab, Jungs, gleich tischt er eine Rührgeschichte auf.«

»Ich habe nicht gewußt, daß ihr heute kommt«, sagte Fat Larry vorwurfsvoll. »Hätte ich's gewußt, hättet ihr natürlich diesen Tisch gekriegt. Aber ihr seht, daß das Lokal voll ist, und diesen Tisch habe ich einer Dame aus der besten Gesellschaft versprochen, die seit zwei Wochen täglich hierherkommt. Es ist *ihr* Tisch.«

»Einen Scheißdreck ist er das.« Pinky Banana gähnte.

»Ihr müßt hier weg...«

»Hör ich recht?« Pinky Bananas Augen waren plötzlich hart und kalt. »Wir *müssen* hier weg, Fatso?«

Fat Larry wurde sichtlich blaß. Reichte es denn nicht schon, daß er für das Lokal Schutzgebühr an eine Verbrecherbande zahlen mußte? Bekam er es jetzt auch noch mit den ortsansässigen Gangstern zu tun?

Pinky Banana duckte sich gefährlich.

Gino schaltete sich ein. Er hatte kein Verlangen, in eine Streiterei verwickelt zu werden. »Ist das deine Dame aus der besten Gesellschaft?« Er deutete zur Tür auf eine große, in einen Fuchspelz gehüllte Frau, die suchend durch den Raum schaute. Neben ihr stand ein sehr nervös wirkender junger Mann.

Fat Larry rann der Schweiß vom Gesicht. »Das ist sie.«

»Dann hol sie und den Trottel, den sie dabei hat, zu uns an den Tisch. Es macht uns nichts aus, was, Jungs?« Er zwinkerte Pinky Banana zu. »Wir können ein bißchen vornehme Erziehung brauchen!«

Fat Larry nickte. Es war keine ideale Lösung, aber offensichtlich die einzige.

Gino, Pinky Banana und Aldo sahen zu ihrem Erstaunen, daß die Frau herankam. Alle drei hatten vermutet, sie würde den Vorschlag ablehnen.

»Du und deine große Schnauze!« stöhnte Aldo, an Gino gewandt. »Was sagen wir bloß zu der?«

»Ich glaube nicht, daß sie ihren Atem für eine Unterhaltung mit uns verschwenden wird«, entgegnete Gino höhnisch. »Aber auf jeden Fall, paßt auf eure Sprache auf.«

»Verfluchte Scheiße!« rief Pinky Banana. »Ich werd doch wegen einem verfluchten, hochnäsigen Weibsbild nicht auf meine Sprache aufpassen.«

»Guten Abend, meine Herren.« Sie stand am Tisch, kühle grüne

Augen musterten die drei. »Wie ich höre, haben wir heute abend diesen Tisch gemeinsam. Vielleicht wären Sie so nett, ein bißchen zusammenzurücken, und ich glaube, wir brauchen noch einen Stuhl.«

Die drei starrten sie an.

Sie wandte sich zu ihrem Begleiter um. »Schrecklich nett von den Herren, uns Platz zu machen, findest du nicht, Henry?«

Henry hatte starke Akne am Hals, die Pickel glühten dunkelrot. »Ja, Clementine«, antwortete er steif.

Pinky Banana sprang plötzlich auf und schnippte mit den Fingern nach der Kellnerin. »Einen Stuhl hierher!« dröhnte er. Dann stieß er Aldo an. »Rück rüber.«

Aldo unterdrückte einen Fluch. Der Stoß hatte ihn an seinem verletzten Arm getroffen. Sechzehn Stiche hielten die Haut zusammen, und er wollte nicht, daß sie aufplatzten und ein Eimer Blut sich über den Tisch ergoß.

Mrs. Clementine Duke lächelte Pinky Banana an und streckte ihm die Hand hin. Seine Augen hefteten sich auf ihren prächtigen Brillantring. »Ich bin Clementine Duke«, sagte sie mit deutlichem Neuengland-Akzent, »und das ist Henry Moufflin Jr.« Sie schüttelte ihm die Hand.

»Mr. Kassari«, brummelte Pinky Banana mühsam als Erwiderung.

»Mr. Kassari, freut mich, Sie kennenzulernen.« Sie streckte Aldo die Hand hin.

»Aldo Dinunzio«, murmelte er.

»Sehr erfreut.« Dann schaute sie Gino offen an, und er erwiderte ihren Blick genauso offen. Als ihre Augen sich begegneten, machte es deutlich, wenn auch unhörbar, Klick.

»Gino Santangelo«, sagte er fest.

»Was für ein hübscher Name.« Um einen Sekundenbruchteil länger, als es nötig war, hielten ihre Blicke sich fest.

Mrs. Duke wandte als erste die Augen ab und sagte zu Henry: »Bestelle Champagner, Liebling, du wirst das Lokal hier einfach himmlisch finden. Es ist so unsagbar – heruntergekommen.«

Gino studierte sie sorgfältig. Er wußte nicht recht, was sie an sich hatte, aber etwas hatte sie, das stand außer Zweifel.

Sie war keine junge Frau mehr, bestimmt über dreißig, aber sie sah für ihr Alter recht gut aus. Ihre grünen Augen standen weit auseinander und waren von sehr langen Wimpern umrahmt. Die leichten Schatten darunter machten sie außergewöhnlich sinnlich. Sie hatte eine etwas zu lange Nase, was ihr ein arrogantes Aussehen verlieh. Aber die Nase war vollkommen geformt, und die Arroganz steigerte die Sinnlichkeit nur noch. Ihre Lippen waren schmal und leicht nach unten gebogen.

Ihr rabenschwarzes, erregend kurz geschnittenes Haar trug sie in einer glatten Ponyfrisur. Ihr Körper unter dem teuren weißen Satinkleid war schlank und muskulös. Seine Augen verweilten auf ihren Brustwarzen, die sich durch den Satin deutlich abzeichneten.

Sie fing seinen Blick auf und lächelte leicht. Sie sann über die heiße Erregung nach, die sie verspürte. Den Nervenkitzel, in diesem schrecklichen Lokal zu sein. In den vergangenen zwei Wochen, seit sie Fat Larry's zum erstenmal betreten hatte, war der Nervenkitzel immer stärker geworden. Sie hatte gewußt, daß sie hier irgendwann etwas finden würde, irgendeinen kleinen Wonnepfropfen, der ihre sexuellen Geschmacksknospen wieder aktivieren würde.

Gino Santangelo. Was für ein eigenartiger Name. Was für ein aufreizender junger Mann. Bißchen klein, aber bei Bettspielen machte das nichts aus. Sie hatte sich bereits seine Daumen angesehen, die waren lang und dick, ein sicheres Zeichen, daß das, was er zwischen den Beinen hatte, vollauf genügen würde. Seine Augen gefielen ihr. Kompromißlose Augen, hart, schwarz und viel älter als der andere Bursche. Sein Haar gefiel ihr. Dicht und schwarz. Wenn sie erst einmal erreicht hatte, daß er es nicht mehr mit Fett auf den Kopf pflasterte, übrigens ohne großen Erfolg, würde es besser aussehen. Sein Gesicht gefiel ihr. Kräftige Nase, volle, sinnliche Lippen, die sich ständig zu einem wunderbaren Lächeln verzogen. Sogar die Narbe auf seiner Wange gefiel ihr, sie verlieh seinem Gesicht Charakter.

»Clementine.« Henry Moufflin Jr. hatte sein Champagnerglas gehoben und wollte mit ihr anstoßen.

Sie hob ihr Glas ebenfalls, bewegte sich leicht auf ihrem Stuhl. O Gott! Sie war reif, sie war mehr als reif!

»Fat Larry hat uns gesagt, daß Sie jeden Abend herkommen«, sprach Pinky Banana plötzlich, nachdem er volle drei Minuten überlegt hatte, wie er mit diesem umwerfenden Klasseweib eine Unterhaltung anfangen könnte.

Clementine nickte. »Ja.« Sie mochte sein Aussehen nicht, zu groß und dürr, irgendwie schmutzig.

»Wie steht es mit Ihnen?« fragte Clementine, die Augen auf Gino gerichtet. »Was für ein Geschäft betreiben Sie?« Clementines Augen ließen die Ginos nicht los.

»Nennen Sie mir eins, und ich mach es«, antwortete Pinky hochnäsig. Ihm paßte es nicht, wie die Sache lief. »Hab noch nie ein Geschäft gehabt, das *ich* nicht erledigen konnte.«

»Wirklich?« Clementines Augen richteten sich kurz auf ihn, als sei er Hundedreck in der Gosse, dann kehrten sie zu Gino zurück: »Und Sie, was machen Sie?«

Gino wünschte, sie hätte aufgehört, ihn so anzusehen. Für das, worauf sie aus war, stand er nicht zur Verfügung.

Er beschloß, ihr gleich Bescheid zu stoßen. »Ich mache Transporte«, erklärte er. »Und um die Wahrheit zu sagen, ich werde in ein paar Wochen nach San Francisco fahren, um einen Transport für den Vater meiner Braut durchzuführen. Ich werde heiraten, während ich dort bin.« Wenn das sie nicht bremste, dann konnte nichts sie bremsen.

Pinky Banana runzelte die Stirn. »Was für einen Transport? Ich hab nicht...«

Gino trat ihn unterm Tisch hart ans Schienbein.

»Hmmm...« Clementine machte ein nachdenkliches Gesicht. »Mein Mann ist am Transportgeschäft interessiert. Vielleicht sollten Sie ihn kennenlernen.«

Gino traute seinen Ohren nicht.

Henry Moufflin Jr. glaubte ebenfalls nicht recht zu hören. Er hatte Clementine Duke eingeladen, weil sie die begehrenswerteste, verlokkendste Frau auf der Welt war. Er hatte nicht erwartet, daß er mit Clementine in einer billigen Spelunke landen und sie einem kleinen, zweitklassigen Gangster schöne Augen machen würde. Ihr Verhalten war nicht zu entschuldigen. »Clementine, meine Liebe«, sagte er rasch, »warum gehen wir nicht? Ich weiß ein s-s-sehr amüsantes Café...«

»Halt den Mund, Henry.«

Seine Pickel glühten.

»Hm, warten Sie mal.« Clementine suchte etwas in ihrer Tasche. »Ah! Da steckt sie ja.« Sie brachte eine kleine, schön gedruckte Visitenkarte zum Vorschein und reichte sie Gino. »Das ist meine Karte. Wenn Sie daran interessiert sind, mit meinem Mann ins Geschäft zu kommen, besuchen Sie mich bitte, dann können wir darüber reden. Ich empfange an den meisten Vormittagen, zwischen elf und zwölf Uhr.« Sie lächelte. »Kommen Sie, wenn Sie aus San Francisco zurück sind oder vielleicht noch, bevor Sie fahren.«

Pinky Bananas Mund stand offen. Verfluchtes Weibsbild. Und was war mit *ihm*, verdammt noch mal? Verfluchter Gino. Wollte es nicht und bekam es nachgeworfen.

Costa Zennocotti saß in San Francisco im Arbeitszimmer seines Adoptivvaters und schaute zum Fenster hinaus, während Franklin eintönig sprach. Der Vortrag würde mindestens noch zehn Minuten dauern, und Costa hatte abgeschaltet. Er hörte nur Schlüsselwörter wie: »Achtung«, »Liebe«, »Ehrgeiz«, »Treue«. Die üblichen Wörter, die Franklin ihm immer wieder eintrichterte. Es störte ihn nicht. Er verstand seinen Vater und wußte, daß jedes Wort, das dieser an ihn richtete, echter Liebe und Sorge entsprang.

Franklin Zennocotti hatte eigentlich gar keinen Grund, sich wegen Costa Sorgen zu machen. Costa liebte seine Adoptiveltern. Er achtete sie. Er hatte großen Ehrgeiz, und seine Treue kannte keine Grenzen.

Tatsächlich war seine Treue der Grund dafür, daß er im Arbeitszimmer seines Vaters saß. Die Treue zu Gino.

Costa hatte die Erlaubnis erbeten und erhalten, nach New York zu reisen. Es war kein leichtes Unterfangen gewesen, aber er hatte es geschafft, und in zwei Stunden würde er im Zug sitzen. Jetzt bekam er letzte Anweisungen, wie er sich in der großen Stadt verhalten sollte. Er würde ohnehin nicht ganz ohne Aufsicht sein, denn es war alles sorgfältig arrangiert worden. Er sollte zwei Wochen bei Franklins Schwester und ihrem Mann wohnen. Anschließend sollte er nach San Francisco zurückkehren, aufs College gehen, Jura studieren und schließlich als voll qualifizierter Rechtsanwalt in der Firma seines Vaters arbeiten.

Es sah so aus, als sei seine Zukunft prächtig vorgeplant. Aber er hatte nichts dagegen. Er selbst wollte das gleiche wie seine Eltern. Und er hatte das Gefühl, ihnen etwas schuldig zu sein, der Familie möglichst viel Ehre machen zu müssen. Besonders nach dem, was Leonora den Eltern angetan hatte. Seine Mutter hatte den Schock und die Schande noch immer nicht überwunden.

Leonora. Als was für ein unaufrichtiges kleines Ding sie sich doch entpuppt hatte. Hielt seinen Freund Gino am Bändel. Empfing seine Briefe und kicherte mit ihren Freundinnen darüber. Ging gleichzeitig mit jedem Jungen aus, der sie einlud. Schlich sich nachts aus dem Haus. Schwänzte in ihrem Pensionat für junge Damen die Schule. Sie war eine Wilde, trotz ihres unschuldigen Aussehens, ihrer großen blauen Augen und ihres feinen Getues.

Costa hatte sie eines Tages gefragt: »Warum bittest du Gino nicht, dir nicht mehr zu schreiben?«

»Warum sollte ich?« hatte sie erwidert.

»Na...« Costa hatte gezögert. »Ich finde es nicht fair. Er meint doch, daß du sein Mädchen seist.«

Sie hatte ihn mit ihren schönen Augen angesehen: »Vielleicht bin ich das noch. Was weißt *du* schon!«

Er wußte sehr viel. Er wußte, daß sie in der Stadt im Ruf stand, ein leichtes Mädchen zu sein, und daß mehrere Jungen behaupteten, mit ihr geschlafen zu haben. Und er wußte, daß Gino, wenn er das erfuhr, vor Zorn rasen würde. Costa hatte sich, worauf er alles andere als stolz war, in Leonoras Abwesenheit in ihr Zimmer geschlichen und einige von Ginos Briefen gelesen. Sie ließen keinen Zweifel an seinen Gefühlen und Absichten.

Costa war ratlos gewesen, hatte nicht gewußt, was er in der Sache tun sollte. Einerseits hatte er das Gefühl gehabt, sie gehe ihn nichts an, andererseits brachte er Gino ein starkes Gefühl der Treue entgegen und wollte nicht, daß der Freund verletzt wurde.

Schließlich hatten sich die Dinge von selbst geregelt. Die unschuldige kleine Leonora war in andere Umstände geraten. Für Mary und Franklin Zennocotti war es ein gewaltiger Schock gewesen, als ihr liebes Töchterlein ihnen gebeichtet hatte, wie es um sie stand. Nachdem die Eltern sich einigermaßen erholt hatten, war auf ihr Verlangen sofort die Hochzeit arrangiert worden. Zum Glück entstammte der werdende Vater einer angesehenen Familie San Franciscos. Zwei Wochen später war Leonora in die Kirche geschritten, strahlend schön, in weißer Seide.

Als sie in die Flitterwochen abgefahren war, hatte sie Costa einen Blick zugeworfen: »Sag deinem Freund Gino lieber, daß ich von ihm keine gefühlsduseligen Briefe mehr kriegen will.«

Am Tag nach ihrer Abreise waren zwei Briefe eingetroffen, einer an sie und einer an Franklin. Costa hatte die Handschrift erkannt und beide eingesteckt. Als er sie später in der Abgeschiedenheit seines Zimmers gelesen hatte, war ihm klar geworden, daß es nur einen Weg gab. Er mußte es Gino selbst sagen, eine unangenehme Aufgabe, aber bestimmt besser als ein Brief. Daher die Reise nach New York.

Natürlich hatte er seinen Eltern den wahren Grund der Reise nicht genannt. Sie würden sonst vermutlich nein gesagt haben. Also hatte er von Museen und Parks und Kunstgalerien geredet. »Ich würde gern vor dem College ein bißchen wegfahren«, hatte er erklärt, und wunderbarerweise hatten sie eingewilligt. Sie waren gute Eltern.

Franklin zählte hundert Dollar ab und reichte sie Costa über den Schreibtisch. »Du wirst schöne Tage verleben, mein Sohn«, sagte er rauh. »Meine Schwester und ihr Mann sind sehr nett und werden sich um dich kümmern. Denke daran, daß du ihnen die gebührende Achtung erweist.«

Carrie, 1928

Weißjacke blieb eine Woche weg.

Zuerst war Carrie besorgt, dann wurde sie wütend.

»Der Mann kann für sich selbst sorgen, Schätzchen«, versicherte ihr Lucille, »und wir können es auch. Er wird bald wieder auftauchen.«

»Wie kannst du da so sicher sein?« fragte Carrie gequält.

»O Schätzchen, ich bin mir vollkommen sicher. Weißjacke würde nie und nimmer dreiundzwanzig Anzüge aufgeben!«

Lucille hatte recht. Eines Morgens kam er hereinspaziert, aufgeräumt und voller Charme.

»Wo bist du gewesen?« schrie Carrie.

Er hob gebieterisch die Hand. »Beruhige dich, Frauenzimmer. Ich hab uns die große platinblonde Weiße besorgt, von der ich dir erzählt hab.«

»Ich dachte, du seist zu Mutti Mae zurückgekrochen...«

Er lachte. »Zu diesem Luder? Machst du Witze, Mädchen?«

»Du hättest es mir sagen können, daß du fortbleiben wirst. Ich hab mir Sorgen gemacht...«

Er schob ihren Morgenrock beiseite, legte die Hand auf ihre Brust und knetete die Brustwarze. »Hab nicht gewußt, daß ich mich abmelden muß.«

»Oh, Weißjacke!« Sie fühlte sich wieder geborgen. Sie wollte ihm gefallen. »Lucille und ich haben diese Woche dreihundert Mäuse an Land gezogen.« Sie legte die Arme um ihn und preßte ihren Körper an seinen. »Es ist alles für dich, Liebling.«

Er schob sie sanft weg. »Schlüpf in ein Kleid und packe. Wir ziehen heut um.«

»Was sagst du da?«

»Ich hab 'ne größere Wohnung für uns, in 'ner besseren Gegend.«

Ihre Augen weiteten sich. »Wie hast du das gemacht? Ich dachte, wir hätten kein Geld.«

»Überlaß nur alles Weißjacke. Ich hab was ganz Neues aufgezogen.«

Der dicke Mann mit der Zigarre strahlte seine Freunde jovial an. Insgesamt waren es etwa dreißig. Eine Gruppe wohlhabender Geschäftsleute in mittlerem Alter, die gut gegessen und bereits reichlich getrunken hatten.

Anlaß der Zusammenkunft war ein Herrenessen, mit dem das Ausscheiden eines der Ihren gefeiert werden sollte. Der Scheidende hieß Arthur Stuyvesant, er zog sich aus dem Investment-Geschäft zurück.

Sein dicker Freund hatte das Essen organisiert, und jetzt signalisierte er mit erhobener Zigarre, daß das wirkliche Amüsement beginnen solle. »Meine Herren«, verkündete er, kaum fähig, seine Erregung zu unterdrücken, »ich habe heute abend eine kleine Überraschung für Sie. Etwas, das nach meinem Dafürhalten einmalig ist und ein denkwürdiger Abschluß unseres schönen Essens sein wird.« Er nickte dem Schwarzen zu, der auf einer der Schmalseiten des Konferenzraums hinter einem Vorhang stand. »Lassen wir die Unterhaltung beginnen.«

Weißjacke kniff Carrie in den Popo. »Beweg dich, Mädchen«, befahl er.

»Ich will das nicht machen«, begann sie.

Er verdrehte die Augen. »Wir haben das alles schon mal beredet. *Beweg dich*. Wenn's dir nicht gefällt, machen wir es nicht mehr.«

Zögernd trat sie vor den Vorhang.

Beifälliges Gemurmel setzte ein, und einige der Männer lachten verlegen. Von einem verborgenen Victrola erklang seichte New Orleans-Kneipenmusik. Carrie begann zu tanzen. Sie trug ein freizügiges rotes Kleid, geringelte Seidenstrümpfe, hochhackige Riemchenschuhe und gerüschte Strumpfbänder. Unter dem Kleid hatte sie nichts an.

Weißjacke beobachtete sie, wie sie sich mit wiegenden Bewegungen zwischen den Tischen durchwand. Gar nicht so übel. Er gab der großen weißen Blondine, die neben ihm stand, einen Klaps auf den Hintern. »Zeig der kleinen Dame, wie man's richtig macht, Dolly.«

Sie verzog das breite Gesicht zu einem Grinsen, das ihre Pferdezähne sehen ließ. »Kannst drauf wetten, daß ich das tu, Weißjacke.«

Sie sprang hinter dem Vorhang vor, wackelte wild mit ihren großen Brüsten und ausladenden Gesäßbacken, die sie in ein enges orangefarbenes Kleid gezwängt hatte.

Weißjacke schüttelte den Kopf und lächelte. Dolly war ein richtiger Fang. Sie war es gewesen, die ihn darauf gebracht hatte, daß man mit privaten Auftritten viel Geld machen könne. »Warum schlägt sich ein gescheiter Esel wie du mit Freiern und all diesem Scheißdreck herum?« hatte sie bei ihrer ersten Begegnung in einer Jazz-Kneipe gefragt. »Gib mir die richtigen Mädchen, dann verhelf ich dir zum wirklich großen Geld.«

Weißjacke war für eine Woche zu ihr gezogen, um alles mit ihr zu besprechen. Als er ihr von Carrie und Lucille erzählt hatte, war sie hellauf begeistert gewesen. »'ne Schwarze und 'ne Zwergin!« hatte sie verzückt gerufen. »Wir werden uns ein dickes fettes Vermögen verdienen!«

Weißjacke hatte sich beeilt, Carrie, Lucille, seine dreiundzwanzig Anzüge sowie seine übrigen Besitztümer zu holen und damit bei Dolly einzuziehen, deren Wohnung Platz genug für alle bot.

Carrie war alles andere als erfreut gewesen. »Ich dachte, wir würden ein Haus aufmachen«, hatte sie vorwurfsvoll gesagt.

»Vielleicht, vielleicht auch nicht«, hatte er entgegnet. »Wir probieren's erst auf Dollys Weise.«

»Teilst du das Bett mit diesem fetten Weibstück?«

»'türlich nicht.« Er hatte ihr Haar gestreichelt. »Was soll ich mit so 'ner dummen Nudel anfangen, wenn ich ein scharfes, köstliches Küken wie dich hab?«

Huren. Ob fünfzehn oder sechzig. Alle gleich.

Weißjacke gab Lucille einen Schubs, und sie hüpfte hinaus, um sich zu Carrie und Dolly zu gesellen.

Die Männer im Raum brüllten beifällig. Sie tauten allmählich auf. Verklemmte weiße Weichlinge. Nicht ein einziges schwarzes Gesicht darunter. Schwarze Männer wußten, wie man sich wirklich amüsierte.

Sie hätten nie und nimmer solchen Scheißdreck nötig gehabt, um in Schwung zu kommen.

Weißjacke beobachtete Dolly. Sie war ein echter Profi, hatte den Raum im Griff, brachte die Männer zum Rasen durch die Art, wie sie ihre Dinger zur Schau stellte.

Carrie und Lucille waren nicht so gut. Aber das spielte keine Rolle. Wenn sie erst mal die Kleider ausgezogen hatten, würde niemand ihre jämmerliche Darbietung bemerken.

Weißjacke gähnte. Er würde sich mit Dolly einigen müssen. Sie hatte ziemlich sauer reagiert, als er ihr Angebot, ihr großes, bequemes Bett zu teilen, nicht angenommen hatte. »Und warum willst du nicht?« hatte sie gemault. »Hat dieses kleine schwarze Gör auf einmal alleinige Rechte?«

»Nur für einen oder zwei Tage, Big Mama«, hatte er erklärt. »Scheiße, ich bin bei dir und geb dir, was du willst, noch bevor du es merkst.«

»Wäre besser«, hatte sie bissig erwidert.

Er würde die kleine Carrie einfach entwöhnen müssen. Das war das Problem, wirklich. Hatte ein Frauenzimmer mal seinen heißen roten Schwanz zu kosten bekommen, wollte sie ihn nicht mehr hergeben.

Die Mädchen begannen sich auszuziehen. Weißjacke gähnte erneut. Man stelle sich vor, bezahlten die doch tatsächlich fünfhundert Dollar für den Anblick von drei Paar Titten, drei Paar Popobacken und drei ziemlich abgenutzten Pflaumen.

Schei-ße. Unbegreiflich, was manche Leute unter guter Unterhaltung verstanden.

Gino, 1928

Da der Job in Trenton, New Jersey, glänzend gelaufen war, zögerte Bonnatti nicht, für Gino und Aldo weitere Verbindungen zu knüpfen.

»Wir müssen uns vergrößern«, sagte Gino zu Aldo und Pinky Banana. »Wir brauchen mehr Leute.«

Pinky Banana bohrte in der Nase. »Ich hab 'ne Menge Leute, die ich reinbringen kann.«

»Holzköpfe«, meinte Gino verächtlich. »Die scheißen auf Treue.«

»Das weißt du doch nicht«, entgegnete Pinky gekränkt.

»Die Leute suche *ich* aus«, erklärte Gino. »Vielleicht kann ich uns in San Francisco ein paar gute Jungs besorgen, die in den Osten zurück wollen.«

»Verflucht, wann dampfst du endlich nach Frisco ab?« fragte Pinky Banana spöttisch.

Gino rieb ungeduldig seine Narbe. »Bald«, antwortete er rauh. Er erwartete täglich Antwort von Leonora oder ihrem Vater, saß wie auf glühenden Kohlen.

»Das sagst du schon seit Wochen«, höhnte Pinky Banana. »Bist du sicher, daß sie dich nicht hocken gelassen hat?«

Pinky Banana war ein großer, blöder Ochse. »Hört zu, ich muß gehen«, sagte Gino scharf. »Bis morgen.« Er stürmte aus der Garage, in der sie sich getroffen hatten, und eilte auf der Straße zwischen den Passanten hindurch. Leonora. Warum, zum Teufel, brauchte sie so lange, um seinen Brief zu beantworten? Er hatte sofort Antwort erwartet. Postwendend. Die Verzögerung brachte ihn schier um.

»Hallo, Gino.«

Er schaute auf, verlangsamte den Schritt. »Hallo, Cindy.«

Sie wirkte nicht so fröhlich wie sonst, eher bedrückt als schnippisch.

Er wollte weitergehen, aber sie legte ihm die Hand auf den Arm und hielt ihn auf. »Wie geht es dir?« fragte sie.

Er balancierte auf den Fußballen. »Danke, gut. Und dir?« Wie kam es, daß sie ihn einmal nicht mit bissigen Bemerkungen verletzte?

»Nicht schlecht. Alles in Ordnung.« Als sie »Ordnung« sagte, traten zwei große Tränen in ihre Augen und rollten langsam über ihre geschminkten Wangen. »O Gino«, sagte sie zitternd, »ich bin so unglücklich!«

Er schaute die Straße auf und ab. Die Leute drehten sich schon nach ihnen um. »Jerum, Cindy, was ist los mit dir?«

Sie schluchzte jetzt. »Es ist wegen Pinky«, murmelte sie. »Ich möchte ihn verlassen, aber ich kann nicht. Ich habe kein Geld. Nach Hause kann ich nicht mehr. Ich hasse ihn und weiß nicht, was ich tun soll. *Bitte* hilf mir, Gino.«

Bitte hilf mir, Gino. Und dies von einem Frauenzimmer, das ihm von dem Moment an, wo sein Blick das erstemal auf sie gefallen war, nichts als gemeine Antworten gegeben und nichts als Schwierigkeiten eingebrockt hatte. Fräulein Cindy Schwanzquälerin, vermutlich Heldin von tausend Selbstbefriedigungen. Er befühlte die Narbe auf seiner Wange und dachte daran, wie er dazu gekommen war. Ihre Schuld – und sie hatte ihm nicht mal gedankt. »He«, sagte er rasch, »beruhige dich.«

»Du weißt ja nicht«, erklärte sie düster, »wie verzweifelt ich bin.«

»Ach, geh, Cindy.«

Sie drückte seinen Arm. »Wenn du mir bloß ein bißchen Geld geben könntest! Dann könnte ich in einen Zug steigen und irgendwo hinfahren. Weißt du«, sie machte eine dramatische Pause, »er hat gesagt, wenn ich ihn verlasse, bringt er mich um.«

Gino lachte schallend. »Quatsch!«

Sie schluchzte lauter. »Aber es ist wahr, ich schwöre es!«

»Schon gut. Ich muß jetzt gehen.«

Sie nickte, zog ihn dann nahe zu sich. »Ich möchte dir was zeigen«, flüsterte sie.

»Was?«

»Du wirst es nicht glauben.« Sie flüsterte immer noch. »Ich hab vermutlich für mein ganzes Leben eine Narbe weg.« Behutsam zog sie ihre Bluse vor, so daß die obere Hälfte ihres Busens sichtbar wurde. Gino schaute hinein. Nicht zu verachten, gewiß.

»Siehst du die Brandwunde?«

»Was für eine Brandwunde?« Er schaute genauer hin, und da gewahrte er neben ihrer linken Brustwarze einen böse aussehenden roten Fleck.

»Er hat es mit einer Zigarette getan. Ich wollte nur, daß du weißt, was für Sachen er macht.«

Der dreckige, gemeine Hund. Genau wie der niederträchtige Paolo. »Wieviel brauchst du?«

»Ich weiß es nicht, ein paar hundert. Würde das reichen, damit ich nach Kalifornien komme? Ich könnte mir dort eine Stellung suchen.«

Gino nickte.

»Wir sind morgen abend im Fat Larry's. Wenn du es mir da geben könntest, dann könnte ich übermorgen fahren.«

»Du kriegst es.«

»Versprochen?«

»Versprochen.«

Sie neigte sich vor und küßte ihn leicht auf die Wange. »Danke, Gino, du bist ein echter Freund.«

Costa traf an einem Montag bei Tagesanbruch mit dem Zug in New York ein. Dr. Sydney Lanza und seine Frau holten ihn am Hauptbahnhof ab. Sie beäugten ihn mißtrauisch, wechselten dann überraschte Blicke, weil er so nett aussah und so höflich war. Schließlich hatte die ganze Familie getobt, als Franklin Zennocotti beschlossen hatte, einen Jungen von so zweifelhafter Herkunft zu adoptieren.

Ihr Haus am Beekman Place war im Vergleich zum Wohnsitz der Zennocottis eher Mittelmaß, aber einiges kündete von Geld: ein Tisch mit silberner Einfassung, gute Gemälde an den Wänden, polierte Mahagonimöbel.

Dr. Lanza hatte seine Praxis in einem der vorderen Räume, und der angrenzende Raum diente als Wartezimmer.

»Der Doktor ist ein vielbeschäftigter Mann«, vertraute seine Frau Costa an, als sie ihm sein Zimmer zeigte. »Er arbeitet hart und freut sich über die guten Werke, die er tut. Heilen ist ein Werk Gottes, weißt du, und der barmherzige Allmächtige wählt seine Jünger sorgfältig aus.«

Franklin Zennocotti hatte zu erwähnen vergessen, daß die Lanzas sehr religiös eingestellte Menschen waren.

Costa nickte. »Ich werde versuchen, niemandem im Weg zu sein.«

»Halte bitte unsere Regeln ein. Sei pünktlich zu jeder Mahlzeit. Der Doktor haßt Verspätung.«

»Ich werde pünktlich sein«, antwortete Costa rasch, »das heißt, wenn ich nicht aus bin. Ich habe vor, mir die Stadt anzusehen. Kunstgalerien und Museen zu besuchen – solche Dinge.«

Mrs. Lanza spitzte die schmalen Lippen. »Ich erwarte, daß du mich am Vortag über deine Pläne informierst. Dieser Haushalt kann durch dein Kommen und Gehen nicht durcheinandergebracht werden.«

»O nein, Mrs. Lanza, ich werde nichts durcheinanderbringen.«

Sie verschränkte die Arme vor der flachen Brust. »Dessen können wir *beide* gewiß sein, junger Mann.«

Costa lächelte schwach. Vierzehn Tage bei Mrs. Lanza – nicht gerade angenehme Aussichten. »Ich dachte, ich könnte heute nachmittag weggehen«, wagte er zu sagen.

»Nicht heute, Costa, wenn ich bitten darf«, erwiderte sie entschieden. »Die Mahlzeiten sind bereits festgelegt, und deine Ankunft hat in diesem Haushalt heute schon genug Verwirrung gestiftet.«

»Natürlich, Mrs. Lanza, verstehe.«

Er verstand keineswegs. Er konnte es nicht erwarten, aus dem Haus am Beekman Place wegzukommen und Gino aufzusuchen.

Mr. Pulaski fragte: »Noch keine Antwort?«

Gino schüttelte den Kopf.

Der alte Mann schloß die Augen und preßte die Finger an die Schläfen. »Die Post ist sehr langsam, schrecklich langsam. Ich würde mir keine Sorgen machen.«

»Wer sagt, daß ich mir Sorgen mache?« fauchte Gino, sprang von seinem Stuhl auf und ging in dem kleinen Zimmer umher. »Ich frage mich nur, ob mein Brief verlorengegangen ist oder so was. Wissen Sie, Pop, ich hab nachgedacht. Vielleicht sollte ich einfach in einen Zug steigen und hinfahren.«

Der alte Mann öffnete die Augen und schaute durchs Fenster auf die bevölkerte Straße hinunter. Er war so schwach, daß er die meiste Zeit im Bett lag.

»Was meinen Sie, Pop?« Gino stand neben ihm und schaukelte auf den Füßen vor und zurück. »Meinen Sie, daß ich das machen soll?«

»Ich meine...« Mr. Pulaski verspürte heftige Schmerzen, und seine Augen wurden glasig. »Meine...« Die Schmerzen zerrissen seinen gebrechlichen alten Körper. Er hustete und merkte nicht, daß ihm plötzlich Blut aus dem Mund rann. Er blickte zu Gino auf, ohne ihn zu sehen, und dachte kurz an seine liebe verstorbene Frau. Als er ihren Namen zu rufen versuchte, explodierten die Schmerzen in seiner Brust, und er sackte in seinem Bett zusammen.

Gino starrte ihn entsetzt an. »Mr. Pulaski! Pop! Was haben Sie denn?« Er faßte ihn bei der Schulter. »Wachen Sie auf, Alterchen!«

Er beugte sich nieder und blickte Mr. Pulaski ins Gesicht. Augen und Mund standen offen, doch es war das Gesicht eines Toten.

»O nein!« murmelte Gino. »O Jesus Christus – nein.«

Er kniete neben dem Greis nieder und nahm seinen Kopf in die Arme. Zum erstenmal seit Jahren weinte er. Mr. Pulaski. Netter, alter Mann. Hatte nie jemandem was zuleide getan.

Gino wischte sich die Augen mit dem Handrücken ab und stand auf. Er ließ den Blick durch das Zimmer des alten Mannes schweifen.

Leonora würde den Verfasser der wöchentlichen Liebesbriefe, die sie ein Jahr lang bekommen hatte, nicht mehr kennenlernen. Wichtiger noch, Mr. Pulaski würde Leonora nicht mehr kennenlernen.

»Verdammt noch mal, Pop«, murmelte Gino halblaut, »hätten Sie nicht warten können?«

In dem Haus am Beekman Place gab es um sieben Uhr Frühstück: eine heiße schottische Haferspeise, dicken süßen Kakao und große Stücke Brot.

Costa aß wenig. Dies beeindruckte Mrs. Lanza nicht. »Ein herzhaftes Frühstück bringt einen Menschen auf den richtigen Weg für einen gesunden Tag«, belehrte sie ihn. »Der gute Doktor sagt das auch immer zu seinen Patienten, nicht wahr, mein Lieber?«

Um acht Uhr war Costa aus dem Haus. Endlich frei. Er holte tief Luft, während er die Straße entlangging. New York roch anders als San Francisco. Die Luft war schärfer, rauchiger. Er wußte, daß die Stadt einst sein Zuhause gewesen war, aber er hatte alle Erinnerungen daran verdrängt. Was ihn anbelangte, so hatte sein Leben an dem Tag begonnen, an welchem Franklin Zennocotti ihn nach San Francisco mitgenommen hatte. Er weigerte sich, an Dinge zu denken, die davor geschehen waren. Er wußte nur, daß er sein Leben Gino Santangelo verdankte. Ohne Gino wäre er in dem Heim umgekommen.

Heim. Zum Lachen...

Gino, in die Bettdecke vergraben, schlief schlecht. Normalerweise hatte er einen guten Schlaf, aber manchmal träumte er die ganze Nacht – und dies war eine solche Nacht.

Das Klopfen an seiner Tür drang erst nach geraumer Zeit zu ihm durch. Als er es endlich hörte und benommen auf die Uhr schaute, war er alles andere als erfreut. Halb neun erst! »Ja?« schrie er mürrisch.

Ginos Gereiztheit entging Costa nicht. Er überlegte, ob er gehen und später wiederkommen sollte. Doch schließlich hatte er den ganzen weiten Weg von San Francisco gemacht, um Gino etwas zu sagen, und wenn er ging, schob er den Moment der Wahrheit nur hinaus. »Ich bin's, Costa Zennocotti«, rief er.

»Costa? Was, zum Kuckuck, machst du hier?«

Gino öffnete die Tür, schlug seinem Freund auf die Schulter und zog ihn in den unordentlichen kleinen Raum. »He«, erklärte er lebhaft, »jedem anderen, der mich um diese Zeit weckt, würde ich den Schädel einschlagen. Ich freu mich, dich zu sehen. Warum hast du nicht geschrieben, daß du kommst?«

Costa hatte hundertmal überlegt, wie er seinen Freund am schonendsten aufklären solle. Jetzt waren seine sämtlichen Überlegungen wie weggeblasen, und er wußte, daß er Gino nur ohne Umschweife die Wahrheit sagen konnte.

»Es ist wegen Leonora«, stieß er hervor. »Ich wollte nicht, daß du die Nachricht in einem Brief erfährst.«

»Welche Nachricht?« Ginos Gesicht verlor jede Farbe.

»Sie hat geheiratet«, sagte Costa leise. »Einen anderen.«

New York und Philadelphia, Mittwoch, 13. Juli 1977

»Ich habe einen Geschmack im Mund, als hätten ein paar Penner die Nacht drin verbracht«, stöhnte Lucky. »Wie lange sitzen wir schon hier?«

Steven führte seine Uhr nahe an die Augen und blickte auf das leuchtende Zifferblatt: »Fünf Stunden, zehn Minuten und neunundvierzig Sekunden.«

»Es kommt mir wie fünf Monate vor! Noch nie in meinem ganzen gottverdammten Leben habe ich mich so unbehaglich und so desorientiert gefühlt!«

»Ich sage Ihnen doch, entspannen Sie sich. Das ist alles, was Sie tun können.«

Costa knallte den Hörer auf. Dario. Immer in Schwierigkeiten. Immer! Ein so nett aussehender Junge, blond, schlank, gut gebaut. Und so pervers.

Wenn Gino je die Wahrheit über seinen einzigen Sohn erführe...

Costa fluchte leise vor sich hin. Es brauchte eine Menge, um ihn zum Fluchen zu bringen, aber Dario schaffte es garantiert jedesmal.

Er überlegte einen Augenblick, hob dann den Hörer ab und wählte schnell. Eine Frauenstimme meldete sich. »Ruth, meine Liebe«, sagte er freundlich, »hier Costa Zennocotti. Wie geht es Ihnen?«

Ruth begann des langen und breiten über den Stromausfall zu klagen. Er unterbrach sie. »Ist Sal da?«

»Einen Moment.«

Sal kam ans Telefon. »Was kann ich für Sie tun, Mr. Zennocotti?«

Costa gab Darios Adresse durch. »Gehen Sie auf schnellstem Weg dorthin«, drängte er. »Sie werden einbrechen müssen; es gibt ein Problem mit den Schlüsseln. Entfernen Sie das Hindernis und erledigen Sie die Sache, wie Sie es für richtig halten. Rufen Sie mich morgen wegen der Bezahlung an.« Er legte auf. Dario hatte Glück. Sal verstand es meisterhaft, mit schwierigen Situationen fertig zu werden. Natürlich – es konnte schon zu spät sein. Aber würde jemand Dario vermissen?

Nur Gino.

Vielleicht.

»Mutterficker!« schrie der Junge triumphierend, als er mit einem gußeisernen Ziergegenstand, den er im Bad gefunden hatte, die Schlafzimmertür zertrümmerte. »Wo bist du, Mutterficker?« Sein Gesicht verzerrte sich, als seine Augen das dunkle Wohnzimmer nach Dario durchforschten. »Wo bist du, mieser Hund?« brüllte er. »Deinen perversen Arsch kannst du durch Verstecken nicht retten!«

Dario kauerte sich in der Küche zusammen, ein Tranchiermesser ausgestreckt in beiden Händen.

»Mutterficker!« kreischte der Junge. »Ich krieg dich schon!«

Carrie ging benommen durch die Straßen Harlems. Offenbar waren alle Bewohner der Häuserblocks unterwegs, um zu schauen, was sie ergattern konnten. Sie zerschlugen Schaufensterscheiben und schleppten alles weg, dessen sie habhaft wurden. Zwei Männer wankten an ihr vorbei, ganz offen eine Eichenkommode tragend, als seien sie Möbelpacker. Hinter ihnen kam ein junger Bursche mit einem Fernseher. Aus Transistorradios und Tonbandgeräten plärrte Rockmusik.

Niemand nahm jetzt mehr Notiz von ihr. Mit ihrem wild herabhängenden Haar, dem verschmierten Make-up und den zerrissenen, blutenden Ohrläppchen war sie einfach ein schwarzes Gesicht unter vielen...

Sie wußte, daß sie gräßlich aussah, aber das ließ sie gleichgültig.

Wut stieg langsam in ihr auf, eine heiße, unbezwingliche Wut, die sie rasch durch die Straßen zu dem Treffpunkt trieb.

Bis vor zwei Tagen war das Leben so schön gewesen. Dann der Anruf. Die gedämpfte Stimme, die gesagt hatte, wenn sie wisse, was gut für sie sei, käme sie am Mittwoch abend um halb zehn zu dem Fleischgroßmarkt an der West 125. Straße.

»Wer spricht?« hatte sie nervös flüsternd gefragt, weil Elliott im Nebenzimmer saß.

»Wenn Sie nicht wollen, daß Ihre Vergangenheit ans Licht kommt, seien Sie da«, hatte die gedämpfte Stimme hinzugefügt, dann war die Verbindung abgebrochen. Ob die Stimme einem Mann oder einer Frau gehört hatte, war nicht zu erkennen gewesen.

Wild hastete sie die Straße entlang. Irgendwo wartete jemand auf sie. Sie mußte herausfinden, wer es war.

Unbedingt...

Die große Düsenmaschine landete glatt. Als sie ausgerollt war, neigte sich die Stewardeß zu Gino vor: »Haben Sie eine Fahrgelegenheit nach New York, Mr. Santangelo?«

»Nein«, antwortete er. »Ich habe nicht damit gerechnet, hier in Philly zu landen.«

Das Mädchen kicherte. »Ich weiß. Wer hätte das schon getan?«

Er öffnete den Sicherheitsgurt. »Können Sie mir einen Wagen besorgen?«

»Sicher. Aber falls sie in New York in einem Hotel absteigen wollen, wäre es vielleicht besser, die Nacht in Philadelphia zu verbringen – anscheinend ist ganz New York ohne Strom, und niemand weiß, wie lange das dauern wird.«

Er überlegte einen Augenblick. Für ihn war im Pierre eine Suite bestellt, aber die Stewardeß hatte recht; wenn es in der Stadt keinen Strom gab, wäre es töricht gewesen, hinzufahren. »Können Sie mir ein Hotel empfehlen?«

Das Mädchen lächelte. »Gewiß, Mr. Santangelo. Ich übernachte vielleicht sogar selbst dort.«

Lucky war in leichten Schlummer gesunken. Zu Stevens großer Erleichterung. Ohne ihre ständigen Klagen war es nicht so schlimm, in dem schwarzen, an einen Mutterleib erinnernden Kasten zu hängen. Es war sogar richtig erholsam. Manche Menschen bezahlten viel Geld für diese Art Therapie.

Lucky murmelte etwas Unzusammenhängendes im Schlaf.

Er konnte ihr keine Vorwürfe machen, weil sie grob und unfreundlich war.

Sie hatte vermutlich Angst.

»Was ist los?« murmelte sie, erwachte schlagartig und rieb sich die Augen. »Heiliger Jesus Christus. Wir sitzen doch nicht immer noch hier, oder?«

»Doch, das tun wir.«

»Allmählich habe ich die Schnauze voll.«

Sie sagte es, als sei das Ganze *seine* Schuld.

»Ich muß Pipi machen«, erklärte sie und fügte mürrisch hinzu: »Jetzt gleich.«

»Bedaure«, entgegnete er sarkastisch, »aber als sie diesen Fahrstuhl bauten, scheinen sie vergessen zu haben, Toiletten zu installieren.«

»Sie sind ein verdammter Klugscheißer.«

Er schwieg. Sollte sie doch mit sich selbst reden. Die Hitze wurde immer unerträglicher. Die Klimaanlage hatte abgeschaltet, als der Strom ausgefallen war, und jetzt – Stunden später – herrschte in der Kabine eine Temperatur wie in einem Brutkasten. Er hatte sich bis auf die Unterhose ausgezogen, trotzdem war sein Körper in Schweiß gebadet, als sitze er in einer Sauna.

»Hoppla!« rief Lucky. »Ich habe nicht mehr in die Hose gemacht, seit ich zwei war!«

»Lieber Himmel!«

»Seien Sie nicht so streng, als nächster kommen Sie an die Reihe.«

Gino, 1928

Gino nahm die Nachricht von Leonoras Heirat sehr schlecht auf. Zuerst sah er Costa nur ungläubig an. Er weigerte sich, dem Freund zu glauben. Costa mußte ihm die Fakten ein ums andere Mal wiederholen, und allmählich drangen sie zu ihm durch.

Als er dann die Wahrheit begriff, verlor er fast den Verstand. Costa hatte so etwas noch nie erlebt. Sein Freund verwandelte sich in ein wildes Tier, lief durchs Zimmer, fluchte, trommelte mit den Fäusten an die Wand und schluchzte schließlich so verzweifelt, daß Costa in Verlegenheit geriet, weil er es mit ansah.

Er überlegte, ob er gehen solle. Gino war ganz offensichtlich blind für die Gegenwart eines anderen Menschen, aber irgendwie hatte Costa das Gefühl, daß er bleiben müsse. Es war fast, als hätte er Gino gesagt, Leonora sei tot.

Und genauso empfand Gino es auch. Leonora hatte ihn verraten – *seine* Leonora. Es wäre besser gewesen, sie wäre ertrunken, von einem Bus überfahren oder von einer tödlichen Krankheit befallen worden. *Das* hätte er ertragen. Aber *dies*? Einfach unerträglich, unglaublich!

Es dauerte eine Stunde, bis er überhaupt anfing, sich zu beruhigen. Dann gelang es ihm allmählich, wieder Herr seiner Sinne zu werden. Er fühlte sich völlig leer, fix und fertig – als hätte er einen tödlichen Schlag in den Magen bekommen.

Costa saß still in der Ecke und sah ihn ernst an.

Nun war es an Gino, verlegen zu werden. »He, Kleiner«, brachte er mit einiger Mühe heraus, »hast du eigens den weiten Weg gemacht, um es mir zu sagen?«

Costa nickte und zog die beiden Briefe, die er seinerzeit weggesteckt hatte, aus der Tasche. »Ich nahm mir die Freiheit, sie zu öffnen und zu behalten. Sie kamen kurz nach der Hochzeit an. Ich dachte, du würdest – unter diesen Umständen – nicht wollen, daß sie weitergehen. Ich hoffe, daß ich das Richtige getan habe.«

»O ja. Du hast das Richtige getan.« Er stopfte die Briefe in eine Schublade und murmelte mit dem Rücken zu Costa: »Du hast sie sicher gelesen.«

»Nein.«

Gino seufzte. »Hör zu, es ist mir egal. Besser *du* hast sie gelesen...« Seine Stimme wurde hart. »Jerum! Ich komme mir so verdammt blöd vor!« Er drehte sich zu Costa um, erneut einen wilden Blick in den schwarzen Augen: »Verflucht, wer ist der Kerl, den sie geheiratet hat? Irgendein reicher Trottel, den dein Vater für sie ausgesucht hat?«

»Ja, genau«, log Costa. »Seine Familie hat Geld. Meine Eltern sind erfreut über die Partie.«

»Und Leonora?«

»Sie tut, was man ihr sagt.«

»Wie heißt der Dreckskerl? Ich laß ihn wegschaffen, aus dem Rennen werfen... Verstehst du, was ich meine?«

Costa verstand nur zu gut. »Ich glaube, sie liebt ihn«, sagte er schnell.

»So?« Es war, als habe man die ganze Atemluft aus Gino herausgeschlagen. »Bist du sicher?«

Costa nickte nervös.

»Hmm... Na, wenn sie ihn liebt...« Seine Stimme wurde wieder hart: »Warum hat sie es mir nicht geschrieben? Warum hast du's nicht getan?«

Costa zuckte die Achseln. »Ich hatte keine Ahnung, was vorging.«

Düster dachte Gino an den letzten Brief, den er von Leonora bekommen hatte. Wie lange war das her? Sieben oder acht Wochen ungefähr. Einer ihrer üblichen Briefe – nichts Persönliches. Aber das war er gewöhnt. Ihre Briefe hatten immer kleinmädchenhaft und hohl geklungen – ja, hohl. Es hatte ihn nie gestört, weil er nur zu gut wußte, daß seine Briefe nicht besser gewesen wären, hätte nicht der alte Mr. Pulaski sie für ihn geschrieben. »Sieht so aus«, sagte er langsam, »als könnte ich gar nichts machen.«

Costa hob in einer hilflosen Geste die Hände. »Es tut mir so leid...«

»Weiß sie, daß du zu mir gefahren bist? Läßt sie mir irgend etwas ausrichten?«

Costa schüttelte den Kopf. Sinnlos, Gino das zu bestellen, was sie ihm aufgetragen hatte.

»Ich weiß einfach nicht, was ich tun soll.« Ginos Stimme klang belegt. »Ich glaube, es dauert eine Weile, bis ich das Ganze wirklich begreife. Weißt du, ich hab mein Leben um Leonora herum aufgebaut. Du mußt das verstehen. Alles, was ich getan hab, war für sie. *Jedes verdammte bißchen.*«

Costa nickte voll Verständnis.

Gino ging erregt im Zimmer hin und her. »Ich hab nicht grade ein Leben geführt, auf das ich stolz sein könnte, aber ich hab schließlich beim Start auch nicht grade die besten Chancen gehabt.« Er zog sein Hemd aus und deutete auf seine Brust, über die sich kreuz und quer Narben und Schwielen zogen. »Jedes dieser Male hat seine Geschichte, weißt du das?« Er wies auf einen Fleck zerfurchter, farbloser Haut. »Ich war sechs, als mein Alter mir die Rippen eintrat. Diese Narbe da, schau, die stammt von einer Tracht Prügel – und hier, und hier... Wäre ich nicht so ein harter kleiner Hund gewesen, hätte ich das nie überstanden. Mein Alter machte sich 'nen Spaß draus, mich zu verdreschen, und als ich zu alt dafür war, fing er bei seinen Weibern an.« Er lachte bitter. »Ich hatte sozusagen 'nen Platz direkt am Ring. Der Alte fickte sie – dann prügelte er die Scheiße aus ihnen raus. Ich sag dir was, Costa, damals hab ich beschlossen, daß mein Leben anders sein würde als seines.« Er seufzte. »Ich weiß nicht, ob du das verstehen kannst – aber Leonora sollte mein Leben sein. Das war mir sofort klar, als ich sie zum erstenmal sah.« Er hielt inne, wurde plötzlich verlegen. »Jerum! Als was für ein sentimentaler Quatsch muß dir das vorkommen! Und, verdammt noch mal, warum erzähl ich dir das überhaupt?«

Costa streckte die Hand aus und legte sie ihm auf den Arm. »Weil ich dein Freund bin«, sagte er leise, »und weil es immer guttut, sich die Dinge von der Seele zu reden.«

»Verflucht, ich muß hier raus«, erklärte Gino. »Ich krieg noch quadratische Augäpfel, wenn ich weiter so in dem Zimmer rumlaufe.«

»Wo gehen wir hin?«

»Weiß ich nicht. Billard spielen – in ein Kino. Einfach raus.« Er zog sein Hemd an. »Heute nachmittag muß ich auf 'ne Beerdigung. Du könntest mitkommen.«

»Wer ist gestorben?«

»Ein Freund von mir. Ein alter Mann, der mir sehr oft einen Gefallen getan hat.«

»Tut mir leid für dich...«

»Ja. So geht's eben, was?« Er starrte eine Weile leer vor sich hin, dachte an Mr. Pulaski und an Leonora. Sie waren beide tot, was ihn anging. »Eben bist du noch da, und im nächsten Moment bist du weg.« Er zuckte die Achseln. »Und kaum jemand weint dir 'ne Träne nach. Komm, Kleiner, gehen wir.«

Gino überstand den Tag. Irgendwie. Er verdrängte Leonora aus seinen Gedanken und konzentrierte sich auf andere Dinge.

Billard spielen. Das war gut. Völlige Konzentration, dann gewinnen, wie üblich.

Essen. Dies war nicht so gut. Er probierte ein Hörnchen mit Kaffee. Doch der Kaffee lief durch ihn hindurch wie nichts, und das Hörnchen lag ihm im Magen wie Blei.

Reden. Sich erkundigen, was Costa immer so machte. Ziemlich langweilig. Der Kleine schien nichts zu tun als zu büffeln.

Mr. Pulaskis Begräbnis. Deprimierend. Nur er, Costa und ein lausiger Blumenstrauß, den er an einem Straßenkarren gekauft hatte.

Schließlich ein Kino. *Der Dieb von Bagdad*, ein alter Film. Er hatte ihn schon viermal gesehen, aber er mochte Douglas Fairbanks.

Costa verabschiedete sich in der Hälfte. »Ich muß zurück, Gino, sonst bringt mich Mrs. Lanza um.«

Gino blieb allein sitzen. Er sah sich den Rest des Films an, dann erbrach er in der Herrentoilette das Hörnchen.

Leonora. Er würde über sie nachdenken müssen, das ließ sich nicht vermeiden.

Also tat er es. Er ging in den Park, setzte sich in der Dämmerung auf eine Bank und blickte in den Weltraum.

Pinky Banana war betrunken. Er klammerte sich auf der winzigen Tanzfläche an Cindy und sang ihr falsch ins Ohr.

»Pinky!« rief sie vorwurfsvoll und versuchte ihn wegzuschieben.

»Du Luder!« entgegnete er, zog sie noch enger an sich und drückte ihr die Hände auf die Popobacken.

Sie wand sich verlegen und schnaubte angewidert. »Ich setz mich hin.« Sie ging zwischen den Tanzenden hindurch zu dem Tisch zurück, an dem Pinkys Freunde saßen. Sie haßte jeden einzelnen von ihnen.

Pinky Banana folgte ihr. Ihn haßte sie am meisten. Tränen traten ihr in die Augen und blieben an den dick getuschten Wimpern hängen. Sie saß in einer Falle, die sie selbst aufgestellt hatte, und der einzige, der sie daraus befreien konnte, war Gino Santangelo. Doch der ließ sich nicht blicken.

Pinky legte ihr seine verschwitzte Hand aufs Knie. Sie schlug schnell die Beine übereinander, damit die Hand nicht auf Reisen gehen konnte. Cindy kannte Pinkys bezaubernde Art. Er dachte sich nichts dabei, ihr vor seinen Freunden die Hand zwischen die Beine zu schieben. Er betrachtete sie als sein Eigentum.

»Schau mal, wer da kommt«, lärmte Pinky Banana, »der verdammte Gino höchstpersönlich.«

Gino nickte kurz in die Runde. Von den Kerlen, mit denen Pinky sich herumtrieb, ging etwas Ungutes aus.

Cindy dankte ihm stumm mit einem raschen Blick für sein Kommen.

»Was gibt's Neues?« Pinky Banana rülpste laut. »Wann ist unsere nächste Fahrt?«

Gino sah ihn drohend an. Pinky quatschte mehr, als gut war. »Ich weiß nicht, wohin *deine* nächste Fahrt geht, Pinky«, sagte er, »aber wenn du weiter das Maul so aufreißt, könnte sie sehr leicht im Kittchen enden.«

Pinky lachte und schaute seine Kumpane der Reihe nach an. »Mein Boß, müßt ihr wissen. Bedeutender Mann. Lebt in einem beschissenen Rattenloch und mimt gern den großen Maxen, aber er würde verdammt nicht wissen, was man mit 'ner Kanone anstellt, wenn man ihm eine gäbe.«

Gino lächelte leicht. Jetzt reichte es. Pinky Banana war *draußen*. Er stand auf.

»Wo gehst du hin?« fragte Pinky verächtlich. »Heim, einen Brief aushecken?«

Ginos Augen waren kalt und hart, doch er sagte milde: »Weißt du was? Du wirst eines Tages noch an deinem großen Maul ersticken.«

Cindys Augen gingen zwischen den beiden Männern hin und her. Sie schob sich aus dem Sessel. »Muß mal zu den Damen, Schatz.«

Pinky beachtete nicht, daß sie davonschlüpfte. »Meinst du?« entgegnete er mit finsterem Blick.

»Ja«, antwortete Gino.

Sie fixierten einander, und einen Augenblick loderte Haß zwischen ihnen auf. Dann lachte Pinky gequält. »Hab bloß Spaß gemacht, Kumpel.« Irgend etwas in Ginos Augen zwang ihn immer in die Knie.

»Klar hast du das.« Gino lächelte.

»Bleib da. Trink was mit uns«, drängte Pinky.

»Nee. Bin nur reingekommen, weil ich Aldo suche.«

»Hab ihn nicht gesehen.«

Gino ließ seine schwarzen Augen um den Tisch kreisen. Abschaum. Und Pinky Banana gehörte dazu. »Bis bald«, sagte er und wandte sich zum Gehen.

»Ich seh dich dann morgen.« Pinky wollte gut Wetter machen.

»Ja.« Gino nickte. »Bis morgen.« Er verließ den Raum. Cindy erwartete ihn bereits draußen, sie war sehr nervös. »Ich hab dein Geld«, sagte er.

»Ich hab solche Angst.« Sie klammerte sich verzweifelt an seinen Arm.

»Morgen kannst du in einen Zug steigen und von hier verschwinden.«

»Morgen könnte es zu spät sein.« Ihre Stimme zitterte. »Er hat wieder gedroht, mich umzubringen. Er meint es ernst.«

»Warum will er dich umbringen?«

»Weil er glaubt, daß ich mit anderen schlafe.«

»So? Und tust du's?«

»Natürlich nicht. O Gino!« Sie warf die Arme um ihn. »*Bitte*, ich fleh dich an, bring mich sofort von hier weg.« Ihr Körper wurde von Schluchzen geschüttelt.

Er spürte die Wärme ihrer Schenkel und Brüste. Seine Reaktion war unvermeidlich. Er wollte eine Frau haben. Er brauchte eine Frau. Und jetzt gab es keine Leonora mehr, die ihn zurückhielt.

Das Verlangen in seinen Lenden war fast schmerzhaft.

Cindy spürte sein Glied steif werden und preßte sich fest an ihn. »Nimm mich mit zu dir«, flüsterte sie. »Nimm dich heute nacht meiner an – dann nehme ich mich deiner an. Morgen kann ich nach Kalifornien fahren. Heute nacht brauche ich dich.«

Er zögerte nicht länger. »Los, komm, verschwinden wir hier, bevor er dich sucht.«

»Du wirst es nicht bereuen«, hauchte sie.

Sie war warm und weich und sanft und süß. Und alles, wovon er geträumt hatte.

Sie war feucht, ein schönes Dreieck aus blondem Haar bedeckte ihr Fötzlein, und sie schnurrte wie ein Kätzlein.

Sie hatte vollkommene Brüste und spitze, milchig schmeckende Brustwarzen. Und sie hatte scharfe Zähne, die seinen Schwanz quälten, als er ihn in ihren Mund schob.

Sie erhob gegen nichts Einwände, machte willig mit, was er tun wollte – und er wollte alles tun.

Er hatte viele Frauen gehabt, aber sie war die süßeste. Er kam zum Höhepunkt, und der dauerte gute zwei Minuten – oder so schien es ihm wenigstens. Sein Samen ergoß sich in langen, befriedigenden Stößen und füllte sie ganz.

Sie ächzte und stöhnte vor Wonne. Als er den Kopf zwischen ihre Beine senkte und seinen Saft aus ihr saugte, konnte sie nicht mehr an sich halten und schrie.

Sie zog ihn hoch, über sich, so daß sie sein Glied mit ihrer heißen

Zunge lecken konnte. Er hockte sich rittlings über sie, bewegte sein Glied in ihrem Mund auf und ab. Dann ergoß er sich ein zweites Mal, und sie schluckte jeden Tropfen als sei es köstlicher Nektar.

Er lag eine Weile still neben ihr und überlegte, wie lange es her war. Dann nahm er abwechselnd ihre Brüste in den Mund und schob die Finger zwischen ihre Beine. Sie regte sich nicht, genoß jede Sekunde, bis sie mit langen bebenden Zuckungen den Höhepunkt erreichte.

Er war noch nicht ganz zufrieden. Er brauchte mehr. Sie fügte sich ihm bereitwillig. Er drehte sie um und drang von hinten in sie ein, paarte sich mit ihr, als seien sie zwei Hunde auf der Straße. Beide befanden sich in einem Zustand der Raserei, als der dritte Orgasmus über sie kam, der kurz, heiß und wild war. Erst dann empfand Gino wirklichen Frieden. Er rollte sich von ihr weg auf den Rücken. Alle Spannung schien aus seinem Körper fortgeschwemmt.

Voll tiefer Traurigkeit dachte er an Leonora, dann streckte er die Hand aus und berührte Cindys Haar: »Du bist wirklich großartig.«

Sie stieß ein unanständiges Lachen aus. »Ich hab's dir doch gesagt.«

»Was hast du mir gesagt?«

»Daß du's nicht bereuen würdest.«

Carrie, 1928

Opium. Es schlug Marihuana um Längen. Es trug einen höher und höher, bettete einen schließlich auf eine friedliche Wolke, hoch über allem und jedem.

Carrie war glücklich wie noch nie im Leben. Weißjacke hatte sie damit bekannt gemacht, wie zuvor mit Marihuana.

»Deine Belohnung, süßes Baby«, hatte er an dem Abend gesagt, als sie ein Fest im Herzen Chinatowns besucht hatten.

Zuerst hatte sie Angst gehabt vor der komischen Pfeife und der Schale über dem Feuer, um welches sich mehrere Menschen kauerten. »Ich glaube nicht, daß ich will«, hatte sie geflüstert.

»Komm schon, Mädchen. Du hast 'ne harte Nacht hinter dir. Das wird dir helfen, dich bloß ans Schöne zu erinnern. Vertrau mir...«

Also hatte sie ihm vertraut und an der Pfeife gesogen, einmal – zweimal... Alles war weich und prächtig geworden, nur gute Erinnerungen und Gedanken waren durch ihren Körper geströmt.

Was war aus ihrem Traum von besserer Kontrolle geworden?

Liebe.

Zu einem Zuhälter.

Und jetzt, was war er jetzt für sie? Er war immer noch ihr Mann, oder? Er kümmerte sich ums Geschäft und gab ihr die Drogen, nach denen sie immer heftigeres Verlangen empfand. Dieses Verlangen begann ihr Sorgen zu bereiten. Nicht mehr Weißjacke, sondern Drogen waren jetzt ihre Liebe. Nichts spielte mehr eine Rolle, wenn sie high war.

An manch einem Morgen jedoch sah sie beim Erwachen alles ganz nüchtern und dachte an Selbstmord, wie sie es im Laufe der Jahre immer wieder getan hatte. Weißjacke witterte solche Morgenstimmungen stets, und die Lösung bestand für ihn darin, ihr noch mehr Drogen zu geben.

Mit Drogen war es leicht, die schlimmen Zeiten zu vergessen und sich treiben zu lassen. So viele lächelnde Gesichter... So viele Menschen, die sie gern hatten...

Und Weißjacke natürlich. Ihr Mann. Groß und scharf und mächtig. Sie würde *alles* für diesen Mann tun. Und tat es auch.

Gino, 1928

Cindy erwachte als erste. Sie stützte sich auf einen Ellbogen und betrachtete den schlafenden Gino. Er lag auf dem Bauch, sie sah sein Gesicht im Profil. Im Schlaf wirkte er sehr jung. Natürlich, er *war* jung – doch irgendwie kam er einem, wenn diese harten schwarzen Augen offen standen, gar nicht jung vor. Cindy hatte vor langer Zeit beschlossen, einmal sein Bett zu teilen, und hei! – hier war sie.

Sie begann vor Erregung zu zittern. Als was für ein phantastischer Liebhaber er sich erwiesen hatte! Natürlich wäre einem nach Pinky Banana jeder faszinierend vorgekommen, aber ihre sexuelle Erfahrung beschränkte sich nicht auf Pinky. Es hatte noch drei andere gegeben – und alle waren sie gleich gewesen. Gino besaß etwas, das sie noch nie erlebt hatte. Er erspürte sie, als *wäre* er sie. Er wußte genau, was er mit seinem Glied und seiner Zunge machen sollte...

Ein Wonneschauer überlief sie, und sie erwog, ihn aufzuwecken. Doch er sah so friedlich aus... Eine Schande, ihn zu stören.

Sie hatte nicht erwartet, so leicht Zugang zu seinem Bett zu erhalten. Jeder wußte, daß er irgendein Mädchen aus San Francisco heiraten wollte. Jeder wußte, daß er geradezu religiös treu war. Jetzt allerdings nicht mehr...

Sie blickte auf sein entspanntes Gesicht und fragte sich, was er mit ihr machen würde, wenn er aufwachte. Würde er ihr Geld geben und sie in einen Zug nach Kalifornien setzen? Sie hoffte inständig, er würde es nicht tun. Sie wollte nicht weg. Aber wie konnte sie erwarten, daß er sie bei sich behielt?

Langsam legte sie den Finger auf eine ihrer vollkommenen kleinen Brüste und spielte mit der Warze, bis diese sich versteifte und aufrecht stand. Dann tat sie das gleiche mit der anderen.

Allein schon der Gedanke an den neben ihr liegenden Gino ließ sie scharf und feucht werden. Behutsam neigte sie sich vor und strich mit ihren Brüsten an seinem nackten Rücken auf und ab. Er bewegte sich im Schlaf, wachte aber nicht auf.

Sie rieb weiter die Brüste an ihm. Er drehte sich um. Sein Penis stand senkrecht hoch, obwohl er die Augen nach wie vor zu hatte.

Sie hockte sich über ihn, führte sein Glied ein und bewegte sich so schnell auf und ab, daß ihre Wangen bald glühten und ihr Atem keuchend ging. Schlagartig kam sie zu einem überwältigenden Höhepunkt.

Er hatte die Augen noch immer geschlossen, und seine Erektion bestand noch immer.

Sie rollte von ihm herunter und begann zu lachen. »Gino? Du kannst das alles doch unmöglich verschlafen haben!«

Er lag reglos da. Sie neigte sich vor und saugte ihn zu einem gewaltigen Orgasmus. Erst dann öffnete er die Augen, zauste ihr Haar und sagte: »... Morgen.«

»Ich dachte, du würdest nie mehr aufwachen«, erwiderte sie fröhlich.

»Ich war die ganze Zeit wach.«

Sie grinste. »Na, sagen wir, ein Teil von dir war wach.«

»Magst du diesen Teil?«

»Sehr!«

Er sprang aus dem Bett und lief zur Tür.

»Wo willst du hin?«

»Aufs Häuschen – es ist draußen im Gang. Geh nicht weg.«

Als ob sie das vorgehabt hätte! Sie stand auf und betrachtete ihr Gesicht in dem zersprungenen Spiegel auf der alten Kommode.

Im Klo überdachte Gino die Lage. Er mußte zugeben, daß er sich sehr wohl fühlte. Er hatte nicht erwartet, sich in den nächsten Wochen, Monaten, Jahren wohl zu fühlen. Er war noch immer innerlich krank wegen Leonora, aber der treue Trottel gehörte der Vergangenheit an – mit Treue konnte man ihm künftig gestohlen bleiben.

Ab heute gedachte er zu leben. Er hatte eine Menge Kies beiseite geschafft und besaß eine anständige Wohnung. Sparen kam nicht mehr in Frage. Wozu auch?

Als er ins Zimmer trat, saß Cindy aufrecht im Bett. »Ich habe Hunger.« Sie zog eine Schnute. »Hast du was, das ein Mädchen essen kann?«

Gino kleidete sich auf der einen Seite des Zimmers an, Cindy auf der anderen. Kein Wort war darüber gefallen, was nun werden sollte.

Cindy biß sich nervös auf die Unterlippe. Sie wollte nicht nach Kalifornien abgeschoben werden. Sie wollte bleiben. Gino und sie hatten sich noch einmal geliebt. Er kriegte nicht genug, war wie ein rasender Rammler. Kein Wunder, daß er diesen Spitznamen trug. Nach dem Liebemachen hatte es jedoch kein richtiges Gespräch gegeben, nur spielerisches Geplänkel, dann hatte er plötzlich auf die Uhr geschaut und gerufen: »Jerum! Ich muß weg.« Und beide hatten begonnen, sich anzukleiden. Sie schaute zu Gino hinüber. Er stieg in seine Hose.

Gino fing ihren Blick auf und blinzelte. Verflixt, wollte sie so auf die Straße gehen? Sie war in ihr Kleid vom Abend vorher geschlüpft, rosa Satin mit tiefem V-Ausschnitt. »He«, fragte er, »willst du in dem Aufzug da fahren?«

Sie machte eine hilflose Geste. »Ich konnte von meinen Sachen unmöglich was mitnehmen. Hätte Pinky auch nur im geringsten geahnt, daß ich weg will...« Ihre Stimme begann zu zittern. »O Gino, wassollichbloßmachen?« Die Worte kamen in einem einzigen Klumpen heraus, und beide hielten mit dem Ankleiden inne, um über das Problem nachzudenken.

»Ich dachte, du wolltest dich in einen Zug setzen. Du hast es doch gesagt, möglichst schnell weg.«

Sie senkte die Augen. »Das war vor heute nacht.«

Er zog die Schultern nach vorn. »So?«

»Ja«, murmelte sie und fuhr leise fort: »Jetzt will ich nirgends mehr hin. Ich möchte bei dir bleiben.«

»He, hör mal...«, begann er.

»Nein, hör du mal«, unterbrach sie ihn. »Ich weiß, wie's mit dir steht – daß du bald heiraten wirst. Ich würde einfach gern ein paar Wochen bei dir bleiben. Nichts Ernstes. Nur Spaß. Dann würde ich gehen – abfahren, ohne einen Blick zurück. Was hältst du davon?«

Er wußte nicht, was er sagen sollte. Der Gedanke war ihm keineswegs unangenehm. Zwei Wochen mit Cindy und ihrem aufreizenden Körper – wahrlich keine Beschwernis. Er wünschte nur, daß sie nicht Pinky Banana gehört hätte.

»Jerum...« Er schaukelte auf den Füßen vor und zurück. »Ich weiß nicht...«

»Deine Freundin käme nie dahinter«, sagte sie schnell. »Wir könnten es völlig geheimhalten. Hast du nicht 'ne Wohnung in der Stadt?«

»Woher weißt du das?«

»Es wird so allerlei geredet.«

Ja. Und er hatte auch kein Geheimnis daraus gemacht.

»Wenn wir dorthin gingen«, erklärte Cindy aufgeregt, »würde *niemand* über uns Bescheid wissen. Es wäre 'ne ganz neue Umgebung. Nicht mal Pinky würde was wissen.«

Sie hatte gar nicht so unrecht. Er nickte. Zum Henker – ein paar Wochen... Was konnte er schon verlieren? »Ich sag dir was, Kleine, du bleibst hier, während ich mich um die Geschäfte kümmre. Wenn ich zurückkomm, steigen wir in ein Taxi, fahren zu der Wohnung rüber und schauen sie uns an.«

»O Gino!« Sie warf die Arme um ihn. »Das ist wunderbar!«

»He!« Er löste ihre Arme von seinem Hals. »Nur für ein paar Wochen, okay?«

Ihre großen blauen Augen weiteten sich. »Natürlich. Du bist mich sofort los, wenn du ein Wort sagst.«

»Für so lange, wie wir uns verstehen.«

»Das tun wir, nicht wahr?« Sie trat wieder zu ihm und knabberte an seinem Ohr. »Wir verstehen uns sehr gut.« Ihre Finger griffen nach seinem Hosenbund und begannen die Knöpfe zu öffnen.

»He!« Lachend schlug er ihre Hand weg. »Ich muß mich um meine Geschäfte kümmern.« Er schaute in den Spiegel, schüttelte sein lockiges schwarzes Haar und pflasterte es mit einer Handvoll Fett auf den Schädel. Dann verschwand er mit einem munteren: »Bis bald, Kleine.«

Sie lief zum Fenster und schaute ihm nach, wie er die Straße entlangging.

Gino Santangelo, du warst gar nicht so schwer zu kriegen. Zwei Wochen. Ha! Solange die kleine Cindy bleiben will, meinst du.

Aldo kaute auf einer Knoblauchzehe herum, eine seiner unangenehmen Angewohnheiten. »Wir können ihm nicht einfach eröffnen, daß wir ihn raus haben wollen«, erklärte er mit Nachdruck. »Du kennst Pinky, er würde eine Stinkwut kriegen.«

Gino hockte auf der Haube des alten Ford. »Der Teufel soll ihn holen.« Er spuckte aus. »Mir egal, ob er Wut kriegt oder nicht.«

Aldo wanderte in der Garage auf und ab, die Stirn gerunzelt. »Er war von Anfang an dabei...«

»Einen Dreck war er. Wir haben ihn als bewaffneten Begleiter für die Kanada-Fahrten reingenommen. Du und ich waren schon lange vorher beisammen.«

»Ja, weiß ich. Aber ich glaube, er hält sich für unseren Partner.«

»Jerum!« Gino schnaubte verächtlich. »Willst du ihn behalten? Versuchst du mir das beizubringen?«

»Nein – ich will bloß...«

»Keine Schwierigkeiten«, vollendete Gino für ihn.

Aldo zuckte die Achseln. »Wenn du Pinky eröffnest, daß er bei uns raus ist, *hast* du Schwierigkeiten.«

»Schau mal, er ist nicht mein Partner. Er ist nicht deiner. Wir bezahlen ihn. Wir haben ihn *geheuert*, und jetzt wird er eben gefeuert. Kapiert?«

»Vermutlich hast du recht.«

»Du kannst drauf wetten, daß ich recht habe. Pinky ist ein gräßlicher Schlamper geworden. Er läuft mit Dreckskerlen rum, und vor allem reißt er das Maul zu weit auf. Ich möcht mich nicht seinetwegen im Knast wiederfinden.«

Aldo nickte. »Wirst du's ihm sagen?«

»Und ob ich das werde, verdammt noch mal!«

Pinky Banana stolzierte eine Stunde später in die Garage. Er wirkte, als sei er gerade aus dem Bett irgendeiner Hure gefallen, und das war er auch. Er trug denselben Anzug wie am Abend zuvor und stank nach billigem Parfüm. Mit einstündiger Verspätung fand er sich zu dem Treffen ein. Ohne auch nur guten Morgen zu sagen, dröhnte er: »Was für'n Job steht an? Nennt mir die Zeit und den Ort und laßt mich heimgehen und eine Mütze Schlaf kriegen. Hab mir die ganze Nacht mit 'nem wirklich heißen Weibsbild um die Ohren gehauen. Bin wie erschlagen.«

Aldo wand sich nervös.

Gino war vollkommen ruhig. Langsam sagte er: »Nimm's nicht persönlich, Pinky, aber wir haben gerade beratschlagt. Es klappt einfach nicht mehr mit uns.«

Pinky Banana kniff die blutunterlaufenen Augen zusammen. »Was klappt nicht mehr?«

Gino deutete mit der Hand rundum. »Die ganze Organisation.«

»Verdammt, wovon quatschst du?«

»Ich will dich raus haben«, erklärte Gino gelassen.

Pinky traute seinen Ohren nicht. »Einen Scheißdreck willst du!« schrie er. »Verdammt, nein!«

»Doch, ich will es. Verdammt, ja.« Sie standen einander Auge in Auge gegenüber. Gino bohrte Pinky den Zeigefinger in den Magen und sagte: »Ich hab mit angesehen, wie du dich verändert hast. Ich möchte nicht, daß meine Freiheit von deiner großen Schnauze abhängt.«

»O ja, kapiere«, brüllte Pinky und schlug Ginos Finger weg. »Du hast 'ne einträgliche Abmachung mit Bonnatti, drum willst du mich ausbooten.«

Ginos Augen waren hart und ausdruckslos. »Ganz wie du meinst.«

»Schlappschwanz, der du bist! Wenn du mich ausbootest, wird es dir so leid tun, daß du gar nicht weißt, wie. Die Santangelo-Bande. Daß ich nicht lache! Ohne mich seid ihr gar nichts. Die werden euch die Ladungen abknöpfen, und ihr werdet dastehen und saublöd schauen.«

Gino wandte sich ab. »Zieh Leine.«

»Verdammt, sag du *mir* nicht, was ich tun soll.«

Pinky war zehn Zentimeter größer und fünfundzwanzig Pfund schwerer als Gino, doch als er zu einem gewaltigen Schwinger ausholte, verrechnete er sich gründlich. Gino, ungewöhnlich schnell auf den Beinen, drehte sich blitzartig um und blockte den Schwinger ab. Dann konterte er mit einer wuchtigen Rechten, die Pinky voll auf die Nase traf. Es gab einen häßlichen Knirschlaut, und Blut schoß hervor.

Pinky fuhr sich mit der Hand ins Gesicht. »Du Drecksau!« schrie er schrill. »Du hast mir die Nase gebrochen, verflucht!« Blut sickerte zwischen seinen Fingern durch und tropfte auf den Garagenboden.

»Das war für Cindy«, knurrte Gino. »Sie läßt dich schön grüßen.«

Pinky hörte ihn nicht. Er strebte zur Tür. »Das wirst du mir büßen«, brüllte er, während er versuchte, den Blutstrom mit dem Taschentuch aufzuhalten. »Dafür werd ich sorgen.«

»Ich klappere jetzt schon in den Schuhen.«

»Nimm dich in acht, du Scheißkerl – nimm dich bloß in acht!« kreischte Pinky. Dann war er draußen.

»Siehst du«, Gino drehte sich triumphierend zu Aldo um, »ich hab dir gleich gesagt, daß er es gut aufnehmen würde.«

Aldo war sichtlich erschüttert. »Warum mußtest du ihn schlagen?«

Gino sah ihn hart an. »Willst du aussteigen?« fragte er.

Aldo zuckte die Achseln. »Ich glaub nicht, daß ich *so* nervös bin.« Er scharrte verlegen mit dem Fuß. »Was sollte das mit Cindy heißen?«

»Sie hat ihn verlassen, er weiß es vermutlich bloß noch nicht.«

»Wo ist sie hin?«

Gino machte ein gleichgültiges Gesicht. »Kalifornien, glaube ich. He, wir sollten lieber Enzio anrufen.«

»Ja«, pflichtete Aldo ihm bei. Dann fragte er: »Hast du schon Antwort von Leonora?«

»Nein.« Gino legte dem Freund den Arm um die Schulter. »Weißt du, was? Je länger sie nicht antwortet, desto mehr Zweifel kommen mir. Heiraten – verflixt... Ich meine, eigentlich kenne ich das Mädchen kaum.«

Aldo starrte ihn verwundert an. »Ich hör wohl nicht recht!«

Gino versuchte einfältig dreinzuschauen. »Ja, ich weiß. Komisch, was? Ich hab ihr mehr als ein Jahr lang geschrieben, aber wenn ich sie jetzt wiedersehe – hm, ist verdammt schwer zu erklären. Ich hab so das Gefühl, daß ich mir in meiner Einbildung was *zu* Schönes zurechtgesponnen hab. Und wenn ich sie jetzt herhole, ist sie vielleicht bloß ein Mädchen wie jedes andere, mit Zicken, Launen und blödem Getue.«

»Willst du damit sagen, daß du nicht heiratest?«

»Nein, will ich nicht. Ich hab bloß so meine Zweifel bei der ganzen Sache.«

Aldo knabberte an einer frischen Knoblauchzehe. »Ich weiß, was du meinst. Manchmal denk ich dran, Barbara zu heiraten – und manchmal hab ich eine Höllenangst davor.«

»Ja«, stimmte Gino zu. »Genauso geht's einem.« Er sah Aldo von der Seite an. Der Samen war gesät und würde bestimmt aufgehen. In ein paar Wochen konnte er sagen: »Hol's der Henker – ich hab's mir endgültig anders überlegt«, und niemand würde was dabei finden.

Mrs. Lanza bestand darauf, mit Costa eine Stadtbesichtigung zu machen.

Auf halbem Weg zum Zoo im Central Park überfiel sie jedoch solche Müdigkeit, daß sie sich erschöpft auf eine Bank setzte. »Herrjemineh«, sagte sie beunruhigt, »das ist wirklich zuviel für mich, Costa.« Er gab mitfühlende Töne von sich, während sie ihm erklärte, daß sie ihm so gern die Stadt gezeigt hätte, daß aber ihr Herz nicht stark genug sei und sie einfach nach Hause *müsse*.

Costa führte sie aus dem Park, winkte ein Taxi herbei, setzte sie hinein und dankte seinem Glücksstern, daß er endlich frei war.

Er sprang in die Untergrundbahn hinunter, fuhr auf schnellstem Weg zu Gino, lief die drei Stockwerke empor und hämmerte an die Tür.

Eine kleine Blondine öffnete. »Wer sind Sie?« fragte sie.

Er starrte sie an. Sie war außergewöhnlich hübsch. »Ich bin Costa«, brachte er nach ein paar Sekunden hervor, »ein Freund von Gino. Und wer sind Sie?«

Sie fuhr sich mit der Zunge über die vollen, geschminkten Lippen. »Ich bin Cindy, eine *sehr gute* Freundin von Gino.« Sie zwinkerte keß, und ihre blauen Augen, die um mehrere Schattierungen dunkler waren als jene Leonoras, musterten ihn vom Scheitel bis zur Sohle. »Sie sehen ganz und gar nicht wie ein Freund von Gino aus. Sie sind doch noch ein Kind.«

Costa errötete. »Bin ich nicht.«

»Na, ich kann mich ja täuschen.«

Costa zwang durch Willen die Röte aus seinem Gesicht und sagte ernst: »Ist Gino zu Hause? Ich bin gekommen, um ihm einen Besuch abzustatten.«

Cindy brach in perlendes Gelächter aus.

»Wissen Sie was«, Cindy zwinkerte, »Sie reden wirklich nett. Woher stammen Sie?«

»Aus San Franci...«, begann er und hielt abrupt inne, als er jemand die Treppe heraufstürmen hörte, der zwei Stufen auf einmal nahm.

Gino kam in Sicht, er sah bemerkenswert fröhlich aus. »Costa! Wo warst du so lange? Dachte, du würdest um zwölf hier sein.«

»Wollte ich, aber...«

»Du hast Cindy schon kennengelernt«, unterbrach ihn Gino. Plötzlich wurde ihm klar, wie die Situation für Costa aussehen mußte, darum fügte er lahm hinzu: »Sie ist 'ne Freundin, der ich aushelfe.«

Die drei traten in den kleinen Raum. Costa gewahrte das zerwühlte Bett und die auf dem Boden verstreuten Decken. Er hob die Augen und bemerkte erst jetzt Cindys Kleid.

»Hör zu, Kleine«, sagte Gino zu Cindy, »sei so nett und schmeiß meine Sachen in meinen Koffer. Ich mach mit Costa einen kurzen Spaziergang – dann verschwinden wir hier.«

Sie strich mit den Händen über ihr Kleid. »Tu ich, aber ich brauch was zum Anziehen. So kann ich nicht rumlaufen.«

»Keine Sorge, wir besorgen dir später was.« Er legte Costa den Arm um die Schultern und führte ihn aus dem Zimmer.

Auf der Straße unten begann er zu sprechen. »Ich möchte offen zu dir sein, Kleiner. Ja, ich hab mit ihr geschlafen. Aber letzte Nacht zum erstenmal. Und laß mich dir eines sagen – es war das erstemal, daß ich mit einer Frau zusammen war, seit ich Leonora kennenlernte.« Er lachte freudlos. »Wie gefällt dir das, Kleiner? Gino der Rammler war Gino der Trottel. Jetzt hol ich das Versäumte nach, weil's mich ärgert, ein Trottel gewesen zu sein.«

»Ich verstehe...«, begann Costa.

»Einen Dreck tust du!« rief Gino. »Ich versteh es selber nicht. Aber ich weiß eines: Ich will, daß du den Mund hältst. Es paßt mir in den Kram, weiter sagen zu können, daß ich verlobt sei.«

»Natürlich. Ich werde nichts verraten.«

»Wäre besser, Kleiner, wenn du nicht den Schädel eingeschlagen haben willst.«

Costa war verletzt. »Du kannst mir doch vertrauen. Das müßtest du inzwischen wissen.«

Gino kniff die Augen zusammen. »Ja – ich denke schon.« Er stupste Costa spielerisch in den Bauch. »Komm, Kleiner, heute ist Umzugstag – du kannst uns helfen.«

Der Rest von Costas Aufenthalt in New York verging wie im Flug. Costa verbrachte die Tage mit Cindy und Gino, half ihnen, die Wohnung einzurichten, sah sich mit ihnen mehrere Filme an, ging mit ihnen in der Fifth Avenue Kleidung kaufen und einfach bummeln. Gelegentlich verschwand Gino zu irgendeinem Treffen in der alten Gegend, aber er kam immer binnen Stunden zurück. Während Ginos Abwesenheit unterhielt ihn Cindy mit Imitationen von bekannten Filmschauspielerinnen.

Jeden Abend um sechs mußte Costa zu den Lanzas zurück. »Das ist doch idiotisch!« rief Gino. »Sag der alten Schachtel, daß du später kommst.« Costa hatte nicht den Mut.

An Costas letztem Abend ließ Gino nicht locker. »Hol sie der Teufel«, erklärte er. »Die können dir doch nichts anhaben. Wir gehen in die Stadt – keine Widerrede.«

Costa widersprach nicht, und es wurde der schönste Abend der ganzen Reise. Zum Abschluß machte er auf dem Boden von Ginos Wohnung Dinge, die er nur mit der Hure in San Francisco gemacht hatte. Diesmal war seine Partnerin ein Mädchen, das sich ihnen in einer Flüsterkneipe angeschlossen hatte. Himmel, war das aufregend! Erst morgens wankte er zu dem Haus am Beekman Place, gerade rechtzeitig zum Frühstück.

Mrs. Lanza empfing ihn mit steinernem Gesicht an der Tür, seinen gepackten Koffer in der Hand. »Dein Vater wird von mir hören«, sagte sie, reichte ihm den Koffer und schlug ihm die Tür vor der Nase zu.

Costa kehrte in Ginos Wohnung zurück und blieb dort, bis es Zeit war, zum Bahnhof zu gehen. Cindy umarmte und küßte ihn. »Wir werden dich vermissen, Kleiner«, sagte sie, Gino nachahmend.

Im Zug lehnte sich Costa bequem zurück und durchlebte voll Genuß noch einmal den ganzen Aufenthalt. Es war ihm gleichgültig, welche Strafe Franklin über ihn verhängen würde. Die Sache war es wert!

Etwas machte ihm allerdings Sorgen. Er hatte Gino nichts von Leonoras Schwangerschaft gesagt. Doch das war nicht so wichtig. Wenn das Kind zur Welt kam, würde er eben ein paar Monate warten, bevor er Gino informierte. Auf diese Weise würde der Freund die Wahrheit nie erfahren. Eines wollte er nämlich unter keinen Umständen: Gino verletzen.

Gino schlenderte gemächlich zur Park Avenue. Dort blieb er stehen und zog die kleine Karte aus der Tasche. *Mrs. Clementine Duke, ich komme Besuch machen.*

Er prägte sich die Adresse noch einmal ein. Wirklich, eine vornehme Adresse in den oberen Sixties, zwischen Park und Madison.

Der Tag war schön, frisch und sonnig. Gino beschloß, den ganzen Weg zu Fuß zu gehen.

Er vergrub die Hände in den Taschen seines neuen Kamelhaarmantels und dachte über die vergangenen Wochen nach. Ja, die waren okay gewesen. Mit Cindy hatte er auf dem sexuellen Sektor das Versäumte nachgeholt – und wie! Sie war eine kleine Wildkatze, bereit, alles auszuprobieren. Zuerst war das sehr erregend gewesen, aber sie war immer willig, machte jederzeit die Beine breit. Ein gelegentliches Nein hätte ihm besser gefallen.

Na ja ... Sie würde ohnehin bald abfahren. Und sie hatte ihm über die schlimmste Zeit hinweggeholfen – ohne es zu wissen.

Es hatte Spaß gemacht, zusammen die Wohnung einzurichten. Eine kleine Wohnung zwar, aber ein richtiges Zuhause. Davor hatte er nur lausige Rattenlöcher gekannt, mit schäbigen Möbeln, umherlaufenden Kakerlaken und, im besten Fall, einem Bad am Ende des Ganges.

Vera war ein paarmal dagewesen, aber irgendwie kamen sie und Cindy nicht miteinander zurecht. Das störte ihn nicht allzu sehr, weil Vera jetzt über Paolo redete, als sei er eine Art Held. Zum Kotzen! »Was wirst du machen, wenn sie ihn aus dem Knast lassen und er wieder die Scheiße aus dir rausprügelt?« hatte er sie einmal gefragt.

»Ach geh, Gino, die Menschen ändern sich«, hatte Vera weinerlich geantwortet.

Bestimmt. Die Menschen änderten sich, und die Katzen ließen das Mausen.

Im geschäftlichen Bereich hatte Bonnatti Wort gehalten und seine Beziehungen spielen lassen. Es hieß, daß er wegen der Schwierigkeiten, die er in Chicago hatte, im Osten neue starke Bande knüpfen wolle. Aldo und Gino waren seine wichtigsten Verbindungsleute. Er hatte bereits angedeutet, daß er, wenn er am Monatsende käme, mit ihnen über große Pläne reden wolle.

Unterdessen hatte Gino die Alkoholfahrten zwischen New York und New Jersey mit fester Hand dirigiert. Er hatte Schwierigkeiten erwartet, denn die Straßenräuber wurden immer frecher, war aber stets ungeschoren durchgekommen. Er hatte einen neuen Bewacher angeheuert, einen Mann namens Red, der aus Detroit stammte und ein loyaler Kerl zu sein schien. Auf jeden Fall war er kein solcher Irrsinniger wie Pinky Banana. Von Pinky hatten sie trotz seiner Drohungen bisher nichts gehört.

Noch nie hatte Gino ein solches Haus gesehen. Hm, das stimmte nicht ganz, er hatte bereits ähnliche Prachtbauten gesehen – aber nur im Kino. Es war eine imposante Villa aus braunem Sandstein, die ein Stück zurückgesetzt hinter hohen Gittern stand. Allein schon die Fassade kündete von unendlich viel Geld.

Gino war beeindruckt. Teufel noch mal, wer war diese Mrs. Clementine Duke? Ein reiches Frauenzimmer, das stand fest. Aber was noch? Und wo war der Ehemann?

Zaghaft klingelte er, holte seinen Kamm aus der Tasche und brachte sein Haar in Ordnung, den glänzenden Messingtürklopfer als Spiegel benutzend. Er wollte Mrs. Duke auf keinen Fall unter die Augen treten, ohne so gut wie möglich auszusehen.

Ein älterer Butler öffnete die schwere Eichentür. Wieder mußte Gino an einen Hollywoodfilm denken.

»Der Herr wünschen?« fragte der Butler von oben herab.

Gino richtete sich in seiner vollen Größe auf und sah den alten Knaben fest an: »He, ist Mrs. Duke da?«

Der Butler verzog den Mund. Er war es gewöhnt, daß junge Männer vorsprachen, aber keine jungen Männer dieser Sorte. »Werden Sie von Mrs. Duke erwartet, Sir?«

»Ja, sie erwartet mich.« Gino fuhr sich mit der Hand durchs Haar und bedauerte es sofort, denn nun war seine Hand fettig. Er wischte sie verstohlen am Hosenbein an.

Dem Butler entging nichts. Seine Lippen deuteten ein verächtliches Lächeln an. »Wen darf ich melden, Sir?«

»Sagen Sie ihr, Gino ist da, Gino Santangelo. S-a-n-t-a-n-g-e-l-o.«

»Sehr wohl, Sir. Würden Sie bitte hier warten.«

Einen Augenblick dachte Gino, der Mann würde die Tür zumachen, doch er ließ sie offen.

Gino wartete pfeifend, bis der alte Knabe außer Sicht war, dann trat er in die Halle. »Jej! Was für eine Hütte!« murmelte er. Luxus starrte ihm ins Gesicht. Boden und Treppe aus Marmor, Kristallüster, teure Porträts an den Wänden. Und das war bloß die Halle! Jerum! Wenn man nur das Zeug in der Halle verscherbelte, konnte man bestimmt jahrelang bequem leben!

Das alte Wasserauge kam zurück. »Mrs. Duke empfängt Sie, Sir. Darf ich Ihnen den Mantel abnehmen?«

»Ja. Warum nicht?« Gino schüttelte seinen Kamelhaarmantel von den Schultern.

»Folgen Sie mir bitte.«

Er ging hinter dem Butler her. Sie schritten durch die Marmorhalle, stiegen die Marmortreppe hinauf und traten in einen Raum, der einem Garten ähnelte. Der Butler meldete ihn an und zog sich diskret zurück.

Mrs. Duke saß inmitten von Palmen und Farnen auf einem hochlehnigen weißen Schaukelstuhl. Sie bedachte Gino mit einem eisigen Blick. »Sie kommen zu spät. Ich sagte, daß ich zwischen elf und zwölf Uhr Besuche empfange, und jetzt ist es«, sie schaute bedeutsam zu der Uhr auf dem Kaminsims, »genau vierundzwanzig Minuten nach zwölf.«

»So?« Er ließ sich nicht einschüchtern. »Was wollen Sie nun, daß ich gehe oder daß ich bleibe?«

»Da Sie nun schon einmal hier sind, bleiben Sie wohl besser.«

»Himmel, es geht nichts über ’nen wirklich warmherzigen Empfang.«

Sie lächelte, wodurch ihr nach unten gebogener Mund eine faszinierende Linie erhielt. Er ging zu einem Sessel und setzte sich.

»Setzen Sie sich, Mr. Santangelo«, murmelte sie.

»Sie können mich Gino nennen.«

»Tausend Dank.«

Aufmerksam musterten sie einander.

Bei Tageslicht schaute Mrs. Duke älter aus als bei der schummrigen Beleuchtung im Fat Larry's. Aber sie war trotzdem umwerfend in ihrem kurzen weißen Wickelrock, der ihre seidigen langen Beine sehen ließ – Gino konnte sich gut vorstellen, daß diese Beine seine Hüften umklammerten. Und durch die weiche Bluse zeichneten sich wieder ihre Brustwarzen ab, für jeden zu sehen...

»He«, sagte er schnell, »Sie wollten mich wegen irgendeinem Geschäft sprechen?«

Sie nickte, fragte sich, wer in aller Welt das lächerliche Zeug ausgesucht hatte, das er trug. Es verbarg freilich nicht die Tatsache, daß er ein äußerst anziehender junger Mann war. »Ja, Mr. Santangelo...«

»Gino«, unterbrach er sie.

»Gino. Wir könnten vielleicht ins Geschäft kommen...« Sie schlug die Beine übereinander.

Ginos Augen verfolgten die Bewegung.

Sie fing seinen Blick auf und stellte die Beine wieder nebeneinander. »Möchten Sie Tee, Mr. San... Gino?«

»Ja.«

Sie läutete mit einer Glocke, die auf dem Tisch neben Ihrem Stuhl stand. Sie kam sich lächerlich vor. Da saß sie, Clementine Duke, siebenunddreißig Jahre alt, erfahren, gewandt, reich, eine Gesellschaftslöwin, mit einem Milliardär verheiratet, und ließ sich völlig entnerven von einem Straßenjungen. Guter Gott! Er konnte nicht älter als neunzehn oder zwanzig sein.

»Wie geht es Ihrer Braut?« erkundigte sie sich höflich.

»Gut. Warum?«

»Ich habe nur überlegt, wann Sie wohl nach San Francisco fahren.«

Er machte eine verlegene Bewegung. »In nächster Zeit nicht. Hab hier zuviel zu tun. Ich – hm, ich hab die Hochzeit verschoben.«

Clementine nickte. »Sie sind viel zu jung, um zu heiraten.«

»Finden Sie?«

»Ja, finde ich. Sie können nicht älter sein als...«

»Zweiundzwanzig. Wie alt sind Sie?«

»Oh!« Sie spürte, daß sie errötete. Idiotisch! »Ein Kavalier fragt eine Dame nie nach ihrem Alter.«

»So? Hm, ich hab nicht behauptet, daß ich ein Kavalier bin.«

Sie rang um Fassung. »Vielleicht sollten Sie anfangen, sich wie einer zu benehmen.«

»So?« Seine Augen musterten sie spöttisch. »Warum?«

Der Butler trat mit einem Silbertablett ein. Er stellte es behutsam auf den Tisch neben Mrs. Duke.

»Davies bat mich, Sie zu erinnern, Madam, daß Sie um ein Uhr fünfzehn eine Verabredung zum Mittagessen haben«, murmelte er respektvoll.

»Danke, Scott.«

Der Butler verschwand geräuschlos. Clementine drehte sich auf ihrem Stuhl um und schenkte Tee ein. »Ich würde Ihnen gern etwas Stärkeres anbieten«, sagte sie, »aber sind nicht *Sie* in dieser Branche tätig?«

»Woher wissen Sie das?«

»Oh, ist schon in Ordnung, ich bin weder die Polizei noch das FBI oder sonst etwas.«

»Komisch. Ich dachte, daß sich unter Ihrem Rock J. Edgar Hoover verbirgt.«

»Hmmm... Was für ein Spaßvogel.«

»Ich bring die Leute gern zum Lachen.«

»In diesem Anzug dürfte Ihnen das nicht schwerfallen.«

Er schaute sie böse an. »Was ist mit ›diesem Anzug‹?«

Sie merkte, daß sie ihn verletzt hatte, und fragte sanft: »Ist er nicht ein bißchen laut?«

Was wußte *sie* schon? Blödes Frauenzimmer. Er lachte schnell, um zu zeigen, daß ihre Kritik ihn kalt ließ. »Was denn, wenn er laut ist? Ich mag das. Die Leute sollen ruhig auf mich aufmerksam werden.«

»Ich denke, das würden sie ohnehin.« Sie reichte ihm eine Tasse Tee. »Nun, Gino, kommen wir zum Geschäft.«

Sein Blick glitt über sie hinweg. »Deshalb bin ich da – Lady.« Reiches Luder. *Er* würde sich von ihr nicht unterkriegen lassen.

»Mein Mann und ich geben viele Gesellschaften. Hier bei uns«, sie schwenkte die Hand rundum, »aber meistens auf unserem Landsitz in Westchester.«

Er nickte. Die Dame hatte es zweifellos dick.

»Natürlich möchten unsere Gäste verwöhnt werden.«

Natürlich. Er schluckte ein rauhes Lachen hinunter.

»Gutes Essen, Musik, Tanz«, sie machte eine bedeutsame Pause, »und selbstredend exzellente Spirituosen.«

Selbstredend. Was sonst für Mr. und Mrs. Duke?

»Ich muß gestehen, daß wir in letzter Zeit einige – einige schlechte Erfahrungen machten. Badewannen-Gin, verwässerter Whisky und Zeug, das Sie vermutlich als Schmuggelfusel bezeichnen würden. Weiß der Himmel, wie wir das Gift überlebt haben, das sich darunter befand.«

»Aber Sie haben's überlebt.«

»Wie Sie sehen.« Clementine stand auf und strich ihren Rock glatt. »Mr. Santangelo, Gino, wären Sie daran interessiert, uns regelmäßig zu beliefern?«

»He...«, begann er.

»Oh, keine Kleinmengen«, unterbrach sie ihn. »Mindestens vierundzwanzig Kisten im Monat. Und natürlich, wenn die Qualität erstklassig ist, zu Spitzenpreisen.« Sie ging im Raum hin und her. Seine Augen hefteten sich auf ihre Beine. Nach einer kurzen Pause fuhr sie fort: »Ich weiß, daß dies für Sie vermutlich eine kleine Bestellung ist, aber Sie würden mir einen großen Gefallen erweisen. Und ich bin sicher, daß mein Mann, wenn er als Gegenleistung für Sie etwas tun kann...«

»Was macht Mr. Duke?«

»*Senator* Duke. Habe ich Ihnen das nicht gesagt?«

Gino schluckte. Senator Duke. Jerum! Da war er ja wo reingeraten. »He«, sagte er schnell, »der Alkohol, den ich besorge, ist ausgezeichnet – das Beste, was Sie kriegen können. Es wäre mir – äh, eine Freude, Sie und – äh, den Senator zu beliefern.«

Sie klatschte in die Hände, eine kindliche Geste, die nicht zu ihrem sonstigen Verhalten paßte. »Oh, sehr gut! Wie ich mich freue.«

Er stand auf, und sie trat zu ihm. Mit ihren hochhackigen Schuhen war sie fast so groß wie er. Sie blieb ein Stück vor ihm stehen. »Ich glaube, wir können einander beide helfen«, sagte sie leise, die grünen Augen in seine gebohrt.

»Ja«, antwortete er, nicht ganz sicher, ob dies eine Avance war. Er hätte nichts dagegen gehabt, denn sie war ein Klasseweib.

Sie wandte sich abrupt um, ging zu ihrem Stuhl und setzte sich. »Am kommenden Wochenende«, sagte sie, »veranstalten wir ein mehrtägiges Hausfest. Ich glaube, wir werden je zwei Kisten Whisky, Champagner, Gin, Cognac...«

»Halt«, unterbrach er sie. »Schreiben Sie mir auf, was Sie haben wollen, und ich sorge dafür, daß Sie es kriegen.«

»Natürlich, mache ich gleich.« Sie nahm einen Block und einen Bleistift vom Tisch, schrieb ihren Bedarf auf, riß das Blatt ab, stand auf, kam zu ihm und reichte ihm den Zettel. »Die Adresse steht drauf – wenn Sie es so einrichten könnten, daß die Lieferung irgendwann am Sonnabend eintrifft.«

Er überflog den Zettel. »Sie wollen mich nicht in einen Hinterhalt locken, was?«

Sie lachte. »Wie können Sie so etwas nur denken!«

»Ich kann mir sehr viel denken. Und denken Sie lieber an eins: Wer Gino Santangelo hereinlegt, hat den Hals in der Schlinge. Verstehen Sie mich?«

»O ja, ich verstehe Sie.«

Er hatte das dumpfe Gefühl, daß Sie sich über ihn lustig machte. »Ich muß gehen«, sagte er rauh.

Sie schaute auf die Uhr. »Ich auch.«

»Na dann«, er breitete die Arme aus, »ich denke, wir sind im Geschäft.«

»Ja, das sind wir.«

»Wie steht's mit der Bezahlung?«

Sie benetzte ihre glänzenden schmalen Lippen. »Ich dachte, daß Sie vielleicht am Sonnabend zu unserem Fest kommen könnten. Es wird bestimmt amüsant. Ich bin sicher, daß es Ihnen gefallen wird.«

War sie übergeschnappt? Lud *ihn* zu einem Fest ein, wo ihr Mann ein Senator und sonst noch alles mögliche war?

»Ja. Klar. Ich würde gern kommen.«

»Westchester House. Zwanzig Uhr. Und falls Sie keine Lust haben, in der Nacht zurückzufahren, bei uns gibt es genügend Gästezimmer.«

Er nickte. Jerum! Er würde mit einem ganzen Haufen großer Tiere an einem Fest teilnehmen. Er, Gino Santangelo.

»Übrigens«, fuhr sie fort, »natürlich ist Abendkleidung vorgesehen. Sie haben doch einen Smoking, oder?«

Er nickte. Einen haben? Er wußte nicht mal, was das war.

Sie lächelte. »Bis zum Sonnabend also.«

Gino ging beschwingt zu dem Treffen mit Aldo.

»Hast du von dem Brand gehört?« fragte Aldo.

»Wo hat's gebrannt?«

»In Cattos Block drüben. Seine ganze Familie ist umgekommen.«

Gino glaubte nicht recht zu hören. »Was?!«

»Ja. Sie wurden von den Flammen eingeschlossen. Nur Catto und sein Alter sind davongekommen, weil sie schon sehr früh mit dem Müllwagen unterwegs waren. Schrecklich, nicht?«

»Hast du Catto gesehen?«

»Nein.«

»Ich geh rüber.« Gino schritt rasch aus und dachte an Catto. Er hatte ihn seit fast einem Jahr nicht gesehen, aber was spielte das für eine Rolle, wenn etwas so Schreckliches passiert war?

Die Feuerwehrautos standen noch vor den qualmenden Häusern. Der vom Löschwasser nasse Gehsteig war mit Glasscherben übersät. Menschen saßen in Hauseingängen und auf Treppen, viele noch in ihren Nachtgewändern. Die Frauen schluchzten stumm, die Männer versuchten sie zu trösten.

Gino steckte die Hände tief in die Taschen seines Kamelhaarmantels und hielt verlegen nach Catto Ausschau.

»Mr. Santangelo. 'tschuldigung, Mr. Santangelo.« Jemand zog ihn aufgeregt am Ärmel. Er drehte sich um und stand vor Jacob Cohen, dessen Familie neben der Cattos lebte.

»Ja?« Er schüttelte die Hand des Jungen von seinem Ärmel.

»Sie hätten die Flammen sehen sollen!« rief Jacob und verzog das rußgeschwärzte Gesicht. »Die sind so hoch in den Himmel raufgeschossen, daß ich gemeint hab, die ganze Stadt brennt.«

»Wie bist *du* rausgekommen?«

»Bin rausgesprungen.«

»Und deine Familie?«

»Alle hin.«

Der Junge schien nicht allzu traurig zu sein. Er kratzte sich an der Nase. »Mr. Santangelo, ich werde nächste Woche fünfzehn. Ich will nicht, daß sie mich in ein Heim schicken. Ich kann mich um mich selber kümmern.«

Gino seufzte. Der Junge erinnerte ihn an sich selbst in diesem Alter. Durchtrieben wie eine Ratte. »Was willst du, Jacob?«

»Fünfzig Piepen. Genug, damit ich hier weg kann, mich irgendwo in einem Zimmer einrichten. Ich schaff's schon allein. Ich brauch niemand.«

»In einem Heim wird für dich gesorgt. Man läßt dich raus, sobald du sechzehn bist.«

»Ah, gehn Sie, Mr. Santangelo. Sie wissen doch, daß ich für keine Knabenschule tauge. Leihen Sie mir das Geld, ich zahl es Ihnen ganz bestimmt zurück. Lassen Sie mir ein paar Monate Zeit – Sie kriegen's mit Zinsen zurück.«

Gino runzelte die Stirn. »Ich weiß nicht...«

Jacob legte den Kopf schief. »Mr. Santangelo. Ein netter Judenjunge wie ich, würde der Sie je bescheißen?«

Gino grub in der Tasche nach seiner Geldscheinrolle. Er zog fünf Zwanziger heraus. »Hier sind hundert. Für sechs Monate. Und vergiß die Zinsen nicht.«

Jacob konnte sein Glück kaum fassen. Er nahm das Geld und wollte weglaufen, doch Gino hielt ihn auf. »Hast du Catto gesehn?«

»Ja. Sein Alter hat 'nen Herzanfall gekriegt, als er's gehört hat. Man hat ihn ins Krankenhaus geschafft. Catto ist auch rüber.«

Gino zog einen weiteren Zwanziger aus seiner Rolle und steckte ihn Jacob in den Gürtel. »Für dich, Kleiner. Ohne Zinsen.«

»Hej, danke!«

Gino sah dem davonrennenden Jungen nach und fragte sich, was wohl aus ihm würde. Doch das war nicht *sein* Problem. Er machte sich auf den Weg zum Krankenhaus.

Dort bekam er die knappe Information, daß Cattos Vater gestorben war. Catto selbst war und blieb verschwunden.

Gino machte sich achselzuckend auf den Weg ins Fat Larry's, setzte sich dort im vorderen Raum an einen Tisch und bestellte eine doppelte Portion Schokoladeeis mit Whiskycremesauce.

Ein Schatten fiel über ihn. Langsam schaute er auf. Pinky Banana stand da, flankiert von zwei schmierig aussehenden Kumpanen.

»Wie geht's dir, Pinky?« fragte Gino leichthin.

»Als ob dich das interessieren würde, verflucht«, maulte Pinky. »Ich höre, daß meine Mieze bei dir haust.«

Gino grinste. »Wußte nicht, daß du eine hast. Aber wenn du es sagst...«

Pinky wurde rot vor Zorn. »Sauhund! Du hältst dich für verflucht gescheit, aber *damit* kommst du nicht durch.«

Gino stand auf. »Und wer will was dagegen tun?« fragte er kalt.

Pinky kniff die Augen zusammen. »In einer finsteren Nacht...«

»Ja, ja. Ich klappere jetzt schon vor Angst.« Er schob sich an Pinky und seinen Kumpanen vorbei. Verdammt, was hatte er noch in der alten Gegend zu suchen? Sie stank.

»Liebling«, sagte Cindy, während sie vor dem Spiegel ihr Haar richtete.

»Ja«, antwortete Gino, der mit Kragen und Fliege kämpfte.

»Weißt du, was ich gern tun würde?«

»Was?« Die Fliege fiel ihm aus den Händen.

»Ich würde gern das Autofahren lernen.«

»Dieses verdammte Ding!« rief er. »Es macht mich noch wahnsinnig!«

Sie lief zu ihm, hob die Fliege auf und begann sie ihm fachmännisch zu binden. »Darf ich?«

»Fahren lernen? Warum willst du das?«

»Einfach so«, antwortete sie ernst. »Es würde mir Spaß machen, und überleg mal, wie nützlich es sein könnte. Ich meine, nimm mal heute abend. Du mußt die weite Strecke irgendwo dort raus mit Aldo fahren. Zwei Mannsbilder mit einer Wagenladung Alkohol. Wenn die Polizei euch stoppt, seid ihr dran. Aber wenn ein Mädchen am Steuer säße...«

Sie hatte gar nicht so unrecht. Nur wußte sie nicht, daß die Spirituosen bereits am frühen Morgen ins Westchester House geliefert worden waren. Und sie wußte nicht, daß Aldo in diesem Augenblick ein Fest gab, um seine Verlobung mit Barbara Riccaddi zu feiern. Vor allem aber wußte sie nicht, daß Gino nach Westchester fuhr, um als geladener Gast an Mrs. Dukes Hausfest teilzunehmen.

»Keine schlechte Idee«, sagte er nachdenklich. »Ich geb dir ein paar Stunden.« Er zog seinen neuen Smoking an und bewunderte sich im Spiegel. Der Anzug stammte aus einem erstklassigen Geschäft in der Fifth Avenue. Er war teuer gewesen, aber das Geld stand dafür.

»Wann?« fragte sie.

»Bald«, erwiderte er geistesabwesend und trat vom Spiegel zurück. »He, Kleines, was findest du? Seh ich okay aus?«

»Schick, Gino. Tooodschick.«

Das Hausfest, 1928

»Ich brauch einen Schuß in den Arm«, winselte Carrie.

»Keine Bange, Mädchen«, sagte Weißjacke beruhigend. »Daddy füllt die Kanone mit dem schööönen Stoff. Bald wirst du auf 'ner großen Welle reiten.«

Sie lag auf ihrem Bett, fühlte sich elend. Weißjacke war ein gemeiner Hund, weil er sie warten ließ. Wäre sie nicht auf den Dreckskerl angewiesen gewesen – nur er konnte ihr den Stoff besorgen –, hätte sie ihm die Augen ausgekratzt.

Sie warf sich ungeduldig auf dem Bett herum, den Ärmel ihres Kimonos hochgerollt, den Arm ausgestreckt, wartend. »Mach schnell«, fauchte sie.

Er kontrollierte die Flüssigkeit in der Spritze. Die kleine Carrie war wirklich eine Närrin, hinter dem Rauschgift her wie ein Hund hinterm Knochen. Dolly hatte recht. Wenn sie das Frauenzimmer nicht bald loswurden, gerieten sie in Schwierigkeiten. »Bin schon da, Mädchen«, sagte er schleppend.

Sie streckte ihm den Arm hin und zog den darumgelegten Gürtel zu, so daß die Venen hervortraten. Ihr Arm war bereits mit Stichen übersät, aber es gab noch Stellen, wo die Nadel glatt und leicht hineinging.

Sie stöhnte laut, als die Kanüle eindrang.

»Gleich wirst du dich *gut* fühlen, Mädchen, sagenhaft gut«, schmeichelte er, »und du wirst deinen faulen schwarzen Hintern aus dem Bett bewegen, dich mit deinem hübschen Haar beschäftigen und Kosmetikzeug auf dein hübsches Gesicht schmieren, dann gehen wir alle auf ein großartiges Fest.« Er zog die Kanüle heraus.

Sie rollte auf dem Bett herum und zog die Knie an die Brust. Weißjacke schaute auf sie hinunter. Nach einer Weile entkrampfte sich ihr Körper, dann rekelte sie sich genüßlich. Eine Veränderung ging mit ihr vor. Die Angespanntheit fiel von ihrem Gesicht ab wie eine Maske, sie lächelte und streckte sehnsüchtig die Arme nach ihm aus. »Komm zu mir, Süßer.« Sie seufzte. »Wir machen selber ein Fest, nur wir beide.« Jej, sie fühlte sich großartig! Und Weißjacke war so ein wunderbarer Mann.

»Steh auf«, befahl er scharf. »Du hast eine halbe Stunde Zeit.« Er verließ ihr Zimmer.

Gino fuhr in dem frisierten alten Ford gemächlich dahin. Er hatte sich eigentlich längst ein Auto kaufen wollen, war aber irgendwie nicht dazu gekommen. Also mußte es eben der alte Ford tun. Bis raus nach Westchester. Und wenn er Mrs. Duke nicht gefiel, ihr Pech.

Er hatte ein phantastisches Haus erwartet, aber der Landsitz, der sich jetzt seinen Blicken darbot, übertraf seine kühnsten Erwartungen. Auf vierundzwanzig Hektar üppigem Gelände stand er wie ein beleuchtetes Märchenschloß.

Gino fuhr durch das schmiedeeiserne Tor und folgte einer funkelnden Lichterkette. Entlang dem Fahrweg stand die eindrucksvollste Sammlung von Automobilen, die er je gesehen hatte. Glänzende Rolls-Royces neben schlanken ausländischen Roadstern. Ein leuchtender bronzefarbener Düsenberg mit Weißwandreifen. Pierce-Arrows, Cords und ein schwarz-weißer Mercedes-Benz SS, für den man nach seiner Vorstellung leicht hätte einen Mord begehen können.

Wer brauchte schon das Hausfest? Gino wäre vollkommen glücklich gewesen, hätte er hier draußen die Autos ausprobieren dürfen.

Er parkte seinen Ford, stieg aus und schritt auf dem beleuchteten Weg dem Landsitz zu.

Clementine Duke war eine wunderbare Gastgeberin. Sie wußte, wie man es erreichte, daß die Menschen sich entspannten und behaglich fühlten. Sie stattete ihr Haus mit Blumen, bequemen Möbeln und aufmerksamem Personal aus und reichte köstliches Essen. Dazu bot sie hervorragende alkoholische Getränke an (entgegen dem, was sie zu Gino gesagt hatte), Importzigarren für die Herren, handgefertigte Pralinen und Trüffel für die Damen.

Sie mischte ihre Gäste geschickt, lud Filmschauspieler, Politiker, Schriftsteller und Jazzmusiker zusammen ein. Alle fanden das herrlich und verkehrten ungezwungen miteinander. Oft bahnten sich Romanzen an.

Doch Clementines Feste waren vor allem deshalb so erfolgreich, weil sie immer mit irgendeiner Überraschung aufwartete. Nacktbaden in dem riesigen Marmorschwimmbecken. Ein Charleston-Tanzwettbewerb. Private Vorführungen eines neuen Films. Auftritte bekannter Jazzkapellen. Alle diese Ereignisse hatten bei Clementine Premiere gehabt.

»Was hast du heute für uns in der Hinterhand, Clemmie, Liebling?« fragte eine ihrer Freundinnen kichernd.

»Warte es ab, Esther, du wirst schon sehen«, antwortete Clementine geheimnisvoll.

Esther klatschte in ihre dicken, mit Ringen überladenen Hände, und ihr großer, durch das Chiffonkleid deutlich zu sehender Busen wogte vor Erwartung. »Etwas Unanständiges? Oh, ich hoffe doch!«

Sie lächelte lüstern, entblößte dabei ihr häßliches Pferdegebiß. »Um welche Zeit findet die Überraschung statt?«

»Früh genug«, murmelte Clementine und ärgerte sich über sich selbst, weil sie schon wieder Ausschau nach Gino hielt.

»Ich begreif nicht, warum wir 'ne Verpflichtung bis auf dem Land draußen annehmen mußten«, maulte Dolly. »Als ob wir unsere Hintern nicht in der Stadt schwenken könnten.« Sie saß vorn in dem weißen Oldsmobile, neben dem fahrenden Weißjacke.

»Schei-ße!« entgegnete er böse. »Willst du gleich aufhören zu jammern, Frauenzimmer? Ich hab dir zehnmal erklärt, daß das 'ne besondere Show ist. Ein Fest mit lauter großen Tieren. Wenn wir da ankommen, können wir den Preis hochschrauben.«

»So? Und was ist, wenn ein paar von deinen großen Tieren anfangen, sich für uns zu interessieren?«

»Was quatschst du da, Frauenzimmer?« Er hob die Stimme: »Hab's dir doch gesagt. Heute abend gehen wir's ruhig an. Nur den Strip!«

Gino blieb in der Eingangshalle stehen und musterte sich kurz in dem prächtigen venezianischen Wandspiegel. Hmm... Er sah gar nicht schlecht aus. Der Smoking kleidete ihn gut.

Er betrachtete die Einrichtung. An einer Wand der Halle befand sich die Bar. Sie war reich ausgestattet und wurde von zwei Barkeepern in steifen weißen Jacken und gestreiften Hosen betreut. Von der Halle aus gelangte man in einen großen Wohnraum mit Fenstertüren, die auf eine überdachte Terrasse führten. Überall roch es nach großem Geld. Gino atmete tief ein und lächelte. Er mochte diesen Geruch sehr.

»Was sehe ich da, trinken Sie gar nichts?« Ein Mädchen hatte sich ihm genähert, ein großes Mädchen mit lockigem rötlichem Haar.

»Bin noch nicht dazu gekommen.«

Sie musterte ihn neugierig. »Herrlicher Champagner. Den müssen Sie einfach probieren.«

»Ja.« Er drehte ihr den Rücken zu. Er hatte nicht die Absicht, sich von irgendeinem x-beliebigen Frauenzimmer kassieren zu lassen. Das Publikum hier mußte man sich anschauen, um glauben zu können, daß es so was gab. Aldo hätte sich zerrissen, wenn er die Weiber hier hätte sehen können. Alle beste Klasse.

Er griff sich vom Tablett eines vorbeigehenden Kellners ein Glas Champagner. Leonora hätte gut ausgesehen hier, sie hätte hergepaßt.

Der Teufel hole Leonora.

Er durfte nicht an sie denken. Er hatte sich gelobt, es nicht zu tun. *Ihretwegen* war er lange genug ein Trottel gewesen, hatte er genug Zeit verschwendet.

Clementine bemerkte ihn sofort, als er auf die überdachte Terrasse trat. »Entschuldige mich bitte, Bernard«, sagte sie zu dem distinguiert aussehenden Theaterproduzenten, »ich muß einen neuen Jungen begrüßen.«

Bernard Dimes nickte liebenswürdig und wandte sich wieder seiner eleganten Begleiterin zu.

Clementine ging entschlossenen Schritts über die Terrasse, um ihren Gästen zu verstehen zu geben, daß sie nicht aufgehalten werden wollte. Sie gelangte zu Gino, ohne daß er sie sah, denn er war vollauf damit beschäftigt, seine Umgebung in sich aufzunehmen.

»Gefällt Ihnen mein Haus?« fragte sie leise.

Er fuhr zusammen, verschüttete etwas von seinem Champagner, fing sich aber sofort. »Eine tolle Hütte.«

»Wohl kaum eine Hütte.«

»Ja, schon... Aber für mich ist's 'ne Hütte.« Seine Augen huschten instinktiv zu ihren Brustwarzen. Noch immer zu sehen. Wurden wohl überhaupt nicht weich. Ihm war noch nie eine Frau mit ständig aufgerichteten Brustwarzen begegnet.

Sie hakte ihn unter. »Ich werde Sie den anderen Gästen vorstellen.«

Gino hatte das Gefühl, den Boden unter den Füßen zu verlieren. Er wollte nicht herumgeschleppt werden wie ein Schoßhündchen. »Klar, später.« Behutsam löste er sich aus ihrem Griff und nahm einen Schluck von seinem Champagner. Scheußliches Zeug. Er verzog das Gesicht.

Sie bemerkte es und winkte einen Kellner herbei. »Holen Sie Mr. Santangelo einen Whisky«, sagte sie und nahm ihm sanft das Champagnerglas aus der Hand. »Ihr Smoking gefällt mir, Gino«, murmelte sie, die grünen Augen forschend in seine gerichtet.

»So?« Er kam sich wie ein Holzklotz vor, wußte nicht, was er sagen sollte. Noch nie im Leben hatte er sich belanglosem Geplauder hingegeben, und er dachte gar nicht daran, jetzt damit anzufangen.

Gino hatte gerade vom Kellner ein großes Glas Whisky in Empfang genommen, als Clementine murmelte: »Mein Mann kommt herüber. Seien Sie nett zu ihm. Er kann viel für Sie tun.«

Gino war mehr als verwirrt. Da stand sie neben ihm, schickte sinnliche Signale aus, die selbst der größte Idiot nicht mißverstehen konnte. Jetzt wollte sie ihn ihrem Mann vorstellen. Was wurde hier gespielt? Er hatte keine Zeit, lange darüber nachzudenken, denn Senator Duke war bei ihnen angelangt, und Clementine machte sie miteinander bekannt, als sei es für sie das Normalste auf der Welt.

Vermutlich hatte er ihre Signale doch falsch gedeutet.

»Freut mich, Sie kennenzulernen«, sagte der Senator und schüttelte ihm mit seiner schlaffen Rechten die Hand. »Clementine hat oft von Ihnen gesprochen.«

Oft? Gino zog seine Hand zurück und musterte die Frau am Arm des Senators. Seine Augen wurden sofort von ihrem in Chiffon gehüllten schlaffen Busen angezogen. Was war los mit diesen reichen Weibern? Aus irgendeinem Grund stellten sie alle ihre Dinger kostenlos zur Schau.

Clementine stieß ihn leicht an. »Ich möchte, daß Sie mit Oswald das Geschäftliche erledigen gehen. Dann können Sie sich entspannen und amüsieren.«

»Sehr richtig«, pflichtete Oswald ihr bei. »Gehen wir in mein Arbeitszimmer.«

Clementine und Esther schauten den beiden nach.

»Hmmm«, machte Esther anerkennend. »Wo hast du *den* aufgetrieben?«

Clementine lächelte. »Mein Geheimnis.«

»Schei-ße!« rief Weißjacke bewundernd. »Schaut euch bloß diesen Kasten an!«

Dolly war nicht beeindruckt von dem Märchengebäude vor ihnen, sie war schon öfter in großen Häusern gewesen. Stoisch starrte sie nach vorn und blieb stumm.

Carrie sang leise vor sich hin und nahm kaum Notiz von ihrer Umgebung.

Lucille hielt es für geraten zu antworten. »Jej!« rief sie schwärmerisch. »Ist ja phantastisch.«

»Klar ist's das. Hab ich euch nicht gesagt, daß heute abend ein besonderer Abend ist?«

»Hast du!« antwortete Lucille und stieß Carrie an. »Guck, Liebes, ist das nicht schön?«

Carrie schaute träge zum Fenster hinaus. Natürlich war es schön, sie hatte nichts anderes erwartet. Alles war schön. Wußte Lucille das nicht?

Senator Oswald Duke war ein Trottel, das merkte Gino sofort. Belege interessierten ihn offensichtlich nicht, er fragte einfach: »Was schulde ich Ihnen?« Und als Gino die Summe nannte – auf gut Glück zweihundert extra dazuschlagend –, bezahlte er bar. Gino steckte das Geld ein und kam sich richtig wohlhabend vor. Ein Wunder, daß die Reichen es fertigbrachten, reich zu bleiben, wenn sie alle solche Einfaltspinsel waren wie der Senator.

»Wissen Sie, Gino«, sagte der Senator, »ich brauche jemand, der mir manchmal eine kleine Gefälligkeit erweist.«

»So?«

»Bei Dingen, in die ich nicht persönlich verwickelt werden darf.«

»Und die wären?«

»Oh«, der Senator machte eine vage Handbewegung, »verschiedene Dinge. Jemand schuldet mir Geld – und muß ein bißchen zur Bezahlung angeregt werden. Oder ein ehemaliger Angestellter droht mir mit Erpressung wegen einer erfundenen Sache. Kleinigkeiten, wie sie allen Menschen passieren, die in der Öffentlichkeit stehen.« Er hielt inne, nahm eine Kiste mit Zigarren der Spitzenklasse vom Schreibtisch und bot Gino eine an. »Wenn Sie bereit wären, mir ab und zu einen Gefallen zu erweisen, würde ich Sie liebend gern –, na, sagen wir, in Ihren finanziellen Angelegenheiten beraten.«

»Was?«

»Ich will nicht um die Sache herumreden. Sie handeln mit Schmuggelalkohol. Gegen Bargeld. Richtig?«

Himmel! Vielleicht steckte der alte Knacker mit den Behörden unter einer Decke. Gino schwieg.

Der Senator fuhr fort: »Bargeld ist ein sehr wertvoller Besitz, aber Sie können nicht viel damit anfangen, ohne daß die Steuerbehörden bei Ihnen anklopfen und allerlei Fragen stellen.«

Ja. Das stimmte.

Der Senator zündete seine Zigarre an und warf Gino einen vielsagenden Blick zu. »Ich kann Ihr Geld legitim machen. Und ich kann auf diese Weise auch Sie legitim machen. Sind Sie daran interessiert?«

Gino nickte. Er war interessiert.

Der Butler Scott tauchte neben Clementine auf. »Die – äh, Unterhalter sind eingetroffen, Madam. Ich habe sie ins blaue Gästezimmer geführt, wie Sie mir auftrugen.«

Clementine nickte, ihre grünen Augen funkelten. »Bringen Sie ihnen Erfrischungen, Scott.«

»Sehr wohl, Madam.« Der alte Butler verneigte sich leicht und ging. Er hatte in seinem Leben schon allerlei zu sehen bekommen, aber *diese* Gruppe... Ob Madam wußte, was für ein komischer Verein das war? Er seufzte tief. Vermutlich wußte sie es. Mrs. Duke war selbst sehr seltsam.

Carrie nahm einen tiefen Zug an der Marihuanazigarette, die Weißjacke ihr gereicht hatte. Was für ein schönes Gefühl, wenn der starke Rauch ihre Lungen füllte. Er machte sie ungeheuer heiß.

Dolly betrachtete sich mißmutig im Spiegel am Toilettentisch. Jede platinblonde Locke lag an der richtigen Stelle. »Um wieviel Uhr fangen wir an?« fragte sie Weißjacke.

Weißjacke fühlte sich wie im Himmel. Er lag in seinem weißen Anzug und den weißen Lackschuhen auf dem breiten Doppelbett und trank aus einer vollen Flasche besten schottischen Whisky. »Wen kümmert das schon?«

»Mich«, fauchte Dolly. »Wir haben einen weiten Rückweg. Und sorg gefälligst dafür, daß wir vor unserm Auftritt bezahlt werden, nicht hinterher.«

»Überlaß *du* das Geschäft mir«, sagte er und griff nach einem Brötchen mit Räucherlachs.

Das Fest war ein voller Erfolg – wie immer. Clementine beobachtete ihre Gäste. Das Büfett war aufgetragen: ein riesiger Tisch bog sich unter Hähnchen, in Honig gebratenem Schinken, kaltem Truthahn, Roastbeef und ganzem frischem Lachs.

Sie hatte sich selbst um das Essen gekümmert, die Speisekarten geschrieben, die besten Fleischstücke bestellt und in der Küche immer wieder nach dem Rechten gesehen, während ihre beiden Köche und deren Helfer alles vorbereitet hatten. Wirklich befriedigend zu sehen, mit welchem Appetit und Genuß ihre Gäste aßen. Und nach dem Essen – die Unterhaltung.

Sie lächelte in sich hinein. Eine große Blondine. Ein schwarzes junges Mädchen. Und eine Zwergin. Was für eine vollendete Kombination! Als Oswald ihr nach dem Abschiedsessen für Arthur Stuyvesant davon erzählt hatte, war ihr sofort klar gewesen, daß sie die drei für ihr nächstes großes Fest haben mußte. Sie leckte sich erwartungsvoll die Lippen.

Ihr Fest würde *das* Fest des Jahres sein!

Gino trat aus dem Arbeitszimmer des Senators und schlenderte wieder auf die Terrasse hinaus. Er näherte sich Clementine und der Gruppe, bei der sie stand. Plötzlich bemerkte er Charlie Lucania darunter. Jerum! Sofort schossen ihm zwei Gedanken durch den Kopf: Wozu brauchte sie *ihn* als Alkohollieferanten, wenn sie Lucania kannte? Und war das nicht was, er und Lucania auf dem gleichen Fest?

»Ah, Gino«, sagte Clementine. »Ich möchte Sie ein paar Freunden von mir vorstellen.«

Er bemerkte Lucanias überraschten Blick und richtete sich zu seiner vollen Größe auf. »He, Charlie«, sagte er und klopfte dem größeren Mann auf den Arm, als seien sie alte Freunde. »Wie geht's?«

Scott reichte Weißjacke einen verschlossenen Umschlag und wandte sich zum Gehen.

»Nicht so schnell, Alter«, sagte Weißjacke scharf. »Ich muß erst zählen.«

Scott rümpfte verächtlich die Nase. »Ich kann Ihnen versichern, Sir, daß der Betrag stimmt.«

Weißjacke kniff die Augen zusammen. »Dann haben Sie bestimmt nichts dagegen, daß ich nachzähle.«

»Gewiß nicht, Sir.« Er stand steif an der Tür, während Weißjacke den Umschlag aufriß und die knisternden, neuen fünf Hundertdollarscheine zählte.

Carrie schob sich an ihn heran und begann mit glasigen Augen routinemäßig die Hüften zu schwenken. Lucille ging zu ihr, faßte sie am Arm, zog sie weg und sagte beruhigend: »Noch nicht, Liebes.« Die große blonde Dolly am Toilettentisch schnaubte gereizt.

Scott verdrehte die Augen und nahm sich vor, die Wirtschafterin zu beauftragen, das Zimmer ausräuchern zu lassen. Der Geruch, den diese vier verbreiteten, war abscheulich.

Esther Becker schloß sich Bernard Dimes und seiner Begleiterin an. »Weiß der Himmel, was für eine Überraschung Clemmie sich diesmal ausgedacht hat!« rief sie, hängte sich bei Bernard ein und ließ sich von ihm zum Ballsaal an der Rückseite des Hauses führen. »Sie sagte, es sei etwas Unanständiges! Was es wohl sein mag? Ich kann es mir nicht vorstellen. Können Sie es?«

Bernard Dimes schüttelte den Kopf und wünschte, er wäre zu Hause im Bett gelegen. Er litt an einer beginnenden Erkältung, darum kam ihm Clementines Fest sehr ungelegen. Nicht daß er ihre Feste nicht großartig fand. Aber man mußte in Schuß sein, um sie genießen zu können, und Bernard Dimes fühlte sich gräßlich. Er war ein großer Mann, Mitte Dreißig, mit bereits etwas schütterem Haar, schmalem Gesicht und bleistiftdünnem Schnurrbart. Er stand als Theaterproduzent in hohem Ansehen, und Esther Becker und ihr Mann investierten viel in seine Aufführungen. Deshalb schüttelte er Esthers Arm nicht ab, wie er es gerne getan hätte. Statt dessen lächelte er, nickte und tat, als amüsiere er sich ausgezeichnet. Bernard Dimes war reich, aber er hatte sehr früh im Leben gelernt, daß man *nie* in eigene Produktionen investieren sollte.

»Ich möchte nach dem Auftritt der Unterhalter mit Ihnen reden«, sagte Clementine leise zu Gino. »Gehen Sie also bitte nicht weg.«

Er hatte nicht die Absicht, irgendwohin zu gehen.

Sie drückte seinen Arm und schaute voll Freude im Ballsaal umher, der sich mit ihren Gästen füllte. Das Ganze war so aufregend!

Gino war bester Stimmung. Lucania so zu begegnen, als Gleichgestellter. Und von Lucania höflich gegrüßt zu werden. Wahrhaftig, fast zuviel!

Und Lucanias Freundin kennenzulernen, ein rothaariges Showgirl von einsachtzig. Wenn Aldo das hörte! Bestimmt würde er ihm nicht glauben.

Und dann die Sache mit Senator Duke. Ihr Geld wollte er für sie investieren. Natürlich war eine Kontrolle nötig, aber Gino hielt sich für schlau genug, um nicht hereingelegt zu werden. Außerdem, der alte Knabe brauchte ihr Geld bestimmt nicht, er war ganz offensichtlich stinkreich.

Die Tische an den Wänden des Ballsaals waren nun fast alle besetzt. »Entschuldigen Sie mich«, flüsterte Clementine nahe an Ginos Ohr. »Ich bin gleich wieder da.«

Weißjacke stand hinter dem Vorhang und horchte auf das erregte Stimmengewirr, das von der anderen Seite zu ihm drang. Er grinste und kniff Dolly in ihren dicken Popo. »Hörst du den Lärm, Mama?«

Sie strich ihr rotes Satinkleid, das ihre üppigen Formen eng umspannte, mit den Händen glatt. »Ich hör es, schwarzer Mann. Eine Nummer, das ist alles. Nur den Strip – sonst nichts. Du hast's denen doch gesagt, oder?«

Seine Augen blitzten. »Wem muß ich etwas sagen, Frauenzimmer? Dem jämmerlichen Bleichgesicht da?« Er wies auf Scott, der in sicherer Entfernung von ihnen reglos dastand. »Wir haben unser Geld. Wir tun, was *wir* wollen.«

»Vergiß es nicht.« Dolly zeigte auf das in der Ecke stehende Victrola. »Eine Platte, dann Schluß.« Sie drehte sich zu Carrie und Lucille um und gewahrte zu ihrem Entsetzen, daß Carrie sich nur mühsam auf den Beinen hielt. »Schau sie dir an«, zischte sie. »Sieht aus, als würde sie gleich einschlafen!«

»Keine Sorge, Mama. Ich geb ihr ein bißchen Koks, bevor sie rausgeht. Sie wird bestens im Schuß sein.«

Dolly runzelte die Stirn. Sie stieß Lucille hart in die Rippen und murmelte scharf: »Du paßt auf sie auf. Und denk dran – eine Nummer, dann nichts wie ab.«

»Klar, Dolly«, antwortete Lucille freundlich. Die große Frau machte ihr angst. Sie wandte sich Carrie zu. »Komm einfach mir nach, wenn ich rausgehe«, wisperte sie. »Wird schon alles klappen.«

Carrie nickte leer, mit glasigen Augen. Sie hatte keine Ahnung, wo sie war oder auch wer sie war. Sie wußte nur, daß sie in Kürze einfach die Augen zumachen und sich an irgendeinen Ort tragen lassen würde, wo niemand sie mehr belästigen konnte.

Clementine schaute in den durch einen Vorhang abgetrennten Teil des Ballsaales und sah sich Weißjacke gegenüber.

Er bedachte sie mit einem, wie er meinte, charmanten Lächeln.

Sie war verblüfft. Niemand hatte ihr etwas von dem riesigen Neger mit den Zähnen wie Betonbrocken und dem kahlen, polierten Schädel gesagt.

Sie nickte kurz und ließ die Augen rasch über die drei Frauen gleiten. Das verrückteste Trio, das sie je gesehen hatte. »Sobald Sie bereit sind«, sagte sie.

»Ma'am, das sind wir *immer*«, antwortete Weißjacke und grinste so breit, daß sein Gesicht fast zersprang.

Sie nickte noch einmal und zog sich zurück. Was für Typen! Sogar noch besser, als sie erwartet hatte.

Weißjacke schnalzte mit der Zunge. »Mama! Mama! Mama! Hast du gesehen, was die Frau für Klunker an sich hängen hat?«

Dolly schüttelte ihre Locken und ignorierte seine Bemerkung. »Los, fangen wir an, sonst kriechst du ihr gar noch in den Hintern.«

Er warf ihr einen finsteren Blick zu, zog dann ein kleines Päckchen mit weißem Pulver und einen Hundertdollarschein aus der Tasche. Geschickt rollte er die Banknote zu einem Trichter zusammen, schüttete das weiße Pulver hinein und winkte Carrie zu sich. »Komm zu Daddy, mein kleines Mädchen. Komm, dann kriegst du dein Nasenbonbon.«

Carrie starrte ihn ausdruckslos an. Dolly gab ihr einen Schubs.

Weißjacke hielt ihr die Banknote an die Nase, und sie inhalierte automatisch, sog tief die Luft ein. »Da, da, mein Mädchen«, schmeichelte er, »der Glücksstaub wird dich auf 'nen wirklich großen Schneetrip tragen.«

Er drehte sich zum Victrola um und ließ die laute Jazzmusik loslaufen. Dann schob er Carrie durch den Vorhang.

Sie schwankte leicht auf ihren hohen Absätzen, und einen Augenblick sah es so aus, als würde sie fallen. Dann kam sie jedoch wieder ins Gleichgewicht. Ohne auch nur einen einzigen Tanzschritt zu machen, begann sie ihr Kleid auszuziehen.

»Schei-ße«, stöhnte Weißjacke, der durch einen Spalt im Vorhang hinausschaute. »Sie wird fertig sein, noch bevor sie angefangen hat.« Rasch packte er Lucille. »Schau, daß du rauskommst und sorg dafür, daß sie *tanzt*!«

Er schleuderte Lucille fast durch den Vorhang. Kreischendes Gelächter empfing sie, vorwiegend von Frauen. Lucille begriff sofort, warum Dolly Einwände gegen den Auftritt erhoben hatte. Ein gemischtes Publikum war etwas ganz anderes als eine Herrengesellschaft. Die Frauen reagierten aus der Sicherheit ihres Schmucks und ihrer Pelze heraus feindselig, gemein und boshaft.

Carrie hatte ihr Kleid bereits abgestreift und griff nach hinten, um ihren Spitzen-BH zu öffnen. Lucille zischte: »Tanz, bitte! *Um Himmels willen, tanz*!«

Die Worte drangen zu Carrie durch, und sie begann sich lustlos zu wiegen. Lucille bewegte ihren kleinen Körper heftig im Rhythmus der heiser klingenden Jazzmusik. Die beiden gaben das komischste Paar ab, das man sich vorstellen konnte.

Die Zuschauer lachten verlegen und ungläubig.

Clementine spürte heiße Röte in ihre Wangen steigen. Das war keine Unterhaltung. Das war entsetzlich. Was war mit dem schwarzen Mädchen los? Man hatte den Eindruck, sie würde jeden Augenblick zusammenbrechen. Und die Zwergin konnte nicht tanzen, sie hätte es nicht gekonnt, wenn es um ihr Leben gegangen wäre.

»Wirklich, Clemmie«, flüsterte Esther, »was soll das sein?«

Sie lächelte gezwungen. »Es wird besser.«

»Das will ich hoffen. Bis jetzt ist es kläglich.«

Clementine begann vor Wut zu kochen. Fünfhundert Dollar *dafür*? Sie war hereingelegt worden. Oswald konnte was erleben, wenn sie ihn in die Finger bekam. War er wahnsinnig? Ihr zu sagen, daß die drei eine phantastische Unterhaltung böten?

Dann erschien die große blonde Dolly, die ein bißchen etwas davon verstand, wie man einen Raum in den Griff bekam. Sie rettete die Situation einigermaßen durch ihre gekonnt possenhafte Darbietung. Sie wußte sich wenigstens zu *bewegen*.

»Das ist ja widerlich«, flüsterte Bernard Dimes seiner Begleiterin zu. »Clementine muß den Verstand verloren haben. So etwas eignet sich bestenfalls für eine Herrengesellschaft zu fortgeschrittener Stunde.« Er runzelte die Stirn. Das mitleiderregende schwarze Mädchen kam ihm bekannt vor. Irgendwie hatte er das quälende Gefühl, sie schon gesehen zu haben...

Nun begannen alle drei mit dem Striptease. Nach dem Kleid der BH, dann die Strumpfbänder, danach die Strümpfe, zuletzt das Höschen.

Gino schaute sich im Saal um. Alle diese reichen, herausgeputzten Leute starrten drei Huren an, denen er nicht mal das Fahrgeld bezahlt hätte. Zum Teufel, wo hatte Mrs. Duke die bloß aufgegabelt?

Er richtete die Augen auf das nackte Fleisch, empfand jedoch nichts als Langeweile. Während er die Zigarre anzündete, die ihm der Senator gegeben hatte, warf er einen kurzen Blick auf Clementine. Sie wirkte angespannt.

Das schwarze Mädchen war jetzt an ihrem Tisch. Sie hatte alles ausgezogen, ihre großen Titten paßten nicht zu ihrem hageren Körper. Träge wiegte sie sich zur Musik. Plötzlich kippte sie um und fiel wie ein Stein zu Boden, die Beine obszön gespreizt.

»Oh, guter Gott!« stieß Clementine hervor.

Im Raum erklang verlegenes Gelächter.

Die Musik spielte weiter, die große Blonde tanzte weiter. Die Zwergin wollte aufhören, doch auf einen eisigen Blick der Blonden hin setzte sie sich wieder in Bewegung.

Gino sprang rasch auf, faßte das schwarze Mädchen unter den Armen und zog sie zur Tür. Man konnte sie doch nicht einfach da liegen lassen. Scott trat zu ihm, und zusammen trugen sie das bewußtlose Mädchen in die Halle.

»Ist ein Arzt in der Nähe?« fragte Gino. »Sie sieht mir gar nicht gut aus.«

»Ich glaube, daß einer unter den Gästen ist«, antwortete Scott steif. Er versuchte, die Augen von dem nackten Mädchen abzuwenden, das vor seinen Füßen lag.

»Bringen wir sie in ein Zimmer«, entschied Gino, zog seine neue Smokingjacke aus und deckte das Mädchen damit zu.

»Ich muß Madam fragen...«, begann Scott.

»Ich sagte, bringen wir sie in ein Zimmer.« Seine Augen waren hart und kalt. Sie hatten einen Ausdruck, der keinen Widerspruch duldete.

Gemeinsam hoben sie die Ohnmächtige auf, trugen sie die Treppe hinauf in das blaue Gästezimmer und legten sie dort aufs Bett. Dem Butler standen Schweißperlen auf der Stirn.

»Holen Sie jetzt den Arzt«, befahl Gino.

»Ich werde sehen, was Mrs. Duke zu tun wünscht, Sir«, erwiderte Scott von oben herab.

»So? Na, dann beeilen Sie sich lieber, denn wenn Sie nicht bald 'nen Arzt herschaffen, ist das Mädchen tot. Sagen Sie *das* Mrs. Duke und sehen Sie, was sie zu tun wünscht.«

Scott eilte davon.

Gino betrachtete das bewußtlose Mädchen. Er ergriff ihren Arm, um nach dem Puls zu fühlen, und entdeckte die Male. Kleine rote Pusteln mit winzigen Einstichen. Ihr Puls war beunruhigend langsam. Gino zog eines ihrer Augenlider hoch, die Pupille war stark erweitert. Das Mädchen befand sich in sehr schlechter Verfassung. Eigentlich war sie noch ein Kind, sie konnte nicht älter als sechzehn oder siebzehn sein.

Irgend jemand setzte sie unter Rauschgift und schickte sie als Stripperin zum Geldverdienen aus. Gino spürte, wie Zorn in ihm aufzusteigen begann. Er haßte es, wenn ein junges Mädchen so benutzt wurde.

Verflucht, wo blieb bloß der Arzt?

Weißjacke stöhnte auf, als Carrie zusammenbrach, doch er ließ die Musik weiterlaufen. Er war froh, daß jemand das Mädchen wegschaffte und die beiden anderen ihre Darbietung fortsetzten.

Kärglicher Applaus kündete das Ende an. Die nackte Dolly sprang hinter den Vorhang und fauchte: »Du saublöder Kerl von einem Nigger! Was machen wir jetzt?«

Weißjacke liebte es gar nicht, Nigger genannt zu werden, das duldete er nur von einem Bruder oder einer Schwester. »Halt dein fettes Maul, weiße Schlampe!« knurrte er böse. »Zieh dich an. Wir schnappen uns Carrie und verschwinden.«

»Mir sehr recht«, erwiderte Dolly giftig und schlüpfte in ihr Höschen.

»Dies ist Dr. Reynolds«, sagte Clementine, die mit einem grauhaarigen Herrn ins Zimmer getreten war.

Gino stand vom Bett auf. »Sieht nicht gut aus, Doc.«

»Sind Sie auch Arzt?« fragte Dr. Reynolds milde.

»Nur wenn sonst niemand da ist.«

Gino warf dem Arzt einen harten Blick zu. »Sie ist 'ne Fixerin«, sagte er rauh. »Schaun Sie sich ihren Arm an.«

Clementine führte ihn hinaus. Sie seufzte. »Das ist ganz gewiß das schrecklichste Fest, das ich je gegeben habe.«

»Ach, kommen Sie. Das Fest ist prima. Sie haben doch nicht gewußt, daß man Sie mit miesen Stripperinnen anschmiert. Was haben Sie gemeint? Daß die Tänzerinnen sind?«

»Ich wußte, daß sie Stripperinnen sind. Ich meinte, sie seien gut. Man hat mir gesagt, daß sie ausgezeichnete Unterhaltung böten. Ich bin – es ist mir so peinlich. Ich habe mich zum Gespött gemacht...«

»Quatsch.«

Ihre Hand umfaßte seinen Arm fester. »Das gefällt mir an Ihnen, Sie sind so direkt und so ehrlich.«

Ihre grünen Augen schickten wieder die Signale aus. Er beschloß zu reagieren. »Clementine...«, begann er.

»Wo ist meine kleine Schwester?« rief eine Stimme, und am oberen Treppenende erschienen Weißjacke, Dolly und Lucille, gefolgt von Scott.

Gino blockierte den Zugang zum Gästezimmer. »Ist sie Ihre Schwester?« fragte er grob. Ein Blick auf Weißjacke sagte ihm genug.

»Na klar«, polterte Weißjacke, »und ich will zu ihr.«

»Der Arzt ist bei ihr, Mr....?« Clementine hob fragend die Stimme.

Weißjacke machte keine Anstalten, ihr seinen Namen zu nennen. »Sie braucht keinen Doktor«, erwiderte er unwirsch. »Sie hat diese Ohnmachten ab und zu. Kein Grund zur Sorge.«

»Mrs. Duke hat gesagt«, entgegnete Gino kalt, »daß der Arzt bei ihr ist. Warten Sie also.«

Die beiden Männer fixierten einander, schließlich zuckte Weißjacke die Achseln. »Na klar. Ist aber bloß Zeitverschwendung für uns alle. Wir brauchen sie bloß ins Auto setzen und zu Mama heimbringen. Morgen ist sie wieder wie neu.«

»Ja«, entgegnete Gino. »Und bereit für 'nen neuen Trip.«

»Waas?!« schnaubte Weißjacke.

Dolly unterbrach ihn, packte ihn am Arm. »Wir warten im Wagen. Wir wollen keinen Streit oder so was.«

Sie zog ihn zur Treppe. Lucille folgte den beiden, und Scott ging hinterher, um sicherzustellen, daß sie das Haus verließen.

Clementine sah Gino verdutzt an. »Was geht hier vor?«

»Die verduften. Auf schnellstem Weg.«

»Warum?«

»Weil jede Minute Ihr Arzt-Freund erscheinen und einen Höllenspektakel wegen Rauschgift und Minderjährigkeit und allerlei Dingen schlagen wird, für die sie ins Kittchen wandern könnten.«

»Meinen Sie, daß der Mann sie unter Drogen gesetzt hat?«

»Das meine ich.«

»Seine eigene Schwester?«

»Kommen Sie, Clementine, seien Sie nicht dumm. Die ist genauso seine Schwester, wie ich Ihr Bruder bin.«

Sie schwieg eine Minute, dann murmelte sie: »Oh, ich verstehe.«

Stumm warteten sie, bis der Arzt erschien.

»Das Mädchen ist rauschgiftsüchtig«, erklärte er unverblümt. »Sie hat eine Überdosis bekommen und muß sofort ins Krankenhaus.«

»O du meine Güte!« rief Clementine. »Jemand soll Oswald holen. Er wird wissen, was da zu tun ist.«

»Ist doch ganz einfach«, sagte Gino. »Rufen Sie einen Krankenwagen.«

»Das geht nicht. Können Sie sich vorstellen, welches Aufsehen das gäbe? ›Süchtiges Mädchen auf Wochenendfest von Senator.‹ Es ist unmöglich.«

Gino nickte. Sie hatte recht.

»Schauen Sie«, sprach der Arzt gereizt, »das Mädchen ist in akuter Gefahr. Sie muß schnellstens ins Krankenhaus.«

»Ich bring sie hin«, entschied Gino.

»Aber wenn Sie sie ins Krankenhaus bringen, wird man dann nicht glauben, daß Sie etwas mit ihrem Zustand zu tun haben?« fragte Clementine.

»Das lassen Sie nur meine Sorge sein«, entgegnete er. »Kommen Sie, schaffen wir sie zu meinem Wagen.«

»Ich danke Ihnen«, flüsterte Clementine erleichtert. »Sie haben eine Entscheidung getroffen, die Sie nie bereuen werden.«

New York und Philadelphia, Mittwoch, 13. Juli 1977

»Ich glaube, ich habe Halluzinationen.« Lucky stöhnte. »Entweder das, oder ich schnappe langsam über! Ich sehe ständig ein großes bequemes Bett und ein Glas kalten Orangensaft.« Sie rutschte auf dem Boden der Liftkabine hin und her. »Mein Hintern bringt mich noch um! Wie geht's Ihrem?«

Steven antwortete nicht.

»Danke, gut«, sagte Lucky, seine Stimme nachahmend. »Natürlich geht es ihm gut! Ihr Hintern besteht vermutlich aus ungegerbtem Leder. Gott bewahre, daß *Sie* über irgend etwas klagen.« Sie wartete auf eine Entgegnung. Er sagte nichts.

»Warum reden Sie nicht mit mir, Sie Dreckskerl?«

Schweigen.

»Sie sind ein Arschloch, wissen Sie das?« Lucky stand auf und streckte sich. Man mußte sich fit halten. Himmel! War so Einzelhaft im Gefängnis? Kein Wunder, daß es dort zu Aufständen kam.

Dario hielt den Atem an. Der Junge kam immer näher, war fast in Reichweite. Mit schweißnassen Händen umklammerte Dario das Tranchiermesser.

Der Junge bewegte sich jetzt langsam, er spürte, daß er seine Beute vor sich hatte. Er schrie auch nicht mehr, sondern rief in leisem Singsang: »He, Mutterficker – Schwanzsauger – Arschküsser...«

Dario war bereit.

Carrie lief einem Polizisten in die Arme. Er packte sie grob und fragte: »Wo willst du hin, Nigger?«

Sie war seit langem nicht mehr Nigger genannt worden, seit so vielen Jahren, daß sie lieber nicht nachrechnete. Sie starrte in sein breites Gesicht hinauf, holte mit dem Arm aus und schlug ihn mit ganzer Kraft auf die Wange.

Darauf war er nicht gefaßt gewesen. »Na, da hol mich doch einer.«

Sie entwand sich ihm und lief weiter. Aber sie war kein junges Mädchen mehr, und so holte er sie mühelos ein.

»Ich loche dich ein, du Luder!« sagte er und legte ihr Handschellen an. »Widerstand gegen die Staatsgewalt.«

»Sie verstehen nicht«, keuchte Carrie. »Ich bin Mrs. Elliott Berkely.«

»Na und? Ich bin Dolly Parton. Heißt noch lange nicht, daß ich Zucker scheiße.«

Er stieß sie zu einem Polizeifahrzeug, das am Straßenrand stand, und schob sie hinein. Der Wagen war bereits voll mit jammernden Schwarzen, es gab keinen Sitzplatz mehr. Carrie stand Schulter an Schulter, Hüfte an Hüfte mit ihren Mitgefangenen.

»Verdammte Schande«, rief ein riesiger Mann. »Ich hab bloß ein Paar Turnschuhe genommen. Andere haben sich Lackschuhe für sechzig Dollar geschnappt. Und ich, alles, was ich genommen hab, waren beschissene Turnschuhe!«

Eine schöne junge Puertorikanerin wiegte sich mit geschlossenen Augen hin und her. »*Por que*?« murmelte sie immer wieder. »*Por que*?«

Das fragte sich Carrie auch.

Gegen halb drei Uhr morgens hämmerte jemand an die Tür von Ginos Hotelsuite in Philadelphia.

Gino kam langsam zu sich, überlegte, wo er sei, tastete nach seiner Uhr, stand auf, zog seinen seidenen Morgenrock an, steckte seine Waffe ein und ging zur Tür. »Wer ist da?« fragte er mißtrauisch. *Was, zum Teufel, tue ich hier, allein in einem miesen Hotel in Philadelphia*?

Er war wieder in Amerika. Und in Amerika trieb man sich nicht allein herum. Nicht, wenn man Gino Santangelo war.

Gino, 1934

Clementine Duke hatte nicht zuviel versprochen. Gino brauchte die Entscheidung, die er in jener schicksalhaften Oktobernacht des Jahres 1928 auf dem Hausfest von Senator und Mrs. Duke getroffen hatte, nie zu bereuen. Sie war zum Wendepunkt in seinem Leben geworden.

Jetzt, sechs Jahre danach, befand er sich wieder einmal in dem großen Landhaus, er lag auf dem Bett im blauen Gästezimmer und gab sich seinen Erinnerungen hin.

Er hatte damals das kleine schwarze Mädchen ins Krankenhaus gefahren, sie abgeliefert und sich schnell verkrümelt, bevor ihm jemand Fragen stellen konnte. Was danach aus ihr wurde, war *ihr* Problem; er hatte schon genügend lahme Enten in seinem Leben.

Clementine Duke hatte sich wirklich dankbar gezeigt. Sie hatte ihn in der darauffolgenden Woche in ihr Stadthaus eingeladen, um die Angelegenheit mit ihm zu besprechen. Zum Abendessen, hatte sie gesagt. Doch als er dort erschienen war, hatte sie alles andere als ein Abendessen im Sinn gehabt.

Er würde sich immer an diesen Abend erinnern und durchlebte ihn jetzt noch einmal.

Nur sie beide, keine Bediensteten, kein Senator. Im Gartenzimmer brannten Kerzen, und die Holzscheite im Kamin waren angezündet worden.

Clementine Duke trug ein fließendes weißes Kleid, und diese gottverdammten Brustwarzen starrten ihn wieder an. Sie ergriff seine

Hand, hielt sie fest und sagte leise: »Sie wissen vermutlich, daß mein Mann Päderast ist.«

»Was ist er?«

»Päderast. Bei dem Gedanken, daß sich meine milchweißen Schenkel um seine etwas dickliche Taille legen könnten, gerät er nicht in Erregung. Er mag vielmehr Männer. Er mag muskulöse, flache Gesäße. Vorzugsweise jung. Vorzugsweise schwarz.«

»Sie meinen, er ist schwul?«

»Ach, Ihre Gassensprache ist um so vieles ausdrucksstärker.«

»Jerum!« Gino pfiff durch die Zähne. »Das soll bestimmt ein Witz sein. Schwule heiraten nicht.«

»So? Sagen Sie das mal meinem Mann. Ich glaube, er wäre geneigt, Ihnen in dem Punkt zu widersprechen.«

»Warum erzählen Sie mir das?«

»Was glauben Sie wohl?« Ihre grünen Augen verengten sich wie bei einer Katze, und sie legte seine Hand auf ihre Brust.

Er brauchte keine weitere Einladung. Schließlich war Clementine Duke trotz ihrer teuren Aufmachung auch nur ein Frauenzimmer. Er machte es mit ihr, richtig ordentlich, gleich dort in dem von Kerzen erleuchteten Raum.

Sie seufzte und stöhnte und murmelte im Augenblick des Höhepunkts immer wieder seinen Namen. Danach lächelte sie und sagte: »Ich wußte, daß du wundervoll sein würdest. Ein bißchen grob, aber du bist schließlich noch so jung.«

Er war gekränkt. Bisher hatte er noch nie Klagen zu hören bekommen. »He, was meinst du mit grob?«

»Ich werde es dir zeigen.« Und das tat sie. Schritt für Schritt führte sie ihn noch einmal durch alles, was sie zuvor getan hatten. Nur ließ sie ihn diesmal alles ganz, ganz langsam tun, ganz, ganz sanft.

»Sauge nicht an meinen Brustwarzen, sondern lecke nur«, schlug sie vor. »Merkst du, wie gut es ist, wenn ich es bei dir tue?« Sie hatte recht. »Wenn du in mir bist, mach langsam, entspanne dich. Du pumpst nicht Benzin in einen Tank, du gibst dich der Erotik hin.«

»Der was?«

»Der Sinneslust. Deinen sexuellen Trieben.«

»He, rede normal.«

Sie lachte leise. »Nach meinem Eindruck bemühst du dich so sehr, die Frau zu erfreuen, daß du dein eigenes Vergnügen vergißt.«

»Ich hab mein Vergnügen«, protestierte er.

Sie legte ihm den Finger auf den Mund. »Scht. Natürlich hast du das. Einen einzigen wilden Orgasmus. Ich möchte, daß dein Höhepunkt genauso lange dauert wie mein Lustgefühl.«

Er kniff sie in ihren glatten weißen Popo. »Ich versteh kein Wort von dem, was du sagst.«

»Wirst du, wirst du.«

Und er hatte schließlich verstanden.

Monate später war ihr Liebesspiel so vollkommen, daß er die wöchentlichen Zusammenkünfte kaum erwarten konnte. Er wußte jetzt, was sie meinte. Er hatte sogar einige ihrer Ausdrücke gelernt. Wollüstig. Hedonistisch. Erotisch. Das Liebesspiel mit Clementine umfaßte dies alles. Er hatte geglaubt, gut zu sein, in Wirklichkeit aber hatte er davor nur getändelt.

Wenn Gino dem Senator begegnete, nachdem er mit seiner Frau beisammen gewesen war, beschlichen ihn immer Schuldgefühle.

»Sei nicht lächerlich«, schalt ihn Clementine. »Es ist ihm gleichgültig – er hat seine eigenen Interessen. Das habe ich dir doch gesagt. Außerdem mag er dich, er hält dich für gescheit. Und solange wir diskret sind...« Der Diskretion halber bestand Clementine darauf, daß er Cindy als Lebensgefährtin behielt. »Ich könnte auf das Mädchen niemals eifersüchtig sein«, sagte sie, nachdem sie Cindy kennengelernt hatte. »Behalte sie bei dir. Auf diese Weise weiß ich wenigstens, daß du jeden Morgen ein Frühstück bekommst.«

Er bekam mehr als ein Frühstück. Cindy machte sich unentbehrlich. Sie kochte, putzte, hielt seine Kleider in Ordnung, fuhr ihn herum, wenn er es brauchte, und – was das Wichtigste war – führte mit hübscher Handschrift Buch über seine vielen geschäftlichen Transaktionen. Zu alledem blieb sie unverändert hübsch.

Im Laufe von sechs turbulenten Jahren war Gino Santangelo zur Spitze aufgestiegen. Ein wenig geholfen hatten ihm dabei seine Freunde:

Charlie Lucania, jetzt Lucky Luciano genannt, der glückliche Luciano, weil er von einer Fahrt, die eigentlich nur in eine Richtung hatte führen sollen, zurückgekommen war; sein Zuname hatte des besseren Klanges halber eine leichte Abänderung erfahren.

Enzio Bonnatti, der nach dem berühmten Chicagoer Valentinstag-Massaker vom 14. Februar 1929 aus der Stadt geflohen war und sich in New York niedergelassen hatte. Bei dem Massaker waren sieben Gangster von einer rivalisierenden Bande in einer an der North Clark Street gelegenen Garage an die Wand gestellt und mit Maschinengewehren erschossen worden. Es hieß, Enzio Bonnatti sei dafür verantwortlich und sei verschwunden, weil er Vergeltungsschläge fürchte. Aber bewiesen wurde nie etwas.

Aldo Dinunzio, ein fleißiges, gewissenhaftes Arbeitstier mit genau dem richtigen Hang zum Diebstahl im Blut. Inzwischen verheiratet mit Barbara Riccaddi, die ständig auf ihm herumhackte. Vater zweier Kinder, ein drittes unterwegs.

Und Senator Oswald Duke, der wichtigste aller Freunde.

Ohne den Senator – wer weiß, was da aus Gino Santangelo geworden wäre. Vermutlich ein durchschnittlicher Gangster, der seinen Lebensunterhalt mit Alkoholschmuggel verdiente, mit kleinkariertem Zeug. Der seine Gewinne für Anzüge, Autos, Feste und Frauen verschwendete.

Senator Duke hatte Ginos Geld legitim gemacht, wie versprochen. Er hatte ein paar Tausender hier untergebracht, ein paar Tausender dort, hatte in gute, solide Aktien investiert.

Anfangs war es Gino dabei nicht wohl gewesen. Er besaß sein Vermögen am liebsten in Form von Bargeld – in einem Bankschließfach, wo er die Hände drauflegen konnte.

»Vertraue Oswald«, hatte Clementine gedrängt. »Er macht dich reich.«

Nach und nach, als er auf den Seiten des *Wall Street Journal* hatte beobachten können, wie sein Geld sich vermehrte, hatte er ihr geglaubt. Er hatte sogar Einwände erhoben, als Oswald im Frühling 1929 darauf bestanden hatte, alles zu verkaufen und im Ausland neu zu investieren.

Voll Zorn hatte er zugesehen, wie seine verkauften Aktien geklettert waren. »Scheiße!« hatte er zum Senator gesagt, »warum hast du bloß verkaufen müssen?«

»Warte es ab, du wirst schon sehen«, hatte Oswald erwidert.

Am 29. Oktober 1929 dann war der Aktienmarkt zusammengebrochen, viele Menschen hatten ihr Vermögen verloren und waren ruiniert gewesen. Der Börsenkrach hatte die große amerikanische Depression eingeleitet.

Gino jedoch war damals keineswegs deprimiert gewesen, sondern hatte glänzend dagestanden.

Von diesem Tag an hatte er alles getan, was der Senator ihm in finanzieller Hinsicht riet. Natürlich war er dafür gelegentlich um Gefälligkeiten gebeten worden. Nichts Ernstes. In solchen Fällen hatte ihm der Senator gewöhnlich die Hand leicht auf den Arm gelegt und gesagt: »Kümmere dich bitte persönlich um diese Angelegenheit, mein lieber Junge.« Und das hatte Gino dann auch getan.

Die »Angelegenheiten« hatten unter anderem darin bestanden, einem jungen schwarzen Jazzmusiker mit sofortiger Kastration zu drohen, wenn er sich dem Senator noch einmal nähere, und einen zweitklassigen Zeitungsreporter handgreiflich einzuschüchtern, weil er einen Artikel über Oswald plante, den dieser nicht veröffentlicht haben wollte.

Gino war so selten um derartige Gefälligkeiten gebeten worden, daß er sich nichts dabei dachte. Schließlich schlief er mit der Frau dieses Mannes und verdiente auch noch Geld. Was konnte er mehr verlangen?

Enzio Bonnatti war genau zum richtigen Zeitpunkt nach New York übersiedelt. Mit dem Börsenkrach und der danach herrschenden Panik waren die goldenen zwanziger Jahre, die sogenannten Roaring Twenties, endgültig vorbei. Das Geld, einst reichlich verfügbar, war knapp geworden. Überall in der Stadt hatten Flüsterkneipen ihre Pforten schließen müssen. Als Folge davon waren Bandenkriege ausgebrochen, wie man sie bis dahin noch nicht erlebt hatte. Damals war nicht genügend Geld in Umlauf gewesen, und das wenige, das es gab, hatten alle haben wollen.

Der Hauptkrieg fand zwischen zwei Gangstern der alten Schule statt – »Mustache-Petes« genannt: Giuseppe Joe-der-Boß Masseria und Salvatore Maranzano.

Lucky Luciano, Enzio Bonnatti, Vito Genovese und Frank Costello, die »antretende Generation«, standen im Hintergrund und sahen zu. Sie hofften natürlich, daß die beiden Männer sich gegenseitig auslöschen würden.

Gino hielt sich am Rande. Er war Enzios rechte Hand, später sein Partner.

Der Castellammarese-Krieg, wie man ihn nannte, tobte mehrere Jahre und fand schließlich im April 1931 seinen Höhepunkt mit der Ermordung Masserias. Wenige Monate später wurde auch Maranzano ermordet.

Als die »Mustache-Petes« aus dem Weg waren, traten Lucky Luciano und mit ihm seine Freunde und Verbündeten an.

Luciano wollte dem organisierten Verbrechen ein neues Gesicht geben, er wollte ein landesweites Syndikat ins Leben rufen, das in Frieden und Harmonie zusammenarbeitete. Zu diesem Zweck schuf er eine Kommission von Bandenmitgliedern und ernannte sich selbst zum Vorsitzenden. Doch er betonte nachdrücklich, daß jeder in der Kommission das gleiche Stimmrecht habe.

Gino, ebenfalls in der Kommission, mochte seinen Stil. Er bewunderte seine Stärke, seine Schlauheit und seinen Geschäftssinn. Über Lucianos Moral dachte er nicht nach.

Oswald informierte Gino über die geplante Aufhebung der Prohibition, lange bevor sie im Dezember 1933 erfolgte. Unterdessen hatte Gino sich in anderen Geschäften etabliert: Glücksspielen, Zinswucher, Zahlenlotto. Er lehnte es strikt ab, in die Prostitution und den Drogenhandel einzusteigen, obwohl Enzio ihn unter Druck zu setzen versuchte. Wegen der Kontroversen in diesen beiden Punkten lösten sie im Januar 1934 ihre Partnerschaft auf und gingen getrennte Wege. Sie schieden als beste Freunde. Aldo beschloß, bei Gino zu bleiben, der diesen Treuebeweis zu schätzen wußte. Aldo und er arbeiteten gut zusammen, hatten es immer schon getan.

Ginos alter Feind Pinky Banana hatte sich auf ein schiefes Baugeschäft eingelassen und aus der Stadt verschwinden müssen. Dies bedeutete eine ungeheure Erleichterung für Aldo, der immer gefürchtet hatte, Pinky werde sich eines Nachts anschleichen und Rache üben.

Ginos Geschäfte brachten trotz der Depression ansehnliche Gewinne. Das Zahlenlotto reizte jedermann, vom Taxifahrer bis zum Bankdirektor. Es war eine spannende, erregende Sache. Man wettete zehn Cents oder einen Vierteldollar auf eine Zahl, und wenn man die richtige erwischte, konnte man zwei- oder dreihundert Dollar verdienen, sogar noch mehr, je nach Einsatz.

Gino bezeichnete die Erträge daraus als Idiotengeld. Sie strömten nur so herein.

Er hatte in drei verschiedenen Bezirken über fünfzig Burschen laufen, die bei den Kunden Wettzettel sowie Gelder einsammelten und alles zu fünf zentralen Sammelstellen brachten, meist Geschäften mit einem speziellen Hinterzimmer, wo die Wetten aufgezeichnet und die Gelder gelagert wurden, bis Ginos Kassierer sie abholte. Wirklich ein lukratives Unternehmen!

Neben den Summen, die Gino an Senator Duke zur Investition weitergab, besaß er in vielen Banken der Stadt Tresorfächer voller Bargeld.

Ihm wurde klar, daß er sein Vermögen nicht ausgeben konnte, wenn er keine offizielle Einkommensquelle besaß. Darum kaufte er Anfang 1933 einen Nachtclub, mit Geld, das er angeblich auf der Rennbahn gewonnen hatte. Als die offizielle Aufhebung der Prohibition erfolgte, hatte Gino das Lokal renoviert, besaß eine nagelneue Schanklizenz und konnte mit einem Paukenschlag eröffnen. Er nannte das Lokal »Clemmie's«. Es war von Anfang an ein Erfolg.

Endlich gelang es ihm nun, Vera zu überreden, das Dirnengewerbe aufzugeben. Er bot ihr eine Stellung als Garderobiere an, und sie nahm an. Auf diese Weise hatte sie ein regelmäßiges Einkommen und konnte mehr für Paolos Rückkehr sparen. Paolo hatte eine Fünfjahresstrafe wegen Angriffs mit einer tödlichen Waffe erhalten – nach einer Woche Freiheit. Und in dieser Woche hatte er es nicht mal für nötig befunden, Vera zu besuchen. »Er muß zu tun gehabt haben«, erklärte sie trotzig. Sie war jetzt felsenfest überzeugt, daß Paolo die große Liebe ihres Lebens sei – und nicht ein gewalttätiger kleiner Verbrecher.

»Vollkommen verrückt von dir, auf ihn zu warten«, sagte Gino.

»Du lebst dein Leben und ich leb meins«, entgegnete Vera steif.

Clementine freute es natürlich, daß der Nachtclub Clemmie's so einschlug. Ihr Erscheinen dort bewog den größten Teil der guten New Yorker Gesellschaft, das Lokal ebenfalls zu besuchen. Gino als der Besitzer und offizielle Chef wurde eine kleine Berühmtheit. Die Frauen vergötterten ihn. Über diese neue Entwicklung war Clementine nicht gerade glücklich. Sie machte Gino nicht zuletzt darum den

Vorschlag, Cindy zu heiraten. »Das Mädchen weiß alles über dich. Und da die Steuerfahnder überall herumschnüffeln, mußt du dich einfach schützen. Heirate sie. Auf diese Weise kann sie nicht gegen dich aussagen, falls die Fahnder je etwas entdecken.«

Eine gute Idee. »Ja«, sagte Gino, »ich glaube, ich werde es tun.«

Und da lag er nun im Landhaus der Dukes auf dem Bett des blauen Gästezimmers, rauchte eine Zigarre und wartete, bis es Zeit war zur Trauung.

An der niedlichen kleinen Cindy waren die Jahre spurlos vorübergegangen, sie hatten ihr nur Glanz in die Augen und Schmuckstücke an alle verfügbaren Stellen gebracht. Die Diamanten-Lili hatte Cindy nichts voraus. Eines mußte man Gino lassen, er war ein großzügiger Hund. Und das gehörte sich auch. Welche Lebensgefährtin hätte sich schon mit seinen Betrügereien abgefunden? Bestimmt hätten es nicht viele Frauen getan, das stand außer Frage.

Gut, gut, sie war aus freien Stücken zu ihm gezogen. Aber deswegen hätte er sie noch lange nicht anzulügen brauchen. So zu tun, als sei er verlobt, während seine Blume aus San Francisco längst mit einem anderen Kerl verheiratet war. Cindy hatte es erfahren, als das Kind zur Welt gekommen war. *Zehn* Monate nach ihrem Einzug bei Gino. Costa hatte die Neuigkeit telefonisch durchgegeben: »Sag Gino, daß Leonora ein Mädchen zur Welt gebracht hat.«

Sie hatte es kaum erwarten können. »Oh, Gino, Liebling, deine Braut hat heute ein Kind gekriegt. Ich denke, die Verlobung ist aufgelöst, was?«

Er war schneeweiß geworden und ohne ein Wort aus der Wohnung gegangen. Sie hatten nie mehr darüber gesprochen, aber ab da war klar, daß Ginos Heiratspläne nicht mehr bestanden.

Cindy hatte alles getan, um ein wichtiger Bestandteil von Ginos Leben zu bleiben. Sie hatte gewußt, daß er auf dem Weg nach oben war, und den Vorsatz gefaßt, ihn dorthin zu begleiten. Dies hatte sie auch geschafft. Mit Bravour.

Nun sollten sie heiraten, den letzten Schritt tun. Und eigentlich hätte sie überglücklich sein müssen, aber sie war es nicht. Sie war bedrückt und niedergeschlagen, fühlte sich elend.

Gino Santangelo würde nicht der Ihre werden. Er gehörte ganz, samt Schwanz, dieser verfluchten Duke-Hure.

Costa Zennocotti klopfte vorsichtig an die Tür des blauen Gästezimmers.

»Herein«, rief Gino.

Costa trat ins Zimmer, ein Tablett mit zwei Gläsern, einer Flasche Weißwein und einer Schale Keks in den Händen balancierend.

Gino setzte sich auf. »He, was soll der Quatsch, warum Wein? Ich hab dich gebeten, mir einen Drink zu holen.«

»Mrs. Duke hat gesagt, du solltest Wein bekommen.«

»Der Teufel hole Mrs. Duke.«

Costa stellte das Tablett auf den Tisch. »Sie hat es gesagt. Ich wollte ihr nicht widersprechen.«

Gino lachte. Was hatte Clementine bloß an sich, das bei jungen Männern solche Ehrfurcht und Hingabe hervorrief?

»Dann schenke mir ein Glas ein«, sagte er und musterte seine frisch manikürten Fingernägel. »Worauf wartest du?«

Costa gehorchte. Er war am Vortag in New York eingetroffen, geschmeichelt und begeistert, weil Gino ihn als Trauzeugen haben wollte. Sie hatten sich seit seiner Reise im Jahr 1928 nicht mehr gesehen, aber miteinander korrespondiert. Sein Freund hatte eine erstaunliche Veränderung durchgemacht. Costa wußte nicht genau, worin sie bestand, aber sie war in allem spürbar. Gino strahlte ein unerschütterliches Selbstvertrauen aus, wie es eigentlich nur mit dem Alter kam. Es war keine Selbstsicherheit, die seinen achtundzwanzig Jahren entsprochen hätte, sondern die eines erfolgreichen Mannes von vierzig oder fünfzig Jahren. Das derbe Kind der Straße sah man ihm nicht mehr an. Er war jetzt gepflegt vom Scheitel bis zur Sohle.

Sein kohlschwarzes Haar pflasterte er nicht länger mit Fett auf den Schädel. Er hatte es kurz schneiden lassen, und seine Naturlocken kamen nun durch. Außerdem schien er gewachsen zu sein. Costa wußte es nicht, aber dafür waren Spezialeinlagen in Ginos handgefertigten Schuhen verantwortlich.

Er trug nur beste Kleidung. Maßgeschneiderte dunkle Anzüge mit Weste, importierte italienische Seidenhemden, schöne Sportsachen aus Kaschmir, Mäntel aus Lamahaar. Verschwunden waren die Nadelstreifen und die leuchtenden Hemden früherer Tage.

Sogar der Schmuck, den er trug, war geschmackvoll. Eine Brillantnadel in der Krawatte. Manschettenknöpfe aus massivem Gold, passend zu seiner teuren Cartier-Uhr. Und am kleinen Finger einen schlichten Ring mit einem prächtigen Diamanten.

Nur die Narbe auf seiner Wange kündete noch von seinen Anfängen. Und der Blick seiner harten schwarzen Augen, die deutlich erkennen ließen, daß irgendwo in ihm eine unbeherrschte Wildheit schlummerte.

Costa schaute auf die Uhr. »Noch genau eine halbe Stunde«, sagte er nervös. »Wie fühlst du dich?«

»Recht gut, Kleiner.«

»Nicht aufgeregt?«

»Warum sollte ich aufgeregt sein? Ich lebe schon sechs Jahre mit ihr zusammen.«

Costa nickte. Richtig. Seit Leonora einen anderen geheiratet hatte...

Als könne Gino seine Gedanken lesen, fragte er beiläufig: »Wie geht es Leonora so?«

Costas linkes Auge zuckte. »Danke, gut.« Er wollte die Wahrheit nicht bekennen. Leonora trank, sie betrog ihren Mann und kümmerte sich nicht um ihre kleine Tochter.

»Und die Kleine? Wie alt ist sie jetzt?«

»Fast sechs, hübsch wie eine Puppe.«

In Ginos Hals bildete sich ein Klumpen, doch sein Ton blieb unverändert zwanglos. »Ja. Kann ich mir denken. Wie heißt sie?«

»Maria.«

Er drückte seine Zigarre aus. »Hübscher Name.« Ihm fiel ein, daß es eigentlich eine gute Idee wäre, Cindy sofort einen dicken Bauch zu machen.

»Mußt du dich nicht fertig ankleiden?«

Gino stand auf. »Du hast recht.« Er musterte Costa von der Seite. Der Kleine sah gut aus. Sauber und ordentlich. Ein typischer junger Studierter, der innerhalb von drei Jahren die juristische Fakultät mit Auszeichnung absolviert hatte. Jetzt arbeitete er in der Kanzlei seines Vaters. »Hast du schon eine feste Freundin?«

»Liest du meine Briefe nicht?« fragte Costa vorwurfsvoll.

»Klar lese ich sie. Möchte sie nicht missen.«

»Wie kommt es dann, daß du mich fragst, ob ich eine feste Freundin habe? Ich habe dir vor einem halben Jahr geschrieben, daß ich mit Jennifer Brierly verlobt bin.«

»Der Brief muß bei der Post verlorengegangen sein. Wie ist sie?«

»Jennifer? Du kennst sie doch. Von damals, als du bei uns warst. Leonoras Freundin. Erinnerst du dich?«

»O ja...Klar...Sehr nett.« Er hatte überhaupt keine Vorstellung von Jennifer Soundso. Konnte sich beim besten Willen nicht an sie erinnern. »Und wann wirst du den großen Schritt tun?«

Costa schaute ihn ernst an. »Ich weiß es nicht. Wir müssen warten, bis ich mich etabliert habe. Ein Jahr, vielleicht zwei.«

»He«, Gino gab ihm einen schelmischen Rippenstoß, »erinnerst du dich an diesen Puff, in dem wir waren – dein erstes Mal, hm?« Er begann zu lachen. »Ich werde nie dein Gesicht vergessen, als du rauskamst. Du hast ausgeschaut, als hättest du grade entdeckt, wie Eiskrem schmeckt! Ich wette, du bist nie mehr zu *der* gegangen.«

Costa grinste. »Doch!«

»Lieber Himmel!«

Ein Klopfen an der Tür unterbrach ihre Träumereien. Costa öffnete.

Clementine stand im Gang, schick und elegant in einem blaßrosa

Chanel-Kostüm mit schwarzem Bortenbesatz. »Darf ich hereinkommen?« fragte sie liebenswürdig.

Costa riß die Tür auf. »Selbstredend, Mrs. Duke.«

»Nennen Sie mich Clementine.« Sie rauschte an ihm vorbei und trat zu Gino. »Hallo«, sagte sie leise und nahm seine Hand in ihre beiden. »Ist der Bräutigam bereit?«

»Wofür?«

Sie leckte sich die schmalen Lippen. »Für die Trauung natürlich.«

»Wieviel Zeit habe ich noch?«

»Genau fünfundzwanzig Minuten.«

»He, Costa«, sagte Gino gelassen, »tu mir einen Gefallen und komm in zwanzig Minuten wieder. Ich muß mit Clemmie unter vier Augen sprechen.«

»Ganz wie du willst.« Costa warf Clementine einen bewundernden Blick zu und ging.

»Der Kleine ist in dich verliebt«, konstatierte Gino milde.

Sie ging zum Toilettentisch und betrachtete ihr vollendetes Make-up prüfend im Spiegel. »So, wirklich?« murmelte sie gleichgültig.

»Darauf kannst du wetten.« Er folgte ihr zum Toilettentisch und legte von hinten die Arme um sie. »Ich bin es auch – auf meine Weise.« Langsam, ohne sie loszulassen, begann er seinen Unterleib zu bewegen.

»So, wirklich?«

Er bewegte sich weiter.

Sie spürte sein steifes Glied durch ihre Kleider. »Gino!«

Er knöpfte seine Hose auf. »Ich möchte es noch einmal mit dir machen, solange ich Junggeselle bin.«

»Sei doch nicht albern! Wir haben keine Zeit dafür. Ich bin fertig angezogen. Und überhaupt, nicht hier. Es ist unmöglich.«

»Nichts ist unmöglich«, entgegnete er und tastete nach dem Haken an ihrem Rock, »das hast du mir selbst beigebracht.«

Clementine erkannte, daß er nicht scherzte. »Das ist lächerlich«, wandte sie schwach ein.

»Ja. Nicht wahr?« Er hatte ihr den Rock abgestreift und warf ihn aufs Bett. Dann zog er ihr das rosarote Höschen aus französischer Spitze aus.

»Gib auf mein Make-up acht – auf meine Frisur...«

»Neig dich über den Tisch. Ich werde nichts durcheinanderbringen.«

Sie tat, wie geheißen. Erregende Vorfreude überschwemmte ihren ganzen Körper. Er drang von hinten in sie ein, langsam, genüßlich, als stünde ihnen alle Zeit der Welt zur Verfügung.

»Oooh...« Ihr Atem flatterte. »Du hast deine Lektionen zweifellos gut gelernt...«

»Ich hatte eine gute Lehrerin.«

Und während er sich rhythmisch bewegte, dachte er an die bevorstehende Heirat, an Cindy und daran, daß er ein Kind haben wollte.

Und er dachte zum erstenmal seit Monaten an Leonora.

Als er zum Höhepunkt kam, war es wie eine Explosion, die ihn durch und durch erschütterte, die alle Erinnerungen an die Vergangenheit auslöschte.

Heute war sein Hochzeitstag. Er wollte, daß dies ein neuer Anfang sei.

Carrie, 1928–1934

Weiße Leere: Ärzte, Schwestern, Krankenhaus. Gesichter, Stimmen.

Wen interessierten sie schon? Von ihr aus konnten sie allesamt zur Hölle fahren.

»Wie heißt du, Liebes?«

»Wer bist du?«

»Wie alt bist du?«

»Wer hat dir das angetan?«

»Wo wohnst du?«

»Wo ist deine Mutter?«

»Wer ist dein Vater?«

»Wie alt bist du?«

Fragen. Fragen. Fragen. Schreien und schreien, das endlich die Gesichtslosen verstummen ließ.

Am nächsten Tag die gleiche alte Geschichte.

Und die ganze Zeit Schmerzen im Körper, Würgen, Stöhnen, steife Glieder.

Schreien. Qualvolle Krämpfe. Wieder und wieder schreien, bis man sie eines Tages in etwas Weißes, Steifes wickelte und aus dem Krankenhaus wegbrachte.

Eine andere Welt. Ein Raum, wo es niemanden kümmerte, wenn sie schrie, an ihren Haaren riß, sich das Gesicht zerkratzte.

Keine Fragen.

Noch immer die Qualen, die Krämpfe, das Gefühl, gemartert zu werden.

Sie lebte wie ein Tier, grapschte gierig nach dem Essen, das ihr ein uniformierter Wärter brachte, stopfte Brotbrocken in ihre wunde Kehle, trank Wasser aus einem am Boden festgeschraubten Napf wie ein Hund.

Zwei Jahre lang war sie völlig von Sinnen. Sie konnte keinen Gedanken fassen, ihr Geist war absolut leer.

Dann erwachte sie eines Nachts um drei Uhr und wußte ganz genau, daß sie Carrie hieß. Warum war sie nicht zu Hause bei ihrer Familie? Sie lief zur Tür, fand sie verschlossen, rief um Hilfe, aber niemand kam. Das Ganze verwirrte sie und machte ihr angst. Was war mit ihr geschehen?

Am Morgen, als der Wärter mit ihrem Essen erschien, eilte sie ihm entgegen, um ihn zu begrüßen. »Was mache ich hier?« fragte sie. »Wo bin ich hier?«

Der Wärter wich zurück. Es war ein Kreuz mit diesen gefährlichen Psychopathen. Man wußte nie, was sie als nächstes taten. »Iß«, befahl er scharf und stellte den Napf nieder.

»Ich will nicht essen«, schrie sie. »Ich will nach Hause.«

Ein paar Stunden später erschien der Arzt. »Ich höre, daß wir jetzt reden.«

Sie sah ihn verwundert an. »Natürlich rede ich.«

»Wer bist du? Wie heißt du?«

»Ich heiße Carrie. Ich wohne in Philadelphia, bei meiner Familie. Ich bin dreizehn.«

»Dreizehn?« Die Augenbrauen des Arztes gingen in die Höhe.

»Ja, dreizehn.« Sie begann zu weinen. »Und ich will nach Hause. Ich will zu Mama Sonny... Ich will zu meiner Mama...«

Man entließ Carrie nicht. Man behielt sie. Und jetzt, wo sie sich nicht mehr wie ein wildes Tier gebärdete, ließ man sie arbeiten. Sie putzte Zimmer, schrubbte Böden, kochte Mahlzeiten. Am Tagesende schlich sie zu ihrem Feldbett in einer vollen Zelle und brach erschöpft darauf zusammen. So vergingen die Jahre.

Einmal im Monat ließ der Arzt sie kommen.

»Wie alt bist du?«

»Dreizehn.«

»Wo wohnst du?«

»Bei meiner Familie in Philadelphia.«

Es war nicht möglich, sie zu entlassen.

Carrie begriff nicht, was um sie vorging. Sie weinte sich des Nachts in Schlaf. Sie vermißte die Schule, ihre Geschwister, ihre Freunde. Warum hielt man sie an einem so schrecklichen Ort fest?

Hier gab es Verrückte. *Total Verrückte*. Carrie lernte, sich von ihnen fernzuhalten.

Sie war dreizehn und mußte darauf achten, mit wem sie verkehrte.

Gino, 1937

»He«, rief Gino, »Sie sind wirklich große Klasse, wissen Sie das?«

Das rothaarige Taxigirl namens Bee ließ sich nicht beeindrucken. »Mr. Santangelo! Das sagen Sie zu *allen* Mädchen!«

Er hob in gespieltem Entsetzen die Hände. »Wer? Ich? Sie scherzen wohl!«

Bee gestattete sich ein Lächeln und warf ihre herrliche rote Mähne nach hinten. »Sie haben einen gewissen – Ruf.«

»Einen guten, hoffe ich.«

»O ja.«

»Freut mich, das zu hören, freut mich sehr.« Gino saß an seinem Schreibtisch aus massivem Walnußholz. Jetzt stand er auf und streckte sich. Er wollte dieses Mädchen haben, aber er dachte nicht daran, sich ihretwegen ein Bein auszureißen. »Wie lange arbeiten Sie schon für mich, Bee?«

Ein Schaudern überlief sie. War es kalt? Oder hatte sie plötzlich Angst, gefeuert zu werden? »Seit drei Monaten, Mr. Santangelo.«

»Gefällt es Ihnen hier?«

»Es ist ein schöner Club.«

»Haben Sie schon eine Zulage bekommen?«

»Noch nicht.« Das war es also. Zulage oder Entlassung.

»Möchten Sie, daß ich Sie heute nacht heimfahre und wir die Sache besprechen?«

»Ja.«

Er grinste. »Ja?« Träge musterte er sie vom Scheitel bis zur Sohle. »Wie wäre es mit ›ja, bitte‹?«

»Ja, bitte, Mr. Santangelo.«

Sein Grinsen wurde breiter. Die hier würde ein Genuß sein. Dieses Haar. Diese weiße Haut. Diese großen Brüste.

»Ich sage Ihnen was, kommen Sie um Mitternacht in mein Büro.«

Sie wandte sich zum Gehen.

»Oh, Bee? Kämmen Sie Ihr Haar nach oben. Stecken Sie es auf. Laufen Sie nun.« Er entließ sie mit einer Handbewegung.

Sie ging, und er beobachtete, wie sie ihr breites Gesäß durch die Tür schwenkte. Er mochte breite Hintern, etwas, an dem man sich festhalten konnte. Clementine hatte so gut wie keinen Popo, Cindys war hoch, rund und klein wie bei einem Jungen.

Cindy. Seit drei langen Jahren war er mit dem Frauenzimmer verheiratet und noch keine Spur von Kindern. Das ärgerte ihn gräßlich. Sie schwor, daß sie nichts dagegen unternahm. Warum geriet sie dann nicht in andere Umstände?

Aldo watschelte ins Büro. Einunddreißig erst, doch allmählich dick wie ein Pudding. »Wann wirst du endlich etwas von deinem Speck los?« fragte Gino rauh.

»Ich esse so gern. Schrecklich.«

»Wenn dich je eine Kugel trifft, fließt bei dir Fett statt Blut.«

»Kann ich was dafür, wenn meine Barbara eine großartige Köchin ist?«

»Was tut sich draußen?« fragte Gino brüsk.

Aldo erstattete ihm kurz Bericht.

Gino gähnte. Er war nicht dafür geschaffen, an einem Schreibtisch zu sitzen und zuzusehen, wie das Geld hereinströmte. Er liebte ein bißchen Aktion und Aufregung. In letzter Zeit beschränkte sich bei ihm die Aktion fast ausschließlich darauf, Frauen aufs Kreuz zu legen. Trotzdem, in gewisser Weise konnte er sich glücklich schätzen. Da der Senator hinter ihm stand, befand er sich weitgehend in Sicherheit. Er hatte Freunde in hohen Positionen und bewegte sich ungezwungen unter ihnen.

Gino hielt sich für ziemlich unangreifbar, denn seit der Trennung von Bonnatti entsprachen seine Geschäfte größtenteils den Gesetzesvorschriften. Er ließ die Finger von Rauschgift und Prostitution, auch Gewaltanwendung vermied er. Mit Hilfe gelegentlicher Drohungen seitens seiner Vollstrecker liefen die Geschäfte glatt.

»Hast du schon gepackt?« fragte Aldo.

»Ja. Wir fahren morgen früh. Cindy ist in der Stadt und kauft ein, was sie gestern nicht gekauft hat.«

»Diese Frauen! Die verstehen das Einkaufen!«

»Wem sagst du das.« Cindys Kleider, Frisuren, Pelze und Schmuckstücke kosteten ihn ein Vermögen. Eine billige Ehefrau war sie wahrlich nicht. Aber was denn? Er konnte es sich leisten. Allein durch seine Investitionen war er eine Million Dollar wert. Dank Senator Duke. Dank Clementine.

Gino wollte das Verhältnis beenden. Mrs. Duke sah zwar noch immer großartig aus, aber er hatte einfach genug.

Sie ließ jedoch nicht locker. Gino gebrauchte Ausreden. Sie nannte ihm dann regelmäßig eine andere Zeit. Wenn er sagte, daß es da nicht ginge, fragte sie, wann er könne.

Er fühlte sich in einer Falle gefangen. Er war jetzt einunddreißig, hatte eine Ehefrau, eine Geliebte und eine Reihe Frauen nebenher, doch er fühlte sich eingeengter als damals mit sechzehn, wo er einsam, arm und auf der Straße zu Hause gewesen war.

Er wollte mehr. Doch er wußte nicht, *was*.

»Die Reise nach Frisco wird dir guttun«, sagte Aldo und setzte sich in einen Ledersessel. »Du arbeitest zuviel. Du hast nicht mal Zeit, zum Abendessen zu uns zu kommen. Barbara nimmt es langsam persönlich.«

»Wenn ich wieder zurück bin, komme ich.«

»Darauf nagle ich dich fest. Spaghetti und Fleischklößchen – meine Barbara macht die besten.« Er seufzte und küßte seine Fingerspitzen. »Ah... Meine Frau ist eine wunderbare Köchin.«

Gino blickte vielsagend auf die Wampe seines Freundes, die über den Hosenbund quoll. »Das sieht man.«

Aldo lachte selbstbewußt. »An einem zufriedenen Bauch erkennt man den zufriedenen Mann.«

»Deiner ist nichts als fett, du Esel.«

»Ich bitte dich!«

»Fett!«

Ein Klopfen an der Bürotür unterbrach die Hänselei.

»Ja?« rief Gino scharf.

»Ich bin's, Boß.« Die Stimme war unverkennbar: Jacob Cohen. Jetzt bekannt als Jake der Boy. Oder auch nur als Der Boy, obwohl er inzwischen fast vierundzwanzig war. Den Spitznamen hatte ihm sein früher Start als Verbrecher eingetragen. Mit Ginos Hundert-Dollar-Darlehen war er im zarten Alter von vierzehn Jahren ans Werk gegangen. Autodiebstahl. Blitzschnelle Raubüberfälle. Freche Betrügereien. »Wer war das?« hatten die wütenden Opfer gefragt. Und die Antwort hatte regelmäßig gelautet: »Der Boy.«

Gino hatte ihn mit sechzehn hereingenommen. Als Zwanzigjähriger war er dann bereits Kassier der Wettgelder gewesen, außerdem betrieb er seit dieser Zeit einige eigene lukrative Nebengeschäfte.

»Komm rein«, rief Gino. »Was soll diese beschissene Höflichkeit?«

Jake trat lächelnd ein. »Wollte Sie nicht stören, Boß. Wie ich höre, ist es seit neuestem Vorschrift, erst anzuklopfen.«

»Vorschrift?«

Aldo wirkte verlegen. »Ich dachte«, begann er, »hm, ich hielt es für eine gute Idee...«

»Oh, kapiere!« Gino brach in Lachen aus. Vor einer Woche war Aldo hereingeplatzt, als Gino gerade das über den Schreibtisch gebeugte Zigarettenmädchen bedient hatte. »Du hast recht.«

»Wenn Cindy überraschend käme... Oder Mrs. Duke...«

»Ganz deiner Meinung«, sagte Gino, noch immer lächelnd. Vielleicht wollte er genau das – von der einen oder der anderen überrascht werden. Dann hätte er den Kopf aus der Schlinge gehabt, wäre frei gewesen.

Jake stellte eine große Tasche voller Geld auf den Schreibtisch. »Ich glaube, daß Gambino – Sie wissen, der Süßwarenladen in der Hundertfünfzehnten – uns beklaut.«

Gino hob die Augenbrauen. »Bist du sicher?«

Jake fuhr mit den Fingern in sein drahtiges Haar und kratzte sich. »Ziemlich sicher. Wenn er es nicht ist, dann ist's seine Alte – sie ist die einzige, die an das Geld kann, bevor es abgeholt wird.«

»Gib ihm eine Warnung. Aber nur eine.«

»Versteh schon, Boß.«

Gino stand von seinem Schreibtisch auf. »Ich fahre morgen weg, Jake, nur für eine Woche. Wenn es Probleme gibt, wende dich an Aldo.«

Clementine Duke sah ihren Mann kalt an. »Ich kann einfach nicht glauben, was du mir da erzählst.« Ihre Stimme war eisig. »Wie konntest du bloß so dumm sein?«

Oswald starrte zum Bürofenster hinaus, ohne etwas zu sehen. Seine Stimme zitterte, als er nun sprach: »Ich habe nie versucht, etwas vor dir zu verbergen. Du weißt seit jeher, was ich bin.«

Sie lachte hart. »Nicht seit jeher, Oswald. Soweit ich mich erinnere, dauerte es zwei Jahre, bis ich die Wahrheit über dich herausfand.« Sie schnippte eine Camel aus der Packung auf seinem Schreibtisch, zündete sie an und fragte dann: »Nun? Hast du eine – eine Lösung für dieses – Problem?«

»Gino Santangelo. Er schuldet mir einen Gefallen.«

Sie blies nachdenklich Rauch zur Decke. »Das wäre mehr als ein Gefallen.«

»Weiß ich. Aber er verdankt mir alles, was er hat. Er wird es tun.«

»Du scheinst dir deiner Sache sehr sicher...«

»Er *muß* es tun. Wenn er sich weigert, kann ich ihn vernichten.«

Sie fuhr sich mit der Zunge über die Lippen. Auf seine Weise war Oswald vermutlich genauso rücksichtslos wie ein Straßengangster. Aber er besaß schließlich Macht – und das konnte jeden verderben. »Wann willst du ihn darum bitten?« fragte sie leise.

»Am Tag nach seiner Rückkehr aus San Francisco. Das ist genau der richtige Zeitpunkt.«

Sie nickte stumm. Seit wann gab es einen richtigen Zeitpunkt, um jemanden zu bitten, einen Mord zu begehen?

Bee saß in respektvoller Distanz von Gino auf dem Rücksitz seines schwarzen Cadillac. Red fuhr, und Seitwärts-Sam hockte träge auf dem Beifahrersitz.

Gino paffte eine Zigarre und füllte das ganze Wageninnere mit Rauch, worüber sich niemand beklagte.

Bee, das Haar hübsch aufgesteckt, verspürte die Nervosität eines

Backfisches. Sie war nicht unerfahren, hatte mit einigen verliebten Männern zu tun gehabt – aber Gino Santangelo... Er war schließlich ihr Chef. Und ein verheirateter Mann... Außerdem neigte er dazu, Frauen zu benutzen und sie dann mit einem Schmuckstück als Erinnerung abzuschieben...

Bee wollte nicht benutzt und abgeschoben werden. Doch was konnte sie tun, wodurch sie sich nachhaltig von den anderen Mädchen unterschied?

»Jerum!« rief Gino in ihre Gedanken, »warum haben Sie mir nicht gesagt, daß Sie hinterm Mond wohnen?«

»Nur noch vier Häuserblöcke, dann sind wir da.«

»Wird auch höchste Zeit.« Er gähnte und überlegte, ob sie die weite Fahrt wert sei. Jeden Tag eine andere Frau – und jede glich den anderen.

Morgen aber würde es nicht so sein. Morgen würde er nach San Francisco fahren, um für Costa den Trauzeugen zu machen. Morgen würde er Leonora wiedersehen.

Der Gedanke brachte ihn einigermaßen aus der Fassung. Wie würde ihm zumute sein? Wie würde *ihr* zumute sein? Im ersten Impuls hatte er absagen wollen.

»Das kannst du nicht machen«, hatte Cindy erklärt. »Du hast Costa versprochen, als er unser Trauzeuge war, daß du dich revanchieren würdest.«

Das stimmte. Es gab also kein Entrinnen. Außerdem war es allmählich Zeit, daß er Leonora gegenübertrat. Als Rückhalt nahm er Cindy mit.

»Wir sind da«, verkündete Bee.

Red hielt vor einem Mietshaus aus braunem Sandstein.

»Gehen Sie rein, Boß?« fragte Seitwärts-Sam.

»Ja«, antwortete Gino. Was glaubte der Idiot denn? Daß er den weiten Weg gemacht hatte, um im Auto sitzen zu bleiben?

Seitwärts-Sam stieg aus und kontrollierte die Straße in beiden Richtungen. Dann öffnete er die Fondtür des Cadillac, und Bee kletterte heraus, gefolgt von Gino.

Sie führte ihn über die Außentreppe in eine Wohnung im ersten Stock, die einfach, aber recht gemütlich war. »Leben Sie allein hier?« fragte er.

Sie zögerte eine Sekunde. »Ja.«

Er ging im Zimmer auf und ab. »Schenken Sie mir einen Whisky ein«, befahl er. »Haben Sie Eis?«

»Tut mir leid. Weder noch.«

»Was haben Sie?«

»Nichts. Ich – trinke nicht.«

»Sie trinken nicht? Was tun Sie dann im Club, um Himmels willen?«

»Die Kellner bringen mir gefärbtes Wasser.«

Er lachte. »Und die Trottel bezahlen für Sekt.«

Sie stimmte in sein Lachen ein. »Richtig.«

Er streckte sich. »Jesus! Was führen Sie für ein Leben!«

Bee stand da und beobachtete ihn. »Soll ich – mich ausziehen?«

Er ließ sich in einen Sessel fallen. »Pflegen Sie das zu tun, statt Drinks zu servieren?«

Die Kleine war richtig. Er verschränkte die Hände hinterm Kopf und lehnte sich zurück. »Nur zu.«

Ihr Herz klopfte wild. Sie hatte einen Plan, mit dem sie erreichen wollte, daß er sie nicht so schnell vergaß... Der Plan würde entweder klappen, oder sie würde ihre Stellung im Club verlieren. Besser das, als eine unter vielen zu sein.

Langsam begann sie sich auszukleiden. Er wandte den Blick nicht von ihr.

Sie legte alles ab, bis auf die hochhackigen Schuhe, die schwarzen Seidenstrümpfe und die roten Strumpfbänder.

Er betrachtete sie wohlgefällig. Sie hatte in der Tat einen besonderen Körper. Füllig, weiß und glatt. Üppige Brüste mit großen Warzen. Lange, feste Beine. Einen flachen Bauch. Ihm gefiel auch ihre Art. Vielleicht würde diese hier einen zweiten Besuch wert sein.

Die Steifheit in seiner Hose wurde unerträglich. Er stand auf.

Sie holte tief Luft und sagte rasch: »Mr. Santangelo, ich glaube, ich sollte Ihnen etwas sagen. Ich bin gerade von einer – galanten Krankheit genesen.«

Er stand da wie erstarrt.

»Der Arzt hat gesagt, ich könne jetzt wieder – mit jemandem schlafen, aber ich habe einfach das Gefühl, daß ich es Ihnen sagen muß.«

»Sie haben Tripper«, rief er entgeistert und sank auf den Sessel. »Heiliges Kanonenrohr! Sie haben Tripper, und ich hätte fast mit Ihnen...« Er sprang auf, als sei ihm plötzlich der Gedanke gekommen, daß er sich durch den Stoff anstecken könnte. »Warum haben Sie mir das nicht früher gesagt?«

»Ich bin *geheilt.*«

»Jerum! Den ganzen Weg bis in das verfluchte Village heraus, und Sie haben Tripper.«

»Ich *hatte* ihn«, berichtigte sie.

»Jerum!« Er warf ihr einen finsteren Blick zu. »Ziehen Sie was an.«

Sie schlüpfte in ihr Kleid, während er langsam zur Tür ging.

»Ich hoffe, ich habe Sie nicht erzürnt, Mr. Santangelo.«

»Erzürnt? Mich? Nein, Kleine. Sie haben mir nur den besten Steifen ruiniert, den ich seit Monaten hatte! Bis bald.« Und weg war er.

Bee klappte vor Erleichterung zusammen. Jetzt würde er sich wenigstens an sie erinnern, und vielleicht würde er irgendwann wiederkommen. Das mit der Krankheit war gelogen. Die einzige Krankheit, die sie in ihrem Leben gehabt hatte, waren Windpocken gewesen – mit zehn Jahren. Sie mußte lächeln. Dieses Gesicht, als sie es ihm gesagt hatte!

Auf Zehenspitzen ging sie in ihr Schlafzimmer. Ihr siebenjähriger Sohn Marco schlief in dem breiten Doppelbett. Sie steckte die Decke um ihn fest und küßte ihn leicht auf die Stirn. Wenn sie sich mit Gino Santangelo einließ, dann richtig. Oder gar nicht. Von den anderen hob sie sich jetzt zweifellos ab.

Wer *sie* war, würde er nicht so schnell vergessen.

Cindy lag schlaflos im Bett und fragte sich, wem ihr lieber Herr Gemahl heute nacht wohl seine Gunst schenkte. Vielleicht der lieben Clementine? Schließlich würde er für eine ganze Woche verreisen. Wie sollte das alte Luder bloß so lange ohne ihn auskommen?

Vielleicht einem Mädchen aus dem Lokal? Einem dieser bekloppten, hirnlosen Taxigirls, die glaubten, daß sie, Cindy, nicht wisse, was gespielt wurde. Gino der Rammler. Klar. Überall, nur nicht zu Hause. Wie konnte er erwarten, daß sie ein Kind bekam, wenn er sie kaum je anrührte?

Sie wälzte sich ruhelos in dem breiten Bett. Wenn er sein Verhalten ihr gegenüber nicht bald änderte, würde sie ihm ein paar Dinge beibringen müssen. O ja! Sie hatte einen Plan, der den verfluchten, eigensüchtigen Gino Santangelo auf die Knie zwingen würde!

Carrie, 1937

Anfang 1937 wurde Carrie aus der Anstalt entlassen, in der sie fast neun Jahre verbracht hatte.

Sie hielt sich nicht mehr für ein dreizehnjähriges Mädchen. Sie wußte genau, wer und was sie war. Nach und nach war ihr alles wieder eingefallen, in scharfen Bruchstücken. Alles, angefangen von Mama Sonny über Großmama Ella und Leroy bis zu Weißjacke.

Ihre Erinnerungen verloren sich kurz nach dem Beginn der gemeinsamen Zeit mit Weißjacke. Sie wußte, daß sie mit ihm und Lucille von Mutti Mae weggegangen war, daß sie sich danach einige Zeit vergnügt und häufig Jazzlokale besucht hatten, aber dann – nichts mehr.

Natürlich eine Folge der Drogen. Carrie kannte jetzt die Wahrheit über ihren Zustand. Die Ärzte – besonders Dr. Holland, in den letzten beiden Jahren ihr behandelnder Arzt – hatten ihr alles über ihre Sucht gesagt. Und ihr erklärt, daß der Kampf dagegen das Schwierigste für sie sein werde, wenn man sie aus der Anstalt entlasse.

Dr. Holland hatte sich ein Jahr lang um ihre Entlassung bemüht und immer wieder erklärt: »Dieses Mädchen ist nicht geisteskrank, sie wird einfach als billige Arbeitskraft festgehalten.« Er hatte schließlich die Anstaltsleitung gezwungen, ihm recht zu geben.

Carrie war nun dreiundzwanzig, eine sehr schlanke junge Frau mit großen Brüsten, erregend langem schwarzem Haar und seltsam traurigen orientalischen Augen.

Als sie die Anstalt verließ, trug sie einen schäbigen grauen Mantel, der bei einer Wohltätigkeitssammlung gespendet worden war, einen braunen Rock und eine gelbe Bluse. Ihr Haar hatte sie straff nach hinten gekämmt, und ihr Gesicht war frei von jedem Make-up. Ihr Besitz bestand aus einer Börse mit fünfundzwanzig Dollar und einem Zettel mit dem Namen und der Adresse einer Frau, bei der sie als Dienstmädchen arbeiten sollte.

Dr. Holland sagte ihr am Gittertor auf Wiedersehen. »Es wird nicht leicht für Sie sein, Carrie, aber nichts ist leicht. Ich möchte, daß Sie es versuchen, und wenn Sie ernste Probleme haben sollten, dann, bitte – ich stehe Ihnen jederzeit für ein Gespräch zur Verfügung. Okay?«

Sie nickte ausdruckslos. Der Doktor war ein netter Mann und glaubte, ihr einen Gefallen zu tun, indem er sie wieder in die Welt hinausschickte. Doch in Wirklichkeit hatte sie nur das Verlangen, sich in einer Ecke zusammenzukauern und niemanden oder nichts mehr sehen zu müssen.

Sie fühlte sich seltsam leer und unsicher, als sie mit dem Bus ins Stadtzentrum fuhr. Alles kam ihr so anders vor. Vielleicht hätte sie lieber in der Anstalt bleiben sollen. Dort hatte sie funktioniert und nicht zu denken brauchen.

Im Bus schielte ein Mann nach ihr. Sie zog sich in die Falten ihres Mantels zurück und wandte die Augen ab. Männer waren der Feind.

Ein Butler öffnete die Tür des Hauses in der Park Avenue.

»Ich bin Carrie«, murmelte sie. Zu ihrem Entsetzen hatte sie eben erkannt, daß nur drei Häuser weiter Mr. Dimes wohnte, ihr einstiger Dienstherr. »Das neue Dienstmädchen«, fügte sie hinzu.

Der Butler runzelte die Stirn. »Warum sind Sie nicht an die Hintertür gekommen?«

»Tut mir leid... Ich wußte nicht...«

Er gab einen Ton der Mißbilligung von sich und winkte sie dann zögernd hinein. »Kommen Sie mit.«

Sie folgte ihm, ging hinter ihm die Treppe hinunter in eine große Küche, wo eine dicke Negerin am Herd stand und etwas umrührte.

»Mrs. Smith«, sagte der Butler, »das ist Carrie, unser neues Mädchen. Ich gebe sie in Ihre Obhut. Wahrscheinlich will Mrs. Becker sie erst sehen, bevor sie endgültig hier einzieht.«

»Ganz sicher, Mr. Beal.« Die dicke Frau wandte sich Carrie zu und fragte schleppend: »Warst du schon mal im Dienst, Schätzchen?«

Carrie nickte.

»Dann weißt du, daß es kein Honiglecken ist.«

Wieder im Dienst. Die gleiche alte Routine. Betten machen. Abstauben. Scheuern. Toiletten säubern. Badewannen putzen. Auf Knien und Händen Marmorfliesen polieren. Waschen. Bügeln.

Carrie begann um sechs Uhr morgens und wurde manchmal erst um zehn oder elf Uhr nachts fertig. Dafür verdiente sie knapp hundert Dollar im Monat, und dies galt als Spitzenlohn für ein Mädchen, das im Haus wohnte.

Gino, 1937

»Jennifer, halt still!« befahl Leonora. »Wie in aller Welt soll ich das zukriegen, wenn du im ganzen Zimmer herumsaust?«

»Tut mir leid. Ich bin schon brav. Das verspreche ich.« Jennifer Brierly, Costas Braut, blieb reglos in der Mitte des Zimmers stehen, während Leonora ihr das sehr knapp sitzende Korsett schloß. »Es ist so eng!« klagte sie, »ich kann kaum atmen!«

»Du brauchst nicht zu atmen«, erwiderte Leonora ungerührt. »Ich finde, wir haben etwas Champagner verdient, meinst du nicht?«

»Es ist elf Uhr vormittags.«

»Und dein Hochzeitstag. Ich laufe hinunter und stibitze uns eine Flasche, soll ich?«

Jennifer nickte. Arme Leonora. Die Freundin trank, das wußte sie, aber war elf Uhr nicht doch zu früh?

Nach fünf Minuten kam Leonora triumphierend zurück, eine volle Flasche Champagner und zwei Gläser in den Händen: »Voilà!« Gekonnt öffnete sie die Flasche und füllte die Gläser. Sie reichte Jennifer eines. »Es lebe die Ehe«, rief sie mit einem bitteren Unterton in der Stimme. »Möge sie weiter gedeihen!«

Jennifer nahm einen Schluck von der perlenden Flüssigkeit und stellte das Glas auf einen Tisch. Leonora behielt ihres in der Hand, trank in durstigen Zügen und schenkte sich nach. »Ich hoffe, dir ist klar, worauf du dich einläßt«, sagte sie, immer noch bitter.

»Ich lasse mich auf nichts ein«, entgegnete Jennifer sanft. »Ich heirate den Mann, den ich liebe.«

»Die Liebe verschwindet bald«, meinte Leonora verächtlich, »wenn sie einen erst mal besitzen.«

»Costa wird mich nicht besitzen, und ich werde ihn nicht besitzen. Wir werden einfach zusammen sein, weil wir es beide wollen.«

»Ha!« Leonora trank erneut. »Wir sprechen uns in zwei Jahren wieder, wenn die Verliebtheit zum Fenster hinaus ist. Die Frau wird zum Besitz des Mannes – sofern sie es zuläßt.«

»Oh, Leonora, bitte! Ich möchte jetzt nicht mit dir über dieses Thema diskutieren. Ich weiß, daß es zwischen dir und Edward nicht stimmt, aber das heißt keineswegs, daß *alle* Ehen so sein müssen.«

»Wie wahr, wie wahr.« Leonora ergriff die Flasche und füllte ihr Glas zum drittenmal.

Jennifer Brierly, Königin des Tages, schritt majestätisch durch das Kirchenschiff, gestützt auf den Arm ihres Vaters.

Vor ihr ging Leonora, die Brautführerin. Die Spitze bildeten drei Brautjungfern und Leonoras neunjährige Tochter Maria.

Es war eine wahrhaft königliche Prozession, und niemand bemerkte, daß Leonora leicht schwankte.

Costa, der in der vordersten Bankreihe stand, war in Schweiß gebadet. Er mußte dringend pinkeln. Ihn verlangte nach einer Zigarette. Er brauchte unbedingt etwas zu trinken.

Gino neben ihm wirkte äußerlich ruhig. Doch es kostete ihn seine ganze Selbstbeherrschung, sich nicht umzudrehen und den Gang entlangzuschauen. Er wußte, daß er dann Leonora vor sich gehabt hätte.

»Mir ist nicht gut«, brummte Costa.

»Das wird gleich besser, Kleiner. Halt nur durch.«

Dann kamen Jennifer und ihr Vater in Sicht. Costa trat aus der Bank und ging mit seiner Braut nach vorn. Gino folgte ihm im Abstand von einigen Schritten, blieb dann stehen. Er schaute hinüber, und sein Magen krampfte sich zusammen. *Noch genau dieselbe, verflucht!* Sogar in dem trüben Licht der Kirche konnte er das sehen.

Sie stand im Profil zu ihm, den Kopf leicht geneigt, strahlende kristallblaue Augen, duftiges weißblondes Haar. Sie trug irgendein rosarotes Rüschenkleid, das sanft die Kurve ihres Busens nachzeichnete, an der Taille eng anlag und in weichen Falten zu Boden fiel.

Sein Mund war trocken. Er wandte mühsam die Augen ab und blickte starr geradeaus. Die Trauungszeremonie begann, und er wollte sie nicht verpassen.

Für Gino verging der Rest des Tages in einer Art Nebel. Es gab ein Hochzeitsessen und einen Empfang. Champagner. Speisen. Reden. Toasts.

Franklin Zennocotti musterte ihn mit den gleichen mißtrauischen Fischaugen wie einst, Mary Zennocotti behandelte ihn warmherzig und mütterlich wie einst.

Cindy flirtete schamlos herum, sie wirkte wie ein teures Flittchen. Alle anwesenden jungen Männer zogen sie mit Blicken aus – darunter auch Leonoras Mann, der sich als genauso dumm erwies, wie er aussah.

Costa und Jennifer betrachteten einander versunken, lächelten geheimnisvoll und hielten sich bei den Händen.

Und die Dame selbst. Leonora.

Kein Mädchen mehr. Eine achtundzwanzigjährige Frau.

Gino, beiläufig: »Wie geht es dir so?«

Leonora, noch beiläufiger: »Danke, gut. Und dir?«

Gino: »Nicht schlecht.«

Leonora: »Schön.«

Schweigen. Ein sehr langes Schweigen.

Gino, interessiert: »Wie ich höre, hast du ein bildhübsches kleines Mädchen.«

Leonora, uninteressiert: »Ja. Maria.«

Wieder Schweigen.

Gino: »Ich hab keine Kinder.«

Leonora: »So?«

Sie standen am Rande der Tanzfläche, Paare wirbelten an ihnen vorbei.

Gino: »Ich glaube, wir sollten tanzen. Trauzeuge und Brautführerin, weißt du.«

Leonora: »Na, dann bringen wir es hinter uns.«

Sie lag federleicht in seinen Armen. Er hielt sie schicklich von sich ab, wirbelte sie zur Melodie des Schlagers *Pennies from Heaven* über die Tanzfläche.

Er fühlte sich angespannt, freudig erregt, elend und töricht. Würde sie reagieren, wenn er etwas sagte? Aber – wollte er wirklich das Risiko eingehen, sich zum Narren zu machen? Himmel noch mal, er war Gino Santangelo. Ein bedeutender Mann. Konnte jede Frau haben, die er haben wollte. In New York fürchtete man ihn, vertraute ihm und achtete ihn. Er zählte Senatoren, Richter und Politiker zu seinen Freunden. Schlief sogar mit ihren Frauen.

»Ich habe genug«, sagte sie abrupt. »Ich möchte was zu trinken.«

»Aber sicher.«

»So?« Ihre leuchtenden Kristallaugen waren so eisig, daß er fast fröstelte.

Der Teufel sollte sie holen. Sie hatte nicht einmal den Anstand, ihm eine Erklärung zu geben, sich zu entschuldigen, *irgend etwas* zu sagen. »Was möchtest du trinken? Ich hole es dir.«

»Schon in Ordnung.« Sie löste sich von ihm. »Mein Mann wird mir was holen.« Damit ließ sie ihn stehen.

Er war wie vor den Kopf geschlagen. Was hatte sie bloß? Sie hatte ihn finster angestarrt, als sei er der letzte Dreck, als hasse sie ihn. Verflucht, was hatte *er* denn getan, außer ein treuer Idiot zu sein und zu warten?

»Hallo.« Ein Mädelchen stand vor ihm. Ein neunjähriges kleines Ebenbild seiner Mutter.

»Maria?«

»Ja.«

Was für ein bezauberndes Kind! Die gleichen Augen. Das gleiche Haar.

»Woher weißt du meinen Namen?« Das Köpfchen neigte sich fragend zur Seite.

Er lächelte. »He, du bist berühmt.«

»Ist das wahr?«

»Es *ist* wahr.«

»Prima. Weil ich nämlich mit dir tanzen will. Der Trauzeuge muß mit allen Brautjungfern tanzen.« Scheu faßte sie nach seiner Hand. »Jetzt bin ich an der Reihe!«

»Kleine Dame, es ist mir ein Vergnügen.«

Er breitete würdevoll die Arme aus, und sie trat sehr korrekt zu ihm. Dann tanzten sie.

Carrie, 1937

»Mr. Dimes, der ein Stück weiter die Straße runter wohnt, gibt nächsten Montag ein Fest. Mrs. Becker läßt uns immer hingehen und in der Küche aushelfen. Willst du mitmachen? Er zahlt wirklich gut.« Mrs. Smith sah Carrie ängstlich-gespannt an. »Was meinst du dazu? Ich muß seiner Haushälterin Bescheid sagen.«

Carrie wußte nicht recht. Es wäre eine Art Schritt zurück in die Vergangenheit gewesen. Andererseits – Extrageld. Sie sparte jeden Dollar, den sie erübrigen konnte, auch wenn sie keine genaue Vorstellung hatte, wofür. »Ich mache mit«, antwortete sie. Wenigstens würde es eine Abwechslung sein.

Sie arbeitete jetzt seit sechs Monaten im Haushalt der Beckers und verließ das Haus nur, um auf den Markt zu gehen. Einmal jedoch war sie in der Anstalt bei Dr. Holland gewesen. Er hatte sich über ihre Fortschritte sehr gefreut. »Die wirkliche Prüfung war die Rückkehr nach New York mit all seinen Versuchungen. Offenbar haben Sie glänzend bestanden.«

Stimmte das? Hatte man glänzend bestanden, wenn man sich an seinen freien Tagen in seinem Zimmer verkroch? Oder verkroch man sich bloß vor der Versuchung?

Vielleicht sollte sie tatsächlich einmal ausgehen, in ein Kino oder eine Show, einfach herumbummeln, sich die Schaufenster ansehen.

Sie würde es tun – irgendwann. Wenn sie sich dazu imstande fühlte.

Mrs. Smith und Carrie begaben sich am Montag um siebzehn Uhr zum Haus von Mr. Dimes. Die dicke Negerin hatte für diese Gelegenheit ihr bestes Geblümtes angezogen. Carrie trug ihre übliche Uniform und hatte ihr langes schwarzes Haar am Hinterkopf zu einem Zopf geflochten.

»Hast du nichts anzuziehen?« hatte Mrs. Smith vorwurfsvoll gefragt.

»Das ist meine Arbeitskleidung«, hatte Carrie verdrießlich erwidert.

An der Küchentür wurden sie von Mr. Dimes' Haushälterin empfangen. Zu Carries Erleichterung war es nicht mehr die gleiche wie damals, als sie hier gearbeitet hatte. Die neue Haushälterin hieß Mrs. Church.

Die Küche war frisch gestrichen und modernisiert worden. Trotzdem versetzte es Carrie einen Stich, als sie eintrat und sich umsah. Der Raum erinnerte sie an ein unschuldiges kleines Mädchen, das vor langer, langer Zeit hier gewesen war...

In der Küche herrschte rege Geschäftigkeit. Eine dralle schwedische Bedienung hockte auf einem Stuhl und wartete auf ihre Aufgaben, zwei Schankkellner stellten Wein und Eis zurecht, ein Zimmermädchen half dem Butler bei diversen Vorbereitungen. Ein eigens angeheuerter Koch in vollem Ornat war damit beschäftigt, kleine Blätterteigpasteten mit Fleisch-, Fisch- und Pilzfüllung zuzubereiten.

Carrie wandte sich still den niedrigeren Arbeiten zu.

Um sieben Uhr trafen die ersten Gäste ein, bald darauf hörte man von oben Musik und Gelächter. Die Schankkellner und die Schwedin verschwanden, um ihre Arbeit aufzunehmen; gelegentlich erschienen sie wieder und berichteten von den Berühmtheiten, die sie unter den Gästen entdeckt hatten. Das schmutzige Geschirr stapelte sich immer höher, Carries Hände waren von dem seifigen, heißen Wasser schon ganz rot und rauh.

Um halb elf erschien der Butler in der Küche und musterte die Hilfskräfte prüfend. Sein Blick blieb an Carrie haften: »Können Sie Mäntel holen?«

»Was?«

»Ach, egal. Schlechter als das Mädchen, das man uns geschickt hat, können Sie nicht sein. Kommen Sie mit.«

Carrie trocknete sich die Hände an einem Geschirrtuch ab und folgte dem Butler die vertraute Treppe hinauf.

»Dort rein«, befahl er und schob sie leicht in einen mit Pelzmänteln gefüllten Garderobenraum. »Wenn ich Ihnen sage, was ich will, sehen Sie zu, daß Sie es finden – möglichst rasch.«

Ganz entschieden eine schönere Beschäftigung als Geschirrspülen.

Esther und Gordon Becker zählten zu den Gästen, die sich als letzte verabschiedeten. »Ein wunderbares Fest, mein liebster Bernard«, schwärmte Esther.

Bernard lächelte. »Vielen Dank. Freut mich, wenn es Ihnen gefallen hat.«

»Es hat mir gefallen und Gordon auch, nicht wahr, Liebling?«

Gordons Aufmerksamkeit wandte sich wieder seiner Frau zu. Er hatte das schwarze Mädchen bewundert, das eben dem Butler Esthers und seinen Mantel reichte. Sehr einfach und schlicht mit dem langen Zopf am Rücken. Irgendwie kam sie ihm bekannt vor...

»Carrie!« rief Esther plötzlich. »Immer noch hier? Wie in aller Welt wollen Sie den morgigen Tag durchstehen?«

»Wer ist sie?« fragte Gordon.

»Unser Mädchen, Liebling.« Esther kreischte vor Lachen. »Erkennt nicht mal seine eigenen Dienstboten! Können Sie das glauben, Bernard?« Ihr Doppelkinn wackelte im gleichen Rhythmus wie ihr gewaltiger Busen.

»Wer erkennt schon Dienstboten?« Gordon stimmte in das Lachen seiner Frau ein, entschlossen, sich nicht zum Gespött machen zu lassen. »Sie kommen und gehen!«

Bernard Dimes' methodischer Geist tickte. Carrie? Der Name brachte etwas zum Klingen. Auch das Gesicht des Mädchens war ihm vertraut. Carrie? Er haßte es, vergebens in der Erinnerung zu suchen. »Haben Sie etwas dagegen, wenn sie noch ein Weilchen bleibt?« fragte er Esther.

»Natürlich nicht! Hab nur Spaß gemacht! Carrie wird morgen früh frisch und fröhlich auf sein, gleichgültig, wie spät sie ins Bett kommt.« Sie warf Carrie einen gönnerhaften Blick zu. »Nicht wahr, meine Liebe?« In lautem Flüsterton, so daß jeder es hören konnte, sagte sie: »Das Mädchen ist eine Perle! Schuftet wie eine Sklavin!« Sie kicherte. »Hoppla! Muß achtgeben, was ich rede.«

Carrie beschloß auf der Stelle, sich einen anderen Posten zu suchen.

Ein wenig später, als alle Gäste gegangen waren, saß Bernard Dimes allein in seinem Arbeitszimmer und trank genüßlich ein Glas seines Lieblings-Cognacs. Er klingelte nach dem Butler. »Roger, das Mädchen, das Ihnen mit den Mänteln geholfen hat – wenn sie noch hier ist, bringen Sie sie zu mir.«

»Jawohl, Sir. Sie war eine große Hilfe«, bemerkte Roger, »ein Mädchen der Art, wie *wir* dringend eines brauchen würden.«

Bernard lächelte amüsiert. »Wollen Sie, daß ich Mrs. Becker frage, ob sie das Mädchen freigibt?«

»Eine gute Idee, Sir.«

Bernard lachte. »Sie überraschen mich, Roger. Es ist eigentlich nicht Ihre Art, Personal abzuwerben.«

Roger ließ sich nicht beirren. »Ich weiß, Sir. Aber manchmal ist es die einzige Lösung.«

Gino, 1937

Die ganze Reise behagte Gino nicht. Die Hochzeitsfestlichkeiten bereiteten ihm keine Freude. Er haßte es, mit Cindy in einem Hotelzimmer eingeschlossen zu sein, und prompt kam es vor der Rückfahrt zwischen ihnen zu einer explosiven Auseinandersetzung, nach der sie kaum mehr miteinander sprachen.

Cindy kochte vor Wut. Gino hatte ihr bewiesen, daß er sie als sein Besitztum ansah, genau wie seine Anzüge und Autos. Oh, natürlich hatte er das nicht ausdrücklich gesagt, aber deutlich zu verstehen gegeben. Er hatte sie ausgelacht, weil sie sich auf der Hochzeit nach seiner Meinung zum Narren gemacht hatte. Zum Narren, von wegen! Was wußte er schon?! Jeder bei dem Ereignis Anwesende träumte vermutlich jetzt noch von ihr.

»Du hättest nicht Weiß tragen sollen«, hatte er erklärt.

»Warum nicht?«

»Weil nur die Braut Weiß trägt.«

»So? Und wer sagt das?«

»Ich sage es. Eine Sache der Etikette oder so...«

»Etikette! Etikette! Ich wußte gar nicht, daß du das Wort kennst.«

Klatsch! Zum erstenmal hatte er sie geschlagen. Sie war wie eine wilde Tigerin auf ihn losgegangen, hatte gekratzt und gebissen.

Er hatte sie abgeschüttelt und das Zimmer verlassen.

Während sie verärgert und mürrisch im Hotel saß, suchte er die nächste Bar auf und betrank sich. Das war sonst gar nicht seine Art. Normalerweise hielt er sehr viel davon, nüchtern und beherrscht zu sein. Doch er war verwirrt. Cindy – sie hatte ihn bloßgestellt, sich wie ein kleines Flittchen benommen; vor jedem Mann, der in ihre Nähe gekommen war, mit dem Popo gewackelt. Und Franklin Zennocotti – er behandelte ihn noch immer wie einen Gassenjungen, der von nichts eine Ahnung hatte.

Dann Leonora. Er hatte gedacht, längst darüber weg zu sein. Aber da war sie mit diesen Augen, diesem Haar, diesem Körper, und der alte Schmerz hatte ihn wieder überfallen.

Und sie war so kalt, so ablehnend – als ob er *ihr* etwas Schreckliches angetan hätte, statt umgekehrt. Er begriff das einfach nicht.

Er konnte es gar nicht erwarten, nach New York zurückzukehren.

Aldo biß von einer Knoblauchzehe ab und sagte: »Gott sei Dank, daß du wieder da bist.«

Gino ging verärgert im Büro auf und ab. »Himmel noch mal! Da fahre ich für ein paar Tage weg, und bei der Rückkehr finde ich einen solchen Saustall vor!« Er hob die Stimme: »Wirst du denn mit gar nichts allein fertig?«

Aldos Gesicht lief dunkelrot an. »Diese Schwierigkeiten waren nicht vorauszusehen, alles war wunderbar glattgegangen.«

»Klar. Ich schmiere ja auch genügend Leute, um das sicherzustellen.« Er schlug mit der Faust auf den Schreibtisch. »Verflucht, wo *ist* Der Boy?«

»Er war schwer verletzt, Gino. Die haben ihn gehörig zusammengeschlagen und übel zugerichtet.«

In Ginos Augen stand glühende Härte. »Der verdammte Idiot. Wieso war er überhaupt allein unterwegs?«

»Das ist er immer.«

Ja. Jacob Cohen. Jake. Der Boy. Er liebte es, die Dinge auf seine Weise zu erledigen. Unabhängig. Schlau wie ein Fuchs. Vielleicht zu schlau...

»Wiederhole mir die Fakten«, fauchte er.

»Aber, ich habe dir doch gesagt...«

»Wiederhole sie!«

Aldo fügte sich, um Gino nicht noch mehr zu reizen: »Er hat am Samstag seine Kassier-Runde gemacht. Wie üblich. Als er mit seinem Wagen in der Hundertfünfzigsten Straße zu einem Süßwarenladen kam...«

»Gambino?« fragte Gino.

»Richtig. Als er gerade in seinen Wagen steigen wollte, überfielen ihn drei Burschen von hinten...«

»Er hat sie also gar nicht gesehen?«

»Nein. Sie erwischten ihn von hinten, verprügelten ihn, nahmen ihm seine Waffe und die Geldtasche ab und flohen.«

»Wohin?«

»Was?«

»In welche Richtung sind sie geflohen?«

Aldo zuckte die Achseln. »Weiß ich nicht.«

»Sechzig Tausender futsch, und *du weißt es nicht!*«

»Ich weiß nur, was Der Boy mir gesagt hat.«

»Er kam also direkt hierher?«

»Ja. Er blutete und hatte einen Schock. Ich ließ ihn von Red heimfahren.«

»Und mit einem Glas heiße Milch ins Bett stecken?«

Aldo sah ihn verwirrt an. »Der Boy ist seit sieben Jahren bei uns. Du vertraust ihm doch, oder?«

»Ich vertraue darauf, daß ich mindestens einmal in der Woche angelogen werde – sonst vertraue ich auf nichts und niemand.«

Natürlich stellte sich heraus, daß Gino recht hatte.

Jacob Cohens Hauswirtin sagte, er sei ausgezogen. Ganz plötzlich. Adresse habe er keine hinterlassen.

Gino nickte. Jacob Cohen konnte sich auf etwas gefaßt machen. Wenn er ihn fand, würde er ihm den Schneid abkaufen. Er würde die Eier dieses Halunken auf Holzkohle rösten und den Tauben verfüttern.

Niemand bestahl Gino Santangelo. Niemand!

»Müssen wir wirklich hingehen?« fragte Cindy unlustig.

»Ja«, erwiderte Gino kurz. Seine Stimmung war seit der Rückkehr aus San Francisco, gelinde ausgedrückt, düster.

»Das heißt vermutlich, daß wir übers Wochenende bleiben müssen, oder?« Sie stöhnte.

»Ja.« Gino war genausowenig begeistert über die Einladung zu Senator und Mrs. Duke wie sie, doch die beiden feierten ihren siebenundzwanzigsten Hochzeitstag, und da gab es kein Ausweichen. Clementine hatte am Telefon mit seidig-milder Stimme gesagt: »Wenn du nicht kommst, Gino, beginne ich zu glauben, daß du mich meidest. Du hast unser letztes Fest versäumt, und ich habe dich seit mehr als drei Wochen nicht allein gesehen.« Nach einer kurzen Pause hatte sie hinzugesetzt: »Ich würde sehr ungern glauben, daß du mich meidest... Und ich sähe sehr ungern, daß Oswald es glaubt...«

Sollte das eine versteckte Drohung sein? Gino lachte. Woher denn. Seine Phantasie ging schon mit ihm durch. Wenn er beschloß, die beiden nicht mehr zu besuchen, konnten sie gar nichts machen.

Allerdings – Senator Duke wußte sehr viel. Über das Zahlenlotto.

Über die aus dem Club abgeschöpften Beträge. Über das Glücksspiel. Über die ungeheuren Barsummen. Senator Duke konnte ihn erledigen, wenn er wollte – mit einem einzigen Anruf beim Finanzamt, das ihm ohnehin schon ständig Steuerschnüffler auf den Hals hetzte.

Doch der gute Senator würde das nicht tun. Denn der gute Senator hatte selbst viel zu verbergen. Bestechungen, die er durch Gino hatte vornehmen lassen. Aktientransaktionen, die nicht astrein waren. Dikke Honorare, die er als Finanzberater mehrerer Firmen Ginos einstrich.

O ja. In gewisser Weise waren sie Partner.

Dieses eine Fest noch, beschloß Gino, das schuldete er ihnen. Und auf dem Fest würde er Clementine Bescheid sagen. Es war sehr schön gewesen, aber eben nur eine – eine schöne Nebensächlichkeit.

Cindy zog für das Fest der Dukes das Rotseidene an, das Gino nicht ausstehen konnte. Es hatte einen V-Ausschnitt, der tief zwischen ihre Brüste reichte, und ein nicht minder gewagtes Rückendekolleté. Der Rock war vorn geschlitzt. Ihr blondes Haar umrahmte in weichen Locken ihr Gesicht und wurde auf einer Seite von einer künstlichen roten Blume gehalten.

Gino äußerte sich nicht zu ihrer Erscheinung, aber sein Blick sagte genug.

Sie scherte sich nicht darum. Sie warf die blonden Locken zurück und begann wild mit allen Männern zu flirten, die in Sichtweite kamen.

Clementine, sehr schick in einem schwarzgrundigen Kleid, nahm Gino beiseite. »Ich glaube, du solltest mit deiner Frau sprechen«, murmelte sie. »Unsere kleine Cindy scheint auf Abwege zu geraten.«

»So?« Seine Augen verrieten keinerlei Interesse, als er ihrem Blick folgte und seine Frau in Aktion beobachtete. »Wenn sie sich amüsieren will, mich kümmert es nicht.«

Clementine schluckte ihren Ärger hinunter. »Es sollte dich aber kümmern. Ihr Verhalten färbt auf dich ab. Sie stellt *dich* als Trottel hin.«

»So? Wenn dies der Fall ist, als was stellst dann du Oswald hin?«

Sie warf ihm einen finsteren Blick zu. Dieser unverschämte Kerl. Ohne Oswald und sie wäre er noch immer ein drittklassiger kleiner Straßengangster. Er verdankte ihnen alles. Stil, Ansehen, gesellschaftliche Achtung.

Mit einem schmerzenden Gefühl im Magen erkannte sie, daß sie ihn liebte. Liebe war nicht eitel Wonne. Liebe war Eifersucht, Besitzenwollen und verzehrendes Elend.

Er wollte sie nicht mehr haben. Das wußte sie so genau, wie sie wußte, daß Oswald abartig war.

»Gino«, sagte sie gepreßt, »Oswald möchte mit dir etwas besprechen. Vielleicht wäre es gut, wenn du morgen früh um zehn in sein Arbeitszimmer kämest. Es ist eine sehr – private Angelegenheit. Ich nehme Cindy mit zum Einkaufen.«

Er sah sie überrascht an. Was konnte so privat sein, daß es sich nicht in der Stadt besprechen ließ? »Klar«, antwortete er.

»W-warum können wir nicht zusammen Mittagessen?« fragte Henry Mufflin Jr. zum drittenmal.

Cindy neigte den Kopf zur Seite und schaute kokett zu ihm auf. »Weil ich nicht erleben will, daß Gino Sie zerkaut und ausspuckt.«

»W-wie lächerlich«, rief Henry. Er war nicht mehr der unreife Knabe, der Clementine Duke so viele Jahre glühend verehrt hatte. Er war jetzt einunddreißig, seine Akne war abgeheilt, und er hatte mittlerweile das Vermögen seines verstorbenen Vaters geerbt.

»Tapfere Worte, Henry«, schnurrte Cindy, die seine beharrlich auf ihren Ausschnitt zielenden Blicke genoß.

»Ich m-meine es ernst«, erklärte er. Trotz jahrelanger Sprachtherapie stotterte er noch immer. »Ich w-will Sie zum Essen einladen. Nur zum M-mittagessen. Was ist denn dabei, wenn ich verspreche, mich anständig zu benehmen?«

Cindy dachte an eines der Schreiben des Privatdetektivs, die sie zu Hause unter der Matratze stecken hatte: »Mr. Santangelo verließ ungefähr um Mitternacht das Lokal Clemmie's. Er befand sich in Begleitung von zwei Männern, von denen einer den Wagen fuhr, und einer jungen Dame. Groß, schwarzhaarig. Sie fuhren...«

»Nun, w-wie ist es?« fragte er drängend.

»Gut«, entschied Cindy zu ihrer eigenen Überraschung. »Warum nicht?«

Henry strahlte. Wirklich, warum nicht? Er war begeistert. Gino Santangelos Frau hatte eingewilligt, mit ihm zu Mittag zu speisen. Natürlich mußte es das Plaza sein. Blumen. Champagner. Und eine Suite mußte er oben bestellen, für den Fall des Falles. Oder vielleicht – besser noch – gleich ein Essen zu zweit, das in der Suite serviert wurde.

»Am Montag?« fragte er begierig.

»Dienstag«, antwortete Cindy, einen Moment lang bang überlegend, worauf sie sich da einließ. Aber sie war ohnehin entschlossen, zum Schlag auszuholen.

»Großartig.«

Sie kicherte. »Das hoffe ich.«

Gino schlenderte im Arbeitszimmer des Senators umher. Er erinnerte sich an seine erste Begegnung mit Oswald in diesem Raum. Er erinnerte sich, daß er Oswald für einen Trottel und für dumm gehalten hatte. Von wegen dumm. Schlau wie ein Fuchs.

Rastlos griff er nach einem silbernen Brieföffner und wog ihn in der Hand.

Der Senator trat ein.

»Schönes Fest gestern abend«, sagte Gino fröhlich.

Oswald nickte. Die schweren Tränensäcke unter seinen Augen schienen sein ganzes Gesicht nach unten zu ziehen. Er war nicht in Stimmung für höfliche Konversation. »Gino«, begann er, gleich zur Sache kommend, »die Gefälligkeiten, um die ich dich bisher gebeten habe, waren kleine, leicht zu erledigende Dinge.«

Gino legte den silbernen Brieföffner behutsam auf den Schreibtisch zurück. Ihm gefiel nicht, wie Oswald die Worte hervorsprudelte, ihm halb den Rücken zudrehte, von ihm wegschaute. »Stimmt«, räumte er vorsichtig ein.

»Ich habe immer wieder gesagt, daß der Tag kommen könnte, wo es um eine – eine große Gefälligkeit geht.«

Gino war sofort hellwach. »Wie groß?«

»Sehr groß.«

Schweigen breitete sich zwischen den beiden Männern aus.

»Rede schon«, sagte Gino schließlich.

Der Senator räusperte sich. »Ich möchte einen Mann beseitigt haben«, sprach er langsam, »und ich möchte, daß du das persönlich erledigst.«

Carrie, 1937

Der Butler führte Carrie aus der Küche nach oben. Bernard Dimes saß in dem Arbeitszimmer, das sie früher oft abgestaubt hatte, auf einem gepolsterten Lederstuhl. Sie sah sich rasch in dem Raum um und entdeckte kaum Veränderungen. Die silbernen Rahmen mit Aufnahmen von Berühmtheiten befanden sich an ihrem alten Platz. Noch immer hingen gerahmte Plakate an der Wand. Der große Schreibtisch war nach wie vor mit Papieren übersät, die niemand anrühren durfte.

Bei ihrem Eintritt hatte Mr. Dimes sich zu ihnen umgedreht.

»Soll ich bleiben, Sir«, fragte Rogers taktvoll.

»Nein, nein. Nicht nötig. Wenn ich Sie brauche, läute ich«, entgegnete Bernard und entließ den Butler mit einer Handbewegung. »Setzen Sie sich, Carrie.« Er deutete auf einen Stuhl.

Sie setzte sich und musterte ihre ordentlich auf dem Schoß gefalteten Hände.

»Ich kenne Sie, nicht wahr?« fragte Bernard sanft.

Sie hob überrascht die Augen. »Ja.«

»Ich habe ein gutes Gedächtnis für Gesichter«, sagte er. »Einmal gesehen, nie mehr vergessen. Und wenn ich ein Gesicht nicht ganz unterbringen kann, werde ich verrückt! Nun, wo bin ich Ihnen schon begegnet?«

»V-verzeihung«, stammelte sie zögernd.

»Wo?«

»Hier«, antwortete sie verwirrt.

»Hier?«

»Ja, Sir. Ich war hier in Stellung.«

»Tatsächlich?« Nun war er überrascht. »Wann?«

»Oh, das ist einige Jahre her«, murmelte sie. »Ich war noch sehr jung.«

Er betrachtete sie prüfend, zog verblüfft die Stirn in Falten. »Nein, nicht hier... Irgendwo anders.«

»Ich habe hier gearbeitet.«

Er war nicht überzeugt.

»Mr. Dimes, ich habe hier in diesem Haus für Sie gearbeitet – im Jahr 1926 war es. Ich mußte plötzlich weg – aus familiären Gründen.«

Er zog die Stirn in noch tiefere Falten.

»Doch«, fuhr sie erregt fort. »Erinnern Sie sich nicht? Ich habe Sie in einem italienischen Restaurant kennengelernt. Der Besitzer hat mich zu Ihnen gebracht, und Sie haben mir die Stellung gegeben. Sie müssen sich doch erinnern.«

Er erinnerte sich an ein mageres kleines Mädchen, das wenig gemein hatte mit der schönen Frau, die da vor ihm saß. O ja, ihr Haar war zu einem Zopf geflochten, ihr Gesicht ungeschminkt und ihre Kleidung alles andere als schmeichelnd, aber Bernard Dimes war nicht umsonst seit dreiundzwanzig Jahren Produzent. Er erkannte eine schöne Frau auch in unschöner Aufmachung. »So?« fragte er, »und nach all diesen Jahren sind Sie immer noch damit zufrieden, ein einfaches Dienstmädchen zu sein?«

Sie studierte das Muster des Teppichs. »Ich denke schon.«

»Was ist los mit Ihnen, Carrie? Keinen Ehrgeiz?«

Sie schaute überrascht zu ihm auf. Er redete mit ihr wie mit einem Menschen. »Doch, ich habe Ehrgeiz«, sagte sie zu ihrer Verblüffung, »aber es ist nicht leicht, andere Arbeit zu finden.«

Er betrachtete sie und sagte dann: »Das ist wohl wahr. Aber Sie sind sehr attraktiv. Sie sollten mit Ihrem Leben mehr anfangen.«

Sie zuckte die Achseln. »Ich weiß...«

Er musterte sie nachdenklich, stand aus einem Impuls heraus plötzlich auf, ging zu ihr und reichte ihr eine Karte. »Seien Sie morgen früh um zehn Uhr im Shubert Theater. Vielleicht habe ich etwas für Sie in der Tanzgruppe.« Er sah sie ernst an. »Sie wollen doch nicht Ihr Leben lang Dienstmädchen bleiben, oder?«

Sie schüttelte den Kopf.

»Ich regle alles mit den Beckers. Machen Sie sich deswegen keine Sorgen.« Er klingelte, und der Butler erschien sofort. »Roger, bringen Sie Carrie nach unten.«

Sie verließ den Raum in einer Art Schockzustand.

Bernard schaute ihr nach. Er war genauso vom Ausgang der Unterredung überrascht wie sie. Er hatte Carrie sehen wollen, weil es ihn quälte, daß er sie nicht unterzubringen vermochte. Und dann, als er sie da hatte sitzen sehen, war er von den seltsamsten Gefühlen erfaßt worden. Sie strahlte eine verborgene Sinnlichkeit aus, die ihn bezauberte. *Warum ihr nicht eine Chance geben?*

Er zündete sich eine Zigarette an und blies den Rauch zur Decke. Irgend etwas störte ihn immer noch... Er hatte sie irgendwo gesehen, aber nicht seinerzeit, als sie für ihn gearbeitet hatte.

Er zermarterte sich das Gehirn, kam aber nicht darauf. Irgendwann würde es ihm einfallen, das wußte er. Wenn er lange genug über etwas nachdachte, klärte es sich immer auf.

Der Direktor stocherte mit der Kante eines Zündholzheftchens in den Zähnen. »Wo hast du sie entdeckt?« fragte er.

»Sie arbeitet bei einem Freund von mir«, antwortete Bernard ausweichend.

»Sie sieht zweifellos sehr gut aus.«

Die beiden Männer betrachteten Carrie aus der Anonymität ihrer im Dunkeln liegenden Orchestersitze heraus. Carrie stand auf der Bühne, von den Scheinwerfern geblendet, nervös und schwitzend, bekleidet mit einem geborgten ärmellosen Trikot.

»Was soll ich für Sie spielen, Süße?« fragte der junge Pianist.

»Ich weiß nicht«, murmelte sie.

»Wollen Sie zuerst singen oder tanzen?«

»Äh, tanzen, denke ich.«

»Wie wäre es mit ›Pennies from Heaven‹?«

»Wie wäre es mit ein bißchen Jazz?«

»He, jetzt sprechen Sie meine Sprache!« Er begann voll Begeisterung zu spielen, eine echte New-Orleans-Version von »Hard-Hearted Hannah«. Carrie begann zu tanzen.

»Guter Gott!« rief der Direktor, »sie bewegt sich wie eine Stripperin!«

Bernard hatte sich jäh in seinem Sessel aufgerichtet.

Wahrhaftig.

Clementine Dukes Fest. Westchester, 1928.

Er hatte gewußt, daß er sich irgendwann erinnern würde.

Gino, 1937

Gino jagte den schwarzen Cadillac um die Kurven.

Cindy, neben ihm auf dem Beifahrersitz, zog die Füße unter den Körper und fragte: »Sag mal, bist du betrunken oder so was?«

»Red keinen Unsinn.«

»Du fährst jedenfalls so.«

»Der verfluchte Senator. Er glaubt, die Leute herumkommandieren zu können. Aber *ich* tanze nicht nach seiner Pfeife.«

»Wer hat behauptet, daß du das tust?«

Gino warf seiner Frau einen raschen Blick zu und überlegte, ob er ihr alles erzählen sollte. Nein. Wozu ihr seine Demütigung bei Senator Duke schildern, der mit ihm geredet hatte wie mit einem drittklassigen Gauner? Der erwartet hatte, daß er bereitwillig sage: Jawohl, ich werde für dich morden, nenn mir nur den Ort und die Zeit. Dieser miese Hinterlader. Und er, Gino, hatte gedacht, sie seien Freunde. Zum Lachen!

»Es war nichts«, brummte er.

»Klar war nichts. Darum sind wir aus dem Haus gerannt wie ein paar Verfolgte. Deine Freundin schien nicht sehr erbaut darüber.«

»Sie ist nicht meine Freundin. Das habe ich dir schon hundertmal gesagt.«

»Klar«, Cindy gähnte. »Und Jean Harlow bleicht sich nicht die Haare!«

Den Rest der Strecke legten sie schweigend zurück. Gino war auf sich selbst genauso wütend wie auf alle anderen. *Er hatte nicht direkt abgelehnt.* Er hatte zugehört und gesagt: »Ich kann dafür sorgen, daß es erledigt wird.«

Darauf hatte der Senator erwidert: »*Du* mußt es machen, Gino. Niemand sonst darf Bescheid wissen.«

Verflucht! Er hatte dagesessen und sich wie ein billiger Killer behandeln lassen. Er war Geschäftsmann, kein Verbrecher, der von seiner Waffe lebte. Aber er hatte stumm dagesessen, während Oswald die Einzelheiten schilderte. Erpressung natürlich. Sexueller Art natürlich. Eine lange Geschichte.

Was also tun? Irgendeinen erpresserischen schwulen Kriecher umbringen? Dann würde Oswald Duke noch mehr über ihn in der Hand haben.

Oder – die ganze Sache vergessen und es darauf ankommen lassen? Gino war ratlos.

Diese Woche ließ sich wahrhaftig nicht gut an.

Sie sollte noch schlimmer werden.

Am nächsten Tag wurden drei seiner Geldboten auf der Straße überfallen. Zwei wurden verprügelt, der dritte erschossen. Weitere fünfzehn Tausender im Eimer. Jake der Boy war in Aktion.

Gino überlegte nicht lange. Er ließ an gewissen Stellen gewisse Informationen über den Boy durchsickern. Schneid zu haben war eines, Gino Santangelo als Trottel hinzustellen war etwas anderes.

Senator Oswald rief um die Mittagszeit an. »Hast du schon eine Entscheidung getroffen?« fragte er flüsternd.

»Ja«, antwortete Gino. »Keine Sorge, die Sache wird erledigt.« Er würde sie auf *seine* Weise erledigen.

Gegen Abend entließ er Red und Seitwärts-Sam für die Nacht. Später holte er den alten Ford aus der Garage unten im Club und fuhr zu der Adresse, die Oswald ihm genannt hatte. Der Wagen lief traumhaft. Sollte er auch. Gino arbeitete immer noch einmal im Monat voll Liebe daran.

Die Adresse war im Village. Eine Bruchbude. Er parkte den Wagen einen Häuserblock weit weg und ging zu dem Gebäude, las die handgeschriebenen Namen unter den Klingeln und fand Kincaid Z., zweiter Stock.

Es war zwei Uhr morgens, aber das Gebäude dröhnte und vibrierte vom Lärm einer Jazzband.

Gino klopfte kräftig an die Tür von Z. Kincaid. Ein schwarzer Junge öffnete fast sofort, als hätte er jemanden erwartet.

Gino stellte rasch den Fuß in die Tür und schob sich in das Zimmer.

Der Junge wich in eine Ecke zurück, ohne ein Wort zu sagen. Er hatte dichtes Kraushaar und den Blick eines Süchtigen. Sein Mund war leuchtend rot geschminkt, und er trug einen geblümten Morgenrock.

»Bist du Zefra Kincaid?«

»Wer will das wissen?« fragte der Junge mit seltsamer Falsettstimme.

»Bist du's?« Ginos harte schwarze Augen bohrten sich in seine.

»Ja«, wisperte der Junge.

»Ich will die Briefe haben.«

»Was für Briefe?«

Mit einigen schnellen Schritten war Gino bei ihm, faßte ihn am Kinn, drückte ihm den Kopf nach hinten und preßte ihm das Knie in den Magen.

»Ich will s-o-f-o-r-t die Briefe des Senators!«

»Ja.« Die Augen des Jungen waren starr vor Angst und Schmerz. »Ich hole sie.«

Gino ließ den Jungen los und seufzte. Sein Instinkt trog ihn nie. Nicht nötig, diese verängstigte kleine Mißgeburt umzubringen. Es genügte, ihm mit ein paar saftigen Drohungen gehörige Angst einzujagen, ihn dann in einen Zug zu setzen und aus der Stadt abzuschieben.

Der Junge ging zitternd zu einem Schrank in der Ecke. Gino überlegte, wo Oswald ihn wohl aufgegabelt hatte. Wo hatten sich die Wege des Senators und dieses schwulen, süchtigen Bengels gekreuzt?

Der Junge öffnete die Schranktür, und eine Erscheinung sprang mit wildem Geschrei heraus – ein mindestens einsachtzig großer Irrer mit Perücke und einem Fleischermesser stürzte sich auf Gino.

Einen Moment lang war Gino starr vor Schreck. Und in diesem Moment stieß der Irre zu, sein Messer drang tief in Ginos Schulter.

New York und Philadelphia, Donnerstag, 14. Juli 1977

Lucky döste vor sich hin. Sie war nicht mehr aggressiv gestimmt, sie wollte nur noch raus. Seit neun langen Stunden saßen Steven und sie nun in dem Lift, und mittlerweile war ihr jeglicher Kampfgeist vergangen. Sie fühlte sich entsetzlich schmutzig. Ihre Lippen, ihre Mundhöhle und ihre Kehle waren trocken wie Pergament. Ihr Kopf schmerzte. Ihr Magen krampfte sich immer wieder zusammen. Sie hätte sich am liebsten übergeben, gleichzeitig verging sie fast vor Hunger.

»Sind Sie wach?« murmelte sie.

»Kann nicht schlafen«, antwortete Steven.

»Ich auch nicht.«

Sie tat ihm leid, und er tat sich leid. Außerdem machte es ihn wütend, daß man im Jahr 1977 in New York stundenlang in einem Lift festsitzen konnte, ohne daß irgend etwas geschah.

»Was werden Sie tun, wenn Sie rauskommen?« fragte Lucky.

Er mußte lächeln. Sie klang wie ein einsames Kind, das sehnsüchtig darauf wartete, aus dem Gefängnis entlassen zu werden.

»Ein Bad nehmen.«

Sie lachte leise. »Ich auch, ein langes heißes Bad, und dabei ein Glas kühlen Weißwein trinken. Und Musik hören – etwas von Donna Summer oder Stevie Wonder.«

»Wie wäre es mit Millie Jackson oder Isaac Hayes?«
»Mögen Sie diese Art Musik?«
»Und ob.«
»Wirklich?«
»Das scheint Sie zu überraschen.«
»Ich hätte Sie nicht als Menschen eingestuft, der Soul mag.«
»Als was haben Sie mich denn eingestuft?«
»Oh, ich weiß nicht. Eher Durchschnitt. Herb Alpert, Barry Manilow.«
»Na, besten Dank!«
»Wäre es nicht großartig, wenn wir hier Musik hätten?«
»Marvin Gaye.«
»Al Green.«
»Willie Hutch.«
»Otis Redding.«
Beide begannen zu lachen.
»He«, rief Lucky, »wir haben doch etwas gemeinsam.«
»Hören Sie sich auch alte Musik an? Billie Holliday, Nina Simone?«
»Klar. Ich liebe sie.«
»Tatsächlich?«
Mit einemmal diskutierten sie über Musik wie alte Freunde. So lebhaft, daß sie fast die Stimme überhörten, die über ihnen im Luftschacht erklang: »Jemand dort drin?«
»He!« Lucky sprang auf. »Ich glaube, man hat uns gefunden.«
Auch Steven sprang auf. »Wir sind hier drin!« rief er. »Zu zweit. *Könnt ihr uns rausholen*?«

Dario, in seiner Küche kauernd, spannte seinen ganzen Körper an. Er hörte nichts als den obszönen Singsang des Jungen, der immer näher an das Messer herankam, das Dario in seinen Händen hielt.
»Arschküsser... Schwanzsauger... Mutterficker...« Die Stimme war fast über ihm. »Arschküsser... Schwanzsauger... Aarrgh...«
Der Junge hatte sich offenbar auf ihn stürzen wollen und war direkt in das Messer gerannt. Dario hatte sich nicht bewegt. *Der Junge war einfach hineingerannt.*
Stille.
Darios Hände ließen das Messer los. Ihm war schlecht. Hatte er den Jungen getötet?

Carries Erniedrigung war vollkommen. In einem dreckigen Polizeifahrzeug wurde sie mit einer aufgebrachten, wütenden Menschenschar aufs Revier gebracht. Abschaum der Gesellschaft hätte Elliott gesagt. Und was würde er sagen, wenn er *sie* darunter fand?

Sie schloß die Augen und versuchte nicht daran zu denken.

Sie sah ihn direkt vor sich, das patrizische Gesicht erstaunt verzogen, und hörte ihn: »Um alles in der Welt, was hattest du in Harlem zu suchen, Carrie? Ich begreife das nicht.«

Sie hatte behauptet, daß sie bei Steven vorbeischauen wolle. »Ich bleibe nicht lange aus«, hatte sie erklärt. Steven wohnte drei Häuserblöcke von ihnen entfernt. Elliott, der vor dem Fernseher gesessen war, hatte leicht mit der Hand gewinkt.

Wie lange war sie schon weg? Stunden. Elliott war bestimmt außer sich. Er hatte bestimmt Steven angerufen und erfahren, daß sie dort gar nicht angekommen war...

Beide würden außer sich sein.

Verzweifelt zermarterte sie sich den Kopf nach einer glaubhaften Ausrede. Schließlich fiel ihr eine ein, sogar eine perfekte. Jeder würde ihr glauben.

»Ich fragte, wer da ist!« wiederholte Gino ungehalten.

»Mr. Santangelo – ich bin es, Jill, Ihre Stewardeß. Ich dachte, Sie hätten vielleicht Langeweile.«

Himmel, diese Frauenzimmer! Halb drei Uhr früh, und sie stand vor seiner Tür. »Gehen Sie«, brummte er.

»Öffnen Sie bitte, nur eine Minute«, flehte sie. »Ich muß Sie was fragen. *Bitte*.«

Immer wurde er weich, wenn sie nett baten. Er steckte die Pistole in die Tasche seines Morgenrocks und schloß die Tür auf. Warum sollte er ihr den Gefallen nicht tun?

Er öffnete die Tür. »He, Kleine, hören Sie mal...«

Seine Worte gingen in einen erstickten Fluch über, als ein Blitzlicht aufflammte.

Mit einiger Mühe wurde von der Liftkabine ein Deckenbrett entfernt, dann schob ein Mann seine Taschenlampe durch die Öffnung und richtete den Strahl auf Luckys Gesicht.

»Um Himmels willen«, fauchte sie und bedeckte die Augen mit der Hand.

Der Strahl glitt weiter und erfaßte Steven, der damit beschäftigt war, sich anzuziehen. »Machen Sie das Ding aus«, rief er. »Wir sitzen seit neun Stunden im Finstern, ich will jetzt kein Licht in den Augen haben.«

Der Mann, der einen Overall trug, lachte roh und zog die Lampe zurück. »Ihr zwei schaut ja gut aus. Hab gerade im Sherman Building zehn Leute aus einem Lift geholt. Gottverdammt – die waren an den Hüften vereinigt!« Er gackerte unanständig. »Haben geschwitzt wie eine Herde Rindviecher... Und gestunken! Ich...«

»Können Sie uns hier herausholen?« fragte Steven kurz angebunden.

Der Mann knackte mit seinen Fingerknöcheln. »Dazu bin ich da.«

»Dann sollten wir nicht länger reden, sondern anfangen«, sagte Steven scharf. »Wie wollen Sie es machen? Die Tür aufbrechen?«

»Geht nicht. Sie stecken zwischen dem einundvierzigsten und zweiundvierzigsten Stockwerk. Immer bleiben die Leute zwischen den Stockwerken stecken.«

»Wie dann...«

»Ein Seil um Sie knoten, Sie rausziehen.«

»O Gott!« rief Lucky. »Das gefällt mir gar nicht.«

»Verstehe ich Sie recht«, fragte Steven den Mann, »Sie wollen uns an einem Seil durch die Kabinendecke ziehen?«

»Richtig. Ist vollkommen sicher. So ungefährlich, wie wenn man einen Zahn zieht.«

»Was ist am Zahnziehen so ungefährlich?« fragte Lucky, ein wenig belebt durch die Aussicht auf Rettung, gleichzeitig aber ängstlich.

»Schauen Sie«, erwiderte Steven geduldig, »*ich* laß mich rausholen. Wenn Sie hierbleiben wollen, liegt das ganz bei Ihnen.«

»Wunderbar, wirklich wunderbar. Sie meinen, Sie würden mich einfach hierlassen, ganz allein?«

»'tschuldigung, Herrschaften«, brummte der Servicemann auf der Liftkabine. »Soll ich vielleicht später wiederkommen? Ich muß in dem Gebäude hier noch sechs Lifte kontrollieren. Vielleicht finde ich ein paar Leute, die *raus* wollen.«

»Wir kommen«, erklärte Steven entschlossen. »Lassen Sie die Seile runter.«

Bevor Dario zurückweichen konnte, brach der Junge über ihm zusammen. Dario schrie vor Entsetzen, stieß und schob, bis er sich von dem Körper befreit hatte. Er zitterte am ganzen Leib.

Taumelnd stand er auf und lief aus der Küche. *Er hatte jemand umgebracht. Mußte zum Telefon. Sofort Costa erreichen.*

Das Wohnzimmer wurde vom Mondlicht schwach erhellt. Dies ermöglichte es Dario, in dem Durcheinander das Telefon zu finden. Hastig griff er nach dem Apparat und begann die Nummern zu drücken.

Da hörte er das Geräusch – ein Schaben und Kratzen an der Eingangstür.

Jemand versuchte in seine Wohnung zu kommen.

Es bereitete Carrie einige Mühe, in dem überfüllten Polizeirevier Aufmerksamkeit zu erregen. Schließlich war sie nur eine von vielen

Schwarzen, die man festgenommen hatte. Doch Carrie war wieder Herr ihrer Sinne und setzte sich durch. Rasch, klar, mit fester Stimme erzählte sie einem Polizisten ihre Lügengeschichte. »Bitte rufen Sie meinen Mann an«, ersuchte sie ihn am Ende ihrer Aussage, »er wird mich abholen.« Der Polizist nickte. Eine plausible Geschichte, die sich leicht nachprüfen ließ. Zum Glück für Carrie rief er wirklich an, und eine Stunde später traf Elliott Berkely mit seinem Anwalt auf dem Revier ein. Er war außer sich, genau wie Carrie erwartet hatte. Innerhalb einer Viertelstunde wurde Carrie unter vielen Entschuldigungen freigelassen, und wenig später saß sie neben Elliott im Wagen.

»Allmächtiger Himmel! Diese Stadt!« rief er empört. »Jetzt verhaften sie schon die Opfer und lassen die Verbrecher frei herumlaufen.« Er startete den Motor und tätschelte ihr beruhigend das Knie. »Was du durchgemacht haben mußt! Geht es dir auch wirklich gut?«

»Bis auf meine Ohren...«

»Keine Bange, wir fahren sofort zu Dr. Mitchell. Er wird dich verarzten. Mein Gott, ich habe mir solche Sorgen gemacht, ich...«

Sie hörte ihm nicht mehr zu, sondern überlegte, welchen Schritt der Erpresser wohl als nächstes machen würde. Elliott glaubte ihre Geschichte, aber schließlich stimmte sie teilweise. Man hatte ihr tatsächlich ihr Auto gestohlen. Sie war tatsächlich überfallen und beraubt worden. Erfunden hatte sie lediglich, daß an der Vierundsechzigsten Straße, während sie an einer Verkehrsampel wartete, zwei Jugendliche in ihr Auto gestiegen seien und sie mit vorgehaltener Pistole gezwungen hätten, nach Harlem zu fahren, daß die beiden sie dort aus dem Wagen geworfen hätten, daß sie in eine aufrührerische Menge geraten und verhaftet worden sei. Alles glaubhaft.

Elliott lenkte seinen Lincoln Continental langsam durch die unbeleuchteten Straßen, wo noch immer Plünderer unterwegs waren und wo es immer noch brannte. »Was für ein Höllenschlund!« murmelte er. »Schau sie dir an – wie Tiere sind sie! Gott sei Dank, daß du verhaftet wurdest. Das war vermutlich ungefährlicher als auf diesen Straßen unterwegs zu sein. Geschmeiß!« stieß er angewidert hervor. »Die verdienen, was sie kriegen.«

Elliott war nie ein Liberaler gewesen.

Ein kalter Schauer überlief Carrie bei dem Gedanken, was geschehen würde, wenn er je die Wahrheit über ihre Vergangenheit erfuhr.

»Verflucht, was, zum Teufel...«, explodierte Gino und versuchte die Tür zu schließen.

»Ein Interview, Mr. Santangelo«, drängte eine heisere Männerstimme, und ein Fuß schob sich in die Türöffnung. »Bitte. Nur ein paar Fragen.«

Gino, der von dem Blitzlicht kurz geblendet gewesen war, erblickte einen Kerl mit einer Kamera um den Hals und dahinter die Stewardeß Jill. Beide waren betrunken, das sah ein Blinder.

»Verschwinden Sie hier«, bellte Gino, »und nehmen Sie vor allem Ihren verdammten Fuß aus der Tür, sonst kassieren Sie ein paar Kugeln.«

Der Kerl mit der Kamera wich zurück. »Du hast doch gesagt, er würde mitmachen«, zischte er Jill wütend an.

Sie zuckte die Achseln und erwiderte, leicht lallend: »Ich hab bloß gesagt, daß ich dich zu ihm bring. Hab nicht gesagt, daß er dich umarmen und abküssen würde.«

Der Fotograf versuchte es noch einmal. »Bitte, Mr. Santangelo, reden Sie jetzt mit mir, dann haben Sie morgen früh nicht ein Dutzend von uns am Hals.«

Gino knallte die Tür zu und schloß ab. Er war zu alt für solchen Mist.

Gino, 1937

Erster Gedanke: töten.

Schwärze brandete in unkontrollierbaren Wellen über Gino hinweg.

Die Schulter schmerzte. Aber Schmerzen ließen sich ignorieren.

Er hieb dem riesigen Irren mit der Perücke das Knie in die Eier.

Sah im Zeitlupentempo die Perücke herunterfallen und den Irren zusammenbrechen.

Kurzes Atemholen.

Er spürte das Blut aus der Wunde fließen.

Der geblümte Morgenrock sprang ihn von hinten an.

Ein Laut drang aus seiner Kehle. Ein tierischer Laut. Er drosch den geblümten Morgenrock an die Wand.

Unter dem Lippenstift gefletschte Zähne.

Schwarze Wut.

Mit den Füßen treten.

Zuschlagen.

Dann beide über ihm.

Die Waffe ziehen.

Unter den beiden auf dem Boden.

Abdrücken. Einmal. Und noch einmal.

Totes Gewicht sank auf ihn.

Etwas Scharfes riß ihm das Gesicht auf.

Krallige Fingernägel zerschlitzten seine Wangen. Versuchten ihm die Augen herauszupressen.

Wieder abdrücken.

Nur einmal.

Bee schlief auf einer Seite des großen, bequemen Doppelbettes, ihr siebenjähriger Sohn Marco auf der anderen.

Das Klopfen an ihrer Wohnungstür wurde zu einem Teil ihres Traums. Sie saß in einem Boot, die Sonne schien, dann kam der Hai – er schwamm auf das Boot zu und klopfte – klopfte – klopfte...

Mit einem Ruck setzte sie sich im Bett auf. Das Klopfen war echt. Schnell schaute sie auf ihren Wecker. Halb drei. Sie blickte zu ihrem Sohn hinüber. Er schlief friedlich, den Daumen im Mund. Rasch stieg sie aus dem Bett, zog ihren Hausmantel an und tappte barfuß zur Tür. »Wer ist da?« fragte sie in wütendem Flüsterton.

»Lassen Sie mich rein«, erklang es als Antwort.

Eine Männerstimme, die sie zu erkennen glaubte; aber sie war sich nicht ganz sicher. »Wer ist da?« wiederholte sie.

»Gino Santangelo.«

Ihr Magen krampfte sich zusammen. Hatte die Abschreckung beim letztenmal doch nicht genügt?

»Machen Sie – die verfluchte Tür auf«, brummte er drängend.

Bee wußte nicht, was tun. Ihn einlassen und abwehren? Oder ihn nicht einlassen und ihre Stellung verlieren?

Sie brauchte die Stellung. Zögernd schob sie den Riegel zurück und drückte die Klinke nieder, doch noch bevor sie die Tür öffnen konnte, fiel er in die Wohnung.

»O mein Gott!« Sie unterdrückte einen Schrei. »Was ist passiert?«

Er war voller Blut. Um und um. Sein Gesicht war eine rote Maske, sein Jackett blutdurchtränkt.

Einen Moment lang drohte sie durchzudrehen. Dann siegte ihr gesunder Menschenverstand, und sie zog ihn so weit in die Wohnung, daß sie die Tür schließen konnte.

»Einen – Drink«, stöhnte er.

»Ich – ich habe nichts«, stammelte sie.

»O ja – erinnere mich.« Er lachte schwach. »Sie sind – die – ohne Alkohol...«

»Sie brauchen einen Arzt«, erwiderte sie fest. »Wen soll ich rufen?«

Er stöhnte. »Keinen – Arzt... Sie können – mich – versorgen...«

»Das kann ich nicht.«

»Doch – können Sie... Ist – nicht – so schlimm – wie's aussieht.«

Sie zog ihren Hausmantel fest um sich. Und wenn er nun starb? Hier bei ihr auf dem Boden? »Haben Sie eine Schußverletzung?« fragte sie ängstlich.

»Messerwunde«, brachte er mühsam hervor. »Keine – große Sache... Helfen Sie mir – aus den – Kleidern.«

Sie dachte kurz an den im Nebenzimmer schlafenden Marco. »Mr. Santangelo«, flehte sie, »bitte erlauben Sie, daß ich jemanden rufe. Mr. Dinunzio oder Ihre Frau. Die beiden wissen, was zu tun ist. Ich...«

»Keine Anrufe«, unterbrach er sie. »Fünftausend, wenn – Sie sich um mich kümmern... *Und* den Mund halten.«

Fünftausend Dollar!

Bee gab sie im Geiste bereits aus! Marcos Ausbildung. Neue Kleider für sie beide. Ein kleines Auto. Urlaub.

»Was soll ich tun?« fragte sie rasch.

Als Cindy am Morgen erwachte, stellte sie zu ihrer Verärgerung fest, daß Gino überhaupt nicht nach Hause gekommen war. »Na, dann!« murmelte sie dunkel vor sich hin. Sie richtete sich an dem Gedanken auf, daß sie jeden Freitag einen schriftlichen Bericht über die Aktivitäten ihres Mannes erhalten würde. Falls sie sich zur Scheidung entschließen sollte, würde sie alle Karten in der Hand haben. Jedes kleine Flittchen, dem er nachrannte, würde aufgeführt sein. Sie mußte kichern. Gino hielt sich für schlau. Aber sie war schlauer! Das stand fest!

Sie machte sich sorgfältig zurecht, gespannt auf das Mittagessen mit Henry Moufflin Jr. Bis jetzt hatte sie sich getreulich an Ginos Vorschrift gehalten: *Kein Herumvögeln, solange du mit mir verheiratet bist.*

Eine schöne Vorschrift. Er tat nichts anderes als herumvögeln!

Ha, jetzt reichte es ihr endgültig. Sie hatte Schritte unternommen, um sich zu schützen, und nun konnte sie endlich auch das Leben genießen.

Wenn das Gino nicht paßte, sein Pech.

Gino erwachte langsam, war sich des pochenden Schmerzes in seiner Schulter nur allzu deutlich bewußt. Er hob die linke Hand und berührte sein Gesicht – es fühlte sich wie Sandpapier an. Diese verfluchten Schweine hatten seine alte Narbe aufgeschlitzt. Der Verband um seine Schulter war von Blut durchtränkt. Ihm wurde klar, daß er doch einen Arzt brauchte, daß er genäht werden mußte.

Behutsam versuchte er sich aufzusetzen, aber schwarze Schmerzwellen überspülten ihn, und er ließ sich wieder zurücksinken. Wirklich ein Wunder, daß er überhaupt lebend aus Zefra Kincaids verwahrloster kleiner Wohnung gekommen war. Dazu hatte er töten müssen. Andernfalls wäre er getötet worden.

Verflucht, da hatte er Oswald Dukes gräßlichen Auftrag nun doch erledigt. Es gab sogar eine Extraleiche, als Sonderbonus.

Die Briefe waren dort gewesen, ein Bündel von zehn oder zwölf, hinter einem Kissen versteckt. Auf jedem die charakteristische Handschrift des Senators. Gino hatte das Bündel eingeschoben und war aus der Wohnung gewankt. Die Jazzband im Haus hatte immer noch mit voller Lautstärke gespielt. Niemand hatte etwas gehört. Er war unter größter Anstrengung zu seinem Wagen gelangt und auf dem Fahrersitz zusammengesackt. Unmöglich, die ganze Strecke bis nach Hause zu fahren: Zum Glück war ihm das Taxigirl mit dem Tripper eingefallen, Bee. Sie wohnte ganz in der Nähe, nur ein paar Straßen weiter. Bis zu ihr hatte er es geschafft.

»Guten Morgen«, sagte Bee ernst. Sie war ins Schlafzimmer getreten und kam unsicher zum Bett. »Wie fühlen Sie sich?«

Er dachte an ihre Freundlichkeit. Eine Freundlichkeit, die mit der Aussicht auf fünftausend Dollar eingesetzt hatte. »Wie von einem Zug überfahren.«

»Hmmm.« Sie betrachtete ihn besorgt. Eine treffende Feststellung, genauso schaute er aus. Beide Augen waren blauschwarz und verschwollen. Tiefe Kratzer zogen sich über sein ganzes Gesicht. Die alte Narbe klaffte häßlich offen, wurde nur von einem Klumpen geronnenen Blutes zusammengehalten. Seine Lippen waren rissig und dick.

An seine Schulterwunde mochte sie gar nicht denken. In der Nacht, als sie sein Jackett und sein Hemd aufgeschnitten hatte, war ein solcher Schwall Blut hervorgeschossen, daß sie vor Entsetzen aufgeschrien hatte.

Marco war ins Zimmer gelaufen. »Mami! Mami! Was ist los? Wer ist das?«

Gino hatte den Jungen angesehen, dann sie. Er hatte kein Wort gesagt.

»Ein Freund von Mami, Liebling«, hatte sie ihren Sohn beruhigt. »Geh wieder ins Bett.«

Der Junge war zögernd verschwunden. Später hatte Bee ihn auf die Couch getragen und Gino ins Bett geholfen. Sie selbst hatte auf einem Sessel geschlafen, allerdings mit vielen Unterbrechungen.

Am Morgen hatte sie Marco eilends für die Schule fertiggemacht und losgeschickt. Sie hoffte, daß Gino fort sein würde, bis der Kleine am Nachmittag wiederkam.

»Ich möchte, daß Sie für mich ein paar Leute anrufen«, murmelte Gino.

»Ja, natürlich.«

»Sagen Sie nichts am Telefon.«
»Verstehe.«
»Rufen Sie Aldo an. Sagen Sie ihm, daß ich ihn dringend sprechen möchte, und geben Sie ihm Ihre Adresse durch.«
»Gut.«
»Sagen Sie ihm, daß er Doktor Harrison mitbringen soll.«
Sie griff nach einem Zettel und schrieb die Telefonnummer auf, die er nannte. »Sie können sich auf mich verlasssen.«

Das tat Gino. In den nächsten zehn Tagen hing er völlig von ihr ab. Sie badete ihn, fütterte ihn, betreute ihn Tag und Nacht und beobachtete seine Fortschritte.
Er war stark wie ein Ochse. Innerhalb von zehn Tagen erholte er sich so weit, daß er nach Hause konnte. Der Arzt sagte, jeder andere hätte wochenlang gebraucht, um wieder auf die Beine zu kommen. »Sie haben sehr viel Blut verloren. Offen gesagt, Sie hatten Glück, mit dem Leben davongekommen zu sein.«
Ja, er hatte Glück gehabt, das stimmte. Niemand wußte, was in jener Nacht wirklich geschehen war. Nicht einmal Aldo. »Ich wollte Bee besuchen«, hatte Gino ihm erklärt, »da überfielen mich ein paar Halunken auf der Straße. Wußte nicht mal, wer sie waren. Schnappten sich mein Geld und verschwanden.«
Bee gab er überhaupt keine Erklärung, und sie stellte keine Fragen. Das gefiel ihm an ihr. In den zehn Tagen, die er bei ihr verbrachte, wurden sie Freunde. Bee kochte ausgezeichnet und spielte passabel Karten. Auch ihr Kind war in Ordnung, ein zäher kleiner Bursche, der ihn mit Schülerwitzen unterhielt.
»Wo ist sein Vater?« erkundigte sich Gino.
Bee errötete. »Es gibt keinen.«
»Ach, Unsinn. Sie waren also nicht verheiratet, na und? Aber einen Mann muß es doch gegeben haben.«
»Ja, es gab einen. Er war zweiundfünfzig, ich war fünfzehn. Die alte Geschichte. Er vergewaltigte mich. Er war ein Freund meines Vaters, darum glaubte mir niemand. Ich wurde zu Hause rausgeworfen und ging nach New York. Seitdem bin ich hier.«
»Und Sie kamen gut zurecht?«
»Ich kam zurecht, drücken wir es so aus. Und ich behielt meinen Sohn. Ziemlich banal, was?«
»Klar. Das ist die Wahrheit immer.«
Er rührte sie nicht an, obwohl er, als er seine Kräfte wiedergewann, in Versuchung geriet.
»Haben Sie wirklich Tripper gehabt?« fragte er sie eines Tages.
Sie lächelte. »Nein. Ich wollte Sie nur zur Flucht treiben.«
»So? Und warum?«

»Wer möchte schon eine von vielen sein?«

Er erwog, sie zu packen und zu sich ins Bett zu ziehen. Dann überlegte er. Sie waren Freunde, warum alles verderben?

Einen Tag nach seiner Heimkehr ließ er ihr einen Umschlag mit fünfzehntausend Dollar und einer Begleitkarte bringen. Auf der Karte stand: *Sie waren eine großartige Krankenschwester für einen armen Geschlagenen! Fünf wie versprochen – zehn als Guthaben für Marco.*

Bee war überwältigt. Für sie konnte Gino Santangelo kein Unrecht tun. Sie verdrängte den Doppelmord, der in jener Nacht, als Gino Santangelo blutüberströmt bei ihr hereingewankt war, wenige Straßen weiter stattgefunden hatte, in den hintersten Winkel ihres Gedächtnisses.

Erstes Mittagessen mit Henry Moufflin Jr. Unterhaltsam.

Zweites Mittagessen. Aufregend.

Drittes. Umwerfend.

Viertes. Ein Geschlechtsakt intensiven Ausmaßes.

Jej! Ekstase! Henry Moufflin Jr. liebte sie. Cindy genoß dies in vollen Zügen.

Henry Moufflin Jr., dieser reiche Stutzer aus der Hautevolee, tanzte nach ihrer Pfeife.

Er wollte sie mit Schmuck, Pelzen und Geschenken überschütten.

Er wollte sie mit Champagner überschwemmen und mit Kaviar überhäufen.

Er wollte, daß sie sich von Gino scheiden ließ und ihn heiratete.

Sie wog das Für und Wider ab.

Gino ignorierte sie.

Henry vergötterte sie.

Gino vögelte herum.

Henry würde ihr treu sein.

Gino redete von oben herab mit ihr.

Henry stellte sie auf einen Sockel.

Gino gehörte nicht der guten Gesellschaft an.

Henry entstammte ihr.

Andererseits...

Gino war zupackend und hart, er sah gut aus.

Henry war ein bißchen ein Waschlappen.

Gino war mächtig *und* hatte Geld.

Henry hatte nur Geld.

Gino war – wenn er wollte – ein wunderbarer Liebhaber.

Henry mußte noch eine Menge lernen.

Sie konnte seine Lehrerin sein. Warum nicht? Welchen Spaß, ihm beizubringen, was er mit seinen Fingern, seiner Zunge und seiner etwas wackeligen Erektion anfangen sollte.

Sie entschied sich für Henry – stark beeinflußt von der Tatsache, daß Gino nach Aussage Aldos überraschend eine geheime Reise hatte antreten müssen, aber laut dem Bericht ihres Detektivs bei irgendeiner Hure im Village hockte.

Sie überflog den Bericht noch einmal. Es hieß darin, daß Gino in der Nacht seines Verschwindens zwei Huren im Village aufgesucht habe. Eine genügte ihm offenbar nicht mehr. Er war betrunken aus dem ersten Gebäude gewankt und dann zu einer anderen Wohnung weitergefahren, wo ihm das Gebotene anscheinend so sehr zugesagt hatte, daß er gestrandet war. Dieser Dreckskerl.

Na, *sie* würde sich von ihm nicht länger zum Narren halten lassen. Sie würde die Scheidung durchdrücken und Henry heiraten.

Je eher, desto besser.

Bei der Heimkehr fand Gino zahllose Aufforderungen von Senator Duke vor, sich mit ihm in Verbindung zu setzen.

Aldo hatte ihn nach Hause gefahren. Es war fünf Uhr nachmittags, aber in der Wohnung befand sich lediglich das Dienstmädchen.

»Wo ist Cindy?«

Aldo zuckte die Achseln und wandte den Blick ab. *Er* wollte nicht derjenige sein, der Gino enthüllte, daß seine Frau mit einem anderen herumzog. Gino würde es noch früh genug erfahren.

Gino, allein in seinem Luxusappartement, las die Briefe von Senator Duke noch einmal. Der Mann mochte ein Finanzgenie sein, aber er war auch ein grandioser Idiot.

Zwölf Briefe, in einem Zeitraum von zwölf Wochen an Zefra Kincaid geschrieben.

Zwölf kompromittierende, ruinöse, von der Sehnsucht diktierte Briefe aus Südfrankreich, wo der Senator nach einem beim Segeln erlittenen Beinbruch einen längeren Urlaub gemacht hatte.

Anhand der Briefe konnte Gino sich die ganze Geschichte zusammenreimen. Zefra Kincaid, ein Knabe, den Senator Duke auf seinen nächtlichen Streifzügen durch die dunkle Welt der Homosexuellen kennengelernt hatte. Der Knabe sehr jung, der Senator sehr reich.

Eine Beziehung hatte sich entwickelt: jede Woche ein Treffen in irgendeinem West-Side-Hotel, wo keine Fragen gestellt wurden. Das Verhältnis, bei dessen Beginn der Junge fünfzehn gewesen war, hatte drei Jahre gedauert.

Der Senator hatte den Jungen ganz offensichtlich ausgehalten, doch als Zefra langsam zum Mann heranreifte, war er seiner überdrüssig geworden.

Den Rest konnte sich Gino denken. Erpressung. Der Senator hatte Gino um einen Gefallen gebeten. Und Gino hatte ihm diesen Gefallen prompt erwiesen.

Der Doppelmord hatte in der Presse wenig Echo gefunden. Die Opfer waren schließlich Schwarze, bestimmt kein Material für Schlagzeilen. DOPPELMORD AN SÜCHTIGEN hatte die Überschrift des kurzen Berichts gelautet. Gino seufzte. Kein großer Verlust für die Gesellschaft, diese beiden.

Er ergriff die Briefe und schloß sie im Safe ein. Der gute alte Oswald würde sie auf keinen Fall zurückbekommen. Auf gar keinen Fall. Sie stellten Ginos Versicherung gegen weitere Gefälligkeiten dar.

Clementine lächelte die Beckers an, winkte Bernard Dimes zu und fragte Oswald in drängendem Flüsterton wohl zum zehnten Mal an diesem Tag: »Was glaubst du, warum er uns meidet?«

Oswald winkte einen Kellner herbei und ließ sich Cognac nachschenken. »Ich weiß es nicht«, zischte er.

Das Ehepaar besuchte die Premiere des neuen Musicals von Rodgers und Hart, *Babes in Arms*, und war während der Pause an die Bar gegangen.

Die letzten zehn Tage waren für Clementine und Oswald nicht leicht gewesen. Gino hatte die Sache erledigt, sich aber seither nicht gemeldet.

»Er mußte überraschend verreisen«, hatte Aldo dem Senator erklärt.

»Mr. Santangelo ist nicht zu Hause«, hatte das Dienstmädchen gesagt.

»Woher soll *ich* wissen, wo er ist? *Ich* bin nur seine Frau«, hatte Cindy gestichelt.

»Irgendwann muß er zurückkommen«, sinnierte Clementine.

»Natürlich muß er das«, pflichtete Oswald ihr bei.

»Wie kann er uns so martern?«

»Ich weiß es nicht, meine Liebe. Es ist entsetzlich.«

»Furchtbar.« Clementine dachte an den Verlust seines Körpers, seiner starken Hände, seiner harten Augen. Sie dachte an die Art, wie er sie zu köstlichen Höhepunkten gebracht hatte, zu so...

»'n Abend!« Cindy stand vor ihnen, eine Erscheinung in rosa Crêpe de Chine und rosarot gefärbtem Fuchs. An der Hand den berühmten Moufflin-Rubin.

»G-g-guten Abend, Clementine, Senator«, stotterte Henry, das Gesicht über dem engen weißen Kragen glühend rot.

Clementine schaute von einem der beiden zum anderen. War das kleine Frauenzimmer wahnsinnig? Gino würde es ganz bestimmt nicht hinnehmen, daß sie ihn öffentlich zum Narren machte.

»Cindy.« Sie nickte kalt. »Henry.«

»Wunderbare Aufführung«, erklärte Cindy begeistert und legte die Hand ans Gesicht, damit man ihren Ring auch gewiß sah.

»Wunderbar«, antwortete Clementine trocken. »Hast du schon etwas über Ginos Rückkehr gehört?«

Cindy grinste. Die hochnäsige Mrs. Duke mußte *sie* fragen. Sie zuckte lässig die Achseln. »Du kennst doch Gino. Er kommt und geht, wie es ihm paßt. Vermutlich rennt er hinter einem seiner Weiber her.« Sie genoß es unendlich, die große Dame leiden zu sehen!

Clementine war wütend. Dieses kleine Flittchen. Wie wäre der lieben Cindy wohl zumute gewesen, hätte sie gewußt, daß Gino sie überhaupt nur auf ihr, Clementines, Drängen hin geheiratet hatte? Ostentativ drehte sie Cindy den Rücken zu.

Cindy kicherte und flüsterte Henry hörbar zu: »Die alte Schachtel ist eifersüchtig, weil *ich* dich habe, Schatz.«

Henry war unendlich geschmeichelt. »M-m-meinst du wirklich?« stotterte er.

»Klar!«

Mitternacht kam und ging vorbei. Keine Cindy.

Gino wanderte fluchend durch die Wohnung. Ein Uhr. Zwei Uhr. Drei Uhr. Keine Cindy.

Er ging zu Bett und malte sich aus, was er mit ihr anstellen würde. Die Frau von Gino Santangelo hurte nicht ungestraft herum! Irgendwann schlief er dann ein, wälzte sich unruhig hin und her. Immer wieder schreckte er hoch und schaute auf die Uhr. Gegen Morgen träumte er von Leonora, Bee, Jake dem Boy und Zefra Kincaid. Um sieben erwachte er mit Bauchgrimmen, Schmerzen in der Schulter und einem Ziehen in der Wangennarbe.

Das Mädchen brachte ihm schwarzen Kaffee, frischen Orangensaft und die Morgenzeitungen. Da lag er nun im Schoß des Überflusses und dachte sehnsüchtig an Bees ärmliche, gemütliche Wohnung, wo das Frühstück aus heißen, frisch gebackenen Brötchen und Tee mit Milch bestand. Und wo F. Scott Fitzgerald gelesen wurde. Ja. Er hatte bei Bee etwas Neues angefangen – ein Buch gelesen. *Der große Gatsby*. Von der ersten bis zur letzten Seite und dann noch einmal. Lesen war gar nicht so schlecht. Er fragte sich, warum er es nicht schon früher probiert hatte. Mit Figuren wie diesem Einzelgänger Gatsby, einer rätselhaften Gestalt, konnte er sich identifizieren.

Das Telefon klingelte. Clementine stieß besorgt hervor: »Gott sei Dank, daß du wieder da bist.«

Nachdenklich legte Gino den Hörer auf. Seine schwarzen Augen glühten, als er nach der Zeitung griff und die Klatschspalte von Walter Winchell aufschlug.

Hier stand es, genau wie Clementine gesagt hatte. Schwarz auf weiß. Alle konnten es lesen. Und sich vor Lachen biegen.

Cindy Santangelo, die Frau des berühmten Nachtclub-Besitzers Gino der Rammler Santangelo, war gestern abend mit Henry Moufflin Jr. in der Stadt, besichtigte einige Sehenswürdigkeiten und besuchte mit ihm die Premiere von *Babes in Arms*.

Mehr stand nicht da.

Aber dies genügte vollauf.

Wütend warf er die Zeitung auf den Boden.

Um zwölf Uhr kam Cindy nach Hause.

Sie rauschte in die Wohnung, schwankte leicht auf Absätzen, die ein bißchen zu hoch für sie waren. Von Kopf bis Fuß war sie in rosa Fuchs gehüllt.

Das Mädchen begrüßte sie mit einer nervösen Kopfbewegung. »Mr. Santangelo ist seit gestern abend da, Ma'am. Er ist im Schlafzimmer.«

»Danke«, erwiderte Cindy würdevoll. »Nehmen Sie für den Rest des Tages frei.« Sie stolzierte ins Schlafzimmer, gerüstet für den Kampf, der ihr zweifellos bevorstand. Ginos Anblick ließ sie erstarren. »Himmel, was ist denn mit dir passiert?«

»Ich hatte einen Autounfall.«

»Quatsch!« Sie trat ans Bett. »Du siehst *entsetzlich* aus.«

»Du wirkst auch nicht gerade frisch. Wo warst du?«

Sie schüttelte den Fuchsmantel von den Schultern. »Ha! *Er* verschwindet für zehn Tage, und wo war *ich*. Du hast Nerven.« Sie schlenderte zum Toilettentisch, setzte sich und nahm vorsichtig ihre Fuchskappe ab.

»Cindy«, rief er sehr leise, fast flüsternd, »hast du deine Zeitungen schon gelesen?« Er warf ihr das zusammengefaltete Blatt mit Winchells Klatschspalte zu, es landete neben ihrem Fuß.

Cindy verzog kurz das Gesicht und erwog, die Zeitung liegenzulassen. Doch ihre Neugier siegte, und sie hob das Blatt auf.

Sie las langsam, mühselig. Lesen war nie ihre Stärke gewesen. Als sie in Winchells Spalte ihren Namen entdeckte, huschte ein Lächeln über ihr Gesicht. *Sie war berühmt.* Junge, Junge!

Sie las zu Ende und legte die Zeitung behutsam auf den Toilettentisch. Vielleicht sollte sie anfangen, die Ausschnitte zu sammeln.

Ihre Haltung machte Gino rasend. »Nun?« fragte er. »Wie erklärst du das? Und wie erklärst du dein Ausbleiben die ganze Nacht über?«

»Ich war mit Henry zusammen«, erwiderte sie ruhig. »Und ich werde auch heute nacht wieder mit ihm zusammen sein.«

Er glaubte nicht recht gehört zu haben. »Verdammt, das wirst du nicht!«

»Verdammt, das werde ich doch! Und *du* wirst mich nicht aufhalten.«

»So?« Er stieg langsam aus dem Bett.

»O nein.« Sie stand auf, musterte ihn frech, die Hände auf den Hüften, die Lippen verächtlich verzogen. »Nicht, wenn du weißt, was gut für dich ist.«

»Was?« Er begann zu lachen. Das Frauenzimmer war übergeschnappt. Wen glaubte sie denn vor sich zu haben, guter Gott? *Hübsche dumme Cindy, leg dich nicht mit den großen Jungs an.*

»Ich habe eine Menge über dich, Gino Santangelo«, sagte sie. »Eine *Menge.*«

»Verflucht, wovon redest du da?«

In ihren Augen blitzte es triumphierend auf. »Ich habe dich von einem Privatdetektiv beobachten lassen. Ich weiß alles, ha! Eine zehntägige Reise bis ins Village zu irgendeinem blöden Weibsbild. Ich habe *alles schriftlich*, hörst du?«

Seine Stimme war eisig: »Du – hast – mich – beobachten – lassen?«

»Habe ich«, antwortete sie heiter. »Ich denke, damit sitze *ich* auf dem Fahrersitz.« Sie hielt inne, holte tief Luft und fuhr dann fort: »Etwas anderes. Während du weg warst, haben Steuerfahnder herumgeschnüffelt. Falls du mir Hindernisse in den Weg legst, führe ich sie zu jeder Bank in der Stadt und zeige ihnen deine Tresorfächer. *Und* meine Abschriften der Bücher.« Sie lockerte mit den Fingern ihr platinblondes Haar. »Ich will die Scheidung, Gino. Ich habe das Richtige über dich, darum erwarte ich, daß du mir *keine* Schwierigkeiten machst.«

Carrie, 1938

Carrie konnte ihr Glück kaum fassen. Sie war für die Tanzgruppe von Bernard Dimes' neuem Musical engagiert worden. Zum zweiten Mal in ihrem Leben war dieser Mann genau in dem Moment da, wo sie ihn brauchte.

Er meldete sie bei den Beckers ab und fuhr sie selbst zu einer kleinen Wohnung im Village, die sie auf seine Vereinbarung hin mit einem Mädchen teilen sollte.

»Warum tun Sie das alles für mich?« fragte sie.

»Weil jeder eine Chance verdient – und ich das Gefühl habe, daß Sie bisher nicht viele hatten.«

Sie wäre ihm am liebsten um den Hals gefallen. Statt dessen sagte sie: »Ich werde mein möglichstes tun, Sie nicht zu enttäuschen.«

Das war im Dezember gewesen. Jetzt schrieb man August, das Musical hatte eingeschlagen, es wurde immer noch gespielt, und Carrie war glücklich. Sie arbeitete hart, aber die Arbeit machte ihr Freude. Mit Goldie, ihrer Wohnungsgenossin, kam sie sehr gut aus. Der einzige Streitpunkt zwischen ihnen waren Freunde. Goldie hatte viele. Carrie wollte keinen.

»Du bist nicht normal«, scherzte Goldie. »Wieso hast du noch nie dran gedacht, Nonne zu werden?«

»Ich hatte einen Freund«, log Carrie, »er ist gestorben.«

Goldie wurde sofort von Mitleid erfaßt und ließ sie eine Zeitlang in Ruhe. Aber nur eine Zeitlang. Allem Anschein nach hatte jeder von Goldies Freunden einen Freund, der Anschluß suchte, und Goldie löcherte Carrie immer wieder, mit ihr auszugehen. Carrie lehnte immer ab. Von Nachtclubs, Jazzlokalen und Festivitäten wollte sie sich fernhalten. Sie war zwar überzeugt, der Versuchung widerstehen zu können, aber bloßes Überzeugtsein genügte nicht...

Jeden Samstag abend erschien Bernard Dimes zu einem kurzen Besuch hinter der Bühne. Gewöhnlich hatte er eine elegante Frau am Arm, doch das hielt die meisten Mädchen der Truppe nicht davon ab, für ihn zu schwärmen.

Bei seinen wöchentlichen Besuchen fand Bernard Dimes immer ein freundliches Wort für Carrie. Er erkundigte sich, wie sie zurechtkam und ob alles in Ordnung sei. Offenbar interessierte er sich für jedes Mitglied des Ensembles; darum hatte er auch gewußt, daß Goldie eine Mitbewohnerin suchte.

In gewisser Weise machte er Carrie angst. Er strahlte solche Autorität aus, war stets Herr der Lage. Mr. Bernard Dimes schien sein Leben völlig unter Kontrolle zu haben.

Bernard Dimes war fünfundvierzig, unverheiratet, äußerst erfolgreich und sehr einsam. Oh, er hatte viele Bekannte, doch es gab wenige Menschen, die er als echte Freunde bezeichnete. Er knüpfte gelegentlich sexuelle Beziehungen, doch seine Maßstäbe waren ungewöhnlich hoch, und nur wenige Frauen vermochten ihn länger zu fesseln.

Schöne Frauen waren wichtig für ihn. Witz und Klugheit betrachtete er bei ihnen als besonderes Plus, denn er hatte die Erfahrung gemacht, daß eine elegante Begleiterin von beträchtlichem Nutzen war, wenn es Gelder für eine neue Produktion zu beschaffen galt. Er besaß einen ganzen Stall voller Frauen, auf die er bei Bedarf zurückgreifen konnte. Alle vergötterten ihn. Und alle dachten an Heirat. Bernard verschwendete keinen Gedanken daran. Schließlich – welche Vorteile hätte ihm eine Heirat gebracht? So, wie es war, leisteten ihm die Frauen beste Dienste.

Dann trat Carrie in sein Leben, eine verlassene, heimatlose Schwarze mit einem Gesicht von exotischer Ungewöhnlichkeit, ausdrucksvollen, tiefen Augen und nachtschwarzem, seidigem Haar, von dem ein Mann sich gut vorstellen konnte, daß es weich über seine Brust strich...

Anfangs beschäftigte ihn nur die Frage, wo er ihr schon begegnet sei, und er empfand nur oberflächliches Interesse. Dann, bei dem Gespräch mit ihr, dieses seltsame Gefühl – er wollte ihr helfen...

Schließlich die Erinnerung. Sie war das Mädchen von Clementine Dukes Hausfest, das mitleiderregende, unter Drogen stehende Geschöpf, das mitten in einem entwürdigenden Tanz zusammengebrochen war.

Er erwähnte ihr gegenüber nichts von der Begegnung, aus Angst, sie verlegen zu machen. Doch er erkundigte sich, woher sie zu den Beckers gekommen war, und fand heraus, daß sie einige Jahre in einer Anstalt zugebracht hatte.

Ihn verlangte verzweifelt danach, sie über ihr Leben auszufragen. In ihren schönen Augen stand solche Trauer, fast Hoffnungslosigkeit. Er wollte diese Frau *kennenlernen*.

Jeden Samstag, wenn er seine Darsteller besuchte, nahm er sich vor, sie einzuladen. Er tat es nie. Er lächelte höflich, erkundigte sich nach ihrem Ergehen und überlegte immer wieder sehnsüchtig, wie eine solche Frau wohl im Bett sei.

Zum erstenmal in seinem Leben liebte Bernard Dimes.

Zum erstenmal in seinem Leben stand er vor einer Situation und wußte nicht, wie er damit fertig werden sollte.

Es kam der Samstag, an dem Goldie ihren einundzwanzigsten Geburtstag feierte. Sie war für den späten Abend mit ihrem Lieblingsfreund Mel verabredet, und er wollte seinen Freund Freddy Lester mitbringen. Als die Vorstellung zu Ende war, humpelte das Mädchen, das Freddys Partnerin hatte sein sollen, mit einem verstauchten Knöchel hinter die Bühne.

Goldie sah Carrie flehend an: »Bitte!«

Carrie fand keine stichhaltige Ausrede, schließlich war Goldies Geburtstag. Außerdem mußte sie irgendwann einmal Selbstvertrauen gewinnen; sie konnte nicht ihr ganzes Leben lang Einsiedlerin bleiben. »Okay«, sagte sie zögernd.

»Wir werden einen *wunderbaren* Abend verleben!« rief Goldie begeistert. »Mel ist der unterhaltsamste Mann, mit dem ich je aus war, und wenn *er* sagt, daß Freddy fesch ist, kannst du drauf wetten, daß es stimmt.«

Carrie nickte. Fesch. Goldies Lieblingsausdruck für ein halbwegs anständig aussehendes männliches Wesen. Fesch. Im Finstern waren sie alle gleich.

»Ich sollte dir lieber was zum Anziehen leihen«, fuhr Goldie aufgeregt fort. Sie inspizierte die Kleidungsstücke, die in der Garderobe herumlagen, welche sie sich mit vier weiteren Mädchen teilten. »Susie, kann Carrie heute abend deinen Rock haben? Oh, und Mabel, deine Riemchenschuhe – die mit den Sieben-Zentimeter-Absätzen? *Bitte!*«

Goldie konnte sehr beredt sein. Schließlich stand Carrie in Susies engem, seitlich geschlitztem schwarzem Rock, Mabels hochhackigen Schuhen und einer schulterfreien weißen Bluse von Goldie da.

»Hmmm.« Goldie trat zurück und musterte sie. »Sehr hübsch. Aufreizend mit einem eleganten Anstrich. Aber sag mal, *mußt* du das Haar so streng geknotet tragen? Kannst du es nicht aufmachen?«

Carrie fügte sich. Warum nicht? Mittlerweile erregte sie der Gedanke an einen unterhaltsamen Abend. Sie bürstete ihr hüftlanges schwarzes Haar und steckte es auf einer Seite mit einer weißen Blume fest.

»Du siehst umwerfend aus!« rief Goldie. »Laß mir bloß die Finger von Mel!«

Ein diskretes Klopfen an der Garderobentür kündigte den samstäglichen Besuch von Bernard Dimes an. Er trat in den engen kleinen Raum, lächelte, nickte in die Runde. Dann reichte er Goldie ein extravagant eingepacktes Geschenk.

Sie öffnete es unter vielen Ohs und Ahs, obwohl sie wußte, daß es Pralinen waren. Er vergaß nie einen Geburtstag und schenkte immer Pralinen. »Mmmm«, schnurrte sie, »wie köstlich. *Vielen Dank.*« Sie sah ihn an und klimperte mit ihren falschen Wimpern. »Die werden mir Pfunde an allen falschen Stellen einbringen.«

Er blickte zu Carrie. Sie sah heute anders aus. Ihm wurde bewußt, daß sie zum Ausgehen angezogen war. Enttäuschung erfaßte ihn, denn er hatte kurz zuvor beschlossen, sie an dem Abend *wirklich* zum Essen einzuladen. Na, ha – nun hatte er monatelang damit gewartet, eine Woche mehr würde auch nicht viel ausmachen.

Vor dem Bühneneingang wartete Mel bereits voller Unruhe.

Sein Freund Freddy, der recht gut aussah und es auch wußte, sagte zu ihm: »Ich hoffe, daß sie einsachtzig groß ist. Ich habe für große Mädchen seit jeher was übrig.«

»Was kümmert's dich, ob sie groß ist oder nicht, solange sie mitmacht?« meinte Mel verächtlich. »Wenn sie ist wie Goldie, braucht es ganze zwei Drinks, und sie gehört dir.«

»Kann es gar nicht erwarten! Hab seit zwei Tagen keine Frau gehabt.«

Goldie und Carrie traten heraus. »Bestell Sekt, nichts anderes«, flüsterte Goldie. »Daran merken sie, daß du was Besonderes bist.«

Mel und Freddy traten forsch vor.

»'n Abend, Jungs«, begrüßte Goldie sie mit ihrer besten Mae-West-Stimme.

»Herzlichen Glückwunsch zum Geburtstag, du Prachtstück«, sagte Mel, legte die Arme um sie, drückte sie fest an sich und küßte sie auf den Mund.

Carrie und Freddy musterten einander.

»Holla!« rief Goldie und schob Mel weg. »Du verschmierst meinen Lippenstift, du großer Lümmel.« Sie grinste Freddy an. »Hallo, ich bin Goldie. Als ob du das nicht wüßtest, was? Und das ist Carrie – deine Traumpartnerin für heute abend. Du bist ein Glückspilz!«

Freddys Miene ließ nicht darauf schließen, daß er sich als Glückspilz fühlte. Er nickte Carrie kurz zu, dann machten sich alle auf den Weg zu Mels Wagen.

Mel öffnete die Türen. Goldie stieg vorn ein, Carrie hinten. Mel und Freddy blieben draußen stehen.

»Was ist los mit dir?« fragte Mel den Freund.

»Jesus!« erwiderte Freddy flüsternd, »sie ist 'ne beschissene Farbige!«

»Na und?« fragte Mel gleichgültig, »hast du noch nie gehört, daß sie besonders geil sind?«

»Schon«, antwortete Freddy, »aber ich hab noch nie eine öffentlich ausgeführt.«

»Ach, komm schon.« Mel lachte. »Ziehen wir los.« Die beiden stiegen ein.

Carrie, die alles gehört hatte, starrte unglücklich zum Fenster hinaus. Die häßlichen Worte dröhnten ihr in den Ohren: *Beschissene Farbige. Besonders geil.*

Salzige Tränen traten ihr in die Augen und liefen ihr über die Wangen. Sie hielt den Kopf zum Fenster gewandt, damit niemand ihr Elend sehen konnte.

Goldie und Mel plauderten fröhlich. Freddy saß ziemlich steif neben ihr. Er räusperte sich mehrmals und fragte schließlich: »Sie wohnen also mit Goldie zusammen, was?«

»Ja«, antwortete Carrie und zwang sich zu einem ruhigen, normalen Ton. Sie durfte ihn nicht merken lassen, daß sie empört war. Wenn er erkannte, daß sie seine und Mels Äußerungen gehört hatte, würde alles nur noch schlimmer. Sie beschloß, ihm die Chance zu geben, sie loszuwerden, und sagte: »Wissen Sie, ich habe schreckliche Kopfschmerzen. Vielleicht sollte ich lieber nach Hause gehen.«

Goldie entgegnete sofort: »Kommt nicht in Frage. Ich habe sechs Monate gebraucht, um dich zum Mitkommen zu überreden, und jetzt bleibst du. Basta. Habe ich recht, Mel?«

Mel rief begeistert: »Vollkommen recht.«

Carrie ließ sich unglücklich zurücksinken. Es gab kein Entrinnen.

Sie suchten als erstes ein kleines Jazzlokal in der Zweiundfünfzigsten Straße auf. Eine ganz ordentliche Combo spielte, Sekt floß.

Goldie war glänzender Laune und entschlossen, einen drauf zu machen. Als Carrie erklärte, sie wolle Fruchtsaft trinken, schimpfte sie: »He, hör mal, Mädchen. Heute ist mein *Geburtstag*, und ich will mich amüsieren. Wenn du weiter mit einem solchen Gesicht herumhängst, verdirbst du mir alles. Trink jetzt ein bißchen Sekt, verflixt noch mal, und setz ein Lächeln auf!«

Carrie fügte sich. Sie hatte vergessen, wie Sekt schmeckte, obwohl Weißjacke ihn seinerzeit eimerweise gekauft hatte, wenn er bei Kasse gewesen war. Sie sagte sich, ein Glas werde sie nicht gleich auf den Weg in den Abgrund bringen. Und irgendwie mußte sie den Abend überstehen.

Aus dem einen Glas wurden zwei Gläser, drei. Dann wechselten sie das Lokal. Die schaumigen weißen Daiquiris dort schmeckten so köstlich, daß Carrie mindestens vier trank. Schließlich waren die Gläser so klein, was konnte das bißchen schon schaden?

Als die vier sich ins Clemmie's schoben, waren sie bester Stimmung. Carrie und Freddy hatten Freundschaft geschlossen, sie kicherten, lachten, tanzten. Und es machte Carrie gar nichts aus, wenn seine Hände wie zufällig ihre Brüste berührten. Sie fühlte sich so frei. So lebendig. Zum erstenmal seit Jahren konnte sie ehrlich behaupten zu leben.

»Du bist einfach toll«, lallte Freddy.

Auf dieses Kompliment hin verschränkte sie die Finger hinter seinem Nacken und sah ihm in die Augen. *Beschissene Farbige* dröhnte ihr längst nicht mehr in den Ohren. »Danke«, murmelte sie erfreut. Es war lange her, daß ihr jemand so etwas gesagt hatte.

»Nein, ich mein's ehrlich«, erklärte Freddy, als habe sie daran gezweifelt. »Ich mein's wirklich ehrlich.«

»He«, sagte Goldie und stieß Carrie leicht an. »Siehst du den Mann da drüben? Das ist *der* Gino Santangelo. Ihm gehört der Laden. Ich bin ihm mal begegnet. Er ist ein *wirklich* schlimmer Junge.«

Carrie schaute zu dem Mann hinüber. »Ich hab's zu meiner Zeit mit vielen schlimmen Jungs aufgenommen«, prahlte sie.

»Carrie!« rief Goldie kichernd. »So hab ich dich noch nie erlebt!«

»Ja. Du weißt überhaupt nichts!«

Goldie stieß Mel an. »Sie ist ganz schön blau.«

Mel grinste. »Wie würde es dir gefallen, Carrie, fünfzig Piepen zu verdienen?«

»Was meinst du damit, du großer Junge?«

»Ich wette fünfzig Dollar, daß du es mit dem berühmten Mr. Santangelo nicht machen kannst.«

»So?« Ihre Augen funkelten. »Du hast die Wette schon verloren.«

Bevor einer sie aufhalten konnte, war sie auf den Beinen und tänzelte durch das volle Lokal.

Goldie preßte die Hände auf den Mund. »Mein Gott, Mel! Was hast du angerichtet? Das sieht ihr gar nicht ähnlich.«

Er lachte schmutzig. »Komm schon, Puppe, sie tut nichts, was sie nicht schon hundertmal getan hat.«

»Nein, nein«, versuchte Goldie, die selbst auch nicht mehr nüchtern war, zu argumentieren. »Sie ist kein Mädchen von der Sorte...«

Mel brachte sie mit einem feuchten Kuß zum Schweigen und begann ihr dann zuzuflüstern, was er später mit ihr machen wollte.

Goldie vergaß Carrie und konzentrierte sich auf sich selbst.

Freddy schnitt eine betrunkene Grimasse und sagte vorwurfsvoll: »Na, schönen Dank, du alter Esel.« Doch er schielte bereits nach einer großen Brünetten, die allein am übernächsten Tisch saß.

Als Carrie durch den Raum ging, war sie völlig sich selbst überlassen.

Gino, 1938

Gino hielt an seinem üblichen Tisch Hof. Gäste des Lokals zogen in ununterbrochener Folge an ihm vorbei, um ihm zu huldigen.

Er trug wie üblich einen dunklen Anzug mit Weste, ein weißes Seidenhemd und eine geschmackvolle Krawatte. Sein schwarzes Haar war glattgestrichen. Der riesige Diamant an seinem kleinen Finger funkelte immer wieder teuer auf, wenn sich das Licht darin fing. Nur die Narbe auf seiner Wange verlieh ihm ein leicht düsteres Aussehen. Sie und der harte Blick in seinen schwarzen Augen, die eine Frau unlängst mit den Augen Rudolph Valentinos verglichen hatte. Das Kompliment hatte Gino gefallen. Rudolph Valentino. Ja.

Seit fast einem Jahr trug er jetzt Schwarz. Und das gehörte sich auch, oder? Ein Zeichen der Achtung für seine liebe verstorbene Frau Cindy. Die Arme war in dem im fünfundzwanzigsten Stockwerk gelegenen Penthouse-Appartement ausgerutscht und aus dem Fenster gestürzt. Ein tragischer Unfall. Gino war zu der Zeit nicht zu Hause, ja nicht einmal in der Stadt gewesen, sondern in Westchester bei seinen guten Freunden, Senator und Mrs. Duke.

Ja, ein furchtbares Unglück. Ein vernichtender Schlag für ihn, mit zweiunddreißig Jahren schon Witwer zu sein.

Er hatte für ein großartiges Begräbnis mit eindrucksvoller Kulisse gesorgt.

Cindy wäre zufrieden gewesen und hätte sich geehrt gefühlt.

Leider war es Henry Moufflin Jr. nicht möglich gewesen, teilzunehmen. Er hatte um dieselbe Zeit einen ziemlich schweren Autounfall erlitten und erholte sich jetzt in Europa. Einem Gerücht zufolge gefiel es ihm dort so gut, daß er vielleicht gar nicht mehr in die Staaten zurückkehrt.

In der gleichen Woche war im Büro des Privatdetektivs Sam Lawson ein Brand ausgebrochen. Sam Lawson hatte in den Flammen den Tod gefunden, und seine gesamten Akten waren verbrannt. Zufälligerweise handelte es sich bei ihm um den Detektiv, den Cindy auf Gino angesetzt hatte. Gino war es richtig erschienen, als Zeichen der Achtung einen Kranz zu schicken. Cindy hätte eine solche Geste begrüßt.

Er trank von seinem Whisky und inspizierte die Frau, die auf ihn zukam. Schwarz. Exotisch. Und Brüste, die einen Verkehrsstau verursacht hätten.

Sie blieb an seinem Tisch stehen und lächelte. »Mr. Santangelo?«

»Ja.«

»Wie ich höre, gehört Ihnen das Lokal. Ich dachte, ich schaue mal vorbei und sage Ihnen, wie elegant ich es finde.«

Gino lächelte. Er mochte kühne Frauen. Manchmal. »Setzen Sie sich und trinken Sie etwas.«

Carrie nahm Platz. Sie fühlte sich wunderbar. Gerade angetrunken genug, um das Gefühl zu haben, ihr gehöre die Welt, wenn sie nur wolle.

»Champagner?« fragte er.

»Natürlich.«

Er schnippte mit den Fingern, und sofort stand ein Kellner neben ihm. »Eine Flasche unseres besten Champagners.«

»Jawohl, sofort, Mr. Santangelo.«

Gino betrachtete sie. Eine ungewöhnliche, seltene Schönheit. Ein Glas, und er würde sie zu sich einladen.

Ein weiteres Glas, und sie würde mitkommen.

»Bitte noch einmal«, stöhnte Carrie. »Mmm... Bitte.«

Er leckte sie. Geduldig, mit fachmännischem Geschick bewegte er seine Zunge, ließ sie immer wieder vorschnellen. Es war lange her, daß er das bei einer Frau getan hatte. Aber die hier war so sahnig und begierig... Es war fast, als hätte sie seit Jahren keinen Mann gehabt. Das gefiel ihm. Es fachte seine sexuellen Gelüste an und ließ seine Säfte steigen.

Nicht, daß er sexuell nicht gut versorgt gewesen wäre. Da gab es Bee

– immer verfügbar, warm, solide. Da gab es eine Sängerin im Club – sehr aufreizend, aber er hatte den Verdacht, daß sie nicht so oft badete, wie es sich gehört hätte. Und natürlich gab es die Abenteuer für eine Nacht mit den verschiedensten Frauen, angefangen von Copacabana-Showgirls bis zu reichen Damen der Gesellschaft.

Sie stöhnte erneut, diesmal lauter.

Er hörte mit seiner Zunge auf und schob sich über sie. Ihre glatten braunen Beine umschlangen ihn und drängten ihn vorwärts.

Für einen winzigen Augenblick ließ er sich mitreißen. Aber nicht ganz. Sein Geist blieb immer Zuschauer. Wach und auf der Hut. Sah sich die Aktion an wie ein besonders aufmerksamer Beobachter. Sogar im Orgasmus.

Die Frau erreichte den Höhepunkt. Konzentrierte Energie setzte sich zuckend frei. Er spürte das Pulsen, und wie auf ein Stichwort hin löste er durch Willenskraft seinen Erguß aus.

Dann war es vorbei, und er wollte, daß sie nach Hause ging.

Er stand vom Bett auf. »He, he, he«, sagte er, »ich wette, daß Sie das nicht in der Schule gelernt haben.«

Der Champagner färbte für Carrie noch immer alles rosarot. Sie fühlte sich mächtig, Herrin der Lage und *sooo gut*. Gino Santangelo hatte sie nicht benutzt. Sie hatte ihn nicht benutzt. Es war für beide ein genußreiches Erlebnis gewesen.

Träge streckte sie sich. Sie kam sich wie neugeboren vor, als hätte jemand alle Angespanntheit aus ihrem Körper gehämmert.

»Mein Wagen steht unten. Der Fahrer wird Sie nach Hause bringen, wann immer Sie wollen«, sagte Gino leichthin. »Oh – und hier ist ein kleines Geschenk für Sie. Kaufen Sie sich was Hübsches.«

Er reichte ihr hundert Dollar.

»Hol Sie der Teufel!« schrie sie. »Wenn ich eine Hure wäre, hätte es Sie eine Menge mehr gekostet.« Sie warf ihm das Geld ins Gesicht und stürmte aus der Wohnung.

Er schüttelte verblüfft den Kopf.

Diese Frauen.

Er würde sie nie begreifen.

Carrie, 1938

Carrie beachtete Ginos vor dem Haus wartenden Fahrer nicht, sondern schritt eilig die Park Avenue entlang. Sie war schlagartig nüchtern geworden. *Beschissene Farbige,* dröhnte es ihr wieder in den Ohren. Und heiße rote Wut stieg in ihr auf.

Was hatte sie sich denn gedacht – einfach so zu Gino Santangelo zu gehen? Wer anders als eine Hure würde sich zu einem Mann an den Tisch setzen und eine halbe Stunde später mit ihm ins Bett steigen?

Beschissene Farbige. Hure. Die Worte hallten in ihrem Kopf. Sie hatte sich so bemüht, anständig zu sein. Und jetzt – nach nur einer Nacht – war sie wieder dort, wo sie angefangen hatte. Warum hatte Goldie sie nicht aufgehalten? Vor allem aber, warum war sie überhaupt mit ihr und ihren miesen Freunden ausgegangen?

Sieben Häuserblöcke weiter fand sie ein Taxi. Als sie einstieg, warf ihr der Fahrer einen schiefen Blick zu und sagte: »Ich fahr nicht nach Harlem, Schätzchen.«

Sie starrte ihn kalt an: »Ich auch nicht, *Schätzchen.*«

Dies gefiel dem Mann gar nicht. Während der ganzen Fahrt ins Village wahrte er eisiges Schweigen.

Sie bezahlte ihn, stieg die drei Stockwerke zu der geräumigen Dachwohnung hinauf und trat in ihr Zimmer. Zu ihrem Entsetzen fand sie Freddy im Bett vor, in *ihrem* Bett. Sie traute ihren Augen nicht.

Ärgerlich rüttelte sie ihn wach. »Raus hier«, flüsterte sie zornig.

»Ach, komm schon, Liebling«, murmelte er betrunken, mit leerem Blick. Er dachte gar nicht daran, aufzustehen und nach Hause zu gehen.

»Verschwinden Sie sofort aus meinem Bett!« zischte sie.

»Warum kommst du nicht rein zu mir? Ich wart schon die ganze Nacht«, lallte er.

»Warum fallen Sie nicht tot um?«

Er packte sie am Handgelenk. »Komm, Zuckerpuppe, sei keine Spielverderberin.«

»Lassen Sie mich *los.*«

Er war überraschend stark, zog sie mühelos aufs Bett.

»Wenn Sie nicht aufhören, schreie ich«, drohte sie wütend.

»Tu das bloß nicht, Puppe.« Er drückte ihr seine schwere Hand auf den Mund, um sie am Schreien zu hindern und gleichzeitig niederzuhalten. Mit der anderen Hand schob er ihren Rock hoch und zerrte ihr Höschen herunter.

Sie erschlaffte, wurde empfindungslos. Jede Kraft hatte sie verlassen.

Er nahm dies als Zeichen des Einverständnisses, befreite irgendwie seinen Penis aus der Hose und rammte ihn in sie.

Erstickte Laute drangen aus ihrer Kehle. Seine Hand verhütete, daß ihr gepeinigtes Schluchzen hörbar wurde.

»Du bist nasser als eine Badewanne voll Öl!« erklärte er triumphierend. »Ich wette, daß du es genießt. Hm, Zuckerpüppchen? Hm?«

Sie zwang sich, nicht zu denken, schob alle Gedanken von sich. Und als er die Hand wegnahm, schrie sie nicht. Sie wartete, bis er fertig war, dann sagte sie ganz ruhig: »Das macht dreißig Dollar, Mister.«

»Was?« murmelte er.

»Wer eine Hure fickt, der bezahlt«, erklärte sie kalt. »Besonders, wer eine beschissene Farbige fickt.«

»Aber...«

»Bezahlen Sie, oder ich schreie ›Vergewaltigung‹.«

Er bezahlte.

Carrie konnte es nicht erwarten, von Goldie wegzukommen. Sie zog am nächsten Tag aus, nachdem sie im Theater angerufen und dem Regisseur gesagt hatte, daß sie sofort aus dem Ensemble ausscheide.

Sie ergriff ihren einzigen Koffer und ging los, um irgendwo ein Zimmer zu mieten. Kein Glück. Schließlich, nachdem ihr genügend Türen vor der Nase zugeschlagen worden waren, begriff sie. Mit dem Bus fuhr sie in das Viertel, das sie kannte.

Harlem war schmutziger denn je, doch hier gehörte sie hin. Sie fand ein Zimmer und vergrub sich dort. Ihr Geld würde für ein paar Monate reichen, bis sie entschieden hatte, was nun werden sollte.

Sechs Wochen später erkannte sie mit einem dumpfen Schock, daß sie ein Kind erwartete. Sie war wie vor den Kopf geschlagen, denn sie hatte immer geglaubt, nicht empfangen zu können. »Du bist einfach unfruchtbar«, hatte Weißjacke ihr wiederholt versichert.

Nun bekam sie ein Kind und wußte nicht, wer der Vater war.

Gino Santangelo. Freddy Lester. Es konnte jeder der beiden sein.

Sie hatte keine Ahnung, was sie tun oder wohin sie sich wenden sollte.

Gino, 1939

Bee murmelte im Schlaf und rollte sich zu Gino. Sie trug kein Nachtgewand – Gino wollte seine Frauen nackt im Bett haben.

Sie wohnte noch immer in derselben Wohnung, doch es waren einige Veränderungen vorgenommen worden. Vor allem hatte Gino das Gebäude gekauft. Dann hatte er die Wohnung vergrößern lassen, ein gesondertes Zimmer für Marco eingerichtet und eine geräumige Küche, wo Bee seine Lieblingsspeisen zubereiten konnte. Das Mobiliar jedoch war im wesentlichen das gleiche geblieben. Gino mochte es so – einfach und gemütlich. Und da er noch nie ein richtiges Zuhause gehabt hatte...

Er besaß nach wie vor einen eigenen ständigen Wohnsitz. Ein Penthouse, das fast genau jenem entsprach, in dem er mit Cindy gelebt hatte. Es war von einem Innenarchitekten eingerichtet und sehr luxuriös. Er verbrachte sehr wenig Zeit dort.

Außerdem hatte Gino zusammen mit Oswald Duke ein Gebäude ganz in der Nähe der Wall Street gekauft. Er erwarb immer mehr legitime Geschäfte und lenkte seine nicht ganz so legitimen Unternehmungen weiter mit fester Hand.

Mittlerweile gehörten ihm eine Spirituosenfabrik, zwei Wäschereien, ein Speditionsunternehmen und eine Reihe Ausstellungsräume für Automobile. Alles gedieh und florierte. Nicht übel für einen Jungen, der als Startkapital lediglich einen Tritt in den Hintern bekommen hatte.

Gino ging jeden Tag in sein neues Büro, kämpfte sich durch das *Wall Street Journal,* diktierte ein paar Briefe und floh so schnell wie möglich hinüber in sein kleines Büro im Clemmie's, wo er sich wohler fühlte.

Zu seinem Privatvergnügen besaß er drei Autos, sechzig Anzüge und eine Bibliothek, durch die er sich langsam hindurcharbeitete. *Gatsby* jedoch blieb sein Lieblingsroman.

In seinem Safe lagen noch immer Oswald Dukes kompromittierende Briefe. Sie erinnerten ihn ständig daran, daß er verletzlich war und nie mehr jemandem einen Gefallen erweisen sollte.

Oswald hatte sich dankbar gezeigt. Anders standen die Dinge mit Clementine. Sie weigerte sich hartnäckig, zur Kenntnis zu nehmen, daß das Verhältnis zwischen ihr und ihm zu Ende war. Sie verlor ihre kühle, elegante Haltung und belästigte ihn dauernd. Das Blatt hatte sich zweifellos gewendet. Als er Clementine kennengelernt hatte, war sie im Zenit ihres Lebens, und er war ein grüner Junge gewesen, den nach allem verlangt hatte, was sie bieten konnte. Nun stand *er* im Zenit. Doch zehn Jahre sexueller Dienst genügten wohl als Rückzahlung, oder? Warum konnte sie nicht einfach voll Anmut abtreten und sich damit begnügen, seine platonische Freundin zu sein?

Er legte die Hände auf Bees breiten weißen Popo und drückte zu. »Wecke-wecke!« Sie drehte sich zu ihm um, ihre Brüste mit den großen Warzen brachten ihn auf gewisse Ideen. »Geh dein Haar aufstecken«, bat er.

Gehorsam stieg sie aus dem Bett. Er mochte es, daß sie ihm nie widersprach.

Nackt ging sie zum Toilettentisch, setzte sich und begann ihre prächtigen roten Locken auf dem Kopf festzustecken.

Er lag da und sah ihr zu, warf die Decke zurück und beobachtete, wie sein Glied sich aufrichtete.

Als sie fertig war, war er bereit.

Bee schloß die Schlafzimmertür ab und kehrte mit aufreizendem Gang zum Bett zurück. Sie kniete sich nieder und nahm ihn in den Mund, saugte methodisch, während er stumm auf der Bettkante saß, die harten schwarzen Augen auf ihr Gesicht gerichtet.

Nach einer Viertelstunde kam er zum Höhepunkt. Er fuhr mit den Fingern wild durch ihr Haar und zog die Nadeln heraus, so daß genau im Augenblick seines Orgasmus ihre dichte rote Mähne über sein pulsendes Glied fiel.

Er beherrschte dieses Spiel meisterhaft.

»Vera hat angerufen«, sagte Aldo.

»Vera?« fragte Gino. »Seit wann ist sie wieder hier?«

Aldo zuckte die Achseln. »Weiß ich nicht, sie hat es nicht erwähnt.«

Gino fluchte leise. Zwei Jahre Schweigen hatten bedeutet, daß alles gut ging. Er hatte Vera nach Paolos Entlassung aus dem Gefängnis mit zwanzigtausend Dollar in der Tasche und Paolo neben sich nach Arizona verfrachtet.

»Ich will ihn nicht sehen«, hatte er ihr erklärt. »Das Geld kriegst du, damit ich ihn *nie mehr* sehen muß. Kapiert?«

»Ja, Gino.«

»Fahr mit ihm nach Arizona und fang was Neues an. Kauf ein kleines Geschäft oder so was. Richte dich für immer dort ein.«

»Ja, Gino.«

»Wenn dir nach Schreiben ist, ich hätte nichts dagegen, Nachricht von dir zu bekommen. Aber wenn ich nichts höre, weiß ich, daß alles okay ist.«

Sie hatte das Geld genommen und war abgefahren. Kein einziges Wort seither. Nicht einmal eine Ansichtskarte. Nun war sie wieder da. Und was bedeutete dies, zum Teufel?

»Die Restzahlung vom Boy ist eingetroffen. Samt der Zinssumme. Wurde heute früh abgeliefert«, verkündete Aldo.

Gino lächelte. »Tatsächlich?« Er hatte seine Leute auf Jake den Boy angesetzt und kurz darauf einen Anruf erhalten. Jake war in Los Angeles in einem Restaurant am Cienega Boulevard aufgespürt worden. Er war aufgespürt und verfolgt worden. War beschossen worden und entkommen. Der Boy hatte Gino angerufen. »Vertrauen Sie mir«, hatte er inständig gebeten. »Was ich gemacht habe, war dumm, das weiß ich. Vertrauen Sie mir und ziehen Sie die Leute ab. Ich sorge dafür, daß Sie jeden Dollar zurückbekommen. Mit Zinsen.«

Eine Menge Schneid. So etwas bewunderte Gino seit jeher. Er hatte dem Boy eine Chance gegeben.

»Du bist wahnsinnig!« hatte Aldo damals gesagt.

»Wir werden sehen«, hatte Gino entgegnet.

Nun lächelte er. Das ganze Geld zurückgezahlt, und Der Boy für immer in seiner Schuld. Das gefiel ihm. Es gefiel ihm sehr.

»Wo ist Vera abgestiegen?« fragte er.

Aldo nannte ihm die Telefonnummer eines schäbigen Hotels auf der unteren East Side.

Gino klemmte den Hörer unters Kinn und wählte.

Vera hatte am Telefon gelogen, und sie log jetzt. Gino hatte ein Gespür für so etwas. »Vera«, sagte er leise, »du erwartest doch nicht im Ernst, daß ich dir das abnehme? Die ganzen zwanzig Tausender sollen in einem Reinigungsunternehmen flötengegangen sein?«

Seine Stiefmutter und er aßen im Grillroom des Waldorf Astoria zu Mittag. Vera, ein nervöses Wrack, trug ein billiges blaues Kostüm, hatte ungepflegtes Haar und ein schwammiges, gedunsenes Gesicht.

Sie rutschte schuldbewußt auf ihrem Stuhl hin und her. »Hm, ich hab gewußt, daß du, wenn ich es dir erkläre...«

»Wo ist Paolo?«

»Hm...« Ihre blutunterlaufenen Augen blickten nervös hierhin und dorthin. »Er – hm, er hielt es für das Beste... Ich meine, *ich* hielt es für das Beste... Weil ich doch deine Gefühle kenne und so...«

»Ist er in der Stadt?«

Sie ergriff ihre auf dem Tisch liegende Serviette und drehte sie zu einer Kugel zusammen. »Er ist ein anderer Mensch, ehrlich. Ich würde dich nie anlügen. Und du darfst eins nicht vergessen: *Er ist dein Vater.*«

Zum Teufel, warum durfte er das nicht vergessen?! »Er ist hier, was?« fragte er ausdruckslos.

»Ja«, antwortete Vera, nahm dem Kellner, der eben kam, gierig ihren Whisky ab und trank ihn in einem Zug. »Er möchte dich sehen. Du bist sein einziges Kind, Gino.«

Klar. Doch hätte der Mistkerl ihn auch sehen wollen, wenn er kein so reiches und mächtiges einziges Kind gewesen wäre?

Einen Dreck hätte er.

Er griff nach seinem Drink und goß ihn hinunter.

Sie witterte eine momentane Schwäche. »Ich habe dich nie im Leben um etwas gebeten«, fuhr sie flehend fort. »Gib dem Mann eine Chance. Mir zuliebe. Triff dich wenigstens mit ihm.«

Er nickte. Ohne zu wissen, warum. »Gut, ich treffe mich mit ihm.«

Ihr verquollenes Gesicht strahlte. »Ich wußte, daß du mich nicht enttäuschen würdest.«

Sie stand auf. »Ich hole ihn«, erklärte sie.

»*Was* tust du?«

»Er ist in der Halle. Ich wußte, daß ich auf dich zählen kann.«

Und schon war sie weg. Er fluchte leise, befingerte die Narbe auf seiner Wange und begann zu schwitzen.

Durch ein Handzeichen bestellte er beim Kellner einen weiteren Drink, dann dachte er an sein letztes Zusammentreffen mit Paolo. Wie lange war das her? Sechzehn Jahre? Siebzehn? Sehr lange. Aber nicht lange genug. Er war noch ein Junge gewesen. Aber damals schon männlicher als sein Vater. Voll Befriedigung dachte er an die Prügel zurück, die er Paolo verpaßt hatte.

Seine Augen richteten sich auf den Eingang des Grillroom. Vera erschien, aber nicht mit Paolo. Sie brachte einen mageren alten Mann mit, der hinkte und fettiges graues Haar hatte. Die beiden kamen näher, und da erkannte Gino, daß es doch Paolo war. Richtete das Alter einen Menschen so zu? Er erinnerte sich an seinen Vater als schlanken, drahtigen Mann mit dichtem braunem Haar und regelmäßigen Zügen. Der Mann, der jetzt auf ihn zusteuerte, hatte das Gesicht eines dem Trunk ergebenen, durch Faustschläge entstellten Raufbolds. Lächelnd kam er heran, legte Gino die Hand auf die Schulter und sagte: »Grüß dich, Sohn. Lange nicht gesehen.«

Grüß dich, Sohn? Gino traute seinen Ohren nicht. *Grüß dich, Sohn?* Was glaubte der alte Kriecher denn? Daß hier irgendein sentimentaler Kitschfilm ablief?

»Paolo«, sagte er kurz und schüttelte die Hand von seiner Schulter. »Nimm Platz.«

Paolo setzte sich. Vera setzte sich ebenfalls.

»Weißt du, Sohn...«, begann Paolo.

»Laß den Scheiß mit dem Sohn«, unterbrach er ihn kalt.

Das Lächeln auf Paolos Gesicht wurde unsicher, wich aber nicht.

»Gino«, flehte Vera, »sei friedlich, hm? Wir wollen keine Streitereien mehr.«

»Schon gut, hab verstanden«, erklärte Paolo großmütig.

Gino musterte ihn mit harten schwarzen Augen. »Was willst du von mir? Noch mehr Geld zum Verschleudern?«

»Wir haben das Geld ehrlich verloren«, polterte Paolo.

»So?« Gino seufzte müde. »Du willst eine Stellung. Ich werde dir eine geben. Aber du ziehst mir keine Tausender mehr aus der Tasche. Ich werde irgendeine Arbeit für dich suchen, aber ein einziger falscher Schritt, dann ist Sense. Hast du verstanden?«

Paolo warf ihm einen mürrischen Blick zu.

»Er ist ein anderer Mensch«, schaltete sich Vera schnell ein. »Du wirst sehen, Gino. Es wird dir nicht leid tun, wenn du ihm Arbeit gibst.« Sie stieß Paolo an. »Stimmt's nicht, Süßer?«

Das Lächeln erschien wieder auf seinem Trinkergesicht. »Stimmt.«

Gino stand auf. »Abgemacht also. Bring ihn morgen abend um sechs ins Clemmie's, Vera.« Er schnippte mit den Fingern gebieterisch nach einem Kellner. »Servieren Sie den beiden ein Mittagessen«, sagte er kurz angebunden, »und schicken Sie mir die Rechnung.«

»Sehr wohl, Mr. Santangelo.«

Gino verließ das Restaurant ohne ein weiteres Wort.

Draußen blieb er stehen und spuckte angewidert in den Rinnstein.

Carrie, 1939

Abtreibung? Teuer und gefährlich. Wollte sie das wirklich? Ja.

Eine verdreckte Wohnung. Ihre gesamten Ersparnisse. Ein altes Negerweib mit einer rostigen Schere.

Erniedrigung. Stechender Schmerz.

Schmuggelfusel wurde ihr eingeflößt, um sie ruhig zu halten.

Sie kehrte in ihr Zimmer zurück, kauerte sich auf dem Bett zusammen.

Einsamkeit. Einen Tag lang Blutungen, dann nichts als Verzweiflung. Sie war immer noch in anderen Umständen.

Ziellose Überlegungen. Mit Gino Santangelo Verbindung aufnehmen? Mit Freddy Lester? Niemals.

Sich umbringen? Vielleicht. Sie spielte mit dem Gedanken. Der Selbstmord war etwas Tröstliches, immer möglich, wenn man nicht mehr konnte.

Sie besaß dreiundzwanzig Dollar und in ihr wuchs ein neuer Mensch heran. Sie durfte nicht einfach in dem gemieteten Zimmer liegen bleiben und warten. In ihrem Leben gab es keinen Prinzen aus dem Märchen, der auf seinem Schimmel nach Harlem geritten kommen und sie retten würde. Aber sie hatte die Drogensucht überwunden und war am Leben geblieben. Warum jetzt aufgeben?

Sie war erst Mitte Zwanzig. Sie beschloß, weiterzuleben.

Die Monate vergingen langsam. Stellungen waren nicht leicht zu kriegen. Zuerst arbeitete sie als Sängerin in einer schäbigen Spelunke. Dann als Kellnerin. Dann als Taxigirl in einem billigen Club. Alle diese Stellungen gab sie wieder auf, weil jeder Chef fand, daß der Geschlechtsverkehr mit ihm zu ihren Pflichten gehöre.

Sie war knapp bei Kasse, und ihr Bauch wurde zusehends runder. Seltsamerweise gab ihr das Baby, das in ihr wuchs, Hoffnungen auf die Zukunft. *Eine Zukunft zu zweit.* Der Gedanke erregte sie geradezu lächerlich.

Es gelang ihr, in einem Restaurant eine feste Stellung als Kassiererin zu finden. Diese Stellung blieb ihr, weil sie nun hochschwanger war und sich Mrs. Brown nannte, um Avancen von vornherein zu unterbinden.

Am Abend des 17. Mai 1939 wurde Carrie in das New Yorker Allerheiligenspital aufgenommen. Am 18. Mai um drei Uhr morgens gebar sie einen acht Pfund schweren Jungen. Die Geburt brachte sie fast um.

Sie nannte das Baby Steven.

Gino, 1939

Kriegslärm in Europa erschütterte Amerika. Hitler war in Polen einmarschiert, Großbritannien und Frankreich führten gegen Deutschland Krieg. Präsident Roosevelt hatte Amerika für neutral erklärt, aber wer wußte schon, was die Zukunft bringen würde.

Senator Oswald Duke und Gino Santangelo setzten sich eines Tages zusammen und suchten nach Wegen, um aus dieser Situation Kapital zu schlagen.

Oswald empfahl den Kauf mehrerer Maschinenfabriken, die sich in Krisenzeiten auf die Herstellung von Waffen und Munition umrüsten ließen. Gino war einverstanden. Außerdem schlug Oswald vor, daß sie ein Werk für Industriegummi sowie eine Tankstellenkette kaufen und in Lagerhäusern – über das ganze Land verteilt – Vorräte von Kaffee, Zucker und Konserven anlegen sollten. »Man weiß nie«, meinte Oswald. »Das sind Erzeugnisse, nach denen jeder schreien wird, wenn sich der Krieg in Europa ausweitet.«

Gino stimmte allem zu, was der alte Herr vorschlug. Oswald hatte sich noch nie geirrt, und es war immer gut, an die Zukunft zu denken.

Am Silvesterabend 1939 schloß Gino das Lokal Clemmie's für die Allgemeinheit und veranstaltete ein verschwenderisches Privatfest. Alle Welt war da. Es war das großartigste Fest des Jahres.

Was Gino anging, war es das schlechteste.

Zwei Dinge passierten, die ihm gar nicht gefielen.

Zunächst betrank sich Clementine Duke, schüttete ihm ein Glas Alkohol ins Gesicht und fauchte verächtlich, für jeden hörbar: »Mörder!«

Er hätte ihr am liebsten die feine Porzellanhaut blau geschlagen und sie in den mageren Hintern getreten. Statt dessen wischte er sich den Alkohol ab, grinste gelassen, um zu zeigen, daß ihn die Sache nicht berührte, und sagte: »Mrs. Duke ist wieder betrunken, Freunde. Feiern wir weiter.«

Seine Gäste scharten sich um ihn, so daß Clementines weißes, wütendes Gesicht aus seinem Blickfeld verschwand. Oswald faßte seine Frau am Arm und brachte sie nach Hause.

Das zweite unerfreuliche Ereignis betraf Paolo. Gino hatte ihm Arbeit als eine Art Bote gegeben, und bis jetzt war alles gut gegangen. Doch nun, als Gino auf einem einsamen Rundgang hinter die kleine Bühne des Lokals kam, stieß er auf Paolo, der seine Hose um die Knöchel hatte und eine verängstigte junge Tänzerin aus der Gruppe des Lokals vögelte.

»Zum Teufel, was geht hier vor?« fragte Gino mit leiser, drohender Stimme und versuchte, nicht auf den hängenden Hintern seines Vaters zu blicken.

Das Mädchen quiekste. »Oh, Mr. Santangelo, es tut mir leid. Aber er hat gesagt, ich müßte es tun, weil – wegen dem, was er ist. Er hat gesagt, wenn ich's nicht tue, würde ich meine Stellung verlieren.«

Paolo riß seine Hose hoch und verzog sich eilends.

Gino musterte das Mädchen. Ein halbes Kind noch. Keine der älteren Tänzerinnen wäre auf einen solchen Trick hereingefallen.

»Tun Sie nie etwas, das Sie nicht tun wollen«, sagte er sehr langsam. »*Niemals*. Haben Sie mich verstanden?«

Er suchte Paolo, fand ihn jedoch nicht und konnte seinen Zorn nicht abreagieren. Bee mußte dann den Blitzableiter spielen. »Dieses dreckige Schwein!« tobte er.

Als das Fest zu Ende und sie mit Gino in ihrem Schlafzimmer war, steckte sie ihr prächtiges rotes Haar auf und tat das, was er am liebsten hatte.

Dieses Mal besänftigte es ihn nicht.

Gino konnte nicht schlafen. Er lag im Bett, Bees warmen Körper neben sich, und lauschte auf ihre tiefen, zufriedenen Atemzüge. Diese verdammten tiefen, zufriedenen Atemzüge waren es, die ihn wachhielten. Verdammt, wer sollte da schlafen? Bei einem solchen Krach?

Er stand auf, ging in die Küche, öffnete den Kühlschrank und lud sich einen Teller mit Eiskrem voll.

Das Eis stellte ihn genausowenig zufrieden wie eine Weile vorher Bee. Er ging zum Kühlschrank und lud sich den Teller noch einmal voll. Während er aß, dachte er über Paolo nach. Warum er sich von Vera hatte überreden lassen, dem Kerl Arbeit zu geben, blieb ihm ein Rätsel. Sechs Wochen, und der Alte zwang eine Angestellte, ihm zu Willen zu sein, indem er sagte: »Ich bin Gino Santangelos Vater.«

Wo war Vera überhaupt? *Sie* hatte er zu dem Fest eingeladen. Wo war sie? Die Frage begann ihn zu beschäftigen. Er hatte sie seit ein paar Wochen nicht gesehen.

»Mmmm.« Der neunjährige Marco tappte verschlafen in die Küche, kaum fähig, die Augen offenzuhalten. »Kann ich auch Eis haben?«

»Geh ins Bett, Kleiner. Deine Mama wird dir den Hintern versohlen.«

»Ach, bitte«, bettelte Marco. »Mama hat mir versprochen, ein paar Papierhüte und Ballons mitzubringen. Hat sie's getan?«

Er fuhr dem Jungen durchs Haar. »Ja. Hat sie.«

»Wo sind sie? Kann ich sie haben?«

»Nein, kannst du nicht«, entgegnete Gino fest. »Und rede leiser, sonst weckst du deine Mutter auf.«

»Ach, bitte...«

»Nein. Setz dich hin, iß ein bißchen Eis und halt den Mund.«

Der Junge grinste und setzte sich an den Küchentisch.

Gino ging zum Kühlschrank, füllte einen zweiten Teller mit Eiskrem und stellte ihn vor Marco. Bee würde wütend sein; sie behauptete, er verziehe den Jungen. Aber wie denn auch nicht? Marco war einer der Hauptgründe, warum er soviel Zeit in ihrer Wohnung verbrachte.

»He«, sagte Gino unvermittelt, »wie wäre es, wenn wir beide morgen ins Kino gingen? Ich habe viel über *Stagecoach* gehört. Douglas Fairbanks. Cowboys und Indianer. Was meinst du?«

»Echt?«

»Klar. Wir schauen uns den Film zusammen an. Nur wir beide.«

Marco strahlte und stopfte sich den Mund mit Eis voll.

»Hör zu«, erklärte Gino, »ich werde mich jetzt anziehen und weggehen. Sag deiner Mama, daß ich ein paar Arbeiten erledigen will, solange mich niemand stört. Und dich hol ich dann mittags ab. Iß jetzt fertig und verschwinde ins Bett. Es ist vier Uhr.«

Er ging ins Ankleidezimmer, suchte ein paar sportliche Sachen heraus und zog sich eilends an. Es war zwar vier Uhr morgens, trotzdem würde er Vera einen kleinen Besuch abstatten und sich nach ihrem Befinden erkundigen. Himmel, er hätte es längst tun sollen.

Außerdem würde er ihr die Wahrheit über Paolo sagen, ihr die Sache mit dem Mädchen berichten. Und wenn ihr das die Augen nicht öffnete...

Nichts hätte ihm größere Freude bereitet, als zuzusehen, wie Vera den Alten vor die Tür setzte. Und wenn sie das tat, würde er ihr ein kleines Geschäft einrichten, was sie haben wollte. Vera – sie allein, ohne Paolo – konnte bei ihm alles erreichen.

Leise pfeifend verließ er die Wohnung in Greenwich Village. Er hatte Bauchgrimmen, gewöhnlich ein Warnsignal, das auf Schwierigkeiten hinwies, aber er ignorierte es. Schließlich – wer hätte nach zwei großen Tellern Eiskrem kein Bauchweh?

Das East-Side-Hotel, in dem die beiden wohnten, war eine Bruchbude. Eine richtige Flohkiste mit einer zerbrochenen Neonreklame, die periodisch *Zimmer frei* blinkte.

Auf den Straßen waren noch Silvester-Nachtschwärmer unterwegs. Zerzauste Frauen, die in Papiertrompeten bliesen und ihre dicken Hintern schwenkten. Angetrunkene ältere Männer in glänzenden Anzügen, mit blutunterlaufenen Augen und falschen Zähnen.

Gino stellte den alten Ford vor dem Hotel ab. Eine Dirne lehnte lässig an der Wand. »Wollen Sie sich toll amüsieren, mein Herr?«

Er ignorierte sie und trat in die sogenannte Halle. Der spitznasige Mann hinter der Empfangstheke stritt mit einem betrunkenen Paar. »Zehn Dollar, oder ihr könnt euch verziehen.«

»Komm schon, Pete«, bat die Frau, »gib's uns für fünf. Wir sind höchstens 'ne Stunde da.«

Der spitznasige Mann blieb hart. »In der Silvesternacht kostet's den doppelten Tarif. Wenn euch das nicht paßt, dampft ab.«

Der Galan der Frau wühlte in seiner Tasche und klatschte zwei schmierige Fünfdollarscheine auf die Theke. Der spitznasige Mann langte mit der einen Hand nach dem Geld und mit der anderen hinter sich nach einem Schlüssel. Kein Wort wurde gesprochen. Die beiden ergriffen den Schlüssel und gingen auf die abgetretene Treppe zu.

»Bitte?« fragte Spitznase scharf und sah Gino an.

»Wohnen bei Ihnen Mr. und Mrs. Paolo Santangelo?«

»Wer will das wissen?«

Gino antwortete nicht. Er zog seine Brieftasche, nahm einen Zwanziger heraus und schob ihn über die Theke. »Ich hätte gern den Zweitschlüssel.«

Spitznase zögerte nicht. Er hatte eine erstaunliche Fingerfertigkeit, wenn es um Geld ging. Mit einer einzigen Bewegung steckte er den Zwanziger ein und reichte Gino einen Schlüssel. »Zweiter Stock«, murmelte er. »Nehmen Sie die Treppe, der Lift ist kaputt. Sie haben von mir nie einen Schlüssel bekommen.«

Gino nickte. Die Bruchbude war von innen noch schlimmer als von außen. Er ging die Treppe hinauf. Allein schon von dem Gestank konnte einem schlecht werden. Gino klopfte nicht erst lange an, sondern steckte den Schlüssel ins Schloß, sperrte auf und trat ein.

Auf die Szene, die sich seinen Blicken darbot, war er nicht gefaßt.

Vera hockte nackt im Bett. In dem harten Licht von der Decke sah man deutlich jeden blauen Fleck an ihrem verbrauchten Körper. Über ihre Arme und Brust zogen sich frische rote Striemen. Blut floß aus ihrer zerschlagenen Nase. Mit beiden Händen umklammerte sie eine 38er, die auf Paolo gerichtet war. Sie atmete stoßweise und stieß mit hysterischer, kreischender Stimme hervor: »Ich – bring – dich – um... Diesmal bring – ich dich um...«

Paolo, mit einer kurzen Unterhose und einem dreckigen Unterhemd bekleidet, stand starr am Fußende des Bettes. Von seiner rechten Hand baumelte ein breiter Ledergürtel mit einer tödlich aussehenden Schnalle. Sein fettiges Haar war zerzaust. Aus seinen blutunterlaufenen Augen sprach echtes Entsetzen, gemischt mit Ungläubigkeit.

Keiner der beiden bemerkte den in der Tür stehenden Gino.

»Sauhund!« schrie Vera und drückte ab.

Die Kugel traf Paolo mitten zwischen die Augen. Er taumelte nach hinten, den Ausdruck der Ungläubigkeit für immer im Blick.

»Sauhund!« schrie Vera erneut, doch bevor sie ein zweites Mal abdrücken konnte, war Gino am Bett und kämpfte verzweifelt mit ihr um den Besitz der Waffe. »Vera! Vera! Was tust du da?« rief er, drückte sie auf die Matratze und löste die Pistole aus ihren verkrampften Fäusten.

»Oh, Gino!« Sie begann zu schluchzen. »O Gott... Oh, mein Gott...«

Er stand vom Bett auf, die Waffe in der Hand. Vera wurde von Schluchzen geschüttelt, sie wiegte sich langsam vor und zurück.

Nüchtern starrte Gino auf das Bündel, das einmal sein Vater gewesen war. Er versuchte, sich an schöne Augenblicke zu erinnern, doch ihm fielen keine ein. Er neigte sich über den jämmerlichen Körper und horchte nach dem Herzschlag. Nichts zu hören. Er hatte es nicht anders erwartet.

»Warum hast du das getan?« schrie Vera plötzlich und richtete sich auf. *»Warum hast du das getan, Gino?«*

»Beruhige dich«, sagte er leise. Seine Gedanken rasten, er suchte nach Möglichkeiten, Vera hier herauszuholen. »Ich hab nichts getan.«

»Doch«, flüsterte sie, »du hast ihm allen Mut genommen. Das alles ist *deine* Schuld.« Sie begann wieder zu schreien: »Du hast es getan, Gino! Du hast es getan.«

Wild schluchzend brach sie zusammen.

Gino blickte zur Decke und überlegte, was er tun sollte.

Margaret O'Shaunessy und Michael Flannery feierten am Silvesterabend Verlobung. Er überreichte ihr einen billigen Ring mit einem imitierten Smaragden und den Schlüssel zu einem Hotelzimmer.

»Ich habe uns ein Zimmer besorgt, wie versprochen«, erklärte er voll triumphierender Erregung. Angeheizt vom Bier, mit dem sie die Verlobung begossen hatten, eilten sie ins Hotel.

Margaret war nicht begeistert von dem Zimmer, doch als Michael sie liebevoll auszukleiden begann, entspannte sie sich langsam. »Wir bleiben die ganze Nacht zusammen«, erklärte er ihr. »Beim erstenmal wirst du es nicht schön finden, aber wir können es immer wieder machen.«

Sie fand es gleich beim erstenmal schön. Trotzdem machten sie es immer wieder. Bis sie schließlich erschöpft dalagen und nur noch redeten, Pläne für die Zukunft schmiedeten.

Gegen halb vier Uhr früh schliefen sie ein.

Etwa eine Viertelstunde später hob im Nebenzimmer schlimmes Gelärme an. Margaret erwachte sofort. Sie hörte wütende Stimmen, eine männliche und eine weibliche. Was gesagt wurde, verstand sie nicht genau, aber gelegentlich schnappte sie ein paar Worte auf. »Hure – dreckige Schlampe – kann dich nicht ausstehen ...« Dann trat Stille ein.

Margaret hoffte, das Paar nebenan würde nun ruhig sein. Doch gleich darauf brüllte der Mann laut: »Ich schlag die Scheiße aus dir raus, du Luder.« Auf diese Ankündigung folgte wiederholtes schreckliches Klatschen.

Margaret setzte sich im Bett auf. Michael schnarchte friedlich weiter.

Sie überlegte, ob sie ihn wecken sollte. Die Geräusche von nebenan waren wirklich furchtbar. Sie hörte die Frau, die geschlagen wurde, stöhnen und schreien.

Vorsichtig stieß sie Michael in die Rippen, dann kräftiger.

Er grinste dumm. »Was ist los, meine kleine Schöne?«

»Schscht – hör doch.«

Michael setzte sich auf. »Was soll ich hören?«

Nebenan herrschte Stille.

»Oh, Michael, die Leute da drüben haben gestritten und sich angeschrien. So was hast du noch nie gehört. Ich glaube, jemand wurde geschlagen. Ich glaube...«

»Ich – bring – dich – um...«

Die hysterisch geschrienen Worte drangen deutlich durch die dünne Wand.

Michael sprang aus dem Bett.

»Sauhund!« schrie dieselbe hysterische Stimme, dann ein Schuß, dann noch einmal: »Sauhund!«

Michael Flannery schlüpfte eiligst in seine Hose. »Du bleibst da, Margaret. Ich rufe die Polizei.«

»Michael! Du kannst mich nicht allein hier lassen.«

Doch er rannte schon mit flatterndem Hemd zur Tür hinaus.

»Oh, lieber Vater im Himmel, hilf mir, bitte!« stammelte Margaret, am ganzen Leib zitternd. Sie lief zu ihren Kleidern und zog sich rasch an. Noch nie im Leben hatte sie solche Angst gehabt. Das war natürlich eine Strafe. Eine Züchtigung, weil sie sich vor der Ehe hingegeben hatte.

»Warum hast du das getan?« rief die Frau nebenan. *»Warum hast du das getan, Gino?«*

Margaret O'Shaunessy sollte diese Worte im Lauf der nächsten Monate öfter wiederholen, als sie denken konnte. Es waren die einzigen Worte, an die sie sich einwandfrei erinnerte.

Carrie, 1941

»Wie heißt du, Mädelchen?« Der dicke Mann in dem flotten Anzug kratzte sich an den Hoden und betrachtete sie von unten herauf.

»Carrie«, antwortete sie, um einen heiteren Ton bemüht. Innerlich kochte sie. Mädelchen, wahrhaftig! Sie war achtundzwanzig und Mutter – doch noch immer nannte man sie »Mädelchen«.

Er kratzte weiter verbissen seine Hoden, als sei sie nicht da. »Die Stellung gehört dir«, entschied er. »Geld gibt's nicht viel – aber jemand, der so aussieht wie du, kriegt leicht Trinkgelder.« Er zwinkerte. »Und noch mehr. Je nachdem...«

Sie hatte das starke Verlangen zu sagen: Verflucht, Fettwanst, du kannst deine elende Stellung behalten. Statt dessen erwiderte sie sehr höflich: »Vielen Dank, Mr. Wardle. Soll ich heute abend anfangen?«

Er ließ seine Hoden einen Augenblick in Ruhe und tätschelte ihr freundlich die Schulter. »Ja, Süße. Heute abend wäre sehr gut. Zieh was an, wo man deine hübschen Titten sieht.«

Sie verließ das schäbige Büro, ging durch den noch schäbigeren Tanzsaal und fuhr mit dem Bus nach Hause.

Nach Hause.

Ein einziges Zimmer für sie und das Baby Steven in einem heruntergekommenen Mietsblock mitten in Harlem.

Was für ein Zuhause!

Kein Bad. In der Nacht Ratten. Wände, die im Sommer schwitzten und im Winter die Kälte hereinließen.

Dennoch, es *war* ein Zuhause für sie und Steven. Und seit zwei Jahren schaffte sie es, genügend zu verdienen, um sie beide durchzubringen.

Es war nicht leicht gewesen. Die schwere Geburt hatte sie arg mitgenommen, doch das Krankenhaus hatte ihr nicht gestattet, sich richtig zu erholen. Nach zwei Wochen hatte sie auf der Straße gestanden, mit nichts als dem Geld von der Fürsorge in der Tasche und einem Baby im Arm. Sie hatte eine Frau gefunden, die tagsüber für Steven sorgte, und ihre alte Arbeit als Kassiererin in dem Restaurant wieder aufgenommen. Doch das war nicht lange gutgegangen. Jetzt, wo sie keinen dicken Bauch mehr hatte, war der Chef auf gewisse Ideen gekommen. Der alte Kerl hatte magere gelbliche Hände gehabt, deren Anblick sie schaudern machte, und eine Frau, die wie ein Habicht auf ihn aufpaßte. Eines Nachmittags war er nach hinten in einen Lagerraum gekommen und hatte sie mit seinen gelben Händen abgetastet. Sie war noch am selben Tag gegangen.

Zwei Jahre lang Stellungen der gleichen Art. Und immer einen Chef – immer die gleiche Geschichte. Was hatte sie bloß an sich, das in den Männern solches Verlangen weckte? Glaubten sie, eine schwarze Haut bedeute, daß man ein lockerer Vogel sei?

Sie konnte es sich nicht erklären. Sie kämmte ihr Haar stets streng nach hinten, legte kein Make-up auf und trug einfachste Kleider. Doch selbst das hielt die Männer nicht ab...

Als sie so von einer Stellung in die nächste wechselte und darum kämpfte, sich und ihren Sohn mit dem kargen Verdienst über Wasser zu halten, kam ihr eines Tages der Gedanke, daß sie eine Närrin sei. Wenn die Männer so sehr nach ihr verlangten, warum sie nicht dafür zahlen lassen? Als Dirne verdiente sie in einer Nacht mindestens soviel wie sonst in einer ganzen Woche.

Doch würde sie es ertragen, ihren Körper wieder zu verkaufen? Dieses Gefühl zu haben, keine Person mehr zu sein, sondern nur eine Sache, ein Stück Fleisch?

Drogen halfen da natürlich...

Sie wies den Gedanken weit von sich. Sie mußte an Steven denken.

Ihr Sohn sollte keine Mutter haben, die eine süchtige Hure war. Sie wollte mehr für ihn.

Mit der neuen Stellung im Fun Palace Dime a Dance, einem unweit des Times Square gelegenen Tanzlokal, wo die Männer den im Haus angestellten Mädchen pro Tanz zehn Cents – einen Dime – zahlen mußten, schlug Carrie eine neue Richtung ein. Sie hatte Nachtarbeit gesucht, um tagsüber mit Steven beisammen sein zu können.

Ihr war natürlich klar, daß sie sich damit Annäherungsversuchen aussetzte, aber was denn? Sie mußte die Männer ohnehin ständig abwehren – und auf einem vollen Tanzboden konnte das nicht allzu schwierig sein.

Eine dralle Mexikanerin namens Suzita brachte ihr bei, wie man das machte. »Wenn sie kommen zu nahe cherran, stoßt du sie mit Knie in Unterleib. Eins, zwei, *so*. Sie gehen serr schnell zurück!«

Carrie stellte fest, daß dies stimmte. Ein flinkes Knie bewirkte viel mehr als hundert Nein.

Suzita betrieb kleine Nebengeschäfte. Für Kunden, die ihr gefielen, leistete sie »Sonderdienste«. »Das ist serr gut«, sagte sie zu Carrie. »So ich kann aussuchen, selber wählen. Warum machst du nicht auch so? Du brauchst Extrageld. Ist leicht verrdientes Geld. Nurr mit Kerlen, die dirr gefallen.«

Carrie schüttelte den Kopf.

Suzita lachte. »Du überlegst bald anders. Ich weiß.«

Drei Wochen nach diesem Gespräch erkrankte Steven an einer Virusinfektion. Fast über Nacht wurde der kräftige, gesunde Zweijährige zu einem schwerkranken Kind. Carrie suchte mit ihm Ärzte und Spezialisten auf, aber keiner fand heraus, was dem Kleinen fehlte. Nach einigen Wochen empfahl man ihr, Steven zur Beobachtung ins Krankenhaus zu bringen. Inzwischen war Carrie der Verzweiflung nahe. Bis jetzt hatte sie es geschafft, sich durchzuschlagen. Und jetzt plötzlich – Rechnungen, Rechnungen, Rechnungen. Als Tanzmädchen, das pro Tanz einen Dime erhielt, konnte man die nicht bezahlen.

Suzita zeigte sich mitfühlend und hilfreich. Sie brachte Carrie in das von ihr benutzte Hotel um die Ecke und stellte sie dem Portier vor. Mit ihrem drolligen Akzent erklärte sie: »Wird dirr gefallen, Carrie. Ist kein schlechte Arrbeit. Serr viel Geld.«

Carrie nickte ausdruckslos.

Am Abend zog sie sich besonders sorgfältig an. Sogar Mr. Wardle war beeindruckt. »Ich hätte nichts dagegen, selbst 'nen Dime für dich auszugeben, Mädelchen«, sagte er, als er an ihr vorbeiwatschelte.

Sie schauderte. Sie wollte zwar die alte Arbeit wieder aufnehmen, aber zu *ihren* Bedingungen. Sie würde es wie Suzita machen und sich die Freier selbst aussuchen.

An jenem Abend gab es nicht viel auszusuchen. Sie entschied sich schließlich für ein komisches Männchen mit einer lächerlichen kleinen Brille auf der Nasenspitze. »Wie wäre es, wenn wir beide um die Ecke in ein Hotel gingen, das ich kenne?« fragte sie, während sie mit ihm zu den Klängen eines müden Tangos über die Tanzfläche schlurrte.

Er tat, als habe er nicht gehört, doch ein nervöses Zucken in seinem Gesicht bewies ihr das Gegenteil. Zwei Tänze später brachte er den Mut auf, kaum hörbar zu fragen: »Wieviel?«

Carrie zwang sich, an den Berg von Arztrechnungen zu denken. »Fünfundzwanzig«, antwortete sie.

»Ja.« Er schluckte schwer.

Als sie aus dem Tanzlokal trat, erwartete er sie bereits. Am liebsten wäre sie weggelaufen und hätte ihn mit seiner blöden kleinen Brille stehen lassen. Sie hatte brennendes Verlangen nach etwas, das ihren Geist betäubte. Schweigend gingen sie zu dem Hotel.

Der Portier zwinkerte Carrie zu und verlangte zehn Dollar. Der Mann bezahlte ohne Widerrede. Daraufhin reichte der Portier Carrie einen Schlüssel und zwinkerte ihr erneut zu. Sie durfte nicht vergessen, ihm beim Gehen einen Fünfer zuzustecken.

Das Zimmer machte einen wenig einladenden Eindruck. Vor den Fenstern blitzte immer wieder eine Neonreklame. Die Zudecke auf dem schmalen Bett war grau. Der Teppich hatte ein Loch.

Verlegen standen sie beide da. Carrie nahm sich zusammen und verlangte das Geld. Er reichte ihr fünfzehn Dollar.

»Fünfundzwanzig«, sagte sie rasch.

»Aber das Zimmer hat zehn gekostet«, wandte er schwach ein.

»Fünfundzwanzig oder kein...«

Er brachte weitere zehn Dollar zum Vorschein. Sie zog ihr Kleid über den Kopf, öffnete den BH und streifte das Höschen ab.

Er wandte ihr den Rücken zu und entledigte sich seiner Hose.

Sie legte sich aufs Bett. Wie in alten Zeiten.

Vorsichtig stieg er auf sie. Sein Penis war so klein, daß sie ihn gar nicht spürte. Nach fünf Minuten war alles vorbei. Er kleidete sich rasch an und suchte das Weite wie ein erschrecktes Kaninchen.

Carrie blieb auf dem Bett liegen und starrte an die Decke. Sie war wieder im Geschäft. Ein denkwürdiger Tag – der 7. Dezember 1941. Jener 7. Dezember, an welchem die Japaner Pearl Harbor bombardierten. Tags darauf erklärte Amerika Japan den Krieg.

Und sie war wieder eine Hure.

Die Prostitution war ein Geschäft, das Carrie in- und auswendig kannte. Und wenn sie es noch so sehr verabscheute, so betrieb sie es doch als Profi. Bald hatte sie eine Reihe Freier, die regelmäßig wiederkamen.

Suzita war beeindruckt. »Du lernst serr schnell. Gefällt mirr serr.«

Mr. Wardle, dem Besitzer des Fun Palace, gefiel die Sache weit weniger. Er rief Carrie eines Abends in sein vollgestopftes Büro und sagte: »Du benutzt deine Stellung dazu, auf Kundenfang zu gehen. Wenn du das willst, gut. Aber ich will einen Anteil.«

»Sie können sich meine Stellung sonstwohin stecken«, entgegnete Carrie.

»Du bist entlassen, Mädchen.«

»Einen Menschen, der gerade gekündigt hat, können Sie nicht entlassen.«

Der kleine Steven erholte sich langsam. In das alte Zuhause durfte sie ihn nicht mehr bringen. Er brauchte eine saubere, trockene Wohnung mit einer kleinen Terrasse oder Grünfläche, wo er frische Luft bekam. Carrie machte Suzita den Vorschlag, zusammen eine Wohnung zu mieten und ein kleines Haus zu betreiben. Suzita willigte ein. Binnen weniger Wochen fand Carrie eine geräumige Wohnung in den mittleren Dreißigern, in der sie für Steven einen eigenen, privaten Teil einrichten konnte.

Carrie engagierte eine sechzehnjährige Schwarze, die für Steven sorgen sollte.

In der Stadt wimmelte es von Soldaten, Matrosen und Angehörigen des Marine-Corps, die sich amüsieren wollten. Die meisten warteten auf den Transport nach Europa und hungerten danach, sich noch einmal auszutoben. Der Krieg war gut fürs Geschäft, bald strömte das Geld nur so herein. Carrie und Suzita verstärkten sich durch eine große Rothaarige namens Silver.

Nicht lange, und sie besaßen eines der beliebtesten Bordelle in der Stadt.

Gino, 1947

»Haben Sie alles, Santangelo?« fragte der Gefängnisaufseher.

Ja. Er hatte alles.

»Na, dann also auf Wiedersehen.«

O nein. Auf Nimmerwiedersehen! Sieben Jahre Gefängnis für ein Verbrechen, das man nicht begangen hatte, genügten wahrlich. Sieben endlose Jahre. Eintönigkeit, Langeweile, schlechtes Essen, keine

Frauen, sadistische Wärter, Häftlingsrevolten und *kein verdammtes bißchen Freiheit, irgendwas zu tun.*

Gino befingerte seine Narbe und machte sich auf den Weg zum Gefängnistor.

Der Aufseher war ein gemeines Schwein. Er hatte gewußt, daß die Presseleute das Gefängnis umschwärmten wie Heuschrecken, hatte aber nicht erlaubt, daß Gino insgeheim im Schutze der Nacht entlassen wurde. Der miese Hund.

Doch Gino wurde auch damit fertig. Das Gefängnis hatte ihn nicht zerbrochen. Die Stärksten überlebten, und was Stärke anbelangte, stand er an der Spitze des ganzen verfluchten Haufens.

Sein Schritt war elastisch, als er dem Gittertor zustrebte, doch er hatte Bauchgrimmen, und vor allem verlangte ihn brennend danach, ein paar Leuten die Schädel einzuschlagen. Vor allem diesem irischen Luder Margaret O'Shaunessy mit den blöden Glotzaugen und der sanften Kinderstimme. Kronzeugin der Anklage im berühmten Santangelo-Mordprozeß. SOHN ERMORDET VATER, hatten die schreienden Schlagzeilen gelautet. Die Presse hatte ihn schuldig befunden und verurteilt, noch bevor Paolo richtig kalt gewesen war. Und diese Margaret O'Shaunessy mit ihrer vernichtenden leisen Stimme: »Ich hörte eine Frau schreien: ›Warum hast du das getan, Gino?‹«

Und die arme dusselige Vera. Als die Polypen mit ihr fertig gewesen waren, hatte sie wirklich geglaubt, er, Gino, habe geschossen. Nicht zu fassen!

Es stimmte schon, dank Michael Flannery waren die Polypen sofort dagewesen und hatten ihn mit der Mordwaffe in der Hand neben dem Toten vorgefunden. Und es stimmte auch, daß er das Geschehen zuerst nicht wahrheitsgemäß geschildert hatte. Aus irgendeinem idiotischen Grund hatte er Vera zu schützen versucht. Doch schließlich hatte er die Wahrheit gesagt, aber niemand hatte ihm geglaubt! Niemand! Er war von Anfang an, lange vor Prozeßbeginn, als Mörder gebrandmarkt gewesen – als Killer... Welche Art Mensch tötete schon den eigenen Vater!

Seine Anwälte, diese hochbezahlten Hohlköpfe, waren bereit gewesen, ihn für horrende Honorare zu verteidigen, aber glauben hatten sie ihm nicht wollen. Irgendwie war es für ihn zum wichtigsten Punkt geworden, daß man ihm glaubte.

Viele seiner Freunde hatten ihn sofort fallenlassen. Die Dukes waren nach Südamerika verschwunden, nachdem Oswald seine Rechtsvertreter angewiesen hatte, alle geschäftlichen Verbindungen mit Gino Santangelo zu lösen. Das war Gino sehr gelegen gekommen. Er hatte sofort seine Anwälte angewiesen, Oswald Duke auszukaufen, obwohl er dafür sein ganzes flüssiges Kapital opfern und einen beträchtlichen Teil seiner Vermögenswerte veräußern mußte.

Die Richter, Politiker und Angehörigen der sogenannten guten Gesellschaft waren aus seinem Leben verschwunden, während er in der Zelle Kette geraucht und auf die Verhandlung gewartet hatte.

Die wirklichen Freunde hatten zu ihm gestanden, ihm Botschaften gesandt und seine Lage erleichtert, soweit es sich hatte machen lassen. Aldo, Enzio Bonnatti. Die beiden waren treue Freunde.

Und Bee. Obwohl von der Presse gejagt, hatte sie ihn jede Woche besucht.

Als der treueste aller Freunde hatte sich Costa Zennocotti erwiesen. Er hatte seine blühende Anwaltspraxis in San Francisco aufgegeben und war mit seiner Frau Jennifer nach New York geflogen. »Ich übernehme deine Verteidigung«, hatte er kurz und bündig erklärt.

Gino war skeptisch gewesen. Er hatte zwar die Geste begrüßt – aber was verstand Costa schon von der Verteidigung eines Angeklagten, den man des Mordes beschuldigte? »He, hör mal«, hatte er einzuwenden versucht.

»Ich bin gut«, hatte ihn Costa unterbrochen. »Und, was wichtiger ist, ich glaube dir.«

Die magischen Worte.

Wer weiß, was aus ihm geworden wäre, hätte Costa nicht im Gerichtssaal so beredt für ihn gekämpft! Dank Costa war die Mordanklage in Totschlag umgewandelt worden, und man hatte ihn zu zehn Jahren Gefängnis verurteilt.

Costa hatte es dann auch geschafft, der unglückseligen Vera, bevor sie schließlich an Alkoholvergiftung gestorben war, ein schriftliches, bezeugtes Geständnis abzuringen. Es kam freilich um sieben Jahre zu spät. Gino war daraufhin freigesprochen worden und hatte eine lächerliche Entschädigung angeboten bekommen. Welche Geldsumme konnte einen schon für sieben hinter Gittern verlorene Lebensjahre entschädigen?

Als er an einem Frühlingsmorgen des Jahres 1947 aus dem Gefängnistor trat, war er zwar ungebrochen, aber verbittert. Er hatte einen Krieg versäumt. Er hatte den Tod von Franklin D. Roosevelt versäumt. Er hatte neue Schlager, Theaterstücke und Moden versäumt. Er hatte das Blühen von Blumen und das Sprießen von Gras versäumt. Er hatte versäumt, einfach die Fifth Avenue entlangzubummeln.

Er hatte sieben Jahre seines Lebens versäumt.

»Was hast du da für Zeug an?« fragte Gino.

Bee lächelte. »Es ist die neueste Mode«, antwortete sie, »der New Look. Gefällt es dir nicht?«

»Was war falsch an der alten Mode?«

Sie zuckte die Achseln. »Du willst doch nicht, daß ich altmodisch aussehe, oder?«

Seit einer Viertelstunde war Gino wieder in seiner Wohnung, und er fühlte sich völlig desorientiert. Costa hatte ihn am Gefängnistor abgeholt, mit zwei Leibwächtern, die ihm den Weg durch die Horden von Reportern und Fotografen gebahnt hatten. Gino hatte eisern geschwiegen. Er hatte die Blitzlichter und die ihm entgegengereckten Mikrophone ignoriert und das Reden Costa überlassen. »Er will keinen Kommentar geben, Jungs. Kein Kommentar. Laßt ihn doch in Frieden.«

Vor dem Gebäude in der Park Avenue, in dem sich sein Penthouse befand, hatten weitere Reporter gewartet. Die gleiche Geschichte. Er hatte diesen Hohlköpfen nichts zu sagen. Sollten sie doch drucken, was sie wollten – das taten sie ohnehin.

Costa hatte ihn nach oben begleitet, und dort hatte Bee ihn empfangen.

»Ich lasse euch beide allein«, hatte Costa gesagt. »Gino, können wir uns morgen vormittag treffen? Das heißt, natürlich nur, wenn du dazu imstande bist.«

»Ja, ja, morgen vormittag paßt mir ausgezeichnet.« Wenn er dazu imstande war! Wofür hielten sie ihn denn? Für einen Invaliden? Um Himmels willen, er war einundvierzig!

»Soll ich dir was zu trinken holen?« fragte Bee eifrig.

»Scotch. Mit viel Eis. Und nimm eines dieser Kristallgläser.« Der New Look. Er konnte kaum ihre Beine sehen. Eine schöne Mode.

Sie brachte ihm den Whisky und streichelte seine Wange. Die Geste machte ihn fast verrückt. »Zieh diese gottverdammten Kleider aus«, befahl er. »Ich möchte dich in nichts als Strümpfen, Strumpfgürtel und hohen Absätzen sehen.«

Sie lachte leise. »Ich dachte schon, du würdest es gar nicht mehr sagen.«

Er schloß die Augen. Allein schon beim Gedanken an ihre Nacktheit bekam er eine kräftige Erektion. Sieben Jahre keine Frau! Einige der Burschen drin ertrugen es nicht ohne. Sie pickten sich neu eingelieferte Schwächlinge heraus und bearbeiteten sie von hinten, noch bevor die Burschen überhaupt ihre Zahnbürsten auspacken konnten.

Doch wenn man Gino Santangelo war, flößte man sofort Respekt ein. Er fragte sich zum wiederholten Male, ob er durchgehalten hätte, wäre er nicht Gino Santangelo gewesen.

Bee kam wieder ins Zimmer. Sie hatte sich genau an seine Anweisungen gehalten und sogar ihr herrliches rotes Haar aufgesteckt.

»He«, sagte er leise, »geh einfach herum. Ich möchte dich anschauen.«

Sie hatte eine wunderbare Haut, glatt und weiß. Und ihre großen Brüste mit den orangebraunen Warzen ließen keinerlei Anzeichen der Erschlaffung erkennen.

Der schwarze Strapsgürtel schnitt in ihre Hüften ein, die kleinen Bändchen und Halter lagen auf ihren üppigen Schenkeln auf und hielten die schwarzen Seidenstrümpfe fest. Ihre Füße steckten in feinen Riemchensandaletten mit hohen Absätzen. Es gefiel ihm, wie der Strapsgürtel ihren Schamberg betonte, den weichen weißen Bauch und das Gewirr rötlichen Haares. »Dreh dich um«, forderte er mit einer vor Verlangen schweren Stimme.

Sie tat, wie geheißen, und er bewunderte ihr breites weißes Gesäß. Er wollte nichts überstürzen. Er hatte zu lange gewartet, um sich jetzt mit einem schnellen Fünf-Minuten-Beischlaf zu begnügen.

»He«, fragte er, »weißt du noch, wie du dich das erstemal für mich ausgezogen hast?«

Sie wandte sich zu ihm um und lächelte. »Wie könnte ich das je vergessen? Du warst so wütend!«

Er lachte. »Was hast du denn erwartet? Mir zu sagen, du hättest Tripper! Nicht sehr spaßig, finde ich.«

Sie hob die Arme über den Kopf und streckte sich. Er beobachtete, wie ihre Brüste nach oben gingen, und ihm wurde klar, daß er sich nicht mehr lange würde beherrschen können.

Als lese sie seine Gedanken, schlug sie vor: »Wie wäre es, wenn ich dich auszöge?«

»Schön.«

Sie ging zu ihm. »Steh auf.«

Er erhob sich. In diesen ausländischen Schuhen war sie größer als er. Jetzt, wo sie nahe vor ihm stand, bemerkte er um ihre Augen kleine Fältchen, die früher nicht dagewesen waren. Die sieben Jahre hatten bestimmt auch sie viel gekostet. Materiell hatte er für sie gesorgt, aber wie stand es mit den einsamen Nächten?

Während sie ihn auskleidete, fragte er: »Hast du andere Männer gehabt inzwischen?«

»Gino«, antwortete sie sehr leise, »es *gibt* keine anderen Männer. Nur dich.«

Das war keine Antwort auf seine Frage, aber sie stellte ihn zufrieden.

Sie zog ihm die Schuhe und die Socken aus. Dann küßte sie seine Zehen, was kleine Schockwellen durch seinen ganzen Körper schickte.

»Wo hast du das gelernt?« fragte er.

»Du bist heute voller Fragen.«

Er griff nach ihren Brustwarzen und rollte sie zwischen den Fingern, bis sie hart wurden. Dann schob er ihre Brüste zusammen und leckte die Warzen, bis Bee zu wimmern begann. »Gino...«, murmelte sie, »ich glaube, ich kann nicht länger warten. Gehen wir – ins Schlafzimmer.«

Er wollte ihr eigentlich beipflichten, aber sein Verstand verlangte, daß er noch wartete. Ohne die Hände von ihren Brüsten zu nehmen, begann er sie auf den Mund zu küssen. Sie hatte einen wunderbaren Mund, breit und sinnlich, und ihr Atem schmeckte immer leicht nach Pfefferminz. Ihre Zunge schnellte der seinen entgegen.

Gino, die Hände auf ihren großen Brüsten und die Zunge in ihrem Mund, kam sich wie im Himmel vor. Das Gewebe ihrer Brustwarzen glich rauher Seide. Er hatte vergessen, wie sich eine Frau anfühlte. Und er gedachte erst aufzuhören, wenn er es wieder genau wußte.

Plötzlich versteifte sich ihr ganzer Körper, und ekstatische kleine Schreie entrangen sich ihr. Sie erreichte den Höhepunkt, obwohl er noch nicht einmal nach dem magischen Knopf gegriffen hatte.

»He«, fragte er leise, »warum die Eile? Wir haben die ganzen nächsten vierundzwanzig Stunden Zeit.«

»Nun«, fragte Jennifer Zennocotti, »hat alles geklappt?« Zehn Ehejahre hatten aus dem sommersprossigen jungen Ding eine attraktive, reife Frau gemacht. Sie war neununddreißig, ein paar Monate älter als ihr Mann, legte aber das Verhalten eines viel älteren Menschen an den Tag. Sie strahlte Wärme und Güte aus.

Costa hatte nie bedauert, sie geheiratet zu haben, obwohl die Ehe kinderlos geblieben war, was beide sehr bekümmerte. »Wir haben ihn nach Hause gebracht«, sagte er. »Die Reporter waren überall, doch er ließ sich durch sie nicht aus der Fassung bringen.«

Costa liebte seine Arbeit. Seit er Ginos wegen nach New York gekommen war, hatte er genau eine Woche frei genommen – um nach San Francisco zu fliegen und seinem Vater zu sagen, daß er im Osten bleiben und eine eigene Kanzlei eröffnen werde. Franklin Zennocotti war wütend gewesen.

»Du gehörst hierher«, hatte er getobt. »Irgendwann wirst du mein Anwaltsbüro übernehmen. Was willst du mehr?«

Costa hatte zwar nicht undankbar erscheinen wollen, aber Verlangen nach einer eigenen Identität gehabt. Außerdem hatte er es als seine Pflicht angesehen, Gino nach dem Prozeß weiter zu verteidigen. Die Art, wie die Zeitungen seinen Fall dargestellt hatten, war eine Schande. Gino Santangelo der Rammler. Gangster. Verbrecher. Sogar nach Veras Geständnis war es nicht besser geworden. Die Zeitungen hatten behauptet, das Geständnis sei von Vera erkauft worden. Costa hatte ihr nicht einen einzigen Cent bezahlt. Doch er hatte ihr jahrelang zugesetzt und sie gebeten, endlich die Wahrheit zu sagen.

Außerdem hatte er sich von Gino Vollmachten zur Leitung seiner vielen Geschäfte geben lassen. Und in Costas fähigen Händen waren die legitimen Unternehmen großartig gediehen. Er hatte sich strikt geweigert, die zwielichtigen Dinge anzurühren. Clemmie's, die Zahlenwetten und die Glücksspiele hatte er Aldo überlassen. Als Aldo eingezogen und nach Europa verfrachtet worden war, hatte das alles mit Ginos Einverständnis Enzio Bonnatti übernommen.

»Ist mir sehr recht«, hatte Gino in seiner Zelle gesagt. »Wenigstens weiß ich so, daß jemand sich um alles kümmert. Und wenn ich raus komme, kann ich wieder einsteigen.«

Clemmie's war ein Jahr später vom Rauschgiftdezernat geschlossen worden. Bonnatti hatte sich über den inoffiziellen Nachrichtenkanal im Gefängnis bei Gino entschuldigt. Gino war ziemlich ärgerlich gewesen, hatte aber nichts machen können.

Etwa um diese Zeit war Aldo hinkend aus Europa zurückgekehrt. Er hatte sich selbst ins Bein geschossen, um aus dem Militärdienst entlassen zu werden. »Und weißt du, was?« hatte er bei einem Besuch zu Gino gesagt. »Es stand dafür! Jetzt bin ich sogar ein Held!«

Costa war wegen schweren Asthmas nicht eingezogen worden. Enzio hatte das Problem durch Bezahlung gewaltiger Summen an die richtigen Stellen gelöst. »Ich habe Plattfüße«, war seine einzige Erklärung gewesen, wenn ihn jemand gefragt hatte.

»Dein Popo ist breiter geworden.«

»Sag das nicht!«

»Breiter und schöner.«

»Das meinst du nur, weil du gedarbt hast.«

»So? Glaubst du?«

Er drehte sich im Bett zu ihr und packte sie an den Gesäßbacken.

»Gino! Nicht schon wieder!«

Er brummte und drang von hinten in sie ein.

Sie hob ihr ausladendes weißes Gesäß an, damit er sich leichter vor und zurück bewegen konnte. Es war das drittemal, aber noch immer genauso genußreich.

Sie hatten den ganzen Nachmittag im Bett verbracht. In der stillen Wohnung hatte niemand und nichts sie gestört, nur das ständige Klingeln des Telefons. Schließlich hatte Gino den Hörer neben den Apparat gelegt.

»Weißt du, was?« meinte er, als sie fertig waren. »Vielleicht sollten wir ans Heiraten denken.«

Bee schwieg.

»He«, fragte er, »wo bleiben die Laute der Überraschung, und warum sagst du nicht: ›Oh, Gino, das habe ich mir immer gewünscht!‹«

Sie antwortete sehr langsam: »Das *habe* ich mir immer gewünscht. Und das weißt du auch.«

»Also – was ist dann das Problem?«

»Die Liebe.«

»Liebe?!«

»Ja. Ich liebe dich. *Ich* sage es. Du hast es noch nie gesagt.«

»Ah, komm, Kleines. Ich habe gerade dreimal mit dir Liebe gemacht. Wenn das keine Liebe ist, was dann?«

Sie seufzte. »Du verstehst mich nicht. Liebemachen ist nicht Liebe.«

»Hör zu. Wir sind schon ein paar hübsche Jahre zusammen. Ich gebe dir alles, was du willst. Stimmt's?«

»Ja, natürlich tust du das, aber...«

»Ich bezahle für Marco eine erstklassige Schule. Er muß inzwischen ziemlich groß sein. Was er braucht, ist ein Bruder oder eine Schwester. Merkst du, worauf ich hinaus will?«

»Du willst, daß wir heiraten und Kinder kriegen?«

Er sprang aus dem Bett und ging erregt im Zimmer auf und ab. »Richtig! Warum nicht? Wir werden beide nicht jünger. Ich habe im Bau viel darüber nachgedacht. Ich möchte Kinder, Bee. Wir beide würden zusammen großartige Kinder produzieren.«

Sie stützte sich auf den Ellbogen und begann zu lächeln. »Ja...«

»Natürlich! Ich sehe sie jetzt schon. Niedliche kleine Scheißer mit roten Haaren und dicken Hintern.«

Sie begann zu lachen.

»Du kannst doch noch mehr Kinder bekommen, oder? Ist es nicht zu lange her?«

»Ich bin zweiunddreißig. Wenn ich aufhöre, was dagegen zu tun, werden sie herauspurzeln wie Kaninchen.«

Nun lachten sie beide.

»Wir wollen es ordentlich machen«, sagte er. »Morgen führe ich dich zu Tiffany und kaufe dir den größten, auffälligsten Diamantring, den du je gesehen hast. Wir verloben uns. Willst du? Dann, wenn du dick bist, besorgen wir uns die Papiere und tun den Schritt.«

»Du meinst, ich muß zuerst schwanger sein?« fragte sie mit leichtem Vorwurf in der Stimme.

»Ja. Aber eines verspreche ich dir: Wir werden eine Menge Spaß haben, wenn wir dafür sorgen, daß du es wirst!«

Gino erschien am nächsten Vormittag voll Energie in seinem Büro. Er war so guter Laune, daß er sogar den Presseleuten, die sich vor dem Wohn- sowie dem Bürogebäude versammelt hatten, zulächelte und zuwinkte.

Costa hatte ihn am Abend vorher noch sehr spät erreicht und ihm gesagt, er sei aus San Francisco angerufen worden. »Franklin hatte eine Herzattacke. Ich fliege an die Westküste.«

»Keine Sorge, ich finde mich schon zurecht«, hatte Gino ihm versichert.

Miß Marchmont, Costas tüchtige Chefsekretärin, stand bereit, um ihn zu begrüßen und ihm alle Unterlagen oder Bücher vorzulegen, die er zu sehen wünschte. Er schaute sich ein paar Sachen an. Der klügste Schritt, den er je getan hatte, war gewesen, Oswald Duke auszukaufen. Alle Unternehmen, die sie einst gemeinsam betrieben hatten, liefen großartig.

Es machte ihn nervös, in einem Büro mit siebzehn Sekretärinnen zu sitzen, die alle einen Blick von ihm zu erhaschen versuchten. Costa hatte den Betrieb glänzend organisiert. Die einzelnen Geschäftsbereiche arbeiteten selbständig, und er hielt nur den Überblick.

Sieben Jahre Gefängnis, dachte Gino, und jetzt bin ich reicher als je zuvor. Zweifellos besser, von selbst reich zu werden, als dafür arbeiten zu müssen.

Miß Marchmont verursachte ihm Unbehagen. Sie machte ein Gesicht, als rieche sie etwas Schlechtes.

»Ah – ich habe alles gesehen, was ich sehen wollte«, sagte er nach ein paar Stunden. »Falls Sie mich brauchen sollten, ich bin im Riccaddi's.«

Er floh. Er saß nicht gern in Büros herum. Außerdem konnte er es kaum erwarten, mit Aldo zusammenzutreffen.

Sein Chauffeur und Leibwächter Red fuhr ihn hin. Red hatte für Enzio Bonnatti gearbeitet, aber sofort nach Ginos Entlassung angefragt, ob er seinen alten Posten wiederhaben könne. Er war ein ausgezeichneter Fahrer. Schon nach sechs Häuserblöcken hatte er die ganze Reportermeute abgehängt.

»Gut gemacht!« sagte Gino lachend.

»Kann diese Dreckschleudern nicht leiden«, brummte Red. »Verbreiten Lügen und verfolgen ehrliche Leute.«

»Ja«, pflichtete Gino ihm bei. Er nahm sich vor, nachzuschauen, was Red bei ihm verdiente, und ihm eine Zulage zu geben.

Das Riccaddi's war ein unscheinbares kleines italienisches Restaurant, eingeklemmt zwischen einer Reinigung und einem Leichenbestatter. Aldo hatte es 1945 für Barbara gekauft. Ihm bot es eine perfekte Tarnung für seine geschäftlichen Aktivitäten. Barbara kochte und buk, ihr Bruder stand an der Bar und leitete das Lokal. Gino besuchte es an diesem Tag zum erstenmal.

Aldo empfing ihn an der Tür. Die beiden Männer umarmten sich, gerührt über das Wiedersehen. Dann kam Barbara gelaufen, das starke Gesicht tränenüberströmt. »Gino! Es ist schön, dich wiederzuhaben, sehr, sehr schön.«

Das Ehepaar führte ihn ins Lokal, und dort warteten lächelnd Freunde und Bekannte. Enzio Bonnatti war da – Jennifer – Bee – und Marco, ein gutaussehender siebzehnjähriger Bursche.

»Jesus! Was ist hier los?«

An der Wand hing ein Transparent mit der Aufschrift: WILLKOMMEN DAHEIM, GINO.

Er war begeistert, verlegen, glücklich. Er ging herum, schüttelte Hände, küßte Wangen, trank Wein, während aus einem Musikautomaten italienische Opernmelodien erklangen. »Warum hast du mich nicht vorgewarnt?« fragte er Bee.

Sie lächelte und drückte kurz seine Hand.

Aldos und Barbaras vier Kinder liefen geschäftig hin und her, sangen und bedienten bei Tisch. Aldo hatte Pärchen zustande gebracht, zwei Mädchen und zwei Jungen. Alle vier waren Ginos Patenkinder, nette Gören, von der strengen Barbara im Zaum gehalten. Sie trugen die von ihrer Mutter selbst zubereitete Lasagne auf, dann würzige heiße Spaghetti mit Fleischklößen – Ginos Leibgericht –, anschließend eine köstliche Weinschaumcreme.

Gino saß mit Enzio, Aldo und anderen Freunden an einem Tisch. Er schmatzte anerkennend mit den Lippen. »Barbara«, sagte er, »du bist die beste Köchin der Welt.« Alle pflichteten ihm bei.

Später am Nachmittag, als die Männer Zigarren angezündet hatten und kleine Gläser mit starkem Sambuca leerten, erörterten sie geschäftliche Dinge. Angelegenheiten, die sie alle betrafen. Natürlich wußte Gino, was sich während seiner Abwesenheit ereignet hatte; die Nachrichtenkanäle im Gefängnis lieferten mehr Informationen als die Sonntagsausgabe der *New York Times*. Trotzdem, es tat gut, sich wieder in einer Machtposition zu befinden, wo seine Meinung gefragt war und geschätzt wurde.

Enzio und Aldo hatten vor kurzem an einer Versammlung in Havanna teilgenommen. Lucky Luciano, jetzt aus dem Gefängnis entlassen, hatte dort die wichtigsten Unterweltbosse der ganzen Vereinigten Staaten zusammengerufen. Unter seinem Vorsitz war von einer Zusammenarbeit geredet worden, von einer Beendigung der Rivalitäten, Fehden und Morde, die eine so schlechte Reklame bedeuteten.

»Du hättest Pinky Banana sehen sollen«, sagte Aldo. »An ihm konnte man mehr Diamanten finden als in einem Juwelierladen!«

Pinky Banana war nun ein mächtiger Mann in Philadelphia, hatte die Oberherrschaft über den Rauschgifthandel, die Prostitution und den Mord auf Bestellung.

»So?« brummte Gino gleichgültig. Pinky interessierte ihn herzlich wenig.

Das Gespräch wandte sich anderen Themen zu. Es war Abend, als man schließlich auseinanderging.

Gino verließ das Lokal um neun, pappsatt von Pasta und entspannt. Das Gespräch war anregend gewesen, und Aldo sowie Enzio hatten seine Interessen während seiner Abwesenheit zweifellos gut vertreten. Gino hatte mehrere Aktentaschen voller Bargeld bei sich – über dreihunderttausend Dollar. Und eine ganze Menge mehr stand noch aus.

Bee lehnte sich liebevoll an ihn. »Es ist so schön, dich wieder zu Hause zu haben, Gino«, sagte sie innig.

Ja. Auch er genoß es.

New York und Philadelphia, Donnerstag, 14. Juli 1977

Steven schlang die Seile unter Luckys Armen hindurch, verknotete sie und hielt ihr die verschränkten Hände hin, damit sie daraufsteigen konnte und die Öffnung oben in der Liftkabine erreichte.

Sie jammerte ununterbrochen. »Jesus! Hilfe! Ich bin kein Akrobat, wissen Sie.«

Als der Liftmann kontrolliert hatte, ob die Seile unter ihren Armen richtig geknotet waren, rief er nach oben: »Zieh sie jetzt rauf, George!«

George, der nicht zu sehen war, gehorchte. An den Seilen baumelnd wie ein Hampelmann, wurde Lucky in den zweiundvierzigsten Stock gezogen und in Sicherheit gebracht. George und seine beiden Gehilfen musterten sie neugierig.

»Huuu!« Sie seufzte. »Hat jemand was zu trinken?«

Einer der Männer zeigte ihr den Trinkwasserhahn auf der anderen Gangseite. Rasch ging sie hinüber und trank drei Pappbecher lauwarmes Wasser, dann schaute sie sich in dem fensterlosen, von Kerzen erhellten Gang um. »Noch immer kein Licht, was?«

Die Männer ließen gerade die Seile für Steven wieder hinunter. Lucky ergriff eine der Kerzen und betrat die Damentoilette. Dort klebte sie die Kerze auf ein Waschbecken und betrachtete sich im Spiegel.

»Himmel!« rief sie, »die reinste Hexe!« Sie ließ Wasser ins Becken laufen und spülte sich das Gesicht ab. Ein herrliches Gefühl.

Ihre einzige Sehnsucht war jetzt, nach Hause zu fahren, zu baden und eine Woche lang zu schlafen.

Dario erstarrte. Kein Zweifel, jemand versuchte, in seine Wohnung zu kommen. Er stellte das Telefon weg und hielt nach etwas Ausschau, das er als Waffe benutzen konnte. Rasch hob er eine massive Bronzestatue auf und lief zur Eingangstür. »Wer ist da?« fragte er, möglichst viel Härte in seine Stimme legend.

Das kratzende, schabende Geräusch hörte nicht auf.

Dario holte mit der Statue aus.

Plötzlich ging die Tür mit einem Klick auf, doch als er zuschlagen wollte, wurde er blitzartig gepackt, zu Fall gebracht und auf den Boden gedrückt. Die Statue landete krachend hinter ihm. Ein paar rasche Bewegungen hatten ihn hilflos gemacht.

»Was soll das...?« begann er, doch als er zwischen seinen Augen kalten Stahl spürte, verstummte er.

Jemand hatte eine Waffe auf ihn gerichtet.

Erneut war er ein Gefangener in seinem eigenen Zuhause.

Gino lag lange wach. Der Zwischenfall mit dem Fotografen und der idiotischen Stewardeß hatte ihn beunruhigt. Einfach mitten in der Nacht an seine Tür zu kommen, um Bilder zu machen! Was war aus dem Recht auf ein Privatleben geworden? Aus den Rechten anderer Menschen?

Er versuchte zu schlafen, doch ihm schossen Gedanken an Lucky, Dario und seinen alten Freund Costa durch den Kopf. Er sehnte sich danach, sie alle wiederzusehen. Besonders Lucky, seine schöne, wilde Tochter. Besonders Lucky... Sieben Jahre waren eine lange Zeit... Vielleicht zu lange.

Endlich schlief er ein.

Lucky trat aus der Damentoilette, als Steven gerade auf den Gang des zweiundvierzigsten Stocks gehievt wurde.

Er klopfte seinen Rettern anerkennend auf die Schultern und dankte ihnen wortreich, während sie die Seile aufknoteten.

Lucky starrte ihn an. Er war ganz entschieden doch ein Typ von der Sorte O.J. Simpsons – das sah sie sogar in dem flackernden Kerzenlicht. »Hallo!« sagte sie. »Nett, Sie zu *sehen*.«

Er schaute sie an, und auch er staunte. Wo war die mollige Blondine mit den vorstehenden Zähnen, die er sich vorgestellt hatte? Diese schlanke junge Frau mit den wilden schwarzen Locken und dem offenen Blick war wirklich eine sehr aufreizende Dame.

Er grinste. »Ich sagte Ihnen, daß wir es schaffen würden.«

Sie grinste zurück. »Und noch dazu unversehrt.«

»Sie sehen ganz anders aus, als ich Sie mir...«

»Sie auch«, unterbrach sie ihn. »He, wie kommen wir aus dem Gebäude?«

»Vermutlich müssen wir die Feuertreppe hinuntersteigen.«

»Schön, dann also auf Wiedersehen.« Sie schlang ihre Tasche um die Schulter und machte sich an den langen Abstieg.

Um neun Uhr war Gino geduscht, rasiert, fertig angezogen und bereit zur Abfahrt nach New York. Er rief Costa kurz an und forderte ihn auf, ins Pierre zu kommen; dann ging er hinunter, wo ihn der Hotelmanager mit einer großen Entschuldigung empfing.

»Mr. Santangelo, es tut mir unendlich leid wegen heute nacht. Der Wagen, den Sie bestellt haben, ist da. Wenn ich irgend etwas für Sie tun kann...« Er ging neben Gino zur Drehtür. Draußen wartete eine Schar Reporter und Fotografen.

»Scheiße!« fauchte Gino. »Was soll das?«

»Sie sind *das* Gesprächsthema, Mr. Santangelo«, erklärte der Manager entschuldigend, als er seinen berühmten Gast zu dem wartenden Wagen brachte.

Gino bedeckte sein Gesicht, so gut er konnte. »Der Stromausfall ist ein Gesprächsthema. Jackie Onassis ist eines. Ich bin bloß ein müder alter Mann, der den Rest seines Lebens in seinem Heimatland verbringen möchte – ruhig und ungestört.«

Seine Worte standen im Raum. Sie entsprachen nicht der Wahrheit. Und alle wußten das.

Carrie, 1943

Carrie hatte Geburtstag, sie wurde dreißig.

Suzita, Silver und die anderen beiden Mädchen, die inzwischen zur Mannschaft gehörten, schenkten ihr eine selbstgebackene Schokoladentorte mit dreißig brennenden Kerzen darauf. Carrie hätte am liebsten geweint. Es war die erste Geburtstagstorte ihres Lebens.

Der kleine Steven tanzte in seinem weißen Seidenanzug aufgeregt herum, während die Mädchen, die ihn immer verzogen und verhätschelten, ein ums andere Mal riefen: »Ist er nicht der niedlichste kleine Kerl auf der Welt?« Er war in der Tat niedlich mit seiner Milchschokoladenhaut, seinen schwarzen Locken, der Stupsnase und den riesigen grünen Augen. Carrie betrachtete ihn liebevoll. Weil sie Steven hatte, stand ihr alles andere dafür. Sie war entschlossen, ihm in jeder Hinsicht das Beste zu geben.

Sie führte jetzt ein geschütztes Haus. Ein großer Teil der wöchentlichen Einkünfte mußte einem Eintreiber ausgehändigt werden. »Gegen Gangster kämpfen wirr nicht«, hatte Suzita vor zwei Jahren kategorisch erklärt, als ein höflicher junger Mann mit einem entsprechenden Angebot erschienen war.

Carrie hatte ihr beigepflichtet, obwohl ihr angeborener Instinkt ihr geraten hatte, den Burschen abzuweisen.

»Komm, komm!« trällerte Suzita, hob Steven hoch und setzte ihn auf den Tisch neben die Torte. »Sing für Mami ›Happy Birthday‹, sei ein gutterr Junge.«

Eines der Mädchen machte ein Foto. Steven grinste und begann mit piepsiger Stimme zu singen.

Carries Augen füllten sich mit Tränen. Sie war froh, daß sie nicht wußte, wer sein Vater war. Irgendwie gehörte er dadurch mehr ihr.

Bernard Dimes saß in dem schwach beleuchteten Theater und beobachtete seine Darsteller. Die Proben für seine neue Aufführung liefen programmgemäß.

Der Direktor kündigte eine zehnminütige Pause an und ging zu Bernard hinüber. Freundschaftlich diskutierten sie über verschiedene Punkte: Kostüme, Launen eines Schauspielers, die Unterbringung in Philadelphia und anderen Städten, in denen sie bei der bevorstehenden Tournee spielen sollten. »Übrigens hatte ich neulich ein seltsames Erlebnis«, sagte der Direktor plötzlich, als sei es ihm eben erst wieder eingefallen.

»Was für eines?« fragte Bernard höflich.

»Teufel, ich weiß nicht, ob ich es dir überhaupt erzählen soll.«

Bernard schlürfte Kaffee aus einem dünnen Pappbecher.

»Ich denke, ich werde es doch tun – du weißt ohnehin, daß ich meine Marotten habe.«

Bernard lächelte. Die ganze Truppe kannte die Marotten des Direktors.

»Ich ging in dieses Bordell in der Dreiundsechzigsten Straße. Jemand hatte mir von einer wilden mexikanischen Dirne erzählt, die auf das spezialisiert ist, was ich mag. Und was meinst du, wer das Haus leitet?«

»Wer?«

»Diese schwarze Kleine, die wir vor ein paar Jahren in der Tanzgruppe hatten. Die uns davongelaufen ist... Mit Goldie hatte sie zusammengewohnt. Erinnerst du dich?«

»Carrie«, stieß er hervor. Sein Magen verkrampfte sich schmerzhaft.

»Richtig! Carrie! Ich sagte zu ihr: ›Was macht ein nettes Mädchen wie Sie an einem solchen Ort?‹ Und was meinst du? Sie behauptete doch tatsächlich, mich nicht zu kennen. Wie findest du das?«

»Wie war die Mexikanerin?« fragte Bernard in bemüht zwanglosem Ton.

»Wild! Warum? So was liegt doch nicht auf deiner Linie, oder?«

»Ich habe einen Investor, der vielleicht bereit wäre, ein bißchen mehr springen zu lassen, wenn ich ihm einen solchen Dienst empfehlen könnte.«

»Wirklich? Wer ist es?«

»Überlaß die Finanzen mir. Schreib mir einfach die Adresse auf, für den Fall, daß ich sie weitergeben muß.«

Der Direktor warf ihm einen spöttischen Blick zu, kritzelte aber die Adresse auf die Karte, die Bernard ihm gereicht hatte.

Bernard steckte die Karte ein und zog sie erst am Abend zu Hause wieder hervor. Er prägte sich die Adresse ein, obwohl er nicht vorhatte, dorthin zu gehen. Er dachte an Carrie, wie er seit ihrem Verschwinden immer wieder an sie gedacht hatte.

Goldie war bei der Suche nach ihr keine Hilfe gewesen. »*Ich* weiß nicht, warum sie weggelaufen ist. Wir haben mit meinem Freund und einem sehr netten Freund von ihm einen wunderbaren Abend verlebt. Sie war wirklich ein komisches Ding.«

Ja, das war sie. Anders. Ungewöhnlich.

Bernard faßte einen Entschluß. Er stieg in seinen Wagen und fuhr zu dem Mietshaus in der Dreiundsechzigsten Straße, parkte davor und starrte das Gebäude an. Die Minuten verstrichen, dehnten sich zu Stunden. Er betrachtete die ein und aus gehenden Menschen. Meist Männer. Ein ununterbrochener Strom. Er wartete bis zur Morgendämmerung, dann fuhr er langsam nach Hause, mit steifem Hals und schmerzendem Körper.

Die Lektionen, die Carrie bei Florence Williams und Mutti Mae gelernt hatte, waren ihr durchaus noch gegenwärtig. Eine Bordellmutter mußte liebenswürdig sein, freundlich und ein bißchen streng. Sie mußte die Kunden wie Gäste auf einem unterhaltsamen Fest behandeln. Sich ihre Lieblingszigaretten- oder -zigarrenmarke merken. Ihr Lieblingsgetränk. Ihr Lieblingsspiel beim Geschlechtsverkehr. Sie mußte den Kunden raten, welches Mädchen sie nehmen sollten. Und die Kunden, wenn sie wiederkamen, wie lang vermißte Freunde begrüßen. Eine Bordellmutter bot *nie* ihre eigenen sexuellen Dienste an. Sie war nur ganz besonderen Kunden zu Willen. Die Bordellmutter zu bekommen, das war etwa so, als bekäme man in einem Restaurant den besten Tisch.

Suzita hatte nichts dagegen eingewandt, daß Carrie die Leitung übernahm. »Mirr serr recht«, hatte sie gesagt und die schöngeformten Schultern gezuckt. »Du machst ganze Arrbeit, ich habe ganzen Spaß!«

Carrie versuchte, ihr Haus sehr fachmännisch zu führen. Ihre Mädchen waren makellos sauber, nie unter sechzehn und von ihrer Arbeit angetan – einer der Gründe, warum das Haus bald in sehr gutem Ruf stand.

Nach anfänglichen Scharmützeln mit der Polizei lernte Carrie, sich freizukaufen, und wurde nie mehr behelligt. Das Leben erschien ihr angesichts des Schutzes durch die Gangster *und* die Polizei manchmal als ein einziger Zahltag. Aber es kam viel Geld herein. Sie mietete in dem Gebäude eine kleine Wohnung dazu und quartierte Steven mit dem Mädchen, das ihn versorgte, dort ein. Je weiter er von ihren Aktivitäten entfernt war, desto besser.

Jeden Tag um zwölf brach sie mit ihm zu einem Spaziergang auf. Er saß dann strahlend in seinem Sportwagen, und sie wanderte in die Fifth Avenue hinüber, um sich die Schaufenster anzusehen. Steven liebte die Spaziergänge mit ihr sehr, und sie ließ ihn auch nie vergebens darauf warten. Schließlich war er ihr einziger Lebensinhalt.

Bernard Dimes fuhr immer häufiger in die Dreiundsechzigste Straße und verbrachte immer mehr Zeit damit zu, in seinem Wagen vor dem Gebäude zu sitzen. Er wußte nicht, warum er dies tat, irgend etwas zwang ihn einfach dazu. Er gewöhnte sich an, bei jeder Gelegenheit an dem Haus vorbeizufahren. Am Morgen auf dem Weg zu den Proben, um die Mittagszeit, abends auf dem Heimweg. Nach dem Abendessen schließlich fuhr er hin, stellte den Motor ab und blieb einfach sitzen.

Was war mit ihm los? Verlor er den Verstand? Er war über fünfzig und kam sich vor wie fünfzehn. Zu aufgeregt, um hineinzugehen und mit ihr zu sprechen. Nicht stark genug, um wegzubleiben.

»Bernard, mein Lieber, du bist in letzter Zeit furchtbar zerfahren«, beschwerte sich eine seiner polierten Blondinen. »Quält dich etwas?«

Ja. Ihn quälte etwas. Er liebte eine Frau, die er kaum kannte. Er liebte traurige exotische Augen und einen anmutigen schwarzen Körper. Er war davon *besessen*.

Carrie lächelte Enzio Bonnatti an. Es war sein zweiter Besuch. Offensichtlich hatte sie ihm beim erstenmal gefallen. Sie reichte ihm seinen Whisky, den sie genauso zubereitet hatte, wie er ihn mochte, mit zwei Würfeln Eis und einem Schuß Wasser.

Er lag in ihrem Zimmer auf dem Bett und sprach von seiner Frau Francesca. Er schien sehr viel von ihr zu halten. Nach seinen Worten war sie jung, schön, einfühlsam und klug.

Wenn das stimmte, warum war er dann nicht bei ihr zu Hause? Carrie hatte gelernt, keine Fragen zu stellen, sondern einfach zu nicken und aufmunternd zu murmeln: »Verstehe.«

Enzio war völlig angekleidet. Als er nun die Liebestechniken seiner Frau in allen Einzelheiten zu schildern begann, versteifte sich sein Glied.

Francesca war eine vollkommene Ehefrau. Eine vollkommene Mutter. Sie hatte einen vollkommenen Körper und eine vollkommene Pflaume. Aber Francesca weigerte sich, ihn zu lecken oder zu saugen.

Carrie wußte genau, wann sie seine Hose öffnen und ihn in den Mund nehmen mußte. Das war alles, was Bonnatti von ihr verlangte. Nicht mehr. Nicht weniger. Er bezahlte nicht. Das hatte er nicht nötig. Enzio Bonnatti kontrollierte sämtliche Bordelle in der Gegend.

»Du bist ein kluges Mädchen«, sagte er im Konversationston, als sie vom Waschbecken in der Zimmerecke zurückkam, »aber eine gute Hure würde es schlucken.«

»Nächstes Mal«, erklärte sie rasch.

»Was läßt dich glauben, daß es ein nächstes Mal gibt?«

»Ich – hoffe es.«

Er lachte. »Ich möchte, daß du für mich ein bißchen Rauschgift verkaufst. Nichts Hartes. Die Nigger werden scharf drauf sein und diese blöden College-Knäblein auch.«

Sie spürte, wie ihr Entsetzen ins Gesicht stieg. »Äh, Mr. Bonnatti – ich glaube nicht...«

»Nicht?« Er musterte sie aufmerksam. »Ich schon.« Die beiden Worte klangen täuschend milde.

»Ich – möchte es lieber nicht tun«, stammelte sie mit zunehmender Verzweiflung.

»Und ich möchte, daß du es tust. Ich schicke dir einen der Jungs mit etwas Stoff her. Achte nur drauf, wem du ihn anbietest. Und verstaue ihn an einem sicheren Platz.«

Sie war außer sich. »Wenn eine Haussuchung stattfindet, könnte ich ins Gefängnis kommen, falls man Drogen bei mir findet.«

Enzio stand auf. »Und ich habe dich für klug gehalten. *Wenn* du eine Haussuchung zu erwarten hast, wirst du es vorher wissen. Rechtzeitig genug, um das Zeug verschwinden zu lassen.«

Sie nickte ausdruckslos. Der Zeitpunkt nahte, wo sie aus dem Geschäft aussteigen mußte.

»Einen netten Jungen hast du«, sagte Enzio, als lese er ihre Gedanken. »Hab selber Kinder. Du willst doch, daß es ihm gutgeht. Die Stadt kann manchmal recht gefährlich sein.«

Wann hatte er Steven gesehen? Wut und Mutlosigkeit stritten in ihr.

Enzio war zur Zimmertür gegangen. »Komm bloß nicht auf die Idee, mir abzuhauen, das laß dir geraten sein. Es gefällt mir, wie du arbeitest. Mach's weiter so gut, dann wird dein Kleiner gesund bleiben. Und du auch.«

Schweinehund! Schweinehund! Wieder war sie in einer Falle gefangen.

»So etwas würde ich nie tun, Mr. Bonnatti«, sagte sie dumpf.

»Natürlich nicht. Habe ich nicht vorhin gesagt, daß du klug bist?«

Sie war es. Nicht zu verkennen der zielbewußte Gang und das lange nachtschwarze Haar. Sie schob einen Sportwagen. Bernard wäre vor Aufregung fast in den Wagen vor ihm gefahren.

Er rangierte schnell in eine Parklücke und folgte ihr zu Fuß.

Sie ging rasch, blieb gelegentlich stehen, um sich eine Auslage anzuschauen. Er verkürzte den Abstand, bis er fast hinter ihr war. *Rede mit ihr,* schrie eine Stimme in seinem Kopf. *Sag etwas – irgend etwas.* Er tippte sie auf die Schulter. Sie fuhr herum wie ein nervöses Füllen. »Carrie!« rief er. »Ich dachte mir doch, daß Sie es sind.«

Sie lächelte schwach. »Mr. Dimes...«

»So eine Überraschung, Ihnen hier zu begegnen!« Er überlegte kurz, ob er es nicht übertrieb.

Ihr Blick schoß hierhin und dorthin, als suche sie nach einem Fluchtweg.

»Wie geht es Ihnen? Und wer ist der kleine Mann da?« Er neigte sich über den Wagen.

Sie war wie betäubt. Bernard Dimes. Nach dieser langen Zeit. »Mein Sohn«, antwortete sie rasch. »Äh – darum bin ich damals so weggegangen. Ich habe geheiratet!«

Er blickte kurz auf ihren Ringfinger. Kein Ehering. »Herzlichen Glückwunsch.«

»Danke.«

Verlegenes Schweigen herrschte. Wie konnte er sagen, daß er mit ihr beisammen sein wollte? Sie schaute ihn an, als sei er der letzte Mensch, dem sie hätte begegnen wollen. »Vielleicht könnten wir mal miteinander zu Abend essen«, sagte er schließlich mit gepreßter Stimme. »Das würde mich sehr freuen.«

Sie schüttelte den Kopf. »Ich habe Ihnen doch gesagt, daß ich verheiratet bin. Aber trotzdem vielen Dank.«

»Vielleicht möchten dann Sie und Ihr Mann eine Probeaufführung meines neuen Stückes sehen. Wir sind die nächsten sechs Wochen auf Tournee, aber danach sind eine Woche lang Proben, und...«

Carrie hörte ihm nicht richtig zu. Sie schämte sich schrecklich, war furchtbar verlegen. O Gott, wenn er je herausfand, was sie war...! »Ich muß gehen«, unterbrach sie ihn.

»Natürlich.« Er sah ihr fest in die Augen. »Wenn Sie mich je brauchen sollten – meine Adresse ist immer noch dieselbe.«

»Auf Wiedersehen.« Sie eilte davon, schob den Kinderwagen mit wilder Hast die Straße entlang.

Gino, 1948–1949

Gino hielt sein Versprechen. Er kaufte Bee als Verlobungsring den größten Diamanten, den er fand, dann setzte er sich hin und wartete darauf, daß sie in andere Umstände käme. Er wartete – und wartete – und wartete...

»Der Arzt sagt, es könnte ein paar Monate dauern«, erklärte sie. »Es geht nicht immer einfach so. Wir müssen's zu bestimmten Zeiten machen. Probier's weiter.«

Liebe zu festgesetzten Zeiten behagte und reizte Gino überhaupt nicht. Wenn Bee ins Bett stieg und fröhlich sagte: »Jetzt ist die richtige Zeit«, verging ihm jede Lust. »Ich bin doch kein Affe!« fauchte er. »Ich kann es nur machen, wenn *ich* will.«

Sie schmollte. »Der Arzt hat gesagt...«

Er hätte den verfluchten Arzt am liebsten umgebracht.

Eines Morgens stand Bee in der Küche und bereitete das Frühstück zu. In der Frühe, wenn ihr Gesicht glänzte und ihr Haar zerzaust war, sah sie nicht so gut aus.

Marco hockte am Tisch und las in einem ziemlich zerfledderten Exemplar von Mickey Spillanes *I, the Jury*.

Gino schlug es ihm aus der Hand. »Ich geb doch nicht ein Vermögen für deine Bildung aus, damit du hier herumsitzt und solchen Schund liest.«

Marco errötete. »Es ist wirklich gut, Gino.«

»Lies Fitzgerald, Hemingway, was Anständiges.«

»Wie viele Eier?« fragte Bee sachlich, im Ton einer Ehefrau.

Er schaute sich in der großen Küche um und erkannte, daß ihn die ganze Wohnung anwiderte. Eine verwahrloste Bude. Was suchte er überhaupt hier im Village?

Bee drehte sich zu ihm um und fragte noch einmal, wie viele Eier er wolle. Die Sonne fiel durchs Fenster voll auf ihr Gesicht. Sie sah alt und müde aus. Himmel, wenn sie jetzt schon so ausschaute...

»Keine Eier. Nichts. Ich hab eine Menge Arbeit zu erledigen.«

Er ging aus der Wohnung und aus ihrem Leben. Einfach so. Er traf nie mehr mit ihr zusammen, bezahlte jedoch weiterhin alle ihre Rechnungen und ließ ihr auch den Diamantring. Ein paar Jahre später hörte er, daß sie einen Buchhalter geheiratet habe und nach New Mexico gezogen sei. Marco blieb mit ihm in Verbindung.

Seit mehr als einem Jahr war er aus dem Gefängnis draußen. Nun auch aus dem Verhältnis mit Bee. Seine sämtlichen Geschäfte blühten und gediehen, und scharfe Schätzchen gab es überall, wohin er sich wandte.

Gino widmete sich mit Bedacht dem Vergnügen.

Die Situation in Las Vegas erschien ihm verlockend. Las Vegas – einst ein dürres Wüstennest, entdeckt von Bugsy Siegel, der im Dezember 1946 dort das berüchtigte Flamingo Hotel eröffnet hatte und für seine Mühe im Juni 1947 ermordet worden war. Man hatte ihn dabei erwischt, daß er Bandengeld in die eigene Tasche wirtschaftete, und dafür gab es nur eine Strafe.

Ein Jahr nach Siegels Tod hatte Meyer-Lansky den Bau eines weiteren Luxushotels mit dem Casino finanziert, das Thunderbird. Einige weitere Hotels waren mittlerweile geplant.

Der Gedanke, von Anfang an dabei zu sein, reizte Gino. Außerdem hatte er ein Syndikat von Kapitalgebern hinter sich, die darauf brannten, einzusteigen. Nach seinem Gefühl wurde Las Vegas immer interessanter. Wo sonst bekam man Sonne, Sand und legales Glücksspiel geboten? Und von Los Angeles war man mit dem Wagen in ein paar Stunden dort.

Jake der Boy hatte an der Westküste ziemlichen Einfluß, er war in Bugsy Siegels Fußstapfen getreten. Der Bursche sah gut aus, verstand etwas aus sich zu machen und war mit vielen Filmstars befreundet.

Hollywood. Für die meisten Menschen ein glanzvoller Name. Für den Boy das Zuhause. Er besaß in Beverly Hills eine Villa mit Palmen im Garten und einem Starlet namens Pippa Sanchez im Bett.

Gino traf an einem linden Morgen dort ein.

Der Boy holte ihn in einem weißen Lagonda mit versenkbarem Verdeck ab und brachte ihn direkt zu seinem Haus. Er hatte für Gino einen besonderen Gästeflügel hergerichtet. Ganz im Stile Hollywoods. Marmorböden. Weiße Möbel. Goldene Armaturen im Bad.

Gino war gekommen, um über die Finanzierung des von Jake geplanten Hotelbaus durch sein Syndikat zu verhandeln. Jake hatte Geld, aber nicht genug, um den Bau eines Hotels, das mehrere Millionen Dollar kosten sollte, allein zu finanzieren. Er brauchte Gino – dringend. »Es wird das größte und beste!« schwärmte Jake. »Ich möchte es Mirage nennen. Jeder Star in Hollywood wird zur Eröffnung kommen. Es wird das verdammt beste Hotel auf der ganzen Welt.«

Solche Worte hörte Gino gern. Ihm gefielen die Begeisterung und die Art des Boy. Im Laufe der Jahre waren sie Freunde geworden. Der Boy hatte ihn auf seinen Blitzreisen nach New York sogar ein paarmal im Gefängnis besucht. »Ich verdanke dir alles, was ich habe, Gino«, liebte Jake zu sagen. »Du hast mir meine ersten hundert Dollar gegeben.«

Pippa Sanchez, seine Freundin, hatte zu Ginos Empfang eine Schar Freundinnen um den Swimmingpool gruppiert.

»Du hast die Wahl«, erklärte Jake leichthin. »Blonde, braune, rote, ich kenne deinen Geschmack nicht.«

Gino musterte die Auswahl mannbaren Fleisches, die jungen, sorgsam eingeölten Körper in den hübschen Badeanzügen mit anmutigen Posen. »Sieht alles gut aus«, sagte er.

Jake lachte und schmatzte kennerisch mit den Lippen. »Laß dir einen Rat geben, Gino, versuche eine blonde Kalifornierin, die sind mit keinen anderen Frauenzimmern zu vergleichen. Ich schwöre dir, wenn die zum Höhepunkt kommen, sickert Sonnenöl raus!«

»Ein weiter Weg von den dreckigen, schäbigen Straßen hierher, was?«

»Klar«, pflichtete Jake ihm bei.

Gino begann in seinem schweren dreiteiligen Anzug zu schwitzen. »Ich möchte duschen und mich ausruhen.«

Jake erinnerte sich seiner Manieren. »Klar, klar, ich schicke dir eines der Mädchen mit Drinks rein. Danach können wir uns vielleicht an den Pool setzen. Du möchtest doch braun werden, während du hier bist, oder?«

»Ich möchte unser Geschäft erledigen«, erwiderte Gino kurz angebunden. »Was hast du wegen Vegas arrangiert? Ich will den Ort sobald wie möglich sehen.«

»Alles arrangiert. Tiny Martino leiht mir sein Privatflugzeug. Wir fliegen morgen früh rauf, verbringen die Nacht im Flamingo und fliegen übermorgen früh wieder zurück.«

»Tiny Martino, so?« Gino war beeindruckt. Er hatte Tiny Martino Dutzende Male auf der Leinwand gesehen. Bee hatte immer behauptet, er sei komischer als Chaplin. »Kommt er mit?«

»Vielleicht, vielleicht. Er ist ein guter Freund von mir. Hat mir versprochen, für uns im Mirage die Saison zu eröffnen.«

Jake redete, als sei das Hotel bereits fix und fertig. Gino hatte noch nicht einmal die Pläne gesehen.

Pippa Sanchez kam mit wiegendem Gang über die Terrasse zu ihnen. Sie war klein, hatte einen kräftigen, sonnengebräunten Körper und lockiges dunkles Haar. Sie trug einen weißen Badeanzug und weiße Sandaletten mit hohen Absätzen. In ihrer mexikanischen Heimat war sie ein Star, in Hollywood nur ein kleines Starlet. Jake der Boy war verrückt nach ihr.

»So«, sagte sie dramatisch und streckte die Hand aus, »Sie sind also *der* Gino Santangelo, von dem ich soviel gehört habe.«

Er ergriff ihre Hand und drückte sie. »Der bin ich.«

Sie musterte ihn aus dicht bewimperten dunklen Augen. »Freut mich, Sie endlich kennenzulernen.« Ihre Stimme klang leicht heiser.

»Ganz meinerseits.« Er fragte sich, ob das Angebot an Mädchen auch sie umfaßte. Wenn ja, wollte er sie haben.

Zum sechsten Mal seit der Beerdigung fuhr Costa nach Hause. Franklins Tod hatte ihn in einen Zwiespalt gestürzt. Was sollte er tun? In New York bleiben und sich um Ginos Angelegenheiten kümmern? Oder nach San Francisco zurückkehren und sich um seine Mutter, Leonora und die Anwaltskanzlei der Familie kümmern?

Jennifer war ihm keine Hilfe bei der Entscheidung. »Du mußt tun, was du für richtig hältst«, sagte sie immer wieder. »Wenn du nach Frisco zurückkehrst, wirst du immer Franklin Zennocottis kleiner Junge sein. Und wenn wir bei deiner Mutter wohnen, wird sie sich allzusehr auf dich verlassen, von dir abhängig werden. Und Leonora wird ganz bestimmt keine Eingriffe in *ihr* Leben dulden. Sie ist achtunddreißig. Wenn sie trinken und – äh – Männer haben will, wie könntest *du* sie daran hindern? Wenn es nicht mal ihr Mann kann?«

Costa mußte zugeben, daß etwas Wahres an Jennifers Worten war, doch deshalb hatte er bei seinen monatlichen Besuchen zu Hause kein weniger schlechtes Gewissen. Der Zwiespalt, in dem er sich befand, war einer der Gründe, warum er Ginos Interesse an Las Vegas begrüßte. Wenn sie dort einstiegen, konnten sie mehr Zeit an der Westküste verbringen.

Jennifer begleitete ihn diesmal nicht. Das war ihm sehr recht, denn er hatte vor, nur zwei Tage zu bleiben, dann nach Los Angeles weiterzufahren und sich mit Gino zu treffen.

Nun befand er sich mit seiner Mutter auf dem Weg zu einem Essen im Kreise der Familie.

Leonora und ihr Mann Edward wohnten in einem breit daliegenden, im Ranch-Stil erbauten Haus. Costa stellte den Wagen davor ab und half seiner Mutter heraus. Ein Mädchen in schwarzer Uniform öffnete ihnen und führte sie in das eichengetäfelte Wohnzimmer. Leonora saß träge auf einem Barhocker. Ihr einst so schlanker Körper war sehr rundlich geworden. Sie trug Hosen und eine Bluse und hielt ein Glas Martini in der Hand, das sie, wie Costa feststellte, keine Sekunde losließ.

Edward stand hinter der Bar und zerkleinerte mürrisch Eis. Auch er hatte stark zugenommen, sein einst hübsches Gesicht war rot aufgedunsen. Man sah, daß die beiden früher ein sehr gut aussehendes Paar gewesen waren – wenn man einen scharfen Blick hatte.

»Ah, der New Yorker beehrt uns mit seinem Besuch«, bemerkte Leonora bissig. »Ich weiß nicht, wie du es schaffst, dich so oft von deinem Verbrecherfreund loszureißen. Erlaubt er das?«

Costa beachtete sie nicht. Sie hackte ständig auf Gino herum, das schien ihr eine Art perverses Vergnügen zu bereiten.

Edward kam hinter der Bar hervor, und die beiden Männer schüttelten sich die Hände.

»Wie gehen die Geschäfte?« fragte Costa.

»Das Bankgeschäft ist eine einzige Quelle der Langeweile. Ich hätte gute Lust, aufzugeben und die Tage ganz auf dem Golfplatz zu verbringen.«

»Oh«, sagte Leonora sarkastisch, »ich dachte, das tust du jetzt schon.«

In diesem Augenblick trat Maria ins Zimmer, ein zartes Mädchen von zwanzig Jahren. Sie erinnerte Costa an Leonora in diesem Alter, nur hatte Maria ein völlig anderes Temperament als ihre Mutter. Sie war scheu und zurückhaltend, in einer netten Art fast altmodisch.

»Guten Abend, Onkel, Großmama.« Sie küßte beide liebevoll auf die Wange.

»O Gott!« rief Leonora. »Du bist heute wieder zum Essen zu Hause, was? Hast du denn nie eine Verabredung? Als ich so alt war wie du, standen die Verehrer an meiner Tür Schlange.«

»Als du so alt warst wie sie, warst du verheiratet«, korrigierte Costa sie.

»Das hat mich nicht aufgehalten!« Leonora schwenkte einen Finger in Richtung ihrer Tochter. »Es ist unnatürlich, nie auszugehen. Was ist *los* mit dir?«

Maria errötete. »Mit *mir* ist nichts los, Mutter.«

»Komm mir nicht so, junge Dame«, schrie Leonora. »Hast du das gehört, Eddie? *Hast du das gehört*?«

»Ach, halt den Mund«, fauchte Edward.

Leonora machte ihn nach: »›Ach, halt den Mund.‹ Von dir aus könnte sie für den Rest ihres Lebens einfach so in ihrem Zimmer sitzen und nur herauskommen, um mich zu beleidigen.«

»Leonora, bitte...«

Maria blickte rasch auf Costa und ihre Großmutter. Das Verhalten ihrer Eltern war ihr furchtbar peinlich, und dies sah man ihr an.

Costa holte tief Luft und unterbrach das streitende Paar. »Jennifer hat einen großartigen Vorschlag gemacht«, sagte er. »Wie wäre es, wenn Maria – als Geschenk zu ihrem einundzwanzigsten Geburtstag – für einen Monat zu uns nach New York käme?«

Marias Gesicht leuchtete auf.

»New York«, stieß Leonora verächtlich hervor. »Mit all deinen Gangsterfreunden verkehren. Davon halte ich nichts.«

»Oh, Mutter!« flehte Maria. »Bitte!«

»Sie wird mit keinen Gangstern verkehren«, erklärte Costa geduldig. »Jennifer hat eine Menge reizende Freunde. Angesehene Ehepaare mit netten und wirklich akzeptablen Söhnen.«

Costa zwinkerte Maria zu und formte stumm mit dem Mund die Worte: Das klappt.

Maria lächelte ihn dankbar an.

»Teufel noch mal, wann ist endlich das Essen fertig?« schimpfte Leonora. »Ich schwöre, daß ich dieses blöde Wesen rauswerfe, das hier herumkriecht und behauptet, ein Dienstmädchen zu sein.«

Costa seufzte. Wieder ein wunderbarer Abend bei Leonora.

Die Wüstensonne war glühend heiß, als sie das Grundstück besichtigten, welches Jake für das Mirage ausgewählt hatte.

»Sobald Geld hereinkommt, können wir mit dem Bau beginnen. Ich habe eine Option auf den Grund und fertige Pläne vom Architekten. Baufirmen stehen in Bereitschaft. Ich brauche lediglich ein Wort von dir. Es ist ein Unternehmen, das gar nicht fehlschlagen kann. Wie der Bau einer Bank!« schwärmte Jake.

Gino hatte sich bereits entschieden. Er würde einsteigen. Doch der Boy sollte ruhig ein bißchen zappeln. »Hast du die Pläne da?«

»Klar.« Jake zitierte mit einem Fingerschnippen einen seiner Lakaien herbei, der in der Nähe stand. »Hol meine Aktentasche aus dem Wagen.«

Er faßte Gino am Arm, und zusammen schlenderten sie über das dürre, staubige Gelände. »Hier drüben ein Schwimmbecken mit Olympiamaßen – vielleicht gleich mehrere, damit die Kleinen auch mitkommen können. Mama und die Kinderchen können in der Sonne spielen, während Papa das Vermögen der Familie verspielt.«

»Gefällt mir.«

Jakes Mann kam mit der Aktentasche gelaufen. Der Boy ergriff sie, öffnete sie und begann sie auseinanderzufalten.

»Laß nur«, sagte Gino, »ich sehe sie mir später an.«

»Willst du zum Wagen zurück?«

»Warum nicht? Ich habe gesehen, was ich sehen wollte.«

Jake schwitzte, aber daran war nicht die Hitze schuld, sondern Ginos lässige Haltung. Als sie im Fond des Wagens saßen, platzte er heraus: »Nun, sind wir im Geschäft?«

Gino lächelte. »Die Blonde letzte Nacht war nicht schlecht. Aber ich hatte schon bessere.«

»Ich werde dir für heute nacht was Besseres besorgen. Pippa hat Freundinnen, die du noch gar nicht gesehen hast.«

»Pippa.«

»Was?«

»Dein alleiniger Besitz?«

Jake verging das Lächeln. »Sozusagen. Wir sind schon eine ganze Weile beisammen...« Schweißperlen traten ihm auf die Stirn. »Natürlich – wenn du sie haben willst, bitte sehr.«

Gino grinste. »Wir könnten sagen, sie ist ein Darlehen für eine Nacht. In Ordnung?«

Jake lächelte gequält. »In Ordnung.«

»Schließlich waren meine sechzig Tausender, mit denen du damals durchgebrannt bist, auch ein Darlehen, nicht wahr?«

Jake nickte düster. Pippa Sanchez war die erste und einzige Frau in seinem Leben, für die er etwas empfand. Alle anderen sah er als Flittchen an.

»Ich borge mir also Pippa aus. Für eine Nacht. Es ist nur gerecht – findest du nicht? Das bringt uns sozusagen auf Gleichstand.«

»Klar, Gino.« Jakes Stimme klang gepreßt. Der Schweinehund hatte ihn am Wickel, und er wußte es. »Sie gehört selbstredend dir.«

Carrie, 1943

Es war noch früh am Abend, und die Kunden ließen, mit einigen Ausnahmen, auf sich warten. Frank Sinatras Stimme schallte durch die Räume. Seit die Mädchen den mageren Sänger im Paramount-Theater gehört hatten, waren sie alle verrückt nach ihm. Seine Platten bildeten die musikalische Untermalung für das Kommen und Gehen der Freier.

Carries Geschmack lag mehr in Richtung Blues. Sie gab Bessie Smith den Vorzug. Und Billie Holiday. Immer wieder hatte sie sich gefragt, ob dies jene Billie sei, die mit ihr bei Florence Williams gewesen war. Eines Tages dann hatte sie in einer Zeitschrift ein Bild entdeckt und mit freudigem Schreck erkannt, daß es genau diese Billie war. Sie behielt ihr Geheimnis für sich. Wer hätte ihr schon geglaubt, wenn sie herumgelaufen wäre und geprahlt hätte: »Ich kenne Billie Holiday – wir haben im gleichen Bordell gearbeitet.«

Suzita klopfte an ihre Tür. »Da fragt ein komische Vogel nach dirr. Ich chab ihn nicht reingelassen. Er sagt, er ist ein guter Freund von dirr. Für mich sieht er aus wie Zuchälter.«

»Ich schicke ihn weg«, sagte sie, strich ihr enges gelbes Kleid glatt und verließ das Zimmer.

Durch das Guckloch in der Eingangstür inspizierte sie Suzitas »Zuchälter«. Er war ein großer magerer Schwarzer, bekleidet mit einem absurden Nadelstreifenanzug und breitem Hut. Schwarze erschienen selten hier. Die wenigen, die kamen, waren größtenteils Musiker. Neger wurden nicht zum Kommen ermutigt, die weißen Freier mochten das nicht.

Carrie öffnete die Tür einen Spalt, ließ aber die schwere Sicherheitskette eingehängt. »Kann ich Ihnen helfen, Süßer?« fragte sie schleppend. Gewöhnlich wurde man die Kerls mit Charme schneller los als mit Geschrei. Wenn dieser schwarze Kater eine Katze haben wollte, würde sie ihn zu Mutti Zoe in der Neunundvierzigsten Straße hinüberschicken, dort würde man ihn willkommen heißen.

»Ich möchte zu Carrie«, sagte er mit einem weinerlichen Ton in der Stimme.

»Ich bin Carrie, Süßer, aber ich bin für Wochen und Monate ausgebucht. Ich kenne aber einen Ort, wo du die köstlichsten Pflaumen auf dieser...«

Er hatte sie durch den schmalen Türspalt gemustert, in den wenig Licht fiel. »Himmel, Arsch und Zwirn! *Du* bist Carrie?« Überraschung klang aus seiner Stimme.

»Natürlich. Jetzt hören Sie mal...«

»Ich bin Leroy«, erklärte er triumphierend. »Erinnerst du dich an mich, Mädchen? *Ich bin dein Onkel*!«

Sie meinte, in Ohnmacht zu fallen. *Leroy*. Es konnte nicht sein. *Leroy*. Das war unmöglich. *Leroy*. Der Schweinehund war bestimmt längst tot.

Sein Name weckte Erinnerungen, die sie nie mehr wach werden lassen wollte. *Leroy*. Ein niederträchtiger Schurke.

»Ich weiß nicht, wovon Sie reden«, sagte sie ruhig, doch ihr Herz klopfte so schnell, daß sie meinte, er müsse es hören.

»Le-roy!« wiederholte er aufgeregt. »Dein *Onkel*, Mädchen!«

»Sie müssen sich irren, Mister. Gehen Sie lieber, bevor ich einen Polypen rufe.«

»Ich denke gar nicht dran. Du kannst so viele Polypen rufen, wie du willst. *Ich* bleib da.«

Eigensinniger, gemeiner Schuft. Ganz sicher war es Leroy. Sie würde nie den eigensüchtigen, weinerlichen Ton in seiner Stimme vergessen.

Suzita kam zu ihr an die Tür. »Soll ich unsere Beschützer cholen?« wisperte sie.

»Ja.« Schließlich wußte Leroy nicht, was ihr schaden konnte. Sie schlug ihm die Tür vor der Nase zu und ging mit Suzita, um jemanden von der Bonnatti-Bande herbeizurufen.

»Err glaubt, err kennt dich?« fragte Suzita neugierig.

»Sieht so aus.«

»Chast du ihn schon mal gesehn?«

Sie zuckte die Achseln. »Noch nie im Leben.«

Suzita kicherte. »Sieht aus wie echt gemeiner Zuchälter.«

»Ja«, pflichtete Carrie ihr bei. Vermutlich war er noch immer einer. Ein gemeiner Zuhälter. Ihr Onkel. Ihr einziger lebender Verwandter.

Zum Lachen! Sie ging ins Wohnzimmer und schenkte sich einen Drink ein.

Suzita lief an die Eingangstür zurück und blieb dort, das Auge ans Guckloch gepreßt, bis zwei von Bonnattis Halunken kamen und Leroy gewaltsam entfernten. »Err kommt nicht wieder.« Sie kicherte. »Die schlagen Scheiße aus ihm cheraus.«

Gino, 1949

Nach dem blauen Himmel und der Sonne von Los Angeles war New York in diesen Julitagen heiß, schwül und bedrückend. Zum erstenmal im Leben dachte Gino daran, ein Haus zu kaufen. Ein schönes, geräumiges Gebäude außerhalb der Stadt mit Garten und einem Schwimmbecken. Etwas, wo er die Wochenenden verbringen konnte. Vielleicht auf Long Island.

Er konnte Jakes Liebe zu Los Angeles verstehen. Der Boy lebte dort wie ein König, umgeben von schönen Frauen und all den Annehmlichkeiten, die der Erfolg mit sich brachte. Wie zuvor Bugsy Siegel, wurde Jake mit einer Mischung aus Respekt und Furcht behandelt. Sein zweifelhafter Ruf umgab ihn mit einer Aura von Glamour. Und wer in Hollywood Glamour hatte, der gehörte dazu.

Pippa Sanchez hatte Gino anvertraut, daß der Boy seine Frauen gern herumstieß. Auf seine Frage, ob sie das nicht störe, hatte sie lässig die Achseln gezuckt: »Warum sollte es mich stören? Weil ich mit Jake zusammen bin, kommt mein Name in alle Zeitungen. Viel besser, als mit irgendeinem blöden Schauspieler zu gehen. Außerdem meint er es nicht so. Er fühlt sich dabei einfach – stark.«

»Stark, so?« Gino hatte sich gesagt, daß man ein wachsames Auge auf den Boy haben müsse. Schließlich würde er, Gino, eine Menge Kies in das Mirage stecken, und er wollte wissen, wo jeder einzelne Dollar blieb. Pippa war ihm als ideale Aufpasserin erschienen.

Er hatte ihr ein Angebot unterbreitet. War sie bereit, als Gegenleistung für eine bestimmte Summe ihre Loyalität zu teilen?

Ja, sie war bereit. Sie würde weiter mit Jake zusammenleben und Gino einmal in der Woche telefonisch Bericht erstatten.

Billig war sie freilich nicht.

Das hatte er auch nicht erwartet.

Er hatte eine lange, träge Nacht mit ihr verbracht. Doch Pippas schwelende Sinnlichkeit hatte ihn bei weitem nicht so angemacht, wie er gemeint hatte. In der folgenden Nacht lag sie wieder bei Jake, und Gino hatte noch einige Hollywooder Blondinen ausprobiert, bevor er mit Costa nach New York zurückgeflogen war.

Gino hatte einen Entschluß gefaßt: Keine langen Affären mehr. Er kannte keine Frau, von der er sich vorstellen konnte, daß er eine ganze Woche mit ihr verbringen wollte – geschweige denn einen Monat oder zwei.

Der Gedanke an ein Haus lockte ihn. Eine Villa im Gatsby-Stil, wo er Feste geben konnte. Er bedauerte es, Clemmie's nicht mehr zu haben und nicht mehr Gastgeber spielen zu können. Ihm bereitete es Freude, wichtige Persönlichkeiten zu bewirten, die sich bei ihm Essen und Trinken schmecken ließen. Ja, er wollte Feste geben wie einst Clementine Duke. Jetzt, wo er aus dem Gefängnis und wieder in Aktion war, wo er reicher war als je, stellten wichtige Freunde kein Problem dar. Sie waren alle wieder angekrochen gekommen, und neue hatten sich dazugesellt. Manchmal fragte er sich, ob ein einziger echter Freund darunter sei. Nein, das wußte er genau. Mit Geld konnte man eine Menge kaufen – aber keine echte Freundschaft. Das Geheimnis lautete darum: Traue nie jemandem, dann wirst du nicht verletzt.

Gino hielt dies für die einzige weise Lebensformel.

Jennifer und Costa Zennocotti hatten für den Sommer ein Haus in Montauk gemietet. Nichts Besonderes, einfach ein gemütliches Gebäude am Strand mit einer Schaukel in dem von Blumen duftenden Garten und zwei zum Haus gehörenden Hunden. Jennifer liebte das Leben dort sehr. Sie zog ihre New Yorker Kleider aus und lief in einem baumwollenen Sommerfähnchen barfuß umher.

Costa kam immer fürs Wochenende heraus und empfand dies als ungeheuer erholsam. Wenn er am Freitag abend aus dem Auto stieg, wich jede Spannung von ihm. Und die Zusammenarbeit mit Gino bedeutete wahrlich ein an Spannung reiches Leben. Der Mann war ein Dynamo und hatte einen messerscharfen Verstand. Man brauchte nur das Geschäft in Las Vegas zu nehmen. Gino benötigte keine Unterlagen – er hatte alles im Kopf. Natürlich gab es Unterlagen, rechtliche Dokumente, von Gino und dem Boy unterzeichnet. Das Unternehmen würde eine Menge kosten, doch wenn man danach urteilen konnte, wie das Flamingo und das Thunderbird liefen, würde die Eröffnung des Mirage der Eröffnung einer Bank gleichkommen.

In der dritten Augustwoche traf Maria ein. Sie war freudig erregt, voller Fragen und ganz offensichtlich froh, von zu Hause weg zu sein.

»Wie geht es Leonora?« fragte Jennifer. »Ich habe sie so lange nicht gesehen.«

»Mutter geht es gut«, antwortete Maria und dachte an die lautstarke Auseinandersetzung ihrer Eltern am Abend vor ihrer Abreise.

»Ich werde zu deinem Geburtstag ein großes Fest veranstalten«, beschloß Jennifer. »Das wird ein Spaß! Es gibt viele junge Leute hier, von denen ich möchte, daß du sie kennenlernst.«

Maria nickte strahlend, doch am liebsten hätte sie ihren Geburtstag und alles rundherum vergessen. Sie wollte nicht daran erinnert werden, daß sie einundzwanzig wurde. Mit einundzwanzig Jahren mußte man Entscheidungen fürs Leben treffen, und Maria hatte keine Ahnung, was sie machen wollte.

Im Juli und August brachte Gino alle Wochenenden damit zu, Häuser zu besichtigen. Große, kleine, Inselschlupfwinkel, Bungalows auf dem Land, Villen. Er suchte die ganze Gegend vom grünen Weideland Connecticuts bis zur wilderen Küste Long Islands ab, fand jedoch nichts, was ihn zufriedenstellte.

Allmählich bekam er genug von der Sucherei. Und die Immobilienmakler bekamen genug von ihm.

Am letzten Augustsonntag machte er sich allein auf den Weg, nur mit seinem Fahrer und einem Leibwächter. Er besichtigte einen großen Besitz in East Hampton. Die Maklerin führte ihn stolz herum. »Sie werden feststellen, Mr. Santangelo, daß dies genau das Haus ist, das Sie suchen.«

Er sah sich alles gründlich an. Sie konnte recht haben. Es war ein altes Haus in reparaturbedürftigem Zustand, doch die Möglichkeiten sprangen ins Gesicht, und er hatte das Geld, es entsprechend herzurichten.

Erbaut war das Haus in viktorianischem Stil, die weiße Farbe blätterte von Säulen und Balkonen mit reichem Gitterwerk ab. Die vielen geräumigen Zimmer hatten große Erkerfenster, und um das ganze Stockwerk lief eine breite Veranda.

»Es gefällt mir«, sagte er.

»Es ist wirklich einmalig«, erwiderte die Maklerin. »Und nur zu haben, weil die alte Dame, die ihr ganzes Leben hier wohnte, gestorben ist und die Familie es verkaufen will.«

»Bißchen heruntergekommen.«

»Ja, stimmt schon. Aber das wurde beim Preis berücksichtigt. Und wenn man es renoviert, wird es großartig.«

Die Frau schaute auf die Uhr. Sie hatte noch einen anderen Termin und war bereits zehn Minuten zu spät dran. »Nun, Mr. Santangelo, was meinen Sie?«

»Ich weiß noch nicht. Wenn ich ja sage, mache ich Ihnen am Montag ein Angebot.«

»Ich habe noch weitere Interessenten.«

»Montag.«

»Natürlich.« Sie schaute wieder auf die Uhr. »Ich muß aufbrechen, Mr. Santangelo. Haben Sie genug gesehen?«

»Klar. Gehen Sie ruhig. Ich spaziere noch ein bißchen im Garten herum.«

Als der Motorlärm ihres Wagens verklang, wurde ihm bewußt, welcher Friede hier herrschte. Nur das Zwitschern der Vögel, kein anderes Geräusch. Wozu brauchte er solchen Frieden? Vielleicht war es *zu* ruhig hier.

Er wanderte durch den großen Garten, bemerkte überall überständiges Gras und an den Rosen wilde Schößlinge. Er versuchte sich auszumalen, wie das Ganze aussehen würde, wenn man es herrichtete. Vielleicht eine breite Marmorterrasse vor dem Wintergarten, Tennisplätze und ein großes blaues Schwimmbecken im Hollywoodstil. Ja. Sensationell würde das aussehen. Trotzdem, er gelangte zu keinem Entschluß. Er brauchte die Meinung von jemand Unbeteiligtem. Costa und Jennifer. Jennifer hatte einen guten Geschmack; sie konnte auf den ersten Blick sagen, wie das Ganze renoviert aussehen würde. Und es war gar nicht so weit nach Montauk. Er konnte rasch hinfahren und die beiden herholen.

Maria sprang ins Schwimmbecken, schwamm kraftvoll zehn Längen, stieg heraus und ließ sich auf eine Liege fallen. Sie fühlte sich wunderbar. Sechs Tage mit Jennifer und Costa waren eine richtige Offenbarung. Keine Auseinandersetzungen. Keine langen Trinkrunden. Einfach Frieden und Harmonie, zwei Menschen, die sich offensichtlich sehr, sehr gern hatten.

Sie schüttelte ihr langes weißblondes Haar aus und schloß die Augen, bot Gesicht und Körper der Sonne dar. Costa und Jennifer waren weggefahren, Freunde besuchen. Die beiden hatten sie mitnehmen wollen, aber sie hatte Kopfschmerzen vorgeschützt und abgelehnt, denn es verlangte ihr danach, allein zu sein. Einer der Hunde begann zu bellen. Sie streckte die Hand aus und rief leise: »Hierher, Bursche, hierher.«

Der Hund rannte schweifwedelnd zu ihr.

Gino parkte sein Mercedes-Cabriolet vor dem Haus. Er hörte einen Hund bellen, doch in der Einfahrt stand keines der Autos. Er stieg aus und läutete, drückte mehrmals lange auf die Klingel. Nichts rührte sich. Er ging um das kleine Haus herum, schirmte ungeduldig die Augen mit der Hand ab und schaute zu den Fenstern hinein. Als er auf die Rückseite kam, sprang ein zottiger Spaniel heran, um ihn zu begrüßen.

Dann sah er sie am Schwimmbecken liegen. Leonora. *Seine* Leonora. Sein Herz begann wild zu schlagen, der Schweiß brach ihm aus, und sein Kehle wurde trocken.

Gebannt stand er da und starrte sie an. Wie ein kleiner Junge. Wie der Dorftrottel. Ein scharfer Schmerz wühlte in seinen Eingeweiden, als er sehr leise sagte: »Leonora.«

»Was?« Sie nahm den Arm vom Gesicht und setzte sich auf.

Es war nicht Leonora.

Es war ein Mädchen, das genauso aussah wie sie.

Im selben Augenblick wurde ihm klar, daß dies ihre Tochter sein mußte, Maria. Costa hatte erwähnt, daß das Mädchen sie besuchen würde.

Er kam sich wie ein Narr vor. Wie hatte er nur glauben können...?

»Sie sind Gino Santangelo, nicht wahr?« sagte sie, stand auf und zog rasch eine Frotteejacke über ihren Badeanzug.

Er holte tief Luft. »Ja. Woher wissen Sie das?«

»Oh, ich habe ihr Bild in den Zeitungen gesehen, und – hm, wir sind uns schon mal begegnet, auf Costas und Jennifers Hochzeit.« Sie lachte verlegen. »Ich war damals noch ein Kind – vermutlich erinnern Sie sich nicht an mich. Ich bin Maria, Leonoras Tochter.«

»Ja. Natürlich. Sie sind zweifellos gewachsen seither, was?« Er war gräßlich verlegen und wußte nicht, warum.

Sie zog ihre Jacke eng um sich und sagte: »Sie sind weg.«

»Wer?« fragte er töricht.

»Jennifer und Costa.«

»Ach so.« Er musterte sie aufmerksam. Die Ähnlichkeit mit Leonora war verblüffend. Und doch – etwas war anders. Irgend etwas, das dieses Kind zu mehr als einem bloßen Spiegelbild seiner Mutter machte.

Als lese sie seine Gedanken, erkundigte sie sich: »Sie haben mich für meine Mutter gehalten, nicht wahr?«

»O nein.« O doch.

Sie lächelte lieb und strich eine feuchte Locke aus der Stirn. »Ist schon gut. Ich bin daran gewöhnt. Viele Menschen staunen über die Ähnlichkeit. Das heißt, Menschen, die meine Mutter früher kannten. Jetzt sieht sie – anders aus.«

Er befingerte die Narbe auf seiner Wange. »Hätten Sie Lust, mit mir ein Haus zu besichtigen?«

»Was für ein Haus?«

»Eines, das ich vielleicht kaufen werde.« Er wußte nicht, was ihn zu der Frage veranlaßt hatte. »Ziehen Sie sich an. Ich möchte die Meinung einer unbeteiligten Person hören.«

»Ist es weit?«

»Was spielt das für eine Rolle? Sie liegen doch bloß hier und tun nichts.«

Sie nickte, verspürte eine seltsame Erregung.

»Beeilen Sie sich.«

»Ja.«

Sie lief ins Haus, flog die Treppe hinauf in ihr Zimmer und schlüpfte rasch in ein Leinenkleid. Dann bürstete sie ihr feuchtes Haar und fragte sich mit einem erregten Schaudern, warum sie mitging.

Der große, übel beleumundete Gino Santangelo. Ein Mörder, Gangster, Gauner. Sie schwärmte für ihn, seit er sie im zarten Alter von neun Jahren über den Tanzboden gewirbelt hatte. Seither hatte sie immer alles gelesen, was über ihn in den Zeitungen stand. Er hatte einen furchtbaren Ruf. Ihre Mutter bezeichnete ihn als »Abschaum« und machte Costa ständig Vorwürfe, weil er sein Anwalt war.

»Kommen Sie?« rief er von unten.

»Ja, ja.« Sie lief aus dem Zimmer und klapperte mit klobigen Sandalen die Treppe hinunter.

»Ich habe die Küche geplündert«, verkündete er. »Jen wird nichts dagegen haben.«

Er hatte mehrere Flaschen Coca-Cola eingepackt, eine Stange französisches Brot und ein Paket Schinken. »Wir werden dort Mittagessen.«

»Ich hinterlasse lieber eine Nachricht«, sagte Maria, »falls sie vor uns zurückkommen.«

»Gute Idee.«

Er betrachtete sie, während sie die Nachricht kritzelte. Das lange Haar fiel ihr in das bezaubernd schöne Gesicht. Sie war so sauber, so unschuldig und liebreizend. Genau wie Leonora vor vielen Jahren. Genau wie Leonora...

Carrie, 1943

Das dürre halbwüchsige Mädchen mit den Glotzaugen, dem Schmollmund und dem schmutzigen, zottelig geschnittenen, flachsfarbenen Haar starrte Leroy entsetzt an. »Ich kann mich nicht um ein Kind kümmern, Mann. Bist du verrückt oder was?«

Leroy stand über ihr, die Beine gespreizt, holte mit der Hand aus und schlug ihr klatschend ins Gesicht. »Du wirst tun, was ich will. Hörst du, Mädchen?«

Sie schnitt eine Grimasse und versuchte, das Weinen zu unterdrükken. »Mieser Lude«, murmelte sie.

»Was hast du gesagt?«

»Ich habe gesagt, klar, Leroy. Wenn du es so willst. Aber wie soll ich arbeiten, wenn wir ein Kind hier haben?«

Er kratzte sich den Bauch. »Du doofe Nuß, wir behalten das Kind doch nur einen oder zwei Tage. Dann bezahlt das Luder und kriegt ihn zurück, und wir verduften irgendwo hin, wo's schön ist.«

»Florida?« Ihr dümmliches Gesicht leuchtete auf. »Ich wollt schon immer da hin.«

»Klar doch.« Florida – kam ja gar nicht in Frage. Auf keinen Fall würde er in Richtung Süden gehen. Doch was das schwedische Frauenzimmer wollte, war ohnehin gleichgültig. Wenn er das Geld hatte, würde er sie fallenlassen, schnellstens. Sie taugte nichts. Liebte ihre Arbeit zu sehr. Behielt die Freier gleich stundenlang in ihrem Bett. Nicht wie Carrie. Bei ihr war in fünf Minuten alles erledigt gewesen, und jeder war auch noch mit einem Lächeln auf dem Gesicht von ihr weggegangen. Er hätte sie nicht verkaufen sollen, dann würde er jetzt in Geld schwimmen. Aber er hatte sie verkauft, darum schuldete ihm das Luder was, und er war entschlossen, sich zu nehmen, was von Rechts wegen ihm gehörte. Geld. Viel Geld.

Stevens Kindermädchen war ein tölpelhaftes schwarzes Wesen, an dem alles irgendwie zu groß wirkte. Sie hatte wirres Kraushaar, trug eine Zahnspange, und auf ihrer Nase saß eine Brille. Ihr Aussehen war einer der Hauptgründe, warum Carrie sie angestellt hatte. Carrie wollte Steven eine möglichst geregelte Erziehung angedeihen lassen und hatte sich gesagt, ein häßliches Mädchen werde nicht weglaufen und heiraten.

Leroy hatte sich vor mehreren Wochen in das Mädchen herangemacht, als sie zum Einkaufen auf den Markt gegangen war. Er besaß Charme, den er bislang nur noch nie eingesetzt hatte. Jetzt ließ er ihn spielen, um Stevens Kindermädchen für sich einzunehmen.

Sie war unglaublich geschmeichelt, schaute ihn schmachtend an, lächelte einfältig, hielt ab sofort Diät und kaufte sich neue Kleider.

An ihren freien Sonntagabenden führte Leroy sie zum Tanzen oder ins Kino aus. Und dabei brachte er alles über Carrie und Steven in Erfahrung, was er wissen wollte.

Sich Steven zu schnappen würde sein, als bekomme man ein riesiges Stück Schokoladentorte.

Gino, 1949

Gino brach eine Seitentür auf, um in das Haus zu kommen.

»Das können Sie nicht machen«, schalt Maria.

»Ich habe es aber schon gemacht.« Er lachte.

»Hmmm – stimmt.« Sie konnte nicht anders, als in sein Lachen einzustimmen. »Darf ich mich umsehen?«

»Klar. Fühlen Sie sich als mein Gast.«

Maria verliebte sich sofort in das alte Haus. Sie lief überall herum, brach über dies und jenes in Begeisterungsrufe aus. Ihre Wangen glühten und ihre Augen leuchteten. »Sie *müssen* es kaufen«, drängte sie. »Es ist das absolut beste Haus, das es gibt!«

»Glauben Sie?«

»Ich weiß es!«

Er begann das alte Haus mit ihren begeisterten Augen zu sehen. Als er ihr seine Pläne für eine große Marmorterrasse und ein luxuriöses Schwimmbecken im Hollywoodstil schilderte, warf sie entsetzt die Arme hoch. »Nein! Sie werden es ruinieren. Wenn Sie ein Schwimmbassin bauen müssen, dann ein ganz einfaches. Sie dürfen nichts von der natürlichen Schönheit zerstören. Sie dürfen nichts ändern – nur ein weißer Anstrich und ein paar Reparaturen.« Plötzlich wurde ihr klar, daß sie unhöflich und grob war. Ihm einfach so ihre Ideen aufzudrängen, als sei ihre Meinung wichtig. »Tut mir leid, Mr. Santangelo«, sagte sie und hörte auf, wie ein Wirbelwind durch das Gebäude zu fegen. »Ich ließ mich mitreißen. Achten Sie nicht auf mich.«

Er konnte kaum glauben, daß sie zwanzig war. In ihrer Frische und Unverdorbenheit kam sie ihm eher wie eine Sechzehnjährige vor. »He«, rief er, unfähig, den Blick von ihr zu lösen, »nennen Sie mich doch Gino.« Er hatte das Gefühl, etwa so zu reden wie Clementine Duke bei seinem ersten Besuch in ihrem Haus. Himmel, er wurde alt! Dreiundvierzig wurde er, genau gesagt. Und trotzdem fühlte er sich tief in seinem Inneren unverändert. Was ihn anging, so würde er immer zwanzig bleiben.

»Okay – Gino«, sagte sie zögernd.

»Das klingt viel besser.« Er freute sich.

In der Stille des warmen Nachmittags begegneten sich ihre Augen, und Maria hätte schwören können, plötzlich Beine aus Gelee zu haben. Sie fühlte sich sehr schwach. Spontan streckte sie die Hand aus und berührte leicht die Narbe auf seiner Wange. »Wo haben Sie die her?« fragte sie leise.

Seit Jahren hatte niemand mehr gewagt, ihm diese Frage zu stellen, doch es störte ihn nicht. »Von einem Kampf«, antwortete er unbestimmt, »ist viele Jahre her.« Er dachte an Cindy. Die hübsche blonde Cindy. Einen Moment lang bedauerte er, daß es so geendet hatte. »Warum wollen Sie das wissen?«

Sie zog die Hand zurück. »Ich war nur neugierig.«

»Neugier brachte die Katze um...«

»Und Befriedigung der Neugier machte sie wieder lebendig.« Sie lachte leise, wie ein Kind. Aber sie war kein Kind, sie war eine Frau, und er wußte instinktiv, daß sie ihn befriedigen konnte. Er begehrte sie wie schon lange keine Frau mehr.

Sie sah ihn erwartungsvoll an, fast als hoffe sie, daß er eine Avance mache.

Er faßte sie bei der Hand und führte sie in den Garten. »Wir wollen essen«, sagte er. »Sie bleiben hier sitzen, und ich hole unseren Proviant aus dem Auto.«

Gehorsam setzte sie sich ins Gras, die langen gebräunten Beine züchtig untergeschlagen.

Er holte das französische Weißbrot, den Schinken und die warme Coca-Cola und setzte sich zu ihr. Beide aßen mit Heißhunger.

»Wie lange sind Sie schon bei Costa und Jen?« fragte er, einen leichten Konversationston anschlagend.

»Genau sechs Tage. Es ist herrlich.«

»Ja. Die beiden sind wirklich ein großartiges Paar.«

»O ja. Wunderbar.«

Er betrachtete ihr Gesicht, die zarte, von der Sonne leicht gebräunte Haut, die von langen Wimpern gesäumten, riesigen kristallblauen Augen, den weichen, vollen Mund. Nichts wurde durch Schminke verdeckt. »Und nächste Woche übersiedeln Sie mit den beiden nach New York?«

»Ja. Jennifer plant schon eifrig für meine Geburtstagsfeier.«

»Geburtstagsfeier?« Er war überrascht. »Wie lange bleiben Sie denn hier?«

»Bis Ende September.«

Gino nahm einen Schluck aus der Cola-Flasche. »Eine ziemlich verfrühte Feier. Ihr Geburtstag ist doch erst im Dezember, oder?«

»Ich werde am fünfzehnten September einundzwanzig.«

»Dezember.«

»Nein, September.«

Er schwieg, um diese Information zu verdauen. Wenn Maria im September zur Welt gekommen war, mußte Leonora bei ihrer Heirat bereits in anderen Umständen gewesen sein. Seine jungfräuliche Freundin war *schwanger* gewesen, verdammt noch mal! Während er in Liebesbriefen sein Herz und seine Seele vor ihr ausgebreitet hatte, während er ihr treu gewesen war, hatte sie herumgevögelt. Wunderbar! Großartig! Scheiße! Kein Wunder, daß Costa es ihm nicht hatte sagen wollen.

Aber das alles war so lange her. Wen kümmerte es heute noch...?

»Warum glauben Sie, daß ich im Dezember Geburtstag habe?« fragte sie neugierig.

Er zuckte die Achseln. »Ein Irrtum meinerseits.«

Sie fuhr mit den Fingern durchs Gras. »Haben Sie und meine Mutter – hm – war sie – Ihre Freundin?« Ihr Herz schlug wild. Sie wußte, daß sie eine so persönliche Frage nicht hätte stellen dürfen, aber sie mußte einfach Bescheid wissen.

»Wie kommen Sie auf diese Idee?« fragte er vorsichtig.

»Oh, ich weiß nicht... Mami hat nie etwas gesagt... Aber ich habe hier und da ein paar Brocken aufgeschnappt.«

»Sie haben etwas Falsches aufgeschnappt. Ich kannte Ihre Mutter. Ich hatte Costa besucht – wir waren Freunde. Mehr nicht.«

»Jetzt sind Sie keine Freunde mehr. Mami ist überhaupt nicht mit Ihnen einverstanden. Ich soll es zwar nicht wissen, aber eine der Bedingungen für Mamis Erlaubnis zu meiner Reise war, daß ich Ihnen nicht begegnen darf.«

»Tatsächlich?«

Sie nickte, sah ihn offen an, hob die Hand kühn an seine Wange und sagte: »Aber ich bin froh, daß ich Ihnen doch begegnet bin.«

Es war nur natürlich, daß er ihre Hand von seiner Wange nahm und an die Lippen führte. »Sie sind so schön«, murmelte er. Es war kein leeres Kompliment, er meinte es ehrlich.

»Danke.« Ihre Stimme war nur ein Flüstern.

Schweigen breitete sich zwischen ihnen aus. Er hielt ihre Hand fest. Sie schaute ihn aus ihren großen blauen Augen erwartungsvoll an.

Ganz langsam griff er nach vorn und knöpfte ihr dünnes Leinenkleid auf. Sie sagte nichts. Er erinnerte sich kurz daran, wie er Leonora zum erstenmal geküßt hatte, beim Schwimmen in der San Francisco Bay, wo sie in dem kalten, öligen Wasser ihren zitternden jungen Körper an seinen gepreßt hatte.

Die hier war nicht Leonora.

Es war Maria.

Er öffnete die Knöpfe bis zur Taille und schob die Hand unter den lockeren Stoff. Ihre Brüste waren warm und feucht. Sie trug keinen BH; das erregte ihn.

»Willst du mich nicht zuerst küssen?« fragte sie kaum hörbar mit bebender Stimme.

Er zog die Hand aus dem Kleid und umfaßte ihr Gesicht mit beiden Händen. Langsam begann er sie zu küssen, schob seine Zunge in ihren Mund. Sie reagierte zögernd, machte alles nach, was er tat. Wenn er mit seiner Zunge forschte, erwiderte sie den Druck. Wenn er pausierte, tat sie es auch. Ihr Mund und ihre Lippen waren so süß wie eine saftige Frucht.

»Ich möchte deine Narbe küssen«, murmelte sie, ohne sich bewußt zu sein, was sie sagte. Dann fuhr sie die Umrisse der Narbe mit den Fingern nach und strich mit ihren weichen, bezaubernden Lippen darüber.

Die Sonne brannte auf sie und ihn herunter.

Gino zog sich rasch aus, behielt nur seine Shorts an. Er war froh, sich in so guter körperlicher Verfassung gehalten zu haben. An seinem Körper gab es kein Gramm Fett.

Behutsam schob er das Kleid von ihren Schultern und befreite ihre vollkommenen Brüste. Er neigte den Kopf, um sie zu küssen.

Sie hielt ganz still, sagte kein Wort, ließ ihn aber tun, was er wollte.

Er begann den unteren Teil ihres Kleides aufzuknöpfen. Dann streifte er ihr das Höschen ab und vergrub den Kopf in ihrem wuscheligen blonden Dreieck. Sie wich zurück. »Nein, nein, bitte tu das nicht.«

Er streichelte sie zärtlich und legte sie ins Gras.

Sie schaute wie Leonora aus, aber sie war Maria. Er hatte keine Mühe, sich dessen bewußt zu sein.

»Du bist wunderschön«, murmelte er. Während er dies sagte, zog er seine Shorts aus und legte sich auf sie. »So schön...«

Ihre langen Beine waren gespreizt, und er war steif wie je, hatte jedoch Mühe, in sie einzudringen. »Jesus Christus!« rief er plötzlich und rollte zur Seite. »Du hast das noch nie getan, was?«

»Das macht doch nichts«, wisperte sie, »ich möchte es tun.«

»Oh, Himmel!« Er drehte sich auf den Rücken und starrte zum wolkenlosen Firmament hinauf. Die Tatsache, daß sie Jungfrau war, hatte ihn mit einem Ruck auf die Erde zurückgebracht. *Sie war Leonoras Tochter, Himmel noch mal. Was dachte er sich denn, wollte er sich vielleicht rächen?*

Er griff nach seinen Shorts und zog sie an.

»Was ist los?« Sie setzte sich auf, bedeckte instinktiv ihre Brüste mit den Händen.

Die Geste war süß, erinnerte ihn daran, daß sie ein anständiges, unschuldiges Mädchen war. Und er, was hatte er tun wollen?! »Ich hab einen Fehler gemacht«, stammelte er. »Tut mir leid. Zieh dich an, Kind.«

Zwei rote Flecken erschienen auf ihren Wangen. »Ich bin kein Kind. Ich bin eine Frau. Und was wir hier tun, ist für mich vollkommen richtig.«

»So? Aber für mich nicht. Sei ein braves Mädchen und zieh dich an, dann fahre ich dich nach Hause.«

Ihre Augen füllten sich mit Zornestränen. »Das ist beleidigend – Mr. Santangelo.«

»He, was redest du da?«

»Wenn du nur ein bißchen etwas von Frauen verstündest, wüßtest du, daß du mich nicht so behandeln kannst.«

»Wie, so?«

»Mich ein *Kind* und ein *braves Mädchen* zu nennen. Ich weiß, was ich tue, und ich *möchte* es tun.« Sie streckte die Arme nach ihm aus. »Bitte«, flüsterte sie weich.

»Schau, Klei... Maria, das ist etwas, das nicht geschehen darf.«

Ihre Augen waren riesig. »Warum nicht?«

»Weil ich viel älter bin als du.« Er kam sich mit einemmal lächerlich vor in seinen Shorts. Plötzlich wünschte er Maria weit weg.

Sie gewahrte den Hunger in seinen Augen und legte sich wieder ins Gras. »Ich weiß nicht, was Liebe ist«, sagte sie weich, »aber eines weiß ich genau: Ich möchte, daß du der erste Mann in meinem Leben bist. Das wünsche ich mir so sehr.«

Costa und Jennifer hörten gleichzeitig das Motorengeräusch des nahenden und vor dem Haus haltenden Wagens.

Jennifers Mund war zu einer ärgerlichen dünnen Linie zusammengepreßt. Sie schaute auf die Uhr, um sich zu vergewissern, ob es wirklich Mitternacht war.

»Bitte bleib ruhig«, drängte Costa sie. »Maria ist ja jetzt da, und es wird nicht noch einmal vorkommen. Ich rede mit Gino, keine Sorge.«

»Wie soll ich ruhig bleiben?« fauchte Jennifer. »Ich bin wütend. Nicht mal ein Anruf, um uns zu sagen, daß sie die halbe Nacht wegbleibt.«

Costa legte den Finger auf die Lippen: »Schscht.«

Die Haustür fiel ins Schloß, dann spazierten Maria und Gino herein. Costa sah seine schlimmsten Befürchtungen bestätigt. Die beiden strahlten wie Christbäume. Gino grinste breit, Maria glühte und hatte leuchtende Augen.

»He, he, he!« rief Gino. »Wie geht es meinem liebsten alten Ehepaar?« Jennifer wandte ihm kühl die Wange zu, als er sich zu ihr neigte, um sie zu küssen.

Costa sagte kalt: »Warum habt ihr nicht angerufen? Wir haben uns Sorgen gemacht.«

Maria sah ihn schuldbewußt an: »Ich habe doch eine Nachricht hinterlassen, Onkel.«

»Ja«, räumte Costa ein, »aber deine Nachricht ließ vermuten, daß du eine oder zwei Stunden wegbleiben würdest. Weißt du, wie spät es ist?«

»Ich habe sie in ein Spezialitätenrestaurant für Meeresfrüchte geführt«, sagte Gino lebhaft. »Der beste Hummer, den ich je aß.«

»O ja!« pflichtete Maria ihm bei. »Er war köstlich!« Sie schaute ihn an und lächelte.

Er lächelte zurück und zwinkerte.

Costa seufzte. »Lauf, Maria, geh schlafen. Mr. Santangelo und ich haben über Geschäfte zu sprechen.«

»Schon gut«, entgegnete Maria keck, »er hat mir erlaubt, ihn Gino zu nennen und ›du‹ zu sagen.«

Jennifer stand auf. »Komm, meine Liebe, sag gute Nacht. Ich möchte mit dir reden.«

Maria lächelte Gino zärtlich an. »Gute Nacht. Und – vielen Dank.«

Er grinste. »War ein schöner Tag, was?«

Sie erglühte. »Ein *sehr* schöner Tag.«

Costa wartete, bis die Frauen das Zimmer verlassen hatten, dann fragte er scharf: »Etwas zu trinken?«

Gino nahm in einem bequemen Sessel Platz. »Ja. Ein Cognac wäre schön.«

Costa ging an die Bar und schenkte die bernsteinfarbene Flüssigkeit in einen Schwenker. Er reichte ihn Gino und fragte: »Was wird hier gespielt, mein Freund?«

»Wie bitte?« Gino machte ein unschuldiges Gesicht.

Costa wurde sehr böse: »Du solltest nicht schattenboxen mit mir. Ich kenne dich zu lange und zu gut. Was spielst du hier, verflucht noch mal?« Es brauchte eine Menge, um Costa zum Fluchen zu bringen. Wenn er zornig war, traten rote Flecken auf sein Gesicht, und er kniff die Augen zu schmalen Schlitzen zusammen.

»Ich hab der Kleinen ein Haus gezeigt, das ich vielleicht kaufen werde. Dann waren wir beim Abendessen«, sagte Gino unbeeindruckt. »Was soll die Aufregung?«

»Warum Maria?« fauchte Costa.

»Was – warum Maria?«

»Warum suchst du dir *sie* heraus?«

Gino schwenkte seinen Cognac in dem Glas. »Ach, komm schon, ich weiß nicht, wovon du redest.«

»Ich rede von dem, was meine Augen sehen. Sie ist meine Nichte, Leonoras Tochter, um Gottes willen.«

»So?« Gino geriet allmählich in Erregung. »Die sie im September zur Welt brachte. Oder war es im Dezember?«

Costa hatte den Anstand, verlegen zu werden. »Es wäre damals nicht gut gewesen, dir das zu sagen.«

»Wie wahr.« Gino gähnte und wechselte das Thema: »Hast du ein freies Bett für mich? Mir ist nicht danach, in die Stadt zurückzufahren.«

»Es wäre mir lieber, du würdest zurückfahren.«

Costa nahm dem schönen Tag allen Glanz. »Warum?«

»Weil ich sehr klare Anweisungen von Leonora habe. Sie möchte nicht, daß Maria dir auf dieser Reise begegnet. Die Begegnung heute können wir nicht rückgängig machen, aber...«

»Der Teufel soll Leonora holen«, entgegnete Gino wütend.

Gino mußte an die Westküste, wohnte aber dieses Mal nicht bei Jake in Los Angeles, sondern mietete sich ein Haus, einen riesigen Wohnsitz in Bel Air, der einst einem Stummfilmstar gehört hatte.

Er richtete sich mit seinen Leibwächtern dort ein und schlief mit einer ganzen Reihe Frauen. Sie waren zwar schön, aber langweilig. Jede der langbeinigen, freizügigen Damen wollte eine Filmrolle. Und während die Möchtegern-Stars auf den großen Durchbruch warteten, stiegen sie mit jedem Mann ins Bett, von dem sie meinten, er könne ihnen helfen.

Gino fuhr nach Las Vegas, um sich anzusehen, wie es mit dem Bau des Mirage stand. Das Hotel wuchs rasch und sah sehr gut aus.

Pippa Sanchez besuchte ihn in seinem Haus in Bel Air und schlich wie eine todbringende große Katze umher. Sie hatte ihr Wort gehalten und ihm allerlei über Jakes Tun berichtet. Alles schien vollkommen korrekt abzulaufen. Der Boy bestahl ihn nicht – noch nicht.

Pippa zog in Ginos Schlafzimmer ihr weißes Kleid aus und absolvierte die akrobatischen Bewegungen des Liebesspiels. Gino fragte sich, ob der Boy wußte, was sie tat. Er hoffte es sehr.

»Du solltest mal einen Film finanzieren«, bemerkte Pippa wie nebenbei. »Du kannst es dir leisten. Warum tust du es nicht?«

Keine schlechte Idee. »Suche mir ein Drehbuch. Wenn es mir gefällt, mache ich es.«

Es war das erstemal, daß er sie lächeln sah. Warum lächelte sie? Er hatte ihr keine Rolle versprochen.

Am fünfzehnten September rief er eine seiner Sekretärinnen in New York an und beauftragte sie, bei Tiffany den größten und schönsten mit Diamanten besetzten Aquamarin zu kaufen, den sie fand. Er diktierte ihr ein kurzes Schreiben, das sie mit dem Ring zu Maria bringen lassen sollte. Das Schreiben lautete: *Viel Glück zum Geburtstag. Dies hier wird nie deine Augen überstrahlen.*

Als Maria das Päckchen öffnete und die Worte las, begann sie zu weinen. Das war nichts Ungewöhnliches. Seit Ginos Abreise weinte sie sehr oft.

Gino saß an seinem Schwimmbassin in Bel Air und dachte an das Mädchen, das an diesem Tag einundzwanzig wurde. Er dachte an ihr Gesicht, ihre Haut, ihre Augen, ihren Körper und den von ihr ausgehenden, betörenden Duft.

Um sechs Uhr abends bestieg er ein Flugzeug nach New York. Ihn interessierte nicht im geringsten, was richtig oder falsch war. Ihn interessierte nicht im geringsten, ob Leonora einen hysterischen Anfall bekommen oder Costa nie mehr mit ihm reden würde.

Er wußte, was er wollte. Und er war entschlossen, es sich zu holen.

Carrie, 1943

Tagelang hatte Carrie geweint. Jetzt kamen keine Tränen mehr. Jetzt stieg heiße, sengende Wut in ihr auf und ergriff ganz von ihr Besitz. Sie stürmte in das Lokal, wo Enzio Bonnatti, wie sie wußte, jeden Tag zu Mittag aß.

Die Leibwächter hatten sie gepackt, hielten ihre Arme fest wie mit Schraubstöcken. »Beweg dich, Nigger«, forderte einer der beiden sie in bösem, verächtlichem Ton auf.

»Wo ist mein kleiner Junge?« schrie sie Enzio an, der beharrlich sein Brot zerbrach und sie zu ignorieren versuchte. »Ich will meinen Jungen wiederhaben! Und wenn Sie ihn nicht zurückholen, geh ich zur Polizei. Hören Sie? Zur Polizei! Ich sage alles...«

Die beiden schleppten sie aus dem Restaurant.

Enzio sah seine Begleiterin an, ein großgewachsenes Showgirl, und sagte mit einem Achselzucken: »Hab das Mädchen noch nie im Leben gesehen. So geht's mir die ganze Zeit.«

Vor dem Restaurant wurde Carrie grob in den Fond von Enzios Wagen gestoßen. Einer der Leibwächter ging ins Lokal zurück, um zu fragen, was mit ihr geschehen solle.

»Bring sie nach Hause und sperr sie in einem Zimmer ein. Ich komm nach dem Essen hin«, murmelte Enzio aus dem Mundwinkel.

Leroy hockte auf dem Boden und warf sich Erdnüsse in den Mund. Wie kleine Kugeln schoß er sie ab, eine nach der anderen. Seine Treffsicherheit war phantastisch – alle landeten mitten auf seiner großen rosaroten Zunge.

Der vierjährige Steven schaute ihm fasziniert zu. Die sechzehnjährige Lil saß auf dem Bett und lackierte sich die Zehennägel. Eine Fliege surrte im Zimmer herum und landete auf einem Stück Schinken, das unbedeckt auf einem Regal stand.

»Heute ist der große Tag«, verkündete Leroy und sprang unvermittelt auf. »Ich denke, das Luder wird mir jetzt geben, was ich will!«

»Werden wir den Kleinen heute los?« fragte Lil aufgeregt.

»Vielleicht, vielleicht auch nicht«, antwortete er ausweichend, wie es seine Art war.

»Ist schon fast 'ne Woche jetzt.«

»Nicht so einfach, Scheiße«, fauchte er.

Steven schaute mit einem ernsten Blick in den großen grünen Augen von einem zum andern. Er begriff nicht, warum er bei diesen komischen Leuten war, aber er hatte gelernt, daß er sich ruhig verhalten mußte. Wenn er das nicht tat, schlugen sie ihn.

Enzio versetzte Carrie eine kräftige Ohrfeige. »Keine Hure redet so mit mir. Wofür hältst du dich eigentlich, *puttana*?«

Carrie war am Verzweifeln. Ihre Finger krallten sich in den Stoff ihres Kleides. »Tut mir leid, Mr. Bonnatti.«

»Leid!« Er lachte freudlos. »Ich habe Leute schon für weniger, als du heute getan hast, beseitigen lassen.«

Sie schwieg.

»Ich mag es gar nicht, wenn man mir droht. Ich mag es gar nicht, wenn man mir mit der Polizei kommt. Keine Rede davon freilich, daß du mir was anhaben kannst – du weißt nichts.«

Ihre Stimme war ein Flüstern: »Tut mir leid.«

»Klar tut es das. Du hast inzwischen Zeit zum Nachdenken gehabt.«

»Ich will meinen Sohn wiederhaben, Mr. Bonnatti. Sie haben versprochen...«

»Gar nichts habe ich versprochen. Ich habe gesagt, daß ich ein paar von meinen Leuten drauf ansetzen werde.«

Sie war verzweifelt. »Mr. Bonnatti, bitte! Ich will nur meinen Sohn wiederhaben. Ich werde alles tun, was Sie verlangen. Umsonst arbeiten – alles...«

»Ich hol dir dein Kind wieder, aber keine Szenen mehr. Kapiert?«

Sie griff nach seiner Hand und küßte sie. »Danke, Mr. Bonnatti. Ich weiß, daß Sie ihn finden können... Sie werden ihn finden...«

Er öffnete seine Hose. »Wenn ich schon da bin, kannst du mich gleich bedienen«, forderte er lässig.

Sie verstand ihn einen Moment lang nicht, doch als sie begriff, kniete sie sich unglücklich vor ihn und machte sich ans Werk.

Enzio Bonnatti war ein Schwein.

Aber trotz allem, er würde ihren Sohn wiederfinden.

Leroy schlenderte fröhlich die Straße entlang. Er prüfte in einer Schaufensterscheibe sein Spiegelbild und war sehr zufrieden damit. Doch noch zufriedener würde er sein, wenn Carrie den Kies herausgerückt hatte. Und sie würde ihn herausrücken. Daran hatte er nicht den geringsten Zweifel.

Er trat in einen Stehimbiß und bestellte sich eine Tasse Kaffee. Dann trat er in die Telefonzelle des Lokals und wählte die Nummer des Freudenhauses.

Eine weibliche Stimme mit starkem Akzent meldete sich. »Hol mir Carrie her«, verlangte er.

»Sie ist gerrade serr beschäftigt, Mister.«

»Dann entschäftige sie, Baby. Ich rufe wegen Stevie an.«

Das Mädchen fragte erregt: »Steven? Ihrem Steven?«

»Hol sie an den Apparat, du Luder, sonst häng ich auf.«

Er summte eine Melodie und las die Schmierereien an der Zellenwand, während er wartete. MARLENE FUCKS. WER MACHT'S MIT MIR? Er fragte sich, wer Marlene war. Vermutlich hatte sie das selbst an die Wand geschrieben.

Carrie kam an den Apparat. Der Stimme nach war sie außer sich, genau wie er erwartet hatte. »Haben Sie meinen Jungen?« rief sie verzweifelt. »Geht es ihm gut? Sie haben ihm doch nichts getan, oder? Wo ist er?«

Leroy fragte sehr langsam: »Wieviel bezahlst du, um ihn wiederzukriegen?«

»Mit wem spreche ich? Bist du das, Leroy?«

»Schau an, schau an. Ich dachte, du wüßtest nicht, wer ich bin. Ich dachte, du hättest keinen Onkel Leroy.«

»Ich geb dir mein ganzes Geld, aber ich will ihn heute noch wiederhaben.«

»Heiliges Kanonenrohr! Wie du dich auf einmal erinnerst, Mädchen!«

»Ich treff mich mit dir. Wo? Wann?«

Das ging ja besser und schneller, als er erwartet hatte. Er überlegte rasch. »Ein Uhr morgen mittag. Oben auf dem Empire State Building.«

»Morgen?« Ihre Stimme zitterte. »Warum nicht heute?«

»Ein Uhr. Sei pünktlich, wenn du den Kleinen lebendig wiedersehen willst. Und sag bloß niemandem was.«

Er hörte sie in Schluchzen ausbrechen und hängte rasch ein. Scheiße, Mann. Sie verdiente ein bißchen Kummer, nach dem, wie sie ihn behandelt hatte.

Enzio Bonnatti erklärte: »Er hat uns die Sache sehr erleichtert.«

Carrie nickte schlaff. Sie wußte nicht, ob sie froh oder unglücklich darüber sein sollte, daß er das Gespräch mitgehört hatte.

»Was soll ich tun?« wisperte sie.

Er runzelte die Stirn. »Halte die Verabredung ein. Überlaß alles andere mir.«

»Holen Sie mir Steven?«

»Morgen hast du deinen Jungen wieder. Dann können wir vielleicht das Geschäft hier ein bißchen ausweiten. Ich schicke dir mehr Stoff. Sieh zu, daß du ihn schneller absetzt. Ermutige die Blödiane, sich das Zeug reinzuhauen.«

»Ja, Mr. Bonnatti.«

»Braves Mädchen.«

Ihre Augen waren leblos. »Danke, Mr. Bonnatti.«

Ein Uhr, und Manhattan wimmelte von Menschen, die Mittagspause machten.

Leroy fluchte vor sich hin, während er das hoch aufragende Empire State Building betrat und mit mehreren Lifts zum 102. Stock hinauffuhr. Als er beim Observatorium anlangte, war er in Schweiß gebadet. Ein schwachsinniger, idiotischer Treffpunkt. Er wischte sich die Schweißtropfen von der Oberlippe und setzte eine sehr dunkle Sonnenbrille auf.

Leroy sah Carrie kommen und stieß einen leisen Pfiff aus. Ein tolles Frauenzimmer!

Er vergaß sich einen Moment und starrte sie an. Scharf wie ein Solo von Dizzy Gillespie! *Toll!* Er fragte sich, ob nicht ein bißchen Liebe zu dem Handel gehöre.

Sie hatte ihn noch nicht entdeckt, schaute sich unruhig nach allen Seiten um.

Er war froh, daß er seinen Lieblingsanzug angezogen hatte. Braun mit breiten weißen Streifen. Rasch rückte er seine weiße Strickkrawatte zurecht, die gut zu seinem Tropenhemd paßte. Wenn sie ihn mit dem breitkrempigen Hut und der dunklen Sonnenbrille sah, würde sie ihn vielleicht für einen Filmstar oder was Ähnliches halten!

Er schlenderte zu ihr und redete sie von hinten an: »Du mußt 'n schöööne Baby gewesen sein, Mamma, Mamma – wenn man dich jetzt anschaut!«

Carrie wäre vor Schreck fast in die Luft gesprungen. Sie fuhr herum und schaute ihn finster an. »Leroy?«

Er warf sich in die Brust: »Höchstpersönlich!«

In ihre Augen trat Haß. Am liebsten hätte sie ihre Waffe gezogen und ihn auf der Stelle abgeknallt, doch Enzios Anweisung lautete, ihn zu identifizieren, ein paar Minuten mit ihm zu reden und wegzugehen, wenn seine Männer ihn übernahmen. Sie sah keinen von seinen Leuten. »Geht es Steven gut?« fragte sie schnell.

»Na klar. Hat die großartigste Zeit seines Lebens.«

Ihre Stimme war ausdruckslos: »Was willst du?«

Er lachte. »'ne schöne Begrüßung! Du schaust heiß aus und redest so kalt. Warum taust du nicht 'n bißchen auf, dann können wir alles bereden, hm?«

Ihr Blick schoß durch das volle Observatorium. »Ja.«

Er meinte, die Menschenmenge störe sie. »Wir verschwinden hier und gehen woanders hin.«

»Wohin?«

Er faßte sie besitzergreifend am Arm. »Das laß meine Sorge sein.« Mit festem Griff lenkte er sie zu einem der Aufzüge.

Sie schaute sich verzweifelt um, und da gewahrte sie die beiden. Dem Aussehen nach *mußten* es Enzios Leute sein.

Eine Schar Menschen wartete darauf, den Lift nach unten zu besteigen.

Ein Lift kam, spuckte eine weitere Schar Touristen aus. Mehrere Matrosen grinsten sie an und gaben beifällige Töne von sich. Das schien Leroy zu gefallen, denn er faßte sie noch fester am Arm. Wie sollte sie je von ihm wegkommen?

Sie betraten den Lift, gefolgt von den beiden Männern.

Auf dem Gehsteig unten rückte Leroy seine Sonnenbrille zurecht und schob seinen Hut noch ein bißchen flotter zur Seite. Er amüsierte sich, war bester Dinge. Vorbeigehende Männer betrachteten Carrie wie eine reife Frucht auf einem Marktstand. »Du hast dich verdammt gut rausgemausert, Mädchen«, stellte er fröhlich fest. »Ich glaub, ich hab dir 'nen riesigen Gefallen getan, als ich dich damals auf den Weg gebracht hab.«

Sie starrte ihn an, Haß und Unglauben auf dem Gesicht. Bevor sie etwas sagen konnte, waren die zwei Typen da. Sie nahmen Leroy in die Mitte, drängten sich von links und rechts an ihn. »Passen Sie doch auf, Mann...«, begann er. Dann wurde ihm klar, was die beiden im Sinn hatten, und er stieß einen Schwall wütender Flüche aus.

»Schön ruhig bleiben«, befahl der eine mit leiser, kalter Stimme. »Und geh mit, sonst verspritzt meine Kanone deine schwarzen Eingeweide hier auf den Gehsteig.«

Leroy sah Carrie mit seinem unsteten Blick an und fauchte: »Du Luder! Das wird der Kleine büßen.«

Der andere rammte ihm etwas in die Seite, worauf er einen Schmerzenslaut ausstieß und zu reden aufhörte.

Carrie hastete davon, zu verängstigt, um zurückzuschauen oder etwas zu tun.

Sie wollte Steven wiederhaben. Und solange sie ihn nicht in den Armen hielt, würde sie nicht klar denken können.

Die schwedische Lil langweilte sich. Sie schaute das Kind an, und das erwiderte ihren Blick mit seinen großen ernsten Augen. »Was glotzt du so?« fragte sie bissig.

Steven antwortete nicht. Er war verwirrt. Er wollte zu seiner Mami und zu seinen Spielsachen. Hier in dem Zimmer gefiel es ihm nicht. Tränen traten in seine Augen und rollten ihm über die Wangen. »Ich will zu meiner Mami«, rief er.

»Sei ruhig!«

»Ich will zu meiner Mami.«

»Ich hab gesagt, du sollst ruhig sein, du Balg.« Wütend warf sie einen Schuh nach ihm. Sie traf ihn nicht, doch er verstummte. Sie gähnte. Dann sagte sie: »Scheiße«, sprang vom Bett und machte ein paar Kniebeugen.

Das Leben mit Leroy wurde allmählich sterbenslangweilig.

Es dauerte länger, als sie erwartet hatten. Ungefähr fünf Minuten länger. Die Zuhälter waren alle gleich, ob schwarz, weiß oder gelb. Sie konnten austeilen, aber verdammt nichts einstecken.

Leroy bildete hier keine Ausnahme. Als ein bißchen Blut auf seinen flotten Anzug spritzte und er ein paar Zähne ausgespuckt hatte, flennte er wie ein Baby. Der Rest war einfach. Eine Fahrt nach Harlem. Ein heißes, übelriechendes kleines Zimmer. Und ein heißes, auch nicht gerade gut riechendes Frauenzimmer.

Dem Jungen fehlte nichts. Er hatte ein paar Schrammen, starrte vor Dreck und stank, war aber unversehrt.

Carrie bekam ihren Jungen zurück, aber er redete nicht. Er starrte sie nur mit großen, vorwurfsvollen Augen an, als sei alles, was ihm widerfahren war, ihre Schuld.

Sie wiegte ihn in den Armen, badete ihn, strich Salbe auf seine Schrammen und fütterte ihn.

Er sah sie stumm an.

Sie verfluchte Leroy im Geiste und hoffte, daß Enzios Leute das Dreckschwein erschlagen hatten.

Suzita kümmerte sich oben um alles, während Carrie ihren Sohn in der kleinen Wohnung pflegte, die ihr Heiligtum war. Das blöde Kindermädchen hatte sie längst entlassen. Nur sie und ihr kleiner Junge waren zusammen hier.

Gegen elf Uhr nachts rief Suzita herunter. »Mr. Bonnatti ist gerrade gekommen«, wisperte sie. »Err verlangt nach dirr. Ich chab ihm gesagt, du bist nurr eben fürr'ne Minute runter.«

»O Gott«, entgegnete Carrie wütend. »Ich kann nicht raufkommen! Nicht heute nacht. Ich kann Steven nicht allein lassen.«

»Err sieht ziemlich böse aus.«

Carrie trommelte ungeduldig mit dem Fingern auf den Hörer. Glaubte Enzio Bonnatti, sie gehöre ihm jetzt? Erwartete er, daß sie sofort sprang, wenn er rief?

Die Antwort lautete: Ja. Und sie wußte es auch. »Ich komme«, sagte sie, »in einer Minute.«

Sie ging ins Schlafzimmer und betrachtete Steven, der unruhig schlief. Wenn er aufwachte, hätte sie bei ihm sein müssen. Der Teufel sollte Bonnatti holen. Der Teufel sollte alle Männer holen.

Sie zog ihren Morgenrock aus und schlüpfte in ein Kleid. Dann drückte sie Steven einen Kuß auf die Stirn und sagte zärtlich: »Ich denk mir was aus für uns, Liebling. Ich krieg uns hier raus. Das verspreche ich dir.«

Enzio Bonnatti lag angekleidet auf ihrem Bett und rauchte eine Zigarre. »Ich hab dir dein Kind beschafft – und du machst blau. Was ist das hier denn, ein Erholungsheim?«

»Ich muß ein neues Kindermädchen für ihn suchen«, murmelte sie gereizt.

Sein Blick wurde hart: »Dann such eines. Du hast hier ein Geschäft zu führen.«

»Ja, Mr. Bonnatti. Lassen Sie mir nur ein bißchen Zeit.«

»Du bekommst morgen eine Lieferung von erstklassigem weißem Stoff. Sechstausend Dollar wert. Ich möchte das Bargeld binnen einer Woche in der Tasche haben. Kapiert?«

»Ja.«

»Ja, ja. Was ist los mit dir? Du bist mürrisch wie ein alter Iltis. Ernte ich hier nicht ein bißchen Anerkennung?«

Was wollte er von ihr? Warum ließ er sie nicht in Ruhe? Er war Enzio Bonnatti. Er konnte jede Frau haben, die er haben wollte. Warum gerade sie?

Viel später lag sie in ihrer kleinen Wohnung unten im Dunkeln neben Steven, der sich unruhig herumwarf. War dies die Freiheit, für die sie so hart arbeitete? Sofort laufen, wenn Bonnatti rief, und seine Drogen verkaufen?

Und würde Leroy nicht wiederkommen? Überall herumschnüffeln? Sie zwingen, Steven Tag und Nacht zu bewachen? Würde sie von nun an in ständiger Angst leben müssen? Sie sah keinen Ausweg. Und doch ... Bernard Dimes. Konnte *er* ihr helfen? Ein verrückter Gedanke... Trotzdem, wie er sie damals auf der Straße angesehen hatte... Wenn sie zu ihm ginge und ihm die Wahrheit sagte...? Es war einen Versuch wert. Alles war einen Versuch wert.

Endlich schlief sie ein. Ihr Schlaf war genauso unruhig wie der ihres Sohnes.

Steven saß am Küchentisch, vor sich einen Teller mir Rühreiern. Das war seine Leibspeise gewesen, jetzt aber wollte er sie nicht essen.

Eines der Mädchen schlenderte gähnend in die Küche, nichts auf dem Leib als ein dünnes Negligé. »Hallo, Stevie, Kleiner! Kuckuck, Kuckuck!«

Carrie riß Steven hoch und fauchte: »Sag Suzita, daß ich ausgehe.«

»Mach ich.«

Sie lief in ihr Zimmer. Die Beutel mit dem Kokain lagen mitten auf dem Bett, sie sollten weggeräumt werden. *Verdammt noch mal, sie würde nicht mehr für Enzio Bonnatti pushen!*

Sie setzte Steven auf einen Stuhl und stopfte ein paar Kleider in eine Einkaufstasche. Dann entnahm sie einer Schublade einen Stoß ordentlich mit Gummi zusammengehaltener Zwanzigdollarscheine. Die fällige Schutzgebühr. Ein paar Sekunden lang empfand sie Bedauern für Suzita, die das Fehlen des Geldes würde erklären müssen... Doch was konnte sie anderes tun?

Sie klemmte Steven unter einen Arm, die Einkaufstasche unter den anderen und verließ geräuschlos ihr Etablissement.

Unten holte sie Stevens kleinen Sportwagen hervor, und in Minutenschnelle war sie auf der Straße draußen. Sie schritt rasch aus.

Carrie befand sich auf dem Weg zu einem neuen Leben, und niemand konnte sie aufhalten.

Gino, 1950

Maria lächelte. Sie hatte das bezauberndste Lächeln der Welt – und den dicksten Bauch. Gino und sie saßen im Garten ihres Hauses in East Hampton. Maria sagte gelassen: »Gino, du solltest mich jetzt lieber ins Krankenhaus bringen.«

Panik erfaßte ihn. »Jerum! Wen soll ich anrufen? Was soll ich tun?«

»Ruf im Krankenhaus an und sage, daß wir unterwegs sind. Bleib nur ganz ruhig.«

»Ich *bin* ruhig! Jerum! Woher weißt du, daß es Zeit ist?«

Sie lächelte geheimnisvoll. »Es *ist* Zeit.«

»Heiliger Bimbam! Bleib hier sitzen!« Er rannte ins Haus, um Hilfe zu holen.

Mrs. Camden, die Kinderschwester, die sie bereits angestellt hatten, trank Tee, strickte dabei und hörte Radio.

»Los, los!« schrie Gino. »Es ist soweit!«

Schwester Camden bewegte sich keineswegs so schnell, wie er

gewünscht hätte. Sie legte ihr Strickzeug auf den Tisch, griff an ihren ordentlichen weißen Knoten, um zu prüfen, ob auch jedes Haar richtig lag, und stand dann langsam auf – sehr langsam.

Gino geriet vor Aufregung fast aus dem Häuschen. Er alarmierte seinen Chauffeur und Leibwächter, dann lief er nach oben, um Marias Koffer zu holen. Sie hatte ihn schon vor Wochen gepackt.

Er konnte es kaum glauben, daß der große Augenblick endlich da war. Vierundvierzig Jahre war er alt, und er würde Vater werden! Er hatte die Hoffnung fast schon aufgegeben.

»He, Liebes, wie fühlst du dich? Alles in Ordnung? Kannst du gehen?«

»Natürlich.« Maria lachte, als sie langsam zum Wagen ging, Schwester Camden auf einer Seite, Gino auf der anderen. »Du hast doch das Krankenhaus verständigt, oder?«

Er griff sich an die Stirn. »Scheiße! Das hab ich vergessen. Fahr nicht weg.« Er lief ins Haus zurück, sein Herz schlug beängstigend schnell. Fieberhaft wählte er die Nummer des Krankenhauses und rief: »Mrs. Santangelo kommt, bereiten Sie alles vor!«

Die Frau am anderen Ende der Leitung blieb eiskalt. Gino hätte sie erwürgen können. Was war bloß mit diesen Leuten los? Hatten sie denn gar keinen Sinn für den Ernst der Lage?

Er raste zum Auto hinaus. Maria saß bequem im Fond, Schwester Camden neben sich. Gino quetschte sich auf der anderen Seite hinein und ergriff die Hand seiner Frau.

»Würden Sie vorne nicht besser sitzen, Mr. Santangelo?« fragte die Schwester spitz.

»Nein, nein, machen Sie sich meinetwegen keine Sorgen.«

Maria verzog leicht das Gesicht und griff sich an den Leib.

»Jerum! Was ist los?« rief Gino. »Los, Red, willst du wohl dieses verfluchte Fahrzeug in Bewegung setzen!«

Schwester Camden verzog mißbilligend die Lippen.

Der grüne Cadillac erreichte das Krankenhaus in Rekordzeit. Maria wurde sofort hineingeführt, und Gino mußte feststellen, daß er plötzlich überflüssig war.

»Nehmen Sie es nicht so schwer, Sir«, sagte eine junge Krankenschwester. »Vielleicht sollten Sie einen Kaffee trinken gehen…«

Kaffee trinken?! War das Weib wahnsinnig?

Er tat das Übliche, marschierte auf dem langen Krankenhausgang auf und ab.

Maria. Seine Frau.

Es war für sie beide nicht leicht gewesen. Soviel Widerstand… Soviel Geschrei und Gelärme… Und Maria hatten sie nach San Francisco zurückgeschickt, als sei sie eine Verbrecherin!

»Ich will sie heiraten«, hatte er zu Costa gesagt.

»Bist du verrückt? Du willst nicht *sie*, das bildest du dir nur ein, weil sie aussieht wie Leonora.«

»Das ist beschissener Unsinn. Ich liebe *sie*.«

»Komm schon, Gino, sei vernünftig. Du bist unfair gegenüber allen, besonders gegenüber ihr. Sie hat keine Ahnung, worum es hier überhaupt geht. Sie schwärmt lediglich für dich wie ein Schulmädchen.«

»Maria ist kein Schulmädchen, Costa. Sie ist einundzwanzig, und ich werde sie heiraten.«

»Vergiß es. Leonora wird das *nie* zulassen.«

Doch wie sich zeigte, hatte Leonora gar keine Wahl. Maria war in anderen Umständen und glückselig darüber. Es gelang ihr, Gino anzurufen und ihm die Neuigkeit mitzuteilen. Er leitete sofort ihre Flucht in die Wege. Eine Woche später trafen sie sich im Staate Maryland, und noch am selben Tag wurden sie getraut.

Leonora schwor, kein Wort mehr mit ihrer Tochter zu reden. Edward schloß sich ihr zögernd an.

Weder Maria noch Gino scherten sich sonderlich darum. Sie waren geradezu ekstatisch glücklich. Gino hatte das Haus in East Hampton, das Zeuge ihrer ersten Begegnung gewesen war, weiß streichen und im Garten ein einfaches, natürliches Schwimmbecken bauen lassen. An dem verwilderten Bewuchs hatte er nichts geändert.

Zum erstenmal im Leben lernte er den Glückszustand kennen, von dem er immer geträumt hatte.

Maria war vollkommen. Er liebte sie abgöttisch. Und dachte kein einziges Mal an ihre Ähnlichkeit mit ihrer Mutter.

»Sie haben eine schöne Tochter. Sechs Pfund und dreihundert Gramm schwer. Ein Prachtstück.«

»Jesus Christus! Jesus!«

»Mr. Santangelo. Bitte!«

Er hob die Schwester auf und tanzte mit ihr durch den Gang.

»Mr. Santangelo! Lassen Sie mich los!«

Er setzte sie ziemlich abrupt ab. »Meine Frau? Wie geht es meiner Frau?«

»Gut. Der Arzt näht sie gerade, und...«

»Was soll das heißen, er näht sie?«

»Etwas völlig Normales. Ein paar Stiche... Der Arzt wird Ihnen alles erklären.«

»Verdammt noch mal, ich bin Vater!« Er gab der Schwester vor Begeisterung einen Klaps auf den Popo. »He, wollen Sie eine Zigarre?«

Seine Tochter war – neben Maria – das köstlichste Geschöpf, das er je gesehen hatte. Klein, dunkel, verschrumpelt, haarig. Einfach köstlich!

Tag für Tag saß er im Krankenhaus, starrte das Kind unentwegt an und konnte kaum glauben, daß dieses kleine Wesen ihm gehörte.

»Du magst sie, was?« fragte Maria lächelnd.

»Du sagst es!« Er grinste seine junge Frau an, die im Bett saß wie eine Flachspuppe, das Gesicht strahlend vor Glück, die langen hellen Haare zu Zöpfen geflochten.

»Es ist allmählich Zeit«, sagte Maria weich, »daß wir ihr einen Namen geben. Sie ist jetzt sechs Tage alt, und ich habe es satt, sie ›das Baby‹ oder ›sie‹ zu nennen.«

»Ich hab gründlich darüber nachgedacht.«

»Das ist gut.«

»Wie wäre es mit Lucky?«

»Die Glückliche? Und wie noch?«

»Lucky Santangelo natürlich! Gefällt dir der Name?«

Er beugte sich über seine Frau und küßte sie. »Er gefällt mir.«

»Dann heißt sie Lucky.«

Ein Thema, über das sie nie sprachen, waren Ginos Geschäfte. Maria hatte ihm einmal eine Frage gestellt, daraufhin hatte er ihr den Finger auf die Lippen gelegt und gesagt: »Frag mich nie danach. Ich tue, was *ich* als das Beste für uns ansehe.« Er wollte nicht wieder eine Cindy haben, die über jede verscharrte Leiche Bescheid wußte. Nicht, daß Maria auch nur im entferntesten so gewesen wäre wie Cindy! Sie brachte soviel Wärme in sein Leben, allein schon bei ihrem Anblick fühlte man sich wohl. Sie hatte unzählige gute Eigenschaften. Und das Baby machte nun das Maß des Glücks noch voll.

Marias wegen schmerzte es ihn, daß ihre Familie sie schnitt. Sie verlor kein Wort darüber und beklagte sich nie. Doch nach der Geburt des Kindes, als Jennifer bei ihr in der Klinik gewesen war, hatte er Maria leise fragen hören: »Hast du es meiner Mutter gesagt?« Und Jennifer hatte seufzend geantwortet: »Natürlich, ja. Aber du weißt doch, Liebes, Leonora wird dir nie verzeihen...«

Er hatte es nicht hören sollen, aber doch gehört. Und er mußte sich eingestehen, daß er in diesem Fall seiner geliebten Frau nicht helfen konnte.

Er mußte kurz nach Luckys Geburt an die Westküste, um nach dem Mirage zu sehen. Das Hotel war so gut wie fertig, es hatte eine Million mehr gekostet als veranschlagt, und zur Zeit wurden die letzten Innendekorationen vorgenommen. Er wollte selbst prüfen, wo das ganze Geld geblieben war.

Maria mochte ihn nicht begleiten. Die Reise kam für sie zu bald nach der Geburt, und, wie sie sagte, er würde ja nur ein paar Tage weg sein. Während seiner Abwesenheit zog Jennifer zu ihr ins Haus. Außerdem würden das Kindermädchen, die Wirtschafterin und zwei Leibwächter nach dem Rechten sehen. Mit Ginos Macht hatte auch die Zahl seiner Feinde zugenommen. Das war eine Tatsache, mit der er zu leben gelernt hatte. Bonnatti hatte im Vorjahr zwei Mordversuche überstanden. Ungebärdige junge Gangster, die nach einem Stück des großen Kuchens gierten, zeigten keinen Respekt vor älteren Semestern. Gino erinnerte sich noch genau an seine Gefühle gegenüber den Mustache-Petes, diesen altmodischen Herren, die in den zwanziger Jahren das Zahlenlotto unter Kontrolle gehabt hatten. Ihr seltsames Aussehen und ihre höflichen Manieren waren ihm lächerlich vorgekommen. Auch er hatte zu seiner Zeit keinen Respekt gezeigt.

Er küßte seine Frau und seine Tochter zum Abschied und machte sich zögernd auf den Weg an die Westküste.

Der Boy wirkte noch betuchter als früher. Vielleicht lag es an seiner schönen Sonnenbräune, vielleicht an seinem strahlenden Lächeln. Trotz Pippa Sanchez' beruhigender Telefonberichte spürte Gino sofort, daß der Boy stahl.

»Herzlichen Glückwunsch, Gino! Das war eine wunderbare Nachricht!« Jakes Begrüßung hätte nicht herzlicher ausfallen können. »Ich habe ein kleines Geschenk für das Baby. Nichts Besonderes...«

Gino öffnete das Geschenk, dessen Verpackung schon teuer aussah. Zum Vorschein kamen eine Bürste und ein Kamm aus massivem Gold mit der Gravur *Lucky Santangelo*. »Danke, Jake«, sagte Gino.

»Nicht der Rede wert – ist ja wirklich nichts Besonderes.«

Sie hatten sich zum Abendessen im Beverly Hills Hotel getroffen, und der Boy hatte Pippa Sanchez mitgebracht.

»Ich hab dir fünfzehn Drehbücher geschickt«, sagte sie mit ihrer heiseren Stimme. »Gefällt dir denn kein einziges?«

»Nicht gut genug, als daß ich Geld hineinstecken möchte«, antwortete er.

Pippa machte ein finsteres Gesicht.

Gino wandte sich an Jake: »Mir ist zu Ohren gekommen, daß nicht jeder Dollar für das Hotel verwendet wurde. Das Gerücht geht, daß eine ganz hübsche Summe in deine Tasche geflossen ist.«

Zornesröte stieg Jake ins Gesicht. »Wer hat das gesagt? Verdammt, wer behauptet so was?«

Gino zuckte die Achseln, ziemlich beeindruckt von Jakes schauspielerischer Leistung. »Nur ein Gerücht. Kein Grund zur Aufregung. Wenn es nicht stimmt, brauchst du dir keine Sorgen zu machen...«

Dieses Mal flog Tiny Martino mit ihnen nach Las Vegas. Der rothaarige Bär von einem Mann beherrschte seit fünfundzwanzig Jahren die Filmkomödie. Er war in jeder Beziehung ein Star, doch er behandelte Gino wie einen königlichen Gast.

»Ich bin noch nie im Leben in einem Saal aufgetreten«, sagte er, »aber für den Boy und für Sie, Gino, werde ich das Mirage eröffnen. Mehr noch, ich werde dort zweimal im Jahr ein zweiwöchiges Gastspiel geben.«

Als Gino hörte, welche Gage sie für diese Ehre bezahlten, traf ihn fast der Schlag.

»Er ist jeden Dime wert«, erklärte der Boy nachdrücklich.

»Um die Dimes geht es mir nicht, sondern um die Dollars. Für dieses Geld könnten wir zwei Sinatras kriegen.«

»Zwei Sinatras würden nicht so viele Leute anlocken wie Tiny.«

Ja, vielleicht hatte der Boy recht.

Gino mußte zugeben, daß das Mirage großartig aussah. Jake hatte seine Vorsätze verwirklicht und noch einiges mehr. Die anderen Hotels verblaßten neben dem Mirage mit seinen Marmorböden, Kristalllüstern und seidenen Wandbespannungen. Im ganzen Gebäude schwärmten noch Arbeiter umher und legten letzte Hand an. »Nun?« fragte Jake stolz. »Wie findest du es?«

»Ich finde, du hast einen Palast gebaut, verflixt«, antwortete Gino ehrlich.

Carrie, 1943–1944

Als Carrie die Straße entlangeilte, Steven in seinem Sportwagen vor sich her schiebend, wurde sie von den unterschiedlichsten Gefühlen heimgesucht. Zuerst war sie glücklich, weil sie den Mut aufgebracht hatte, den Sprung in die Freiheit zu wagen. Dann beschlich sie die Angst, daß Bonnatti sie suchen könnte. *Nie wieder würde sie ihren Körper verkaufen. Nie wieder würde sie sich den Perversionen und Demütigungen lüsterner Männer unterwerfen.* Das war vorbei. Ob Bernard Dimes ihnen nun half oder nicht.

Festen Schritts legte sie das letzte Stück zurück, und dann drückte sie die Klingel an dem Haus in der Park Avenue. Das vertraute Gesicht des Butlers Roger erschien. Er starrte sie an, erkannte sie nicht gleich...

Kühl und gefaßt fragte sie: »Ist Mr. Dimes zu Hause?«

»Wen darf ich melden?«

»Carrie.«

»Carrie?« Er hob die Brauen. »Erwartet er Sie?«

»Ja.«

Roger führte sie und Steven in die Halle. Sie holte tief Luft und fragte sich erneut, was sie sagen wollte.

»Einen Augenblick, bitte«, ersuchte er höflich.

Der Augenblick dehnte sich zu einer Ewigkeit. Vielleicht würde Bernard Dimes es ablehnen, sie zu empfangen, dann löste sich das Problem, was sie sagen sollte, ganz von selbst.

Roger erschien wieder. »Bitte kommen Sie mit.«

Sie folgte ihm ins Arbeitszimmer, Steven vor sich her schiebend.

Bernard Dimes stand von seinem Schreibtisch auf. Er hatte die Ärmel seines seidenen Hemdes hochgekrempelt, und auf seinem Schreibtisch stapelten sich Papiere. Eine Brille mit Stahlfassung saß auf seiner scharfen Nase, und sein graues Haar war leicht zerzaust. So hatte sie ihn noch nie gesehen. »Carrie!« rief er herzlich.

»Guten Tag, Mr. Dimes.« Sie schaute unbehaglich auf Roger.

»Werden Sie etwas brauchen, Sir?« fragte Roger.

Bernard schaute auf die Uhr. »Ist der Tee fertig?«

»Sofort, Sir.« Roger verließ den Raum, als Bernard hinter seinem Schreibtisch hervorkam. »Das ist eine sehr nette Überraschung«, sagte er.

»Ich hoffe es.«

Sie zuckte die Achseln und verlor plötzlich ihre ganze Kühle und Gefaßtheit. Sie stand vor ihm, ihr Gesicht verzog sich und die Tränen rollten.

»Was ist los, Carrie...?« begann er.

Roger trat mit einem silbernen Teetablett ein. Bernard schob den Kinderwagen in seine Richtung und sagte: »Nehmen Sie das Kind mit nach unten.« Dann führte er Carrie zu einem Sessel und drückte sie hinein.

»Warum erzählen Sie mir nicht alles«, sagte er ernst. »Reden hilft immer, wissen Sie.«

Nachdem Roger das Zimmer verlassen hatte, schluchzte sie die ganze Geschichte heraus, ohne etwas auszulassen. Und es half wirklich. Es war, als werde ihr eine schwere Last von den Schultern genommen.

Ein Jahr später heirateten sie. Auf den Tag genau. Der fünfjährige Steven sprang während der einfachen Zeremonie im Rathaus aufgeregt umher.

Bernard erfand eine neue Vergangenheit für Carrie und amüsierte sich königlich dabei. Nach *seiner* Darstellung war sie eine afrikanische

Prinzessin, die er auf einer Safari in Kenia kennengelernt hatte. Es war erstaunlich, wie viele Leute die Geschichte glaubten.

Die Theaterwelt war schockiert. Bernard Dimes verheiratet! Mit einer Negerin! Und diese Gerüchte über ihre Vergangenheit – skandalös! Aber sie konnten unmöglich wahr sein, oder?

Mehrere großgewachsene Blondinen fegten wütend durch New York. Sie hatten so lange alles versucht, um ihn zu angeln. Was besaß eine *Schwarze*, das sie nicht besaßen?

Über Carrie kursierten also zwei verschiedene Geschichten, und Bernard weidete sich an der Verwirrung seiner Freunde und Bekannten.

»Ich habe Angst«, sagte Carrie.

»Wovor? Vor der Vergangenheit? Die liegt hinter dir. Jetzt hast du mich, ich sorge für dich.«

Sie hörte auf ihren Mann. Er war ein kluger Mensch.

Noch immer konnte sie ihr Glück nicht ganz fassen. Vor einem Jahr hatte er sie und Steven ohne jedes Aufhebens bei sich aufgenommen und in sein Strandhaus auf Fire Island bringen lassen, wo Carrie zum erstenmal im Leben die Einsamkeit hatte genießen können. Jedes Wochenende war er aus der Stadt herausgekommen, mit Geschenken für sie und Steven. Das Kind hatte sich allmählich aus seiner Erstarrung gelöst und war wieder zu einem normalen redefreudigen kleinen Jungen geworden.

Manchmal hatte sie sich Sorgen wegen Bonnatti gemacht. »Deine Verbindungen mit diesen Leuten sind *zu Ende*. Diese Leute können nicht an dich heran, sie können dir nichts tun. Das mußt du begreifen«, hatte Bernard ihr versichert.

Langsam hatte sie ihm zu glauben begonnen.

Carrie ließ die Zeit in dem Strandhaus noch einmal vor sich abrollen. Das Haus lag an der Außenküste von Fire Island, in einer sehr kosmopolitischen Gemeinde. Der Lebensrhythmus dort war gut für sie und geradezu ideal für Steven. Der Kleine freute sich immer närrisch auf Bernards wöchentliche Besuche, und sie freute sich auch. Sie ertappte sich dabei, daß sie am späten Freitagnachmittag atemlos auf die Ankunft der Fähre wartete. Sie sehnte sich nach dem großen, würdevollen Mann, der sie wie einen Menschen behandelte und ihr jede nur denkbare Freundlichkeit erwies. Sexuell näherte er sich ihr nicht. Er schlief immer im Gästezimmer und bestand darauf, daß Steven und sie das große Schlafzimmer benutzten. Anfangs entzückte sie dies, doch dann begann es sie zu beunruhigen. Hatte sie sich geirrt? Begehrte er sie nicht? Etwa wegen ihrer Vergangenheit?

Nach sechs Monaten hielt sie es nicht mehr aus. Eines Nachts ging sie in einem langen, fließenden Nachthemd zu ihm, das seidige schwarze Haar offen. Er schnarchte leise.

Sie setzte sich auf die Bettkante und berührte zart sein Gesicht.

»Was ist?« fragte er und versuchte, den Schlaf abzuschütteln.

Es war lächerlich, aber mit einemmal empfand sie tiefe Scheu. »Willst du mich nicht, Bernard?« wisperte sie.

Er setzte sich auf und nahm ihr Gesicht in die Hände. »Doch, ich will dich. Ich will dich heiraten.«

Sie war überrascht und überglücklich. Dennoch, irgendwie hatte sie gewußt, daß er es sagen würde. Sie spürte den brennenden Wunsch, ihm eine unvergeßliche Nacht zu bereiten.

Er war ein zurückhaltender Liebhaber. Sanft, anspruchslos, schnell.

Das spielte nicht die geringste Rolle. Sie lag in seinen Armen und zitterte vor Seligkeit. Was sie anging, war es die wunderbarste Nacht ihres Lebens.

Und jetzt, ein halbes Jahr später, war sie Mrs. Bernard Dimes. Mit einunddreißig konnte sie endlich zu leben beginnen.

Gino, 1951

Die Eröffnung des Mirage war ein glanzvolles Ereignis. Getreu seinem Versprechen brachte der Boy ein Flugzeug voll Stars an – und die Stars bewirkten, daß das Ereignis eine große Presse erhielt. Genau wie es der Boy vorausgesagt hatte.

Als natürliche Folge ging das Geschäft glänzend, aus dem ganzen Land trafen Bitten um Reservierungen ein.

Jake ruhte sich nun lächelnd aus. »Ich hab dir gesagt, daß ich eine Goldmine baue!« prahlte er ein paar Monate nach der Eröffnung gegenüber Gino am Telefon. »Der Laden platzt aus allen Nähten. Wir sind das einzige ausgebuchte Hotel. Was sagst du *dazu*?«

»Ich sage, daß dies eine sehr gute Nachricht ist«, antwortete Gino gelassen. Er hatte seine Leute im Personal in Schlüsselstellungen untergebracht, und die in New York einlaufenden Berichte besagten, daß der Goldregen noch wesentlich ergiebiger hätte sein können. Jake wirtschaftete ganz entschieden in die eigene Tasche. Was für ein hirnrissiger Idiot!

Wenige Minuten nach dem Telefonat stürmte Maria ins Wohnzimmer ihres New Yorker Stadthauses. Gino hatte es gekauft und ihr geschenkt, weil er im Winter nicht in East Hampton sein mochte, obwohl sie gern das ganze Jahr über dort gewohnt hätte.

»Gino!« rief sie. In ihren hohen Pelzstiefeln und dem passenden, mit Astrachan besetzten Tuchmantel sah sie wie eine blonde Märchenprinzessin aus. »Ich habe eine *wunderbare* Neuigkeit!«

Immer wenn sie zu ihm in ein Zimmer trat, lächelte er. »Was für eine, Schätzchen?« fragte er träge.

Ihre Wangen glühten von der frischen Januarluft, und ihre schönen blauen Augen funkelten. »Ich bin wieder in anderen Umständen«, verkündete sie triumphierend. »Und diesmal wird es ein Junge! Das verspreche ich dir!«

Er war überwältigt. »Das kann doch nicht wahr sein!« Glückselig sprang er auf, nahm sie in die Arme und küßte sie. Ihre Nase war kalt, sie schmiegte sich an ihn wie ein Hündchen, das Wärme und Geborgenheit suchte.

»Ist es nicht wunderbar?« Sie seufzte. »Ich bin so glücklich!«

Er knöpfte ihren Mantel auf, schob die Arme um ihre schlanke Taille und drückte zu. »Was soll das mit dem Jungen? Mir ist egal, was es wird, Junge – Mädchen – Zwillinge.«

»Du willst einen Sohn«, hänselte sie ihn. »Alle Männer wollen Söhne.«

Er drückte sie fester an sich. »Quatsch!«

»Nicht so fest, du tust mir weh.«

»Wirklich?« Er löste die Hände von ihrer Taille und begann ihre Brüste zu streicheln. »Ist das besser?«

»Gino! Nicht jetzt.«

»Warum nicht?«

»Weil... Es könnte jemand hereinkommen.«

Sie hatte einen Hang zur Prüderie, den er liebte. »Das ist doch unser Haus«, erklärte er.

»Ich weiß.« Sie versuchte sich ihm zu entwinden. »Aber es ist heller Tag – und – Leute sind da.«

Er unterdrückte ein Lachen. »Dann schließe ich die Tür ab.«

Sie schaute ihn scheu an. »Gut.«

Ihre plötzliche Einwilligung überraschte ihn. Seit genau einem Jahr und zwei Monaten waren sie nun verheiratet, und Maria erregte ihn immer noch wahnsinnig. Sie hatte eine natürliche Liebe zum Geschlechtsverkehr, doch sie zögerte immer, sich gehen zu lassen und ganz hinzugeben. Eine höchst stimulierende Mischung.

Nach wie vor weigerte sie sich strikt, etwas mit oralem Sex zu tun zu haben, doch er würde sie schon dazu kriegen.

Enzio Bonnatti hatte seine Probleme. Da er sich unter anderem mit dem Rauschgifthandel und der Prostitution befaßte, war er in einer viel gefährlicheren Position als Gino. Er mußte kämpfen, um sich an der Spitze zu halten, aber er schaffte es – indem er Feinde killte wie

Fliegen auf einem Hamburger. Er betrachtete die Gewaltanwendung als Lösung für jedes Problem. Gino war in dem Punkt völlig anderer Meinung. »Es gibt zwei Wege zur Macht«, pflegte er zu sagen. »Blut und Mord, was nur zu weiteren Morden führt, oder man benutzt seinen Verstand und macht Geld wie ich. Wer das tut, wird sich ewig halten.«

Enzio quittierte solche Sätze gewöhnlich mit einem Lachen. »Das ist einfach, mein Freund, wenn dir niemand in die Quere kommt. Aber die Dreckskerle tun das immer.«

Enzio hatte recht, sie taten es immer.

Der große, stark aussehende Mann saß im Riccaddi's, eine Serviette in den Hemdkragen gesteckt und vor sich einen Teller mit Barbaras köstlichen Spaghetti Bolognese.

Gino setzte sich ihm gegenüber.

»*Ciao*, Enzio.«

»Ich grüße dich, mein Freund.«

»Geht es Francesca gut?«

»Danke, ja. Und Maria?«

»Erstklassig. Es ist wieder was unterwegs.«

»Gratuliere. Trinken wir auf das Ungeborene.«

Er winkte nach einem weiteren Glas und füllte es mit kräftigem Rotwein.

Die beiden Männer stießen feierlich an. »*Salute*«, sagte Enzio und fügte hinzu: »Mögest du mit einem Sohn gesegnet sein.«

Gino lachte. »Was soll der ganze Scheiß mit Söhnen? Mir ist egal, was es wird!«

»Ich habe zwei Söhne, die übernehmen können, wenn ich abtrete«, erklärte Enzio ernst. »Du mußt an solche Dinge denken.«

»Hm, ich werde noch lange nicht abtreten. Darauf kannst du wetten.«

»Schön. Dann empfehle ich dir, dich um deinen Freund in Vegas zu kümmern und nicht mehr länger damit zu warten.«

»Ja, ja, ich weiß. Ich will nur sichergehen, daß ich den richtigen Nachfolger an der Hand habe. Die Leitung dieser ganzen Sache in Vegas ist nicht so einfach, wie sie aussieht. Dort herrschen große Versuchungen, und ich möchte nicht, daß wir die gleiche Übung zweimal machen müssen.«

Enzio wickelte die langen Spaghetti um seine Gabel und stopfte sie in den Mund. Soße tropfte auf seine Serviette. Mampfend sagte er: »Ich hab heute ein Gerücht gehört, daß der Boy seinen Anteil an dem Unternehmen verkauft hat, und zwar an Pinky Kassari in Philadelphia.«

Gino sah ihn skeptisch von der Seite an. »An Pinky Banana? Das glaube ich nicht!«

»Du solltest es aber glauben. Meine Quelle ist sehr zuverlässig!«

»Ach, komm, Enzio, ich habe vorhin mit Jake telefoniert. Er hätte doch etwas erwähnt...«

»Er bescheißt rundherum, und das gefällt mir nicht. Es gefällt mir ganz und gar nicht.« Enzio wickelte erneut Spaghetti um seine Gabel und schob die Ladung in den Mund. »Willst du dich um ihn kümmern, oder soll ich es tun?«

Gino schaute finster drein. Seine Gedanken rasten. Der Boy erwies sich als billiger, zweitklassiger Gauner. Und was war mit den Unsummen, die er, Gino, dieser Dame Pippa Sanchez bezahlte? Kein Wort von ihr, daß der Boy mit Pinky Banana überhaupt Verbindung hatte, geschweige denn, daß er seinen Anteil an ihn zu verkaufen gedachte. »Ich steige noch heute abend in ein Flugzeug«, sagte er gepreßt. »Für die Sache bin *ich* zuständig, ich hab das Syndikat zusammenbekommen. Mach dir keine Sorgen.«

Im Flugzeug hatte Gino reichlich Zeit zum Nachdenken.

Reichlich Zeit, sich einen perfekten Aktionsplan zurechtzulegen.

Auf der anderen Gangseite saßen Red und ein neuer Mann namens Little Willie, sie spielten mehr schlecht als recht Rommé und kippten Bourbon.

Der Boy stellte ihn im Grunde vor kein Problem, doch Gino spürte ein gewisses Bedauern darüber, ihn beseitigen zu müssen. Eine Schande! Aber der Hornochse war selbst schuld.

Pinky Banana konnte zu einem Problem werden. Je nachdem, wie sein Handel mit dem Boy aussah.

Pinky Banana. Ein schlampiger Kerl mit einer Kanone. So hatte Gino ihn in Erinnerung. Schwer zu glauben, daß er jetzt als Mr. Kassari angesprochen wurde und eine Bande anführte. In Philadelphia hatte er sich wirklich durchgesetzt, er galt dort als einer der großen Burschen. Von wegen »Bursche«, er mußte mittlerweile vierundvierzig sein – sie waren gleich alt. Gino hatte ihm nur eines zu sagen: *Nimm dein Geld zurück und steig schnellstens aus unserem Unternehmen aus.*

Pippa Sanchez war nicht in Vegas beim Boy. Sie hatte in einem Film mit Clark Gable eine kleine Rolle bekommen und verbrachte diese Woche in Hollywood, um sich darauf vorzubereiten. Das hatte sie Jake gegenüber behauptet. In Wirklichkeit bediente sie einen für viele Besetzungen zuständigen älteren Direktor, der ihr gelegentlich ein Röllchen zuschob und dafür energische Anerkennung verlangte. Wenn der Boy je dahinterkam, daß sie es mit anderen Männern trieb, brachte er sie um. Das hatte er zumindest viele Male behauptet.

Pippa war eine an Freiheit gewöhnte Frau. Als Jake sie aufgefordert hatte, mit Gino Santangelo zu schlafen, war sie überrascht und insgeheim erfreut gewesen. Abwechslung war die Würze des Lebens, was sie anging, doch das bedeutete keineswegs, daß sie den Boy nicht aufrichtig gern hatte. Er war gut für ihr Image. Und auf lange Sicht war das Image wichtiger als alles andere. Sie hoffte immer noch, Jake oder Gino überreden zu können, einen Film zu finanzieren. Seit mehr als einem Jahr bearbeitete sie Gino nun schon, schickte ihm Drehbücher und schilderte ihm in glühenden Farben, welches Vermögen er mit einer erfolgreichen Produktion machen könne. Alles vergebens bis jetzt.

Sie dachte über diese Dinge nach, als sie ihren rosaroten Thunderbird in der Einfahrt des Hauses parkte, das sie mit dem Boy bewohnte. Nachdenklich biß sie sich auf die Unterlippe und überlegte, ob der Drehbuchautor, den sie insgeheim angeheuert hatte, mit der von ihr in Auftrag gegebenen Arbeit schon weitergekommen sei. Da sie Gino nicht für ein Drehbuch hatte interessieren können, ließ sie nun eben eines über ihn schreiben. Natürlich würde es eine wunderbare, auf sie zugeschnittene Frauenrolle enthalten.

Pippa tappte ausgezogen durch das weiß eingerichtete Wohnzimmer zu dem einladenden Schwimmbassin hinaus. Ein paar Sekunden lang blieb sie davor stehen, dann holte sie tief Luft, sprang mit einem eleganten, geschmeidigen Kopfsprung hinein und durchpflügte das weiche, gechlorte Wasser wie ein Fisch. Pippa war eine ausgezeichnete Schwimmerin.

Gino beobachtete sie. Er saß auf dem Fensterbrett des Badehauses und schaute ihr reglos zu. Vor einer Viertelstunde war er in Jakes Haus eingetroffen, hatte Jakes Diener einen Hunderter gegeben und ihn aufgefordert zu verschwinden. Er hatte sich auf eine ziemlich lange Wartezeit eingerichtet, doch sie war kürzer gewesen als vermutet.

Pippa schwamm zwanzig Längen, dann stieg sie aus dem Bassin.

Gino trat aus dem Badehaus. Seine Kleidung paßte gar nicht zu der warmen kalifornischen Sonne; er trug einen dunklen Anzug mit Weste, ein blaues Hemd und eine schmale konservative Krawatte. Im hellen Nachmittagslicht gab er eine düstere Gestalt ab.

Pippa fuhr überrascht zusammen. »Gino! Mein Gott! Wo kommst *du* her? Du hast mich erschreckt.«

Langsam sagte er: »Du hast mich enttäuscht, Pippa.«

Sie griff nach einer kurzen Strandjacke aus Frottee und warf sie um die Schultern. Ihre Gedanken rasten. Was machte er hier? Wußte der Boy, daß er da war?

»Enttäuscht?« Sie versuchte zu lachen. »Ich verstehe nicht...«

Gino schwitzte nicht. So, wie er angezogen war, hätte er bei dieser Sonne schwitzen müssen. »Ist dir nicht heiß?« fragte sie und spielte mit einem goldenen Kruzifix, das zwischen ihren Brüsten hing.

»Ich möchte, daß du packst«, sagte er. »Du hast genau eine Stunde.«

Plötzlich schwitzte *sie*, die kleinen Schweißtropfen vermischten sich mit den Wassertropfen, die vom Schwimmen noch auf ihrem Körper standen. Doch Pippa war kein nervöser Mensch. Sie hatte ein zu hartes Leben geführt, um sich schnell einschüchtern zu lassen. »Etwas nicht in Ordnung?« fragte sie, äußerlich ruhig.

»Du hast mich bestohlen«, sagte er ohne die geringste Gemütsbewegung. »Du hast mein Geld angenommen, mir jede Woche von Jake berichtet und mir nichts gesagt. *Nichts*.«

Warum hatte sie sich bloß dem Boy anvertraut und ihm verraten, daß Gino ihr Geld bezahlte, damit sie ihn über sein, Jakes, Tun informiere? Idiotisch von ihr! Damals allerdings hatte sie das nicht gefunden. Zumal Jake ihr ein Diamantkollier gekauft, sie mit anderen Geschenken überhäuft und ihr Chips für fünftausend Dollar gegeben hatte, mit denen sie an den Tischen des Mirage spielen konnte. *Wann sie wollte. Zu jeder Zeit.*

»Wohin reise ich?« flüsterte sie.

»Nach Spanien.«

»Spanien?« Sie war entsetzt. »Ich kann nicht ins Ausland, ich muß in einer Woche einen Film drehen. Ich...«

Er unterbrach sie: »Spanien. Und du bleibst mindestens zwei Jahre dort. Wenn du früher zurückkommst...«

Er brauchte nicht mehr zu sagen.

Der Boy liebte Vegas, und Vegas liebte ihn. Sie paßten zueinander, der Boy und die protzige Flitterstadt mitten in der Wüste.

Das Mirage entwickelte sich genauso, wie er erwartet hatte, sogar noch besser. Er stolzierte durch die Räume, und in seinem Geist keimten Pläne für etwas noch Großartigeres und Besseres. Was für ein Coup! Ein Hotel nach dem anderen – und jedes prächtiger als das vorhergehende.

Als Pinky Banana Kassari mit dem Angebot an ihn herantrat, ihm seinen Anteil am Mirage abzukaufen, rückten seine Pläne in greifbare Nähe. Er nannte einen verrückten Preis, und zu seiner Überraschung griff Pinky sofort zu. Jake wußte, daß er Gino hätte um Erlaubnis fragen sollen. Was aber, wenn Gino nein sagte? Darum beschloß er, den Handel abzuschließen und Gino erst Bescheid zu sagen, wenn die Sache perfekt war und er sie nicht mehr verhindern konnte.

Jetzt war sie perfekt. Jake und Pinky feierten mit einer Riesenflasche Sekt, einem Tisch voller Stars und drei Showgirls, die auf ihren Brustwarzen Zehncentstücke balancieren konnten.

Pinky wischte sich Speichel vom Mundwinkel. Seine Erscheinung war mit zunehmendem Alter nicht erfreulicher geworden. Seine Augen wirkten noch kleiner und gemeiner, seine Lippen noch fleischiger. Sein fettiges Haar war inzwischen recht schütter, eine Stirnglatze ließ sein Gesicht noch größer und einfältiger erscheinen.

Er kleidete sich geschmacklos laut und hatte drei Ehen hinter sich. Seine vierte Frau, eine messingblonde ehemalige Stripperin, war in Philadelphia geblieben, weil sie ihre drei Pekinesen nicht allein lassen wollte. Pinkys einzige Kinder, dicke Zwillingsknaben aus der ersten Ehe, versprachen genauso zu werden wie ihr Vater.

Pinky war bösartig, mächtig, habgierig und korrupt. Und seit zweiundzwanzig Jahren nährte er in sich tiefen Groll gegen Gino Santangelo. Durch den Auskauf des Boys kam er endlich nahe genug an Gino heran, um dagegen etwas unternehmen zu können.

Ginos Ankunft in Las Vegas erfolgte unauffällig. Er liebte Überraschungen, und er wollte die Überraschung auf dem Gesicht des Boy sehen, wenn er, Gino, bei dem Festessen aufkreuzte, das Jake mit Pinky Banana veranstaltete.

Ja, er wußte, was vorging. Jetzt wußte er es.

Als Pippa einmal angefangen hatte zu reden, hatte sie geredet. Und andere hatten auch geredet, um ihre Hälse zu retten. Sie wußten, daß sich etwas zusammenbraute, und wollten aus der Schußlinie kommen.

Eine dunkle Limousine holte Gino auf der Rollbahn von dem gecharterten Flugzeug ab und brachte ihn direkt zum Mirage. Er schritt durch die Halle, Red und Little Willie neben sich. Blicke folgten ihm, Stimmen flüsterten. Sein Gesicht war bekannt.

Der Casinoleiter eilte herbei, um ihn zu begrüßen, doch Gino ließ sich nicht aufhalten. »Später, später«, murmelte er abweisend.

»Ich hab in Philly eine Kette Freudenhäuser mit den heißesten, frischesten Mädchen der Stadt«, erklärte Pinky, »weißt du, ich versteh was von dem Geschäft. Ich nehm sie rein, und wenn sie durchgearbeitet sind, schieb ich sie ab zu einem meiner Partner in Südamerika. Der einzige Weg.«

»Klar«, pflichtete Jake ihm bei und deutete einem der Showgirls, sich Pinkys anzunehmen.

Genau in diesem Augenblick betrat Gino Santangelo den privaten Speiseraum. Der Boy erstarrte und erbleichte deutlich unter seiner Sonnenbräune. Pinky Banana klappte der Unterkiefer herunter.

»'n Abend, Freunde«, sagte Gino leichthin. »Ist das ein privates Fest, oder kann jeder teilnehmen?«

Die Berühmtheiten am anderen Ende des Tisches merkten nicht, was vorging. Sie tranken, lachten und scherzten weiter.

Die drei Showgirls erkannten an Jakes Nervosität, daß irgend etwas nicht stimmte. »Gino!« rief der Boy. »Was machst du hier?«

»Was ist das für eine Begrüßung?« entgegnete Gino, zog sich einen Stuhl heran und setzte sich.

»A-aber wir haben doch eben erst telefoniert«, stammelte Jake. »Du warst in New York.«

»Jetzt bin ich hier.« Er lächelte. »Und wie ich sehe, ist auch mein alter Freund Pinky Banana hier. Wie geht's dir, Kumpel? Lange nicht gesehen, was?«

Pinky warf Jake einen giftigen Blick zu und versuchte dann Gino anzulächeln. »Ich hab den Banana längst abgeschafft.«

»Was? Du hast keine Banane mehr?«

Pinky machte ein böses Gesicht.

Der Boy wußte, daß er in Schwierigkeiten war, er begann sich zu winden. »He, ich bin froh, daß du da bist. Es tut sich eine Menge, und ich wollte ohnehin mit dir reden.« Er sprudelte die Worte rasch hervor. »Ich bring dich in mein Büro und leg dir alles vor. Was meinst du? Sollen wir gleich rübergehen?«

Gino bedachte ihn mit einem tödlichen Blick seiner schwarzen Augen. »Du hirnrissiger Idiot«, zischte er, »es ist zu spät für irgendwelche Erklärungen, verdammt zu spät.«

Drei Monate später stattete Gino wie jeden Morgen Lucky einen Besuch in ihrem Spielzimmer ab. Sie war zehn Monate alt, ein prächtiges Kind mit schwarzen Zigeuneraugen und einem dunklen Haarschopf. »Wer ist Daddys Mädchen?« scherzte er zärtlich und hob sie aus ihrem Bettchen. »Wer ist Daddys kleine Prinzessin?«

Lucky gurgelte glücklich. Er drückte sie an sich, sog voll Genuß den warmen Babygeruch ein. Maria kam ins Zimmer gelaufen, sie wirkte erregt. »Gino«, sagte sie und streckte ihm eine Zeitung hin, »hat dieser Mann nicht für dich gearbeitet?«

Er ergriff die Zeitung und überflog die Schlagzeile.

JAKE COHEN IN WÜSTENGRAB GEFUNDEN

Der verweste Leichnam von Jake »Der Boy« Cohen wurde heute zehn Meilen von Las Vegas entfernt in einem grausigen Wüstengrab gefunden. Zwei Anhalter machten um zehn Uhr die furchtbare Entdeckung, nachdem ein heftiger Sandsturm das improvisierte Grab freigelegt hatte.

Der Bericht ging noch weiter. Ginos Augen eilten über die Zeilen. Armer alter Jake. Er hatte es herausgefordert und bekommen.

»Nun?«

Gino fuhr zusammen, er merkte erst jetzt, daß Maria ihn ansah. »Ja«, antwortete er unbeteiligt, »das ist der Mann.«

Sie wartete darauf, daß er mehr sagte, aber er tat es nicht. Er wandte sich Lucky zu und begann wieder mit ihr zu spielen.

Maria stellte keine weiteren Fragen. Sie berührte sanft seine Wange. »Frühstück? Wie wäre es mit etwas Besonderem heute?«

Er lachte und legte ihr die Hände auf den Popo. »Ich habe etwas Besonderes«, scherzte er.

»Gino!«

Sie ließ sich so leicht schockieren. Er liebte das!

Um die Mittagszeit war das Riccaddi's gedrängt voll. Barbara und ihre Kinder eilten geschäftig umher, balancierten Teller mit Pizza und Karaffen mit Wein.

Gino bestellte Lasagne, obwohl er ein paar Pfund zugenommen hatte. Enzio aß nie etwas anderes als Spaghetti Bolognese, und Aldo hielt sich an Kalbfleisch ohne alles.

»Ich verliere dabei viel Gewicht«, verkündete Aldo, schlang das Fleisch in drei Bissen hinunter und gab einem seiner Kinder ein Zeichen, ihm nachzulegen.

»Ja«, sagte Gino lakonisch und sah zu, wie sein Freund sich über die zweite Portion hermachte. »Ungeheuer viel.«

Enzio aß langsam, stoisch seine Spaghetti, die Serviette sorgfältig festgesteckt.

Die drei Männer saßen hinten im Restaurant an einem Ecktisch. An der Tür waren zwei Tische von ihren jeweiligen Leibwächtern besetzt. Risiken wurden keine mehr eingegangen, das gehörte der Vergangenheit an.

»Wir haben Krieg«, sagte Enzio schließlich, »und ich möchte ihm ein Ende machen.«

Gino nickte. »Wir schalten Pinky aus – und kein Krieg mehr.«

»Es muß sein«, erklärte Enzio, »kein verdammter Hurensohn betrügt *mich*. Mir egal, *wer* er ist.«

Gino nickte erneut. »Richtig.«

Pinky Banana machte ihnen in dem Las-Vegas-Geschäft nichts als Scherereien. Gino hatte versucht, die Angelegenheit fair zu regeln. Er hatte Pinky die Rückzahlung der gesamten Kaufsumme angeboten und auf Pinkys Ablehnung hin das Geld durch einen Boten zu ihm bringen lassen. Der Bote war zwei Tage später auf dem Parkplatz des Mirage gefunden worden, mit einer Kugel im Kopf und dem Geld in der Tasche. Pinky hatte am Telefon zu Gino gesagt: »*Diesmal* kaufst du mir den Schneid nicht ab. Du hast mich einmal ausgebootet, und das passiert mir kein zweites Mal. Ich hab einen Anteil am Mirage, und ich behalte ihn.«

Damit war der Krieg im Gang gewesen.

Ginos Leute waren im Mirage fest installiert, doch Pinky wollte übernehmen – notfalls mit Gewalt. Drei Menschen waren bereits ermordet worden: Der Casinoleiter, eine Getränkekellnerin und ein Croupier. Mord schadete dem Geschäft. Die Einnahmen im Mirage gingen seither laufend zurück, je mehr sich die Sache herumsprach.

»Ich werde jemand auf ihn ansetzen«, sagte Gino. »In Buffalo gibt es einen Kopfjäger, der wird ihn ausschalten.«

Enzio pflichtete ihm bei. »Je eher, desto besser.«

Am 1. April 1951 erwachte Pinky Banana sehr spät. Seine derzeitige Frau, von ihm mit dem liebevollen Spitznamen Piranha bedacht, schlief neben ihm. Sie schnarchte, und das machte ihn fast verrückt.

Das Schlafzimmer stank nach Hundedreck. Pinky weckte seine Frau mit einem Rippenstoß. »Deine beschissenen Hunde!« schrie er. »Sie haben's schon wieder gemacht!«

Piranha rieb sich die Augen, an denen die verkrustete Wimperntusche vom Vortag klebte. »Was?«

Er war wütend. »Deine verfluchten Hunde haben schon wieder auf den Teppich geschissen!«

Piranha setzte sich im Bett auf. Sie war nackt und stellte die aufgeblasensten Brüste ganz Philadelphias zur Schau. Manchmal hatte Pinky das Gefühl, keine Frau, sondern ein Paar Titten geheiratet zu haben.

»Na und?« entgegnete sie weinerlich. »Gestank tut niemandem weh.«

»Du mußt es ja wissen«, erwiderte Pinky verächtlich. »Wann hast denn *du* das letztemal gebadet?«

Piranha ging zum Angriff über. »Nenn du mich nicht dreckig, du Schlammsau.« Sie wollte ihm eine Ohrfeige geben, doch er fing ihre Hand ab. »Laß mich los!« schrie sie. »Laß mich los!«

Die drei Pekinesen reagierten auf die Stimme ihrer Herrin und erhoben sich von ihren Schlafplätzen. Zwei sprangen aufs Bett, der dritte richtete sich an der Bettkante auf die Hinterbeine auf, und alle begannen wild zu bellen.

»Bring diese verfluchten Viecher zur Ruhe!« kreischte Pinky.

Pinky ergriff einen von ihnen am Nacken und schleuderte ihn durchs Zimmer. Das Tier landete winselnd in einer Ecke.

Piranha ließ von ihrem Mann ab und lief zu dem Hund. »Du Dreckschwein«, keifte sie, »du hast Puff-Puff verletzt!«

»Der Teufel soll Puff-Puff holen!«

Pinky sprang aus dem Bett und trat in ein Häufchen Hundekot.

»Je-sus Chri-stus!« tobte er und humpelte ins Bad.

Piranha schlüpfte rasch in einen Mantel, ohne etwas darunterzuziehen. Dann hob sie den winselnden Hund auf, nahm die Schlüssel zu Pinkys Cadillac von seinem Nachtkästchen und lief aus dem Haus. »Keine Angst, Liebling«, flüsterte sie dem kleinen Hund zu, »Mami bringt dich ganz schnell zum Tierarzt.«

Pinky wusch sich gerade die Füße, als die Explosion erfolgte. Zuerst dachte er an einen Angriff und warf sich wie der Blitz auf den Boden.

Dann, als ihm klar wurde, daß es kein Angriff war, stand er auf und ging vorsichtig ins Schlafzimmer. Vor dem Fenster erblickte er das qualmende Wrack seines Cadillac. »Heiliger Bananenschiß«, murmelte er ehrfürchtig, »das hätt ich sein können!«

Ginos Sohn kam am 1. September 1951 zur Welt.

Sein Sohn!

Der freudigste Augenblick seines Lebens.

Sie nannten den Jungen Dario.

Gino feierte eine Woche lang.

Maria lächelte und sagte: »Ich hab dir doch versprochen, daß du einen Sohn kriegst, nicht wahr?«

Er bedeckte sie mit Küssen, seine schöne Kindfrau, und pries sich glücklich, sie gefunden zu haben.

Dario war ein kleines Baby und nur fünf Pfund und fünfzig Gramm schwer. Er sah ganz anders aus als Lucky, war kahl, mager, hatte zündholzdünne Beine und Arme, eine blasse Haut und blaue Augen.

Lucky, jetzt eine kräftige junge Dame von eineinviertel Jahren, war das Ebenbild ihres Vaters. Sie hatte die gleiche olivbraune Haut, die gleichen schwarzen Augen und das gleiche lockige Haar. Er liebte sie sehr, aber ein Sohn war doch etwas anderes.

Maria sprach ernst mit ihm, bevor sie die Klinik verließ. »Wir müssen sehr vorsichtig sein«, erklärte sie eindringlich. »Ich möchte nicht, daß Lucky eifersüchtig auf das neue Baby ist.«

»Eifersüchtig?« rief Gino. »Machst du Witze? Ich liebe sie beide.«

»Dann achte darauf, daß du sie beide gleich liebst«, sagte Maria warnend.

»Natürlich, natürlich«, log Gino. Er konnte sich nicht helfen, ein Sohn war die unmittelbare Fortsetzung seiner selbst. Eine Tochter vermochte das nie zu sein.

»Dieser Mistkerl ist wie eine Katze mit neun Leben«, explodierte Enzio. »So etwas habe ich noch nie erlebt.«

»Wir haben unser Ziel erreicht«, sagte Gino ruhig. »In Vegas gibt es keine Schwierigkeiten mehr. Die Geschäfte gehen wieder glänzend. Pinky wird nicht mehr versuchen, sich reinzudrängen.«

»Wenn du das glaubst, irrst du dich«, entgegnete Enzio scharf.

»Wenn ich mich irre, beseitige ich ihn ein für allemal.«

»Scheiße!« fauchte Enzio. »Ich finde, wir sollten ihn aus dem Weg räumen lassen.«

Gino seufzte. »Du hast damals seine Frau umgebracht. Nach der Sache jetzt ist er endgültig gewarnt. Er wird sich fernhalten.«

»Vorläufig vielleicht.«

Gino lachte selbstsicher. »Ich weiß, wie Pinky ist. Vergiß nicht, daß wir zusammen auf der Straße angefangen haben. Er war immer ein Waschlappen, und er wird nichts mehr wagen. Darauf kannst du wetten.«

»Ich bin kein Mensch, der wettet.«

»Dann wettest du eben nicht. Ich sage es dir, Enzio, du kannst mir glauben, er wird in Philadelphia bleiben und nie mehr um uns herumschnüffeln.«

»Ich hoffe beim Teufel, daß du recht hast.«

»Oh, ich habe recht. Ich weiß, daß ich recht habe.« Gino zündete sich eine lange, dünne Monte-Cristo-Zigarre an und grinste. »Willst du den Kleinen sehen? Komm, ich zeige ihn dir. Dario Santangelo. Das verdammt beste Baby auf der ganzen verdammten Welt!«

New York,
Donnerstag, 14. Juli 1977

Steven starrte der verschwindenden Lucky nach. Er wartete, bis sie außer Sicht war, dann ging er hinter ihr die Feuertreppe aus Beton hinunter. Er war müde, dreckig und zornig, weil er eine ganze Nacht lang in einem Aufzug festgesessen hatte. Noch dazu mit einer Frau wie Lucky, einem arroganten Wesen mit der Sprache eines Lastwagenfahrers. Aber phantastisch aussehend! Selbst nach einer Nacht im Lift!

Dario kam langsam wieder zu sich. Einen Moment lang wußte er nicht, wo er war. Dann fiel es ihm ein, und er setzte sich mit einem Ruck auf, in der Magengrube ein bleiernes Gefühl.

Zu seinem Schrecken gewahrte er, daß er auf seinem eigenen Bett saß. Sein Kopf schmerzte. Sein Magen schmerzte. Seine Eier schmerzten.

»Wie geht es Ihnen?« fragte jemand.

Er zwinkerte. Im Zimmer brannte eine Kerze. Eine Gestalt saß an der Tür auf einem Stuhl. Dario versuchte aufzustehen, doch als seine Füße den Boden berührten, wurde ihm übel und schwarz vor den Augen.

»Alles in Ordnung«, sagte die Gestalt an der Tür. »Ich bin Sal. Costa Zennocotti hat mich geschickt, damit ich Ihnen helfe. Tut mir leid, daß ich Ihnen eine gelandet habe – aber ich mußte mich erst vergewissern, wer Sie sind.«

Dario hielt sich den Kopf und stöhnte. »Besten Dank«, murmelte er bitter.

»Nichts für ungut.« Die Gestalt stand auf und näherte sich ihm. Mit einem Schock erkannte Dario, daß Sal eine Frau war.

Als Elliott Berkely erwachte, war Carrie bereits angekleidet und ging nervös in der Wohnung umher.

»Ich dachte, du würdest heute im Bett bleiben«, sagte er mißbilligend. »Schließlich hast du gestern einen gehörigen Schock erlitten.«

»Mir geht es bestens.« Es gelang ihr, in heiterem Ton zu sprechen. Das letzte, was sie brauchen konnte, war ein Tag im Bett.

»Verdammt!« rief Elliott, als er den Schalter im Bad probierte, »noch immer kein Strom. Was ist bloß mit dieser Stadt los?«

Der Fahrer schaffte die Strecke von Philadelphia nach New York in einer guten Zeit. Um halb zwölf fuhren sie bereits auf den belebten Straßen Manhattans dahin, schoben sich vorsichtig durch den Verkehr, der wegen der nicht funktionierenden Ampeln sehr gestört war, und rumpelten über die löcherigen Fahrbahnen.

»Man sollte meinen, daß sie wenigstens die Stadtstraßen richten«, beschwerte sich der Fahrer. »All das Geld, das die Regierung verschleudert...« Es waren seine ersten Worte auf der ganzen Fahrt.

Sein Schweigen hatte Gino keineswegs gestört, im Gegenteil. Wer brauchte schon leere Konversation?

»Warten Sie mal«, stieß Dario mühsam hervor, »Sie sind eine Frau!«

»Was Sie nicht sagen!« entgegnete Sal spöttisch. »Ich hab mir doch gedacht, daß etwas nicht stimmt, als ich heute früh unter der Dusche stand!«

Dario legte sich stöhnend aufs Bett zurück. »Sie schlagen ganz bestimmt nicht wie eine Frau zu.«

Sal grinste. Sie war vierunddreißig, 75 Kilo schwer und stark wie ein Ochse, hatte kurzgeschnittenes lockiges Haar und ein Gesicht wie Shirley MacLaine. Sie arbeitete auf eigene Regie als Vollstreckerin und war bekannt für ihr Geschick, für ihre ruhige, rasche Erledigung jeden Auftrags. Sie war teuer, jedoch jeden Cent wert. Bekleidet war sie mit einem schwarzen Trainingsanzug. Dies und ihre tiefe, heisere Stimme machten verständlich, daß Dario sie für einen Mann gehalten hatte.

»Hören Sie mal«, sagte sie, »Ihr ›Problem‹ in der Küche hat ein Brotmesser im Leib stecken. Wer ist er?«

Dario stöhnte erneut. »Ich weiß es nicht. Er versuchte, mich umzubringen, und da...« Hilflos brach er ab.

Sal zuckte die Achseln. »Nur keine Bange. Ich vermute, Sie wollen die Leiche hier raus haben. Das kostet natürlich was.«

»Keine Rolle wieviel. Costa kümmert sich drum.«

»Gut. Schlafen Sie ein bißchen. Bleiben Sie ein paar Stunden hier drin. Danach sind wir beide aus Ihrem Leben verschwunden. In Ordnung?«

Er nickte dumpf. Bald werde ich aufwachen, dachte er, und nichts von dem Ganzen wird geschehen sein.

»Hier, nehmen Sie ein paar davon, das hilft Ihnen, sich zu entspannen.« Dankbar nahm er die türkisfarbenen Kapseln.

Ein paar Minuten später schlief er fest.

Sal betrachtete ihn nachdenklich. Dario Santangelo, soso. Ginos Sohn. Vielleicht war nun der Zeitpunkt da, wo sie ihr Glück machen konnte.

Um neun Uhr wurde Costa von Ginos Anruf geweckt. »Ich bin auf dem Weg in die Stadt«, erklärte Gino. »Komm um die Mittagszeit zu mir ins Pierre.«

Nichts konnte Costa mehr davon abhalten, achtundvierzig Stockwerke auf harten Betonstufen hinunterzusteigen. Gino wollte ihn sehen. Sogar nach all diesen Jahren noch sprang Costa sofort, wenn Gino es wollte.

2. Buch

Lucky, 1955

Die Erinnerungen bis zu ihrem fünften Lebensjahr waren glückliche, verschwommene Bilder und Eindrücke. Wärme. Sicherheit. Und eine schöne, sanfte Mami mit weichem hellem Haar und samtiger Haut. Eine schöne Mami, die immer gut roch, gern lachte und hübsche Kleider mit kuscheligen Pelzen trug.

Und Daddy. Größer. Rauher. Der Geschenkebringer. Puppen und Teddybären. Und so feste Umarmungen, daß sie manchmal meinte, er drücke ihr den ganzen Atem aus dem Körper.

Und das Baby Dario, kleiner, zart. Sie lernte sehr früh, sich um ihn zu kümmern.

Er weinte oft. Sie war ein fröhliches Kind. Er aß schlecht. Sie grapschte gierig nach allem, was sie kriegen konnte. Er fing spät zu laufen an und tapste langsam dahin. Sie watschelte bereits mit vierzehn Monaten überall herum. Er sprach mit vier nur ein paar Wörter. Sie brabbelte mit viereinhalb über alles und jeden.

An ihrem fünften Geburtstag gaben ihre Eltern ein großes Fest. Fünfzig Kinder. Clowns. Esel zum Reiten im Garten. Ein riesiger Schokoladenkuchen in der Form ihres liebsten Puppenhauses.

Sie war so aufgeregt, daß sie kaum Luft bekam. Zur Feier des Tages trug sie ein rosarotes Rüschenkleid, Bänder in ihren schwarzen Locken, Söckchen und weiße Lackschuhe.

Gino nahm sie auf den Arm und nannte sie immer wieder seine kleine italienische Prinzessin. Dann gab er ihr sein Geschenk, eine feine Goldkette, an der ein kleines, mit Diamanten und Rubinen besetztes Medaillon hing. Es enthielt ein Bildchen von ihnen beiden.

»Daddy!« quiekste sie und küßte ihn ab.

»Du verziehst sie.« Maria lächelte nachsichtig.

»Manche Kinder sind dazu geschaffen, verzogen zu werden.« Er warf Lucky in die Luft.

Sie kreischte vor Erregung und Angst, aber er fing sie auf und drückte sie an sich. Sie atmete tief den Geruch ein, den sie am allerliebsten mochte. Daddy-Geruch. Eng schmiegte sie sich an ihn und sagte: »Lieber Daddy, lieber, lieber Daddy.«

Er setzte sie ab und zwinkerte Maria zu. »Dieses Kind ist das großartigste von allen, schlägt ganz dem Vater nach.«

Maria lächelte süß. »*Sieht aus* wie der Vater und hat alle *meine* besten Eigenschaften.«

Lucky umklammerte sein Bein und bettelte darum, wieder hochgehoben zu werden, doch er beachtete sie nicht, er grinste seine Frau an: »Tatsächlich?«

Maria grinste zurück. »Tatsächlich«, imitierte sie ihn.

»*Tatsächlich*«, rief Gino glücklich, schüttelte Lucky von seinem Bein und legte die Arme um seine Frau. »Wer sagt das?«

Lucky schob den Daumen in den Mund und schaute stumm zu ihren Eltern auf. Dumme Erwachsene. Wenn sie in diese Stimmung kamen, schenkten sie ihr keine Beachtung, *nie*, und es war doch *ihr* Geburtstag.

Sie zog den Daumen aus dem Mund und rief: »Ich hab Bauchweh.«

Maria schob Gino weg und beugte sich zu ihrer Tochter nieder. »Oh, nein, nicht heute. Wo tut es weh, Liebling?«

»Schon wieder gut.«

Maria warf Gino einen vorwurfsvollen Blick zu: »Du hättest sie nicht hochwerfen sollen. Du bist zu grob mit ihr.«

»So?« Er nahm seine Tochter erneut auf den Arm. »Du hast Bauchweh, Kleine? Du hast Wehweh?« Er begann sie zu kitzeln. Sie kreischte vor Lachen. »Wo hast du Wehweh? Hm? Hm?«

»Hör auf, Gino«, sagte Maria warnend.

»Ach, komm, es gefällt ihr.«

Es gefiel Lucky wirklich. Sie lachte so, daß ihr Tränen in die Augen traten und über die Wangen rollten. »Wehweh ist fort, Daddy, ganz fort«, schrie sie glücklich.

Er kitzelte sie weiter.

»Aufhören! Aufhören!« rief sie.

»So? Du willst, daß Daddy aufhört?« scherzte er. »Aber ich höre nicht auf. Wie gefällt dir das?«

»Gino, sie regt sich zu sehr auf«, mahnte Maria sanft. »Sie wird keine Freude an ihrem Fest haben.«

Er hörte auf, sie zu kitzeln, drückte sie fest an sich und flüsterte ihr zu: »Daddy hat dich sehr lieb, Kleines.« Dann stellte er sie nieder.

In diesem Augenblick erschien Kinderschwester Camden mit Dario. Sie hielt den kleinen blonden Watschler fest an der Hand. Dario hatte die Angewohnheit, davonzumarschieren und sich zu verlaufen.

»He«, rief Gino, »ich weiß, daß du nicht Geburtstag hast, aber du kriegst auch was.«

Dario ließ die Hand seiner Nanny nicht los, als Gino ihm ein großes, in Geschenkpapier eingewickeltes Paket reichte.

Lucky hüpfte vor Freude. Sie war kein eifersüchtiges Kind. Der Gedanke, daß ihr kleiner Bruder auch ein Geschenk bekam, begeisterte sie. »Mach's auf, Dummerchen«, wies sie ihn an, und als er nichts dergleichen tat, öffnete sie das Paket für ihn, riß und zerrte eifrig an dem bunten Papier. Zum Vorschein kam ein großes, leuchtend rotes Automodell auf schwarzen Rädern. Lucky schien faszinierter davon als Dario. Er berührte das Auto vorsichtig, löste sich dann von der Kinderschwester und floh in die warmen Arme seiner Mutter.

»He, he, he!« rief Gino. »Gefällt es dir?« Er ergriff Dario und warf ihn in die Luft wie zuvor Lucky.

Das Kind begann aus vollem Hals zu brüllen und erbrach sich.

Gino reichte es der Kinderschwester zurück. Er hätte gewünscht, sein Sohn wäre ein bißchen härter gewesen, mehr wie seine Tochter.

»Er hat eben erst sein Mittagessen bekommen«, sagte Maria vorwurfsvoll. »Was erwartest du denn, wenn du ihn so herumwirfst?«

Gino zuckte die Achseln und wandte sich wieder seiner Tochter zu. Mit ihr zusammen ließ er das glänzende rote Auto auf dem Boden umherfahren.

Maria holte ihre Kamera, um die beiden zu knipsen. »Lächelt mal«, sagte sie, und zwei fast gleiche Gesichter blickten mit dem genau gleichen Lächeln zu ihr auf.

Eine Woche später mußte Gino verreisen.

Lucky machte es nicht viel aus, wenn er fortfuhr, weil er immer wunderbare Geschenke mitbrachte. Dennoch vermißte sie ihn. Manchmal ließ Mami sie am Telefon mit ihm reden, das war eine aufregende Sache.

Wenn Daddy fort war, füllte sich das Haus mit Menschen, und Mami mochte das nicht. Lucky wußte es, weil sie die Eltern hatte darüber reden hören. Diesmal kamen keine Menschen ins Haus. Als Lucky fragte, warum nicht, sagte Mami, weil Daddy nur für eine Nacht weg bleibe. Lucky überlegte, ob er dann vielleicht gar keine Geschenke mitbringen würde.

In einem kleinen Häuschen draußen im Garten wohnten Red und ein anderer Mann. Lucky mochte die beiden, denn sie ließen sie oft huckepack reiten und warfen sie ins Schwimmbecken. Nanny Camden mochte die Männer nicht und nannte sie »ungehobelte Tölpel«. Lucky wußte nicht, was ungehobelte Tölpel waren. Dario weinte, wenn die beiden mit ihm zú spielen versuchten. Er weinte viel. Lucky war die einzige, die ihn zum Lachen bringen konnte.

Bevor Daddy abfuhr, gab er ihr einen dicken Kuß und Mami sogar einen noch dickeren. Später nahm Mami sie in ihr großes Schlafzimmer mit, und sie durfte Mamis Kleider, Schuhe und Schmuck anprobieren. Lucky spielte sehr gern Feinmachen. Es war eines ihrer Lieblingsspiele und wurde ihr nur als besondere Gunst erlaubt.

Sie hoffte, an dem Abend noch eine zweite besondere Gunst gewährt zu bekommen und bei Mami schlafen zu dürfen. Doch daraus wurde nichts. Um sechs Uhr holte Nanny Camden sie zum Baden, und um sieben kam Mami in ihr Kinderzimmer, um ihr gute Nacht zu sagen.

Lucky streckte die Hand aus und griff eine der seidigen hellen Haarsträhnen ihrer Mutter. »Warum hab ich keine gelben Haare?« fragte sie.

»Weil du schönes schwarzes Haar hast, genau wie Daddy«, antwortete Maria weich. »Du bist also zweimal glücklich. Einmal wegen deines Namens, der ›glücklich‹ bedeutet, und einmal wegen deiner hübschen lockigen Haare.«

Lucky kicherte. Manchmal sagte Mami wirklich lustige Dinge. »Dario hat gelbe Haare.«

»Das hat er. Schlaf jetzt.«

»Kommt Daddy morgen heim?«

»Ja.«

»Können wir alle miteinander schwimmen?«

»Wenn er früh genug kommt.«

»Au fein.« Sie schob den Daumen in den Mund. Wenige Minuten später schlief sie fest.

Lucky war eine Frühaufsteherin, sie sprang immer zwischen sechs und sieben Uhr aus dem Bett. Dario und Nanny Camden standen nie vor halb neun auf, doch das machte ihr nichts aus. Sie hatte gelernt, sich ihr Frühstück selbst zu holen, und sie lief sehr gern allein herum. Natürlich durfte sie das Haus nicht verlassen, bevor die Erwachsenen auf waren, und zwar wegen der Glocken, die losgingen, wenn sie Türen oder Fenster aufmachte. Sie hatte es einmal probiert, und Daddy war sehr böse geworden! Er hatte geschrien und gebrüllt und war mit einer Pistole herumgerannt. Genau wie die Männer im Fernsehen. Lucky hatte sehr lachen müssen, aber Dario hatte geweint.

Wenn Daddy daheim war, stand er auch früh auf. Manchmal.

Lucky wußte, wie man den Schalter anknipsen mußte, um den Wasserkessel zum Kochen zu bringen. Sie wußte, wie man Daddys Kaffee machte, genau wie er ihn mochte. Wenn sie ihm seinen Kaffee machte, bekam sie Extraküsse.

Mami stand gewöhnlich spät auf. Um neun Uhr. Oder halb zehn. Daddy klopfte ihr manchmal auf den Popo und nannte sie faul. Wenn die beiden sich küßten, wurde Lucky von großer Scheu erfaßt.

Die Vögel zwitscherten und redeten miteinander. Lucky hörte sie draußen vor dem Fenster. Sie sprang aus dem Bett und lief hin, um ihnen zuzusehen. Und was für eine Überraschung! Mami war auf und im Schwimmbecken. Sie lag auf dem gestreiften kleinen Floß, das träge mitten im Wasser schwamm.

Zappelig schlüpfte Lucky in ihren gelben Badeanzug. Daddy sagte, sie hätte einen dicken Bauch. Wänstlein nannte er sie, und darüber mußte sie kichern.

Sie lief nach unten und fand zu ihrer Begeisterung die Glastüren offen.

»Mami!« rief sie glücklich, während sie hinausrannte. »Mami, Mami, Mami, auch schwimmen. Biiiitte!« Kichernd, lachend, selig hopste sie zum Schwimmbecken.

Als sie am Bassin anlangte, merkte sie, daß ihre Mutter schlief. Die schönste Mutter der Welt – so nannte Daddy sie, und Lucky war ganz seiner Meinung – lag reglos da, ihr langes weißblondes Haar breitete sich im Wasser aus, ihre Arme und Beine hingen schlaff über den Rand des Floßes.

Zwei Dinge fielen Lucky sofort auf. Mami war ein böses Mädchen, denn sie war ein Nacktfrosch. Und das Wasser hatte eine andere Farbe, es war rosarot.

Lucky stand am Becken und sagte: »Mami.« Dann lauter: »Mami-Mami-Mami!!«

Sie wußte, daß etwas nicht stimmte, aber sie wußte nicht, was. Wo war Daddy? Er würde es wissen.

Dummer Daddy, er war fortgefahren.

Sie setzte sich auf den Beckenrand und ließ die kurzen Beinchen über der Wasserfläche baumeln. Sie würde warten, bis Mami aufwachte. Das würde sie tun. Einfach warten.

Steven, 1955–1964

Als Steven sechzehn war, wurde er von der Privatschule, die er besuchte, eines Tages unversehens nach Hause gerufen, und dort eröffnete ihm Carrie mit rotgeweinten Augen und gebrochenem Herzen, daß Bernard Dimes im Schlaf gestorben war. Er hatte eine tödliche Herzattacke erlitten.

Die Nachricht traf Steven tief. Er wußte zwar, daß Bernard nicht sein richtiger Vater war, aber er hatte ihn geliebt wie einen richtigen, zumal er gar keinen anderen kannte. Sie hatten schöne Zeiten miteinander verlebt. In New York und in dem Sommerhaus auf Fire Island.

Steven, ein großer, gutaussehender Junge, stand seiner Mutter bei der Beerdigung treu zur Seite. Und danach, im Haus in der Park Avenue, hielt er ihre zitternde Hand, während Bernards Freunde und Bekannte in langer Reihe an ihr vorbeizogen und kondolierten.

Carrie war sehr tapfer. Sie hielt den Kopf hoch und verbarg ihre Tränen hinter einem dichten schwarzen Schleier.

Eine Woche später war Steven wieder in der Schule.

»Ich schaffe es schon«, hatte Carrie gesagt. »Deine Studien sind wichtiger als deine Anwesenheit hier.«

Für sie kam die Schule immer an erster Stelle. *Immer*. Das war gräßlich, aber er hatte gelernt, nicht mit ihr zu streiten. Seine Mutter hatte ein Temperament, das sogar Eis versengen konnte. Sie erwartete ausgezeichnete Noten in allen Fächern. Er hatte sich früh angewöhnt, sie zu bekommen. Allerdings hatte seine Mutter auch manchmal mit Ohrfeigen nachgeholfen.

»Wenn man schwarz ist, muß man sich doppelt anstrengen«, hatte sie immer wieder kalt erklärt. »Merk dir das.«

Steven verstand sie in dem Punkt nicht. Er war noch nie auf rassische Vorurteile gestoßen. Er hatte mit liebevollen Eltern in einem schönen Haus gelebt. Die Tatsache, daß einer weiß und der andere schwarz war, hatte ihn nie gestört. Seine Eltern hatten viele Freunde, die sich auch nicht daran zu stoßen schienen. Menschen aller Art kamen zu ihnen: Filmstars, ausländische Produzenten, Musiker, Schauspieler und Schauspielerinnen, Opernsänger und -sängerinnen.

Jerry Meyerson war sein bester Freund. Groß, mager, rothaarig. Wie Steven arbeitete er intensiv, und da sie enge Freunde waren, halfen sie einander ungeheuer.

Von den anderen Jungen unterschieden sie sich darin, daß für sie die Arbeit an erster Stelle stand und Diskussionen über Sex einen armseligen zweitrangigen Platz einnahmen.

Als Steven von der Schule abging, war er sexuell kläglich unerfahren. Gleich Jerry dachte er an Mädchen, doch er kannte keine.

»Im College legen wir sie reihenweise um«, prahlte Jerry. »Auf dem Campus gibt's Mädchen in Scharen, und du und ich zusammen – was meinst du, was das für eine Kombination ist!«

Steven und Jerry wollten Jus studieren, und sie hatten es so gedeichselt, daß sie aufs selbe, am Rande Bostons gelegene College kamen.

Jerry hatte recht. Es wimmelte von Mädchen. Kleinen, großen, dicken, dünnen. Mit kleinen Brüsten, großen Brüsten, langen Beinen, runden Hintern. Es war, als sei man zeitlebens auf kurze Kost gesetzt und dann in einem Süßwarenladen losgelassen worden.

Jerry schnappte über. Auf seiner Liste der zu absolvierenden Dinge stand als Punkt Nummer eins, Mädchen aufzureißen. Nach einem halben Jahr angestrengter Bemühungen war das Ergebnis noch immer gleich Null. Und seine Leistungen waren miserabel.

Steven half ihm, so gut er konnte. Ihm gefiel es ausgezeichnet auf dem College. Er mochte die Lernerei, empfand sie als Herausforderung und war ein begeistertes Mitglied der Basketballmannschaft geworden. Dies lenkte seine Gedanken von Mädchen und Sex ab. Er sah, welche Schwierigkeiten Jerry hatte, und in seinem eigenen Leben konnte er keine derartigen Probleme brauchen. Er hatte Probleme – aber mit seiner Mutter. Seit Bernards Tod war Carrie zur Einsiedlerin geworden. Sie saß stundenlang in Bernards Arbeitszimmer in der Park Avenue. Saß einfach da und starrte vor sich hin. Tag für Tag.

Wenn Steven in den Ferien zu Hause war, versuchte er, sie aus ihrer Apathie zu reißen. Er schlug vor, eine Zeitlang in das Haus auf Fire Island zu fahren. Da sagte sie traurig: »Ich verkaufe es, Steven. Zu viele Erinnerungen.«

Er erkundigte sich nach ihrer finanziellen Lage. Waren sie gesichert? Sollte er das College aufgeben und sich Arbeit suchen?

Sie versicherte ihm, daß Bernard sie gut versorgt hätte, und fügte in eisigem Ton hinzu, wenn er je das College verlasse, würde sie ihn umbringen.

Er drang nicht zu ihr durch, und das machte ihm Sorgen. Seine Mutter war eine sehr attraktive Frau von vierzig und ein paar Jahren. Sie hätte das Leben genießen sollen, statt sich im Arbeitszimmer ihres toten Mannes zu vergraben und Erinnerungen nachzuhängen.

Er wußte über sie nur, was alle wußten, die Dinge, die er in Zeitschriften und Artikeln gelesen hatte. Doch manchmal erwachte er mitten in der Nacht, in kaltem Schweiß gebadet, und fragte sich: *Wer bin ich? Wer ist mein wirklicher Vater?* Die einzige Information, die er Carrie je entlocken konnte, lautete: »Er war ein guter Mensch, ein Arzt. Er starb, als du ein Jahr alt warst.«

Steven versuchte, sich durch ihr Schweigen über die Vergangenheit nicht irritieren zu lassen. Sie hatte sicher ihre Gründe. Wenn sie ihm nicht sagen wollte, wer sein Vater war, mußte er das eben akzeptieren.

1957 war für Steven ein ereignisreiches Jahr. Er wurde achtzehn, man schimpfte ihn zum erstenmal im Leben einen Nigger, er schlief mit einem Mädchen und lernte sich zu verteidigen.

Schwarz zu sein war nicht das gleiche wie weiß zu sein. Carrie hatte ihm dies oft genug versichert, aber er hatte nie richtig hingehört. Jetzt wußte er es. Er begann viel über die Bürgerrechte nachzudenken und über Dinge, die geändert gehörten. Martin Luther King und sein Feldzug für die Aufhebung der Rassentrennung, den er im Süden führte, interessierten Steven.

Er war sich seiner Hautfarbe nun intensiv bewußt und begriff, was Carrie mit der Bemerkung meinte: »Wenn man schwarz ist, muß man sich doppelt anstrengen.«

Steven war ein ausgezeichneter Student, aber jetzt strengte er sich noch mehr an, und aus dem ausgezeichneten Studenten wurde ein brillanter.

Sein erstes sexuelles Erlebnis, das als solches bezeichnet werden konnte, hatte er mit einem bildhübschen schwarzen Mädchen namens Shirley Sullivan: Klassischer College-Sex im Fond des Autos eines Freundes. Shirley hatte den Rock um die Taille, das Höschen um die Knöchel, den Pullover unterm Kinn und eine Brust aus der BH-Schale geschoben. Steven war vollkommen angekleidet, sein Penis ragte steif aus der Hose. Es war unbequem und würdelos. Und es war das Tollste, was er in seinem ganzen bisherigen Leben getan hatte!

Sieben wundervolle Monate ging er mit Shirley, er bat sie, ihn zu heiraten, und war todunglücklich, als sie ihm wegen eines Medizinstudenten aus einem anderen College den Laufpaß gab.

Das war ihm eine Lehre. Mädchen sagten etwas und meinten etwas ganz anderes. Man durfte ihnen nicht trauen.

Nach Shirley weitete er seine Erfahrungen aus. Das fiel ihm nicht schwer. Er war jetzt über einsachtzig groß und ein unglaublich gut aussehender Bursche. Die Mädchen fielen ihm zu Füßen, sogar weiße. Er probierte ein paar aus. Sie waren nicht anders als schwarze. Fötzlein blieb Fötzlein, gleichgültig, in welche Farbe es gehüllt war.

Mit zwanzig nahm Steven das Universitätsstudium auf. Im selben Jahr schloß Carrie eine neue Ehe. Sie setzte alle in Erstaunen, indem sie Elliott Berkely heiratete, einen snobistischen, zweimal geschiedenen Theaterbesitzer. Einen Mann, der nach altem, ererbtem Geld stank und alte Vorstellungen vertrat, obwohl erst fünfundvierzig.

Für Carrie war Elliott kein Bernard Dimes. Kein Mann, bei dem sie auch nur im Traum daran denken durfte, die Wahrheit über ihre Vergangenheit zu sagen. Doch im Gegensatz zu dem, was sie Steven gegenüber behauptet hatte, wurde das Geld zu einem Problem. Damit er sein Studium beenden und sie beide den gegenwärtigen Lebensstil beibehalten konnten, mußte eine Lösung gefunden werden. Elliott Berkely war die Lösung. Er umwarb Carrie seit Jahren. Sie liebte ihn zwar nicht, doch eines Morgens dachte sie beim Erwachen: Warum nicht?

Am Tag der Eheschließung besaß sie bereits ein unterzeichnetes Dokument, das Stevens Ausbildung sicherstellte, so lange diese auch immer dauern mochte. Sie überredete ihren Sohn, seinen Namen in Berkely zu ändern.

Sicherheit war das Allerwichtigste. Sicherheit für Steven.

Zizi fegte in Stevens Leben wie ein sengend heißer Wind an einem kalten Tag. Er war fünfundzwanzig, hatte sein Jura- und Philosophiestudium beendet und sein Anwaltsexamen bestanden. Um Gerichtspraxis zu erlangen, arbeitete er als Pflichtverteidiger-Assistent.

Zizi war Tänzerin und sagte in einem Prozeß, in dem es um Körperverletzung ging, als Zeugin aus. Steven sah sie nur kurz an und hatte auf der Stelle ein steifes Glied. Er wußte nicht, warum – es war einfach so. Sie wirkte sofort auf seinen Penis. Für ihn gab es kein Entrinnen.

Zizi. Hundertfünfundfünfzig Zentimeter Dynamik, erregende Titten, schlangenhafte Beine, blitzende Augen, schnurrende Stimme. Leidenschaftliche Liebhaberin.

Carrie haßte sie auf den ersten Blick.

Lucky, 1965

Lucky Santangelo stand an der Eingangstür des Hauses in Bel Air und schaute zu, wie der Chauffeur ihr Gepäck im Kofferraum der langen schwarzen Limousine verstaute. Sie war fast fünfzehn, ein großes Mädchen mit wirren schwarzen Locken und riesigen, weit auseinanderstehenden Zigeuneraugen. Ihre schlanke, langgliedrige Gestalt war noch unentwickelt, und ihr von der Sonne tief gebräuntes, kraftvoll-hübsches Gesicht war noch nie mit Schminke in Berührung gekommen.

Dario Santangelo saß todunglücklich auf der Haube der Limousine, sehr zum Ärger des Chauffeurs. Er hatte vom Fahrweg eine Handvoll Kieselsteine aufgehoben und warf sie trübsinnig auf ein Außenlicht, von dem sie mit nervenaufreibendem Peng abprallten.

So dunkel Lucky war, so hell war Dario. Der dreizehneinhalbjährige Junge hatte vollkommen geschnittene Gesichtszüge, halblanges weißblondes Haar und verblüffend blaue Augen.

Er schaute seine Schwester an und schnitt dann eine Grimasse zum Chauffeur hin, der es nicht sah, weil er mit den Koffern beschäftigt war.

Lucky kicherte, zwinkerte Dario zu und formte stumm mit dem Mund: Blödmann! Es war, neben Blödfrau, das Lieblingswort der Geschwister. Mit den beiden Wörtern bezeichneten sie die meisten Menschen, die sie kannten.

Eine große, knochige Frau trat aus dem Haus, die Erzieherin Miß Bossy. Sie gab dem Chauffeur ein paar Anweisungen, blickte auf ihre Armbanduhr und sagte: »Komm, Lucky, steig ein, wir wollen doch unser Flugzeug nicht versäumen, oder?«

Lucky zuckte die Achseln: »Es wäre mir egal...«, begann sie.

»Na, na, mein Fräulein«, entgegnete Miß Bossy scharf. »Komm mir nicht so.«

Hinter ihrem Rücken formte Dario stumm: Blödfrau! Blödfrau! Blödfrau! Er legte die Hände um die Ohren und wedelte frech damit.

Lucky unterdrückte das Lachen. In Wirklichkeit allerdings war ihr nicht nach Lachen, sondern nach Heulen zumute.

Marco erschien. Er hatte den Auftrag, sie zu begleiten, wenn sie das Haus in Bel Air verließ. Sie mochte Marco gern. Er sah soooo gut aus. Leider behandelte er sie wie ein Kind. Noch nicht *einmal* hatte er ihr einen interessierten Blick zugeworfen. Heute trug er ein helles Jakkett, ein Sporthemd und enge Jeans. Er mußte mindestens dreißig sein, aber er war schlank und muskulös, nicht dick wie andere ältere Männer, die sie gesehen hatte.

Zum tausendsten Mal dachte sie über sein Privatleben nach. Hatte er eine Freundin? Was tat er, wenn er keine Aufgaben als Leibwächter erfüllen mußte?

»Geh sofort von dem Wagen herunter«, fauchte Miß Bossy nun Dario an, »und sag deiner Schwester auf Wiedersehen.«

Dario warf den Rest seiner Kieselsteine mit triumphierendem Grinsen auf die Lampe. Das Glas zersplitterte.

»Dario!« rief Miß Bossy. »Warte nur, bis ich deinem Vater sage, was du getan hast.«

Sie würde lange warten müssen, überlegte Lucky. Gino erschien immer seltener in Bel Air.

Dario schlurfte zu Lucky. Er versuchte, ein Gesicht zu machen, als kümmere es ihn nicht, daß seine Schwester in ein Internat ging. »Adios, Schwesterherz«, murmelte er. »Wenn dir nach Schreiben ist, ich hätte nichts dagegen.«

Sie trat vor und umarmte ihn. Normalerweise hätte er sie weggeschoben, aber heute duldete er die Umarmung. »Laß dich von denen nicht unterkriegen«, flüsterte sie ganz, ganz leise. »Ich bin wieder da, bevor du dich umdrehst.«

Er gab ihr einen verlegenen, feuchten Kuß und floh ins Haus, damit niemand seine Tränen sehe.

Lucky stieg ins Auto. Sie fühlte sich beklommen und bang, doch irgendwie auch erleichtert. Endlich ging sie in die Welt hinaus. Zehn Jahre mit Kinderschwestern, Erzieherinnen und Privatlehrern waren zu Ende. Zehn Jahre der Abgeschiedenheit und Einsamkeit, in denen sie kaum etwas hatte tun können. Sie bedauerte, Dario allein zurücklassen zu müssen, aber sie brauchte Gefährtinnen, Mädchen in ihrem Alter. Und Dario würde auch bald in ein Internat kommen.

Tante Jennifer hatte darauf bestanden, daß Gino sie in eine Schule schickte. »Du kannst die Kinder nicht ewig einsperren und beschützen«, hatte Lucky sie bei einem der seltenen Besuche ihres Vaters sagen hören. »Ich kenne ein sehr gutes Mädcheninternat in der Schweiz. Es wird Lucky unendlich guttun.«

Im Flugzeug döste sie, wenn auch widerwillig, denn sie wollte nichts verpassen. Miß Bossy saß steif neben ihr und hatte ein scharfes Auge auf alles.

Lucky fand es lächerlich, daß man ihr in dem Alter eine Reisebegleiterin mitgab, aber Gino hatte darauf bestanden: »Du fliegst, sie fliegt. Wenn sie dich in der Schule abgeliefert hat, kann sie gehen. Basta und keine Widerrede.«

Gino. Ihr Vater. Der König des »keine Widerrede«.

Sie liebte ihn so sehr, daß es schmerzte. Manchmal fragte sie sich jedoch, ob ihm überhaupt etwas an ihr und Dario lag. Er verbrachte so wenig Zeit mit ihnen zusammen. Sie wohnten in Bel Air, und er wohnte, wo es ihm gerade paßte. New York, Las Vegas – er hatte überall Wohnungen. Sie kannte die Telefonnummern, hatte aber noch nie eine der Wohnungen gesehen. Ab und zu, wenn sie spät nachts wach im Bett lag, erinnerte sie sich an ferne Zeiten, als sie noch sehr klein gewesen war. Damals war er immer dagewesen. Umarmungen hatte es gegeben und Küsse. Aufmerksamkeit. Echte Liebe und Fürsorge. Sie konnte sich auch an ihre Mutter erinnern, einen schönen hellen Engel mit einer süßen, weichen Stimme und einer Haut wie Samt...

Ihre Erinnerungen brachen abrupt ab – das Weitere war zu schmerzlich. Bilder schossen durch ihr Gedächtnis wie eine Vision. Schwimmbecken. Floß. Nackter Körper. Blut.

Sie mußte im Schlaf etwas gesagt haben, denn Miß Bossy fragte scharf: »Ja, meine Liebe, was ist?«

»Nichts.« Sie zwang sich, wach zu werden. »Kann ich eine Coca-Cola haben?«

In der Schweiz war die Luft so klar, daß Lucky den Drang verspürte, tief einzuatmen, um ihre Lungen vom Los-Angeles-Smog zu befreien.

Am Flugplatz wurden sie von einem Wagen abgeholt, der sie in eineinhalb Stunden Fahrt durch eine üppig grüne Landschaft zum Internat brachte. L'Evier, wie das Internat hieß, lag am Fuß sanfter, dicht bewaldeter Hügel. Es sah sehr malerisch aus, ganz anders als die gepflegten Grünanlagen in Bel Air und Beverly Hills.

Miß Bossy ließ den Wagen warten, führte Lucky hinein, übergab sie der Rektorin und verabschiedete sich mit der energischen Ermahnung: »Auf Wiedersehen, meine Liebe, sieh zu, daß du dich anständig aufführst.«

Miß Bossy beaufsichtigte Dario und Lucky seit drei Jahren. Sie hatte ihnen etwa soviel Liebe und Zuneigung bezeigt wie ein Holzbrett, und Lucky bedauerte nicht, sie endgültig gehen zu sehen.

»Miß Saint«, sagte die Rektorin, »seien Sie herzlich willkommen in L'Evier. Ich bin überzeugt, daß es Ihnen hier gefallen wird, wie allen anderen Mädchen. Ich verlange Ehrerbietung und Gehorsam. Merken Sie sich diese beiden Wörter und halten Sie sie in Ehren, dann wird Ihre Zeit in L'Evier glücklich und gedeihlich sein.«

Miß Saint. Was für ein Name: Lucky Saint, glückliche Heilige. Guter Gott! Seit Jahren wußte sie, was ihr Vater tat. Die Leibwächter, die Alarmglocken, die Gitterstäbe vor den Fenstern im Erdgeschoß, die Hunde – das alles deutete darauf hin, daß er ein Mann war, der vorsichtig sein mußte. Aber man stelle sich vor, den Namen ändern zu müssen, um eine blöde Schule besuchen zu können!

Was machte es schon aus, ob sie Santangelo hieß oder Saint? Wen kümmerte das schon?

In seiner Penthouse-Suite im Hotel Mirage bekam Gino telefonisch gemeldet, daß Lucky gut angekommen war. Er zündete sich eine lange, dünne Havanna-Zigarre an und seufzte.

Die letzten zehn Jahre waren schwer gewesen. Aber er hatte seine Kinder beschützt und vor Schaden bewahrt, hatte sie nicht so oft gesehen, wie er gewollt hätte. Es war besser so, sicherer.

Nach Marias Ermordung war viel Blut geflossen. Um Pinky Banana hatte er sich eigenhändig gekümmert... Eigenhändig... Er hörte noch immer Pinkys Schmerzensschreie, sein angstvolles Gewinsel um Gnade. Welche Gnade hatte dieses Vieh Maria gegenüber gezeigt?

Unvermittelt stand er auf, ging zum Fenster und starrte hinaus. Am Strip standen jetzt zahlreiche Hotels, und bunte Neonreklamen schickten ihre Lichter in die schwarze Wüstennacht. Der Boy hatte recht gehabt im Hinblick auf Vegas.

Er drückte die teure Zigarre nach nur drei Zügen aus. Zigarren waren wie Frauen, zum Verbrauch bestimmt. Soviel sie auch kosten mochten, es gab immer genügend.

Doch keine mehr wie Maria. Keine mehr wie seine geliebte tote Frau, seine Liebe – sein Leben...

»Lucky Saint?« fragte das blonde Mädchen ungläubig. »Zum Teufel, was für ein Name ist *das* denn?«

Dies war Luckys erstes Zusammentreffen mit Olympia Stanislopoulos, einem kleinen, temperamentvollen Mädchen mit Schweinsäuglein in einem runden Gesicht, Kaskaden des prächtigsten goldblonden Haars, atemberaubend weißer Haut und großen runden Brüsten, die sich durch ein schlampiges Tennishemd deutlich abzeichneten.

Lucky musterte sie finster. »Ich hab noch nie gehört, daß jemand die Namen Ringo Starr oder Rup Torn oder Rock Hudson kritisiert hätte, und die haben auch komische Bedeutungen«, entgegnete sie von oben herab.

»Oh!« rief Olympia ausgelassen, »ich wußte nicht, daß ich das Zimmer mit einem werdenden Filmstar teile. Tut mir ja sooo leid!«

Ein schlechter Start, doch nach einer Woche waren sie beste Freundinnen.

Olympia war sechzehneinhalb, die rebellische Tochter eines griechischen Reeders und einer amerikanischen Jet-set-Dame. Ihre Eltern waren geschieden, und sie wurde zwischen den beiden hin und her geschoben, jeder versuchte sie noch mehr zu verwöhnen. Sie war aus zwei amerikanischen Internaten geflogen, und ihre Mutter hatte sie voll Verzweiflung nach L'Evier gebracht. »Mein Vater kümmert sich einen Dreck um meine Ausbildung.« Olympia kicherte. »Er meint, daß ich irgendeinen reichen Kerl heirate, den er für mich in der alten Heimat aussucht. Meine Mutter findet, ich bräuchte einen Beruf. Sie täuschen sich beide. Ich werde mich amüsieren, und damit basta. Jungs und Alkohol, Gras und Spaß! Willst du mich auf der Suche nach dem guten Leben begleiten?«

Klang gut, eine großartige Idee. »Klar«, sagte Lucky, deren Hang zum Abenteuer sich das erstemal zeigte. »Aber wie wollen wir uns amüsieren, wenn wir hier oben eingesperrt sind?«

Olympia zwinkerte. »Es gibt Wege«, murmelte sie geheimnisvoll. »Wart's nur ab!«

Die Sache war sehr einfach. Lichter aus um 21.30 Uhr. Lucky und Olympia draußen um 21.35 Uhr.

Ihr Zimmerfenster lag direkt neben einem kräftigen Baum, an dem sie mühelos hinunterklettern konnten. Dann ein rascher Lauf durch das feuchte Gras zum Fahrradschuppen, wo sie sich zwei Räder ausborgten. Damit erreichten sie in zehn Minuten das nächste Dorf.

Am ersten Abend, an dem sie dorthin fuhren, setzten sie sich vor ein Café und tranken kochend heißen, mit Tia Maria versetzten Kaffee.

Olympia beäugte eine Gruppe halbwüchsiger Burschen, die in der Nähe saßen. Die Jungen beäugten sie, und bald war Bekanntschaft geschlossen.

Olympia hielt majestätisch hof, warf ihre goldene Mähne zurück und streckte ihre erregenden runden Brüste heraus.

Die Jungen scharten sich bewundernd um sie. »Ich *muß* einfach die Sprache lernen», sagte Olympia seufzend. »Es ist sooo langweilig, wenn man nicht versteht, wovon sie reden.«

Lucky verstand es. Sie sprach fließend Deutsch, Italienisch und Französisch – Privatlehrer waren also doch für *manche* Dinge gut. Sie überlegte, ob sie Olympia sagen sollte, daß die Burschen untereinander verstohlene Bemerkungen machten wie: »Phantastische Titten!«, »Hoffentlich ist sie rumzukriegen!«, »Wenigstens zum Fummeln!«, »Oder zu mehr!«

Lucky hatte zwar einen Schwips, aber sie wußte, es war höchste Zeit, daß sie beide sich auf ihre Räder schwangen und verschwanden. Jungs wollten immer nur eines. Das hatten alle ihre Erzieherinnen wiederholt versichert. Offenbar hatten sie recht gehabt.

»Ich will gehen«, zischte Lucky. »Und ich finde, du solltest auch gehen.«

»Dann geh doch«, erwiderte Olympia leichthin. »Niemand hält dich.«

Wahrlich, niemand hielt sie.

Lucky stand auf, holte ihr Fahrrad und fuhr los. Auf halbem Weg zum Internat hielt sie an und erbrach sich am Straßenrand. War es nicht unfair von ihr, die Freundin alleingelassen zu haben?

Nein, sagte sie sich. Olympia war keine Flasche, die konnte auf sich selbst aufpassen.

Sie stieg zum Fenster hinein, fiel angezogen aufs Bett und schlief wenige Minuten später fest.

Sie hörte Olympia nicht, die drei Stunden später heimkam, denn sie war zu beschäftigt damit, von Marco zu träumen.

»Hallo«, sagte Marabelle Blue mit leiser, kehliger Stimme. »Ich brannte darauf, Sie kennenzulernen. Tiny spricht oft von Ihnen.«

Marabelle Blue. Jüngste Bewerberin um die Nachfolge Marilyn Monroes.

Gino starrte sie einen Moment lang an. Sie war eine tolle Erscheinung.

Tiny Martino lachte. »Ich will euch beide schon lange zusammenbringen, aber Marabelle arbeitet ununterbrochen. Sie dreht Film um Film und ist auf dem besten Weg, zur Berühmtheit rund um die Uhr zu werden.« Er lachte wieder. »Und was *das* für ein beschissenes Leben ist, kann *ich* euch genau sagen.«

Marabelle stieß ein tiefes, gutturales Lachen aus. Sie trug ein mit Diamanten besticktes graues Chiffonkleid, das enger anlag als eine Folie und kaum ihre großen, erregenden Brüste bedeckte.

Gino verspürte Erregung, dort, wo er sie nicht mehr oft verspürte. Seit Maria hatte es für ihn keine dauerhafte Bindung gegeben – keine Frau, die sein Interesse länger als ein oder zwei Wochen zu fesseln vermocht hätte, keine Frau, mit der er morgens hätte aufwachen wollen. Zehn Jahre des Alleinseins waren eine lange Zeit.

»Schauen Sie sich oft Filme an, Mr. Santangelo?« fragte Marabelle heiser. Von ihr ging ein starker Duft aus. Zu Kopf steigend – exotisch... Ein sehr weiblicher Geruch.

Gino zuckte die Achseln. »Nicht oft, aber jetzt werde ich es tun. Wie heißt Ihr neuester Film?«

»*Bad Girl*«, schnurrte sie.

Ihre Augen waren blau. Er hatte seit jeher eine Schwäche für blaue Augen. »*Bad Girl*? Schlimmes Mädchen, so?«

»Ja.« Sie senkte in überraschend züchtiger Weise den Blick. »Ein dummer Titel, finden Sie nicht?« Sie hob die Augen und sah ihn voll an. Ein verwirrendes Verhalten.

Da stand eine Frau mit großer erotischer Ausstrahlung, eine Frau, der Sex aus allen Poren drang, und doch schien sie verletzlich wie ein kleines Mädchen. Er räusperte sich. »Ja, finde ich.«

Er fragte sich, wie er wohl auf sie wirkte. Er war neunundfünfzig, sah aber nicht so alt aus. Er hatte einen durchtrainierten, sonnengebräunten Körper, außerdem noch alle Haare und alle Zähne, die er sorgfältig pflegte. Er konnte für vierzig oder zweiundvierzig gelten. Nicht daß er das wollte, er fand es ganz in Ordnung, älter zu werden. Doch wer mochte schon alt aussehen?

»Mein nächster Film heißt *Womanly Wiles*, Weibliche Listen. Ein noch dümmerer Titel, finden Sie nicht?« Sie kicherte und legte die Hand auf den Mund.

Er bemerkte, daß sie abgearbeitete Hände und völlig abgebissene Fingernägel hatte. Dies paßte nicht zu ihrer übrigen Erscheinung, zu dem üppigen Körper, dem sinnlichen Gesicht und dem weich fallenden, platinblonden lockigen Haar.

»Wo drehen Sie?« fragte er lässig.

»In Los Angeles«, antwortete sie und fuhr sich mit ihrer rosigen Zunge über die glänzenden Lippen. »Warum kommen Sie nicht mal hin und besuchen mich?«

Lucky zwang sich am nächsten Morgen mühsam, aufzuwachen, und stieß Olympia an. Schweigend fuhren sie in ihre Kleider und schafften es in letzter Sekunde zum Gemeinschaftsfrühstück.

Erst in der Mittagspause fanden sie Gelegenheit, miteinander zu reden. Sie nahmen ihre Salatteller, gingen damit hinaus und setzten sich ins Gras.

»Warum bist du weggelaufen?« fragte Olympia träge. »Du hast den ganzen Spaß verpaßt.«

»Welchen Spaß?«

»Herrlichen Spaß, Kleine. Du weißt – das Fummeln und Abtasten und Knutschen. Mmmm...« Olympia schloß die Augen und lächelte. »Es war wonnig!«

Lucky konnte sich nicht helfen, sie war schockiert. »Mit denen allen?« stieß sie hervor.

Olympia lachte. »Natürlich nicht, Kälbchen. Ich hab mir den herausgesucht, der mir am besten gefiel.« Sie machte ein besorgtes Gesicht: »Hast du's schon mal mit einem Jungen gemacht?« wollte sie wissen.

Lucky fragte dagegen: »Du?«

»Fast«, antwortete Olympia geheimnisvoll. »Fast macht viel mehr Spaß.« Sie schob eine Gabel voll Kartoffelsalat in den Mund. »Wenn du willst, bring ich dir bei, wie man ›Fast‹ macht.«

Lucky nickte schnell. Sie hatte keine Ahnung, was Fast war, aber es klang interessant.

Olympias Unterricht erfolgte in höchst unbekümmerter Art. Zu den ungelegensten Zeiten kamen ihr Ideen oder Gedanken, und sie bestand darauf, ihre Weisheiten sofort weiterzugeben. Es konnte vorkommen, daß sie mitten in einer Kochstunde flüsterte: »Fang immer mit Küssen an. Zieh es in die Länge; so kann es dir Spaß machen. Wenn es nach den Jungs ginge, würden sie ihr Ding reinstekken, rausreißen und fertig!«

In der Naturwissenschaftsstunde: »Wenn er nach deinen Brüsten greift, laß ihn. Das macht am meisten Spaß. Übrigens, wo sind denn deine Brüste?«

Ein Tag des Überlegens, dann: »Der beste Weg, Brüste zu kriegen, ist, sie von einem Jungen bearbeiten zu lassen. Was meinst du, wie ich meine gekriegt habe?«

Im Lauf der Woche wurden die Erklärungen detaillierter: »Wenn ein Junge sagt, daß er nur bei dir liegen will und nichts tun wird – vergiß es! Er lügt.«

»Wenn er dich da unten küssen will, laß ihn.«

Und schließlich die Hauptsache: »Es kann Spaß machen, einen Jungen zu saugen. Paß aber bloß auf, daß du seinen Erguß nicht in den Mund kriegst. Das ist schlimmer als Zwiebeln – du schmeckst es tagelang!«

Nach dieser gründlichen Unterweisung in Sachen Sex beschloß Olympia, daß als nächstes etwas mit Luckys Aussehen geschehen müsse.

»Himmel, du siehst klasse aus«, rief Olympia, nachdem sie Lucky geschminkt und ihr Haar zurückgekämmt hatte.

Als Lucky in den Spiegel schaute, spürte sie ein erregtes Kribbeln. Sie sah wirklich großartig aus, wie mindestens achtzehn oder neunzehn. Was hätte Marco gesagt, wenn er sie jetzt hätte sehen können?

»Ich glaube, es ist Zeit, daß wir unsere hübschen jungen Hintern mal wieder ins Dorf bewegen«, erklärte Olympia mit einem anzüglichen Grinsen. »Probieren wir aus, ob alles klappt, was ich dir beigebracht habe!«

Nicht lange, und Gino Santangelo war ein regelmäßiger Besucher am Drehort von Marabelle Blues neuem Film. Er kam in seinem glänzenden schwarzen Cadillac – das Gerücht ging, der ganze Wagen sei gepanzert und die dunkel getönten Scheiben seien kugelsicher –, stieg aus, flankiert von zwei Leibwächtern, setzte sich steif auf einen eigens bereitgestellten Stuhl und schaute Miß Blue bei der Arbeit zu.

Sie war wirklich ein Anblick! Sie verpatzte Aufnahme um Aufnahme, doch wenn sie eine Szene richtig hinbekam, war sie umwerfend.

Marabelle Blue. Mit richtigem Namen Mary Belmont. Im Alter von sechzehn Jahren war sie nach Hollywood gekommen, nachdem sie bei einem Talentwettbewerb gesiegt hatte. Sie hungerte ein Jahr, wurde dann klug und nutzte die ihr von Gott gegebenen Talente, um zu überleben. Lernte einen alten Hollywooder Stuntman kennen, heiratete ihn und ließ sich von ihm helfen, führen und davor retten, eine von vielen zu werden, die nur auf den Couches der Filmherren arbeiteten.

Dann erfolgte der plötzliche, kometenhafte Aufstieg. Der Ehemann wurde in den Hintergrund gedrängt. War schlecht für ihr Image. Marabelle verstand. Sie hatte einige Erfahrungen gesammelt. Sie war gerade zwanzig Jahre alt.

Beim zweiten Rendezvous schlief Gino mit ihr. Sie war so gut, wie er erwartet hatte.

Er fühlte sich großartig. Da hatte er eine Frau im Bett, für die ungefähr die Hälfte aller Männer auf Erden ihren linken Hoden gegeben hätten. Vielleicht sogar den rechten dazu.

Marabelle Blue.

Er liebte sie nicht, aber das Verhältnis mit ihr sollte von Dauer sein.

Lucky kam sich in Olympias Kleidern komisch vor. Der Rock war zu kurz, die weißen Stiefel drückten, der Pullover spannte.

Die beiden Mädchen radelten ins Dorf, nachdem sie ihren üblichen Fluchtweg benutzt hatten. Diesmal erregte auch Lucky Aufmerksamkeit. Oh, welche Macht hatten doch Kleider und Schminke.

Ursi hieß der Junge, der ihr gefiel. Er war achtzehn und sprach etwas Englisch. Nach einer schicklichen Zeit, die sie mit Kaffeetrinken und Plaudern verbrachten, lud er sie sehr höflich zu einem Spaziergang ein.

Olympia zwinkerte ihr zu und nickte. Der große Augenblick war da! Nun würde sich zeigen, ob auch sie das ›Fast‹ beherrschte!

Ursi ging mit ihr bis zum Wald, dann zog er seine Jacke aus, legte sie auf den Boden, und sie setzten sich wortlos. Er stürzte sich sofort auf sie, seine tastenden Hände waren überall.

Lucky geriet fast in Panik, doch dann erinnerte sie sich an Olympias Rat. Sie schob ihn weg und sagte gelassen: »Warum die Eile? Immer mit der Ruhe.«

Das in diesen Worten enthaltene Versprechen besänftigte ihn, und er begann, sie auf den Mund zu küssen. Lucky konnte sich nicht helfen, sie fand die feuchten, saugenden Küsse ein bißchen widerlich. Sie drückte die Augen zu und hoffte, es würde besser werden, und das tat es. Als seine Hände sich ihren knospenden Brüsten widmeten, wurde die Sache sofort besser. Was Olympia gesagt hatte, stimmte wirklich – das *machte* Spaß.

Ursi hatte ihren Pullover hochgeschoben, war aber offensichtlich enttäuscht über die mangelnden Kurven, denn nach wenigen Minuten suchten seine Hände schon nach dem Verschluß ihres Rocks.

»Nein!« rief sie scharf, um ihn aufzuhalten. »Ich möchte *dich* sehen.«

Glücklich fummelte er an seiner Hose herum und brachte sein steifes Glied zum Vorschein.

Lucky nahm es vorsichtig in die Hände. Er war ein gut entwickelter Junge. »Oh, du meine Güte!« sagte sie ehrfurchtsvoll. »Jej!«

Ihre Worte entfachten in Ursi solche Leidenschaft, daß er, bevor sie recht wußte, wie ihr geschah, sein Glied zwischen ihren Händen rieb und sich in kräftigen Spritzern ergoß.

Sie sprang zurück. »He«, sagte sie vorwurfsvoll, »paß auf meinen Rock auf.«

»Oh, Darling«, seufzte er in seinem holprigen Englisch, »du sein nettes, nettes Mädchen!«

Lucky grinste. Sie verspürte Macht und wollte mehr davon haben.

Steven, 1965

»Höchste Zeit, nach Hause zu gehen«, sagte Jerry Meyerson und stemmte seine schlaksige Gestalt aus dem Sessel hoch.

»Komm, Liebling.«

Mit »Liebling« redete er alle seine Freundinnen an, was sehr praktisch war, denn nur ein Computer hätte ihre Namen behalten können. Jerry wechselte seine Freundinnen jede Woche, manchmal sogar täglich. Und alle schauten gleich aus. Hübsche kleine blonde Mäuschen, von denen Jerry behauptete, sie seien »Dynamit im Bett«.

Halbherzig entgegnete Steven: »Nein, bleibt doch noch. Trinkt noch etwas.«

Jerry lachte traurig. »Würde ich gern tun. Aber ich habe morgen früh als erstes einen wirklich heißen Auspeitschungsfall, bei dem ich eine hohe Schadenersatzforderung durchdrücken will.«

Zizi gähnte und rutschte von der Couch. »Gute Nacht, Jerry, alle miteinander.« Sie ging zum Schlafzimmer der kleinen Wohnung, blieb an der Tür stehen und drehte sich um. »Beeil dich«, sagte sie zu

Steven. »Ich bin heute wirklich scharf, laß mich nicht warten, Geliebter.« Sie trat ins Schlafzimmer und schlug die Tür zu.

Die Freunde verabschiedeten sich und gingen. Steven betrachtete die Wüstenei aus leeren Gläsern und übervollen Aschenbechern. Zizi würde sie nicht aufräumen. Sie wohnte zwar mit ihm zusammen, doch sie rührte keinen Finger.

Er fragte sich, was er bloß in ihr sehe.

Eine gewaltige Erektion gab ihm die Antwort.

Er vergaß das Aufräumen und ging ins Schlafzimmer.

Zizi lag lässig auf dem Bett und las in einer Filmzeitschrift. Sie war nackt, bis auf eine Goldspange am Fußgelenk und sechs Goldreifen an jedem Handgelenk. Sie hatte einen bildschönen Tänzerinnenkörper, war zwar nur einsfünfundfünfzig groß, aber vollendet proportioniert. Ihre Haut schimmerte sepiabraun, denn sie stammte zur Hälfte von Schwarzen und zur Hälfte von Puertorikanern ab. Ihr dunkles Haar hatte sie blond gefärbt, und der Kontrast zwischen dem hellen Haar und den feurigen bernsteinbraunen Augen wirkte tödlich. Zizi war neunundzwanzig, drei Jahre älter als Steven.

Sie spreizte sinnlich die Beine. »Warum zeigst du mir nicht, was schwarze Bewegung wirklich bedeutet?«

»Ich will heiraten, Mama«, sagte Steven. Er kam sich wie ein nervöser Teenager vor.

Carrie ordnete Blumen in eine Vase. Sie drehte sich nicht einmal um.

»Hast du gehört, was ich gesagt habe?« fragte er leise und schlug nach einer Biene, die durch das mit Blumen und Pflanzen geschmückte Zimmer in der Luxuswohnung seiner Mutter schwirrte.

»Weißt du«, sprach Carrie langsam, weiter ihre Blumen ordnend, »für einen so gescheiten Mann benimmst du dich wirklich töricht.«

Er sprang auf. Seine Mutter war so unfair, dabei kannte sie Zizi kaum. »Warum willst du nicht, daß ich heirate?« rief er.

Carrie wandte sich um und sah ihn an. »Du bist sechsundzwanzig, Steven. Ich kann dich nicht aufhalten. Wenn sie die Art Mädchen ist, mit der du den Rest deines Lebens verbringen möchtest...«

»Was meinst du mit ›die Art Mädchen‹? *Welche* Art Mädchen?«

»Muß ich etwas aussprechen, das du nach meiner Meinung selbst weißt?«

»Scheiße!« explodierte er. »Du bist so altmodisch und prüde.«

Ihre Augen funkelten gefährlich. »Hüte deine Zunge. Ich bin deine Mutter, falls du das vergessen haben solltest.«

»Verflucht und verdammt richtig!«

Sie schlug ihn mit aller Kraft ins Gesicht. »Hat sie dir *das* beigebracht? Den Respekt vor mir zu verlieren? Eine Sprache zu gebrauchen wie irgendein Zuhälter aus dem Ghetto?«

Er ging rückwärts zur Tür. »Was weißt du schon von Ghettos und Zuhältern? Du lebst in einer Traumwelt, wo jedermann gut ist. Ich liebe Zizi, und ich werde sie heiraten, ob es dir paßt oder nicht!«

Lucky, 1965

Lucky schaute sich in der Ankunftshalle um, gewahrte den wartenden Marco und dachte: *Mein Gott, wie wird er mein neues Aussehen finden*?

Sie war vor drei Monaten als Kind aus Los Angeles abgeflogen und kam nun als fünfzehnjähriges welterfahrenes junges Mädchen zurück.

Marco schaute durch sie hindurch. *Er erkannte sie nicht mal!* Sie tippte ihn auf den Arm und fragte heiter: »Erinnerst du dich an mich?«

Er war verblüfft: »Lucky?«

»Du hast's erfaßt!«

»Lieber Himmel!« Die Worte rutschten ihm heraus. Der Schlag würde Gino treffen, wenn er sein süßes kleines Mädchen zu Gesicht bekam. Sie hatte ihre wilde schwarze Lockenmähne abgeschnitten, ihr Haar war jetzt kurz – sehr kurz – und lag am Kopf an wie eine enge Kappe. Ihr Make-up war unglaublich.

Helle, dicke, clownhafte Schminke, stachelige falsche Wimpern oben *und* unten, purpurfarbener Lidschatten und ein kreidiger Lippenstift. Ihr Aufzug spottete jeder Beschreibung: ein geometrisch gemustertes schwarzweißes Minikleid, das kaum ihren Popo bedeckte, dazu glänzende weiße Stiefel.

»Na?« fragte Lucky, legte die Hände auf die Hüften und sah ihn kühn an. »Wie findest du mich?«

»Hm, du siehst zweifellos anders aus.«

»Ich *bin* anders.«

»So?«

»Darauf kannst du wetten! Man könnte mich als erfahren bezeichnen.« Sie zwinkerte. »Weißt du, was ich meine?«

O Scheiße! Gino würde an die Decke gehen.

Marco winkte einem Gepäckträger. »Ich bring dich zum Wagen raus.«

Seit sechseinhalb Jahren stand Marco nun in Ginos Diensten. Er mochte seine Arbeit sehr. Davor war er Taxifahrer gewesen, Rettungsschwimmer, Holzfäller in Kanada – jeden nur denkbaren Beruf hatte er ausprobiert. Seine Rastlosigkeit hatte ihren Ursprung in traumatischen sechs Monaten im Koreakrieg gehabt. Wenn die besten beiden Freunde neben einem erschossen wurden, war nichts mehr so wie früher. »Geh zu Gino«, hatte Bee, seine Mutter, schließlich gesagt. »Er hatte immer eine Schwäche für dich. Er wird dir eine Stellung geben.«

Sie hatte recht gehabt. Gino hatte ihn mit offenen Armen aufgenommen und gesagt: »Du bleibst bei mir. Du wirst beobachten lernen. Ich brauche Treue, ich brauche Leute um mich, auf die ich mich hundertprozentig verlassen kann.«

Die sechseinhalb Jahre waren wie im Flug vergangen. In der ganzen Zeit hatte Marco sich keine Sekunde gelangweilt und eine Menge gelernt.

»Du schaust ja scheußlich aus!« rief Dario.

»Vielen herzlichen Dank«, entgegnete Lucky und durchbohrte ihn mit Blicken. »Ein schöner Empfang zu Hause.«

Dario rülpste laut. »Willst du meine neuen Beatles-Platten hören?« fragte er eifrig.

»Nein, will ich nicht.« Sie stolzierte ins Haus.

Dario schlenderte hinter ihr her. Sie schaute wirklich fruchtbar aus. Und sie kam ihm so – so anders vor. Er beschloß, ihr die großen Neuigkeiten sofort zu verraten, um sie in gute Stimmung zu bringen.

Er folgte ihr nach oben. »Du hast nie geschrieben«, sagte er vorwurfsvoll.

Sie gähnte und setzte sich auf ihr Bett. »Hatte keine Zeit.«

Er schloß die Zimmertür. »Ich weiß etwas, das du nicht glauben wirst.«

»Was?« erwiderte sie uninteressiert. Sie fragte sich, warum Marco ihr nicht auf der Stelle seine unsterbliche Liebe erklärt hatte.

»Etwas von Dad.«

»So?« sagte sie interessiert. In den drei Monaten hatte sie von Gino nichts gehört, nur an ihrem Geburtstag hatte er angerufen und eine teure Stereoanlage ins Internat liefern lassen, die prompt konfisziert worden war.

»Er hat eine neue Freundin.«

»Wer ist es?«

»Ein Filmstar.«

»Wer, du kleine Ratte?«

»Du sollst mir keine Schimpfnamen geben.«

»Wer?!«

»Marabelle Blue.«

»Du schwindelst!«

»Es stimmt.«

»Verflucht und zugenäht!« Sie holte eine Zigarette aus ihrer Handtasche und zündete sie an.

Dario war beeindruckt. »Seit wann rauchst du?«

Sie inhalierte, um anzugeben, und ließ den Rauch langsam aus den Nasenlöchern strömen. »Ich rauche schon immer.«

»Ist ja gar nicht wahr!«

»Erzähl mir von Daddy und ihr. Woher weißt du es?«

»Alle wissen es.«

»*Ich* nicht.«

»Es steht in den Zeitungen.«

»In welchen?«

»In allen. Ständig.«

»Das beweist nichts.«

»Er bringt sie hierher.« Dario hielt inne, genoß den Augenblick seines Triumphs. »Ich hab sie vögeln sehen!«

Lucky sprang vom Bett, die Aufregung besiegte ihre neue weltmännische Kühle. »Hast du nicht!«

»Hab ich doch.«

In der nächsten Stunde sprachen sie über nichts anderes als darüber, wie Dario, der mitten in der Nacht in die Küche gegangen war, um sich ein Glas Wasser zu holen, Geräusche aus Ginos Schlafzimmer gehört hatte. Wie er sich zum Schlüsselloch gebeugt, durchgeguckt und *alles* gesehen hatte!

Lucky wollte Einzelheiten wissen. Und dann wollte sie alles wiederholt haben, einmal, zweimal und ein drittes Mal. Dario war richtig heiser, als sie endlich genug gehört hatte. »Okay«, sagte sie schließlich, »ich dusche jetzt. Wir sehen uns später.«

Zögernd ging er, verkündete aber zuvor noch die Neuigkeit, daß Gino mit ihnen zu Abend essen würde. »Er ist in Las Vegas, aber er hat gesagt, daß er kommt.«

Am Abendessenstisch herrschte Schweigen. Gino saß an einem Ende und brütete düster vor sich hin. Er hatte seine Tochter auf eine sehr exklusive, teure Privatschule geschickt, und sie kam von dort wie eine Mißgeburt aus einem Zirkus wieder.

Lucky saß links von ihm. Sie machte ein mürrisches Gesicht.

Ihr Vater hatte sie drei Monate nicht gesehen, und statt darüber zu staunen, wie erwachsen sie geworden war, hatte er ein nörglerisches Geseire darüber vom Stapel gelassen, wie entsetzlich sie aussehe.

Dario saß Lucky gegenüber und starrte beharrlich auf Marabelles Brüste.

Marabelle selbst, die Gino vis-à-vis saß, blickte ihn mit zitternder Unterlippe an. Sie versuchte gar nicht erst, ein Gespräch in Gang zu bringen. Sie hatte von Anfang an gewußt, daß seine Kinder sie hassen würden.

Nach dem Essen standen alle auf und gingen ihrer Wege.

Dario versuchte sich Lucky anzuschließen, doch sie duldete es nicht. Sie verschwand in ihr Zimmer, schloß die Tür ab und heulte eine Stunde lang. Dann, als sie wieder ruhiger war, griff sie zum Telefon und verlangte ein Gespräch mit Voranmeldung mit Olympia in Griechenland. »Hilfe!« sagte sie flehend, »kannst du mich nicht für die Sommerferien zu dir einladen?«

»Klar«, antwortete Olympia. »Warum nicht?«

Sie hatten es toll. Vom ersten Tag an.

Dimitri Stanislopoulos, Olympias Vater, lebte in großem Stil auf einer herrlichen, von der Sonne geküßten griechischen Insel. Zwei Wochen lang sonnten sie sich, fuhren Wasserski und tauchten mit Unterwassergeräten. »Ich bin so gesund, daß ich in Ohnmacht fallen könnte!« klagte Olympia. »Fahren wir doch heute abend mit dem Boot zum Festland rüber, damit wir ein bißchen *Aktion* kriegen!«

Lucky stimmte zu. Es war so lange her, daß sie Fast gemacht hatten. *Alles außer* – so lautete ihr Motto. »Zwei kleine Jungfrauen sind wir«, pflegte Olympia nach einer besonders aufregenden Fummelpartie zu sagen, »und wir gedenken es zu bleiben!«

Auf dem Festland fanden sie ein paar junge einheimische Fischer, und nach einiger Zeit des Trinkens und Plauderns zogen sie sich an einen in der Nähe gelegenen einsamen Strand zurück.

Lucky legte sich in den Sand und genoß es, die Lippen des Jungen auf ihren zu spüren. Seine großen, rauhen Hände kratzten erregend auf ihren Brüsten. Er sprach nicht viel Englisch, doch sie verstanden sich ausgezeichnet.

Als seine Hände an ihren Shorts zogen, hielt sie ihn auf.

Bevor er wußte, wie ihm geschah, hatte sie sein steifes Glied aus der Hose befreit und bearbeitete es gekonnt mit dem Mund. Erst als er befriedigt war, ließ sie sich von ihm die Shorts und das Unterhöschen abstreifen. Dann spreizte sie die Beine, und er brachte sie mit den Fingern zu einem wilden Orgasmus.

Die perfekte Art des Liebemachens. Kein Risiko. Keine Dispute.

Lucky grinste, als sie sich wieder ankleidete. »Zwei kleine Jungfrauen sind wir...«

Gino merkte, daß Marabelle ihn betrog. Er war empört. Diskrete Nachforschungen ergaben, daß der andere Mann in ihrem Leben ein sehr bedeutender Senator aus Washington war, ein bekannter, glücklich verheirateter Politiker. Und schlimmer noch, Miß Blue stand unter ständiger Beobachtung des FBI.

An einem klaren Septembermorgen flog er nach Washington, rief den Senator an und vereinbarte mit ihm ein privates Treffen, das sehr diskret stattfinden sollte.

Senator Peter Richmond war trotz seiner fünfundvierzig Jahre jungenhaft hübsch. Er genoß das Leben in vollen Zügen. Er hatte eine attraktive Frau und vier gesunde, wohlgeratene Kinder, doch das hielt ihn nicht davon ab, mit jeder Frau ins Bett zu steigen, die einen Blick in seine Richtung warf. Marabelle Blue hatte ihm mehr als einen Blick zugeworfen. Sie war in Washington auf einer Wohltätigkeitsveranstaltung erschienen, hatte ihn mit ihren blauen Kinderaugen angesehen und ihn kurz darauf in ihre Garderobe geholt. Seit dieser herrlichen ersten Vereinigung trafen sie sich regelmäßig zwei- oder dreimal im Monat irgendwo in Amerika.

Es gefiel Marabelle, mit einem berühmten Politiker zu schlafen.

Es gefiel Peter, mit einer berühmten Leinwandgöttin zu schlafen.

Gino gefiel die Sache ganz und gar nicht.

Er sprach mit Peter Richmond, milde und ruhig, als seien sie beste Freunde. Im Laufe der Unterredung wurden sie Freunde. Senator Richmond war schockiert, als er von Marabelles Affäre mit Gino Santangelo erfuhr. Er konnte Gino gar nicht dankbar genug für die Aufklärung sein. Wenn je herausgekommen wäre, daß Marabelle Blue ihre Gunst einem Politiker und einem Gangster gleichzeitig gewährte! Was für Auswirkungen das gehabt hätte! Welches Glück, daß er nun Bescheid wußte!

Natürlich sprach Peter diese Gedanken nicht aus. Er nickte nur, hörte zu und dankte Gino, der Peter seine volle Unterstützung zusagte, falls er sich je zur Bewerbung um die Präsidentschaftskandidatur entschließen sollte.

Gino flog zufrieden lächelnd nach Los Angeles zurück. Er konnte Peter Richmond nützlich sein. Und Peter Richmond konnte ihm nützlich sein. Alles geregelt, und er hatte ihm nicht einmal die Fotos zeigen oder die Tonbänder vorspielen müssen. Gino klopfte auf das Kuvert aus Manilapapier, das in seiner Tasche steckte. Er würde es in den Safe geben, zu den vergilbten Briefen von Senator Duke.

Letztere hatte er nie benutzen müssen. Senator Duke war schon seit sieben Jahren tot, doch Gino behielt die Briefe. Als Erinnerung an vergangene Zeiten.

Nach den Ferien, als Lucky wieder im Internat war, las sie in den Zeitungen von Marabelle Blues Selbstmordversuch. Sechs Wochen später rief Gino sie an, um ihr zu sagen, daß er sich mit Marabelle verlobt habe. Sein Anruf kam zu spät, Lucky hatte die Neuigkeit kurz vorher in den Fernsehnachrichten gehört.

Wie konnte er nur? In der Nacht weinte Lucky stundenlang.

Olympia stieg zu ihr ins Bett und nahm sie in die Arme. »Was ist denn, Kleines?« fragte sie weich. »Was ist los?«

Lucky wollte es ihr nicht sagen, sie klammerte sich einfach an die Freundin, und bald begannen sie einander zu streicheln.

Weiche Brüste, harte Brustwarzen, warme Schenkel, milchige Feuchtigkeit.

Sie brachten einander zum Höhepunkt und schliefen umschlungen ein.

Früh am Morgen schlüpfte Olympia aus Luckys Bett. In stummem Einvernehmen sprachen sie nie über das Vorkommnis. Es war geschehen und schön gewesen. Aber keine von ihnen wollte oder brauchte eine Wiederholung.

Steven, 1966

Steven und Zizi heirateten an einem eisigen Vormittag im Februar. Zizi trug schenkelhohe schwarze Stiefel, einen leuchtend roten Minirock und eine schwarze Pelzjacke.

Jerry Meyerson fungierte als Brautführer, und zwei Freunde von ihm waren Trauzeugen. Zizi hatte niemanden eingeladen. Sie behauptete, keine Angehörigen zu haben, und Freunde spielten in ihrem Leben keine Rolle.

Die Trauungszeremonie im Rathaus war kurz und unpersönlich. Danach gingen alle in eine Bar, wo Jerry Sekt bestellte und Zizi einen improvisierten Tanz aufführte, der Steven höchst peinlich berührte. Eine Dreiviertelstunde nach der Trauung hatten die beiden ihren ersten Streit, was niemanden überraschte. Steven und Zizi, die seit fast einem Jahr zusammenlebten, stritten ständig. Das einzig Überraschende war, daß sie nun doch geheiratet hatten. Jerry hatte wochenlang versucht, seinem Freund die Heirat auszureden.

Steven hatte Jerry den wirklichen Grund für die Heirat nicht nennen wollen. Zizi hatte gedroht, ihn zu verlassen, wenn er sie nicht heirate. »Du willst mich haben, also heirate mich«, hatte sie gesagt. »Wenn *du's* nicht tust, Schatz – es gibt genügend andere, die's gern tun.«

Er glaubte ihr. Auf der Straße starrten die Männer sie immer an, drehten sich nach ihr um und zogen sie im Geiste aus. Das störte Zizi offenbar nicht. Im Gegenteil, es schien ihr zu gefallen. Wenn sie verheiratet waren, hatte sich Steven gesagt, würde sie mit der Flirterei aufhören und häuslich werden. Vielleicht ein Kind bekommen. Wenn Zizi in anderen Umständen war, *mußten* die Männer aufhören, sie anzustarren.

Bei dem Gedanken, sie könnte mit einem anderen Mann schlafen, stieg jedesmal eine eifersüchtige Wut in ihm hoch, die ihm angst machte. Er wußte, daß Zizi in ihm Leidenschaften und Zornesausbrüche zu entfesseln vermochte, die gefährlich sein konnten. Das Verhältnis zwischen ihnen hatte von Anfang an auf wackeligen Beinen gestanden. Er hoffte, die Heirat würde es festigen und auf eine solide Basis stellen.

Er täuschte sich. Das erkannte er während der Hochzeitsreise. Am Schwimmbassin des Ferienhotels in Puerto Rico, wo Steven und Zizi die Flitterwochen verbrachten, stellte Zizi, angetan mit einem Schnürchenbikini, der nichts der Phantasie überließ, ihren Körper regelrecht zur Schau. Zizi befand sich auf heimischem Grund und genoß jede Minute.

Steven konnte nur in hilfloser Wut zusehen, wie sie mit wiegendem Gang herumspazierte und mit allen flirtete, angefangen vom Rettungsschwimmer bis zu einer Gruppe lüstern schielender amerikanischer Touristen, deren dicke Frauen alles andere als erfreut waren.

Es war ihr erster gemeinsamer Urlaub, und Steven machte ihr später im Zimmer Vorwürfe. »Du zeigst zuviel«, sagte er. »Vorhin, als du aus dem Becken gestiegen bist, konnte ich alles sehen – deine Brustwarzen, das Schamhaar – alles.«

»Guuuter Gott!« sagte sie mit gespieltem Entsetzen. »Doch nicht die Brustwarzen *und* das Schamhaar!«

»Das ist nicht zum Spaßen.«

Sie hakte das Oberteil ihres Bikinis auf und ließ es zu Boden fallen. »Tut mir leid, Schatz, du hast recht.« Mit einer provokativen Bewegung drehte sie sich zu ihm um, so daß ihr Busen in quälend erregender Weise wogte.

Trotz seines Ärgers bekam er sofort eine Erektion. Immer wirkte sie so auf ihn.

Langsam führte sie einen Finger an die Lippen, benetzte ihn, senkte ihn zu einer ihrer aufgerichteten Brustwarzen und umkreiste sie gemächlich.

Carrie erhielt von Jerry Meyerson einen ausführlichen Bericht über die Hochzeit. Sie fand den jungen Mann nett, hatte ihn vom ersten Augenblick an gemocht, als Steven ihn mit nach Hause gebracht hatte. Sechzehn waren die beiden damals gewesen. Carrie hatte beobachtet, wie Jerry sich im Lauf der Jahre von einem schlaksigen Teenager zu einem erfolgreichen jungen Anwalt entwickelte. Er nannte sie Carrie, schaute mindestens einmal in der Woche bei ihr herein und verehrte sie insgeheim, was sie beide wußten, wovon sie aber zu sprechen vermieden.

Carrie fühlte sich geschmeichelt. Sie war dreiundfünfzig, und die Bewunderung eines Mannes, der ihr Sohn hätte sein können, tat ihr gut.

Natürlich sah sie beeindruckend aus. Sie war in der New Yorker Gesellschaft ein bekanntes Gesicht. Andere Frauen beneideten sie. Man begegnete ihr voll Achtung, und ihre Ansichten über die verschiedensten Dinge, angefangen vom Make-up bis zur Wohnungseinrichtung, wurden ständig zitiert.

Oft fragte sie sich, was geschähe, wenn die Wahrheit über sie bekannt würde. Wären ihre Ansichten und Ideen dann noch immer gefragt? Würde man sie dann noch bitten, die Schirmherrschaft über Wohltätigkeitsveranstaltungen zu übernehmen? Würden die Modeschöpfer sich dann noch darum raufen, daß sie ihre Kleider trug?

Nie und nimmer.

Wie seltsam das Leben doch war. Wer hätte gedacht, daß sie es je so weit bringen würde? Und Steven. Wie stolz sie auf ihn war. Er war ein guter Anwalt, auch wenn er darauf bestand, als Pflichtverteidiger zu arbeiten. Er verdiente seinen Lebensunterhalt, doch er könnte unendlich viel mehr verdienen, wenn er sich entschließen würde, eine eigene Kanzlei aufzumachen. Sie war bereit, ihn finanziell zu unterstützen, doch ihren entsprechenden Vorschlag hatte er rundweg abgelehnt. »Ich möchte Menschen helfen, die meine Hilfe wirklich brauchen, nicht irgendeinem fetten Burschen, dem die Dollars zu den Ohren herauskommen. Die Menschen, denen ich helfe, müssen nehmen, wen sie kriegen. Wenn sie mich kriegen, und ich etwas für sie tun kann, habe ich ein gutes Gefühl.«

Carrie hatte keine Einwände erhoben. Sie wußte, wenn er älter und reifer war, würde er seine Meinung ändern.

Und nun kam diese Zizi und verdarb alles. Carrie hatte es beim ersten Blick auf das Mädchen gewußt.

»Die Sache ist nicht von Dauer«, versicherte ihr Jerry.

»Gleich nach der Hochzeit haben sie schon gestritten.«

Carrie nickte. Sie wußte, daß diese Ehe scheitern mußte.

Die Frage war nur, wie lange sie halten würde.

Lucky und Gino, 1966

»Sie haben Schande über unser ganzes Institut gebracht«, sagte die Rektorin mit strafendem Blick. »Ein solches Verhalten ist in L'Evier *noch nie* vorgekommen. *Noch nie!*« Sie nahm ihre dickglasige Brille ab, und einen wilden Augenblick lang meinte Lucky, die strenge Engländerin werde in Tränen ausbrechen. Doch sie tat es nicht. Sie kniff nur die Augen zusammen, kräuselte verächtlich die dünnen Lippen und fuhr mit ihrer Strafpredigt fort. »Es ist schon schlimm genug, daß Sie Jungen ins Internat gelassen haben. Aber sie in Ihr *Zimmer* zu schmuggeln und sich mit ihnen – ins *Bett* zu legen...«

Olympia unterdrückte ein Kichern.

Die Rektorin merkte es und sagte düster: »Lachen Sie ruhig, junge Dame. Ich hoffe nur, daß Sie auch dann noch lachen, wenn Ihr Vater kommt, um Sie von unserer Schule abzuholen, die Sie mit Ihrem – *abscheulichen* Verhalten besudelt haben. Sie sind *beide* ausgeschlossen. Es ist mir gelungen, Lucky, auch mit Ihrem Vater Verbindung aufzunehmen. Er wird morgen früh hier sein, genau wie Herr Stanislopoulos.« Sie setzte die Brille energisch auf ihre lange, dünne Nase. »Inzwischen«, fuhr sie fort und sah die beiden Mädchen verächtlich an, »gehen Sie auf Ihr Zimmer, und Sie *bleiben* dort, bis man Sie morgen holt. Ist das klar?«

Die Verlobung mit Marabelle Blue erwies sich als schwerer Fehler. Diese Frau war eine selbstmordgefährdete Schlampe, die ständig Aufmerksamkeit verlangte. Gino begriff sich selbst nicht. Wie hatte er sich bloß mit ihr verloben können? Hatte sie ihm leid getan oder was? Seit sechs Monaten lebten sie nun zusammen, und er wußte es immer noch nicht. Aber er wußte, daß er sie los sein wollte. Sie redete Tag und Nacht von der Hochzeit, und es wurde allmählich schwierig, sie hinzuhalten.

Bereits wenige Wochen nach ihrem Einzug in das Haus in Bel Air war ihm klar geworden, daß er einen gewaltigen Fehler begangen hatte. Ihr Film war fertig, und bis zum nächsten hatte sie eine lange Pause. Seither tat sie praktisch nichts anderes als im Bett zu liegen, Filmzeitschriften zu verschlingen und zu essen. Marabelle Blue – das Sexsymbol, das die Phantasie der Männer beschäftigte – fand es nicht einmal der Mühe wert, sich zu kämmen.

Gino konnte einfach nicht glauben, was da geschah. »Stehst du heute auf?« fragte er gelegentlich.

Daraufhin lächelte sie zufrieden und sagte: »Vielleicht.«

Meist jedoch stand sie nicht auf. Sie lag einfach faul im Bett, und am Abend roch das ganze Zimmer nach Orangen, Essigzwiebeln und Marabelle selbst – sie badete *nie*.

Gino ekelte sich bald vor ihr. Aber wie sollte er sie loswerden? Sie war ein berühmter Filmstar mit Agenten, Managern, Produzenten, Regisseuren, Verehrern und sonstigen Anhängseln.

Dario Santangelo war einen Meter achtundsiebzig groß, schlank, gut gebaut und hatte eine makellose Haut. Sein weißblondes Haar, das feine Gesicht, die leichte Sonnenbräune und sein angeborener guter Geschmack, was Kleidung anbelangte, ließen ihn älter erscheinen als er war. Die meisten Jungen in seiner Klasse waren pickelige kleine Ungeheuer, die ständig rauften, onanierten, über Mädchen redeten, über Autos oder die wirksamste Art, im Unterricht zu furzen.

Dario wurde sofort als Fremdling betrachtet, als Außenseiter. Er paßte nicht zu ihnen. Er war gescheit. Die Lehrer mochten ihn, die Mitschüler haßten ihn.

Seine Träume von einer wunderbaren Zeit in der Schule zerschlugen sich schnell. Um sich beliebt zu machen, enthüllte er seine wirkliche Identität. Er verriet, daß er Dario Santangelo war, der Sohn des berüchtigten Gino. Die Folge dieses Geständnisses war, daß die Jungen ihn noch heftiger haßten und alles taten, um ihm das Leben schwer zu machen.

Er versuchte nicht länger, Freunde zu gewinnen, sondern kapselte sich ab, so daß ihn die sarkastischen Sticheleien und Beleidigungen nicht mehr treffen konnten. Seiner Schwester schrieb er regelmäßig, berichtete ihr, wie großartig es in der Schule sei und wie nett die anderen Jungen seien.

Lucky antwortete kein einziges Mal. Es war, als habe sie ihn vergessen. So viele Jahre hindurch hatte es nur sie beide gegeben, dann war sie in dieses Internat in der Schweiz gekommen, hatte ein blödes Mädchen mit einem idiotischen Namen kennengelernt und war aus seinem Leben verschwunden. Einfach so. An Weihnachten hatte sie kaum mit ihm geredet.

Er beschloß, ihr nicht mehr zu schreiben. Gleiches mit Gleichem zu vergelten. Er würde sie ignorieren.

Gino bestieg in New York das Flugzeug, lehnte sich bequem zurück und zündete sich eine gute Monte Cristo an. Zuerst hatte er erwogen, Lucky von jemand anderem heimholen zu lassen, von Marco, Red oder sogar Costa. Doch Jennifer hatte ihn überzeugt, daß er es selbst tun mußte. »Es ist deine Pflicht als Vater, Gino«, hatte sie erklärt. »Es zeigt, daß du ernstlich besorgt bist.«

»Das bin ich, um Himmels willen. Wenn ich sie in die Finger bekomme, prügle ich sie grün und blau.«

»Nein«, hatte Jennifer sanft entgegnet, »das wirst du nicht tun. Du wirst mit ihr reden und ergründen, warum sie es gemacht hat.«

»Sie ist fünfzehn, Jen«, hatte er wütend erwidert. »Was hat ein Kind von fünfzehn Jahren herumzuvögeln?«

»Was hast denn *du* mit fünfzehn getan?« hatte Jen leise gefragt.

Gino runzelte die Stirn. Die arme alte Jen mußte übergeschnappt sein. Nur eine Närrin stellte eine solche Frage. Er war ein Mann. Mit fünfzehn hatte er tun können, was er wollte. Bei Mädchen lagen die Dinge anders.

Jetzt saß er im Flugzeug und wußte noch immer nicht, warum er seine Tochter selbst holte. Was gesagt werden mußte, konnte überall gesagt werden. In New York, Los Angeles, Vegas, überall.

Warum also flog er selbst in die Schweiz? Nur weil Jen gesagt hatte, daß er es tun müsse?

»Kann ich Ihnen etwas bringen, Sir?« fragte eine Stewardeß.

Er bestellte einen doppelten Scotch, lehnte sich wieder zurück und dachte an Marabelle. Endlich war sie weg. Welch glänzender Einfall, ihren Mann herzuholen. Wer wäre geeigneter gewesen als er, sie zu übernehmen?

Der alte Stuntman mit dem wettergegerbten Gesicht und den Cowboykleidern, die bessere Tage gesehen hatten, war gekommen und hatte besorgt gefragt: »Wie geht's Mary?«

»Mary?«

»Marabelle«, hatte Costa rasch eingeworfen.

»Ach, so.« Gino hatte traurig den Kopf geschüttelt. »Sie ist ein krankes Kind – ihr eigener schlimmster Feind.«

Der alte Mann hatte genickt: »Mary hat – Probleme.«

»Probleme? Verflixt, sie hat mehr als nur Probleme.«

»Werden Sie sie heiraten?«

»Ich sage Ihnen was. Ich gebe sie Ihnen zurück, mit einem hübschen kleinen Geschenk. Ich habe für Sie beide ein Haus oben am Mulholland Drive besorgt. Es gehört Ihnen – aber ich möchte, daß Marabelle – Mary – bis heute abend um sechs aus meinem Leben verschwunden ist.«

Es war geschafft. Lebwohl, Marabelle Blue. Gott sei Dank, daß sie weg war. Hunderttausend Dollar hatte es gekostet, aber ihn reute kein Cent.

Sie standen einander im Büro der Rektorin gegenüber: Lucky auf der einen Seite des Zimmers, finster und trotzig; Gino auf der anderen, finster und wütend.

Die Rektorin sprach, ihr klares, präzises Englisch überlagerte die Schwingungen zwischen Vater und Tochter. »...Sie sehen also, Mr. Saint, daß es nicht unsere Sache ist, solches Betragen zu bestrafen. Es ist Ihre Sache als Vater, Ihre Tochter auf den rechten Lebensweg zu führen. Ich meine...«

Gino schaltete ab und studierte Lucky, sah sie zum erstenmal seit Jahren richtig.

Sie war so groß wie ihr Bruder. *Wann war sie so gewachsen*?

Sie war schlank, langbeinig, hatte die Figur einer jungen Frau und sah beeindruckend aus. Dunkle, olivbraune Haut, rabenschwarzes Haar, riesige Augen mit brütendem Blick.

Sie war er. Himmel, schon immer hatten sie einander verblüffend ähnlich gesehen, Maria hatte sie die schrecklichen Zwillinge genannt – aber jetzt gab es da mehr als bloße Ähnlichkeit. Sie *war* er. Eine weibliche Ausgabe seiner selbst.

Und sie war eine Fremde. Ein junges Mädchen, das er nicht kannte. *Seine Schuld*. Er hatte alles getan, um Dario und sie zu schützen und von sich fernzuhalten. Er liebte die beiden sehr – so sehr, daß es ihm angst machte. Ganz bewußt hatte er sich zurückgezogen. Er war mit seiner Liebe davongelaufen, denn er wußte, daß er ein zweites so furchtbares Ereignis nicht verkraften würde. Er war stark, aber nicht so stark.

Maria – Maria – Maria... Jesus, wie lange dauerte es bloß, bis der Schmerz nachließ?! Der reißende Schmerz, der ihn jeden Morgen beim Erwachen empfing. Die Alpträume. Die törichte Hoffnung, daß sie irgendwie eines Tages wiederkommen würde. Er hatte aus Rache ein bitteres Blutbad angerichtet, doch Rache half nichts, wirklich nicht.

Auf der anderen Zimmerseite studierte Lucky ihren Vater mit gleicher Aufmerksamkeit. Warum war er gekommen? Warum hatte er nicht einen seiner Lakaien geschickt? Offen gestanden, sie war erstaunt.

Er sah jünger aus als er war, soviel stand fest. Er kleidete sich untadelig.

Dunkler Anzug mit Weste, weißes schimmerndes Hemd, Seidenkrawatte. Sein schwarzes Haar war dicht und modisch lang, reichte knapp bis zum Hemdkragen. Die grauen Strähnen standen ihm gut.

Mit einemmal erinnerte sie sich daran, wie er roch. *Daddy-Geruch*. O Gott, warum war sie nicht mehr fünf? Warum konnte sie sich nicht in seine Arme stürzen, sich an ihn schmiegen und sich von ihm drücken lassen, bis ihr die Luft ausging?

Tränen stiegen ihr in die Augen. Wütend drängte sie sie zurück. Wie *schwach* zu weinen. Wem machte es schon was aus, von der Schule zu fliegen? Ihr bestimmt nicht.

Sie verließen das Internat, nebeneinander im Fond eines Wagens sitzend, ohne daß sie ein Wort gewechselt hatten. Während der Chauffeur zügig in Richtung Flugplatz fuhr, wünschte sich Lucky sehnlichst, Gino würde irgend etwas sagen. War er sehr böse? Sie räusperte sich, setzte zum Sprechen an, ließ es aber dann doch.

Das Schweigen hielt während der ganzen Fahrt zum Flugplatz an, während des ganzen Flugs nach New York.

In New York stiegen sie aus, gingen durch den Zoll und zu der üblichen schwarzen Limousine hinaus. Lucky war überrascht. Sie hatte erwartet, in ein anderes Flugzeug verfrachtet und direkt nach Los Angeles gebracht zu werden, in die Abgeschiedenheit von Bel Air. Offensichtlich sollte sie in New York bleiben, zumindest eine Nacht, und das war aufregend.

Der Wagen brachte sie zu einem vornehmen Appartementhaus in der Fifth Avenue, von dem aus man den Central Park überblickte. Gino schritt durch die Halle, und sie folgte ihm. Mit dem Aufzug ging es sechsundzwanzig Stockwerke hinauf. Dann betraten sie eine Doppelwohnung, die aussah wie aus einem Frank-Sinatra-Film. Lauter Chrommöbel, Fellteppiche und Spiegel. Hier also wohnte Gino, wenn er in New York war. Wirklich super.

»Hallo, Liebes.«

Endlich redete jemand mit ihr! Tante Jennifer, rundlich und mütterlich, in einem rosaroten Jackenkleid, Perlen an den Ohren, um den Hals und an den Handgelenken.

Lucky spürte erneut Tränen in ihre Augen steigen. Scheiße! Was für eine dumme kleine Heulsuse wurde sie bloß?

Tante Jennifer breitete die Arme aus, und sie lief hinein, wurde von einer Parfümwolke und tröstlicher Wärme eingehüllt.

»Komm, Liebes. Wir gehen ins Schlafzimmer und reden«, sagte Tante Jennifer in gütigem Ton. »Nichts reinigt so die Luft wie ein gründliches Gespräch.«

Gino beobachtete verstohlen, wie Jennifer seine Tochter wegbrachte, und stieß einen Seufzer der Erleichterung aus.

Frauen. Schon sein ganzes Leben lang hatte er mit ihnen zu tun. Aber Lucky war keine Frau. Sie war seine Tochter, Himmel noch mal! Und bei Gott, wenn die in dem beschissenen feinen Internat gewußt hätten, wer er wirklich war, hätte er das geile kleine Ausländerbürschchen suchen lassen, das in ihr Zimmer geschlichen war, und es an seinen dreckigen Eiern aufgehängt.

Lucky war ein überaus anziehendes junges Mädchen – eine Tatsache, die er erst jetzt erkannt hatte. Für ihn war sie immer noch ein Kind gewesen. Doch sie befand sich in einem Alter, in dem geile kleine Halunken – ob Ausländer oder nicht – ihr nachzustellen begannen. Sie war fünfzehn, wurde in ein paar Monaten sechzehn. Und wen hatte sie, der sie aufklärte und beriet? Er würde es bestimmt nicht tun. Jennifer war die geeignete Person, um mit ihr zu reden – und ihr klarzumachen, daß Gino, wenn er noch *einmal* hörte, daß ein Junge sie auszunutzen versuchte, diesem den Schädel einschlagen würde und ihr auch.

Sie war Gino Santangelos Tochter, und, bei Gott, sie mußte lernen, was das bedeutete.

»Es wird dir in dem Privatinternat in Connecticut gefallen, Kleines. Du kannst schwimmen und reiten – du magst doch Pferde, oder?« Gino fühlte sich in der Gesellschaft seiner Tochter wesentlich wohler, seit Jen ihm versichert hatte, daß sie noch immer sein kleines Mädchen war.

»Pferde!« Lucky verzog das Gesicht. »Ich hasse Pferde!«

»He«, sagte er, ergriff seine bestickte Leinenserviette und wischte sich den Mund ab. Diese gottverdammten Spargel. Wie oft hatte er der idiotischen Köchin schon gesagt, daß sie ihm keine Spargel servieren sollte?! »Haß ist ein ziemlich starkes Gefühl gegenüber Pferden. Du weißt doch, der beste Freund des Menschen und all der Quatsch.«

»Der Hund ist der beste Freund des Menschen, Vater«, entgegnete sie von oben herab, um ihn zu beschämen.

»Geld ist der beste Freund des Menschen, Kleines«, korrigierte er sie. Wie immer mußte er das letzte Wort haben. »Vergiß das nicht.«

Wie sie ihn haßte. Er war verletzend, heftig, grob und ungeschliffen in seiner Sprache.

Wie sie ihn liebte. Er war attraktiv, gut gekleidet, sexy, einfach super.

Sie spießte unglücklich eine Spargelspitze auf und leckte die tropfende Butter ab. »Ich hab nachgedacht«, begann sie vorsichtig.

»So?« Er schaute mit einem Auge auf den Fernseher, der ständig eingeschaltet sein mußte. Ein Überbleibsel von Marabelle Blue vielleicht?

»Ich meine – in ein paar Monaten werde ich sechzehn. Warum muß ich überhaupt wieder in die Schule?«

»Dort kannst du eine Menge lernen.« Das Ergebnis eines Pferderennens in den Nachrichten fesselte seine Aufmerksamkeit.

»Zweifellos«, murmelte sie.

»Was?«

»Ich möchte lieber nicht mehr in die Schule«, erklärte sie eigensinnig.

»So?« Er lächelte träge. »Und was würdest du den ganzen lieben Tag lang tun?«

»Ich könnte allerlei tun.«

»Zum Beispiel?«

»Bei dir sein, dich begleiten, alles über deine Geschäfte lernen – und solche Dinge.«

Das rüttelte ihn auf. Seine Augen wandten sich vom Fernseher ab und richteten sich voll auf sie. *Ein fünfzehnjähriges Kind! Ein Mädchen! Machte sie Witze*?

»Ich scherze nicht«, sagte sie scharf. »Sollen Kinder das nicht tun, Interesse an den Geschäften der Familie zeigen?«

Sie wollte ihn bestimmt aufziehen, ihm irgendeinen dunklen Teenager-Streich spielen. Er wünschte, Jen und Costa hätten zum Abendessen bleiben können, das hätte die Dinge wesentlich vereinfacht. »Hör zu, du machst die Schule fertig, gehst aufs College, lernst einen netten Mann kennen und heiratest. Klingt gut für mich.«

Sie kniff ihre gefährlich schwarzen Santangelo-Augen zusammen und stieß kühn hervor: »Klingt lausig für mich.«

Gino warf ihr einen tödlichen Blick zu. »Werde nicht frech, Kleines. Du tust, was ich sage, und eines Tages wirst du es mir danken.«

Sie schaute ihn finster an.

»Neues Mädchen... Neues Mädchen... Neues Mädchen...« Die Worte wurden überall gezischt, wohin sie kam. Ein vornehmes Privatinternat in Connecticut – viel eher ein vornehmes Privatgefängnis, mit Uniformen, mit Aufsehern, die sich als Lehrer verkleidet hatten, mit verklemmten, affigen Schülerinnen, die Lucky auf den ersten Blick haßte.

Nach zwei Tagen wußte sie, daß sie hier raus mußte.

Nach einer Woche wußte sie, daß dies schnellstens geschehen mußte.

Sie hatte von Olympia eine Liste mit Telefonnummern. Unter dem Vorwand, dringend zu Hause anrufen zu müssen, meldete sie sich in der Mathestunde ab und suchte die Freundin.

Olympia war in Paris, wohnte im Haus ihres Vaters in der Avenue Foch und machte einen russischen Sprachkurs. »Ich langweile mich zu Tode!« rief sie ins Telefon. »Kannst du dir vorstellen, was für eine Sorte Leute Russisch lernt?! Ein Witz!«

»Immer noch besser, als in dem Laden hier festzusitzen«, erwiderte Lucky stöhnend. »Ich *muß* hier raus. Irgendwelche Idee?«

»Ja«, antwortete Olympia sofort. »Spring in ein Flugzeug und komm zu mir. Wir klauen eines von Papas Autos und brausen nach Südfrankreich runter. Das wird ab-so-lut wonnig! Machst du mit?«

»Na klar. Mal angenommen, ich komm hier raus, mit was für Geld soll ich fliegen? Ich habe genau dreiundzwanzig Dollar und fünfzehn Cents.«

»Kein Problem«, erwiderte Olympia fröhlich. »Hier wimmelt es von Fernschreibern. Ich brauch nur ein Ticket bestellen und es für dich am Kennedy Airport hinterlegen lassen. Wir benutzen meinen Namen. Schau *du* zu, daß du rauskommst, alles übrige regle *ich*. Hast du deinen Paß?«

»Klar.«

Die beiden erörterten noch einige Einzelheiten, und als Lucky dann auflegte, war sie genauso überzeugt wie Olympia, daß die Sache ganz einfach sein würde. Das stimmte auch.

Am nächsten Morgen bei Tagesanbruch schlüpfte Lucky aus dem Internat, fuhr per Anhalter in mehreren Etappen zum Flugplatz, holte am PanAm-Schalter ein Ticket für Miß Olympia Stanislopoulos ab und war mittags in der Luft.

Nach der Landung in Orly rief sie Olympia an, wie vereinbart. Die Freundin kreischte vor Begeisterung und trug Lucky auf, am Flugplatz auszuharren, bis sie kommen und sie abholen würde.

Drei Stunden später waren sie auf dem Weg an die Côte d'Azur, in einem flotten weißen Mercedes-Cabrio, das Olympia fuhr.

»Je-sus!« rief Olympia glücklich. »Das ist der größte Spaß, den ich seit einem Jahr habe! Eines muß man dir lassen, Lucky – ein Hasenfuß bist du nicht!«

Lucky grinste. »Es war ganz einfach!«

»Hab ich dir doch gesagt.« Olympia wich einer mageren Katze aus, und der starke Wagen brauste weiter durch die Vororte von Paris. »Hast du Nachricht hinterlassen, wie ich es dir geraten habe?«

»Eine für Gino, eine für die Schule. Sehr ernsten Quatsch darüber, daß ich Zeit zum Nachdenken brauche, daß niemand sich Sorgen machen soll und daß ich auf dem Weg nach L.A. sei.«

»Wunderbar!! Bis die hinter die Wahrheit kommen, sind wir längst über alle Berge und amüsieren uns.« Sie griff in ihre Handtasche, zog eine starke Gitanes-Zigarette hervor und steckte sie in den Mund. »Ich habe der Haushälterin gesagt, daß ich meine Mutter besuchen müsse. Die alte Krähe spricht kaum ein Wort Englisch – außerdem kann sie mich nicht ausstehen und war selig, mich abfahren zu sehen. *Wir* sind auf uns gestellt, *Baby! Und wir werden uns jetzt unglaublich amüsieren!«*

Gino, 1966

Macht war wichtig. Sehr wichtig. Doch wenn man sie besaß, war man trotzdem nie ganz zufrieden. Immer fehlte einem irgend etwas. Ein weiterer Gipfel, den man erklimmen wollte... Das vollkommene Geschäft...

Gino fragte sich oft, warum er so hart arbeitete. Warum er hierhin eilte, dorthin, überallhin, Leute in die Tasche steckte, Gefälligkeiten erwies...

»Du hast doch legitime Macht und Erfolge«, hatte sein lieber Freund Costa schon zahllose Male zu ihm gesagt. »Warum bleibst du nicht auf der legitimen Seite der Dinge?« Costa besaß die Konzession für das Mirage, das eine Menge eintrug. Doch er war Anwalt und dachte wie ein Anwalt. Immer wollte er den leichten Weg gehen. Bezahle die fünfzig Dollar Strafe und halte deine Hände sauber. So dachte er. Der arme alte Costa, immer mußte er mit ihm, Gino, kämpfen. Und immer warnte er. Aber mehrfacher Millionär war er trotzdem gern geworden.

Das vor zwei Jahren auf den Bahamas eröffnete Hotel mit Casino, Princess Saint genannt, lief ebenfalls sehr gut. Dazu gab es die Glücksspielbeteiligungen in Europa und all das übrige.

Ja, die Geschäfte blühten. Bankkonten überall auf der Welt. Das Geld wurde ins Ausland geschickt, gewaschen und kam sauber zurück. Dann wurde es investiert. In Trustfonds gesteckt. In neue Geschäfte.

Gino genoß sein Leben. Es war ein gutes Leben. Hier und da ein paar kleine Schwierigkeiten. Doch nichts, womit er nicht fertig wurde.

Die schlechten Zeiten hatte er praktisch unbeschadet überstanden. Zuerst, in den dreißiger Jahren, die Dewey Commission zur Bekämpfung der Korruption und des organisierten Verbrechertums. Danach das 1950 geschaffene Kefauver Committee zur Ermittlung von Unregelmäßigkeiten in der Verwaltung. Anfang der sechziger Jahre dann Bobby Kennedy, der als Justizminister einschlägige verbrecherische Aktivitäten untersuchen ließ. Und schließlich Valachi, einen kleinkalibrigen Gauner, der lauthals sang und herausbrüllte, wer wann und wo was mit wem gemacht hatte.

Gino wahrte eisernes Stillschweigen darüber, wo er die Finger im Spiel hatte. Die Behörden konnten ihm nichts anhaben, er blieb ungeschoren. Er hatte das Glück gepachtet, wie Aldo es ausdrückte. Aldo, dessen Gesundheit zuweilen sehr zu wünschen übrig ließ, hatte sich praktisch ganz ins Privatleben zurückgezogen und half seiner Frau im Riccaddi's.

Gino hatte eine Idee. Einen Plan. Eigentlich einen Traum.

Er wollte das größte, luxuriöseste, schönste Hotel bauen, das Las Vegas je gesehen hatte.

Seit der Geburt des Traumkindes von dem Boy, dem Mirage, war Las Vegas unglaublich gewachsen. Verglichen mit neueren Häusern wie dem Caesar's Palace war das Mirage eine Bruchbude. Oh, eine feine Bruchbude mit treuer Anhängerschaft, aber dennoch eine Bruchbude. Gino wollte etwas Größeres und Besseres. Er wollte ein Hotel hinstellen, mit dem er der Stadt seinen Stempel aufprägte. Etwas Besonderes, über das man auf der ganzen Welt redete.

Er hatte bereits ein Grundstück gefunden und war jetzt dabei, seine Ideen mit verschiedenen Architekten zu erörtern.

»Es wird ein Vermögen kosten«, hatte Costa gestöhnt, als Gino das erstemal davon gesprochen hatte. »Und es wird uns Kopfschmerzen verursachen! Mein Gott! Die Baukosten steigen täglich, und wir werden ein Syndikat zusammenbekommen müssen. Aber wer will heute schon Geld investieren und jahrelang warten, bis er etwas herauskriegt? Außerdem sitzen dir die Steuerfahnder ohnehin schon im Nacken.«

Manchmal war Costa wie ein altes Weib. Gino gedachte, das prächtigste Hotel der Welt zu bauen. Und er würde es Magiriano nennen. Eine Kombination aus Maria und Gino. Eine passende, würdige Huldigung ihrer Liebe.

Nachdem Lucky wieder in die Schule verfrachtet worden war, blieb Gino nicht länger in New York.

Connecticut, eine gute Wahl. Lucky würde sich dort bald eingewöhnen. Empfohlen von Peter Richmonds Gemahlin Betty, einer grobknochigen Frau mit bester Erziehung und viel Charme. »Wir schickten Loretta vor dem College dorthin, und sie lobte es in den höchsten Tönen«, hatte ihm Betty versichert. Loretta war ihre älteste Tochter.

Gino überlegte träge, wie es wohl wäre, mit einer solchen Frau zu schlafen. Er konnte es sich nicht vorstellen. Nackt mußte sie knochiger aussehen als eine ausgebeinte Hammelkeule. Er verstand, warum Peter Richmond die weichen weiblichen Kurven von Marabelle Blue so genossen hatte.

Die beiden Männer waren Freunde geworden. Natürlich handelte es sich um eine diskrete Freundschaft. Nichts Öffentliches. Aber Gino konnte dem Senator viele Gefälligkeiten erweisen. Kleine und große. Stets jedoch diskrete Gefälligkeiten.

Gino liebte dies. Es hatte ihm schon immer gefallen, Freundschaften mit Menschen anderer Gesellschaftsschichten zu pflegen. Außerdem wußte er sicher, daß Senator Peter Richmond eines Tages ein überaus bedeutender Mann sein würde.

Er flog von New York direkt nach Washington. Die Richmonds hatten ihn über das Wochenende nach Georgetown in ihr Haus eingeladen. Es war das erstemal, daß er in den Genuß dieses Privilegs kam. Natürlich wußte er, warum. Betty Richmond plante für eines ihrer vielen Wohltätigkeitswerke einen Galaabend und wollte, daß er ihr das Mirage dafür zur Verfügung stellte.

Er wußte es, sprach aber nicht darüber. Wenn Betty Richmond das Mirage haben wollte, mußte sie darum bitten. »Ja«, würde er sagen. »Natürlich, meine Liebe, natürlich. Wie könnte ich Ihnen etwas abschlagen?«

Das Ganze war ein Spiel, doch bestimmte Regeln mußten eingehalten werden. Eines Tages würde sie das erkennen.

Gino hörte das harte Auftreffen von Tennisbällen auf Schläger und den scharf gerufenen Spielstand. Er schlenderte zum Tennisplatz und schaute zu.

Betty Richmond spielte gegen ihren einundzwanzigjährigen Sohn Craven, und soweit Gino sah, machte sie den armen Kerl zur Schnecke. Es war schon schlimm genug, daß sie ihm einen solchen Namen angehängt hatten, Craven, was Feigling oder Memme hieß. Dazu kam noch, daß sie ihn in jeder gängigen Sportart zu übertreffen versuchte.

Betty winkte Gino kurz, unterbrach dafür kaum ihren kräftigen Vorhandschwung. Der einen Meter neunzig große Craven sprang dem Ball entgegen, verfehlte ihn und landete hart auf dem Boden.

»Spiel!« rief Betty. Dann kam sie, ohne ihren gestürzten Sohn zu beachten, in hüpfendem Gang zu Gino und begrüßte ihn. Küßchen, Küßchen, auf jede Wange einen scharfen Pikser.

Sie war eine hübsche Frau. Groß und kräftig, durchdringende braune Augen und strohblondes Haar. Sie trug ein weißes Tenniskleid und Tennisschuhe mit federnden Sohlen. Das Haar hatte sie zu zwei mädchenhaften Schwänzchen zusammengebunden, was sie sich mit einundvierzig Jahren gerade noch leisten konnte.

»Wie geht es Ihnen?« erkundigte sie sich. »Bereit zu einem Spiel?«

Gino lachte. »Bereit zu einem Drink.«

Betty runzelte die Stirn. »Jeder Mensch braucht körperliche Betätigung.«

»Ich weiß. Das sagen Sie mir jedesmal, wenn wir uns sehen.«

»Und Sie versprachen jedesmal, irgendeinen Sport zu treiben.«

»Ich werde es tun, ganz bestimmt.«

Sie nahm seinen Arm und drückte ihn.

Er ächzte. Die Dame kannte ihre Kräfte nicht.

Betty hängte sich bei Gino ein. »Ich bin so froh, daß Sie kommen konnten«, erklärte sie. »Schon seit ewigen Zeiten will ich Sie etwas fragen, um etwas bitten...«

Eine Frau, die keine Zeit verschwendete, diese Mrs. Richmond. Sie würde eine großartige First Lady abgeben. Aktiv, sportlich, direkt. Was konnte sich Amerika Besseres wünschen?

Spät nachts lag Gino im Gästezimmer und starrte an die Decke, ohne etwas zu sehen. Die Gastritis, an der er seit neuestem litt, machte ihm zu schaffen. Schweres Essen – er hätte es nicht anrühren sollen. Doch wer konnte schon frischen Austern mit ein paar Tropfen Zitronensaft widerstehen, saftigem Roastbeef und frisch gepflückten Himbeeren in Grand-Marnier-Soße?

Bei Betty Richmond speiste man gut. Das festliche Abendessen war sehr nett gewesen. Nur zwölf Personen. Die Richmonds, ihr Sohn Craven, drei Ehepaare und zwei unverheiratete Frauen zur Auswahl für Gino. Was ließ die Richmonds glauben, daß er solchen Bedarf hatte? Er, der unter den Starlets aus Hollywood, den Mannequins aus New York, den Showgirls aus Las Vegas nach Belieben wählen konnte?

Er war neunundfünfzig. Maria wäre jetzt siebenunddreißig gewesen. Ihren Geburtstag feierte er jedes Jahr mit einem einsamen Essen am Schwimmbassin des Hauses in East Hampton.

Ja, er hatte das Haus behalten. Einen hohen elektrischen Zaun rundherum ziehen und den Garten wieder verwildern lassen.

Maria lag im Garten begraben, unter dem Baum, wo sie einander zum erstenmal geliebt hatten. Im Haus war alles noch genauso wie an ihrem Todestag. Niemand durfte es betreten außer ihm. Er ging immer an ihrem Geburtstag hin. Jedes Jahr. Und trotz aller Trauer freute er sich stets darauf. Welche Frau konnte es schon mit Maria und der Erinnerung an sie aufnehmen?

Es klopfte an seine Tür. Überrascht schaute er auf die Uhr. Halb drei. »Wer ist da?« rief er.

Die Tür ging auf, und Betty Richmond erschien. Sie trug einen pfirsichfarbenen Morgenrock aus Satin, ihr strohblondes Haar war offen und ringelte sich um ihre Schultern. »Bin gekommen, um Sie zuzudecken«, sagte sie fest, so fest, daß ihm ihr leichtes Nuscheln fast entgangen wäre.

Er ließ die Pistole los, die er vorsichtshalber unters Kopfkissen geschoben hatte. »Ich bin sehr gut zugedeckt, danke, Betty«, sagte er langsam.

»Natürlich sind Sie das«, entgegnete sie schleppend, schloß die Tür und kam zum Bett. »Aber ich nicht.«

Bevor er sich überlegen konnte, was er tun sollte, hatte sie den Morgenrock abgeworfen und stand nackt vor ihm. »Ich möchte, daß Sie, *Mr.* Santangelo, Freund der Familie und Freund der ganzen verdammten Welt, mit mir schlafen.«

Einen Moment lang war er schockiert. Die Frau benahm sich wie eine Hure. Leise und ruhig erwiderte er: »Ziehen Sie Ihren Morgenrock an und gehen Sie zu Peter zurück.«

»Warum? Wollen Sie mich nicht haben?«

Vorsicht, Vorsicht! Eine beleidigte Frau... »Das habe ich nicht gesagt. Aber die Situation...«

»Die Situation ist, daß Peter eine Freundin besuchen gegangen ist und wahrscheinlich in dieser Minute sein unzulängliches Ding in sie steckt. Ich habe nicht die Absicht, dazusitzen und auf ihn zu warten.«

»Und *ich* habe nicht die Absicht, mich zwischen Sie und Peter zu drängen.«

Sie zuckte die Achseln. Muskeln, wohin man schaute. Kleine spitze Brüste, breite Hüften, starke Schenkel.

»Ich dachte, Sie finden mich attraktiv...«, begann sie.

»Das tue ich«, unterbrach er sie schnell.

Unaufgefordert stieg sie zu ihm ins Bett. »Ich werde es Peter nicht sagen«, erklärte sie heiser. »Das verspreche ich.«

Es folgte der athletischste Geschlechtsakt, den er je erlebt hatte. Sie quetschte sein Glied in sich wie einen länglichen Tennisball. Rein, raus, rundherum, hin und her, auf und ab. Spiel!

Eine zweite Runde. Die gleiche exquisite Schinderei. Dann ging sie, und er schlief ein. Am Morgen dachte er, vielleicht sei das Ganze nur ein wilder Traum gewesen.

Lucky, 1966

Olympia fuhr schnell und aggressiv, als sei sie allein auf der Straße. Andere Fahrer taten besser daran, ihr auszuweichen. Die Fahrt in den Süden Frankreichs dauerte einundzwanzig Stunden, fünf Pausen eingerechnet, in denen sie tankten, zahllose belegte Brote aßen und nicht viel weniger Dosen Coca-Cola leerten.

»Hast du eigentlich einen Führerschein?« erkundigte sich Lucky, ziemlich mitgenommen nach einer vierstündigen Etappe über kurvige Landstraßen, die sie in halsbrecherischem Tempo hinter sich gebracht hatten.

»Führerschein? Was ist'n das?« entgegnete Olympia fröhlich.

Lucky fragte nicht weiter. Sie lehnte sich zurück, schloß die Augen und hoffte das Beste.

Bei der Abfahrt hatten sie zusammen die stolze Summe von vierundneunzig Dollar besessen, doch bei jedem Aufenthalt war das Geld rapide weniger geworden. Verlockenden kleinen Pensionen und Hotels durften sie darum keine Beachtung schenken.

»Wenn wir nach Cannes kommen, quartieren wir uns in der Villa meiner Tante ein«, beschloß Olympia. »Sie ist nie dort – das heißt, immer nur eine Woche im September. Ein schönes Haus, vermutlich verbarrikadiert, aber ich weiß einen Weg rein. Ich hab dort immer den Sommer verbracht, mit meinem Kindermädchen, wenn die Eltern keine Zeit für mich hatten.« Sie lachte traurig. »An letzterem hat sich ja nicht viel geändert – aber jetzt, wo ich reden kann, ist es nicht mehr so einfach, mich abzuschieben!«

Lucky kannte dieses Gefühl. Bei dem Abendessen mit Gino in seiner New Yorker Wohnung hatte sie den Eindruck gehabt, daß er viel lieber anderswo gewesen wäre. Ihm war unbehaglich in ihrer Gegenwart, das hatte sie deutlich gespürt. Und er wiederum hatte sie sprachlos gemacht – zu einem Schatten der anderen Lucky.

»Wir sind gut im Schuß«, sang Olympia und raste auf der in Felsen gehauenen, schmalen Fernstraße dahin. »Wir haben gerade die Abzweigung nach Saint-Trop passiert. In einer Stunde sind wir da.«

Lucky wischte sich mit dem Handrücken den Schweiß von der Stirn. Es war erst Mai, aber die Sonne schien um diese Mittagszeit ungewöhnlich heiß, und in dem offenen Wagen waren sie ihr schutzlos ausgesetzt. »Ich wette, daß wir stinken.« Sie lachte. »Zwei stinkende Jungfrauen sind wir.«

Olympia entgegnete: »Diese Aussage mußt du korrigieren.«

»Was?«

»Ich wollte es dir nach unserer Ankunft sagen. Weißt du, am Schwimmbecken ausgestreckt, bei einem Glas trockenen Weißwein und so.«

»Du meinst, du – hast es getan?«

Ein Lächeln huschte über Olympias sinnliche Lippen. »Mhm.«

Lucky neigte sich eifrig vor: »Wann? Mit wem? Wie war es?«

Olympia riß das Lenkrad herum und wich einem Stein aus, der auf die Fahrbahn gerollt war. »Entsetzlich!« sagte sie naserümpfend. »Bleib beim Fast. Das macht viel mehr Spaß.«

Genau wie Olympia erwartet hatte, war die Villa ihrer Tante verschlossen und mit Läden gegen Eindringlinge gesichert. Das Haus stand in den Hügeln hoch über Cannes, mitten in einem Garten voller Mimosen und Jasmin.

Olympia sprang aus dem Wagen, öffnete das große schmiedeeiserne Tor und fuhr durch den Garten bis vor die Haustür der blaßrosarot gestrichenen Villa. »Hübsch, was«, sagte sie.

»Sagenhaft.« Lucky seufzte. »Bist du sicher, daß es ihr nichts ausmacht, wenn wir einbrechen und uns darin einnisten?«

»Sie muß es gar nicht erfahren, oder?« entgegnete Olympia weise. »Außerdem – ausmachen würde ihr lediglich eines, nämlich wenn Balenciaga oder Balmain zumachten. Sie ist eine Kleidernärrin.«

Olympia stellte den Wagen ab und verschaffte sich auf ihre spezielle Weise Zugang zu dem Haus. Sie kletterte einen Pfirsichbaum hinauf, schob den seit langem zerbrochenen Haken an einem Fensterladen im ersten Stock auf, drückte die beiden Fensterflügel nach innen und stieg hinein.

Lucky wartete geduldig an der Haustür. Wenige Minuten später schloß Olympia mit den Ersatzschlüsseln, die sich im Haus befanden, auf und rief kichernd: »Willkommen in der Casa Amüsanta!«

Das Haus war mit französischem guten Geschmack und griechischem Geld eingerichtet. Staubhüllen verdeckten zwar die meisten Möbel, aber man sah hier ein Stück von einer Chintz-Couch, dort ein Tischchen aus poliertem Ebenholz... Spinnweben gab es reichlich.

»Ich habe dir gesagt, daß sie das Haus nur eine Woche im Jahr benutzt«, erklärte Olympia. »Das Personal trifft ein paar Tage vor ihr ein und macht alles sauber. Ist dir klar, daß wir monatelang bleiben könnten? Niemand würde uns hier suchen.«

Lucky hatte eigentlich nicht die Absicht, monatelang auf der Vermißtenliste zu stehen. Ein paar Wochen vielleicht, aber Monate? Zunächst freilich interessierte sie etwas anderes. »Mit wem hast du es ganz gemacht?« fragte sie Olympia begierig.

»Mit einem wirklich miesen kleinen französischen Kommunistenkerl. Er sagte mir die ganze Zeit, daß mein Vater erschossen gehöre und daß ich nichts vom Leben wüßte. Ich schmuggelte ihn nachts ins Haus, er klaute einen silbernen Aschenbecher und lehnte es ab, sich mit Fast zu begnügen. Es war gräßlich. Ich blutete arg, das Ledersofa in Papas Arbeitszimmer war völlig verschmiert. Darf gar nicht daran denken. Gott sei Dank hast du am nächsten Tag angerufen. Ich hätte bestimmt nicht mehr in diesen gräßlichen Russischkurs gehen und ihm gegenübertreten können.«

Bis zum Einbruch der Nacht hatten sie die Villa so, wie sie sie haben wollten. »Wir werden nur ein Zimmer benützen«, entschied Olympia. »Dann brauchen wir nicht lang aufzuräumen, wenn wir gehen.«

Lucky hielt ein großes Erdgeschoßzimmer, das direkt neben der Küche lag, für das geeignetste. Es gab darin zwei Bettcouches, einen Kartentisch mit grünem Flanellüberzug und drei breite, bequeme Sessel.

»Dienstmädchenzimmer«, verkündete Olympia in geringschätzigem Ton.

»Genügt für uns«, erkärte Lucky beharrlich.

Das Gepäck der Mädchen bestand aus zwei kleinen Taschen mit Kosmetikartikeln und ein paar leichten Kleidern. Das Auspacken dauerte keine zwei Minuten.

Der Kühlschrank in der Küche war reich bestückt mit Wein, Bier und Limonade. In einem Schrank fanden sie Großpackungen mit Kartoffelchips, Dosen mit Nüssen und vierundzwanzig Büchsen Thunfisch. »Wir können ein Festmahl veranstalten!« rief Lucky.

»O nein«, entgegnete Olympia, »nicht heute abend. Heute zuckeln wir in den Ort runter und verschaffen uns was Richtiges zum Essen. Ich denke an eine große Schale Bouillabaisse oder vielleicht frischen Hummer mit Majonnaise...Mm... Köstlich, was?«

»Wir haben doch kein Geld.«

Olympia grinste. »Lucky, für ein gescheites Mädchen kannst du manchmal sooo bekloppt sein. Wozu brauchen wir Geld, wenn wir unsere schönen Körper haben.«

Die berühmten Filmfestspiele in Cannes waren bereits zu Ende, und in dem Ort befanden sich nur noch die Nachzügler. Unglückliche Arbeitstiere, die verzweifelt versuchten, ein Geschäft an Land zu ziehen. Unglückliche Produzenten, in deren Notizbüchern keine neuen Drehtermine standen. Unglückliche Möchtegern-Schauspielerinnen mit großen Brüsten und einem falschen Lächeln.

Warris Charters gehörte in die Kategorie der unglücklichen Produzenten. Er war mit zwei heißen Eisen nach Cannes gekommen – hatte er gemeint – und auf beiden sitzen geblieben.

Heißes Eisen Nummer eins: Pippa Sanchez. Eine scharfe mexikanische Schauspielerin, die in den fünfziger Jahren in einigen sehr erfolgreichen spanischen Produktionen gespielt hatte.

Sie war vierzig, behauptete allerdings, erst fünfunddreißig zu sein, und sah auch wie fünfunddreißig aus. Doch Warris wußte Bescheid. Er hatte seine Hausaufgaben über das Fräulein Sanchez gemacht, nachdem sie vor einem Monat in Madrid an ihn herangetreten war.

Nach einer Party hatte sie sich an ihn gewandt: »Mr. Charters, ich habe *Kiss and Kill* gesehen – hat mir ausgezeichnet gefallen. Und ich habe ein Drehbuch, von dem Sie begeistert sein werden.«

Kiss and Kill. Die einzige seiner Arbeiten, von der er sich so etwas wie Ruhm erhoffen konnte. Der Film, den er 1959 für siebenhunderttausend Dollar in Paris gedreht hatte, lief immer noch und hatte inzwischen sechzehn Millionen eingespielt. Ein Glückstreffer. Alles andere, was er anfaßte, wurde unweigerlich zu reinem Scheißdreck.

Heißes Eisen Nummer zwei: Das Drehbuch von Pippa Sanchez.

Spannender, handlungsreicher, gewalttätiger Stoff. Die Geschichte eines Gangsters aus den zwanziger und dreißiger Jahren, eines Killers mit goldenem Herzen. Der Titel des Drehbuchs lautete *Kill Shot,* Tödlicher Schuß.

Warris hielt den Stoff für ausgezeichnet. Für blanken Unsinn zwar, aber nach dreiundzwanzig Jahren im Geschäft glaubte er Erfolgsmaterial zu erkennen, wenn er welches in die Finger bekam.

»Wem gehört das Drehbuch?« hatte er Pippa gefragt.

»Mir«, hatte sie wild entgegnet. »Ich habe es in Auftrag gegeben. Es gehört mir. Ich habe einen Vertrag mit dem Autor, der mir alle Rechte sichert.«

»Und was wollen Sie damit? Es verkaufen?« hatte Warris behutsam gefragt, ängstlich darum bemüht, nicht allzuviel Begeisterung zu zeigen.

»Nein«, hatte Pippa fest erwidert. »Ich möchte die weibliche Hauptrolle spielen. Sie wurde für mich geschrieben.«

Klar, vor zwanzig Jahren, hatte Warris zynisch gedacht.

Trotzdem, wenn sie ihm das Drehbuch umsonst überließ – wenn er eine Produktion zusammenkriegte –, *dann* war noch Zeit genug, ihr zu sagen, daß sie für die Rolle unmöglich in Frage kam.

Also waren sie nach Cannes gefahren, Warris und seine beiden heißen Eisen. Doch Interesse hatten Pippa und er nur ein einziges Mal erregen können – mit einem lautstarken Streit, den sie im Gartenlokal des Hotel Carlton ausgefochten hatten.

Einen Pernod in der Hand, dachte Warris im Restaurant der Blue Bar an der Croisette über sein Pech nach. Er war zweiunddreißig, ein ehemaliger Kinderstar, der mit dreizehn Jahren, gleich nach dem Stimmbruch, aus Hollywood geflohen war. Mit fünfundzwanzig hatte er in Paris *Kiss and Kill* produziert und war in Hollywood als Wunderknabe gefeiert worden. Nach zwei Arbeiten dort, zwei schlimmen Flops, war er durch Europa gezogen, durch die Filmmetropolen, und hatte versucht, etwas auf die Beine zu stellen. Bald war er finanziell völlig am Ende und dazu drogensüchtig. Warris pfiff leise durch seine prächtigen weißen Zähne. Er traute seinen Augen nicht. Zwei junge Dinger, köstliche Kätzchen, stiegen aus einem schnittigen weißen Mercedes. Die Blonde faszinierte ihn. Titten, die einen regelrecht ansprangen. Goldenes Haar, das ihr lang über den Rücken fiel. Und so kurze heiße Höschen, daß ihre appetitlichen Popobacken darunter hervorlugten. Ihre Gefährtin sah – auf den ersten Blick – nicht so umwerfend aus. Sie war ein großes schlankes Mädchen in ausgewaschenen Jeans und einem T-Shirt. Eine wirre schwarze Lockenmähne verbarg ihr Gesicht.

Warris entschied sich ohne Zögern für die Blonde. Zur Abwechslung verdiente er mal was Gutes.

Er beobachtete, wie die Mädchen lässig auf das Restaurant zuschlenderten. Der Instinkt sagte ihm, daß sie auf Männerfang aus waren.

Als sie sich seinem Tisch näherten, stand er rasch auf, trat vor und fragte in seinem Schulfranzösisch, ob sie ihm nicht Gesellschaft leisten wollten.

Die Dunkle antwortete in fließendem Französisch. Irgend etwas, daß sie mit jemandem verabredet seien, aber vielleicht, um die Wartezeit zu verkürzen...

Dann machte die Blonde eine Bemerkung auf Englisch, und Warris rief: »Amerikanerinnen? Ich bin auch Amerikaner.«

Er bestellte Pernod für alle und überlegte, ob die beiden wohl Geld hätten. Er besaß noch ganze fünfzig Dollar, dafür steckte in seiner Tasche hervorragendes Gras. Vielleicht konnte er die beiden zum Kauf verlocken...

Hmmm, dachte Lucky, nicht schlecht, aber auch nicht gut, jedenfalls nicht mein Typ. Ein Glück, denn er flog offensichtlich auf Olympia. Doch taten sie das nicht alle? Vielleicht stimmte es, daß Männer Blondinen bevorzugten.

Sie studierte Warris Charters durch zusammengekniffene Lider, während er vor Olympia seine Nummer abzog. Schlank, fast schmächtig, sehr gut aussehend, wenn man Männer mit kornfarbenem Haar, tückischen grauen Augen und blassen Wimpern mochte. Offen gesagt, sie mochte solche Männer nicht. Sie mochte dunkle – sehr dunkle – je dunkler, desto besser. Wie Marco. Der tolle finstere Marco mit dem düsteren Blick, dieser Klassemann.

Sie nippte an ihrem Pernod und befand, das Zeug schmecke wie schlechte Medizin. Wann wohl die Rede aufs Essen kommen würde? Olympia schien die Bouillabaisse und den frischen Hummer mit Mayonnaise vollkommen vergessen zu haben.

»He«, sagte Lucky, »ich bin am Verhungern. Können wir essen?«

»Ja«, antwortete Olympia. »Ich muß gestehen, daß ich auch Hunger habe. Was ist gut hier, Warris?«

Er warf Lucky einen bösen Blick zu. Warum mußte sie vom Essen anfangen? Wer konnte sich das leisten?

Er neigte sich vertraulich zu Olympia. »Ich habe etwas viel Besseres als Essen in der Tasche«, flüsterte er.

Ihre kleinen Augen leuchteten auf. »Wirklich?«

»Erstklassigen Stoff. Warum suchen wir beide...«

»Und Lucky.«

»Na klar, und Lucky. Warum suchen wir uns nicht ein hübsches stilles Plätzchen und amüsieren uns ein bißchen?«

Olympia hätte vor Begeisterung fast in die Hände geklatscht.

Das war ein Mann nach ihrem Herzen. »Wo gehen wir hin?«

Warris überlegte rasch. Er war vor zwei Tagen aus dem Hotel Marinez ausgezogen, um Geld zu sparen, und sein kleines Zimmer in der mittelmäßigen Pension eignete sich kaum. Der Strand war auch nicht gerade die großartigste Lösung der Welt. »Wo wohnt ihr?«

Olympia zögerte nur einen kurzen Moment. Lucky glaubte nicht recht zu hören, als die Freundin sagte: »Wir haben eine Villa in den Hügeln. Wenn Sie wollen, können wir dorthin fahren.«

Was war aus der Geheimhaltung geworden? »Wir sagen niemandem, wo wir wohnen«, hatte Olympia auf der Herfahrt erklärt. Und jetzt, keine halbe Stunde später, lud sie Warris Charters in die Villa ein. Das ging entschieden zu weit.

»Ausgezeichnet!« rief er begeistert und verlangte die Rechnung. »Gehen wir.«

Pippa Sanchez musterte sich kritisch in dem hohen Spiegel. Sie drehte sich hin und her, zufrieden mit dem, was sie sah.

Und was sie sah, war genau das, was sie seit Jahren sah: Vollkommenheit. Dunkle Haut. Tiefschwarzes Haar. Eine straffe, aufreizende Figur. Sie wurde bald dreiundvierzig, das stimmte schon, aber sie war noch immer vollkommen. Keine einzige Linie, keinerlei Erschlaffung, nicht das geringste Zeichen wiesen auf das nahende Alter hin. Warum, verdammt noch mal, war sie dann kein großer Filmstar?

Warum? Weil die Klugscheißer, die in der Filmindustrie das Sagen hatten, ihr nie die richtigen Rollen gaben. Darum. Immer mußte sie die »andere Frau« spielen, die »geile Hure«, die »lebenslustige Tänzerin«. Diese Idioten! Was wußten die mit ihren langen Zigarren und ihren Silikon-Blondinen schon?

Pippa hatte sich bewußt von Hollywood ferngehalten. Anfangs, als sie von Jakes gräßlichem Tod gelesen hatte, war sie zu verängstigt gewesen, um zurückzukehren. Außerdem war sie in Spanien gut angekommen. Es hatte ihr nie an Arbeit gefehlt – sie hatte in Dutzenden Filmen mitgewirkt, und zwei waren sehr erfolgreich gewesen. Dann hatte sie einen spanischen Filmstar geheiratet und sich nach fünf turbulenten Jahren von ihm scheiden lassen. Seit sieben Jahren lebte sie allein. Auf eigenen Wunsch natürlich. Die Männer liefen ihr reihenweise nach. Sie hatte Affären – wählte nach Belieben aus. Aber ihre Karriere kam vor allem anderen. Sie wollte nicht einfach als spanischer Filmstar enden. Wem lag schon daran? Sie wollte *internationalen* Ruhm – *Hollywood*-Ruhm.

All die Jahre hindurch hatte sie ihr Drehbuch, *Kill Shot*, gehütet und unterzubringen versucht. Nach ihrer Meinung ein phantastischer Stoff, der alles bot, was große Knüller ausmachte: Liebe, Humor, Leidenschaft, Gewalt.

Das Drehbuch *mußte* gut sein. Schließlich basierte es auf Gino Santangelos Leben.

Ein Jammer nur, daß er es nicht gelesen hatte. Sie war noch vor der Fertigstellung aus der Stadt abgeschoben worden.

Pippa hatte eifrig mit dem Autor korrespondiert und ihn 1955, als Gino Santangelos Frau ermordet in einem Schwimmbassin in East Hampton aufgefunden worden war, sogleich beauftragt, den Schluß entsprechend zu ändern. Damit war das Drehbuch zu Dynamit geworden. Nach einer gewissen Zeit hatte Pippa voller Erregung ein Exemplar an Gino geschickt, mit einem Begleitschreiben, worin sie ihn an seinen Wunsch erinnerte, in der Filmindustrie zu investieren. Sechs Monate später war das Drehbuch mit einem kurzen Sekretärinnenbrief zurückgekommen: *Mr. Santangelo hat keine Zeit, Drehbücher zu lesen...*

Seither hatten noch viele andere Leute keine Zeit gehabt, es zu lesen. Dann war Warris Charters auf der Bildfläche erschienen. Pippa hatte gewußt, irgendwie gewußt, daß er ihr Mann war.

Und jetzt Cannes. Nichts. Kein Geschäft. Keine Produktion. Absolut nichts.

Pippa war, gelinde ausgedrückt, enttäuscht.

Gras zu rauchen war für Lucky nichts Neues. Tatsächlich hatte sie es genau zweimal getan. Das erstemal mit Olympia auf der Insel von deren Vater, als sie in der heißen Sonne gelegen hatten. Wunderbar! Lucky war eingeschlafen und gerade rechtzeitig aufgewacht, um beim Abendessen vier Portionen Schokoladenspeise zu vertilgen. Das zweitemal mit ein paar schwedischen Hippies, die durch Europa gezogen waren. Olympia und sie waren den Schweden auf dem griechischen Festland begegnet und hatten einen schönen langen Kichertag mit ihnen verbracht.

Warris Charters besaß sehr starkes, sehr gutes Acapulco-Gold. Zwei Joints hatte er bereits gedreht, und die teilte er jetzt großzügig mit den Mädchen.

Die drei hatten es sich an dem nachtdunklen Schwimmbecken auf Liegen bequem gemacht. Olympia zündete Kerzen an, öffnete eine Flasche Wein und jammerte darüber, daß sie keine Musik hatten.

Warris jammerte über gar nichts. Er dachte, daß er hier in ein herrliches warmes Nest gefallen sei. Die Villa. Der Wagen. Diese beiden Kätzchen hatte offenbar Kies. Er verdiente ein bißchen Ferien, eine Verschnaufpause, bevor er wieder würde schuften müssen, um Leib und Seele zusammenzuhalten.

Olympia machte einen tiefen Zug an der dünnen Zigarette und stieß einen genußreichen Seufzer aus, bevor sie sie an Lucky weiterreichte.

Lucky stand der Sinn immer noch nach Essen, aber sie paßte sich der Situation an, nahm die Zigarette, inhalierte den Rauch des magischen Krauts und wartete darauf, daß er von ihrem Körper Besitz ergreife.

Zehn Minuten lang herrschte Schweigen, während die beiden Joints mehrmals die Runde machten. Dann mußte Lucky kichern, denn das Zirpen der Grillen schwoll zu immer größerer Tonstärke an. »Jej – sehr laute Tierchen«, sagte sie schleppend, »seeehr laute, wirklich!«

Ihre Worte riefen bei Olympia und Warris hysterisches Gelächter hervor. Sie grinste glücklich, fühlte sich als der beste Spaßmacher der Welt.

»Schwimmen wir ein bißchen«, schlug Olympia vor, stand auf und warf die Kleider ab. Sie drehte sich Warris zu, erlaubte ihm, ihre reifen, sinnlichen Kurven zu inspizieren. Er riß buchstäblich Hose und Unterhose herunter. Sein steifes Glied stand vor wie eine zwanzig Zentimeter lange Fahnenstange.

»Mmmmm«, murmelte Olympia. Als er nach ihr griff, sprang sie ins Becken.

Während Lucky sich auszog, alberten Olympia und Warris unter Wasser herum. Lucky hatte mit einemmal keine Lust mehr zu schwimmen. Zum Teufel damit. Sie hatte Hunger.

Nackt wanderte sie ins Haus, holte sich eine der Dosen und öffnete sie. Gierig verschlang sie den öligen Thunfisch. Er schmeckte herrlich.

Große Müdigkeit befiel sie, eine hohle Müdigkeit, die Folgen von zwei Nächten ohne eine Minute Schlaf.

Olympia und Warris tobten noch immer draußen herum. Lucky konnte ihr Geschrei und Gekreische hören. Die beiden vermißten sie bestimmt nicht, wenn sie sich ganz leise ins Bett verkroch – ganz, ganz leise...

Die beharrlichen Sturzflüge einer Stechmücke zwangen Lucky, wenigstens ein Auge zu öffnen. Es dauerte eine Weile, bis sie sich in ihrer Umgebung zurechtfand, doch dann fiel ihr alles wieder ein.

Schnell setzte sie sich auf und schaute zum anderen Bett hinüber. Keine Olympia. Kein Warris.

Sie kroch aus dem Bett, zog einen Bikini und ein altes Hemd an und machte sich auf die Suche nach Olympia. Sie fand die Freundin in dem großen Hauptschlafraum, nackt, blond, obszön daliegend. Warris schlief neben ihr auf dem Bauch und gab Lucky reichlich Gelegenheit, seinen muskulösen kleinen Hintern zu studieren. Er hatte wirklich einen hübschen Hintern.

Für die nächsten drei Tage war Warris festgenagelt. Olympia hatte sich in ihn verliebt und dachte nicht daran, ihn auch nur für eine Minute wegzulassen.

Lucky beobachtete die beiden voll Eifersucht, doch sie konnte nichts mehr machen, also legte sie sich ans Schwimmbassin, konzentrierte sich darauf, braun zu werden, und sann darüber nach, ob Gino sie wohl schon suchte.

Nicht weit vom Haus entfernt gab es ein kleines Lokal, und dort konnten sie frischgebackenes französisches Weißbrot, aufgeschnittenen Schinken, Käse und massenhaft Obst kaufen.

»Ich könnte ewig hier leben!« sagte Olympia verträumt.

»Und *ich* langweile mich zu Tode.«

»Dann nimm doch den Wagen und vergnüge dich.«

»Du weißt genau, daß ich nicht fahren kann«, erwiderte Lucky gereizt.

»Bring es ihr bei, Goldschatz«, bat Olympia ihren Geliebten.

Warris erklärte sich gern dazu bereit. Während der drei Tage in Olympias Gesellschaft hatte er herausgefunden, daß sie ein steinreiches Mädchen war. Eine Stanislopoulos. Kein schlechterer Name als Onassis. Außerdem war sie ein überaus heißes Mädchen. Nachdem er ihre ursprüngliche Abneigung gegen den vollen Geschlechtsverkehr überwunden hatte, war sie so scharf darauf wie die Inder auf Curry. Er zeigte ihr alles, was er kannte, und sie war eine eifrige Schülerin. Natürlich störte die Anwesenheit ihrer Freundin. Er mochte Lucky nicht, und sie mochte ihn nicht. Ihr das Autofahren beizubringen, war der perfekte Weg, sie loszuwerden.

Lucky erlernte die praktische Seite des Fahrens binnen einer halben Stunde. Voll Selbstvertrauen chauffierte sie Warris zur Villa zurück und verabschiedete sich für den Rest des Tages.

Begeistert traf sie um Mitternacht wieder in der Villa ein.

»Da bist du ja wieder«, sagte Olympia kichernd. »Wir dachten, daß wir uns fein machen und ins Casino runterfahren könnten. Willst du mitkommen?«

»Darauf kannst du wetten«, antwortete Lucky rasch.

»Also ziehen wir uns um. Tantchen hat in ihrem Kleiderschrank bestimmt irgendwas Brauchbares.«

Pippa Sanchez kochte vor Wut. Daß Warris Charters sie sitzenließ, war schlimm genug. Aber daß er mit sechs Xerox-Kopien ihres geliebten Drehbuches abgehauen war, schlug dem Faß den Boden aus! Für solches Verhalten gehörten dem Kerl die Eier aufgeschlitzt!

Sie würde in Cannes bleiben, bis sie ihn gefunden hatte.

Ach, verdammt noch mal! Pippa zog ihr engstes, aufreizendstes rotes Kleid an und ließ sich von einem bolivianischen Juwelier, den sie kennengelernt hatte, ausführen. Wenn er so reich war, wie er zu sein schien, würde er vielleicht Geld in ihren Film investieren.

In Sachen von Olympias Tante gekleidet, brausten die piekfeinen Mädchen mit Warris, der am Steuer des weißen Mercedes saß, nach Cannes hinunter.

»Ich muß mich umziehen«, sagte Warris. »Ich setze euch beide in der Blue Bar ab und bin in zehn Minuten wieder da.«

»Warum können wir nicht mitkommen?« fragte Olympia schmollend.

»Darum. Es ist besser so.« Er hatte nicht die Absicht, sie sehen zu lassen, in was für einer Bude er hauste. Außerdem wollte er sich abmelden und seine beiden Gucci-Reisetaschen im Kofferraum des Mercedes verstauen. Er gedachte, die Lage, in die er wunderbarerweise geraten war, auszunutzen.

Gino, 1966

Gino lag im Schlafzimmer seiner Suite des Mirage auf dem riesigen Bett und schaute dem Mädchen beim Ankleiden zu. Sie hatte eine sehr schlanke Gestalt, lange Beine, knochige Schultern und eine überaus schmale Taille. Er begriff nicht, wieso er sie ausgesucht hatte. Eigentlich war sie überhaupt nicht sein Typ.

Als sie gegangen war, machte er ein paar Liegestütze, duschte und zog sich sorgfältig an. Dann drückte er einen Knopf auf seiner persönlichen Wechselsprechanlage, um Marco herzurufen.

Marco erschien knapp drei Minuten später. Es zählte zu seinen besten Eigenschaften, immer da zu sein, wenn man ihn brauchte. Dies und seine Treue. Dinge, die man nicht kaufen konnte. Marco gehörte zur Familie, was für Gino sehr viel bedeutete. Er hatte Marco vor kurzem zum Manager des Mirage befördert. Marco sollte sein bester Mann werden und später die Leitung des Magiriano übernehmen.

»Was tut sich?« fragte ihn Gino.

Marco zuckte die Achseln. »Eine Menge. Tiny Martino hat am Roulettetisch seine Gage verspielt. Dieser japanische Geschäftsmann steht bei uns mit dreiundsiebzig Tausendern in der Kreide. In die Suite des Richters habe ich vier harte Burschen geschickt, wie du angeordnet hast. Eine normale Nacht.«

Gino lachte leise. Von seinen vielen geschäftlichen Unternehmungen mochte er das Mirage am liebsten. Nirgends fühlte er sich so glücklich wie in der durch Klimaanlagen gesteuerten Bequemlichkeit der Wüstenstadt Las Vegas.

»Ist Senator Richmonds Frau schon eingetroffen?«

»Nein. In der Suite ist alles vorbereitet. Vier Dutzend gelbe Rosen. Und der beste Tennisprofi hält sich morgen den ganzen Tag zu ihrer Verfügung.«

»Sehr gut.« Gino lag viel daran, daß Betty Richmond bestens bedient wurde. Er war bei den Richmonds in Georgetown fürstlich empfangen worden und wollte sich jetzt dafür revanchieren. Ob er mit Betty schlafen wollte oder nicht, stand auf einem anderen Blatt. Vom Aussehen her machte sie ihn nicht an. Doch im Bett, wenn sie ihre starken Beine um ihn schlang, und dieses starke Pulsen... Jerum! Beim bloßen Gedanken an sie bekam er eine Erektion! Und das so kurz nach der kleinen Miß – wie hatte sie doch geheißen? Nicht schlecht für einen Mann, der in zwei Wochen sechzig wurde.

Betty Richmond wurde bei ihrer Ankunft wahrhaft königlich behandelt. Ihr Sohn Craven stand unbeholfen herum.

Mutter und Sohn traten in ihre Suite, wo ihre fünfzehn Gepäckstücke sie bereits erwarteten.

Verächtlich schnaubend ging Betty umher und riß die Fenster auf. »Das ist die geschmackloseste Einrichtung, die ich je gesehen habe.«

»Ja, Mutter«, pflichtete Craven ihr bei. »Geschmacklos.«

»Ordinär.«

»Absolut.«

»Goldene Wasserhähne, tatsächlich!«

»Schauderhaft!«

»Na, was konnte man schon anderes erwarten!«

»Sie ist da«, meldete Marco.

Gino nickte. Um einen Tag verspätet, aber wenigstens war sie gekommen. »Was tut sie?«

»Tennis spielen. Den Profi niederbügeln.«

»Du machst Witze.«

»Sie hat einen Schlag wie Little Mo!«

Gino lachte. »Laß ihr eine Nachricht zustellen. Laß ihr sagen, daß ich gerne mit ihr zu Abend essen würde. Sie könnte um halb sieben hier sein.«

»Wird gemacht, Boß.«

Eine Weile später erschien Marco wieder, um zu berichten, daß Mrs. Richmond für die freundliche Einladung danke, daß sie aber bereits zum Abendessen verabredet sei und sich gern gegen zehn Uhr mit Gino treffen würde.

Gino war wütend. Da kam diese Dame, weil sie etwas von *ihm* wollte, und nun sollte er *ihr* nachlaufen. Unglaublich!

»Bestelle Mrs. Richmond, um zehn ginge es nicht«, erwiderte er gereizt. »Um elf, wenn sie will.«

Marco ging und kam mit der Nachricht zurück, daß elf Uhr Mrs. Richmond wunderbar passe und sie ihn in ihrer Suite erwarte.

»Gut«, fauchte Gino, »aber in *meiner* Suite.«

Betty Richmond erschien fünf Minuten nach Mitternacht, braungebrannt, athletisch, in einem blauen Kleid, das strohblonde Haar zurückgekämmt und von einem blauen Band zusammengehalten. »Es tut mir ja so leid«, sprudelte sie hervor, »aber das ist ein faszinierender Ort hier – man begegnet einfach Gott und der Welt.«

»Ja.« Er schaute betont auf die Uhr.

»Hoffentlich habe ich dich nicht vom Schlafengehen abgehalten«, sagte sie besorgt. »Ist es zu spät, um den Galaabend zu besprechen? Wäre es dir morgen beim Frühstück lieber?«

»Nein, jetzt«, antwortete er barsch. »Ich habe mit Tiny Martino gesprochen, er wird vielleich – ich betone, vielleicht – auftreten.«

»Oh, er tritt auf«, entgegnete sie munter.

»Ich sagte vielleicht.«

»Nein, nein. Er tritt ganz bestimmt auf. Ich habe ihn heute abend kennengelernt – ein charmanter Mann. Er hat mir eine feste Zusage gegeben.«

Gino runzelte die Stirn. Jerum! Wozu brauchte sie *ihn*? Sie konnte die ganze Sache allein organisieren. Er wünschte, er hätte ihr den gottverdammten Abend für ihr gottverdammtes Wohltätigkeitswerk gar nicht erst versprochen.

Um sieben Uhr am nächsten Morgen wurde Gino durch das Telefon geweckt. Es war sein persönlicher Apparat, die Leitung, die nur von einigen wenigen Vertrauten im Notfall benutzt wurde.

Costa rief aus New York an. »Gino, ich habe eine schlechte Nachricht.«

»Was ist los, um Himmels willen?«

»Lucky. Sie ist aus der Schule weggelaufen.«

»Oh, du meine Güte!«

»Sie hat ein kurzes Schreiben hinterlassen.«

»Was steht darin?«

»In etwa, daß sie Zeit zum Nachdenken brauche, daß niemand sich Sorgen machen solle und daß sie unterwegs nach Los Angeles sei.«

»Guter Gott!«

»Ich habe die Schulleitung gebeten, die Sache geheimzuhalten, und das geschieht auch.«

»Immerhin etwas.«

»Was willst du, das ich tue?«

»Ich weiß nicht... Jesus! Dieses *dumme* Ding.« Er überlegte kurz. »Tu einstweilen gar nichts. Ich nehme das nächste Flugzeug. Wir sprechen über alles, wenn ich da bin.«

»Das ist sicher am besten.«

»Bis später.« Er legte den Hörer auf und seufzte. Lucky. Dieses dumme Kind. Sie brauchte ein paar auf den Hintern, er würde sie versohlen müssen. Das heißt, wenn er sie fand.

Lucky, 1966

Zwei überaus höfliche Franzosen, in untadelige weiße Smokingjakken und schwarze Hosen gekleidet, argumentierten ruhig und fest vor dem Eingang des Spielcasinos mit dem gereizten Warris Charters.

»Aber ich versichere Ihnen, daß *beide* über einundzwanzig sind«, erklärte er zum wiederholten Male.

»Davon bin ich überzeugt, mein Herr«, entgegnete einer der Männer liebenswürdig, »aber wir haben unsere Vorschriften, und wenn die Damen nicht ihre Pässe vorlegen können...« Er zuckte mit gallischem Charme die Achseln.

Lucky kämpfte gegen das Lachen an. Die ganze Szene war urkomisch. Sie und Olympia in toller Aufmachung, ein wütender, rotgesichtiger Warris und einige amüsierte Zuschauer.

»Lieber Himmel«, sagte Olympia ungehalten, »das ist doch lächerlich. Gehen wir.«

In diesem Augenblick stieg eine feurige, dunkelhaarige Frau im engsten, durchzeichnendsten roten Kleid, das Lucky je gesehen hatte, aus einem weißen Rolls-Royce aus, gefolgt von einem großen grauhaarigen Mann. »Warris!« schrie sie wild. »Du hinterfotziger Patron! Wo warst du?«

Warris hörte schlagartig auf, sich aufzuregen. »Pippa«, murmelte er blöd, »ich wollte dich anrufen.«

»Sicher«, erwiderte sie sarkastisch, »so sicher, wie der Präsident auf dem Washington Square kackt.«

Olympia mischte sich ins Gefecht. Sie umschlang den ziemlich verdatterten Warris und fragte in sehr besitzergreifender Weise: »Wer ist diese Frau, Liebling?«

Pippa warf ihr einen vernichtenden Blick zu. »Ich wußte gar nicht, daß kleine Mädchen dein Geschmack sind«, sagte sie verächtlich zu

Warris. »Was ist los, sind alle erwachsenen Frauen dahintergekommen, daß du ein hoffnungslos verkrachter Künstler bist?«

»Pippa, ich möchte dich mit Olympia Stanislopoulos bekannt machen «, sagte er steif, »aus *der* Stanislopoulos-Familie.«

»Oh!«

»Und Olympia, Süßes, ich möchte *dich* mit Pippa Sanchez bekannt machen, einer Geschäftspartnerin von mir.«

Was bin denn ich, dachte Lucky, gehackte Leber? Doch sie konnte sich nicht helfen, die Sache machte ihr Spaß. Es war zweifellos ein Genuß, Warris in der Scheiße hocken zu sehen.

»Pippa, meine Liebe«, schaltete sich nun der grauhaarige Mann ein, »wie ich sehe, sind das Freunde von dir. Warum gehen wir nicht alle etwas trinken?«

Das Vieux Colombier, am Strand von Juan-les-Pins gelegen, war ein großes, höhlenähnliches Lokal. Es hatte eine riesige Tanzfläche, und mehrere Jazzkapellen spielten. Lucky gefiel es sofort. Höchste Zeit, daß auch sie sich ein bißchen amüsierte. Und nach den Burschen zu urteilen, die hier herumsaßen, war dies ihre Nacht. Während Olympia und Warris sich geradezu blödegevögelt hatten, war sie nicht mal zum ›Fast‹ gekommen. Nun konnte sie endlich aufholen.

Irgend etwas störte Pippa. Während sie mit Warris über ihr kostbares Drehbuch sprach, bohrte ständig *irgend etwas* in ihrem Kopf.

»Wenn ich nur an ihren Alten herankomme«, sagte Warris. »Ist dir klar, wieviel Geld die Familie Stanislopoulos hat?«

»Wer ist die andere?« fragte Pippa. »Die dunkle, Olympias Freundin?«

»Oh, beachte sie nicht, sie ist die reinste Pest.«

»Wer ist sie?«

»Irgendeine Kleine. Die beiden waren zusammen im Internat oder so. Warum?«

Pippa schüttelte den Kopf. »Ich weiß nicht, sie kommt mir bekannt vor...«

Pippa beobachtete das dunkelhaarige Mädchen, das auf der Tanzfläche vorbeiwirbelte. Was hatte die Kleine bloß an sich? »Schläfst du mit dieser Olympia?« fragte sie. Pippas Verbindung mit Warris war rein geschäftlicher Natur, abgesehen von der trunkenen zweiten Festspielnacht, wo sie beide gemeint hatten, ein Geschäft abschließen zu können. Die Vögelei war schön gewesen; das Geschäft war geplatzt. Keiner von ihnen hatte das Bedürfnis gehabt, es noch einmal zu versuchen.

»Nein, nein«, antwortete Warris sarkastisch. »Ich bin nur oben in der Villa und kümmere mich um die Zimmerpflanzen. *Natürlich* schlafe ich mit ihr.«

»Sie ist sehr jung. Was läßt dich glauben, daß ihrem Vater die Sache gefällt?«

»Wenn ich ihn kennenlerne, wird er gar keine andere Wahl mehr haben. Vielleicht heirate ich sie. Wie findest du *das*?«

Pippa lächelte und sagte warnend: »Schscht...«

Olympia und der bolivianische Juwelier, der mit ihr eine Runde durch das Lokal gemacht hatte, kehrten an den Tisch zurück. »Wo ist Lucky?« fragte Olympia. Sie seufzte und fächelte sich mit dem Handrücken Kühle zu.

»Wer?« fragte Pippa scharf.

»Lucky. Meine Freundin.«

Natürlich! Das mußte es sein! Das war es! Sie hatte doch gewußt, daß sie dieses Gesicht kannte. Ginos Gesicht. Gino Santangelo! Das Mädchen mußte seine Tochter sein – *war* seine Tochter. Wie viele Mädchen auf der Welt hießen schon Lucky! Pippa erinnerte sich noch genau daran, daß sie die Bürste und den Kamm aus massivem Gold, die Jake der Boy für Ginos neugeborenes Baby gekauft hatte, weggebracht und mit »Lucky Santangelo« hatte gravieren lassen. Vor fünfzehn Jahren. Guter Gott! Warris meinte, mit dem Stanislopoulos-Mädchen einen Goldfisch an der Angel zu haben. Wie wenig er doch wußte...

Pippa strahlte. »Warris«, rief sie fröhlich, »feiern wir. Bestell Champagner. Ich glaube, der heutige Abend wird sich als sehr wichtig für uns *alle* erweisen.«

Gino, 1966

Seit vier Tagen keine Spur von seiner Tochter. Gino geriet immer mehr in Wut. Er war in dem Internat gewesen, hatte Luckys Nachrichten gelesen und der Rektorin gedroht, damit sie Stillschweigen wahrte. Dann war er nach New York zurückgekehrt, und seither wartete er.

Im Haus in Bel Air warteten seine Leute darauf, daß Lucky auftauchte. Als sich herauskristallisierte, daß sie nicht auftauchen würde, begann Gino selbst Nachforschungen anzustellen. Er fuhr mit Costa noch einmal in das Internat, befragte die Mädchen aus Luckys Klasse, fand jedoch nichts heraus. Die Rektorin war wütend. Sie erklärte ihm kalt, daß nach ihrer Meinung die Polizei eingeschaltet gehörte. Es kostete Costa zwei Stunden plus eine hohe Spende für die Neubaukasse des Internats, die Rektorin zu überzeugen, daß man die Polizei besser aus dem Spiel ließ.

Gino gelang es dann, die Mutter von Luckys bester Freundin Olympia ausfindig zu machen. Sie versicherte ihm, ihre Tochter studiere in Paris eifrig Russisch und habe keine Ahnung von Luckys Verschwinden.

Als nächstes rief er Dario an, in der Hoffnung, sein Sohn wisse irgend etwas. Doch wieder zog er eine Niete.

Dario legte nachdenklich den Hörer auf. Er fand die Neuigkeiten, die er gerade von seinem Vater erfahren hatte, unglaublich aufregend. Warum war er nicht auf die Idee gekommen, abzuhauen? Er haßte die Schule, sie wurde mit jedem Tag schlimmer. Hätte er nur gewußt, wo Lucky war, dann hätte er auch abhauen und sich mit ihr zusammentun können. Aber nein – keine Ahnung, wo sie steckte. Mürrisch kehrte er ins Klassenzimmer zurück.

Sein Kunsterziehungslehrer fragte: »Alles in Ordnung, Dario?«

»Jawohl, Sir.«

»Bestimmt?«

»Jawohl, Sir.«

Einer der hinter ihm sitzenden Jungen äffte ihn nach: »Jawohl, Sir.« Dann kicherte er dreckig.

Dario ignorierte ihn. Er hatte eine gesunde Gleichgültigkeit gegenüber allem entwickelt, was die anderen Jungen taten. Kalte Unbeteiligtheit, so fand er, brachte ihn leicht in Vorteil. Sie war entschieden besser als eine wütende Reaktion und ständige Prügeleien.

Der Lehrer trat an seine Bank und betrachtete seine Kohleskizze eines Schwimmers. »Hmmm«, murmelte er, »nicht schlecht, Dario, gar nicht schlecht. Bleib nach der Stunde hier. Ich möchte mit dir reden.«

»Jawohl, Sir.«

Der Kunsterziehungslehrer Eric sagte: »Mir fällt auf, daß du hier nicht herpaßt. Du bist ganz – ganz anders.«

»Ja, das stimmt«, antwortete Dario verächtlich. »Ich bin nicht wie diese kleinen Kriecher.«

»Das weiß ich. Das sehe ich. Du bist – sensibler, intelligenter.«

Dario hatte sich bislang weder für sensibel noch für intelligent gehalten. »Ja«, bekräftigte er schnell, »ich glaube auch, daß ich das bin.«

»Ich weiß es«, erklärte Eric. »Ich spürte es beim ersten Blick auf dich.«

Mit einemmal empfand Dario Unbehagen. Eric starrte ihn so seltsam an.

»Du bist wie ich«, fuhr Eric fort. »Ich war – auch anders in der Schule. Die Jungen haßten mich, weil ich die Kunst liebte – gute Bücher – die feineren Dinge im Leben...«

»Wirklich?« Er versuchte, ein interessiertes Gesicht zu machen, aber Eric und seine Lebensgeschichte begannen ihn zu langweilen.

»Vielleicht möchtest du mal ein Wochenende bei mir verbringen«, sagte Eric zwanglos. »Mir ist aufgefallen, daß du an den Wochenenden nie nach Hause fährst. Wir könnten es uns schön machen, uns amüsieren.«

Dario überlegte, welche Möglichkeiten es gebe, sich mit Eric zu amüsieren. Seines Wissens war der Mann mit dem sandfarbenen Haar, den wässerigen grauen Augen und der untersetzten, kräftigen Gestalt vierundzwanzig Jahre alt. »Was würden wir tun?« fragte er vorsichtig.

»Was du willst. Ins Kino gehen, kegeln, schwimmen, viel und gut essen. Was meinst du dazu?«

»Ja«, sagte Dario langsam. »Warum nicht?«

Eric lächelte. »Wirklich, warum nicht? Aber es muß unser Geheimnis bleiben. Wir dürfen es keiner Menschenseele sagen. Schulvorschriften und so.«

Dario grinste. Plötzlich hatte er das Gefühl, daß er wichtig sei und jemand ihn möge. Eric lud schließlich nicht jeden Jungen aus der Klasse übers Wochenende ein.

Genau vierundzwanzig Stunden vergingen, dann rief der Vater von Olympia, Dimitri Stanislopoulos, selbst bei Gino an. »Wir haben ein Problem«, sagte er gepreßt.

»So?«

»Olympia hat Paris verlassen. Sie hat eines meiner Autos genommen und ist verschwunden.«

»Ahhh...« Gino seufzte erleichtert auf. Wenigstens war Lucky bei einer Freundin.

»Sie ist ein sehr eigenwilliges Mädchen«, fuhr Dimitri müde fort. »Nicht zu bändigen, könnte man sagen. Und leicht zu beeinflussen. Ich denke, im Verein mit Ihrer Tochter Lucky sind...«

»Haben Sie eine Ahnung, wo die beiden sein könnten?«

»Nicht die geringste. Aber ich habe sofort eine Suchmeldung nach dem Wagen aufgegeben. Dürfte nicht lange dauern, bis man ihn und damit sie findet.«

Die beiden Väter beendeten das Gespräch, nachdem sie vereinbart hatten, sich am folgenden Tag zu einer bestimmten Zeit in Paris zu treffen.

Lucky, 1966

Wie war es dieser Pippa Sanchez bloß gelungen, sich in Olympias und ihr Leben zu drängen? Am Abend vorher hatte sie den bolivianischen Juwelier abgeschoben, in ihrem Hotel eine kleine Tasche geholt und sich in den Mercedes gezwängt, um mit zur Villa zu fahren. »Du hast doch nichts dagegen«, hatte sie süß zu Olympia gesagt. »Nur, bis Warris und ich unser Geschäft abgewickelt haben.«

»Natürlich nicht«, hatte Olympia geantwortet.

Jetzt war es Morgen, und Lucky stand mit finsterem Gesicht in der Küche. »Warum verschwinden wir nicht?« fragte sie ihre Freundin. »Die Sache hier wird langweilig. Ich dachte, wir würden uns amüsieren.«

»Ich amüsiere mich bestens«, erwiderte Olympia. »Warris ist ein phantastischer Mann.«

»Und was ist mit dem mexikanischen Knallfrosch? Wieso ist *die* hier eingezogen?«

»Nur für ein paar Nächte. Die beiden haben ein Geschäft miteinander.«

»Ich mag sie nicht. Sie schaut mich so komisch an, daß ich Gänsehaut kriege.«

»Vielleicht will sie dich haben!« sagte Olympia und kicherte.

»Du kannst dir solche Witze und überhaupt das alles hier in den Hintern stecken!« tobte Lucky. »Ich hau ab.«

»Womit denn? Du hast kein Auto, keine Verpflegung, kein Garnichts.«

»Verdammt wahr. Nett von dir, mich dran zu erinnern.«

»Ach, komm schon, du brauchst nichts als einen Kerl. Heute abend suchen wir dir einen.«

»Ich hab mir gestern einen gesucht, und was ist passiert? Kein Platz im Wagen, um ihn hierher mitzunehmen – hat dein geliebter Warris erklärt.«

»Heute wird es anders sein«, versicherte ihr Olympia. »Such dir einen, der dir gefällt, und ich *verspreche* dir, daß wir ihn herbringen – irgendwie.«

Lucky war einigermaßen versöhnt. »Okay.«

Die beiden Mädchen gingen hinaus. Warris hatte sich am Schwimmbecken ausgestreckt; neben ihm bot Pippa auf einer Liege ihren leicht eingeölten Körper der Sonne dar. »Sehr hübsches Haus«, schnurrte sie. »Wie lange wohnt ihr schon hier?«

»Eine Weile«, antwortete Lucky vorsichtig.

»Keine Schule?« fragte Pippa.

»Mit der Schule sind wir fertig«, antwortete Olympia und ließ sich auf Warris' Bauch fallen.

»Du bist schwer!« protestierte er.

»Das hast du heute nacht nicht gesagt.« Sie kicherte.

»Übrigens«, sagte Pippa, »wie wäre es, wenn wir heute abend hier eine Party veranstalteten?«

»Eine Party?« fragte Olympia. »Wir kennen doch niemand.«

»Ich schon«, entgegnete Pippa. »Ich kenne Gott und die Welt. Alles amüsante Leute.«

Olympias Augen leuchteten auf. »Wirklich?«

»Natürlich. Ich kenne sogar ein paar Musiker, die umsonst spielen werden – nur für ein Essen, Trinken und ein paar schöne Stunden.«

»Klingt großartig, aber woher nehmen wir Essen und Trinken? Ich bin im Moment ein bißchen knapp bei Kasse – ich warte täglich auf mein Geld.«

Pippa sprang auf. »Mach dir keine Sorgen. Überlaß nur alles mir. Kann ich den Wagen nehmen?«

»Natürlich. Aber...«

Pippa grinste. »Ich arrangiere die Party. Leg du dich in die Sonne.« Sie zog ein orangenes Strandkleid über ihren Bikini. »Bis später.«

Pippa fuhr in dem weißen Mercedes die schmale kurvenreiche Küstenstraße hinunter. Sie summte vor sich hin. Das Leben war schön. Sie hatte nicht lange gebraucht, um den Mädchen hinter die Schliche zu kommen. Die beiden waren ausgerissen, das sah ein Blinder. Kein Geld. Keine Pläne. Ein Haus, das ihnen offensichtlich nicht gehörte, dessen Möbel zur Hälfte von Staubhüllen verdeckt waren. Ja, zwei Ausreißerinnen. Von der Schule – von zu Hause. *Irgend jemand* mußte sie vermissen.

Gino Santangelo. Bei dem bloßen Gedanken an ihn rann ihr ein kalter Schauer über den Rücken. Suchte er seine Tochter? Höchstwahrscheinlich. Und wenn, wer konnte ihm genauer sagen als Pippa Sanchez, wo er sie finden würde?

Er würde dankbar sein. Vielleicht sogar dankbar genug, um ihren Film zu finanzieren...

Sie lächelte, empfand kurz Mitleid mit Warris, sagte sich aber dann, es sei besser, ihm nichts über Lucky zu verraten. Außerdem interessierte ihn das Stanislopoulos-Mädchen ohnehin mehr. Wer konnte ihm verdenken, daß er sie zu angeln versuchte?

Pippas Lächeln vertiefte sich. Wie leicht es gewesen war. *Ich arrangiere eine Party. Kann ich deinen Wagen nehmen?* Jetzt saßen die drei in der Villa fest. Ohne Fluchtmöglichkeit. Und statt eine Party zu arrangieren, würde sie arrangieren, daß Gino Santangelo hergeflogen kam. Persönlich würde sie ihn zu Lucky führen. Das Ganze konnte gar nicht perfekter sein!

Sie drehte das Autoradio auf volle Lautstärke und trat vergnügt aufs Gaspedal.

Die Kurve kam überraschend für sie. Es war eine Haarnadelkurve, und Pippa fuhr viel zu schnell. Außerdem waren die englischen Touristen in dem überladenen gemieteten Citroën viel zuweit in der Straßenmitte.

Der Mercedes und der Citroën prallten frontal zusammen, das donnernde Krachen war kilometerweit zu hören.

Pippa Sanchez war sofort tot. Mitten aus ihren Träumen gerissen.

Gino, 1966

Gino flog allein nach Paris. Er rief in Las Vegas an und bekam von Marco berichtet, daß Mrs. Richmond unerhörte Forderungen stellte. Sie war einen Tag nach Gino abgereist und hatte Craven dort gelassen, damit er ihre Anweisungen für den geplanten Galaabend ausführe. Stündlich gab sie ihm aus Washington per Telefon neue Direktiven.

»Es ist Wahnsinn«, sagte Marco zu Gino, »sie will die Hälfte der Gäste für die eine Nacht kostenlos in Suiten untergebracht haben. Sie will spezielle Speisen haben, unvorstellbare Blumenarrangements. Der Abend wird uns ein Heidengeld kosten.«

Gino war machtlos, er hatte ihr den Abend versprochen und stand im Wort. Auch wenn die Dame ihn für dumm zu verkaufen versuchte, eine Liebesstunde mit ihrem knochigen Körper sollte als Bezahlung genügen! Eine Liebesstunde – als wollte sie messen, wieviel sie ihm wert sei.

»Tu, was sie will«, sagte er. »Ich komme so schnell wie möglich zurück.«

Mrs. Richmond würde auf die harte Tour lernen müssen, daß Gino Santangelo sich von niemandem ausnützen ließ. Er würde ihren Wohltätigkeitsabend genauso veranstalten, wie sie es wünschte. Doch eines Tages würde sie bezahlen. Wenn *er* fand, daß der richtige Zeitpunkt gekommen sei.

»Was Neues von Lucky?« fragte Marco.

»Ich bin eben erst angekommen. Ich halte dich auf dem laufenden.«

»Zigarette, Dario?« fragte Eric.

»Danke.« Er nahm die Zigarette, zündete sie an und streckte sich auf der Liege aus, die den größten Teil von Erics vollgestelltem Balkon einnahm.

Die kleine Wohnung lag in San Diego, wenige Meilen vom Internat entfernt. Dario war am Samstag morgen mit dem Bus gekommen, Eric hatte ihn an der Busstation abgeholt. Sie hatten einen recht netten Tag verbracht, sich die Stadt angesehen, eingekauft, in Buchläden gestöbert, ein paar Kunstgalerien besucht. Jetzt, seit der Rückkehr in die Wohnung, umschwirrte ihn Eric wie eine hungrige Fliege.

Dario gestand sich ein, daß er diese Zuwendung genoß. Im Internat schenkte man ihm keine Aufmerksamkeit oder vielmehr nur feindselige. Zu Hause spielte Lucky die Hauptrolle, wenn sie da war.

»In der Schule geht das Gerücht, daß dein Vater Gino Santangelo ist«, sagte Eric und räusperte sich nervös. »Ist das wahr?«

Er nickte.

»Ich glaube nicht – hm, ich meine, es wäre besser, wenn du...«

Dario grinste. Er fühlte sich weit über seine Jahre hinaus weltgewandt und wissend. »Schon gut, Eric. Ich werde ihm nicht sagen, daß ich hier bin.«

Eric stieß einen Seufzer der Erleichterung aus. »Es ist nur...«

»Sie brauchen mir nichts zu erklären.«

Eric ergriff seine Hand, ihr erster körperlicher Kontakt. Dario ließ zu, daß Eric sie hielt. Sein Herz schlug wild. Er wußte, was Eric wollte. *So* naiv war er nicht. Ob er es dulden würde, stand auf einem anderen Blatt.

»Du bist ein so schöner Junge«, stieß Eric hervor. Seine Stimme bebte vor Ergriffenheit. »Du bist mir gleich am ersten Tag aufgefallen, als du in meine Klasse kamst. Ich sah dich und dachte: Der Junge ist anders, der Junge hat viel Schmerz und Traurigkeit erlebt. Habe ich recht?«

Seine Hände waren heiß und klebrig, doch Dario hatte nicht das Verlangen, seine Hand zurückzuziehen. Er verspürte sexuelle Erregung, jene Erregung, von der er erfaßt worden war, als er Marabelle Blue und seinen Vater zusammen im Bett beobachtet hatte, als er Lucky heimlich beim Auskleiden zugesehen hatte, als er unter der Dusche die anderen Jungen betrachtet hatte. »Ja«, sagte er und genoß die romantische Vorstellung, ein Mensch zu sein, der viel Schmerz und Traurigkeit erlebt hatte. Schließlich stimmte es, oder? Sein Leben war wirklich sehr einsam gewesen...

Erics Mund senkte sich über seinen. Er empfand keinen Widerwillen, nur eine seltsame, leere Neugierde.

»Ich glaube, ich könnte einen Jungen wie dich lieben«, sagte Eric mit gedämpfter, verschleierter Stimme.

Dario überließ sich dem Kuß. Überließ sich dem, was folgte...

Zum erstenmal im Leben fühlte er sich geliebt, erwünscht und vollkommen geborgen.

Dimitri Stanislopoulos war ein großer Mann mit dichtem weißem Haar, einer Adlernase, wilden, flackernden Augen und der unangenehmen Angewohnheit, jeden Satz mit einem scharfen »Ich denke« zu beginnen.

Nach fünfzehn Minuten in seiner Gesellschaft hatte Gino es gründlich satt, zu hören, was der Herr dachte.

Zusammen suchten sie die Haushälterin in Dimitris Pariser Wohnung auf. Die ältliche Frau war griesgrämig und schwer von Begriff, ihre spärlichen Englischkenntnisse verflüchtigten sich vollkommen, als sie sich den beiden Männern gegenübersah.

Schließlich sprach Dimitri sie in schnellem Französisch an und schwenkte dabei die Arme wie Windmühlenflügel.

Sie antwortete in mürrischem, gereiztem Ton.

»Die dumme alte Krähe«, brummte Dimitri, »sie fürchtet, daß ich ihr Vorwürfe mache und sie rauswerfe.«

»Was hat sie gesagt?« fragte Gino ungeduldig.

»Nichts, was wir nicht schon wissen. Olympia ist am Montag mit dem Wagen weggefahren. Sie hat behauptet, ihre Mutter besuchen zu wollen.«

»Vor fünf Tagen also. Die beiden können inzwischen weiß Gott wo sein.«

»Ich denke, daß die Detektivfirma, die ich beauftragt habe, den Wagen heute aufspüren wird. Sie ist die beste. Und eines steht doch fest – zwei hübsche junge Mädchen in einem teuren Auto dürften nicht allzu schwer zu finden sein.«

Um drei Uhr nachmittags meldete sich Dimitri Stanislopoulos' Detektivfirma mit Neuigkeiten über den Wagen. Er war ein Wrack, Totalschaden. Er war auf einer schmalen Straße oberhalb von Cannes in einen schweren Unfall verwickelt worden. In dem Wagen hatte man die Leiche einer unbekannten Frau gefunden.

Keine Stunde später saßen Gino und Dimitri in einem Flugzeug nach Südfrankreich.

Lucky, 1966

Wolken überzogen den Himmel mit einem Muster und verdunkelten die Sonne. Scharfer Wind kam auf.

»Mistral«, sagte Warris ärgerlich. »Verdammt noch mal! Er wird die Party ruinieren.«

»Warum?« fragte Olympia.

»Weil sich ein heftiges Gewitter zusammenbrauen wird, meine Süße, und wer will da in die Hügel herauffahren?«

»Oh, Schande! Ich habe mich so auf eine *phantastische* Party gefreut. Du nicht, Lucky? *Lucky*?«

Sie fuhr hoch. »Was?« Sie hatte an Bel Air gedacht. Das riesige kühle Haus mit den gepflegten Gärten. Ihr Zimmer, groß und weiß, mit Fernseher, ihrer Plattensammlung, ihren Büchern und all ihrem Spielzeug. »Ich glaube, ich werde mich auf den Heimweg machen«, sagte sie ruhig.

»Waaas?« Olympia riß die Augen auf.

»Ja.«

»*Komm schon*. Warum?«

Sie zuckte die Achseln. »Ich weiß es nicht... Mir ist einfach danach.«

»Du bist sehr egoistisch«, brummte Olympia.

Ha! *Sie* war egoistisch. Ha! Den ganzen Vormittag hatten Olympia und Warris im Schlafzimmer gelegen. Jetzt war es zwei Uhr, und die beiden waren eben erst erschienen. Lucky hatte es satt, sich überflüssig zu fühlen. »Ich gehe«, sagte sie. »Du kannst mich nicht dran hindern.«

Warris beobachtete die beiden Mädchen, und als er sie so betrachtete, gewahrte er zum erstenmal, was für eine ungewöhnliche Erscheinung Lucky war. Er hatte sie nie richtig angesehen, doch unter dem schwarzen Haargewirr und der dunklen, olivbraunen Haut verbarg sich eine echte, wilde Zigeunerschönheit. Unvorstellbar, da hatte er die ganze Zeit mit ihr in einem Haus gelebt und sie nie wirklich *gesehen*! Sie war viel attraktiver als Olympia, die im Grunde, wenn man den Busen und das lange blonde Haar außer acht ließ, recht gewöhnlich aussah. Lucky hatte nichts Gewöhnliches, beileibe nicht.

»Du machst mir Kopfschmerzen, ich lege mich eine Weile hin«, knurrte Olympia schließlich. Sie stürmte ins große Schlafzimmer und knallte die Tür zu.

Warris und Lucky saßen in dem von den Gewitterwolken verdunkelten Wohnzimmer und starrten einander stumm an.

Dann stand er auf und streckte sich. »Sobald Pippa zurückkommt, fahre ich dich zum Flugplatz, wenn du möchtest. Womit willst du dein Ticket bezahlen?«

»Ich denke mir was aus, wenn ich dort bin.« Sie hielt inne, musterte ihn argwöhnisch. »Bringst du mich wirklich hin?«

Er kam langsam auf sie zu. »Klar. Warum nicht?«

Lucky hockte auf dem Boden, die langen braunen Beine ausgestreckt. Sie trug Shorts und ein gestricktes Baumwollhemd.

Er blieb vor ihr stehen und streckte die Hände aus. »Steh auf. Wir suchen nach einem Weg, wie du dein Ticket bezahlen kannst.«

Sie ergriff seine Hände, und er zog sie hoch. »Gibt es einen?«

»Ich weiß nicht. Muß darüber nachdenken.«

Er ließ ihre Hände nicht los, trat ganz nahe zu ihr, und bevor sie wußte, wie ihr geschah, küßte er sie.

»He«, protestierte sie und schob ihn weg. »Willst du das wohl lassen?!«

»Warum?« Plötzlich waren seine Hände überall. »Ich habe bemerkt, wie du Olympia und mich beobachtet hast. Glaubst du, ich weiß nicht, daß du auch scharf auf mich bist?«

»Du mieser Hund!«

»Sag das, wenn ich dich unter mir hab, wenn ich meinen Schwanz in dir hab, wenn ich...«

Sie stieß ihm mit aller Kraft das Knie zwischen die Beine. Er war einen Moment lang perplex, dann krümmte er sich vor Schmerz und hielt seine Hoden. »Du Luder!« knirschte er.

Sie beobachtete ihn wachsam. Am liebsten hätte sie gelacht, denn er wirkte so komisch. Doch ihr war klar, daß ihn das nur noch wütender gemacht hätte, und wer wußte, was der Kriecher dann tat?

Lucky zerbrach sich den Kopf, was sie tun sollte. Sie hatte ihre Sachen gepackt, sich dann hingesetzt und den ganzen Nachmittag darauf gewartet, daß entweder Pippa zurückkäme oder der Regen aufhöre. Jetzt war es halb sechs. Es goß unverändert, und von Pippa war nichts zu sehen.

Olympia war um vier erschienen und beschäftigte sich damit, die Staubhüllen von den Möbeln abzunehmen und Gläser für die Party bereitzustellen. Sie und Lucky vermieden es geflissentlich, miteinander zu reden.

Warris schlief auf der Couch. Sein Schnarchen nervte beide Mädchen.

Um sechs begann Olympia das Haus mit Kerzen zu erleuchten. Dann weckte sie Warris und fragte: »Wo bleibt deine Freundin, verflucht und zugenäht?«

Er war schlecht gelaunt, denn seine Eier schmerzten immer noch von Luckys gut plaziertem Kniestoß. »Sie wird schon kommen«, brummte er.

»Sie läßt sich zweifellos Zeit.«

»Sie wird schon kommen, habe ich gesagt.« Er stand von der Couch auf und verschwand ins Schlafzimmer. Olympia folgte ihm.

Einmal mehr war Lucky allein. Sie saß da und starrte zum Fenster hinaus, beobachtete die plötzlich aufzuckenden Blitze und den gnadenlos niederprasselnden Regen, der den Garten überflutete. Tiefe Niedergeschlagenheit erfaßte sie. Es hatte ihr schon gereicht, wegen des Regens im Haus eingesperrt zu sein, aber jetzt fühlte sie sich wirklich gefangen. Und mittlerweile war es schon nach sieben.

Voll Erleichterung sah sie endlich die Lichter eines Wagens näherkommen. Wenn Pippa sich weigerte, sie zum Flugplatz zu bringen, würde sie eben den Mercedes nehmen und selbst hinfahren. So einfach war das.

Sie ergriff ihre kleine Tasche, öffnete die Fenstertür und lief hinaus.

Der Regen prasselte auf sie nieder und durchnäßte sie im Nu, als sie dem Wagen entgegenrannte.

Zu spät erkannte sie, daß es nicht Pippa war, nicht der Mercedes. Verfluchte Scheiße! Es war Gino. Ihr Vater.

Steven, 1967

Zizi ging schrecklich gern zum Tanzen. Steven blieb lieber zu Hause und hörte Musik. Er mochte Jazz, ein bißchen Rock, doch seine große Leidenschaft war der Soul. Stundenlang konnte er mit voll aufgedrehtem Stereogerät dasitzen und die Klänge von Isaac Hayes, Marvin Gaye, Aretha Franklin in sich aufnehmen.

Zizi zog schrille Discomusik und lateinamerikanische Klänge vor. Sie und Steven stritten ständig darüber, welche Platten aufgelegt werden sollten. »Ich hasse den Scheißdreck, den du dir anhörst«, pflegte sie vorwurfsvoll zu sagen. »Wo bleibt da der Rhythmus, das Feuer? Komm, gehen wir aus und tanzen einen weg.«

Ihr Lieblingslokal lag in Spanish Harlem. Es war klein, voll, laut. Sie stand dort immer im Mittelpunkt. Steven schaute zu, wie sie sich mit einem ihrer verschiedenen Partner auf der winzigen Tanzfläche bewegte, und begann regelmäßig zu kochen. Seit einem Jahr waren sie nun verheiratet, doch seine Eifersucht wurde keinen Funken besser.

Zizi liebte es, ihn zu quälen. Sie genoß es, wenn er die Beherrschung verlor, und war begeistert, wenn er einen Mann niederschlug.

»Eine sehr schädliche Beziehung bist du da eingegangen«, sagte Jerry eines Tages beim Mittagessen zu ihm. »Wie sieht es denn aus, wenn ein Anwalt herumläuft und Prügeleien anfängt? Du wirst noch in einem deiner eigenen Gerichtssäle landen. Was meinst du, wie *das* dem Richter gefallen wird?«

»Du hast recht. Aber was kann ich machen? Sie sitzt mir im Blut. Ich liebe sie.«

»Lieben! Daß ich nicht lache! Sie hat dich am Schwanz und drückt zu.«

Steven stocherte geistesabwesend in seinem Salat herum. »Hast du mit meiner Mutter geredet?«

»Natürlich. Was glaubst du, wie *ihr* zumute ist?«

»Das Problem bei meiner Mutter ist, daß sie die Dinge zu eng sieht. Wenn es nach ihr ginge, hätte ich eine zwanzigjährige Jungfrau aus guter Familie mit einem College-Abschluß und einem Hauswirtschaftsdiplom geheiratet.«

»Gibt es überhaupt zwanzigjährige Jungfrauen mit College-Abschluß?«

Steven schnitt ein Stück von seinem Steak ab. »Ich wünschte, du würdest mit ihr reden. Vielleicht könntest du ein Treffen zwischen uns arrangieren.«

»Ich werde es versuchen.« Jerry wußte, daß es ihm nicht gelingen würde. Carrie war von Woche zu Woche fester entschlossen, ihren Sohn nicht wiederzusehen, bis er sich von »diesem Unflat«, wie sie Zizi nannte, getrennt hatte.

»Gefällt's dir?« fragte Zizi. Sie hatte sich in der kleinen Wohnung mit gespreizten Beinen vor Stevens Schreibtisch aufgebaut.

Er war in seine Unterlagen vertieft, denn er bereitete sich auf seinen nächsten Fall vor. Seine Gedanken gingen in diese und jene Richtung. Zerstreut schaute er auf.

Sie trug ein bis zum Schambein geschlitztes Kleid aus Goldlurex. »Hübsch, hm?« gurrte sie.

Das schlimmste Kleid, das er je gesehen hatte. Auffällig. Billig. Dirnenhaft. »Ich finde es abscheulich«, sagte er.

Röte überzog ihr Gesicht. »Es hat dich hundertzwanzig Dollar gekostet«, fauchte sie, »also finde es lieber hübsch.«

In Gedanken noch immer bei seinem Fall, erwiderte er geistesabwesend: »Bring es zurück und laß dir das Geld rauszahlen.«

Ihre Wut traf ihn völlig unvorbereitet. Sie sprang vor, fegte seine sämtlichen Papiere vom Schreibtisch und fuhr ihm mit ihren langen Fingernägeln ins Gesicht. »Du findest alles abscheulich, was ich tue!« kreischte sie. »Die ganze Zeit kritisierst du mich, du Affe! Was läßt dich denn glauben, daß du so großartig bist?«

Er packte sie, preßte ihr die Arme an den Körper. »Was ist los mit dir?« begann er. Und dann kam es über ihn, wie stets, wenn er sie berührte. Er hatte unversehens die größte Erektion der Welt. Zumindest fühlte es sich so an.

Er zerrte an dem Goldlurex, wickelte ihn um ihre Taille, ohne sich darum zu kümmern, daß das Zeug zerreißen konnte. Und sie feuerte ihn mit heißem, kehligem Ächzen an. Jerry hatte recht, sie hatte ihn am Schwanz und wußte es.

Lucky, 1966

Vier Wochen waren vergangen. Südfrankreich bedeutete für Lucky nur noch eine ferne Erinnerung, verdrängt von der Wirklichkeit des Bel-Air-Hauses. Des Bel-Air-Gefängnisses vielmehr. Seit der Rückkehr genoß sie nur sehr beschränkte Freiheit. Eine Haushälterin namens Miß Drew war auf der Bildfläche erschienen, und sie ließ Lucky keine Sekunde aus den Augen.

Lucky dachte an den Gewitterabend in Frankreich zurück. An ihren Schock über Ginos Ankunft und an sein Gesicht, das genauso finster drohend gewesen war wie die Gewitterwolken. Sie sah ihn noch, wie er sie wortlos an den Schultern gefaßt, ihr die Fingernägel ins Fleisch gebohrt und sie geschüttelt hatte, daß ihre Zähne buchstäblich klapperten.

Ein Alptraum war das Ganze.

Olympias Vater stieg aus dem Auto und sagte: »Ich wußte es doch! Ich wußte, daß sie hier sein würden!« Alle drei standen sie im Regen, naß bis auf die Haut, und sie selbst überlegte verzweifelt, wie sie Olympia warnen könnte, die vermutlich mit Warris im Bett lag, wie die meiste Zeit seit der Ankunft hier.

Dann eilten sie in die Villa. Gino hielt sie am Arm fest, als habe er Angst, sie würde davonlaufen. Drinnen rief Dimitri entsetzt: »Mein Gott! Sie haben das Haus meiner Schwester zugrunde gerichtet!«

In diesem Moment brach das Gewitter erst richtig los. Blitze zuckten, der Donner krachte und dröhnte. Gino brüllte sie an: »Was hat

Pippa Sanchez mit dir zu tun?« Dimitri stieß unterdessen die Doppeltür zum großen Schlafzimmer auf, und da lag, für alle sichtbar, Olympia nackt zwischen Warris' gespreizten Beinen, den runden Popo nach oben.

Dimitri zögerte nicht. Er trat rasch vor und schlug seine Tochter mit ganzer Kraft auf die Kehrseite. Olympia fuhr auf und schrie: »Was soll das...?«

Warris, der dem Höhepunkt nahe gewesen war, riß die Augen auf und rief: »Lieber Himmel!«

Die Nachricht von Pippas Tod brachte vorübergehend Ruhe ins Geschehen. Warris sank in einem Sessel zusammen und vergrub den Kopf in den Händen. »Mein Gott, ich kann es nicht fassen!«

»Was hatte sie überhaupt hier zu suchen?« fragte Gino.

»Sie war nicht hier«, antwortete Warris. »Sie war eine Bekannte von mir und hat sich nur den Wagen ausgeborgt, das ist alles.«

Die Wut der beiden Väter kannte keine Grenzen.

»Verschwinden Sie aus diesem Haus«, tobte Dimitri.

»Und zwar schnell«, fügte Gino eisig hinzu, »solange Sie noch in einem Stück sind.«

Der Rest war ein Gewirr lauter Stimmen, Olympias hysterische Schreie, wechselseitig erhobene Beschuldigungen, vergebliche Proteste von Warris, der mit seinen beiden Gucci-Taschen in die Gewitternacht hinausgejagt wurde. Dann erneut ein schweigsamer Flug mit ihrem Vater, dessen Gesicht wie Granit war. Ein Flug, der sie bis nach Los Angeles brachte. Danach die Fahrt zum Bel-Air-Haus. Noch immer kein Wort. Warum redete er nicht mit ihr? *Warum konnten sie sich nicht miteinander verständigen?*

Sie wurde nicht einmal bestraft. Aber es war Strafe genug, alleingelassen zu werden, denn am nächsten Tag fuhr Gino ab und ließ sie bei Miß Drew zurück, einer athletischen Dreißigerin, die nicht von ihrer Seite wich.

Lucky überlegte, welche Strafe Olympia wohl erhalten hatte. Vermutlich einfach eine andere Schule in einer anderen Stadt. Eines Tages würden Olympias Vater die Städte ausgehen. Als sie versuchte, die Freundin in einer ihrer verschiedenen Wohnungen anzurufen, mußte sie feststellen, daß alle Nummern geändert worden waren. Und Miß Drew sagte steif: »Ihr Vater wünscht nicht, daß Sie mit Miß Stanislopoulos Verbindung aufnehmen.« Natürlich.

Am Morgen ihres sechzehnten Geburtstags war Gino plötzlich wieder da. Einfach so. Als sie zum Frühstück herunterkam, saß er lächelnd, eine Tasse Kaffee in der Hand, im Patio, von dem aus man das Schwimmbecken überblickte.

Es gab soviel, was sie ihn fragen wollte. Wie hatte er sie in Frankreich gefunden? Was dachte er? War er froh, sie wiederzuhaben?

»Morgen, Daddy«, sagte sie zaghaft.

Er schenkte ihr ein strahlendes Lächeln. »Ich habe unser Problem gelöst, Liebes.«

Unser Problem? Was war *unser* Problem? Eine neue Schule? Wenn ja, würde sie einfach wieder ausreißen.

»Hast du ein hübsches Kleid?« fragte er.

Das zeigte, wie gut er sie kannte. Sie haßte Kleider, trug nie welche. »Warum?« erkundigte sie sich mißtrauisch.

»Weil ich dich auf eine kleine Reise mitnehme, weil ich möchte, daß du ein paar Freunde von mir kennenlernst.«

»Wohin?«

»Vegas. Zu dem großen Wohltätigkeitsabend, den ich für Mrs. Peter Richmond in meinem Hotel gebe.«

»Vegas?« Lucky erglühte. Sie wünschte sich schon lange, Las Vegas kennenzulernen. »Wirklich?«

»Klar. Wir steigen etwa um eins in ein Flugzeug. Geh und pack eine Reisetasche.«

Sie konnte ihr Glück gar nicht fassen. »Ehrlich?«

Er lachte. »Ja, ehrlich. Und pack etwas Anständiges ein – ich möchte die vergammelten Jeans und die alte Hemdbluse, worin du offenbar lebst, nicht mehr sehen.«

»Klare Sache.« Sie rannte in ihr Zimmer und inspizierte den Inhalt ihres Kleiderschranks. Marco war in Vegas. Sie mußte etwas Sensationelles zum Anziehen finden.

Miß Drew schaute zur Tür herein und lächelte dünn. »Wie ich höre, werden Sie ein paar Tage weg sein.«

Ein paar Tage! Jej! Das wurde ja immer besser. Sie nickte: »Gino – äh, Daddy nimmt mich mit nach Las Vegas.«

»Wie nett.«

»Sehr nett, darauf können Sie wetten.«

»Alles Gute zum Geburtstag, Kleines.« Gino ließ sein Sektglas leise an ihres klingen und reichte ihr ein Päckchen.

Plötzlich schien alles in ihrem Leben zu stimmen. Sie war sechzehn, sie saß in Las Vegas im Hotel Mirage neben ihrem Vater, und er widmete sich ihr. Ihnen gegenüber saß Marco, der dunkle, düstere Marco, der sogar noch besser ausschaute, als sie ihn in Erinnerung hatte. Der einzige Schatten auf ihrem Glück war ihr eigenes Aussehen. Aber wenn es Gino Freude machte …

Nach der Ankunft in Las Vegas hatte er darauf bestanden, daß sie in den Frisiersalon des Hotels ging und ihr Haar richten ließ. Die Friseuse hatte von Gino genaue Anweisungen erhalten, wie die Frisur aussehen sollte. Hübsche gepflegte Locken. Entsetzlich! Gino sagte, sie sehe reizend aus.

Er hatte selbst ein Kleid für sie ausgesucht. Rosarot. Mit Rüschen am Hals und am Saum. Das abscheulichste Kleid, das ihr je untergekommen war. Puh! Gino sagte, sie sehe reizend aus.

Gespannt riß sie das Papier des kleinen Päckchens auf. Sie öffnete die mit Samt ausgelegte Schachtel und sog überrascht die Luft ein. Diamantohrringe! Impulsiv warf sie ihrem Vater die Arme um den Hals und drückte ihn.

Lachend schob er sie weg.

Es war, als erfüllten sich alle ihre Träume auf einmal. Sie hätte vor Glück platzen können.

Marco sagte: »Das sind aber Prachtstücke.«

Stolz hielt sie sie an die Ohren.

»Geh, mach sie an und betrachte dich im Spiegel«, forderte Gino sie lächelnd auf. »Die Damentoilette ist dort hinten.«

Sie eilte davon.

»Hast du es ihr schon eröffnet?« fragte Marco und blickte der verschwindenden Gestalt nach.

»Noch nicht. Ich arbeite mich langsam hin.«

»Was meinst du, wie sie es aufnehmen wird?«

Gino lehnte sich in seinem Sessel zurück, die schwarzen Augen mit einemmal völlig ausdruckslos: »Das ist mir ziemlich egal. Es ist zu ihrem Besten. Eines Tages wird sie mir dafür dankbar sein.«

Marco nickte unsicher. »Ich denke schon.«

Ginos Stimme war hart: »Ich *weiß* es.«

Betty Richmond war fertig zum Gehen, ihr Mann Peter tändelte noch vor dem Spiegel herum.

»Beeil dich«, schimpfte sie. »Du weißt, daß ich es hasse, zu spät zu kommen. Besonders an meinem Abend.«

»Gino Santangelos Abend, meinst du.«

»*Meinem* Abend.«

Peter band seine Krawatte und schnitt eine Grimasse. »Du weißt doch, wie ein alter Spruch lautet: Wer sich mit Schmutzigem abgibt, wird selbst schmutzig. Dies, meine Süße, wird uns passieren.«

»Du mußt es ja wissen, Peter, *du* hast dich dein ganzes Leben lang mit Schmutzigem abgegeben und damit geschlafen«, erwiderte Betty bissig. »Hättest du es nicht getan, befänden wir uns nicht in dieser Lage.«

»Oh, lieber Himmel...«

»*Laß uns endlich gehen*. Ich will nicht zu spät kommen.«

In der Damentoilette untersuchte Lucky ihre Ohrringe. Sie waren phantastisch. Dann ergriff sie eine Bürste und bearbeitete ihr Haar, machte es ein bißchen weniger ordentlich. An ihrem Kleid konnte sie jedoch nichts ändern – schlimm. Sie schnitt ihrem Spiegelbild eine Grimasse, grinste frech und streckte die Zunge heraus. Was denn? Marco war bestimmt gescheit genug, um durch ein schauerliches Kleid hindurchzusehen, oder?

Sie eilte an den großen Tisch zurück, an dem inzwischen Leute Platz genommen hatten. Marco schien spurlos verschwunden, dafür entdeckte sie, als sie sich auf ihren Stuhl neben Gino schob, einige berühmte Gesichter. Außerdem sah sie mehrere ältere, offensichtlich reiche Paare – Frauen mit Diamanten und anderem Schmuck, Männer mit Zigarren. Auf der gegenüberliegenden Seite des Raumes meinte sie Elvis Presley, Tom Jones, Tina Turner und Raquel Welch zu erkennen. Das war zuviel! »Einfach unglaublich!« flüsterte sie Gino zu.

»Fein«, antwortete er leichthin. »Ich bin froh, daß es dir hier gefällt.«

Senator Richmond und seine Frau traten ein. Lucky hatte oft Bilder der beiden in Zeitschriften gesehen. Der Senator betätigte sich meist sportlich, spielte Polo, ruderte, machte bei Motorbootrennen mit. Er war sehr braun und sah gesund aus. Seine Frau ebenfalls.

Als die beiden den Tisch erreichten, stand Gino auf, um Lucky vorzustellen. »Das ist meine Tochter Lucky«, sagte er stolz. Der Senator drückte ihr fest die Hand, während Mrs. Richmond sie vom Scheitel bis zur Sohle musterte. Unversehens tauchte hinter ihnen ein langer Lulatsch auf. »Und das ist Craven Richmond«, fuhr Gino fort. »Er kümmert sich heute abend um dich.«

Bevor sie recht begriff, was vorging, trat Gino vom Tisch weg, und Craven Richmond nahm seinen Platz ein.

»Bleibst du nicht hier sitzen, Daddy?« stammelte sie wie eine Idiotin.

»Ich sehe dich später wieder, Kleines, amüsiere dich gut.«

Sie hätte wissen müssen, daß alles zu schön war, um wahr zu sein.

Der Abend wurde eine Pleite. Sie mußte Darbietungen einer ganzen Schar verstaubter Künstler über sich ergehen lassen, hatte ständig ein Auge auf Gino, der mit allen wirklich bedeutenden Leuten am Mitteltisch saß, und suchte mit dem anderen Auge nach Marco, der nicht wieder auftauchte. Wer konnte ihm das verdenken? Die Show war furchtbar. Keine Rockstars, keine anständige Musik, nur eine Reihe alter Superstars, die Lucky völlig kalt ließen, die aber das Publikum zu Beifallsstürmen hinrissen.

Und Craven Richmond an ihrer Seite. Aufmerksam, höflich, *todlangweilig*! Er gehörte zu jenem Typ Männer, für die Olympia und sie eine Menge Namen hatten: Kriecher, Blödmann, Spießer...

Nach der Show fand eine Privatparty statt, der Gino als Gastgeber vorstand. Es gelang Lucky nicht, Craven abzuschütteln oder an Gino heranzukommen, und als sie Marco endlich wiedersah, war er in ein Gespräch mit einem Mädchen vertieft, das sie am liebsten erwürgt hätte. Sie wollte nichts als raus hier. »Ich bin müde«, sagte sie zu Craven.

»Ich auch«, sagte er.

»Dann geh ich mal lieber ins Bett.«

»Gestattest du, daß ich dich zum Aufzug bringe?«

Gestattest du, daß ich dich zum Aufzug bringe! Am liebsten hätte sie geschrien!

Er begleitete sie zum Aufzug. »Wie wäre es mit einem Tennisspiel morgen früh?« fragte er höflich.

»Ich weiß nicht, wann ich aufstehe.«

»Ich rufe dich um zehn an. Dann können wir eine Zeit vereinbaren.«

»Hm, ich äh...« Ihr fiel keine Ausrede ein.

Craven beugte sich nieder und küßte sie keusch auf die Wange. Er war groß. Ein schrecklicher Lulatsch. »Bis morgen«, sagte er. »Und mach dir keine Sorgen, es wird alles glänzend gehen.«

Sie trat in den Aufzug und drückte schnell auf den Türschließknopf. Was für ein Blödmann! Und was meinte er damit, daß sie sich keine Sorgen machen soll, daß alles glänzend gehen werde? Sie hoffte, nie mehr einen Abend mit *ihm* verbringen zu müssen.

Oben in ihrem Zimmer der Privatsuite Ginos zog sie schnellstens das entsetzliche rosarote Kleid aus. Sie stieß es im Bad in eine Ecke und wanderte in nichts als einem schmalen Slip umher. Einen BH trug sie nie – sie hatte nicht genug Busen, außerdem haßte sie das beengende Gefühl. Sie betrachtete sich in der Spiegelwand der Bar und probierte, so zu gehen wie die Showgirls, die sie zuvor gesehen hatte. Das amüsierte sie, und sie begann zu kichern. Komisch, davon zu leben, daß man seine Brüste zur Schau stellte. Was passierte, wenn die Dinger schlaff wurden?

Sie wühlte in ihrer Reisetasche, zog schmuddelige weiße Jeans und ein T-Shirt hervor und schlüpfte hinein. Es war erst halb elf, dies war ihre erste Nacht in Las Vegas *und* ihr Geburtstag. Sie dachte gar nicht daran, ins Bett zu gehen – jedenfalls noch nicht.

Aus einer der Schubladen in Ginos Zimmer nahm sie zwanzig Dollar, dann stopfte sie ein paar Kissen unter die Decken ihres Bettes, damit es so aussah, als liege sie darin, steckte den Schlüssel zur Suite ein und ging.

Es war vier Uhr morgens, doch als Lucky um die Ecke des Hotels bog und zur Vorderseite kam, gewahrte sie, daß noch lebhafter Betrieb herrschte: Wagen trafen ein, andere fuhren ab, angetrunkene Nachtschwärmer strömten zur Tür heraus, zählten ihre Gewinne oder beklagten ihre Verluste.

Sie machte ihre Jeans zu. Der Reißverschluß war in Ordnung, aber der oberste Knopf fehlte. Rasch zog sie ihr T-Shirt darüber, damit man den Schaden nicht bemerkte. Sie schob sich zur Tür hinein, mied den Casinobereich der Halle und strebte an der Wand entlang zu den im rückwärtigen Teil gelegenen Aufzügen.

»Lucky?«

Sie ging weiter.

»Lucky.« Die Stimme kam näher, und eine Hand legte sich ihr auf die Schulter.

Sie drehte sich mit großen, unschuldigen Augen um. Es war Marco. Der *echte* Marco, nicht irgendeine billige Zweitausgabe von ihm. »Oh!« Sie seufzte erleichtert auf. »Du bist es.«

Er schaute sie seltsam an. »Was machst du hier?«

»Ich – konnte nicht schlafen. War spazieren.«

»Wo warst du spazieren?« Starker Geruch nach abgestandenem Wein ging von ihr aus.

Sie zuckte unbestimmt die Achseln. »Bin einfach rumgebummelt.«

»Weiß Gino, daß du weg warst?«

»Er schläft«, sagte sie, in der Hoffnung, daß es stimme. »Ich wollte ihn nicht stören.«

»Kleines, wenn er wüßte, daß du weg warst – *das* würde ihn stören, und zwar gehörig.«

Die Art, wie er »Kleines« gesagt hatte, ließ sie erschauern. »Ich habe Hunger«, erklärte sie impulsiv. »Kann ich irgendwo ein Sandwich kriegen?«

»Ich laß dir eines raufschicken.«

Sie warf ihm einen kühnen Blick zu: »Ich habe keine Lust, schon raufzugehen.«

Er kratzte sich am Kinn und überlegte, was er tun sollte. Wenn Gino aufwachte und feststellte, daß sie weg war, ging er an die Decke. Wo hatte sie sich bloß herumgetrieben? Sie schaute aus, als sei sie in eine Rauferei verwickelt gewesen. »Okay, wir besorgen dir ein Sandwich. Komm mit.« Er führte sie in den Frühstücksraum, setzte sie in eine Nische, winkte eine Kellnerin herbei und sagte zu Lucky, er sei in einer Minute wieder da.

Dann tat er das einzig Richtige. Er rief Gino an und setzte ihn ins Bild.

Gino tobte: »Verfluchte Sauerei. Wo war sie?«

Marco antwortete: »Ich weiß es nicht. Ich werde versuchen, es herauszubekommen, dann bringe ich sie rauf.«

Lucky saß glücklich in der Nische, kaute an einem Sinatra-Spezial-Sandwich und trank Cola dazu. Marco schob sich neben sie.

»Das ist herrlich!« sagte sie begeistert. »Wir beide sollten das öfter machen.«

Gino zog einen Bademantel an, ging in ihr Zimmer, fand die unter die Decke gestopften Kissen und fluchte vor sich hin. Seine Tochter war ein wildes kleines Ding und mußte vor sich selbst geschützt werden. Er hatte die richtige Entscheidung getroffen. Jetzt war er sich dessen sicher.

Vater und Tochter standen einander gegenüber, nur sie beide allein.

Ginos Augen glitten an ihr auf und ab, übersahen weder die schmutzigen, zerrissenen Jeans noch das zerknitterte T-Shirt, noch das wirre Haar.

»Wo warst du, Kleines? Draußen, um dich aufs Kreuz legen zu lassen?«

Sie errötete. »Was?«

»Glaubst du denn, ich bin von gestern, Kleines? Du meinst, weil ich nicht mehr jung bin, wüßte ich nicht, was los ist?«

»Es tut mir leid...«, begann sie.

»Komm mir nicht mit diesem Scheißdreck«, knurrte er. »Dieses ewige beschissene ›tut mir leid‹ kotzt mich an. Verflucht, was glaubst du denn? Daß du mich für blöd verkaufen kannst?«

Sie war verblüfft über seine Sprache und die Art, wie er sie gegenüber ihr gebrauchte. »Ich hab nur einen Spaziergang gemacht«, sagte sie lahm.

»Einen Spaziergang, so? Und davon sind deine Kleider in einen solchen Zustand geraten? Und davon hast du blaue Flecken an den Armen bekommen? Aufgerissene Jeans? Von einem Spaziergang, hm?«

»Ein Mann hat mich angegriffen«, erklärte sie mürrisch. »Ich war auf dem Parkplatz, und er ist über mich hergefallen.«

»So, wirklich? Wie der Junge in der Schweiz, was? Der ist rein zufällig in dein Zimmer gekommen, hat *sich* ausgezogen, hat *dich* ausgezogen und ist zu dir ins Bett gestiegen. Und auf der anderen Zimmerseite hat deine Freundin dasselbe gemacht. Wie kommt es, daß keine von euch um Hilfe geschrien hat, hm? Beantworte mir das mal!«

Sie starrte finster auf den Boden.

»Und in Frankreich«, fuhr Gino fort, »in der Villa, wo du mit deiner Hurenfreundin gehaust hast, wie viele Kerls hast du da gehabt? Wie viele, Kleines? Oder habt ihr, du und deine saubere Freundin, euch in diesen Zuhälter geteilt, der bei euch gewohnt hat?«

»Nein!« widersprach sie scharf. »So war es nicht.«

»Erzähl mir keinen Unsinn mehr, hörst du?« Er war sehr böse, seine schwarzen Augen funkelten tödlich, und seine Hände zitterten vor Erregung. »Ich habe mir überlegt, was ich mit dir mache. Habe es mir gut überlegt – und du solltest mir auf den Knien dafür dankbar sein.«

»Was?« flüsterte sie voll Angst. Was immer es war, sie würde ausreißen.

»Du hast heiße Höschen, du willst rumvögeln...«

Sie zuckte zusammen.

»Aber du bist meine Tochter, *Gino Santangelos Tochter. Und ich dulde das nicht.«*

»Ich – vögle nicht rum.« Sie brachte das Wort vor ihm kaum über die Lippen. »Das tu ich nicht. Ehrlich, Daddy.«

Er nahm ihren Protest nicht zur Kenntnis. »Du wirst heiraten, Kleines. Ich habe einen Mann für dich gefunden, den wirst du heiraten. Und wenn du vögelst, dann nur in deinem Ehebett, nirgends sonst.« Plötzlich schrie er: »Hast du mich verstanden, Kleines? Hast du mich verstanden?«

»Aber – ich will nicht heiraten...«

Da schlug er sie. Zum ersten und bisher einzigen Mal. Ins Gesicht. Sie wirbelte durchs Zimmer, so hart war der Schlag.

Er hob sie auf, wiegte sie in den Armen und begann rasch zu sprechen: »Tut mir leid, Kleines, tut mir leid. Vertrau mir doch. Ich weiß, was das Beste für dich ist. Du mußt tun, was ich sage. Du mußt lernen, auf mich zu hören.«

In der Wärme seiner Arme begann sie zu weinen. Er roch gut, soooo gut. Daddy-Geruch. Sicherheit. Liebe. Warum war sie nicht mehr fünf? Warum lebte ihre Mutter nicht mehr? »Okay, Daddy, okay. Ich höre auf dich, ich tue es. Ich liebe dich. Ich liebe dich so sehr. Ich werde *alles* tun, daß es zwischen uns stimmt.« Sie wollte nie mehr seine starken, warmen Arme verlassen. Nie mehr.

»Gut, Kleines«, sagte er weich. »Es ist zu deinem Besten, du wirst sehen.«

»Wer ist es?« flüsterte sie, im Herzen überzeugt, daß es Marco sein würde.

»Craven Richmond«, antwortete Gino stolz. »Alles ist bereits arrangiert.«

Steven, 1970

Nach fünf Jahren einer Ehe, die immer schlechter geworden war, mußte sich Steven eingestehen, daß seine Mutter recht gehabt hatte. Zizi war wirklich eine billige kleine Schlampe. Ein geiles Flittchen, das Liebe und Anständigkeit nicht zu schätzen wußte, wenn man sie ihr im Zusammenleben bot. Er brauchte eine Weile, bis er es merkte, doch dann merkte er es gründlich. Als er eines Tages vor der üblichen Zeit nach Hause kam, war die Sicherheitskette eingehängt. Er wußte, daß Zizi da war, also ließ er den Finger auf der Klingel. Endlich erschien seine zersauste Frau, gefolgt von einem jungen Burschen. Bevor Steven etwas sagen konnte, wischte der Bursche an ihm vorbei und verschwand nervös die Treppe hinunter.

»Er hat nur die Lebensmittel geliefert«, behauptete Zizi, als er ihr Vorwürfe machte. »Ich hänge die Kette immer ein, Gewohnheit.«

Er wollte ihr glauben – also tat er es. Obwohl er wußte, daß sie ihn betrog.

Bald danach ging er mit Jerry etwas trinken. Sie sprachen über dies und jenes. Unvermittelt stieß Jerry hervor: »Ich habe mit deiner Frau geschlafen.«

»Was?!« Steven meinte, Jerry nehme ihn auf den Arm, wie er es so gerne tat.

»Es war nicht meine Schuld«, erklärte Jerry verzweifelt. »Vor einer Woche ist es passiert. Du erinnerst dich doch – ich brachte die Unterlagen in deiner Wohnung vorbei, und du warst nicht daheim. Sie fiel regelrecht über mich her, verdammt noch mal. Ich hatte keine Chance.«

Steven schaute seinen Freund ungläubig an. »Warum erzählst du mir das?«

»Ich bin wahrhaftig nicht stolz auf das, was ich getan habe – aber, Teufel noch mal, ich will nicht mit dieser Last auf dem Gewissen herumlaufen. Du bist mein Freund. Ich *mußte* es dir sagen.«

Steven stürmte aus der Bar und raste nach Hause.

In der Wohnung übte Zizi mit zwei puertorikanischen Freunden für eine Tanzveranstaltung. Wütend warf er die beiden hinaus. Ein wilder Streit folgte.

»Dann lassen wir uns am besten scheiden«, sagte er am Ende kalt und starrte sie an. Er merkte, daß sein Penis zum erstenmal seit fünf

Jahren nicht reagierte. Warum hatte er nicht längst erkannt, daß sie sich wie ein Straßenmädchen anzog? Wie eines redete? Und sich auch wie eines benahm?

»Paßt mir ausgezeichnet, *Mister*«, antwortete sie schnappig. »Du bist ein *langweiliger* Mensch, hast *langweilige* Freunde und einen *langweiligen* Job.«

Warum hatte sie ihm das nicht gesagt, *bevor* sie mit halb New York ins Bett gestiegen war?

Er wollte sie möglichst schnell aus seinem Leben weg haben. Ohne Aufhebens und Ärger. Also kaufte er ihr ein Flugticket nach Hollywood, gab ihr tausend Dollar, erklärte sich bereit, ihr Unterhalt zu zahlen und reichte die Scheidung ein.

Carrie ging in ihrer Luxuswohnung auf und ab. Sie erwartete Steven jede Minute. Idiotisch, aber sie war nervös. Hatte Angst vor der Begegnung mit ihrem eigenen einunddreißigjährigen Sohn!

Er hatte lange gebraucht, um sich mit ihr in Verbindung zu setzen. Sie wußte auf die Minute genau, wann Zizi aus der Stadt abgereist war. *Mußte* es wissen. Das Frauenzimmer hatte hier eine Woche davor bei ihr angerufen. »Hallo, Mrs. Berkely, hier ist die *andere* Mrs. Berkely. Diejenige, die Sie zu hassen geruhen. Ich habe Ihnen einen kleinen Vorschlag zu machen.«

»Ja, bitte?« hatte Carrie kalt erwidert.

»Erinnern Sie sich an unser Gespräch, kurz bevor Ihr Jüngelchen und ich geheiratet haben?«

»Ja.« Sie erinnerte sich, daß sie der Schlampe fünftausend Dollar geboten hatte, wenn sie aus Stevens Leben verschwinde – ein für allemal. Zizi hatte ihr ins Gesicht gelacht.

»Hm, das Jüngelchen und ich reden von Scheidung.«

Carries Herz hatte vor Freude einen Sprung gemacht. Sie hatte nichts erwidert.

»Also«, war Zizi fortgefahren, »da Sie daran interessiert sind, dachte ich, daß ich es Ihnen sagen sollte. Wissen Sie, die Auseinandersetzung zwischen mir und dem Jüngelchen kann so und so verlaufen. Um die Sache zu kitten, bräuchte ich nur ein bißchen süß reden und... Sie wissen, was ich meine...«

»Wieviel?«

»Zehntausend. Bar«, hatte Zizi geschnurrt. »Und in zwei Tagen.«

»Wenn wir – ein Geschäft abschließen, kann ich dann sichergehen, daß Steven Sie nie wiedersieht?«

»In einer Woche bin ich in Los Angeles.«

»Unterschreiben Sie mir ein Dokument?«

»Für zehntausend mache ich einen Kopfstand auf dem Times Square!«

Carrie hatte gezahlt und Zizi ein Dokument unterschrieben. Dann hatte sie auf Stevens Anruf gewartet.

Der war nun endlich gekommen.

Die Türglocke erklang. Carrie fuhr zusammen und versuchte sich zu beruhigen, indem sie in einem Sessel Platz nahm und eine Zeitschrift ergriff.

Das Mädchen öffnete, und Augenblicke später trat Steven ins Zimmer. Groß, schön, gut gekleidet, ein Mann von Klasse. Sie hatte dafür gesorgt, daß er im Leben alle Vorteile genießen konnte. Vorteile, die es für sie nie gegeben hatte. Er konnte sich überall sehen lassen und alles tun, was er tun wollte. Jetzt, nachdem diese Zizi weg war...

Er neigte sich über sie und sprach ein einziges Wort: »Mama!«

Sie stand auf und schloß ihn in die Arme.

»Ich liebe dich, du eigensinniges Frauenzimmer!« sagte er. »Wie kommt es, daß ich so lange gebraucht habe, um herauszufinden, daß du immer recht hast?«

Lucky, 1970

»Möchten Sie irgend etwas haben, Mrs. Richmond?«

Ja, bitte, die Scheidung.

»Was?« Lucky beschattete die Augen mit der Hand und musterte den gutaussehenden Poolboy. Träge inspizierten ihre dunklen Augen jeden Zoll seines Körpers. Er war kräftig, hatte feste Schenkel, eine vielversprechende Wölbung vorn in der Hose und eine mit dichtem blondem Flaum bedeckte Brust. »Wie wäre es mit einer Piña-colada?« sagte sie schleppend.

»Jawohl, Ma'am.« Er trottete davon.

Sie richtete sich auf ihrer Liege auf und betrachtete die Szenerie um den Swimmingpool des Princess Saint Hotel auf den Bahamas. In den vier Jahren, die Craven und sie nun schon hierher kamen, hatte sich nichts verändert. Immer spielte sich das gleiche ab. Scharen von Touristen rösteten ihre weißen Leiber. Dicke schwarze Bahama-Mamas watschelten umher, Tabletts auf dem Kopf balancierend. Ein Blasorchester spielte lustlos seine Version alter Beatles-Schlager.

Sie sah Craven näherkommen. Ihren Mann. Vier Jahre verheiratet, und noch immer ertrug sie seinen Anblick kaum. Nicht, daß sie ihn haßte, das konnte sie nicht sagen. Er ging ihr auf die Nerven, war ein fader Mensch ohne Persönlichkeit, ohne Schwung, ohne Gesprächsstoffe.

Craven Richmond. Ihr Mann. Was für ein Witz! An seinem mageren Körper hing ein buntes Hawaii-Hemd, dazu trug er weiße Bermudas, Tennisschuhe und orangerote Söckchen. Sein Gesicht war um Nase und Mund dick mit Zinksalbe eingekremt.

Sie legte sich rasch hin und schloß die Augen. Im Moment hatte sie nicht die Energie, eines der üblichen Gespräche mit ihm zu führen.

Mit geschlossenen Augen, den Körper der warmen Sonne preisgegeben, dachte sie an ihren ersten Aufenthalt auf den Bahamas zurück. Ihre Flitterwochen. Auch ein Witz! Big Daddy hatte sie für eine kleine Nymphomanin gehalten. Und sie rasch verheiratet. Um den großen Namen Santangelo zu schützen. Er hatte nicht gewußt, daß sie Jungfrau gewesen war, die schmutzige Tat nie getan hatte. Oh, sicher, sie hatte alles andere getan, doch was den richtigen Geschlechtsverkehr anbelangte...

Craven hatte »es« bis dahin auch noch nie getan. Einundzwanzig war er bei der Hochzeit gewesen und jungfräulicher als sie!

Nach einer krankmachenden Hochzeit in Vegas hatten sie sich in einem Flugzeug wiedergefunden, unterwegs auf die Bahamas. Zwei Fremde. Sie war erst seit einer Woche sechzehn gewesen. Und was das für eine Woche gewesen war! Gino hatte die Bemerkung, daß er alles arrangiert habe, ernst gemeint. Offenbar hatten alle außer ihr Bescheid gewußt. Craven war begeistert gewesen, Betty Richmond war ihr mit kühler Herzlichkeit begegnet, Peter Richmond voll Toleranz.

Ganze Flugzeugladungen voller Richmonds waren zur Trauung eingeflogen worden, diesem glänzenden, geschmacklosen, in der Presse ausführlich dargestellten Ereignis. Mit einem harten Schlag war sie von der kleinen Lucky Saint, die niemand kannte, zu Lucky Santangelo geworden, Ginos schöner Tochter, der Braut von Craven Richmond aus *der* Richmond-Familie. Sogar Dario hatte zu der Zeremonie aus der Schule kommen dürfen. Sie hatte ihn kaum wiedererkannt. Aus dem kleinen Jungen war ein junger Mann mit langen blonden Haaren und schlauen blauen Augen geworden.

»Ich wette, du bist ein Mädchenkiller«, hatte sie gescherzt.

»Mädchen?« hatte er ausdruckslos gefragt. »Ich bin an einer Knabenschule.«

»Wart nur bis zum College. Du wirst sie reihenweise umlegen.«

Die einstige Vertrautheit zwischen ihnen bestand nicht mehr.

Marco war auch auf der Hochzeit gewesen. Der Verräter, so nannte sie ihn im Geiste. Sie hatte sorgfältig darauf geachtet, ihn zu ignorieren.

Bei der Landung in Nassau waren sie von einer Blaskapelle empfangen und in einem Cadillac-Cabrio hinüber auf Paradise Island gebracht worden, wo der Manager des Princess Saint darauf gewartet hatte, sie zu begrüßen. Ein Typ wie Marco. Dunkel, finster, gefährlich aussehend. Lucky hatte ihm kühl guten Tag gesagt. Craven war liebenswürdiger gewesen.

Sie mußte zugeben, daß Paradise Island sie beeindruckt hatte. Zweifellos die richtige Bezeichnung für den Küstenstreifen, auf dem mehrere schöne Luxushotels standen. Durchs Fenster ihrer Strandvilla hatten sie einen endlosen weißen Sandstreifen gesehen, klares türkisgrünes Wasser, exotische Palmen und Farne. Lucky hatte es nicht erwarten können, in ihren Bikini zu schlüpfen und sich an den Strand zu legen. Craven war ihr in karierten Bermudas nachgekommen. Der Anblick seines Körpers, den sie nun endlich zu sehen bekam, hatte sie entsetzt. Weiß und mager! Im Gegensatz zu seinem Rumpf waren seine Arme und Beine tiefbraun gewesen, wodurch alles andere nur noch weißer ausgesehen hatte.

Warum hatte sie ihn bloß geheiratet? Um Gino glücklich zu machen? Oder weil ihr gar nichts anderes übriggeblieben war? Sechzehn und an einen Mann gebunden, den sie nicht kannte, geschweige denn liebte!

Der Tag war windig gewesen, aber Lucky war immun gegen Sonnenbrand. Zum einen wegen ihrer von Natur aus dunklen Haut, zum anderen wegen der tiefsitzenden Bräune, die sie aus Südfrankreich mitgebracht hatte. Mehrmals hatte sie Craven gewarnt, dessen Gesicht und Oberkörper immer röter geworden waren, eine eigenartige, leuchtend rosarote Tönung angenommen hatten. »Keine Sorge«, hatte er beharrlich erwidert, »ich hab noch nie im Leben einen Sonnenbrand gehabt.«

Es gab immer ein erstes Mal. In der Nacht war Craven stöhnend im Bett gelegen, und sie hatte ihn mit diversen Salben eingeschmiert.

Am sechsten Tag ihrer Flitterwochen war ihr klar geworden, daß nichts passieren würde, wenn sie nicht den ersten Schritt tat. Cravens Sonnenbrand war wesentlich besser geworden. Ihr Mann hatte sich geschält – zweimal sogar – und hatte daran denken dürfen, wieder in die Sonne zu gehen, allerdings vorsichtig.

Anstatt die Schlafanzugjacke anzuziehen, in der sie gewöhnlich schlief, hatte Lucky sich abends im Bad ausgekleidet. Es hatte sie nicht im geringsten verlegen gemacht, nackt ins Schlafzimmer zu treten und provokativ zu dem verblüfften Craven zu schlendern, dessen Glied in der Schlafanzughose aufgestanden war wie ein strammstehender Soldat.

»Hallo, Süßer«, hatte sie in bester Mae-West-Imitation gesagt, »willst du mal von meiner Süße kosten?«

Sein Glied war erschlafft. Sie hatte eineinhalb Stunden gebraucht, um es wieder zum Erstehen zu bringen. Mittlerweile waren sie beide zu müde gewesen, um noch etwas damit anzufangen.

Es hatte weitere drei Tage gedauert, bis die Ehe vollzogen worden war. Lucky hatte sich danach in Schlaf geweint. Noch nie hatte sie etwas so Enttäuschendes erlebt. War das alles? Ein paar ungeschickte Stöße, dann umdrehen und sofort schlafen?

Craven hatte es offensichtlich gemeint. Er war außerordentlich zufrieden mit sich gewesen und hatte einen wissenden, lüsternen Blick bekommen, der sie wahnsinnig machte. Dazu hatte er den Wunsch entwickelt, einmal in der Nacht zu vögeln, vor dem Zähneputzen – für die Dauer von genau drei Minuten. Es war ihr nicht gelungen, ihn für das »Fast« zu interessieren. Er wollte nichts davon wissen, ihre Brüste zu küssen, ihren Schoß zu liebkosen, sein Glied von ihr mit dem Mund berühren zu lassen – dies alles lehnte er entschieden ab. Craven wußte, was ein Mann tat, und hatte nicht die Absicht, sich »Perversionen«, wie er es nannte, hinzugeben. Ihn kümmerte es auch nicht, ob sie zum Orgasmus kam – und wer, zum Teufel, konnte das in Gesellschaft eines schlaffen Glieds und einer Stoppuhr?

Vier Jahre. Welche Zeitverschwendung!

»Eine Piña-colada, Ma'am.«

Lucky öffnete die Augen und setzte sich auf.

Craven sagte: »Guten Morgen. Wie geht es dir heute?«

Sie ließ sich vom Poolboy das Getränk reichen, warf noch einmal einen kurzen Blick auf die Wölbung in seiner Hose, lächelte und unterzeichnete den Scheck mit einem Schnörkel.

Dann drehte sie sich zu ihrem Mann um und schaute ihn an. Sie war keine süßen Sechzehn mehr. Sie war zwanzig und dachte ununterbrochen an Scheidung.

»Ah, der Zinkknabe«, sagte sie schleppend. Craven wußte, daß es sie rasend machte, wenn er sich das Gesicht mit Zinksalbe vollkleisterte!

»Ich habe schlecht geschlafen«, jammerte er. »Eine Stechmücke war die ganze Nacht im Zimmer. Hast du sie nicht gehört?«

Craven jammerte ständig über irgend etwas.

»Nein. Hast du einen kleinen Stich bekommen?« fragte sie unschuldig.

Er schaute sie befremdet an.»Gestochen hat sie mich, Lucky.«

»Natürlich, gestochen.« Einen kleinen Stich bekam sie manchmal von ihm. Gelegentlich. Wenn sie Glück hatte. Oder Pech. Je nachdem, wie man es nahm.

Zwei Monate nach den Flitterwochen hatte Craven den Geschlechtsverkehr auf einmal in der Woche eingeschränkt, dann auf einmal im Monat, schließlich auf die seltenen Male, wenn ihn die Lust dazu ankam. Sie hatte sich mit der Tatsache abgefunden, daß er sich wenig aus Sex machte. Gino hatte ihr die Ehe aufgezwungen, weil er sie für eine angehende Nymphomanin gehalten hatte. Nicht lange nach der Hochzeit hatte sie beschlossen, ihm recht zu geben.

Noch vor dem Ende der Flitterwochen hatte sie sich ihren ersten Liebhaber genommen: den Marco-Typ, der das Hotel leitete. Ein Angestellter ihres Vaters. Perfekt. Sie war unter dem Vorwand, ihm eine Nachricht von Gino überbringen zu müssen, in sein Penthouse gegangen, hatte ihre Kleider abgeworfen und ihn mit Blicken gewarnt, nein zu sagen. Er hatte Angst gehabt, sie abzuweisen, und Angst, sie zu nehmen. Sie war Ginos Santangelos Tochter. Das machte die Dinge ungeheuer kompliziert.

Macht, so hatte sie damals festgestellt, war ein wunderbares Gefühl! Und richtiger Geschlechtsverkehr war sogar noch besser.

Seit damals gab es für sie kein Halten. Wenn sie einen Mann sah, den sie begehrte, nahm sie ihn sich, sofern er zu haben war – und das waren die meisten. Natürlich ging sie sehr diskret vor. Big Daddy durfte auf keinen Fall erfahren, daß die Ehe sie keineswegs vom Herumvögeln abhielt, sondern sie dazu *zwang*.

»Wie lange bist du schon hier draußen?« fragte Craven.

»Eine Stunde. Warum?«

»Nur so.« Umständlich ordnete er seine Sachen auf der Liege.

Als er sich endlich eingerichtet hatte, stand Lucky auf und tauchte anmutig in das Schwimmbecken mit den Olympiamaßen. Sie wußte sehr wohl, daß fast alle anwesenden Männer nach ihr schielten. Mit sechzehn war sie ein wildes Maßliebchen gewesen, jetzt, mit zwanzig, war sie eine wilde Rose. Dunkle Haut, schwarze Augen. Immer noch schlank und geschmeidig, doch ihr Busen war voller geworden, was ihren Körper sinnlich wirken ließ. Sie hatte ihr Haar sehr lang wachsen lassen, die Locken wallten ihr bis über die Taille.

Mit Schminke ging sie äußerst sparsam um, sie hatte keine nötig. Nichts als Kajal auf die Lidränder und leuchtendes Rot auf die Lippen, dazu ein bißchen Goldglitzer hier und dort.

Kraftvoll schwamm sie durchs Becken, senkte den Kopf in das kühle Wasser und tauchte nur gelegentlich zum Atemholen auf.

Wieder dachte sie über ihr Leben nach.

Mr. und Mrs. Craven Richmond lebten in einer sehr hübschen Wohnung in Washington. Sie fuhr einen roten Ferrari, das Hochzeitsgeschenk von Big Daddy. Craven hatte einen cremefarbenen Lincoln Continental. Und er hatte zweihunderttausend Dollar plus die Zinsen von vier Jahren auf einem Bankkonto in der Schweiz. Gino hatte Craven *bezahlt*, damit er sie heiratete. Und seine Eltern erpreßt, damit sie ihre Einwilligung gaben. Betty hatte ihr das – ohne nähere Einzelheiten zu nennen – bei einem Familienstreit voll Verachtung ins

Gesicht geschleudert. Lucky war entschlossen, irgendwann herauszufinden, womit Gino ihre Schwiegereltern erpreßt hatte.

Sie hatte Bettys Behauptung, Gino habe die Heirat erkauft, so niederschmetternd und demütigend gefunden, daß sie kein Wort geglaubt hatte. Doch dann war sie nach New York geflogen und hatte ihren Vater darauf angesprochen.

»Na und?« hatte er gefragt. »Du hast in eine der besten Familien der ganzen Vereinigten Staaten eingeheiratet. Große Sache, also habe ich ihm ein bißchen Startkapital gegeben.«

Für was für einen Start? Craven arbeitete nichts. Er lungerte bei seinem Vater herum, spielte mit seiner Mutter Tennis und erwartete von Lucky, daß sie sich an den Aktivitäten der Richmonds wie Golf, Reiten, Tennisturnieren beteiligte.

Lucky schwang sich aus dem Becken und sah Craven heftig winken. Sie ließ sich Zeit, schlenderte gemächlich zu den Liegen. »Was ist los?« fragte sie und schüttelte ihr nasses Haar so aus, daß ihn die Tropfen trafen.

»Dein Vater will dich sprechen«, sagte er gereizt. »Man ruft dich aus. Er ist am Telefon.«

»So?« Ihre Stimmung besserte sich ein bißchen. Seit Monaten hatte sie nichts von Gino gehört. Vermißte er sie plötzlich?

Ohne erst lange ein Handtuch umzulegen, eilte sie in eine der gläsernen Telefonzellen. »Ja?« fragte sie betont lässig.

»Lucky? Tag, Kleines. Wie geht es dir?«

»Großartig. Und dir?«

»Ich habe Probleme – aber keine, die sich nicht lösen lassen.«

Er redete mit ihr über seine Probleme. Das war etwas Neues.

Verlegenes Schweigen herrschte, dann sagte er: »Hör zu, Kleines, ich möchte, daß du nach New York kommst.«

Tausend Fragen schossen ihr durch den Kopf. »Wann?« fragte sie rasch.

»Heute, morgen, du brauchst nichts zu überstürzen, aber es muß bald sein.«

»Wir fliegen heute abend«, entschied sie.

»Nein, bring Craven nicht mit. Komm allein. Dies ist eine private Familienangelegenheit.«

Der Gedanke, ohne Craven nach New York zu fliegen, begeisterte sie. »In Ordnung«, sagte sie langsam und überlegte weiter, worum es sich handeln könne. »Bis später also.«

»Nimm eine frühe Maschine. Wir können zusammen zu Abend essen. Dario kommt von der Ostküste herüber.«

Nun war sie wirklich beunruhigt. Dario, sie, Gino. Die ganze Familie Santangelo. War Gino krank? Hatte er irgendeine schlimme Krankheit und nur noch kurze Zeit zu leben?

»Geht – es dir wirklich gut?« fragte sie weich.

»Klar. Könnte mir gar nicht besser gehen. Bis später, Kleines. Ruf Costa an, wenn du deine Flugnummer hast, dann holt dich jemand am Flughafen ab.«

Ein leises Summen sagte ihr, daß er aufgelegt hatte.

Etwas früher am selben Tag hatte Dario den gleichen Anruf erhalten, und er war genauso erstaunt gewesen wie seine Schwester.

Im großen und ganzen ließ sein Vater ihn in Ruhe. »Sieh zu, daß du eine gute Ausbildung kriegst, dann steht dir die Welt offen«, liebte Gino zu sagen. Dario befolgte seinen Rat. Er hatte mit siebzehn die Schule abgeschlossen und Gino überredet, ihn am San Francisco Art Institute Kunst studieren zu lassen.

Von Gino großzügig mit Geld versehen, praktisch mit unbegrenzten Mitteln, mietete Dario sich in San Francisco ein Appartement. Dort lebte er mit Eric, der seine Stellung und seine Wohnung in San Diego aufgab, um seinem Günstling nahe zu sein.

Dario war mit dem Verhältnis sehr zufrieden. Eric umschmeichelte ihn in jeder Weise, und es tat gut, einfach dazusitzen und sich verehren zu lassen. Dario kam sich nicht abnormal oder schlecht vor. Ein ungutes Gefühl beschlich ihn nur, wenn er daran dachte, daß sein Vater hinter die Sache kommen könnte. Nicht auszudenken!

Er und Eric lebten ziemlich abgeschieden. Sie traten weder der wachsenden Hippiegemeinde bei, noch besuchten sie die Homosexuellen-Clubs oder ließen sich überhaupt mit anderen Menschen ein. Dies kam Eric sehr gelegen. Er wollte nicht, daß jemand anderer Dario in die Finger bekam.

Gino, 1970

Ungeduldig wartete Gino auf die Ankunft seiner Kinder. Lucky würde zuerst eintreffen – sie war nur zwei Flugstunden von ihm entfernt. Dario würde gegen neunzehn Uhr fünfzehn landen. Welche Schande, dachte Gino, daß der Junge nicht der Ältere von den beiden war. Irgendwie hätte sich das gehört, fand er. Und warum konnten sie nicht umgekehrt aussehen, Lucky wie Maria, Dario dagegen dunkel und männlich? An der Kunstakademie, die er in Frisco besuchte, amüsierte er sich aber offenbar großartig. Sich vorzustellen, daß ein Sohn von ihm an einer Kunstakademie studierte! Er grinste und wünschte – wie jeden Tag seines Lebens –, daß Maria ihre Kinder hätte heranwachsen sehen. Was hätte sie wohl mit Lucky gemacht?

Er hielt es für eine weise Entscheidung, sie verheiratet zu haben, auch wenn sie noch sehr jung gewesen war. Als Mitglied der Familie Richmond genoß sie alle Vorteile. Eines Tages würde Peter Richmond sich um die Präsidentschaft bewerben.

Luckys Heirat war sehr einfach zu arrangieren gewesen. Die Menschen waren Einfaltspinsel und ließen sich leicht manipulieren. Um die Richmonds zu bewegen, Lucky als Schwiegertochter zu akzeptieren, hatte es nur milder Überredung bedurft, eines Geldbetrags und der Erwähnung recht heißer Fotos und Tonbänder von Peter und Marabelle Blue, die in Ginos Safe lagen.

Betty Richmond hatte gekocht vor Wut. Sie war sogar an seiner Tür erschienen, in der Hoffnung, ihn davon abbringen zu können, indem sie ihm noch einmal ihren knochigen Körper gab.

Er hatte sie weggeschickt, und damit waren sie quitt gewesen.

Eine Woche später hatten Lucky und Craven geheiratet. Nur die Zeit konnte erweisen, ob er das Richtige getan hatte. Er hatte Lucky sehr selten gesehen, doch wenn, dann war sie ihm zufrieden vorgekommen. Ein bißchen angespannt vielleicht. Warum bekam sie kein Baby? Dann würde er *gewußt* haben, daß er das Richtige getan hatte. Er beschloß, mit ihr zu reden, ihr zu sagen, daß er Großvater werden wollte. Die Zeit verstrich, und er wurde schließlich nicht jünger.

Costa trat ins Zimmer. Er war seit dem Tod seiner geliebten Jennifer im Vorjahr schrecklich gealtert. Krebs hatte Jen dahingerafft.

Gino empfand großes Mitleid mit dem Freund. Keine Kinder. Keine Familie. Nur Leonora lebte noch, dem Vernehmen nach eine hoffnungslose Alkoholikerin. Er mochte nicht mal an ihren Namen denken. Die Erinnerung an sie erfüllte ihn mit Abscheu. Die Art, wie sie Maria behandelt hatte – ihr einziges Kind. Das Luder war nicht mal zur Beerdigung gekommen und hatte in all den Jahren nie versucht, Lucky oder Dario zu sehen. Was er freilich nie erlaubt hätte.

»Red ist zum Flughafen gefahren«, sagte Costa. »Er hat Zeit, Lucky herzubringen und dann Dario abzuholen.«

»Gut«, antwortete Gino und strich sich mit der Hand über den wirren Haarschopf. Vierundsechzig. Sein Haar war unverändert dicht. Und eine Erektion bekam er, wann er wollte. Nur sein Magen ließ ihn im Stich. Dieses gottverdammte Geschwür machte ihn wahnsinnig. Manchmal hatte er solche Schmerzen, daß er sich am Boden wälzte.

»Irgend etwas riecht gut«, sagte Costa und schnüffelte gierig.

»Du solltest dir eine Köchin zulegen, dich ein bißchen mästen lassen. Es gibt nichts Schlimmeres als einen dürren alten Mann.«

»Was ist mit einer dürren alten Frau?«

Gino lachte. »Du hast recht! Ich führe nur Frauen unter neunundzwanzig aus. Die Gespräche mit ihnen öden mich zwar an, aber ihre Hälse sind hübsch.«

Er wünschte, er hätte Costa bewegen können, auszugehen. Wenn ein Mann den Geschlechtsverkehr aus seinem Leben verbannte, geschah etwas mit ihm. Bei Costa sah man es. Er wirkte alt und ging gebeugt. Jennifer war ein Jahr tot. Höchste Zeit, daß Costa etwas unternahm.

Sie unterhielten sich über Belanglosigkeiten. Gino saß an der Stirnseite des Tisches, hatte Costa gegenüber, Lucky zu seiner Linken und Dario zu seiner Rechten.

Er war stolz auf seine Kinder. Sie sahen beide sehr gut aus, wenn auch auf ganz unterschiedliche Weise. Darios Haar war entschieden zu lang, doch so trugen es die jungen Burschen heutzutage, nicht?

Lucky genoß es, mit ihrer Familie beisammen zu sein. Wann hatten sie das letztemal gemeinsam gegessen? Sie wußte es nicht mehr. Ihr Vater sah gut aus, also hatte wenigstens nicht seine Gesundheit sie zusammengeführt.

Sie dachte an Cravens Gesicht, als sie ihm eröffnet hatte, daß sie nach New York fliegen würde und er sie nicht begleiten könne.

»Warum nicht?« hatte er in jammerndem Ton gefragt, mit einem durch die Zinksalbe noch lächerlicheren Gesicht als sonst.

»Familienangelegenheit«, hatte sie fröhlich erwidert. »Du weißt, wie wichtig Familien sind.« Eine hübsche Gerade mitten zwischen die Augen. *Seine* Familie beherrschte ihrer beider Leben. Die herrschsüchtige Betty und den liederlichen Peter nannte sie die beiden insgeheim. Hätte Peter Richmond nur endlich um die Präsidentschaft kandidiert und es hinter sich gebracht. Lucky gab ihm keine Chance. Er war kein Kennedy. Außerdem hatte er *sie* zur Schwiegertochter, und das wirkte sich bestimmt sehr negativ für ihn aus.

Nach dem Dessert, als der Kaffee aufgetragen war, erhob sich Gino, öffnete die Tür um nachzuschauen, ob draußen auch niemand herumlungerte, schloß sie wieder und kehrte an die Stirnseite des Tisches zurück. »Ihr werdet euch fragen, warum ich euch kommen ließ«, sagte er.

Lucky blickte schnell auf Dario. Fragen? Sie brannte vor Neugier!

»Ich muß einen kleinen Urlaub machen«, fuhr er fort, »irgendwo außerhalb des Landes.«

Was war daran so weltbewegend? Lucky griff nach einer Zigarette.

»Vielleicht werde ich nur ein paar Wochen wegbleiben, vielleicht auch ein paar Monate. Das ist jetzt schwer zu sagen.«

»Wie kommt das?« fragte Lucky, plötzlich alarmiert.

Gino zuckte vielsagend die Achseln. »Wie kommt das? Eine gute

Frage.« Er befingerte die verblaßte Narbe auf seiner Wange, die man kaum mehr sah. »Costa, willst du den Kindern nicht erklären, worum sich das Ganze dreht?«

Costa nickte und räusperte sich förmlich. »Euer Vater muß Amerika für eine Zeitlang verlassen«, sagte er bekümmert. »Nicht für lange, hoffen wir; es hängt alles von – gewissen Umständen ab.«

»Ja, ja, das ist uns klar«, unterbrach ihn Lucky ungeduldig. »Er muß weg – aber warum?«

Gino sah sie mit gerunzelter Stirn an. »Halt den Mund und hör zu.«

Costa räusperte sich erneut. Lucky bemerkte, daß seine Hände zitterten. Er tat ihr leid. Seit Tante Jen nicht mehr da war, schaute er um mindestens zwanzig Jahre älter aus.

»Wißt ihr, die Sache ist so«, begann er. »Seit mehreren Jahren versucht das Finanzamt Gino zu greifen wegen angeblicher Hinterziehung von Steuern aus geheimen Vermögenswerten, wie die Herren es nennen. Das alles liegt einige Zeit zurück, aber das Finanzamt läßt bekanntlich nie locker.«

»Die dreckigen Schweine!« warf Gino bitter ein. »Ich habe soviel Steuern bezahlt, daß das Weiße Haus davon zwanzig Jahre existieren kann!«

»Die Dinge haben sich zugespitzt«, fuhr Costa fort. »Ich will euch nicht mit Einzelheiten langweilen, aber wir wissen aus zuverlässiger Quelle, daß ein großes Geschworenengericht eigens einberufen wird, um seine Steuerangelegenheiten zu durchleuchten. Das Gericht wird ihn unter Strafandrohung vorladen, und er bekäme unzweifelhaft eine Gefängnisstrafe.«

»Aber wenn du deine Steuern bezahlt hast«, sagte Lucky verwirrt. »Ich verstehe nicht...«

»Sei doch nicht so dumm«, knurrte Gino. »Ich habe dich für ein gescheites Mädchen gehalten. Natürlich habe ich Steuern bezahlt – mehr als genug. Doch eine ganze Menge habe ich nicht bezahlt. Eine ganze Menge.«

»Und wenn du sie jetzt bezahlst...?«

Beide Männer lachten.

»So einfach ist das nicht, Lucky«, erwiderte Costa sanft. »Das Ganze ist viel zu kompliziert, als daß du es verstehen würdest. Ich berichte euch nur die nackten Tatsachen. Wenn ich alles genau erläutern wollte, bräuchte ich mindestens eine Woche.«

»Ja«, bestätigte Gino, »aber die Sache läßt sich hinbiegen. Und ich denke gar nicht dran, in irgendeinem lausigen Gefängnis zu schmoren, bis sie geregelt ist. Darum gehe ich lieber weg.«

»Wo gehst du hin?« fragte Lucky bang.

»Vielleicht nach London – wir sind am dortigen Casino-Unternehmen beteiligt. Vielleicht nach Frankreich. Ich weiß es noch nicht.«

Ihre Augen funkelten. Plötzlich sah sie einen Fluchtweg. »Kann ich nicht mitkommen, Daddy?« Seit Jahren hatte sie ihn nicht mehr Daddy genannt.

»Was redest du da? Mitkommen? Was für eine Idee! Dein Leben spielt sich doch hier ab. Ein sehr schönes Leben übrigens.«

»Wer sagt das?« murmelte sie düster.

Gino beachtete ihre Worte nicht, er wandte sich Dario zu, der mit einem Löffel spielte. »He, du bist sehr still, Kleiner. Hast du keine Fragen?«

Dario fuhr zusammen. Er hatte nicht aufgepaßt. Ihm war es egal, daß Gino das Land verlassen mußte. Er sah seinen Vater ohnehin kaum. »Keine Fragen«, antwortete er rasch. »Ich habe alles verstanden.«

»Gut.« Gino stand vom Tisch auf und ging zum Fenster. »Sicherheitshalber«, fuhr er fort, »werde ich viele Dinge auf euch beide überschreiben. Ihr braucht euch nicht damit zu befassen – nur ab und zu eure Unterschrift unter ein paar Dokumente setzen. Costa hat alle nötigen Vollmachten von mir und wird sich um alles kümmern. Dario«, er sah seinen Sohn fest an, »ich möchte, daß du nach New York ziehst. Es gibt viel, was du lernen sollst. Costa wird beginnen, dich zu unterrichten.«

Nun ließ auch Dario Gefühle erkennen. »Nach New York ziehen!« rief er. »Warum?«

»Das habe ich dir gerade gesagt«, erklärte Gino geduldig. »Du bist mein Sohn, darum. Du bist ein Santangelo, darum. Und du hast wahrhaftig lange genug an dieser blöden Kunstakademie herumgespielt. Höchste Zeit, daß du in die Geschäfte einsteigst.«

»Aber ich will nicht in New York leben«, protestierte Dario. »Ich hasse New York.«

Ginos Augen wurden hart und kalt. »Ich bitte dich nicht, umzuziehen, Kleiner, ich verlange es von dir. Hast du mich verstanden?«

Dario nickte nervös.

»Und was ist mit mir?« fragte Lucky.

»Was soll mit dir sein?«

»Wenn Dario in die Geschäfte eingeführt wird, möchte ich es auch.«

»Rede doch keinen Unsinn, Mädchen«, sagte Gino milde.

Seine Worte ließen in Lucky vier Jahre der Enttäuschung und Wut aufwallen. Ihre Augen wurden genauso hart und kalt wie die ihres Vaters. »Warum ich nicht?« begehrte sie zu wissen. »*Warum ich nicht*?«

»Weil du eine Frau bist«, antwortete Gino ruhig, »eine verheiratete Frau, die an der Seite ihres Mannes zu bleiben und sich wie eine anständige Ehefrau zu benehmen hat.« Er hielt kurz inne, fuhr dann fort: »Außerdem wird es langsam Zeit, daß du ein Baby bekommst. Worauf wartest du eigentlich?«

»Worauf ich warte?« explodierte sie. »Ich warte darauf, erst einmal zu *leben* – darauf warte ich.«

Gino sah Costa an und warf in gespielter Verzweiflung die Hände hoch. »Leben. Sie will leben. Genügt es nicht, daß sie alles hat, was man mit Geld kaufen kann...«

»Einschließlich eines Ehemannes«, schrie Lucky wütend. »Du hast mir mit deinem lausigen Geld einen Ehemann gekauft. Du...«

»Das reicht.«

»Es reicht nicht. Ich will mehr«, brüllte sie. »Warum soll Dario eine Chance kriegen und ich nicht?«

»Hör auf, Lucky.« Seine Stimme war eisig.

»Warum sollte ich aufhören? Warum, verflucht noch mal?«

In seinen schwarzen Augen stand ein genauso tödlicher Blick wie in ihren. »Weil ich es will, darum. Und hüte deine Zunge. Damen reden nicht so.«

Sie stemmte die Hände in die Hüften und sah ihn arrogant an. »Ich bin keine Dame«, erwiderte sie spöttisch. »Ich bin eine Santangelo. Ich bin genau wie du – und *du* bist kein Gentleman.«

Er starrte seine wilde schwarzäugige Tochter an und dachte: Guter Gott, was habe ich da herangezogen? Ich habe ihr alles gegeben, was man mit Geld kaufen kann. *Was will sie denn noch?* »Warum hältst du nicht den Mund und setzt dich hin«, sagte er müde.

Das brachte sie vollends in Rage. »O ja! Bring sie zum Schweigen. Sie ist nur eine Frau, was bedeutet sie schon? Bring sie zum Schweigen, verheirate sie, und wen kümmert es, ob sie glücklich ist oder nicht?« Sie holte tief Luft und zischte: »Du bist ein verdammter Männlichkeitsfanatiker, der glaubt, daß Frauen nur zum Vögeln und Kochen taugen. Daß man sie in der Küche oder im Schlafzimmer halten muß, wo sie hingehören. Hast du das mit Mami getan, bevor sie ermordet wurde? Hast du sie eingesperrt...«

Er brachte sie mit einem Schlag ins Gesicht zum Schweigen.

Costa sprang vom Tisch auf. »Gino!«

In Darios Gesicht stand Unbehagen, doch er rührte sich nicht.

Lucky versuchte verzweifelt, die heißen Tränen zurückzudrängen, die ihr in den Augen brannten und über die Wangen zu laufen drohten. »Ich hasse dich«, stieß sie hervor. »Ich hasse dich wirklich. Und ich will dich nie mehr sehen.«

»Lucky...«, begann Gino.

Sie stürmte aus dem Zimmer, hörte ihn noch hinter sich sagen: »Diese Kinder! Was kann man da machen? Man versucht sein Bestes... Eine Frau im Geschäft – du mußt wahnsinnig sein... Emotional... Jerum, sie sind alle so verdammt emotional...«

Sie war nicht emotional. Harter, kalter Zorn erfüllte sie.

Draußen überlegte sie, warum sie weggerannt war. Warum war sie nicht geblieben und hatte ihre Sache verteidigt? Warum hatte sie ihn nicht überzeugt, daß es richtig war, ihr eine Chance zu geben?

Ich will nicht verheiratet sein, Daddy. Ich will nicht an Cravens Seite bleiben und mich wie eine anständige Ehefrau benehmen. Er kann nicht richtig vögeln. Er kann nichts richtig.

Du hast mich gezwungen, ihn zu heiraten. Ich habe es dir zuliebe getan und weil ich zu jung war, um zu erkennen, daß dein Wort kein Gesetz ist. Jetzt will ich aussteigen. Ich möchte so sein wie du.

Und ich werde so sein.

O ja, das werde ich.

Niemand kann mich davon abhalten. Das verspreche ich dir.

Ja. Ich bin deine Tochter. Und hast du nicht immer gesagt, daß sich die Santangelos an ihr Wort gebunden fühlen?

Du wirst es erleben.

Alle werden es erleben.

Steven, 1971

Seit der Versöhnung mit seiner Mutter war Steven beschäftigter denn je. Es fiel ihm schwer, sich Carries Wunsch, als privater Anwalt zu arbeiteten, weiter zu widersetzen. Er schuldete ihr etwas – besonders nach der Sache mit Zizi. Also trat er Carrie zuliebe als Partner in Jerrys Anwaltskanzlei ein. Sechs Monate hielt er durch, dann trennte er sich in aller Freundschaft von Jerry und kehrte in den öffentlichen Dienst zurück.

»Ich weiß, was du dir für mich wünschst«, sagte er zu seiner enttäuschten Mutter, »und glaube mir, ich wünsche mir das gleiche. Aber ich muß das Gefühl haben, etwas Lohnendes zu tun – und wenn ich reiche Damen vertrete, die noch reichere Gesellschaften verklagen, habe ich dieses Gefühl nicht.«

Carrie versuchte ihn zu verstehen. Das fiel ihr nicht leicht, denn sie sah Jerry immer reicher und bedeutender werden, während ihr Sohn sich mit dem abplagte, was er als lohnend ansah.

Seit kurzem ging er wieder mit Frauen aus. »Dein Pimmel fällt dir ab, wenn du ihn nicht benutzt«, hatte Jerry vorwurfsvoll gesagt. Der gute Freund Jerry, der mit seiner Frau geschlafen hatte. Etwas, das man besser vergaß.

Zögernd beteiligte sich Steven wieder an der Sexjagd. Er ging langsam und vorsichtig vor. Das erste Mädchen, mit dem er schlief, war eine Jurastudentin mit einer phantastischen Afro-Frisur. Seine erste Frau nach Zizi. Ein Jahr lang hatte er enthaltsam gelebt – keine große Sache. Es war, als stecke man die große Zehe in lauwarmes Wasser, nachdem man sich monatelang nicht gewaschen hatte. Er genoß es. Kam aber auch ohne das aus.

Nach Afro schlichen sich die Frauen wieder in sein Leben, doch er blieb gefühlsmäßig vollkommen unbeteiligt. Nie mehr würde eine Frau ihn am Schwanz herumführen. Nie mehr.

Er arbeitete hart, verabredete sich, wenn es ihm paßte, und besuchte Carrie oft, um die verlorene Zeit wettzumachen. So strahlend und selbstsicher sie erschien, Steven hatte nicht das Gefühl, daß sie wirklich glücklich war. Er versuchte mit ihr zu reden, doch sie errichtete sofort Schranken, wenn sich das Gespräch *ihrem* Leben zuwandte.

Dann kam der Sugar-Prozeß, der Stevens Karriere radikal verändern sollte.

Bert Sugar war ein unscheinbarer kleiner Verbrecher, verhaftet wegen der brutalen Vergewaltigung eines fünfzehnjährigen Mädchens. Bei der Festnahme hatte der Beamte zu ihm gesagt: »Du wirst für den Rest deines Lebens kein Frauenzimmer mehr anrühren, du Dreckschwein. Denn wenn sie dir erst im Knast deinen dreckigen Hintern aufgeschlitzt haben, wirst du das *nie mehr* wollen.«

»Ich bin unschuldig, Mr. Berkely«, sagte Bert Sugar weinerlich zu Steven, als dieser ihn das erstemal aufsuchte. »Man hat mich hereingelegt und verleumdet.«

Steven betrachtete den jämmerlichen, mitleiderregenden Kerl und war geneigt, ihm zu glauben. Das Männchen schaute aus, als hätte es kaum Kraft genug zum Pissen, gar nicht zu reden von der nötigen Kraft, um eine Vergewaltigung zu begehen.

Also verteidigte Steven ihn, verteidigte ihn glänzend. Und sollte ihn freibekommen. Obwohl die Staatsanwaltschaft genügend Beweise zu haben glaubte, um Bert einzusperren und den Schlüssel für immer wegzuwerfen.

Steven war mittlerweile fest von Bert Sugars Unschuld überzeugt. Er stellte also Zeugen als unglaubwürdig hin, sprach ergreifend von dem elenden, entbehrungsreichen Leben, das Bert geführt hatte, und überredete die Geschworenen, dem Mann eine Chance zu geben.

Bert Sugar verließ das Gericht als freier Mann.

Im Laufe von vierundzwanzig Stunden sollte sich Stevens Triumphgefühl in krankmachendes Entsetzen verwandeln. Bert Sugar ging nach seiner Entlassung in die nächste Kneipe. Dort goß er flaschenweise Budweiser in sich hinein. Dann begann er in großen Tönen über das »schwarze kleine Gör« zu reden, das er »ordentlich gefickt« hatte, und über »den blöden Niggeranwalt«, der ihn »aus dem Gefängnis geholt« hatte.

Um elf Uhr nachts wankte Bert betrunken aus der Kneipe, torkelte erneut zur Wohnung des Opfers, schlug mit einem Rohrstück, das er im Keller gefunden hatte, die Mutter bewußtlos, fiel zum zweitenmal über das vor Angst wie gelähmte Mädchen her, riß ihr das Nachthemd herunter und versuchte sie zu vergewaltigen. Doch diesmal bekam Bert Sugar sein Glied nicht hoch. Er hatte viel zuviel getrunken.

Die Polizei traf rechtzeitig genug ein, um ihn von dem inzwischen hysterisch schreienden Mädchen herunterzuzerren, aber nicht rechtzeitig genug, um die Mutter zu retten. Sie erlag auf dem Weg zum Krankenhaus ihren Schädelverletzungen.

Steven war wie erschlagen. Das Ganze war *seine* Schuld, aus *seinem* Fehlurteil entstanden. *Seinetwegen* hatte eine Frau den Tod gefunden. *Er war mitschuldig an ihrer Ermordung.*

Niemand vermochte ihn zu beruhigen. Schließlich gelang es Carrie, ihn zu überreden, Urlaub zu machen. Ein Freund von Elliott hatte ein Wochenendhaus in Montauk, und Carrie arrangierte, daß Steven dort bleiben konnte, solange er wollte. Carrie sagte, sie würde ihn begleiten.

Er bestand darauf, allein zu fahren. »Bitte, Ma, ich muß allein sein, alles durchdenken.«

Er liebte die Einsamkeit, den Wind, den Regen, die langen Märsche entlang dem verlassenen, winterlichen Strand.

Er dachte gründlich über sein Leben nach, über das, was er erreicht hatte und was er zu erreichen hoffte.

Er dachte über seine Beziehungen zu Menschen nach. Carrie: Wer war sie wirklich? Er liebte sie, aber er kannte sie im Grunde nicht. Manchmal erinnerte er sich dunkel an lange zurückliegende Dinge. Frauen, mehrere Frauen, die »Happy Birthday« gesungen hatten. Wo war das bloß gewesen? Er hatte Carrie gefragt. Sie hatte nur die Achseln gezuckt. Genauso auch auf seine Frage nach einem mageren Mann namens Leroy. Er erinnerte sich, daß er bei jemandem gewesen war, der Leroy geheißen hatte. Der Name war ihm im Gedächtnis geblieben. Carrie behauptete, den Namen noch nie im Leben gehört zu haben.

Zizi: Ein langer Alptraum. Über dies war er vollkommen hinweg.

Als er aus Montauk zurückkam, hatte er sich zu einem großen Entschluß durchgerungen. »Ich wechsle die Seiten«, sagte er zu Jerry. »Keine Verteidigungen mehr. In Zukunft will ich Staatsanwalt sein. Ich glaube, da kann ich mehr Gutes bewirken. So viele Dinge in dieser Stadt müssen durchleuchtet und in Ordnung gebracht werden. Und wenn ich mein Scherflein dazu beitragen kann...«

Jerry bemerkte das leidenschaftliche Funkeln in Stevens Augen.

»Zivil- oder Strafrecht?« fragte er, als wisse er die Antwort auf diese Frage nicht längst.

»Strafrecht natürlich«, antwortete Steven mit gerunzelter Stirn.

»Natürlich.« Jerry lachte. »Was hat sich also geändert?«

Lucky, 1970–1974

Als Gino 1970 die Stadt und das Land verließ, geschah dies entgegen seinem Wunsch alles andere als unauffällig. Zeitungsschlagzeilen verkündeten begeistert, daß Amerika einen seiner mächtigsten Verbrecher loswerde. Fotografen drängten und balgten sich auf dem Flugplatz, denn jeder wollte die besten Bilder von ihm schießen.

Gino trug seinen üblichen dunklen Anzug, hatte einen weichen Filzhut weit in die Stirn gezogen und eine dunkle Sonnenbrille aufgesetzt. Er lächelte nicht, drehte sich nicht um, reagierte in keiner Weise auf die Horden von Fotografen. Es kotzte ihn an, daß sie Wind von seiner Abreise bekommen hatten.

Im Flugzeug stellte er zu seiner großen Verärgerung fest, daß einige seiner Reisegefährten Reporter waren. Das hätte ihm eigentlich sagen müssen, daß sich irgend etwas zusammenbraute.

Der Flug nach Rom verlief ereignislos. Nach der Landung jedoch begann ein Alptraum, den Gino zeitlebens nicht vergessen sollte.

Italien verweigerte ihm die Einreise, erklärte ihn zur unerwünschten Person! Sein Geburtsland! Er flog nach Genf, wo das gleiche geschah. Weiter nach Frankreich. Dort ließ man ihn siebeneinhalb Stunden in einem verdreckten Raum warten, bevor man ihn abwies. Unglaublich!

Gino fühlte sich inzwischen ziemlich erschöpft und sehr erniedrigt. Und die ganze Zeit umtanzten ihn Presseleute und zeichneten jede seiner Demütigungen auf.

Er hatte sich natürlich mit Costa in Verbindung gesetzt. Der Freund hatte ihm erklärt, irgendwo habe es ein Leck gegeben, und der Sinn dieser Zermürbungstaktik sei, ihn zur Rückkehr nach Amerika zu zwingen. Doch Costa war nicht untätig gewesen. Er wies Gino an, nach London zu fliegen, wo eine kleine Chance bestehe, daß man ihn einreisen lasse. »Wenn nicht, versuche es in Israel – verstehst du mich?«

Ja, Gino verstand ihn. Costa wollte ihn wissen lassen, daß Israel ihn aufnehmen würde – daß zuvor jedoch einiges geregelt werden müsse.

Sie hatten viele Kontakte nach Israel. Außerdem hatte Gino klugerweise einen Beitrag von einer Million Dollar zu einer bekannten Wohlfahrtseinrichtung für Kinder geleistet und weitere Summen in Aussicht gestellt.

Er unternahm den Versuch, nach England hineinzukommen. Wieder ließ man ihn in einem kleinen Zimmer schmoren, Beamte gingen ständig ein und aus. Während des Wartens dachte er an sein Treffen mit Dario und Lucky. Es war nicht so verlaufen, wie er gehofft hatte. Dario – verdrießlich und verschlossen. Lucky – wild wie eh und je. Ein emotionales Kind, das nicht wußte, was es wollte. Eine Schande, daß sie so hatten auseinandergehen müssen. Aber er würde ja bald zurück sein. Er würde sich ihr ein bißchen widmen und alles wieder ins Lot bringen.

In England war es, wie sich bald zeigte, die gleiche Geschichte. Unerwünschte Person. Lieber Himmel! Man behandelte ihn wie einen Aussätzigen!

Zweiundvierzig ermüdende Stunden nach seinem Abflug aus Amerika wurde Gino die Einreise nach Israel erlaubt – mit einem zeitlich begrenzten Besuchervisum. Er quartierte sich in einem Penthouse des Dan Hotels ein und blieb drei Monate darin wohnen. Dann übersiedelte er in ein Haus am Strand. Dort lebte er ruhig mit zwei Leibwächtern, einer Haushälterin und zwei deutschen Schäferhunden, wozu zeitweise eine Freundin kam.

Er wartete darauf, heimkehren zu können.

Die Verhandlungen, die das möglich machen sollten, erwiesen sich als überaus schwierig.

Den Richmonds war die Publicity um Gino höchst peinlich. Und es war ihnen peinlich, *sie* zur Schwiegertochter zu haben. Darum beschloß Lucky, als Costa ihr einige Wochen später Dokumente zum Unterzeichnen schickte, nach New York zu fliegen und sie ihm persönlich zu bringen.

Im Flugzeug las sie die Dokumente durch und stellte voll prickelnder Erregung fest, daß sie zur Direktorin von Ginos Firmen und Unternehmen ernannt worden war. Rasch überflog sie Costas kurzes Schreiben noch einmal. *Du brauchst Dir nicht die Mühe machen, das alles zu lesen... Unterzeichne nur neben dem Bleistiftkreuz... Eine reine Formalität...*

Nicht alles lesen? Himmel, dachte sie, wenn ich unterschreibe, lese ich es auch!

Sie hatte im Sherry Netherland ein Zimmer bestellt. Nach der Ankunft und der Anmeldung in dem Hotel rief sie Costa an: »Rate mal, wo ich bin. In der Stadt. Wie ist es, führst du ein halb verhungertes Mädchen zum Essen aus?«

»Weshalb bist du hier?« fragte er ungehalten. »Wo ist Craven?«

»Craven ist bei seiner Familie in Washington, wo er hingehört«, antwortete sie süß. »Ich bin hier, um Einkäufe zu machen.«

»Das ist nett«, sagte Costa zögernd.

»Was gibt es Neues über Daddys Lage?« erkundigte sie sich.

»Es läuft zäh«, entgegnete er vorsichtig. »Kann am Telefon nicht mehr sagen.«

»Verstehe. Bis später also.« Der Instinkt riet ihr, bei Costa behutsam vorzugehen. Die großäugige Unschuld zu spielen.

Sie war während des ganzen Abendessens im 21 eine großäugige Unschuld. Sie bestellte die Ente, die Costa ihr empfahl, bewunderte die dunkle Holztäfelung und die von der Decke hängenden Spielsachen, nippte an ihrem Wein. »Ich war noch nie hier«, erklärte sie begeistert. »Es ist großartig!«

Ihn freute es, daß ihr das von ihm ausgewählte Restaurant gefiel.

»Was meinst du, wann Gino wiederkommen wird?« fragte sie beiläufig beim Garnelencocktail.

Costa schüttelte ernst den Kopf: »Das wird eine Weile dauern, viel länger, als wir erwartet hatten.«

»Wie lange?«

»Unmöglich zu sagen.«

»Wochen? Monate? *Jahre*?«

Er zuckte die Achseln. »Es könnte sehr lange dauern. Wer weiß das schon?«

Täuschte er sich, oder huschte ein Lächeln über ihre Lippen? Sie hatte sich wirklich zur Frau entwickelt, einer jungen Frau von dunkler Schönheit. Seltsam, so hier mit ihr im 21 zu sitzen. Anfangs war ihm etwas unbehaglich, doch im Lauf des Essens brachte sie ihn zum Reden, indem sie ihm Fragen nach den alten Zeiten stellte.

Sie war eine gute Zuhörerin, warf genau in den richtigen Momenten das richtige Wort ein. Bald erfuhr sie Dinge über Gino und sein Leben, von denen sie keine Ahnung gehabt hatte. Sie kannte ihn nur als reichen Mann – schließlich war sie erst zur Welt gekommen, als er es längst zu etwas gebracht hatte – und fand die Geschichten über seine Jugend, als er kein Geld gehabt und in einer schäbigen Bude gehaust hatte, ungeheuer faszinierend.

»Wie habt ihr beide euch kennengelernt?« fragte sie.

Costa reagierte so zurückhaltend, daß sie das Thema fallenließ. Offensichtlich mochte er darüber nicht reden.

Onkel Costa. Sie kannte ihn von Kindheit an, doch heute saßen sie zum erstenmal beisammen und führten ein richtiges Gespräch. Lucky überlegte, was er jetzt, nach Tante Jens Tod, in puncto Sex tat. War er zu alt dafür? War es schwierig für einen Mann, Jahr um Jahr, Jahrzehnt um Jahrzehnt eine Erektion zu kriegen? Er sah eigentlich recht nett aus. Ziemlich klein, ziemlich dünn, graues Haar, das langsam schütter wurde.

Der gute Rotwein hatte seine Zunge gelöst. Er sprach von Leonora, Luckys Großmutter – ein Thema, das stets umgangen wurde. Tante Jen war immer erblaßt, wenn jemand nur den Namen erwähnt hatte.

»Gino liebte sie sehr«, plauderte Costa munter. Doch plötzlich merkte er, daß er zuviel enthüllte, und verstummte.

»Onkel Costa«, begann Lucky übergangslos, »erinnerst du dich an unser Gespräch kurz vor Ginos Abreise?«

Er nickte.

»Du hast gesagt, daß ich einige Dokumente unterzeichnen müsse, mit denen ich mich nicht zu befassen bräuchte. Daß alles sehr kompliziert sei – und daß es eine Woche dauern würde, mir alles zu erklären.«

Er nickte erneut.

»Nun, ich habe eine Woche Zeit. Und ich wäre dir wirklich dankbar, wenn du mir alles erklären würdest.«

Wie konnte er das ablehnen? Sie war nicht mehr die wilde Lucky von einst. Sie war eine liebe, reizende junge Frau mit echtem Interesse an den Dingen.

Tag für Tag kam sie in sein Büro, und er erklärte ihr – anfangs zögernd, weil er meinte, ihr Interesse werde bald nachlassen – die Arbeits- und Funktionsweise der verschiedenen Unternehmen. »Natürlich bist du nur ein Strohmann«, sagte er. »Man wird von dir nie irgendeine Mitarbeit verlangen.«

So? Verlangen nicht, aber hinnehmen müssen.

»Ich schicke dir Sachen zum Unterschreiben. Du kannst versichert sein, daß alles, was ich dir schicke, von mir kontrolliert und genehmigt ist.«

Sie nickte. Wie ein Schwamm saugte sie jede noch so kleine Information auf, die sie erhielt.

Craven rief ärgerlich aus Washington an. »Wann kommst du wieder?« fragte er.

»Gar nicht«, antwortete sie kalt. »Unsere Ehe ist zu Ende. Bitte laß meine Sachen packen und hierher schicken.«

Daß Lucky sich von ihm scheiden lassen würde, beeindruckte Craven weniger als der Gedanke, was sein Vater dazu sagen würde.

Peter Richmond rief sie tags darauf an. Mit seiner künstlich lässigen Politikerstimme sagte er: »Lucky? Was denkst du dir denn? Komm zurück, dann erörtern wir die Sache.«

»Es gibt nichts zu erörtern.«

»Wenn du nicht herkommst, muß ich zu dir fliegen.«

»Schön.«

Sie weihte niemand in ihre Pläne ein. Ihre Scheidung war ausschließlich *ihre* Sache.

Peter Richmond trug seine übliche Ausstattung für Auftritte in der Öffentlichkeit: Legeres Jackett, offenes Hemd, gut sitzende Hose. Der Mann aus dem Volk. Als er durch das Restaurant des Sherry Netherland ging, winkte und lächelte er den Leuten zu, als seien sie alle eine große, glückliche Familie.

Lucky, die an einem Tisch saß, beobachtete ihn, und ihr wurde fast übel. Zu Hause war er ein Minityrann, seine vier Kinder hatten eine Scheißangst vor ihm. Nur die unermüdliche Betty ließ sich nichts bieten. In der Öffentlichkeit war er Mister Charme, privat Mister Widerlich.

»Tag, Peter«, sagte sie bissig. »Du kommst zu spät.«

»Wirklich?« Jungenhafte Überraschung stand auf seinem sonnengebräunten Gesicht. »Das tut mir leid. Hoffentlich hast du dir etwas zu trinken bestellt.«

Sah dieser Hornochse den Wodka nicht, der vor ihr stand?

Er setzte sich, begrüßte den Getränkekellner wie einen Freund, den er lange nicht gesehen hatte, und bestellte einen Gespritzten – Weißwein mit Soda. »Nun denn«, sagte er, lehnte sich auf seinem Stuhl zurück und musterte sie, »das Vögelchen will fliegen.«

Ihre Stimme war ruhig: »Das Vögelchen wollte gar nicht erst in den Käfig gesperrt werden.«

»Du beliebst zu scherzen, was, meine Liebe? Jedes Vögelchen würde in die Familie Richmond einheiraten wollen.«

»Hat dir schon mal jemand gesagt, daß du einen gräßlichen Mist daherredest?«

Einen Moment lang fühlte er sich getroffen. Seit vier Jahren waren sie verwandt, hatten aber kaum miteinander gesprochen, und jetzt entwickelte Lucky plötzlich ein Mundwerk. »Du bist wie dein Vater«, sagte er kalt.

Lucky tauchte langsam den Finger in ihren Wodka und drehte die Eiswürfel herum. »Womit hat Gino dich eigentlich erpreßt?« fragte sie neugierig.

»Ich habe keine Ahnung, wovon du sprichst«, entgegnete er steif.

Der Ober kam mit der Speisekarte, und sie bestellten beide.

»Ich schlage vor«, sagte Peter dann, »daß wir warten, bis dein Vater zurückkehrt, dann setzen wir uns alle zusammen und erörtern diese Scheidungsangelegenheit vernünftig, in zivilisierter Weise. Wenn du die Scheidung unbedingt willst, kann er sich nicht ernsthaft widersetzen. Und offen gestanden, ich persönlich wäre erleichtert.«

»Na, das kann ich mir denken. Nur kommt Gino eine ganze Weile nicht zurück – vielleicht eine lange Weile. Also rüste dich lieber. Ich lasse mich von Craven scheiden, und es kümmert mich einen Scheißdreck, was irgend jemand dazu sagt. Auch du.«

»Wir gehen ins Riccaddi's«, verkündete Costa stolz, als er seinen schwarzen Lincoln durch die New Yorker Straßen steuerte.

Lucky runzelte die Stirn. »Riccaddi's? Nie gehört. Wo ist es?« Costa führte sie der Reihe nach in sämtliche guten Lokale der Stadt, und sie genoß dies ungeheuer. Es war so nett, mit einem Mann auszugehen, der sie mit solch antiquierter Höflichkeit behandelte. Onkel Costa war köstlich altmodisch, und sie liebte ihn deswegen.

»Riccaddi's ist ein ausgezeichnetes italienisches Restaurant. Es besteht schon seit mehr als zwanzig Jahren.«

»Wirklich?« Lucky schaute zum Wagenfenster hinaus. »Wo ist es? In New Jersey?«

Costa lachte leise. »Sei nicht ungeduldig. Wir sind fast da.«

»Kann es gar nicht erwarten.«

Costa war bei diesem abendlichen Ausflug ungewöhnlich erregt und hatte sich bis jetzt geweigert, ihr zu verraten, wohin sie fuhren. Irgendwie wußte Lucky, daß das Riccaddi's mehr sein mußte als bloß ein gutes italienisches Restaurant.

Sie täuschte sich nicht. Als sie das gemütliche kleine Lokal betraten, das in einer heruntergekommenen Straße lag, wurde Costa begrüßt wie ein König. Eine ältere Frau empfing ihn mit einer herzlichen Umarmung. »Costa! Warum bist du so lange nicht zu uns gekommen?«

»Barbara! Immer die gleiche, immer schön.«

»Älter, grauer, müder.« Sie trat zurück und musterte Lucky freundlich. »Das also ist Lucky«, sagte sie. »Hätte ich es nicht gewußt, du hättest es mir nicht sagen müssen. Sie sieht genauso aus wie er.«

»Lucky«, sprach Costa feierlich, »das ist die berühmte Barbara Dinunzio, die beste Pasta-Köchin in ganz New York.«

Lucky grinste und streckte der ältlichen Frau die Hand hin.

Barbara ignorierte die Hand und umarmte Lucky. »Von Ginos Tochter erwarte ich einen Kuß. Ich habe dich nicht gesehen, seit du fünf warst, aber ich erinnere mich genau an dich. Komm mit.« Sie legte Lucky den Arm um die Schulter und führte sie zu einem Tisch in der Ecke, an dem zwei Männer saßen. Einer war entsetzlich dick; er stand mühsam auf. »Dein Onkel Aldo«, erklärte Barbara. »Als du klein warst, hat er dich gewickelt und dir Kinderreime in der alten Sprache beigebracht. Weißt du das noch?«

Lucky schaute sich verzweifelt nach Costa um. Wo hatte er sie da nur hingeführt? Warum hatte er sie nicht vorgewarnt? »N-nein«, stammelte sie, kam sich fehl am Platz vor und war verlegen, weil diese Fremden sie mit solcher Wärme und Freundlichkeit anschauten.

»Das überrascht mich nicht«, sagte Barbara milde. »Jedes Kind, das so etwas durchmachen mußte wie du... Deine arme schöne Mutter...«

»Haben Sie meine Mutter gekannt?« fragte Lucky rasch.

»Wir alle haben deine Mutter geliebt«, antwortete Barbara weich, »jeder hat sie geliebt.« Sie strich Lucky leicht über die Wange. »Setz dich. Wir wollen Wein trinken und von fröhlicheren Dingen reden.«

Der andere Mann am Tisch fragte: »Na, kleine Lucky, weißt du noch, wer ich bin?«

Sie schüttelte den Kopf.

Er lachte. »Ich bin Enzio Bonnatti, dein Pate. Jetzt, wo Gino weg ist, hast du mich, jetzt werde ich auf dich aufpassen. Wenn du irgendwas willst oder brauchst, kommst du zu mir – wir sind keine Fremden.«

Sie starrte ihn an. War dieser alte Mann wirklich der berüchtigte Enzio Bonnatti, ihr richtiger Pate? Dieser Mann mit den eingefallenen Wangen, den tiefliegenden Augen und dem wohlwollenden Lächeln?

Costa trat an ihre Seite. »Lucky, diese Menschen sind Ginos engste und älteste Freunde. Sei nett zu ihnen, denn sie wollen nett zu dir sein.«

Lucky verstand in diesem Augenblick nicht recht, was er meinte. Doch als die Monate vergingen, erkannte sie es. Von Costa hatte sie gewisse Dinge gelernt, aber sie mußte noch viel mehr lernen. Einen Mann wie Enzio Bonnatti zum Paten zu haben, war ein Geschenk, das es zu nutzen galt. Sie nahm die Wochenendeinladungen auf seinen Landsitz auf Long Island an und lauschte voll Freude den Geschichten, die er zu erzählen wußte.

Das große Haus war immer voll von verschiedenen Verwandten und Freunden. Enzios beide Söhne, Carlo und Santino, kamen abwechselnd an den Wochenenden mit ihren jeweiligen Familien. Sie redeten nicht miteinander, was Enzio wütend und gleichzeitig traurig machte. »Ein paar Clowns«, nannte er sie. »Es gibt genügend Feinde auf der Welt. Die Familie ist das eigene Blut und sollte mit Respekt behandelt werden.«

Er faßte große Zuneigung zu Lucky. Sie war nicht nur Ginos Tochter, sondern sie hatte auch einen scharfen Verstand, wie ein Mann. Außerdem bewunderte er ihre Eleganz.

Sie wiederum lernte ihn schnell achten. Er besaß Kraft und Macht, jene Eigenschaften, die sie am meisten beeindruckten.

Bald teilte sie ihre Zeit zwischen den beiden alten Männern. Mit Costa verbrachte sie in der Stadt die Wochentage, bei Enzio die Wochenenden. Sex, einst so wichtig, schien keine große Rolle mehr zu spielen. Viel wichtiger war es ihr, sich das Wissen anzueignen, das diese beiden Männer vermitteln konnten. Sie unterhielt sich und erfuhr dabei alles, was sie wissen wollte. Das genügte, um sie zufriedenzustellen.

An einem heißen Nachmittag richtete eine Kontaktperson es ein, daß sie ins muffige Archiv einer großen New Yorker Tageszeitung hinuntersteigen konnte. Dort studierte sie die Akte mit den Zeitungsausschnitten über ihren Vater, Gino Santangelo der Rammler. Einen gemeinen Mörder nannte ihn die Zeitung.

Es gab Schlagzeilen über seine Verhaftung und über den Prozeß, in dem man ihn des Mordes an seinem eigenen Vater schuldig befunden hatte. Es gab einen kleinen Absatz auf Seite drei über seine Entlassung und völlige Rehabilitierung.

Sie las vom Tod seiner ersten Frau – und fragte sich, ob er alles das sei, als was er in diesen Ausschnitten hingestellt wurde. Man beschrieb ihn dort als »berüchtigten Alkoholschmuggler«, »gewalttätigen Verbrecher«, »erpresserischen Geschäftemacher«, »notorischen Gangster«. Angeblich war er ein Freund und Geschäftspartner von Lucky Luciano, Bugsy Siegel und allen großen Kriminellen seiner Zeit.

Als sie zu den Ausschnitten aus den fünfziger Jahren kam, fand sie ein Bild von sich selbst, einem verängstigten kleinen Mädchen, das von einer grimmig blickenden Kinderschwester in ein Auto gepackt wurde. Die Schlagzeile dazu lautete: BANDEN-RACHE: SANTANGELO-KIND ENTDECKT LEICHE GRAUSAM ERMORDETER MUTTER.

Ihr Geist schaltete ab. Sie wollte nichts mehr sehen, lief verwirrt und aufgewühlt aus dem Gebäude.

Ihre Scheidung ging dank des Richmondschen Einflusses ohne viel Aufsehen über die Bühne. Als Peter begriffen hatte, daß nichts sie umstimmen konnte, hatte er in jeder Weise mit ihr zusammengearbeitet, um sie so schnell wie möglich aus seiner Familie wegzubekommen.

Sie war selig.

Costa war entsetzt. »Dein Vater wird sehr ungehalten sein«, erklärte er besorgt.

»Wir sagen es ihm eben nicht«, meinte sie, »dann kann er nicht ungehalten sein, oder?«

Costa nickte unsicher und rief insgeheim Gino an, um ihn zu informieren.

»Ich kann nichts machen«, erwiderte Gino kurz. »Wenn ich zurück bin, werde ich mich um alles kümmern. Du weißt, daß ich keinen Wirbel veranstalten kann, solange ich hier bin. *Du* mußt dich um alles kümmern, und das Wichtigste ist, daß du mich nach Amerika zurückbekommst.«

»Ich arbeite daran«, sagte Costa vorsichtig.

Gino litt unter einer Art Wahnvorstellungen, was die postalische und die telefonische Verbindung anging. Er glaubte, sein Telefon sei angezapft und seine Post werde kontrolliert. Je ruhiger er sich verhielt, desto besser, fand er. »Klar tust du das, ich weiß, ich weiß.« Er seufzte müde. Mit Sonderkurier hatte ihm Costa die Nachricht geschickt, daß er ein Team von Steuergesetzexperten zusammengekriegt habe, die sich alles genau anschauen und dann Empfehlungen geben wollten, wie man vorgehen solle. Natürlich brauchte so etwas seine Zeit. Und das Thema Gino Santangelo war ein sehr schwieriges Thema. Gino hatte in seinem Leben stets Aufsehen erregt; alles, was er tat, kam in die Presse. Wenn nun mit dem Finanzamt ein Geschäft abgeschlossen werden sollte, mußte es hieb- und stichfest sein, um Untersuchungen jeglicher Art standzuhalten.

»Hör zu«, fügte Gino an, »habe ein Auge auf Lucky. Ich möchte nicht, daß sie sich wie eine Wilde in New York herumtreibt.«

»Ich bin die ganze Zeit mit ihr zusammen«, versicherte Costa dem Freund.

Das stimmte. Lucky schien in seiner Gesellschaft recht glücklich zu sein. Er war froh, daß er sie mit Barbara und Aldo bekannt gemacht hatte und daß sie Enzio besuchte. Diese Menschen waren Ginos treue Freunde und würden auf sie aufpassen.

»Ich rufe dich bald wieder an«, sagte er warm. »Gib auf dich acht.«

Gino lachte freudlos. »Ja, ich werde achtgeben, daß ich mich nicht überesse an gefülltem Fisch und Apfelstrudel! Jesus, was das Essen hier für mein Magengeschwür bedeutet! Hol mich heim, Costa. Dieses ruhige Leben ist nichts für einen Mann wie mich. Hol mich bald.«

Dario sollte zum Semesterende die Kunstakademie verlassen und nach New York übersiedeln. Dies gefiel Lucky gar nicht. Sie bearbeitete Costa ständig: »Er will nicht hierher... Es ist dumm von Gino, ihn zu zwingen... Er wird nichts begreifen... Er ist zu jung für sein Alter, unreif...«

Als Dario schließlich eintraf, hatte sie Costa gründlich umgekrempelt. Er fragte sich, warum Gino den Jungen bloß zu etwas zwang, das er nicht tun wollte.

Lucky zog aus Ginos Wohnung aus, die sie bis dahin benutzt hatte. »Warum?« fragte Costa. »Es ist doch Platz genug für euch beide dort.«

»Gino wollte, daß die Wohnung Dario gehört. Außerdem habe ich lieber meine eigenen vier Wände.«

Sie fand eine hübsche kleine Wohnung an der Ecke Sixty-first und Park, in die sie kurz vor der Ankunft ihres Bruders umzog.

Wenn man in der Geschäftswelt bestehen wollte, mußte man hart, beharrlich und ein Mensch von raschen Entschlüssen sein. Lucky war dies alles. Dario nicht. Costa setzte ihn in ein kleines Büro und übertrug ihm einige einfache Aufgaben. Er verpfuschte alle und schaute Costa nur gleichgültig an, als dieser ihn auszankte.

Costa war ratlos. Was sollte er einem Jungen beibringen, der nichts lernen wollte? »Warum entspannst du dich nicht«, sagte er schließlich, »schau dir die Stadt an. Wir setzen uns bald zusammen. Vergnüge dich unterdessen.«

Dies tat Dario.

Eric war widerwillig in San Francisco zurückgeblieben.

»Wenn sich's dort abgekühlt hat, lasse ich dich nachkommen«, hatte Dario versprochen.

Nun begann er die Freuden der Freiheit zu genießen. New York war nicht kühl, es war heiß. Dario vergaß Eric bald.

Die Wochen wurden zu Monaten, und Lucky sammelte beträchtliches Wissen an. Ihr Geist drang schnell in die komplizierteren Geschäftsvorgänge ein. Costa war beeindruckt. Sie stellte kluge Fragen. In einigen Verträgen und juristischen Dokumenten spürte sie wesentliche Diskrepanzen auf, was ihn in Erstaunen versetzte. Sie hatte einen ausgeprägten Geschäftssinn. Wie Gino. Sie sprach offen und unverblümt. Wie Gino. Sie besaß alle Fähigkeiten ihres Vater. Und als sie zu Costa sagte, daß sie bestimmte Dinge übernehmen wolle, war es zu spät, um sie aufzuhalten.

Gino hatte zur Finanzierung der Baukosten des Magiriano ein Investorensyndikat gegründet. Mit dem Bau des Hotels war eben erst begonnen worden, und hohe Lohnsummen mußten bezahlt werden. Doch seit Ginos Abreise waren einige Geldquellen versiegt.

»Lieber Himmel!« explodierte Lucky, »haben wir keine Verträge mit diesen Leuten?«

Costa schüttelte den Kopf. »Keine Verträge... Geschah alles auf Handschlag hin.«

»Die Leute gaben also Gino ihr Wort?«

»Natürlich.«

»Und was würde *er* tun, wenn sie nicht mit dem Geld herausrückten?«

Costa räusperte sich nervös: »Er hatte seine eigenen – Methoden.«

»Du sollst doch alles für ihn leiten. Warum wendest *du* seine Methoden nicht an?«

»Manche Dinge läßt man am besten ruhen, bis der richtige Zeitpunkt kommt. Wir müssen auf Gino warten.«

Sie sah ihn hart an: »Wir können nicht warten. Wir wissen nicht, wie lange er wegbleiben wird. Sogar *du* sagst, daß es Jahre dauern könnte. Nein, der Bau muß weitergehen«, erklärte sie. »Wenn die Herren ihr Wort verpfändet haben, muß man dafür sorgen, daß sie es halten. Gib mir eine Liste mit ihren Namen. Mir fällt schon etwas ein.«

Er lachte ungläubig. »Oh, du dummes Mädchen, das sind harte Burschen...«

Ihre schwarzen Augen waren eiskalt. »Nenne mich nie mehr ein dummes Mädchen, Costa. Hörst du?«

Ihm fiel Gino ein, wie er in diesem Alter gewesen war. Sie war ihm so ähnlich – war genau gleich.

Seufzend sagte er: »Ja, Lucky.« Und er wußte, daß es keinen Weg gab, sie daran zu hindern, während Ginos Abwesenheit die Führung des Imperiums zu übernehmen. Absolut keinen Weg.

Lucky dachte lange und gründlich nach. Costa war ein wunderbarer Mensch und ein glänzender Anwalt. Ausgezeichnet dafür geeignet, sich mit juristischen Angelegenheiten und mühseligen Arbeiten zu befassen. Doch er war ganz offensichtlich kein Mann der Tat.

Die Bauarbeiten am Magiriano mußten unbedingt weitergehen. Und Lucky hatte die Absicht, dafür zu sorgen.

Ihr war aufgefallen, daß Enzio Bonnatti jeden Sonntagvormittag etwa eine Stunde in seinem Arbeitszimmer verbrachte. Während dieser Zeit besuchten ihn Leute, die manchmal fünf Minuten blieben, manchmal fast eine Stunde. Beim Weggehen hatten sie immer ein Lächeln auf dem Gesicht.

»Was geht da vor?« fragte sie Santino, den Sohn, den sie lieber mochte. »Wer sind diese Leute?«

Santino zuckte die Achseln. Er war klein, hatte bereits eine Glatze und kaute ständig an den Nägeln. »Zeit der Gunsterweise«, sagte er kurz. »Enzio spielt gern lieber Gott.«

»Ich möchte auch eine Gunst erwiesen haben.«

»Dann bitte ihn darum.« Santino kniff seine kleinen Augen zusammen. »Dir wird er nichts abschlagen. Aber rechne damit, daß du es eines Tages zurückzahlen mußt.«

Sie ging zu Enzio, setzte sich auf die Kante seines Schreibtischs und bat ihn um Rat. »Costa will nicht handeln«, sagte sie, nachdem sie ihm die Situation erklärt hatte, »aber ich will es. Ich bin bereit, alles zu tun, was mein Vater tun würde.«

Enzio lachte gackernd. »Gino läßt sich von niemand einen Scheißdreck bieten – 'tschuldige meine Sprache. Du willst sein wie er, warum nicht? Ich leihe dir ein paar Soldaten. Du jagst der Nummer eins auf deiner Liste eine Scheißangst ein, dann hast du keine Probleme mehr. Kapierst du, worauf ich hinaus will?«

Sie nickte und spürte, wie kribbelige Erregung von ihrem ganzen Körper Besitz ergriff.

Enzio sah sie lauernd an. »Wenn du natürlich willst, daß ich's für dich erledige, mit Freuden.«

Sie schüttelte den Kopf. »Gib mir nur die Helfer.«

Er kicherte. »Du bist wirklich Ginos Tochter. Er wäre stolz auf dich. Ich sage dir, was du tun mußt. Ich gebe dir zwei Leute, die dich in jeder beschissenen Minute unterstützen – 'tschuldige meine Sprache. Eins mußt du dir merken: Wenn du drohst, mußt du's ernst meinen. Verstanden?«

»Verstanden.«

Wo hatte Lucky das Verhalten der Straße gelernt? War es ihr angeboren?

Sie begann mit dem größten Kapitalgeber, suchte ihn in seinem Büro auf. Der glatthaarige Mann hieß Rudolpho Crown und war ein sogenannter Investmentbankier, der einst davon gelebt hatte, daß er auf der Rennbahn reiche alte Damen betrog. Das Glück war ihm hold gewesen, eine seiner alten Damen hatte ihn geheiratet und war sechs Wochen nach der Hochzeit verblichen. »Sie starb vor Wonne«, pflegte Rudolpho zu jedem zu sagen, der es hören wollte. »Hatte seit zweiundzwanzig Jahren keinen Mann mehr gehabt!«

Er hatte drei Millionen Dollar geerbt, die Hälfte mit Huren und anderen Vergnügungen durchgebracht und den Rest in Geschäfte gesteckt. Er saß in seinem Büro an einem schweren Schreibtisch und beäugte Lucky lüstern, während sie über Geld sprach, das er zu zahlen versprochen hatte, aber nicht zahlte.

»Sie haben Ihr Versprechen gegeben, Mr. Crown«, sagte sie kalt. »Sie gehören einem Syndikat an. Wenn Sie auszusteigen versuchen, werden andere es auch tun, und die Bauarbeiten an dem Hotel müssen eingestellt werden.«

»Sicher.« Er bohrte mit der Kante eines Streichholzheftchens in seinen Zähnen. »Ich habe Gino mein Wort gegeben. Und wenn er zurückkommt, löse ich es ein.«

Ihre Stimme war leise und sanft: »Es spielt keine Rolle, wo Gino ist. Sie haben Ihr Versprechen gegeben. Er möchte es eingelöst haben, und zwar jetzt.«

Rudolpho grinste. »Er befindet sich nicht in der Lage, etwas zu mögen. Es heißt, daß er lange weg sein wird – falls er überhaupt wiederkommt.«

Sie lächelte süß. »Riskieren Sie es nur, Mr. Crown.«

»Riskieren? Was?«

»Aufzuwachen, Ihre Eier in den Hals gestopft zu bekommen und Ihren Schwanz auf einem Grill als Würstchen braten zu sehen.«

Er lief dunkelrot an: »Hüten Sie Ihre Zunge, Frauenzimmer. *Niemand* droht *mir.*«

Sie stand auf, strich den Rock ihres erstklassig geschnittenen Kostüms glatt und lächelte kalt: »Das ist keine Drohung, Mr. Crown. Es ist ein Versprechen. Und ich halte meine Versprechen. Genau wie mein Daddy.«

Er glaubte ihr nicht. Er hatte nicht die Absicht, Geld in ein Hotel zu stecken, wenn Gino nicht da war und sich um alles kümmerte. Der Teufel sollte sie holen. Sie war also Ginos Tochter. Lachhaft. Ein Frauenzimmer mit einem losen Mundwerk. Sonst nichts.

Eine Woche später wachte er um Mitternacht auf, weil er kalten Stahl an seinen Hoden spürte. Er öffnete entsetzt die Augen. Zwei

Männer hielten Messer an seinen zusammengeschrumpften Penis. Rudolpho begann zu schreien, zu weinen, zu betteln.

Er sah einen Schatten an der Tür, und eine Frauenstimme sagte: »Das ist nur eine Kostümprobe, Mr. Crown. Wenn Ihr Geld nicht sofort eintrifft, findet die Aufführung nächste Woche statt.«

Rudolpho Crown schickte das Geld – sehr schnell. Andere Investoren folgten seinem Beispiel – ebenfalls sehr schnell. Die Arbeiten am Magiriano konnten weitergehen.

Costa kam nicht dahinter, wie Lucky das geschafft hatte. Er vermutete, daß Enzio die Hand im Spiel gehabt hatte, war sich aber nicht sicher, und Lucky äußerte sich mit keinem Wort dazu.

Sie wirkte ruhiger, fast heiter. Sie hatte das erregende Gefühl der Macht kennengelernt, und das stellte alles bisher Erlebte weit in den Schatten. Sie, Lucky Santangelo, konnte jetzt in Angriff nehmen, was sie wollte. Warum auch nicht? Sie hatte bewiesen, daß sie dazu fähig war.

Als die Probleme mit dem Investorensyndikat ausgeräumt waren, flog Lucky nach Las Vegas, um sich selbst von den Fortschritten der Arbeiten am Magiriano zu überzeugen. Selbstredend stieg sie im Mirage ab, und selbstredend war Marco da, um sie zu begrüßen.

Sie wußte nun endlich, wer Bee war. Costa hatte ihr die ganze Geschichte erzählt: Wie Bee den übel zugerichteten, blutüberströmten Gino aufgenommen und gesundgepflegt hatte, wie sie sieben Jahre getreulich auf den im Gefängnis schmorenden Gino gewartet hatte.

»Offenbar eine sehr nette Dame, warum haben die beiden nicht geheiratet?« hatte Lucky gefragt.

»Sie wollten heiraten, doch anscheinend konnte Bee nach Marco keine Kinder mehr bekommen.«

Lucky war empört gewesen: »Du meinst, er hat sie nicht geheiratet, weil sie keine Kinder kriegen konnte? Was für ein Schwein!«

Als sie gehört hatte, daß Marco praktisch mit Gino als Vater aufgewachsen war, hatte sie Eifersucht empfunden.

Jetzt begrüßte sie ihn kühl. Es war das erstemal seit Jahren, daß sie miteinander sprachen.

»Du siehst sensationell aus, Lucky, wirklich großartig«, sagte er.

»Und du siehst ein bißchen mitgenommen aus, Marco. Hast wohl die Kerze an beiden Enden angezündet, was?« Wie alt mochte er jetzt sein? Sie rechnete rasch: Einundvierzig. Er hielt sich ausgezeichnet, sah nach wie vor ungewöhnlich gut aus. Noch immer war er der attraktivste Mann, den sie je gesehen hatte, und sie brannte darauf, mit ihm ins Bett zu gehen. Zum erstenmal seit langem dachte sie wieder an Sex. »Wie kommt es, daß ich nicht in Ginos Suite wohne?« fragte sie beiläufig.

»Die habe ich übernommen – solange er weg ist.«

»So, *tatsächlich*?« Es gelang ihr, in ironischem, spöttischem Ton zu sprechen.

Er war verwirrt. »Wie lange bleibst du?« fragte er höflich.

Genauso lange, wie es dauert, dich ins Bett zu bekommen. »Ein paar Tage, vielleicht eine Woche.«

»Schön. Ich möchte, daß du meine Frau kennenlernst. Vielleicht könntest du heute mit uns zu Abend essen.«

Seine Frau! »Seit wann bist du verheiratet?« fragte sie, kaum fähig zu atmen.

»Seit genau sechsundvierzig Stunden. Du hast die Hochzeit versäumt. Übrigens, wo ist Craven?«

Sie fühlte sich erneut von ihm verraten und haßte ihn deswegen. Mit eisiger Stimme sagte sie: »Hast du es nicht gehört? Ich bin geschieden.«

»Geschieden? Weiß Gino das?«

»Es mag dich verwundern, Marco, aber ich bin ein freier weißer Mensch und einundzwanzig. Ich kann tun, was ich will, verdammt noch mal, *ohne* Big Daddy um Erlaubnis zu fragen.« Sie musterte ihn kalt. »*Du* mußt vielleicht nach seiner Pfeife tanzen, *ich* nicht.«

Er begann zu lachen. »Du hast dich nicht verändert. Immer noch die liebenswerte alte Lucky!«

»Ja. Immer noch die alte. Ein bißchen schärfer an den Kanten allerdings – das wirst du bald merken.«

Offenbar verstand er sie nicht, denn er sagte: »Darauf freue ich mich.«

Eine Sekunde lang tauchten ihre Blicke ineinander. Lucky war keinem Mann begegnet, den sie nicht ins Bett bekommen konnte, wenn sie wollte. Aber wollte sie Marco noch? Ja.

Verdammt noch mal!

Helena, Marcos Frau, war ein ehemaliges Showgirl. Einen Meter achtzig groß. Gute, aufreizende Figur. Leuchtend rotes Haar. Und zweifellos eine leuchtend rote Fotze, dachte Lucky wütend. Helena war – leider – sehr schön.

Marco, Helena und sie hatten sich zu einem Drink in der Halle getroffen. Eine Combo spielte lateinamerikanische Musik, während Kellnerinnen in knappen Kleidchen exotische Cocktails servierten. Lucky registrierte, daß das ganze Hotel ein bißchen aufgemöbelt gehörte. Es war altmodisch und fade. Sie bedauerte, keinen Begleiter zu haben, denn Marco behandelte sie immer noch wie Ginos kleines Mädchen.

Das süße Frauchen hatte riesige Äpfel, die aussahen, als hätten sie mit der guten alten Silikonspritze Bekanntschaft gemacht. Lucky schätzte Helena auf Ende Zwanzig und haßte sie von der ersten Sekunde an. Ungerechterweise, das wußte sie, denn Helena schien wirklich nett zu sein.

Lucky bekam Marco auf dieser Reise nicht. Doch danach, als sich einiges zu ereignen begann, als sie ihre neugefundene Macht ausspielte, geruhte er sie endlich zu bemerken.

Wieder in New York, sagte sie zu Costa: »Das Mirage wirkt wie eine abgewirtschaftete alte Hure in einer Straße voller hochklassiger Callgirls. Die Schlagzeilen, die Tiny Martino zweimal im Jahr macht, und die paar abgehalfterten Stars aus schlechten Fernsehshows bieten wahrhaftig keine glänzende Unterhaltung.« Sie hielt inne, um sich eine Zigarette anzuzünden. »Außerdem muß der Kasten dringend renoviert werden, er ist total verlottert. Abblätternde Farbe, eine schmuddelige Halle – er muß unbedingt aufgemöbelt werden.«

Costa fächelte den Rauch, den sie in seine Richtung blies, von seinen Augen weg. »Marco kümmert sich ausgezeichnet um das Hotel. Wenn Veränderungen nötig sind, wird er sie sicher...«

Sie unterbrach ihn scharf. »Marco hat von nichts eine Ahnung. Er ist frisch verheiratet und ausgepumpt von zuviel Fickerei.«

Costa zuckte zusammen. Woher kannte sie solche Ausdrücke? Es ging ja noch an, wenn Männer so redeten, aber eine Frau...!

»Marco leitet das Hotel selbständig. Er hat alles unter Kontrolle – die Finanzen, alles. Gino vertraut ihm voll und ganz. Wir können da nicht eingreifen.«

»Doch, wir können es, keine große Sache. Ich bin Hauptaktionärin – habe mehr Anteilsprozente als sonst jemand. *Ich* will Veränderungen, und *ich* werde dafür sorgen, daß sie durchgeführt werden. Wenn das Marco nicht paßt, kann er jederzeit kündigen.«

Costa betrachtete sie ernst. Hatte er ein Ungeheuer erschaffen? Was hätte Gino gesagt, wenn er gewußt hätte, was sich hier zutrug? Zum Glück wußte er es nicht. Er glaubte, daß alles glatt lief, daß Dario sich einarbeitete und Costa eingriff, wenn etwas schiefzugehen drohte. Er hatte keine Ahnung von Luckys aktiver Beteiligung an der Geschäftsführung. Und Costa verspürte keinerlei Neigung, ihn darüber zu informieren.

In den nächsten Monaten flog Lucky mehrmals mit Architekten und Innendekorateuren nach Vegas, plante die Veränderungen, die sie im Mirage vornehmen lassen wollte, und beaufsichtigte die Bauarbeiten an dem Hotel.

»Was ist denn hier los, Costa?« schrie Marco am Telefon. »Sie bringt alles durcheinander. Schaff sie mir vom Hals.«

»Das kann ich nicht«, erwiderte Costa schlicht. »Sie ist die Hauptaktionärin. Sie kann tun, was sie will.«

Marco, vor Wut kochend, bemerkte Lucky nun wahrlich. Als er sie so sehr bemerkte, daß er sie begehrte, gab sie sich kühl, sachlich und distanziert. Sie hatte nicht die Absicht, ihn mit seiner Frau zu teilen.

Die Veränderungen, die Lucky wünschte, wurden vorgenommen. Das Mirage erhielt ein neues Aussehen. Für die Halle wurden neue Künstler engagiert – keine müden Sängerinnen in schulterfreien Kleidern, sondern junge Rockgruppen, die ein bißchen Schwung in den Laden brachten.

Lucky beauftragte eine erstklassige Werbefirma damit, das Image des Hotels wieder aufzupolieren. »Wir wollen jüngere Leute anlokken«, sagte sie zu dem irritierten Marco. »Der Laden hat schon ausgesehen wie ein Altersheim!«

»Du meine Güte, die Alten haben das Geld zum Spielen. Unser Casino macht Spitzengewinne.«

»Ja. Und das Hotel ist seit zehn Jahren in den roten Zahlen. Wart nur ab, das wird sich ändern. Warum sollten wir nicht auf *beiden* Seiten des Geschäfts Gewinne machen?«

Sie hatte recht. Das Geschäft ging zunehmend besser. Dinner-Shows, die einst vor halbleeren Räumen stattgefunden hatten, waren mit einemmal gut besucht und bald sogar ausgebucht, das Restaurant war wieder voll, die in neuem Stil dekorierte Halle lockte immer mehr Gäste an. Nicht nur, daß jetzt das Hotel Gewinn machte, auch die Einkünfte des Casinos schossen in die Höhe.

Gino hatte 1968 eine kleine Kosmetikfirma gekauft, um einem Freund einen Gefallen zu tun. Die Firma machte seit Jahren Verluste und schlitterte langsam auf den Bankrott zu. Lucky beschloß, dieses Unternehmen zu ihrem ureigenen Projekt zu machen. Sie änderte den Namen in Free Make-up Company, ersetzte die bisherige Firmenleitung durch neue Leute, ernannte sich zur Direktorin und sagte zu Costa: »Paß mal auf, wie ich die Firma in Schwung bringen werde.«

Er paßte auf und war überzeugt, daß sie es schaffen würde.

Gelegentlich flog sie nach Vegas, um die Fortschritte am Magiriano zu begutachten. Langsam, langsam, langsam. Probleme – noch mehr Probleme. Doch nichts, womit sie nicht fertig wurde.

Marco war immer zur Stelle, um sie höflich zu begrüßen und ihr zu erzählen, was sich in der Stadt tat.

»Noch immer verheiratet?« pflegte sie ihn leichthin zu fragen, obwohl ihr Magen sich in der Hoffnung zusammenkrampfte, er sei geschieden.

»Klar doch. Und du? Vögelst du noch immer rum?«

»Nenne mir ein besseres Hobby, dann werde ich es ausprobieren«, erwiderte sie scherzend. Sie wußte, daß ihr oberflächliches Geschlechtsleben ihn gräßlich ärgerte.

Zwischen ihnen herrschte starke sexuelle Spannung. Sie fühlte es und wußte, daß auch er es fühlte.

Dario rief Eric nicht zu sich, darum erschien Eric eines Sonntagmorgens ungebeten mit zwei Koffern und vielen Vorwürfen.

»Ich war beschäftigt«, erklärte Dario mürrisch. »Hier kannst du nicht bleiben.«

»Hier« war Ginos Luxusappartement mit einer dort wohnenden Köchin und einem Dienstmädchen, das täglich kam.

»Warum nicht?« fragte Eric, der entschlossen war, sich wieder in Darios Leben einzuschleichen.

»Weil es nicht geht. Die Leute würden dahinterkommen, vor allem Costa und meine Schwester...«

»Wir haben doch in San Francisco zusammengelebt.«

»Das war etwas anderes.«

»Warum?«

Sie stritten zehn Minuten. Dann ließ Dario – zögernd und nur, weil unter Druck gesetzt – Eric ein. Er dachte gar nicht daran, ihn bleiben zu lassen, denn er hatte entdeckt, welche Freude es machte, allein zu leben und allein zu jagen. Wozu brauchte er Eric noch?

Eric besichtigte die phantastische Wohnung und war überzeugt, den richtigen Schritt getan zu haben. Er beschloß, sich nicht mehr von der Stelle zu rühren.

Dario, der seine Absichten durchkreuzt sah, war verärgert. Er hatte schon genug Schwierigkeiten mit Lucky, fehlte gerade noch, daß sie hinter seine Homosexualität kam.

Das Luder hatte die Herrschaft übernommen. Während er ab und zu im Büro herumtrödelte und nicht viel tat, begann sie zu regieren, und Costa ließ es ihr durchgehen. Im Grunde hatte Dario gar nicht den Wunsch, in die Firmenleitung einzusteigen, doch es machte ihn stinkwütend, von den Leuten wie ein Niemand behandelt zu werden, während sie um seine große Schwester herumtanzten. »Gino wollte, daß *ich* die Geschäfte kennenlerne«, sagte er eines Tages gereizt zu Costa, »nicht Lucky.«

»Wenn du das willst, dann sei jeden Morgen um acht Uhr hier und arbeite bis sieben, acht, neun Uhr abends«, erwiderte Costa grob. »Genau das tut Lucky.«

Dario dachte gar nicht daran, das zu tun. Er liebte es, morgens lange zu schlafen, dann mit seinem Porsche ins Village zu fahren und sich mit Freunden zu treffen. Er hielt täglich in einem kleinen italienischen Restaurant hof. Der Tisch in der Ecke war ständig für ihn reserviert, und manchmal drängten sich fünfzehn bis zwanzig Leute daran. Das Geld war kein Problem – er verlangte einfach, was er haben wollte. Gino hatte entsprechende Anweisungen erteilt.

Ja, er hatte sehr viele Freunde und keineswegs den Wunsch, sie mit Eric zu teilen. Doch Eric ließ sich nicht wegschicken.

»Du kannst nicht bleiben«, erklärte Dario einen Tag nach Erics Einzug von neuem nachdrücklich.

»Ich kann sonst nirgends hin«, erwiderte Eric weinerlich. »Ich bin eigens den weiten Weg hergekommen, um bei dir zu sein.«

Als er Dario berührte, war alles entschieden. Dario griff ihn zunächst mit einer Heftigkeit an, die Eric nicht in ihm vermutet hatte, doch dann wurde Leidenschaft daraus.

Eric stöhnte vor Schmerz und Wonne. »Ich wußte gar nicht, daß du Gewalttätigkeit liebst... Oh, Darry, wir werden so glücklich miteinander sein.«

Die Monate vergingen. Lucky arbeitete hart und kämpfte mit harten Bandagen. Sie war eine resolute Geschäftsfrau, verlangte und erhielt von den Leuten, die sie beschäftigte, das Beste.

Die vom Untergang bedroht gewesene kleine Kosmetikfirma, die sie übernommen hatte, erholte sich zusehends. Luckys Methoden, den Abnehmerstamm zu vergrößern, waren allerdings etwas unorthodox – ein bißchen Bestechung hier, eine kleine Drohung dort. Sie wußte, daß das Produkt gut war, und sie fand nichts dabei, ein wenig »Überredungskunst« anzuwenden, damit auch die anderen das merkten. Gewöhnlich wirkte schon der Name Santangelo Wunder.

Immer wieder flog sie nach Las Vegas, und immer wieder zeigte sich, daß Marco und die schöne Helena weiterhin fest verheiratet waren.

Dario und Eric lebten in leicht gespanntem Verhältnis zusammen und gewöhnten sich einen Stil an, den keiner von ihnen bis dahin gekannt hatte. New York war voll neuer Reize, und Dario besaß das nötige Geld, um sie alle zu erforschen: diverse Perversionen, Nervenkitzel, Parties, Clubs.

Miteinander wagten sie sich in die blühende Unterweltgemeinde der Homosexuellen. Nicht alles dort war Glanz, Romantik und Verständigung durch Blickkontakt in einer überfüllten Bar. Es gab auch die unerfreuliche, schmutzige Seite, den schnellen Sex, die körperlichen Folterungen, die Züchtigungen, die sadomasochistischen Varianten. Eric war scharf auf dies alles und zog Dario mit.

Bald begannen sie in Ginos Appartement wilde Parties zu feiern, unterhielten eine ganze Schar Freunde mit kostenlosem Koks und Gras und allem anderen, was ihre Gäste wünschten.

Es dauerte nicht lange, bis Berichte darüber zu Costa durchsickerten. Er weigerte sich, sie zu glauben, und informierte Lucky, die keineswegs überrascht war. Sie vermutete schon lange so etwas.

»Ich gehe zu ihm«, erklärte sie dem besorgten Costa.

»Wir gehen beide«, bestimmte er.

Lucky rief ihren Bruder an und sagte ihm, daß Costa und sie mit ihm sprechen wollten und am Nachmittag in das Appartement kämen.

»Eric, geh aus und bleib weg«, trug Dario seinem Freund auf. »Ich treffe mich später mit dir.«

Seine Schwester Lucky. Sie erschien in einem weißen Kostüm, kühl, klug, ganz Geschäftsfrau. Im Schlepptau hatte sie natürlich Costa, der ihr längst aus der Hand fraß.

Lucky nahm kein Blatt vor den Mund: »So kann es nicht weitergehen, Dario. Du tust in aller Öffentlichkeit Dinge, die für dich strengste *Privat*sache sein sollten. Verstehst du, was ich meine?«

Costa sagte erregt: »Es würde deinen Vater umbringen, wenn er das je erführe. Kannst du nicht einen Arzt aufsuchen? Dich heilen lassen?«

Was glaubte der alte Scheißkerl denn? Daß er, Dario, die Masern hätte? »Ich kann tun, was ich will, verdammt noch mal«, entgegnete er und starrte Lucky böse an. »*Du* kannst mir nicht befehlen, was ich tun soll.«

Sie seufzte. »Da täuschst du dich sehr, kleiner Bruder. Wenn du deine Aktivitäten nicht einschränkst, werde ich dafür sorgen müssen, daß die Sache nicht mehr so einfach ist für dich.«

»Wie meinst du das?«

»Erinnerst du dich an die Dokumente, die du unterschrieben hast?«

Ja, er erinnerte sich daran. Gelegentlich hatten Costa oder Lucky ihn aufgefordert, ins Büro zu kommen und seine Unterschrift unter gewisse Dokumente zu setzen. Er hatte sie nie gelesen, sondern schnell unterschrieben und sich wieder verkrümelt. Nun eröffnete ihm Lucky in knappen, klaren Worten, daß er ihr alles überschrieben habe. »Ich quartiere dich aus diesem Appartement in eine kleinere Wohnung um und setze dir einen festen Betrag aus. Vielleicht befreit dich das von einigen deiner ›Freunde‹.«

Er schaute sie zornig an: »Wenn du das tust, dann sage ich es Gino.«

»Natürlich, nur zu! Ich weiß, daß er begeistert sein wird, wenn man ihn über dich aufklärt.«

Dario erbleichte. »Das kannst du nicht tun.«

Sie bedachte ihn mit einem Blick, der alles sagte. »Keine Sorge, dein Geheimnis ist bei mir sicher, kleiner Bruder. Solange du tust, was ich will, brauchst du nicht zu fürchten, daß *ich* Gino aufkläre. Oh – und laß künftig die Finger von Drogen. Ein bißchen Gras, weiter solltest du nicht gehen. Kapiert?«

Luder! Luder! Luder!

Aber er würde sich rächen, er würde sich einen Weg ausdenken. Schließlich war auch er ein Santangelo.

Steven, 1971–1975

Binnen kurzer Zeit erwarb sich Steven als Hilfsstaatsanwalt den Ruf, ein unbeugsamer, erfolgreicher Ankläger zu sein. Anfangs mutete es ihn seltsam an, auf der anderen Seite zu stehen, doch nach wenigen Wochen wußte er, wofür er seit jeher geschaffen war: Dreckschweine anzuklagen, die Kindern Drogen verkauften, Polizeibeamte bestachen, Frauen verprügelten, folterten und ermordeten. Diese Männer hinter Schloß und Riegel zu bringen, erfüllte ihn mit der beruflichen Befriedigung, die er immer gesucht hatte.

Es dauerte nicht lange, bis sich sein Ruf verbreitete und die Verteidiger verzweifelt die Hände hochwarfen, wenn ihre Mandanten das Pech hatten, Steven Berkely vor Gericht als Gegner zu haben.

Die Polizeibeamten dagegen waren begeistert, wenn Fälle, an denen sie lange und hart gearbeitet hatten, in seine fähigen Hände kamen. Er war ein Siegertyp. Durch die engen Maschen seines Netzes schlüpfte kein noch so glatter Fisch. Bei ihm bekamen die Verbrecher, was sie verdienten. Steven spielte nicht, um zu verlieren. Er war unbestechlich.

Er schloß enge Freundschaft mit einem jungen schwarzen Kriminalbeamten namens Bobby De Walt. Bobby hatte sich darauf spezialisiert, als Spitzel den Rauschgifthandel zu bekämpfen. Er war Mitte Zwanzig, schaute aber mit seinen ausländischen Kleidern und seiner Afro-Frisur zehn Jahre jünger aus. Er liebte es, die Leute aufzuziehen und ihnen Streiche zu spielen. Doch unter seinem fröhlichen Äußeren verbarg sich ein überaus zäher Kriminaler. Bobby De Walt hatte mehr Rauschgifthändler auffliegen lassen als jeder andere in seiner Einheit. Und Steven hatte das Vergnügen gehabt, viele der Dealer strafrechtlich zu verfolgen.

Die beiden gaben ein seltsames Paar ab, wenn sie sich miteinander auf der Straße sehen ließen: Steven so ordentlich und gut aussehend, Bobby so wild und unstet. Oft saßen sie unweit des Gerichtsgebäudes in einer Bar und redeten bis in die frühen Morgenstunden. Manchmal gingen sie zusammen essen. Jeder fühlte sich in der Gesellschaft des anderen wohl. Und beide fühlten sich in Damengesellschaft wohl.

Steven war überrascht und erfreut, als Bobby an einem kalten Januarabend des Jahres 1975 sagte: »Du mußt morgen mit mir essen.

Ich habe das beste Stück der Welt gefunden, Mann. Ich werde heiraten.«

Steven war neugierig. Er hatte Bobby nie für einen heiratslustigen Typ gehalten. Doch als er Sue-Ann kennenlernte, verstand er den Freund sofort. Sie war neunzehn, hatte lockiges Haar, ein bezauberndes Lächeln und einen noch bezaubernderen Charakter.

Bobby vergeudete keine Zeit, er arrangierte sofort die Hochzeit. Bereits einen knappen Monat später stand Steven als Trauzeuge in einer hübschen Kirche von Queens. Dort lernte er Sue-Anns Cousine Aileen kennen. Sie fiel ihm sofort auf. Sie war groß, sehr gepflegt und attraktiv, arbeitete als Dolmetscherin bei der UNO und wohnte mit ihren Eltern in einem hübschen Backsteinhaus in der Achtundsiebzigsten Straße.

Steven führte sie viermal aus, und als sie beim viertenmal ablehnte, mit ihm zu schlafen, ließ er sie fallen. Ohne großes Aufhebens.

Er lernte andere Mädchen kennen, konnte sie jedoch nicht vergessen. Aileen war die einzige, die ihn je abgewiesen hatte. Alle anderen machten bereitwillig mit – so sauber und anständig sie auch schienen. Er sagte sich zwar, dies sei in der Zeit der Pille und der Frauenbewegung durchaus akzeptabel, aber sogar nach Monaten dachte er noch an Aileen.

Bobby De Walt arbeitete seit Monaten an einem Fall. Seine Frau Sue-Ann, die ihr erstes Kind erwartete, sah ihn nur selten. Steven schaute oft bei ihr vorbei, um ihr Gesellschaft zu leisten.

Eines Abends fand er in dem kleinen Haus Aileen vor. Die beiden hatten einander acht Monate nicht gesehen. Jeder schien gleichwohl überrascht, den anderen zu treffen.

Beide blickten Sue-Ann an, die lässig die Achseln zuckte. »Ich habe nicht gewußt, daß auch nur *einer* von euch heute hier aufkreuzen würde.«

»Ich kann nicht lange bleiben«, erklärte Aileen rasch. »Hab nur hereingeschaut, um mich zu erkundigen, wie du zurechtkommst.«

»Ich kann auch nicht lange bleiben«, sagte Steven.

»Ich bin überzeugt, daß ihr beide Zeit genug habt, um zum Essen zu bleiben«, murmelte Sue-Ann, setzte ihr bezauberndes Lächeln auf, deckte den Tisch und brachte saftige heiße Schweinerippchen, frittierten Mais und Kartoffelsalat nach deutscher Art.

Steven lief das Wasser im Mund zusammen. »Vielleicht habe ich doch Zeit für einen Happen«, sagte er und setzte sich an den Tisch.

Aileen hatte den ganzen Tag nichts gegessen. Sie schaute die appetitlichen Speisen an und setzte sich zu Steven.

»Fangt schon an, ich muß rasch noch meine Mutter anrufen«, sagte Sue-Ann und ließ die beiden allein.

»Und – wie geht es dir so?« fragte Steven, an einem köstlichen Rippenstück kauend.

Aileen lud sich eine gehörige Portion Mais auf und antwortete: »Hatte viel zu tun. Und dir?«

»Genau das gleiche.« Er dachte an ihr letztes Beisammensein. Ein Kino. Ein Abendessen in einem guten chinesischen Restaurant. Dann hatte er lässig gesagt: »Gehen wir zu mir.« Er war so überzeugt gewesen von ihrem Einverständnis, daß er bereits in Richtung seiner Wohnung gefahren war.

»Nein«, hatte sie erwidert, »lieber nicht. Bitte bring mich nach Hause.«

Er hatte es getan und vor ihrer Eingangstür gesagt: »Ich glaube nicht, daß ich dich wieder anrufen sollte. Ich suche keine ernsthafte Bindung...«

Er hatte sie vermißt. Es war so nett, mit ihr auszugehen. Sie wäre genau das Mädchen gewesen, das er Carrie hätte nach Hause bringen können.

Er biß von einem weiteren Rippenstück ab und fragte: »Warst du viel aus?«

Sie lächelte leicht. »Es reicht. Aber irgendwie scheine ich nie über die dritte oder die vierte Verabredung mit demselben Mann hinauszukommen.«

Er grinste. »Meinst du nicht, über etwas, das du *nicht* tust?«

Sie ergriff ein Rippenstück und knabberte behutsam daran.

Er fand, die Sache sei einen weiteren Versuch wert. »Wie stünde es mit einem Kinobesuch nächste Woche?«

Sie schaute ihn skeptisch an. »Ich bin nicht anders geworden, Steven. Ich habe immer noch die gleichen – Prinzipien.«

»Ich würde es gar nicht anders wollen. Was hältst du vom Dienstag?«

Sue-Ann kam wieder ins Zimmer. Sie war im siebten Monat und sehr stark. »Na, ihr beiden?« fragte sie, »kommt ihr wieder zusammen, oder habe ich umsonst den ganzen Nachmittag gekocht?«

Steven war in einer Gerichtsverhandlung, als er es erfuhr. Im Saal wurde geflüstert, und er hörte Bruchstücke. Angeblich war Bobby De Walt bei der Arbeit an seinem letzten Auftrag enttarnt worden. Zwei Männer hatten ihm im Keller eines Harlemer Mietshauses aufgelauert, auf ihn eingestochen und ihn schwer verprügelt. Er war auf die Straße getaumelt und dort zusammengebrochen. Jetzt lag er auf der Intensivstation. Steven bat um eine Vertagung und fuhr auf schnellstem Weg zum Krankenhaus.

Sue-Ann war da, das süße Gesicht vom Weinen verquollen. Sie klammerte sich an ihn: »Warum mein Bobby? Warum?«

Steven suchte den Arzt, der Bobby nach der Einlieferung versorgt hatte. »Wie schlimm ist es?« fragte er.

»Nicht allzu schlimm. Er hat ein paar gebrochene Rippen, aber als Folge der Stichwunden viel Blut verloren. Wenn er kräftig ist, kommt er durch.«

»Oh, er ist kräftig.«

Aileen traf am Abend ein, atemlos und mit rotem Gesicht. »Ich kam sofort, als ich es erfuhr. Wie geht es ihm?«

»Sein Zustand ist ziemlich kritisch«, sagte Steven düster.

Zwei Tage befand sich Bobby in kritischem Zustand, dann war er über den Berg. Mit sechsundsiebzig Stichen hatte man ihn zusammengeflickt. Seine Rippen waren bandagiert, doch er lächelte wieder.

Die folgenden Wochen bedeuteten eine Qual für Bobby. Ihn verlangte brennend danach, das Krankenhaus zu verlassen und wieder an die Arbeit zu gehen. »Verflucht, Mann, ich will weitermachen«, klagte er Steven gegenüber. »Ich war so nahe dran – so verdammt nahe.«

»Zu nahe.«

»Das kann man gar nicht sein.«

Steven verbrachte einen großen Teil seiner Zeit bei den De Walts, und Aileen tat dasselbe. Sie war ein sehr starker, hilfsbereiter Mensch. Nach und nach gewöhnte Steven sich an, sie von der Arbeit abzuholen, wenn sie frei hatte, und mit ihr zu Sue-Ann und Bobby zu fahren. Er fühlte sich wohl dabei.

»Ihr beide solltet heiraten«, scherzte Bobby. »Ihr gebt ein gutes Paar ab – irgendwie stimmig.«

Der Gedanke an Heirat war Steven noch gar nicht gekommen, doch er beschloß, Aileen in den nächsten Tagen seiner Mutter vorzustellen und zu hören, was sie davon hielt.

Als Bobby aufstehen durfte, erholte er sich sehr schnell. Sue-Ann brachte ein hübsches kleines Mädchen zur Welt, und Bobby hatte das Gefühl, es sei höchste Zeit, daß er die Arbeit wieder aufnahm. Eines Tages kam er in Stevens Büro, platzend vor Informationen, Fakten, Zahlen und Wut, weil er so nahe daran gewesen war, einen der größten Fälle seiner Laufbahn aufzudecken. »Hör zu«, sagte er, »ich habe genügend für eine Untersuchung der ganzen gottverdammten, stinkenden, miesen Bonnatti-Organisation. Bonnatti ist der Mann an der Spitze – er lenkt alles –, und ich denke, wir können ihn festnageln.«

»Woher nimmst du die Überzeugung?« fragte Steven, dessen Interesse erwachte. Es war der Traum jedes Staatsanwalts, den berüchtigten Enzio Bonnatti festzunageln.

»Meine Straßeninstinkte geben sie mir«, sagte Bobby, der im Büro hin und her stürmte. »Ich habe Gauner, die ich vorladen lassen kann.

Ich habe Zeugen. Ich habe Verbindung mit zahlreichen Leuten, die Bonnatti auffliegen lassen wollen. Ich weiß, daß ich nahe daran war, einen großen Treffer zu landen. Was glaubst du, wer mich auszuschalten versuchte?«

»Du meinst, es waren Bonnattis Leute?«

»Dessen bin ich mir sicher. Sie haben beste Beziehungen. Jemand hat mich ihnen verpfiffen.«

Steven trommelte nachdenklich auf seinen Schreibtisch. »Und was schlägst du jetzt vor?«

»Ich schlage vor, daß wir eine Sonderkommission zur Ermittlung gegen Bonnatti gründen. Wenn du mitmachen würdest, die Leitung der Kommission übernimmst – dich würde niemand abweisen, nicht bei dem Ruf, den du genießt.«

Steven wußte, daß dies stimmte. Man hatte ihn zweimal gebeten, Sonderkommissionen zur Untersuchung bestimmter Angelegenheiten zu leiten. Er hatte beide Male nein gesagt, weil ihn die Themen nicht interessiert hatten. Doch Enzio Bonnatti war das Gemeinste vom Gemeinen. Ein Gewaltverbrecher, der während der zwanziger Jahre in Chicago als Alkoholschmuggler begonnen hatte und jetzt einen großen Teil des New Yorker Lasterlebens kontrollierte. Rauschgift und Prostitution waren seine beiden Hauptbereiche.

»Ich meine, daß ich mir die Sache mal ansehe. Reicht dir das?«

Bobby begann zu lachen. »Mann, du hast eben ja gesagt. Wenn du dir das Leben dieses Dreckschweins anschaust, läßt du nicht locker, bis du ihn hast. Ich kenne dich.«

»Glaubst du?«

»Süßer, ich würde mein linkes Ei drauf wetten. Und *das* verwette ich nicht leichtfertig!«

Lucky, 1975

Lichtbündel schossen zum Himmel. Beleuchtete Brunnen zeichneten aus Myriaden von Wasserkaskaden »Magiriano«. Eine Autoschlange schob sich zum Eingang des Hotels, das aussah wie ein großes weißes maurisches Schloß. Beeindruckend. Prächtig. Ungewöhnlich.

Marco wanderte in einem neuen schwarzen Seidensmoking durch die Halle, sein scharfer Blick registrierte alles. Sie hatte es geschafft, die Kleine hatte es geschafft. Fünf lange Jahre der Mühen, Probleme,

Bestechungen, Streiks und Drohungen hatte es sie gekostet, aber jetzt stand ein phantastisches Hotel da.

Die kleine Lucky. Sie war wirklich Ginos Tochter, eine echte Santangelo. Hätte Gino ihr Werk sehen können, er wäre stolz gewesen.

Natürlich hatte er, Marco, ihr beigestanden, hatte sie in die richtigen Richtungen gelenkt, unterstützt und beschützt – und darauf geachtet, daß sie nicht den falschen Leuten auf die Zehen trat.

Wie rasch sie lernte! Sie hatte eine Art, etwas anzugehen, die sich immer als richtig erwies. In ihrem Kopf tickte ein Computer, der Geschäfte und Prozentzahlen schneller durchrechnete als jeder Mensch, den er kannte.

Er sah Skip auf sich zukommen, den von Lucky angestellten, geschmeidig aussehenden PR-Mann. Rasch drehte er ihm den Rücken zu und ging davon. Der Kerl war eine Plage, redete ständig klugscheißerisch, wie die Feuerwehr. Marco wußte, daß Lucky mit ihm geschlafen hatte, und der bloße Gedanke daran machte ihn wütend. Warum holte sie sich immer Kerls ins Bett wie ein zweitklassiges Flittchen? Was sie brauchte, war ein richtiger Mann. Schließlich – welche Art von Männern hatte sie bisher schon kennengelernt? Craven Richmond, eine Null. Gutaussehende Kraftbolzen für eine Nacht. Tennisprofis. Dumme Schauspieler. Hübsche Jungens. Er hatte sie kommen und gehen sehen. Gino kriegte bestimmt einen gräßlichen Anfall, wenn er je von ihren Aktivitäten erfuhr. Dennoch, ob Flittchen oder nicht, Marco wollte sie haben – er begehrte sie schon lange –, und heute würde die Nacht der Nächte sein.

Die schöne Helena hatte er trotz ihrer Proteste nach Los Angeles geschickt. »Mach ein bißchen Urlaub, setz dich in Beverly Hills an den Swimmingpool und kaufe Saks leer. Du verdienst eine Abwechslung.«

»Aber, Marco, die Eröffnung findet doch statt. Ich habe ein neues Kleid. Ich kann doch bei der *Eröffnung* nicht fehlen...«

»Doch, das kannst du. Ich werde ohnehin so beschäftigt sein, daß ich mich nicht um dich kümmern kann.«

Auf Wiedersehen, Helena. Nur vorübergehend. Lucky Santangelo und ich haben eine unerledigte Angelegenheit zu erledigen.

Lucky stand unter dem eisigen, stechenden Strahl ihrer scharf aufgedrehten Dusche und stellte zufrieden fest, daß das kalte Wasser heute wirklich kalt war. Gestern war es lauwarm gewesen. »Anlaufschwierigkeiten, Miß Santangelo«, hatte man ihr versichert. »Keine Sorge, das wird in Ordnung gebracht.« Verbeugung. Kratzfuß. Kriecherei.

Sie trat aus der Dusche ihres Privatbades. Ein prächtiger Raum mit Bodenbelag aus weißem Lamafell, Dschungelmalereien an den Wänden, Alabaster-Armaturen.

Gemächlich zog sie einen Frotteebademantel an und tappte in ihr Schlafzimmer. Modern. Nüchtern. Nur das Bett luxuriös. Schwarze Seidenlaken und Tigerfelldecken.

Sie setzte sich aufs Bett und rief die Vermittlung an: »Eine Stunde keine Anrufe, bitte, gleichgültig, wer es ist.« Dann stand sie auf, warf ihren Bademantel ab, löschte die Lichter und schlüpfte zwischen die dekadenten schwarzen Seidenlaken.

Costa war vor einer Woche eingetroffen. Er konnte kaum glauben, daß der große Tag endlich da war. Himmel! Die Schwierigkeiten beim Bau des Hotels waren ungeheuer gewesen. Lucky hatte alle ausgeräumt, die Fertigstellung des Hotels war zu ihrem Lebensinhalt geworden.

Sie hatte sich mit den besten Männern umgeben.

Da war einmal Marco, bei Gino selbst in die Schule gegangen. Er leitete das Mirage seit neun Jahren, ein einträgliches, narrensicheres Unternehmen, und war bereit, das gleiche beim neuen Hotel zu tun. Natürlich hatte er seine bewährten Leute um sich, die auch Luckys Leute geworden waren. Gehörten alle zur gleichen Familie. Kümmerten sich alle um Ginos Interessen.

Dann besaß Lucky einen mächtigen Beschützer in ihrem Paten und Berater Enzio Bonnatti.

Und es gab Boogie Patterson, ihren persönlichen Fahrer und Leibwächter. Lucky hatte gelernt, vorsichtig zu sein, und bewegte sich nirgends ohne ihn hin. Boogie war ein sehr leiser Mensch. Schlank, an der Grenze zur Magerkeit. Langhaarig. Trug immer Köperhosen und eine alte Armeejacke. Er war achtundzwanzig, ein Vietnam-Veteran und ein Meisterschütze. Lucky mochte ihn, weil er nie redete. Es war schlimm genug, daß sie einen Leibwächter brauchte; einen redseligen hätte sie nicht ertragen.

Ja, dachte Costa, Lucky wußte zweifellos, was sie tat. Ganz im Gegensatz zu dem perversen Dario, wie Costa ihn insgeheim nannte. Was sollte bloß aus dem Jungen werden? Was würde geschehen, wenn Gino heimkehrte und die Wahrheit erfuhr?

Falls dies geschah. Die Aussichten, ihn nach Amerika zurückzubekommen, waren alles andere als rosig. Costa hatte sämtliche nur denkbaren Wege beschritten, alles versucht. Doch nach dem Aufruhr, den in Washington der Watergate-Skandal verursacht hatte, und nach Nixons Rücktritt riskierte niemand mehr viel. Mit juristischen Manövern, Bestechungen und Drohungen ließ sich derzeit nichts machen. Costa hatte mit mächtigen Freunden Ginos gesprochen, Freunden, die Gino große Gefälligkeiten schuldeten – Richtern, Politikern, ranghohen Verbindungsleuten in der Polizei. Keiner wollte etwas unternehmen. Ginos Steuersache war immer noch ein heißes Eisen. Die

Finanzbehörden wollten natürlich seine Rückkehr. Um ihn einzulochen.

Das ganze System war korrupt, dennoch fand Costa keinen Weg. Fünf Jahre beharrlicher Versuche waren viel, doch auch wenn es ewig dauern sollte, er würde es weiter versuchen und irgendwann schaffen. Gino verließ sich auf ihn. *Er würde es schaffen.*

Die Beschneidung seines Lebensstils hatte Dario erbost, aber nicht genügend, um ihn zu irgendeiner Aktion zu bewegen. Er lebte weiter wie bisher. Die Parties waren ein bißchen weniger aufwendig, die Drogen flossen nicht mehr ganz so reichlich, doch er hatte nach wie vor, was er haben wollte, und ignorierte Luckys und Costas gelegentliche Strafpredigten. Wofür hielten die beiden sich überhaupt? Er war ihnen keine Rechenschaft schuldig.

Eines Tages passierte es ihm, daß er verhaftet wurde. Dumm. Wirklich dumm. Irgendein blöder Junge hatte Anzeige erstattet, weil er angeblich von mehreren Männern gefesselt, geschlagen und vergewaltigt worden war. Die Sache hatte sich in Darios Wohnung zugetragen, er erinnerte sich undeutlich daran. Eric hatte den Jungen mitgebracht, einen sechzehnjährigen Spinner, der das Ganze sichtlich genossen hatte. Dario hatte nicht einmal mitgemacht, er war im Schlafzimmer mit einem streng verheirateten Mann beschäftigt gewesen, der einmal im Monat ausbrach und über die Stränge schlug, daß es eine Art hatte.

Scheiße! Für etwas eingebuchtet zu werden, das man nicht mal getan hatte!

Costa holte ihn heraus und sagte zornig, mit bleichem Gesicht zu ihm: »Jetzt reicht es. Schluß, aus. Du wirst künftig den Namen Santangelo achten.« Er und das Luder von Schwester reduzierten dann den für ihn ausgesetzten Betrag auf ein Almosen und befahlen Eric, sofort aus der Stadt zu verschwinden. Letzteres störte Dario keineswegs. Erics Weggang bedeutete in gewisser Hinsicht eine Erleichterung für ihn.

Als er die Einladung zur Eröffnung des Magiriano erhielt, wußte er nicht, ob er hinfliegen sollte oder nicht.

Costa rief ihn an und sagte: »Du mußt teilnehmen, man erwartet es von dir.«

Wer erwartete es denn? Das Luder von Schwester? »Ich schaffe es nicht«, erwiderte er kurz. Dann überlegte er und kam zu dem Schluß, Lucky wolle wahrscheinlich, daß er *nicht* komme. Also entschied er sich *für* die Teilnahme. Vielleicht fand er eine Möglichkeit, ihr den Abend zu verderben. Warum nicht? Sie verdiente es.

Costa hatte Lucky oft von der Eröffnung des Mirage erzählt. »Es war wunderbar. Gino war eine Art König«, hatte er mit glänzenden Augen geschwärmt.

Heute abend würde sie eine Art Königin sein. Ein schwarzes Halston-Kleid würde sie tragen, dazu Schmuck aus Diamanten und Smaragden, den sie sich selbst geschenkt hatte. Sie brauchte keine Männer, die ihr Geschenke machten. Sie brauchte keine Männer, Punkt. Hm, nur gelegentlich – für medizinische Zwecke.

Nachdem sie ein kunstvolles Make-up aufgetragen hatte, schlüpfte sie nackt in das schwarze Halston-Kleid. Es saß perfekt, weich fließender Seidenjersey, anliegend und sinnlich.

Sie bürstete ihr langes schwarzes Haar und steckte es auf einer Seite mit Ebenholzkämmen zurück.

Fünfundzwanzig Jahre war sie jetzt alt. Sie hatte Macht, sie hatte Einfluß, sie hatte alles, was sie sich immer gewünscht hatte.

Bis auf Marco.

Eines Tages würde sie ihn bekommen – und wenn dies geschah, würde sie ihn vielleicht gar nicht mehr haben wollen. Vielleicht...

Marco begrüßte Enzio Bonnatti mit einem warmen Händedruck. Der alte Mann wurde von seinem Sohn Carlo und einer nichtssagenden Blondine begleitet, die niemand vorstellte. Zwei Leibwächter hielten sich im Hintergrund. »Lucky ist begeistert, daß du die Reise auf dich genommen hast«, sagte Marco respektvoll. »Ich werde raufrufen und ihr melden, daß du eingetroffen bist.«

Enzio nickte. »Ja. Ich möchte sie sehen. Möchte mit euch beiden zusammensitzen.«

Seine Stimme war mit seinem Körper gealtert, und Marco wußte noch, wie Gino ihn das erstemal zu Enzio Bonnatti mitgenommen hatte. Siebeneinhalb war er damals gewesen, aber er erinnerte sich genau, welch großen Eindruck der Mann auf ihn gemacht hatte.

Er führte Enzio und seine Begleiter zum besten Tisch im Raum. Drei Flaschen seines Lieblingswhiskys standen bereit, dazu geräucherter Rogen, Pistazienkerne und kalte Hühnerleber.

Enzio lächelte. »Ihr habt alles hier, was ich gerne mag. Hat Lucky das veranlaßt?«

Marco nickte. »Natürlich.«

Enzio strahlte. »Die Kleine vergißt nie etwas, das macht sie zur Siegerin. Sie ist nicht wie ihr Bruder – wie heißt er doch gleich? Ich höre da so Sachen. Was meinst du, Marco, ist der Junge schwul? Stimmt das, was mir zu Ohren gekommen ist?«

Marco zuckte die Achseln. »Ich weiß es nicht. Ich sehe ihn nie.«

»Gino würde ihm die Knochen aus dem Leib prügeln. Jeder Mann würde das tun, wenn ein Sohn von ihm...«

Enzio verstummte, denn eine sehr vollbusige Blondine schritt vorbei. »Wer ist die mit den Titten?« fragte er, ohne den scharfen Blick seiner Freundin zu beachten.

Marco grinste. Der alte Bursche konnte es einfach nicht lassen. »Ich weiß nicht. Wenn du willst, erkundige ich mich.«

»Tu das. Vielleicht kann ein alter Mann ihr eine Gefälligkeit erweisen, oder auch zwei.«

Lucky kannte normalerweise keine Nervosität. Doch der heutige Abend war außergewöhnlich. Etwas Besonderes. Sie war fertig angezogen und zitterte wie eine Vierzehnjährige vor dem ersten Rendezvous.

Als der Türsummer erklang, fuhr sie zusammen. »Wer ist da?« rief sie.

»Costa.«

Sie öffnete die Tür und schloß ihn in die Arme. »Ich liebe dich«, sagte sie gerührt, »weil du mir die Chance gegeben hast, etwas zu tun, von dem du wußtest, daß ich es kann.«

Er erwiderte die Umarmung.

Sie wirbelte durchs Zimmer. Costa hatte sie noch nie so sprühend und so schön gesehen. »Champagner!« Sie strahlte ihn an. »Ich weiß zwar, daß du ihn nicht magst, aber heute abend mußt du dich überwinden – mir zuliebe.«

»Von der Kohlensäure bekomme ich Verdauungsbeschwerden«, wandte er ein.

»Unsinn«, widersprach sie und reichte ihm ein Glas. »Laß uns auf das Magiriano trinken. Möge sein Casino jedes andere in Las Vegas übertreffen!«

Marco sah die beiden eintreten: Lucky – elektrisierend, in Schwarz, die Augen voll wilder Arroganz, den Busen in dem freizügigen Kleid, das sie trug, teilweise entblößt; Costa – einen stolzen alten Herrn, der sie besitzerisch am Arm hielt.

Er ging auf das in der Tür stehende Paar zu. Die Party war seit geraumer Zeit im Gange, eine beeindruckende Versammlung von Superstars, Produzenten, Industriemagnaten, Sportgrößen, schönen Frauen, gutaussehenden Männern, Entertainern aller Art.

Marco küßte Lucky keusch auf die Wange. »Du siehst sehr – gewöhnlich aus«, scherzte er.

Sie grinste. »Wo ist Helena?«

»Seltsamerweise nicht hier.«

»Warum nicht?«

Sein Blick hielt ihren fest. »Du weißt, warum nicht.«

»So?«

»Heute ist eine besondere Nacht, nicht wahr?«

»Du bist immer noch ein verheirateter Mann.«

»Hör zu«, er neigte sich nahe zu ihr und sagte sehr leise: »Ich finde es höchste Zeit, daß du eine Ausnahme machst.«

Ihr Herz schlug, als habe sie zehn Joggingrunden um den Times Square gedreht. »Ich mache nie Ausnahmen«, murmelte sie heiser. Aber sie wußte, daß sie es tun würde. Heute nacht.

»Es gibt immer ein erstes Mal, nicht wahr?«

Ihre Blicke tauchten ineinander.

»Ist Enzio schon da?« fragte Costa ungeduldig, denn ihm gefiel nicht, was sich hier anbahnte.

»Ja – vor ein paar Minuten eingetroffen. Ich wollte eben hinaufrufen.«

»Komm, Lucky«, sagte Costa, »gehen wir zu ihm.«

Sie lächelte. »Natürlich.« Flüchtig berührte sie Marcos Hand. »Bis später.«

Warris Charters schaute sich von seinem Beobachtungsposten an der Bar alles aufmerksam an. Ein älterer, schlauerer Warris Charters. Einundvierzig, genau gesagt. Er sah anders aus. Zum einen hatte er sich das Haar und die Augenbrauen schwarz gefärbt. Zum anderen hatte er unter den Augen schwere Tränensäcke bekommen, und sein einst vollkommenes Gebiß wies häßliche Alterslücken auf.

In den letzten neun Jahren war es ihm nicht so gut gegangen. Er war nach etlichen Krankheiten nach Madrid zurückgekehrt und hatte sich wieder seiner alten Freundesgruppe angeschlossen: Pusher, Junkies, Fixern. Seinen Lebensunterhalt hatte er durch die Organisation von Live-Sex-Shows verdient und damit genügend Geld gemacht, um einen Pornofilm drehen zu können. Der männliche Hauptdarsteller war in letzter Minute ausgefallen, und Warris war selbst eingesprungen – daher das gefärbte Haar. *Einige* Skrupel hatte er doch. Und irgendwo eine Mutter. Wäre nicht gut gewesen, wenn ihn jemand erkannte.

Der Film hatte in Europa ziemlich eingeschlagen und ihm soviel Geld eingebracht, daß er endlich nach Amerika hatte zurückkehren können.

Jetzt drehte er in Pasadena Filme gleicher Art, als Atelier diente ihm eine umgebaute Garage. Stars ließen sich leicht finden. Nach Los Angeles strömten ganze Scharen von Mädchen, die zum Film wollten, und einigen war es ziemlich egal, in welcher Sorte Filmen sie mitwirkten. Warris verdiente ganz passabel, hatte ein reges Geschlechtsleben und sehnte sich dennoch die ganze Zeit danach, in den offiziellen Filmkreisen Anerkennung zu finden. Er besaß immer noch das Drehbuch *Kill Shot* – Pippas Drehbuch, aber jetzt gehörte es ihm. Wer wollte je das Gegenteil beweisen? Der Drehbuchautor war seit sieben Jahren tot. Warris hatte ein paar Nachforschungen angestellt.

Kill Shot war nach seiner Meinung immer noch ein wertvoller Besitz, immer noch machbar. Natürlich mußten ein paar Änderungen vorgenommen werden, doch die Story war einfach packend. Daran hatte die Zeit nichts geändert.

Warris hatte sich den Kopf zerbrochen, wie er das Geld zusammenbekommen könnte. Die Finanzierung eines Films war nicht einfach – etwa so, als ginge man rückwärts auf einem Seil über den Grand Canyon. Plötzlich dann war ihm alles in den Schoß gefallen. Er war mit einem schwarzen Flittchen und ihrem spielsüchtigen Freund in Vegas gewesen. Sie hatten eine Tour durch die Hotels gemacht, und in einem hatte das schwarze Flittchen den knochigen Zeigefinger ausgestreckt und gesagt: »Seht ihr den steilen Zahn da drüben? Das ist Gino Santangelos Tochter. Stellt euch mal vor, angeblich soll sie nicht nur Mumm haben wie ihr Alter, sondern sogar Eier gekriegt haben. Mann, o Mann! Die möchte ich fürs Leben gern sehen und...«

Warris hatte hingeschaut. Es hatte gezündet. Er hatte genauer hingeschaut. Lucky.

Das konnte doch nicht wahr sein.

Es *war* wahr.

Lucky Saint. Lucky Santangelo.

Pippa mußte es gewußt haben. Warum hatte die dumme Kuh ihn nicht eingeweiht?

In seinem Kopf hatte es mehrmals geklickt. Pippa hatte gesagt, das Drehbuch basiere auf Tatsachen. Auf der Lebensgeschichte von Gino Santangelo. Wer hatte damals schon etwas von Gino Santangelo gewußt? Das einzige Presseorgan, das Warris je las, war *Variety* gewesen. Trotzdem, den Namen hatte er all die Jahre hindurch behalten. Wie Mickey Cohen oder Meyer-Lansky war es ein Name, den man kannte, aber eigentlich nicht kannte....

Mittlerweile besaß er alle verfügbaren Informationen über Gino Santangelo. Darum hatte er beschlossen, mit dem Drehbuch zu Lucky zu gehen und es von ihr an ihren Vater weiterleiten zu lassen. Nach seiner Vermutung wollte Gino den Film entweder gedreht haben – in welchem Fall er ihn bestimmt gern finanzierte; oder er wollte ihn nicht gedreht haben – in welchem Fall er bestimmt gern einen anderen Film von Warris finanzierte, vorausgesetzt, alle Exemplare von *Kill Shot* wurden vernichtet.

Eine Situation, in der er gar nicht verlieren konnte. Und Lucky war die richtige Verbindungsperson, die alles in die Wege leiten würde. Nur mußte er persönlich mit ihr reden – und an sie kam man nicht leicht heran. Es war ihm schließlich gelungen, von einer Freizeit-

Pornokönigin, die regelmäßig auf Tiny Martinos Gästeliste stand, eine Einladung zur Eröffnung des Hotels zu kaufen. Hundert Dollar hatte er dafür bezahlt und noch einen Beischlaf extra dazugegeben.

Nun war er da und wartete darauf, seine Karte auszuspielen. Und was für eine Karte das war! Ein As. Gewinnen würde er so oder so.

Dario ließ sich an der Hotelrezeption ein Zimmer geben, fuhr hinauf, duschte, zog seinen Smoking an und fuhr nach unten.

Er sah niemand, den er kannte, und niemand kannte ihn. Er schlenderte zur Bar und bestellte sich einen Scotch. Himmel, wozu das Ganze? Er wollte mit dem Luder von Schwester reden und dann schnellstens verschwinden.

Rudolpho Crown faßte Lucky am Arm, als sie an seinem Tisch vorbeiging. Er war betrunken, sein glattes Haar hing ihm in schweißnassen Strähnen über die Stirn. »Wir haben es geschafft, kleine Dame, wir haben es geschafft«, lallte er.

Sie zog ihren Arm weg. Keinen einzigen Monat hatte es gegeben, wo Rudolpho Crown nicht mit den Zahlungen in Verzug gewesen war. Während der langen Monate des gewerkschaftlich organisierten Streiks hatte er versucht, ganz auszusteigen, und sie war gezwungen gewesen, ihn an ihr ursprüngliches »Versprechen« zu erinnern. Und jetzt mit betrunken-lüsternen Blicken: »*Wir* haben es geschafft.«

»Wollen Sie sich nicht zu uns setzen und mit mir und meinen Freunden etwas trinken?« sabberte er. »Die wollen Sie alle kennenlernen, haben alle viel von Ihnen gehört.«

Lucky musterte seine Freunde kurz. Die Männer am Tisch schauten aus wie billige Gauner und gefielen ihr ganz und gar nicht; die Frauen wirkten wie Hollywood-Flittchen nach einer anstrengenden Nacht. »Tut mir leid, ich kann jetzt nicht bleiben«, antwortete sie kühl. »Amüsieren Sie sich gut.« Sie ging weiter.

Costa murmelte. »Ich mag diesen Mann nicht.«

»Wer mag ihn schon?« entgegnete Lucky. »Aber sein Geld ist nicht zu verachten.« Sie winkte Tiny Martino zu, der mit einem fünfzehnjährigen Mädchen, einem Kinderstar, und dessen Mutter zusammensaß.

»Widerlich!« stieß Costa leise hervor.

Lucky lachte. »Nein – nur das Leben.«

Enzio stand auf, um Lucky zu begrüßen. Er schloß sie liebevoll in die Arme. »Gratuliere!« sagte er flüsternd. »Du hast es geschafft.«

Ihre Augen funkelten. »Ja, das habe ich, was?«

»Und ob. Aber ich wußte immer, daß du das Zeug dazu hast.« Er hob sein Glas mit dem dunklen Jack Daniels. »Hab nie an dir gezweifelt, Lucky, keine beschissene Minute – 'tschuldige meine Sprache.«

In den nächsten Stunden schwebte Lucky wie auf Wolken. Sie war in der Tat die Königin und genoß es in vollen Zügen. Sie tanzte, ging von Tisch zu Tisch, plauderte. Irgendwann erschien Dario. Es freute sie wirklich, daß er hier war. »Warum hast du nicht angerufen und mich wissen lassen, daß du kommst?«

Er wirkte steif und befangen. »Ich möchte mit dir reden«, sagte er gepreßt.

»Setz dich doch später zu mir«, schlug sie vor, als man sie zum nächsten Tanz entführte.

Sie mischte sich unter die Berühmtheiten und die Namenlosen. Sie aß, trank, tanzte viel und amüsierte sich großartig. Um Mitternacht warf sie persönlich das erste Würfelpaar auf den Craps-Tisch und setzte damit den Spielbetrieb in Gang. Man öffnete die Türen für die Allgemeinheit und bat die geladenen Gäste in den »Weißen Raum«, wo der englische Rock-Soul-Superstar Al King für sie sang. Er hatte eine rauhe, vibrierende Stimme, die Lucky angenehme Schauer über den Rücken jagte. King war weiß, doch er sang Soul, wie es sich gehörte: schwarz, heiß und sengend sinnlich.

Danach fand das Feuerwerk um den M-förmigen Swimmingpool statt. Die jüngeren, wilderen Gäste warfen die Kleider ab und sprangen ins Wasser. Lucky war versucht, es ihnen gleichzutun. Doch sie wußte, daß dies nicht gut ausgesehen hätte; sie mußte ihre wilderen Impulse beherrschen. Sie hatte sich Respekt verschafft – erarbeitet – und wollte ihn nicht aufs Spiel setzen. Durfte nicht in den Ruf kommen, daß sie leicht zu haben sei.

Also blieb sie neben dem Becken stehen und schaute lächelnd zu in der Gewißheit, daß der Abend ein rauschender Erfolg war.

Dario hielt sich mürrisch am Rande des Festes. *Setz dich doch später zu mir,* in der Tat. Das Luder hatte die ganze Nacht nicht gesessen.

Er beobachtete sie, wie sie am Beckenrand stand, funkelnd vor Schmuck, der ein Vermögen gekostet haben mußte. Es war kindisch, aber plötzlich hatte er das heftige Verlangen, sie ins Wasser zu stoßen. Er beschloß, es zu tun. Warum auch nicht? Sie war gräßlich von sich eingenommen, ließ sich umschwärmen wie eine Bienenkönigin.

Er ging auf sie zu, doch als er sie fast erreicht hatte, drehte sie sich um und sagte: »Dario, da bist du ja. Ich habe dich gesucht.«

Lügnerin!

»Es ist eine so einmalige Nacht. Unmöglich, jetzt zu reden. Warum frühstücken wir nicht morgen zusammen?«

Er biß sich auf die Unterlippe. »Ich hatte nicht die Absicht, so lange zu bleiben.«

Sie hob spöttisch die Augenbrauen. »Und was für dringende Pflichten hast du, daß du so schnell zurück mußt?«

Luder! Luder! Luder!

»Okay, dann also zum Frühstück«, murmelte er. »Ich habe dir viel zu sagen.«

»Schön. Das wird eine nette Abwechslung. Um zehn Uhr, im Patio-Restaurant.«

Er starrte sie an, die blauen Augen voll Bitterkeit und Eifersucht, und suchte nach einer bissigen Erwiderung.

Genau diesen Augenblick wählte Warris Charters für seinen Auftritt. Er schob sich zwischen die Geschwister und sagte mit falschem Charme: »Die kleine Lucky Saint! Wer hätte das gedacht!«

Sie schaute ihn ausdruckslos an: »Wer sind Sie?«

»Wer ich bin? Du machst wohl Witze!«

Sie blickte sich rasch nach den Leibwächtern um. Boogie war da für den Fall, daß sie ihn brauchte. »Spielen wir Ratespielchen, oder wollen Sie mir Ihren Namen nennen?« fragte sie scharf.

Er ließ sich von ihrem Ton nicht beeindrucken. »Willst du allen Ernstes behaupten, daß du dich nicht an mich erinnerst? Ich habe dir das Autofahren beigebracht. Ich habe dir eine Menge beigebracht. Du, ich, Olympia – die drei Musketiere.«

Sie betrachtete ihn eingehender. »Lieber Himmel! Der verfluchte Warris Charters! Aus welchem Loch bist *du* denn hervorgekrochen? Und was ist bloß mit dir passiert? Du siehst *entsetzlich* aus!«

Dario schaute sich den von seiner Schwester so beleidigend angeredeten Mann genauer an. Er fand ihn nicht entsetzlich, sondern eher hübsch. Und die Tränensäcke unter den Augen waren ungeheuer sexy.

»Freut mich zu hören, daß du dich nicht verändert hast«, entgegnete Warris trocken.

»Oh, ich *habe* mich verändert. Das kannst du mir glauben.« Sie hielt kurz inne und fragte dann nachdenklich: »Was willst du, Warris?«

»Warum sollte ich etwas wollen?«

»Komm schon. Spar dir solchen Scheiß wie: ›Bin nur guten Tag sagen gekommen.‹ Was willst du?«

Er warf einen Blick auf Dario. »Privat mit dir sprechen.«

Sie wies mit einer umfassenden Geste auf das Festgeschehen. »Ich bin nicht in Stimmung für Privatgespräche. Ein andermal.«

»Ich habe etwas, das du bestimmt sehen willst«, er machte eine bedeutungsvolle Pause, »das dein Vater bestimmt sehen will.«

Was konnte Warris Charters schon haben, das für sie oder Gino von Bedeutung war? »Bin nicht interessiert daran.«

»Du wärest es, wenn du wüßtest, was es ist.«

»Dann hör auf, den Geheimnisvollen zu spielen und verrate es mir.«

»Ich habe ein Drehbuch. Es basiert auf der Lebensgeschichte deines Vaters. Ich finde, er müßte es kennen, bevor ich in die Produktion gehe.«

Lucky gähnte. »Dann schick es ihm doch – niemand hält dich davon ab.« Sie erblickte Costa und winkte ihm. »Gute Nacht, Warris – hat mich *riesig* gefreut, dich wiederzusehen.« Damit ließ sie Dario und Warris einfach stehen und schritt auf Costa zu, ohne sich auch nur einmal umzudrehen.

»Scheiße!« murmelte Warris wütend.

Dario spürte, daß hier eine Chance bestand, Lucky eins auszuwischen. Er wußte nicht wie, aber das gedachte er herauszufinden. Liebenswürdig streckte er die Hand aus und stellte sich vor: »Ich bin Dario Santangelo. Vielleicht kann *ich* Ihnen helfen.«

Lucky hatte Marco den ganzen Abend kaum gesehen. Ein Lächeln aus der Ferne, ein Blick. Er bewegte sich durch den Raum, genau wie sie. War nett zu den richtigen Leuten, ließ seinen Charme spielen und hatte ein scharfes Auge auf alles.

Enzio hatte auf einer Seite seine blonde Freundin sitzen und auf der anderen die junge Dame mit dem großen Busen, die ihm früher am Abend aufgefallen war. »Bist du zufrieden?« fragte er Lucky herzlich.

»Es könnte nicht schöner sein.« Sie strahlte.

»Gut, gut.« Er neigte sich vor und flüsterte ihr ins Ohr: »Weißt du, wen dieses Dreckschwein Crown heute abend mitgebracht hat?«

Automatisch wandte sie den Kopf und blickte zu Rudolpho Crowns Tisch auf der anderen Seite des Raumes. Die Leute dort waren betrunken und laut. »Wen?«

Enzio verzog das Gesicht. »Vielleicht besser, ich sage es dir nicht.«

»Wen?« verlangte sie zu wissen.

»Die Kassari-Zwillinge.«

Ihr wurde eiskalt. »Das glaube ich nicht.«

Sein Ton war milde: »Meinst du, Enzio Bonnatti lügt?«

»Nein, nein, so habe ich es nicht gemeint. Ich halte es einfach für unglaublich, daß er eine solche Gemeinheit begeht.«

»Er hat es aber getan. Der Mann ist ein blödes Arschloch. Vielleicht weiß er nicht Bescheid. Ich werde ihn durch jemand über die Tatsachen aufklären lassen.«

Die Kassari-Zwillinge. Pinky Bananas Söhne aus erster Ehe. Lucky kannte sie nicht. Hatte sie nie kennenlernen wollen. Der Vater der beiden hatte ihre Mutter ermordet. Und Gino hatte dann Pinky beseitigt. Das hatte Lucky aus Costa herausgequetscht, und Enzio hatte es bestätigt.

»Wie können sie es wagen, den Fuß in mein Hotel zu setzen«, fauchte sie. »Ich möchte, daß sie rausgeworfen werden – *sofort.*«

»Laß sie bleiben. Der Abend ist fast zu Ende. Warum ihn durch diese Mistkerle verderben? Keine Sorge, die kommen nicht noch mal. Ich werde mich für dich darum kümmern – dann werden sie *wissen*, daß sie nicht wiederkommen dürfen. Den Gefallen erweise ich dir.«

Sie küßte ihn auf die Wange. »Danke, Enzio.« Erneut blickte sie zu Rudolpho Crowns Tisch hinüber. Was für ein Schwein dieser Mensch war. Er hätte wirklich verdient, daß man ihm den Schwanz abschnitt.

Um vier Uhr morgens war das Fest noch immer im Gang, doch Lucky wußte, daß es Zeit war zu gehen.

Sie fuhr mit dem Privatlift zu ihrem Penthouse-Appartement hinauf. Boogie begleitete sie wortlos, durchsuchte alle Räume nach Eindringlingen und zog sich in sein rückwärts gelegenes Zimmer zurück. Es hatte einen eigenen Eingang, aber wenn sie ihn brauchte, mußte sie nur einen von mehreren strategisch angeordneten Notknöpfen drükken, dann war er binnen Sekunden da.

Fragen schossen ihr durch den Kopf. Warum hatte Rudolpho die Kassari-Zwillinge in *ihr* Hotel mitgebracht? Was wollte Dario? War es richtig gewesen, Warris Charters einfach abzuweisen?

Sie schleuderte ihre Jourdan-Schuhe von den Füßen und wählte eine Schallplatte aus. Marvin Gaye, *What's Going On*. Die warmen, sinnlichen Klänge füllten den Raum und beruhigten sie.

Wie lange würde es dauern, bis Marco erschien? Fünf Minuten? Zehn? Bestimmt nicht länger.

Mit einer geschickten Bewegung des Handgelenks öffnete sie einen Haken, und das teure Halston-Kleid fiel zu Boden. Sie hob es auf, ging in ihr Schlafzimmer und holte ihre alte baumwollene Hemdbluse aus dem Schrank. Ihr Lieblingsstück. Seit zehn Jahren trug sie es. Marco hatte sie oft darin gesehen – doch nicht in letzter Zeit.

Im Bad nahm sie ihren Schmuck ab, entfernte sorgfältig jede Schminke, bürstete ihr langes schwarzes Haar und flocht es zu ordentlichen Zöpfen. Sie schaute aus wie vierzehn. Sauber geschrubbt und bereit, dem Mann gegenüberzutreten, den sie seit vielen Jahren liebte.

Als er an ihre Tür klopfte, war sie fertig. »Warum hast du so lange gebraucht?« fragte sie weich.

»Es war doch nur eine Viertelstunde... He, schau, schau! Was hast du denn gemacht?«

Sie grinste. »Ich habe die Zeit zurückgedreht. Gefällt's dir? Du siehst mein wahres Ich.«

Er betrachtete sie verblüfft. Das war nicht die sinnliche Schönheit von vorhin. Es war ein junges Mädchen, das er lange nicht gesehen hatte. »Jesus, Kleines, du siehst wie ein Kind aus.«

»Kleines, so habt ihr mich immer genannt, du und Gino.«

Er war überwältigt.

Sie stemmte die Hände in die Hüften und sah ihn an, die langen sonnengebräunten Beine gespreizt, den Kopf zur Seite geneigt, ein gefährliches Funkeln in den schwarzen Augen: »He, Mister, willst du Onkel Doktor spielen?«

Er lachte. »Du bist verrückt. Du gibst mir das Gefühl, ein schmutziger alter Mann zu sein.«

»Na, los, dann sei schmutzig. Heute ist eine Ausnahme. Wenn du verheiratet bleibst, ist es die erste und letzte.«

»Lucky.« Er nahm ihr Gesicht in die Hände und küßte sie ganz, ganz langsam.

Sie reagierte mit zehn Jahren der Leidenschaft, ihre Zunge erforschte seine Lippen, seine Zähne, seine Mundhöhle. Sie spürte seinen Körper an ihrem, spürte ihn hart werden. »Laß uns die Nacht zu einer unvergeßlichen Ausnahme machen«, flüsterte sie.

Hingegeben küßten sie einander, bis seine Hände träge, ohne Eile zu ihren Brüsten glitten, sie durch den abgenützten Stoff umfaßten, ihre Umrisse nachzeichneten, die Warzen suchten und rollten.

»Schön«, murmelte sie, »seehr, seehr schön.«

»Sag das noch einmal.«

»Oh, das werde ich – das werde ich!«

Er knöpfte langsam ihre Bluse auf, streifte sie ihr aber nicht ab, sondern ließ sie einfach offen hängen und strich über ihre nackte Haut.

»Du machst mich wahnsinnig!« sagte sie schließlich. »Ziehen wir uns aus und bringen es hinter uns.«

»Lieber Himmel, ich bin doch nicht der Zahnarzt.«

»O Gott, Marco! *Ich kann nicht mehr warten.* Ich habe *zehn verfluchte Jahre* gewartet.«

Er handelte so rasch, daß sie kaum wußte, wie ihr geschah. Im Nu war er ausgekleidet, warf sie sich über die Schulter, ließ sie mitten aufs Bett fallen und drang in sie ein, bewegte sich mit solcher Intensität auf ihr, daß sie um seine Gesundheit fürchtete.

Auf einmal jedoch war ihr seine Gesundheit vollkommen gleichgültig – und alles andere auch. Sie kam so schnell zu einem so starken Orgasmus, daß sie vor Wonne zu sterben glaubte. Und er erreichte ebenfalls den Höhepunkt, stöhnte beglückt. Sie waren beide in Schweiß gebadet, ineinander verflochten. Und beide lachten.

»Kommandiere mich nie mehr herum«, sagte er. »Du siehst, wohin dich das bringt.«

»Genau dorthin, wo ich immer sein wollte.« Sie stützte sich auf einen Ellbogen und betrachtete ihn. Sein Körper war tief gebräunt und mit feinem schwarzem Flaum bedeckt. Zart strich sie mit den Fingern über seine Brust. »Weißt du, wie lange ich schon *davon* träume? Hast du die geringste Ahnung?«

Er schüttelte lächelnd den Kopf.

Sie neigte sich über seine Brust und begann ihn leicht zu küssen.

Ihre Lippen strichen über seine Brustwarzen, seinen Bauch und hinunter zu seinem Glied, das sofort Lebenszeichen zeigte. Sie hielt inne und fragte: »Wie steht es mit dir, Marco? Seit wann begehrst du mich? Als ich ein kleines Mädchen war und du mich herumgefahren hast – wolltest du mich damals schon haben? Hattest du Verlangen nach meinem mädchenhaften Körper?«

»Du warst der größte Quälgeist, der mir je untergekommen ist.«

Sie nahm sein halbsteifes Glied in den Mund und grub behutsam die Zähne hinein.

Entsetzen trat auf sein Gesicht. »He!«

Unschuldig erklärte sie: »Ich beiße ihn nicht ab. Warum sollte ich etwas so Unanständiges tun?«

Er setzte sich auf, zog sie in seine Arme und begann sie erneut zu küssen. Sie konnte ehrlich behaupten, daß ihr das Küssen bisher keinen Spaß gemacht hatte. Mit Marco war es etwas ganz anderes. Seine Zungenspitze war ein regelrechtes Wonne-Instrument, und als er nach einer Weile damit ihre Brustwarzen berührte, wußte sie, daß sie gestorben und in den Himmel gekommen war. Worte der Liebe wollten ihr über die Lippen, aber sie wußte, daß sie damit warten mußte. Er war immer noch verheiratet. Verflucht! *Warum* war er immer noch verheiratet?

Sie schob ihn weg, griff nach einer Zigarette und zog gleichzeitig ein Laken hoch, um sich zu bedecken.

»Hast du gewußt, daß die Kassari-Zwillinge heute nacht hier waren?« fragte sie gepreßt.

»Ja«, antwortete er vorsichtig. »Ich wollte dir deinen Abend nicht verderben.«

»Hätte man es mir früher gesagt, hätten wir sie rauswerfen können.«

»Klar. Und Rudolpho hätte überall lauthals verkündet, seine Freunde seien hier schlecht behandelt worden. Es war eine Panne. Vermutlich wußte er nicht Bescheid.«

»Enzio versprach, dafür zu sorgen, daß er künftig Bescheid weiß.«

»Sehr gut.« Er nahm ihr die Zigarette aus den Fingern und drückte sie im Aschenbecher aus. Dann zog er das Laken herunter. »Komm her, Kleines.«

Beim zweiten Mal liebten sie sich gemächlich und mit Genuß. Nach und nach lernte jeder den Körper des anderen kennen, nach und nach fanden sie heraus, welche Stellungen und Winkel schön waren, welche nicht.

Lucky studierte ihn, wie sie noch nie einen Mann studiert hatte. Seine Augen waren graugrün, von dichten schwarzen Wimpern gesäumt. Er hatte große Hände. Sein Körper war hart – es gab keine weichen Stellen. Sie entdeckte eine Narbe an seinem Schenkel und wollte wissen, wie er dazu gekommen war. Er begann über sein Leben zu sprechen. Es war das erstemal, daß er sich ihr eröffnete, und sie verschlang jedes seiner Worte. Er erzählte, was er früher getan hatte, von der Rastlosigkeit, die ihn gequält hatte, bis er auf den Rat seiner Mutter zu Gino gegangen war. Marco zuckte die Achseln: »Sie hatte recht. Ich hatte ihn seit Jahren nicht gesehen – doch er hieß mich willkommen, als sei ich sein Sohn. Er ist ein großer Mann. Du mußt stolz sein, ihn zum Vater zu haben.«

Über ihr Verhältnis zu Gino hatte sie noch nie mit jemandem gesprochen, das war ihre Privatangelegenheit. »Hmmm«, murmelte sie. »Erzähl mir von dir, als du klein warst. Du weißt, von der Zeit, als Gino bei dir und deiner Mutter wohnte. Wie war er damals? Wie war sie? Warum haben die beiden nicht geheiratet?«

»He, ich dachte, wir reden von mir.«

Sie sprang aus dem Bett. »Warum lassen wir nicht das Reden und duschen – und schauen, was sich tut.«

Er stöhnte: »Gar nichts tut sich. Ich bin fünfundvierzig und vollkommen erledigt. Ich glaube, es ist besser, ich verziehe mich und schlafe ein bißchen.«

Sie war mit vielen Männern im Bett gewesen und hatte kein einziges Mal gewollt, daß einer blieb. Jetzt wußte sie nicht, was sie sagen oder wie sie mit der Situation fertig werden sollte. Sie wußte nur, daß sie ihn auf keinen Fall gehen lassen konnte. »Schlaf hier, dann bekommst du ein kostenloses Frühstück«, scherzte sie. Doch er war bereits aus dem Bett und suchte nach seinen Kleidern.

O Gott, wie standen sie jetzt zueinander? Was würde passieren? Warum *sagte* der Schuft nichts?

Unversehens kam sie sich sehr verletzlich vor, als sie so dastand, nackt und mit ihren dummen Zöpfen. Er zog seine Hose an. »Na, dann werde ich mal duschen«, erklärte sie und wartete darauf, daß er sie aufhielte.

Er gähnte. »Gute Idee.«

Verloren ging sie ins Bad und trat unter die Dusche. Würde er weg sein, wenn sie herauskam? Würde er morgen wieder zum Geschäftlichen übergehen, als sei nichts gewesen?

Himmel! Noch nie im Leben hatte sie sich so gefühlt! Ihn jahrelang zu begehren, war eines – ihn wirklich zu haben, etwas anderes.

Er kam ins Bad, die Kleider lässig übergeworfen.

Neben ihr stand eine Flasche mit Duschgel. Sie tat, als hätte sie ihn nicht gesehen, griff rasch nach der Flasche, gab reichlich Gel auf ihren Körper und begann es in die Brüste zu massieren.

»Herrje!« rief er. »Ich hab mal einen Pornofilm gesehen, in dem ein Mädchen das tat.«

»Hat deine Frau Silikonbrüste?« fragte sie süß.

Er brach in Lachen aus. »Da massierst du also deine Brüste und denkst an Helena. Gibt es etwas, das ich von dir wissen sollte?«

Zornig trat sie aus der Dusche und wäre fast ausgeglitten. »Du bist ein Klugscheißer.«

Er reichte ihr ein Handtuch. »Und was bist du?«

»Wie oft machst du es in einer Nacht mit *ihr*?« Sie hörte selbst den eifersüchtigen Beiklang in ihren Worten und haßte sich deswegen.

»Beruhige dich.« Er hatte aufgehört zu lachen. »Jemand mit *deinem* Rekord sollte keine solchen Fragen stellen.«

Sie war wütend. »Mit welchem Rekord? Was meinst du *damit*?«

»Du schläfst mit zahllosen Männern – das meine ich.«

»Ich bin alleinstehend. Warum sollte ich es nicht tun? Ich wette, daß du als Junggeselle auch nicht gerade ein Kostverächter warst.«

»Das ist etwas anderes.«

»Inwiefern?«

»Ich bin ein Mann.«

»Himmel! Jetzt klingst du wirklich wie fünfundvierzig. Es ist in Ordnung, wenn ein Mann herumvögelt, aber eine Frau darf das nicht – willst du das sagen?«

Er machte ein finsteres Gesicht. »Du kennst die Spielregeln.«

»Welche Spielregeln, verdammt?« Sie schrie jetzt. »Wer hat sie denn gemacht, verdammt? *Männer* haben sie gemacht.«

»Beruhige dich, Liebling. Kein Grund, deswegen zu streiten.«

»Ich will aber streiten. Ich will, daß du mich verstehst.«

»Ich verstehe dich.«

Sie sprach jetzt wieder ruhig: »Nein, das tust du nicht. Aber du wirst es tun. Ich *mag* gutaussehende Männer. Wenn ich nichts Besseres vorhabe, hole ich mir einen ins Bett, weil ich Sex *mag*. Ich bin weder eine Nymphomanin noch ein Flittchen. Ich schlafe zu *meinen* Bedingungen mit Männern – die meisten sehe ich nie wieder, weil *ich* es so will.« Sie machte eine dramatische Pause. »Nun sag mir, Marco, wie viele Mädchen hast du dir nur für einen einzigen vergnüglichen Abend ins Bett geholt, weil dir ihre Titten, ihr Hintern oder ihre langen Beine gefielen? Sei ehrlich? Wie viele?«

Er zuckte die Achseln. »Eine Menge.«

»Und wie viele hast du wiedergesehen?«

Ein Lächeln erschien auf seinem Gesicht. »Okay, okay, ich weiß, was du meinst.«

Sie ließ das Handtuch fallen, ging zu ihm und legte ihm die Arme um den Hals. »Dem Himmel sei Dank dafür!«

Seine Hände begannen sie zu streicheln. »Aber jetzt brauchst du keine anderen Männer mehr – jetzt hast du mich. Stimmt es, kleine Lucky? Stimmt es?«

»Du kneifst mich in den Po!«

»Stimmt es?«

Erleichterung durchströmte sie. Er gehörte ihr. Morgen würden sie sich um Helena kümmern. »Zieh dich aus und komm wieder ins Bett«, murmelte sie.

Er hob sie auf und trug sie zur Dusche. »He, dieser Pornofilm, den ich gesehen habe – ich vergaß dir zu sagen, was sie mit der Seife gemacht hat. Wirklich eine Sache. Vielleicht sollten wir es ausprobieren...«

»Vielleicht sollten wir das«, stimmte sie glücklich zu.

Er kleidete sich rasch aus. »Vielleicht werden wir...«

»He, du hast doch gesagt, zweimal sei bei dir die Höchstgrenze.«

»Meine Dame, Sie sind gerade dabei, mich Lügen zu strafen!«

Rudolpho Crown und seine Gefährten verließen das Hotel bei Tagesanbruch. Sie waren rüpelhaft und ordinär. Eine Getränkekellnerin, die sich auf dem Heimweg befand, wurde von den fünf Männern gepackt und gründlich abgetastet, während die Frauen zusahen und vor Lachen kreischten. Ein junges Paar mußte ein Sperrfeuer vulgärer Beleidigungen über sich ergehen lassen. Eine der Frauen aus der Gruppe zog das Oberteil ihres Kleides herunter und wackelte vor einem Türsteher mit ihren nackten Brüsten.

Rudolpho krümmte sich vor Lachen. Es war das Komischste, was er je gesehen hatte.

Salvatore Kassari, der häßlichere der häßlichen Zwillinge, haute ihm auf die Schulter. »Du hast da eine regelrechte Goldgrube. Willst du uns deinen Anteil verkaufen?«

Er schüttelte glücklich den Kopf. Es war ein phantastischer Abend gewesen. Jeder Dollar, den er zögernd herausgerückt hatte, würde sich bezahlt machen. Und wie! Dieses Frauenzimmer Lucky Santangelo hatte es wirklich geschafft. Und er besaß jetzt ein großes Stück des verdammt schönsten Hotels, das er je gesehen hatte.

Salvatore hieb ihm erneut auf die Schulter. »Du hast mich wohl nicht verstanden. Willst du verkaufen?«

Rudolpho war zu betrunken, um den drohenden Unterton in Salvatores Stimme zu hören. Die Kassari-Zwillinge hatten großen Einfluß. Rudolpho war sehr glücklich darüber, daß er ihnen zu dieser vergnüglichen Nacht hatte verhelfen können. Sie lebten in Philadelphia und hatten dort ihre kriminellen Fühler in alle Richtungen ausgestreckt. Vor ein paar Wochen hatte einer seiner Freunde die beiden zu ihm ins Büro gebracht, und sie hatten Interesse daran bekundet, regelmäßig Geld in eines seiner heißen Investmentgeschäfte zu stecken.

»Warten Sie mal«, hatte Pietro, der jüngere Zwilling, gesagt, »haben Sie nicht einen Anteil an dem neuen Hotel, das in Vegas eröffnet?«

Rudolpho war nur zu gern bereit gewesen, die beiden zur Eröffnung einzuladen. Er hatte ein Flugzeug gechartert, die Kassaris hatten die Mädchen besorgt, und da waren sie nun alle. Was für ein Abend! Was für eine Nacht!

Salvatore drosch ihm etwas zwischen die Beine, das sich wie ein Stück Eisen anfühlte.

Rudolpho stöhnte, erbrach sich, krümmte sich zusammen und rang nach Luft.

»Was ist denn los, verflucht?« stöhnte er.

»Nichts, Partner«, sagte Pietro mit einem Grinsen, das seine vom Nikotin verfärbten Zähne freigab. »Wir machen nur ein Fährtchen und schließen unseren Handel ab. Du wirst nichts verlieren – wir geben dir das investierte Geld zurück.«

Als die Kassari-Zwillinge ihn in das Auto schubsten, verlor er das Bewußtsein. Rudolpho Crown war ein Feigling. Er würde verkaufen. Sehr bald.

Lucky bewegte sich im Schlaf und streckte die Hand aus. Sie berührte Marcos Brust, lächelte und erwachte. Sie wußte nicht, wie spät es war, und es interessierte sie auch nicht sonderlich. Sie wußte nur, daß dies der glücklichste Tag ihres Lebens war.

Sie begann mit Marcos Brustwarzen zu spielen, befeuchtete ihre Fingerspitzen und strich zart darüber.

Er stöhnte, und sie sah sein Glied unter der Decke steif werden. Seine Lider zuckten, dann schlug er träge die Augen auf.

»Ich liebe dich«, sagte sie, »und ich möchte, daß du dich scheiden läßt.« *Himmel, alles, was sie nicht hatte sagen wollen, war nun heraußen, einfach so.*

»Ja«, antwortete er, »natürlich. Und du wirst die Finger von anderen Männern lassen, oder ich drehe dir deinen hübschen Hals um.«

Sie wußte nicht, ob er es ernst meinte oder scherzte. Sollte die Sache so einfach sein? »Läßt du dich wirklich scheiden?« fragte sie vorsichtig.

»Hör zu, Kleines«, er setzte sich auf und schaute sie ernst an, »ich wußte eine Woche nach der Hochzeit, daß ich mich von Helena scheiden lassen würde.«

»So?« Sie konnte nicht glauben, was sie da hörte.

»Du bist vor langer Zeit als verzogenes Kind aus meinem Leben verschwunden. Kannst du dir Gino vorstellen, wenn ich davor auch nur einen Blick in deine Richtung geworfen hätte? Du bist wieder aufgetaucht, und ich wußte, daß wir einander eines Tages gehören würden.« Während des Sprechens erkannte er, daß dies die Wahrheit war.

Sie kniff die Augen zusammen. »Wirklich?«

»Wirklich.«

»Zum Teufel, warum hast du dann *mir* nichts gesagt? Mir kein Zeichen gegeben? Irgendwas?«

»Ich habe dir viele Zeichen gegeben. Aber du wolltest nichts von mir wissen, warst zu beschäftigt damit, ›Talente‹ zu suchen.«

Sie kniete auf dem Bett, das lange schwarze Haar wirr und wild. »He, vergessen wir deine Frau nicht. Was sollte ich denn tun? Sie einfach ignorieren?«

»Du hast es letzte Nacht getan.«

»Du auch.«

»Lieber Himmel, Lucky, wir haben so verdammt viel Zeit vergeudet...«

»Deine Schuld.«

»Ich werde die ganze verlorene Zeit wettmachen.«

Sie umarmte ihn. »Das werden wir beide.«

Liebevoll begannen sie einander zu küssen, dann schob er sie lachend weg: »Ich muß pinkeln.«

»Oh, tatsächlich? Und ich dachte gerade, ich hätte unglaubliches Glück!«

»Bleib, wo du bist. Rühr dich nicht von der Stelle.«

Als ob sie das wollte. Sie wollte sich kneifen, um sicherzugehen, daß sie nicht träumte.

Als er wieder ins Bett stieg, blickte er sie ernst an: »Ich will dir etwas sagen, was du, glaube ich, wissen solltest. Wenn du weiter rumvögeln willst – hast du dir den Falschen ausgesucht. Du verstehst mich, nicht wahr?«

»Jawohl, Sir.«

»Ich dachte, ich sollte es dir sagen.«

»Jawohl, Sir!«

»So mag ich es – wenn man mir Respekt bezeigt.«

Sie tauchte unter die schwarzen Seidenlaken. »Ich werde dir Respekt bezeigen – dort, wo es wirklich drauf ankommt!« Sie empfand solche Leidenschaft für ihn. Es war nicht nur der Sex, obwohl der unglaublich schön war mit ihm. Es war mehr. Sie hatte ihn gern, interessierte sich dafür, was er tat, was er empfand. Er würde ihr gehören, und sie würde ihm gehören. Wie es sein sollte.

Als sie sich voneinander lösten, grinste sie wie eine Schaufensterpuppe. »Wann können wir es den anderen sagen?« fragte sie.

Er streckte sich und verschränkte die Hände hinterm Kopf. »Ich muß es zuerst Helena beibringen. Zwischen uns stand es nicht zum besten. Sie ist...«

»Dumm?«

»Nein. Sei nicht gemein. Sie ist nur mehr an sich selbst als an allem anderen interessiert. Sie ist schön und – langweilig, würde ich sagen.

Ich werde ihr ein Haus einrichten. In Los Angeles oder in New York – wo sie will. Es wird einen oder zwei Monate dauern.«

Lucky machte ein entsetztes Gesicht. *»Einen oder zwei Monate?* So lange kann ich nicht warten!«

Er lachte. »Dann fliege ich eben im Lauf des Tages nach L.A. und eröffne es ihr. Stellt dich das zufrieden?«

»*Du* stellst mich zufrieden. O Gott, mehr als irgend etwas in meinem ganzen Leben!«

Eine weitere Stunde verstrich, bevor er angekleidet und gehfertig war. Sie redeten, kicherten, grinsten wie ein paar Irre.

Marco schüttelte den Kopf. »Ich kann es einfach nicht glauben. Ich wußte, daß dies passieren würde, aber ich wußte nicht, daß es so sein würde.«

»Sag mir – wie?« bat sie begierig.

»Wie... Jesus, ich weiß es nicht. Ich bin fünfundvierzig und habe das Gefühl, gerade etwas ganz Neues und Besonderes zu entdecken. Ich komme mir regelrecht albern vor, und du bist dran schuld!«

Sie küßte ihn, liebkoste seinen Mund mit ihrer Zunge, bis er sie sanft wegschob. Er sagte: »Irgendwann heute muß ich was arbeiten. Zum Beispiel mich ums Geschäft kümmern. Ist dir das klar?«

Sie grinste. »Warum verziehst du dich dann nicht, Liebster?«

Nachdem er gegangen war, versuchte sie vergeblich, das Lächeln von ihrem Gesicht wegzubringen. Sie schlüpfte in weiße Jeans und eine weiche Seidenbluse. Im Spiegel sah sie, daß sie Schatten um ihre leuchtenden Augen hatte. Wenn das, was sie empfand, Liebe war, sollte jemand es in Flaschen abfüllen – damit es ewig erhalten blieb!

Dario saß still im Patio-Restaurant, spielte mit seiner Gabel, schob seine Speckeier auf dem Teller umher und dachte an sein Beisammensein mit Warris Charters. Es war anders als alles Bisherige gewesen, das stand fest. Er hatte noch keinen Menschen wie ihn kennengelernt.

»Was ist das für ein Drehbuch?« hatte er gefragt, nachdem er sich vorgestellt hatte.

Warris hatte Lucky wütend nachgeschaut. »Ihre Schwester ist ein Miststück, wissen Sie das?«

Dario hatte gelächelt. »Ich bin froh, jemandem zu begegnen, der einer Meinung mit mir ist.«

Danach waren sie glänzend miteinander zurechtgekommen. Warris hatte sich gesagt, wenn er bei Lucky nicht durchsetzte, daß sie mit ihrem Vater redete, könne er es ebensogut bei ihrem Bruder versuchen. Er hatte Dario von *Kill Shot* erzählt. Und von seinem Plan, entweder den Film zu drehen oder die Drehbücher zu vernichten, was immer Gino wollte – sofern er gewillt war zu zahlen. »Können Sie für mich arrangieren, daß Ihr Vater das Drehbuch erhält?«

Dario hatte genickt und Warris unverwandt ins Gesicht gestarrt, das etwas Dekadentes besaß, etwas sexuell Aufreizendes, etwas Bitteres und Hartes – etwas, wonach ihn verlangte...

Sie hatten den restlichen Abend zusammen verbracht, sich unterhalten, und je mehr Dario erzählt hatte, desto größer war Warris' Interesse geworden. Dann hatten sich ihnen zwei Mädchen aufgedrängt, zwei widerliche Flittchen mit langen Haaren und kurvigen Körpern. Warris' Interesse an Dario war erloschen, er hatte den Arm um die Taille des kleineren Mädchens gelegt und gesagt: »Die hier ist für mich. Einverstanden?«

Dario hatte stechende Eifersucht verspürt. Warris hatte nichts gemerkt, nichts gewußt... »Klar«, hatte Dario lässig gesagt. »Wann werden Sie mir das Drehbuch geben?«

»Wie wäre es mit morgen mittag? Wo werde ich Sie finden?«

»In einem Flugzeug nach New York.«

»Sie reisen so schnell wieder ab?«

»Hier hält mich nichts.«

Da hatte Warris endlich gewittert, was Dario war und was er wollte. Ihre Blicke waren sich begegnet. Warris hatte sich gefragt, warum er so begriffsstutzig gewesen war. Er hatte den Arm von dem Mädchen genommen und gesagt: »Zieh ab, Süße, heute nicht. Ich habe geschäftlich zu tun.«

Sie war gegangen und hatte ihre Freundin mitgenommen.

Warris hatte ihn starr angeblickt. »Du hättest es mir sagen sollen.«

Dario war von wachsender Erregung erfaßt worden. »Warum?«

»Dann hätten wir beide gewußt, wo wir stehen.«

»Wissen wir es jetzt?«

Warris hatte langsam genickt...

Dario lächelte, als er an die Fortsetzung dachte.

Abrupt schnippte er mit den Fingern nach einer Bedienung. Er würde nicht länger hier herumhängen.

Warris hatte ihn für eine Weile zu sich nach Los Angeles eingeladen. »Du hilfst mir, und ich helfe dir«, hatte er gesagt. »Zusammen können wir an eine Menge Geld kommen – *dein* Geld, Dario. Es gehört dir genauso wie ihr. Wir denken uns einen Weg aus, wie wir uns ein großes Stück von dem Kuchen abschneiden.«

Er eilte aus dem Restaurant. Um halb zwölf sollte er Warris am Flugplatz treffen, und er wollte nicht zu spät kommen.

Die Kassari-Zwillinge feierten mit einer Riesenflasche Sekt und zwei gut gebauten Dirnen, die bereitwillig mitfeierten.

Während sich die Brüder fleischlichen Wonnen hingaben, arbeiteten ihre Vollstrecker draußen. Rudolpho Crowns Anteil am Magiriano genügte den Zwillingen nicht. Es gab noch andere Mitglieder im

Syndikat, die zum Verkauf überredet werden konnten. Nicht daß sie sofort Geld erhalten sollten – genau wie Rudolpho würden sie warten müssen, bis sie ihre Investitionen zurückbekamen.

Salvatore Kassari preßte die runden Popobacken der Frau in seinem Bett zusammen und fragte: »Es gefällt dir, was? Es gefällt dir, mit einem Mann wie mir zu vögeln, was?«

»Ja«, antwortete die Dirne pflichtschuldig. »Sie sind ein großartiger Mann.«

Lucky zündete sich eine frische Zigarette an und sagte: »Es sieht Marco gar nicht ähnlich, zu spät zu kommen. Er wollte um zwei hier sein, und jetzt ist es zwanzig nach.«

Costa nahm einen Schluck von seinem süßen heißen Tee und betrachtete sie aufmerksam. »Ich habe heute früh mit Gino gesprochen«, begann er.

Es war fast, als hätte sie ihn nicht gehört. »So?« murmelte sie geistesabwesend.

»Irgendwann wirst du dich mit der Tatsache auseinandersetzen müssen, daß er dein Vater ist, daß alles, was du erreicht hast, nur möglich war, weil...«

Sie hörte nicht zu. Sie weigerte sich, zuzuhören. Warum versuchte Costa, ihr den Tag zu verderben? Warum quasselte er ständig von Gino?

Am Eingang des Restaurants bemerkte sie Boogie in erregtem Gespräch mit einem Mann. Träge beobachtete sie die beiden. Der andere schien einer der Parkwächter zu sein. Was hatte er hier im Restaurant zu suchen? *Das* mußte sie unterbinden.

»Irgendwann *kehrt* Gino zurück«, erklärte Costa, »und dann wirst du...«

Boogie eilte durch das Lokal auf sie zu. Er bewegte sich wie ein Panther, sicher – schnell – geräuschlos. Als er näherkam, wurde sie von einer unbestimmten Angst erfaßt. Irgend etwas stimmte nicht. Lucky war auf den Beinen, bevor er sie ganz erreicht hatte. »Was ist?«

Sein Gesicht war ausdruckslos: »Draußen hat es eine Schießerei gegeben.«

»Eine Schießerei? Was soll das heißen?«

Costa schaltete sich ein: »Was ist passiert?«

Boogie schüttelte den Kopf. »Ich weiß es nicht. Jemand ist erschossen worden. Ich möchte, daß Sie nach oben gehen, Lucky – *sofort.*« Er hatte bereits mit stählernem Griff ihren Arm umfaßt.

Sie versuchte sich zu befreien. »Ich will nicht nach oben gehen«, protestierte sie.

»Doch. Bringen Sie sie hinauf«, ordnete Costa an. »Ich werde feststellen, was passiert ist.«

»Verdammt noch mal!« fauchte sie, »ich gehe nicht hinauf. Wollen Sie mich wohl loslassen!«

Boogie schaute schnell zu Costa, und als dieser nickte, gab er ihren Arm frei.

Sie war wütend. Was glaubte Boogie eigentlich, für wen er arbeitete? »Schauen wir nach, was passiert ist«, sagte sie barsch.

Der Mann, der auf dem heißen Asphalt lag, sah und hörte nicht mehr viel. Wenn man starb, rollte angeblich das Leben blitzartig vor einem ab. Dem war nicht so. Ganz und gar nicht. Schmerz beherrschte seinen Körper. Ein blindmachender, gnadenloser Schmerz, verursacht von drei Kugeln, die ihn getroffen hatten, als er auf den Eingang des Hotels zugegangen war. Der Schmerz führte ihn auf eine wilde Reise, eine kurze Reise, und bald würde alles vorbei sein. Er rang nach Luft. Tat seinen letzten Atemzug. Und hörte im Hinübergehen ihr qualvolles Schreien.

»M-a-r-c-o! O nein! O Gott – nein…!! M-a-r-c-o…!!«

3. Buch

New York, Donnerstag, 14. Juli 1977

Erschöpft langte Lucky an der letzten der vielen Betontreppen an. Obwohl es erst sieben war, lastete bereits Hitze über der Stadt. Lucky fühlte sich dreckig und hatte verzweifeltes Verlangen zu duschen.

Die Treppe führte in die Tiefgarage des Gebäudes. Lucky stieg hinunter und ging zu ihrem Wagen, einem bronzefarbenen kleinen Mercedes. Sie stellte ihre große Handtasche auf die Motorhaube und begann die übliche Schlüsselsuche. Mit zunehmender Erregung wühlte sie den Inhalt ihrer Tasche durch. Die gottverdammten Schlüssel waren nicht da!

Wütend kippte sie die Tasche um, so daß alles herausfiel. Keine Wohnungsschlüssel, keine Autoschlüssel.

Plötzlich erinnerte sie sich, daß sie im Lift bei der Suche nach ihrem Feuerzeug die Tasche ausgeleert hatte. Idiotin! Offenbar hatte sie versäumt, die Schlüssel wieder in die Tasche zu geben. Wahrscheinlich lagen sie im Lift auf dem Boden.

Das gab ihr den Rest. »Verflucht noch mal!« Sie versetzte dem Wagen einen wütenden Tritt.

Steven, der eben in die Garage getreten war, blieb stehen. »Was ist denn?«

»Ich habe meine Schlüssel im Lift gelassen. Können Sie sich das vorstellen?«

Er seufzte. »Kommen Sie schon.«

Sie warf rasch alles wieder in die Tasche und folgte ihm zu seinem Wagen, einem zwei Jahre alten Chevrolet.

Er schloß die Türen auf, und sie ließ sich auf den Beifahrersitz fallen. »Schalten Sie die Klimaanlage ein«, verlangte sie.

Er ignorierte sie, startete und ließ den Wagen langsam auf Touren kommen.

»Schalten Sie die Klimaanlage ein«, wiederholte sie.

»Nein. Der Wagen muß mindestens zehn Minuten laufen, bevor ich das tun kann.«

»Warum?«

»Weil sonst der Motor krepiert.«

»Wieso kaufen Sie sich dann kein neues Auto?«

»Weil ich dieses zufällig mag. Sie haben doch nichts dagegen, oder?«

Schweigend fuhr er den Chevrolet aus der Tiefgarage. Auf der Straße wimmelte es von Menschen, die in alle Richtungen eilten. »Wo wohnen Sie?« fragte er höflich.

Sie gähnte, ohne die Hand vor den Mund zu halten. »Ecke Einundsechzigste und Park. Aber es hat keinen Sinn, mich dort abzusetzen. Ich habe keinen Wohnungsschlüssel, und das Mädchen kommt erst um zehn.«

»Der Hausmeister hat doch sicher einen Schlüssel.«

Sie schüttelte den Kopf.

Sein Mund wurde hart. Er hatte allmählich genug von ihr. »Wohin also dann?«

»Wo wohnen *Sie*?«

»Warum?«

Sie zog eine Zigarette aus der Packung in ihrer Handtasche und drückte ärgerlich den Anzünder am Armaturenbrett hinein. »Himmel! Ich wollte Sie fragen, ob ich bis zehn bei Ihnen unterkriechen kann – aber lassen Sie nur. Ich möchte Ihnen wahrhaftig nicht zur Last fallen.«

»Tun Sie nicht«, erwiderte er gepreßt und überlegte, warum sie nicht zu Freunden oder Bekannten gebracht werden wollte.

»Danke.« Der Anzünder sprang heraus. Sie hielt ihn an ihre Zigarette und inhalierte hungrig.

Schweigend fuhr er zu seiner Wohnung. Die Verkehrsampeln funktionierten nicht, darum kam er praktisch nur im Schrittempo voran.

Er dachte an die Arbeit, die vor ihm lag. Die Bonnatti-Untersuchung näherte sich ihrem Höhepunkt. Zwei Jahre befaßte er sich nun mit der Erforschung eines Menschenlebens. Des Lebens von Enzio Bonnatti, einem Straßenjungen, der sich im Lauf der Jahre zu einem der größten Verbrecherbosse aller Zeiten entwickelt hatte. Prostitution, Pornographie, Glücksspiel und Drogen. Nicht zu reden von Mord, Erpressung und Bestechung.

Es war nicht leicht gewesen, die Leute zum Reden zu bringen. Angst lähmte ihre Zungen. Doch einige hatten geredet – dank Bobby De Walt. Wichtige Zeugen, die Bonnatti für immer unschädlich machen konnten. Steven hatte seine Zeugen an einem sicheren Ort verborgen. Und jetzt brauchte er nur noch die Anklageschrift vollends fertigstellen, mit der Bonnatti vor Gericht gebracht werden konnte.

Sorgfältig stellte er seinen Chevrolet vor dem braunen Sandsteinhaus in der Achtundfünfzigsten und Lexington ab, wo er wohnte. Bestenfalls einmal im Jahr war unmittelbar davor ein Parkplatz frei – und heute hatte er einen erwischt. Er betrachtete dies als gutes Omen nach der verpfuschten Nacht.

Lucky gähnte erneut. »Wir sind praktisch Nachbarn«, verkündete sie und streckte sich genüßlich. »Ich kann dann um zehn nach Hause joggen.«

Was sollte er bloß drei Stunden mit ihr anfangen? Warum mußte er den netten Burschen spielen? Warum konnte sie nicht bei jemand anderem Unterschlupf suchen?

Er stieg aus, doch bevor er ihre Seite erreichte, war sie draußen und streckte sich erneut. Sie sagte: »Ich habe Hunger. Sie auch? Haben Sie irgendwas zu essen?«

Sie erwartete doch nicht von ihm, daß er ihr ein Frühstück machte? »Eier sind da, wenn Sie sich welche kochen wollen«, antwortete er kurz angebunden.

Sie folgte ihm zur Haustreppe. »Ich kann nicht kochen.«

»Nicht mal Eier?«

Sie zuckte die Achseln. »Vermutlich fehlt mir für die Küche einfach die weibliche Ader. Ich brauch ungekochte Lebensmittel nur anschauen, und schon verwandeln sie sich in...«

»Sagen Sie es nicht.«

Das Sandsteinhaus war in vier Wohnungen unterteilt. Steven bewohnte das Erdgeschoß. Carrie versuchte immer, ihn zu bewegen, aus seiner Wohnung etwas zu machen, doch ihm gefiel sie so, wie sie war, einfach und steif: dunkles Holz, Ledersofa, ein riesiger alter Schreibtisch, Regale voller Bücher, dazu als einzige Extravaganz eine unglaubliche quadrophone HiFi-Anlage und eine eindrucksvolle Sammlung von Blues- und Soul-Platten.

Lucky schaute sich um. Ganz anders, als sie erwartet hatte. Aber sie wußte ohnehin nicht recht, was sie von Steven halten sollte. Er war zwar zweifellos einer der attraktivsten Männer, die sie je gesehen hatte. Im allgemeinen waren so schöne Männer eingebildet und arrogant, doch von ihm konnte man das nicht behaupten. Er schien sich seines umwerfenden Aussehens gar nicht bewußt zu sein. Was freilich nichts daran änderte, daß er ein verklemmter, lästiger Klugscheißer war.

Sie empfand den starken Wunsch, ihn ins Bett zu locken. Mit ihm unter die Decke zu kriechen und zu schauen, ob sie ihn nicht ein bißchen auftauen konnte.

Fast hätte sie laut gelacht. Was für eine Umkehr des Geschehens! Normalerweise versuchten die Männer *sie* herumzukriegen. Sie brauchte nur in eine der Bars für Alleinstehende zu schlendern, und schon drängten sie sich von allen Seiten heran, als würden Fötzchen knapp und sie müßten sich schnell eines sichern. Lucky mochte die Anonymität solcher Bars. Sie mochte es, dorthin zu gehen und sich einen Partner auszusuchen, dessen Namen sie nicht kannte.

Kein Name. Kein Schmerz.

»Setzen Sie sich doch«, sagte er. »Ich stelle Kaffeewasser auf.«

»Haben Sie Gas oder Strom?«

»Gas.«

»Ein Glück.«

»Ja.« Er ging in die Küche.

Sie setzte sich auf die Ledercouch und wünschte, sie hätte sich besser und frischer gefühlt. So viele Dinge gingen ihr durch den Kopf, so viele, mit denen sie sich befassen mußte...

Sie schloß für einen Moment die Augen. *Gino kam zurück... Demnächst... Jede Minute...*

Ich will nicht wieder ein kleines Mädchen sein. Bitte, Daddy, nimm mir nicht alles weg... Bitte...

Rasch öffnete sie die Augen. *Himmel! Was ist los mit mir? Niemand – garantiert niemand – wird mir etwas wegnehmen.*

Steven kam ins Zimmer zurück. Er hatte sein Jackett ausgezogen und wirkte entspannter. »Der Kessel steht auf dem Herd. Es dauert eine Weile. Ich lege eine Platte für Sie auf und springe inzwischen unter die Dusche.«

Sie nickte mit schweren Lidern, die ihr ständig zuzufallen drohten. Nur für eine Sekunde, eine Sekunde...

Er blätterte rasch einige Alben durch und wählte eines seiner liebsten aus. Wenigstens hatte sie in Musik einen guten Geschmack. Er würde sie mit einem schönen alten Marvin Gaye auf die Probe stellen. Das Album *What's Going On* war ein Klassiker. Er legte die Platte auf den Plattenteller und ging, um sich rasch auszuziehen und den Luxus einer belebenden kalten Dusche zu genießen.

Sie schlief fast, als die Musik einsetzte und in ihr Bewußtsein drang. Marvin Gaye. *What's Going On.* Himmel! Marco. Die Nacht, in der sie sich geliebt hatten. In der sie einander eine gemeinsame Zukunft versprochen hatten. Marvin Gaye auf ihrem Plattenspieler. *What's Going On.* Immer wieder gespielt, immer wieder... Die Erinnerungen überfielen sie, bevor sie es verhindern konnte.

Marco. Sie gestattete sich nie, an ihn zu denken. Er war in einem Kämmerchen ihres Geistes verschlossen, das zu öffnen sie sich weigerte. Er war tot – fort...

Marco... Marco... Marco...

Sie hörte noch immer ihre Schreie. Sah ihn noch immer auf dem schwarzen Asphalt liegen. Erinnerte sich noch immer, wie das Blut aus ihm geströmt war. Aus *ihrem* Marco, ihrem Liebsten.

Und die Menschen um ihn herum, starrend, plaudernd, als sei er eine der Sehenswürdigkeiten von Las Vegas. Fette Weiber in albernen Sonnenkleidern, eklige kleine Gören, rotgesichtige Männer in Synthetikanzügen.

Einer von ihnen knipste. Hob seine verfluchte Instamatic ans Auge und machte eine Aufnahme.

Wie ein Tier sprang sie ihn an, riß ihm die Kamera aus den verschwitzten Händen, zertrümmerte sie auf dem Boden und schrie ein ums andere Mal: »Dreckschwein – Dreckschwein – Dreckschwein...«

Boogie zerrte sie schließlich von dem überraschten Touristen weg, und sie sank zu Boden, hob Marcos Kopf auf ihren Schoß.

Lucky sah jenen Marco, mit dem sie am Morgen beisammen gewesen war. Sie sah nicht seinen leblosen Körper. Sie sah nicht, daß die Hälfte seines Gesichts fehlte, nur noch eine formlose Masse aus Blut und Knochensplittern war. Sie sah nicht die riesige Blutlache um sich.

Vierundzwanzig Stunden später kam sie in einer Privatklinik zu sich. Sie schlug die Augen auf und fragte scharf: »Wo bin ich hier? Warum bin ich hier?«

Eine Krankenschwester, die in einem Sessel gedöst hatte, sprang auf: »Oh, Miß Santangelo... Einen Moment bitte!« Damit lief sie aus dem Zimmer.

Lebhaft setzte sich Lucky auf und inspizierte ihren Körper. Sie mußte einen Unfall erlitten haben. Was war geschehen? Sie erinnerte sich an die Eröffnungsparty im Magiriano... Sie erinnerte sich an Enzio und Costa, Marco, Warris Charters, Dario, einen ganzen Raum voller Stars. Sie erinnerte sich an den ganzen gottverdammten Abend... Dann – nichts.

Ein Arzt im weißen Mantel trat eilends ein.

»Wo bin ich hier?« fragte sie. »Hatte ich einen Unfall?«

»Eher ein traumatisches Erlebnis, Miß Santangelo. Sie haben Beruhigungsmittel bekommen. Mr. Zennocotti ist schon unterwegs. Ich halte es für das Beste, wenn *er* Ihnen alles erklärt.«

Costa kam. Erklärte...

Jetzt, zwei Jahre später, Marvin Gaye und *What's Going On*... Und sie öffnete sich endlich der Wahrheit, dem wirklichen Schmerz. Erlaubte es sich endlich.

Sie begann zu weinen, qualvolle Schluchzer schüttelten sie. Die Rache, die sie gefordert hatte, war geübt worden, hatte aber nichts besser gemacht. Es gab keinen Marco mehr, an den sie sich um Rat und Führung wenden konnte. Marco, von dem sie abhängiger gewesen war, als sie gewußt hatte. Sie hatte viel geschafft, aber der glatte, reibungslose Betrieb der beiden Hotels war allein seine Leistung gewesen.

Enzio Bonnatti hatte sich natürlich großartig verhalten. Er hatte zwei seiner besten Leute ausgesucht und nach Vegas geschickt, damit sie sich um alles kümmerten. Als Lucky aus der Klinik entlassen worden war, hatten die beiden bereits fest im Sattel gesessen. Ihr war es recht gewesen. Sie wollte nicht in der Spielerstadt bleiben. Sie wollte nach New York zurück. Also bedankte sie sich sehr herzlich bei

Enzio und fragte ihn, ob es ihm etwas ausmache, in Vegas noch eine Weile länger nach dem Rechten zu sehen.

»Mach ich«, sagte er. »Tu nur, was du tun mußt, Lucky. Meine Leute werden schon mit allem fertig. Abgemacht.« Er sicherte ihr zu, Marcos Mörder von seinen Leuten erledigen zu lassen.

Zwei Wochen nach dem Mord sagte er zu ihr: »Wir haben den Kerl – irgendso ein blöder Scheißer, der mal wütend aus dem Spielsaal gerannt war. Du wirst morgen über das Dreckschwein in der Zeitung lesen.«

Lucky las, daß ein Mr. Mortimer Sauris in seinem Auto verbrannt war. Ein seltsamer Unfall, hieß es in der Zeitung. »Der Arschficker ist langsam krepiert«, erklärte Enzio, »'tschuldige meine Sprache.«

Enzio war ein richtiger Turm der Stärke. Lucky dachte grimmig an die Kassari-Brüder und ihren Versuch, nach Marcos Tod das Magiriano zu übernehmen. Enzio versprach, sich darum zu kümmern. Ein paar Wochen später sagte er: »Rudolpho Crown, die Kassaris und einige andere Halunken, die zum Finanzierungssyndikat gehört haben – sind alle draußen. Ich habe Dokumente, die bestätigen, daß alles uns gehört.«

Das freute sie, aber sie mochte immer noch nicht nach Vegas zurück. Sie ertrug es nicht, an einem Ort zu sein, wo alles sie an Marco erinnerte.

Die Gelder aus dem Mirage kamen weiter auf dem normalen Weg herein. Mehrere Kuriere holten Taschen voller Bargeld ab und brachten es in verschiedene Städte, wo es gewaschen wurde. Danach erschien es in diesem oder jenem Santangelo-Unternehmen. Auf gleichem Weg traf das Geld vom Magiriano ein, bis Enzio eines Tages Lucky nach Long Island in sein Landhaus rief und ihr eröffnete: »Ich habe eine Überraschung für dich. Ich bin in ein Geschäft eingestiegen, das für alle Beteiligten eine Menge Kies bedeuten könnte. Ich habe deine Einkünfte aus dem Magiriano investiert – vertrau mir, Lucky.«

»Ich vertraue dir«, erwiderte sie lächelnd.

Costa erhob sofort Einwände, als er davon hörte. Wenn es um Geld ging, mißtraute er allem und jedem. Manchmal war Lucky nicht bei Trost. Gino hätte sein Geld nie und nimmer jemand anderem anvertraut, auch nicht einem treuen alten Freund wie Enzio. Lucky war zu jung, um die Macht und Bedeutung jedes simplen Dollars zu erkennen.

»Komm schon«, argumentierte sie, »wir reden doch von Enzio. Er ist wie mein Vater, um Himmels willen. Meinst du etwa, daß er *mich* zu betrügen versucht?«

»Ich meine nur, daß man ein Verfahren, das sich beim Mirage seit mehr als zwanzig Jahren bewährt, nicht ändern sollte.«

»Hier geht es um etwas anderes, um eine Investition. Außerdem brauchen wir das Geld jetzt nicht. Laß Enzio seinen Willen. Wir nehmen uns, was wir haben wollen, wenn wir es benötigen – kein Problem...«

Marvin Gaye. Er sang. Füllte den Raum mit Erinnerungen. Hatte ihren Geist aufgeschlossen und weit geöffnet.

Mein Gott! Sie hatte Marco geliebt. Warum hatte sie auf die Freude verzichtet, sich daran zu erinnern, *wie sehr* sie ihn geliebt hatte?

Steven kam wieder ins Zimmer. Er trug jetzt verwaschene Jeans und ein kariertes Baumwollhemd. Sein schwarzes Haar war feucht und lockig, seine Füße waren nackt. »Haben Sie nach dem Kessel geschaut?« fragte er. Dann sah er sie genauer an und erkundigte sich: »Alles in Ordnung? Geht es Ihnen gut?«

Sie hatte aufgehört zu weinen und fühlte sich erstaunlich ruhig, als sei ihr eine schwere Last von den Schultern genommen. »Klar. Mir geht es großartig.« Sie wischte ihre unteren Augenränder ab, um etwaige Spuren verschmierter Wimperntusche zu beseitigen. »Es ist nur – diese Platte hat gewisse Erinnerungen heraufbeschworen, die lang in mir verschlossen waren.«

»Das tut mir leid. Hätte ich's gewußt...«

»Scheiße!« Sie lachte rauh. »Sie konnten es doch nicht wissen. Warum sind Sie immer so verdammt höflich?«

Jedesmal, wenn er fand, daß sie doch nicht so schlimm sei, verpaßte sie ihm einen neuen Tiefschlag. Einen Moment lang hatte sie wie ein verlorenes kleines Mädchen ausgesehen; aber sobald sie den Mund aufmachte, war sie wieder das alte Miststück. Eine verdorbene New Yorker Pflanze. »Sie hätten sich wenigstens hochbemühen und Kaffee machen können«, sagte er kalt.

»*Ich* bin der Gast«, erklärte sie.

»Der ungebetene«, rutschte ihm heraus.

Beleidigt sprang sie von der Couch auf, schnell getroffen wie immer. »Wenn ich Ihnen zuviel Mühe mache...«, begann sie.

Ohne sie zu beachten, ging er in die Küche. Das Wasser im Kessel war fast verkocht. »Schwarz? Hell? Zucker?« rief er.

»Schwarz. Ohne Zucker. Es macht Ihnen doch nichts aus, wenn ich Ihr Bad benütze, oder?«

Es machte ihm etwas aus. »Nur zu.«

Sie suchte und fand das Bad. Ein einziges Durcheinander. Feuchte Handtücher auf dem Boden; Haare im Waschbecken; Rasierapparat, Deodorant, Atemfrisch, Zahnpaste und Zahnbürste unordentlich auf dem Wannenrand. Es gefiel Lucky – offenbar war er nicht in jeder Beziehung ein Mr. Perfekt.

Sie schloß die Tür, inspizierte den Inhalt seines Arzneikästchens und beschloß, ein Bad zu nehmen. Warum nicht? Er hatte ja gesagt, sie könne sein Bad benützen, oder?

In der Küche trank Steven einen Schluck von seinem heißen Kaffee und griff nach dem Telefonhörer. Es war zu früh, um Carrie oder Aileen anzurufen. Es war nie zu früh, um Bobby anzurufen.

»He, Mann, wo hast du denn gesteckt?« rief Bobby vorwurfsvoll. »Ich versuche schon die halbe Nacht, dich zu erreichen.«

»Du wirst es nicht glauben, aber ich saß drüben in Jerry Meyersons Bürogebäude im Lift fest.«

»Das glaube ich gern. Die ganze Stadt spielt verrückt. Sag Aileen lieber schnell, daß es dir gut geht. Seit Stunden falle ich ihr telefonisch jede Stunde auf den Wecker.«

»Ist sie okay?«

»Ja. Sie war daheim, als es passierte – am einzigen vernünftigen Ort. Die Straßen sind der reinste Dschungel, Mann.«

»Stimmt. Hör, Bobby, ich kam gerade zur Tür herein. Wollte dich nur schnell wissen lassen, daß ich gegen halb elf bei dir bin. Wir reden dann.«

»Glaubst du, daß heute der große Tag ist?« fragte Bobby begierig.

»Die Chancen stehen gut. Wenn nicht heute, dann ganz sicher morgen.«

»Ich kann es nicht erwarten, dieses miese Schwein festzunageln. Ich hab schon Alpträume, daß er Wind bekommt und aus der Stadt abhaut.«

Steven schaute zur Tür. »Bonnatti haut bestimmt nicht ab. Er ist der Meinung, daß seine Anwälte ihn herauspauken, wie sie es seit mehr Jahren tun, als du alt bist. Wir haben ihn, Bobby, keine Sorge.«

»Ja, ja, ich weiß. Ich werde nur langsam nervös, das ist alles.«

»Kein Grund dazu. Bis halb elf also.« Er legte auf und trank seinen Kaffee aus. Sein Magen knurrte und erinnerte ihn daran, daß er Hunger hatte. Er wollte verdammt sein, wenn er für Lucky Frühstück machte. Lieber wollte er verhungern.

Wo blieb sie überhaupt? Sie war schon mehr als lange genug im Bad. Er hatte soviel im Kopf, und es brachte ihn aus dem Gleichgewicht, sie in der Wohnung zu wissen. Er schaute auf die Uhr. Erst halb acht. Die Zeit schleppte sich hin. Er ging zur Badtür und klopfte kräftig. »Was machen Sie da drin?« rief er.

»Baden«, rief sie zurück. »Wollen Sie reinkommen und mir Gesellschaft leisten?«

Eilends zog er sich von der Tür zurück. Dieses furchtbare Mundwerk!

Lucky lag genüßlich in dem warmen Wasser und grinste vor sich hin. Sie fühlte sich großartig, voller Energie. Es machte sie keineswegs bedrückt, daß sie sich endlich gestattet hatte, der Wahrheit über sich und Marco ins Auge zu schauen. Nach den anfänglichen Tränen empfand sie nun eine seltsame Euphorie. Bewies das Ganze doch, daß sie fähig war zu lieben, zu fühlen, einen anderen Menschen richtig gern zu haben. Seit zwei Jahren gab es nur Abenteuer mit gutaussehenden Einmalpartnern, die sie nie wiedersehen mochte. Sex war in. Liebesbeziehungen waren out. Marco hatte mehr als bloßen Sex für sie gewollt – das wußte sie jetzt.

Ihr Geist schwirrte vor Zukunftsplänen. Da Ginos Rückkehr nun feststand, mußte sie rasch handeln. Enzio war netterweise in Vegas eingesprungen, aber das Magiriano gehörte ihr – höchste Zeit, daß sie das Ruder wieder übernahm. Sonst würde Big Daddy aufkreuzen – hereinspazieren – das Regiment antreten. Und sie wäre wieder die Kleine. Das dumme, emotionale kleine Frauenzimmer.

Costa hatte recht gehabt. Es wäre besser gewesen, das Hotel nicht aus den Fingern zu lassen. Aber Enzio würde sie verstehen. Kein Problem. Jetzt war auch der Moment, das Geld zu kassieren, das ihr zustand. Costa hatte die Summen ausgerechnet – doch die legitimen Summen stellten natürlich nur einen Bruchteil des Ganzen dar. Nach Costas herkömmlicher Berechnungsweise schuldete Bonnatti ihnen über eine Million Dollar, und wenn die Investition, die er mit dem Geld für sie, Lucky, getätigt hatte, halb so lohnend war, wie er behauptete, mußte sich die Million verdoppelt haben. Nicht schlecht dafür, daß sie in Vegas keinen Finger gerührt hatte.

In den vergangenen zwei Jahren hatte Lucky ihre nicht unbeträchtlichen Energien ganz darauf verwandt, die Free Make-up Company zu einer der größten Kosmetikfirmen der Vereinigten Staaten zu machen. Sie genoß es, die Industriemagnatin zu spielen, und hatte in der Kosmetikindustrie ein wahres Wunder vollbracht. Jetzt war sie bereit, nach Vegas zurückzukehren.

Steven machte Toast mit Butter und Rühreier mit Schinkenstücken.

Lucky, aufreizend in ein Handtuch gewickelt, schlang ihre Portion hinunter, als hätte sie jahrelang nichts gegessen. »Sie sind wirklich ein großartiger Koch«, sagte sie bewundernd. »Wenn Sie je einen Job wollen...«

»Als was? Ihr Hausboy?«

»Hu, Sie verstehen wirklich keinen Spaß! Sind Sie immer so verklemmt?«

Sie betrachtete ihn, er gefiel ihr, und ihr wurde bewußt, daß sie mit ihm länger und mehr geredet hatte als mit jedem ihrer Einmalpartner. Ob sie ein Liebesverhältnis mit ihm anfangen sollte? Wenn er mitmachte – sie war dabei.

Er merkte, daß sie ihn ansah, und widmete sich seinem Essen.

»Hat Ihnen schon mal jemand gesagt...«, begann sie.

Das Läuten des Telefons unterbrach sie mitten im Satz.

Steven hob ab und meldete sich mit einem kurzen: »Ja?«

Sie musterte ihn, während sie sprach. Nach seinen Worten zu urteilen, redete er mit einer Freundin. Er hatte eine prächtige Haut, glatt und schokoladefarben, wie Sonnenbräune von sechs Wochen auf dem Rücken. Und sein dichtes Haar war sogar noch dunkler als ihres. Glänzende kohlschwarze Locken. Seine Augen hatten einen leicht länglichen Schnitt: Katzenaugen, glasgrün, tief und sinnlich. Was er wohl für Vorfahren hatte? Er war zweifellos kein reinrassiger Schwarzer.

Steven legte die Hand auf die Sprechmuschel und zischte: »Ziehen Sie sich an!«

Lucky nickte, rührte sich aber nicht von der Stelle. Wenn er glaubte, daß sie in ihre verdreckten Kleider kroch, täuschte er sich. Sobald er austelefoniert hatte, würde sie ihn um etwas von seinen Sachen bitten.

»Nein, das war im Radio«, sagte er und schaute Lucky böse an. »Klar, Schatz, klar. Ich rufe dich später an.« Er knallte den Hörer auf die Gabel. »Danke dafür, daß ich so ungestört reden konnte!«

Sie schaute ihn aus großen Augen an. »Warum haben Sie nichts gesagt?«

»Ich dachte nicht, daß man so etwas ausdrücklich sagen muß.«

»Hm, ich *konnte* mich nicht anziehen. Meine Kleider stinken. Vielleicht könnten Sie mir etwas von sich leihen, dann trabe ich aus Ihrem Leben ab. Ich kann mich ja vor meine Wohnung setzen – ich sehe schon, daß ich hier nicht willkommen bin.«

Er war so leicht zu durchschauen. Sobald sie etwas Negatives sagte, reagierte er mit Höflichkeit.

»Ich habe Ihnen doch erklärt, daß es in Ordnung ist, wenn Sie hier bleiben.«

»Aber ich will Ihnen nicht im Weg sein.«

Großer Seufzer. »Sie sind mir nicht im Weg.«

»Gut.« Sie stand auf. Das Handtuch bedeckte sie kaum. Er riskierte einen Blick, wandte dann rasch die Augen ab.

»Können wir in Ihrem Kleiderschrank nachschauen?« fragte sie unschuldig, als hätte sie seinen Blick nicht bemerkt.

»Ich habe nichts, was Ihnen paßt...«

»Lieber Himmel, ich will ja keinen Anzug! Nur ein altes Hemd, Jeans, die ich hochkrempeln kann, und einen Gürtel, damit sie nicht herunterrutschen. Mit dem Hemd, das Sie da anhaben, wäre ich vollauf zufrieden.« Sie grinste. »Nun ziehe ich Ihnen noch das Hemd aus, was?«

Wider Willen mußte er lächeln. Sie hatte einfach etwas an sich... Er wünschte, sie wäre endlich in irgendwelche Kleider geschlüpft. Ihr nackter Körper unter dem knappen Handtuch begann ihn scharf zu machen… Guter Gott, was dachte er sich denn?! Seit Aileen ihm endlich erlaubt hatte, sie zu lieben, gab es keine andere. Wenn man ein schönes, befriedigendes Verhältnis mit einer Frau hatte, brauchte man keine andere…

Lucky und er gingen ins Schlafzimmer. Er suchte ihr Jeans heraus, die beim Waschen eingegangen waren, und gab ihr einen Flechtgürtel, den sie um die Taille knoten konnte.

Die Läden in dem kleinen Schlafzimmer waren wegen der einfallenden Morgensonne geschlossen. In dem Raum herrschte eine bedrükkende Atmosphäre, es war heiß und stickig.

»Geben Sie mir Ihr Hemd. Dann gehe ich ins Bad und zieh mich an«, sagte sie.

Er begann die Knöpfe zu öffnen, in dem Wissen, daß er ihr ein Dutzend andere Hemden hätte geben können. Sie trat zu ihm, um es zu nehmen, und ohne daß einer von ihnen ein Wort gesagt hätte, küßten sie sich. Zuerst zögernd – dann, als sie erkannten, daß sie es beide wollten, leidenschaftlicher.

Steven vergaß Aileen, vergaß alles und hatte nur noch ein unbezähmbares Verlangen nach dieser wilden, schönen Frau mit den schwarzen Opalaugen. Langsam schob er sie zum Bett.

Lucky fühlte sich schwindlig, unwirklich. So vieles war in so kurzer Zeit geschehen. Die Erinnerungen an Marco – und jetzt dies… Irgendwie wußte sie, daß Steven keineswegs nur einer ihrer Einmalpartner sein würde.

Sie legte sich bereitwillig mit ihm aufs Bett und ließ das Handtuch vom Körper gleiten. Er kämpfte mit dem Reißverschluß seiner Jeans. Sie streckte die Hand aus, um ihm zu helfen.

Das Telefon klingelte.

Es war, als sei ein Fremder in den Raum getreten. Steven erstarrte.

»Laß es klingeln«, wisperte sie.

»Kann ich nicht.« Er griff nach dem Hörer. »Wer spricht?« fragte er mit verschleierter Stimme.

Aileen, fertig angekleidet, gerüstet für einen Fußmarsch zum UNO-Gebäude, sagte rasch: »Steven? Du klingst beschäftigt. Ich dachte, ich könnte vorbeikommen und dir ein Frühstück richten. Nach der schrecklichen Nacht mußt du halb verhungert sein.«

Das schlechte Gewissen packte ihn. Was tat er denn da?! Er sprang vom Bett. »Ich habe keinen Hunger. Muß einen ganzen Stoß Unterlagen durchgehen.«

»Alles in Ordnung mit dir?« Aileen kannte ihn gut. Zu gut.

»Natürlich. Bin nur müde und überarbeitet.«

»Dann ist ein gutes Frühstück genau das, was du brauchst. Ich gehe über den Markt und bin in einer halben Stunde bei dir.« Sie legte rasch auf, bevor er weitere Einwände erheben konnte.

Lucky fühlte, daß es für jetzt vorbei war. Sie drehte sich auf den Bauch. »Freundin?«

»Verlobte.«

»Ich wußte gar nicht, daß man so etwas noch tut.«

»Was?«

»Sich verloben.«

Er zog den Reißverschluß seiner Jeans hoch, ging zum Schrank und suchte ihr ein Hemd heraus. »Sie kommt her«, sagte er.

»Das habe ich gehört.«

»Tut mir leid.«

»Wirklich?« Sie fragte sich, ob es ihm tatsächlich leid tat oder ob er es nur aus Höflichkeit sagte. Verdammt noch mal, warum hatte das Telefon dazwischenfunken müssen?! Sie stieg aus dem Bett und bedeckte sich mit dem Handtuch. »Dann ziehe ich mich besser an und dampfe ab. Ich will dich nicht in Verlegenheit bringen.«

»He, Lucky.« Er trat zu ihr, faßte sie an den Schultern und schaute ihr ernst in die Augen. »Ich weiß nicht, was los ist. Irgend etwas geschieht zwischen uns. Ich weiß nicht, was, aber eines weiß ich: daß ich dich wiedersehen möchte. Darf ich?«

»Ich hasse Männer, die um etwas bitten.« Sie schnappte sich die Jeans und das Hemd, verschwand ins Bad und knallte die Tür zu.

Steven runzelte die Stirn. Er wollte keine Komplikationen in seinem Privatleben, und doch wußte er, daß er sie wiedersehen mußte. Sie bedeutete eine unerledigte Angelegenheit, und Steven hatte noch nie im Leben etwas unerledigt gelassen.

Er schlenderte in die Küche und goß zwei Becher Kaffee auf.

Sie kam grinsend aus dem Bad: »Gefällt's dir?«

»Gefällt mir.«

»Meinst du, ich könnte eine neue Mode kreieren?«

»Warum nicht?«

»Vielleicht bringe ich sie auf den Markt. Und nenne sie Big Baggy Look.«

Er betrachtete sie voll Ernst und versuchte zu erkennen, wie ihr hinter der fröhlichen Fassade wirklich zumute war.

»Gib mir deine Telefonnummer«, sagte er impulsiv.

»Warum?«

»Weil ich dich wiedersehen möchte.«

Sie lachte. »Du willst bloß sicherstellen, daß du deine Kleider zurückkriegst, stimmt's?«

»Gib mir deine Nummer«, wiederholte er.

Sie schaute ihn seltsam an. »Ich habe deine Nummer – *ich* werde *dich* anrufen. Falls sich eine Frau meldet, lege ich auf. Das verspreche ich.«

»Wie heißt du mit Familiennamen?«

»Damit du mich im Telefonbuch suchen kannst? Vergiß es. Ich stehe nicht drin.« Sie strich ihm leicht über die Wange. »Aber ich rufe dich an – ehrlich.«

»Ich möchte, daß du es tust.« Er blickte ihr fest in die Augen. »Wirklich.«

»Ich weiß«, murmelte sie weich. »Nach der Zeit, die wir zusammen verbracht haben – wie könntest du mir da widerstehen?«

Luckys Telefon klingelte, als sie endlich in ihre Wohnung gelangte.

Es war Boogie Patterson, ihr ehemaliger Leibwächter und Fahrer. Der liebe stille Boogie, der mit ihr hatte nach New York kommen wollen, was sie jedoch abgelehnt hatte, weil Boogie für sie Las Vegas bedeutete, Blut und Erinnerungen. Er war in der Wüstenstadt geblieben und hatte mit ihrer finanziellen Unterstützung ein eigenes Taxiunternehmen gegründet.

Kontakt hatten sie zwar nur selten, aber sie waren Freunde.

»Hallo, Boog. Wie geht es Ihnen? Was ist los?«

»Lucky«, sagte er mit verzerrter Stimme; er rief offenbar aus einer Zelle an. Im Hintergrund hörte man die lauten Geräusche von Spielautomaten. »Ich muß Sie sprechen.«

»Trifft sich ausgezeichnet. Ich wollte *Sie* anrufen. Ich komme nach Vegas – vielleicht morgen. Und ich möchte, daß Sie mich vom Flugzeug abholen.«

»Sie wollen herkommen?!« Ihre Ankündigung schien ihn nicht zu freuen.

»Ja. Ich war lange genug weg. Jetzt komme ich zurück.«

»Bitte nicht.«

»Waas?!«

»Ich bin auf dem Weg zum Flugplatz. Es gibt hier Dinge, die Sie wissen müssen. Dinge, die ich eben erst entdeckt habe...«

Verärgerung schlich sich in ihre Stimme: »Was für Dinge?«

»Lucky – ich weiß, es wird Ihnen schwerfallen, mir zu glauben, aber Enzio Bonnatti ist nicht der Freund, für den Sie ihn halten.«

»Boogie, was ist los mit Ihnen? Sind Sie blau? Wissen Sie denn, was Sie da sagen?«

»Ja. Sehr genau.« Er machte eine bedeutungsvolle Pause.

»Und Sie sollten eines wissen: Es war nicht Mortimer Sauris, der Marco umgelegt hat – ganz und gar nicht. Bonnatti hat den falschen Mann verbrannt. Und das ist nur der Anfang.«

»Waas?!« stieß sie hervor, und es lief ihr kalt über den Rücken. Sie schauderte.

»Ich bin bald bei Ihnen – nichts weiter jetzt am Telefon. Da tut sich eine Büchse mit übel stinkendem Inhalt auf. Zu niemandem ein Wort, bis ich bei Ihnen bin – verstehen Sie? *Zu niemandem.*«

»Verstehe. Telegrafieren Sie mir Ihre Flugnummer.« Wie erschlagen legte sie den Hörer auf.

Marco...Marco...Liebster, ich kriege sie. Wer immer es war, ich erledige sie. Eigenhändig. Das verspreche ich dir.

New York, Donnerstag, 14. Juli 1977

Mit einer Nachzahlung von sechs Millionen Dollar an das Finanzamt hatte Gino Santangelo sich das Recht erkauft, in die Vereinigten Staaten zurückzukehren. Hübsch ordentlich und legal. Wie es sein sollte. Es hatte lange genug gedauert, alles auszuarbeiten. Komplizierte, behutsame Verhandlungen waren nötig gewesen, die sich ewig hingezogen hatten, und Gino hatte in vielen Ferngesprächen wütend zu Costa gesagt: »Bezahle – egal, was es kostet. Bezahle den Schweinehunden soviel, wie nötig ist, damit ich zurück kann.« Es hatte viel gekostet, aber das Geld stellte kein sonderliches Problem dar. Solange es hereinströmte... Und das tat es.

Nun war Gino wieder da, und Costa erwartete ihn bereits, als er seine Suite im Pierre betrat. Die Freunde umarmten sich gerührt.

»Schön, dich wiederzusehen, Kumpel!« rief Gino. »Hast ein paar Haare gelassen, wie ich sehe, aber du schaust immer noch aus, als würdest du eine oder zwei Runden schaffen.«

Costa lächelte. »Und du, immer der gleiche. Du veränderst dich wohl überhaupt nicht.«

»Warum sollte ich mich verändern, mein Freund? Wenn ich mal abtrete, gedenke ich meine Haare und meine Zähne mitzunehmen – alles. Wieso auch nicht,«

Costa nickte. Gino hatte sich wirklich keine Spur verändert, er schaute noch genau gleich aus. Dunkel und sonnengebräunt, das Haar so dicht und schwarz wie je, keine Wölbung überm Hosenbund. Unwillkürlich zog Costa seinen eigenen Bauch ein.

»Ich möchte essen«, sagte Gino. »Könntest du nicht beim Zimmerservice bestellen, während ich was Bequemeres anziehe?« Er ging zur Schlafzimmertür. »Ich hätte gern ein großes, saftiges amerikanisches Steak. Und Pommes frites. Und etwas Rotwein. Bestelle du – ich bin in einer Minute wieder da.«

Costa nickte und trat zum Telefon, während Gino sich im Schlafzimmer umsah. Es war hübsch. Aber es war kein Zuhause. Jetzt, wo er wieder hier war, wollte er ein Zuhause. Keine Hotels mehr. Dafür war er zu alt. Er dachte über seine Freunde nach. Costa schaute – im Gegensatz zu dem, was er vorhin gesagt hatte – gar nicht gut aus. Der Freund wirkte alt, mehr noch, er hatte eine graue Haut und müde Augen, schien ausgelaugt. Gino hatte bei seinem Weggang alles in Costas Hände gelegt. Vielleicht war es zuviel für ihn gewesen. In den ganzen sieben Jahren seines Exils hatte Gino es bewußt vermieden, sich in irgend etwas einzumischen, was in Amerika geschah. Er hatte gewußt, daß er nicht damit fertiggeworden wäre, über die Geschehnisse Bescheid zu wissen und nichts tun zu können. »Kümmere du dich um alles«, hatte er zu Costa gesagt. »Wenn du etwas brauchst – geh zu Enzio.« Solange er das Geld pünktlich erhalten hatte, war er zufrieden gewesen. Jede Woche hatte ein anderer Kurier es auf sein Nummernkonto in der Schweiz einbezahlt – alles war glatt gelaufen. Dann war Marco erschossen worden, und das Geld war ausgeblieben. Das war die schlimmste Zeit gewesen. Er hatte in dem fremden Land festgesessen, machtlos, unfähig, etwas zu tun, voller Zorn und hilfloser Wut.

Marco war wie ein Sohn für ihn gewesen – wie ein eigener Sohn –, und er hatte nichts tun können, um ihn zu rächen. Er hatte sich sofort an Enzio gewandt und Gerechtigkeit verlangt. Auf der Stelle. Tage später war zu ihm durchgesickert, daß der Gerechtigkeit Genüge getan worden sei, und das Geld war wieder eingetroffen. Gino fühlte sich sehr in Bonnattis Schuld.

Natürlich hatte er sogar in Israel Gerüchte über Lucky gehört. Er wußte, daß sie in sein geschäftliches Imperium eingestiegen war. Aber er wußte nicht, in welchem Ausmaß.

Rasch zog er sich um, vertauschte seinen dunklen Anzug mit einem Kaschmirpullover und einer bequemen Hose. Je eher er alles erfuhr, desto besser. Er war heimgekehrt und brannte darauf, das Steuer wieder selbst in die Hand zu nehmen.

Sal betrachtete den schlafenden Dario Santangelo. Zweifellos ein hübscher Bursche mit seinem hellblonden Haar und dem vollkommen geschnittenen Gesicht. Hübsch, schwul und verletzlich. Und warum sollte sie an dem, was ihr da in den Schoß gefallen war, nicht ein ordentliches Stück Brot verdienen?

Sie war sehr fleißig gewesen, seit sie ihm die beiden türkisfarbenen Kapseln gegeben hatte – Kapseln, die sicherstellten, daß er mindestens zwölf Stunden fest schlief. Zuerst hatte sie den toten dunkelhaarigen Jungen aus der Wohnung geschafft, ihn über der Schulter wie einen Mehlsack die Hintertreppe hinuntergetragen. In der Tiefgarage hatte sie ihn auf den Rücksitz ihres alten Chryslers gelegt und mit einer Decke zugedeckt. Der Stromausfall hatte ihr die Arbeit sehr erleichtert, denn alle waren mit sich selbst beschäftigt. Sie war fünfzehn

Häuserblöcke weit gefahren und hatte den toten Jungen in einer Seitengasse deponiert. Dann war sie in Darios Wohnung zurückgekehrt, hatte aufgeräumt und saubergemacht.

Jetzt nahm sie *ihn* auf die Schulter. Sie hatte die Kraft von zwei Männern. Als sie Dario in den Fond ihres Wagens legte, atmete sie kaum schneller. Sie summte leise vor sich hin, während sie den weiten Weg bis hinaus nach Queens fuhr.

Ruth war auf und erwartete sie. Die prachtvolle Ruth, ehemaliges Showgirl, ehemalige Dirne – eine Gesichtsseite so von Säure zerfressen, daß kein Mann sie mehr anschaute. Aber wer brauchte Männer, wenn es Sal gab?

»Alles okay, Schatz?« fragte Ruth besorgt.

»Alles in Butter«, antwortete Sal und küßte sie sanft auf die schlimme Gesichtsseite. »Wir haben einen Gast. Richte ein Bett her, dann erzähl ich dir die ganze Geschichte.«

Ruth gehorchte. Zusammen zogen sie Dario aus und deckten ihn zu.

»Wer ist er?« flüsterte Ruth.

Sal betrachtete die schlafende Gestalt. »Wenn ich das Spiel richtig spiele, ist er unser Haus in Arizona. Entweder das, oder er ist tot.«

Elliott Berkely machte sich endlich auf den Weg ins Büro. »Ich möchte, daß du dir ernsthaft überlegst, ob wir nicht für ein paar Wochen wegfahren sollten«, forderte er Carrie auf, bevor er ging.

»Ja, das tue ich«, antwortete Carrie ohne jede Begeisterung.

Nein. Unmöglich. Nicht bevor ich weiß, wer mich erpreßt. Nicht bevor ich die Sache aus der Welt geschafft habe.

Sie verbrachte einen gräßlichen Tag, ging nervös in der Wohnung auf und ab, fuhr jedesmal zusammen, wenn das Telefon klingelte.

Als Steven am Vormittag anrief, war sie sehr wortkarg und berichtete nicht, was sie am Abend vorher durchgemacht hatte.

»Ich melde mich morgen wieder«, sagte er schließlich, weil er spürte, daß sie das Gespräch beenden wollte. »Weißt du, ich habe dann vielleicht eine gute Nachricht im Zusammenhang mit der Untersuchung, an der ich arbeite.«

»Sehr schön. Bis morgen also.« Sie legte schnell auf, wollte die Leitung nicht blockieren. Es klingelte erst wieder um fünf Uhr. Carrie hob ab und hörte, daß der Anruf aus einem Münzfernsprecher kam. Ihr Herz begann wild zu klopfen. »Hier Carrie Berkely«, sagte sie klar und deutlich. »Mit wem spreche ich?«

»Morgen. Zwölf Uhr. Gleicher Ort«, wisperte eine gedämpfte Stimme.

»Einen Moment...«, begann sie, aber in dem Hörer, den sie mit zitternder Hand ans Ohr preßte, klickte es, und die Leitung war tot.

Die beiden alten Freunde redeten seit Stunden in Ginos Suite. Costa sprach anfangs zögernd, wurde jedoch zunehmend sicherer, während er Bericht erstattete.

Gino unterbrach ihn zunächst nicht. Er hörte aufmerksam zu, registrierte erneut, wie alt Costa geworden war, und dachte: *Der Kerl muß senil geworden sein, denn ich glaube einfach nicht, was ich da höre.*

Was er hörte, war die Geschichte von Luckys Aufstieg an die Macht. Unglaublich, daß das wilde junge Ding, das er zuletzt 1970 gesehen hatte, eine kühle, harte, kluge Geschäftsfrau geworden sein sollte, die seine Position übernommen und ihre Sache sehr gut gemacht hatte – wie es aussah. Nach dem, was Costa ihm berichtete, konnte sie auf dem Wasser gehen, wenn die Lust dazu sie ankam. Costa sprach voll Stolz, beschrieb ihren Kampf beim Bau des Magiriano – den Tod Marcos – Enzio Bonnattis Hilfe und Beistand.

»Willst du mir erzählen«, fragte Gino ungläubig, »daß wir vom Magiriano seit fast einem Jahr kein Geld gesehen haben, keinen verfluchten roten Cent?«

»Ich habe es dir doch erklärt«, antwortete Costa unverdrossen. »Nach Marcos Ermordung mochte Lucky nicht in Vegas bleiben, also sprang Bonnatti ein. Vorübergehend. Dann kam diese Investitionssache. Jetzt, wo du wieder da bist...«

»Und ob ich wieder da bin! Jerum, Costa, ich hab dir gesagt, du sollst zu Enzio gehen, wenn du Hilfe brauchst. Ich hab nicht gesagt, daß du ihm freiwillig alles überlassen sollst, verflucht noch mal. Du weißt doch, wie er mit den Drogen und den Huren ist... Jesus! Ich kann solche Leute in *meinen* Hotels nicht brauchen.«

»Kein Problem. Enzio wird sich zurückziehen, sobald wir das wollen.«

»Willst du darauf wetten, Costa? Würdest du darauf Geld setzen? Konntest du nicht deine eigenen Leute hinschicken? Konntest du nicht deinen Hintern bewegen, eine Umorganisation vornehmen und das Heft in der Hand behalten? Du und meine klugscheißerische Tochter. Nicht zu glauben das alles. Was ist mit Dario? Ihn hast du bisher überhaupt nicht erwähnt.«

Costa zuckte bekümmert die Achseln: »Er interessiert sich nicht für die Geschäfte.«

»Was soll *das* nun wieder heißen?«

Costa wischte sich mit einem sauberen weißen Taschentuch den Schweiß von der Stirn. »Ich glaube, Dario braucht Hilfe.«

»Hilfe?« fauchte Gino. »Wie meinst du das?«

»Er hat – sexuelle Probleme«, antwortete Costa zögernd.

»Was für Probleme?« Gino lachte rauh. »Zu viele Frauenzimmer, was? Seit wann ist denn das ein Problem?«

Costa wand sich. Er hatte gehofft, nicht derjenige sein zu müssen, der Gino reinen Wein über Dario einschenkte. Aber die Wahrheit ließ sich nicht länger verheimlichen. »Dario ist ein... Äh, er liebt – Jungen.«

»Jungen?« Gino runzelte die Stirn, dann lief sein Gesicht rot an. *»Jungen?!* Willst du etwa behaupten, daß der Kleine ein Schwuler ist?«

Costa nickte unglücklich.

»Das glaube ich nicht.«

»Es ist leider wahr.«

Gino stand von seinem Sessel auf und stürmte im Zimmer umher, schlug die geballte Rechte wütend in die Linke. »Verflucht, du willst mir also einreden, daß ich einen Weichling zum Sohn und ein Mannweib zur Tochter habe und daß du mein Hotel einem anderen überlassen hast, wie?«

»Ich habe das von Lucky nicht behauptet«, widersprach Costa schnell. »Sie ist eine wunderbare Geschäftsfrau – hat einen messerscharfen Verstand. Sie ist wie du, Gino, du solltest stolz auf sie sein. Ohne sie würde das Magiriano nicht existieren. Ich glaube, wenn ihr beide euch verständigt...«

»Wo ist Dario?« Ginos Ton war eisig.

Costa hatte Dario und seinen verzweifelten Anruf vollkommen vergessen. Doch Sal mußte inzwischen alles geregelt haben.

»Er ist in der Stadt. Er hat eine Wohnung am Fluß. Soll ich ein Treffen zwischen euch beiden arrangieren?«

»Arrangiere gar nichts. Gib mir nur seine Adresse. Ich kümmere mich um ihn.«

Costa schauderte. Er hätte nicht in Darios Haut stecken mögen. Trotzdem, irgend jemand mußte den Burschen zur Vernunft bringen. Wenn Gino je herausfand, daß Dario in einem Pornofilm mitgewirkt hatte... Lucky hatte sich um *diese* Sache gekümmert. War nicht billig gewesen, und Costa hatte sie noch nie so wütend erlebt, aber sie hatte die Geschichte geregelt. Vielleicht sollte er Gino doch informieren, damit er es nicht anderswoher erfuhr... Später vielleicht. Jetzt war Gino nicht in der richtigen Stimmung, um über die Filmkarriere seines Sohnes unterrichtet zu werden.

»Und wo ist Lucky?« lautete Ginos nächste Frage.

»Sie hat auch eine Wohnung. Einundsechzigste und Park.«

»Ich dachte, sie wohnt in meinem Appartement.«

»Das wurde verkauft – vor sechs Jahren. Zwei Immobilienmakler stehen mit Angeboten bereit, wenn du entscheiden willst, wo du wohnen möchtest. «

Ginos Blick war tödlich. »Sie hat doch das Haus in East Hampton nicht auch verkauft, oder?«

»Nein. Natürlich nicht.«

»Und niemand hat es angerührt?«

»Absolut niemand.« Costa erinnerte sich an die hitzige Debatte mit Lucky. Sie hatte das Haus verkaufen wollen – aber dieses eine Mal hatte er sich ihr widersetzt.

»Vielleicht werde ich dort wohnen«, sagte Gino zu seiner Überraschung. »Ich habe mich irgendwie dran gewöhnt, in einem Haus zu leben...«

»Gute Idee«, pflichtete Costa ihm bei, erleichtert darüber, daß der Freund nicht mehr brüllte. »Natürlich muß es renoviert werden.«

»Na und? Ich fahre morgen hin – sehe mir alles an. Hast du mir einen guten Fahrer besorgt?«

»Den besten. Er hat für die Familie Vittorio in Chicago gearbeitet – ist vor einem Jahr in die Stadt gekommen. Enzio hat in persönlich empfohlen.«

»So, Enzio hat ihn persönlich empfohlen?«

»Er freut sich sehr über deine Rückkehr.«

Gino starrte nachdenklich ins Leere. »Er freut sich sehr? Das kann ich mir denken.«

Costa räusperte sich. »Enzio sagt, daß er sich mit dir treffen will, sobald du bereit bist. Er weiß, daß du Zeit brauchst, um dich wieder einzurichten, einzugewöhnen. Er...«

»Verflucht, was ist denn mit dir los?« schrie Gino unvermittelt. »Setzt es aus bei dir oder was? Ich bin wieder da! Von dieser Minute an bin ich wieder da! Mir gefällt nicht, was hier vorgegangen ist. Ich möchte für morgen ein Treffen mit Enzio arrangiert haben. Und wenn ich herausgefunden habe, worauf dieser Halunke aus ist, befasse ich mich mit Lucky und Dario.« Er schaute Costa finster an. »Wissen sie schon, daß ich in der Stadt bin?«

Costa wischte sich erneut die Stirn ab. »Ich hielt es für besser zu warten, wollte sie erst nach deiner Landung unterrichten. Aber durch den Stromausfall ist in der Stadt alles durcheinandergeraten. Ich habe seit gestern mit keinem der beiden gesprochen.«

»Das ist gut – sehr gut. Sag ihnen noch nichts. Ich möchte sie überraschen.«

Costa nickte unbehaglich. Er konnte vor Lucky keine Geheimnisse haben.

»Ich bin müde«, erklärte Gino, »und möchte mich heute nacht gründlich ausschlafen.«

Costa nickte zustimmend. Dann fragte er : »Also nichts weiter für heute?«

Nichts weiter. Gino hatte genug gehört für einen Tag. Er wollte Taten, keine Reden mehr. »Geh nach Hause, Costa.«

»Das werde ich tun. Ich bin auch müde. Russo ist im Nebenzimmer, falls du ihn brauchen solltest.«

»Ja, ja, ich weiß.«

Russo, den neuen Leibwächter, hatte ebenfalls Enzio empfohlen. Ginos alte Leute waren alle weg, tot oder in Rente. Russo war keiner der alten Schule, ein kluger, gut gekleideter Bursche in den Zwanzigern. Gino fand, der Kerl sehe aus, als ob er keiner Fliege etwas zuleide tun könne.

Er begleitete Costa zur Tür. »He, nimm dir meine Brüllerei nicht so zu Herzen. Ich weiß, daß du dein Bestes getan hast.«

Costa eilte davon. Es war nach sieben, und er mußte dringend mit Lucky reden. Wenn ihr erst einmal bewußt wurde, daß ihr Vater tatsächlich wieder da war... Irgendeine Lösung mußte gefunden werden. Die beiden mußten einfach lernen, miteinander auszukommen.

Gino schaute dem Freund nach und zündete sich dann eine Zigarre an. Irgendwas war an der ganzen Sache hier faul. Das spürte er. Es war ein körperliches Gefühl, die Reaktion seiner Eingeweide auf irgend etwas, das in der Luft lag.

Aber was?

Er würde abwarten müssen. Besonders vorsichtig und wachsam sein – und das erinnerte ihn an etwas. Er griff nach dem Telefonhörer und verlangte eine Nummer. Eine Stunde später hatte er einen neuen Fahrer und einen neuen Leibwächter. Er wußte zwar Enzios persönliche Empfehlungen durchaus zu schätzen, aber Regel Nummer eins lautete, daß man sich mit Leuten umgeben sollte, die ausschließlich einem selbst treu waren und niemandem sonst.

Die Jahre im Exil hatten seine Sinne nicht abstumpfen lassen. Im Gegenteil, er fühlte sich fitter und frischer als bei seiner Abreise. Sieben Jahre waren lang, wenn man an einem Ort stillsitzen mußte, doch Israel war gar nicht so schlimm gewesen: ein hübsches Haus, das Meer, der Strand, seine Hunde, ab und zu eine Besucherin, wenn ihm der Sinn danach gestanden hatte.

Er zog sich bis auf die Unterhose aus und legte sich aufs Bett. Im Zimmer war es heiß, obwohl die Klimaanlage wieder funktionierte.

Worauf zielte Bonnatti ab, verflucht? Gino hatte gehört, daß Enzio und die Kassari-Zwillinge enge Freunde seien. Enzio kannte Ginos Gefühle gegenüber der Familie Kassari, scherte sich aber offenbar nicht darum. Nach Ginos Abreise hatte der alte Gauner es nur noch mit einem Mädchen und einem alten Furzer – *entschuldige Costa, aber das stimmt* – zu tun gehabt.

Die Übernahme des Magiriano mußte für Enzio ein Kinderspiel gewesen sein. Besonders nachdem Marco aus dem Weg war. Der wirkliche Test für Enzios Loyalität und Freundschaft würde sein, wie bereitwillig er die Kontrolle über die beiden Hotels in Vegas wieder abgab. Costa erwartete offenbar keinerlei Probleme. Gino war sich da nicht so sicher. Sein Instinkt sagte ihm, daß es Schwierigkeiten geben würde. Und sein Instinkt trog ihn nie.

Er schloß die Augen. Lucky und Dario kamen ihm wieder in den Sinn. Lucky und Dario. Sie tanzten durch seine Gedanken wie zwei Marionetten, bis er schließlich in unruhigen Schlaf sank.

New York, Freitag, 15. Juli 1977, vormittags

Lucky schlief schlecht, wachte jede Stunde auf und schaute auf die Uhr. Sie hatte Costa, der gleich nach Boogie angerufen hatte, kurz abgefertigt: »Morgen – ich will jetzt nicht gestört werden.« Costa hatte nicht versucht, das Gespräch fortzusetzen. Zweifellos nicht der richtige Zeitpunkt, sie über Ginos Rückkehr zu informieren! Er kannte diesen Ton bei ihr.

Da Lucky früh wach war, beschloß sie, Boogie am Flugplatz abzuholen. Die Spannung machte sie verrückt. Sie ließ sich von einem Taxi zu der Tiefgarage bringen, in der ihr Mercedes stand. Als sie mit dem Ersatzschlüssel öffnete, sah sie, daß ein Umschlag unter dem Scheibenwischer steckte. Sie riß ihn rasch auf und las die in hübscher, ordentlicher Schrift geschriebenen Zeilen: *Ich gebe Dir drei Tage – dann ermittle ich Dich über Dein Nummernschild und rufe DICH an – Steven.*

Wider Willen lächelte sie. Er mußte eigens hergefahren sein, um ihr die Nachricht zu hinterlassen. Sie *würde* ihn anrufen... Sie *wollte* ihn anrufen... Sobald sie wußte, was Boogie auf dem Herzen hatte.

Gino war um sechs Uhr auf, um sieben Uhr angezogen und mit dem Frühstück fertig. Kurz danach rief er Costa an. »Nun?« fragte er, »wann ist das Treffen mit Bonnatti?«.

»Enzio schlägt ein Uhr vor. Ein Restaurant in Brooklyn, in dem er verkehrt. Es hat einen Garten – er sagt, dir würde die Cassata dort schmecken. Und er sagt...«

»Was ist mit dem Riccaddi's?«

»Nichts«, antwortete Costa nervös. »Wenn dir das Riccaddi's lieber ist, spreche ich mit Enzio und...«

»Gut. Im Riccaddi's – zwei Uhr. Ich sehe dich dann dort.«

Dario versuchte wach zu werden, bekam jedoch die Augen nicht auf. Seine Lider waren schwer wie Blei...

Es mußte noch früh am Morgen sein, denn er hörte ein Müllauto und das Lärmen von Kindern, die zur Schule gingen. Er war nicht in seiner Wohnung, aber wo er war, das wußte er nicht... Langsam sank er wieder in tiefen Schlaf.

Unten in der Küche fragte Sal, nachdem sie Ruth leicht auf die Wange geküßt hatte: »Weißt du auch bestimmt, was du tust?«

Ruth strich das Oberteil ihres Kleides glatt. »Ich weiß genau, was ich tue.«

»Gut.« Sal kreuzte zwei Finger, um ihr Glück zu wünschen. »Dann tu es.«

Carrie stand vor Elliott auf – ein ungewöhnliches Ereignis, das nun schon an zwei Tagen hintereinander geschah. Heute zog sie einen einfachen schwarzen Hosenanzug an und keinerlei Schmuck. Sie bürstete ihr glänzendes Haar gründlich und schlang es zu einem festen Knoten. Um acht Uhr war sie ausgehfertig.

»Carrie«, fragte Elliott gereizt, »wo willst du hin?«

»In ein neues Gymnastikinstitut – großartig ausgestattet.«

»Ich möchte heute aus der Stadt weg, und du gehst in ein neues Gymnastikinstitut!«

Sie versuchte sich ein Lächeln abzuringen, spürte aber, daß es auf ihrem Gesicht erfror. »Ich bin zum Mittagessen wieder da.«

Er schnaubte ungehalten: »Ich weiß gar nicht, was in letzter Zeit mit dir ist. Seit dem Stromausfall...«

»Nichts ist mit mir. Ich will mich nur fithalten.«

»Ich buche auf den Bahamas, wir reisen heute abend. Richte dich darauf ein.«

Sie nickte gehorsam. *Vielleicht reisen wir. Nur vielleicht.*

Steven stand immer um halb sieben auf. Er hatte ein festes Morgenprogramm, von dem er ungern abwich. Eiskalt duschen, eine halbe Stunde angestrengte Gymnastik, dann frischen Orangensaft, Weizenkeime, Kleieflocken, Honig und heißen Kaffee. Dann war er bereit für alles und jeden.

Heute war er bereit für Enzio Bonnatti. Heute waren die Unterlagen fertig zum Weiterreichen. Zwei Jahre mühseliger Arbeit fanden endlich ihren Abschluß, einen Abschluß, der Steven in freudige Erregung versetzte und ihm gleichzeitig angst machte. Freudige Erregung, weil ein Mensch wie Bonnatti es verdiente, den Rest seines elenden Lebens hinter Gittern zu verbringen. Angst, weil sogar jetzt noch viel schiefgehen konnte.

Er zog sich vollends an und dachte kurz über sein eigenes Leben nach. Aileen – sie gehörte so sehr dazu. So tüchtig, ordentlich und attraktiv. Eine vollkommene Frau.

Eine Nacht im Lift mit einem verrückten, forschen Frauenzimmer namens Lucky – und er wußte, daß Aileen nicht für ihn taugte. Er wollte nicht den Rest seines Lebens mit ihr verbringen! So einfach war das.

Steven stieß einen tiefen Seufzer aus. Wie sollte er ihr das bloß beibringen … ?

Lucky beobachtete die Landung von Boogies Maschine und wartete ungeduldig, bis er endlich in die Ankunftshalle schlenderte.

Er hatte sich nicht verändert. Immer noch der gleiche alte Boog – mager, langhaarig, in enge Jeans und eine abgetragene alte Militärjacke gekleidet.

Sie lief auf ihn zu und umarmte ihn spontan, was ihn einigermaßen verlegen machte. Boogie hielt nicht viel von emotionellen Gesten.

Er schaute sich mit zusammengekniffenen, wachsamen Augen um. »Weiß jemand, daß ich komme?«

»Sie haben gesagt, daß ich nichts verlauten lassen soll – und offen gestanden, Boog, wen kenne ich schon, den das interessiert? Aber jetzt heraus mit der Sprache, was wird hier eigentlich gespielt?«

Er faßte sie am Arm, seine kräftigen Finger bohrten sich ihr ins Fleisch. »Je eher wir reden, desto eher wissen Sie Bescheid.«

»Dann gehen wir. Mein Wagen steht draußen. Wir können auf dem Weg in die Stadt reden.«

»Ich fahre. Wenn Sie hören, was ich zu berichten habe, könnten Sie durchdrehen. Lucky – man hat Sie für ein dummes Frauenzimmer gehalten und eingeseift.«

Die Worte saßen. Ihre Augen funkelten tödlich schwarz, ihre Stimme war pure Säure: »Schießen Sie los, Boog – ich will nicht länger warten.«

Die Morgenzeitungen meldeten Ginos Rückkehr nach Amerika. Nicht in Schlagzeilen. In der *New York Times* auf Seite drei.

Gino las den Artikel und warf die Zeitung verärgert weg. Jetzt konnte er Lucky und Dario nicht mehr überraschen. Er rief Costa an und beauftragte ihn, für den Nachmittag ein Treffen mit seinen Kindern zu arrangieren. Kinder. Was für ein Witz. Ein Schwuler und ein Mannweib. Doch der Gedanke an das Wiedersehen erregte ihn mehr, als er sich eingestehen wollte.

Lucky und Dario, seiner Ehe mit Maria entsprossen. Der süßen, schönen Maria. Immer, wenn er an sie dachte, war der Schmerz so frisch wie an ihrem Todestag. Ihre Ermordung würde er nicht verwinden, bis er ihr nachfolgte. Maria. So sanft, so lieb.

Warum war Lucky nicht wie ihre Mutter geworden?

Er verbrachte den Vormittag am Telefon, erneuerte alte Bekanntschaften und ließ die richtigen Leute wissen, daß er wieder im Lande war – für ganz. Er hörte zu, registrierte alles, erfuhr Gerüchte, Klatschereien, Wahrheiten. Als er zu dem Mittagessen mit Enzio aufbrach, wußte er eine Menge – mehr als genug, um überzeugt zu sein, daß Enzio die Stellung in Las Vegas nicht kampflos räumen würde.

Nun gut, wenn Enzio den Kampf wollte – Gino war bereit. Er hatte Schritte in die Wege geleitet, um seine Position wieder zu festigen, und wenn Enzio Bonnatti klug war, ließ er es nicht auf eine Konfrontation ankommen. Gino Santangelo siegte immer. Das war eine unverrückbare Tatsache.

Warris Charters verpaßte Lucky Santangelo auf dem Kennedy Airport um eine halbe Stunde. Seine Maschine aus Los Angeles landete verfrüht, und er war außergewöhnlich guter Dinge. Die Morgenzeitung berichtete von Gino Santangelos Rückkehr nach Amerika, das Timing hätte also gar nicht besser sein können.

Er lächelte vor sich hin. Es hatte lange genug gedauert, aber er hatte es geschafft, endlich würde *Kill Shot* gedreht werden. Und zwar nicht dank Dario Santangelo, der allerdings, wie sich Warris zögernd eingestand, indirekt dafür verantwortlich war.

Warris dachte über die Ereignisse der vergangenen zwei Jahre nach. Dario. Ein schöner blonder Bursche mit ungeheurem sexuellem Appetit. Nicht zu gebrauchen, als es darum gegangen war, mit seinem Vater wegen des Drehbuchs Verbindung aufzunehmen. Eifersüchtig, unsicher, überspannt. Guter Gott! Warris kannte genügend Frauen mit diesen Charaktermerkmalen. Dario war – nachdem er sich ungebeten bei ihm eingenistet hatte – sehr besitznehmend geworden. Eine solche Beziehung brauchte Warris bestimmt nicht, besonders wenn sie nichts eintrug. Die einzige Santangelo-Qualität, die Dario besaß, war sein Name. Die Macht und das Geld besaßen Gino und Lucky, wie Warris bald herausgefunden hatte.

Als ihm klar geworden war, daß ihm das Verhältnis mit Dario keinerlei Vorteile brachte, hatte er ihn eingespannt. Und Dario war von der Arbeit begeistert gewesen. Aus Dario Santangelo war David Dirk geworden, ein Pornofilmstar erster Güte; er schien geradezu dafür geschaffen. Der einzige Nachteil war, daß Dario-David sein Glied für weibliche Thespisjünger nicht hochbekam – nur seine männlichen Schauspielerkollegen waren die Glücklichen.

»Mit dir ist nicht leicht zu arbeiten«, hatte Warris sich beschwert. »Heterosexuelle Filme sind es, die das große Geld bringen.«

»Dann schreib eben einen Film für mich«, hatte Dario ärgerlich erwidert.

Keine schlechte Idee. Warris hatte genau das getan. *Cowboy Cruiser* hatte er den Streifen genannt, der in Pornokreisen sofort ein Riesenhit geworden war. Jeder Schwule von der Pazifik- bis zur Atlantikküste hatte sich über beide Ohren in Dario verliebt, der auf der Leinwand besser aussah als Robert Redford. Fanpost war sackweise in dem schäbigen Studio in Pasadena eingetroffen. Dario hatte es geschafft. Er war eine männliche Filmkönigin.

Eine kurzlebige Karriere. Eines frühen Morgens erschienen in der Wohnung, die Warris und Dario teilten, zwei Männer. Männer jener Sorte, mit denen man nicht debattierte. Darum leistete keiner von ihnen Widerstand, als die beiden sagten, daß Mr. Bonnatti sie sehen wolle – und zwar sofort. Folgsam wie zwei Hündchen, die gerade aus der Hundeschule gekommen waren, begleiteten sie die beiden Männer nach Las Vegas, wo der berüchtigte Enzio Bonnatti sie in einer Penthouse-Wohnung oben auf dem Magiriano empfing.

Enzio fackelte nicht lange. Zu Dario sagte er: »Du bewegst deinen schwulen Hintern auf der Stelle nach New York zurück und *läßt* ihn dort. Wenn ich dein Gesicht noch ein einziges Mal in einem solchen Film sehe, hast du kein Gesicht mehr. Kapiert?«

Dario kapierte. Er machte sich auf den Weg nach New York, ohne auch nur auf Wiedersehen zu sagen.

»Und Sie«, fragte Enzio, als Dario weg war, »haben Sie eine Ahnung, wer ich bin?«

»Mr. Bonnatti«, antwortete Warris glatt, »ich bewundere Sie schon mein Leben lang.«

Enzio nickte und brummte: »Dann habe ich also von Ihnen keine Schwierigkeiten zu erwarten?«

Warris hob unverbindlich die Arme. »Mr. Bonnatti, sagen Sie nur, was Sie wünschen.«

»Die Schwester des blonden Schwulen da sitzt mir auf der Pelle. Sie will den Film haben – also brauche ich den Film. Die Negative und *alle* Kopien. Und *keine* beschissenen schiefen Sachen, sonst wachsen aus Ihnen in der Wüste Kakteen. Haben Sie mich?«

Warris nickte ernst. »Ich werde natürlich entschädigt.«

Enzio lachte schallend. »Ja, klar. Ihr Stil gefällt mir. Haben Sie den Mist produziert?«

»Ich habe den Film geschrieben, produziert und gedreht. *Der Mist* ist ein Kassenschlager, wie Sie sicher wissen.«

»Ja, ja, weiß ich.« Enzio zupfte nachdenklich an seiner Nase. »Ich möchte, daß Sie einen Film für mich schreiben. Viel Titten, Hintern und blonde Bienen mit feuchten Fotzen. Sind Sie im Bild?«

Warris war im Bild.

»Ich finanziere das Ganze – wieviel wird es kosten?«

»Es fehlt mir nach dem Erfolg von *Cowboy Cruiser* nicht an Leuten, die bereit sind, alles zu finanzieren, was ich machen möchte«, entgegnete er milde.

»Was wollen Sie also?« fauchte Enzio. »Kommen Sie mir nicht mit einem Herumgerede, das ich nicht ausstehen kann. Spucken Sie's aus.«

Warris' Augen funkelten. »Ich möchte einen offiziellen Film produzieren – nach einem Drehbuch, das ich *Kill Shot* genannt habe. Ich bin überzeugt, daß Sie von dem Thema fasziniert sein werden, wenn Sie das Drehbuch lesen...«

Diese Unterredung hatte vor vier Monaten stattgefunden. Und in diesen vier Monaten war Warris strenger beschäftigt gewesen als je zuvor. Enzio war begeistert von der Idee, einen Film zu machen, der auf Gino Santangelos Leben basierte, doch er wollte ein paar Änderungen vorgenommen haben. Nur kleine Änderungen – die Ginos Freund und Mentor zu einem Superhelden werden ließen, Gino selbst dagegen zu einem gewalttätigen kleinen Gauner.

Warris erklärte sich mit allen Änderungen einverstanden. Verfluchter Enzio Bonnatti. Wenn die Dreharbeiten erst einmal begannen, würde Warris den Film so machen, wie *er* wollte. Er hatte zehn Jahre darauf gewartet, ihn so machen zu können.

Bonnatti hatte alle Vorkosten übernommen und sich mit einem Budget von vier Millionen Dollar einverstanden erklärt. Warris besaß inzwischen eine erstklassige Mannschaft und hatte erregende unentdeckte Talente an der Hand. Das Problem war die Besetzung der weiblichen Hauptrolle. Warris wußte genau, wen er wollte. Bonnatti hatte eigene Vorstellungen. Die heutige Reise nach New York diente dem Zweck, den Finanzierungsstrom endgültig in Gang zu setzen und über die Darstellerin der weiblichen Hauptrolle zu entscheiden. Da die Dreharbeiten in zehn Tagen beginnen sollten, durfte keine Zeit mehr verloren werden.

Leise vor sich hinpfeifend, fuhr Warris mit einem Taxi vom Flughafen ab. Unterm Arm hatte er eine Filmdose mit Probeaufnahmen von *seiner* Hauptdarstellerin. Wenn Bonnatti sie erst einmal sah, würde er keine Einwände mehr erheben.

Ruth eilte in das große Supermarktgebäude. Sie war an die Blicke gewöhnt, mit denen man sie bedachte. Zuerst Bewunderung, weil sie ein großartig aussehendes Mädchen war – gewesen war. Dann Schock, Entsetzen, Verlegenheit. Bekam jemand die entstellte Seite ihres Gesichts zu sehen, war alles vorbei.

»Hallo, Süße...«, begann ein Mann und brach abrupt ab.

Sie achtete nicht darauf. Blödes Arschloch. Was wußte er schon? Sie blieb an einem Münzfernsprecher stehen und holte tief Luft. Dario Santangelo schlief in ihrem Bett. Sal glaubte, sie säßen da auf einer

Goldmine; Ruth war klug genug, um es besser zu wissen. Leg dich nie mit den großen Burschen an – Regel Nummer eins, wenn man in der riesigen Stadt überleben wollte. Manchmal konnte auch Sal ein blödes Arschloch sein.

Ruth entnahm ihrer Börse einige Münzen und wählte eine Nummer. »Victor«, flüsterte sie, »hier Ruthie. Ich hab da etwas, bei dem ich deine Hilfe brauche...«

Bei Tageslicht sah die Straße völlig anders aus, doch Carrie fand den Fleischgroßmarkt. Sie postierte sich davor und schrak jedesmal zusammen, wenn jemand im Abstand von einem Meter an ihr vorbeiging.

Ihre Augen wandten sich nach links und rechts, musterten ängstlich Gesichter, Gangarten, Haltungen. *Teufel noch mal, wer setzte sie dieser Qual aus? Sie würde den oder die umbringen. Sie würde sich erneut eine Waffe besorgen und die Schufte umbringen*!

Nach einem Wagen hielt sie nicht Ausschau, darum beachtete sie den weißen Eldorado nicht, der vor dem Großmarkt hielt. Sie hörte auch nicht, daß ihr Name gerufen wurde. Erst der zweite Ruf erregte ihre Aufmerksamkeit, und sie trat zu dem Wagen.

Wer immer in dem Gefährt saß, er war sicher verborgen hinter dunkel getönten Scheiben.

Carrie zischte: »Wer sind Sie?«

Die hintere Tür ging auf. »Einsteigen«, murmelte dieselbe Stimme wie am Telefon. »Schnell, bitte.«

Boogie redete seit einer Stunde ununterbrochen. Boogie, der normalerweise keine zwei zusammenhängenden Sätze sagte.

Lucky hörte zu, unterbrach ihn kein einziges Mal, als er ihr mit ausdrucksloser, monotoner Stimme seine Geschichte erzählte. Sie glaubte ihm jedes Wort. Boogie log sie bestimmt nicht an; er hatte keinen Grund dazu. Wut begann von ihr Besitz zu ergreifen, während er sprach, eine kalte, harte Wut, die sie nicht würde beherrschen können – das wußte sie. Dummes Frauenzimmer. Wie ein solches war sie behandelt worden, hatte Boogie gesagt, und er hatte recht. Ein idiotisches, dummes Frauenzimmer.

Boogie und sie waren jetzt in ihrer Wohnung. Sie ging zu ihrem Schreibtisch, öffnete eine verschlossene Schublade und holte schweigend eine kleine Blechdose hervor. Gekonnt drehte sie einen Joint, zündete ihn an, inhalierte tief und reichte ihn Boogie weiter. Pot beruhigte sie, verhalf ihr zu einem klaren Geist. Er machte sie keineswegs mürbe und kicherig, sondern bewirkte das genaue Gegenteil. Sie rauchte nicht oft, nur wenn sie äußerst wach und scharfsinnig sein wollte.

Boogie beendete seinen Bericht. Er sah sie bedeutsam an. »Ich mußte es Ihnen sagen, nicht?«

»Unbedingt.«

Er streckte seinen langen, sehnigen Körper. »Dachte ich mir.«

Schweigend rauchten sie den Joint zu Ende, jeder war mit seinen Gedanken beschäftigt.

»Wie werden Sie vorgehen?« fragte Boogie schließlich vorsichtig.

»Wie eine Giftspinne, eine Schwarze Witwe«, antwortete sie kalt. »Geräuschlos, listig – und wer mir in den Weg kommt, der kriegt einen tödlichen Biß.«

New York, Freitag, 15. Juli 1977, nachmittags

»Na«, sagte Gino strahlend, »Enzio mein Freund, ich wette, du hast dir nicht träumen lassen, daß wir wieder so das Brot miteinander brechen würden – hier im Riccaddi's, umgeben von all unseren getreuen *paesanos*.«

»Gino, mein Freund, das ist etwas, worauf ich jeden Tag gehofft habe, seit du abgereist bist.«

»Natürlich hast du das. Warum auch nicht? Wir sind zusammen groß geworden – haben zusammen die Welt beim Schopf gepackt – einander in jeder Weise respektiert.« Er hob sein Weinglas. »Wir hatten gelegentlich Differenzen, aber nichts, was wir nicht beilegen konnten. Ich trinke auf uns, Enzio – dich und mich. Zwei alte Haudegen, die in Würde und Ehrlichkeit überlebt haben.«

Enzio ergriff sein Glas und stieß mit Gino an. Die beiden Männer tranken.

»Sag mir«, fragte Gino lässig, »was ist das für eine Investition, die du mit meinem Geld aus dem Magiriano getätigt hast?«

»Äh«, Enzio musterte seine kurzen manikürten Fingernägel, »ich bin froh, daß du fragst. Du bist so plötzlich zurückgekommen, ziemlich überraschend. Ich bin noch nicht vorbereitet – ich will dir die Unterlagen zeigen, Zahlen... Ich habe eine großartige Sache für dich gemacht.«

»Wie großartig?« fragte Gino milde.

»Du wirst schon sehen. Gegen Ende nächster Woche werde ich alles fertig haben.«

»Sehr schön.« Er spielte mit einer Gabel voller Spaghetti. »Ich weiß es zu schätzen, was du getan hast, Enzio. In Vegas einsteigen, dich um Lucky kümmern – ich höre, daß du wie ein Vater zu ihr warst.«

Enzio lächelte. Seine Zähne waren sehr schlecht; er hatte Angst vor dem Zahnarzt und ließ sie deshalb nicht richten. »Sie ist eine echte Santangelo, Gino. Du kannst wirklich stolz auf sie sein.«

»Bin ich, Enzio, bin ich. Aber wir wollen nicht vergessen, daß sie auch eine Frau ist und zum schwächeren Geschlecht gehört. Schlimm, daß es immer wieder Leute gibt, die so etwas ausnützen.«

Enzios rechtes Augenlid zuckte – seit jeher ein sicheres Zeichen dafür, daß er gleich lügen würde. »Niemand wagt es, Lucky auszunützen, wo doch ich da bin«, erwiderte er prahlerisch. »Niemand.«

»Nein, ganz sicher nicht, mein lieber Freund – denn du würdest genauso handeln wie ich, falls es je geschehen sollte. Du würdest den betreffenden Menschen zertreten wie einen Käfer, wie einen Wurm. Habe ich recht?«

Enzio antwortete nicht. Er blickte Gino starr an, und Gino blickte ihn an.

»Morgen«, sagte Gino langsam, »werde ich Schritte einleiten, um in meinen Hotels wieder meine Leute zu installieren.« Sein Zeigefinger hob sich zu der verblaßten Narbe auf seiner Wange und rieb sie behutsam. »Du wirst deinen Leuten auftragen, sich anständig zu verhalten. Laß uns die Sache rasch und glatt abwickeln. Keinen Sinn, damit zu warten – hm, mein Freund? Hm?«

Carrie kannte die alte Frau nicht, die im Fond des weißen Eldorado saß, aber sie stieg trotzdem ein. Schließlich war sie deswegen nach Harlem gekommen – weil sie endlich Klarheit wollte.

Die Klimaanlage war in Betrieb, und die dunkel getönten Scheiben erzeugten ein seltsam gedämpftes Licht im Wagen. Eine mit Vorhang verdeckte Trennscheibe verbarg den Fahrer.

Carrie saß noch nicht richtig, da schoß der Wagen vom Gehsteig weg. Ihr brach vor Nervosität am ganzen Körper der Schweiß aus. Sie spürte die Feuchtigkeit unter den Armen, zwischen den Beinen, auf den Handflächen. Es gelang ihr, in festem Ton zu sprechen. »Wer sind Sie?« wiederholte sie. »Was wollen Sie?«

Die alte Frau lachte, ein seltsam trauriger Ton. Sie war dick, in einen voluminösen weißen Kaftan gehüllt; ihre mit Ringen überladenen Würstchenfinger trommelten unruhig auf ihren Knien. Sie trug eine große weiße Sonnenbrille, die ihr nicht stand, hatte ihr gefärbtes schwarzes Haar nach spanischer Art hochgekämmt und den Mund in obszönem Rot geschminkt. Ihre olivbraune Haut war runzelig und fleckig, das Kinn lag in mehreren Falten auf dem Hals. Ein krankmachendes süßes Parfüm füllte die Luft. »Du erinnerst dich nicht merr an mich?« fragte sie in rauhem Flüstern, einen flehenden Unterton in der Stimme.

»Ich kenne Sie nicht«, erwiderte Carrie verzweifelt. »Um Gottes willen, sagen Sie mir, was Sie wollen. Ich habe nicht viel Geld, aber...«

»Ha! Du chast nicht viel Geld. Schau dich an, Schätzchen – du *stinkst* vor Geld.«

»Wieviel wollen Sie?«

Die Stimme der Frau wurde weicher. »Ich will dein Geld nicht. Derr kleine Steven, derr ist bestimmt ein serr schöner Mann geworden, was?«

Entsetzen erfaßte Carrie. »Was wissen Sie über Steven?«

»Ich erinner mich an ihn – und du erinnerst dich nicht merr an mich.«

Die heisere Stimme brachte in Carrie etwas zum Klingen. Fieberhaft überlegte sie. Der Akzent – irgend etwas an dem Akzent...

»Ich chab ihn geliebt – err warr auch mein Baby. Als du weggerannt bist, chast du den kleinen Stevie mitgenommen.« Die Frau seufzte müde. »Aber ich mach dirr keinen Vorwurf, Carrie, ich mach dirr keinen Vorwurf. Du chast dich großartig gemacht, du bist eine serr bedeutende Person geworden...«

»Suzita?« wisperte sie in entsetztem Erstaunen. *»Suzita?«*

Die Frau grinste. »Ich bin ein bißchen dick geworden, ein bißchen alt. Fürr dich ist die Zeit stehengeblieben.« Sie zuckte die Achseln. »Ich chab mein ganzes Leben hart gearbeitet.«

Carrie wäre am liebsten in Tränen ausgebrochen. Dieses fette alte Weib konnte doch nicht Suzita sein – die lebensprühende, prächtig gebaute Suzita, um die sich die Männer zu raufen pflegten. Das Schicksal hatte ihr wirklich übel mitgespielt.

»Ich bin nicht hirr, um dich zu erpressen«, sagte Suzita rasch. »Ich denke, so muß es dirr vorkommen.«

Carrie war verwirrt, tausend Gedanken schossen ihr durch den Kopf. »Warum? Nach dieser langen Zeit? Wie hast du mich gefunden?«

»Ich chabe dich nie verloren, Schätzchen«, antwortete Suzita gelassen. »Ich chabe dein Leben verfolgt – von dem Moment an, wo ich von dirr ein Bild in einer Zeitschrift gesehen chab, paar Jahre, nachdem du weg bist. Es chat mich froh gemacht zu wissen, daß du davongekommen bist. Nicht viele kommen von Bonnatti davon, nicht viele...«

Bonnatti. Der Name brachte grausame Erinnerungen zurück. Bonnatti, der sie wie einen Tisch behandelt hatte, einen Stuhl, ein Stück Fleisch, einen leblosen Gegenstand zum Spielen.

Bonnatti. Der Herr und Meister. Der jeden wie ein Stück Dreck behandelte.

»Suzita«, sagte sie weich, »in den letzten Tagen hast du mich durch die Hölle geschickt. Ich war vorgestern abend vor dem Fleischgroßmarkt. Ich habe gewartet, du bist nicht gekommen. Man hat mich überfallen – verhaftet... Es war ein Alptraum. Bitte sag mir, was du von mir willst, und laß mich mein Leben fortsetzen.«

»Ja, klar, ich weiß. Wirr chaben nichts merr gemeinsam. Du bist eine Dame – ich bin eine Chure, die für Bonnatti ein Bordell leitet. Warum solltest du mit mirr zusammensein wollen?«

»Um der Liebe Gottes willen«, flehte Carrie, *»sag mir, was du willst.«*

Suzita spielte mit den Ringen an ihren dicken Fingern. »Ich will dich nurr warnen, das ist alles.«

»Mich warnen?«

»Ja. Wegen der Bonnatti-Untersuchung.«

»Welcher Untersuchung?«

Suzita schob ihre große weiße Sonnenbrille hoch und musterte Carrie ungläubig. Ihre Augen sahen in dem dunkelhäutigen Gesicht aus wie Rosinen in Sauerteig. »Die Untersuchung, die dein Sohn durchführt.«

Carrie fuhr zusammen wie von einem elektrischen Schlag getroffen. *Die Untersuchung, die dein Sohn durchführt.* Sie hatte gewußt, daß Steven an einer Sache arbeitete, aber aus Sicherheitsgründen hatte er nie irgendwelche Namen genannt, sich niemandem anvertraut. Nicht einmal Jerry wußte Bescheid.

»Du chast es nicht gewußt«, konstatierte Suzita.

Ausdruckslos schüttelte sie den Kopf.

»Scheiiße!« rief Suzita. »Aber Bonnatti weiß es... Und err macht sich keine Sorgen.«

»Was meinst du damit?«

»Ich bin nicht die einzige, die dein Leben verfolgt chat.«

Carries Magen zog sich krampfartig zusammen.

»Bonnatti *weiß*, werr Stevie ist. Das gibt ihm so was wie Munition. Wenn err dort vorr dem Geschworenengericht steht, wird err alles über dich erzählen. Kannst du dirr vorstellen, was aus Stevies Anklage wird? Mit dirr als Mutter wird man ihn vorr Gericht auslachen. Bonnatti freut sich schon darauf. Es soll werden wie der Anfang einer großen Show, und err plant alles serr gut. Er chat alles über dich – Drogen, Bilder, Klinikaufzeichnungen, alles. Err chat sogar diese alten Fotos von Stevie mit den Mädchen, als err gerrade vier war. Hübscher kleiner Junge in Spielanzug aus weißer Seide, wie err auf einem Tisch sitzt...«

Carrie sank auf dem Sitz zusammen.

Lucky saß mit gekreuzten Beinen auf ihrem Bett, die Augen geschlossen, die Finger fest an die Schläfen gepreßt. Enzio Bonnatti. Ihr Pate.

Ihr Mentor. Der Mann, dem sie vertraut hatte – den sie geliebt hatte. Der Mann, der in ihrem Herzen an Ginos Stelle getreten war.

Enzio Bonnatti. Ein schurkischer Feind. Totschläger. Killer. Marcos Mörder – nicht von eigener Hand, aber durch Befehl. »Erledigt Marco«, mußte er gesagt haben. »Er ist der einzige, der Bescheid weiß. Mit dem Mädchen und mit Costa werden wir leichtes Spiel haben. Die zwei werden zurückweichen. Die haben nicht das Hirn, um zu bleiben.«

Wie recht er gehabt hatte. Wie er gefeixt haben mußte, als sie ihm freiwillig alles übergeben hatte. Ihm und den Kassari-Zwillingen – *Söhnen des Mörders ihrer Mutter*.

Und sie hatte nie Argwohn gehabt. Dumme kleine Lucky Santangelo. Dummes Frauenzimmer.

Wäre Boogie nicht gewesen, hätte sie jetzt noch nichts gewußt. Boogie, der vor zehn Tagen zufällig gewisse Informationen aufgeschnappt hatte von zwei Chicagoer Gaunern, die in seinem Taxi gefahren waren. Nur ein paar Namen und Daten, aber genug, um sein Interesse zu wecken. Genug, um Enzio Bonnattis Loyalität gegenüber Lucky anzuzweifeln. Genug, um ihn zu veranlassen, selbst Nachforschungen anzustellen.

Er hatte eine Menge herausgefunden. Mühelos. Ein Freund von ihm im Polizeirevier hatte sich die Akte über Marcos Ermordung angesehen. Sie trug den Vermerk »Täter unbekannt« und enthielt einen langen Polizeibericht über Verdächtige, die vernommen worden waren. Dazu zählten die Kassari-Zwillinge, aber sie besaßen ein hieb- und stichfestes Alibi. Einer ihrer angeheuerten Vollstrecker war vernommen, inhaftiert, gegen Kaution freigelassen und vor der Verhandlung von einem Auto überfahren worden, dessen Fahrer Fahrerflucht begangen hatte. Mortimer Sauris war ein kleiner Spieler, der sich nicht einmal in der Stadt aufgehalten hatte, als Marco niedergeschossen worden war. Der kleine Betrüger, der schon öfter mit Wettgewinnen verschwunden war, hatte zweifellos nicht im Sinn gehabt, jemand zu beseitigen, aber viele Leute waren scharf darauf gewesen, ihn zu beseitigen.

Marco war auf Enzio Bonnattis direkten Befehl von den Kassari-Brüdern ermordet worden. Das war kein großes Geheimnis.

Lucky preßte die Finger noch fester an die Schläfen. Warum hatte sie nicht gemerkt, was gespielt wurde? Warum hatte sie nicht den geringsten Verdacht geschöpft?

Lieber Himmel! Sie sprang vom Bett. Sie wußte, was sie zu tun hatte.

Enzio stieg in den Fond seines braunen Pontiac mit den kugelsicheren Scheiben und der Lautsprecheranlage, die mehr gekostet hatte als das ganze verdammte Auto. Grimmig legte er ein Tony-Bennett-Band ein und sagte unter den Klängen von »I Left My Heart in San Francisco« zu Big Victor: »Es ist Zeit. Arrangiere alles. Und ich will keinen Pfusch.«

»Ich hab eine Idee, Boß«, sagte Victor, in dessen Mund beim Sprechen der Speichel blubberte.

»Was für eine?«

»Nehmen wir doch den Jungen. Diesen Dario. Wenn er es machen würde, könnte niemand mit dem Finger auf Sie zeigen. Santangelo hat eine Menge bedeutende Freunde, die es gar nicht gern sähen, wenn Sie was damit zu tun hätten. Wenn wir den Jungen nehmen, können sie nichts sagen.«

»Da hast du verdammt recht!« rief Enzio, dann fragte er: »Der Junge ist inzwischen draußen im Haus, oder?«

»Genau wie Sie mir aufgetragen haben, Boß«, erwiderte Victor grinsend. Er nahm sich vor, dafür zu sorgen, daß Ruthie nicht vergessen wurde. Das Frauenzimmer war okay, hatte den richtigen Schritt getan, als es darauf angekommen war. Hatte ihren alten Onkel angerufen und ihn um Rat gefragt. Big Victor hatte gewittert, daß es von Vorteil wäre, Gino Santangelos Sohn in die Hand zu bekommen. »Bleib von zu Hause weg. Meine Jungs kümmern sich darum«, hatte er zu ihr gesagt. »Sehr gut, daß du mich angerufen hast.«

»Was ist mit Sal? Die tun ihr doch nichts, oder?«

Darauf hätte Victor am liebsten entgegnet: Na und? Du wärst viel besser dran ohne dieses beschissen zähe Mannweib. »'türlich nicht, Süße«, hatte er ihr versichert. »Geh heut abend wieder heim. Dann ist alles erledigt.«

»Sobald wir zu Hause sind, bringst du ihn zu mir«, entschied Enzio. »Weißt du, was, Vic? Es ist die perfekte Lösung, daß der Kleine zuschlägt.«

»Genau das hab ich gesagt, Boß.«

»Nein. Das hab *ich* gesagt.«

Costa läutete bei Lucky Sturm. Er hatte den ganzen Vormittag versucht, sie anzurufen. Vergeblich. Und vergeblich auch seine Versuche, Dario zu erreichen. Während des Mittagessens hatte er erneut versucht, die beiden ans Telefon zu bekommen. Er hatte überall Nachrichten hinterlassen, aber keiner der beiden hatte zurückgerufen.

Nun stand er vor Luckys Wohnungstür und betete darum, daß sie daheim sei. Der Zeitpunkt war gekommen, wo sie der Wirklichkeit ins Auge blicken mußte. Gino war wieder da. Voll und ganz, daran gab es keinen Zweifel.

Endlich ein scharrendes Geräusch, und die Tür wurde bei vorgelegter Sicherheitskette geöffnet. »Costa?« fragte eine Stimme.

Er war beunruhigt. Wo war das Dienstmädchen? Wer war in Luckys Wohnung? »Ja«, antwortete er barsch.

Die Tür ging auf, und Boogie Patterson stand vor ihm.

»Was machen *Sie* hier?« fragte Costa scharf.

»Er besucht mich. Ich darf doch Besucher haben, oder?« Lucky war in einem kurzen Morgenrock aus dem Schlafzimmer geschlendert.

»Ich versuche schon den ganzen Tag, dich zu erreichen«, sagte Costa vorwurfsvoll.

»Ich war weg – dann habe ich das Telefon abgestellt. Was hast du auf dem Herzen?«

»Hast du schon in die heutigen Zeitungen geschaut?«

»Nein. Warum?«

Er holte tief Luft und sprang ins Wasser: »Dein Vater ist da und will dich sehen.«

Dario war völlig durcheinander. Teufel noch mal, was passierte eigentlich mit ihm? Er saß in der Küche von Enzios Haus, trank eine Tasse heißen, schwarzen Kaffees nach der anderen, und um ihn lungerten zwei Gauner herum, die ihn nicht aus den Augen ließen.

»Ich will nach Hause«, erklärte er mürrisch. Es war das viertemal, daß er das sagte.

»Wir bringen dich heim«, erklärte einer der Gauner – er hieß Russo – »sobald du dich bei Mr. Bonnatti gebührend bedankt hast.«

»Ich weiß überhaupt nicht, was los ist«, brummte Dario. Er war im Fond eines Wagens aufgewacht, Russo hatte neben ihm gesessen, und der andere Mann war gefahren. Dario erinnerte sich als letztes daran, daß Sal ihm die Pillen gereicht hatte. Weder Russo noch der andere Mann gaben von sich aus irgendwelche Erklärungen, und er wagte nicht zu fragen, was aus Sal und dem Jungen, den er erstochen hatte, geworden sei.

Als sie bei dem Haus angekommen waren, hatte Russo gesagt: »Das ist Mr. Bonnattis Wohnsitz. Er hat dir aus einer Klemme geholfen. Wenn er einverstanden ist, bringen wir dich heim.« Das war die einzige Auskunft, die er erhalten hatte.

Er runzelte ärgerlich die Stirn. »Kann ich telefonieren?«

»Ich glaube nicht...«

In diesem Augenblick trat ein dritter Mann in die Küche, ein dicker Mann in einem verschwitzten Anzug mit Soßenflecken auf beiden Revers. »Dario!« rief er, als seien sie alte Freunde. »Das letztemal, wo ich dich gesehen hab, war in Vegas. Erinnerst du dich?«

Er schaute genauer hin. Ja. Der dicke Mann war dabei gewesen, als Enzio Bonnatti ihn und Warris zu sich zitiert hatte. »Kehr nach New York zurück«, hatte Enzio befohlen, und der dicke Mann hatte ihn persönlich in ein Flugzeug gesetzt.

»Hören Sie, was ist hier eigentlich los?« fragte er erbost.

»Du hattest ein paar Probleme. Mr. Bonnatti hat es erfahren. Er hat sich gesagt, daß du zur Familie gehörst und beschlossen, daß wir dir helfen sollen. Komm mit. Er will dich jetzt sehen.«

Enzio Bonnatti saß in einem tief gepolsterten Damastsessel und klaubte sich Pistazienkerne aus einem Glaspokal. »Setz dich«, befahl er, als rede er mit einem Hund.

Dario setzte sich. Er wußte, wann man sich fügen mußte. Enzio Bonnatti mochte zwar wie ein Großvater aussehen, aber seine Stimme, seine Augen und die Art, wie er mit den Fingerknöcheln knackte, wenn er einen Befehl gab, ließen ihn als etwas ganz anderes erscheinen.

Stille herrschte im Raum, während er Dario musterte. Schließlich sagte er: »Ich verschwende keine Zeit – hab ich nie getan. Ich erzähl dir die ganze Geschichte und sag dir dann, was ich von dir will.«

Dario nickte.

Enzio drückte einen Pistazienkern aus seiner Schale und schob ihn in den Mund. »Jemand hat einen Schwulen in deine Wohnung geschickt, damit er dich umbringt. Du bist schlau gewesen. Du hast ihn kaltgemacht, bevor er das mit dir tun konnte.«

Dario blinzelte. Offenbar vermochte er keinen Schritt zu tun, ohne daß der verfluchte Bonnatti es erfuhr.

»Weißt du was? Ich hab dich nie für schlau gehalten«, sinnierte Enzio. »Aber du hast das Richtige getan.« Er schob einen weiteren Kern in den Mund und griff nach einem Glas Mineralwasser. »Also, du hast den Schwulen kaltgemacht und Costa Zennocotti angerufen. Er hat dir Sal geschickt, damit sie die Sache in Ordnung bringt. Bloß, was ist dann passiert?«

»Genau das würde ich gern wissen«, murmelte Dario.

»Sal hat dich gekidnappt!« verkündete Enzio in dramatischem Ton. »*Die Person, die Costa dir zu Hilfe geschickt hat, kidnappt dich!*«

Dario neigte sich in seinem Sessel vor, begierig, mehr zu hören.

»Und warum?« brummte Enzio. »Überleg selbst. Warum?« Er hielt inne, sah Dario bedeutungsvoll an und fuhr dann gedämpft fort: »Weil deine Familie dich los sein will. Verstehst du, was ich meine? Die wollen dich beseitigen – aus dem Weg schaffen –, zehn Fuß tief unter die Erde. Gino und Lucky wollen, daß du tot bist, Dario, tot! Verstehst du, Junge? Tot.«

Dario holte tief Luft. Also war es doch Lucky gewesen.

Costa fühlte sich wesentlich wohler, als Lucky einem Treffen mit ihrem Vater zustimmte. Sie kam ihm ein wenig seltsam vor, aber das war nur natürlich.

»Geh gleich mit mir ins Hotel«, bat er flehentlich. »Gino wartet.«

»Ich kann nicht«, erwiderte sie kalt. »Ich muß einige Anrufe machen. Aber ich komme später – das verspreche ich dir.«

Costa schaute rasch auf die Uhr. Fast halb drei. »Also um vier im Pierre?« fragte er nervös.

»Gut. Ich werde dort sein. Keine Sorge, ich komme – ehrlich.« Sie gab ihm schnell einen Kuß auf die Wange. Er schaute so müde aus, so besorgt und alt. Aber er hätte noch viel schlechter ausgesehen, hätte er gewußt, was sie wußte...

Costa eilte in sein Büro.

»Ah, Mr. Zennocotti«, sagte seine Sekretärin, »ich habe Dario Santangelo am Apparat. Er hat schon zweimal angerufen.«

Costa griff sich den Hörer. »Dario? Wo bist du? Ich versuchte dich zu erreichen. Ist alles in Ordnung?«

»Alles bestens. Ich bin bei ein paar Freunden untergekommen. He, wie ich lese, ist Gino wieder da. Ich möchte ihn sehen.«

»Und er möchte dich sehen. Kannst du um vier im Pierre sein?«

»Klar.« Er zögerte nur eine Sekunde. »Kommt Lucky auch hin?«

»Ja. Und es wäre nett, wenn ihr beide euch jetzt, wo euer Vater wieder hier ist, vertragen würdet. Ich glaube...«

»Später.« Dario legte auf.

Enzio, der ihn aus seinem Polstersessel beobachtet hatte, fragte: »Nun?«

Er holte tief Luft. »Um vier im Pierre. Sie werden beide dort sein.«

Enzio nickte. »Dann wirst du tun, was du tun mußt«, sagte er leise.

Gino ging in seiner Suite auf und ab. Seine Gedanken rasten. Dieser Ärger hatte ihm etwa so gefehlt wie blutende Hämorrhoiden. Eine Kraftdemonstration war unerläßlich. Bonnatti mußte erkennen – gleich von vornherein –, daß er, Gino, keinen Zollbreit nachgeben würde. Keinen verdammten Zollbreit. Die beiden Hotels in Vegas gehörten ihm. Bonnatti besaß einen Anteil am Mirage, aber das war alles – nur ein Stück vom Kuchen gehörte ihm.

Leider besaß Bonnatti auch eine Armee – doch Gino hatte nie mit einer Bande gearbeitet, das war nicht sein Stil. Große Geschäfte waren sein Stil, Abkommen mit den richtigen Leuten, die Schlüsselpositionen bekleideten und ihm mehr nützen konnten als eine Armee von Gaunern.

Bis zu Luckys Eintreffen im Hotel hatte er genügend Telefongespräche geführt, um mit Sicherheit zu wissen, daß gegen Bonnatti eine umfassende Untersuchung im Gang war und daß in den nächsten Tagen Anklage gegen ihn erhoben würde. Enzio hatte sich in solchen Fällen schon oft herausgewunden, aber die Sache hier schien ernst zu sein.

Gino lächelte grimmig. Falls Bonnatti verhaftet wurde, war eine

Menge Probleme gelöst. Er mußte zusehen, daß er das Geld, das Bonnatti ihm schuldete, möglichst schnell bekam...

Costa betrat mit Lucky die Suite und verschwand ins Schlafzimmer. Gino starrte seine Tochter an. Er bekam einen regelrechten Schock, denn er hatte das Gefühl, in den Spiegel zu schauen. Sie war erwachsen und ihm dabei noch ähnlicher geworden. Die Augen waren genau gleich, schwarze undurchsichtige Teiche – und das rabenschwarze Haar – und die Form ihres Kinns – der volle, sinnliche Mund – die schimmernden weißen Zähne... Lieber Himmel! Aber sie war nicht er. Sie war schön wie eine wilde schwarze Orchidee.

Er sah auf den ersten Blick, daß sie nicht mehr das verzogene Mädchen war, das er bei seiner Abreise zurückgelassen hatte. Vor ihm stand eine Frau, selbstsicher, kühn.

Er breitete lächelnd die Arme aus. »Lucky!«

Sie schaute ihn verblüfft an. Glaubte er im Ernst, daß es so einfach sei? Eine Umarmung und ein liebevolles »Lucky«? Sie ignorierte seine Arme und sagte steif: »Tag, Gino. Willkommen zu Hause.« Idiotisch. *Warum hieß sie ihn willkommen, obwohl sie seine Rückkehr keineswegs gewünscht hatte*?

Er blickte sie seltsam an und versuchte, seine ausgestreckten Arme in einer unbestimmten, von einem Achselzucken begleiteten Geste wieder zu senken. »Hm, hm«, sagte er, »wie ich sehe, bist du ganz erwachsen geworden.«

Sie musterte ihn kalt. »Ich dachte, ich sei ganz erwachsen gewesen, als du mich mit sechzehn verheiratet hast.«

Er verzog das Gesicht. »Es ist also nicht gutgegangen. Aber es hat dir Schwierigkeiten erspart, stimmt's? Willst du mir deswegen ewig grollen, Kleines?«

Sie gewahrte auf dem Tisch eine Flasche Whisky und ging darauf zu. »Soll ich dir auch ein Glas einschenken?« fragte sie förmlich.

»Nicht zu dieser Tageszeit.«

Sie goß sich ein ordentliches Glas der bernsteinfarbenen Flüssigkeit voll und nahm absichtlich einen großen Schluck.

Gino löste die Augen nicht von ihr. »Ich denke, wir sollten uns unterhalten«, sagte er schließlich.

Sein beharrlicher Blick nervte sie. »Ja«, erwiderte sie trotzig, »während deiner Abwesenheit hat sich eine Menge geändert.«

»So?« fragte er milde.

»Ja.« Sie versuchte, seinen Blick zu erwidern, hielt ihm jedoch nicht lange stand. Sie ging zum Fenster und schaute hinaus. »Ich arbeite jetzt mit und bin an allem beteiligt.«

»Das habe ich gehört.«

Sie drehte sich zu ihm um, ihre schwarzen Augen glühten. »Eines sage ich dir – ich lasse mich nicht rausdrängen. Auf keinen Fall!«

Dario fuhr mit dem Lift nach oben. Er benetzte mit der Zunge seine Lippen, die trocken und spröde waren. Geistesabwesend zupfte er an einem rissigen Nagel und versuchte, vernünftig zu denken. Enzio Bonnatti hatte recht. Es hieß sie oder er. Warum sollte er zulassen, daß ihm die beiden das Leben zur Hölle machten? *Ihm Kerls in die Wohnung zu schicken, die ihn umlegen sollten*! Einfach schockierend. So konnte er doch nicht weiterleben! Nie zu wissen, wer ihm als nächstes geschickt würde... Nie zu wissen, ob eine Zufallsbekanntschaft, die er mitnahm, nicht plötzlich das Messer ziehen würde... Nie zu wissen, was ihm bevorstand...

Enzio Bonnatti hatte wirklich recht.

Trotzdem, seine eigenen Angehörigen umbringen, kaltblütig ermorden...?

»Wieso ich?« hatte er Bonnatti gefragt.

»Weil du alles zu gewinnen und alles zu verlieren hast«, hatte Enzio geantwortet. »Außerdem, Gino ist mißtrauisch. Keiner von meinen Leuten würde an ihn herankommen. Verpfusch die Sache nicht. Erledige sie ordentlich. Wenn du das Hotel verläßt, wird ein Wagen auf dich warten – ein Flugticket nach Rio – und eine Million Dollar in bar, wenn du dort ankommst. Das ist doch nicht zu verachten, oder?«

»Woher soll ich wissen...«, begann Dario.

»Daß du mir vertrauen kannst?« Enzio stieß sein übliches kehliges Lachen aus. »Das weißt du nicht. Du mußt das Risiko eingehen. Aber das Risiko ist auch eine Chance – eine größere, als deine Schwester oder dein Vater dir geben. Auf diese kleine Tatsache kannst du wetten.«

Gegen vier Uhr nachmittags wurde Steven allmählich unruhig. Er hatte sich den ganzen Tag mühsam mit diesem und jenem beschäftigt und darauf gewartet, daß etwas geschehe. Er wollte dabei sein, wenn Bonnatti verhaftet wurde. Er wollte das Gesicht dieses Kerls sehen, wenn man ihm Handschellen anlegte, ihn über seine Rechte aufklärte und aufs Revier brachte.

Ein Mann wie Bonnatti würde bestimmt gleich versuchen, gegen Kaution freigelassen zu werden. Steven hatte Pläne, um dieses kleine Manöver zu verhindern.

Er und Bobby saßen in seinem Büro, tranken eine Tasse Kaffee nach der anderen und warteten auf den Anruf, der ihnen melden würde, daß es soweit sei.

»Scheiße, Mann!« rief Bobby. »Ich hab gemeint, die Arbeit in den zwei Jahren sei hart gewesen, aber erst heute schwitz ich Pisse, während ich bloß drauf warte, die Fresse dieses Schweins zu sehen.«

Steven nickte. »Wem sagst du das.«

»Was meinst du, noch eine Tasse Java?«

Er schüttelte den Kopf, gähnte und fragte dann: »Wie lange dauert es, anhand der Autonummer den Besitzer festzustellen?«

»Etwa fünf Minuten. Ich hab einen Freund in der Abteilung. Wie lautet die Nummer?«

Steven las ihm die Nummer von Luckys Mercedes vor, die er auf einen Zettel gekritzelt hatte.

»Du willst Taten sehen, also tu ich was«, scherzte Bobby und griff nach dem Telefon. Fünf Minuten später hatte er den Namen einer Firma, auf die der Wagen zugelassen war. »Hinter wem bist du da her?« fragte er neugierig.

»Hinter – jemand«, murmelte Steven, dachte an Lucky und wünschte sich sehr, sie wiederzusehen.

»Na, *jemands* Wagen gehört der Free Make-up Company. Ich hab eine Adresse, falls du noch mehr über *jemand* wissen willst.«

»Nicht jetzt.«

»Weiß Aileen von *jemand*?«

»Warum hältst du nicht den Mund, Bobby, und machst uns noch eine Tasse Kaffee?«

»Sofort, Boß, Mann. Sofort.«

Warris Charters stieg im Plaza Hotel ab. Warum auch nicht? Enzio Bonnatti bezahlte.

Er ging in die Sauna, ließ sich massieren und maniküren. Zweimal rief er bei Bonnatti an, doch beide Male war Enzio unabkömmlich. Um Viertel nach drei rief er erneut an, und Enzio sprach mit ihm.

»Ich habe einen Film, den ich Ihnen zeigen möchte«, sagte Warris, erleichtert darüber, daß Enzio das Gespräch endlich angenommen hatte. Im Filmgeschäft wußte man *nie*...

»Gut«, sagte Enzio. »Ich möchte ihn sehen. Und ich habe eine Idee für einen neuen Schluß. Wird Sie umhauen.«

»Soll ich jetzt hinauskommen?«

»Haben Sie einen Wagen?«

»Nein. Ich wollte einen mieten.«

»Sparen Sie sich die Mühe. Ich schicke einen meiner Jungs zu Ihnen. Russo. Er holt Sie gegen sechs ab. Seien Sie fertig.«

Warris legte mit einem Lächeln auf.

Darios Auftauchen freute Lucky nicht. Wer hatte *ihn* hergebeten? Dies sollte eine geschäftliche Besprechung sein, und jetzt wurde daraus eine Familienversammlung. Scheiße! Sie hatte eine Menge zu tun. Dies hatte ihr gerade noch gefehlt.

Dario und sie redeten nicht mehr miteinander. Seit dem Pornofilm und den Vorgängen danach wollte keiner mit dem anderen mehr etwas zu tun haben.

Die Atmosphäre in Ginos Suite war, gelinde ausgedrückt, gespannt. Dario versuchte, nett und ungezwungen zu sein, doch der Druck der kleinen Waffe in dem schlecht sitzenden Halfter unter seinem Arm störte ihn sehr. Schweißperlen traten auf seine Oberlippe.

»Zieh deine Jacke aus«, drängte Gino, »mach es dir bequem.«

»Gleich«, antwortete Dario. *Gleich werde ich euch die Gehirne rauspusten. Wem zuerst? Wenn ich das Luder von Schwester zuerst abknalle, was wird Gino dann tun? Und umgekehrt?*

Lieber Himmel! Bonnatti hatte ihm einfach eine Waffe in die Hand gedrückt und gesagt: »Tu es.« Aber wie? Wen zuerst? Verdammt, wen zuerst?

»Ich muß gehen«, sagte Lucky abrupt.

Sie zuerst. Sie hatte ihm die meisten Scherereien gemacht.

Automatisch griff er nach der Waffe. *Rio. Eine Million Dollar. Freiheit.*

»Gino«, Costa stand in der Schlafzimmertür, »möchtest du, daß ich beim Zimmerkellner etwas bestelle?«

Verflucht! Costa! Mit dreien wurde er nicht fertig. *Verflucht!* Warum hatte Bonnatti ihm nicht gesagt, was er mit Costa machen sollte?

Zu kompliziert jetzt die ganze Sache. Er würde es tun – klar würde er es tun –, aber ein andermal. Morgen. Übermorgen. Bonnatti würde ihn verstehen. Rio konnte einen oder zwei Tage warten. Die Million Dollar würde dann auch noch dort sein. Er nahm die Hand von der Waffe weg. Gino schaute ihn seltsam an – als wüßte er Bescheid.

Dario hastete zur Tür. »Ich muß gehen, hab vergessen, was zu erledigen«, murmelte er.

Alle starrten ihn jetzt an, alle drei. Seine schweißnasse Hand glitt vom Türknopf ab.

»He«, sagte Gino, »was ist los mit dir? Ich möchte mit dir reden. Ich möchte...«

Dario bekam den Knopf zu fassen, öffnete die Tür und rannte hinaus. Er hörte Gino hinter sich rufen, schaute sich aber nicht um. Rasch lief er zur Feuertreppe, wie Bonnatti ihm aufgetragen hatte. Zwei Stufen auf einmal nehmend, sprang er hinunter. Sein Atem ging keuchend, das verfluchte Halfter bohrte sich ihm unangenehm in die Achselhöhle.

Warum rannte er so? Er hatte nichts getan.

Nach und nach verlangsamte er das Tempo. Als er den ersten Stock erreichte, atmete er wieder normal.

Ruhig trat er aus dem Hotel und blickte sich um. Auf der anderen Straßenseite gewahrte er Russo. Er nickte, um ihn wissen zu lassen, daß alles in Ordnung sei.

Russo erwiderte das Signal unmerklich.

Dann passierte etwas, das Dario nicht begriff. Er stand vor dem Hotel, im hellen Tageslicht, und wartete darauf, daß Russo über die Straße käme und ihn zu dem Wagen führe, der irgendwo warten sollte. Plötzlich schlug ihn jemand auf den Rücken. Jesus! Eisenhart.

Er wandte den Kopf, um zu schauen, wer das gewesen war, öffnete den Mund, um etwas zu sagen – und ein Schwall Blut schoß hervor.

Überraschung trat auf sein Gesicht. Er begann zu fallen. Leute schrien. Ich sterbe, dachte er. Man hat mich erschossen. Als er auf dem Gehsteig aufschlug, war er tot.

Steven neigte sich über seinen Schreibtisch, ging emsig Aussagen, Aufzeichnungen und Unterlagen durch, die er schon hundertmal durchgegangen war. Nur um die Zeit totzuschlagen.

Bobby trat ins Büro. »He, Mann, was hast du denn im Sinn?«

Steven schaute auf. »Geh bloß alles noch mal durch.«

»Nein, ich meine mit dem Wagen, dem Mercedes? Ich hab herausgefunden, wem er gehört.«

»Wem?«

»Sagt dir der Name Lucky Santangelo was?«

»Lucky – Santangelo«, wiederholte Steven langsam.

»Tochter von *dem* Gino Santangelo, der gestern in die Stadt zurückgekommen ist. Freund und Partner von Bonnatti – obwohl wir gegen ihn nichts haben, er hat mit der Drogenszene und der Prostitution nichts zu tun. Sehr einflußreich übrigens.« Bobby hockte sich erregt auf die Kante von Stevens Schreibtisch. »Komm – verrat's schon.«

Einen Moment lang herrschte Schweigen. »Bist du ganz sicher?« fragte Steven dann.

»Wenn Bobby De Walt Informationen hat, stimmen sie, Mann.«

Steven dachte an Lucky und runzelte die Stirn. *Warum hatte sie ihm das nicht gesagt*? Hm, warum hätte sie es ihm sagen sollen? Er hatte schließlich auch keine Auskünfte über sich gegeben.

Sie mußte gewußt haben, wer er war. Mußte alles arrangiert haben, um ihn auszuhorchen.

Einen Stromausfall in der ganzen Stadt arrangiert? Die Phantasie ging schon mit ihm durch. Das Ganze war purer Zufall.

»Sieht phantastisch aus«, bemerkte Bobby. »Hab ein Bild von ihr in den Akten. Bonnatti ist ihr Pate. Sie war bei der Eröffnung des Magiriano in Vegas dabei. Sag schon, Steven – was weißt du, Mann?«

Er machte eine unbestimmte Geste. »Nichts.«

»*Nichts?* Warum jagst du dann ihrem Auto nach?«

»Hör zu, falls ich feststelle, daß sie Bonnattis Partnerin ist, unterrichte ich dich«, entgegnete er scharf. Gino Santangelos Tochter! Mit Gino Santangelos Tochter kommte er sich unmöglich einlassen!

Die Sprechanlage summte. »Ja?« fauchte er.

»Ihre Mutter ist hier und möchte zu Ihnen, Mr. Berkely. Und eben kam die Nachricht, daß die Papiere, auf die Sie warten, bereitliegen.«

»Danke, Sheila. Was will meine Mutter hier?«

»Ich weiß es nicht. Soll ich sie reinschicken?«

»Ja, wird besser sein.« Er sprang vom Schreibtisch auf, sah Bobby an und reckte triumphierend den Daumen in die Höhe. »Wir sind im Geschäft – gehen wir's an.«

Bobby stieß einen Freudenschrei aus.

Carrie trat ein, und Steven schloß sie wild in die Arme. »Ma, ich freue mich natürlich, daß du dir endlich die Zeit nimmst, nachzusehen, wo ich arbeite – aber ich bin in arger Zeitnot. Schau doch morgen herein. Ich lade dich zum Mittagessen ein.«

»Steven«, sagte sie gepreßt, »ich muß mit dir reden.«

»Nicht jetzt, meine Schöne. Tut mir leid, aber ich bin gerade dabei, die beste Anklage des Jahres in die Wege zu leiten.«

»Persönliche Genugtuung, Mrs. B.«, erklärte Bobby lachend.

»Es ist wichtig«, sagte Carrie leise. »Ich wäre nicht gekommen, wenn es nicht sehr wichtig wäre.«

»Dann schaue ich später bei dir vorbei.« Er griff nach seinem Jackett und warf es über die Schulter.

Bobby schob sich an ihn heran. »Deine alte Dame sieht gar nicht gut aus«, flüsterte er.

Steven musterte Carrie. Sie war nicht so gepflegt wie sonst. »Bis später«, sagte er und küßte sie leicht. »Das verspreche ich. Geh lieber nach Hause und ruhe dich aus. Du wirkst ein bißchen angegriffen. Hast du einen Wagen?«

Sie nickte matt. »Gib mir den Schlüssel zu deiner Wohnung. Ich werde dort warten«, murmelte sie und versuchte das wahnsinnige Zittern zu unterdrücken, das ihren ganzen Körper erfaßte.

»Oh, ich verstehe«, entgegnete er, »du hattest Streit mit Elliott.«

Sie antwortete nicht. Getraute sich nicht zu sprechen.

Er grub in seiner Tasche und brachte einen Schlüssel zum Vorschein. »Es dauert bestimmt ein paar Stunden. Mach es dir also gemütlich«, sagte er und reichte ihr den Schlüssel.

»Komm, Bobby – gehen wir es an.«

»Verflucht, was ist mit diesem Burschen los?« tobte Gino. »Wißt ihr, was? Es sah so aus, als würde er nach einer Waffe greifen. Hast du das mitgekriegt, Costa?«

»Nein, ich habe es nicht gesehen.«

»Ich schon«, sagte Lucky. »Ich traue Dario alles zu.«

»Das begreife ich nicht«, knurrte Gino erregt. »Mein eigener Sohn trägt hier drinnen eine Waffe. Hol ihn zurück, Costa. Ich glaube, es ist höchste Zeit, daß ich ihm die Hosen strammziehe.«

»Es dürfte ein bißchen zu spät sein, um ihm die Hosen strammzuziehen«, entgegnete Lucky. »Hättest du ihm mehr Aufmerksamkeit gewidmet, als er ein Teenager war...«

Gino wirbelte zu ihr herum. »He, was meinst du denn, mit wem du redest?«

Sie errötete, antwortete aber unerschrocken: »Mit dir. Ich rede mit dir. Als Dario und ich klein waren, hatten wir kein Familienleben. Wir waren in diesem Bel-Air-Mausoleum eingesperrt wie ein paar Leprakranke. Wir durften keine Freunde haben. Wir konnten nicht ins Kino wie andere Kinder. Wenn wir zum Einkaufen gingen, mußte uns einer deiner Gorillas begleiten. Kein Wunder, daß Dario verdreht ist.«

Er schaute sie böse an. »Ein furchtbares Leben hattest du, wahrlich. Du hattest ein schönes Heim. Alles, was man mit Geld kaufen kann.«

Sie hob die Stimme: »Geld! Wem liegt schon an Geld? Ich wollte *dich*, als ich heranwuchs. Ich wollte, daß du mich *gern* hast – bei mir bist. Ich wollte, daß du ein richtiger Vater bist.«

Ihre Worte schnitten ihm ins Herz. »Ich habe immer mein Bestes für euch beide getan«, brummte er, »das Beste, wie ich es verstand...«

»Das genügte eben nicht«, erwiderte sie unnachgiebig.

Auf der Straße unten heulten Polizeisirenen. Costa ging ans Fenster, um nachzuschauen, was los war.

»Schau schon, daß du verschwindest und Dario zurückholst«, brüllte Gino ihn an. Costa eilte davon.

Lucky seufzte. »Ich gehe«, sagte sie. »Wir beide verstehen uns einfach nicht. Wir haben uns nie verstanden.«

»Du redest davon, daß ich ein richtiger Vater hätte sein sollen«, erwiderte er mit zunehmender Erregung. »Warst du vielleicht eine richtige Tochter? Aus der Schule weglaufen. Mit allem herumvögeln, was Hosen anhatte. Aus dem...«

»Das habe ich *nicht* getan«, unterbrach sie ihn, kochend vor Wut. »Und selbst wenn, na und?«

»›Na und?‹ sagt sie, ›Na und?‹« Er schüttelte traurig den Kopf. »Du hast recht, Lucky. Du und ich – wir liegen nicht auf der gleichen Wellenlänge. Geh nur. Sieben Jahre und nicht mal *eine* lausige Postkarte. *Eine schöne Tochter*!«

»Hast *du* mir etwa geschrieben?« fragte sie erbittert.

Er empfand schreckliche Müdigkeit... Jemand hämmerte an die Tür. »Wer ist da?« bellte er.

»Costa. Macht auf – schnell.«

Lucky ergriff ihre Handtasche. Aus unerfindlichen, idiotischen Gründen hätte sie am liebsten geheult.

Gino öffnete die Tür und Costa stürmte herein, schneeweiß, von oben bis unten zitternd. »Auf Dario ist geschossen worden«, keuchte er. »Er ist tot.«

»Jesus Christus!« rief Gino. »Heilige Mutter Gottes!«

Lucky stand da wie erstarrt.

Plötzlich griff sich Gino an die Brust und wankte zur Couch. Ein leises Stöhnen drang über seine Lippen.

»Was hast du?« fragte Lucky besorgt. »Was hast du?«

Er stöhnte erneut, sein Gesicht war aschfahl. Mit einemmal sah man ihm jedes seiner einundsiebzig Jahre an.

»Ich glaube – es ist – mein – Herz«, murmelte er. »Hol lieber – einen Arzt... Schnell...«

New York, Freitag, 15. Juli 1977, abends

Enzio schaltete mit dem Telepilot die Kanäle seines Schlafzimmerfernsehers durch. Er drückte wütend die Knöpfe und hielt bei jeder Nachrichtensendung inne.

»Schatz«, beschwerte sich die Blondine, die auf seinem riesigen Bett umherhopste, mit nichts bekleidet als einem pfirsichfarbenen französischen Slip, »ich möchte *The Dating Game* sehen.«

»Zieh dich endlich an, um Himmels willen«, brummte er. »Ich hab für mindestens einen Monat genug von deinen Titten gesehen.«

Sie schmollte. »Hab gedacht, du magst Babys Tittchen.«

»Zieh dich an, du dummes Frauenzimmer. Ich hab eigens diesen Kerl aus Hollywood kommen lassen, damit er dich sieht. Zieh dich jetzt an und halt den Mund.«

Noch immer schmollend krabbelte sie vom Bett, bewunderte sich in der Spiegelwand und schlenderte mit wiegenden Hüften ins Bad.

»Vic«, brüllte er, »verflucht, wo bleibt die Meldung über Gino und Lucky? Ich meine, inzwischen müßte es in den Nachrichten kommen oder? Das mit Dario haben sie schon gebracht.«

Big Victor war schwerfällig ins Zimmer getreten. »Kapier ich nicht, Boß. Vielleicht hat man sie noch nicht gefunden.«

»Du redest nicht mit dem Maul, sondern mit dem Arschloch. Die sind doch in einem Hotel. Niemand wird in einem Hotel erschossen, ohne daß jemand sie findet. Ein Zimmermädchen, ein neugieriges Weib aus dem Nebenzimmer – irgend jemand.«

»Kapier ich nicht, Boß.«

»Verfluchte Scheiße, ist das alles, was dir einfällt? Bist du sicher, daß der Auftrag erledigt worden ist?«

»Klar doch, Boß, bin ich. Russo hat das Signal von Dario bekommen, wie es ausgemacht war.«

»Wo ist Russo?«

»Er muß gleich kommen. Er holt im Plaza diesen Filmproduzenten ab, wie Sie gesagt haben.«

»Okay.« Enzio wandte sich wieder dem Bildschirm zu.

»Ich liebe dich, Daddy.« Sie hatte die Worte im Krankenwagen geflüstert, über ihn geneigt. »Du schaffst es, das weiß ich. Du wirst wieder gesund – ehrlich.«

Er hatte nicht sprechen können – eine Sauerstoffmaske war ihm über Nase und Mund geschnallt worden –, doch seine schwarzen Augen hatten die ihren gesucht und ihr gesagt, daß ihr alles vergeben sei.

Sie hatte während der ganzen Fahrt zum Krankenhaus seine Hand gehalten, soviel sagen wollen und gehofft, es würde nicht zu spät sein.

Im Krankenhaus war er sofort in die Notaufnahme gebracht worden.

Jetzt traf Costa ein. Lucky sah an seinen rotgeränderten Augen, daß er geweint hatte. Sie drückte seinen Arm. »Er kommt durch, das spüre ich.«

Nach einer Weile erschien der Arzt, der Gino versorgt hatte. Sein mageres Pferdegesicht war ernst. »Ihr Vater hat eine schwere Koronarthrombose erlitten.«

»Wird er wieder gesund?« fragte sie wild.

Er zuckte unverbindlich die Achseln. »Im Fall Ihres Vaters können wir jetzt beim besten Willen noch nicht sagen, wie groß der Schaden ist. Wenn er die Nacht übersteht, sieht es hoffnungsvoll aus.«

Hoffnungsvoll. *Hoffnungsvoll.* Was sollte *das* heißen?

Sie blickte den Arzt an und empfand leidenschaftlichen Haß. Was kümmerte es ihn, ob Gino durchkam oder starb?

»Vielen Dank, Herr Doktor«, sagte sie gepreßt.

»Sein Zustand scheint im Moment stabil zu sein. Wenn Sie nach Hause gehen wollen – wir können Sie verständigen, falls eine Veränderung eintritt...«

Als ob sie nach Hause gehen wollte! »Kann ich ihn sehen?« fragte sie leise.

»Ich denke schon. Ganz kurz. Allerdings – je ruhiger der Patient gehalten wird...«

»Danke.«

Gino lag in einem strengen Krankenhausbett, schneeweiß, einen Tropf am Arm, die Augen geschlossen.

Neben ihm saß eine Krankenschwester, eine grobknochige Frau, die bei Luckys Eintritt sagte: »Keine Besucher. Der Mann ist schwer krank.«

»Der Mann ist mein Vater«, erwiderte sie hochfahrend, »und der Arzt hat mir erlaubt zu kommen. Würden Sie bitte draußen warten.«

Die Schwester blähte ihre Nasenflügel, sagte aber nichts. Sie stand auf und stakste aus dem Zimmer, gab durch ihre Haltung deutlich ihr Mißfallen zu erkennen.

Lucky setzte sich ans Bett. Sie weinte, merkte jedoch nicht, daß ihr die Tränen herunterliefen. Sie ergriff Ginos Hand und wisperte: »Tut mir leid, daß so etwas passieren mußte, damit mir klar wurde, wie sehr ich dich liebe. Wir *können* einander verstehen – wenn wir es beide versuchen –, und ich *will* es versuchen. Ich hab mich vor dir verschlossen, weil du dich verschlossen hattest. Ich mußte *dich* zurückweisen, damit nicht du mich zurückweisen konntest. Ich *liebe* dich. Du bist mein Vater. Und ich wünsche mir, mehr als ich mir je im Leben etwas gewünscht habe, daß du gesund wirst.«

Seine Lider flatterten, hoben sich langsam. »Tu mir einen – Gefallen«, murmelte er. »Heb dir – die Gefühle auf – bis ich – was damit anfangen kann.«

Seine Stimme war sehr schwach, aber sie hörte ihn und wußte, daß er sie verstanden hatte. Ein Grinsen breitete sich auf ihrem Gesicht aus: »Geht nichts über Zuneigung, was?«

»Nein – nichts, Kleines.«

Er schloß die Augen wieder, und eine Zeitlang herrschte Schweigen. Sie hielt seine Hand fest und meinte fast, sie spüre zwischen ihnen beiden Liebe und Verständnis strömen wie eine psychische Kraft.

Er sagte etwas. Sie neigte sich nahe zu ihm. Seine Stimme war kaum mehr als ein Wispern. »Dario...«, hauchte er. »Familien-ehre... Name Santangelo...«

»Ja?«

»Erledige – du – das – Lucky.« Er rang nach Atem. »Räche uns – beide... Bonnatti – ist – der... Bonn...«

»Schwester!« schrie Lucky. »Schwester!«

Lucky verließ das Krankenhaus festen Schrittes. Sie hatte bereits früher am Tag beschlossen, was sie tun würde, tun mußte. Was jetzt geschehen war, bestärkte sie nur in ihrem Entschluß.

Rasch kehrte sie in ihre Wohnung zurück, wo Boogie wartete.

»Hören Sie«, begann er, »das alles tut mir aufrichtig leid...«

»Ja«, sagte sie. »Es ändert vieles. Ich bin jetzt nicht in der Verfassung, mich um Bonnatti zu kümmern. Ich brauche Zeit. Fliegen Sie nach Vegas zurück, Boog. Wir können in einer Woche – oder so – wieder reden und festlegen, wie wir vorgehen.«

Er starrte sie an: »Ich dachte, Sie seien ein Mensch, der handelt...«

»Das dachte ich auch. Aber ich muß erst zu mir kommen, Boog. Ich bin vollkommen durcheinander. Dario und ich mochten uns nicht, aber er war mein Bruder...«

»Wer hat ihn erschossen?«

»Ich werde es herauskriegen.«

Boogie machte eine hilflose Geste. »Hm, wenn es nichts gibt, was ich tun kann...«

»Doch, es gibt etwas«, sagte sie in geschäftlichem Ton. »Ich will jemand für die Kassari-Brüder haben.« Sie hielt inne und zündete sich eine Zigarette an. »Besorgen Sie mir den Besten. Für Resultate gibt es hunderttausend, fünfzigtausend pro Zwilling. Bar. Können Sie das arrangieren? Ich möchte es sofort erledigt haben.«

»Sie würden mir hunderttausend anvertrauen?«

»Ich habe Ihnen mein Leben anvertraut, oder?«

Er nickte schweigend. »Ich kann es arrangieren. Was ist mit Bonnatti?«

»Damit warten wir.«

Als er gegangen war, zog sie sich um. Weiß schien ihr passend, die sinnlichen Falten eines Halston-Kleides aus Seidenjersey, das sie noch nie getragen hatte. Sie legte frisches Make-up auf, bürstete und schüttelte ihre schwarzen Locken. Einer verschlossenen Schublade entnahm sie das mit Diamanten und Rubinen besetzte Medaillon an der feinen Goldkette, das Gino ihr zu ihrem fünften Geburtstag geschenkt hatte. Sie öffnete das Medaillon und betrachtete das Bild von Gino und ihr. Schon damals hatten sie einander verblüffend ähnlich gesehen! Sie lächelte leicht und legte das Kettchen um. Es lag eng an, wie ein Halsband. Dann holte sie sein Geschenk zu ihrem sechzehnten Geburtstag hervor, die Diamantenohrringe, die noch genauso funkelten wie an dem Tag, als sie sie bekommen hatte – an dem Abend in Vegas mit Gino und Marco...

Oh, Marco. Heute abend werde ich nicht nur Gino rächen, sondern auch dich, mein Liebling, dich auch.

Lucky betrachtete sich prüfend im Spiegel.

Sie war fertig.

Lucky fuhr ihren bronzefarbenen kleinen Mercedes wie ein versierter Rennfahrer. Gekonnt schlängelte sie sich durch den frühabendlichen Verkehr. Aus den Stereoboxen sang Teddy Pendergrass sie an. Sie rauchte Kette, zündete am Stummel einer Zigarette immer gleich eine frische an. Die Strecke zu Enzios Haus kannte sie auswendig. Wenn sie die Augen geschlossen hätte, würde ihr Wagen sie automatisch hingebracht haben. An so vielen Wochenenden hatte sie dort draußen Zuflucht gesucht. Im Gästezimmer gewohnt. Sich im Schwimmbecken erfrischt. Mit Enzio und jenem Sohn gegessen, dessen Besuch gerade fällig gewesen war. Sie war die Tochter gewesen, die Enzio nie gehabt hatte. Zumindest hatte er das behauptet.

Dieser verlogene, miese Schurke. Sie hatte ihm vertraut. Wie er hinter ihrem Rücken gelacht haben mußte!

Ihr Mund war eine harte Linie, als sie seinem Haus entgegenraste.

Steven und Bobby saßen hinten in dem Streifenwagen, der zu Enzio Bonnattis Landhaus auf Long Island unterwegs war.

»Wie fühlst du dich, Mann?« fragte Bobby triumphierend.

»Verdammt wohl. Sauwohl«, antwortete Steven. »Aber ich würde mich noch wohler fühlen, wenn wir ihn schon hätten.«

»Hast du 'n bißchen Koks für Baby?« bettelte Imogene und hängte sich an den Ärmel von Enzios gesteppter Hausjacke.

Er schüttelte sie ab. »Scheiße, nein. Der Mann ist da, mit dem ich dich zusammenbringen will.«

»Weiß ich, Herzschatz. Aber ich will 'nen guten Eindruck machen, drum... Bitte – für Baby!«

Er schnitt eine Grimasse. Die jüngere Generation konsumierte Drogen wie seine Generation den Alkohol. »In meiner Kommode. Aber nur eine Prise. Ich will nicht, daß du mit glasigen Augen runterkommst.«

»Schatz, Koks bringt mich zum Funkeln!«

»Deine Titten funkeln genug, mehr brauchst du nicht. Beeil dich.« Enzio ging aus dem Zimmer und zur Treppe. Er fühlte sich unbehaglich in seiner Hausjacke, die sechshundert Dollar gekostet hatte, aber eher eine Zwangs- als eine Hausjacke war. Mode! Made in Italy. Aber wen interessierte das schon?

In der Bibliothek bewunderte Warris die Regale voll schöner Bücher. Er war erstaunt. Wer hätte gedacht, daß Enzio die Kultur besaß, sich mit einer solchen literarischen Sammlung zu umgeben?

»Wollen Sie was trinken?« fragte Big Victor. »Enzio kommt gleich.«

»Weißwein mit Eis«, antwortete Warris, abgestoßen vom Aussehen des dicken Mannes.

Big Victors Kinn klappte herunter. »Waas?«

»Weißwein. Ist das ein Problem? Mit ein bißchen Eis.«

»Ja, ich weiß, was Sie meinen. Aber wenn ich eine Flasche aufmache, wer trinkt dann den Rest?«

Warris glaubte nicht recht zu hören. »Dann geben Sie mir einen Wodka«, sagte er und fügte sarkastisch hinzu: »Wenn die Flasche offen ist, natürlich.«

Big Victor schaute ihn böse an.

In diesem Augenblick betrat Enzio den Raum.

Warris hätte am liebsten gelacht. Der alte Mann sah urkomisch aus in der gesteppten Satinjacke, die so eng war, daß sie ihm den Atem nahm. »Wo haben Sie diese Jacke her?« erkundigte er sich sofort.

»Gefällt sie Ihnen?« fragte Enzio eitel.

»An Ihnen würde alles gut aussehen.«

Während der Fahrt im Streifenwagen begannen Stevens Gedanken zu schweifen. Nach Bonnattis Verhaftung würde es fast so sein, als finge er ganz von vorne an. Eine Menge Arbeit lag vor ihm – aber eine Arbeit jener Art, die ihn freute.

Immer wieder kam ihm Lucky in den Sinn. Er überlegte, wie es mit einer solchen Frau wohl wäre.

Er durfte nicht mehr an sie denken, mußte sie aus dem Kopf bekommen.

Lucky Santangelo. Würde es etwas ausmachen, wenn er sie nur ein einziges Mal wiedersah?

Ja, zweifellos. Er hatte schon Ideen wie ein Schwachsinniger. Aber es war nicht leicht, diese schwarzen Opalaugen zu vergessen – diesen geschmeidigen, schlanken Körper – diese breiten, sinnlichen Lippen...

»He, Mann«, unterbrach ihn Bobby in seinen Gedanken, »wir sind gleich da.«

Lucky brauste fröhlich winkend am Torwächter vorbei. Sie kannte die Jungs alle, und die Jungs kannten sie. Der Instinkt sagte ihr, daß nur Enzio selbst und seine engsten Vertrauten über seine dreckigen Gemeinheiten Bescheid wußten.

Sie stellte den Wagen vor dem Haus ab und ging zur Tür. Zwei kurze Klingelzeichen, und Big Victor erschien. Er starrte sie mit offenem Mund an. »Lucky?« fragte er, als könne er nicht glauben, daß sie es sei.

»Höchstpersönlich«, antwortete sie leichthin. »Warum? Schau ich anders aus?«

»Hm, nein. Wir haben Sie nicht erwartet.«

»Ich bin auf dem Weg zu einer Party hier in der Nähe und dachte, ich würde dem alten Herrn rasch meine Aufwartung machen. Er ist zu Hause, nicht wahr?«

Big Victor schluckte schwer. Irgend jemand hatte was verpfuscht. Enzio würde nicht erfreut sein.

Sie schlenderte ins Haus. »Er ist doch nicht beschäftigt, oder?«

»Hm, doch. Er ist beschäftigt.«

»So? Jemand, den ich kenne?«

Big Victor starrte sie immer noch an. Sie war kühl und gelassen, dazu piekfein. Vielleicht war sie gar nicht im Pierre gewesen. Vielleicht wußte sie gar nichts von Dario. »Warten Sie doch im vorderen Zimmer. Ich sag Enzio, daß Sie da sind.«

»Klar. Beeilen Sie sich aber, Vic. Ich werde zu einer tollen Party erwartet und möchte auf keinen Fall zu spät kommen.«

Er starrte sie weiter an, folgte ihr ins Wohnzimmer, sah sie auf einem Sessel Platz nehmen, ging hinaus und machte die Tür zu.

»Wenn ich Ihnen den Film von *meinem* Mädchen zeigen dürfte...«, sagte Warris. »Ich möchte nur, daß Sie ihn sich anschauen.«

»Ja, ich werde ihn mir anschauen«, antwortete Enzio freundlich. »Aber ich hab auch was, das *Sie* sich anschauen müssen. Ihnen werden *beide* Augen aus dem Kopf fallen.«

»Sehr schön«, murmelte Warris höflich und beschloß, schnell eine kleine Rolle für Enzios Freundin in das Drehbuch einzufügen. »Sie sagten, daß Sie einen Vorführraum haben...«

»Das hier ist er«, erklärte Enzio triumphierend. »Haben Sie alle die beschissenen Bücher gesehen? Passen Sie auf.« Er drückte ein paar Knöpfe an der Wand, und die Bücherregale glitten zur Seite, gaben auf einer Seite des Zimmers einen Projektor frei und auf der anderen eine Leinwand. »Schicke Sache, was?« fragte er prahlerisch.

»Sie meinen, die Bücher sind nicht echt?«

»Woher – Schwindel. Raffiniert, nicht wahr?«

Warris nickte und ging zu dem Projektor, um seinen Film einzulegen.

Big Victor kam hereingewatschelt und flüsterte erregt mit seinem Chef.

»Okay«, sagte Enzio laut. »Warris, richten Sie alles her. Mir ist was dazwischengekommen – aber ich bin gleich wieder da. Bereiten Sie inzwischen alles vor.«

»Oh! Haben *Sie* mich erschreckt!« quiekste Imogene und blickte starr auf Lucky, die geräuschlos ins Schlafzimmer getreten war. »Wer sind Sie?«

Lucky lächelte. Enzios ohnehin schon schlechter Geschmack wurde immer schlechter. Dieses deformierte Wesen hatte sie noch nie gesehen. Mußte seine neue Entdeckung sein.

»Ich bin die Avon-Dame«, sagte sie, immer noch lächelnd.

Imogene kicherte. »Sind Sie mit dem Hollywood-Produzenten gekommen?«

»Klar. Enzio hat mich hier raufgeschickt, damit ich auch ein bißchen von dem Koks bekomme, den Sie so gierig inhalieren.«

»In... was?«

»Schnupfen, Schätzchen. Haben Sie genug?«

Imogenes Augen weiteten sich. »Warum? Wird Enzio ungeduldig?«

»Er hat gesagt, wenn Sie Ihren rundlichen kleinen Hintern nicht *tout de suite* nach unten bewegen, wird er sich *persönlich* um Sie kümmern. Und wir alle wissen, was *das* bedeutet, nicht?«

Imogene ließ eilends das goldene Löffelchen, aus dem sie geschnupft hatte, auf ein Häufchen weißes Pulver fallen. »Sie können den Rest haben«, sagte sie großzügig.

»Zu freundlich.«

Das Mädchen zog ab, und Lucky ging ohne Zögern in Enzios Bad. Sie öffnete den Wandschrank, in dem zwölf Flaschen mit verschiedenen, gleich abscheulichen After-shaves standen. Dort lag – griffbereit – eine der drei Pistolen, die er in seinem Schlaftrakt aufbewahrte. Er hatte vor langer Zeit einmal an einem Sonntag beim Mittagessen damit angegeben: »Wenn mich irgendso ein Dreckschwein beim Scheißen umlegen will, bin ich gerüstet, Lucky, 'tschuldige meine Sprache.«

»Wo ist sie«, brüllte Enzio.

Big Victor schaute sich verwundert in dem leeren Zimmer um. »Ich weiß nicht, Boß. Ich hab sie hier reingesetzt. Vielleicht ist sie gegangen. Sie hat gesagt, daß sie zu einer tollen Party will.«

»Und du meinst, sie weiß nichts?« fragte Enzio ungläubig.

»Sie war vollkommen ruhig, Boß. Wirklich fein angezogen. Sie hat bestimmt nichts anderes im Sinn, als sich zu vergnügen.«

»Bist du *sicher*?«

»Ich kenne die Menschen, Boß. Studier sie schon mein ganzes Leben lang.«

Jetzt kam es auf genaues Timing an. Lucky vergewisserte sich, daß Enzios Pistole geladen war, dann riß sie langsam ihr schönes Halston-Kleid vorne auf. Als nächstes griff sie zum Telefonhörer, wählte die Nummer der nächsten Polizeistation und stieß mit angstvoller, entsetzter Stimme hervor: »Bitte helfen Sie mir – kommen Sie schnell... Ich bin angegriffen worden...« Schluchzend nannte sie die Adresse und legte auf.

Ihr Timing war einwandfrei, das wußte sie. Ihre Adern platzten schier vor Adrenalin.

Gino – Marco – gleich ist es soweit. Sie lief zur Treppe und rief: »Enzio, ich bin hier oben.«

Enzio wandte sich an Big Victor: »Verflucht, was macht sie da oben?«

Big Victor breitete die Arme aus. »Das weiß *ich* nicht, Boß. Sie kennen doch Lucky, die sieht das Haus hier als ihr zweites Daheim an.«

»Könnte sie bewaffnet sein?«

»Unmöglich. Sie hat eins von diesen anliegenden Kleidern mit nichts drunter an. Nicht mal eine Handtasche hat sie mit. Ich sag Ihnen, Boß, die weiß von nichts was.«

»Hmmm...« Enzio runzelte die Stirn, war nicht ganz überzeugt. »Was will sie dann?«

»Warum gehen wir nicht nachschauen?«

»Nein«, entgegnete Enzio rasch. Er wollte nicht sein Gesicht verlieren. Victor sollte nicht glauben, daß er Angst vor einer dummen kleinen Null hatte. »Ich kümmere mich schon um sie. Geh du zu diesem Warris. Gib ihm was zu trinken und sag ihm, daß ich gleich komme.«

»Ich hab ihm schon was zu trinken gegeben, Boß.«

»Dann gib ihm noch mal was«, fauchte Enzio ungeduldig. »Wir haben kein Alkoholverbot, weißt du.«

Enzio stieg langsam die Treppe hinauf. Wenn Lucky noch lebte, hieß dies, daß auch Gino noch lebte? Hatte dieser kleine Kriecher Dario Schiß bekommen und gekniffen? Schlimmer noch, hatte er den beiden alles gesagt?

»Lucky«, rief er, »wo bist du?«

»In deinem Schlafzimmer«, erklang es von oben. »Deine Freundin hat mich hier raufgeschleppt zum Koksen.«

»Verfluchtes Weib!« brummte er. Imogene zeichnete sich durch zwei Dinge aus. Große Titten und einmalige Dummheit. Er trat ins Schlafzimmer.

»Ich bin im Bad«, rief Lucky fröhlich. »Ich will dir was zeigen.«

Er erreichte die Badtür und erkannte, daß er ihr in die Falle gegangen war.

Abrupt blieb er stehen und sah Lucky an. Seine eigene Pistole starrte ihm aus ihren Händen entgegen. »Wir können reden...«, begann er.

»Unterschätze nie die Macht und die Kraft einer Frau, mein Alter«, sagte sie gelassen. »Ich möchte dir auf Wiedersehen sagen von Gino und Dario und Marco – besonders von Marco. Oh – und natürlich von mir selbst.«

Sie drückte ab.

Die erste Kugel traf ihn in den Bauch. Blut schoß auf den goldfarbenen Teppich.

Die zweite traf ihn in den Hals, als er fiel.

Die dritte spürte er nicht mehr.

Für Enzio Bonnatti war alles vorbei.

In der Ferne hörte Lucky Polizeisirenen heulen. *»Okay, Marco?«* flüsterte sie. *»Okay, Liebster?«*

Als sich der Wagen mit Steven, Bobby und den beiden Kriminalbeamten, die Bonnatti festnehmen sollten, dem Landsitz näherte, sagte einer der Kriminaler: »Da tut sich was. Sieht so aus, als sei uns jemand zuvorgekommen.«

Stevens Magen wurde bleischwer. Ein Stück vor ihnen sah er die Blinklichter zweier Polizeifahrzeuge. »Scheiße!« rief er. Instinktiv wußte er, daß für ihn der Augenblick des Triumphs nicht kommen würde.

Ein Streifenpolizist hatte die Torwache übernommen. Er hob die Hand, um den Wagen aufzuhalten.

»Was ist hier los?« fragte Steven aufgeregt, neigte sich aus dem Wagen und zeigte seinen Ausweis.

Der Polizist zuckte die Achseln: »Es hat eine Schießerei gegeben. Eine Frau, die was von Vergewaltigung redet, hat auf Bonnatti geschossen.«

Stevens Magen wurde noch schwerer. »Ist er tot?«

»Wären Sie das nicht, wenn man Ihnen drei Kugeln verpaßt hätte?«

»Jesus Christus!«

»Amen«, sagte Bobby.

»Gehen wir zum Haus rauf«, entschied Steven.

»Ja«, pflichtete Bobby bei. »Dann können wir ihn uns wenigstens als Leiche anschauen.«

Eine Decke um die Schultern, saß Lucky in der Küche und beantwortete die Fragen des Polizeibeamten, so gut sie konnte. »Ich war so überrascht, als er mich packte«, sagte sie, Tränen in den Augen. »Bitte verstehen Sie – der Mann war immer wie ein Vater zu mir.«

Der Polizist nickte mitfühlend.

»Er – war wie ein Tier. Er zerrte an meinem Kleid, griff nach meinen Brüsten...« Sie brach in Schluchzen aus. »Es war furchtbar – furchtbar!«

»Ich weiß, daß es schwer für Sie ist, Ma'am, aber was geschah dann?«

»Mir war bekannt, daß er eine Pistole im Bad hat – er zeigte sie mir oft. Ich rannte hin, um sie zu holen. Er folgte mir. Von da an ist alles schwarz.«

»Aber Sie haben auf ihn geschossen?«

»Nur um mich zu schützen.«

»Natürlich.«

Steven sah sich den Toten an. Er musterte ihn nicht eingehend wie Bobby, ihm genügte ein rascher Blick. »Wo ist die Frau?« fragte er dann.

»In der Küche«, antwortete der Polizeifotograf. »Sieht umwerfend aus!«

Am Fuß der Treppe zum ersten Stock standen eine kuhgesichtige Blondine mit astronomischen Maßen, ein dicker älterer Mann, ein jüngerer Gauner mit verkniffenem Blick und ein sonnengebräunter Mann in mittleren Jahren, der aussah, als würde er gleich in Tränen ausbrechen.

Das Treib- und Strandgut aus Enzio Bonnattis Leben.

»Wir schaffen Sie aufs Revier runter und nehmen Ihre Aussagen zu Protokoll«, erklärte ein stämmiger Polizist und drängte die vier vorwärts.

Steven ging in die Küche. Lucky hob den Blick, schaute ihn groß an. Einen Moment lang sah es so aus, als würde sie ihn begrüßen, doch sie tat es nicht. Ihre Augen verschleierten sich, und sie sagte nichts.

»Ist das die Tatverdächtige?« fragte er, unfähig, seine Überraschung zu verbergen.

»Wo sind wir denn hier, auf dem Kennedy-Flughafen?« knurrte der Vernehmungsbeamte. »Wer sind Sie?«

Steven zog seinen Ausweis hervor. »Steven Berkely«, sagte er laut, damit sie es hörte. »Staatsanwaltschaft.«

Sie starrte ihn an. Ihre schwarzen Augen waren ausdruckslos, verrieten nichts.

»Ihr Burschen seid aber fix«, brummte der Vernehmungsbeamte.

»Ich führe eine Sonderuntersuchung über Bonnatti durch und bin mit dem Haftbefehl hier, wollte ihn festnehmen.«

»Sie kommen zu spät.«

»Das habe ich gesehen. Hören Sie, kann ich Sie kurz sprechen?«

Der Beamte stand seufzend vom Küchentisch auf und ging mit Steven zur Tür.

»Wie ist die Sachlage?« fragte Steven leise.

Der Beamte räusperte sich: »Dieser alte Dreckskerl hat versucht, sie zu vergewaltigen. Sieht für mich wie ein klarer Fall von Notwehr aus.«

»Danke. Ich wollte nur Bescheid wissen.« Steven schaute zu Lucky hinüber. Sie hatte die Augen gesenkt. »Ich kann wohl nichts tun, was irgendwie helfen würde, wie?«

»Helfen!« Der Beamte schnaubte. »Seit wann tut ihr Burschen was, um zu helfen?« Er kehrte zum Tisch zurück, setzte sich und begann in ein abgegriffenes Notizbuch zu schreiben.

Plötzlich spürte Steven ihre glühenden Augen. Er erwiderte ihren Blick.

Stumm, ganz langsam formte sie mit den Lippen die Worte: *Hallo, Steven,* und dann, genauso langsam: *Leb wohl, Staatsanwalt.*

Er wollte etwas sagen – irgend etwas. Und wußte, daß er es nicht durfte.

Sie lächelte schwach, und als er sich ebenso zerschmettert zu fühlen begann, wie sie sich zweifellos fühlte – da zwinkerte sie ihm zu. Ein echtes forsches Lucky-Santangelo-Zwinkern.

Oh, verdammt! Die Arbeit von zwei Jahren im Eimer, und sie zwinkerte.

Er hätte fast gelächelt.

Fast.

Epilog

Die Bestattung Enzio Bonnattis war ein großes Ereignis. Er wurde in einem Bronzesarg beigesetzt, der zehntausend Dollar gekostet hatte.

Von überall her kamen die Menschen, um ihm die letzte Ehre zu erweisen – Menschen, die es sich leisten konnten, beim Begräbnis eines solchen Mannes gesehen zu werden. Seine Blutsverwandten trugen Schwarz, seine beiden Söhne hatten die gleichen schwarzen Anzüge an wie einen Tag zuvor beim Doppelbegräbnis der Kassari-Zwillinge in Philadelphia.

Vor der Beerdigung war Enzio in seinem Landhaus auf Long Island drei Tage aufgebahrt gewesen, Verwandte, Freunde sowie Geschäftspartner hatten von ihm Abschied genommen.

Gino Santangelo war nicht gekommen, aber nur, weil ihn eine Herzattacke ans Bett fesselte. Er hatte jedoch Blumen geschickt, ein riesiges Chrysanthemengebinde, mit einer Karte, auf der stand: *Für meinen Freund Enzio. Jeder Schritt führt uns zum nächsten. Gino.*

Steven, zutiefst niedergeschlagen durch die Ereignisse in Bonnattis Haus, kehrte in die Stadt und die kühle Geborgenheit seiner Wohnung zurück.

Dort erwartete ihn seine Mutter Carrie. »Steven«, sagte sie, »ich habe dir eine Geschichte zu erzählen. Ich möchte, daß du dich hinsetzt und mir zuhörst. Bis zum Ende.«

Er hörte zu und hatte das Gefühl, sein Leben werde in tausend winzige Splitter zerschlagen. Er war immer so stolz auf seine Herkunft gewesen, auf den Vater, den er nie gesehen hatte.

Carrie ersparte ihm keine Einzelheiten, enthüllte ihm alles, von Anfang an.

»Wer ist dann mein Vater?« fragte er. *»Wer?«*

»Ich weiß es nicht«, antwortete sie einfach. »Es gab zwei Männer in der Nacht, in der ich dich empfing. Mit dem einen ging ich gern, der andere ...« Sie zuckte hilflos die Achseln. »Er hat mich gezwungen.«

»Kennst du ihre Namen?« fragte er grob.

»Es würde dir nichts helfen, sie zu kennen.«

»Nenn mir ihre Namen!«

»Freddy Lester ... Er war ein junger Mann aus der vornehmen Gesellschaft ... Ich weiß nicht viel über ihn.«

»Ein Weißer?«

Sie nickte.

»Und der zweite?«

»Gino Santangelo.«

Steven brauchte lange, um sich von dem Schock zu erholen. Er ließ seine Arbeit im Stich, verschwand nach Europa und trieb sich zwei Jahre dort herum. Irgendwann lernte er ein Mädchen kennen, eine schwarze Schönheit, die als Modell arbeitete. Sie war nicht Zizi, nicht Aileen und vor allem nicht Lucky.

Er dachte immer noch an Lucky.

Manchmal.

Carrie ließ sich von Elliott scheiden. Sie verzichtete auf Reichtum, Ansehen und Eleganz und zog in ein bescheidenes Häuschen auf Fire Island. Von dort war nur ein kurzer Fußmarsch zu dem Haus, in dem sie mit Bernard gelebt hatte.

Als Steven 1979 heimkam, ging er zu ihr. »Ich versteh dich«, sagte er. Das genügte.

Warris Charters kehrte nach Hollywood zurück. Das Showbusineß hatte ihm erneut einen schweren Schlag versetzt – aber es gab immer ein Morgen.

Costa Zennocotti ging in Pension. Er kaufte sich in Miami Beach eine Wohnung am Meer und befolgte Ginos Rat. Ein Mann brauchte Sex. Wer ihn aufgab, gab einen Teil seines Lebens auf. Costa lernte eine freundliche geschiedene Frau kennen, die für ihn kochte, und ein noch freundlicheres Callgirl, das ihn alle zwei Wochen besuchte.

Eine Kombination, die ihn zum Gewinner machte.

Lucky Santangelo kam vollkommen ungeschoren davon, wurde nicht vor Gericht gestellt. »Einer der Vorteile, wenn man die richtigen Freunde hat«, erklärte Gino.

Vater und Tochter waren unzertrennlich. Sie renovierten das Haus in East Hampton und lebten dort das halbe Jahr über. Die restliche Zeit verbrachten sie in Vegas, Lucky in ihrer Penthouse-Suite oben auf dem Magiriano, Gino in seinem Luxusappartement im Mirage.

Oft dachte Lucky an Marco – und an das, was hätte sein können.

Manchmal drifteten ihre Gedanken zu Steven.

Aber sie war glücklich. Sie hatte Gino. Und zusammen konnten sie die Welt erobern.

LUCKY BOSS

Im Gedenken an Kimberley.
Wir haben dich nicht vergessen.

PROLOG

Mai 1984
Los Angeles

Die Geschworenen betraten in stummer Reihe den Gerichtssaal. Sekunden später, als der Richter erschien, ging ein erwartungsvolles Raunen durch die vollbesetzten Zuschauerreihen.

Lucky Santangelo stand aufrecht und unbewegt in der Anklagebank. Sie hatte den Blick starr und ausdruckslos nach vorn gerichtet . . . eine wilde, dunkle Schönheit . . . trotz allem.

Der Richter nahm auf seinem Sessel Platz, setzte seine große Hornbrille auf und räusperte sich geräuschvoll. »Meine Damen und Herren Geschworenen, haben Sie ein Urteil gefällt?«

Der Sprecher der Geschworenen trat vor. Er war ein bläßlicher Mann mit einem störend zuckenden Gesichtsnerv. »Ja, Euer Ehren«, nuschelte er kaum vernehmbar und reizte damit den Richter zu der ärgerlichen Aufforderung: »Sprechen Sie bitte lauter!«

»Ja, wir sind zu einem Urteil gelangt, Euer Ehren«, wiederholte der Sprecher der Geschworenen, dessen Gesichtsnerv nun stärker und damit deutlich sichtbar zu zucken begann.

»Dann übergeben Sie bitte Ihr Urteil dem Gerichtsdiener«, fuhr der Richter ihn giftig an.

Der Sprecher der Geschworenen entsprach der Aufforderung. Der Gerichtsdiener nahm das gefaltete Urteilsformular entgegen und brachte es sofort dem Richter, der es aufmerksam betrachtete.

Im Gerichtssaal herrschte gespannte Stille... eine Stille, die so schwer über dem Raum zu lasten schien, daß Lucky sie wie eine Woge der Anklage empfand.

Obwohl sie den Richter nicht ansah, beobachtete sie aus den Augenwinkeln, wie er das Urteil las und das Formular dem Gerichtsdiener zurückgab. Sie schloß für einen Moment ihre opalfarbenen Augen und sandte ein Stoßgebet zum Himmel. Sie, Lucky Santangelo, war des Mordes angeklagt, und der nächste Augenblick sollte über ihr weiteres Schicksal entscheiden.

Sie versuchte, tief und gleichmäßig zu atmen; versuchte ruhig zu bleiben, sich zu konzentrieren und optimistisch zu sein.

Der Gerichtsdiener erhob die Stimme.

O, Gott! Das konnte doch gar nicht sie sein, der das alles geschah! Nicht ihr, Lucky Santangelo. *Nicht ihr!*

Sie hielt den Kopf hoch erhoben. Immerhin war sie eine echte Santangelo. Nichts konnte sie erschüttern. Absolut nichts!

Schließlich war sie unschuldig.

War sie es denn nicht?

War sie es nicht...?

ERSTES BUCH

Sommer 1978

1. Kapitel

Lennie Golden war ganze dreizehn Jahre lang nicht mehr in Vegas gewesen, obwohl er in dieser Stadt gezeugt und geboren worden war und die ersten siebzehn Jahre seines Lebens hier verbracht hatte.

Als er aus dem Flugzeug stieg, sah er sich kurz um, hob die Nase und atmete tief durch. Die Stadt roch noch genau wie früher.

Auf dem Flugplatz herrschte die übliche, hektische Menschenansammlung aus leidenschaftlichen Spielern, Touristen und jenem Durchschnitts-Amerika, das hier etwas erleben wollte. Männer mit breiten Hintern schoben sich neben molligen Wasserstoffblondinen in Hosenanzügen aus Synthetikstoffen und behängt mit falschem Schmuck durch die Menge. Zwischendrin hörte man das Wimmern von Kindern, während mobil arbeitende Angehörige des horizontalen Gewerbes daherschlenderten in Bikinioberteil und hautengen Hot pants, unter denen sich scharf ihr Schoß abzeichnete, um Geschäfte zu machen. Dunkelhäutige Ausländer mischten sich darunter, die den Aktenkoffer fest in der Hand hielten und in Begleitung ihrer strohblonden Mätressen Knoblauchdunst verbreiteten.

Jess war gekommen, um ihn abzuholen. Nur einen Meter sechzig groß und mit dem erstaunlich hübschen Gesicht hatte sie etwas von einem Lausbuben an sich ... und genau das war sie in der Schule auch gewesen. Sie hatte von jeher die Gesellschaft von Jungen vorgezogen ... und ganz besonders die von Lennie. Seit der ersten Klasse waren sie unzertrennliche Freunde, und ihre erstaunlicherweise platonische Beziehung hatte die Jahre überdauert und, im Gegenteil, sich eher noch gefestigt; und das, obwohl sie sich nur selten sahen, seit Lennie von Las Vegas nach New York gegangen war.

Sie gaben ein ungleiches Paar ab, Lennie, der hochgewachsene, schlanke Mann mit dem aschblonden Haar und den meergrünen Augen, eine größere Ausgabe von Robert

Redford, mit einem Touch von Chevy Chase, und die kleine Jess, mit den großen Kulleraugen, dichtem rotem Haar, Sommersprossen und dem Körper einer Miniaturausgabe eines Playboy-Playmates.

Sie warf sich in seine Arme. »Schön, daß du wieder da bist! Du siehst phantastisch aus für einen Kerl, der hauptberuflich durch die Betten der Damenwelt wandert. Wie machst du das nur?«

»He!« Er schwenkte sie wie eine Stoffpuppe durch die Luft. »Und das fragst ausgerechnet du?«

Sie kicherte und schmiegte sich kurz an ihn. »Ich mag dich rasend gern, Lennie Golden. Willkommen zu Hause!«

»Ich mag dich auch, Äffchen!«

»Nenn mich gefälligst nicht so!« protestierte sie. »Ich bin eine respektable, verheiratete Frau mit einem Kind und allem Drum und Dran. Behandle mich also gefälligst wie eine Lady, Lennie!«

Lennie brach in schallendes Gelächter aus. »Wenn du eine Lady bist, bin ich Raquel Welch.«

Sie packte ihn beim Arm. »Also dein Busen ist wirklich toll!«

Lachend schlenderten sie dem Ausgang zu.

»Na, wie war der Flug?« erkundigte sie sich schließlich und versuchte, ihm seinen verbeulten Koffer abzunehmen.

Lennie behielt das Gepäckstück entschlossen in der Hand. »Lang und langweilig. Wenn der liebe Gott wirklich gewollt hätte, daß wir fliegen, hätte er sicher für mehr Stewardessen gesorgt.«

»Hast du's mit einer gemacht?« Sie zwinkerte ihm wissend zu.

»Aber und wie!«

»Wirklich?«

»Glaubst du, ich könnte dich belügen?« konterte er.

Jess lachte. Sie hatte eine Mimik, die die Leute veranlaßte, stehenzubleiben und sie verwundert anzustarren. »Du würdest sogar den Papst belügen, wenn du dadurch die Chance hättest, über die Runden zu kommen.«

»Und dort geht sie hin...«, sang er leise.

»Wo? Wer?« Jess drehte sich automatisch nach Lennies vermeintlicher Eroberung um und sah lediglich eine Nonne.

»Ich hab dir doch gesagt, daß sich mein Geschmack geändert hat«, behauptete er ernst.

»Wirklich, sehr witzig!« Sie zielte mit der Faust auf seine Magengegend.

Lennie hob abwehrend die Hand. »Halt, nicht doch! Mir haben Sie gerade die Zunge operiert!«

»Wie bitte?«

»Erinnerst du dich an die Aufnahmen zur ›Lee Bryant Show‹? Ich hab dir doch von meiner Nummer darin erzählt.«

»Ja.«

»Sie haben meinen 4-Minuten-Spot auf dreißig Sekunden zusammengeschnitten. Wenn du gerade rülpst, verpaßt du mich glatt.«

Jess runzelte die Stirn. »Idioten. Die wissen gar nicht, was gut ist. Aber jetzt bist du erst mal wieder in Vegas. Mit deinem Humor und den witzigen Sketchen wirst du hier der Renner der Saison.«

»Na klar. In der Bar des Magiriano-Hotels mache ich bestimmt Furore.«

»Es ist eben mal was anderes. Vielleicht brauchst du genau das. Wer weiß, wozu's gut ist?«

»Ach komm, Jess! Du quatschst ja schon wie mein Agent. Mach diesen und jenen Mist, und bevor du so recht weißt, wie's dir geschieht, kriegst du eine Stammnummer in der Carson Show!«

»Dein sogenannter Agent ist ein Idiot!« Jess rümpfte die Nase. »Du bist ein großartiger Komiker. *Ich* sollte dich managen! Ich meine, immerhin habe ich dir dieses Engagement hier verschafft, stimmt's?«

»Wieviel willst du... zehn Prozent?«

Jess lachte übermütig. »Glaubst du, ich gebe wegen dir den Titel, die beste Geberin beim Blackjack von Vegas zu sein, auf? Hältst du mich für verrückt? Du kannst dir deine zehn Prozent sonstwohin stecken, mein Lieber!«

Sie kamen an einer Damentoilette vorbei. »Warte einen

Augenblick«, bat Jess Lennie. »Ich bin so aufgeregt, weil du da bist, daß ich mal muß.«

Lennie lachte und lehnte sich gegen die Wand, während Jess in der Toilette verschwand. Jess war wirklich eine echte Freundin. Er hatte sie erst zwei Wochen zuvor angerufen und ihr gesagt, daß er um jeden Preis aus New York heraus müsse.

»Kein Problem«, hatte sie ohne Zögern geantwortet. »Matt Traynor, der Unterhaltungschef des Hotels, in dem ich arbeite, ist ganz scharf auf mich. Schick mir ein Videoband von dir, dann bringe ich ihn dazu, dich zu engagieren.«

Er hatte das Band geschickt, und Jess hatte ihm das Engagement verschafft. Sie war wirklich ein wahrer Freund.

Träge beobachtete er ein dunkelhaariges Mädchen, das in kurzen Ledershorts und roter Bluse vorbeiging. Sie marschierte durch die Menschenmenge, als gehöre der Flugplatz ihr allein. Lennie gefiel ihre Aufmachung, ganz zu schweigen von ihrer Figur.

Mein Gott, war er wirklich noch nicht frei davon? Er und Eden hatten sich ein halbes Jahr zuvor getrennt, und noch immer verglich er jede attraktive Frau, die ihm über den Weg lief, mit ihr. Auch jetzt passierte ihm das. Die Affäre mit Eden Antonio war noch nicht überstanden. Darüber mußte er sich endlich klarwerden.

In diesem Moment trat Jess aus der Damentoilette und drückte seine Hand. »Es ist herrlich, daß du da bist«, seufzte sie. »Du mußt mir einfach alles erzählen.«

»Alles? In meinem Fall ist das eine Karriere, die keine zu werden scheint, und ein verkorkstes Liebesleben.«

»Klingt aufregend. Was gibt's sonst noch Neues?«

Sie hatten inzwischen die Flughafenhalle verlassen, und die Hitze der Wüste schlug ihnen wie eine Welle entgegen.

»Mann!« entfuhr es ihm unwillkürlich. »Ich hatte ganz vergessen, was für ein Backofen diese Stadt ist.«

»Ach was! Hör auf zu meckern! Ein bißchen Farbe im Gesicht kann dir nicht schaden. Du bist ja ganz käsig.«

Sie gingen zu einem verbeulten, roten Camaro auf dem Parkplatz.

»Wie ich sehe, bist du noch immer die rasante Fahrerin wie früher«, bemerkte Lennie humorlos und warf seinen Koffer auf den Rücksitz.

»Das war *ich* nicht!« empörte sich Jess. »Mein Alter kann nicht mal um den Block fahren, ohne irgendwo anzustoßen.«

Lennie fragte sich insgeheim, was für ein Mann wohl die verrückte Jess zur Frau genommen hatte. Er konnte nur hoffen, daß er etwas Besonderes war.

»Steig ein!« forderte sie ihn auf und setzte sich hinters Steuer. »Wayland hat uns was zu essen gemacht... das Baby macht Krach, und du, Lennie, dir wird's hier gefallen. Vegas ist von jeher *die* Stadt für uns gewesen.«

Lennie nickte grimmig. »Ja, und genau davor habe ich Angst.«

Lucky Santangelo war eine ausgesprochen auffällige Erscheinung, wie sie durch die Menge auf dem Flughafen schritt. Sie war eine faszinierende Schönheit von achtundzwanzig Jahren mit pechschwarzer Haarmähne, zigeunerhaften Augen, einem breiten, sinnlichen Mund, sonnengebräunter Haut und einem schlanken, langgliedrigen Körper. An diesem Tag trug sie Shorts aus weichem schwarzem Leder, eine rote Seidenbluse, die sie fast bis zur Taille aufgeknöpft hatte, und einen breiten, silberbeschlagenen Gürtel. An ihren Ohrläppchen baumelten einfache Silberringe, und an ihrer rechten Hand glitzerte ein Brillant von solcher Größe und Reinheit, daß man es niemandem übelnehmen konnte, wenn er ihn für falsch hielt. Er war es aber nicht. Er war wirklich echt.

Obwohl keine Schönheit im herkömmlichen Sinn, hatte sie einen sehr individuellen Stil und eine faszinierende Ausstrahlung. Das Selbstbewußtsein, das sie ausströmte, war ebenso deutlich spürbar wie das exotische Parfüm, das sie benutzte.

»Hallo, Boogie.« Sie begrüßte den hageren, langmähnigen jungen Mann im militärischen Drillichanzug, der auf sie zutrat, herzlich. »Wie geht's zu Hause?«

»Alles beim alten«, erwiderte er mit leiser Stimme, während seine Augen rastlos über die Menschenmenge schweiften. Ihm schien nichts zu entgehen. Schließlich griff er nach Luckys schwarzer Lederreisetasche und nach dem Gepäckschein für die übrigen Sachen.

»Keine aufregende Neuigkeit? Keinen Klatsch?« fragte sie lächelnd. Sie war froh, wieder zu Hause zu sein.

Klatsch gab es durchaus, aber er wollte auf keinen Fall derjenige sein, von dem sie es erfuhr.

Lucky erzählte begeistert, während sie auf die schnittige Mercedes-Limousine zugingen, die im Halteverbot parkte.

»Ich glaub', ich hab's geschafft, Boog. Das Atlantic-City-Projekt ist perfekt. Und das ist auf meinem Mist gewachsen! Auf meinem ganz allein. Ich brauche jetzt nur noch Ginos Okay, dann kann's losgehen. Ich fühle mich großartig!«

Er freute sich, sie in so guter Stimmung zu sehen, und nickte: »Wenn Sie was wollen, dann kriegen Sie's auch. In der Beziehung habe ich nie an Ihnen gezweifelt.«

Luckys Augen glänzten vor innerer Erregung. »Atlantic City«, murmelte sie. »Wir bauen ein Hotel, das alle anderen in den Schatten stellt!«

»Ja, das schaffen Sie!« Er öffnete die Tür zum Rücksitz des Wagens.

»He, Moment mal!« protestierte sie. »Du weißt doch, daß ich immer vorn bei dir sitze.«

Er riß den vorderen Wagenschlag auf, half ihr auf den Beifahrersitz und ging dann mit elastischen Schritten davon, um das restliche Gepäck zu holen.

Gino Santangelo fuhr abrupt aus dem Schlaf. Im ersten Augenblick wußte er nicht, wo er sich befand, aber das gab sich schnell. Er mochte zwar nicht mehr der Jüngste sein, aber senil war er zum Glück noch nicht. Außerdem gehörte man heutzutage mit zweiundsiebzig noch nicht gerade zum alten Eisen. Und in der vergangenen Nacht im Bett hatte er sich offengestanden wieder wie ein Jüngling gefühlt. Warum auch nicht? Vor allem mit einer Susan Martino als Partnerin.

Susan Martino, Witwe des verstorbenen großen Tiny Martino, einem Allroundtalent beim Film und Fernsehen; ein Komiker, dessen Name in einem Atemzug mit Keaton, Chaplin und Benny genannt wurde. Tiny war zwei Jahre zuvor einem Herzinfarkt erlegen. Gino hatte an der Beerdigung in Los Angeles teilgenommen, der Witwe bei diesem Anlaß sein Beileid ausgedrückt... und sie dann bis zu einer Wohltätigkeitsveranstaltung in Vegas drei Wochen zuvor nicht wiedergesehen. Jetzt allerdings wachte er den fünften Morgen hintereinander in ihrem Bett auf und fühlte keinerlei Bedauern.

Als habe sie seine liebevollen Gedanken erahnt, kam Susan in diesem Augenblick ins Schlafzimmer. Susan war eine attraktive Frau von neunundvierzig Jahren, die mindestens zehn Jahre jünger aussah. Sie hatte porzellanblaue Augen, hohe Wangenknochen und eine weiße, zarte Haut. Obwohl es erst neun Uhr morgens war, hatte sie ihr silberblondes Haar bereits sorgfältig im Nacken zu einem Knoten aufgesteckt. Sie trug ein weißes Seidenneglige über ihrem zierlichen, makellosen Körper und balancierte ein Tablett in der Hand, auf dem ein Glas frisch gepreßter Orangensaft, ein weichgekochtes Ei und ein Teller mit zwei dünnen Scheiben Toast mit Butter standen.

»Guten Morgen, Gino«, sagte sie.

Gino setzte sich im Bett auf und fuhr sich mit beiden Händen durch das wirre schwarze Haar, das an den Schläfen zwar schon ergraut war, das sonst jedoch so dicht und lockig war wie in seiner Jugend. Er war eben noch immer ein Mann, mit dem man rechnen mußte. Das Alter hatte seiner Vitalität und unerschöpflichen Energie keinen Abbruch getan. Lediglich der Herzinfarkt vom Vorjahr mit beinahe tödlichem Ausgang hatte ihn etwas ruhiger werden lassen. Wie bei Susan sah man ihm jedoch seine Jahre nicht an.

»Wie ist denn das zu verstehen?« fragte er und deutete auf das Tablett.

»Oh, das ist Frühstück im Bett.«

»Hm, und womit habe ich das verdient?«

Susan lächelte. »Die Frage müßte lauten, womit hast du es nicht verdient.«

Gino grinste bei der Erinnerung an die vergangene Nacht. »Yeah! Nicht schlecht für einen alten Herrn wie mich, was?«

Susan stellte das Tablett vor ihm ab und setzte sich auf die Bettkante. »Du bist der beste Liebhaber, den ich je gehabt habe«, erklärte sie ernst.

So etwas hörte er gern; sehr gern sogar. Susan Martino war keine leichtlebige Frau, aber sie hatte vor ihrer Ehe mit Tiny Martino fünfundzwanzig Jahre zuvor einen gewissen Ruf genossen. Ali Khan, Rubirosa und selbst Sinatra sollten in ihrer Vergangenheit eine Rolle gespielt haben. Das war für Gino schon genug, um sich durch ihr Kompliment mehr als geschmeichelt zu fühlen.

Allerdings hatte er sie nie über ihre Vergangenheit befragt, wie sie auch nie versucht hatte, mehr über die seine zu erfahren.

»Eines würde mich interessieren«, begann er nun, da seine Neugier geweckt war.

»Und das wäre?« erwiderte sie und schälte sorgfältig sein Ei.

»Während deiner Ehe mit Tino... hast du ihn je betrogen?«

»Nein, nie«, antwortete sie ohne Zögern. »Aber warum sollte ich dir das erzählen...?«

In Gino regten sich plötzlich Besitzansprüche gegenüber dieser Frau, dieser blonden Lady mit Klasse und Rasse. Persönlichkeiten wie sie waren selten geworden.

Frauen, überlegte er. Liebe ohne Verpflichtungen war stets sein Motto gewesen. Mit seltenen Ausnahmen. Im vergangenen Jahr hatte es ihn zunehmend gelangweilt, mit Frauen ins Bett zu gehen. Sie waren für ihn nichts weiter als ein neuer Körper, ein neues hübsches Gesicht und ein weiterer Tausenddollarschein für irgendein Schmuckstück gewesen, denn er haßte es, sie mit leeren Händen gehen zu lassen. Wenn sie Gino Santangelos Bett verließen, dann sollten sie wissen, wo sie gewesen waren. Nicht, daß er es nötig gehabt hätte, sie zu entlohnen. Niemals! Allein der Gedanke war absurd.

»Was ist? Können wir den Tag nicht miteinander verbringen?« schlug Susan vor, tauchte ein Stück Toast ins Eigelb und steckte es ihm in den Mund.

Er wollte schon zusagen, als ihm etwas einfiel. Lucky sollte an diesem Tag zurückkommen. Lucky, seine Tochter. Die schöne, unzähmbare Lucky, wie er... mit seinen Augen, seiner bräunlichen Haut, seinem rabenschwarzen Haar und seiner Lebensgier. Wie hatte er das nur vergessen können? Sie war drei Wochen lang auf Geschäftsreise im Osten gewesen. Wäre Susan nicht gewesen, er hätte sie schrecklich vermißt.

»Warum nicht morgen?« entgegnete er. »Ich habe heute ziemlich viel zu tun.« Damit legte er die Gabel beiseite.

»Oh!« Susan wirkte enttäuscht.

Gino überlegte insgeheim, was Lucky wohl dazu sagen würde, wenn er Susan zum gemeinsamen Abendessen einlud, und er ahnte instinktiv, daß sie alles andere als begeistert sein würde. Und er konnte seine Tochter verstehen. Schließlich war es ihr erster Abend zu Hause, und sie hatten sich eine Menge zu erzählen.

Es blieb noch Zeit genug, Susan in ihr Leben einzuführen, und er hatte auch die feste Absicht, das zu tun. Susan Martino war viel zu sehr Dame, um ein einwöchiges Abenteuer zu bleiben.

Während der Fahrt vom Flugplatz nach Hause erzählte Lucky Boogie weiter von ihrer Reise. Er war für sie mehr als nur ihr Chauffeur und gelegentlich auch ihr Leibwächter, wenn sie persönlichen Schutz brauchte. Er war ihr Freund, und sie vertraute ihm blind. In schwierigen Zeiten war auf Boogie Verlaß. Wie er in der Vergangenheit bewiesen hatte, war er loyal, klug und ungewöhnlich schweigsam, es sei denn, er hatte Wichtiges zu sagen.

Er fuhr sie zum Vordereingang des Magiriano-Hotels am Strip. Lucky stieg aus, blieb einen Augenblick am Wagen stehen und genoß wie so oft das Gefühl, nach Hause in *ihr* Hotel zu kommen.

Das »Magiriano«... eine Kombination der Namen ihrer Eltern... Maria und Gino. Ginos Traum, den sie in die Wirklichkeit umgesetzt hatte, während er aus Steuergründen ein siebenjähriges Exil in Israel durchzustehen hatte. Sie würde stets stolz auf das von ihr Erreichte sein. Das Magiriano war ein ganz besonderes Hotel.

In der Empfangshalle herrschte die übliche Betriebsamkeit mit der entsprechenden Geräuschkulisse. Im Casino drängten sich bereits die morgendlichen Spieler. Dort gab es vierundzwanzig Stunden rund um die Uhr Vergnügen.

Lucky spielte nicht. Wer brauchte sein Glück schon an den Spieltischen zu versuchen, wenn alles sowieso ihr und Gino gehörte? Sie durchquerte die Lobby und ging zu ihrem Privatlift, dessen Eingang versteckt hinter einigen Pflanzenkübeln mit Palmen lag, und steckte die Computerkarte in den Schlitz. Die Tür öffnete sich.

Es war herrlich, zu Hause zu sein.

Sie konnte es kaum erwarten, Gino wiederzusehen. So viel hatte sie ihm zu erzählen.

Jess lebte nicht im Luxus. Trotzdem gehörte zu dem kleinen Reihenhaus, vor dem der Wagen schließlich anhielt, ein eigener Swimmingpool. »Das Haus ist schon in Ordnung«, erklärte Jess. »Trotzdem ziehen wir bald aus.« Sie machte die Haustür auf. »Wir haben ein Projekt am Lake Tahoe gesehen, in das wir uns gern einkaufen möchten.«

»So?« Lennie fragte sich, wer das wohl finanzieren sollte. Aus dem wenigen, das Jess über ihren Mann erzählte, war hervorgegangen, daß er kaum viel mehr tat, als sich um das zehn Monate alte Baby zu kümmern, während sie das Geld für die Familie verdiente.

»Hallo! Jemand da?« rief Jess, als eine struppige Promenadenmischung von Hund auftauchte und mit seinem erbärmlichen Schwanz wedelte. Jess bückte sich, um das Tier zu streicheln. »Das ist Grass«, erklärte sie. »Jemand hatte den Welpen einfach in die Mülltonne geworfen. Wir haben ihn gefunden. Ist er nicht lieb, hm?«

Dann erschien Wayland. Das hieß, Lennie nahm an, daß er Jess' Mann war. Vom Aussehen her konnte man meinen, Jess habe einen weiteren Streuner aufgegabelt. Er hatte ein löse bestickte Hemd über schmuddelig weißen Jeans an, unter denen schmutzige nackte Füße hervorsahen. Das schulterlange, strohblonde Haar trug er in der Mitte gescheitelt. Sein Gesicht war lang und blaß. Jess, die wundervolle Briefe schreiben konnte, hatte erwähnt, daß er malte. Darüber, was er nun konkret machte, hatte sie sich jedoch nicht weiter ausgelassen.

»Hallo, Freund«, grüßte Wayland, der offenbar mit Drogen vollgepumpt war, wie seine Pupillen verrieten. »Willkommen in unserem Heim.« Er streckte Lennie eine magere, zitternde Hand entgegen.

»Wo ist das Baby?« erkundigte sich Jess.

»Schläft.«

»Bist du sicher?«

»Sieh selbst nach.«

Einen Augenblick lang verdüsterte sich Jess' hübsches Gesicht, und Lennie spürte, daß es mit der jungen Ehe nicht zum besten stand. Das hatte ihm gerade noch gefehlt. Szenen waren das letzte, wonach er sich jetzt sehnte. Er hatte selbst genug Probleme.

Das angekündigte Mittagessen bestand aus einer großen Schüssel Wildreis und labbrigem Salat mit einer abgestandenen Joghurtsoße. Jess gelang es nur mühsam, ihre Enttäuschung zu verbergen. Sie hatte die ganze Nacht gearbeitet und Wayland daher gebeten, etwas Besonderes zum Mittagessen zu machen. Lennie kannte Jess zu gut, um nicht zu erkennen, was in ihr vorging.

Zwischendurch wachte das Baby – ein Junge namens Simon – kurz auf und bekam die Flasche.

»Ich fahre Lennie noch ins Hotel rüber«, verkündete Jess nervös, nachdem das Baby wieder eingeschlafen war.

Wayland nickte. Er hatte offenbar nie viel zu sagen.

Draußen im Wagen zündete Jess sich einen Joint an, blies den Rauch Lennie ins Gesicht und sagte aggressiv: »Ich möchte nicht darüber sprechen, okay?«

»Ich habe auch nicht gefragt«, entgegnete er ruhig.

Jess ließ den Motor des Wagens aufheulen, gab Vollgas und raste zum Magiriano, wo sie anhielt, ohne die Zündung abzustellen. »Wir treffen uns hier in zwei Stunden«, sagte sie. »Frag nach Matt Traynor. Er hat dich engagiert. Sicher hat er jemanden, der dir alles zeigen kann.«

»Wo willst du hin?«

»Ich... ich habe... eine... eine Verabredung.«

»Suchst du dir jetzt schon deine Vergnügen anderswo?«

»Kannst du mir einen Grund sagen, weshalb ich's nicht tun sollte?«

Seit er Wayland kennengelernt hatte, fiel auch Lennie keiner mehr ein.

Matt Traynor entpuppte sich als ein fünfundfünfzigjähriger Mann mit silbergrauem Haar, schlauen Gesichtszügen und in einem beigen Anzug mit Weste. Abgesehen davon, daß Traynor der beste Unterhaltungsdirektor in Las Vegas war, besaß er auch Anteile am Hotel selbst. Lucky Santangelo persönlich hatte ihn überredet, den Job anzunehmen, und den Ausschlag für die Zusage hatte schließlich die Aussicht gegeben, daß er mit einem Stück am Kuchen beteiligt wurde.

Er sagte Lennie, daß ihm das Videotape seiner Arbeit, das er von Jess bekommen hatte, gefallen habe, und begann ihn dann haarklein nach Jess und ihren Lebensumständen auszufragen.

Lennie versuchte, ein paar Antworten zu geben, doch als Matt zielsicher auf Jess' Ehe zu sprechen kam, hatte Lennie das Gefühl, es sei an der Zeit, das Thema zu wechseln. Hastig äußerte er den Wunsch, sich die Bar ansehen zu dürfen, in der er auftreten sollte, um sich mit der Atmosphäre des Raumes vertraut machen zu können. Matt Traynor war sofort einverstanden, erklärte ihm den Weg und verabschiedete sich.

Las Vegas. Die Hitze. Der besondere Geruch. Die hektische Betriebsamkeit.

Las Vegas. Sein Zuhause. Die ersten siebzehn Jahre seines Lebens.

Las Vegas. Er hatte den Kopf voller Jugenderinnerungen. Hier war er das erste Mal verführt worden, war das erste Mal betrunken gewesen, hatte das erste Mal Drogen genommen, war das erste Mal damit aufgeflogen. Las Vegas, Ort seiner ersten Liebe. Hier war er von zu Hause weggelaufen und hatte den Wagen seiner Eltern gestohlen.

Mom und Pop. Das seltsamste Elternpaar, das man sich vorstellen konnte.

Pop war der altmodische Situationskomiker Jack Golden gewesen. Ein verläßlicher Mann, ein echtes Arbeitstier. Jeder im Showbusiness kannte seinen Namen. Nur dem großen Publikum blieb er ewig ein Fremder. Mittlerweile war er seit dreizehn Jahren tot. Gallenblasenkrebs.

Und dann Mom. Alice Golden, früher bekannt als die »Swizzle«, eine der heißesten Stripperinnen in der Stadt. Die gute alte Mom lebte heute mit neunundfünfzig Jahren in Kalifornien. Von Las Vegas war sie blind vor Liebe einem Gebrauchtwagenhändler aus Sausalito nach Marina del Rey gefolgt. Alice war alles andere als eine jüdische Durchschnittsehefrau und Mutter. Sie trug stets Shorts und trägerlose Bikinioberteile, färbte sich das Haar, rasierte sich die Beine und hatte einen ungeheuren Männerverschleiß, nachdem der Autohändler aus Sausalito mit einem Teil ihres Schmucks im Wert von zehntausend Dollar aus der Stadt verschwunden war.

Alice... sie war einfach anders. Nie hatte er ein enges Verhältnis zu ihr gehabt. Als Kind hatte sie ihn nur herumkommandiert, ihm endlose Besorgungen aufgetragen und ihn für ihre Zwecke herumgeschickt. Sie hatte nie eine normale Mahlzeit zubereitet. Während die anderen Kinder saubere braune Tüten mit Broten mit hausgemachtem Hackbraten, Crackern und Käse in die Schule mitgebracht hatten, war er schon froh gewesen, wenn er einen Apfel aus dem Garten erwischen konnte.

»Du mußt lernen, selbständig zu werden«, hatte die Mutter dem siebenjährigen Lennie erklärt.

Allerdings war das Leben mit Alice und Jack auch aufregend und faszinierend gewesen. In ihrer unordentlichen

Wohnung herrschte ein ständiges Kommen und Gehen von Tänzern, Sängern, Leuten aus dem Casino und dem Showbusiness. Wenn man vergaß, was man normalerweise von einer Kindheit erwartete, dann waren diese Jahre durchaus voller Spaß gewesen.

Alice. Eine echte Individualistin. Er hatte gelernt, sie so zu nehmen, wie sie war.

Las Vegas. Warum war er zurückgekommen?

Weil ein Job eben ein Job war. Und wie er Jess bereits gesagt hatte, mußte er einfach raus aus New York. Nachdem er einen fetten Betrunkenen niedergeschlagen hatte, der ihn bei seinem Auftritt in einem Club in Soho ständig gestört hatte, war die Polizei hinter ihm her gewesen. Der fette Betrunkene hatte sich als ein Halbweltanwalt entpuppt, der, als er am Morgen mit einem blauen Auge und einer geplatzten Lippe aufgewacht war, beschlossen hatte, Lennie Golden zur Strafe aus dem Verkehr ziehen zu lassen. Und einen Prozeß konnte Lennie in seiner Lage am allerwenigsten brauchen. Die beste Lösung war ihm erschienen, die Stadt zu verlassen. Außerdem war Eden an der Westküste, und er hatte seit Monaten mit dem Gedanken gespielt, ihr zu folgen. Als Freunde allerdings hatten sie sich nicht gerade getrennt.

Er hatte vor, von Las Vegas aus nach Los Angeles weiterzuziehen.

Und das nicht nur, um Eden wiederzusehen.

Doch natürlich... eben gerade wegen Eden.

Gesteh's dir doch endlich ein, du Idiot, du bist noch immer nicht von ihr losgekommen!

Lucky trat hinaus an den Swimmingpool und blieb einen Augenblick stehen, bis sie Bertil, den Schweden, entdeckt hatte, der die Oberaufsicht über den Pool hatte.

Bertil hatte Lucky sofort erspäht. Sie war in ihrem schwarzen Einteiler und mit ihrer bronzefarbenen Haut und den längsten Beinen der Stadt auch kaum zu übersehen. Er sprang sofort auf, lief zu ihr und begrüßte sie genau mit dem richtigen Maß an Begeisterung, denn immerhin war sie hier der Boss. »Willkommen zu Hause, Miss Santangelo!«

Sie nickte ihm kurz zu, dann ließ sie den Blick über die zahllosen gebräunten Körper schweifen. »Danke, Bertil. Gab's irgendwelche Probleme während meiner Abwesenheit?«

»Nein, keine, mit denen Sie sich auseinandersetzen müßten.«

»Ich setze mich gern mit allem auseinander«, erwiderte sie leise. »Ich weiß gern, was los ist.«

Nach kurzem Zögern berichtete Bertil ihr von zwei Bademeistern, die sich an weibliche Gäste herangemacht hatten.

»Haben Sie sie entlassen?« erkundigte sich Lucky.

»Ja, aber sie wollen gerichtliche Schritte gegen uns einleiten.«

»Haben Sie schon mit unseren Anwälten darüber gesprochen?«

»Ja.«

»Dann ist die Sache ja in den besten Händen«, bemerkte sie zufrieden.

Bertil begleitete Lucky zu einem Liegestuhl am Pool, und sie lehnte sich entspannt zurück, um das Treiben dort zu beobachten.

»Bringen Sie mir bitte ein Telefon.«

Bertil tat, worum sie ihn gebeten hatte, und ließ sie dann diskret allein.

Lucky versuchte bereits zum drittenmal, Gino anzurufen. Er war noch immer nicht zu Hause. Wo, zum Teufel, trieb er sich herum? Weshalb hatte er sie bei ihrer Rückkehr nicht erwartet?

2. Kapitel

»Ahhh, Olympia! Du bist eine Prinzessin, eine Göttin... eine Königin!«

Olympia Stanislopoulos' üppiger Körper bebte vor Entzücken. »Mehr, Jeremy... erzähl mir mehr!«

Der englische Lord über der nackten reichen Reederstochter änderte vorsichtig die Position und fuhr mit seinen Lobeshymnen fort: »Deine Augen sind das Mittelmeer, deine Lippen wie glänzende Rubine, deine Haut ist weich wie Samt... deine...«

»Ahhh...«, kam es langgezogen von Olympia, und ihr ekstatischer Schrei brachte ihn abrupt zum Verstummen. Sie spreizte ihre Beine weit, preßte im nächsten Augenblick ihre Schenkel fest zusammen, so daß sich ihr Fleisch scherengleich und schmerzhaft um ihn schloß. Gleichzeitig gruben sich Olympias lange, krallenartige Nägel scharf in seinen Rücken, wo sie lange, blutige Spuren hinterließen.

Sein Schmerzensschrei mischte sich mit Olympias orgastischem Stöhnen. »Um Himmels willen, Olympia!«

Die Klagen des Lords jedoch interessierten Olympia nicht im mindesten. Gleichmütig schob sie ihn von sich.

»Ich bin noch nicht soweit!« protestierte er.

»Pech für dich«, entgegnete sie spitz und rollte vom Bett.

Für menschliche Wärme und Mitgefühl war Olympia nie bekannt gewesen. Sie lief hastig ins Badezimmer, schlug die Tür hinter sich zu und betrachtete sich eingehend im hohen Wandspiegel.

Fett! Nichts als Massen von unerwünschtem, cellulitischem Fett! Wütend zwickte sie sich in eine Speckfalte an ihrer Taille. Dieser verdammte Nichtskönner von einem französischen Arzt, der sie drei Monate behandelte, ihr ein paar lausige Orgasmen verschafft und ihr schließlich dreißigtausend Dollar abgeknöpft hatte. Olympia streckte ihrem Spiegelbild die Zunge raus.

Vor sich sah sie eine Achtundzwanzigjährige, einen

Meter fünfundsechzig groß, mit rubenshaften Kurven, großen schweren Brüsten, einer Masse dichten, blonden Lokkenhaars und einem hübschen Gesicht. Ihre Augen waren klein und blau, ihre Nase undefinierbar, ihr Mund voll und herzförmig. Männer liebten sie. Sie hatte eine Menge Sexappeal... war eine echte Sexbombe... allerdings mit einem kleinen Unterschied.

An ihrem einundzwanzigsten Geburtstag hatte Olympia Stanislopoulos siebzig Millionen Dollar geerbt. Und eine kluge Investitionspolitik hatte ihr Vermögen im Lauf der Jahre noch verdoppelt.

Dreimal war sie verheiratet gewesen. Zuerst mit einem kaum der Pubertät entwachsenen griechischen Playboy aus guter, aber verarmter Familie. Sie waren auf der Yacht ihres Vaters Dimitri getraut worden, die neben der Privatinsel der Familie vor Anker gelegen hatte. Der Anlaß war mehr als gebührend gefeiert worden. Unter den Hochzeitsgästen waren zwei Prinzen, zahllose Prinzessinnen, ein abgedankter König und ein Großteil des europäischen Jet-set gewesen. Das glückliche Paar verbrachte die Flitterwochen in Indien, lebte drei Monate in Athen und wurde in Paris geschieden, nachdem Olympia ihren Mann auf allen vieren in eindeutiger Stellung mit dem Butler ertappt hatte. Olympia war nicht prüde, aber auch für sie gab es Grenzen des Anstandes. Dimitri tröstete seine Tochter mit einem luxuriösen Apartment in der Avenue Foch, das nur zwei Blocks vom Palais der Familie entfernt lag.

Nicht lange nach diesem Fiasko lernte Olympia einen italienischen Industriemagnaten kennen... oder wenigstens behauptete er, das zu sein. Er war ein fünfundvierzigjähriger Mann mit bestechendem Charme und dem Ruf, ein Frauenheld zu sein, und mit einer großartigen Garderobe. Er warb um Olympia in sämtlichen Diskotheken Europas und heiratete sie an ihrem neunzehnten Geburtstag. Olympia gebar ihm eine Tochter Brigette, während er soviel von ihrem Geld ausgab wie nur möglich. Seine Affären füllten schließlich die Zeitungen und Illustrierten etwas zu häufig. Und Olympia war wütend und empört, als sie erfuhr, daß er die Nacht durchtanzt hatte, die sie im Kreißsaal durchwacht hatte.

Dimitri regelte die Scheidung. Ihr zweiter Fehler kostete sie zwei Ferraris und drei Millionen Dollar. Dem Ex-Mann allerdings blieb kaum Zeit, das alles zu genießen. Drei Monate nach der Scheidung kam er in Paris bei einem Terroranschlag ums Leben. Zeit zu trauern hatte Olympia nicht... sie war zu sehr damit beschäftigt, Fehler Nummer drei mit einem verarmten polnischen Grafen zu machen. Diese Ehe dauerte sechzehn Wochen. Das, was ihr davon blieb, waren sein Titel und seine Schulden.

Danach war für Olympia das Thema Ehe erst einmal gestorben. Sie stürzte sich von einer Affäre in die andere, pendelte ständig zwischen ihren Wohnungen in Paris und Rom und dem Connaught in London hin und her, sammelte Männer wie Briefmarken und erkannte, daß diese sie zunehmend langweilten. Olympia brauchte mehr als nur Sex, ihre Reizschwelle kletterte immer höher.

Begehrenswert waren für sie verheiratete Männer, berühmte und mächtige Männer. Je unerreichbarer sie zu sein schienen, desto besser.

Diese Männer zu verführen, verschaffte ihr die Befriedigung, die sie suchte. Aber was blieb nach der ersten Begegnung? Schließlich mußte sie sich ehrlich eingestehen, was sie längst gewußt hatte: nämlich, daß die meisten Männer nur allzu leicht zu haben waren. Und wem machte der Weg des geringsten Widerstandes schon Spaß?

Olympias erster Liebhaber hatte ihren Körper genommen, als sie gerade sechzehn gewesen war. Es war in Südfrankreich in einer Villa geschehen, die sich Olympia und ihre Freundin Lucky Santangelo von Olympias Tante »geborgt« hatten. Die zwei abenteuerlustigen Mädchen waren aus dem Internat entflohen. Sie hatten Zeit, unbegrenzt viel Geld, einen weißen Mercedes und eine Menge ungestillter Neugier. Olympia empfand rückblickend jene verbotenen, sorglosen Tage als die glücklichsten ihres bisherigen Lebens. Damals hatte es noch keine Fotografen hinter jedem Busch und keine allzu großen Erwartungen gegeben.

Warris Charters. Sie erinnerte sich noch gut an ihn. Ein gutaussehender Mann mit hellblondem Haar und schmalen grünen Augen. Ein älterer Mann. Ein Filmproduzent. Ein bankrotter Geschäftemacher mit einem ungewöhnlich aktiven Sexualtrieb.

Gelegentlich fragte sie sich, was wohl aus ihm geworden sein mochte, nachdem ihr Vater und Luckys Vater, die auf der Suche nach ihren Töchtern nach Südfrankreich gereist waren, die sechzehnjährige Olympia mit ihrem goldenen Lockenkopf zwischen seinen Lenden bei eindeutiger Tätigkeit erwischt hatten.

Das letzte, was sie von Warris gesehen hatte, war seine nervöse Gestalt, die mit zwei Gucci-Koffern vor Dimitris Drohungen in die stürmische Nacht geflüchtet war.

Verständlicherweise hatte sie nie wieder etwas von ihm gehört.

Von ihrer Freundin Lucky Santangelo hatte sie, und das war weit weniger verständlich, ebenfalls nichts mehr gehört. Nach all den gemeinsamen Erlebnissen hätte Olympia mindestens einen Telefonanruf erwartet. Dabei war ihr allerdings nie in den Sinn gekommen, daß man Lucky, wie auch ihr selbst, jeden weiteren Kontakt verboten haben könnte. Statt dessen hatte sich in ihr lediglich der Verdacht geregt, Lucky könnte sie damals verraten und damit die beiden Väter nach Frankreich geholt haben, weil sie, Olympia, sich am besten amüsierte.

»Olympiaaa!« Dem quengelnden Ruf folgte ein lautes Klopfen an der Badezimmertür. »Meine Schöne! Was machst du denn da drin?«

Was, zum Teufel, glaubte der Idiot von ihr? Daß sie es sich selbst beibrachte?

Sie riß ärgerlich die Tür auf.

Vor ihr stand Lord Jeremy mit einem deutlichen Zeichen seiner Erregtheit.

Sie seufzte.

Es war ein regnerischer Nachmittag in Paris.

Und was sollte man an einem solchen trüben Tag in Paris schon anderes tun?

3. Kapitel

Vor Öl glänzende Körper in Bikinis lagen am Rand des Magiriano-Swimmingpools. Lennie schlenderte ziellos zwischen ihnen hindurch und erinnerte sich an die zahllosen Tage, da Jess und er die Schule geschwänzt und die Zeit stattdessen an den Swimmingpools der besseren Hotels verbracht hatten. Neben ausgedehnten Streifzügen durch die Casinos, Spielhallen und Shows war das eines ihrer Lieblingsspiele gewesen, denn es kam dabei vor allem darauf an, sich nicht erwischen zu lassen. Zum Schluß hatte jeder Aufsichtsbeamte der Stadt ihre Gesichter gekannt, was zwar die Art ihres Vorgehens, aber niemals ihre rastlose Energie beeinträchtigt hatte.

Es war ihm leichtgefallen, Las Vegas mit siebzehn zu verlassen und nach New York zu gehen. Der Abschied von Jess allerdings war schon schwerer gewesen. Aber New York lockte, und wer konnte dem schon widerstehen. Er sah mindestens wie zwanzig aus, war einen Meter zweiundachtzig groß, hatte eine ausgezeichnete Figur und sah gut aus. Zuerst nahm er die unterschiedlichsten Jobs an, um sich allmählich klar darüber zu werden, was er wirklich wollte, und hatte stets sein Auskommen. Er fand ein Zimmer in Greenwich Village, und es mangelte ihm in jenen Jahren, in denen er einfach seine Freiheit in der großen Stadt genoß, nie an Mädchen. Er arbeitete in einem Delikatessenladen in der Sixth Avenue, verkaufte Uhren bei Bloomingdale und war Page und Mädchen für alles in einem der größeren Hotels. Vor allem bei letzterem Job lernte er, daß das Komiker-Dasein aus mehr bestand als aus den Slap-stick-Gags eines Jack Golden. Er entdeckte für sich die Platten des verstorbenen großen Lenny Bruce, fand Gefallen an politischem Kabarett, respektlosem Humor und witzigen Monologen. Schließlich wurde ihm klar, was er aus seinem Leben machen wollte, und er ging voller Energie an die Arbeit.

Zuerst schrieb er Conferencen und kurze Sketche. Dann

suchte er sich einen Agenten, der einige seiner Produkte zu verkaufen begann. Damit verdiente er zwar nicht genug, um seine Jobs aufgeben zu können, doch es war immerhin ein Anfang.

Er besaß ein Gespür für markante, originelle Themen, und sein Agent erschloß mit der Zeit einen bestimmten Kundenkreis, der alles kaufte, was aus seiner Feder stammte. Mit vierundzwanzig war er in der Lage, allein von seiner künstlerischen Arbeit zu leben. Er verdiente zwar kein Vermögen, aber das Geschäft florierte, Frauen umschwärmten ihn, und er genoß das Leben.

Es war ein merkwürdiges Gefühl, wieder in Las Vegas zu sein.

Lennie kam an einer Blondine mit hohen slawischen Wangenknochen vorbei, die ihm einen langen Blick zuwarf, während sie sich anzüglich die Oberschenkel mit Sonnenöl einrieb. Doch Lennie war für einen Flirt nicht in Stimmung. Mit dreißig brauchte er mehr als nur Sex. Trotzdem erinnerte das Mädchen ihn an Eden. Dieselben hohen Wangenknochen, das hellblonde Haar, die kalten, schmalen Augen... Katzenaugen.

Eden Antonio. Seine damalige Freundin Victoria, ein Fotomodell, hatte ihm ihre Kollegin Eden vorgestellt.

Und danach hatte Lennie begriffen, daß Victoria nur das Hors d'œuvre gewesen war. Eden war der Hauptgang. Sie war damals gerade von einer erfolgreichen Fototournee durch Europa zurückgekehrt und wirkte so verschlagen und anschmiegsam wie eine Katze. Eden war eine blasse, exotisch aussehende Schönheit mit feingeschnittenen Zügen und einer großartigen Figur. Sie verdiente mehr Geld als er, aber seine Aussichten waren durchaus optimistisch zu beurteilen. Er hatte ein Engagement bei einer Fernsehshow, die neue Wege der Unterhaltung beschreiten sollte, trat zum erstenmal öffentlich auf und war begeistert. Der Applaus des Publikums war etwas völlig Neues für ihn und gab ihm ungewohnten Auftrieb. Lennie war siebenundzwanzig und arbeitete auf Hochtouren.

Eden war neurotisch, ehrgeizig und die aufregendste

Frau, die ihm bis dahin begegnet war. Sie war vier Jahre älter als er und schien viel mehr vom Leben zu verstehen. Sie hatte die ganze Welt bereist, zahllose Liebhaber gehabt und kam Lennie unglaublich erfahren und intellektuell vor. Aber dieser Eindruck dauerte nicht lange. Nachdem die Haßliebe ein halbes Jahr gedauert hatte, wußte er, was er von ihrer angeblichen intellektuellen Überlegenheit zu halten hatte. Eden Antonio war im Grunde ihres Wesens ein zutiefst unsicherer Mensch. Manchmal tat sie ihm sogar leid, manchmal trieb sie ihn zu geradezu mörderischer Eifersucht.

Eden! Was hatte er wegen ihr durchgemacht! Die intensive, launische Affäre mit ihr hatte bei ihm sowohl physische als auch psychische Narben hinterlassen. Und trotzdem hatte er noch immer nicht genug von ihr. Sie hätten ständig gestritten, wäre die Versöhnung nicht stets den Aufwand wert gewesen.

Freunde hatten ihn stets gewarnt, Eden sei eine Frau, die Männer nur benutzte. Lennie wußte, daß das stimmte, kam jedoch nie von ihr los.

Eden war eine Exhibitionistin. Sie liebte es, gesehen zu werden, jeden Abend auszugehen. An Wochenenden besuchte sie eine private Schauspielschule. Sie wollte nichts sehnlicher, als entdeckt und ein Filmstar werden. Schon jetzt hielt sie sich für eine Art Star. Als Lennies Fernsehshow nach einem halben Jahr wieder abgesetzt wurde, lautete ihr einziger Kommentar: »Mist! Und ich hatte schon einen Gastauftritt bei euch geplant!«

Ihrer Ansicht nach war Lennies Karriere damit zu Ende, und sie machte keinen Hehl daraus. Nicht, daß ihr das etwas ausgemacht hätte. Eden sorgte sich stets nur um sich selbst.

Sie war eine furchtbar schlechte Schauspielerin. Lennie hatte sie in mehreren Aufführungen der Schauspielschule erlebt und sie als geradezu peinlich unbegabt empfunden. Als Fotomodell allerdings war sie unschlagbar. Als Lennie ihr schließlich seine Meinung sagte, kam es zu einem wütenden, bösen Streit.

Zwei Monate und viele Kräche später war Eden mit

einem Kollegen aus der Schauspielschule, einem langhaarigen Typen namens Tim Wealth, nach Kalifornien abgereist.

Lennie vermißte sie. Und das, obwohl er Engagements in kleinen, guten Clubs bekam, obwohl ihm jede Minute dieser Arbeit Freude machte, obwohl die Reaktion des Publikums mehr als positiv war und er sich langsam, aber sicher eine Stammanhängerschaft aufbaute.

Falls er Kritiken bekam, waren sie stets ausgezeichnet. Die Gage war zwar nicht der Rede wert, doch er besserte sie durch Arbeiten als Texter für andere Künstler auf. Das, was er schrieb, war stets gefragt.

Im Unterbewußtsein wußte er immer, daß er Eden eines Tages nach Kalifornien folgen würde. Las Vegas war nur der Anfang. Wenn er hier Erfolg hatte, konnte er sich mit einer guten Show nach Los Angeles wagen. Eden beeindruckte nichts so sehr wie Erfolg. Wenn er es je schaffen sollte, dann würde sie als erste zu ihm gerannt kommen...

Die Blondine mit den slawischen Zügen zwinkerte ihm auffordernd zu, und Lennie merkte, daß er sie unentwegt angestarrt haben mußte. Hastig ging er weiter, schlenderte einmal um den Pool herum und entdeckte schließlich ein Mädchen in einem schwarzen Einteiler in einem Liegestuhl. Er erinnerte sich sofort, sie bereits auf dem Flugplatz gesehen zu haben. Seit Eden hatte es für ihn viele Frauen gegeben, aber keine hatte ihm Vergessen gebracht. Jedesmal glaubte er, bei der nächsten müsse es anders sein, doch dieser Fall trat nie ein.

Im nächsten Moment stand er neben dem Mädchen im schwarzen Badeanzug und überlegte, wie er sie ansprechen sollte. Er hatte mehrere Methoden parat, die sich stets als sehr erfolgreich erwiesen hatten. So etwas wie Körbe kannte Lennie Golden kaum.

»Sie sind viel zu schön, um allein zu sein«, begann er ungeniert. »Also, was darf's sein? Ein Drink? Ein Frühstück? Oder wie wär's mit Diamanten? Meine Raubüberfälle klappen immer und ich gebe mit vollen Händen.«

Normalerweise reagierten die Mädchen auf die eine oder andere Weise, jedenfalls entwickelte sich ein Gespräch, und dann war alles Weitere ganz einfach. Wenn sie erst mal lachen, hast du ein leichtes Spiel, hieß Lennies Devise.

Lucky schlug langsam die Augen auf und musterte ihn kalt.

Er glaubte, in ihren schwarzen, opalglänzenden Augen zu versinken und vergaß Blondinen für immer.

»Sie müssen mir versprechen, mich auch morgens zu respektieren«, fuhr er hastig fort. »Ich bin sehr sensibel.« Er verzog seinen Mund zu jenem Grinsen, das angeblich so unwiderstehlich sein sollte, und wartete auf ihren Kommentar.

Doch bevor er erneut etwas sagen konnte, legte sich eine Hand auf seine Schulter und ein muskulöser Schwede in blauer Badehose forderte ihn auf: »Bitte lassen Sie die Dame sofort in Ruhe.«

Lennie versuchte die Hand abzuschütteln, doch der Griff war eisenhart. »Hände weg, Mann! Ich bin hier Gast!« protestierte er.

»Zeigen Sie mir Ihren Zimmerschlüssel!« verlangte Bertil und schob ihn von Lucky fort.

Lennie hatte es nicht gern, wenn man ihn auf diese Weise behandelte. »Sie tun sich nur einen Gefallen, wenn Sie mich loslassen!« konterte er verächtlich. »Ich trete hier in der Bahia Lounge auf. Mein Name ist Lennie Golden. Ich bin ein talentierter Künstler, Sie Idiot!«

In diesem Augenblick ertönte der Angstschrei einer Mutter. »Meine kleine Tochter... sie kann nicht schwimmen!« kreischte sie hysterisch.

Bertil lies Lennie los. Zwei Bademeister und Lennie sprangen gleichzeitig in den Pool. Lennie erreichte das ertrinkende Kind als erster, packte es bei den Haaren, zog es aus dem Wasser und hob es zum Beckenrand hinauf, wo Bertil es zwar weinend, aber unversehrt in Empfang nahm und seiner dankbaren Mutter übergab. Lennie stemmte sich aus dem Pool und blieb triefend vor Nässe am Rand stehen: Seine weiße Hose war ruiniert, der Pullover schien um einige Nummern geschrumpft zu sein, und mit den Turnschuhen war auch nicht mehr viel los. Die zwei Bademeister warfen ihm spöttische Blicke zu, Bertil ignorierte ihn völlig, und die Mutter war viel zu sehr mit ihrer geretteten kleinen Tochter beschäftigt, um ihm weitere Beachtung zu schenken.

Lennie sah sich nach dem Mädchen im schwarzen Einteiler um. Wie konnte sie ihm jetzt noch widerstehen?

Doch sie war längst verschwunden.

Selbst Helden schienen gerade keine Saison zu haben.

»Ich dachte, ich komme rüber und berichte das Allerneueste«, sagte Lucky. »Ich habe dir so viel zu erzählen.«

Es war inzwischen früher Nachmittag, und sie hatte Gino endlich telefonisch erreicht.

»Ich bin verdammt müde, Kindchen«, wehrte Gino ab. »Ich brauche ein bißchen Schlaf, um wieder in Form zu kommen.«

Sie war drei Wochen fort gewesen, und er fühlte sich jetzt zu müde, um sie wiederzusehen! Was ist los, überlegte Lucky.

»Wo bist du gewesen? Ich hab schon viermal bei dir angerufen«, fuhr sie wie nebenbei fort. Sie wußte schließlich, daß man Gino nicht bedrängen durfte.

»Unterwegs«, antwortete er einsilbig.

Vermutlich hat er sich irgendwo mit einem attraktiven Showgirl verschanzt, dachte Lucky. Zweiundsiebzig, und noch immer hinter den Frauen her.

»Ich hol' dich heute abend ab«, schlug Gino vor. »Was hältst du von einem gemütlichen Abendessen zu zweit? Paßt es dir um acht?«

»Und dazu bist du wirklich nicht zu müde?« fragte sie nicht ohne Sarkasmus.

»Unsinn, Kindchen! Wann bin ich für dich schon je zu müde?«

Jetzt zum Beispiel, hätte sie am liebsten gesagt, doch sie hielt lieber den Mund. Sie verabredete sich mit Gino für acht Uhr und wartete einen Nachmittag ungeduldig darauf, ihm endlich von ihrer Reise und den Abschlüssen erzählen zu können, die sie vorbereitet hatte. Er würde stolz auf sie sein. Sie konnte es kaum erwarten!

»Was ist denn mit dir passiert?« fragte Jess.

»Ich wollte nur mal prüfen, ob der Pullover bei der Wäsche eingeht«, erwiderte Lennie sarkastisch.

»Er geht ein«, stellte Jess gelassen fest. Sie hatte ihn im Hotel abgeholt, und nun fuhren sie gemeinsam zu ihr nach Hause. Als sie dort ankamen, trieb Wayland auf einer Luftmatratze im Pool und rauchte einen Joint.

Simon schrie auf einer schmutzigen Decke wie am Spieß.

»Scheiße«, murmelte Jess.

Lennie fragte sich, ob er nicht gut daran getan hätte, ein Zimmer in einem Hotel zu nehmen. Offenbar hatte Jess auch ohne einen Hausgast schon genug Probleme.

4. Kapitel

»He, du siehst gut aus, Kleines. Atlantic City scheint dir gut bekommen zu sein, was?« Gino zwinkerte seiner Tochter zu.

»Soll ich dir was sagen, Gino? Für einen alten Herrn hast du dich verdammt gut gehalten.«

Lucky nannte ihn nie Daddy. Das passierte nur manchmal, in ihren Gedanken, nachts, wenn sie müde war und Erinnerungen sie quälten...

»Das ›alt‹ kannst du dir sparen!« entgegnete Gino bissig.

Sie sahen sich lächelnd an, hakten sich ein und gingen so zu ihrem privaten Lift.

Wie ähnlich sich die beiden waren. Sie hatten dieselben glühenden Augen, die bronzefarbene Haut, das pechschwarze Haar und den sinnlichen Mund.

Vater und Tochter verband eine ideale Beziehung. Vom Essen bis zu Filmen, Büchern und Menschen, in allem hatten sie denselben Geschmack.

Sie unterhielten getrennte Penthousewohnungen über ihren beiden Hotels. Während Gino im Mirage lebte, residierte Lucky im Magiriano. Gemeinsam besaßen sie allerdings ein Haus außerhalb New Yorks in East Hampton, ein altmodisches, weißes Herrenhaus, voller Erinnerungen ... einem Großteil ihrer Vergangenheit ...

Früher einmal hatten sie dort als eine Familie gelebt: Gino und seine Frau Maria mit ihren beiden Kindern, der schönen, dunkelhaarigen Lucky und dem blonden Bruder Dario.

Mittlerweile gab es nur noch Gino und Lucky ... zwei, allein gegen die ganze Welt. Sie verband etwas, das niemand zu trennen vermochte.

Aber so war es nicht immer gewesen ...

Gino Santangelo, 1909 in Italien geboren, kam als Dreijähriger mit seinen Eltern nach Amerika, um den großen amerikanischen Traum Wirklichkeit werden zu lassen. Aber Arbeit war damals nicht leicht zu bekommen. Es gab zu viele Einwanderer, die alle energisch und voller Enthusiasmus dasselbe Ziel zu verfolgen suchten.

Als Gino sechs Jahre alt war, war der große Traum seiner Eltern wie eine Seifenblase zerplatzt, und Gino geriet in das Fahrwasser eines Straßenjungen mit später kriminellem Hintergrund.

Gino jedoch war willensstark genug, sich durchzusetzen.

Gino sah. Gino wollte. Gino bekam.

Sein Aufstieg war lange und hart, doch lohnenswert. Nachdem er klein angefangen hatte, gründete er einen florierenden Schwarzhandel mit Alkohol, dessen Erlös er ganz legal an der Börse investierte. Dank guter Freunde überstand er sogar Weltwirtschaftskrise und Krieg unversehrt, beteiligte sich mit seinem Partner Enzio Bonnatti an Spielhöllen, Kreditgesellschaften, weigerte sich jedoch stets, in Geschäfte mit Drogen und Prostitution einzusteigen. Letztere Einstellung führte schließlich zur Trennung von Enzio.

1949 schließlich entschloß sich Gino, von New York nach Las Vegas überzusiedeln, wo ihn ein Freund zu Investitionen überredete. Gemeinsam finanzierten sie den Bau des Mirage-Hotels. Las Vegas stand damals ganz am Anfang. Männer wie Bugsy Siegel hatten bereits das Flamingo-Hotel mit Casino gebaut, und Meyer Lansky gehörte das Thunderbird. Es war eine aufregende Zeit.

Und in Las Vegas lernte Gino seine spätere Frau Maria kennen. Maria war jung, noch unschuldig, erst zwanzig Jahre alt... mit hellblondem Haar und dem Gesicht einer zierlichen Madonna. Sie heirateten bereits nach kurzer Zeit. 1950 wurde Lucky und achtzehn Monate später der Sohn Dario geboren. Lucky war von Anfang an das Ebenbild des Vaters, während Dario ganz nach der Mutter geriet.

Die beiden Geschwister waren unzertrennlich, doch Lucky, die kräftigere und energischere von beiden, hatte von jeher das Sagen.

Maria war eine wunderbare Mutter. Gino verwöhnte sie nach Strich und Faden. Für die Kinder bestand das Leben nur aus Zärtlichkeiten und Geschenken.

Für Lucky, die mehr als Dario am Vater hing, waren dies die glücklichsten Jahre ihrer Kindheit. Diese allerdings fand ein jähes Ende mit der brutalen Ermordung der Mutter, die Lucky eines Morgens, als Gino auf Geschäftsreise war, nackt und tot auf einer Luftmatratze im Swimmingpool treibend fand.

Die Erinnerung an die unmittelbare Zeit nach dem grausigen Vorfall war verschwommen. Polizei, Fotografen, Leibwächter und ein neues Haus in Kalifornien mit Gittern vor den Fenstern, Alarmanlagen und Wächtern mit Hunden spielten darin eine Rolle. Gelächter, Spiele, Zärtlichkeiten... damit war es nun vorbei. Gino, der sich völlig zurückgezogen und verändert hatte, war kaum noch zu Hause. Er hielt sich entweder in seinem New Yorker Apartment oder in seinem Hotel in Vegas auf. Um die Kinder kümmerten sich Kindermädchen, Gouvernanten und Hausangestellte.

Lucky fraß all ihren Schmerz in sich hinein, während Dario sich in eine Phantasiewelt zurückzog. Sie hatten alles, was man mit Geld kaufen konnte, doch in Wirklichkeit hatten sie nur einander.

Mit fünfzehn wurde Lucky in ein teures Internat in der Schweiz geschickt, das sich als eine strenge Privatschule entpuppte, die von einer schmallippigen Frau geführt wurde, die von ihren Schülerinnen »Respekt und Gehorsam« verlangte. Wäre ihre Zimmerkameradin Olympia Stanislopoulos nicht gewesen, Lucky hätte die Schule gehaßt. Olympia pfiff auf die Schule und Anstandsregeln, und gemeinsam kletterte man nachts aus einem geeigneten Fenster und fuhr in das zehn Minuten entfernte nächste Dorf, wo Jungen, Alkohol und das Vergnügen warteten. Nach genau einem Schuljahr wurden sie von der Schule gewiesen.

Gino schickte Lucky in seiner Wut daraufhin auf ein noch strengeres Internat in Connecticut. Von dort brauchte Lucky nicht lange, um mit Olympia in Paris Kontakt aufzunehmen, und gemeinsam plante man die Flucht. Lucky flog nach Frankreich, wo Olympia sie bereits erwartete. Gemeinsam fuhr man dann mit dem Mercedes-Kabriolett in den Süden, wo sie in die Villa von Olympias Tante einbrachen. Dort verbrachte man eine herrliche Zeit. Die Tatsache, daß Olympia auch eines Tages ihren Freund »Warris« einquartierte, tat dem keinen Abbruch.

Das Vergnügen fand allerdings ein jähes Ende mit der Ankunft der Väter Gino Santangelo und Dimitri Stanislopoulos. Danach kehrte Lucky in das Haus in Bel Air zurück. Dario war mittlerweile ebenfalls in einem Internat.

Damals gab es Zeiten, da haßte Lucky ihren Vater mit jeder Faser ihres Wesens. Dann wiederum liebte sie ihn wie keinen anderen Menschen auf der Welt. Und stets wünschte sie, es würde eines Tages wieder so wie früher werden. Verzweifelt versuchte sie, seine Aufmerksamkeit zu erringen, doch das schien das einzige zu sein, das er ihr zu geben nicht bereit war.

An ihrem sechzehnten Geburtstag flog er überraschenderweise mit ihr nach Las Vegas, brachte sie zu einem bekannten

Friseur, kaufte ihr ein exquisites Modellkleid, schenkte ihr Brillantohrringe und eröffnete ihr, daß sie ihn zu einer wichtigen Wohltätigkeitsveranstaltung begleiten sollte, die er zu Ehren von Mrs. Peter Richmond, der Frau des Senators Richmond, geben wollte. Lucky war begeistert. Auf dem Ball jedoch placierte Gino sie an einem anderen Tisch neben Mrs. Richmonds schrecklichem Sohn Craven und kümmerte sich den ganzen Abend nicht mehr um sie.

Später erklärte Gino ihr unverblümt, daß er ihrem sorglosen Lebenswandel ein Ende zu machen und sie zu verheiraten gedenke.

Wenn ihr das nicht gefiel... nun...

Für Lucky war das ein Schlag.

Der Lift hielt an, und Lucky trat hinaus in die Menge, die ins Casino zu strömen begann.

Gino blieb ein paar Schritte hinter ihr und beobachtete mit wachsamem Blick das Treiben. Einmal ein Straßenjunge, immer ein Straßenjunge, hieß es, und Gino hatte diese Jugend geprägt. Selbst wenn man alle Macht der Welt besaß, bedeutete dies nie hundertprozentige Sicherheit.

Er fühlte den Druck seiner Waffe im sorgfältig verborgenen Schulterhalfter und trat beruhigt an Luckys Seite.

Lucky wandte sich lächelnd zu ihm um. »Das Geschäft blüht, was, Gino?«

»Ja, Kleines.«

In Las Vegas hatte die Spielleidenschaft stets Hochkonjunktur.

Vater und Tochter aßen im intimen, kleinen Restaurant des Casinos. Lucky erzählte mit glänzenden Augen und geröteten Wangen von ihrer Geschäftsreise.

»Ich habe alles für den Abschluß vorbereitet, auf den wir scharf waren«, erklärte sie. »Das perfekte Grundstück direkt an der Uferpromenade, die richtigen Finanziers. Ich habe auch schon Architekten und Bauunternehmer an der Hand. Wenn wir uns beeilen, können wir in zwei Monaten anfangen. Es ist alles geklärt. Du brauchst nur noch deine

Zustimmung zu geben.« Sie hielt inne, um Luft zu holen. »Natürlich brauchen wir noch die Baugenehmigung und Lizenzen. Aber den Weg dazu habe ich geebnet. Es dürfte nichts mehr schiefgehen.«

Gino hörte Lucky aufmerksam zu. Seine Tochter war intelligent und hatte eine schnelle Auffassungsgabe. Eine schöne und kluge, harte und wilde Frau. Daddys kleines Mädchen. Sie machte ihn stolz. Sie hatte denselben wachen Geschäftssinn wie er.

Er hatte nie gedacht, daß eine Frau ihm ebenbürtig sein könnte... doch seine Tochter hatte es geschafft... seine Lucky.

Gino Santangelo hatte den ganzen Abend nicht an Susan Martino gedacht, und es hatte sich auch keine günstige Gelegenheit ergeben, Lucky über seine neue Liaison aufzuklären. Er fuhr daher erschrocken zusammen, als Susan in Begleitung eines Mannes das Restaurant betrat, lächelte, ihm zuwinkte und sich an einen Tisch in der Nähe setzte.

»Wer ist das?« fragte Lucky.

»He...« Er versuchte einen Moment Zeit zu gewinnen. Hatte man es ihr vielleicht längst gesagt? »Kennst du sie denn nicht? Das ist Tiny Martinos Witwe.«

»Ich meine nicht die Frau«, entgegnete Lucky, »sondern den Mann in ihrer Begleitung. Er kommt mir irgendwie bekannt vor.«

Gino blinzelte angestrengt. Sein Sehvermögen war nicht mehr das beste, doch er war zu stolz, um eine Brille zu tragen. »Hm, stimmt«, murmelte er. »Ich glaube, ich kenne das Gesicht.«

In Gino begann es zu rumoren. Der Mann war über einen Meter achtzig groß, mit weißem, dichtem, tadellos frisiertem Haar und harten, gutgeschnittenen Zügen und einer etwas zu markanten Nase. Und der Dreckskerl ließ sich tatsächlich neben Susan am Tisch nieder.

Ginos Miene wurde düster.

Sie konnte doch nichts mit ihm haben, oder?

Wut packte ihn, und er winkte dem Oberkellner. »Wer sind die Herrschaften dort drüben am Tisch?« wollte er wissen.

»Gäste von Mr. Traynor«, erwiderte der Oberkellner.

»Und wo, zum Teufel, ist Mr. Traynor?«

»Er kommt gerade, Mr. Santangelo.« Der Oberkellner trat nervös den Rückzug an.

»Was ist los?« fragte Lucky gelassen. Sie war an die Ausbrüche ihres Vaters gewöhnt. »Ist es ein Mann, der nicht hier sein sollte?«

»Das wird sich gleich rausstellen«, antwortete Gino grimmig. »He... Matt! Komm mal her!« rief er quer durchs Lokal, daß die übrigen Gäste sich erstaunt umdrehten.

Matt Traynor trat lächelnd an ihren Tisch. Sein silbergraues Haar schimmerte im Kerzenschein. »Lucky, willkommen zu Hause. Sie sehen bezaubernd aus. Hallo, Gino, schön dich zu sehen!«

»Wer zum Teufel ist das Arschloch neben Susan Martino?«

Matt Traynor runzelte die Stirn, während er hastig überlegte, was er falsch gemacht haben könnte. Er hatte gerüchteweise gehört, daß Gino Santangelo sich für Tinys Witwe interessierte, jedoch nicht angenommen, daß es sich um eine ernste Angelegenheit handeln könnte. Weshalb gebärdete sich Gino also wie ein betrogener Liebhaber?

»Susan ist ohne Begleitung hier«, erklärte er hastig. »Ich habe sie lediglich eingeladen, den Abend mit mir und Freunden zu verbringen.« Und die Pointe schließlich brachte er mit ernstem Bedauern: »Immerhin ist Tiny wie ein Bruder für mich gewesen, wie du weißt.«

Gino rührte das wenig. »Wer ist der miese Kerl?« wiederholte er ätzend.

»Könnte mich vielleicht jemand darüber aufklären, was hier eigentlich los ist?« mischte sich Lucky kühl ein.

»Wenn ich geahnt hätte, daß dich das so aufregt, Gino...«, begann Matt besorgt.

»Wer zum Henker ist hier aufgeregt?« brüllte Gino und stand auf.

»Der Mann ist Dimitri Stanislopoulos«, erklärte Matt hastig. »Er ist heute abend gekommen, weil er am Galadiner für Francesca Fern teilnehmen wird. Wir haben ihn in der Präsidentensuite untergebracht... alles streng nach Etikette. Normalerweise residiert er im Sands... und verliert auch im Sands, wenn ihr versteht, was ich meine. Ich habe ihn vergangenen Monat in Monte Carlo getroffen und ihn überreden können, diesmal seine Zelte im Magiriano aufzuschlagen. Gegen diesen Burschen ist Onassis ein kleiner Fisch. Und seine große Leidenschaft ist Bakkarat.«

»Natürlich!« entfuhr es Lucky unwillkürlich. »Olympias Vater. Kein Wunder, daß er uns bekannt vorgekommen ist.«

»Olympia?« wiederholte Gino verständnislos.

»Erinnerst du dich nicht?« fuhr Lucky aufgeregt fort. »Olympia, meine beste Freundin aus dem Internat. Wir sind zusammen nach Südfrankreich durchgebrannt. Du und Dimitri, ihr habt uns dort aufgespürt. Und das ist Dimitri! *Das* Gesicht werde ich nie vergessen!«

Gino machte eine ungeduldige Handbewegung. »Matt, ihr setzt euch zu uns!« entschied er brüsk.

Es war ein Befehl und keine Einladung.

»Natürlich gern«, erwiderte Matt höflich, obwohl er seinen Unmut darüber, wie ein kleiner Angestellter behandelt zu werden, nur mühsam unterdrücken konnte. Aber wenn Gino Santangelo mit den Fingern schnippte, dann rannte jeder. »Das Mädchen, mit dem ich verabredet bin, muß jeden Augenblick mit einer Begleiterin für Dimitri hier sein. Sollen wir uns alle zu euch setzen?«

»Selbstverständlich. Bring Susan und diesen... diesen Mann jetzt an unseren Tisch. Die anderen können ja nachkommen.«

»Gute Idee«, murmelte Matt, dem dieses Arrangement überhaupt nicht zusagte.

Sobald Matt sie wieder allein gelassen hatte, wandte sich Lucky an ihren Vater: »Weshalb willst du unbedingt, daß die ganze Bande mit uns zu Abend ißt? Wir haben uns doch noch so viel zu erzählen.«

»Warum denn nicht?« entgegnete Gino und nahm wieder Platz. »Susan Martino wird dir gefallen. Sie ist eine bezaubernde Frau.«

Wird sie verdammt noch mal nicht, dachte Lucky, der langsam klar wurde, daß Gino während ihrer Abwesenheit eine Affäre angefangen hatte. Allerdings handelte es sich diesmal nicht um irgendein kleines Showgirl. Sie spürte, daß mehr dahintersteckte, was sie die Aufmerksamkeit des Vaters kostete. Und das machte Lucky wütend.

»Warst du oft mit ihr zusammen?« erkundigte sie sich leichthin.

»Ein- oder zweimal«, antwortete Gino ebenso nonchalant.

Ein- oder zweimal, wiederholte Lucky insgeheim. Mein Lieber, du verfolgst eine heiße Liebesspur. Das sieht doch ein Blinder.

Lucky war plötzlich eifersüchtig.

Warum?

Warum nicht?

Er war ihr Vater.

Daddy.

Gino.

Luckys, von Gino energisch betriebene Ehe mit Craven Richmond, dem Sohn des Senators, war von Anfang an ein Fiasko.

Da Lucky es nicht wagte, sich gegen den Willen des Vaters aufzulehnen, wurden sie und Craven eine Woche nach ihrem sechzehnten Geburtstag verheiratet. Die Flitterwochen auf den Bahamas waren eine Farce. Obwohl Gino der festen Überzeugung war, seine Tochter sei eine kleine Nymphomanin, die er verheiraten mußte, um den guten Namen Santangelo zu schützen, war Lucky bei ihrer Heirat in Wirklichkeit noch Jungfrau. Mehr als intensives Petting hatte sie in ihren Männerbeziehungen bislang nicht gewagt. Der einundzwanzigjährige Craven war völlig unerfahren und nicht bereit, mehr als drei Minuten pro Nacht in Sex zu investieren.

Noch vor Ende der Flitterwochen nahm sich Lucky ihren ersten Liebhaber. Und von da an gab es für sie keinen Blick mehr zurück. Wie sonst hätte sie vier Ehejahre mit einem Mann durchstehen können, der dafür bezahlt worden war, sie zu heiraten? Diese Tatsache hatte sie eines Tages von Betty Richmond während eines Familienkrachs entgegengeschleudert bekommen. Gino hatte Craven bezahlt und Betty und Peter Richmonds Zustimmung erpreßt.

Luckys Zukunft sah damals sehr trübe aus. Sie fühlte sich wie eine Gefangene des Lebens, das Gino ihr aufgezwungen hatte, und haßte ihn dafür leidenschaftlich.

Dann kam der Tag, im vierten Jahr ihrer desolaten Ehe, an dem Gino sie telefonisch ohne Craven nach New York zitierte. In New York stellte Lucky fest, daß auch ihr Bruder Dario zum Vater gerufen worden war. Die Geschwister, die sich einst so nahegestanden hatten, hatten sich völlig entfremdet. Dario, der eine Kunstakademie in San Franzisko besuchte, hatte von sich aus nie den Versuch gemacht, mit Lucky in Verbindung zu bleiben.

Beim gemeinsamen Abendessen verkündete Gino dann schließlich, daß er Probleme mit dem Finanzamt habe und fürchten mußte, wegen Steuerhinterziehung belangt und bestraft zu werden. Aus diesem Grund wolle er Amerika eine Zeitlang verlassen.

Um Problemen vorzubeugen, äußerte er die Absicht, sein Vermögen den beiden Kindern zu überschreiben. Sein enger Freund und Mitarbeiter Costa sollte die Geschäfte weiterführen, Lucky und Dario mußten nur gelegentlich Unterschriften leisten. Außerdem wollte Gino, daß Dario nach New York käme, um sich allmählich von Costa in seine zukünftigen Pflichten als Geschäftsmann einweisen zu lassen. Dario weigerte sich entsetzt, während Lucky nur zu gern eine solche Rolle übernommen hätte; Gino nahm sie als Frau jedoch in keiner Weise ernst. Darüber war Lucky so enttäuscht und wütend, daß sie New York vorzeitig verließ.

Kurz darauf ging Gino nach Israel ins selbstgewählte Exil. Als Lucky einige Wochen später Papiere von Costa zugesandt bekam, die sie unterzeichnen sollte, las sie diese sorgfältig durch, beschloß, ihre Chance zu ergreifen, und flog damit nach New York. Wenn schon ihre Unterschrift verlangt wurde, dann wollte sie auch mehr über die Geschäfte wissen, für die sie damit geradestand.

Susan Martino war von Kopf bis Fuß die perfekte Lady. Sie trug eine raffiniert schlichte Création von Adolfo und glitzernden Saphirschmuck im Wert von mehreren tausend Dollar. Die Farbe der Juwelen paßte exakt zu ihren sorgfältig, aber unauffällig geschminkten Augen.

Sie ist der Typ Frau, überlegte Lucky, den man sich nie auf der Toilette vorstellen konnte. Allein der Gedanke, daß Gino mit dieser Frau ins Bett ging, erschien ihr lächerlich.

»Ich freue mich sehr, Sie kennenzulernen«, sagte sie zu Lucky. »Ihr Vater spricht so viel von Ihnen.«

Lucky brachte mühsam ein Lächeln zustande und fragte sich, was wohl aus dem gemütlichen Abend zu zweit werden würde, den Gino ihr versprochen hatte. Als sich Susan Martino, Dimitri Stanislopoulos und Matt Traynor an ihrem Tisch niederließen, konnte Lucky kaum ihren Ärger verbergen.

Kurz darauf gesellten sich noch zwei Showgirls zu ihnen, die nur aus Zähnen, Haaren und Busen bestanden. Die eine war mit Matt Traynor verabredet, die andere war Dimitri zugedacht. Und beide Mädchen waren von der Gesellschaft, in die sie geladen waren, sichtlich beeindruckt.

Und die blonde Frau enttäuschte nicht. Sie verstand es ausgezeichnet, mit Gino umzugehen, der, nachdem er sich davon überzeugt hatte, daß Dimitri tatsächlich nicht mit Susan verabredet gewesen war, wieder wesentlich ruhiger schien. Susan Martino tat in allem das Richtige. Sie war die perfekte Mätresse, die den Mann gefunden hatte, den sie wollte und den sie auch bekommen würde.

Lucky allerdings konnte sie durch das Theater nicht täuschen.

Gino dagegen war hingerissen.

Was geht es mich an, fragte Lucky sich. Es ist sein Leben.

Zum Teufel, es ist unser Leben, korrigierte sie sich insgeheim. So war es wenigstens im letzten Jahr gewesen.

New York war für Lucky damals, weit weg von der Familie Richmond, eine herrlich aufregende Stadt gewesen. Und das Faszinierendste für sie war, in Ginos Geschäfte eingeweiht zu werden.

Lucky fand in Costa einen willigen, geduldigen Lehrer, der sie in alles einarbeitete, obwohl er wußte, daß Gino damit eigentlich nicht einverstanden sein konnte.

Und Lucky sog alles wie ein Schwamm in sich auf. Als Craven ärgerlich aus Washington anrief und sie aufforderte, nach Hause zu kommen, erklärte sie kalt, ihre Ehe sei beendet. Ohne Gino im Hintergrund war dieser Schritt für sie äußerst einfach zu vollziehen.

Als schließlich Dario aus San Franzisko nach New York kam und feststellte, daß Lucky bereits seine Aufgaben erfüllte, war er nur erleichtert. Geschäfte hatten ihn noch nie interessiert. Er konnte sich jetzt auf das kulturelle und gesellschaftliche Leben konzentrieren und all die Dinge tun, die Gino ihm nie erlaubt hatte. Darios Hauptinteresse galt Männern und nicht Frauen.

Innerhalb eines Jahres besaß Lucky ein detailliertes Wissen über sämtliche Vorgänge und Querverbindungen des Unternehmens der Familie Santangelo. Wie Gino als junger Mann hatte sie eine schnelle Auffassungsgabe.

Gino hatte zur Finanzierung des Magiriano-Projektes ein Syndikat gegründet. Die Bauarbeiten hatten bereits begonnen, und die Ausgaben waren hoch. Seit Gino sich nach Israel abgesetzt hatte, versuchten einige Syndikatsmitglieder, ihre Zahlungen hinauszuzögern.

Es existierte zwar kein schriftlicher Vertrag, doch die Herren hatten Gino ihr Wort gegeben. Lucky beschloß zu Costas Erstaunen, die Sache in die Hand zu nehmen und das Syndikat an seine Verpflichtungen zu erinnern.

»Im Bahia Room tritt heute abend zum erstenmal ein neuer Komiker auf«, sagte Matt zu Lucky. »Warum trinken wir unseren Kaffee nicht dort und sehen uns seine zweite Show an?«

»Ist er gut? Ich könnte heute abend durchaus etwas Aufheiterung gebrauchen.«

»Glaubst du, ich engagiere einen schlechten Entertainer?«

Luckys Blick schweifte zu Matts Mädchen, einer neunzehnjährigen, grell geschminkten Barbie-Puppe. »Du tust eine Menge Dinge, die mich gelegentlich erstaunen, Matt«, konterte Lucky.

Der Abend war für Lucky eine Qual. Es tat weh, mitanzusehen, wie Gino der hyperperfekten Susan Martino schamlos den Hof machte. Dimitri Stanislopoulos war laut und arrogant, die beiden Mädchen schlichtweg nur peinlich.

»Soll ich den Vorschlag mal machen?« drängte Matt und deutete auf Gino, der versunken in Susans azurblaue Augen starrte.

»Mach, was du willst«, antwortete Lucky schnippisch. Ein Jahr lang hatte sich niemand zwischen sie und Gino gedrängt. Näher, als ein bis zwei Stunden in seinem Bett zu verbringen, war ihm kein Mädchen gekommen. Und was bedeutete das schon? Für einen Mann seines Alters zeigte er noch erstaunliches Interesse an Sex und Lust. Doch Sex und Lust war eines, Gefühle waren etwas anderes.

Wozu das also? Lucky runzelte die Stirn. Sie hätte Ginos Verhalten noch verstehen können, wäre Susan eine warmherzige, interessante Persönlichkeit gewesen. Für Lucky war sie nur eine eiskalte und berechnende Frau, die ihr wahres Ich unter einer sehr dünnen Schicht zuckersüßen Charmes verbarg. Und für ihren Vater wünschte Lucky sich nur das Beste. Die männermordende Beverly-Hills-Witwe, die in Gino vermutlich nur sein dickes Bankkonto sah, war ihr ein Dorn im Auge. Es war offensichtlich, welches Verhältnis Susan zu Geld hatte. Ihrem Schmuck nach zu schließen, konnte es für sie nicht dick genug kommen. Warum machte sie sich dann nicht an Dimitri heran, der Gold in Hülle und Fülle besaß?

Nachdenklich zündete Lucky eine Zigarette an und blies

Rauchringe in die Luft, während Matt die Gruppe für einen Umzug in den Bahia Room zu gewinnen suchte. Sie hatte seit Monaten mit keinem Mann geschlafen. Das Bedürfnis dazu hatte einfach gefehlt.

Lucky Santangelo, die Keusche. Der Gedanke amüsierte sie.

Es hatte Zeiten gegeben, da hatte sie in einer Woche mit zwei verschiedenen Männern geschlafen. Wenn ein Mann attraktiv war, keine Verpflichtungen wollte und damit einverstanden war, von ihr angerufen zu werden, anstatt sie anzurufen, dann war alles kein Problem. Sexuell gesehen hatte Lucky stets ihr eigenes Leben geführt und sich dieselben Freiheiten genommen wie die Männerwelt. Und warum auch nicht? Solange sie niemandem damit weh tat... Sie haßte nichts mehr als bürgerliche Scheinheiligkeit. Sie wollte lediglich genommen werden, wenn sie Lust auf einen Mann hatte; und das ohne komplizierte Gefühlsduselei.

Ausnahmen gab es natürlich immer. Und in Luckys Leben hatte es bisher nur eine solche Ausnahme gegeben: Marco.

Marco trat in Luckys Leben, als sie gerade vierzehn und er ungefähr dreißig gewesen war. Dunkelhaarig und ernst, war er ihr stets als der bestaussehende Mann der Welt erschienen. Unglücklicherweise wurden Luckys Gefühle jedoch nicht erwidert. Für Marco war sie nur ein harmloses, kleines Mädchen, und er behandelte sie entsprechend. Marco arbeitete für Gino und übernahm gelegentlich auch die Pflichten eines Leibwächters und Chauffeurs, wenn Dario oder Lucky zum Einkaufen oder ins Kino fuhren, aber das kam selten genug vor. Nach Marias Tod war Gino darauf bedacht, daß seine Kinder meistens in der behüteten Sicherheit der Villa in Bel Air blieben.

Wenn Lucky ins Internat zurückkehren mußte, war es Marco, der sie zum Flugplatz begleitete, und auch bei ihrer Rückkehr in die Ferien war er stets da. Als Gino sie an ihrem sechzehnten Geburtstag mit nach Las Vegas nahm und ihr dort eröffnete, daß er sie verheiraten wollte, glaubte sie einen aufregenden und herrlichen Augenblick lang, er habe Marco zu ihrem Mann bestimmt. Doch das hatte nicht sein sollen. Statt dessen begann die Ehe mit Craven Richmond und das Leben in Washington. Marco verschwand aus ihrer Umgebung.

Gelegentlich traf sie während ihrer tödlich langweiligen Ehe einen Mann, der sie an Marco erinnerte, und solche Begegnungen endeten stets im Bett und in einer Enttäuschung.

Als Gino dann außer Landes und ihre Ehe praktisch beendet war, versuchte sie in der Arbeit Vergessen zu finden: Sie nahm sich vor, die Schwierigkeiten mit den säumigen Finanziers des Magiriano-Projektes endgültig zu lösen. Costa war ein netter Mann und ein ausgezeichneter Anwalt, aber zu zögernd und vorsichtig. Aus diesem Grund entschloß sich Lucky, sich an Enzio Bonnatti, Ginos alten Geschäftspartner, zu wenden. Costa hatte sie Monate zuvor einander vorgestellt, und Lucky glaubte seinem Rat und seiner Hilfe vertrauen zu können.

Enzio Bonnatti sicherte ihr sofort seine Unterstützung zu und versprach ihr, wenn nötig, einige seiner Leute als Rükkendeckung zur Verfügung zu stellen.

Lucky begann mit ihrer Aktion bei Rudolpho Crown, einem sogenannten »Bankier«, der den größten Finanzierungsanteil leisten sollte. Als dieser versuchte, sich damit herauszureden, er sei nur Gino gegenüber im Wort und dieser befände sich im Ausland, nahm Lucky Bonnattis Hilfsangebot in Anspruch und übte massiven Druck auf Crown aus. Schließlich erklärte sich Crown aus Angst um sein Leben zur Weiterzahlung bereit.

Die übrigen Anleger folgten seinem Beispiel, und das Magiriano konnte planmäßig weitergebaut werden.

Kurz nachdem sie die Angelegenheit mit Crown und Konsorten in New York geregelt hatte, flog Lucky nach Las Vegas, um sich selbst vom Fortschritt der Bauarbeiten zu überzeugen. Natürlich wohnte sie dort im Mirage, wo sie von Marco empfangen wurde, den sie seit ihrem Hochzeitstag nicht mehr gesehen hatte.

Zu ihrer großen Enttäuschung jedoch war Marco verheiratet.

Erst 1975, bei der Fertigstellung des Magiriano, nachdem sie längst das Geschäftsimperium Ginos übernommen hatte, kam es nach der Gala im Hotel zu der von ihr so lange ersehnten Liebesnacht mit Marco. Marco versprach sofort, sich scheiden zu lassen, und als er am darauffolgenden Morgen ihr Bett verließ, wußte Lucky, daß sie endlich gefunden hatte, wonach sie so lange gesucht hatte... einen Mann, zu dem sie aufblicken, mit dem sie leben und den sie lieben konnte. Marco war alles, was sie brauchte.

Um halb drei Uhr nachmittags desselben Tages, als Lucky noch mit Costa im Restaurant im Innenhof saß und auf Marco wartete, der mit ihnen zu Mittag essen sollte, kam Boogie, ihr Leibwächter, erregt an ihren Tisch.

Als sie ihn sah, spürte sie, wie das Blut in ihren Adern gefror.

»Es hat eine Schießerei gegeben«, begann er.

Lucky wußte sofort, daß es um Marco ging.

Es ging um ihre Zukunft.

Sie schloß die Augen, um zu beten, doch sie ahnte plötzlich, daß es zu spät war.

Die Bahia Bar war überfüllt, doch für die kleine Gesellschaft um Gino Santangelo wurde sofort ein Tisch freigemacht.

Lucky machte höflich und gelangweilt Konversation mit Dimitri, stellte Fragen wegen Olympia, obwohl sie die Antworten nicht interessierten. Sie hatten sich schließlich seit jener verhängnisvollen Nacht vor dreizehn Jahren in Frankreich nicht mehr gesehen, geschweige denn miteinander gesprochen.

Dimitri hatte stahlblaue, stechende Augen und tiefbraune Haut. Sein Blick ruhte gelegentlich auf der wilden Schönheit Luckys, dann wandte er seine ganze Aufmerksamkeit dem Showgirl zu, das Matt ihm für eine Nacht zugedacht hatte.

Lucky wandte sich dann Gino zu, doch dessen Aufmerksamkeit galt allein Susan. Daraufhin spielte Lucky mit dem Gedanken, sich zurückzuziehen, beschloß dann aber doch, den Auftritt des Komikers abzuwarten, der gerade das Mikrofon justierte und mit einigen Kommentaren zu den Tagesnachrichten begann.

Gelächter erfüllte den Raum. Dem jungen Mann gelang es auf Anhieb, die Aufmerksamkeit des Publikums zu erringen, das eher auf Themen aus Wirtschaft und Politik ansprach, als auf puren Ulk.

Und er beschränkte sich nicht auf Witzeleien. Er erzählte Satiren über das Leben.

Seine Glossen waren teilweise ätzend und ungeschminkt.

»Wie heißt er?« fragte Lucky Matt.

»Lennie Golden. Gefällt er dir?«

»Er ist nicht schlecht.«

Matt lächelte. Jess hatte ihm zum Glück einen Volltreffer vermittelt. Schließlich hatte er nur das Risiko auf sich genommen, den Burschen zu engagieren, weil sie ihn darum gebeten hatte. Er war scharf auf die kleine Jess, und nachdem er ihr nun einen Gefallen getan hatte, fand er es an der Zeit, daß sie sich dafür revanchierte. Matt wunderte sich über sich selbst. Bisher hatte er für kleine Frauen nie etwas übrig gehabt. Sein Typ waren große, stattliche Mädchen. Trotzdem fühlte er sich von der kaum einen Meter fünfundsechzig großen Jess bezaubert. Seine Absichten ihr gegenüber waren klar und direkt: Er wollte mit ihr ins Bett.

Mitten während Lennie Goldens Auftritt beugte sich Gino plötzlich zu Lucky und flüsterte: »Susan ist müde. Ich bring sie nach Hause. Bis morgen, Kleines.«

Dann stand er auf und reichte Susan seinen Arm.

Einen Moment lang war Lucky einfach sprachlos. Es sollte *ihr* Abend mit *ihrem* Vater werden, und jetzt brachte er Grace Kelly nach Hause. Sie fluchte unterdrückt.

»Gute Nacht, meine Liebe«, wandte sich Susan an Lucky. »War nett, Sie kennenzulernen.«

Bildete sie es sich nur ein, oder hatten Susans Augen dabei tatsächlich triumphierend geleuchtet? Lucky brachte erneut ein Lächeln zustande. Es war besser, den Feind mit Charme einzuwickeln, als allzu offensichtlich sofort mit harten Bandagen zu kämpfen. »Ja, hat mich auch gefreut.«

Nachdem die beiden gegangen waren, fühlte Lucky eine Unruhe in sich, die sie nicht länger auf ihrem Stuhl hielt. Sie war wütend, daß sie nicht als erste die Gesellschaft verlassen und Gino damit gezeigt hatte, wie wenig es ihr ausmachte, daß ihr erster gemeinsamer Abend seit Wochen schlicht ins Wasser gefallen war.

Sie starrte auf den Entertainer, der das Publikum noch immer zum Lachen brachte, sah Dimitris kräftige Hand auf dem Oberschenkel seiner Gespielin und haßte die Art und Weise, wie sich Matt Traynor über sein silbergraues Haar fuhr.

Zur Hölle mit diesen Langweilern, dachte sie.

»Ich komme gleich wieder«, murmelte sie, obwohl sie nicht die Absicht hatte, sich noch weiter mit den anderen zu langweilen.

Draußen im Vorraum des riesigen Casinos herrschte ein reger Betrieb. Sie schlenderte eine Weile ziellos umher, begrüßte die Angestellten, beobachtete den Chefcroupier, der das Treiben an den Spieltischen scharf überwachte, und betrachtete die Gäste in ihrer teilweisen extravaganten und faszinierenden Garderobe. Wo sonst sah man Bermudashorts neben Abendkleidern von Balmain? Bikinioberteile neben einem eleganten Herrn im Smoking? Nutten, Hausfrauen, Playboys, leidenschaftliche Spieler und die beste Gesellschaft, es war stets alles vertreten.

Ich will einen Mann, dachte Lucky spontan. Mein Gott, jetzt brauche ich Sex.

Sie trat an den Empfang und nahm die Schlüssel zu einer leeren Suite vom Haken. Dann begann sie erneut ihren Rundgang. Es durfte natürlich nicht ein x-beliebiger Mann sein. Die Körperchemie, die sexuelle Anziehungskraft mußte stimmen. Immerhin war es länger her...

Ein Mann stand allein an einem Roulettetisch. Er war dunkelhaarig und hatte einen ernsten Gesichtsausdruck... und er erinnerte sie an Marco.

Nein!

Sie wandte sich abrupt ab.

In diesem Augenblick wurde sie am Arm gepackt und eine Stimme sagte vorwurfsvoll: »Sie haben mich einfach auf der Bühne stehengelassen und sind weg! Was ist los mit Ihnen? Wissen Sie ein ungewöhnliches Talent wie mich nicht zu schätzen?«

Lucky drehte sich um, zögerte eine Sekunde und setzte dann ihr strahlendstes Lächeln auf.

»Lennie Golden«, begann sie. »Sie sind genau der Mann, den ich suche!«

5. Kapitel

New York im Sommer war alles andere als Olympias Lieblingsaufenthaltsort. Die Stadt war ihr dann zu heiß und zu schmutzig, und sie versuchte ihre Besuche dort soweit wie möglich einzuschränken. Allerdings gab es Anlässe, die ihr keine andere Wahl ließen. Und so ein Anlaß war die Hochzeit ihrer Mutter, die sich zum drittenmal verheiraten wollte.

Olympia flog mit ihrer neunjährigen Tochter Brigette und deren englischem Kindermädchen Mabel von Paris aus mit der Concorde nach New York. Brigette war ein hübsches Kind, das das dichte blonde Haar und die blauen Augen von der Mutter, die aristokratischen Züge und die schlanke Figur aber vom Vater geerbt hatte. Darüber hinaus allerdings war ihr auch durchaus Olympias Eigensinn zueigen, so daß die fünfzigjährige, altjüngferliche Mabel ihre liebe Mühe mit dem Kind hatte.

Olympia paßte es gar nicht, daß man sie praktisch gezwungen hatte, Brigette und die Nanny Mabel mit nach

New York zu nehmen. Ihre Mutter hatte nämlich darauf bestanden, das Kind als Blumenmädchen für die Hochzeit auszustatten, und Olympia war leider um eine passende Ausrede verlegen gewesen.

Ihre Mutter, Charlotte, war eine elegante amerikanische Frau der feinen Gesellschaft. Sie hatte mit zwanzig Dimitri Stanislopoulos gegen den massiven Widerstand ihrer Eltern geheiratet, neun Monate später Olympia bekommen und wiederum ein Jahr später sich von ihrem Mann scheiden lassen. Nach ihrer Rückkehr nach Amerika war sie innerhalb eines Jahres bereits wieder zur vollsten Zufriedenheit ihrer Eltern mit einem Wall-Street-Bankier verheiratet gewesen.

Olympias Stiefvater, der Bankier, den diese weder je akzeptiert noch gemocht hatte, war ein Jahr zuvor gestorben. Jetzt hatte Charlotte bereits einen neuen Heiratskandidaten in petto, einen Filmproduzenten, dessen Bekanntschaft Olympia gern vermieden hätte.

»Mama«, sagte Brigette, als man sie durch den Zoll geleitete. »Da sind Männer mit Kameras.« Die Neunjährige beherrschte bereits drei Sprachen fließend.

»Kopf runter, Augen geradeaus!« warnte Nanny Mabel streng. »Tu so, als existierten sie überhaupt nicht.«

Olympia ordnetete ihre blonden Locken. Sie haßte diese Wegelagerer mit ihren Kameras, aber wenn man schon fotografiert werden mußte, dann wollte sie sich wenigstens von der besten Seite zeigen. Sie setzte ihre Sonnenbrille auf und strich den Rock ihres Kostüms von Ives St. Laurent glatt.

Die Fotografen stürmten auf sie zu.

Es war kein Kinderspiel, eine der reichsten Frauen der Welt zu sein.

Dimitri Stanislopoulos interessierte das Showgirl, das Matt Traynor zu seiner Zerstreuung engagiert hatte, nicht im mindesten. Sie war jung und nicht besonders hübsch. Dimitri war inzwischen zweiundsechzig, und auf die langweilige Konversation einer vierzig Jahre jüngeren Frau konnte er gut und gern verzichten. Er spielte lieber Bakkarat. Aus diesem Grund brachte Matt ihn an einen privaten Spieltisch, an dem bereits mehrere andere hochkarätige Gäste Platz genommen hatten.

Eine der Damen, die englische Geliebte eines arabischen Waffenhändlers, kannte Dimitri. Und er fand sie wesentlich anziehender als das dümmliche Showgirl. Er nickte ihr zu, und sie erwiderte seinen Gruß.

»Wo ist Saud?« erkundigte er sich, als er sich über ihre Hand beugte.

»In Los Angeles«, antwortete sie. »Er kommt morgen zurück. Ich halte solange seinen Platz warm.«

Dimitri mußte unwillkürlich lächeln, als er sich das bildlich vorstellte. Er mochte Engländerinnen. Im Bett hatten sie gewisse nuttenähnliche Qualitäten. Sehr aufreizend. Und schließlich mußte er es wissen. Die weltbekannte englische Bühnenschauspielerin Francesca Fern, ein großes Talent und eine faszinierende Persönlichkeit, war seit acht Jahren seine Geliebte. Mittlerweile war Francesca fünfzig, hatte flammendrotes Haar, einen durchdringenden Blick, sinnliche Lippen und eine markante Nase. Was für eine Frau! Er liebte ihre Macht, ihre Ausstrahlung und ihre Leidenschaft.

Ihre Leidenschaft... Dimitris Gedanken schweiften ab. Francesca war die aufregendste Frau, mit der er je das Bett geteilt hatte. Und das wollte etwas heißen! Immerhin kannte er die meisten der schönsten und kultiviertesten Frauen Europas sehr intim.

Dimitri liebte anspruchsvolle Frauen, die Sinn für die feineren Dinge des Lebens besaßen. Er mochte es, wenn sie sich in Zobel kleideten und Schmuck von Cartier, Asprey und Bulgari trugen. Er liebte sie in Kleidern von Dior, kostbarer Unterwäsche und exquisiten Schuhen. Und sie mußten etwas von gutem Essen, Wein, klassischer Musik, der Oper und Ballett verstehen.

Guter Erziehung und Kultur gab er den Vorzug. Und er war bereit, dafür zu bezahlen.

Seine Bewunderung für Francesca, der er mittlerweile ein Vermögen an Schmuck geschenkt hatte, dehnte sich allerdings nicht auf deren Mann Horace aus: Trotz allem weigerte Francesca sich hartnäckig, sich scheiden zu lassen. Daran hatten selbst Dimitris Heiratsanträge nichts ändern können.

Bei ihm hatte die Affäre mit Francesca selbst seine zweite, reichlich kurze Ehe überdauert.

Das Bakkaratspiel begann. »Wie hoch ist hier das Limit?« fragte Dimitri einen der blasierten Croupiers.

»Sechstausend Dollar, Mr. Stanislopoulos«, erwiderte der Mann ausdruckslos.

»Dann geben Sie mir für zweihunderttausend Dollar Chips«, verlangte Dimitri.

Der Croupier stapelte Chips im Wert von zweihunderttausend Dollar sorgfältig in kleine Häufchen und schob sie Dimitri hinüber. Dann wurde ihm unauffällig eine Quittung gereicht, die er zu unterschreiben hatte.

Dimitri spielte leidenschaftlich gern. Es entspannte ihn. Und etwas Entspannung konnte er gebrauchen, denn in zwei Tagen sollte Francesca zu der Fernsehgalavorstellung eintreffen, die ihr zu Ehren veranstaltet wurde, und Dimitri hatte eine Entscheidung getroffen. Acht Jahre waren genug. Horace mußte weg. Wie, war ihm egal.

6. Kapitel

»He«, begann Lucky. »Was ist denn mit Ihnen los?«

»Was soll denn mit mir los sein?« entgegnete Lennie wütend.

Sie musterten sich abschätzend im beinahe erdrückenden Luxus der dunklen Hotelsuite. »Sie sind genau der Mann, den ich gesucht habe«, hatte sie gesagt, ihn bei der Hand genommen und geheimnisvoll hinzugefügt: »Kommen Sie!« Damit hatte sie ihn zum nächsten Lift geführt. Kaum waren sie eingestiegen, hatte sie sich an ihn gepreßt, ihn lange und herausfordernd geküßt und intim berührt.

Auf derartige Intimitäten allerdings war er noch nicht vorbereitet gewesen. Statt dessen versuchte er krampfhaft zu begreifen, was eigentlich mit ihm geschah.

»Machen Sie das gewerblich?« erkundigte er sich schließlich trocken.

»Machen Sie Witze?« konterte sie und begann ihr Kleid auszuziehen.

»Halt, warten Sie! Das will ich nicht.«

Damit war der Kampf angesagt.

»Haben Sie vielleicht ein gewisses Problem?« seufzte sie enttäuscht.

»Ja, ich schätze, ein Problem hab ich schon«, antwortete er.

Sie zuckte ungeduldig die Schultern. Offenbar hatte sie sich den Falschen ausgesucht.

»Und das wäre?« fragte sie uninteressiert und zog den Reißverschluß ihres weichen Lederkleides wieder zu, das sie gerade hatte ablegen wollen. Sie war entschlossen, die lächerliche Szene so schnell wie möglich zu beenden.

Lennie starrte sie fassungslos an. Er begriff die Welt nicht mehr. Da machte sich die faszinierende Schönheit, die er bereits auf dem Flugplatz bewundert, am Swimmingpool angesprochen und aus seiner Show gehen gesehen hatte, an ihn in mehr als eindeutiger Art und Weise heran und erwartete sofortige Reaktionen. Wofür hielt sie ihn eigentlich? Für einen wandelnden Zuchthengst ohne jegliche Gefühle? Sie konnte die schönste und aufreizendste Frau sein, aber Sex ohne jede persönliche Beziehung war nichts für ihn. Er war immerhin keine sechzehn mehr und scharf darauf, eine Frau zu nehmen.

»Mein Problem ist, daß ich nicht mal Ihren Namen kenne... geschweige denn weiß, was hier eigentlich vorgeht«, erklärte er gereizt.

»Oh, ist vielleicht alles wieder in Ordnung, wenn ich mich vorstelle?« spottete sie und wandte sich zum Gehen.

»Sie wissen ganz genau, was ich meine!« zischte er wütend.

»Nein, das ausgerechnet weiß ich nicht.« Gelassen lief sie zur Tür. »Es ist ganz einfach: Ich habe Sie gesehen. Sie haben mir gefallen. Und ich dachte, wir beide könnten einander großartigen Sex bieten. Aber offenbar habe ich mich getäuscht. Also vergessen wir die Sache so schnell wie möglich.«

Lennie hatte in seinem bisherigen Leben mit vielen Frauen zu tun gehabt, aber das schlug dem Faß den Boden aus. Nicht einmal Eden hätte sich so benommen.

Er wünschte, sie würde nicht so verdammt sexy aussehen. Wie konnte er sie einfach gehen lassen, wo sie ihm eine Reise anbot, die er vermutlich nie mehr vergessen würde?

Er beschloß, seinen Charme spielen zu lassen. »Wissen Sie was?« begann er. »Warum fangen wir nicht wieder ganz von vorne an, trinken in der Bar etwas und lernen einander ein bißchen näher kennen. Also, wenigstens könnten wir uns doch vorstellen. Und dann, schöne Lady, dann machen wir großartigen Sex. Was halten Sie davon?«

Lennie Golden langweilte sie. Die ganze Sache war ein Fehler gewesen. Sie öffnete die Tür und ging zum Lift. »Ach was, vergessen wir's!«

Er lief ihr nach und packte sie am Arm. »Nein, das sollten wir nicht tun!«

So leicht ließ Lennie Golden sich nicht abschütteln. Die Tatsache, daß er die erwartete Reaktion nicht sofort gezeigt hatte, hatte seinen männlichen Stolz verletzt. »Hmm...«, murmelte sie, »keine schlechte Idee.«

Er hatte gewonnen. Sie waren eben doch alle leicht zu haben. Ein oder zwei Drinks, und sie gingen miteinander ins Bett. Und dann hatte er das Sagen.

»Gehen Sie runter ins Bahia und bestellen Sie mir eine Bloody Mary. Ich möchte mich nur ein bißchen frisch machen.« Sie lächelte. »In fünf Minuten, okay?«

Matt Traynors Apartment war im typischen Neureichen-Stil eingerichtet. Der Innenarchitekt hatte mit viel Gold, Marmorimitationen und Brokatbezügen gearbeitet. Über der Bar hing ein Leuchtschild mit der Aufschrift »Matt's Place«, und sämtliche Bleikristallgläser trugen seine Initialen.

»Wow!« entfuhr es Matts Gespielin für die Nacht, die gerade ein halbes Jahr zuvor aus Ohio nach Vegas gekommen war. »Große Klasse, deine Wohnung!«

Matt schenkte ihr ein Glas Whisky pur ein, legte eine Sinatra-Platte auf und dämpfte die rosarote Beleuchtung etwas.

Matt beobachtete, wie das Mädchen einen Schluck Whisky trank und fragte sich, ob sie es ihm auch mit dem Mund beibringen würde.

»Du bist das tollste Mädchen, das mir in diesem Jahr begegnet ist«, begann er.

Sie kicherte dümmlich und lutschte anzüglich an einem Eiswürfel. »Wirklich?«

»Ja, wirklich.«

Er griff nach ihrer rechten Brust und begann die Brustwarze mit dem Daumen zu bearbeiten.

Sie trank einen Schluck Scotch und lehnte sich dann auf der Couch zurück.

Ohne ihren Busen loszulassen, beugte er sich über sie, um sie zu küssen.

Ihre Reaktion war zufriedenstellend, während Sinatra »Strangers in the Night« sülzte.

»Phantastisch«, murmelte sie.

Matt führte ihre Hand erwartungsvoll an seinen harten, steifen Penis, als das Telefon klingelte. Er hatte vergessen, den automatischen Anrufbeantworter einzuschalten.

»Verdammt!« zischte er.

»Geh einfach nicht hin!« riet sie.

Seine Erektion fiel in sich zusammen. Er griff nach dem Telefonhörer. »Ja!« meldete er sich wütend.

»Matt, hier spricht Lucky. Komm rauf. Und zwar sofort. Du mußt was für mich erledigen.«

»Hat das nicht bis morgen Zeit?«

»Nein!«

Zum zweitenmal an diesem Abend hatte Matt Traynor die Nase von den Santangelos restlos voll. Zuerst Gino, und jetzt Lucky. Die beiden konnten verdammt lästig sein.

»Wenn es wichtig ist...«

»Das ist es. Komm in mein Apartment.«

»Ich bin sofort bei dir.«

»Beeil dich!«

Matt warf den Hörer auf die Gabel, stand auf und schloß hastig seine Hose.

»Ich muß noch mal fort«, erklärte er.

»Wie schade!«

»Wartest du? Stell dir einfach den Fernsehapparat an. Es dauert nicht lange.«

Sie war leicht zu überreden. »Großartig«, murmelte sie, während Sinatra weitersang.

Lennie sah auf die Uhr. Eine halbe Stunde war vergangen, aber sie hatte offenbar nicht mehr die Absicht, aufzutauchen. Miststück, dachte er. Sie sind doch alle gleich.

Trotzdem war er wütend... vor allem auf sich selbst. Warum hatte er sich nicht gleich auf ihr Spiel eingelassen? Ein toller Spaß im Bett... und dann auf Nimmerwiedersehen!

Was zum Teufel war denn so erschreckend daran, wenn eine Frau die Initiative ergriff? Damit konnte er doch fertig werden.

Plötzlich kam ihm die Idee, sie anzurufen. Suite 1122... er hatte ein ausgezeichnetes Zahlengedächtnis. Er lief zu einem der Hausapparate. Niemand meldete sich. Vielleicht war sie wieder unterwegs... unterwegs auf der Suche nach einem Ersatz für den Spätzünder Lennie Golden.

Weshalb war er plötzlich eifersüchtig wegen einer Frau, die er nicht einmal kannte?

Weshalb verfolgten ihn ständig die Gedanken an ihr schönes Gesicht, weshalb fühlte er ihre vollen, sinnlichen Lippen und...

Gib's auf, du Idiot, sagte er sich. Du hast die Tour ein für allemal vermasselt. Vergiß sie. Wenigstens war seine Show ein Erfolg gewesen.

Heute das Magiriano.

Morgen die Carson-Show.

Warum nicht?

Er hatte schließlich hart dafür gearbeitet.

7. Kapitel

»Wirf den Komiker raus!« erklärte Lucky.

»Wie bitte?« Matt runzelte die Stirn.

»Lennie Golden. So heißt er doch, oder?«

»Ja, stimmt. Aber das begreife ich nicht. Seine Eröffnungsshow ist großartig angekommen. Das Publikum war begeistert. Selbst du hast gesagt, er sei gut.«

Lucky zündete sich mit blasierter Miene eine Zigarette an und starrte geistesabwesend auf die großartige Aussicht unter ihrem Fenster.

»Ich habe auch nie das Gegenteil behauptet. Ich möchte nur, daß du ihn rauswirfst.«

»Hast du mich deshalb herbestellt?«

»Ganz richtig.«

»Herrgott, Lucky!« An Matts Schläfe pochte ärgerlich eine Ader. »Ich bin doch kein Lakai! Es ist zwei Uhr morgens. Hättest du mir das nicht auch am Telefon sagen können?«

Lucky wußte, daß Matt es nie gewagt hätte, sich Gino gegenüber so zu benehmen.

»Gefällt dir dein Job hier?« erkundigte sie sich freundlich.

»Es ist kein Job«, konterte er. »Ich bin an diesem Hotel beteiligt, also...«

»Das, mein Lieber, könnte sich jederzeit ändern!«

Sie starrten sich eine Weile wütend an. Matt wandte zuerst den Blick ab. Der Job bei den Santangelos hatte ihm mehr Machtbefugnisse eingebracht, als er sie je in seinem Leben besessen hatte. Und das wollte er nicht aufs Spiel setzen. »Also, was soll ich tun?« fragte er übellaunig.

»Zahl ihn aus. Setz ihn vor die Tür. Er soll sich hier nicht mehr blicken lassen.«

»Darf ich wenigstens den Grund erfahren?«

»Weil er für die Bar einfach zu gut ist. Er regt die Leute zum Nachdenken an und bringt sie zum Lachen. Das hält sie vom Trinken und Spielen ab. Also sorg dafür, daß er hier verschwindet!«

»Wenn du es unbedingt willst.«

»Ich will es.«

Nachdem Matt gegangen war, rauchte sie die Zigarette zu Ende, trat an ihren Schreibtisch und fischte einen Joint aus ihrer Schublade. Statt an einem Mann würde sie sich jetzt an Marihuana berauschen. Auf lange Sicht war das vielleicht sogar befriedigender.

Wie nett wäre es jetzt gewesen, Gino anzurufen und ein Vater-Tochter-Gespräch mit ihm zu führen.

Lucky lachte laut auf. Gino und sie hatten nie ein Verhältnis zueinander gehabt, das derartige Gespräche hätte selbstverständlich erscheinen lassen. Wenigstens nicht mehr seit ihrem fünften Lebensjahr. Nicht, seit ihre Mutter ermordet worden war...

Ein wilder Schmerz durchzuckte sie. Vor ihrem geistigen Auge erstand die Szene so lebendig, als wäre es gestern geschehen. Der pinkfarbene Pool... Marias nackter Körper auf der Luftmatratze... Ihr langes blondes Haar im Wasser treibend...

Lucky schloß abrupt die Augen, doch das Bild wurde nur noch intensiver. Ein Jahr lang hatte sie und Gino ein enges Vertrauensverhältnis verbunden, aber sie waren sich nie so nahegekommen, um darüber zu sprechen, was damals mit Maria geschehen war...

Sie begann zu weinen, merkte es jedoch erst, als ihr bereits die Tränen über die Wangen rannen.

Wütend wischte sie sich die Tränen ab. Verdammt! Gino suchte sich eine Geliebte, und sie ließ sich gehen! Dabei hatte sie ihn während seines siebenjährigen Exils nicht einmal vermißt, hatte kaum einen Gedanken an ihn verschwendet, als sie die Leitung seines Imperiums übernommen hatte.

1977 kehrte Gino nach Amerika zurück. Die Zahlung von sechs Millionen Dollar an die Finanzbehörde und ein paar Beziehungen hatten dies möglich gemacht.

Lucky erwartete die Rückkehr ihres Vater mit gemischten Gefühlen. Sie hatte hart gearbeitet, sich die nötige Autorität erworben, und jetzt war sie entschlossen, auch weiterhin ihren Mann zu stehen. Allerdings würde das ein zukünftiges Leben in Las Vegas bedeuten, der Stadt, die sie seit Marcos Ermordung gemieden hatte.

Enzio Bonnatti war eine große Hilfe gewesen. Er hatte den Mörder aufgespürt, die Dreckarbeit übernommen und das Magiriano geleitet, bis sie wieder in der Lage sein würde, es selbst in die Hand zu nehmen.

Angesichts von Ginos bevorstehender Rückkehr schien der geeignete Zeitpunkt hierfür gekommen.

Costa arrangierte zwei Tage nach Ginos Ankunft ein Treffen. Vater und Tochter saßen sich im Pierre-Hotel in New York zum erstenmal seit sieben Jahren wieder gegenüber. Luckys Haltung war nach der langen Zeit des Schweigens feindselig und nervös, während Gino einen durchaus freundlichen Eindruck machte. Er merkte sofort, daß sie nicht mehr das verwöhnte Mädchen war, das er zurückgelassen hatte. Er sah sich einer selbstbewußten und selbstsicheren Frau gegenüber.

Gino musterte sie eingehend. »Also reden wir«, begann er schließlich.

»Ja«, erwiderte sie trotzig. Sein Blick machte sie unsicher. »Während deiner Abwesenheit hat sich vieles verändert. Ich bin voll ins Geschäft eingestiegen.«

»Das habe ich gehört.«

Sie sah ihn aus blitzenden Augen an. »Eines solltest du

wissen: Ich lasse mich auf keinen Fall wieder abschieben. Ich bleibe dabei. Vegas gehört mir, und ich gehe dorthin zurück.«

»Ist es dafür nicht ein bißchen spät?«

»Wie meinst du das?«

»Ich bitte dich, Lucky... du bist doch sonst nicht so begriffsstutzig. Du hast Vegas Bonnatti übergeben. Glaubst du, er überläßt dir so einfach wieder das Terrain?«

»Ich weiß, wie ich mit ihm umspringen muß.«

Gino lachte laut auf. »Ist dir denn nicht klar, daß du in Bonnatti längst keinen Freund mehr hast?«

Natürlich wußte Lucky das. Allerdings war sie nicht bereit, das vor Gino zuzugeben. Gerade erst am Morgen war Boogie mit äußerst beunruhigenden und niederschmetternden Nachrichten aus Vegas zurückgekehrt. Offenbar hielt man sie dort für ein dummes Mädchen. Bonnatti hatte damals Marco ermorden lassen, weil er Lucky in Vegas nicht mehr brauchen konnte. Marcos Tod hatte exakt das bewirkt, worauf er spekuliert hatte. Lucky war kopflos aus Las Vegas geflohen und hatte die Kontrolle über die dortigen Geschäfte Bonnatti überlassen. Aber lange würde sein Regime dort nicht mehr dauern. Lucky hatte eigene Pläne. Und davon ließ sie sich auch von Gino nicht abbringen.

Bevor sie das Thema jedoch zu Ende diskutieren konnten, erschien Dario. Lucky war darüber kaum erfreut. Sie hatte sich auf eine geschäftliche Auseinandersetzung und nicht auf eine Familienfeier vorbereitet.

Allerdings blieb Dario nicht lange. Er war nervös, unruhig und hyperempfindlich und stürmte nach zehnminütiger gezwungener Unterhaltung einfach aus dem Zimmer.

»Was zum Teufel ist mit dem Jungen los!« schnaubte Gino wütend. »Hol ihn zurück, Costa! Es ist Zeit, daß ich diesem Homo die Flausen austreibe!« Costa hatte Gino inzwischen über die Neigungen Darios aufgeklärt.

»Ich finde, da bist du ein bißchen spät dran«, konterte Lucky. »Wenn du dich mehr um ihn gekümmert hättest, als er noch ein Teenager gewesen ist...«

Gino musterte sie wütend. »Sag mal, wie redest du eigentlich mit mir?«

Lucky jedoch war nicht so leicht einzuschüchtern. »Ein richtiges Familienleben haben Dario und ich doch nie gehabt. Du hast uns in diesem Mausoleum in Bel Air gehalten wie Aussätzige...«

»Oh, ihr seid wirklich bedauernswert! Ihr mußtet im schönsten und besten Haus aufwachsen, das man mit Geld kaufen konnte.«

»Geld!« rief Lucky aufgebracht. »Wen interessiert schon Geld? *Ich wollte damals einen* Vater!«

Ihre Worte trafen ihn wie ein Schlag. »Ich habe immer nur euer Bestes gewollt!« schnaubte er.

Lucky sprang auf. »Es hat keinen Sinn. Ich gehe. Wir haben nicht dieselbe Wellenlänge!«

In diesem Augenblick ertönten draußen Polizeisirenen, und im nächsten Moment stürmte Costa ins Zimmer. Er war bleich und zitterte. »Sie... sie haben Dario erschossen«, keuchte er atemlos. »Draußen vor dem Hotel. Er war sofort tot.«

»Großer Gott!« schrie Gino.

Lucky war wie erstarrt.

Plötzlich griff sich Gino mit der Hand an die Brust und taumelte zur Couch. Ein Stöhnen kam über seine Lippen.

»Was ist los?« fragte Lucky ängstlich. »Was hast du?«

Gino stöhnte erneut. Sein Gesicht war aschfahl, und man sah ihm plötzlich seine einundsiebzig Jahre deutlich an.

»Ich... glaube... es... ist... das... Herz«, murmelte er. »Holt... lieber... einen... Arzt!«

Erst als Gino dem Tod so nahe war, wurde Lucky klar, wie sehr sie ihren Vater liebte. Er hatte seine Fehler... aber er war ihr Daddy... Gino. Und als er sie von seinem Krankenhausbett aus, wo er mit dem Tod rang, drängte, Rache zu nehmen und die Familienehre zu verteidigen, beschloß sie, ohne weitere Fragen zu handeln.

Enzio Bonnatti.

Freund. Pate. Mörder. Verräter.

Lucky fuhr zu seinem Haus auf Long Island. Eiskalte Ruhe erfüllte sie. Rache? Warum nicht?

Rache für die Santangelos und für Marco. Da kein Sohn

mehr da war, der diese Familienpflicht erledigen konnte, lastete auf ihr alle Verantwortung.

Enzio Bonnatti wurde eindeutig in Notwehr erschossen. Er hatte offenbar versucht, Lucky Santangelo zu vergewaltigen. Dabei hatte sie ihn mit seiner eigenen Waffe getötet. Es kam nicht einmal zu einer Gerichtsverhandlung.

Mit Lucky an seiner Seite erholte sich Gino schnell, und allmählich stellte sich zwischen ihnen jenes Vertrauen und jene Nähe ein, die beide vor Marias Tod einst verbunden hatte. Sie kehrten nach Las Vegas zurück. Lucky übernahm das Magiriano, Gino blieb das Mirage. Und sie planten, eines Tages ein gemeinsames Projekt zu verwirklichen.

Es war ein Traum, von dem Lucky immer wußte, daß er eines Tages Wirklichkeit werden würde.

Ein Jahr lang waren sie unzertrennlich. Jetzt mußte sie sich gegen die Witwe Martino behaupten.

Im Fernsehen lief ein Film mit Clint Eastwood. Lucky rauchte den Joint zu Ende und sah eine Weile zu. Sie mochte Eastwood. Er hatte eine unaufdringliche erotische Ausstrahlung, die ihr gefiel.

Allmählich schlief sie ein und wachte erst in den Morgenstunden abrupt aus einem Alptraum auf.

Sie stand auf, zog einen Kimono über den nackten Körper und sah zu, wie die Sonne über der Wüste aufging. Es war ein faszinierender Anblick. Früher hätte sie Gino angerufen, ihn geweckt und das einmalige Erlebnis mit ihm geteilt. Doch im Morgenlicht wurde ihr klar, daß es ganz normal war, wenn er jemand gefunden hatte, mit dem er seine Nächte verbringen wollte. Sie konnte viel für ihn sein ... nur nicht seine Geliebte. Und vielleicht brauchte er die Nähe einer Frau.

Möglicherweise war Susan Martino gut für ihn.

Möglicherweise.

8. Kapitel

Zur Mittagszeit des Tages, an dem Lennies Vertrag gekündigt worden war, erschien Jess aufgeregt in Matt Traynors Büro.

»Weshalb haben Sie Lennie gekündigt?«

Matt musterte das Mädchen, das ihn aus wütenden Augen über seinen Schreibtisch anblitzte. Sie war so verdammt hübsch, so gut mit allem ausgestattet... so klein und zierlich.

»Jessie Baby«, begann er.

»Nennen Sie mich nicht ›Jessie‹... und vor allem nicht ›Baby‹. Beantworten Sie lieber meine Frage.«

Er hätte lieber etwas ganz anderes gemacht. Sie erregte ihn auf geradezu peinliche Art und Weise. Er zuckte gespielt gleichgültig mit den Schultern. »Politik des Hauses.«

»Da pfeif ich drauf. Soviel ich gehört habe, muß er großartig gewesen sein.«

»Ja, das stimmt. Und das habe ich ihm auch gesagt. Aber er hat die Gäste von den Spieltischen weggelockt.«

Jess schnaubte ungläubig. »Also, wenn das der Grund sein soll... warum habt ihr dann nicht auch Ann-Margret, Diana Ross, Tom Jones und all die anderen gefeuert...?«

Matt hob energisch die Hand. »Okay, okay. Warum essen wir heute nicht zusammen? Bei dieser Gelegenheit erkläre ich Ihnen dann alles.«

»Heute abend muß ich arbeiten.«

»Und morgen?«

»Ebenfalls.«

»Wann haben Sie Ihren freien Abend?«

»Sie scheinen zu vergessen, daß ich nebenbei auch noch verheiratet bin.«

»Wie wär's dann mit einem späten Imbiß heute nach Ihrer Schicht?« schlug Matt hartnäckig vor.

»Und wo?«

Matt hatte zwei Monate lang versucht, mit ihr auszugehen. Jetzt winkte ihm zum erstenmal der Erfolg. »Bei mir zu Hause«, erwiderte er hastig.

Jess lachte laut auf. Ihr sommersprossiges Gesicht unter der roten Haarmähne verzog sich zu einer amüsierten Grimasse. Für Matt war sie in diesem Augenblick die attraktivste Frau der Welt.

»Was ist denn an meiner Wohnung so Merkwürdiges?« wollte er trotzig wissen.

»Nichts. Nur kennt jedes Showgirl in der Stadt sich darin bis zur Farbe der Bettlaken bestens aus.«

»Ich gebe viele Parties.«

»Und das ist längst nicht alles, was Sie geben«, konterte Jess.

Matt lachte geschmeichelt. Es erfüllte ihn mit Stolz, wieviel sie von ihm wußte. Er hatte wohl einen eindeutigen Ruf in der Stadt. Aber warum auch nicht? Schließlich mußte er all das nachholen, was er während seiner vierundzwanzigjährigen Ehe versäumt hatte. Seine Frau hatte sich fünf Jahre zuvor von ihm scheiden lassen, und er war aus allen Wolken gefallen. Das erste halbe Jahr nach der Trennung hatte er sie vermißt, dann erst erfuhr er, was es bedeuten konnte, ein wohlhabender, mächtiger, alleinstehender Mann zu sein. Und schließlich entdeckte er, daß sich während seiner Ehe die Dinge grundlegend geändert hatten. Die sexuelle Revolution hatte stattgefunden, und ein Mann mußte nicht länger mit Haken und Ösen kämpfen und ewige Liebe schwören, um ein Mädchen ins Bett zu bekommen. Von diesem Augenblick an kostete Matt alle Möglichkeiten bis zur Neige aus. Und als seine Frau... eine dümmliche Feministin... schließlich den Vorschlag machte, sie sollten es noch einmal miteinander versuchen, erteilte er ihr eine deutliche Abfuhr.

»Also, essen Sie heute mit mir oder nicht?« fragte er energisch.

Jess kaute einen Moment auf ihrem Daumen. Sie wollte wirklich wissen, weshalb Lennie so sang- und klanglos gekündigt worden war. Aber ein Abendessen mit dem grauhaarigen, geilen Matt...

Schließlich überlegte sie, daß bei einem gemeinsamen Abendessen in seiner Wohnung wenigstens niemand etwas von dem Tête-à-tête erfahren würde. Sie begriff sowieso nicht, was er von ihr wollte. Sein Typ war sie wohl kaum.

Seit Lennies überstürztem Abgang stand sie wie eine Idiotin da. Er hatte sich einen Wagen gemietet und war nach Los Angeles weitergefahren. »Auf dein bescheidenes Hotel bin ich nicht angewiesen. Trotzdem danke, Jess«, waren seine Abschiedsworte gewesen.

Sobald er sich beruhigt hatte, mußte er erkennen, daß es nicht an ihr gelegen hatte. Und sie hoffte mittlerweile, herauszufinden, was tatsächlich geschehen war.

Also kam sie um das Abendessen mit Matt wohl kaum herum.

»Na, gut«, stimmte sie schließlich zu.

»Dann bis später?«

»Ist wohl nicht zu ändern«, seufzte sie.

»Machen Sie kein so gottergebenes Gesicht. Vielleicht gefällt's Ihnen ja bei mir.« Er grinste.

Der gemietete Chevrolet brachte Lennie Golden um acht Uhr morgens nach Los Angeles. Er hatte einen guten Schnitt gemacht, wenn man bedachte, daß er Las Vegas erst um halb vier Uhr morgens verlassen hatte.

Über der Stadt lag bereits jetzt eine schwirrende, dunstige Hitze, die einen langen und anstrengenden Tag verhieß.

Er verließ die Autobahn an der Ausfahrt zum Sunset Boulevard, bog nach links ab und merkte plötzlich, daß er keine Ahnung hatte, wohin er sich in dieser Stadt eigentlich wenden sollte, die er nicht kannte.

Bisher war sein einziger Gedanke gewesen, aus Las Vegas fortzukommen, wo ihm der grauhaarige Manager eröffnet hatte, sein Vertrag sei über Nacht abgelaufen.

Lennie Golden war gefeuert.

OUT.

Man hatte ihn fallengelassen wie eine heiße Kartoffel.

Lennie hielt am Straßenrand an und zog aus der Brusttasche seines verwaschenen Jeanshemds sein berühmtes Adreßbuch heraus. Dieses Büchlein war sein Rettungsring, und er trug es stets bei sich. Die Telefonnummern in Los Angeles füllten zwei Seiten. Es waren Freunde, Bekannte, Freunde von Freunden, Agenten, Clubs und die Adresse seiner Mutter darunter. Alice Golden... die jüdische Mutter, die ihm nicht einmal eine Hühnersuppe kochen oder mit ihm über sein Liebesleben reden konnte. Es war wahrscheinlicher, daß sie ihm einen Joint anbot und ihm statt dessen von *ihren* Abenteuern erzählte. Und danach war ihm im Augenblick überhaupt nicht.

Sein Finger wanderte weiter zu Jennifer, einer entzükkenden Blondine, die ihre Schauspielschule in New York aufgegeben hatte, um ihr Glück in Los Angeles zu versuchen.

Dann waren da noch Suna und Shirlee, die Zwillinge, Möchtegern-Sängerinnen, die ihre Stimmen Werbefilmen liehen, und sein Freund Joey Firello, ein Komikerkollege, der einige Monate zuvor nach Los Angeles gekommen war und bereits eine wöchentliche TV-Show machte.

Und dann gab es natürlich Eden, die Königin aller Flittchen, eine schöne, gemeine und schwierige Frau.

Er wollte sie wiedersehen.

Er mußte sie wiedersehen.

Vielleicht hatte sie ihrem Schauspieler inzwischen den Laufpaß gegeben und war zu einer Versöhnung bereit.

Ohne zu zögern, kramte er eine Münze aus seiner Tasche und betrat die nächstbeste Telefonzelle.

Beim dritten Klingeln meldete sich eine Männerstimme mit einem unfreundlichen »Ja?«. War das der Schauspieler oder ein neuer Freund? Oder vielleicht nur der Telefonist?

»Ich möchte Eden Antonio sprechen!« verlangte er energisch.

»Wer ist da?« fragte die Stimme unwirsch.

»Sagen Sie ihr einfach, Lennie!«

Weshalb fühlte er sich wie ein zwölfjähriger Schuljunge? Und warum rief er sie überhaupt an? Was wollte er ihr denn sagen? Wenn sie erfuhr, daß er weder einen Job noch eine Wohnung hatte, hatte er bei ihr sowieso keine Chance.

»Sie ist nicht da«, behauptete die Stimme am anderen Ende und legte auf.

Eden Antonio war nicht einmal annähernd ein Star geworden, aber sie hatte eine Stammrolle in einer rührseligen Fortsetzungsgeschichte, und sie wußte, daß diese irgendwann einmal zu interessanteren Engagements führen würde.

Sie saß mitten auf ihrem riesigen Bett, lackierte die Fußnägel und sagte zu ihrem gegenwärtigen Freund, einem kleinen, glatzköpfigen Mann in einem teuren Maßanzug: »Wer war das, Süßer?«

Santino Bonnatti zuckte gleichgültig mit den Schultern, als er den Hörer auf die Gabel warf. »Irgendein Kerl.« Seine hellen Knopfaugen schweiften rastlos durch den Raum. Diese Eden war eine tolle Frau... was man allerdings von ihrer Wohnung kaum behaupten konnte. »Ich hab mir was überlegt«, begann er. »Wie wär's, wenn ich dich hier raushole und dich in einer anständigen Umgebung unterbringe. Na, was meinst du?«

Eden konzentrierte sich auf ihre Fußnägel. Sie kannte Santino Bonnatti seit sechs Wochen, seit fünf Wochen schlief sie mit ihm. Bonnatti war zwar kein Paul Newman, aber wenn sie ihrer Freundin Ulla glauben konnte, die sie einander vorgestellt hatte, war er stinkreich und nicht abgeneigt, Geld in einen Film zu investieren, falls sich etwas Geeignetes bieten sollte. Womit Bonnatti allerdings sein Geld verdiente, blieb im dunkeln. Freundin Ulla tippte auf Import- und Exportgeschäfte.

Eden genügten schon diese vagen Informationen, um interessiert zu sein. Wenigstens einmal in ihrem Leben wollte sie einen reichen Freund und nicht nur einen gutaussehenden Kerl mit nichts als Sexappeal und großen Träumen haben.

Die Tatsache, daß Santino in einer Villa in Beverly Hills

eine Frau und vier Kinder hatte, störte sie nicht im mindesten. Schließlich wollte sie ihn ja nicht heiraten. Es genügte ihr, ihn so lange auszunutzen, bis sie ihr Ziel erreicht hatte.

»Und wie stellst du dir das im einzelnen vor?« erkundigte sich Eden kühl.

Bonnatti rückte seine Krawatte zurecht und betrachtete sich im Schrankspiegel. »Ich weiß nicht«, erwiderte er vage. »Ich könnte dich ja in einem Haus unterbringen. Damit würde für mich vieles einfacher werden.«

»Willst du mir ein Haus kaufen?« erkundigte sich Eden, die stets den Stier bei den Hörnern packte.

»Ja«, antwortete Bonnatti großzügig. »Warum nicht?«

Ja, warum nicht, dachte sie aufgeregt. Schließlich schlafe ich mit dem Affen; wird Zeit, daß er sich erkenntlich zeigt. Ein Haus wäre wirklich ganz hübsch.

Sie streckte ein langes, hellhäutiges Bein aus und betrachtete die blutroten Fußnägel. Dabei fiel ihr hauchdünnes, schwarzes Negligé zurück und entblößte ihr buschiges, blondes Schamhaar über dem ausgeprägten Venushügel. Eden ließ es sich regelmäßig färben.

»Das würde mir schon sehr gefallen«, sagte sie bedächtig.

Seine Knopfaugen fixierten ihren Schoß. Was für eine aufreizende Frau, schoß es ihm durch den Kopf. Sie kannten sich erst ein paar Wochen, und schon ließ er sich das Geld für ein Haus aus der Tasche ziehen. Er hätte Lust auf ein weiteres Liebesspiel gehabt, doch das Geschäft rief, und Eden war auch noch später für ihn zu haben. »Ich rufe einen befreundeten Makler an, der mir einen Gefallen schuldet«, erklärte Bonnatti laut. »Wir finden bestimmt was Hübsches.«

Eden lächelte. Sie hatte schmale Lippen und perfekte Zähne. »Da bin ich ganz sicher, Süßer.«

»Ich muß gehen«, verkündete er.

»Hast du einen anstrengenden Tag im Büro vor dir?« fragte sie mitfühlend.

»Nee... Schreibtischarbeit ist nichts für mich. Heute kommen ein paar Schiffsladungen aus dem Ausland an.«

Sie hatte wirklich keine Ahnung, was Bonnatti eigentlich machte. Jedesmal, wenn sie fragte, erzählte er ihr etwas anderes. Nur eines war sicher: Er schwamm in Geld.

Sie streckte einladend die Arme nach ihm aus. »Kriege ich einen Abschiedskuß?«

Er gab ihn ihr.

Eden wartete, bis die Wohnungstür hinter ihm ins Schloß gefallen war, dann rollte sie sich auf den Bauch, griff unter das Bett und drückte den Playbackknopf eines versteckten Tonbandgerätes, das mit dem Telefon verbunden war. Wenn Santino glaubte, ihre Anrufe zensieren zu können, hatte er sich getäuscht. Außerdem war es durchaus faszinierend, seine Telefonate mitzuschneiden... besonders dann, wenn er mit seiner kratzbürstigen Frau mit dem nörgelnden italienischen Akzent sprach.

Am Vorabend hatte er zwei Gespräche geführt. Das eine war rein geschäftlich gewesen und hatte sich um Schiffsladungen und riesige Geldsummen gedreht, das andere hatte er mit seiner Frau geführt, der er vorgelogen hatte, er sei in San Franzisko und könne nicht nach Hause kommen.

Kleiner Mistkerl! Männer waren alle Lügner und Mistkerle. Eden mußte es wissen.

Der »Kerl« entpuppte sich als Lennie Golden. Einen Augenblick lang spürte Eden eine seltsame Erregung... was machte *er* in Los Angeles? Aber vielleicht hatte er ja auch aus New York angerufen. Sie spulte das Tonband zurück.

Lennie Golden! Ein Luxus, den sie sich erlaubt hatte. Ein Verlierer, aber sexy, intelligent und amüsant, und er hatte einen großartigen Körper. Ja, sie vermißte es, mit ihm zu schlafen. Und auch ihre gemeinsamen Auseinandersetzungen fehlten ihr. Sie hatten weiß Gott einiges zusammen erlebt!

Dann wurde sie wieder realistisch. Lennie Golden. Eine Sackgasse. Er würde es nie zu etwas bringen. Und sie, Eden Antonio, wollte an die Spitze... mit Hilfe eines Freundes, verstand sich.

In der Tiefgarage wartete Santinos Chauffeur mit seinem Wagen. Sein Leibwächter Blackie hatte ihn bereits im Lift empfangen. Santino ging nie ohne seine Beschützer aus. In seinem Metier konnte man sich das nicht leisten. Es gab keine Veranlassung, ein unnötiges Risiko einzugehen; und Eden Antonios Apartment war ein solches Risiko.

»Erinnere mich, daß ich dem Mädchen ein Haus besorge«, sagte er zu Blackie.

»In Ordnung, Boß.« Blackie nickte.

Santino nahm ein Mundspray aus der Tasche. Eden faszinierte ihn. Sie war schön, eiskalt und eine Frau, die Männer für ihre Zwecke benutzte. Eden zu zähmen, war eine interessante Aufgabe. Sie hielt ihn für ein leichtes Opfer, das man schröpfen konnte. Aber da kannte sie ihn schlecht.

Eines Tages würden ihr die Augen aufgehen. Aber erst, wenn er es wollte. Und auch *nur* dann.

Wayland fragte erst gar nicht nach Lennie, und Jess machte sich nicht die Mühe, seine plötzliche Abreise zu erklären.

Nach ihrer Unterredung mit Matt zog sie sich aus und streckte sich im hohen, ungepflegten Gras neben dem Pool aus.

Wayland war wie üblich so stoned, daß er seine Umgebung überhaupt nicht wahrnahm. Das Baby schlief im Tragekorb unter einem Baum. Jess dachte über ihr Leben nach. Es war alles andere als in Ordnung. Aber wer konnte das schon von seinem Leben behaupten? Und trotzdem...

Warum hatte sie Wayland geheiratet?

War eine Schwangerschaft ein triftiger Grund?

Vielleicht. Vielleicht auch nicht. Viele hatten Kinder, ohne zu heiraten. Aber Jess' Mutter lag schwer krebskrank im Krankenhaus und hatte sich nichts sehnlicher gewünscht, als daß die Tochter heiratete.

Also hatte sie Wayland genommen, der zuvor ein ganz normaler Mensch gewesen zu sein schien... und nicht der ständig völlig weggetretene Süchtige, der sie jetzt jeden Tag erwartete, wenn sie nach Hause kam.

Wayland hatte sich wirklich ins gemachte Nest gesetzt. Jess arbeitete hart, führte den Haushalt, kümmerte sich um das Baby und verschaffte ihm das Geld für seine Drogen. Was konnte sich ein Mann Besseres wünschen? Seit Monaten hatte er sie nicht mehr angerührt. Nicht, daß ihr das etwas ausmachte. Er schien sich lieber zu betäuben, als mit seiner Frau zu schlafen.

Jess seufzte tief. Lennies Abreise deprimierte sie. Sie hatte so sehr auf eine Aussprache mit ihm gehofft, denn sie brauchte seinen Rat und seine Hilfe. Und um ihn nicht gleich am ersten Tag in Las Vegas zu erschrecken, hatte sie die Krankheit ihrer Mutter verschwiegen.

Ihr Blick schweifte zu Wayland. Sie haßte ihn. Als sie ihn kennenlernte, schien er ein sanftmütiger, freundlicher, ein wenig exzentrischer Künstler zu sein. Er hatte ihr damals eine Mappe mit hervorragenden Zeichnungen gezeigt. Seit ihrer Heirat hatte er weder einen Bleistift noch einen Pinsel in die Hand genommen.

Das einzig Wertvolle, das aus ihrer Verbindung mit diesem Mann stammte, war das Baby.

Sie ging langsam ins Haus und dachte an ihre Verabredung mit Matt Traynor. Sie sah diesem Ereignis nicht gerade erwartungsvoll entgegen. Aber vielleicht konnte sie ihn überreden, Lennie wieder zu engagieren, wenn sie erst die wahren Gründe für seine Entlassung kannte.

Sie brauchte einen Freund... und zwar jetzt!

Der Fall Eden war für Lennie vorerst abgehakt. In gewisser Weise war er sogar erleichtert. Es war sicher besser, sich zuerst in Los Angeles zu etablieren, und sich erst dann wieder bei ihr zu melden.

Er beschloß, doch seine Mutter anzurufen.

9. Kapitel

Am Morgen fühlte sich Lucky großartig. Sie war wieder in Las Vegas, die Sonne schien, und sie konnte kaum begreifen, weshalb die Affäre zwischen Gino und der Witwe Martino sie am Vorabend derartig deprimiert hatte. Das hatte nichts zu bedeuten. Es war eben eine Episode. Eine andere Frau. Showgirls hielt auf die Dauer niemand im Bett aus.

Sie grinste. Guter alter Gino. Er war noch immer unverbesserlich, was Frauen betraf. Sie sollte stolz und nicht wütend auf ihn sein. Heute wollten sie alles regeln... »Business as usual« hieß die Devise.

Lucky sprang aus dem Bett, machte ein paar Gymnastikübungen und stellte sich dann unter die eiskalte Dusche. Für einen Augenblick tauchte Marcos lächelndes, dunkles und markantes Gesicht vor ihr auf...

Sie zwang sich zu anderen Gedanken. Dabei fiel ihr unwillkürlich der Mann ein, den sie am Vorabend aufgegabelt hatte. Wie dumm war es doch von ihr gewesen, sich ausgerechnet einen Angestellten des Hauses auszusuchen! Sie hoffte, Matt hatte inzwischen seine Pflicht getan und ihm gekündigt.

Lucky stieg aus der Duschkabine, schüttelte die Wassertropfen aus ihrem glänzenden, schwarzen Haar und zog einen weißen Frottee-Jogginganzug an. In Atlantic City hatte sie es sich angewöhnt, morgens einen Dauerlauf zu machen, und Gefallen daran gefunden. Auch das Magiriano hatte einen Joggingpfad, und sie hatte vor, ihn endlich zu benutzen.

Nach ihrem Dauerlauf schwamm sie ein paar Bahnen im Pool. Auf ihrem Weg in ihre Penthousewohnung klopfte sie in Matts Büro an, doch er war noch nicht da.

Sie setzte sich an seinen Schreibtisch und wählte Ginos Nummer. Niemand meldete sich. Ihre Miene wurde düster. Zwei Nächte hintereinander bei der Witwe Martino? Obwohl er stets Wert auf sein eigenes Bett legte? Zwei ausgedehnte Liebesnächte waren einem Zweiundsiebzigjährigen mit Herzproblemen nicht gerade zuträglich.

Lucky runzelte die Stirn. Der Tag hatte etwas von seiner strahlenden Schönheit eingebüßt. Sie brauchte Antworten, und er trieb sich in fremden Betten herum.

»Gino soll mich sofort anrufen, wenn er zurück ist«, trug sie der Telefonistin auf. »Oh, und sagen Sie ihm noch, es sei dringend!«

Als Gino nach ereignisreicher Nacht endlich angekleidet und bereit war, die Geborgenheit von Susans gemieteter Villa zu verlassen, war es bereits früher Nachmittag. Susan saß in einem makellos weißen Tennisdreß auf der Terrasse unter einem Sonnenschirm und trank eisgekühlten Pfefferminztee.

»Kann ich dir was anbieten?« fragte Susan.

»Kommt darauf an, was«, entgegnete Gino mit amüsiertem Augenzwinkern.

»Tee, mein Lieber. Nicht mal Superman könnte an einem Tag wie diesem an was anderes denken.«

»He...«, begann er. »Was ist mit heute abend? Möchtest du mit mir und Lucky essen?«

Die sonst so vornehm beherrschte Susan konnte ihre Überraschung kaum verbergen. »Ißt du immer mit deiner Tochter zu Abend?«

»Wie? Ja... meistens. Wir haben uns das so angewöhnt.«

»Hat sie denn keinen Freund?«

Gino zuckte mit den Schultern. »Sie ist mal verheiratet gewesen... Er war eine absolute Niete. Mein Fehler.«

»Weshalb war das dein Fehler?«

»Ich hab sie einfach verheiratet. Sie ist damals noch blutjung gewesen. Ich dachte, ich könnte sie damit vor Dummheiten bewahren. Sie hat sich scheiden lassen, während ich im Ausland war. Jetzt hat sie sich ins Geschäft gestürzt... sie versteht genausoviel davon wie ich.«

»Und ihr verbringt all eure Zeit zusammen?« stellte Susan trocken fest.

»Wir sind beide ganz zufrieden damit.«

Aber ich nicht, dachte Susan, schwieg jedoch. Statt dessen lächelte sie strahlend und sagte leise: »Wunderbar. Dann essen wir zusammen. Lucky scheint wirklich ein interessantes Mädchen zu sein. Ich freue mich, sie näher kennenzulernen.«

Matt erreichte Lucky vor Gino. Seine Stimme klang kühl und distanziert.

»Bist du wütend auf mich?« erkundigte sich Lucky.

»Warum sollte ich? Du hast mich nur um zwei Uhr morgens aus dem Bett gejagt und verlangt, daß ich einen erstklassigen Komiker feure, der das überhaupt nicht verdient hat.«

Lucky machte eine wegwerfende Handbewegung. »Durch wen willst du ihn ersetzen?«

»Durch eine singende Nonne. Sie dürfte den Zulauf zu den Spieltischen höchstens noch vergrößern.«

»Ha. Ha. Ha. War er sehr niedergeschlagen?«

»Natürlich war der arme Kerl deprimiert. Sein Selbstbewußtsein ist erst mal im Eimer.«

»Tja, hart für ihn.« Nach einer Pause fügte sie hinzu: »Du hast ihm die volle Gage für zwei Wochen ausbezahlt?«

»Ja, einschließlich einer anständigen Zulage.«

»Gut.«

Lucky legte den Hörer auf und hoffte, Lennie Golden nie mehr wiedersehen zu müssen...

Der Ring mit dem lupenreinen, großen Brillanten am Finger der Witwe Martino glitzerte auffällig.

Gino konnte sich ein zufriedenes Lächeln nicht verkneifen. Es war kaum ein Geheimnis, von wem das Schmuckstück stammte.

Luckys Miene verdüsterte sich.

Ein weiterer sensationell aufregender Abend stand ihr bevor. Diesmal waren sie nur zu dritt. Und die Hexe verteilte Seitenhiebe gegen Lucky, die diese als höchste Gefahrenzeichen erkannte.

Natürlich ging es dabei höflich und zivilisiert zu. Susan war ruhig und äußerst charmant. Nur Lucky durchschaute die auf sie gemünzten Andeutungen.

Aber Lucky schnappte nicht nach dem Köder. Sie wußte, daß sie provoziert werden sollte, und war entschlossen, sich vor Gino zu keiner unerfreulichen Szene hinreißen zu lassen. Denn genau darauf hatte Susan es abgesehen.

Lucky bewahrte Ruhe und Gelassenheit. Nur das Glitzern ihrer Augen verriet, was sie von der Frau hielt, die sich zwischen sie und ihren Vater gedrängt hatte.

»Was hältst du von ihr?« fragte Gino seine Tochter, als Susan den Tisch kurz verlassen hatte, um auf die Toilette zu gehen.

Lucky unterdrückte eine ehrliche Antwort. »Oh... sie ist... sie ist sehr attraktiv«, erwiderte sie vage und fügte hinzu: »Aber ist sie nicht zu alt für dich?«

Gino lächelte. »Die Zwanzigjährigen langweilen mich auf die Dauer, und die Dreißigjährigen wollen alle nur geheiratet werden. Susan ist genau die Richtige für mich.«

»Wie alt ist sie?«

»Keine Ahnung. Interessiert mich auch nicht. Vielleicht vierzig.«

»Dann muß sie Tiny aber verdammt jung geheiratet haben«, entgegnete Lucky. »Waren die beiden nicht dreißig Jahre verheiratet?« überlegte Lucky gespielt harmlos.

»Nee... höchstens zwanzig.«

»Also, ich hab gelesen, daß sie dreißig Jahre lang verheiratet gewesen sind.«

»Wirklich?«

Wenigstens hatte Lucky damit Zweifel an Susans Jugend gesät. Mehr konnte sie nicht tun.

Als Susan zurückkehrte, verabschiedete Lucky sich hastig, und die beiden waren offenbar nur allzu froh, sie los zu sein.

Matt Traynor traf Jess auf deren Wunsch auf dem Parkplatz des Hotels. Von dort fuhr er in rasantem Tempo zu seiner Wohnung. Jess schien davon unbeeindruckt. Auch die Konzentration von schlechtem Geschmack in seinem Apartment entlockte ihr lediglich die Bemerkung:

»Donnerwetter, hier sieht's ja aus wie auf einem Foto aus dem ›Playboy‹.«

Matt nahm es als Kompliment.

Jess unterdrückte weitere Kommentare, denn Höflichkeit schien ihr angebracht, um wenigstens die Informationen von ihm zu erhalten, für die sie sich interessierte. Ansonsten konnte Matt eigentlich nur ihr Mitleid erregen. Er kam ihr vor wie ein alternder Playboy, der nicht aufgeben wollte. Wenn er sich seinem Alter entsprechend benehmen, auf die goldenen Kettchen, die Dauerwelle und die viel zu jugendlichen Anzüge verzichten würde, wäre er ein durchaus attraktiver, älterer Herr gewesen. Schließlich mußte er ungefähr fünfzig sein.

Matt bediente ein paar Schalter, und es entstand intime Beleuchtung. Sinatra tönte aus den Lautsprecherboxen, und hinter der Bar flammte ein Leuchtzeichen mit der Aufschrift »Matt's Place« auf.

»Du meine Güte!« murmelte Jess leise und sank auf eine Couch mit Brokatbezug.

»Scotch?« erkundigte sich Matt zuvorkommend und verschwand hinter der Bar.

»Danke, lieber Coke«, entgegnete sie.

»Koks habe ich keinen hier«, erwiderte er. »Ich kann nur mit Marihuana dienen, wenn Sie das interessiert.«

»Ich meinte nicht Koks, sondern Coca-Cola«, verbesserte Jess.

»Mit Scotch?«

»Nein, pur.«

»Trinken Sie keinen Alkohol?«

»Nur gelegentlich.«

»Heute abend nicht?«

»Vielleicht später.«

Dieses »vielleicht später« gab ihm Hoffnung. Es bedeutete immerhin, daß sie beabsichtigte, eine Weile zu bleiben. Möglicherweise hatte er an diesem Abend endlich Glück.

Offenbar gefiel seine Wohnung ihr. Sie hatte seit ihrer Ankunft nicht aufgehört, sich umzusehen.

»Wie wär's mit einer kleinen Besichtigungstour durch mein Reich?« schlug er vor, als er ihr ein Glas Coca-Cola reichte. Er konnte es kaum erwarten, ihr das Schlafzimmer zu zeigen.

»Danke, im Augenblick nicht«, wehrte sie ab.

»Warum nicht?«

»Weil ich Hunger habe und Sie mich zum Essen eingeladen hatten. Haben Sie das schon vergessen?«

Matt hatte selbstverständlich ein großartiges Abendessen arrangiert, aber das sollte erst in einer Stunde geliefert werden. Er hatte gehofft, sie noch vor dem Essen ins Bett zu bekommen, denn er haßte Liebe mit vollem Magen. Das verursachte bei ihm Sodbrennen.

»Jess«, begann er zärtlich. »Ich muß Ihnen etwas gestehen. Sie sind das faszinierendste Mädchen, das mir seit langem begegnet ist.«

Er setzte sich neben sie, legte den Arm um ihre Schultern und ließ die Hand lässig auf ihre rechte Brust herabgleiten.

Jess entzog sich blitzschnell seiner Umarmung. »Lassen Sie den Unsinn, Matt! Ich bin hergekommen, um mit Ihnen zu essen und um ein paar Antworten auf meine Fragen zu kriegen. Also belästigen Sie mich gefälligst nicht mit diesem Gesülze. Klar?«

Lennie frühstückte in einem kleinen Restaurant und wählte dann zum drittenmal die Nummer seiner Mutter Alice in Marina del Rey. Sie meldete sich beim zweiten Klingeln.

»Hallo, Alice Golden hier«, ertönte ihre Stimme ein wenig atemlos am anderen Ende. »Was kann ich für Sie tun?«

»Hatten Sie nicht einen obszönen Anruf bestellt?« keuchte er in den Hörer.

»Lennie, mein Junge! Warum rufst du an? Ist was passiert?«

Allein diese Fragen sagten genug über ihre Mutter-Sohn-Beziehung aus. Alice pflegte immer ohne Umschweife zum Kern der Dinge zu kommen.

»Passiert ist nichts«, erwiderte Lennie. »Ich bin in L. A.«

»Und was machst du hier?«

Hatte das ängstlich geklungen? Er wußte, daß Alice nicht gern daran erinnert wurde, daß sie einen dreißigjährigen Sohn hatte. Es ließ sie in ihrer Vorstellung alt erscheinen.

Lennie fischte eine Zigarette aus der Tasche. »Ich hatte ein Engagement in Vegas und dachte, ein Besuch hier könnte nicht schaden.«

»Ein Besuch bei mir?« Diesmal war die Panik in der Stimme kaum zu überhören.

»Nein, in L. A.«

Warum sollte er sie auch besuchen? Sie war schließlich nur seine Mutter.

»Das ist aber schön.«

»Ja. Ich dachte, ich könnte hier ein paar Beziehungen knüpfen.«

»Richtig, für Beziehungen ist L. A. die richtige Stadt.«

»Na, und gleichzeitig wollte ich natürlich dich wiedersehen.«

Am anderen Ende war es lange still. Der Empfang war wirklich herzerfrischend.

Er beschloß, sie nicht länger zappeln zu lassen. »Aber nur, wenn's dir auch paßt«, fügte er hinzu.

»Oh, du guter Junge! Du bist so verständnisvoll«, lobte sie ihn überschwenglich. »Im Augenblick habe ich gerade einen ›neuen‹ Freund. Er hält mich für vierzig. Ich will ihm seine Illusionen nicht nehmen... noch nicht.«

»Freut mich, daß es dir gutgeht. Ich ruf dich wieder mal an.«

»Gut. Wenn sich ein Mann meldet, leg bitte einfach wieder auf.«

»Selbstverständlich. Was anderes wäre mir auch gar nicht in den Sinn gekommen.«

»Du bist wirklich ein lieber Junge. Und so talentiert.« Schließlich schien sich doch noch ihr mütterliches Gewissen zu regen, denn sie fügte hinzu: »Erinnerst du dich noch an meine alte Freundin Rainbow? Sie hat diesen verrückten Foxie geheiratet... du weißt schon, den, dem der Club auf dem Sunset Boulevard gehört. Vielleicht engagiert er so einen lustigen Jungen wie dich. Du brauchst ihr nur zu sagen, wer dein Vater gewesen ist. Sie war immer ganz geil auf ihn. Würde mich nicht wundern, wenn die beiden hinter meinem Rücken was miteinander gehabt haben.« Alice lachte schrill. »Aber, was soll's? Ich war nie ein Kind von Traurigkeit. Jeder... wirklich jeder Mann in Vegas ist hinter mir hergewesen, Lennie!« Und nach einer Pause fuhr sie fort: »Ich war der Star, Lennie. Keine konnte die Quasten schwingen wie ich! Alice, die ›Swizzle‹, die beste Stripperin...«

Lennie hörte schon nicht mehr zu. Er kannte das alles zur Genüge. Alice, die Sensation von Las Vegas. Und der große Komiker Jack Golden.

Lennie bezeichnete Alice niemals als Komiker, höchstens als lustigen Jungen. Für sie war Jack Golden mit seinen albernen Slap-stick-Gags noch immer der Größte.

Lennie ließ sie eine Weile weiter in Erinnerungen schwelgen, dann verabschiedete er sich und legte auf. Er wußte selbst nicht mehr, weshalb er seine Mutter eigentlich angerufen hatte. Für sie war er von jeher nur eine lästige Verantwortung gewesen, der sie sich meisterhaft zu entziehen verstanden hatte.

Dann mußte er unwillkürlich grinsen. Alice hatte »Rainbow« erwähnt. Und ob er sich an sie erinnerte. Rainbow war die schönste Stripperin von ganz Vegas gewesen. Und sein Vater sollte etwas mit ihr gehabt haben? »Nicht schlecht, mein alter Herr«, sagte er sich leise. »Nicht schlecht.«

Er war damals zwölf gewesen und hatte sich mit Jess hinter die Bühne des Hot-Banana-Strip-Clubs geschlichen, wo Rainbow gerade auftrat.

Die Augen waren ihm beinahe aus dem Kopf gefallen. Tantchen Rainbow, die mehrmals bei ihnen zu Hause gewesen war, die gelegentlich mit der Mutter einkaufen ging, stand mit faszinierenden nackten Brüsten, einem bezaubernden Lächeln und ihrer roten Haarmähne auf der

Bühne. Sie trug einen Lendenschurz aus orangeroten Pailletten, der mehr enthüllte als er verbarg, schwarze Netzstrümpfe, passende Schuhe mit hohen, spitzen Absätzen, und hatte eine lange Federboa um die Schultern gelegt.

Als Tantchen Rainbow ihre Utensilien restlos abgelegt hatte, hatte er sich die Hose naß gemacht.

Lennie hatte dieses Erlebnis nie vergessen. Wie mochte Tantchen Rainbow wohl heute aussehen? Vermutlich alt, fett und häßlich. Warum sollte er sich eine schöne Jugenderinnerung zerstören lassen? Vermutlich erinnerte sie sich gar nicht mehr an den kleinen Jungen von Alice.

Nachdem er bei Alice abgeblitzt war, beschloß er, sich selbst eine Unterkunft zu suchen, und rief seinen Freund und Kollegen Joey Firello an.

Joey riet ihm, sich im Château Marmont, einem alten Hotel in den Hügeln von Hollywood, einzuquartieren, in dem viele Leute des Showbusiness verkehrten und wo man noch ausgesprochen preiswert wohnen konnte. Joey schien sich zu freuen, von ihm zu hören. »Nimm dir dort erst mal ein Zimmer. Wir verabreden uns dann später«, schloß er.

Aber Lennie war gar nicht so sicher, ob er Joey überhaupt sehen wollte.

Joey Firello war auf dem Weg nach oben, während Lennie Golden noch immer keinen sicheren Boden unter die Füße bekommen hatte. Natürlich, Engagements bekam er immer, aber wohin brachten sie ihn? Dabei hatten es um ihn herum so viele schon geschafft: John Belushi, Dan Aykroyd, Chevy Chase, Joey Firello.

In seiner Naivität hatte er angenommen, Las Vegas sei das Sprungbrett zu größeren und höheren Dingen, und hatte eine Bauchlandung fabriziert.

L. A. mußte sich jetzt als erfolgreicheres Pflaster für ihn erweisen, sonst...

Er wagte gar nicht daran zu denken.

10. Kapitel

Im Magiriano liefen die Vorbereitungen für die große Gala zu Ehren von Francesca Fern auf Hochtouren. Der riesige Ballsaal wurde mit weißen Orchideen geschmückt... ein Willkommensgeschenk von Dimitri Stanislopoulos an Madame Fern.

Lucky sah im Lauf des Tages einmal kurz nach dem Rechten und fand, daß alles nach Plan lief. Sie verfügte über ein ausgezeichnetes, gut aufeinander eingespieltes Team, dem fast nie ein Fehler unterlief. Die Partyservice-Firma des Magirianos war die beste der Stadt. Lucky konnte sich darauf verlassen, ein erstklassiges Essen zu bekommen.

Stündlich trafen neue Berühmtheiten in ihren Privatjets, Limousinen und mit den kommerziellen Fluglinien in Las Vegas ein. Selbstverständlich erwarteten sie Körbe mit Früchten, eisgekühlter Champagner, Kaviar und eine Auswahl an exquisiten Käsesorten zusammen mit einem persönlichen Willkommensgruß von Lucky in ihren Suiten. Gleichgültig, wie reich und berühmt die Leute waren, alle wußten es zu schätzen, wenn sie etwas umsonst bekamen... das war einer der Grundsätze im Geschäftsleben, die Lucky von Gino gelernt hatte.

Obwohl Lucky bisher Francesca Fern nie begegnet war, schickte sie ihr sechs Flaschen Cristal-Champagner und einen persönlichen Kartengruß in die Suite.

Gino hatte Lucky bereits darauf vorbereitet, daß er mit Susan Martino zur Gala erscheinen würde.

»Wann reist sie eigentlich ab?« konnte Lucky sich bei dieser Gelegenheit nicht verkneifen zu fragen.

»Warum?« entgegnete Gino gereizt. Er wußte selbst über Susans Pläne nicht Bescheid. Ursprünglich war sie für ein paar Wochen nach Las Vegas gekommen. Von Abreise war in letzter Zeit allerdings nicht mehr die Rede gewesen. Und wenn es nach ihm ging, konnte sie ewig bleiben. Sie machte ihm das Leben äußerst angenehm.

Als er sie später am Abend abholte, um sie zur Gala von Francesca Fern zu begleiten, schnitt er das Thema an. »Ich hab mich sehr an dich gewöhnt, Susan«, begann er. »Du denkst doch hoffentlich nicht an Abreise, oder?«

Susan lächelte flüchtig. »Das Leben geht weiter«, seufzte sie gelassen. »Und keiner von uns ist völlig frei.«

»Wie bitte?«

Susan tätschelte leicht seinen Arm. Der Brillantring, den er ihr geschenkt hatte, glitzerte an ihrem kleinen Finger. »Ich habe ein Haus zu führen und nebenbei zahlreiche gesellschaftliche Verpflichtungen. Zum Beispiel habe ich mich sehr für wohltätige Einrichtungen engagiert. Dann sind da meine Kinder... natürlich sind sie inzwischen einigermaßen erwachsen. Nathan besucht das College, und Gemma heiratet vielleicht im Herbst. Trotzdem brauchen sie mich... besonders seit Tiny nicht mehr für sie da ist.«

»Ja«, murmelte Gino unsicher. Susan sprach zum erstenmal von ihren Kindern. Der Gedanke, es gebe für Susan nur ihn, Gino, hatte ihm irgendwie recht gut gefallen.

»Eigentlich habe ich vor, kommendes Wochenende abzureisen«, fuhr Susan fort. »Es bedürfte schon eines triftigen Grundes, mich davon abzuhalten.«

War er nicht Grund genug, fragte er sich gekränkt. Viele Frauen würden sich darum reißen, in ihrer Situation zu sein.

Dimitri musterte wütend sein Spiegelbild, während er seine Fliege über dem Smokinghemdkragen befestigte. Da stand er nun in Las Vegas und ging wie ein braves Schoßhündchen zu Francesca Ferns großartiger Gala. Sie hatte auf seiner Anwesenheit bestanden. Wie selbstverständlich hatte er gehorcht, war sogar zwei Tage früher angekommen, um sie ausgeruht und voller Energie begrüßen zu können. Francesca Fern war eine Frau, die unerschöpfliche Kraft an einem Mann bewunderte. Sie selbst war ein nie ermüdendes Energiebündel und erwartete – meist vergeblich – dieselbe Einstellung von den Personen ihrer Umgebung. »Dimitri«, hatte sie oft mit ihrer heiseren Stimme geflüstert, »wir sind wie Zwillinge, dasselbe Sternkreiszeichen, dasselbe Schicksal verbindet uns. Nur du allein kannst es mit mir aufnehmen.«

Sie beide waren im Zeichen des Zwillings geboren.

Mittlerweile war Madame Fern mit ihrer Begleitung und ihrem völlig eingeschüchterten Mann Horace im Hotel eingetroffen. Dimitri hatte ihr eine Stunde zum Ausruhen zugestanden, dann hatte er in ihrer Suite angerufen und von ihrem unverschämten Sekretär erfahren müssen, daß Madame dem *Time Magazine* ein Interview gab und daher auf keinen Fall gestört werden könne.

»Holen Sie sie ans Telefon!« hatte Dimitri aufgebracht gebrüllt, er war es gewohnt, seinen Willen durchzusetzen.

»Das ist im Augenblick völlig unmöglich«, beharrte der Sekretär.

»Tun Sie gefälligst, was ich Ihnen sage!« schrie Dimitri.

»Madame wird Sie sicher anrufen, sobald das Interview beendet ist«, entgegnete der Sekretär ungerührt und legte auf.

Dimitri hatte daraufhin den Tag damit verbracht, in seiner Suite vergeblich auf Francescas Anruf zu warten.

Jetzt, kurz vor Eröffnung der Gala, hatte seine Wut ihren absoluten Höhepunkt erreicht. Schließlich war er nicht irgendein dümmlicher Fan! Wenn Francesca glaubte, ihn auf diese Weise behandeln zu können, würde sie ihr blaues Wunder erleben.

In letzter Minute rief Lucky Matt an. »Matt, du mußt mich heute abend zu dieser Gala begleiten«, erklärte sie gereizt. »Gino bringt Grace Kelly mit.«

»Grace ist in Monaco«, entgegnete Matt.

»Irgend jemand sollte der guten, alten Susan mal sagen, daß sie sich nur lächerlich macht. Vielleicht hört sie dann mit dieser dämlichen Maskerade auf.«

»Magst du sie nicht?«

»O Matt, du bist wirklich sensibel! Du hast den Nagel wieder mal auf den Kopf getroffen.«

»Sie ist doch eine sehr nette Lady.«

»Ach, laß doch! Hol mich lieber um halb sieben ab.«

Matt sah seine Pläne erneut durch die Santangelos durchkreuzt. Er hatte gehofft, später noch Jess zu treffen. Allerdings hatte diese ihm klar und deutlich gesagt, daß sie an einem erneuten Tête-à-tête nicht interessiert sei. Und das nur, weil er zudringlich geworden war.

Er schüttelte den Kopf. An der armen Jess schien die sexuelle Revolution schlicht vorbeigegangen zu sein. Allerdings war er kein Mann, der so schnell die Flinte ins Korn warf. Und jetzt machte Lucky Santangelo ihm erneut einen Strich durch die Rechnung.

Da sie nun einmal der Boß war, blieb ihm nichts anderes übrig, als sich zu fügen.

11. Kapitel

»Ich hasse diese Abende«, gestand Lucky Dimitri. »Am liebsten würde ich eine Handgranate reinwerfen. Können Sie das verstehen?«

Dimitri musterte das schwarzäugige Mädchen gelangweilt und wünschte inständig, sie würde endlich einmal ihren Mund halten. Er wollte sich auf Francesca konzentrieren können, die am oberen Tisch wie die Königin von England hofhielt.

Es war ein Affront, daß er sich mit einem Platz an einem der unteren Tische hatte begnügen müssen. Und das mußte ausgerechnet ihm, dem einflußreichen Dimitri Stanislopoulos, passieren.

Lucky wartete vergeblich auf eine Antwort. Schweigen im Walde. Lucky seufzte unterdrückt. Sie saß zwischen den beiden langweiligsten Männern des Abends in der Falle.

Matt Traynor unterhielt sich ihr gegenüber angeregt mit Freunden und Bekannten aus seiner Zeit in Hollywood, ohne auch nur den Versuch zu unternehmen, sie mit einzubeziehen.

Sie griff nach ihrem Champagnerglas und machte dem Kellner ein Zeichen, ihr nachzuschenken. Der Abend war eigentlich nur im betrunkenen Zustand zu ertragen.

Gino beobachtete Susan in Aktion. Es war das erste Mal, daß er sie in der Gesellschaft der Show-Elite erlebte. Und sie wußte sich zu bewegen. Jede Handbewegung stimmte.

Wie mußte man sich wohl fühlen, mit einer Frau wie Susan verheiratet zu sein? Eigentlich war er zu alt, um herumzuhuren. Eine Frau an seiner Seite und in seinem Bett, das würde ihm durchaus gefallen.

Er betrachtete ihr feingeschnittenes Profil, während sie sich charmant mit Horace Fern unterhielt. Nach Marias Tod hatte er nie wieder ans Heiraten gedacht. Liebe, entzükkende Maria... sie war inzwischen seit dreiundzwanzig Jahren tot...

Hatte er nicht lange genug gewartet?

Sein Blick schweifte zu Lucky hinüber, die am nächsten Tisch saß. Wie würde sie die Nachricht aufnehmen? Böse, soviel war klar. Aber sie würde sich daran gewöhnen müssen. Letzten Endes blieb ihr gar nichts anderes übrig.

Es wurde eine lange Nacht, mit Reden, Aufführungen und Ehrungen. Die Fernsehkameras surrten, und Francesca Fern war in ihrem Element. Sie spielte die »Grande dame« bis zur Perfektion. Francesca verstand es ausgezeichnet, derartige Gelegenheiten zu ihren Gunsten zu nutzen.

Später, als das Fernsehteam die Gala verlassen hatte und sich die Gästeschar allmählich lichtete, machte Francesca charmant die Honneurs. Sie blieb auch neben Dimitri stehen, bückte sich, um ihm einen flüchtigen Kuß auf die Wange zu geben und gurrte dabei heiser: »Wie lieb, daß du gekommen bist! Ich weiß diese Geste zu schätzen.« Dann stellte sie sich neben ihn in Positur, bis ihr persönlicher Fotograf ein Foto gemacht hatte.

Dimitri packte sie so fest am Handgelenk, daß sie beinahe laut aufgeschrien hätte. »Was soll dieses Theater?« fragte er leise. »Wie kommst du dazu, mich so zu behandeln? Was für ein Spiel spielst du?«

Francesca brachte ein starres Lächeln zustande, während sie nur für ihn hörbar zischte: »Laß mich gefälligst los, du brutaler Kerl! Ich weiß über dich und Norma Valentine Bescheid. Uns beide kannst du nicht haben, mein Lieber. Ich lasse mich nicht demütigen!«

Norma Valentine! Dimitri hätte beinahe laut aufgelacht. Norma Valentine war ein englischer Filmstar, den er in Südfrankreich kennengelernt hatte. Ein griechischer Geschäftsfreund war in ihrer Begleitung auf seiner Yacht erschienen, und sie war über Nacht... nur eine Nacht... geblieben. Norma Valentine bedeutete ihm nichts. »Ich habe sie einmal kurz kennengelernt«, entgegnete er Francesca leise. »Sie war mir nicht besonders sympathisch.«

»Aber offenbar sympathisch genug, um mit ihr zu schlafen... und ihr am nächsten Tag ein Armband von Cartier zu schenken«, zischte Francesca böse.

»Eine Spielschuld... nichts anderes. Ich habe beim Pokern gegen sie verloren.«

»Ich bitte dich, Dimitri! Für wie blöd hältst du mich eigentlich? Eines merk dir gefälligst: Wer mal mit Norma Valentine geschlafen hat, kriegt mich nie wieder ins Bett!«

»Du bist verheiratet«, erinnerte Dimitri sie. »Seit wann kannst du mir verbieten, mit anderen Frauen zu schlafen?«

»Mach, was du willst!« konterte Francesca ätzend. Ihr Lächeln gefror. »Ich jedenfalls bin mit dir fertig!« Damit riß sie sich von ihm los und marschierte davon.

»Ich schätze, die Sympathien der Dame haben Sie sich verscherzt«, bemerkte Lucky, die die Unterhaltung zwangsläufig mitbekommen hatte und der es aufgrund ihres Alkoholspiegels nicht einmal peinlich war.

»Wie bitte?« Dimitri starrte sie wütend an.

Lucky zuckte nur mit den Schultern. »Vor fünfzehn Jahren standen Francesca Fern und Norma Valentine für die Hauptrolle in *Sirocco Sings* zur Disposition. Norma hat schließlich damit einen Oscar bekommen und Karriere als Filmstar gemacht. F. F. hat keine einzige Filmrolle gekriegt. Die beiden sind Erzrivalinnen. Das weiß in Hollywood jeder. Nur Sie scheinen völlig ahnungslos zu sein.«

Dimitri war wütend. »Sie haben uns also die ganze Zeit über belauscht?«

»Ich konnte gar nicht anders, als zuzuhören.«

»Wirklich nicht?«

»Ah... regen Sie sich ab. So was schadet in Ihrem Alter nur der Potenz!«

»Sie sind ziemlich vulgär, meine Liebe.«

»Spielen Sie hier nicht den Waisenknaben, Dimitri. Ich hab's satt, daß Sie mich hier wie Luft behandeln.« Sie stand auf. »Das hier ist mein Hotel. Sie haben die ganze Woche über an meinen Spieltischen gesessen. Also, warum entspannen Sie sich nicht? Kommen Sie, wir betrinken uns irgendwo. Ist das vielleicht keine gute Idee? Ich brauch das jetzt dringend... und mir scheint, Ihnen könnte es auch guttun.«

Dimitri sah Lucky plötzlich mit ganz anderen Augen. Und ihre dunkle Schönheit und strahlende Jugend war genug, um Francesca vorerst aus seinen Gedanken zu verbannen. Lucky Santangelo hatte recht.

Er hielt ihrem fragenden Blick stand. »Sie brauchen also einen Saufkumpan, oder?«

Lucky war plötzlich über die Aufmerksamkeit, die ihr seinerseits zuteil wurde, erstaunt. »Ja. Und die Wahl ist ausgerechnet auf Sie gefallen.«

»Sollte ich mich da geschmeichelt fühlen?«

Luckys Blick schweifte zu Gino, der selbstvergessen mit Susan tuschelte. »Das können Sie halten, wie Sie wollen. Ich will raus hier. Und zwar schnell.«

Gino und Susan waren zu einer Nachfeier im kleinen Kreis in Francescas Suite geladen.

»Ich hab ein ziemlich ereignisreiches Leben hinter mir... Hab viel getan... manches gut, manches schlecht. Verstehst du?« sagte Gino zu Susan.

»Mir ist durchaus klar, daß du kein Billy Graham bist«, bemerkte Susan.

»Wenn man von dort herkommt, wo ich herkomme, dann muß man lernen, für sich selbst zu sorgen. Das nimmt einem niemand ab.«

»Das ist mir klar.«

»Ich komme von der Straße. Eine anständige Erziehung oder Schulbildung habe ich nie gehabt. Ich hab mir alles selbst erarbeiten müssen.«

»Du bist ein echter Überlebenskünstler, wenn man bedenkt, wieviel du erreicht hast.«

»Ich habe den großen amerikanischen Traum wahrgemacht. Aus dem Nichts bin ich großgeworden. Ich kenne Präsidenten, Politiker, Bürgermeister... Bleib bei mir, Kindchen. Ich biete dir ein verdammt schönes Leben.«

»Ist das ein Antrag, Gino?«

»Weißt du was? Ich glaub ja.«

»Ich... also, das überrascht mich.«

»Du bist überrascht?«

»Wie hast du denn gedacht, daß ich zu dir stehe?«

»Das muß ich mir offengestanden erst noch überlegen.«

»Dann überlege. Niemand hält dich davon ab. Denk soviel nach, wie du Lust hast. Aber ich brauche deine Antwort, noch bevor ich heute ins Bett gehe... sonst könnte ich's mir bis morgen früh anders überlegt haben.«

Susan lachte leise. »Gino, du bist unverbesserlich. Aber ich muß erst noch mit meiner Familie... meinen Kindern sprechen.«

»Meinst du, ich frage Lucky um Erlaubnis?«

»So einfach ist das für mich nicht.«

»Dann mach's dir einfach... sag ja.«

»Ja«, flüsterte sie.

»Wie bitte?«

»Ich habe ja gesagt.«

»He! Das ist ja phantastisch!« Er sprang auf. »Hallo, alle mal herhören! Ich möchte euch was mitteilen!« Die kleine Gruppe, die sich in Francescas Suite versammelt hatte, verstummte und wandte sich um. »Die Dame hier und ich... Susan Martino und ich... O Mann! Wir wollen heiraten!«

Als sich Lucky endlich Dimitris Aufmerksamkeit gewiß war, fand sie in ihm einen äußerst angenehmen Begleiter. Zwar war er nicht Gino, aber er hatte eine interessante Ausstrahlung, und Lucky hatte sich von jeher in der selbstsicheren, zielbewußten Gegenwart älterer Männer wohl gefühlt. Davon abgesehen war Dimitri mit seinem dichten, weißen Haar, der markanten Nase und den eindrucksvollen Augen ein überaus attraktiver Mann. Und je mehr Alkohol sie zu sich nahm, desto anziehender wurde er.

Olympias Vater, schoß es ihr durch den Kopf. Sie hatte erotische Gedanken über Olympias Vater!

Es machte Lucky Spaß, mit ihm von einer Bar in die andere zu ziehen, wo er Ouzo trank wie andere Limonade, ohne daß das jedoch eine spürbare Wirkung hinterließ.

Auch Dimitri amüsierte sich glänzend. Francesca Fern würde ihr Verhalten noch bereuen. Dafür wollte er sorgen.

Um drei Uhr morgens strandeten sie schließlich in einem kleinen griechischen Café, wo Dimitri alle anderen freihielt, während ein Junge auf der Mandoline bekannte griechische Weisen, unter anderem die Titelmelodie aus dem Film *Alexis Sorbas* spielte. Dimitri tanzte unermüdlich, balancierte dabei einen Teller auf dem Kopf, zerschmetterte zum Schluß nacheinander dreiundzwanzig Porzellanstücke und gab dem lächelnden Wirt einen Tausenddollarschein. Danach zogen sich Lucky und er in schweigendem Einverständnis in Luckys Penthousewohnung zurück.

Einen Augenblick lang war Lucky nervös wie ein Schulmädchen. Sie lief aufgeregt umher, mixte Dimitri einen Drink und verschwand dann im Badezimmer, wo sie sich mit einem kalten, nassen Handtuch die Stirn kühlte, um etwas Klarheit in ihre Gedanken zu bringen.

Schließlich kehrte sie zu Dimitri ins Wohnzimmer zurück.

Dimitri sagte einmal hastig ihren Namen, dann streifte er ihr mit geschickten, kräftigen Händen das schwarze Seidenkleid vom Körper, das diesen wie eine zweite Haut umgeben hatte.

Lucky fühlte sich wie ein Fallschirmspringer vor dem Absprung: erwartungsvoll, aufgeregt, bereit, sich selbst zu übertreffen.

Seine Hände waren groß, die Finger lang und kräftig. Langsam begann er ihren Körper zu erforschen, über ihre Haut zu streichen, bis er das einzige Kleidungsstück, das sie noch anhatte, einen knappen Slip, erreichte und diesen über ihre Oberschenkel, Waden und Fesseln hinabzog.

Sie war nackt, doch er blieb angezogen. Als einziges lockerte er die Krawatte.

Sanft drückte er sie auf die Couch nieder, griff nach seinem Glas Kognak, tauchte den Zeigefinger hinein und bestrich ihre Brustwarzen mit der schimmernden Flüssigkeit.

Der Alkohol brannte nur einen Augenblick auf ihrer Haut. Dann begann er ihn einzusaugen, und Lucky seufzte vor Vergnügen. Sie reckte die Arme über den Kopf und begann sich genüßlich zu räkeln. Dimitri umfaßte ihre Brüste mit beiden Händen und strich lustvoll mit seiner Zunge darüber.

»Zieh dich aus!« drängte sie heiser.

Er lachte. »Nicht so ungeduldig.«

»Zieh dich aus, Dimitri! Und zwar jetzt!«

Ohne die Hände von ihren Brüsten zu nehmen, erforschte er ihren Körper mit seiner Zunge.

Lucky wand sich vor Erregung unter seiner Berührung. Ich mag ja betrunken sein, schoß es ihr durch den Kopf, aber der Mann scheint trotzdem verdammt gut zu wissen, was er zu tun hat. Vielleicht hatte sie Sex auch nur zu lange entbehrt.

Er öffnete ihre Schenkel und grub seinen Kopf in ihren Schoß.

»Ich... will... deinen... Körper... fühlen...«, murmelte sie stockend. »Bitte...«

Seine Zunge bewegte sich ebenso geschickt und erfahren wie seine Finger.

»Ja...Ohhh... Ja«, stöhnte Lucky. Ihre Beine spreizten sich weiter, als sie fühlte, wie sich die Spannungen der vergangenen Monate zum Höhepunkt, zur alles befreienden Befriedigung aufbauten.

Er hielt inne, um seine Zunge erneut in Brandy zu tauchen, während seine Hände weiter zärtlich ihre Brüste streichelten.

Sie fühlte das Brennen des Alkohols, seine phantastischen Hände, die Kraft und Zartheit seiner Zunge.

»O Gott... Dimitri! O Gott! Das ist ja unglaublich! So wahnsinnig schön! Ohhhh...«

Sie hatte den absoluten Gipfel erreicht. Erlebte ihn mit all den Fasern ihres Körpers.

Dimitri grub den Kopf in ihren Schoß und genoß jedes Beben ihres pulsierenden Orgasmus'.

12. Kapitel

Foxie war fünfundachtzig Jahre alt, klein und zierlich, hatte einen kahlen Schädel, Segelohren und schielte.

Foxie war schlau, primitiv und bösartig, ein guter Freund und ein gemeiner Feind.

Außerdem war er ein legendäres Original der Hollywoodszene, für Eingeweihte ein wohlbekanntes Unikum.

Trotz Alices offenbar langjähriger Freundschaft mit Foxie hatte Lennie ihn nie persönlich kennengelernt.

Foxie's, das gleichnamige Etablissement am Hollywood Boulevard, war ein mehr als gutgehendes Vergnügungslokal mit äußerst gemischtem Publikum. Hier verkehrten Zuhälter und Nutten, Möchtegern-Prominente aus Beverly Hills und gelegentlich auch Filmstars. Alle kamen zu Foxie's, um sich zu amüsieren. Das Essen war indiskutabel, der Alkohol wurde großzügig ausgeschenkt, und die Unterhaltung, die geboten wurde, war erstklassig. Sie gestaltete sich aus einer Mischung von jungen Talenten, Stripperinnen, erfahrenen Conferenciers und einer Talentshow, die besser war als die bekannte »Gong Show«. Einmal im Monat fand die sogenannte »Take-It-Off Night« statt, in der Frauen aus dem Publikum auf die Bühne kommen konnten, um allen zu zeigen, was sie hatten. Die Plätze für diese Vorstellung waren schon Wochen im voraus ausgebucht.

Joey Firello war es, der Lennie vorschlug, bei Foxie vorzusprechen. »Ich hab dort angefangen«, erklärte er. »Nach sechs Wochen hatte ich meine eigene Fernsehshow. Jetzt gebe ich Autogramme und kann mich vor den Mädchen nicht mehr retten.«

Joey war mager, klein und sehnig. Er war sechsundzwanzig, also vier Jahre jünger als Lennie.

»Paß auf«, sagte Joey. »Wenn Foxie nicht anbeißt, dann gehen wir zum ›Improv‹ oder dem ›Comedy Store‹. Irgendwie kriegen wir dich da rein.«

Lennie kam sich beinahe lächerlich vor. Joey, der Jüngere, gab ihm Ratschläge. Ausgerechnet Joey, der drei Jahre zuvor mit achtundzwanzig Dollar in der Tasche, ein paar Gags und einer Menge Energie nach New York gekommen war. Neun Wochen lang hatte er bei Lennie auf dem Fußboden genächtigt. Seine unermüdliche Aktivität hatte sich bezahlt gemacht. Mittlerweile trug er Kaschmir-Pullover und fuhr einen gebrauchten Jaguar. Foxie begrüßte ihn wie einen alten Freund.

»Ich möchte dir einen Freund vorstellen«, begann Joey, »Lennie Golden. Merk dir den Namen. Er ist verdammt witzig.«

»So witzig wie du?« konterte Foxie barsch.

»Gib ihm eine Chance und urteile selbst«, antwortete Joey.

Foxie bearbeitete seine Zähne mit einem Zahnstocher, neigte den Kopf leicht zur Seite und sagte: »Willst du heute abend einen Versuch bei mir machen?«

»Die Absicht hatte ich eigentlich nicht«, entgegnete Lennie hastig. »Ich habe ein Video von meiner Arbeit... Wenn's Ihnen gefällt, kommen wir vielleicht ins Geschäft.«

»Ach, ihr von der Ostküste... ihr seid doch alle gleich«, schnaubte Foxie verächtlich. »Ihr wollt nie was riskieren. Aber ich soll meine Zeit mit euren beschissenen Videos vergeuden.« Er biß den Zahnstocher durch. »Bei Foxie stellt man sich entweder auf die Bühne und versucht beim Publikum anzukommen, oder man verduftet. Heute abend um zehn könnte ich dich einschieben. Eine andere Chance kriegst du bei mir nicht.«

Joey nickte. »Er nimmt das an.«

»Bleibt mir wohl nichts anderes übrig, was?« witzelte Lennie.

»Nein«, bestätigte Joey. »Du bereust es bestimmt nicht. Du wirst ihm gefallen. Ich hänge mich jetzt ans Telefon und trommle ein paar Fans zusammen.«

Lennie fragte sich, ob Joey möglicherweise auch Eden einlud. Die beiden kannten sich aus New York, er hatte sie aber den ganzen vorherigen Abend lang nicht erwähnt. Warum schwieg er sie tot? Die beiden mußten sich in L. A. gelegentlich begegnet sein. Aber Lennie war fest entschlossen, keine Fragen zu stellen.

Herrgott, war er nervös.

Lennie Golden und nervös.

Er hatte schließlich über tausend Vorstellungen hinter sich.

Foxie's war nichts anderes als sonst auch.

Mit einer Ausnahme.

Bei Foxie's mußte er einen durchschlagenden Erfolg haben.

13. Kapitel

Vitos Felicidade war nicht gerade der aufregendste Liebhaber, den Olympia je gehabt hatte. Er reizte sie auf eine andere Art und Weise. Vitos war ein Showstar und daher durchaus eine Trophäe, mit der man sich eine Weile schmücken konnte.

Brigette konnte ihn von Anfang an nicht leiden. Das Mädchen wurde für Olympia zum immer größeren Problem. Selbst Nanny Mabel wurde häufig nicht mehr mit dem verzogenen, kapriziösen Fratz fertig.

Nur mit großer Mühe gelang es Olympia, Brigette schließlich mit einem teuren Geschenk von Tiffany dazu zu bringen, bei der Hochzeit ihrer Großmutter als Blumenmädchen aufzutreten. Nach der hitzigen Auseinandersetzung flüchtete Olympia in die Abgeschiedenheit ihres Schlafzimmers. In zwei Stunden erwartete sie Vitos, und sie hatte noch so viel zu tun.

Sie betrachtete sich im Spiegel. New York hatte an ihren Gewichtsproblemen nichts geändert; im Gegenteil. Ärgerlich saugte sie ihre fleischigen Wangen ein. Weshalb konnte man sich mit Geld keine hohen Wangenknochen kaufen? Warum war sie nicht zehn Zentimeter größer und zwanzig Pfund leichter?

Ha! Vitos konnte sich nicht beklagen. Er fand sie perfekt, wie sie war. Südländer mochten Frauen, die Fleisch auf den Knochen hatten... ganz zu schweigen von den Millionen auf dem Bankkonto. Sie runzelte die Stirn.

Vitos traf mit zwanzigminütiger Verspätung ein, trug einen pinkfarbenen Anzug, hatte eine dunkle Sonnenbrille auf und grinste wie üblich. Als erstes bediente er sich an Dimitris Zigarren.

Als Olympia zehn Minuten später ganz in Weiß eintrat, war er in einem Sessel eingeschlafen. Die Zigarre hatte ein Loch in die Politur eines antiken Tischchens von unschätzbarem Wert gebrannt.

»Wach auf!« schrie Olympia ihn an.

Er räkelte sich. Und gemeinsam zogen sie sich vier Portionen qualitativ hochwertiges Kokain rein, bevor sie sich auf die Fahrt nach Long Island machten, wo die Hochzeit von Olympias Mutter stattfinden sollte.

14. Kapitel

»Ich muß mit dir sprechen«, sagte Gino.

»Ich hab's schon gehört«, entgegnete Lucky und versuchte nicht zu zeigen, wie verletzt und empört sie war.

»Den ganzen Tag habe ich schon versucht, dich einmal zu erreichen.«

»Jetzt hast du mich erreicht. Herzlichen Glückwunsch! Was gibt's da noch lang zu reden?«

Sie standen sich an der Empfangstheke des Magiriano gegenüber. Lucky war gerade mit dem Wagen von einem Ausflug zurückgekehrt und trug Jeans, ein weites T-Shirt und eine Sonnenblende. Ihr Haar war zerzaust, und sie war ungeschminkt.

»Du bist wütend auf mich«, stellte Gino fest, dem ihr Blick nicht entgangen war.

»Warum sollte ich wütend sein?« entgegnete sie sarkastisch. »Ich meine, du bist doch nur mein Vater. Du hast beschlossen zu heiraten, und ich erfahre es von Matt Traynor.« Ihre Stimme wurde laut. »Was ist denn daran schon Besonderes?«

»Lucky, es hat sich eben so ergeben... gestern auf der Party. Heute morgen wollte ich als erstes dich anrufen. Ich kann nichts dafür, daß du den ganzen Tag nicht zu Hause warst. Komm, gehen wir zu dir rauf. Ich hänge schon seit einer Stunde hier unten rum.«

Sie betraten den privaten Lift. Lucky hatte wirklich Angst. Was sollte aus ihr und ihren Plänen werden, wenn ihr Vater tatsächlich wieder heiratete?

Lucky war stundenlang durch die Wüste gefahren und hatte nachgedacht. Nach dem Telefonat mit Matt am frühen Morgen war sie am Boden zerstört gewesen. Dimitri hatte sie Stunden zuvor bereits verlassen, sie fühlte sich allein, hatte einen Kater und war nicht in der Verfassung, mit einer so niederschmetternden Nachricht so einfach fertig zu werden. Auf der Fahrt mit ihrem schnellen Ferrari über die Wüstenpisten schließlich hatte sie versucht, Klarheit über alles zu gewinnen.

Als sie nun mit Gino ihre Wohnung betrat, standen dort körbeweise cremefarbene Rosen. Sie sah sich erstaunt um und wandte sich dann an Gino. »Warst du das?«

Ginos Miene verdüsterte sich. »Nein.«

Lucky griff nach einer der weißen Karten, die an den Körben befestigt waren. Auf der Innenseite stand nur ein Name: Dimitri.

Sie zerknüllte die Karte in ihrer Hand.

»Wer hat dir die Rosen geschickt?« wollte Gino wissen.

»Francesca Fern«, log Lucky hastig und warf die Karte in eine Ecke.

»Nett von ihr.«

»Ja. Es war auch ein toller Abend.«

»Also, hör zu, mein Mädchen«, begann Gino und setzte sich auf eine Couch. »Ich habe einen Fehler gemacht. Ich hätte dir's als erste erzählen sollen. Aber machen wir doch jetzt keine Staatsaffäre daraus, ja?«

»Wer macht eine Staatsaffäre daraus? Ich dachte nur, daß es eigentlich normal gewesen wäre, wenn ich es vor allen anderen erfahren hätte.«

»Du bist meine Tochter... nicht mein Kindermädchen. Glaubst du, ich brauche deine Erlaubnis?«

»Ich glaube, du brauchst meinen Rat.«

Gino wurde wütend. »Auf deinen Rat pfeife ich«, erklärte er mit finsterer Miene. »Susan hat gleich gesagt, daß du nur eifersüchtig bist. Sie hat recht.«

Lucky hatte das berühmte Santangelo-Temperament geerbt. »Es ist mir völlig gleichgültig, was Susan sagt!« entgegnete sie aufgebracht. »Die Witwe Martino ist dein Problem... Und glaub mir, wenn du sie heiratest, dann hast du mehr Probleme, als du dir jetzt vorstellen kannst.«

»Du hast eine große Klappe, meine liebe Tochter. Und da du Susan nicht kennst, rate ich dir, nicht so geringschätzig von ihr zu sprechen.«

»Ich versuche dich nur davon abzuhalten, den größten Fehler deines Lebens zu machen.«

»Kindchen, ich hab in meinem Leben schon viel falsch gemacht und habe auch ohne deinen geschätzten Rat immer überlebt. Also lächle lieber und wünsch mir alles Gute.«

Lucky zwang sich zu einem starren Lächeln. Sie haßte Gino dafür, daß er einen solchen Narren aus sich machte. Trotzdem nickte sie. »Du hast recht. Es ist dein Leben. Und wenn du es unbedingt willst... Herzlichen Glückwunsch!«

»So gefällst du mir schon besser.« Er grinste. Seine Wut war verraucht. »Und jetzt muß ich weiter.« Er sprang auf und ging mit federnden Schritten zur Tür.

»Halt!« rief Lucky energisch. »Du kannst mich nicht mehr länger warten lassen.« Sie war allmählich frustriert. »Du mußt endlich wegen Atlantic City eine Entscheidung treffen.«

Er warf einen Blick auf die Uhr. »Im Augenblick muß ich mich beeilen. Wir sprechen darüber, wenn ich zurück bin.«

Sie musterte ihn wütend. »Wohin willst du?«

»Hab ich dir das denn nicht gesagt?«

Lucky schüttelte den Kopf. Die Bombe mußte jetzt bald platzen.

Gino enttäuschte sie nicht. »Ich habe Susan versprochen, mit ihr nach Los Angeles zu fliegen. Sie möchte es ihren Kindern persönlich sagen... weil sie nicht will, daß sie's aus der Zeitung erfahren.«

Lucky starrte ihn nur stumm an. Sie war dabei, ihn zu verlieren. Gino... Daddy...

»Welche Kinder?« erkundigte sie sich gezwungen ruhig.

»Susan hat einen Sohn und eine Tochter.«

Lucky fühlte, wie sich eine eiskalte Hand auf ihre Brust legte. »Wie alt sind die beiden?«

»Keine Ahnung. So um die zwanzig, schätze ich.«

Susan hatte recht gehabt. Sie war eifersüchtig... aber nicht auf die alte Schachtel, sondern auf ihre Kinder, die Gino eines Tages als ihren Stiefvater ansehen konnten.

»Wann kommst du zurück?« fragte sie und versuchte, ihren Kummer und ihre Verzweiflung nicht zu zeigen.

»In ein paar Tagen. Ich rufe dich dann an.«

»Aber ich muß *jetzt* wissen, wie du zu unserem Projekt in Atlantic City stehst«, drängte Lucky. »Ich habe viel Zeit und Energie darauf verwandt, alles bis zur Vertragsreife vorzubereiten. Wenn wir *jetzt* nicht unterschreiben, war alles umsonst.«

Gino saß wie auf heißen Kohlen. Susan wartete, und im Augenblick hatte sie Vorrang. »Halte die Leute hin«, riet er Lucky gelassen. »Sobald ich zurückkomme, setzen wir uns zusammen. Du kannst auf mich zählen.«

Früher hätte sie ihm geglaubt. Mittlerweile war sie skeptisch geworden. »Ich dachte, wir wollten um alles in der Welt gemeinsam ein Hotel bauen«, bemerkte sie leise. »Warum sagst du nicht einfach ja oder nein, damit ich alles Weitere veranlassen kann?«

»Zwei Tage. Gib mir zwei Tage.« Damit küßte er sie auf die Wange und ging.

Lucky trat auf die Terrasse hinaus und starrte lange ins Leere. Die Sonne war hinter einer Wolke verschwunden, und die warme Luft begann sich empfindlich abzukühlen. Nachdenklich kaute sie auf der Unterlippe. Wer war Susan Martino wirklich? Wie war ihr Leben verlaufen? Ihre Ehe mit Tiny Martino war bekannt, aber was hatte sie vorher gemacht? Wußte Gino überhaupt über sie Bescheid?

Einem plötzlichen Impuls folgend griff Lucky nach dem Telefon und bat Boogie zu sich. Fünf Minuten später stand dieser vor ihrer Tür.

»Ich möchte einen umfassenden Bericht über Susan Martino«, erklärte sie ohne Umschweife. »Ich brauche alles. Von der Geburt an bis heute. Verstanden?«

Boogie nickte. Er hatte sich im Lauf der Jahre an Luckys merkwürdige Wünsche und Einfälle gewöhnt. Sie hatte für alles, was sie tat, einen triftigen Grund. Lucky Santangelo hatte Stil. Sie war einzigartig. Ihr gegenüber kannte seine Loyalität keine Grenzen.

Nachdem Boogie gegangen war, wählte sie die Nummer der Rezeption. Dimitri Stanislopoulos hatte zweimal angerufen und die Nachricht hinterlassen, sie möge sich bei ihm melden.

Dimitri... sie wußte nicht, ob sie ihn wiedersehen wollte.

Dimitri... Olympias Vater.

Dimitri... ein interessanter Liebhaber.

Sie sah sich im Zimmer um, in dem es betörend nach Rosen duftete, und entschied, daß sie ihn durchaus wiedersehen wollte. Ob betrunken oder nicht, die Art seines Liebesspiels hatte sie außerordentlich genossen; und das, obwohl er normalerweise kaum ihr Typ war. Vor allem war er zu alt und zu autoritär. Lucky war daran gewöhnt, das Sagen zu haben.

Aber der Gedanke, den Abend allein verbringen zu müssen, während Gino und Susan gemeinsam nach Los Angeles flogen, trieb sie zum Telefon.

»Ich reise morgen ab«, verkündete Dimitri. »Also essen wir heute abend zusammen.«

In gewisser Weise erinnerte er sie an Gino. Ein Mann mit starkem Charakter, der seinen Willen durchzusetzen pflegte.

Und diesmal machte es ihr nichts aus, sich zu fügen.

Susan Martino lebte in gepflegtem Luxus im Roxbury Drive. Auf dem großen Haus lasteten hohe Hypotheken... was Susan Gino gegenüber allerdings verschwieg.

Über der vierteiligen Garage auf dem Grundstück lebte ein Schweizer Ehepaar. Die Frau kochte und hielt das Haus in Ordnung, während der Mann sich um den Garten kümmerte und allgemeine Reparaturarbeiten machte. Für ihre Dienste erhielten die beiden zweitausend Dollar monatlich. Susans Finanzberater hatte sie gewarnt, daß sie sich die beiden nicht mehr lange würde leisten können.

In der Garage stand ein gelber Rolls-Royce ... geleased. Ein brauner Mercedes ... geleased. Und ein Toyota-Kombi, der dem Schweizer Dienstbotenpaar gehörte ... ein Geschenk von Tiny, der zu seinen Lebzeiten das Geld stets mit vollen Händen ausgegeben hatte. Letztere Eigenschaft ihres verstorbenen Mannes war auch der Grund dafür, daß sich Susan mittlerweile in derartigen finanziellen Schwierigkeiten befand. Tiny hatte kein Testament ... er hatte ein Chaos hinterlassen.

Bereits einen Monat nach Tinys Tod hatte Susan der harten Wirklichkeit ins Auge blicken müssen. In zwei Jahren würde sie ohne einen Cent dastehen. Trotz der Unsummen, die Tiny während seiner überaus erfolgreichen Karriere verdient hatte, war es ihm gelungen, fast alles wieder auf die eine oder andere Weise auszugeben.

Nachdem Susan die Wahrheit über ihre finanzielle Misere erfahren hatte, hatte sie eine Weile vor Wut getobt, geschrien und alles mögliche durchs Zimmer geworfen. Dann erst war sie in der Lage gewesen, in Ruhe Bilanz zu ziehen. Sie war neunundvierzig Jahre alt und noch immer eine schöne, gepflegte Frau ... mehr als ein paar Korrekturen eines kosmetischen Chirurgen der Augenpartie, des Kinns und ihres Busens hatte es dazu nicht bedurft. Was konnte sich ein Mann ... ein älterer ... ein viel älterer Mann mehr wünschen? Susan war klug genug, zu erkennen, daß ältere Männer extrem junge Frauen wünschten, um ihren verlangsamten Hormonhaushalt und ihr Image aufzumöbeln.

In dieser Erkenntnis hatte Susan eine Liste von geeigneten Kandidaten aufgestellt und sich darangemacht, einen von ihnen zu schnappen.

Dabei hatte sie einen nach dem anderen aus vielerlei Gründen streichen müssen. Und irgendwo im unteren Teil der Liste war sie schließlich auf Gino Santangelo gestoßen.

Susan hatte nie auch nur im Traum daran gedacht, sich Gino Santangelo angeln zu können. Er war eine undurchsichtige Persönlichkeit mit einer noch undurchsichtigeren Vergangenheit; ein geheimnisumwitterter Mann, der mit seiner äußerst selbstbewußten Tochter in Las Vegas lebte. Manche behaupteten sogar, er sei ein Krimineller, der seine Aktivitäten hinter der Fassade von zahlreichen legalen Geschäftsunternehmen abwickelte.

Susan war das gleichgültig. Zu diesem Zeitpunkt war ihre Lage bereits verzweifelt. Es war kaum noch Geld übrig, und es mußte schnell etwas geschehen. Sie mietete für einen Monat ein Haus in Las Vegas, nahm das nächstbeste Flugzeug, und innerhalb der folgenden zwei Tage war sie im Geschäft! So einfach war das.

Gino Santangelo war ihr wie eine reife Frucht in den Schoß gefallen. Und sie hatte mehr Glück als erwartet, denn die energische Tochter war nicht in der Stadt, womit sie erst einmal freie Bahn hatte.

Jetzt hatte sie Gino fest an der Angel. Aber würde sie ihn *je* ihren Freunden präsentieren können?

Im Bett war er schrecklich. Er war so... so primitiv. Selbst in seinem Alter wollte er soviel. Sie war seine ständigen Versuche, sie zum Orgasmus zu bringen, leid. Als ob ihr das etwas bedeutete! Jahrelang hatte Tiny sich einfach auf sie geworfen, ein paarmal zugestoßen, und das war es dann gewesen. Mit mehr wollte sie nicht belästigt werden. Sex! Du meine Güte, das war so etwas Unappetitliches. Und Gino erschien mit seinen Händen und seiner Zunge und seinem ständigen Bedürfnis, ihr die höchstmögliche Befriedigung zu verschaffen, besonders unappetitlich.

Allerdings konnte niemand behaupten, daß sie keine brillante Schauspielerin sei. Sie hätte einen Oscar verdient... für die beste weibliche Hauptrolle im Bett.

»Willkommen zu Hause, Mrs. Martino«, begrüßte die Schweizer Haushälterin sie.

»Danke, Heidi. Es ist schön, wieder zu Hause zu sein«, erwiderte Susan mit einem warmen Lächeln. »Das ist Mr. Santangelo. Er bleibt ein paar Tage bei uns. Bitte richten Sie das blaue Gästezimmer her.«

Heidi nickte und verschwand.

»Gästezimmer!« schnaubte Gino verächtlich und zwickte Susan ins Hinterteil. »Machst du Witze?«

»Ich möchte den Schein wahren«, entgegnete sie. »Morgen kommen die Kinder.«

Er grinste. »Na und? Wissen sie denn nicht, was Mama so treibt?«

Susan lächelte unverändert. »Gino, mein Lieber, wir wollen doch nicht unnötig Probleme schaffen. Was wir tun, ist unsere Privatangelegenheit. Ich war von jeher der Meinung, daß man den Kindern zu Hause ein Beispiel setzen sollte.«

Gino gab ihr einen Klaps. »Baby, wenn ich zu Hause bin, dann wird gemacht, was ich sage, okay?«

Ihre Lippen wurden schmal, aber sie schwieg. Vorerst war Gino der Boß.

15. Kapitel

Und er hatte es geschafft.

Er war ein durchschlagender Erfolg.

Das Publikum bei Foxie's jubelte ihm zu. Lennie hatte ein künstlerisches Zuhause gefunden.

Foxie bot ihm einen 3-Monats-Vertrag an und räumte ihm genügend Zeit ein, um eventuelle Fernsehengagements nebenbei erfüllen zu können. Außerdem hatte Lennie einen neuen Agenten, einen gewissen Isaac Luther. Isaac war jung, voller Enthusiasmus und ein Mann, der mit ganzem Einsatz für seine Klienten arbeitete. Lennie vermutete, daß die Tatsache, daß er Farbiger war und glaubte, mehr als andere tun zu müssen, um Erfolg zu haben, die Ursache dafür war. Schließlich hatte er Joey Firello zu einer Karriere verholfen. Lennie mochte Isaac. Sie hatten beide dieselben hochgesteckten Ziele.

Auf Isaacs Anraten unterschrieb er den Vertrag mit

Foxie's und konnte feststellen, daß das eine der klügsten Entscheidungen seiner Karriere war. Foxie's war nicht nur ein Unterhaltungslokal, es stand für eine bestimmte Lebensart. Das Publikum, das Abend für Abend dorthin strömte, war das interessanteste, exzentrischste und aufregendste, das Lennie je erlebt hatte.

Foxie selbst war ein erfahrener Kritiker, der Lennie viele Tips und Ratschläge gab. Er hatte ein gutes Gehör für Dialoge und ein exzellentes Gespür für das, was beim Publikum ankam.

Rainbow, Foxies Frau, war zu diesem Zeitpunkt verreist. »Sie besucht ihre Schwester in Arizona«, erklärte Foxie eines Tages. »Kennst du meine Rainbow?«

Lennie gestand ihm bei diesem Anlaß zum erstenmal seine alte Bekanntschaft mit Rainbow.

Foxie lachte schallend. »Die Welt ist klein! Du bist also Alice Goldens Junge? Natürlich erinnere ich mich an Alice, die ›Swizzle‹.« Er grinste breit. »Die Guten, mein Junge, die Guten vergesse ich nie.«

Lennie wechselte das Thema, das für ihn in gefährliche Gefilde zu geraten drohte. Er wollte nichts über Foxies und Alices Vergangenheit wissen.

Jetzt, da er sich in Los Angeles etabliert hatte, versuchte er mehrmals, Jess telefonisch zu erreichen, bekam jedoch stets nur den einsilbigen Wayland an den Apparat. Beim dritten vergeblichen Versuch hinterließ er seine Telefonnummer und bat, Jess auszurichten, sie möge zurückrufen. »Sie vergessen das doch nicht, oder?« drängte er zum Schluß.

»Nein, gewiß nicht«, erwiderte Wayland, der, als er den Hörer auflegte, den Anruf bereits vergessen hatte.

Lennie versuchte auch mehrmals, erneut Verbindung zu Eden aufzunehmen, doch entweder es meldete sich eine Männerstimme am Telefon oder überhaupt niemand.

Von Joey hatte er erfahren, daß sie einen neuen Freund hatte.

Das allerdings kümmerte ihn wenig. In ihrer Beziehung zueinander waren noch viele Fragen offen geblieben. Und das wußte sie ebensogut wie er. Irgendwann würden sie wieder zusammensein.

Es war immer dieselbe Routine, nach der Jess' Besuch im Krankenhaus ablief. Sie hätte jeden Schritt auch mit geschlossenen Augen tun können: zum Krankenhaus fahren, einen Parkplatz finden, sich an der Rezeption melden, den Lift in den vierten Stock nehmen. Und manchmal, wenn sie durch die Station der unheilbar Kranken lief, wünschte sie sehnlichst, tatsächlich nichts zu sehen oder zu hören. Woche für Woche wechselten die Patienten in den einzelnen Betten. Einer ging, andere folgten nach. Und die Gesichter der Angehörigen mit Mienen, die Jess nur allzugut an sich selbst kannte.

Am Samstag um zwei Uhr kam sie pünktlich wie immer zu ihrem Besuch an. Die Schwester an der Rezeption versuchte sie vergeblich zurückzuhalten. Sie fuhr in den vierten Stock hinauf.

Das Bett ihrer Mutter war leer, die Laken hatte man bereits abgezogen.

Eine farbige Krankenschwester legte den Arm um ihre Schultern und sagte: »Wir haben Sie gestern am Spätnachmittag angerufen. Ist Ihnen das nicht ausgerichtet worden?«

Sie wußte, daß sie eigentlich nicht entsetzt und traurig sein durfte. Seit Monaten schließlich war sie auf dieses Ende vorbereitet gewesen.

»Nein, die Nachricht habe ich nicht bekommen«, murmelte sie, und ihre Augen füllten sich mit Tränen.

Die Krankenschwester erklärte ihr, was sie nun zu tun hatte. Jess kehrte zur Rezeption zurück, füllte zahllose Formulare aus und stellte einen Scheck aus. Dann verließ sie das Krankenhaus.

Draußen in ihrem Wagen saß sie eine Weile bewegungslos hinter dem Steuer und starrte mit unstetem Blick durch die Windschutzscheibe ins Leere. War es möglich, daß das Krankenhaus mit der Nachricht vom Tod ihrer Mutter angerufen hatte und Wayland so mit Drogen vollgepumpt war, daß er vergessen hatte, es ihr auszurichten? Sie wußte, daß er sich in schlechter Verfassung befand, aber das war unverzeihlich. Wäre Simon nicht gewesen, sie wäre zu Hause überhaupt nicht mehr aufgekreuzt. Jetzt allerdings, da ihre Mutter tot war, mußte sie endlich Ordnung in ihr Privatleben bringen. So konnte es nicht mehr weitergehen.

Sie seufzte. Wenn nur Lennie bei ihr wäre! Ihm hätte sie von ihrer Mutter erzählen können. Hätte sie das schon früher getan, dann hätte er Las Vegas auch nicht Hals über Kopf verlassen.

Verdammter Matt Traynor. Er war an allem schuld.

Um seine erste Woche bei Foxie's zu feiern, lud Lennie eine ganze Gruppe von Freunden zum Abendessen ein. Dabei waren die Zwillinge Suna und Shirlee, Joey, Isaac und Isaacs hübsche farbige Frau und die schwedische Stripperin mit dem monströsen Busen. Sie machten die ganze Stadt unsicher, und gegen vier Uhr morgens landete Lennie mit einem der Zwillinge in deren Bett. Er wußte selbst nicht, ob es Suna oder Shirlee war, aber solche Feinheiten waren ihm längst gleichgültig geworden.

Am darauffolgenden Tag betrat er Foxie's langsam und vorsichtig, denn er hatte einen schweren Kater. Er hatte das Gefühl, sein Kopf müsse jeden Augenblick zerspringen.

Foxie begrüßte ihn mit einem Klaps auf die Schulter und einem bösen Grinsen. »Heute abend solltest du gut sein, mein Junge«, erklärte er. »Rainbow ist wieder da. Und wenn du Rainbow nicht gefällst, dann bist du ›out‹, Freundchen.«

16. Kapitel

Dimitri verließ Las Vegas an Bord seines Lear-Jets, und Lucky war erleichtert. Eine Affäre mit einem Mann, der alt genug war, um ihr Vater zu sein, paßte nicht in ihr Konzept. Ein kurzes Zwischenspiel war mehr als genug.

Dimitri schickte noch mehr Körbe mit cremefarbenen Rosen, eine Einladung, ihn auf seiner Yacht zu besuchen, und eine Liste sämtlicher internationaler Telefonnummern, unter denen er zu erreichen war. Lucky vermißte ihn nicht. Gino allerdings fehlte ihr. Er hatte versprochen, in einigen Tagen zurück zu sein... und mittlerweile war bereits eine volle Woche vergangen.

Dann brachte Boogie den Bericht über Susan. Er war durchaus interessant, förderte jedoch nichts Weltbewegendes zutage. Vor ihrer Ehe mit Tiny hatte sie ein bewegtes Liebesleben geführt, aber was besagte das schon? Gino jedenfalls würde das eher anziehen als abstoßen. Und die perfekte Witwe hatte während ihrer Ehe mit Tiny keine Affären gehabt.

Das wiederum würde Gino ausnehmend gut gefallen. Sie hatte lediglich Geld ausgegeben, Parties organisiert, sich für wohltätige Zwecke engagiert, Schmuck gekauft und noch mehr Geld ausgegeben.

Susan hatte zwei Kinder: Nathan, achtzehn Jahre alt, und Gemma, zwanzig Jahre alt. Da der Bericht nichts weiter über die beiden aussagte, gab Lucky auch eine Recherche über sie in Auftrag.

Die einzige Information, die ihr nützlich sein konnte, war die, daß Susan pleite war, so pleite, daß sie fürchten mußte, daß man ihr die riesige Villa in Beverly Hills unter dem Hintern wegpfändete. Lucky allerdings hielt es durchaus für möglich, daß Gino bereits ihre Rechnungen bezahlte.

Diesen Punkt allerdings galt es als erstes zu klären.

Die beiden Martino-Kinder beeindruckten Gino. Sie waren so... patent und aufrichtig. Er hatte mit einigen Macken gerechnet; das wäre bei jungen Leuten nur normal gewesen. Aber diese beiden waren einfach perfekt; genau wie ihre Mutter.

Nathan war mittelgroß, hatte braunes Haar und ebensolche Augen und eine höfliche Art. Er studierte Recht und Philosophie an der University of Southern California, spielte im dortigen Footballteam, war ein ausgezeichneter Surfer, beliebt bei den Mädchen und ein fleißiger Student.

Gemma hatte das College verlassen und machte eine Ausbildung als Innenarchitektin. Sie war ein hübsches Mädchen mit kurzem, honigblondem Haar und einer deutlichen Neigung zur Magersucht. Sie war mit einem ehemaligen Schulkameraden verlobt.

Beide Kinder lebten noch zu Hause.

»Sie mögen dich«, erklärte Susan nach dem ersten gemeinsamen Abendessen.

»Das beruht auf Gegenseitigkeit«, antwortete Gino und fragte sich, weshalb Lucky und Dario nicht wie diese beiden hatten sein können.

»Sie werden sich schwer an den Gedanken gewöhnen, daß ich wieder heirate«, fuhr Susan fort. »Ich warte deshalb lieber noch ein paar Tage, bis ich es ihnen sage. Dann haben sie sich besser an dich gewöhnt.«

»He...!« protestierte er. »Wir sind doch extra hergekommen, um es ihnen zu sagen.«

»Und das werden wir auch«, besänftigte Susan ihn. »Aber wir brauchen doch nichts zu überstürzen. Da die Presse offenbar noch nichts von uns beiden weiß, möchte ich lieber noch warten... nur ein paar Tage.«

Das Warten wurde alles andere als zu einer Qual. Susan verwöhnte ihn wie einen König. Er genoß jeden heimischen Komfort, den sie zu bieten hatte. Für Gino, der normalerweise in einem Hotelzimmer wohnte, war es ein völlig neues Erlebnis, mit einer Frau zusammenzuleben, die ihm praktisch jeden Wunsch von den Augen ablas. Und obwohl er wußte, daß Lucky dringend auf seine Entscheidung bezüglich Atlantic City wartete, tat er nichts in dieser Richtung. Wenigstens diesmal kam das Geschäftliche für ihn erst an zweiter Stelle.

»Also wirklich, Mama!« protestierte Nathan. »Der Mann ist ein Primitivling.«

»Ja, genau!« bekräftigte Gemma aufgebracht. »Wie konntest du ihn nur zu uns mitbringen?«

Susan machte eine ausladende Geste, die ihr geschmackvolles Wohnzimmer mit allen Kunstgegenständen und dem wertvollen Mobiliar mit einbegriff. »Das ist unser Lebensstil hier. Und ich habe die Absicht, ihn aufrechtzuerhalten. Habt ihr vielleicht was dagegen?«

»Aber er ist so laut und ungehobelt«, warf Gemma ein.

»Also euer Vater ist auch nicht gerade leise und zurückhaltend gewesen«, entgegnete Susan.

»Daddy war ein *Star*!« schäumte Gemma wütend. »Du willst ihn doch hoffentlich nicht mit diesem dahergelaufenen...«

»Ganoven«, ergänzte Nathan. »So würde ich ihn nennen.«

»Mr. Santangelo ist ein amerikanischer Geschäftsmann«, erklärte Susan mit strengem Ernst. »Er verkehrt mit den Mächtigen unseres Landes... und er ißt mit Präsidenten zu Abend.«

»Ganove!« zischten Nathan und Gemma gleichzeitig.

Als Gino schließlich nach zehn Tagen noch immer nicht nach Vegas zurückgekehrt war, erklärten die New Yorker Anwälte Lucky, sie könnten die am Atlantic-City-Projekt beteiligten Parteien nicht länger hinhalten.

Wütend meldete sie ein Gespräch mit Gino in L.A. an. »Ich glaube, die Sache ist geplatzt«, erklärte sie tonlos. »Das Geschäft ist uns durch die Lappen gegangen.«

Gino ließ das reichlich kalt. »Vielleicht ist es besser so«, bemerkte er. »Ich weiß nicht, ob das in meinem Alter noch das Richtige gewesen wäre.«

O Gott, dachte Lucky. Gino war plötzlich alt und gab es auch noch zu. Was hatte diese Susan aus ihm gemacht? Schüttete sie ihm etwa ein Schlafmittel oder etwas Ähnliches in den Kaffee?

»Ich kann nicht fassen, was du da sagst. Wir haben uns das doch immer gewünscht.., es war... unser... Traum«, stammelte sie.

»Ja, Kindchen. Aber auch Träume ändern sich. Wir sprechen darüber, wenn ich wieder zurück bin.«

»Und wann kommst du wieder?« fragte sie und unterdrückte mühsam einen Wutanfall.

»Vielleicht in ein bis zwei Tagen. Wir finden bestimmt ein anderes Objekt... eines, das für einen alten Mann leichter zu handhaben ist.«

Lucky warf den Hörer auf die Gabel. Ein alter Mann! Das war nicht der Gino, den sie kannte.

Was sollte sie tun? Sie saß in Las Vegas fest, war geschäftlich an einen Vater gebunden, der offenbar an Senilität litt. Ohne ihn konnte sie praktisch nichts unternehmen. Wenn er heiratete, dann würde sie aussteigen.

Dieser Gedanke gefiel ihr plötzlich.

Lucky Santangelo würde sich wieder auf eigene Beine stellen.

Sie fragte sich, wie Gino wohl auf die Nachricht, daß er sie ausbezahlen mußte, reagieren würde.

Mein Gott, das würde er nie tun. Es bedeutete nämlich, daß das Magiriano verkauft und der Erlös geteilt werden müßte. Außerdem war auf ein Syndikat von Finanziers Rücksicht zu nehmen, und mit der »Geldwaschanlage« war es auch vorbei.

Trotzdem... Gino hatte in jedem Fall noch das Mirage, seine Holdinggesellschaften und anderen Unternehmen. Ihm konnte also eine solche Veränderung kaum etwas ausmachen.

Es gab keinen anderen Weg, als das Magiriano zu verkaufen. Wollte sie denn wirklich aussteigen?

Ja, das wollte sie. Es hatte keinen Sinn zu bleiben, wenn erst Susan Martino das Regiment führte.

Außerdem hatte sie auch ein Recht auf ein selbständiges Leben. Und ein Tapetenwechsel war genau das, was sie brauchte.

17. Kapitel

Rainbow sah weder alt, noch fett oder häßlich aus, obwohl die Haut um ihre Augen recht faltig war und sie die tiefen Linien, die von den Nasenflügeln zu den Mundwinkeln führten, unter einer dicken Schicht Make-up zu verbergen versuchte. Sicher war ihre Schönheit verblaßt, doch selbst im Alter war sie mit ihrer hervorragenden Figur und dem dichten, rotblonden Haar noch eine eindrucksvolle Erscheinung.

Sie schien Lennie sofort ins Herz geschlossen zu haben... vor allem, nachdem sie erfahren hatte, wer sein Vater gewesen war.

Kurz vor Lennies Auftritt am ersten Abend nach Rainbows Rückkehr vertraute ihm eine der Stripperinnen an, daß ein Vertreter der »Merv Griffin Show« in der ersten Reihe saß.

Lennie fiel vor Aufregung nicht gerade tot um. Er war es mittlerweile gewöhnt, daß Prominente aus dem Showgeschäft im Publikum waren.

Außerdem stand Lennie schon lange genug im Geschäft, um zu wissen, daß es völlig gleichgültig war, *wer* ihm nun gerade zusah. Auf der Bühne gab man sein Bestes. Und wenn das Beste nicht gut genug war... dann sollten sich alle zum Teufel scheren.

Nach der Show war er rastlos und nervös, doch niemand kam hinter die Bühne, um ihm zu sagen, wie großartig er war. Niemand von der Griffin Show tauchte bei ihm auf.

Schließlich trank er noch einen Schluck an der Bar und kehrte anschließend in die Leere seines Hotelzimmers zurück.

Es war bereits nach zwei Uhr morgens, aber die Sehnsucht nach ihr ließ ihn fast zwangsläufig zum Telefon greifen. In der Erwartung, am anderen Ende wieder dieselbe Männerstimme zu hören, wählte er Edens Nummer.

Eden war selbst am Telefon. Ihre seltsam kehlige Stimme sagte »Hallo?«. Es folgte eine schläfrige Pause, dann ertönte ein lauteres »Hallo?«.

Er wartete auf ihre Flüche. Und wie auf Kommando überschüttete sie ihn mit einem Schwall von Obszönitäten.

Lennie wählte den richtigen Augenblick für eine Entgegnung.

Schließlich hatte er nicht umsonst drei Jahre mit dieser Frau zusammengelebt.

Kurz bevor sie soweit war, den Telefonhörer auf die Gabel zu werfen, sagte er leise:

»Eden, hier ist Lennie. Stell dich langsam darauf ein. Ich trete wieder in dein Leben.«

18. Kapitel

In dem Augenblick, da ihr Vater seine New Yorker Wohnung betreten hatte, wußte Olympia, daß es ein Fehler gewesen war, dort einzuziehen. Olympia Stanislopoulos, eine der reichsten jungen Frauen der Welt, hatte es schließlich nicht nötig, sich wie eine ungebetene Untermieterin fühlen zu müssen. Sie rief sofort einen Freund ihrer Mutter, der Makler war, an und bat ihn, ihr ein Apartment zu besorgen.

Olympia hatte beschlossen, eine Weile in New York zu

bleiben, das ihr wider Erwarten immer besser gefiel. Hotels waren langweilig, und bei ihrem Vater weiter Gast zu sein, stand für sie außer Frage. Es war annehmbar, sein Flugzeug, seine Yacht, ja selbst seine private Insel mit ihm zu teilen, aber in New York brauchte sie unbedingt eine eigene Wohnung.

Dimitri entdeckte den Brandfleck auf dem antiken Tisch sofort, bekam einen Wutanfall und rief nach dem Butler, der die Schuld auf sich nahm, während Olympia nur gelassen dabei stand.

Erst Brigette konnte ihn wieder versöhnen. Die beiden begrüßten sich überschwenglich.

Olympia erinnerte die Szene an ihre Kindheit. Sie war stets mit Geschenken überschüttet worden, doch zärtliche Gesten hatte der Vater nur für seine jeweiligen Mätressen übrig gehabt. Brigette gegenüber war er schon wesentlich zartfühlender. Vielleicht machte das das Alter.

»Wie war's in Las Vegas?« fragte Olympia pflichtschuldig den Vater. »Soviel ich gehört habe, muß es eine schreckliche Stadt mit schrecklichen Leuten sein.«

Dimitri musterte sie kritisch. Sie war dick geworden. Es war ihm schleierhaft, weshalb das Mädchen nicht besser auf sich achtete.

»Da hast du recht«, antwortete er. »Aber ich war ja nur wegen der Gala für Francesca Fern dort. Das andere hat mich kaum interessiert.«

»Wie geht es Francesca?« erkundigte sich Olympia. Es war ihr ein Rätsel, was ihr Vater an der Schauspielerin mit dem Pferdegesicht fand. Die Affäre mit Francesca dauerte immerhin schon Jahre.

»Ausgezeichnet«, entgegnete Dimitri barsch, der keine Lust hatte, mit Olympia über sein Privatleben zu sprechen. Wenn Olympia erfuhr, daß die Liaison beendet war, stand es am nächsten Tag in sämtlichen Klatschspalten der internationalen Presse. »Ich habe übrigens eine alte Freundin von dir getroffen«, sagte er, um sie abzulenken.

»Wen denn?«

»Lucky Santangelo.«

Lucky Santangelo. Ihre ehemalige beste Freundin. Ahhhh... welche Abenteuer hatten sie zusammen erlebt! Aber das war lange her. Über fünfzehn Jahre. Vermutlich würden sie einander jetzt nicht einmal wiedererkennen. Und sicher hätten sie auch nichts mehr gemeinsam.

»Und wo hast du sie getroffen?« wollte Olympia wissen.

»Ihr gehört das Magiriano-Hotel.«

»So? Hat ihr Vater es ihr geschenkt?«

»Nein. Sie hat es selbst aufgebaut, während er im Ausland gewesen ist. Sie ist eine sehr kluge Geschäftsfrau.«

Olympia schwieg gereizt. Erzählte ihr Vater ihr das nur, um ihr ein schlechtes Gewissen einzuimpfen, weil sie nie etwas anderes getan hatte, als nur viel Geld zu erben?

»Und wie sieht sie aus?« erkundigte sich Olympia neugierig.

Dimitri wechselte das Thema. Seine Tochter brauchte von der jüngsten Affäre nichts zu wissen. »Daran kann ich mich schon gar nicht mehr erinnern«, bemerkte er leichthin. »Ich fahre übrigens morgen um zwölf zum Flugplatz. Da du mir am Telefon gesagt hast, du willst mit nach Europa fliegen, sei bitte pünktlich.«

Olympia nickte geistesabwesend. Sie hatte nicht die geringste Absicht, New York wieder zu verlassen, plante jedoch, Brigette und Nanny Mabel mit ihrem Vater fortzuschicken. Die beiden gingen ihr allmählich auf die Nerven. Das Kind wurde allmählich zu einem wahren Alptraum. Sie brauchte dringend ein wenig Zeit für sich allein.

Lucky Santangelo... und Gino Santangelo. Luckys Vater hatte schon als junges Mädchen einen unlöschbaren Eindruck bei ihr hinterlassen. Der dunkelhäutige, mittelgroße Mann war ihr sehr sexy erschienen mit seinem dichten, lockigen Haar, den männlichen Bewegungen und den schwarzen Augen. Damals hatte sie zum erstenmal die Anziehungskraft von älteren Männern gespürt.

Lange hatte Gino Santangelo ihre sexuellen Träume beherrscht. Wenn sie sich selbst befriedigt hatte, hatte sie sich vorgestellt, Gino sei bei ihr, würde ihre Brüste liebkosen und sie voll brutaler Kraft nehmen.

Sie hatte Lucky nie gestanden, welche Wünsche ihr Vater in ihr ausgelöst hatte. Der Freundin hätte der Gedanke sicher nicht behagt.

Olympia seufzte und erinnerte sich an den Tag, an dem sich Gino mit Mabelle Blue, einem berühmten blonden Filmstar, verlobt hatte. Er hatte Lucky telefonisch benachrichtigt, und sie war weinend in ihr Bett gekrochen. Olympia, die nicht schlafen konnte, schlüpfte zu der Freundin unter die Decke und tröstete sie... sanft zuerst, dann immer leidenschaftlicher, und es hatte nicht lange gedauert, bis sich die beiden Schulmädchen wie Liebende umarmt hatten.

Eine Nacht voller süßer, feuchter Zärtlichkeit. Am nächsten Morgen war wieder alles beim alten. Keine von beiden hatte den Vorfall je wieder erwähnt. Es war, als habe diese Nacht nie stattgefunden. Olympia dachte manchmal daran. Im Lauf der Jahre hatte es gelegentlich eine Frau für sie gegeben. Aber keine hatte in ihr jene verbotene Leidenschaft erweckt, wie die Schulfreundin damals vor langer Zeit...

19. Kapitel

Als es für Lucky praktisch nur noch darum ging, Ginos Rückkehr abzuwarten, um ihm dann ihren Entschluß, Las Vegas und das Magiriano aufzugeben, mitzuteilen, beschloß sie, das unerträglich heiße Klima der Stadt vorerst zu verlassen.

Ärgerlich packte sie ein paar Bücher, ein Tonbandgerät und einige Soul-Kassetten, flog nach Palm Springs und quartierte sich im Canyon-Club-Hotel ein, wo man ihr ein eigenes Haus mit Swimmingpool zur Verfügung stellte und ihr absolute Ungestörtheit zusicherte.

Dort in der erholsamen Abgeschiedenheit war das Warten angenehmer.

»Ich muß zurück«, sagte Gino oft.

»Warum?« lautete Susans stereotype Antwort. »Du hast doch Leute, die deine Geschäfte in Las Vegas weiterführen. Und hier bei mir ist es doch sicher viel angenehmer für dich.«

Gino mußte zugeben, daß das der Fall war. Trotzdem hatte er gegenüber Lucky allmählich ein schlechtes Gewissen.

Das Leben in Beverly Hills war für ihn wie ein langer Urlaub. In Susans Haus fand er Frieden, hatte Ruhe vor seinen Verpflichtungen, dem Telefon und Leuten, die ihn ständig mit unwichtigen Problemen belästigten. Er konnte sich entspannen und tun, was er wollte.

Außerdem würde Lucky während seiner Abwesenheit ein Auge auf alles haben. Das Mädchen stand seinen Mann. Es tat ihm leid, daß er sie bezüglich Atlantic City enttäuschen mußte, aber wenn er heiraten wollte, dann konnte er sich vorerst nicht an größeren, neuen Projekten beteiligen.

Lucky mußte das verstehen.

Schließlich eröffnete Susan bei einem gemeinsamen Abendessen bei Chasen's in Ginos Anwesenheit ihren Kindern, daß sie beabsichtigte, zu heiraten. Die beiden gratulierten höflich und stießen sich unter dem Tisch mit den Füßen an.

»Siehst du, sie finden unsere Pläne in Ordnung«, bemerkte Gino später. »Jetzt muß ich nach Vegas zurück und einiges erledigen. Wir fliegen morgen.«

»Ich kann hier leider nicht weg«, widersprach Susan hastig.

»Warum nicht?«

Susan senkte den Blick. »Es ist ganz unmöglich. Nach Tinys Tod...« Sie verstummte einen Augenblick. »Ich wollte dir das eigentlich nicht sagen, aber Tiny hat mir finanziell gesehen ein totales Chaos hinterlassen. Meine

Anwälte behaupten, es sei ein Alptraum. Ich muß damit jetzt allein fertig werden, und seit wir zusammen sind, habe ich meine geschäftlichen Angelegenheiten völlig vernachlässigt. Wenn du nach Las Vegas zurückfliegst, dann muß ich...«

Gino unterbrach sie hastig: »Mann, warum hast du mir das nicht gleich gesagt? Herrgott, schließlich wollen wir heiraten. Ich hätte dich fragen müssen, ob bei dir alles in Ordnung ist.«

»Das ist nicht dein Problem, Gino«, entgegnete Susan abweisend. »Trotzdem finde ich es nett, daß du mir deine Hilfe angeboten hast.«

»Hör zu, Susan. Von jetzt an sind deine Probleme auch meine Probleme. Ich fliege morgen zurück und schicke dir einen meiner besten Buchprüfer rüber. Er kann sich dann mit deinen Anwälten auseinandersetzen. Sobald er deine Angelegenheit im Griff hat, sorge ich dafür, daß alles geregelt wird. Na, was meinst du?«

»Aber du mußt das nicht tun«, murmelte sie, war jedoch sofort einverstanden.

Gino umarmte sie. »Natürlich muß ich. Und nächstes Wochenende kommst du dann nach Las Vegas.«

Susan hatte es sich nicht träumen lassen, daß alles so einfach sein würde. Einen Augenblick krampfte sich in ihr alles zusammen, denn sie hatte keine Lust auf eines seiner endlosen Liebesspiele. Doch dann entspannte sie sich und ertrug seine Umarmung. Nach der Hochzeit würde sie ihn nie wieder so nahe an sich heranlassen.

Seine Hände griffen nach ihren Brüsten. »Du bist ein verdammt verlockendes Mädchen«, scherzte er lachend. »Und das weißt du auch, was, Susie? Du bist verflucht sexy!«

Susan erschauerte innerlich.

Nach außen hin gab sie sich hin.

Seine brutalen Berührungen ließen sie kalt. Sie konnte seine Abreise kaum erwarten.

Lucky erhielt die Nachricht draußen am Swimmingpool. Gino war zurückgekommen. Sie packte ihre Sachen und war bereits eine Stunde später am Flugplatz. Eine Aussprache war längst überfällig.

20. Kapitel

Sie hatten sich in einem Drive-in-Restaurant Ecke La Brea und Sunset Boulevard verabredet. Lennie war als erster da, saß in seinem Leihwagen und fragte sich ängstlich, ob sie ihr Versprechen zu kommen, wirklich wahr machen würde. Es war halb drei Uhr morgens, also kaum der geeignete Zeitpunkt für eine Versöhnung. Als er ihr am Telefon jedoch erklärt hatte, er müsse sie unbedingt wiedersehen, hatte Eden prompt geantwortet: »Morgen habe ich zu tun, aber wenn du willst, können wir uns jetzt gleich treffen.«

Diese spontane Geste sah Eden gar nicht ähnlich. Lennie hatte erwartet, mit Flüchen überschüttet zu werden, weil er sie um diese Zeit aus dem Bett geklingelt hatte. Statt dessen war sie erstaunlich entgegenkommend gewesen. Allerdings kannte er sie zu gut, um nicht zu wissen, daß es auch typisch Eden sein konnte, ihn in die Nacht hinauszuschicken und dann selbst nicht zu erscheinen.

Lennie zündete sich eine Zigarette an und bestellte bei einer übermüdeten Kellnerin ein Glas Coca-Cola. Er trank einen Schluck und warf einen Blick auf die Uhr. Zwanzig Minuten, hatte sie gesagt. Inzwischen war schon eine halbe Stunde vergangen. Wie lange wollte sie ihn noch warten lassen?

Und er wartete. Eden besaß eine exotische Schönheit, von der er einfach nicht genug bekommen konnte.

In diesem Augenblick bog ihr pinkfarbener Thunderbird

in die Parklücke neben ihm ein. Sie drehte das Fenster herunter und sah ihn lächelnd an. Sie hatte die Augen hinter einer großen Sonnenbrille à la Jackie Onassis verborgen und trug ein Seidentuch um den Kopf. »Hallo, Lennie«, begrüßte sie ihn mit ihrer heiser lockenden Stimme. »Du hast bestimmt gedacht, ich komme nicht mehr.«

Nach der Beerdigung ihrer Mutter erklärte sich Jess widerwillig bereit, sich erneut mit Matt Traynor zu treffen. Sie brauchte Ablenkung.

Und Matt Traynor benahm sich nicht gerade wie ein Gentleman. Er traf Jess wie verabredet auf dem Parkplatz des Hotels, fuhr mit ihr zu einem polynesischen Restaurant und spendierte ihr exotische Drinks, bis sie kaum noch auf den Beinen stehen konnte. Dann nahm er sie mit in seine Wohnung und versuchte mit ihr zu schlafen.

Sie wehrte sich nicht.

Sie merkte nicht einmal etwas.

Sobald sie ankamen, versank sie auf seiner Couch in einen ohnmachtgleichen Schlaf. Matt hob ihren Rock hoch und zog ihren Slip herunter und war bereits nahe daran, sie einfach so zu nehmen, als sich plötzlich sein Gewissen regte und er, entsetzt über sich selbst, von ihr abließ.

Hastig zog er ihren Slip wieder hoch und deckte den Rock darüber. Er fühlte sich miserabel. Mit einem Stöhnen schenkte er sich ein Glas Whisky ein und hoffte inständig, sie würde nie erfahren, wozu er sich beinahe hatte hinreißen lassen. Schließlich deckte er eine Leopardenfelldecke über sie und ging nervös in seiner Wohnung auf und ab.

Um halb sechs Uhr morgens wachte sie schließlich auf, fluchte laut, verlangte seine Autoschlüssel und stürmte in der Morgendämmerung aus seiner Wohnung.

Matt war am Boden zerstört. Er hatte sich so viel von diesem Abend erwartet. Jetzt war sie gegangen, und er war noch immer keinen Schritt weitergekommen. Machte sie sich denn überhaupt nichts aus ihm?

Er ging in seine hypermodern eingerichtete Küche und

machte sich eine Tasse Pulverkaffee. Sein Rücken und seine Augen schmerzten. Die Anspannung der Nacht machte sich bemerkbar.

Matt fragte sich, ob sie je wieder mit ihm sprechen würde.

»Ich wußte, daß du kommen würdest«, log Lennie, stieg aus dem Wagen und setzte sich auf den Beifahrersitz des Thunderbird. Eden trug ein knappes Sommerkleid und Sandalen mit hohen Absätzen. Er streckte die Hand aus und nahm ihr die Sonnenbrille ab. Sie war ungeschminkt und sah toll aus.

»He!« Er berührte ihr Haar, wo das Seidentuch es nicht verdeckte. »Schön, dich wiederzusehen.«

Sie sah ihn lange und prüfend an. »Hallo, Lennie! Du bist eine Überraschung... aber eine nette.«

Sie wußte, wie sie ihn anpacken mußte... So war es immer gewesen.

»Wie wär's mit einer Spritztour zum Strand?« schlug sie vor. »Dabei kannst du mir dann erzählen, was du hier machst.«

Lennie grinste. »Gute Idee. Soll ich fahren?« fragte er und hoffte, daß seine Stimme nichts von seiner Erregung verriet.

Eden nickte.

Lennie stieg aus, während Eden auf den Beifahrersitz rutschte.

Er setzte sich hinters Steuer.

Eden drängte sich an ihn. »Ich habe dich vermißt, Big Man«, murmelte sie zärtlich und legte die Hand auf seinen Oberschenkel.

Lennie bekam eine Erektion, die anhielt.

Sie rasten den Sunset Boulevard entlang, waren in acht Minuten in Brentwood, in zwölf Minuten an den Palisades und fuhren bereits zwanzig Minuten später auf der Suche nach einem geeigneten Parkplatz den Pacific Coast Highway entlang.

Eden hatte bisher die Konversation fast allein bestritten und ihm von ihren Schauspielrollen erzählt. »Ich habe unaufhörlich zu tun«, verriet sie ihm. »Ich schätze, ich bin doch eine bessere Schauspielerin, als du gedacht hast.«

Lennie wollte auf dieses Thema nicht weiter eingehen.

Sie parkten an einer Stelle über dem Steilufer und liefen zum Strand hinunter. Es war eine herrliche Nacht. Der Mond stand hell am Himmel, und der Ozean war eine stille, glatte Fläche. Sie hielten sich bei den Händen, streiften barfuß durch die Brandung am Strand entlang. Dann fielen sie wie alte Liebende auf den Sand und fanden mit leidenschaftlicher Gewißheit alle heimlichen Plätze ihrer Körper.

Sie schlang ihre langen Beine um seinen Hals und bewegte sich in seinem Rhythmus, als wolle sie nie mehr aufhören.

Er gab ihr, was sie wollte, was *er* wollte. Langsam. Schnell. Sehr schnell. Dann wieder langsam. Er behielt die Kontrolle, indem er stumm das Alphabet aufsagte, denn er wollte nicht kommen, wollte nicht, daß das Liebesspiel endete, wollte, daß die Lust und die Zärtlichkeit ewig dauerten.

»Du... bist... immer... der... beste... gewesen«, seufzte sie heiser. »O Gott... Lennie... Big Man...«

Er fühlte ihren vibrierenden Orgasmus und gab sich seinem Höhepunkt hin, während sie vor Lust und Glück haltlos stöhnte. Als es zu Ende war, strich er ihr übers seidenweiche Haar und sagte gelassen: »Wir gehören zusammen. Das weißt du doch, oder?«

Eden blieb die Antwort schuldig. Das einzige Geräusch dieser Nacht war das sanfte Plätschern der Brandung auf dem Sand.

Jess raste mit Matts Wagen zum Hotel, stellte ihn dort auf dem Parkplatz ab, legte den Schlüssel unter den Sitz, sprang in ihren Camaro und fuhr auf dem schnellsten Weg nach Hause.

Schon als sie mit dem Wagen vor dem Haus anhielt, hörte sie Simon schreien. Sie hatte rasende Kopfschmerzen. Das kam von den vielen exotischen Drinks. Allerdings hatte der

Alkohol ihr geholfen, nicht mehr an das Begräbnis denken zu müssen, und das war immerhin eine Erleichterung gewesen. Leere Konservenbüchsen und Flaschen überall, und der Gestank von abgestandenem Marihuanarauch und Simons schmutzigen Windeln schlug ihr entgegen. Auf dem Fußboden schlief ein unbekannter Mann.

Im Schlafzimmer lag Wayland angezogen quer über dem Bett, während sich Simon die Seele aus dem Leib schrie. Jess wickelte Simon frisch, nahm ihn resigniert mit in die Küche und machte ihm eine Flasche. Das Kindergeschrei, das häusliche Chaos, das alles trieb sie allmählich zum Wahnsinn. Sie steckte Simon die Flasche in den Mund und atmete auf, als um sie herum endlich alles still war.

Diese Woche noch wollte sie Wayland sagen, daß er seine Sachen packen sollte.

21. Kapitel

»Es ist mir scheißegal, was du willst!« schrie Gino.

»Und mir ist es scheißegal, was du denkst!« kreischte Lucky ebenso wütend.

Seit einer Stunde schrien sie sich bereits an... seit einer Stunde voller Beleidigungen, Vorwürfe und Beschuldigungen. Das harmonische Verhältnis eines ganzen Jahres war mit einem Schlag der Feindseligkeit vergangener Zeiten gewichen.

»Wir sind Partner«, erklärte Lucky kühl. »Das Magiriano gehört zur Hälfte mir... Und ich werde meinen Anteil kassieren und mir ein anderes Betätigungsfeld suchen. Wir werden also entweder verkaufen, oder du zahlst mich aus. Wofür entscheidest du dich?«

Gino mußte insgeheim eingestehen, daß seine Tochter

Courage hatte. Trotz seiner Wut konnte er sich einer gewissen Bewunderung nicht erwehren. Sie stellte augenblicklich ein unangenehmes Problem dar, doch sie war gerissen, intelligent und zäh; und damit gehörte sie zu den Gewinnern dieser Welt.

»Also gut!« Er machte eine resignierende Geste. »Du willst aussteigen... also sollst du aussteigen. Worum streiten wir uns überhaupt? Ich bin der letzte, der dich zurückhalten würde. Ich zahle dir deinen Anteil aus. Aber vergiß nicht, alles, was ich besitze, gehört eines Tages sowieso dir.«

Glaubte er wirklich, was er da sagte? Wenn er Susan Martino heiratete, gehörte eines Tages alles ihr.

»Damit wäre ja alles geregelt«, antwortete sie gleichmütig. Die heftige Auseinandersetzung hatte sie erschöpft.

»Gut. Wenn du so verdammt sicher bist, daß das wirklich dein Wille ist, dann setze ich gleich alle Hebel in Bewegung«, versprach er mürrisch.

»Da ist noch etwas«, sagte Lucky.

»Was denn?«

»Das Haus in East Hampton«, antwortete sie prompt. »Ich möchte es haben.«

»Wie bitte?« Er starrte sie verständnislos an. »Warum?«

»Weil ich nicht will, daß du je mit einer anderen Frau dort wohnst. Es war Mammis Haus, als wir alle noch eine richtige Familie gewesen sind; das einzige Zuhause, das ich je gehabt habe. Deshalb will ich es haben.«

Gino schluckte. »Also gut, es gehört dir«, erklärte er widerwillig.

Lucky blieb geschäftsmäßig. Sie wußte, daß sie sich nur so am besten vor den Folgen seiner Ehe mit Susan Martino schützen konnte. »Ich habe es von einem Makler schätzen lassen. Ich kaufe es dir ab. Das Geld kannst du von meinem Anteil am Magiriano abziehen.«

Gino schüttelte den Kopf, als verstehe er die Welt nicht mehr. »Lucky«, begann er leise. »Warum benehmen wir uns wie ein Ehepaar, das in Scheidung lebt? Wenn das so weitergeht, unterhalten wir uns nur noch über Anwälte miteinander.«

»Da wir gerade von Anwälten reden«, nahm Lucky das Thema sachlich auf. »Ich hoffe, du hast daran gedacht, Susan einen Ehevertrag unterschreiben zu lassen.«

»Was zum Teufel soll denn das heißen?« erkundigte er sich aufgebracht. »Du kennst Susan kaum, aber verdächtigst sie gleich, sich mein Geld unter den Nagel reißen zu wollen.«

»Ich verhalte mich lediglich so, wie du es mich gelehrt hast«, konterte Lucky eiskalt. »Wir sind hier in Nevada... und hier gelten besondere Eigentumsrechte.«

Damit verließ sie den Raum. Sie war so weit gegangen, wie sie gehen konnte.

Susan Martino, so mußte Gino anhand des Berichts seines Buchprüfers feststellen, hatte mehrere hunderttausend Dollar Schulden.

Er telefonierte mit ihr. »Wie bist du da nur hineingeraten?« wollte er wissen.

»Die Frage müßte eher lauten, wie Tiny mich in diese Situation manövrieren konnte«, verbesserte sie ihn logischerweise.

»Ich bringe das in Ordnung.« Er war zwar nicht begeistert, aber irgendwie mußte ja Abhilfe geschaffen werden.

»Ich habe dir doch schon gesagt, daß ich das nicht von dir verlangen kann«, erinnerte sie ihn.

»Nimm es als Hochzeitsgeschenk«, bot er ihr großzügig an.

»Danke.« Ihre Dankbarkeit hielt sich offenbar in Grenzen.

Gino bewunderte ihre Damenhaftigkeit, die sie in allen Lebensbereichen an den Tag legte. Sie hatte wirklich Klasse. »Vermißt du mich denn gar nicht?«

»Doch. Aber ich muß schließlich die Hochzeit vorbereiten, und das lastet mich momentan vollständig aus.«

»Was gibt's denn da vorzubereiten? Du setzt dich in ein Flugzeug und kommst her. Wir heiraten hier. Ganz schlicht und ohne großen Aufwand.« Er zündete sich eine Zigarre an, obwohl ihm der Arzt nach der Herzattacke dringend geraten hatte, darauf zu verzichten. »Warum heiraten wir nicht einfach dieses Wochenende? Dann haben wir's hinter uns.«

Sie lachte. »Du machst Witze, nicht wahr? Mein Gott, Gino... wie trivial das klingt, ›dann haben wir's hinter uns‹.«

»Hast du andere Pläne?«

»Aber selbstverständlich. Eine Hochzeit ist eine ernste, feierliche Angelegenheit. Und du willst doch sicher eine richtige Hochzeit haben, oder?«

»Richtig können wir auch in Las Vegas heiraten.«

»Nein, das ist ein Irrtum«, verbesserte sie ihn. »Wir müssen in Beverly Hills heiraten. Hier sind alle meine Freunde. Es wird ein herrliches Fest werden... eines, das man nie vergißt.«

»Aber meine Freunde sind dort«, entgegnete er. »Und wir werden auch dort leben. Ich wollte es dir eigentlich nicht am Telefon erzählen, aber Lucky verläßt Las Vegas.«

»Wirklich?«

»Ja. Sie hat mich mit ihren Zukunftsplänen ganz krank gemacht. Sie will übrigens nach New York.«

»Wer weiß, wofür das alles noch mal gut ist, Gino Liebling«, tröstete Susan ihn. Sie hatte nie gedacht, daß sie die selbstbewußte Tochter so leicht loswerden würde.

»Meinst du?«

»Natürlich.«

Susan sagte nichts davon, daß sie vorhatte, das Wochenende in Los Angeles zu bleiben. Nachdem sie aufgelegt hatte, rief sie ihre Anwälte an, um nachzufragen, wann alle ihre Schulden bezahlt sein würden. Offenbar hatte sie mit Gino Santangelo eine ausgezeichnete Wahl getroffen. Er war alt, reich und gefügig. Für einen Mann seines Alters interessierte er sich vielleicht zuviel für Sex, aber damit mußte sie nur noch kurze Zeit leben.

Susan hatte sich ein Leben lang mit Männern arrangiert. Von ihrem fünfzehnten Lebensjahr an, als ein aufgeblasener, ungefähr fünfzigjähriger Filmstar sie entjungfert hatte, während sich ihre Mutter, die Friseuse, ein Stockwerk tiefer mit Wodka betrunken hatte, bis zu Gino.

Es war eine ganze Reihe von reichen, einflußreichen Männern, mit denen sie hatte fertig werden müssen, und ihre Mutter hatte die Vorteile, eine hübsche, junge Tochter zu haben, weidlich ausgenützt. Nie hatte Geld den Besitzer gewechselt. Es gab lediglich einen neuen, weißen Cadillac für die Mutter, drei Fernsehapparate, eine üppige Garderobe, Unmengen von Delikatessen und kistenweise Champagner.

Susan überkam Ekel, wann immer ein Mann sie berührte.

»Geh mit Mr. Soundso nach oben, Susan, er möchte dir etwas zeigen«, hatte es stets geheißen.

Einen reichen Mann nach dem anderen hatte sie befriedigt, bis es eine Art Lebensstil geworden war und sie das Spiel ganz automatisch betrieb, weil irgend jemand Mutter ja mit den gewohnten Luxusartikeln und dem Alkoholbedarf versorgen mußte.

Als Susan zwanzig war, kam die Mutter bei einem Autounfall ums Leben. Kurz darauf war sie gerissen genug, Tiny für sich zu entdecken, während sie in den Studios arbeitete. Tiny hatte keine Chance gegen sie gehabt. Sie wußte, was sie wollte, und holte es sich mit eisernem Willen und Selbstbeherrschung. Tiny ließ sich von seiner ersten Frau scheiden, heiratete Susan, und gemeinsam schafften sie den Aufstieg in der gesellschaftlichen Hierarchie Hollywoods. Sie wurde eine perfekte Gastgeberin, eine verläßliche Vertraute und Mutter seiner zwei Kinder.

Nach wenigen Ehejahren schlief Tiny mit allem Weiblichen, das ihm in die Quere kam. Es war nicht einfach, mit einer der Königinnen des Jet-set von Beverly Hills und Bel Air verheiratet zu sein.

Susan lernte später eine mollige russische Masseuse namens Gloria kennen, die ins Haus kam, um ihre Nackenschmerzen zu kurieren. Es stellte sich heraus, daß Gloria auch anderweitig für Entspannung zu sorgen verstand, und Susan gab sich dieser neuen Erfahrung gern hin. Es hatte danach noch andere Frauen für sie gegeben, aber in den vergangenen drei Jahren hatte sie eine sehr zufriedenstellende Affäre mit Paige, der Frau des Filmproduzenten Wheeler. Die intimen Stunden der beiden Frauen fanden stets an wechselnden Orten, einschließlich des eigenen Zuhauses statt, sobald sie die Dienstboten loswerden konnten. Leider hatte Paiges Ehemann Ryder erst vor kurzem einen Erfolgsfilm produziert, was bedeutete, daß Paige viele unumgängliche gesellschaftliche Verpflichtungen erfüllen mußte, die viel Zeit in Anspruch nahmen. Außerdem betätigte sich Paige noch als Innenarchitektin. Und Susan ihrerseits war damit beschäftigt gewesen, sich Gino in Las Vegas zu angeln. Auf diese Weise hatten sich die beiden Frauen bereits monatelang nicht mehr gesehen.

Susans Hand verharrte unschlüssig über dem Telefonhörer in der Luft. Sie hatte sich eine kleine Belohnung verdient. Nur eine kleine Belohnung.

Am Morgen nach der Auseinandersetzung mit Gino war Lucky beim Aufwachen speiübel. Sie übergab sich, fühlte sich danach etwas besser und kroch wieder in ihr Bett. Zum Krankwerden hatte sie jetzt wirklich keine Zeit. Es gab so viel zu tun. Sie mußte ihre Sachen packen, mit den Anwälten verhandeln, ihre Angelegenheiten regeln.

Plötzlich kamen ihr Zweifel an der Richtigkeit ihres Tuns. Und einem Impuls folgend, hob sie den Telefonhörer ab und rief Costa Zennocotti in Miami an. Costa hatte sich ein Jahr zuvor dorthin auf sein Altenteil zurückgezogen und lebte dort nach allem, was Lucky gehört hatte, nach vierzig Jahren als Ginos Anwalt und bester Freund glücklich ein ruhiges und beschauliches Leben. Costa war auch Luckys Freund, denn schließlich war er es gewesen, der ihren Ehrgeiz angestachelt und sie alles über das Geschäft gelehrt hatte, während Gino in Israel im Exil gewesen war.

»Onkel Costa«, begrüßte sie ihn herzlich, als er sich meldete. »Wie geht es dir?«

»Ausgezeichnet. Momentan vertiefe ich mich in die Kunst der französischen Küche«, erwiderte er und war glücklich, von ihr zu hören. »Ich habe in meinem fortgeschrittenen Alter beschlossen, kochen zu lernen.«

Lucky lachte. Es tat immer gut, mit Costa zu reden. »Wann hast du zum letztenmal was von Gino gehört?«

»Oh, das ist schon länger her. Warum? Ist irgendwas passiert?«

»Ach, einiges... aber nichts Weltbewegendes«, erwiderte Lucky. »Ich werde vermutlich meinen Teil am Magiriano aufgeben.«

»Nichts Weltbewegendes nennst du das? Das ist weltbewegend. Was ist bei euch los, Lucky?«

»Kann ich zu dir kommen? Ich würde gern mit jemandem darüber sprechen.«

»Wann?«

»In ein paar Tagen.«

»Du bist jederzeit willkommen, mein Kind. Ich bin immer für dich da, das weißt du.«

Ja, auf Onkel Costa war von jeher Verlaß gewesen. Und auf Gino?

»Ich rufe dich wieder an.«

»Gut. Warte nicht zu lange.«

»Nein, bestimmt nicht.«

Lucky legte auf und freute sich bereits auf ein Wiedersehen mit Onkel Costa. Sie fühlte sich etwas besser, stand auf, zog sich an und fuhr mit dem Lift hinunter. Im Casino herrschte reger Vormittagsbetrieb. Sie traf Matt, der ungewöhnlich müde und übernächtigt wirkte. Dabei fiel ihr ein, daß sie eine Besprechung mit ihren Leuten ansetzen mußte, um ihnen die Neuigkeit mitzuteilen. Allerdings sahen sie Gino sowieso als den eigentlichen Chef an. Bisher hatte sie diese Erkenntnis stets verdrängt, jetzt bestand dazu keine Veranlassung mehr.

Zum erstenmal in meinem Leben werde ich ganz auf mich gestellt sein, dachte sie plötzlich.

Der Gedanke war aufregend.

Sogar sehr aufregend.

Sie grinste unwillkürlich. Und in diesem Augenblick fühlte sie sich großartig. Vielleicht würde sie das Projekt in

Atlantic City auch ohne Gino realisieren können. Möglicherweise gelang es ihr, Geldgeber zu finden... Und plötzlich wußte sie, daß sie dazu durchaus in der Lage war. Sie brauchte nur die anderen davon zu überzeugen.

22. Kapitel

Lennie schlief, wie er schon lange nicht mehr geschlafen hatte... tief und traumlos, wie in Watte gehüllt, entspannt und friedlich. Am liebsten wäre er überhaupt nicht aufgewacht. Doch er wachte auf. Es war bereits zwölf Uhr mittags.

Er sprang aus dem Bett und stellte sich unter die heiße Dusche, wo er aus voller Brust *Staying Alive* sang.

Im Badezimmerspiegel begutachtete er schließlich die Spuren, die das nächtliche Kampfspiel bei ihm hinterlassen hatte. Eden und ihre tödlich spitzen Fingernägel. Sein Rükken sah wie eine Landkarte voller feiner roter Wege aus.

Na und? Er hatte sie wieder. Was bedeuteten unter Freunden schon ein paar Narben?

Für einen Augenblick setzte bei ihm jedes Denkvermögen aus. Sie hatten kaum miteinander gesprochen, nur großartigen Sex und den Körper des anderen genossen. Eden war ebenso ausgehungert gewesen nach ihm wie er nach ihr. Auf der Rückfahrt war sie an ihn geschmiegt einfach eingeschlafen. Er hatte sie zu ihrem Wagen zurückgebracht und vorgeschlagen, ihr nach Hause zu folgen. »Nein«, hatte sie entschieden abgewehrt. »Ich habe morgen einen frühen Termin.«

Lennie hatte ihr also nachgesehen, wie sie in die Stadt zurückgefahren war. Sie hatten sich um fünf Uhr morgens getrennt.

Vorerst mußte er lediglich den Tag ohne sie überstehen. Dabei wurden ihm mit einemmal seine Unterlassungsünden der letzten Nacht klar. Er wußte nicht, wo Eden arbeitete, geschweige denn, wo sie wohnte. Alles, was er besaß, war eine Telefonnummer.

Am Abend wollte er, daß sie ihn zu Foxie's begleitete. Sie sollte an einem der vordersten Tische sitzen und erleben, welches Echo er im Publikum auslöste. Sie hatte an seiner Arbeit stets etwas auszusetzen gehabt. Wenn sie ihn erst einmal in Los Angeles in Aktion sah, würde sie ihre Meinung ändern müssen.

Es war das beste, daß sie wieder zusammenblieben. Trotz aller Auseinandersetzungen: Eden und er ergaben eine unschlagbare Kombination.

Eine innere Stimme meldete sich voller Spott: Wem willst du eigentlich etwas vormachen, Lennie Golden? Sie frißt dich mit Haut und Haaren und spuckt dich wieder aus. Du und Eden zusammen... laß es bleiben!

Lennie beachtete die Warnung erst gar nicht.

Eden hatte gelogen... etwas, das sie oft tat. Aber sie beherrschte diese Kunst perfekt. Es gab keinen frühen Termin in ihrem Kalender. Die erste Verabredung des Tages war dort um ein Uhr mittags verzeichnet und sollte mit dem Innenarchitekten stattfinden, der Santino Bonnatti einen Gefallen schuldete.

Eden stand spät auf, gönnte sich den Luxus eines Schaumbades, zog sich gemächlich an und kam eine Viertelstunde zu spät zu der Adresse im Blue Jay Way, wo das Haus lag, das Santino ihr gekauft hatte. Pünktlichkeit gehörte nicht zu ihren Tugenden.

Der Innenarchitekt entpuppte sich als Frau, was Eden ärgerte. Sie hatte ungern mit Frauen zu tun. Das weibliche Geschlecht war entweder eifersüchtig auf Edens Schönheit oder versuchte ihr, als einem der ehemals bekanntesten amerikanischen Fotomodelle, um jeden Preis zu schmeicheln.

Die Frau, die ihr dann allerdings gegenüberstand, war anders. Sie war klein, hatte eine kupferfarbene lockige Mähne und trug einen Rock, der bis zum Oberschenkel hinauf geschlitzt war. Ihr Verhalten war geschäftsmäßig. Sie hatte einen homosexuellen Assistenten dabei, der auf einem Journalbrett eine Menge Zeichnungen und Vorschläge mitgebracht hatte. Die Innenarchitektin hieß Paige Wheeler. Eden fragte sich, welche Art von Gefallen sie Santino wohl schuldete.

»Ich möchte viel Weiß«, erklärte sie vage. »Weiße Sofas und Teppiche. Alles soll modern sein. Ich mag klare Linien und viele Spiegel... und Chrom. Das Haus soll einfach super werden.«

Paige nickte, machte Notizen, zeigte ihr Musterbücher und eine Reihe von zeichnerischen Vorschlägen.

Eden war mit den meisten Vorschlägen einverstanden. Sie wartete ebenso sehnsüchtig darauf, ihre Wohnung verlassen zu können, wie Santino darauf wartete, daß sie in das neue Haus einzog. Und solange die Villa so aufsehenerregend aussah wie aus den Magazinen *People* oder *US*, war ihr alles andere völlig gleichgültig. Vermutlich würde es sowieso nur für eine kurze Zeit ihr Zuhause sein, denn sobald sie Starruhm erlangt hatte, zog sie weiter. Sie hatte nicht die Absicht, für den Rest ihres Lebens Santino Bonnatti in ihrem Bett zu haben. Sie ertrug ihn nur so lange, wie unbedingt nötig.

Einen Augenblick lang dachte sie an Lennie und ihr Liebesspiel in der vergangenen Nacht. O Lennie... er hatte seine Anziehungskraft gewiß nicht eingebüßt. Der Junge war großartig im Bett. Und sie mußte es wissen. Viele Männer hatten den Trip in den Himmel bei ihr gewagt und waren ohne weitere Empfehlungen wieder verschwunden.

Ein Jammer, daß ausgerechnet Lennie eine Niete war. Er hatte keine Zukunft. Offenbar arbeitete er in einem billigen Schuppen auf dem Hollywood Boulevard. Wußte er denn nicht, daß der Hollywood Boulevard nicht zur City gehörte? Er hatte, wie schon in New York, wieder mal eines der billigsten Etablissements erwischt.

Und keiner konnte behaupten, daß sie Lennie keine Chance gegeben hätte. Drei Jahre lang hatte er seine Chance gehabt. Was Sex betraf, war er noch immer unübertroffen. Und nach Santinos primitiven Aufmerksamkeiten hatte sie wirklich eine Abwechslung verdient. Sie war froh, daß er angerufen hatte, war froh, sich mit ihm getroffen zu haben. Jetzt hoffte sie nur, daß er wieder sang- und klanglos verschwinden würde.

»Eine pfirsichfarbene Tapete wäre im Badezimmer sehr wirkungsvoll«, schlug Paige vor.

»Hmmmmm... nicht schlecht«, stimmte Eden zu. »Und fürs Bett möchte ich eine Überdecke aus Fell. Irgendwas Verrücktes... was Geiles... was nach Filmstar aussieht.«

»Ich weiß sehr gut, was Sie meinen.« Paige nickte und tauschte einen amüsierten Blick mit ihrem Assistenten.

»Gut«, entschied Eden. »Sind wir fertig?« Sie hatte einen Termin bei ihrer Maniküre und war bereits zwanzig Minuten zu spät dran.

Matt Traynor ließ sich offenbar so leicht nicht abschütteln. Ständig tauchte er in ihrer Nähe auf, erkundigte sich, wie es ihr gehe, und lud sie erneut zum Abendessen ein. Jess wußte nichts mit ihm anzufangen... und doch... er war wenigstens für sie da, schien sich um sie zu sorgen.

»Ich schätze, ich habe mich gestern abend ziemlich idiotisch benommen«, murmelte sie.

Sie wußte nichts! Matts Erleichterung war grenzenlos. Er hatte noch eine Chance. »Ganz und gar nicht. Sie haben mir von Ihrer Mutter erzählt... und es hat Ihnen gutgetan, sich zu betrinken.«

»Ich bin in letzter Zeit sehr anspruchslos geworden.«

»Wir könnten es ja heute abend wiederholen.«

»Was? Mich zu betrinken?«

»Nein, uns zu unterhalten.«

Jess hatte beschlossen, Wayland den Stuhl vor die Tür zu setzen. Warum sollte sie die Entscheidung nicht noch einen Abend hinausschieben, bis sie seelisch in der Lage war, sie durchzustehen? Vielleicht konnte sie Matt um Rat fragen. Eine Scheidung war eine rechtliche Angelegenheit. Möglicherweise war es gar nicht so einfach, Wayland loszuwerden.

»Also gut«, sagte sie zu ihrer eigenen und zu Matts Überraschung. »Solange es sich nicht wieder um ein Abendessen zu zweit ›chez Traynor‹ handelt.«

Um drei Uhr nachmittags lag Lennie neben dem Swimmingpool vom Château Marmont und sonnte sich. Plötzlich wurde sein Name ausgerufen: »Ist hier ein Mr. Golden?«

Er dachte sofort an Eden und sprang auf.

Es war nicht Eden, sondern ein Talentsucher von der Merv Griffin Show, der ihm mitteilte, daß einer der Produzenten ihn am Vorabend im Foxie's gesehen hatte, daß in drei Tagen ein Auftritt frei werde, und wenn er wolle, er ihn haben könne.

Und ob Lennie wollte!

»Ja«, antwortete er. »Das ließe sich machen.« Und er gab ihm die Telefonnummer seines Agenten.

Eden würde begeistert sein. Sie begleitete ihn bestimmt zu den Aufnahmen, hielt ihm die Hand und wünschte ihm in seiner Garderobe auf sehr spezielle Art Glück. Endlich hatte er es geschafft. Er bekam einen Auftritt im Fernsehen.

Erregt überlegte er, welche Nummer er bringen sollte. Ein Fernsehauftritt war mit der Bühne eines Nachtclubs nicht zu vergleichen. Und Lennie Golden schrieb schließlich seine Texte selbst...

Er hatte plötzlich keine Ambitionen mehr, braun zu werden, und eilte auf sein Zimmer. Es gab Arbeit.

»Du bist gestern nacht aus gewesen«, sagte Santino sanft.

»Nein, das bin ich nicht«, log Eden empört. Sie hatte nicht die Absicht, Santino Rede und Antwort zu stehen. »Ich habe den ganzen Abend lang ferngesehen... und das war ziemlich langweilig.«

»Wo bist du gewesen?« zischte er wie eine Schlange.

»Nirgendwo. Ich hab's dir doch gesagt. Ich...«

Die Ohrfeige riß ihren Kopf zurück und hinterließ ein häßliches rotes Mal auf ihrer Wange.

Eden war entsetzt und erstaunt zugleich. »Was erlaubst du...«, begann sie.

Ein zweiter Schlag brachte sie zum Schweigen. »Ich rate dir, mich nie wieder anzulügen, Eden«, warnte er sie sachte. »Nie wieder, hörst du. Diesmal sehe ich noch drüber weg, aber glaub mir... tu's ja nie wieder.«

Santino verließ Edens Wohnung, wobei er vor sich hinbrummte.

»Alles in Ordnung, Boß?« fragte Blackie, als sie mit dem Lift in die Parkgarage hinunterfuhren.

Santino antwortete seinem Leibwächter erst gar nicht. Er redete nur, wann und mit wem er wollte.

Statt dessen knackte er mit seinen Fingerknöcheln und betrachtete die Spitzen seiner italienischen Maßschuhe.

Frauen. Man mußte ihnen beibringen, wer der Boß war. Dieselbe Maxime wandte er bei seinen Angestellten an.

Demonstriere deine Stärke, dann gibt es keine Rebellion.

Matt führte Jess in ein italienisches Restaurant. Dort entdeckte Jess, daß sie einen Löwenhunger hatte, und aß sich von einer Nudelvorspeise über ein Kalbskotelett bis zu einem Käsekuchen mit Erdbeeren mit großem Appetit durch. Seelische Spannungen und Sorgen schlugen sich bei ihr stets in einem unersättlichen Hunger nieder.

Sie tupfte sich den Mund mit der Serviette ab, sah Matt durchdringend an und sagte: »Also los. Jetzt erzählen Sie mal endlich.«

»Ich habe Sie bisher immer für eine Vegetarierin gehalten«, murmelte er verlegen.

»Gelegentlich bin ich das auch«, antwortete sie und griff nach ihrem Weinglas. Es war leer.

Matt bestellte eine weitere Flasche und fragte sich, ob

sich der vorausgegangene Abend wohl wiederholen würde, wenn sie so weitermachte.

»Kommen Sie schon«, beharrte sie. »Erzählen Sie mir endlich, wie das mit Lennie passieren konnte. Wer hat ihn gefeuert, wenn Sie's schon nicht gewesen sein wollen?«

Matt Traynor beschloß, daß es nicht schaden konnte, Jess die Wahrheit zu sagen. Es gab keinen Grund, weshalb er die Schuld auf sich nehmen sollte. Schließlich wollte er bei Jess weiterkommen. Möglicherweise erwies sie sich als dankbar.

»Lucky Santangelo wollte Lennie Golden wieder los sein«, erklärte er leise. »Fragen Sie mich bitte nicht weshalb, das weiß ich nämlich nicht. Sie hat mich morgens um zwei Uhr aus dem Bett geholt und von mir verlangt, daß ich ihn entlasse.«

»Lucky Santangelo«, wiederholte Jess gedehnt. »Das begreife ich nicht. Soviel ich gehört habe, muß seine Eröffnungsshow großartig gewesen sein.« Jess runzelte die Stirn. »Normalerweise mischt sie sich in solche Sachen doch gar nicht ein.«

»Tja, es ist müßig, sich darüber den Kopf zu zerbrechen. Was die Santangelos wollen, ist im Magiriano Gesetz.« Matt zuckte mit den Achseln.

Jess überlegte fieberhaft. Lucky Santangelo – der Lady-Boß, wie sie genannt wurde. Weshalb hatte sie Lennie entlassen?

»Jetzt wissen Sie Bescheid«, seufzte Matt. »Aber vergessen Sie nicht, was ich Ihnen gesagt habe, ist streng vertraulich.«

»Wofür halten Sie mich? Glauben Sie, ich setze morgen eine Anzeige mit diesem Inhalt in die Zeitung?«

»Ich möchte nur nicht als Informationsquelle zitiert werden«, entgegnete Matt.

Jess nickte. Warum hatte Lennie nie mehr angerufen? Sie vermißte ihn sehr. Und sie brauchte ihn. Jetzt hatte sie ihm wenigstens etwas zu sagen. »Matt«, begann sie vorsichtig, »kennen Sie zufällig einen guten Anwalt? Ich brauche einen juristischen Rat.«

»Inwiefern?«

»Ich möchte mich scheiden lassen.«

Und dann begann Jess ihm von Wayland, den Drogen, seinen Freunden und dem häuslichen Chaos zu erzählen. Sie redete wie ein Wasserfall und war froh, endlich einmal alles loswerden zu können.

»Ich bezahle sämtliche Rechnungen«, schloß sie. »Seit unserer Hochzeit hat er nicht einen Dollar beigesteuert. Was passiert, wenn ich ihn rauswerfe? Muß er dann gehen?«

Matt hörte ihr aufmerksam zu. Es gefiel ihm ganz und gar nicht, was sie ihm da erzählte. An einen Drogensüchtigen gebunden zu sein, war immer schwierig. Im guten wurde man die nie los.

»Ist er gewalttätig?« wollte Traynor wissen und fragte sich insgeheim, ob er noch bei Verstand war, sich etwa in diese Angelegenheit mit hineinziehen zu lassen.

»Nein. Überhaupt nicht. Er ist eigentlich mehr sanftmütig... vor allem dem Kind gegenüber.« Sie seufzte. »Es fällt mir nicht leicht, mich von ihm zu trennen. Er ist wie ein großes Kind. In gewisser Weise tut er mir sogar leid.«

»Sie müssen unbedingt zu einem Anwalt«, drängte Matt. »Ich mache für Sie einen Termin aus. Würde es Ihnen morgen vormittag passen? Mein Anwalt ist mir einen Gefallen schuldig. Rufen Sie mich gegen zehn Uhr an. Dann weiß ich mehr.«

Jess drückte ihm dankbar die Hand. »Das ist lieb von Ihnen«, murmelte sie. »Sie sind wirklich nett.« Trotz Ihrer komischen Frisur, den Goldkettchen und Ihrem schrecklichen Apartment, hätte sie am liebsten hinzugefügt, sagte jedoch nichts. Allmählich mußte sie wohl ihre Meinung über Mr. Traynor revidieren. Er war besser als sein Ruf.

Das Mädchen in der Telefonzentrale wurde gereizt. »Ja, Mr. Golden. Ich habe Ihre vier Nachrichten weitergegeben. Nein, Mr. Golden, es ist nicht meine Schuld, daß Miss Antonio nicht zurückgerufen hat.«

»Ich bin jetzt unter einer anderen Nummer zu erreichen«, erklärte Lennie seinerseits gereizt und gab ihr die Telefonnummer von Foxie's. »Und bitte sagen Sie ihr, es sei dringend.«

»Selbstverständlich, Mr. Golden.«

»Danke.«

»Keine Ursache.«

Er legte auf und haßte die Telefonistin mehr als bei jedem der vorigen Anrufe. Warum spielte Eden Katz und Maus mit ihm? Wieso behandelte sie ihn so gemein, bevor sie das alte Verhältnis überhaupt wieder hergestellt hatten? Was sollte dieser Unsinn?

Er ging auf die Bühne und war zum erstenmal schlecht.

Foxie beachtete ihn danach wenigstens so lange, wie er ihn übel beschimpfte.

Isaac war ebenfalls im Publikum und erklärte, es sei ein Glück, daß niemand von der Griffin Show den Flop miterlebt hatte.

Rainbow lächelte. »Was ist los? Hast du deine Tage?«

Lennie versuchte Eden immer wieder zu erreichen, doch es meldete sich immer nur der automatische Anrufbeantworter. Niemand konnte oder wollte ihm ihre Adresse sagen. Joey Firello, der sie möglicherweise gekannt hätte, war nicht in der Stadt. Lennie nahm sich vor, die Anschrift herauszufinden... koste es, was es wolle.

Er weigerte sich, von Eden Antonio noch einmal sein Leben sich kaputtmachen zu lassen.

Pünktlich um zehn Uhr vormittags rief Jess Matt an. Er hatte sein Versprechen gehalten und ihr um halb ein Uhr einen Termin bei seinem Anwalt verschafft. Jess war dankbar und machte diesmal erst gar nicht den Versuch, Wayland zu wecken, der halb bewußtlos auf der altersschwachen Couch im Wohnzimmer lag.

Sie gab Simon die Flasche etwas früher als sonst und brachte ihn ins Bett. Dann schlich sie leise aus dem Haus.

Fünf Minuten später wurde Wayland wach. Er fühlte sich elend, die Wirkung der Drogen war noch nicht restlos abgeflaut. Nachdem er vergeblich nach Jess gesucht hatte, wurde ihm klar, daß sie zur Arbeit gegangen war, ohne ihm Geld zu Hause zu lassen.

Wayland brauchte Geld. Edge sollte später mit gutem Stoff zu ihm kommen, und er hatte ihm hundertfünfzig Piepen versprochen. Jess würde wütend werden, wenn er sie nach Geld fragte. Dabei könnte sie einen Teil des Stoffs, den er auftrieb, mit gutem Profit im Casino weiterpushen. Er mußte mit ihr einmal Klartext reden. Er mußte...

Er vergaß, was er gerade gedacht hatte, und schluckte ein paar Tabletten, die letzten von seinem Vorrat. Dabei fiel ihm wieder ein, daß er Geld brauchte, um seinen Drogenbedarf aufzufüllen. Jess behandelte ihn nicht richtig. Sie hätte nicht einfach gehen dürfen, ohne ihm Geld dazulassen.

Wayland begann planlos nach Geld zu suchen, stieß dabei Möbel um, verschüttete Kaffee und streute unachtsam Zukker und Mehl aus den Behältern auf den Küchenfußboden. Sein einziger Gedanke war, daß Edge bald kommen mußte und er bis dahin Geld brauchte.

Im Schlafzimmer fing das Baby an zu schreien.

Manchmal versteckte Jess Geld...

Er hatte schon einmal fünfzehnhundert Dollar unter der Matratze des Kinderbettchens gefunden.

Wayland taumelte auf unsicheren Beinen ins Schlafzimmer. In der vergangenen Nacht hatte er mit einigen Freunden die unterschiedlichsten Aufputschmittel gemixt. Sie waren ins Haus gekommen. Was sollte er auch sonst tun. Er konnte schließlich nicht fort, solange er auf das Baby aufpassen mußte.

Verzweifelt begann er Laken und Decken vom Bettchen zu reißen, nachdem er das Baby vorsichtig auf die Erde gelegt hatte. Noch während er die kleine Matratze heraushob und quer durchs Zimmer schleuderte, begann Simon auf die Terrassentür zuzukrabbeln.

Wayland war noch viel zu stoned, um etwas zu bemerken.

Unter der Matratze war nichts.

Kein müder Cent.

Schlaffigkeit überkam ihn. Er warf sich über das Bett und versank sofort wieder in tiefen Schlaf.

23. Kapitel

Die Snoopy-Kinderuhr, die Olympia vorsorglich für Brigette gekauft hatte, verfehlte vorerst ihre Wirkung. Das Kind bekam einen wütenden Schreikrampf, als sie entdeckte, daß Olympia nicht mit ihr nach Paris zurückkehren wollte. Es war, als spürte das Kind, daß Olympia sich ihm immer mehr entzog.

Auch Nanny Mabel war der hysterischen Szene nicht mehr gewachsen.

»Mama kommt nach«, versprach Olympia, die derartige Auftritte haßte. »In ein oder zwei Tagen bin ich wieder bei dir.«

»Nein, das ist doch gelogen... total gelogen!« brüllte Brigette.

»Unsinn! Ich komme!« behauptete Olympia.

»Was, zum Teufel, ist hier los?« ertönte Dimitris donnernde Stimme. »Wieso fällt es dir in letzter Minute plötzlich ein, daß du nicht mitkommen willst, Olympia? Es ist unverantwortlich von dir, das Kind jetzt einfach vor vollendete Tatsachen zu stellen.« Sein Blick wanderte zu Brigette, die sofort zu weinen aufhörte. »Wir fahren jetzt«, entschied er. »Deine Mutter kommt in ein paar Tagen nach. Solange bleibst du bei mir.«

Brigettes Miene hellte sich sichtlich auf. Solange man sie nicht mit Nanny Mabel allein ließ, war ihr alles recht.

»Danke, Papa«, seufzte Olympia und ordnete ihre blonden Locken.

Man küßte sich pflichtschuldig zum Abschied, dann waren sie gegangen. Olympia ließ sich sofort ein heißes Bad ein, bestellte zwei Flaschen Louis Roederer Cristal-Champagner und einen üppigen Vorrat an Kaviar, dann rief sie Vitos an und lud ihn ein, die Nacht mit ihr zu verbringen.

Vitos kam mit der Nachricht, daß eine englische Rockgruppe, die »Layouts«, Zeitgenossen der Beatles und Stones, eine Party gaben.

Olympia beschloß, die Gruppe kennenzulernen. Der Sänger hatte sie von jeher fasziniert, obwohl sie ihm persönlich noch nie begegnet war. Der Mann hieß Flash und sah wie ein Zigeuner aus mit langem schwarzem Haar, pockennarbiger Haut, einem schmalen, brutalen Mund, schlechten Zähnen, gefährlichen gelben Augen und einem ausgemergelten Körper.

Vitos zeigte sein strahlendes Lächeln. »Wir gehen also hin«, sagte er, nachdem Olympia begeistert den Vorschlag aufgenommen hatte.

Die Limousine brachte sie zu einem riesigen Penthouse in Greenwich Village, wo sie von zwei muskulösen Sicherheitsbeamten kontrolliert wurden.

Nachdem sie eingelassen worden waren, drängten sie sich lächelnd durch die Menge der versammelten Gäste. Vitos führte Olympia sicher durch die zahlreichen Freaks bis ins Innere des Allerheiligsten, wo sie Flash zum erstenmal in natura sah.

Seit Jahren hatte sie seinen Werdegang als eine Art Kultfigur neben Andy Warhol und Mick Jagger im Fernsehen und in Illustrierten verfolgt. Er war außerdem ein ehemaliger Heroinsüchtiger, ein berüchtigter Frauenheld und vermutlich der beste Rockgitarrist der Welt. Eine einigermaßen hübsche, mollige, reiche griechische Reedereierbin kennenzulernen konnte ihn daher kaum beeindrukken. Außerdem hatte er keine Ahnung, wer sie war. »Ello, Schätzchen«, begrüßte er sie. »Eine Prise Koks gefällig?«

Olympia war augenblicklich für ihn eingenommen.

Und für guten Geschmack war sie tatsächlich nicht bekannt.

24. Kapitel

Nachdem Lucky ihre Entscheidung getroffen hatte, hatte sie kein Bedürfnis, mehr Zeit als unbedingt nötig mit Gino zu verbringen. Sie wußte, diese Entscheidung war richtig, und wollte nicht riskieren, sich doch noch von ihm umstimmen zu lassen.

Gino war allein nach Las Vegas zurückgekehrt. Die perfekte Witwe bereitete in Los Angeles die Hochzeitsfeierlichkeiten vor.

»Du kommst doch zur Hochzeit, oder?« fragte er.

Lucky hatte nicht die geringste Lust, sich das für ihre Begriffe unwürdige Schauspiel anzusehen, und suchte nach einer Ausrede.

»Tja, also...«, begann sie zögernd.

»Ich möchte, daß du dabei bist!« erklärte er kategorisch, und das war keine Bitte, sondern ein Befehl.

Widerwillig stimmte sie schließich zu. Da der Papierkram auch ohne ihre Mithilfe erledigt werden konnte, plante Lucky, Las Vegas nach Ablauf einer Woche zu verlassen. Sie wollte zuerst Costa in Miami besuchen und anschließend nach New York weiterfliegen, wo sie vorerst sich einzurichten gedachte. Sie machte sich nichts vor. Die erste Zeit ohne ihr geliebtes Hotel und ihre gewohnten Aufgaben würde schwierig werden.

Allein schon Gino verlassen zu müssen...

An einem der noch verbleibenden Abende aßen sie zusammen. Die Unterhaltung war gequält. Das Verhältnis war nicht mehr dasselbe. Lucky nannte ihm den Tag ihrer Abreise, und er nickte nur resigniert.

Ein Wort darüber, daß zwischen Susan und ihm alles aus war, und Lucky hätte alles rückgängig gemacht.

Doch der entscheidende Satz fiel nicht.

Matt erfuhr von der Tragödie aus den Frühnachrichten. Wieder war jemand im häuslichen Swimmingpool ertrunken. Diesmal allerdings handelte es sich um einen einjährigen Jungen, der durch die Terrassentür hinausgekrabbelt und ins Wasser gefallen war.

Die Nachrichtensprecherin schloß mit der Meldung, daß, obwohl kein Verdacht auf Fremdeinwirkung bestand, die Eltern Jess und Wayland Dolby zur Vernehmung aufs Polizeirevier gebeten worden waren.

Einen Augenblick lang war Matt fassungslos. Die Mutter war Jess. Es handelte sich um ihr Kind. Was, um Gottes willen, war passiert?

Matt sprang wie elektrisiert auf, griff nach seinem Jackett und rannte aus dem Büro.

Susan und Paige trafen sich in einem Haus in Brentwood, das Paige gerade neu einrichtete. Der Eigentümer, ein Macho-Superstar, der in einem von Paiges Mann produzierten Film brilliert hatte, war mit einem anderen männlichen Macho-Superstar in Hawaii.

Susan kam zuerst zu der vereinbarten Adresse und wartete ungeduldig draußen in ihrem gelben Rolls-Royce. Bereits kurze Zeit später traf Paige in ihrem goldmetallicfarbenen Porsche ein. Paige verließ hastig ihren Wagen und lief zu Susan hinüber, die bereits neben ihrem Rolls stand und sich in diesem Moment ganz der Zuneigung hingab, die sie für diese Frau empfand. Die beiden Frauen umarmten sich. Sie ergaben ein ungleiches Paar: die elegant aufgemachte Susan in ihrem Seidenkostüm mit hochgestecktem, blondem Haar, und Paige, mit ihrer wirren Haarmähne und dem aufreizend geschlitzten Rock.

»Entschuldige meine Verspätung«, begann Paige, umhüllt von einer Mischung aus starkem Parfüm und schwüler Körperlotion. »Ich habe gerade einen neuen Auftrag bekommen. Ein kleines Starlet, das von einem der Geldgeber Ryders ausgehalten wird, will sich hier etablieren. Sie kriegt das Übliche ... alles à la Marilyn Monroe ... mit viel

Weiß, Spiegeln und Felldecke auf dem Bett... damit man darauf besser bumsen kann.«

Susan lächelte. Hätte Gino ein solch ordinäres Wort benutzt, hätte ihn einer ihrer vorwurfsvollen Blicke getroffen.

Sie betraten das Haus, dessen Inneneinrichtung aus viel Holz und Leder fast fertiggestellt war.

»Na, wie findest du's?« erkundigte sich Paige, nachdem sie Susan durch die Zimmer geführt hatte.

»Sehr eindrucksvoll«, lobte Susan, die alles reichlich dick aufgetragen fand.

»Ted wird's gefallen«, seufzte Paige. »Genau wie seinem Freund.«

Sie betraten das Schlafzimmer und blieben vor dem großen Himmelbett aus dunkler Eiche stehen.

»Extragroß«, bemerkte Paige, »seinem Besitzer entsprechend.«

»Woher weißt du das?« erkundigte sich Susan hastig. Sie hatte den Verdacht, daß Paige gelegentlich mit ihren männlichen Kunden schlief, auch wenn sie darüber nie sprach.

»Ganz einfach, weil das allgemein bekannt ist«, erwiderte Paige. »Genau wie jeder weiß, daß Tiny so ziemlich den ›Größten‹ in ganz Hollywood besaß.«

Susan runzelte die Stirn. Paige ging gelegentlich etwas zu weit. Jetzt, da Tiny tot war, wünschte sie, ihn und sein schreckliches männliches Organ tunlichst zu vergessen, das ihr schon zu Lebzeiten genug Entsetzen eingeflößt hatte. Susan warf Paige einen bedeutungsvollen Blick zu und ließ das Seidenjackett von den Schultern gleiten. »Hast du mich vermißt?« fragte sie. »Du hast mir nämlich sehr gefehlt.«

Paige lächelte. »Aber natürlich«, antwortete sie und zog ihren Rock aus.

Susan entledigte sich hastig aller übrigen Kleidungsstücke und wartete auf Paiges ganz besondere Berührung. Sex mit einer Frau war etwas so Natürliches. Da gab es nie jene unterschwellige Gewaltsamkeit, die stets beim Geschlechtsakt mit einem Mann gegenwärtig schien. Susan fühlte sich weder bedroht noch vergewaltigt. Es war ein Genuß, sich völlig hinzugeben, sich zurückzulegen und die vollkommene Entspannung zu erfahren.

Als sie ihren Orgasmus erlebte, war alles perfekt. Bei Männern spielte sie ihn nur. Irgendwie erschien ihr dies das Einfachste.

Dann lag sie nackt und zufrieden inmitten des breiten Eichenbetts und begann Paige von Gino zu erzählen.

Die andere hörte ihrer Geschichte aufmerksam zu.

»Ich heirate ihn«, schloß Susan mit einem Seufzer. »Ich fürchte, es ist der einzige Ausweg.«

Paige nickte. Insgeheim konnte sie Gino Santangelo, nach allem, was sie von ihm gehört hatte, nur außerordentlich interessant finden. Susans Problem war, daß sie das wirklich Gute, wenn es ihr begegnete, nie erkannte. Guter Sex war guter Sex, egal, mit welchem Geschlecht.

»Ich möchte nur, daß du weißt, daß sich unsere Beziehung dadurch nicht ändern wird«, fügte Susan hinzu.

Paige glitt vom Bett. »Die Ehe war schon immer das Richtige für dich«, bemerkte sie. »Du brauchst Männer... und sei's auch nur, um die Rechnungen zu bezahlen.«

Susan räkelte sich wohlig. »Was ich brauche, bist du, meine Liebe.« Sie spreizte die Beine weit. Bei Paige konnte sie nie genug kriegen. Und mit Gino war es immer zuviel.

»Ich muß mich beeilen«, sagte Paige und begann, sich anzuziehen. »Heute abend habe ich zwölf Personen zu Gast. Wir bringen den neuen Bronson-Film heraus. Ich hätte dich eingeladen... aber ich weiß ja, wie ungern du ohne Begleitung ausgehst. Aber bald hast du ja wieder einen Mann...«

»Stimmt«, murmelte Susan leicht gereizt. Sie wäre durchaus bereit gewesen, das Liebesspiel etwas auszudehnen, und jetzt legte Paige diese Hast an den Tag. Immerhin hatten sie sich monatelang nicht gesehen. »Sehen wir uns bald wieder?« fragte sie.

»Das könnten wir durchaus«, erwiderte Paige und zog vor dem Spiegel die Lippen nach. »Aber der Starkunde und Eigentümer des Betts kommt morgen zurück. Ah... dabei fällt mir ein! Ich muß ja noch Kissen, Blumen... und alles mögliche besorgen.« Sie nahm einen Gucci-Block und einen Stift aus ihrer Handtasche. »Ich weiß manchmal selbst nicht, wie ich das alles schaffe. Ryder wäre ohne mich völlig aufgeschmissen, und meine schrecklichen Teenager wollen auch ständig was von mir. Bradford ist vergangene Woche von seiner Schule geflogen, weil er dort Marihuana verteilt hat, und Ricky hat seinen nagelneuen Corvette zu Schrott gefahren.«

Später auf der Heimfahrt überlegte Susan, daß sie mit ihren auffällig korrekten Kindern gar nicht so schlecht bedient war. Und Gino... jedenfalls war es gut, wieder einen Mann an ihrer Seite zu haben. Es hatte eine Zeit gegeben, da hatte Paige es nicht gewagt, eine Dinnerparty zu geben, ohne sie einzuladen.

Zu Hause rief sie Gino an. Er machte einen deprimierten Eindruck. Sie heiterte ihn mit zärtlichen Worten auf und beschloß, den Hochzeitstermin so früh wie möglich festzusetzen.

25. Kapitel

Jess starrte stur auf den spärlichen Haarwuchs des Kriminalbeamten. Seine brutalen Worte über »Vernachlässigung der Elternpflichten« und ähnliches drangen nur teilweise in ihr Bewußtsein vor. Sie erlebte alles nur noch wie in einem Alptraum.

Wayland, der geschlafen hatte, als gäbe es nichts auf der Welt als seinen Frieden.

Und das Kind...

Simon...

Im Wasser treibend...

Wie ein Spielzeug...

Das Entsetzen. Das Gefühl der Unwirklichkeit, wahrscheinlich einer Sinnestäuschung.

Der schwere Atem. Die langsamen Reflexe.

Sie begann zu schreien. Dann zog sie das Baby an den Haaren aus dem Becken. Der Sohn eines Nachbarn war aufgetaucht und hatte sich über den kleinen, leblosen Körper gebeugt.

Schließlich kam Wayland mit ausdruckslosem Blick schlaftrunken aus dem Haus getaumelt. »Was'n los?« murmelte er.

Sie stürzte sich auf ihn, bearbeitete ihn mit ihren Fäusten, zerkratzte sein gelbliches Gesicht mit ihren Nägeln, bis ihre Schreie sämtliche Nachbarn aufgebracht hatten und endlich die Polizei erscheinen ließen.

Von da an hatte sie ihre Umgebung nur noch verschwommen wahrgenommen. Alles um sie vermischte sich mit ihrem Haß, ihrer Verwirrung, ihrer Verzweiflung. Und noch immer erwartete sie, endlich aus ihrem Alptraum aufzuwachen, weigerte sich, die schreckliche Wirklichkeit zu akzeptieren.

Und doch... sie hatte schließlich den kalten, nassen Körper von Simon, ihrem einzigen Kind, selbst in den Armen gehalten und mußte sich damit abfinden, daß hier ein Leben unwiderruflich sein Ende gefunden hatte.

Es war offensichtlich, daß Eden nicht die Absicht hatte, seine Anrufe zu erwidern. Trotzdem wollte es Lennie einfach nicht in seinen Kopf, daß sie ihn eine Nacht lang begehrt haben sollte, daß die Fetzen flogen, und dann von ihm erwartete, daß er wieder in der Versenkung verschwand, als sei nichts geschehen.

»Miss Antonio hat alle Ihre Nachrichten entgegengenommen«, erklärte ihm die Telefonistin, als er sie am Morgen nach dem Aufwachen angerufen hatte. »Sie meldet sich bei Ihnen, sobald ihr das möglich sein wird.« Das sagte eigentlich genug. Es hieß, verpiß dich und rufe ja nie wieder an.

Er war wütend und versuchte einen Vormittag lang vergeblich, ihre Adresse herauszufinden. Niemand schien Bescheid zu wissen.

Lennie wußte, wenn er klug war, dann sollte er die ganze Sache auf sich beruhen lassen. Nach nur einer gemeinsamen Nacht trieb sie ihn bereits wieder zum Wahnsinn. Er mußte sie aus seinen Gedanken verbannen, wie sie ihn offenbar aus den ihren gestrichen hatte.

Nur leider war ihm klar, daß er sich, wenn es um Eden ging, wie ein Esel benahm.

Der Abdruck von Santinos Hand brannte wie Feuer auf der hellen Haut ihrer Wange. Eden starrte in den Spiegel. Ihre Augen waren dunkel vor Wut. Niemand hatte sie je geschlagen. Niemand hatte das jemals gewagt.

Bastard.

Dreckskerl.

Santino, der glatzköpfige Affe, sollte ihr schließlich zu Füßen liegen, nicht die Hand gegen sie erheben.

Es war alles so völlig unerwartet gekommen. Zwar hatte sie Santino Bonnatti kaum für den Charmeur des Jahrhunderts gehalten, doch auf eine solch gemeine Attacke war sie nicht vorbereitet gewesen.

Und woher hatte er überhaupt gewußt, daß sie ausgewesen war? Ließ er sie beschatten?

Eden beschloß, ihm den Laufpaß zu geben.

Dieser Impuls dauerte genau fünf Minuten. Ein gutes Timing war aber entscheidend. Aber mit einem neuen Haus und der Chance, daß er einen Film mit ihr finanzierte, war der richtige Augenblick definitiv noch nicht gekommen.

Sie beugte sich näher zum Spiegel und betrachtete ihr Gesicht. Dann hob sie langsam die Hand und berührte die Spuren seiner Eifersucht.

Schließlich lief sie in die Küche, feuchtete ein Handtuch mit eiskaltem Wasser an und preßte es vorsichtig gegen die Wange.

Das Telefon klingelte dreimal. Dann nahm die Telefonzentrale den Anruf entgegen. Eden hatte keine Lust, mit irgend jemandem zu reden. Lennie Golden hatte zahllose Nachrichten für sie hinterlegt. Vermutlich war er erneut am Apparat.

Zum Teufel mit Lennie Golden! Er war der Grund für all ihre Probleme.

Und zum Teufel mit Santino Bonnatti!

Das würde sie ihm nie vergessen. Dafür mußte er bezahlen. Irgendwann.

Zum richtigen Zeitpunkt.

Wenn *sie* beschloß, Rache zu nehmen.

Scotch betäubte den Widerwillen... und Lennie hatte eine halbe Flasche davon intus, als er auf die Bühne des Foxie's trat und angriffslustig und scharfzüngig, mit beißendem Humor seine Nummer absolvierte.

Rainbow stand am Bühnenaufgang, als er abtrat. Sie deutete auf den öffentlichen Telefonapparat in der Ecke hinter der Bühne. »Jemand hat dich aus Las Vegas angerufen. Man ruft in zehn Minuten wieder an.«

»Wer war es?« fragte er schleppend.

Rainbow zog ihren Garderobenmantel enger um sich. »Sehe ich wie eine Sekretärin aus?«

»Du siehst wie eine verdammt scharfe Frau aus!« Lennie machte unsicher einen Schritt auf sie zu.

»Ach, laß das, Lennie!« Sie schob ihn angewidert von sich. »Wenn Foxie hier wäre, würde er dir was ganz anderes scharfmachen.«

In diesem Augenblick klingelte das Telefon und ersparte Lennie damit eine Antwort.

Er fragte sich, wer wohl aus Las Vegas anrufen könnte, und hoffte, es wäre Jess. Allmählich mußte er mit jemandem reden. Es war Zeit, daß er ein für allemal von Eden Antonio kuriert wurde.

26. Kapitel

Matt Traynor eilte vom Büro aus sofort nach Hause. Er hatte Lucky Santangelo und sämtliche Croupiers, Showgirls und andere Hotelangestellte dazu überredet, zur Beerdigung von Jess' Sohn zu kommen.

In seiner Wohnung kümmerte sich das Hausmädchen um Jess, die auf der Couch saß und ins Leere starrte.

»Lucky Santangelo und alle anderen kommen zur Beerdigung«, begrüßte er sie, ging zur Bar und schenkte ein Glas Brandy ein. »Sie werden alle da sein.« Er reichte ihr das Glas.

»Es ist doch keine Party«, flüsterte sie.

»Trink das, dann fühlst du dich besser.«

»Es ist doch keine Party«, wiederholte sie mit trauriger Stimme.

Er hielt ihre Hand. »Das weiß ich auch, Kleines. Aber die Leute machen sich Sorgen um dich. Sie möchten dir zeigen, wie sehr sie mit dir fühlen.«

Jess trank einen Schluck. »Du hast dich wirklich als sehr netter Mensch entpuppt«, bemerkte sie leise.

Matt war verlegen. So nett war er seiner eigenen Meinung nach gar nicht.

»Ich habe übrigens deinen Freund in Los Angeles erreicht«, berichtete er hastig. »Es hat mich ein paar vergebliche Telefongespräche gekostet, aber schließlich konnte ich ihn bei Foxie's auftreiben. Er kommt heute mit dem Flugzeug... Ein Wagen holt ihn ab und bringt ihn her.«

Einen Augenblick huschte so etwas wie ein Lächeln über Jess' Gesicht. »Lennie«, murmelte sie. »Er ist mein bester Freund.«

»Ja, das hast du mir gestern gesagt«, erwiderte Matt. »Deshalb habe ich ihn ja auch hergeholt.«

Seit Matt von der Tragödie erfahren hatte, hatte er die Regie übernommen. Er war es gewesen, der Jess von der Polizei abgeholt und ihr einen Arzt besorgt hatte, der sie mit

Medikamenten ruhigstellte, ihren Schlaf überwachte und ihr zuhörte, wenn sie über ihr Leben mit Wayland sprach.

Matt hatte auch alle Vorbereitungen für die Beerdigung getroffen.

Er war es auch, der ihr heiße Suppe einflößte und ihre Hand hielt, wenn sie nachts weinte.

Noch am Tag zuvor hatte sie hysterisch reagiert. Mittlerweile hatte sie sich beruhigt, ließ sich beinahe führen wie ein Kind.

»Lennie ist mein bester Freund«, wiederholte sie. »Wir sind zusammen aufgewachsen, weißt du.«

»Ja, du hast mir alles erzählt.«

Er wagte nicht zu fragen, ob diese Freundschaft nur platonischer Art gewesen war. Was sollte er tun, wenn sie mit dem Burschen auf und davon ging? Er, Matt Traynor, der Clown, hatte ihn dann auch noch nach Las Vegas geholt! Der Gedanke war schwer erträglich.

Aber das war augenblicklich die geringste Sorge. Es gab noch viel zu tun. Die Beerdigung sollte in vier Stunden stattfinden, und es mußte alles tadellos klappen.

Lucky beschloß, ihre Top-Angestellten brieflich zu informieren. Sie hatte bereits mehrere Schreiben aufgesetzt, jedoch alle wieder weggeworfen.

Und jetzt war auch noch Matt gekommen und hatte sie gebeten, an dieser Beerdigung teilzunehmen. Sie hatte nur widerwillig und allein aus Gründen der Pietät zugesagt. Nach einer Beerdigung stand ihr weiß Gott nicht der Sinn. Zu allem Übel war auch noch Gewitter und schlechtes Wetter angesagt. Trotzdem wollte sie Matt nicht im Stich lassen.

Sie war so elend und sterbensmüde. Am liebsten hätte sie nur geschlafen.

Es kam ihr in den Sinn, daß sie ihre Ärztin konsultieren, sich eine Vitaminkur verschreiben lassen sollte. Schließlich hatte es keinen Sinn, sich zur Eroberung von New York aufzumachen, wenn man sich wie ein abgehalftertes Rennpferd fühlte. Sie rief ihre Ärztin an und ließ sich für den folgenden Vormittag einen Termin geben.

Gino war für ein paar Tage nach L. A. geflogen.

Ein paar Tage. Sie war sicher, es würden etliche Wochen daraus werden.

Susan hatte angerufen.

Und er kam gelaufen.

Wie nett, daß man in seinem Alter noch zu solcher Leidenschaft fähig war. Vielleicht lag es ja in der Familie.

Lucky lachte trocken. Sex war das letzte, woran sie jetzt dachte. Sie wollte ihr eigenes Imperium schaffen, dann erst konnte sie vielleicht über ihr völlig brachliegendes Sexualleben nachdenken. Seit Dimitri Stanislopoulos hatte es keinen Mann mehr gegeben. Doch das kümmerte sie nicht.

Sex war nur dann wichtig, wenn sie es wollte.

Und nur dann.

27. Kapitel

Der Flug verlief unruhig, und als die Maschine zur Landung ansetzte, hatte es zu regnen begonnen.

Gewitter in der Wüste sind einmalig, dachte Lennie. Dunkle Wolken, messerscharfe Hagelkörner und eine alles erdrückende feuchte Hitze. Er litt unter einem Kater ... und an der Erinnerung an den Streit mit Isaac Luther am Vorabend, als er diesen darüber informiert hatte, daß er das Engagement bei der Griffin Show doch nicht annehmen konnte.

»Was soll das heißen, du kannst nicht?« hatte Isaac gebrüllt.

»Ich kann nicht, weil mich eine Freundin in Las Vegas braucht. Ich muß hinfliegen.«

»Ich sch... auf deine Freunde! Das ist dein Durchbruch, Mann! Wenn du den platzen läßt, bist du verrückt!«

Lennie zuckte mit den Schultern. »Es gibt gewisse Prioritäten im Leben. Vielleicht können sie mich ein andermal einbauen.«

»Die geben dir einen Tritt in den Hintern, Freundchen!« schäumte Isaac. »Du läßt sie praktisch in letzter Minute aufsitzen. Tu's nicht, Lennie!«

»Ich habe keine andere Wahl«, beharrte Lennie ungeduldig.

Foxie hatte sich verständnisvoller gezeigt. »Okay, flieg. Bleib, solange du willst. Und komm erst wieder zurück, wenn du dich gefangen hast. Ich kann Säufer nicht ausstehen, und ich dulde keine schlechte Nummern in meinem Programm. Die letzten beiden Vorstellungen hast du verhauen.«

Und dagegen war nichts einzuwenden.

Jetzt war er wieder in Las Vegas; im strömenden Regen und mit einem schalen Geschmack im Mund.

In Los Angeles hätte die Sonne geschienen und er hätte sich auf seinen Fernsehauftritt vorbereitet.

Aber Jess brauchte ihn. Allein der Gedanke an den Kerl, mit dem sie verheiratet war, machte ihn krank. Und jetzt war ihr Baby tot. Hätte er die Tragödie verhindern können, wenn er damals Las Vegas nicht Hals über Kopf verlassen hätte?

Am Flugplatz wartete ein Wagen auf ihn. Es war ein Oldsmobile, das von einem ehemaligen Showgirl in einer lilafarbenen Uniform gesteuert wurde. Ah... Las Vegas, die Stadt des schlechten Geschmacks, hatte ihn wieder.

Das Ex-Showgirl fuhr wie Paul Newman auf der Rennbahn und als sie vor Matts Wohnung anhielten, war Lennie ein Nervenbündel. Donner und Blitz begrüßten ihn, als er aus dem Auto stieg. Er schlug den Jackettkragen hoch und rannte ins Haus.

Matts Blick schweifte über die Trauergemeinde, die sich am Grab versammelt hatte, und er nahm sich vor, sich für den Gefallen erkenntlich zu zeigen, den sie ihm getan hatten, indem sie gekommen waren. Es waren insgesamt vielleicht zwanzig Trauergäste. Und er konnte zufrieden sein. Selbst Lucky hatte ihr Versprechen gehalten. Sie stand mit gesenktem Kopf unter einem großen, schwarzen Regenschirm, als der kleine Sarg ins Grab gesenkt wurde.

Während Lennie Jess auf der einen Seite stützte, war Matt an ihrer anderen Seite. Er fühlte, wie ihr Körper von Schluchzen geschüttelt wurde, und war hilflos. Sein einziger Wunsch war, sie zu beschützen. Und wenn sie es zuließ, würde er auch genau das tun. Als Mrs. Traynor Nummer zwei sollte sie allen Schutz genießen, den er ihr geben konnte.

Wayland war nicht unter den Anwesenden. Auf Matts dringendes Anraten hin hatte er sich entschlossen, die Stadt zu verlassen. Es war für alle Beteiligten das Beste.

Lennie erkannte die Frau erst auf den zweiten Blick. Sie trug das Haar streng aus dem Gesicht gekämmt, und ihre ausdrucksvollen Augen waren hinter dunklen Brillengläsern verborgen. Sie trug einen schwarzen Ledermantel und sah damit wie eine Spionin aus dem Roman von Le Carré aus: schön, geheimnisvoll, eiskalt und aufregend zugleich.

Dann fiel es ihm wie Schuppen von den Augen. Das Mädchen aus dem Casino. Weshalb war sie noch immer in Vegas?

Sobald sich die Gelegenheit ergab, ging er zu ihr. Sie stand an der Bar und trank einen Pernod mit Eis.

»Hallo!« begrüßte er sie vorwurfsvoll. »Sie haben mich neulich versetzt!«

Sie nahm ihre dunkle Brille nicht ab, so daß er nicht wußte, ob sie ihn überhaupt ansah.

»Kennen wir uns?« fragte sie kühl.

»Wir hätten beinahe Geschichte gemacht. Nur wollten Sie mit der Lektion anfangen, bevor ich soweit war. Lennie Golden. Erinnern Sie sich?«

Sie nickte unmerklich.

»Also, was war los? Sie wollten mich doch in der Bar treffen.«

»Möglicherweise ist mir ein willigerer Schüler über den Weg gelaufen. Und jetzt entschuldigen Sie mich.«

Sie drängte sich an ihm vorbei, ging zu Jess und Matt hinüber, wechselte ein paar Worte mit den beiden und war verschwunden.

Zuerst Eden und jetzt die schöne Unbekannte. Sollte der berühmte Lennie-Golden-Charme verpufft sein?

Beerdigungen waren schon deprimierend genug. Die arme, kleine Jess wirkte wie ein verlorenes Kind. Er wünschte, Matt Traynor würde sie in Ruhe lassen. Der Mann war ein geiler, alternder Playboy, der hinter ihr her war, als sei sie die einzige Frau in der ganzen Stadt. Hatte er noch nie etwas von gutem Timing gehört?

Lennie trat zu Jess und drückte ihre Hand. »Wie geht's, Äffchen?« Er hoffte auf irgendeine Reaktion.

Jess' Miene blieb ausdruckslos.

Für Worte war wohl nicht der Augenblick. Vielleicht war es ihr schon eine Hilfe, daß er bei ihr blieb.

Santino kehrte um sieben Uhr morgens zurück. Eden schlief zwar noch, doch er hatte einen eigenen Schlüssel zu ihrer Wohnung, seit er die Miete bezahlte. Er schloß auf, betrat ihr Schlafzimmer, saß eine Weile auf ihrer Bettkante und sah sie an. Eden schlief nackt auf schokoladenbraunen Laken, die einen aufreizenden Kontrast zu ihrer hellen Haut und dem blonden Haar bildeten. Hatte sie wirklich geglaubt, sie könne ihre Spielchen mit ihm treiben? Er war nicht bereit, mehr als einen Ausrutscher durchgehen zu lassen. Wenn sie ihn noch einmal betrog, kam sie nicht mit einer billigen Ohrfeige davon.

Sie war ein mageres Mädchen. – Im Vergleich zu seiner Frau Donatella waren für ihn alle anderen weiblichen Wesen, die unter hundertfünfzig Pfund wogen, mager.

Der Abdruck seiner Finger war noch deutlich auf ihrer

Wange zu sehen. Das Mal erregte ihn. Weiber wie Eden Antonio mußte man aufmerksam im Auge behalten. Das hatte ihn sein Vater Enzio gelehrt, dessen Wahlspruch gewesen war: Wenn du sie an der Kandare halten willst, kauf ihnen 'ne Menge, bumse sie regelmäßig und vermöble sie gelegentlich.

Enzio war angesichts seines klugen und weisen Ausspruchs jedesmal in schallendes Gelächter ausgebrochen. Doch Klugheit und Weisheit hatten ihn nicht davor bewahren können, kaltblütig von einer Frau ermordet zu werden.

Santinos Miene verdüsterte sich, sobald er an jenen unheilvollen Tag vor einem Jahr dachte. Und seine Wut wurde noch größer, wenn er an die Anweisung dachte, die er und sein Bruder Carlo von den Geschäftspartnern seines Vaters erhalten hatten. »Kein Blutvergießen mehr«, hieß es. »Keine Racheakte. Die Gewalttätigkeiten müssen aufhören.«

Und damit waren ihnen einfach die Hände gebunden.

Was Santino betraf, so empfand er dieses Verbot nahezu wie eine Kastration.

Santino kratzte sich seinen kahlen Schädel und dachte an den Bruder Carlo, diesen Hasenfuß, dieses Nichts. Unglücklicherweise waren sie Geschäftspartner und aufeinander angewiesen. Allerdings operierten sie nicht in derselben Stadt.

Nach Enzios Tod hatte Santino seine Geschäfte nach Los Angeles verlagert, und das war eine weise Entscheidung gewesen. Außerhalb von Carlos Kontrolle hatte er sich vergrößern und verzweigen können. Das Familienunternehmen hatte auch eine Kette von Massagesalons eingeschlossen. Santino hatte bald festgestellt, daß der Verkauf von pornographischen Erzeugnissen in diesen Etablissements ein Vermögen einbrachte. Santino war in das Geschäft eingestiegen, und mit Hilfe der Importe aus Dänemark und Thailand waren seine Profite steil in die Höhe geschnellt. Mittlerweile besaß er mehr Geld als Carlo. Und mit dem Hasenfuß Carlo war nicht zu rechnen, wenn es darum ging, den Mord an ihrem Vater zu rächen.

Santino wußte, daß es allein bei ihm lag, mit der verdammten Lucky Santangelo abzurechnen.

Eden bewegte sich leicht und reckte die Arme über den Kopf.

Santinos Knopfaugen fixierten ihre kleinen Brüste mit den dunklen Brustwarzen. Ihr Busen war nicht groß, aber perfekt. Bei seiner Frau hatte er stets das Gefühl, mit einer schwangeren Kuh zu kopulieren. Er stand hastig auf und zog die Jogginghose aus, die er trug. Sein steifer Penis schlüpfte automatisch aus dem Schlitz seiner Boxershorts.

Eden seufzte im Schlaf.

Santino riß grob das dünne Laken über ihr weg, das ihren Körper nur spärlich bedeckt hatte. Das blonde Haar auf ihrem Venushügel trieb ihn zum Wahnsinn. Er war auf Blondinen versessen. Mit einer schnellen Bewegung setzte er sich mit gespreizten Beinen auf ihre Brust und schob seinen Penis an ihren Mund.

Eden hatte noch nicht einmal die Augen aufgeschlagen, da machte er schon eindeutige Bewegungen.

»Ah, gib's mir, Baby!« verlangte er heiser. »Besorg's mir. Du weißt, du magst es. Du weißt, Santino ist der absolute König!«

28. Kapitel

Olympia hatte von jeher Drogen genommen, jedoch es nie zum Problem werden lassen. Drogen taten ihr gut, ließen sie zeitweilig ihre Lieblingssüßigkeiten wie Schokoladentorte oder Käsesahnetorte vergessen, verursachten ihr am darauffolgenden Tag weder Kopfschmerzen noch einen Kater. Wenn sie nicht ausging, konnte sie oft tagelang darauf verzichten, ohne daß es ihr etwas ausmachte.

Flash brauchte Drogen... viele sogar. Die Tatsache, daß er vom Heroin weggekommen war, hinderte ihn jedoch nicht, alles andere zu inhalieren, was es Einschlägiges auf dem Markt gab: Aufputschmittel jeder Art, Schlaftabletten, Marihuana und natürlich Kokain, die Droge der Reichen. Nur brauchte Flash nie dafür zu bezahlen. Er war so berühmt – oder einfach unverschämt genug, daß die Fans und Freaks stets dafür sorgten, daß er alle Wünsche umsonst erfüllt bekam.

Flash suchte eine Bleibe in New York. Er hatte aus Steuergründen einen ständigen Wohnsitz auf den Bahamas und bei Freunden eine Adresse in Los Angeles. Nur in New York fehlte ihm bisher etwas Entsprechendes. Und Olympia, so sah es aus, konnte ihm genau das bieten.

Auftritt Flash.

Abgang Vitos.

Flash verdiente Geld wie Heu, war jedoch notorisch knausrig. Warum sollte er sich verausgaben, wenn andere das genausogut für ihn besorgten?

In der ersten Nacht, die er mit Olympia verbrachte, hatte er keine Ahnung, wen er überhaupt vor sich hatte. Sie vertrieben sich die Zeit auf angenehme Weise auf einem Wasserbett in einem Apartment, das er sich geliehen hatte. Eigentlich war sie nicht sein Typ. Normalerweise bevorzugte er junge, großgewachsene Modelle mit schönen, ausdruckslosen Gesichtern. Aber Olympia war eben zufällig verfügbar gewesen, scharf auf ihn, und er brauchte Sex... wie er eben immer Sex brauchte. Aus diesem Grund hatte er sich von seinen ständigen Begleitern verabschiedet und war mit ihr in die geborgte Wohnung gefahren.

Olympia hatte sich mit einer fadenscheinigen Entschuldigung bei Vitos verabschiedet, den das nicht weiter zu stören schien, da er sich gerade intensiv mit Bianca Jagger unterhalten hatte.

Flash wurde seinem Ruf durchaus gerecht. Und Olympia war glücklich. Sie verließ die Wohnung, während er noch schlief, und nahm ein Taxi. Gegen Mittag am darauffolgenden Tag gab sie ihm dann durch eine unzweideutige Geste zu verstehen, daß sie nicht irgendein kleines Flittchen war. Als Flash nämlich aufwachte, fand er sechs Kisten Dom Pérignon, einen reichlichen Vorrat an persischem Kaviar und ein kleines Geschenk aus der Werkstatt von Tiffany vor. Bei letzterem handelte es sich um eine Anstecknadel in der Form einer Gitarre aus Gold und Brillanten, in die eingraviert war: OLYMPIA/FLASH – NEW YORK 1978.

Selbst Flash wußte, daß, wenn Tiffany innerhalb weniger Stunden eine solche Gravur anfertigte, jemand mit Geld dahinterstecken mußte.

Außerdem hatte sie ihre Karte beigelegt, auf der »Olympia Stanislopoulos« und eine Adresse mit Telefonnummer standen. Der Nachname war ebenso bekannt wie Onassis.

»Wer ist die Frau?« erkundigte sich Flash und reichte die Karte seinem Manager Como Rose.

Como betrachtete die Karte, rülpste lautstark und antwortete: »Die Tochter von Dimitri Stanislopoulos, du Idiot. Die hat mehr Zaster als die Gettys.«

Flash wußte, wann man im Leben zugreifen mußte. Und im Bett war die Dame unersättlich gewesen.

Er grinste: »Ruf sie an!« befahl er. »Sie soll um fünf Uhr hiersein. Ich nehme sie mit zum Konzert.«

Olympia erschien um halb sechs Uhr in Taftseide, Spitze und Diamanten.

»Du bist verdammt spät... und außerdem völlig overdressed. Und wir brauchen noch 'n paar Kisten von dem Sprudelwasser. Sorg dafür.«

So hatte bisher noch niemand mit Olympia zu sprechen gewagt. Es gefiel ihr... sogar sehr. Für sie stellte es eine erfrischende Abwechslung dar.

Sie zogen sich mehrere Portionen Koks zusammen rein und tranken auf dem Weg zum Stadion Champagner, wo die Layouts ihr erstes New Yorker Konzert seit fünf Jahren geben sollten und damit einen unglaublichen Rummel veranstaltet hatten.

Innerhalb einer Woche hatte Olympia ein riesiges Apartment mit Blick auf den Central Park gekauft, und Flash zog dort am selben Tag ein wie sie.

Am Abend standen sie auf der Dachterrasse und betrachteten die Stadt, die sich unter ihnen ausbreitete.

Olympia dachte an Brigette und überlegte, wie sie dieses Problem lösen sollte. Bisher hatte sie Flash die Existenz einer Tochter verschwiegen. Vielleicht sollte sie Brigette einfach noch eine weitere Woche vergessen. Warum sich jetzt die Stimmung verderben?

Flash inhalierte seinen Joint. Weshalb war er nur bisher nicht auf die Idee gekommen, sich eine reiche Mieze anzulachen? Es war das einzig Wahre.

Und dann fragte er sich, was er mit seiner sechzehnjährigen Frau anfangen sollte, die irgendwo anonym in England lebte. Bisher hatte Olympia von deren Existenz keine Ahnung. Es war eine heimliche Hochzeit gewesen... niemand wußte Bescheid. Vielleicht konnte er das Problem einfach noch eine Weile verdrängen. Sie war es gewöhnt, daß er sehr lange fortblieb. Warum sich denn jetzt alles verderben?

Olympia und Flash paßten ausgezeichnet zueinander.

29. Kapitel

Nach der deprimierenden Beerdigung des Kindes buchte Lucky einen Vormittagsflug nach Miami. Auf dem Weg zum Flugplatz machte sie noch kurz bei ihrer Ärztin halt, um sich eine Vitaminspritze geben zu lassen. Doch die Ärztin bestand darauf, sie erst gründlich zu untersuchen.

»Wenn ich Sie schon nicht für Ihre jährliche medizinische Allgemeinuntersuchung herbekommen kann, nehme ich Sie mir, wenn ich Sie zu fassen kriege«, erklärte Dr. Liz Tierney lächelnd.

»Dann machen Sie lieber schnell«, erwiderte Lucky und

hielt ihren Arm zur Blutabnahme hin. »Ich bin nämlich auf dem Weg zum Flugplatz.«

»Wie immer in Eile«, seufzte Dr. Tierney. »Warum treten Sie nicht mal langsamer?«

»Wozu? Ich hab eben viel zu tun.«

»Jetzt brauche ich noch eine Urinprobe. Soviel Zeit haben wir ja wohl noch.«

»Geben Sie mir schon die Spritze. Mehr will ich nicht.«

Die Ärztin drückte ihr ein Glasfläschchen in die Hand. »Was Sie brauchen, entscheide ich.«

Der Flug nach Miami schien ewig zu dauern. Als die Maschine landete, fühlte Lucky sich müde und elend.

Costa erwartete sie am Flugplatz. Er sah braungebrannt und ausgeruht aus. Sie begrüßten sich herzlich und gingen dann gemeinsam zum Wagen. Der Gepäckträger folgte mit Luckys Gepäck. Ihre übrigen Sachen wurden direkt in das Haus in East Hampton geschickt.

Costa musterte Lucky eingehend und besorgt. Die Zeit zum Reden würde noch kommen. Er hatte Lucky stets wie eine Tochter geliebt. Sie konnte von ihm alles haben... selbst wenn es nur seine Zeit war.

30. Kapitel

»Du kommst mit mir nach L. A.«, erklärte Lennie kategorisch.

Jess suchte nach Gründen, die gegen eine solche Entscheidung sprachen, fand jedoch keine.

»Ich gehe mit Lennie nach Los Angeles«, erklärte sie Matt schließlich.

Matt konnte es nicht fassen. Er war am Boden zerstört. Die ganze Zeit über war er so mit Pläneschmieden und organisatorischen Dingen beschäftigt gewesen, daß er völlig vergessen hatte, mit ihr über eine gemeinsame Zukunft zu sprechen. Er wollte für sie sorgen, sie beschützen... sie heiraten.

»Es ist die vernünftigste Lösung«, sagte Jess. »Las Vegas ist für mich unerträglich geworden. Zu viele Erinnerungen... Lennie hat recht, ich muß weg von hier.«

Matt wollte ihr sagen, was er für sie empfand, sie überreden zu bleiben, brachte jedoch kein einziges Wort über die Lippen.

»Und was willst du beruflich in L. A. machen?« erkundigte er sich schließlich.

»Ach, ich schlage mich schon irgendwie durch«, erwiderte sie.

Matt war sicher, daß ihr das gelang. Mädchen wie Jess waren selten. Sie war hübsch, klug, verwundbar und weise. Irgendein Kerl würde sie sich wie einen reifen Pfirsich vom Baum pflücken, während er, Matt Traynor, der stadtbekannte Playboy, nicht einmal die richtigen Worte fand, um sie zurückzuhalten.

»Ich hoffe, wir bleiben in Verbindung«, murmelte er heiser.

»Natürlich«, antwortete sie leise.

Aber er wußte, daß es anders kommen würde.

31. Kapitel

Das Zusammensein mit Onkel Costa war fast so schön wie das vergangene Jahr mit Gino... das Jahr, bevor Susan Martino ihr Leben verändert hatte.

Lucky sprach mit ihm bis in die tiefe Nacht hinein, erzählte ihm von all ihren Ängsten, Frustrationen, Hoffnungen und Ambitionen. Und Costa hörte ihr geduldig zu, ohne sie je zu unterbrechen oder zu kritisieren.

»Lucky«, sagte Costa schließlich und suchte vorsichtig nach den richtigen Worten. »Gino und du ... ihr seid euch sehr ähnlich. Er weiß, was er will, und bekommt es auch. Wenn er sich entscheidet, diese Martino zu heiraten, dann tut er's auch.

Es ist deshalb vollkommen richtig, daß du erst einmal nach New York gehst. Dort kannst du dich dann umsehen und danach entscheiden, was *du* eigentlich mit deinem Leben anfangen willst. Mach dich endlich von Gino unabhängig. Alles, was du bisher getan hast, hast du nur ihm zu Gefallen getan. Es ist Zeit, daß du dir ein eigenes Leben aufbaust.«

Nach drei herrlichen harmonischen Tagen in Miami bei Onkel Costa flog Lucky am frühen Samstagmorgen nach New York weiter.

Als die Maschine dort landete, regnete es in Strömen, und die Stadt empfing sie mit einer geradezu feindseligen Hektik. Als sie dann jedoch die belebten Straßen sah, war sie wieder mit allem versöhnt. Wie sehr hatte sie die New Yorker Atmosphäre vermißt! Die Stadt war eine Herausforderung! Costa hatte recht. Sie mußte ein eigenes Leben beginnen.

Lucky fuhr ins Hotel Pierre, wo sie bereits zwei Nachrichten erwarteten. Die eine war von Onkel Costa, der ihr einfach nur Glück wünschte, die andere von Dr. Tierney. Was, zum Teufel, wollte die Ärztin von ihr?

Lucky überkam eine seltsame Furcht. Was hatte es mit den merkwürdigen Tests auf sich gehabt, auf denen Dr. Tierney bestanden hatte? Vielleicht war sie tatsächlich krank. Sie hatte sich in letzter Zeit häufig müde und abgespannt gefühlt.

Überzeugt, irgendeine schwere Krankheit zu haben, rief sie bei Dr. Tierney an.

Liz Tierney machte jedoch einen äußerst fröhlichen Eindruck und kam sofort zur Sache. »Lucky«, begann sie, »ich freue mich, Ihnen mitteilen zu können, daß Sie jetzt wirklich ein bißchen langsamer treten müssen.«

»Und warum sollte ich?« erkundigte sich Lucky mißtrauisch.

»Ganz einfach, meine Liebe, weil Sie nämlich schwanger sind.«

ZWEITES BUCH

Sommer 1980

32. Kapitel

Carrie Berkeley sah ihrem siebenundsechzigsten Geburtstag mit gemischten Gefühlen entgegen. Einerseits war sie noch immer eine sehr attraktive Frau. Sie war schlank und sportlich, hatte eine glatte dunkle Haut, der die Jahre bisher kaum etwas hatten anhaben können, und ihr kurzes schwarzes Haar, das sie nach der neuesten Mode frisiert trug, war nur von wenigen silbrigen Fäden durchzogen. Andererseits war siebenundsechzig schon fast siebzig und damit eben alt. Sie durfte gar nicht daran denken...

Carrie erschauderte, während sie durch ihre Villa auf Fire Island lief, Kissen zurechtrückte und ihre Sammlung von silbernen Rahmen im Stil der Art deco neu ordnete.

Das Haus war bezaubernd eingerichtet: gemütlich und geschmackvoll zugleich, ein Spiegelbild ihres persönlichen Lebensstils. Immer wieder riefen die Leute von *Vogue* und *Harper's Bazaar* an und baten um die Erlaubnis, bei ihr fotografieren zu dürfen, doch sie blieb hart. Sie wollte längst nicht mehr im Blickpunkt der Öffentlichkeit stehen.

Drei Jahre zuvor hatte sie sich von ihrem zweiten Mann, dem bekannten Geschäftsmann und Theaterbesitzer Elliott Berkeley, scheiden lassen und damit alle Verbrämungen einer gesellschaftlich aktiven Frau eines reichen Mannes aufgegeben. Die schöne Mrs. Elliott Berkeley, perfekte Gastgeberin, eine der bestangezogenen Frauen... perfekt, perfekt... immer nur perfekt.

Mein Gott, wenn die ganzen Leute hier die Wahrheit wüßten...

Carrie Jones, dreizehn Jahre alt, Prostituierte. Von ihrer Großmutter und dem Onkel auf die Straße geschickt. An einen Zuhälter namens Whitejack gebunden, der sie mit Drogen fütterte, während sie ihrem Gewerbe nachging. Mit fünfzehn Einweisung in eine Nervenheilanstalt, dem Wahnsinn nahe und vollkommen allein auf der Welt.

Neun endlos lange Jahre blieb sie in Gewahrsam. Dann

kam die Zeit der verschiedenen Jobs... sie hatte praktisch alles gemacht, um sich über Wasser zu halten; von der Putzfrau bis zum Tanzgirl, bis sie, nachdem sie eine Nacht lang rückfällig geworden war, merkte, daß sie ein Kind bekam, und ihr klarwurde, daß die einzige Möglichkeit, genug Geld für sich und das Kind zum Überleben zu verdienen, die Rückkehr in ihr altes Gewerbe darstellte.

Ein Bordell war besser als die Straße.

Ein Bordell bot ihrem kleinen Sohn Steven ein Zuhause, saubere Kleidung und ein Kindermädchen, das sich um ihn kümmerte.

Und ein Bordell blieb auch ihr Lebensbereich, bis der liebe Bernard Dimes sie und ihren vierjährigen Sohn dort herausholte.

Sie war Bernard ewig dafür dankbar, liebte ihn dafür noch immer... obwohl er jetzt seit fünfundzwanzig Jahren tot war.

Bernard hatte ihr eine andere Welt eröffnet. Er war ein eleganter Mann mit Geld und Lebensart gewesen, ein erfolgreicher Theaterproduzent. Als er Carrie geheiratet hatte, waren seine Freunde und Bekannten schockiert. Wer war sie? Woher kam sie? Wie konnte er nur eine Farbige heiraten?

Bernard machte sich einen geheimen Spaß daraus, für Carrie eine Vergangenheit zu erfinden, die sie in den Augen der von Vorurteilen beladenen Gesellschaft akzeptabel werden ließ. Bernard erzählte überall, sie sei eine schöne afrikanische Prinzessin, die er auf einer Safari in Kenia kennengelernt und mit ihrem Sohn nach Amerika gelockt hatte.

Welch unverschämte Lüge. Nur Bernard hatte sich so was ausdenken können.

Carrie spielte das Spiel mit, weil es ihr gefiel. Und indem sie die Rolle spielte, wurde sie ihr zur zweiten Natur. Das machte sie zum Liebling der Presse. Selbst ihr Sohn Steven erfuhr erst 1977 die Wahrheit, als sie gezwungen war, alles zu enthüllen.

Damit hatte sie seine Welt, seine Selbstsicherheit, sein Ego zerstört. In seiner Verwirrung und Wut hatte er seinen

Posten als angesehener Staatsanwalt aufgegeben und war für zwei Jahre nach Europa gegangen. Nach seiner Rückkehr 1979 hatte er Carrie einmal besucht, um ihr zu sagen, daß er sie verstehe. Doch sie wußte, daß das nicht ehrlich gemeint gewesen war. Er war ihr gegenüber kühl und distanziert. Sie hatte seither nichts mehr von ihm gehört.

Und vor zwei Tagen hatte er sie dann völlig unerwartet angerufen. »Ich muß dich sprechen!« waren seine Worte gewesen.

Bald würde er da sein.

Steven Berkeley fuhr den schwarzen Porsche seines Freundes Jerry Myerson, den dieser ihm für den Tag geliehen hatte. Steven fand es insgeheim lächerlich, für ein Auto fünfzigtausend Dollar zu bezahlen. Trotzdem mußte er zugeben, daß es Spaß machte, einen solchen Wagen zu lenken.

Jerry Myerson war ein guter Freund. Sie hatten zusammen die High-School, das College und schließlich die Universität absolviert. Jerry war sogar Trauzeuge bei Stevens Hochzeit mit der nicht ganz standesgemäßen Tänzerin Zizi gewesen. Zizi, die einen Meter sechzig große quirlige Dauerkatastrophe. Die Ehe hatte fünf Jahre gehalten. Die Scheidung war für Carrie eine Erlösung gewesen, sie hatte Zizi nie gemocht.

Carrie.

Seine Mutter.

Einen Augenblick lang empfand er die vertraute Woge von Wut und Abscheu, Gefühle, die er inzwischen bewältigt zu haben glaubte. Seit sie ihm alles gesagt hatte... ihm die Wahrheit eröffnet hatte...

Ein Leben lang hatte er geglaubt, in Afrika geboren zu sein, daß sein Vater tot war und Carrie ihn als Baby nach Amerika gebracht hatte.

Die Wahrheit war ein Schock für ihn gewesen.

Geboren in Amerika, aufgewachsen in einem Bordell. Und sein Vater konnte einer von zwei Männern sein... beide weiß.

Er hatte sie zur Preisgabe ihrer Namen gezwungen. Der

eine war eine Affäre bloß für eine Nacht gewesen, der andere hatte Carrie vergewaltigt. Vor einundvierzig Jahren war er gezeugt worden, aber Carrie konnte ihm nicht mehr sagen, wer der Vater war. Und trotzdem... er mußte es wissen. Erst dann konnte er sein Leben wieder in die eigenen Hände nehmen.

Instinktiv drückte er das Gaspedal durch. Sein Mund wurde schmal. Steven war ein ausgesprochen gutaussehender Mann, groß, mit der Figur eines Athleten, schönen grünen Augen, schwarzem, lockigem Haar und olivfarbenem Teint. Die reiferen Jahre standen ihm gut. Früher war er einer der besten und gefürchtetsten Stellvertreter des Generalstaatsanwalts von New York gewesen; ein eisenharter Jurist, der in dem Ruf stand, völlig unbestechlich zu sein. Aber Carries Enthüllungen hatten ihn aus der Bahn geworfen; in den vergangenen zwei Jahren war er daher ziellos durch Europa gereist, hatte Gelegenheitsarbeiten angenommen und versucht, mit der Wahrheit über seine Herkunft ins reine zu kommen.

Carrie hatte ihn in dem Glauben an einen Traum großgezogen. Als sie diesen zerstörte, hatte sie auch sein Leben zerstört. Und es dauerte seine Zeit, die Scherben wieder zu kitten.

Jetzt, da er nach Fire Island fuhr, wußte er endlich, was er tun mußte. Drei Jahre zuvor hatte sie ihm zwei Namen genannt: Freddy Lester und Gino Santangelo. Einer von beiden war sein Vater. Und ob es ihr nun gefiel oder nicht, sie würde ihm helfen, herauszufinden, welcher von beiden es war.

33. Kapitel

Die heiße Sonne brannte auf Luckys Haut, als sie sich auf einer Matratze neben dem Meerwasser-Swimmingpool ausstreckte, der die Form einer Grotte hatte. Sie trug lediglich das Unterteil eines Tangabikinis, und ihre braune Haut glänzte vor Sonnenöl. Sie hatte das Haar aufgesteckt und hörte über Kopfhörer ein Band von Bobby Womack, das sie in die geliebte Welt des Soul entführte. Erst als das Band zu Ende war, schlug sie die Augen auf.

Es war ein heißer Tag. Die kleinen Kumuluswölkchen standen so hoch am Himmel, daß sie fast wie eine Theaterdekoration wirkten. Eine leichte Brise machte die Hitze einigermaßen erträglich.

Lucky erhob sich, reckte sich lässig und sprang elegant in den Pool. Leicht und geschmeidig schwamm sie ihre Bahnen im meergrünen Wasser, bis sie die vertrauten weißen Schuhe von Dimitri über dem Beckenrand entdeckte.

»Mr. Stanislopoulos«, sagte sie förmlich und paddelte im Wasser vor sich hin.

Seine intensiv blauen Augen begegneten den ihren. Lucky mochte diese wissenden Augen.

»Lucky«, erwiderte er nicht minder förmlich, »wie geht es dir heute?«

Als ob er das nicht wüßte, dachte sie. Immerhin waren sie sich seit zwei Jahren so nahe, wie sich zwei Menschen nur sein konnten.

Dimitri Stanislopoulos. Vierundsechzig Jahre alt. Alt genug, um ihr Vater sein zu können.

Und wie ihr Vater war er ein mächtiger Mann und eine eindrucksvolle Persönlichkeit. Ein Mann, mit dem sie eine angenehme Kameradschaft, eine Art Liebe verband. Es war nicht die heiße, leidenschaftliche Liebe wie mit Marco, aber eine sehr befriedigende Beziehung.

Als Lucky in New York eingetroffen war, um ein neues Leben zu beginnen, die Welt zu erobern, war eine Schwangerschaft nicht geplant gewesen. Nie hatte sie auch nur mit dem Gedanken gespielt, ein Kind zu bekommen. Kinder waren nichts für selbständige, aktive Frauen wie sie.

Sachlich und kühl hatte sie einen Schwangerschaftsabbruch in Erwägung gezogen und schon nach wenigen Stunden gewußt, daß dies nicht die Antwort auf ihre Probleme sein konnte.

Selbstverständlich war ihr klar, wer der Vater war. Daran bestand kein Zweifel. Dimitri Stanislopoulos war der einzige Mann gewesen, mit dem sie in den vergangenen Monaten geschlafen hatte.

Dimitri Stanislopoulos! Olympias Vater! Der Gedanke war nicht gerade ermutigend.

Sie hütete das Geheimnis eine Woche lang, bat nicht einmal Gino um Rat. Das Kind konnte sie auch selbst aufziehen... dazu war sie durchaus in der Lage. Ihre finanzielle Unabhängigkeit gab ihr zusätzliche Sicherheit. Es war vielmehr ein anderer Gedanke, der sie stärker beschäftigte. Ein Kind, das heranwuchs, würde irgendwann die Identität des Vaters wissen wollen. Und darauf hatte es schließlich auch ein Recht.

Das Kind.

Mädchen oder Junge?

Lucky war es gleichgültig. Sie nahm es, wie es kam.

Plötzlich bekam ihr Leben einen neuen Sinn.

Sie rief Dimitri in Paris an. Dort war es drei Uhr morgens. Er klang schläfrig und war wütend über die Störung. »Ja?« fragte er barsch.

»Hier spricht Lucky Santangelo. Du wirst Vater«, verkündete sie ohne Umschweife.

»Was?«

»Ich kriege ein Kind. Du bist der glückliche Vater.«

Dimitri setzte sich im Bett auf und war froh, allein zu sein. »Ich begreife nicht ganz...«, begann er.

»Das ist doch ganz leicht. Wir haben das Spiel gespielt und ein Tor geschossen. Seit ich mich an die Vorstellung gewöhnt habe, bin ich sehr glücklich. Na, was sagst du dazu?«

Er räusperte sich. »Was willst du? Geld?«

»Wie bitte?«

Er überhörte den eisigen Ton in ihrer Stimme und fuhr tolpatschig fort: »Ruf zu einer menschenwürdigeren Zeit meine Sekretärin an. Ich schicke dir einen Scheck für die Abtreibung und deine übrigen Auslagen.«

»Du Ekel!« schrie Lucky am anderen Ende. »Glaubst du wirklich, ich rufe dich an, weil ich Geld will? Du verdammter Dreckskerl! Für mich bist du gestorben!« Damit warf sie wütend den Hörer auf die Gabel.

Wofür hielt dieser Mann sie eigentlich? Wie konnte er es wagen, mit ihr zu sprechen, als sei sie eine kleine Nutte? Zum Teufel mit Dimitri Stanislopoulos und seinen Millionen! Sie hatte ihn nur angerufen, um ihn an ihrer Freude teilhaben zu lassen.

Es vergingen mehrere Monate. Lucky war inzwischen in das Haus in East Hampton eingezogen. Jetzt, als schwangere Frau, fühlte sie sich der Metropole New York nicht mehr gewachsen. Sie suchte einen bekannten Gynäkologen auf, der ihr versicherte, daß die morgendliche Übelkeit und die Erschöpfungszustände nur kurze Zeit dauern würden, und der ihr Vitamintabletten, eine Gesundheitsdiät und viel Ruhe verordnete.

Dann erhielt sie eines Morgens mit der Post die Einladung zu Ginos Hochzeit und rief sofort Costa an. Sie besprachen die Angelegenheit und beschlossen, gemeinsam hinzugehen. Lucky hatte zwar keine gesteigerte Lust darauf, wollte Susan Martino jedoch nicht die Genugtuung geben, ihren Vater zu enttäuschen.

Die Hochzeit selbst war ein Hollywoodspektakel, auf dem Ginos Freunde aus Las Vegas in der Menge untergingen.

Lucky fühlte sich wie eine Fremde. Sie trug ein einfaches, weißes Seidenkostüm und ihren Smaragdschmuck. Niemand sah ihr an, daß sie im vierten Monat schwanger war, doch die dunklen Ringe unter ihren Augen zeigten, daß sie sich nicht immer wohl fühlte.

Zu Susans Sprößlingen entwickelte Lucky eine spontane Antipathie. Die beiden waren ihr zu snobistisch.

Dann tauchte plötzlich die englische Primadonna Francesca Fern auf, und wenige Minuten später erschien Dimitri Stanislopoulos.

Lucky rutschte tiefer in ihren Sessel auf der Terrasse und hoffte, er möge sie übersehen.

Doch Dimitri entdeckte sie schließlich doch. Umringt von fremden Leuten, begrüßten sie sich kühl und reserviert.

Eine Woche später stand er vor der Tür ihres Hauses in East Hampton. Es war Herbst. Sie trug einen weißen Jogginganzug und war ungeschminkt. Das Haar hatte sie nachlässig aufgesteckt.

»Du siehst sehr jung aus«, sagte er und verharrte auf der Treppe, während seine Limousine mit Chauffeur in der Auffahrt wartete.

»Was willst du?« fragte sie tonlos.

Sein Blick schweifte zu ihrer Taille. »Ich will wissen, ob es stimmt. Bekommst du mein Kind?«

»Nein!« log sie mit eisiger Stimme.

Er war ein ungewöhnlich großer, athletischer Mann mit seinem dichten weißen Haar und den intensiv blauen Augen. »Du lügst.«

»Es ist mir egal, was du von mir denkst.«

»Weshalb hast du mich dann angerufen?«

»Das war vor Monaten«, entgegnete sie kühl. »Ich wollte dich prüfen. Du bist durchgefallen.«

Er starrte sie durchdringend an. Griechisches Temperament glühte in seinem Blick. »Ich komme wieder«, sagte er.

Und er hielt Wort. Es gab kein Entrinnen mehr. Als wolle er seine erste Reaktion vergessen machen, verwöhnte er sie unaufhörlich mit Rosen, Champagner, Kaviar und exotischen Früchten.

Schließlich ließ sie sich von ihm zum Abendessen ausführen. Er schickte ihr seinen Hubschrauber. Sie dinierten an Bord einer Privatyacht, die vor Manhattan kreuzte, und schwelgten in Pâté und Hummer.

Später liebten sie sich. Seine kräftigen Hände fuhren zärtlich über ihren Bauch. »Ich möchte einen Jungen«, erklärte er.

»Sei kein Chauvinist!« entgegnete sie.

Am zweiten Juli schenkte Lucky in einer Privatklinik in Connecticut einem Jungen das Leben. Dimitri war bei der Geburt anwesend.

Sie nannten das Kind Roberto Stavros Gino Santangelo Stanislopoulos. Seitdem war er ihr gemeinsames Geheimnis.

Das Mittagessen wurde auf der herrlichen Terrasse über dem Meer serviert. Lucky erinnerte sich, als Teenager mit Olympia auf Dimitris Privatinsel gewesen zu sein. Nie hätte sie auch nur im Traum daran gedacht, jemals als die Mutter seines Kindes dorthin zurückzukehren.

Olympia kam nach Dimitris Aussagen nur selten auf die Insel, und bei den treuen Dienstboten war ihr Geheimnis sicher. Lucky wußte, daß er Olympias schlagzeilenmachende Romanze mit einem drogenabhängigen, englischen Rockstar nicht billigte. »Das Mädchen ist so dumm!« bemerkte er dazu häufig wütend. »Drei Mitgiftjäger hat sie schon geheiratet. Und jetzt lebt sie mit... mit dieser degenerierten Kreatur zusammen!«

Lucky unterdrückte ein Lachen. Manchmal benahm sich Dimitri wie ein alter Mann.

Nicht allerdings im Bett. Im Bett war er der Herr und Meister. Gelegentlich kam er Lucky zu beherrscht und technisch perfekt vor. Er wußte alles, was es zu wissen gab, und setzte seine Kenntnisse entsprechend geschickt ein.

Nach dem Essen brachte das Kindermädchen Roberto auf die Terrasse. Er sah Lucky mit seinem dunklen Haar, den schwarzen Augen und dem einnehmenden Lächeln sehr ähnlich. Und damit erinnerte er Lucky ständig an Gino. Sie wußte, daß es unfair war, ihm seinen Enkel vorzuenthalten.

Dimitris Augen leuchteten. Sie waren seit drei Wochen mit ihm auf seiner Insel, und er verbrachte soviel Zeit wie nur möglich mit seinem Sohn. Normalerweise sah er ihn nur, wenn er in Luckys Haus in East Hampton zu Besuch war.

Nachdem das Kindermädchen Roberto wieder ins Haus gebracht hatte, damit er sein Nachmittagsschläfchen machen konnte, ging Dimitri ruhelos auf der Terrasse auf und ab. »Lucky«, begann er schließlich und knackte gereizt mit den Fingerknöcheln, »mein Sohn soll meinen Namen tragen. Ich will, daß alles seine Ordnung hat. Wir heiraten. Ich bestehe darauf!«

»Wie romantisch«, murmelte Lucky. Es war ein altes, strittiges Thema zwischen ihnen.

»Mein Gott, du weißt, wie sehr ich dich verehre.«

Tat er das wirklich? Sie waren seit anderthalb Jahren sporadisch zusammen. Und sie wußte, daß er sich in dieser Zeit auch mit Francesca Fern getroffen hatte. Fragen hatte sie nie gestellt. Das war nicht ihr Stil.

»Ich weiß nicht...«, begann sie.

»Womit kann ich dich endlich überzeugen?«

Lucky überlegte. Sie dachte seit einiger Zeit wieder an das Atlantic-City-Projekt. Es war nicht zu leugnen: Sie vermißte das Hotelgeschäft. Die Hektik, das Gefühl der Macht... Natürlich hatte sie eigenes Vermögen, aber das war längst nicht genug. Als Mrs. Dimitri Stanislopoulos allerdings wären ihre Möglichkeiten unbegrenzt.

Davon abgesehen hatte Dimitri durchaus recht. Sie waren es Roberto schuldig, seinen rechtmäßigen Namen durch eine Ehe zu besiegeln.

»Ich möchte ein Hotel bauen«, erklärte sie vorsichtig.

Dimitri nickte aufmunternd. »Du kannst von mir haben, was du willst, Lucky. Du brauchst es mir nur zu sagen.«

34. Kapitel

»Nein«, sagte Jess in die Sprechmuschel des Telefonhörers, den sie zwischen Schulter und Ohr geklemmt hatte. »Lennie Golden ist auf Monate hinaus ausgebucht. Er hat unmöglich

Zeit, das Skript zu lesen. Tut mir wirklich leid.« Damit legte sie auf und rief: »Vickie? Wo stecken Sie?«

Vickie stolzierte auf gefährlich hohen, dünnen Absätzen ins Zimmer. Sie war so etwas wie Lennies Privatsekretärin, sah jedoch eher wie die freundliche Nutte von nebenan aus.

»Vickie, wie wär's, wenn Sie weniger Zeit vor dem Toilettenspiegel verbringen und dafür mehr Telefonanrufe beantworten würden?« beklagte sich Jess. Sie hätte Vickie längst entlassen, doch Lennie wollte davon nichts wissen. »Dafür werden Sie nämlich bezahlt.«

Vickie senkte die Lider mit den langen, falschen Augenwimpern. »Entschuldigen Sie, Jess.«

Jess war es schleierhaft, wo Lennie diese Art von Mädchen aufgabelte.

»Ich muß fort«, erklärte sie. »Nehmen Sie gefälligst die Telefonanrufe entgegen!«

Vickie nickte.

Jess verließ das kleine Büro in einem schlichten Bürogebäude am Sunset Boulevard in dem deutlichen Bewußtsein, daß sie mehr Platz und zwei solide, vor allem tüchtige Sekretärinnen brauchten. Lennie war auf dem Weg zum Starruhm, während sein persönliches Management noch mit amateurhaften Mitteln operierte. Vor einem halben Jahr hatte das durchaus noch genügt. Aber seit es mit Lennies Karriere steil nach oben ging, mußte Abhilfe geschaffen werden.

Jess fuhr mit dem Lift in die Tiefgarage hinunter und bestieg ihren Wagen, einen gebrauchten Datsun. Soviel war passiert, seit sie Las Vegas verlassen hatte. Und sie hatte ihren Entschluß nie bereut.

Sie kannte inzwischen Lennies sämtliche Freunde: die Zwillinge Suna und Shirlee, Joey Firello, Foxie und Rainbow, Isaac und dessen hübsche Frau. Und Lennie war immer für sie da. Hilfsbereit und verständnisvoll, ein echter Freund. Sie wußte, daß sie es ohne ihn nicht geschafft hätte. Er hatte dafür gesorgt, daß sie wieder eine Aufgabe hatte, wieder Sinn in ihrem Leben sah. Sie verdankte ihm sehr viel. Mittlerweile war sie seine persönliche Managerin und entdeckte, daß Talente in ihr schlummerten, von denen sie keine Ahnung gehabt hatte. Lennie und sie ergaben ein unschlagbares Team.

Von Foxie hatte sie erfahren, daß Lennie einen Auftritt in der Griffin Show abgesagt hatte, um zu ihr nach Las Vegas fliegen zu können.

Zwei Wochen später hatte er noch einmal eine Chance bekommen, weil er Merv so gut gefallen hatte. Danach war ein weiterer Auftritt gefolgt, weil die Publikumsreaktion so stark gewesen war. Dann hatte er zwei Gastauftritte in Joey Firellos »Comedy Hour« absolviert und das Angebot zu einer wöchentlichen TV-Show erhalten, in der er einen verrückten Arzt in einem Sanatorium spielte. Die Serie mit dem Titel *The Springs* hatte praktisch als namenlose Sendung angefangen und erzielte mittlerweile die höchsten Einschaltquoten. Lennie und das bis dahin unbekannte restliche Team waren praktisch über Nacht zu Stars geworden.

Das alles war jetzt vor einem halben Jahr, und Lennie als »gefragt« zu bezeichnen, war eine Untertreibung.

Jess steuerte den Datsun durch den dichten Nachmittagsverkehr. Sie mußte alles daransetzen, Lennie dazu zu bringen, seinen Alkoholkonsum einzuschränken, denn es kursierten Gerüchte, daß er trank. Allerdings tat er das nie in ihrer Gegenwart. Nur sahen sie sich seit seinem Erfolg in der Fernsehserie selten. Lennie war ständig damit beschäftigt, Interviews zu geben, zu arbeiten oder mit schlanken Blondinen auszugehen, die er wechselte wie andere Leute die Hemden.

Jetzt, da er ganz oben war, war ein Alkoholproblem wirklich das letzte, was sie brauchen konnten.

Die Blondine hatte behauptet, neunzehn zu sein, doch Lennie tippte eher auf siebzehn. Sie war eine sexuell sehr erfahrene Minderjährige, die loszuwerden er kaum erwarten konnte. Eine Nacht voller Lust war genug. Es wäre ihm lieber gewesen, die Frauen würden nicht immer bis zum nächsten Morgen bleiben.

Sie zog sich gemächlich an. Weiße Jeans, ein schulterfreies Oberteil und Tennisschuhe.

»Kannst du mich in Westwood absetzen?« fragte sie.

»Nein, das ist nicht meine Richtung. Aber ich rufe dir ein Taxi.«

»Ich habe kein Bargeld bei mir.«

»Ich bezahle das Taxi.«

Das Mädchen schaltete das Vormittagsprogramm im Fernsehen ein, während er ein Taxi rief. Es konnte ihm nicht schnell genug gehen, daß sie endlich verschwand. Er hatte nichts gegen sie persönlich. Ihre Gesellschaft war zeitweise durchaus angenehm gewesen. Aber sie war die dritte Blondine in dieser Woche, und er konnte sich in seiner wahllosen Unersättlichkeit selbst nicht ausstehen.

Als der Taxifahrer klingelte, drückte er ihr zwanzig Dollar in die Hand, versprach, bald wieder anzurufen, und schlug mit einem Seufzer der Erleichterung die Tür hinter ihr zu.

Dann machte er sich umgehend daran, das Bett abzuziehen, warf die schmutzige Wäsche auf den Fußboden, riß sämtliche Fenster auf und mixte sich einen Wodka mit Orangensaft zum Aufwachen. Es war elf Uhr vormittags. Er hatte seinen freien Tag und bis zu seiner Verabredung mit Jess im Scandia um ein Uhr nichts zu tun.

In letzter Zeit hatte er ununterbrochen gearbeitet. Er schrieb nicht nur seine Rolle in der Serie *The Springs* um und machte täglich Fernsehaufnahmen, sondern sammelte Material für neue Nummern und versuchte sich an einem Bühnenstück. Außerdem war er ständig zu Publicity-Zwekken unterwegs und besuchte jeden Abend irgendeine wichtige Party.

Davon abgesehen bombardierte ihn Alice, seine Mutter, mit Telefonaten, seit er berühmt geworden war, und träumte von einem Comeback mit seiner Hilfe. Lennie machte gute Miene zum bösen Spiel.

Schließlich ging er ins Badezimmer, legte seinen Bademantel ab und stellte sich unter die kalte Dusche. Er freute sich auf das Mittagessen mit Jess. Um drei Uhr hatte er anschließend ein Interview mit der Illustrierten *People.* Er haßte diese Fragerei und empfand sie als ein Eindringen in sein Privatleben.

Hatte er überhaupt ein Privatleben?

Konnte man es als Privatleben bezeichnen, wenn man ständig mit Blondinen schlief? Er bezweifelte dies.

Während er sich abtrocknete, überlegte er, was er anziehen sollte. Er entschloß sich schließlich für schwarze Jeans und ein schwarzes Hemd, das er beides aus dem Kleiderhaufen zog, der auf dem Fußboden lag.

Jetzt, da er Geld hatte, hatte er nicht einmal die Zeit, sich seine Garderobe zu kaufen.

Wozu hatte er überhaupt noch Zeit?

Zum Arbeiten.

Für Sex.

Zum Trinken.

Zum Arbeiten.

Die kleine Jess hatte ihn wirklich energisch die Erfolgsleiter hinaufbugsiert. Und das stets zum richtigen Zeitpunkt. Sie war ein wahres Energiebündel. Sie hatte ihnen beiden das Leben gerettet. Und daß *People* ihn für ein Interview wollte, bedeutete schon einiges. Sie würden auch Fotos machen. »Ein Tag im Leben von Lennie Golden« sollte der Artikel heißen. Er fragte sich, ob Eden ihn wohl lesen würde.

Eden Antonio war bloß noch Schnee von gestern.

Eden Antonio bedeutete ihm nichts mehr.

Er wußte inzwischen einiges über sie. Sie lebte mit einem verheirateten Gangster zusammen. Der Typ hatte sie mit einem Haus, Kleidern und Schmuck ausstaffiert.

Und er kannte inzwischen ihre Adresse und ihre geheime Telefonnummer. Er war ein paarmal an der Villa vorbeigefahren, hatte wiederholt angerufen und sofort wieder aufgelegt.

Wenn sie ihn wollte, sollte sie zu ihm kommen.

Das Hausmädchen betrat die Wohnung und bezog das Bett neu, bevor es dann begann, das Zimmer sauberzumachen.

Lennie holte seinen neuen schwarzen BMW aus der Tiefgarage. Was für ein Wagen! Vor sechs Wochen hatte er einem plötzlichen Impuls folgend einen Autosalon betreten und das Auto praktisch aus dem Schaufenster gekauft. Es war die erste Extravaganz, die er sich gönnte. Diesen Wagen zu fahren, das war ein so herrliches Gefühl. Lennie wünschte, jemand würde seinen Erfolg mit ihm teilen. Jess war ein wunderbarer Kamerad, aber sie war nie da, wenn er sie in den trostlos einsamen frühen Morgenstunden brauchte, in denen er sich nach der Zärtlichkeit einer Geliebten, nach einer verständnisvollen verwandten Seele sehnte.

Manchmal streckte er die Hand nach der schlafenden Blondine neben sich aus, weckte sie sanft und liebte sie.

Nein, mit Liebe hatte das nichts zu tun. Es war Sex. Nichts als Sex.

Erfolg zu haben, war großartig. Geld war großartig. Ruhm und Anerkennung waren großartig.

Aber es war leider nicht genug.

Etwas in seinem Leben fehlte.

35. Kapitel

Olympia hegte bereits seit geraumer Zeit den Verdacht, daß ihr Vater eine heimliche Geliebte hatte. Nicht, daß sie das in irgendeiner Form kümmerte. Dimitri konnte tun und lassen, was er wollte. Doch ihre Neugier war geweckt. Wer war die geheimnisvolle Frau? Und weshalb das Versteckspiel?

Dann traf sie zufällig Francesca Fern im »21« in New York.

»Meine Liebe!« riefen beide wie aus einem Munde. »Du

siehst einfach hinreißend aus. Wir müssen zusammen essen gehen.«

Sie verabredeten sich im Russian Tea Room für ein Uhr des darauffolgenden Tages.

Die beiden ungleichen Frauen trafen gleichzeitig im vereinbarten Lokal ein und setzten sich an einen Nischentisch. Während Olympia sich für eine Bloody Mary entschied, bestellte Francesca ostentativ eine Flasche Perrier. Olympia bereute sofort, Francesca zum Essen eingeladen zu haben. Was sollte sie nur zwei Stunden lang mit ihr anfangen? Die Langeweile, die sie während Flashs Abwesenheit empfand, der mit den Layabouts in Südfrankreich eine neue LP aufnahm, konnte Francesca ihr bestimmt nicht vertreiben. Außer Dimitri hatten sie eigentlich nichts gemeinsam.

»Ich bin um zwei Uhr bei meinem Friseur angemeldet«, verkündete Francesca energisch, als hege sie dieselben Gedanken.

»Gut«, erwiderte Olympia. »Ich muß um zwei bei der Maniküre sein.«

Francesca griff in ihre Handtasche, zog ein dünnes, schwarzes Zigarillo heraus und steckte es zwischen die karmesinrot geschminkten Lippen. Zwei Ober sprangen sofort herbei, um ihr Feuer zu geben. Francesca nahm ihre Aufmerksamkeiten mit der Gelassenheit des Stars entgegen, warf ihr rotes Haar zurück und verkündete: »Ich fliege morgen nach Paris. Leider bin ich viel zuviel unterwegs.«

»Hast du Dimitri in letzter Zeit gesehen?« erkundigte sich Olympia ohne Umschweife, um bei diesem Zusammentreffen wenigsten ihre Neugier zu befriedigen.

»Ist er nicht in Griechenland?« erkundigte sich Francesca desinteressiert.

»Ja.« Olympia machte eine bedeutungsvolle Pause. »Schon wieder.«

Francesca schnappte nicht nach dem Köder. Sie ließ ihren Blick unter den schweren Lidern durch das Lokal schweifen und winkte dem Oberkellner. »Die Speisekarte!« befahl sie mit heiserer Stimme und gelangweilter Miene.

»Das ist schon sein dritter Aufenthalt auf der Insel in diesem Jahr«, beharrte Olympia auf dem Thema.

Francesca sah sie an. »Na und?«

»Nun... findest du... das nicht ein wenig seltsam?«

Francesca zuckte mit den Schultern. »Seltsam? Warum? Es ist schließlich seine Insel.« Sie studierte die Speisekarte.

»Hmm«, murmelte Olympia. »Komisch finde ich nur, daß er sich während seiner Anwesenheit dort jeden anderen Besuch verbietet... und das gilt auch für mich. Ich hatte vor, meine Tochter zu ihm zu schicken, aber nicht einmal sie will er sehen.«

Francesca zog heftig an ihrem Zigarillo. »Weshalb erzählst du mir das? Ich habe nicht die Absicht, ihn dort zu besuchen.«

»Du und Dimitri... ihr seid doch so gut befreundet. Ich dachte, du weißt vielleicht, weshalb er sich so komisch benimmt. Hat er vielleicht eine neue Freundin?«

Francesca winkte erneut dem Oberkellner. »Ein Kräuteromelette und einen grünen Salat ohne Dressing für mich«, bestellte sie ungerührt.

Olympia runzelte die Stirn. Francesca schien die Möglichkeit, daß sich Dimitri mit einer neuen Flamme auf seiner Insel verschanzte, in keiner Weise zu beunruhigen.

»Was darf ich Ihnen bringen, Miss Stanislopoulos?« erkundigte sich der Oberkellner höflich.

»Blinis, saure Sahne, Kaviar, Apfelpfannkuchen und frische Erdbeeren.«

Francescas Blick sprach Bände. »Achtest du gar nicht auf deine Linie?« murmelte sie.

»Nein«, erwiderte Olympia trotzig. »Bei mir geht das alles auf den Busen... und auf den paßt Flash auf.«

Während des Essens machten beide Frauen nur noch gezwungen Konversation und verabschiedeten sich anschließend hastig.

»Wiedersehen«, sagte Francesca liebenswürdig. »Ich denke, wir sehen uns wie üblich im August.«

»Das kann ich noch nicht bestätigen«, erwiderte Olympia vorsichtig. »Möglicherweise hat Dimitri andere Pläne. Vielleicht sagt er die Kreuzfahrt ab.«

»Das glaube ich kaum«, widersprach Francesca mit einem wissenden Lächeln und verließ mit elastischen Schritten das Lokal.

Olympia konnte Francesca nicht ausstehen. Trotzig beschloß sie, noch zu bleiben und eine weitere Portion Erdbeeren, eine frische Bloody Mary und vielleicht auch noch ein winziges Stück Käsetorte zu bestellen.

Sie war über diesen Entschluß froh, denn fünf Minuten später erschien tatsächlich Vitos Felicidade im Lokal, mit dem sie ja vor Flash ein kurzes, heftiges Verhältnis gehabt hatte.

»Vitos!« rief sie und winkte ihm begeistert zu.

Er blieb stehen, sah in ihre Richtung, stutzte einen Augenblick, brachte dann jedoch ein strahlendes Lächeln zustande und küßte ihr sehr gentlemanlike die Hand. »Olympia! Wie entzückend!« murmelte er mit stark spanischem Akzent.

Vitos war im vergangenen Jahr ein ausgesprochener Medienliebling geworden und mittlerweile wesentlich berühmter als bei ihrer ersten Begegnung. Er trug einen tadellosen blauen Seidenanzug, ein maßgeschneidertes Hemd, goldene Manschettenknöpfe und ein weit weniger diskretes mit Brillanten besetztes Herrenarmband. Er war in Begleitung von zwei Frauen. Die eine war seine PR-Agentin, die andere eine dickliche Journalistin der *New York Times*. Vitos stellte sie höflich vor.

Olympia kritzelte hastig ihre Telefonnummer auf ein Streichholzmäppchen und drückte es Vitos in die Hand. »Ruf mich an!« befahl sie kategorisch. »Später!«

Ohne eine Miene zu verziehen, knallte Vitos in altmodischer Manier die Haken zusammen und entfernte sich mit den beiden Frauen im Schlepptau.

Olympia spitzte den Mund. Vitos bot sich als amüsante Abwechslung an. Ohne Flash lag ein weiterer endlos langer und ereignisloser Nachmittag vor ihr.

Sie trat aus dem Lokal, entließ ihre Limousine mit Chauffeur und schlenderte die Straße entlang. Nach einem Besuch bei Bendel's, ihrem Lieblingskaufhaus, und bei Bergdorf's, wo sie jeweils mehrere hundert Dollar los wurde, kam sie auf dem Heimweg in der Fifth Avenue an einem Zeitschriftenstand vorbei. Neben den üblichen glänzenden, bunt aufgemachten Illustrierten erregte das Titelblatt einer Zeitung mit dem Namen *Pointer* ihre Aufmerksamkeit, denn es zeigte ein großes Foto von Flash, wie er mit nacktem Oberkörper einen mageren Arm um eine dürre, höchstens siebzehnjährige, puppenhafte Blondine gelegt in die Kamera grinste. Die Schlagzeile darüber lautete: »FLASH HEIRATET HEIMLICH TEENAGER«.

Olympia blieb wie angewurzelt stehen. Ihre blauen Augen verengten sich zu schmalen Schlitzen. Sie faßte in ihre Hermès-Handtasche, knallte dem Zeitungsverkäufer einen 10-Dollar-Schein auf die Theke und riß ein Exemplar der skandalösen Zeitung aus dem Ständer. Während der alte Herr mühsam das Wechselgeld zusammensuchte, überflog sie den knappen Bildtext:

»Der legendäre Rockstar Flash enthüllte in Südfrankreich, wo er gegenwärtig mit den Layabouts an einem neuen Plattenalbum arbeitet, daß er seit drei Jahren heimlich mit der achtzehnjährigen Kipp Hartley verheiratet ist. Kipp, die noch ein Schulmädchen gewesen war, als sie Flash kennenlernte, erwartet Anfang des kommenden Jahres ihr erstes Kind.«

36. Kapitel

Die Entscheidung war gefallen. Lucky würde heiraten. Zum zweitenmal.

»Keine große Geschichte. Machen wir's doch hier mit den Angestellten als Zeugen«, schlug Lucky Dimitri vor.

Er war einverstanden. Auf diese Weise wußte niemand,

wann sie wirklich geheiratet hatten, und der Verdacht, Roberto könnte ein unehelich geborenes Kind sein, kam erst gar nicht auf.

Als Hochzeitstermin setzten sie den Tag vor ihrer Abreise von der Insel fest Achtundvierzig Stunden vorher traf Dimitris Anwalt mit einem Aktenkoffer voller Dokumente ein. Für die meisten von ihnen war Luckys Unterschrift nötig. Lucky hatte nichts dagegen, solange sich das für sie wichtigste Dokument ebenfalls darunter befand. Es handelte sich um ein Abkommen zwischen Dimitri und ihr, in der sich Dimitri verpflichtete, den Bau eines Hotels in Atlantic City zu finanzieren, das vollständig in ihr Eigentum übergehen sollte. Bei ihrem Tod war ihr Sohn Roberto der Alleinerbe.

»Dein Hochzeitsgeschenk«, erklärte Dimitri, als er den Vertrag unterzeichnete.

Lucky setzte ihren Namenszug darunter. Mit Ausnahme des Hotelprojekts verzichtete sie auf Ansprüche auf Dimitris Vermögen. Roberto würde eines Tages sowieso von allem die Hälfte erhalten; und das Hotel war eine Investition von mehreren Millionen, das allein ihr gehörte.

Die Hochzeit fand an einem strahlend schönen Tag statt. Lucky trug ein einfaches, weißes Kleid und hatte Blumen ins Haar gesteckt. Dimitri hatte einen leichten, legeren Leinenanzug gewählt.

Der griechisch-orthodoxe Priester wurde mit dem Flugzeug vom Festland eingeflogen, und als Hochzeitsgäste fungierten die Angestellten und Roberto.

Bei Sonnenuntergang wurde Roberto zu Bett gebracht, und Dimitri und Lucky dinierten allein auf der Terrasse. Sie speisten geröstetes Lamm in Kräutern, überbackene Kartoffeln in Knoblauch und zarte Buttererbsen. Als Dessert wurde ein kleiner Hochzeitskuchen aus Erdbeeren und Baisémasse serviert.

Sie prosteten sich mit Dimitris Lieblingsgetränk, Ouzo, zu und schwammen später nackt im Schwimmbecken.

Im Bett liebte er sie langsam und ausgiebig, und Lucky gab sich dem Ritual seiner erfahrenen Liebestechniken hin.

Wie anders war das doch als jene Hochzeitsnacht mit ihrem ersten Mann Craven auf den Bahamas.

Morgen verlassen wir die Insel, dachte sie.

Morgen muß ich Gino und Costa anrufen.

Morgen ... Morgen ... Morgen ...

Sie sank in den Schlaf, einen Arm zärtlich um den neuen Ehemann gelegt.

Gino hob die Hand und spendete weitere fünftausend Dollar für einen wohltätigen Zweck. Susan schwelgte in Wohltätigkeit. Mit Susan Santangelo war jederzeit zu rechnen. Sie war äußerst großherzig. Mit *seinem* Geld.

Susan warf ihm ein lobendes Lächeln zu. »Danke, Liebster«, flüsterte sie.

Sie nahmen an einer Wohltätigkeitsveranstaltung im Century-Plaza-Hotel teil. Ein Tisch für zwölf Personen. Sein Tisch. Nein, *ihr* Tisch. Er bezahlte. *Sie* lud ein.

Gino saß zwischen Susan und deren Freundin Paige Wheeler. Er mochte Paige. Sie hatte wenigstens Sinn für Humor, was man von Susans anderen Freunden kaum behaupten konnte.

Die übrigen Gäste waren Paiges Mann Ryder, der Filmproduzent, der nur ein Thema kannte, die Wirtschaft, und einige auserwählte hilfreiche Geister wie Susans Friseur, ihr Schneider und ihr Zahnarzt; und natürlich ihre Kinder, die arrogante Gemma und der bornierte Nathan, der nach dem Collegeexamen nicht gewillt schien, sich mit »Geldverdienen« die Hände schmutzig zu machen.

Aus Verehrung für die Mutter hatte Gino den beiden anfangs einiges abgewinnen können. Doch nach dem zweijährigen Zusammenleben war er eines Besseren belehrt worden. Sie waren überzeugt, daß das Leben ihnen etwas schuldig war und nicht umgekehrt. Das verwöhnte Dasein in Beverly Hills hatte sie verdorben.

Traurig hatte Gino feststellen müssen, daß er trotz seiner Bemühungen mit keinem von beiden hatte warm werden können.

Er wußte inzwischen, daß sie ihn weder mochten noch akzeptierten.

Zum Teufel mit den verwöhnten Gören! Er hatte Susan geheiratet, nicht ihre Kinder.

Susan allerdings war entschlossen, eine große, glückliche Familie aus ihnen zu machen.

Gemma und Nathan nannten ihn Gino.

Susan wollte, daß sie »Vater« zu ihm sagten.

Sie dagegen versuchten, ihm möglichst aus dem Weg zu gehen.

Susan wollte, daß er sie rechtmäßig adoptierte.

Als sie das Thema zum erstenmal angeschnitten hatte, hatte er sie offen ausgelacht. »Ich bitte dich, Susan! Die beiden sind erwachsen. Was soll denn dieser Unsinn?«

»Im Grunde sind es noch Kinder. Sie brauchen einen richtigen Vater. Wenn du sie adoptierst, wissen sie, daß sie dir wirklich wichtig sind... Anderenfalls habt ihr vermutlich auf ewig Probleme miteinander.«

»Quatsch!«

»Nein, mein Lieber. Sieh doch den Tatsachen einmal ins Auge.«

Susan hatte die Angelegenheit bereits mit ihrem Anwalt besprochen, der die Idee angeblich großartig fand.

Wann immer sie das Thema anschnitt, und das kam nun häufig vor, brach Gino die Unterhaltung ab. »Wäre es nicht schön«, lautete Susans Standardsatz, »Kinder zu haben, die sich wirklich um dich kümmern?«

Das war Susans üblicher Seitenhieb auf Lucky.

Und in diesem Punkt hatte sie recht. Er hörte kaum noch von ihr. Lucky war auf seiner Hochzeit gewesen und hatte seither höchstens zweimal angerufen.

Am Anfang seiner Liaison und später seiner Ehe mit Susan hatte er keinen Gedanken an Luckys Gefühle verschwendet. Schließlich wollte *er* heiraten. Was hatte sie damit zu tun? Rückblickend mußte er sich eingestehen, daß er vielleicht doch mehr Rücksicht auf ihre Gefühle hätte nehmen sollen. Schließlich waren sie nach vielen Jahren der Kämpfe und Mißverständnisse ein Jahr unzertrennlich gewesen, und er hatte die Vertrautheit mit seiner Tochter ebenso genossen wie sie.

Die Santangelos. Vater und Tochter. Ein unschlagbares Team. Er vermißte sie. Vielleicht war die Zeit gekommen, wieder Brücken zu schlagen.

»Mir scheint, mein Freund, Sie sind mit Ihren Gedanken meilenweit entfernt«, flüsterte Paige ihm ins Ohr. »Aber wer wollte Ihnen das schon übelnehmen? Diese Wohltätigkeitsveranstaltungen sind todlangweilig!«

Sie legte ihre Hand leicht auf seinen Oberschenkel. »Diese Wohltätigkeitsbälle haben mich von jeher angeödet. Ich schicke lieber einen Scheck. Was meinen Sie?«

Er fühlte die Wärme ihrer Hand durch den Hosenstoff hindurch und merkte, wie sein Penis hart wurde. Susan hatte aus den unterschiedlichsten Gründen seit sechs Wochen nicht mehr mit ihm geschlafen. Er mochte alt sein, aber eine lebende Leiche war er noch längst nicht. Gino brauchte regelmäßig Sex.

Paiges Hand blieb. Wenn sie sie nur leicht nach oben bewegte, mußte sie seine Reaktion spüren.

Aber Paige hatte das nicht nötig. Sie wußte auch so Bescheid.

»Sie sind ein sehr anziehender Mann, Gino«, bemerkte Paige so leise, daß nur er es verstehen konnte.

»Dasselbe kann man gut und gern von Ihnen behaupten«, erwiderte er. Das Spiel begann ihm Spaß zu machen.

»Finden Sie nicht, daß wir langsam mal was Entsprechendes unternehmen sollten?« murmelte Paige.

Gino hatte Susan bisher nie hintergangen, sondern war stets treu geblieben.

Zum Teufel mit der Treue! Er war scharf auf Sex. Und in Wahrheit war Susan im Bett nicht gerade aufregend, sondern für seinen Geschmack zu damenhaft. Wenn man zivilisierte Parties und ruhige Wochenenden mit Freunden beim dümmlichen Golfspiel mochte, dann war Susan eine aufregende Ehefrau.

Paige begann unter dem Schutz eines langen Tischtuchs, und von den übrigen Gästen unbemerkt, fachmännisch seinen Penis zu massieren. Er hätte beinahe laut und genüßlich gestöhnt.

»Ja«, antwortete er heiser.

»Ruf mich in meinem Büro an«, flüsterte sie mit einer letzten gekonnten Handbewegung. »Und zwar bald. Sehr bald!«

37. Kapitel

Mit allem hatte Lennie gerechnet, nur nicht damit, auf dem Titelblatt von *People* zu erscheinen.

Alle waren beeindruckt.

Mit einer Ausnahme: Alice.

Das hatte so kommen müssen.

Sie schäumte am Telefon: »Ich werde lediglich in einem Nebensatz erwähnt!« schrie sie. »Nicht mal ein Bild bringen sie von mir! Was soll das? Willst du deine Mutter unterschlagen, oder was?«

Lennie traute seinen Ohren kaum. »Also bitte...«, begann er.

»Komm mir gefälligst nicht so!« unterbrach sie ihn schrill. »Ich habe den Herrschaften einen Brief geschrieben. Die wissen wohl nicht, mit wem sie es zu tun haben! Ich will, daß sie sich entschuldigen und einen Artikel über mich schreiben.«

Alice war durch nichts zu beruhigen. Statt stolz auf seinen Erfolg zu sein, war sie eifersüchtig. Seine Mutter und eifersüchtig! Es war einfach lächerlich.

Die Zwillinge bestanden darauf, eine Party für ihn zu geben. Die beiden hatten eine durchschlagende Zahnpastareklame abgedreht und schwammen ebenfalls auf der Erfolgswelle. Suna hatte sich mit einem plastischen Chirurgen angefreundet, der seine Villa im Coldwater Canyon mit japanischem Wellenbad und Tennisplatz für die Party zur Verfügung stellte.

Es waren gut hundert Gäste geladen.

Zweihundert erschienen.

Der Schönheitschirurg ließ mexikanische Spezialitäten servieren, eine Rockgruppe spielte, und alle amüsierten sich ausgiebig.

Gegen vier Uhr morgens fand sich Lennie nackt mit drei Mädchen bei intensivem Drogenkonsum im Swimmingpool wieder. Er rauchte einen Joint, während die Mädchen Kokain schnupften, und die eine beinahe ertrank, weil sie sich auf ihn zu legen versuchte.

War das Starruhm?

Kostenlose Versorgung mit Drogen und zu viele Frauen?

Lennie war froh, daß Jess die Party bereits verlassen hatte. Er wußte, was sie davon hielt, wenn man die Dinge »außer Kontrolle« geraten ließ.

»Was du auch tust, Lennie«, hatte sie früher am Abend zu ihm gesagt, »mach dich nicht zum Idioten.«

Es war ihm nur allzu klar, was sie damit meinte. Aber konnte man sich nicht wenigstens für eine Nacht zum Idioten machen? Wie oft im Leben geriet man schon mit drei heißen Frauen nackt in ein japanisches Bad und konnte soviel Drogen inhalieren, wie man wollte?

Eines der Mädchen hatte imposante Brüste. Ehe er sich versah, hatte sie ihn gegen eine Wasserdüse gedrückt und ließ ihren Busen aufreizend über seinem Gesicht baumeln. Lennie schnappte nach einer Brustwarze und hielt sie mit den Lippen fest.

Das andere Mädchen, das von der Natur ebenfalls gut ausgestattet worden war, beschloß, sich an dem Spaß zu beteiligen, und steckte ihm die rechte Brustspitze ebenfalls in den Mund.

Lennie saugte an zwei Brüsten, während die Wasserdüse für die Behandlung unter der Gürtellinie sorgte.

Er hatte das Gefühl abzuheben, wurde hochgerissen, erreichte den pulsierenden Gipfel... dann kam die Landung.

Herrlich, ein Star zu sein.

Er wollte nach Hause. Schließlich schob er die weiblichen Fleischmassen von sich und sprang aus dem Becken. Überall lagen mehr oder weniger bekleidete Gäste herum. Lennie stieg über die Leiber, fand seine Kleider und zog sich an.

Sein Wagen stand in der Auffahrt. Jess hatte ihm eine Nachricht hinter die Scheibenwischer gesteckt. Auf dem Zettel stand in Großbuchstaben: »IDIOT« und »FAHR VORSICHTIG«.

Das tat er. Und zwar zu ihrem Apartment, das nur einen Block von seiner Wohnung entfernt lag.

Jess ließ ihn rein, ohne eine Szene zu machen, und gab ihm schwarzen Kaffee zu trinken. Sie redeten, bis die Sonne hoch am Himmel stand. Es brach alles aus ihm heraus. Sein Glück, endlich ganz oben zu sein. Seine ständige Angst, der Zustand könne nur vorübergehend sein... würde nicht anhalten.

»Es geht weiter«, versicherte sie ihm. »Das ist erst der Anfang.«

»Wenn du das sagst...«

Sie umarmten sich. Lennie war nahe daran, ihr von Eden zu erzählen, behielt dies jedoch im letzten Augenblick doch für sich.

Jess briet ihm Eier mit Speck und ließ ihn dann in ihrem Bett schlafen. Glücklicherweise war es Sonntag. Keine Arbeit. Keine Anspannung.

Jess ging ins Nebenzimmer und rief Matt an. Sie waren in Verbindung geblieben. Nach seiner Hochzeit hatte Gino Santangelo Matt zum Generalbevollmächtigten für das Magiriano gemacht. Seitdem war Matt nur noch Gino persönlich verantwortlich.

Matt freute sich stets, von Jess zu hören... ganz besonders, als sie ihm diesmal mitteilte, daß sie in wenigen Tagen mit Lennie nach Las Vegas kommen würde. Nur für eine Woche. Doch das war immerhin besser als gar nicht.

Ein halbes Jahr zuvor, als Lennie erst mäßig bekannt gewesen war, hatte Matt ihn erneut zusammen mit Vitos Felicidade für ein Gastspiel im Magiriano verpflichten können. Und damit war ihm ein Coup gelungen, denn damals war noch keiner von beiden ein Star gewesen.

Jess genoß die Gespräche mit Matt, den sie, so seltsam es klingen mochte, in gewisser Weise vermißte. Sie fragte sich oft, ob er sich noch immer mit goldenen Armbändern schmückte, sich das Haar bleichen ließ und jedes Showgirl der Stadt zu verführen versuchte. Manchmal hatte sie gehofft, er werde sie in Los Angeles besuchen, aber dazu war es nie gekommen. »Zuviel zu tun«, hatte sein Kommentar gelautet, als sie ihn einmal danach gefragt hatte.

Allerdings wußte sie, was es hieß, Verantwortung zu tragen. Lennies Karriere hielt sie ständig in Trab. Da blieb nicht viel Zeit für ein Privatleben. Innerhalb der letzten zwei Jahre hatte sie sich lediglich eine nichtssagende Affäre mit einem Schauspieler geleistet, die genau sechs Wochen gedauert hatte. Länger hatte sie zwar tollen Sex, aber ohne sonstige persönliche und geistige Beziehung nicht ertragen.

Jess runzelte die Stirn. Sie machte sich Sorgen um Lennie. Eden Antonio hatte ihn noch immer in ihren Krallen. Erst wenn er die Affäre mit ihr wirklich überwunden hatte, war er in der Lage, sein Leben zu genießen. Aber wie wollte er das schaffen, wenn er sich nicht einmal mit ihr traf?

Sie war Eden nie persönlich begegnet, hatte jedoch genug über sie gehört, um zu wissen, daß sie eine verwöhnte und verschlagene Frau war, die mit einem reichen Mafioso lebte und große Ambitionen hatte. Nach ein paar Tagen Zusammensein mit ihr müßte Lennie doch erkennen, wer diese Frau wirklich war. Dies könnte ihn dann doch ein für allemal kurieren.

Ein frommer Wunsch.

Lennie war der Gefangene seiner eigenen Illusionen.

Und davon konnte er sich nur selbst befreien.

Eden starrte auf das Titelfoto der Zeitschrift *People* und biß sich auf die Unterlippe, daß es schmerzte. Dieser verdammte Dreckskerl! Er hatte es tatsächlich geschafft! Wer hätte je gedacht, daß Lennie Goldens Konterfei eines Tages das Titelblatt von *People* zieren würde? Sie jedenfalls nicht. Ihrer Meinung nach besaß Lennie ein reichlich begrenztes Talent. Im Bett war er allerdings Spitzenklasse. Aber damit kam man noch nicht auf die Titelseiten großer Illustrierten.

Sie verengte ihre topasfarbenen Augen zu schmalen Schlitzen und starrte auf das Bild. Er grinste. Lachte er vielleicht über sie? Sein Mund schien zu sagen: »Siehst du, Baby, ich hab dir ja gesagt, daß ich es schaffen werde. Und was zum Teufel gedenkst du jetzt zu tun?«

Tja, was konnte sie tun?

Jedenfalls nicht genug.

Bei weitem nicht genug.

Sie lebte in dem Haus, das Santino Bonnatti ihr gekauft hatte, praktisch wie seine Gefangene. Bonnatti hielt sie auf dem Grundstück am Blue Jay Way mit einem Chauffeur und Leibwächter unter Verschluß. Santino hatte versucht, ihr diesen Zeko schmackhaft zu machen, als tue er ihr mit seiner Einstellung nur einen Gefallen.

Aber was hätte sie schon dagegen unternehmen können? Sie mußte sich entweder Santinos Wünschen fügen oder die Beziehung zu ihm abbrechen. Aber Eden war zu schlau, sich abzusetzen, bevor der richtige Zeitpunkt dazu gekommen war. Santino war der Schlüssel zu ihrer Zukunft, und selbst wenn es seine Zeit dauerte, auch sie würde es schaffen; dessen war sie gewiß.

Schließlich hatten sich endlich ein anständiges Skript, ein interessanter Regisseur und ein guter und bekannter Produzent für sie gefunden. Der Produzent hieß Ryder Wheeler und der Film trug den Titel *Mein Leben als Callgirl.* Die Hauptrolle sollte sie spielen. Santino finanzierte den Film und war Produzent.

Eden fieberte der Arbeit entgegen. Sie hatte lange gebraucht, um soweit zu kommen.

Zeko, der Chauffeur und Leibwächter, kam ohne anzuklopfen ins Zimmer und starrte sie an. Er hatte ein Glasauge, war über einen Meter achtzig groß, und sein kahler Schädel sah aus wie ein Kinderpopo. Eden war sicher, daß er sie heimlich beobachtete, sobald sie sich in ihrem schönen

Marmorbad mit der Glaswand in der Badewanne tummelte. Es bereitete ihr ein perverses Vergnügen, keine Jalousien installieren zu lassen, sondern den Mann auf seinem unbequemen Spähposten zwischen den Kakteen höchstens noch durch obszöne Bewegungen oder Gesten aufzuheizen.

»Ja bitte?« fragte sie hochmütig.

»Ich hole jetzt Mr. Bonnatti«, verkündete er.

»Tun Sie das«, antwortete Eden.

Es war bereits nach zwölf Uhr mittags, und sie trug noch immer einen Seidenpyjama und Pantoffeln mit hohen Absätzen. Santino besuchte sie regelmäßig sonntags nach dem Mittagessen mit seiner Familie, ein Ereignis, das ihn besonders geil zu machen schien. Eden hatte sich auf eine nahezu perverse Weise an seine Aufmerksamkeiten gewöhnt. Er war all das, was die anderen Männer in ihrem Leben nie gewesen waren. Jedenfalls besaß er das Talent, zu bekommen, was er wollte... und schien damit die Tatsache wettzumachen, daß ihm anziehende äußerliche männliche Attribute fehlten. Gelegentlich nahm sein Sexualtrieb etwas perverse Formen an, und er geriet so außer Kontrolle, daß er sie verletzte. Doch letztlich glaubte sie, ihn in gewisser Weise in der Hand zu haben. Santino verehrte sie... und das war auch legitim. Wann fand ein Mann wie er schon eine Frau wie sie?

Eden wußte inzwischen, daß Santino Bonnatti nicht mit Olivenöl und Kaffee, sondern mit pornographischen Schriften und Drogen sein Geld verdiente. Bei dem Gedanken erschauderte sie leicht. Sie warf einen letzten Blick auf das Titelfoto von Lennie und ging dann ins Badezimmer, um sich zu duschen und anzuziehen.

Später inspizierte sie ihren Kleiderschrank. Es war ein Jammer, daß sie so wenig Gelegenheit hatte, all die schönen Kleider zu tragen. Santino ging nur selten mit ihr aus. Allerdings hatte er ihr bald ein Abendessen bei Chasen's mit Ryder Wheeler und dem neuen Regisseur in Aussicht gestellt. Sie freute sich schon darauf und hatte sich vorgenommen, das sensationelle rote Kleid mit dem Rubinkollier zu tragen, das er ihr zum Geburtstag geschenkt hatte. Ab und zu war Santino wirklich sehr großzügig. Schließlich mußte es sich gelegentlich auszahlen, daß man sich einem Mann wie Santino Bonnatti hingab.

38. Kapitel

Vitos rief sie an... aber auch keine Sekunde zu früh.

»Gehen wir aus!« schlug Olympia spontan vor.

»Das letzte Mal, als wir ausgegangen sind, hast du dir Flash geangelt und mich sitzengelassen. Das war nicht besonders nett.«

»Habe ich das wirklich getan? Verzeih mir.«

»Jetzt bin ich ein Star und wieder für dich interessant. Warum sollte ich also springen, wenn du pfeifst?«

»Weil du bei mir die richtige Behandlung im Bett kriegst, Vitos!«

»Olympia!«

Er holte sie in einer weißen, eleganten Limousine ab, und sie zogen von Lokal zu Lokal. Diesmal ging Olympia den Fotografen der Skandalblätter nicht aus dem Weg. Im Gegenteil: Sie stellte sich für sie sogar in Pose und hatte stets einen Arm um Vitos' Hals gelegt.

Vitos spielte mit. In Amerika bedeutete Publicity einfach alles. Und was konnte einem Besseres passieren, als sich mit einer der reichsten Frauen der Welt zeigen zu können?

Als Frau wollte Vitos Olympia allerdings nicht gerade bezeichnen. Sie war kindisch, ein aufreizendes Püppchen. Seit er sie das letzte Mal gesehen hatte, hatte sie zugenommen. Im Bett machte ihm das nichts aus. Seine Vorliebe hatte stets den Frauen gegolten, die mollig gebaut waren. Und Olympia hatte in dieser Beziehung wirklich einiges zu bieten.

Er schlief gern mit ihr, biß in Wogen duftenden Fleisches, vergrub seinen Kopf in prallen Oberschenkeln und verlor sich zwischen ihren mehr als üppigen Brüsten.

Olympia brauchte mehrere Orgasmen hintereinander. Sie war daher nicht leicht zu befriedigen, und gegen Ende von zwei Stunden waren beide in Schweiß gebadet und erschöpft.

»Warum heiraten wir nicht?« schlug Olympia vor, schob sich ein Kissen zurecht und setzte sich im Bett auf.

Vitos lächelte. Er hatte tadellose Zähne und das Lächeln eines Gigolos. Ein Jammer, daß sein Haar bereits schütter wurde.

»Wie meinst du das, Olympia?«

Sie sah ihn prüfend an. Vitos sah zwar gut aus, war jedoch ziemlich dumm. Ihrem Flash konnte er nicht das Wasser reichen.

»Ich sagte, warum heiraten wir nicht? H-e-i-r-a-t-e-n! Bist du schwerhörig?«

Olympia hatte sich bereits einen Plan zurechtgelegt. Sie würde Vitos heiraten und Flash den Laufpaß geben. Das geschah dem Ekel nur recht. Sobald Flash seine Lektion gelernt hatte, würde sie sich einfach wieder von Vitos scheiden lassen. Natürlich würde sie das einige Millionen kosten, aber das war ihr das Spiel durchaus wert.

»Willst du denn heiraten?« erkundigte sich Vitos und streichelte ihre Schenkel, während er bedachte, was die Ehe mit Olympia Stanislopoulos für seine Karriere und vor allem für seine Publicity tun konnte.

»Ich finde, wir wären ein wirklich tolles Paar. Was meinst du?«

»Vielleicht.«

»Heißt das, du bist einverstanden?«

»Ich fliege morgen nach Vegas. Ich trete eine Woche lang im Magiriano-Hotel auf. Du kommst mit. Dort besprechen wir alles.«

»Das ist keine Antwort, verdammt noch mal!« fuhr Olympia ihn an. »Ich frage schließlich nicht jeden Tag jemanden, ob er mich heiraten will.«

»Olympia«, begann Vitos beschwichtigend. »Ich bin jetzt ein Star. Die Frauen in Amerika liegen mir zu Füßen. Wir heiraten... aber ich will nichts überstürzen. So was muß vorbereitet sein. Also, was meinst du?«

Olympia schluckte die Antwort hinunter, die ihr auf der Zunge gelegen hatte, und nickte verständnisvoll. »Gut, Vitos. Ich komme mit. Und ich warte. In Ordnung?«

Vitos lächelte glücklich. »In Ordnung, Olympia... mein Liebling.«

39. Kapitel

Lucky und Costa sprachen am Telefon miteinander.

»Onkel Costa?«

»Ja.«

»Ich bin verheiratet.«

»Du bist was?«

»Ich habe wieder geheiratet. Und zwar einen sehr netten Mann. Er wird dir gefallen.«

»Habe ich überhaupt eine andere Wahl, als ihn zu mögen?«

»Du kannst mir vertrauen.«

»Ach, Lucky! Habe ich das nicht immer getan? Weiß es dein Vater?«

»Hm... noch nicht. Ich muß es ihm erst sagen.«

»Wann tust du das?«

»Bald.«

Costa räusperte sich mißbilligend. »Und wer ist der Junge?«

Am anderen Ende ertönte ein nervöses Lachen. »Ein Junge ist er nicht gerade; nicht mehr.«

Es knackte an Costas Ende, bis sich dieser gesetzt hatte. »Wer ist es?«

Lucky wechselte hastig das Thema. »Ich habe noch eine Überraschung.«

»Ist eine nicht schon genug?«

»Du bist Großonkel geworden.«

»Wie bitte? Ich verstehe nicht...«

»Ist das so schwer? Ich habe ein Kind.«

»Wessen Kind?«

»Mein Kind!«

Costa blieb einen Augenblick stumm vor Schreck. Er war von jeher etwas altmodisch gewesen. »Dein Kind, Lucky? Was hat das zu bedeuten?«

»Das bedeutet, daß ich vor sechzehn Monaten einem süßen, kleinen Jungen namens Roberto das Leben geschenkt habe«, erklärte Lucky umständlich. »Und vor zwei Tagen habe ich seinen Vater geheiratet.«

Am anderen Ende war es still.

Schließlich fragte Costa: »Weiß Gino davon?«

»Nein, noch nicht.«

Es folgte ein tiefer Seufzer. »Noch nicht.«

»Mach' mich bitte nicht nach. Das mag ich nicht.«

»Was soll ich denn sonst sagen?«

»Du könntest mir gratulieren und vorschlagen, uns zu besuchen. Wir würden dich nämlich wahnsinnig gern wiedersehen.«

»Seit sechzehn Monaten hast du ein Kind, und jetzt möchtest du mich *wahnsinnig* gern wiedersehen! Das ist ja lächerlich!«

»Sei mir bitte nicht böse! Du weißt, wie gern ich dich habe.«

»Du hast vielleicht eine Art, deine Zuneigung zu beweisen! Das muß ich erst mal verdauen. Wie glaubst du wohl, wird Gino die Neuigkeiten aufnehmen?«

»Gino kann das kaum aufregen... er führt sein eigenes Leben... mit seiner Superfrau! Daß er jetzt Großvater ist, wird *ihr* sicher nicht gefallen. Sie kriegt graue Haare, wenn sie das hört!«

»Lucky, ich finde, du solltest Gino aufsuchen. Ich rate dir, es ihm lieber nicht am Telefon zu sagen.«

»Ich bin kein Kind mehr«, entgegnete sie trotzig. »Ich kann tun und lassen, was ich will. Ich brauche seine Erlaubnis nicht...«

»Wer redet hier von Erlaubnis?« fragte Costa sanft. »Du bist ein freier Mensch. Aber es wäre doch eine nette Geste, oder? Es handelt sich schließlich um Ginos erstes und einziges Enkelkind... Er ist nicht mehr der Jüngste... Sein Herz ist nicht mehr das beste...«

»Ist was passiert?« wollte Lucky erschrocken wissen.

»Nein, nein. Aber ich habe vor einigen Wochen mit ihm telefoniert, und er machte einen unzufriedenen und gelangweilten Eindruck. Er sagte, er vermisse dich.«

»Wirklich?«

»Weshalb sollte ich lügen?«

Lucky dachte einen Augenblick nach. Warum sollte sie Gino nicht in Kalifornien besuchen? Sie konnte Roberto mitnehmen. Lucky war gespannt auf sein Gesicht, wenn er ihr süßes Baby... *ihr* Baby sah. Und sie würde ihm von dem Hotel und Casino erzählen, das sie in Atlantic City bauen wollte. Endlich war es ja soweit. Und sie hatte es ohne seine Hilfe geschafft.

»Gut, ich fliege zu ihm«, entschied sie impulsiv. »Kommst du mit, Costa? Das wäre herrlich.«

Costa zögerte. »Ich weiß nicht, ob das eine gute Idee ist. Da bist du, das Baby, dein Mann...«

»Oh, der ist nicht dabei. Er ist geschäftlich unterwegs.«

»Habt ihr nicht erst vor zwei Tagen geheiratet?«

»Na und? Das heißt nicht, daß wir ständig zusammensein müssen. Wir leben jeder unser eigenes Leben.«

Costa seufzte. »Die moderne Jugend...«

»Oh, so jung ist er nicht.«

»Was soll das heißen?«

»Das erzähle ich dir, wenn ich bei dir bin.«

Paige Wheeler schrie laut. Und zwar mehrmals. Gino Santangelo mochte ein älterer Herr sein, aber im Bett war er Dynamit.

Susan entlockte ihr nie auch nur einen Schrei. Dasselbe galt für Ryder. Allerdings war Ryder, was Sex betraf, völlig desinteressiert. Was ihn in sinnliche Erregung versetzte, waren Geschäfte. Und das war natürlich der Grund, weshalb sich Paige zahlreiche Gespielen und Gespielinnen leistete.

Paige und Gino teilten ein breites Doppelbett im Beverly-Wilshire-Hotel. Sie hatte die Suite zwei Tage zuvor für einen Klienten gemietet. Für eine Verabredung dieser Art war das Beverly Wilshire nahezu ideal. Es lag zentral, war ausgesprochen luxuriös, und falls man in der Lobby oder sonstwo von Bekannten gesehen wurde, blieb einem stets die Ausrede, bei Tiffany gewesen zu sein, das dort eine Dependance unterhielt, oder im Restaurant El Padrino gegessen zu haben, das gerade sehr en vogue war. Passende Erklärungen ließen sich also massenweise finden.

»Hmmmm...«, seufzte Paige, setzte sich im Bett auf und griff nach einer Zigarette. »Jetzt weiß ich, weshalb sich Susan immer beklagt.«

»Was gibt's denn da zu jammern?« wollte Gino wissen und gab ihr Feuer. Paige besaß schöne, pralle Brüste.

Paige inhalierte tief. »Nun, sie beklagt deinen... ehm... deinen Enthusiasmus und dein ›Stehvermögen‹.«

»Soll das heißen, daß ihr Weiber euch über Bettgeschichten unterhaltet?«

»Worüber denn sonst?«

»Und sie beklagt sich?«

»Dummerweise.«

»Kann man wohl sagen.«

»Susan hat es nie verstanden, sich zu amüsieren. Der arme Tiny mußte sein Vergnügen anderswo suchen.«

Gino hatte das Gefühl, eine Lektion erteilt zu bekommen. Seit der Hochzeit hatte sich Susan im Schlafzimmer stets weniger willfährig gezeigt. Und je mehr sie ihn von sich fernhielt, desto eifriger war er bemüht gewesen, ihr zu gefallen. Du meine Güte! Und er hatte sich bereits eingeredet, mit ihm müsse etwas nicht stimmen, das Alter fordere allmählich seinen Zoll! Er hatte sich den Kopf zermartert, und jetzt klärte ihn Susans beste Freundin gelassen auf, daß Susan gar keinen Sex mochte. Anfangs mußte sie wohl eine bühnenreife Show hingelegt haben.

»Fällt es dir jetzt wie Schuppen von den Augen, Gino?«

»Wieso?«

»Hast du es denn nicht gewußt?«

Er kam sich lächerlich vor, und das passierte ihm selten. »Vermutlich habe ich es längst geahnt«, antwortete er vorsichtig. »Sonst wäre ich heute nicht hier bei dir.«

Insgeheim mußte Gino sich eingestehen, daß es geradezu eine Erleichterung war, nach zwei Jahren mit Susan mit einer Frau wie Paige zu schlafen. Paige schien mit den Kleidern alle Hemmungen abzulegen. Sie war keine Schönheit, aber eine Frau mit eindeutigem Sexappeal.

»Vielleicht hätte ich lieber meinen Mund halten sollen«, bemerkte Paige zartfühlend.

»Was hätte dich schon zum Schweigen veranlassen können?« konterte Gino. »Ein Panzer?«

Paige hob ein Bein und fuhr ihm mit dem großen Zeh genüßlich über die Brust. »Du...«, murmelte sie heiser, »...du bist ein verdammt geiler Mann. Und ich... ich bin eine verdammt geile Frau. Müssen wir unbedingt unsere Zeit mit dem Geschwätz über Susan vergeuden?«

Er hob ihren Fuß an seine Lippen. »Wer quasselt denn hier? Du oder ich?«

40. Kapitel

Lennie, Jess, Isaac und dessen Frau und ein Reporter der Zeitschrift *Rolling Stone* flogen in einer Privatmaschine nach Las Vegas, die Matt Traynor und das Magiriano ihnen für diese Gelegenheit zur Verfügung gestellt hatten.

Im Magiriano standen sich Jess und Matt schließlich zum erstenmal seit zwei Jahren wieder gegenüber.

»Du... du hast dich verändert!« rief Jess überrascht aus. »Du bist schlanker geworden... großartig!«

Von dem Matt Traynor, den sie gekannt hatte, war rein äußerlich nicht mehr viel übrig. Vor ihr stand ein schlanker, durchtrainiert aussehender Mann, mit grauem, kurz geschnittenem Haar in eleganter Sportkleidung.

»Keine goldenen Kettchen mehr«, murmelte Jess lächelnd.

»Die habe ich alle Sammy Davis jr. geschickt«, erwiderte Matt. »Und du? Du hast ganz hübsch Karriere gemacht. Wann bringen sie in *Forbes* einen Artikel über dich?«

»Sobald ich sie an mich ranlasse.«

»Ganz im Ernst, Jess. Es freut mich aufrichtig für dich.«

»Danke.«

Sie hatte sich mit besonderer Sorgfalt gekleidet, aber über ihr Aussehen hatte er noch kein Wort verloren.

Während Pagen Lennie und den anderen ihre Suiten zeigten, lud Matt sie zu einem Drink ein.

»Wo? In deinem Apartment?« erkundigte sie sich spaßhaft.

»Das habe ich aufgegeben. Ich wohne jetzt hier.«

»Worauf warten wir dann noch? Gehen wir.«

Lennies Penthousesuite erfüllte alle Träume. Vom Wasserbett über das japanische Bad, den dicken Teppichen, zahllosen Farbfernsehapparaten und einer Terrasse mit atemberaubendem Blick über die Stadt war alles vorhanden, was man sich nur wünschen konnte.

Alles.

Mit einer Ausnahme.

Eden.

Er hatte nur für einen Augenblick daran gedacht, wie es wohl wäre, wenn Eden jetzt hier wäre.

Aber wer brauchte schon Eden?

Die Suite besaß eine bestens ausgestattete Bar, und unten warteten jederzeit verfügbare Showgirls. Er war jetzt ein Star. Er brauchte sich nur zu bedienen.

Es gab kein Glas mit eingravierten Initialen mehr, keinen falschen Marmor, keine Goldränder oder rosarote Beleuchtung. Matt lebte in einer modern eingerichteten Penthousewohnung mit klaren Linien und maskulinem Touch.

»Was trinkst du?« erkundigte sich Matt.

»Alles, was kalt und nicht alkoholisch ist«, erwiderte Jess und sah sich angenehm überrascht um. »Du hast deinen Lebensstil drastisch geändert«, bemerkte sie.

»Es war auch Zeit dafür«, antwortete er und schenkte ihr ein Glas eiskalten Grapefruitsaft ein.

Jess nahm das Glas und trank einen Schluck. »Hmmm... großartig.«

»Ich werd's an den Zimmerservice weitergeben.«

»Ist das dein neues Leben? Überläßt du alles dem Zimmerservice?«

»Ich leite das Hotel ganz allein, Jess... und bin praktisch vierundzwanzig Stunden im Dienst. Da bleibt für andere Dinge kaum noch Zeit.«

Sie wußten beide plötzlich nicht mehr, was sie sagen sollten, und fingen plötzlich gleichzeitig zu reden an.

»Glaubst du...?« begann Jess.

»Ich dachte, daß vielleicht später...«, setzte Matt an.

In diesem Augenblick klingelte einer der drei Telefonapparate, die auf der Bartheke standen.

»Entschuldige bitte«, seufzte Matt.

»Natürlich.« Jess nippte an ihrem Drink und beobachtete Matt, während er telefonierte. Sie waren so höflich zueinander wie entfernte Bekannte und nicht wie zwei Menschen, die gemeinsam einen absoluten Tiefpunkt im Leben durchgemacht hatten. Jess gestattete es sich selten, an jenen Alptraum zu denken, der sie Simon gekostet hatte. Aber sie war sich stets bewußt, daß es Matt gewesen war, der ihr geholfen hatte, die ersten achtundvierzig Stunden danach durchzustehen. Wäre er nicht gewesen, hätte sie vermutlich mit Tabletten ihrem Leben ein Ende gesetzt.

Matt legte den Hörer auf und zog eine Grimasse.

»Was ist los?« fragte Jess.

»Das war Vitos Felicidade. Er kommt von New York aus zu uns und bringt zusätzlich noch Olympia Stanislopoulos samt Kind und Kindermädchen mit. Allmählich gehen mir die Penthousesuiten aus. Ich muß mit unserem Manager für die Zimmerreservierungen sprechen. Er ist schon auf dem Weg zu mir.«

Jess stellte ihr Glas ab. »Ich habe sowieso ausgetrunken.«

Matt lief hinter ihr her. »Ich möchte heute abend für Lennie und seine Freunde ein Essen geben.«

»Ich werd's ihm ausrichten.«

»Ruf mich bitte sobald wie möglich an. Ich muß wissen, wie viele wir sind.«

Jess nickte und ging.

Als sich die Tür hinter ihr geschlossen hatte, atmete Matt erleichtert auf. Er war dabei gewesen, sich zum Narren zu machen. Es war wohl offensichtlich, daß Jess nie etwas anderes in ihm sehen würde als einen guten Freund, und obwohl er sie mehr begehrte denn je, war er entschlossen, seine Gefühle zu unterdrücken. Er war zu alt, um hinter einer Frau herzulaufen, die sich nicht für ihn interessierte... zu alt und zu weise.

Jess betrachtete sich in der Spiegelwand der Liftkabine. Sie fand, daß sie ziemlich gut aussah. Brauner Teint, ein moderner Haarschnitt, das grüne Leinenkostüm, das einen aufregenden Kontrast zu ihrem roten Haar darstellte, die Schuhe mit den hohen Absätzen... das alles ergab ein perfektes Bild.

Trotzdem hatte er nicht ein Wort über ihr Aussehen verloren.

Aber was kümmerte sie das schon?

Immerhin hatte es ihr gefallen, daß er scharf auf sie gewesen war. Sie erinnerte sich nur zu gut, wie seine Hände in ihrer Nähe stets gezittert hatten... und erst seine Blicke! Zwei Jahre lang hatten ihr seine glühenden Aufmerksamkeiten gefehlt.

Jetzt behandelte er sie kühl und geschäftsmäßig. Er war

charmant und höflich... aber wo blieben die zitternden Hände und die gierigen Blicke?

Er sah ausgesprochen gut aus. War es möglich, daß jetzt, da er sich nicht mehr für sie interessierte, sie auf ihn scharf war?

Unsinn!

41. Kapitel

Vitos hatte nicht erwartet, daß Olympia darauf bestehen würde, ihr Kind und das Kindermädchen mit nach Vegas zu nehmen. Doch sie war nicht davon abzubringen. »Brigette wird meine Brautjungfer. Ohne sie kann ich nicht heiraten. Für was für eine Mutter hältst du mich eigentlich?«

In Wahrheit wollte Olympia vermeiden, daß Nanny Mabel und Brigette allein in New York blieben, Telefonanrufe beantworteten und Geschichten erzählten. Solange die beiden bei ihr waren, konnte sie ein Auge auf sie haben. Wenn Flash jetzt anrief, dann erreichte er nur die Telefonzentrale, und dort wußte keiner, wo sie sich aufhielt. Sollte der Halunke nur in seinem eigenen Saft schmoren! So leicht bekam er sie nicht wieder.

Der Gedanke, Flash könne sie gar nicht mehr wollen, kam Olympia erst gar nicht. Ihr Selbstbewußtsein war unerschütterlich. Sie hatte schließlich stets nur erfahren, daß man mit Geld alles erreichen konnte.

Vor der Abreise aus New York hatte sie mit ihrem Anwalt telefoniert. »Schicken Sie mir alles, was ich für eine Heirat brauche. Sie wissen schon, Ehevertrag und so weiter.«

»Sie wollen doch wohl nicht wieder heiraten, oder?« stöhnte der Mann ungläubig.

»Möglicherweise schon.«

»Bitte, warten Sie doch, bis wir alles gründlich durchgesprochen haben. Ihre finanzielle Situation ist sehr kompliziert. Es dauert seine Zeit, bis alles geregelt ist.«

»Ich will die Papiere jetzt... und zwar plötzlich.«

Olympia war nie zuvor in Las Vegas gewesen, und die Stadt faszinierte sie einerseits, andererseits stieß sie sie ab. »All diese schrecklichen Leute«, beklagte sie sich bei Vitos, als sie mit ihren Begleitern durch die Hotelhalle geschleust wurden.

Vitos nickte automatisch mit dem berühmten Felicidade-Lächeln nach allen Seiten.

»Alle sehen hier so primitiv und billig aus«, stellte Olympia im Lift fest.

»Aber sie kaufen meine Platten«, bemerkte Vitos.

»Das kann ich mir vorstellen«, murmelte Olympia.

Sie wurden in nebeneinander liegenden Suiten untergebracht. Vitos hatte die luxuriösere von beiden bekommen, was Olympia ziemlich empörte. Sie beschloß, Lucky Santangelo anzurufen und sich zu beschweren. Außerdem war es interessant, die ehemalige Freundin wiederzusehen...

Wie sah sie wohl jetzt aus? War sie verheiratet? Hatte sie Kinder?

Olympia rief den Empfang an. »Hier ist Olympia Stanislopoulos«, meldete sie sich hoheitsvoll. »Richten Sie bitte Lucky Santangelo aus, daß ich sie gern sehen würde.«

»Miss Santangelo ist nicht mehr bei uns«, erwiderte die Telefonistin.

»Wo ist sie denn?«

»Das kann ich Ihnen leider nicht sagen, Madam.«

»Wer weiß denn Bescheid?«

»Vielleicht unser Direktor, Mr. Traynor.«

»Er soll mich anrufen. Und zwar schnell.«

Olympia war enttäuscht. Aus dem Wiedersehen mit Lucky Santangelo schien wieder einmal nichts zu werden.

Vitos diskutierte mit seinem Manager hitzig und auf spanisch seine Rechtslage. Er war mit achtzehn mit einem

Mädchen aus seiner spanischen Heimatstadt verheiratet worden. Als sein Stern am Showbusiness-Himmel Amerikas aufzugehen begonnen hatte, war die Ehe annulliert worden. Jetzt wollte er Olympia heiraten, und es stellte sich die Frage, ob die Annullierung tatsächlich rechtskräftig war. Kinder existierten nicht. Und wo waren die entsprechenden Dokumente?

Sie beschlossen, einen Anwalt einzuschalten.

»Es muß schnell gehen«, warnte Vitos. Er hatte das Gefühl, daß Olympia nicht zu den geduldigsten Frauen gehörte.

42. Kapitel

Costa holte Lucky mit seinem Wagen vom Flugplatz in Los Angeles ab. Er war um Roberto besorgt, als sei er der stolze Großvater.

Lucky mietete einen Bungalow im Beverly-Hills-Hotel und rief sofort Gino an.

Zu ihrer großen Enttäuschung war er nicht zu Hause. Jetzt, da sie sich einmal entschlossen hatte, ihm alles zu beichten, packte sie die Ungeduld.

Später aßen Lucky und Costa am Swimmingpool zu Mittag, während Roberto zufrieden schlief.

»Also, Lucky«, begann Costa schließlich. »Wann willst du mir reinen Wein einschenken? Wer ist der Mann, den du geheiratet hast?«

Lucky holte tief Luft. »Dimitri Stanislopoulos«, verkündete sie.

»Mach keine Witze. Also bitte, wer?«

Lucky zuckte mit den Schultern. »Dimitri.«

Costa schüttelte mit grimmiger Miene den Kopf.

»Mein Gott, es ist doch kein Verbrechen, einen Mann zu heiraten, der ein paar Jahre älter ist«, entgegnete Lucky hastig.

»Ich wünschte, deine Tante Jennifer würde noch leben«, murmelte Costa mürrisch.

»Das wünschen wir alle. Aber sie ist tot, und selbst wenn sie es nicht wäre, könnte sie mir nicht sagen, was ich tun und lassen soll.«

»Du bist zu lange allein aufgewachsen«, bemerkte Costa. »Du hast nie jemanden gehabt, an den du dich wenden konntest. Dir hat die Mutter gefehlt. Eine Vertrauensperson. Eine...«

»Hör auf. Ich bin selbständig. Und das gefällt mir so.«

»Dimitri Stanislopoulos ist ein alter Mann.«

»Du auch. Bist du deshalb gleich ein schrecklicher Mensch?«

»Lucky, Dimitri Stanislopoulos ist für dich doch nur eine Vaterfigur. Begreifst du nicht, was du getan hast? Du hast...«

»Laß das, Costa!« unterbrach Lucky ihn barsch. »Ich habe damit gerechnet, daß Gino mir den Kopf waschen würde... aber von dir brauche ich mir das nicht anzuhören. Ich bin fast dreißig. Warum versuchen alle, mir in mein Leben zu pfuschen?«

Damit verließ sie wütend den Eßtisch.

Paige Wheeler hatte diesen Trick, ihn in ihrer Scheide zu halten wie in einem Schraubstock.

Gino gefiel das sehr. Es bedeutete, daß er so lange konnte, wie er nur wollte, dann würde sie die Regie übernehmen, ihn in Erregung halten, bis er erneut bereit war. In der Liebe mochte Gino keine Hast. Es machte ihm Spaß, die Frauen zu befriedigen. Und deshalb war seine Ehe mit Susan auch eine so herbe Enttäuschung für ihn. Paige hatte recht. Susan mochte keinen Sex. Weshalb hatte er die Anzeichen nicht schon vor der Hochzeit bemerkt? Jetzt war er vorerst in einer Ehe gefangen, die er eigentlich nicht mehr wollte.

Er dachte in letzter Zeit oft an Lucky, spielte mit dem Gedanken, sie anzurufen und ihr vorzuschlagen, das Projekt in Atlantic City doch noch gemeinsam durchzuführen.

Aber so einfach war es nicht. Susan machte nie einen Fehler. Sie war gewissenhaft und aufmerksam. Sie paßte auf, daß er Diät hielt, täglich seine Gymnastik machte und daß der Koch seine Lieblingsmahlzeiten kochte.

Abgesehen vom Sex war Susan die perfekte Ehefrau. Ansonsten war sie sterbenslangweilig.

Gino haßte Beverly Hills. Er haßte jenen falschen Gesellschaftstrubel, die senilen, nichtssagenden Leute.

Gino Santangelo suchte einen Ausweg aus seiner Misere.

»Oh, hallo... Susan«, sagte Lucky, als sich Grace Kelly beim nächsten Telefonanruf meldete. »Ist Gino da?«

»Bist du hier? In Kalifornien?« kam prompt die Frage.

Nein, auf dem Nordpol, dachte Lucky gereizt. »Ja, ganz richtig«, erwiderte sie laut.

»Wie nett.«

»Ja, nicht?« Lucky zählte bis drei, um ruhig zu bleiben. »Kann ich Gino sprechen?«

»Tut mir leid, Liebes. Er ist nicht zu Hause.«

»Wann kommt er wieder?«

»Das weiß man bei Gino nie.«

»Du hast recht. Ich rufe später wieder an.«

»Gut.«

Susans einsilbige Reaktion sprach Bände. Lucky wußte, daß sie von ihr nichts zu erwarten hatte.

Paige zog sich an. Ihre Garderobe war stets aufreizend halbseiden, und sie fuhr ihren metallicgoldfarbenen Porsche. Gino rätselte gelegentlich über ihre Freundschaft mit Susan nach. Sie war so anders als Susans sonstige Freunde.

»Susi mag mich, weil's mit mir eben nie langweilig ist«, gestand Paige und verschwieg dabei, daß sie seit Jahren eine leidenschaftliche Affäre verband.

Paige war sich durchaus bewußt, daß sie ein gefährliches Spiel spielte, in dem sie sowohl mit der Frau als auch mit dem Mann schlief. Dabei würde sie keine Sekunde zögern, Susan aufzugeben. Gino war unwiderstehlich im Bett.

Allerdings erschien es ihr unwahrscheinlich, daß die beiden einander ihre Seitensprünge gestehen könnten, und daher sah sie keinen Grund, auf einen von beiden zu verzichten.

»Morgen«, schlug Gino vor, »am selben Ort, zur gleichen Zeit, ja?«

»Unmöglich. Ich habe Ryder versprochen, mit ihm nach Las Vegas zu fliegen. Er muß dort einen seiner Geldgeber ausführen.«

Gino warf ihr einen ungläubigen Blick zu. »Du fliegst nach Vegas und sagst mir kein Wort? Soll das ein Witz sein? Mir gehört praktisch die verdammte Stadt. Ich könnte dir Suiten in den besten Hotels verschaffen, dir die seltsamsten Restaurants nennen... alles, was du willst.«

Paige trug grellroten Lippenstift auf. »Ryder hat früher dutzendweise junge Damen nach Vegas übers Wochenende abgeschleppt. Ich glaube kaum, daß er da bezüglich Hotels und Restaurants noch Tips braucht.«

Gino zuckte mit den Schultern. »Du machst einen Fehler. Nach Vegas fliegt man nur mit mir oder gar nicht.«

»Sollen wir deine Frau und meinen Mann mitnehmen, oder lassen wir sie zu Hause?«

Gino ging auf ihren Spott nicht ein. »Wann kommst du zurück?«

»Mittwoch.«

»Gut, dann sehen wir uns Donnerstag. Am selben Ort, zur gleichen Zeit«, wiederholte er.

Lucky hatte einen Einkaufsbummel durch die vertrauten Straßen gemacht. Nach ihrer Rückkehr entschuldigte sie sich bei Costa für ihr Benehmen. Sie versöhnten sich, und Lucky begann ihm von ihren Plänen in Atlantic City zu erzählen.

Gegen fünf Uhr schließlich sagte Lucky: »Komm, wir rufen Gino an.« Sie ließ sich von einem Ober einen Telefonapparat an ihren Tisch am Schwimmbecken bringen und wählte. Ein Hausmädchen meldete sich. »Mr. Santangelo, bitte.«

»Augenblick.«

Lucky wartete mit klopfendem Herzen.

Ginos Begrüßung fiel trügerisch verhalten aus. »Hallo, Kleines.«

»Hallo, Gino.«

»Wo bist du?«

»In L. A.«

»Wo?«

»Im Beverly-Hills-Hotel.«

»Weshalb hast du keinem gesagt, daß du kommst?«

»Warum? Hättest du mir eine Blaskapelle zum Flugplatz geschickt?«

»Sei nicht so frech, Kleines.«

Aus seinen Worten sprach eine Wärme, die sie lange vermißt hatte. »Ich habe eine Überraschung für dich«, erklärte sie hastig.

»Du weißt, daß ich Überraschungen nicht mag.«

»Die wird dir bestimmt gefallen.«

»So? Wie geht's dir überhaupt?«

»Ziemlich gut. Und dir?«

»Man lebt.«

»Costa ist übrigens auch hier.«

»Costa? Mann! Phantastisch! Warum kommt ihr beide nicht zu uns rüber?«

»Das würden wir gern.«

Susan saß an ihrem Toilettentisch und schminkte sich langsam ab.

Gino stürmte herein. »Lucky und Costa kommen zum Abendessen. Sag dem Koch Bescheid.«

»Wir essen heute abend auswärts«, entgegnete sie kühl.

»Wir ändern die Pläne. Wir bleiben hier.«

»Das geht nicht. Wir sind mit zwanzig Leuten bei April Crawford zum Dinner eingeladen.«

»Dann ruf die alte Schachtel an und sag ihr, daß wir nicht kommen können.«

Susan bearbeitete ihr Gesicht ohne Hast weiter mit Kleenextüchern. »April Crawford ist keine alte Schachtel«, widersprach sie gelassen, »sondern eine ausgezeichnete und anerkannte Schauspielerin... ein Filmstar der alten Schule. Wir können unmöglich absagen. Sie hat heute Geburtstag.« Susan knüllte ein Kleenextuch in der Hand zusammen und lehnte sich zurück. »Ich habe die Einladung schon vor drei Wochen in deinen Terminkalender eingetragen.«

»Also hör mal... meine Tochter ist hier. Sie kommt zu Besuch! Das ist heute bei uns los. Sonst gar nichts!«

»Dieselbe Tochter, die monatelang nichts von sich hat hören lassen?« entgegnete Susan. »Die nie schreibt oder anruft?«

Ginos Blick wurde hart. Er mochte es nicht, wenn Susan Lucky kritisierte. »Bitte... dann geh du zur Crawford. Ich bleibe hier. Sag dem Koch, daß er für uns was vorbereiten soll.«

Es entstand eine gespannte Pause. Susan wußte genau, wie weit sie gehen durfte. Sie stand auf, ging zu ihm und küßte ihn liebevoll auf die Wange. »Entschuldige, Liebling«, flüsterte sie. »Ich denke ja nicht daran, ohne dich auszugehen. Der Koch soll uns was Leckeres zubereiten. Natürlich werden wir für Lucky und Costa zu Hause bleiben. Verzeih... aber manchmal verletzt es mich einfach, wie sie dich behandelt. Eine gewissenhafte Tochter würde... Ach, vergiß es.«

»Ganz richtig. Vergiß es.«

43. Kapitel

Am Premierenabend des Unterhaltungsprogramms im Magiriano, das Lennie zusammen mit Vitos Felicidade bestritt, trug er ein schwarzes Lederjackett, ein weißes Hemd mit offenem Hemdkragen, eine lose umgebundene, schmale Lederkrawatte, enge schwarze Jeans und Tennisschuhe. Sein aschblondes Haar war kunstvoll nachlässig frisiert.

Jess stellte sich auf Zehenspitzen und gab ihm einen Kuß auf die Wange. »Du siehst großartig aus«, flüsterte sie.

Dann glühte die Lampe auf. Sein großer Auftritt begann.

Er holte tief Luft, spürte, wie ein Adrenalinstoß ihn antrieb, und ging hinaus.

Eden saß im Publikum und fragte sich, ob er sie wohl entdecken würde. Allerdings war sie am besten Tisch, in der Mitte der ersten Reihe, zwischen Paige und Ryder Wheeler, Quinn Leech, dem Regisseur ihres zukünftigen Films, dessen nichtssagender Freundin, Santino und zwei seiner Bekannten kaum zu übersehen. »Sie sind mögliche Geldgeber«, hatte Santino die beiden Fremden ihr diskret vorgestellt. »Also, sei nett zu ihnen.«

Die beiden waren widerwärtig. Eden reagierte prompt mit frostigen Blicken und gelangweilten Bemerkungen. Mit einem Mann wie Santino liiert zu sein, war schon schlimm genug. Weshalb sollte sie da auch noch zu zwei Gorillas nett sein, die möglicherweise ihren Film finanzierten? Schließlich hatte Santino allein Geld genug.

Sie starrte auf Lennie, der in der Bühnenmitte stand. Er sah großartig aus. Nun, in dieser Beziehung war noch nie etwas an ihm auszusetzen gewesen. Und zum Glück wußte sie, daß sie ebenfalls eine gute Figur abgab. Sie trug ein silbrigschillerndes Kleid mit tiefem Dekolleté, das wie eine zweite Haut saß, und hatte ihr Rubinkollier mit den passenden Ohrringen angelegt. Ihr Haar, in der Mitte gescheitelt, fiel wie ein seidiger Vorhang auf die Schultern.

Als Santino ihr wenige Tage zuvor eröffnet hatte, daß sie nach Las Vegas fliegen würden, war sie entzückt gewesen. Die Abwechslung in ihrem eintönigen Dasein im Haus am Blue Jay Way war ihr nur allzu willkommen. Sie konnte es kaum erwarten, daß endlich die Dreharbeiten an ihrem Film anfingen. Wenn sie arbeitete, mußte Santino sie allein lassen. Dann fanden Kostümproben, Besprechungen und Proben statt. Es gab Regisseure, die gern schon Wochen vor Drehbeginn mit ihren Darstellern arbeiteten.

Nach ihrer Ankunft in Vegas hatte Santino sie in eine Suite im Sands-Hotel mit Zeko als Wächter verfrachtet und war verschwunden. Eine Stunde später war er wieder erschienen und hatte gesagt: »Zieh dich an. Wir gehen zu einer Premiere.«

»Zu welcher Premiere?«

»Dieser singende Spanier... Vitos Soundso ist hier. Da!«

Er drückte ihr ein Bündel Banknoten in die Hand. »Geh und kauf dir was, das mich aufregt. Zeko begleitet dich.«

Eden hatte keine Ahnung gehabt, daß Lennie zusammen mit Vitos Felicidade das Abendprogramm bestreiten würde. Die riesigen Plakate hatte sie erst auf der Autofahrt zum Magiriano gelesen.

Paige beugte sich über den Tisch und flüsterte Eden zu: »Der Junge sieht heiß aus, was? Eine geile Mischung aus Redford und Newman.«

Eden begriff, daß niemand etwas von ihrer dreijährigen Liaison mit Lennie Golden ahnte. Aus unerfindlichen Gründen fand sie das ausgesprochen unbefriedigend. In seinem Interview in *People* hatte er sie mit keinem Wort erwähnt, sondern lediglich erzählt, daß er in New York mit vielen Fotomodellen befreundet gewesen sei.

Gehörte sie vielleicht nicht zu seiner Vergangenheit?

Allein der Gedanke, daß Lennie es als erster geschafft

hatte, nach ganz oben zu kommen, brachte sie in Rage. Eigentlich hätte vielmehr sie es verdient, auf dem Titelblatt von *People* zu erscheinen, all die Publicity zu ernten.

Eden mochte die offene und lustige Paige Wheeler. Es reizte sie, ihr zu erzählen, wie geil Lennie Golden wirklich war.

Sie vermißte ihn.

Nur vorübergehend.

Und nur im Bett.

Das Publikum war restlos begeistert. Er spürte die Sympathie und Zustimmung, die ihm entgegenschlug. Das Publikum war Macht. Es konnte einen Star in den Himmel heben oder ihn in Grund und Boden verdammen.

Und Lennie war mit seinem trockenen, intelligenten Humor an diesem Abend unschlagbar.

Er sagte Wahrheiten; jonglierte damit.

Und dann sah er sie.

44. Kapitel

»Was zum Teufel versprichst du dir eigentlich davon?« brüllte Jerry Myerson.

Steven und er standen sich im Wohnzimmer von Jerrys Stadthaus in New York gegenüber. Beide waren wütend; Steven, weil er sich gegen Jerrys Einmischung wehrte, und Jerry, weil er als sehr junger Mann Carrie heimlich verehrt hatte und nicht mit ansehen konnte, was Steven ihr antat.

Steven machte eine ungeduldige Handbewegung: »Ich sag dir Bescheid, sobald ich Ergebnisse habe.«

»Und wann wäre das?« fragte Jerry sarkastisch.

»Das würde ich selbst gern wissen.« Steven wandte Jerry den Rücken zu und starrte durch das Fenster auf den dichten Verkehr auf der Vierundfünfzigsten Straße.

»Das beste wäre, du würdest wieder arbeiten«, erklärte Jerry. »Du weißt genau, daß in meiner Firma jederzeit Platz für dich ist.«

Steven drehte sich um. »Genau das will ich auch. Und sobald ich diese Angelegenheit zu Ende geführt habe, werde ich es auch tun.«

»Gut. Dann kannst du mir ja auch das Geld zurückzahlen, das ich dir geliehen habe.«

Stevens Augen blitzten. »Hast du Angst um dein Geld, Jerry?«

»Nein, du Idiot! Ich mache mir Sorgen um dich und deinen Geisteszustand.«

Sie stritten noch eine Weile, doch beide wußten, daß es nichts nützte. Steven mußte es tun. Und nichts und niemand konnte ihn davon abhalten.

Am darauffolgenden Tag lud Jerry Carrie zum Mittagessen ins Le Cirque ein. Sie sah müde aus, freute sich jedoch, ihn zu sehen, und umarmte ihn liebevoll. Er war der einzige außer Steven, der die Wahrheit über ihre Vergangenheit kannte, und schien viel mehr Verständnis für sie aufzubringen als ihr Sohn.

»Wir haben schon alle Fred Lesters durch, die in Frage kommen«, seufzte sie. »Der eine ist Richter, der andere Verleger und der dritte Arzt. Es kommt keiner in Frage. Steven hat mich überallhin geschleppt. Es war furchtbar. Ich habe keinen davon wiedererkannt.«

»Ich hoffe, die Angelegenheit erledigt sich bald von selbst«, murmelte Jerry. »Um eurer beider willen.«

Carrie drehte das Martiniglas in ihrer Hand und senkte den Blick. »Jerry«, begann sie zögernd. »Ich bin am Ende meines Lateins. Wenn ich mit Steven zusammen bin, habe ich immer das Gefühl, er haßt mich. Er hat sich völlig von mir zurückgezogen. Ich komme einfach nicht mehr an ihn ran. Ich habe doch nur getan, was jede andere Mutter auch getan hätte... ich habe ihn vor der Wahrheit bewahrt.«

»Ich weiß«, antwortete Jerry mitfühlend. »Du hast dir nichts vorzuwerfen. Er hat einfach eine Identitätskrise. Und die muß er ganz allein überwinden. Wir können ihm beide nicht helfen.«

»Ich bin froh, daß wenigstens du mich verstehst.«

»Dazu sind Freunde schließlich da.«

»Danke, Jerry.« Sie drückte seine Hand. »Und wie geht es dir?«

Er grinste. »Es gelingt mir trotz überwältigender Angebote, Junggeselle zu bleiben. Es ist nicht leicht, reich, normal und erfolgreich in New York zu sein. Die Ladies sind alle gleich aufs Heiraten aus.«

Carrie lächelte. Zum erstenmal seit Wochen fühlte sie sich wohl und entspannt.

45. Kapitel

Wenn es darum ging, ihren Stil und ihre Klasse überzeugend darzustellen, fackelte Susan nicht lange. Innerhalb einer Dreiviertelstunde hatte sie April Crawford angerufen und einen Migräneanfall vorgeschoben, bei Chasen's vier Portionen vom berühmten Chili bestellt, sich unaufdringlich geschminkt und einen einfachen pfirsichfarbenen Kaftan angezogen. Als Lucky und Costa schließlich eintrafen, war sie gewappnet.

Auch Gino war bereit. Er war glücklich, endlich die Tochter wiederzusehen, die er zugegebenermaßen vermißt hatte. »Kleines!« Er breitete die Arme aus.

»Daddy!« Sie fiel ihm um den Hals.

Susan wandte sich mit einem charmanten Lächeln an Costa. »Willkommen. Bitte, treten Sie ein.«

»Du siehst so gut wie eh und je aus!« rief Gino und hielt

Lucky auf Armeslänge von sich. Dann drehte er sich zu Costa um und stupste ihn mit dem Zeigefinger sanft in die Taille. »Du bist ein bißchen füllig geworden, mein Freund. Du wirst wohl von zu vielen Miami-Witwen verwöhnt, was?«

Alle außer Susan lachten schallend. Sie konnte der Tatsache, daß jemand es versäumte, auf seine Linie zu achten, nichts Komisches abgewinnen.

Gino mixte persönlich die Drinks, und Susan entließ mit einer indignierten, unauffälligen Geste den Butler Hans. Dann wandte sie sich mit einem Lächeln an Lucky. »Wie geht es dir, meine Liebe? Wir haben uns lange nicht gesehen.«

»Oh, ich bin gut in Form«, erwiderte Lucky lässig. Susan schien noch immer die Grace-Kelly-Nummer abzuziehen.

»Du siehst wirklich gut aus«, bestätigte Susan. »Ein bißchen müde... aber daran ist sicher der Zeitunterschied schuld. Diese drei Stunden können sehr unangenehm...«

»Gino, vermißt du denn Vegas kein bißchen?« fragte Lucky ihren Vater, ohne weiter auf Susan zu achten.

Er grinste. »Und du?«

»Ich? Oh, für solche Sentimentalitäten habe ich keine Zeit. Ich bin eine vielbeschäftigte Frau.«

»So? Und was machst du?«

»Das Projekt in Atlantic City... bevor es zu spät ist«, antwortete Lucky.

»Wirklich?«

»Warum nicht? Es war immer mein Wunsch. Und jetzt habe ich die nötigen Mittel dazu.«

»So?«

»Ja.«

»Von wem?«

»Das erzähle ich dir später.«

Susans Lächeln erstarrte. Sie hatte keine Ahnung, wovon die Rede war.

»Warum kannst du es mir jetzt nicht gleich sagen?« wollte Gino wissen.

»Weil... weil das eine lange Geschichte ist.«

»Wir haben den ganzen Abend Zeit.«

Luckys dunkle Augen leuchteten. »Warum bist du so neugierig? Willst du bei mir ins Geschäft einsteigen?«

Gino lachte. »Ich kenne dein Spiel! Du hast gar nicht genug Geld und willst den Rest aus mir herauskitzeln. Stimmt's?«

»Nein, falsch!«

»Na?«

»Wirklich. Ich baue jetzt endlich doch *mein* Hotel. Ich brauche keine Partner mehr.«

»Und wie hast du das hingekriegt?«

»Warum sollte dich das interessieren?«

»Oh, das wirst du mir schon sagen.«

»Da wäre ich an deiner Stelle nicht so sicher.«

Beide grinsten glücklich. Sie spielten das alte vertraute Versteckspiel.

»Das Essen wird in wenigen Minuten serviert!« verkündete Susan steif.

Als Lucky und Costa sich nach dem Essen hastig verabschiedeten, ließ Gino sich überreden, sie zum Beverly-Hills-Hotel zu begleiten. Lucky hatte ihm dort eine Überraschung versprochen. Susan war indigniert, doch da niemand sie bat, mitzukommen, blieb sie mit säuerlichem Lächeln zu Hause.

Lucky schloß mit klopfendem Herzen den Bungalow auf und knipste das Licht an. Sie hatte Gino noch nicht einmal eröffnet, daß sie inzwischen verheiratet war.

»Wo ist meine Überraschung?« forderte Gino gutgelaunt.

Lucky lachte leise. »Augenblick! Mix ihm einen Drink, Costa.«

Sie lief ins Schlafzimmer und machte die Tür zu. Roberto schlief in seiner Wiege neben ihrem Bett, während das Kindermädchen im Nebenraum vor dem Fernsehapparat saß.

Lucky betrachtete stolz ihren kleinen, bezaubernden Jungen mit den schwarzen Locken der Santangelos und den dichten, langen Wimpern.

Sie liebte ihn so sehr. Gino mußte dasselbe empfinden.

Vorsichtig hob sie ihn aus der Wiege, drückte ihn kurz an sich und ging zur Tür. »Ganz brav, mein Junge«, murmelte sie. »Wir wollen doch jetzt einen prima Eindruck machen.«

46. Kapitel

Lennie hatte das Gefühl, als habe ihm jemand einen Schlag in den Unterleib verpaßt.

Für den Bruchteil einer Sekunde trafen sich ihre Blicke. Eden verriet mit keinem Wimperzucken, daß sie ihn kannte. Sie wandte sich lediglich an den Mann an ihrer Seite und bat um eine Zigarette. Lennie wußte, daß diese Geste Absicht war. Sie sollte ihm damit zeigen, daß er sie völlig gleichgültig ließ.

Diese gemeine Hexe zeigte ihm die kalte Schulter.

Sie sah umwerfend aus.

Während ihm all diese Gedanken durch den Kopf jagten, blieb er jedoch äußerlich kühl und gelassen und verpatzte keine einzige Pointe, sondern zog seine so erfolgreiche Show ab, während Eden rauchte, Wein trank und so tat, als kenne sie ihn nicht.

Edens Verhalten spornte ihn höchstens noch mehr an. Er begann zu improvisieren, ließ sich auf einen schnellen flapsigen Dialog mit dem Publikum ein und erntete nach zehn Minuten anhaltende und begeisterte Ovationen.

Lennie Golden. Ein Star. Wenn sie es bis dahin noch nicht gewußt hatte, dann mußte sie es jetzt zugeben. Er sprang mit elastischen Schritten von der Bühne, getragen von dem ihm geltenden Applaus, und fühlte sich großartig. »Du warst einfach sensationell!« lobte Jess ihn begeistert.

Der Applaus wollte nicht verstummen. Lennie mußte

viermal auf die Bühne zurück, bis Vitos Felicidades Erkennungsmelodie den zweiten Teil der Show einleitete.

Alle drängten sich in seiner Garderobe. Isaac und Irena, Matt Traynor und der allgegenwärtige Reporter von *Rolling Stone* mit seinen Kameras.

Lennie wollte jetzt allein sein. Er brauchte ein paar ruhige Minuten ganz für sich. Jess spürte instinktiv sein Verlangen und scheuchte die Leute hinaus, während er sich in der Dusche einschloß, sich auszog und sich unter den eiskalten Wasserstrahl stellte.

Eden war hier.

Vielleicht war sie extra wegen seiner Show gekommen. Unwahrscheinlich, aber möglich.

Lennie drehte den Duschhahn ab, wickelte sich ein Handtuch um die Hüften und ging in seine Garderobe zurück.

Jess saß auf der Couch, hatte die Knie angezogen und hielt ein Champagnerglas in der Hand. Sie prostete ihm zu: »Salute!«

»Eden ist hier«, bemerkte Lennie. »Versuch rauszufinden, mit wem.«

Vitos Felicidade sah sie unverwandt an. Sie spürte seinen Blick, reagierte jedoch nicht. Da sämtliche weibliche Wesen im Publikum vor ihm dahinzuschmelzen schienen, wollte sie eine Ausnahme machen. Sie war schließlich Olympia Stanislopoulos... und konnte jeden Mann haben, den sie wollte. Jederzeit und überall.

Nach den abenteuerlichen Reizen von Flash stellte Vitos mit seinen Schnulzen kaum eine Herausforderung für sie dar. Er war ein Lückenbüßer. Wenigstens vorübergehend.

Lennie beherrschte den Raum. Sie hatten sich erneut alle in seiner Garderobe versammelt. Es war leichter, als auf der Bühne zu stehen. Allmählich gewöhnte er sich daran, mit den Fragen der Presseleute umzugehen.

Schließlich kehrte Jess zurück. Er kämpfte sich bis zu ihr durch die Menge der Journalisten.

»Also?«

»Schlechte Nachrichten.«

»Inwiefern?«

»Sie ist in Begleitung von zwei Gangstern aus Vegas und einem ihrer Mafiafreunde aus Los Angeles hier.«

»Woher weißt du das?«

»Vom Oberkellner. Wir sind alte Freunde. Er weiß alles und kennt jeden. Glaub mir, Lennie, die Burschen gehören in die Chefetagen des Verbrechens. Also bleib weg!«

Lennie nickte.

Aber sie wußten beide, daß er sich nicht daran halten würde.

47. Kapitel

Im ersten Augenblick sagte Gino gar nichts. Er sah nur schweigend von Lucky zum Baby und wandte sich dann mit hilfesuchendem Blick an Costa.

Costa räusperte sich.

»Das ist Roberto«, brach Lucky schließlich das Schweigen, »dein Enkelkind.«

Danach war es erneut still im Zimmer.

Lucky hielt den Atem an. Sie wünschte sich so sehr, daß Gino begeistert war.

»Donnerwetter«, murmelte Gino endlich und setzte sich. »Das nenne ich wirklich eine Überraschung. Wie hast du das fertiggebracht? Hast du den Jungen adoptiert?«

»Nein, das ist natürlich mein Kind!« entgegnete Lucky entrüstet. »Unser Fleisch und Blut. Dein Enkel Roberto. Er ist sechzehn Monate alt.«

Ginos Blick schweifte erneut zu Costa, doch Costa hielt sich aus der Sache lieber heraus. »Ich gehe zu Bett«, verkündete er. »Wir telefonieren morgen, Gino.«

»Na?« Lucky lachte nervös. »Und was sagst du jetzt?«

»Ich finde, daß du mir Roberto ziemlich lange vorenthalten hast«, bemerkte Gino bedächtig. Er streckte die Arme nach dem Baby aus. »Gib ihn mir mal.« Lucky legte Roberto vorsichtig in Ginos Arme. »Lange her, daß ich ein Kind so gehalten habe«, murmelte er.

»Roberto ist dicht. Er macht dich bestimmt nicht naß!« Herrje, dachte sie, ich klinge schon wie alle anderen Mütter.

»Hm... willst du mir nicht die ganze Geschichte erzählen?« Gino schaukelte Roberto sanft hin und her.

»Er sieht doch ganz wie ein Santangelo aus, oder?« fragte Lucky aufgeregt.

»Er sieht aus wie du, als du so alt warst.«

»Schade, daß ich keine Fotos von dir als Baby habe«, seufzte Lucky.

»Ich konnte damals froh sein, wenn ich eine Mahlzeit pro Tag bekommen habe«, erinnerte sich Gino. »Für Fotos war bei uns kein Geld da.«

»Weißt du was?« Lucky beugte sich zu Gino herab. »Ich hab dich sehr lieb. Ehrlich.« Das letzte Mal, als sie diese Worte zu ihm gesagt hatte, hatte er gerade seinen Herzinfarkt hinter sich gehabt. Dieser Augenblick ließ die vergangenen beiden Jahre plötzlich vergessen.

»So geht's mir auch mit dir, Kleines. Vielleicht hab ich's dir nicht immer gezeigt, aber weißt du, nach dem Mord an deiner Mutter bin ich...«

In diesem Augenblick klingelte das Telefon. Gino verstummte sofort und seine Miene wurde verschlossen.

Lucky war wütend. Ein wichtiger Augenblick war verpaßt, denn zum erstenmal hatte ihr Vater angefangen, vom Tod der Mutter zu sprechen. Bisher hatte er niemals jenen schrecklichen Tag aus ihrer Kindheit auch nur mit einem Wort erwähnt. Sie riß den Hörer von der Gabel. »Ja?«

»Lucky, Liebes...«, ertönte Susans wohltemperierte Stimme. »Ist Gino noch bei dir?«

Lucky reichte Gino den Hörer. »Dein Kindermädchen«, murmelte sie gereizt.

Gino warf ihr einen vorwurfsvollen Blick zu. Lucky nahm ihm Roberto ab und brachte ihn in seine Wiege zurück. Als sie wieder ins Zimmer kam, hatte Gino bereits aufgelegt. »Ich schätze, du mußt jetzt gehen«, sagte sie.

»Ja. Gemma ist mit Freunden nach Hause gekommen. Sie machen Schwierigkeiten.«

»Aha. Und nur du kannst wohl Abhilfe schaffen, was?«

»So ungefähr. Ich nehme ein Taxi.«

Lucky hielt ihm die Tür auf. Sie hatte Mühe, ihre Enttäuschung zu verbergen.

»Frühstücken wir morgen zusammen?« fragte Gino. »Dann können wir uns weiter unterhalten.«

Lucky nickte, obwohl sie wußte, daß eine unwiederbringliche Gelegenheit verpaßt war.

»Gute Nacht, Kleines.«

»Gute Nacht, Gino.«

Er umarmte sie zwar noch, war mit seinen Gedanken jedoch bereits woanders.

Lucky saß daraufhin eine Weile im Dunkeln und gab sich ihren düsteren Gedanken hin. Schließlich griff sie zum Telefon und wählte Ginos Nummer.

Susan hob ab.

Als Gino dann an den Apparat kam, klang er erschöpft und gereizt.

»Nur noch einen Nachsatz«, erklärte Lucky. »Ich bin auch verheiratet.«

»Das wußte ich nicht. Ich dachte, du hast mir die Sache mit dem Kind verheimlicht, weil du ledig bist.«

»Mein Gott, wir leben doch nicht mehr im vorigen Jahrhundert!«

»Na, gut. Und wo ist dein Mann?«

»Auf Reisen.« Nach einer Pause fügte sie hinzu: »Du kennst ihn.«

»So?«

»Natürlich. Es ist Dimitri. Dimitri Stanislopoulos, Olympias Vater.«

48. Kapitel

Auf der Party zu Ehren von Lennie Golden und Vitos Felicidade traten Feuerschlucker, Jongleure, Clowns und eine schwarze Sängerin mit einer ausgezeichneten Band auf. Das Magiriano hatte keine Kosten und Mühen gescheut, hatte außerdem für ein erstklassiges und reichhaltiges kaltes Buffet gesorgt und zahllose Showgirls und Berühmtheiten eingeladen.

Presse und Fernsehen waren ebenfalls dabei.

Lennie fand sich von Frauen umringt, und da er Eden an einem Nachbartisch mit ihren zwielichtigen Freunden entdeckt hatte, ließ er sämtliche weiblichen Aufmerksamkeiten charmant über sich ergehen.

Auch Vitos wurde von der Weiblichkeit bedrängt, was Olympia, die sich plötzlich zurückgesetzt fühlte, wütend machte.

Jess schlenderte auf der Suche nach einem interessanten Partner für den Abend durch den Saal. Sie hatte es satt, immer nur auf sich gestellt zu sein, stets nur den patenten Lückenbüßer für andere zu spielen. Es war Zeit, daß sie sich um ihr eigenes Liebesleben kümmerte.

Matt pendelte zwischen den Gruppen um Lennie und Vitos hin und her. Seine Begleiterin für den Abend, eine etwa vierzigjährige, großgewachsene und wunderschöne Frau, schien sich auf Anhieb in Vitos vernarrt zu haben. Sie hatte sich an seinen Tisch gesetzt und offenbar beschlossen, dort auch zu bleiben.

Kein allzu großer Verlust, tröstete sich Matt. Er beobachtete, wie Jess mit einem Musiker aus Vitos' Band plauderte. Als die Unterhaltung mehr als zehn Minuten dauerte, gesellte er sich zu ihr.

»Wir haben noch geschäftlich miteinander zu reden«, erklärte er brüsk und nahm ihren Arm.

»Was soll denn das?« erkundigte sie sich, als er sie zur Bar drängte.

»Lennie war heute ein voller Erfolg. Ich dachte, wir verhandeln gleich über eine Wiederholung der Show im nächsten Jahr.«

»Jetzt?«

»Warum nicht?«

»Weil wir hier eine Party feiern.«

»Du paßt sowieso nicht hierher«, erklärte Matt.

»Bist du verrückt?«

»Schläfst du mit Lennie?« Die Frage, die ihn so lange und ausgiebig beschäftigt hatte, rutschte ihm einfach so heraus.

»Das geht dich überhaupt nichts an«, entgegnete Jess bissig und ließ ihn einfach stehen.

Eden tanzte mit einem von Santinos Freunden. Er hatte kleine gemeine Augen und fettiges Haar.

Sie hoffte, daß Lennie sie nicht beobachtete.

Und obwohl er ständig von Mädchen belagert wurde, wußte sie, daß er sie nie aus den Augen ließ. Sie konnte ihn jederzeit haben, wenn sie nur wollte. Und das gab ihr ein befriedigendes Gefühl der Macht.

Lennie stand auf und tanzte mit einer Reporterin.

Er sah, wie Eden verächtlich lächelte.

Ihre Blicke trafen sich, doch keiner offenbarte ein Zeichen des Erkennens.

Olympia erklärte, sie wünsche den Komiker kennenzulernen, worauf Matt das Zusammentreffen geschickt arrangierte.

»Sie sind wirklich sehr amüsant«, erklärte Olympia und warf ihren ganzen Charme in die Waagschale. »Ich muß mir Ihre Fernsehshow ansehen. Soviel ich gehört habe, ist sie göttlich.«

Lennie bedankte sich lächelnd und wollte sich schon diskret zurückziehen, als er Edens Blick auf sich ruhen fühlte. Diesmal umspielte kein verächtliches Lächeln ihren Mund. Diesmal war sie tatsächlich eifersüchtig.

Was machte Eden Antonio bloß eifersüchtig?

Eine der reichsten Frauen der Welt.

Lennie schenkte Olympia Stanislopoulos einen Blick mit seinen meergrünen Augen und lächelte. »Möchten Sie tanzen?« erkundigte er sich.

Olympia lächelte bezaubernd. Sie hatte ein hübsches Gesicht, schönes Haar, einen beeindruckenden Busen. Ein Jammer, daß sie dreißig Pfund Übergewicht hatte.

»Ja«, antwortete sie.

Sie bewegten sich im Rhythmus von *Street Life* über die Tanzfläche.

Der Abend zog sich hin.

Als Dessert wurden große Schalen mit gemischtem Eis in allen Farbschattierungen serviert. Die hübsche schwarze Sängerin gab Lieder von Stevie Wonder und Smokey Robinson zum besten.

Vitos Felicidade genoß es sichtlich, im Mittelpunkt der Aufmerksamkeit so vieler Frauen zu stehen. Dabei entging es ihm, daß sich Olympia mit Lennie Golden in eine ruhige Ecke zurückgezogen hatte und daß ihr »Gespräch« offenbar immer intimer wurde.

Eden dagegen registrierte das alles haargenau. Sie tanzte mit Santinos unsympathischen Freunden, wobei ihr nichts entging.

Jess freundete sich weiter mit dem Musiker aus Vitos' Band an. Er war Gitarrist, sprach ganz passabel Englisch und hatte sehr ausdrucksvolle Hände und Augen.

Matt beobachtete sie aus der Ferne. Die Sache gefiel ihm ganz und gar nicht. Es schien ihm offensichtlich, daß sich Jess mit dem Gitarristen abgab, weil Lennie sich an Olympia herangemacht hatte.

Santino hatte es sich in den Kopf gesetzt, mit Vitos Felicidade fotografiert zu werden. Er posierte gern mit Berühmtheiten... und besaß bereits eine stattliche Bilderkollektion. Eden wurde also von der Tanzfläche geholt, wo sie sich mit Santinos kleinem, unfreundlichem Freund abquälte.

Ryder Wheeler führte beide an Vitos' Tisch und stellte sie

vor. Vitos schenkte ihr sein charmantestes Lächeln und küßte ihr die Hand. Seine Augen ruhten verlangend auf ihr. »Enchanté«, murmelte er.

Eden glaubte, den Ausdruck seiner Augen deutlich verstanden zu haben. Sie schienen zu sagen: »Ich möchte mit dir schlafen. Bald. Sehr bald sogar. Du wirst's nicht bereuen.«

Santino schob Eden zwischen sich und Vitos. Die Berührung mit Vitos ließ Eden leicht erschauern.

Santino, dem diese Anordnung nun doch nicht gefiel, stellte darauf sich selbst in die Mitte und gab dem Hotelfotografen das Zeichen zur Aufnahme.

Vitos verhielt sich ausgesprochen entgegenkommend. Sein Manager hatte ihn über Santino Bonnatti aufgeklärt. Sie verhandelten seit Wochen mit Ryder Wheeler wegen des Films, für den er Vitos als Star gewinnen wollte. Das einzige Problem schien die Gage zu sein, und Ryder hatte durchblicken lassen, daß Bonnatti der Hauptgeldgeber war und ihm als solchem das letzte Wort zustand. Vitos wollte den Film unbedingt drehen.

Lennie beobachtete Eden. Sie war zweifellos auf den spanischen Sänger scharf. Ihre Körpersprache war eindeutig. Gleichzeitig jedoch gelang es ihm, Olympia Stanislopoulos aufmerksam zuzuhören. Sie hatte mittlerweile zuviel Champagner getrunken und erzählte ihm Schwänke aus ihrem Leben. Armes, reiches Mädchen. Sie hatte zu schnell zuviel bekommen, das war ihr Problem.

Allmählich begann Olympia ihm leid zu tun. Sie mußte stets dem Klischee der reichen, verwöhnten Zicke gerecht werden. Dabei schien sie eher eine reichlich deprimierte, verunsicherte Frau zu sein, die mit weniger Übergewicht durchaus attraktiv gewesen wäre.

Aber natürlich war sie nicht sein Typ.

Trotz des sensationellen Busens.

Eden beobachtete sie.

»Warum machen wir uns nicht aus dem Staub?« flüsterte Olympia melancholisch. »Ich möchte mit Ihnen allein sein.«

Eden beobachtete sie noch immer.

Er zögerte. »Ich dachte, Sie sind mit Vitos hier.«

Olympia zuckte mit den Schultern. »Das ist doch kein Mann... sondern nur eine Marionette.«

Es gab keine Zweifel. Eden ließ sie nicht aus den Augen.

Die Gelegenheit, sich an Eden zu rächen, indem er mit Olympia Stanislopoulos verschwand, während Eden sich mit ihrem Mafioso abquälen mußte, war verlockend.

Er stand auf. »Gehen wir«, erklärte er kurz entschlossen. »Ich spendiere Ihnen einen Drink in meiner Suite.«

49. Kapitel

Lucky sah keinen Grund, sich noch länger in Los Angeles aufzuhalten. Sie hatte Gino von ihrem Kind und ihrer Heirat erzählt, bevor er es aus der Presse erfahren würde.

Am darauffolgenden Tag buchte sie einen Flug für die erste Maschine nach New York und verließ mit Roberto und dem Kindermädchen die Stadt.

Sie war nicht wütend auf Gino. Der Abend mit ihm war wunderbar gewesen, bis Susan den Zauber gebrochen hatte. Aber sie mußte realistisch denken. Die Zeiten hatten sich geändert: Vater und Tochter waren nicht mehr allein. Er war an eine Frau und zwei Stiefkinder gebunden, und auch sie hatte mit Roberto andere Prioritäten.

An der Rezeption hinterließ sie eine Nachricht für Costa und schrieb Gino ein paar Zeilen, mit denen sie ihre Rückkehr nach New York erklärte.

Dimitri... darüber hatte Gino beim Frühstück mit ihr sprechen wollen, aber das mußten sie jetzt vertagen.

»Noch eine Scheibe Toast?« fragte Susan.

Gino schüttelte den Kopf.

»Etwas Tee?«

Er winkte erneut ab.

»Wie wär's mit einem dänischen Brötchen? Die magst du doch so gern.«

Gino stand vom Frühstückstisch auf und ging unruhig im Zimmer auf und ab. Luckys Brief war abgegeben worden, während er sich gerade angezogen hatte. Ihre Zeilen hatten ihn aufgebracht. Warum war sie einfach davongerannt?

Susan war schuld. Susan und ihr verdammter Telefonanruf. Er hatte ihn dabei unterbrochen, als er zum erstenmal das Bedürfnis gehabt hatte, mit Lucky über den Tod ihrer Mutter zu reden. Eine lange Aussprache wäre dringend nötig gewesen... Und dann die Sache mit ihrer Ehe mit Dimitri Stanislopoulos! Der Mann hätte gut und gern ihr Großvater sein können. Außerdem hatte er einen schlechten Ruf. Die ganze Welt wußte von seiner Affäre mit Francesca Fern.

»Möchtest du nicht wenigstens eine frische Grapefruit?« riß Susan ihn aus seinen Gedanken.

Gino hätte sie am liebsten angeschrien, sie solle endlich ihren Mund halten.

Aber dann mußte er sich eingestehen, daß es nicht ihre Schuld war, daß sie ihn mittlerweile nur noch tödlich langweilte. Sie hatte sich nicht verändert. Er hatte sich verändert. Das geruhsame Leben von Beverly Hills war nichts für Gino Santangelo. Die Premieren und Gesellschaften, der Small-talk und der Klatsch, das alles machte ihn wahnsinnig. Er war vierundsiebzig Jahre alt, und allmählich fühlte er sich auch so.

Er wußte, daß er erst wieder in seiner gewohnten Arbeitsatmosphäre in Las Vegas zu sich selbst finden würde.

Als Dimitri den Telefonhörer auflegte, war er sehr nachdenklich geworden. Er hatte mit Lucky den ersten Streit am Telefon gehabt. Lucky Santangelo war jung und eigenwillig.

Ihre Sprache war gelegentlich schockierend, und sie setzte ihren Willen durch. Dimitri war einen anderen Frauentyp gewöhnt. Normalerweise umgab er sich mit anspruchsvollen Jet-set-Schönheiten, die Sinn für die feineren Dinge des Lebens besaßen. Lucky war da eher eine Zigeunerin. War es richtig gewesen, sie zu heiraten?

Ja, beantwortete er sich die Frage selbst. Denn sie war immerhin die Mutter seines Sohnes und Erben. Und als solche hatte sie es verdient, seinen Namen zu tragen.

In Paris war Francesca Fern wieder in sein Leben getreten. Francesca mit dem flammendroten Haar, dem ausdrucksvollen Mund und dem heiseren, verführerischen Timbre in der Stimme. Zwei Jahre lang, seit jener Auseinandersetzung in Las Vegas bei der Gala, hatte sie ihm die kalte Schulter gezeigt. Doch Francesca hatte stets Instinkt besessen. Sie spürte, daß er nicht mehr frei war... also wollte sie ihn wiederhaben. Sie rief ihn in Paris an. »Ich hatte so das Gefühl, daß du hier bist«, murmelte sie sanfter als bei den vergangenen Begegnungen. »Ich bin allein. Wann können wir uns sehen? Heute abend?«

Francesca war keine Frau, der man Absagen erteilte. Sie pulsierte geradezu vor Leidenschaftlichkeit. Sie war jahrelang seine Geliebte gewesen, und Dimitri hatte keine Skrupel, die Affäre mit ihr fortzusetzen. Seine Beziehung zu Lucky war davon nicht betroffen. »Gut, heute abend«, versprach er.

»Du hast mir sehr gefehlt«, schnurrte sie wie eine Katze.

Damit hatte sie ihn wieder in ihren Bann geschlagen.

50. Kapitel

»*Was* willst du?« erkundigte sich Steven gereizt und starrte seine Mutter wütend an.

»Ein Buch schreiben«, erwiderte Carrie gelassen.

Steven warf ihr einen vernichtenden Blick zu. »Du schreibst ein Buch?«

»Warum denn nicht? Du hast mich schließlich zu dem Verleger Fred Lester geschickt. Es hat sich zwar herausgestellt, daß er nicht dein Vater sein kann, aber dafür haben wir uns ausgezeichnet unterhalten. Er interessiert sich für mich. Der Verlag stellt mir einen Ghostwriter und bezahlt ein exzellentes Honorar.« Carrie hielt inne. Sie hoffte auf eine etwas positivere Reaktion ihres Sohnes. Doch seine Miene blieb abweisend und kühl. »Ich weiß wirklich einiges über Mode, Schönheit und Unterhaltung«, fuhr Carrie fort. »Es würde ein Buch über Stilempfinden.«

Steven schnaubte verächtlich und wechselte abrupt das Thema. »Ich bin gekommen, um dir zu sagen, daß wir nächste Woche nach Kalifornien fliegen«, erklärte er sachlich.

Carrie wagte kaum die Frage zu stellen, die sich ihr aufdrängte. »Und weshalb?« brachte sie schließlich heraus.

»Mit dem Kandidaten namens Freddy Lester komme ich nicht weiter. Vielleicht hieß er nicht mal so.«

»Oh, doch. Da bin ich sicher.«

»Er könnte dich angelogen haben.«

Carrie machte eine resignierte Geste. Wie sollte sie ihm begreiflich machen, daß das alles für sie keine Rolle spielte? »Ich weiß es einfach nicht mehr.«

»Ich nehme eher an, es berührt dich nicht mehr, oder?« entgegnete er kühl. »Warum sollte es auch? Du hast dir ein neues Leben aufgebaut. Und du hast mit dieser Lüge ziemlich gut gelebt.«

»Ich wollte dich beschützen, Steven«, verteidigte sich Carrie leise.

»Warum hast du mir dann überhaupt je die Wahrheit gesagt?« fuhr er sie wütend an.

»Das weißt du doch«, flüsterte sie. »Du hast damals den Fall Bonnatti bearbeitet. Und Enzio Bonnatti ist früher mal mein Boß gewesen. Ich habe Drogen für ihn verkauft... Mädchen ausgesucht... sein Bordell geführt...« Sie unterdrückte ein Schluchzen. »Steven, ein alter Freund, hatte mich gewarnt... Enzio hat genau gewußt, wer du bist. Er hat nach meiner Flucht genaue Erkundigungen über mich eingezogen, und daher wußte er, wer du bist. Kannst du dir vorstellen, was er mit dir gemacht hätte, wenn du ihn je vor Gericht gebracht hättest? Er hätte uns beide ans Messer geliefert.«

»Aber ich habe ihn nie vor Gericht gebracht, nicht wahr?« entgegnete Steven mit schneidendem Unterton in der Stimme. »Lucky Santangelo ist mir zuvorgekommen. Ich bin über ein Jahr lang hinter ihm hergewesen, aber eines Tages ist sie einfach aufgetaucht und hat ihn niedergeschossen.«

Carrie griff nervös nach einer Zigarette. »Er hatte es verdient«, erklärte sie mit bebender Stimme. »Enzio Bonnatti war ein Ungeheuer.« Carrie hatte Steven nie die Wahrheit über jenen Tag im Jahr 1977 erzählt. Am frühen Morgen hatte sie damals ein Auto gemietet, eine Pistole aus Elliotts Sammlung an sich genommen und war zu Bonnattis Villa auf Long Island gefahren. Dort hatte sie draußen vor dem Tor im Wagen gesessen, gewartet... und versucht, all ihren Mut zusammenzunehmen. Schließlich hatte die Vernunft jedoch die Oberhand gewonnen, sie war in die Stadt zurückgefahren und in Stevens Büro geeilt. Er wollte gerade weggehen und hatte keine Zeit, mit ihr zu reden. Sie hatte damals keine Ahnung gehabt, daß er gerade auf dem Weg war, Bonnatti zu verhaften, und sie wußte erst recht nicht, daß, als Steven Bonnattis Villa erreichte, Lucky Santangelo diesen bereits erschossen hatte.

Als Steven am Abend nach Hause zurückgekehrt war, hatte sie ihm alles über ihre Vergangenheit, seine Geburt und die ersten Jahre seines Lebens gebeichtet. Hätte sie zu jenem Zeitpunkt gewußt, daß Bonnatti bereits tot war, hätte sie das vielleicht unterlassen. Aber jetzt war es für derartige Gedanken zu spät. Sie hatte Steven alles erzählt und damit offenbar sein Leben zerstört.

Wie konnte sie ihm jetzt, drei Jahre später, seinen Stolz wiedergeben?

»Warum gehen wir nach Kalifornien zurück?« wiederholte sie die Frage, obwohl sie die fällige Antwort bereits kannte.

»Wir besuchen Gino Santangelo«, erwiderte Steven ungerührt. »Und wir stellen fest, ob wir die Suche nach dem echten Freddy Lester wiederaufnehmen müssen.«

51. Kapitel

Sie landeten miteinander im Bett... unter allen nur denkbaren falschen Voraussetzungen: Olympia Stanislopoulos und Lennie Golden.

In der Abgeschiedenheit von Lennies Penthousesuite köpften sie zwei weitere Flaschen Champagner, rauchten Marihuana, warfen in hemmungslosem Rausch ihre Kleider ab und kamen im Bett zur Sache.

Olympia schloß die Augen und dachte an Flash.

Lennie schloß die Augen und dachte an Eden.

Als Ergebnis gelangten beide zu einem erfüllenden Orgasmus.

Anschließend duschten sie gemeinsam, zogen sich eine größere Menge Kokain rein, die Olympia zufällig bei sich hatte, und beweihräucherten sich gegenseitig damit, wie großartig sie sich amüsierten.

Lennie nahm normalerweise keine Drogen, doch in dieser Nacht war ihm einfach danach. Er pfiff auf alles.

Was würde Alice, die »Swizzle«, sagen, wenn sie ihn jetzt sehen könnte? Er war hier in seiner Heimatstadt der König... der Star.

Und er lag mit einer der reichsten Frauen der Welt im Bett.

Und er genoß jede Minute.

»Wir sollten irgendwas ganz Ausgeflipptes tun«, entschied Olympia plötzlich. Ihre blauen Augen glitzerten heller als Brillanten. »Was wirklich Verrücktes.«

»Ich dachte, das hätten wir gerade gemacht«, spottete Lennie.

Olympia sprang aus dem Bett. Sie glich mit ihren üppigen Kurven und rosigen Brüsten den Frauen aus einem Gemälde von Rubens. »Wir heiraten«, erklärte sie lässig. Allmählich kam ihr der Satz immer leichter über die Lippen.

»Wir tun *was*?« Lennie war stoned... aber so stoned nun auch wieder nicht.

»Das wird ihnen allen was zu beißen geben«, kicherte sie. »Kannst du dir das vorstellen? Wir sprengen sämtliche Titelblätter und Schlagzeilen.«

»He... mal langsam. Ich habe nicht die geringste Absicht zu heiraten.«

Olympia war ehrlich überrascht. »Warum nicht?«

»Weil... also weil... ich einfach nie einen Gedanken daran verschwendet habe.«

»Ich hab's bisher dreimal hinter mich gebracht«, bemerkte sie ernst. »Und zwar mit drei Nieten.« Sie kroch zu ihm ins Bett und streichelte seine Brust. Ihre großen, kobaltblauen Augen sahen ihn nachdenklich an. »Was hast du dabei schon zu verlieren? Es wäre ein Abenteuer... und wer weiß... vielleicht gefällt's dir sogar.«

Lennie begann zu lachen. Die Idee war wirklich verrückt. »Also komm...«

Sie schlang die Arme um seinen Hals und schmiegte ihren üppigen Busen an seine Brust. »Ich bin kein kleines, unbedeutendes Mädchen, Lennie. Du weißt doch inzwischen Bescheid... und kannst dir also vorstellen, welche

Art von Leben wir führen würden. Und wenn's nicht klappt... keine Verpflichtungen, keine Unterhaltszahlungen, nichts von all dem spießigen Kram. Wer sonst könnte dir einen solch reizvollen Handel anbieten?«

Lennie dachte darüber nach.

Und sogar ernsthaft.

Jedenfalls so ernsthaft, wie das nach reichlichem Genuß von Champagner, Marihuana und Koks überhaupt noch möglich war; ganz zu schweigen von der Flasche Wodka, die er bereits am frühen Abend geleert hatte.

Wenn Lennie Golden Olympia Stanislopoulos heiratete, flippte Eden Antonio aus. Das war seine Rache! Herrgott, und er konnte es durchziehen, wenn er wollte. Olympia hatte recht. Was hatte er schon zu verlieren?

Sex für eine Nacht. Eine Mutter, die sich nie um ihn gekümmert hatte. Groupies. Ein Apartment in Los Angeles mit einem senilen Hausmädchen. Einsame Nächte voller Sehnsucht nach Eden.

»Paß auf«, begann er und versuchte Ordnung in seine Gedanken zu bringen. »Wir kennen uns doch überhaupt nicht. Wir haben gerade zufällig miteinander geschlafen, das ist alles.«

»Das macht die Sache doch gerade so aufregend, findest du nicht?« Olympia seufzte träumerisch. »Eine Reise in die Welt der Geheimnisse! Was könnte man mehr verlangen?«

Vitos erfuhr von seinem Manager, daß sich Olympia Stanislopoulos in ihre Suite zurückgezogen hatte. Bei Vitos löste diese Nachricht kaum Bedauern aus. Er hatte einen langen, anstrengenden Tag hinter sich und fühlte sich Olympias aggressivem Verlangen im Bett kaum gewachsen. Nach allen Seiten lächelnd verließ er die Party. Mehrere Frauen versuchten, sich ihm anzuschließen... ein internationales Sex-Symbol zu sein war nicht immer leicht. Trotzdem gelang es ihm, sich mit Charme, Anstand und miesem Englisch, das seine Anziehung auf Frauen nur noch zu verstärken schien, zurückzuziehen.

Als er endlich allein war, verschwand sein Lächeln schlagartig. Er glich plötzlich einem unzufriedenen Mann Mitte Dreißig, mit melancholischen Augen und einem laschen Zug um den Mund.

Allein mit sich konnte er auch endlich das Haarteil abnehmen, das die bedenklich lichte Stelle an seinem Hinterkopf verdeckte.

Allein zog er sich aus und war selig, weder seinen Bauch einziehen noch die Schultern straffen zu müssen.

Allein hatte er es nicht nötig, sexuelle Erregung zu produzieren und seine Männlichkeit zu beweisen.

Endlich einmal konnte sich das Sex-Symbol entspannen. Und das tat es nun ausgiebig.

»Sehen wir uns zum Frühstück?« schlug Matt vor.

»Warum nicht?« Jess zuckte mit den Schultern. Vitos' Gitarrist hatte sich als leidenschaftlicher Spieler entpuppt, und nachdem sie ihn eine Weile zu den Spieltischen begleitet hatte, war sie schließlich seiner überdrüssig geworden und zu der Party zurückgekehrt, wo sich die Gäste bereits in Aufbruchstimmung befanden. Matt hatte sie an der Tür zurückgehalten. Seine Freundin war nirgends zu sehen.

»Netter Abend«, murmelte Jess.

»Ja, nicht schlecht«, stimmte Matt zu.

Beide hätten gern mehr gesagt, aber irgendwie schien der richtige Zeitpunkt noch nicht gekommen.

»Ja, ich will«, erklärte Olympia. Sie stand zwar noch immer unter Drogeneinfluß, wußte jedoch ganz genau, was sie tat.

»Ja, ich will«, sagte auch Lennie und schob den billigen Plastikring über Olympias Ringfinger an der linken Hand. Er hatte ihn am Eingang der Hochzeitskapelle der Vereinigung »Love and Honor« erworben. Er war noch immer ziemlich im Rausch und hatte keine Skrupel.

»Ich erkläre euch hiermit für Mann und Frau«, verkündete die Pastorin. »Sie dürfen die Braut küssen.«

Lennie packte Olympia, riß sie wie ein Tangotänzer an sich und preßte seinen Mund auf ihre Lippen.

Beide brachen in schallendes Gelächter aus. Die Pastorin verzog indes keine Miene. Es war fünf Uhr morgens, und sie wollte so schnell wie möglich wieder in ihr Bett.

Gelassen schenkte sich Eden ein Glas Weißwein ein und gab Eiswürfel dazu. Sie stand nackt vor der Bar ihrer Hotelsuite und wünschte, Lennie wäre bei ihr. Sie war erregt und bereit...

Santino kam hereingestürzt. Hastig riß er sich seine Hose vom Leib und kam auf sie zu. Wortlos zwang er sie vor sich auf die Knie.

52. Kapitel

In dem mit Antiquitäten vollgestopften New Yorker Apartment von Dimitri Stanislopoulos wurde das Abendessen serviert. Drei Diener umsorgten Lucky und Dimitri.

»Ich kann Olympia nicht erreichen«, berichtete Dimitri mißbilligend. »Sie ist mit Brigette aus New York abgereist und hat keine Adresse hinterlassen.«

»Olympia ist schließlich erwachsen«, entgegnete Lucky und stocherte in ihrem Salat herum. »Sie muß sich doch nicht immer bei dir abmelden, wenn sie verreisen möchte, oder?«

»Ich kann erwarten, daß sie mir sagt, wo sie zu erreichen ist«, beharrte Dimitri gereizt.

»Sie wird sich schon wieder melden. Du hast doch gesagt, daß sie immer an deiner sommerlichen Kreuzfahrt teilnimmt. Und die findet in zwei Wochen statt.«

»Ja.« Dimitri griff nach seinem Glas Rotwein. Er war am Vortag aus Paris in New York eingetroffen und mußte Lucky noch beibringen, daß Francesca und Horace Fern ebenfalls an der Kreuzfahrt teilnehmen würden. Beim gemeinsamen Abendessen schien die Gelegenheit günstig. Er räusperte sich und präsentierte ihr seine Gästeliste. Diese umfaßte Francesca und Horace Fern, Olympia mit Flash, Brigette und deren Kindermädchen, einen texanischen Ölmilliardär und dessen Frau und einen steinreichen arabischen Scheich mit einer bekannten Society-Schönheit.

Lucky zog eine Grimasse. »Das kann ja heiter werden«, murmelte sie voller Ironie.

»Meine sommerliche Kreuzfahrt ist jedesmal ein gesellschaftlicher Höhepunkt«, erklärte Dimitri herablassend. »Eine Einladung dazu gilt als unschätzbare Auszeichnung.«

Lucky brach in Gelächter aus. »Also manchmal redest du wirklich Unsinn!«

»Warum lädst du nicht auch ein paar Freunde ein?« schlug er vor, um sie bei Laune zu halten.

»Muß ich denn wirklich mit?« fragte sie ernst. »Gesellschaftliche Höhepunkte sind eigentlich nicht ganz mein Geschmack, und ich habe viel zu tun. Morgen sehe ich mir ein paar Grundstücke in Atlantic City an, und falls mir etwas gefällt, muß ich sofort alles Weitere in die Wege leiten. Du weißt, wie hektisch dieses Geschäft ist.«

»Selbstverständlich mußt du mit. Du bist jetzt meine Frau. Ich möchte dich meinen Freunden vorstellen. Selbst wenn du morgen ein geeignetes Grundstück findest, dauern die Kaufverhandlungen noch ihre Zeit. Außerdem können meine Anwälte das übernehmen.« Nach einer Pause fuhr er fort: »Olympia wird da sein... und wir müssen ihr die Neuigkeit gemeinsam sagen.«

»Ich bin ja gespannt, wie sie es aufnimmt.« Lucky seufzte nachdenklich. Zwei Diener räumten die Salatschalen ab und schenkten Wein nach.

»Ihr seid doch früher Freundinnen gewesen... weshalb sollte das nicht wieder so werden?« bemerkte Dimitri.

»Vielleicht hast du einen positiven Einfluß auf sie. Diese lächerliche Affäre mit Flash muß zwangsläufig in einer Katastrophe enden. Du könntest gewiß mit ihr reden.«

»Damit ich mir gleich den Mund verbrenne, wenn ich mich schamlos in ihre Angelegenheiten mische? Prima Idee!« schloß Lucky sarkastisch.

»Olympia braucht jemanden, der sie führt und berät.«

»Dazu bin ich kaum die Richtige.«

Ein Dienstmädchen in Uniform servierte Roastbeef. Lucky bediente sich und beschloß, etwas gegen diese förmlichen Diners zu zweit zu unternehmen. Sie war für eine legere Haushaltsführung.

»Ich habe eine Idee«, erklärte Dimitri unvermittelt. »Weshalb laden wir nicht deinen Vater und seine charmante Frau auf meine Yacht ein? Ich finde, das ist eine gute Gelegenheit, unsere Familien zusammenzuführen.«

Lucky hätte sich beinahe verschluckt. Gino? Auf einer Kreuzfahrt der High-Society? Die Vorstellung war absurd. Susan allerdings wäre begeistert. Lucky konnte sich lebhaft vorstellen, wie Susan die älteren Milliardäre verzaubern würde. »Ich glaube nicht, daß Gino das gefällt.«

»Warum denn nicht?« beharrte Dimitri. »Soll ich meine Sekretärin bitten, ihm eine Einladung zu übermitteln?«

»Na, gut.« Sie zuckte mit den Schultern. Gino würde ihrer Ansicht nach sowieso absagen.

»Ja, natürlich«, flötete Susan am Telefon. »Richten Sie Mr. Stanislopoulos bitte aus, daß wir die Einladung auf seine Yacht gern annehmen.«

Susan legte auf und dachte bereits über ihre Garderobe nach. Was brauchte sie? Was sollte sie mitnehmen? Ein Einkaufsbummel war unvermeidlich. Glücklicherweise hatte Lucky Santangelo wenigstes etwas Intelligentes in ihrem bisherigen Leben getan und Dimitri Stanislopoulos geheiratet. Wie sie sich den Mann geangelt hatte, war Susan allerdings schleierhaft. Vermutlich hatte sie ihn mit dem Kind geködert. Was sonst sollte ein Gentleman wie Dimitri

Stanislopoulos schon an einem ungebildeten Mädchen wie Lucky finden?

Sie erinnerte sich gut daran, Dimitri in Las Vegas kennengelernt und mit dem Gedanken gespielt zu haben, ihn selbst als Ehemann zu gewinnen. Aber ihr war bald klargeworden, daß alle Gerüchte, die über ihn und Francesca Fern in Umlauf waren, der Wahrheit entsprechen mußten, denn er hatte den ganzen Abend nur von dieser Frau gesprochen. Wie war es Lucky nur gelungen, die gefährliche Francesca aus seinem Leben zu verdrängen? Nun, vielleicht beantwortete sich diese Frage auf der Kreuzfahrt von selbst.

53. Kapitel

»Das darf doch wohl nicht wahr sein!« schrie Jess. »Bist du komplett verrückt geworden? Oder was?«

»Warum gratulierst du mir nicht einfach und hältst den Mund«, stöhnte Lennie.

Lennie lag auf einer Couch in seiner Suite und beobachtete Jess, die außer sich vor Wut im Zimmer auf und ab ging. Sein Kopf schmerzte zum Zerspringen. Seine Augen taten weh. Selbst in den Zähnen verspürte er ein merkwürdiges Ziehen.

»Du bist auf dem besten Weg, ein großer Star zu werden ... und was machst du? Dir fällt nichts Besseres ein, als eine männermordende Millionärin zu heiraten, die wieder mal einen neuen Gepäckträger braucht! Du bist doch nicht mehr klar im Kopf!«

Lennie nahm den kalten, nassen Waschlappen von seiner Stirn und bat Jess höflich, ihre Stimme etwas zu dämpfen.

Jess reagierte mit einem finsteren Blick. »Vollidiot!« schleuderte sie ihm entgegen.

»Aber ein reicher Vollidiot«, verbesserte Lennie sie.

»Blöder, reicher Vollidiot!« konterte sie. »Diese Ehe ist doch ein schlechter Witz. Wie viele Ehemänner ... wie viele Freunde hat sie schon gehabt, Lennie? Du bist ein Name auf einer endlos langen Liste.«

»Jess«, murmelte Lennie. »Tu mir einen Gefallen und verdufte.«

»Am liebsten würde ich in die Luft gehen!«

»Versuch's doch mal! Eine ganze Armee trampelt in meinem Kopf herum. Laß mich bitte allein.«

»O Lennie.« Jess setzte sich zu ihm auf die Couch und nahm seine Hand. »Du mußt vermutlich vor Drogen völlig weg gewesen sein. Warum hast du nicht mit ihr geschlafen, anstatt sie zu heiraten?«

»Ich glaub, das haben wir schon auch noch gemacht.«

Jess schüttelte resigniert den Kopf. Lennie. Ihr bester Freund. Was Frauen betraf, war er nicht zurechnungsfähig.

Sie war eine Stunde zuvor in seine Suite gekommen und hatte ihn mit einem triefendnassen Waschlappen über der Stirn angezogen auf der Couch liegend vorgefunden. Es war elf Uhr morgens gewesen. Als Jess versuchte, ihn dazu zu bewegen, ins Bett zu gehen, hatte er seine blutunterlaufenen Augen mühsam geöffnet. »Ich glaube, ich habe was getan, das ich bereuen werde.« Danach hatte er Jess alles gestanden. Die Heiratsurkunde auf dem Fußboden war schließlich Beweis genug gewesen.

Nachdem Jess ihrer Wut erst einmal Luft gemacht hatte, versuchte sie sich vernünftig mit der Situation auseinanderzusetzen. »Wo ist Olympia?« fragte sie schließlich, und ihre Stimme klang ruhiger, als ihr zumute war.

»Keine Ahnung«, stöhnte Lennie, stand auf und stolperte in die Toilette. Nachdem er sich dort erleichtert hatte, warf er einen Blick auf sein Spiegelbild und schleppte sich dann ins Schlafzimmer, wo er sich mit dem Gesicht nach unten aufs Bett fallen ließ. Nie wieder Drogen, schwor er sich. Nie wieder!

Jess folgte ihm. »Ich habe ein Frühstück bestellt«, verkündete sie. »Wenn du was gegessen hast, fühlst du dich gleich besser.«

»Red bitte nicht vom Essen!«

»Steh auf! Stell dich unter die Dusche! Wir müssen das alles wieder ausbügeln.«

»Verschwinde, Jess. Laß mich in Ruhe!«

»Du wiederholst dich. Ich bin hier, um dir zu helfen.«

Lennie setzte sich und griff nach einer Zigarette. »Dazu kommst du ein bißchen zu spät.«

Olympia schlief nicht. Wenn man die ganze Nacht über Drogen und Alkohol zu sich genommen hatte, überstand man den folgenden Tag am besten mit Hilfe von großen, weißen Tabletten. Dieses Geheimnis hatte sie Flash abgelauscht.

Bei ihrer Rückkehr ins Hotel schluckte sie zwei der Wunderpillen, und als sie gebadet und sich umgezogen hatte, fühlte sie sich in der Verfassung, die Dinge in den Griff zu bekommen. Als erstes rief sie ihren Anwalt in New York an. Anschließend telefonierte sie mit dem Pressemann des Magiriano und... sie war schließlich gut erzogen... mit Vitos.

»Mr. Felicidade nimmt vor zwölf Uhr mittags keine Anrufe entgegen«, klärte die Telefonistin Olympia auf.

Pech. Mr. Felicidade würde die Nachricht auf eine weniger feinfühlige Art und Weise erfahren.

»Schönen guten Morgen!« Olympia riß die Tür zu Lennies Badezimmer weit auf, nachdem sie sich energisch an Jess vorbeigedrängt hatte. »Wie geht es dir heute?«

Lennie betrachtete seine Braut verblüfft. Die Ereignisse der Nacht schienen bei ihr keine schlimmen Folgen hinterlassen zu haben. Sie sah frisch, ausgeruht und, wenn auch etwas mollig, so doch ausgesprochen hübsch aus.

»Ich fühle mich völlig erschlagen«, entgegnete er säuerlich. »Ist wirklich das passiert, was ich mir einbilde, daß wir es getan haben?«

Olympia griff nach einem großen Badetuch und hielt es ihm hin. »Ja, das haben wir.«

»Schei...«

»Es tut dir doch wohl nicht leid, oder?« Ihre Augen weiteten sich, und es gelang ihr, gleichzeitig verletzt und verletzlich auszusehen.

»Meine Güte, das weiß ich selbst nicht.« Er wickelte sich das Handtuch um die Hüften und versuchte seine Situation klar zu überdenken. Er hatte nach einer vierundzwanzigstündigen Bekanntschaft in Las Vegas eine der reichsten Frauen der Welt geheiratet. Dabei erwartete er, jeden Augenblick aus einem Alptraum aufzuwachen. Das konnte doch nicht Wirklichkeit sein! Es war absoluter Wahnsinn!

»Wir müssen unbedingt miteinander reden«, murmelte er und ging auf der Suche nach einer Zigarette ins Schlafzimmer. »Wie's mit dir war, weiß ich nicht... Ich jedenfalls war von Alkohol und Drogen völlig betäubt. Ich meine, ich war überhaupt nicht mehr zurechnungsfähig. Und... also bei Tageslicht betrachtet, finde ich die Geschichte überhaupt nicht mehr lustig.«

Er warf ihr einen hoffnungsvollen Blick zu.

Doch statt der ersehnten Zustimmung und eines erlösenden »Finde ich auch. Wir haben einen Fehler gemacht«, sagte Olympia lediglich: »Ich habe für drei Uhr heute nachmittag einen Hochzeitsempfang angesagt. Nicht, daß wir noch eine Party nötig hätten, aber wir wollen doch Fotos und einen hübschen Kuchen.« Olympia lachte fröhlich. »Sonst wär's ja keine richtige Hochzeit. Außerdem wäre meine Tochter Brigette schrecklich enttäuscht, wenn wir gar nicht feiern würden. Sie ist ein entzückendes Mädchen. Du magst sie bestimmt. Im Augenblick kauft sie mit ihrem Kindermädchen gerade ein passendes Kleid für den Anlaß.«

»Ich hatte keine Ahnung, daß du ein Kind hast«, brachte Lennie tonlos heraus.

»Oh, es gibt wohl noch vieles, das wir nicht voneinander wissen.« Sie schenkte ihm ein unschuldiges Lächeln. Olympia verstand es, perfekt die Naive zu spielen. »Aber das macht ja gerade soviel Spaß, nicht wahr? Es ist so herrlich spannend... was man noch alles herausfinden wird.« Sie umarmte ihn liebevoll. »Ich habe dir ein paar Sachen für deine Garderobe gekauft. Sie liegen im Wohnzimmer. Für den Empfang brauchst du unbedingt was Passendes. O Lennie... ich bin ja so aufgeregt. Du hast in einer Nacht mein Leben völlig verändert. Ich war wirklich deprimiert.« Sie senkte Lider und Stimme. »Selbstmord schien mir noch gestern gar keine schlechte Lösung«, flüsterte sie. »Aber jetzt ist alles ganz anders. Wir scheinen uns gerade noch rechtzeitig gefunden zu haben.«

Lennie hätte viel zu antworten gehabt, brachte jedoch kein Wort heraus. Wie sollte er ihr beibringen, daß alles ein schrecklicher Irrtum gewesen war? Wie konnte er sich mit Anstand aus der Schlinge ziehen? Besten Dank, Eden, dachte er. Da hast du mir ja was Schönes eingebrockt. Er war mit einer Fremden verheiratet und konnte nichts... absolut nichts dagegen unternehmen.

54. Kapitel

Zwei Tage lang weigerte sich Gino standhaft, die Einladung zur Kreuzfahrt auf Dimitri Stanislopoulos' Yacht überhaupt in Betracht zu ziehen, solange er keine persönliche Aufforderung von Lucky dazu bekam. Susan dagegen bestand darauf, die einmalige Gelegenheit nicht ungenutzt verstreichen zu lassen.

Und Gino mußte sich inzwischen illusionslos eingestehen, daß seine Ehe am Ende war. Susan, die herzliche und wunderbare Frau von ehedem, hatte sich als eine hohlköpfige Kleiderpuppe und langweilige Gesellschaftstante entpuppt.

Lucky hatte sie von Anfang an richtig eingeschätzt. Warum nur war er so blind gewesen? Jetzt gab es kein Zurück mehr für ihn. Lucky hatte Dimitri geheiratet und ein

Kind bekommen. Und das alles, ohne ein einziges Mal mit ihm zu sprechen.

Schließlich jedoch wurde die Sehnsucht, Lucky und Roberto wiederzusehen, allzu übermächtig.

»Wir machen diese verdammte Kreuzfahrt mit«, lenkte er schließlich ein. »Ich will wenigstens mal länger mit meinem Enkelkind zusammensein. Und das erscheint mir die einzige Möglichkeit.«

Susan lächelte. »Natürlich, Liebling«, erwiderte sie gelassen und eilte zu einem weiteren Einkaufsbummel, um wiederum etliche tausend Dollar unter die Menschen zu bringen.

Dimitri hatte gerade nach einem Gespräch mit Francesca aufgelegt, als seine Sekretärin einen Anruf von Olympia für ihn durchstellte.

»Wo zum Teufel bist du gewesen?« erkundigte er sich gereizt. »Ich habe mehrmals versucht, dich zu erreichen.«

»Ich habe wieder geheiratet.«

»Großer Gott!« stöhnte er. »Leb mit diesem degenerierten Rock-Idol zusammen, wenn du unbedingt willst... aber eine Ehe...«

»Ihn habe ich ja auch gar nicht geheiratet«, unterbrach Olympia ihn gut gelaunt.

»Wen denn dann?« wollte Dimitri wütend wissen. Olympias verwöhnte Gedankenlosigkeit ging ihm diesmal zu weit.

»Sieh dir das Titelblatt von *People* an. Lennie Golden, der Komiker, ist der Glückliche.«

»Ein Komiker?« Dimitri hätte es beinahe die Sprache verschlagen.

»Hör auf, mich anzuschreien. Er ist besser als seine drei Vorgänger. Ich muß jetzt Schluß machen. Wir geben gleich einen Hochzeitsempfang. Kannst du mir einen Gefallen tun und Mommy für mich benachrichtigen?«

»Deine Mutter weiß es noch gar nicht?«

»Wenn du's ihr sagst, weiß sie es.«

»Olympia...«

»Ciao, Papa. Wir sehen uns auf der Yacht!«

Dimitri schritt in seinem Büro auf und ab. Olympias Dummheit war unfaßbar.

Schließlich rief er seine Ex-Frau an, die die Angelegenheit jedoch nicht weiter zu beunruhigen schien.

Dann ließ er von seiner Sekretärin eine Nummer des Magazins *People* holen und starrte auf das Konterfei von Olympias neuestem Mitgiftjäger.

Als er mit Francesca in München telefonierte, bekam diese bloß einen Lachanfall.

Olympia. Olympia. Der Himmel hatte ihm wirklich keine besonders aufgeweckte Tochter geschenkt.

55. Kapitel

Es gab gute und eben auch schlechte Tage. Jetzt, da die Reise nach Kalifornien feststand, fühlte Steven sich besser. Er bewohnte ein 1-Zimmer-Apartment in der Third Avenue, nachdem er vor seiner Abreise nach Europa sein hübsches Eigenheim verkauft hatte.

Sein Leben war bloß noch ein einziger Scherbenhaufen, und er wußte es. Früher war er voller Ehrgeiz gewesen, doch Carrie hatte mit ihren schmutzigen Enthüllungen alles zerstört. Seit seiner Rückkehr nach Amerika hatte er ununterbrochen über sich und seine Probleme nachgedacht. Er schlief wenig und schlecht, aß kaum und schlug die Zeit in seiner tristen Wohnung vor dem Fernsehapparat tot. Der einzige Freund, mit dem er noch Kontakt hatte, war Jerry Myerson... und das auch nur, weil er jemanden brauchte, der ihm Geld borgte.

Frauen nahm er, wie sie kamen. Er, der früher bezüglich

der Wahl von Freundinnen sehr anspruchsvoll gewesen war, bevorzugte jedes Mädchen, mit dem er nicht reden mußte.

Welcher Unterschied zu seinem früheren Leben! Der elegante Steven Berkeley, der hart arbeitende Staatsanwalt, der eine steile Karriere vor sich gehabt hatte. Das Leben ging manchmal seltsame Wege. Voller Bitterkeit erinnerte er sich an jenen schicksalhaften Nachmittag im Jahr 1977, als er zum Handeln entschlossen vor Enzio Bonnattis Villa auf Long Island eingetroffen war.

Aber Lucky Santangelo war ihm bereits zuvorgekommen.

Dieselbe Lucky Santangelo, mit der er nur wenige Tage zuvor während eines Stromausfalls im Lift steckengeblieben war.

Dieselbe Lucky Santangelo, die möglicherweise... nur möglicherweise... seine Halbschwester war.

Lucky.

Sie war kaum zu vergessen mit ihrem schönen Mund und dem dunklen, zigeunerhaften Aussehen.

Lucky.

Ein Glück, daß sie nicht...

Er wagte gar nicht, daran zu denken, was beinahe zwischen ihnen geschehen wäre.

Er fragte sich, wie sie wohl reagieren würde, wenn sich herausstellen sollte, daß sie Geschwister waren. Würde sie sich an ihn erinnern?

Gewiß... sie würde sich erinnern. Das sagte ihm sein Stolz.

Welcher Stolz?

Er sah schrecklich aus. Er mußte endlich wieder zu sich selbst und zu seiner Arbeit finden und die Vergangenheit weit hinter sich lassen.

Und zwar bald.

56. Kapitel

Alles in allem hatte Vitos Felicidade die Neuigkeit mit Fassung aufgenommen. Es blieb ihm praktisch auch gar nichts anderes übrig, als in gewohnter Manier in die zahlreichen Kameras zu lächeln und so zu tun, als habe er die Beteiligten auch noch zu jener überstürzten »Liebesheirat« ermutigt.

Privat allerdings verfiel er ins Grübeln. Was hatte er falsch gemacht? Weshalb hatte Olympia ihn jetzt bereits zum zweitenmal versetzt? War es möglich, daß sie ihn durchschaut hatte? Wußte sie allein, daß hinter der Fassade des elektrisierenden Sex-Symbols ein unsicherer, langweiliger und höchst gewöhnlicher Mann steckte?

Er wagte gar nicht, an diese Möglichkeit zu denken, nahm eine Stunde lang an Olympias Hochzeitsempfang teil und zog sich dann schmollend in seine Suite zurück.

Im Sands-Hotel starrte Eden ziellos aus dem Fenster, während sich Zeko im Nebenraum allein vergnügte. Sie war am Morgen heimlich in der festen Absicht aus dem Hotel geschlichen, mit Lennie zu sprechen, doch gerade als sie in ein Taxi steigen wollte, war aus heiterem Himmel Zeko aufgetaucht und hatte verkündet, er würde sie auf Anweisung seines Boss' überallhin begleiten. Trotz ihrer grenzenlosen Wut und Enttäuschung hatte Eden ein starres Lächeln aufgesetzt und Zeko auf eine langweilige Einkaufstour mitgeschleppt. Las Vegas war nicht nach ihrem Geschmack. Sie war froh, wieder abreisen zu können.

Paige hatte sie zu Mittag eingeladen, und Bonnatti ließ sie gehen. Doch beim Essen war die Neuigkeit über Olympia Stanislopoulos und Lennie Golden wie eine Bombe geplatzt.

Eden hätte sich am liebsten übergeben. Jetzt starrte sie auf die grelle Neonreklame und die eintönige Wüstenlandschaft und zweifelte daran, ob sie wohl die richtige Wahl getroffen hatte.

Santino Bonnatti.

Lennie Golden.

Sie konnte nur hoffen, daß sie auf den Sieger gesetzt hatte.

Und doch quälte sie der schreckliche Verdacht, daß sie genau in diesem Punkt versagt haben könnte.

»Du stinkst!« zischte Brigette gehässig.

»Mach keine Witze! Ich hab gerade erst geduscht«, entgegnete Lennie, ohne eine Miene zu verziehen.

»Du stinkst trotzdem!« wiederholte Brigette.

»Warum legst du nicht mal 'ne andere Platte auf?« empfahl Lennie ihr.

Sie sah zu ihm auf. Ihre saphirblauen Augen fixierten ihn. »Ich hasse dich!« beschimpfte sie ihn verächtlich.

Lennie zog eine Grimasse. »Man kann's eben nicht allen recht machen«, seufzte er mit einem gewinnenden Lächeln.

Nanny Mabel murmelte verlegen: »Entschuldigen Sie bitte, Mr. Golden. Das Kind ist müde... es ist spät und...«

»Blödsinn«, unterbrach Lennie sie nachsichtig. »Jetzt ist es halb fünf Uhr nachmittags. Wenn das Kind mich unbedingt hassen möchte, dann lassen wir ihm den Spaß.« Er beugte sich zu Brigette hinab. »Weiß du was, Brigette? Du hast einen verdammt hübschen Namen... und bist überhaupt ein ganz süßes Mädchen.«

Brigette blinzelte verblüfft. Sie begriff nicht ganz, weshalb dieser Lennie überhaupt mit ihr redete. Normalerweise wurde sie von den Freunden ihrer Mutter ignoriert, wenn sie behauptete, daß sie stanken. Und das war ihr am liebsten. Sie haßte sie alle.

Lennie wartete eine Antwort erst gar nicht ab, sondern machte sich aus dem Staub. Olympia hatte so viele Presseleute geladen, daß er sich wie bei einer Werbekampagne für einen neuen Film vorkam. Und sie genoß es sichtlich, von Fotografen und Reportern umlagert zu werden. Olympia Stanislopoulos, die steinreiche Erbin, verstand mit den Medien umzugehen.

Irgendwie war es ihr gelungen, aus der Hochzeit ein Ereignis zu machen. Der Ballsaal des Magiriano war ein Paradies von bunten Blumen, und der Champagner floß in Strömen.

Bei dem Gedanken, was das alles kostete, wurde ihm übel. Erwartete man etwa, daß er das bezahlte? Oder war das ein Geschenk des Magiriano?

Jess zuckte mit grimmiger Miene die Schultern, als er ihr diese Frage stellte. »Keine Ahnung«, lautete die gereizte Antwort.

Der ganze Rummel schien ihr nicht zu gefallen. Und auch Lennie fühlte sich dabei nicht glücklich. Aber was geschehen war, war nun mal geschehen... und vielleicht klappte es ja sogar. Es sollten schon die merkwürdigsten Dinge geschehen sein.

57. Kapitel

Susan warf voller Ungeduld einen Blick auf ihre elegante Uhr. Sie saß auf der Terrasse des Bel-Air-Hotels und wartete auf Paige. Und Paige kam zu spät, mal wieder. Es war immer seltener vorgekommen, daß sie für Susan Zeit gehabt hatte, und dann kam sie auch noch stets zu spät. Ihre Rendezvous' waren in den vergangenen Monaten hektisch und kurz gewesen, und Susan hegte den Verdacht, daß es für Paige eine andere gab.

Sie runzelte unwillig die Stirn, als ihr klarwurde, daß sie den Abbruch ihrer Affäre durch Paige kaum würde ertragen können. Das war nicht fair. Sie wollte sich damit nicht abfinden. Paige bedeutete ihr alles.

Susan bestellte also den dritten Martini und wartete weiter.

Paige traf schließlich nach einiger Zeit ein. Sie wirkte abgehetzt. Ihr Haar war unordentlich und ihre Kleidung höchst unpassend. Was Susan nicht wissen konnte, war, daß Paige von einem stürmischen Rendezvous mit Gino kam.

Die beiden Frauen begrüßten sich mit einem Kuß.

»Ich habe so schrecklich viel zu tun!« stöhnte Paige. »Im Augenblick scheint alle Welt eine neue Inneneinrichtung zu brauchen. Seit das *Architectural Digest* eine Reportage über das Haus gebracht hat, das ich für Ramo Kaliffe eingerichtet habe, habe ich überhaupt kein Privatleben mehr.« Überall, wo sie auftauchte, erregte Paige Aufmerksamkeit. Sie war nicht schön, nicht einmal hübsch, aber ihre Ausstrahlung sprach Bände.

»Ich dachte schon, du kommst überhaupt nicht«, bemerkte Susan vorwurfsvoll.

»Du weißt doch, daß Pünktlichkeit nicht meine Stärke ist.«

»Wir sind zu einer Mittelmeerkreuzfahrt auf Dimitri Stanislopoulos' Yacht eingeladen. Ich mußte dich unbedingt vor der Abreise noch mal sehen.« Susan senkte die Stimme. »Es ist jetzt zwei Monate her, seit wir... zusammen waren. Ich halte das nicht mehr länger aus.«

Paiges Blick schweifte rastlos über die Hotelterrasse. Zwei Herren warfen ihr einladende Blicke zu.

»Also?« drängte Susan. »Findest du nicht, daß zwei Monate zu lange sind? Vermißt du mich denn nicht so, wie ich dich vermisse?«

Paige holte tief Luft. Wie sagte man einer Frau, daß eine Beziehung vorbei ist? Bei Susan als Mann wäre die Sache viel einfacher gewesen.

Sie nahm ein paar Nüsse aus einem Schälchen auf dem Tisch. »Das Zusammenleben mit Ryder ist noch nie einfach gewesen«, begann sie.

»Das weiß ich«, fiel Susan ihr ins Wort. »Glaubst du etwa, ich hab's mit Gino leichter? Er ist alt, schwierig und sexbesessen. Ich weiß nicht, wie ich das noch lange aushalten soll. Wenn du nicht wärst...«

»Hör zu«, unterbrach Paige sie energisch. Sie konnte das Gejammere über Gino nicht mehr ertragen. Für sie stellte Gino zufällig etwas ganz Besonderes dar, und aus genau diesem Grund hatte sie vor, all ihre Liebhaber... einschließlich Susan... aufzugeben. »Ryder hat sich verändert. Ich weiß nicht, was mit ihm passiert ist, aber er hat sich gewandelt... und zwar zum Besseren.«

Susan starrte sie verständnislos an. »Wie bitte? Was soll das heißen?«

»Ich möchte unserer Ehe noch mal eine faire Chance geben«, erklärte Paige mit falscher Ernsthaftigkeit.

»Was?« wiederholte Susan wie betäubt. »Was soll das heißen, du willst deiner ›Ehe eine faire Chance geben‹?« fragte Susan wütend mit leise drohendem Tonfall.

»Ist das so schwer zu verstehen?« entgegnete Paige gelassen. »Ich will ihm treu sein.«

»Du?« zischte Susan aufgebracht. »Ausgerechnet du? Niemals!«

Der Ober schenkte Champagner nach.

»Unterschätze mich bitte nicht«, murmelte Paige. »Wenn ich etwas wirklich will, dann tu ich's auch.«

Susans Augen füllten sich mit Tränen. »Und was wird aus uns?« erkundigte sie sich gekränkt.

»Wir legen unsere Beziehung erst mal auf Eis und sehen dann weiter.«

58. Kapitel

Lucky hatte eigentlich vorgehabt, nur sportliche Kleidung mit auf die Kreuzfahrt zu nehmen, doch Dimitri klärte sie, allerdings erst reichlich spät, über die konservativen Gepflogenheiten auf seiner Yacht auf.

»Ihr zieht euch jeden Abend zum Essen um?« fragte Lucky ungläubig.

»Natürlich, das Abendessen ist traditionsgemäß eine förmliche und festliche Angelegenheit.«

»Und wer bestimmt das?«

»Ich.«

Lucky suchte in Dimitris unerschütterlicher Miene vergeblich nach einem Zeichen, daß das alles eher humorvoll gemeint war. Jetzt, da sie seine Frau war, begriff sie allmählich, wie wenig sie ihn eigentlich kannte. In den achtzehn Monaten seit Robertos Geburt waren sie stets nur zeitweise zusammengewesen... wobei die gemeinsamen Aufenthalte auf seiner Privatinsel in einer stets sehr entspannten Atmosphäre verlaufen waren. Mittlerweile bot sich ihr ein neuer Dimitri dar: ein altmodischer Mann mit strikten Geschmacksvorstellungen und einem antiquierten Verhaltenskodex. Und Lucky war nicht sicher, ob sie diesen Dimitri überhaupt noch mochte. Immer häufiger ertappte sie sich bei dem Gedanken, es wäre besser gewesen, es bei dem alten, lockeren Verhältnis zu belassen. Weshalb hatte sie nur seinem Drängen nachgegeben?

Der Grundstückskauf in Atlantic City war fast abgeschlossen, und das beflügelte sie. Die Kreuzfahrt auf Dimitris Yacht dagegen war für sie ein quälendes Muß. Sie hoffte sehnsüchtig, auf dem Schiff eine ruhige Ecke zu finden, wo sie sich allein entspannen konnte.

Dimitri hatte beschlossen, daß seine Yacht diesmal vor Südfrankreich kreuzen sollte. Allerdings verschwieg er dabei, daß dies lediglich ein Entgegenkommen Francesca gegenüber war, die ein bestimmtes Galadiner in Monte Carlo nicht versäumen wollte.

Sie flogen mit der Concorde von New York nach Paris, wo sie einen privaten Lear-Jet nach Nizza bestiegen. Dort wiederum erwartete sie ein Rolls-Royce mit Chauffeur, um sie zum Ankerplatz der Yacht »The Greek« zu bringen.

Roberto überstand die Reise ausgezeichnet. Er war ein lebhaftes, glückliches Kind, das nichts aus der Ruhe bringen konnte.

Für Lucky war es der erste Besuch auf dieser Yacht. Es war ein großes, geräumiges Schiff. Lucky hatte zwar Luxus erwartet, doch die Ausstattung an Bord übertraf selbst ihre Erwartungen. Die Yacht glich einem neunzig Meter langen, schneeweißen Palast, mit großer Besatzung, acht luxuriös eingerichteten Kabinen, einem Art-deco-Kino, einem gold-weißen Mosaik-Swimmingpool und mehreren Decks, auf denen man Unterhaltung und Entspannung finden konnte.

Der Kapitän hieß sie an Bord willkommen. Er war Engländer, hatte ein von Wind und Wetter gegerbtes Aussehen und einen Schnurrbart und zeigte eine aufgesetzte Jovialität. Seine Frau mit auffallendem Pferdegesicht stand neben ihm. Sie führte die Aufsicht über die Küche. Beide arbeiteten schon seit fünfzehn Jahren für Dimitri und musterten Lucky mit schlecht verhohlenem Mißtrauen. Captain und Mrs. Pratt führten über die Ausgaben in äußerst kreativüppiger Weise Buch, so daß sie die Einmischung einer Ehefrau überhaupt nicht brauchen konnten.

»Ist vielleicht schon jemand von meinen Gästen eingetroffen?« erkundigte sich Dimitri gutgelaunt.

»Nein, noch niemand, Mr. Stanislopoulos«, antwortete Captain Pratt. »Aber es ist alles vorbereitet.« Lucky fühlte sich von seinen Blicken durchbohrt.

Sie spürte instinktiv, was sie von dem Paar halten mußte. Die Jahre im Hotelgewerbe in Las Vegas hatten sie Menschenkenntnis gelehrt. Schwindler und Betrüger erkannte sie auf Anhieb. Sie lächelte jedoch automatisch und wunderte sich selbst, wie schnell sie gelernt hatte, die Fassade zu wahren, ohne gesellschaftlich anzustoßen. Allerdings hoffte sie nur, sie würde das Theater während der Kreuzfahrt mit Anstand durchhalten. Danach würde sie wieder ihr eigener Herr sein. Zu Hause wartete das Atlantic-City-Projekt.

Dimitri nahm ihren Arm und führte sie in ihre Räume. Lucky erwartete eine sehr männlich eingerichtete Kabine, in der Brauntöne und Lederpolsterungen vorherrschten. An einer Wand hing ein fast lebensgroßes Aktporträt.

»Ein Picasso«, erklärte Dimitri beiläufig.

Lucky ging weiter ins Badezimmer. Grelle Kälte in Marmor und Gold.

»Na?« fragte Dimitri. »Wie gefällt's dir?«

»Nun es... es wirkt ziemlich streng«, antwortete sie vorsichtig.

»Du meinst, es hat klare Linien«, verbesserte er sie. »Ich habe die Kabine vor drei Jahren von einem der besten Innenarchitekten Italiens konzipieren lassen.«

»Ich find's trotzdem ein bißchen streng«, beharrte Lucky. »Etwas mehr Gemütlichkeit wäre mir lieber gewesen.« Sie sah sich erneut um. »Wo sind denn hier Bücher, Zeitschriften... und vor allem Radio und Plattenspieler?«

»Musik und Lesen? Wieso?« Dimitri runzelte verwirrt die Stirn.

Dimitri teilte ihre Vorliebe für Soulmusik in keiner Weise. Lucky war es völlig fremd, wie man ein Schlafzimmer ohne musikalischen Hintergrund gut finden konnte.

Die Kabinen für Roberto und das Kindermädchen waren dagegen wesentlich freundlicher. Sie waren ursprünglich für Brigette eingerichtet worden. Lucky ahnte auf den ersten Blick, daß sie hier mehr Zeit verbringen würde als in Dimitris düsterem Heiligtum.

59. Kapitel

Die Ehe, so konnte Lennie feststellen, hatte durchaus ihre Vorteile. Er war nicht länger auf Eintagsfliegen in seinem Bett angewiesen.

Allerdings machte er sich nichts vor. Olympia und er waren nicht verliebt ineinander... doch sie hatten Zeit. Sie hatten nun mal geheiratet, und er war für seinen Teil bereit, das Beste daraus zu machen.

Er verdrängte Eden aus seinen Gedanken.

Auch Olympia empfand ihre vierte Ehe durchaus als angenehm... besonders mit einem Mann wie Lennie, der, wie sie bald feststellte, mit ihren früheren Ehemännern nichts gemein hatte. Er war klüger, hatte mehr Sexappeal und schien sich aus Geld nicht viel zu machen. Als sie ihm drei Tage nach der Hochzeit einen Ehevertrag präsentierte, hatte er das vordatierte Dokument unterschrieben, ohne es richtig durchzulesen. »Dein Vermögen interessiert mich nicht«, erklärte er.

Er hatte elektrisierende Augen, drängende Lippen, zärtliche Hände und andere, äußerst wichtige Vorzüge.

Er war zwar nicht Flash, konnte es jedoch durchaus mit ihm aufnehmen. Olympia legte die Beziehung zu Flash auf Eis. Er konnte erst mal warten.

Olympia hatte Dimitris bevorstehende Kreuzfahrt mit Lennie besprochen. Letzterer hatte Jess konsultiert, und gemeinsam hatten sie ausgerechnet, daß er sich eine Woche Urlaub leisten konnte. Danach begann ein festes Engagement bei der »The Tonight Show«, dem er nervös und begeistert zugleich entgegenfieberte. Ein Auftritt mit Carson kam einer Audienz beim Papst gleich.

Lennie beschloß, nach dem letzten Auftritt am Samstagabend in Las Vegas mit Olympia nach Los Angeles zu fahren und von dort über London nach Südfrankreich zu fliegen.

Brigette sollte mit Nanny Mabel vorausgeschickt werden.

Die restliche Woche in Vegas verging wie im Flug. Matt gab zum Abschied eine Dinnerparty, auf der er und Jess solo erschienen. Sie saßen nebeneinander, dachten sich wohl jeder ihren Teil, behielten jedoch alle Gedanken für sich.

Vitos brachte eine üppige Blondine mit, die während des Essens ständig sein Ohr leckte.

Halte dich an sein Ohr, dachte Olympia. Viel mehr hat er nämlich nicht zu bieten.

Lennie betrank sich, und Olympia berauschte sich an Drogen.

Am darauffolgenden Morgen beschloß Lennie, in Zukunft nüchtern zu bleiben. Allmählich fürchtete er die Folgen seines exzessiven Alkoholgenusses.

Olympia hatte alle Hände voll mit Packen zu tun. Jess kam zum Mittagessen. Sie hatte vor, am nächsten Tag nach Los Angeles zurückzukehren.

»Warum fährst du nicht schon heute abend mit uns?« schlug Lennie vor.

Jess schüttelte nur den Kopf. Matt sollte eine letzte Chance haben.

60. Kapitel

Lucky behauptete ihre Stellung vom ersten Tag an, hielt sich jedoch sonst aus allem heraus und fühlte sich eher als distanzierte, aber aufmerksame Beobachterin eines interessanten Schauspiels.

Eigentlich war sie an diesen Beobachterstatus schon aus ihren vier langen Jahren in Washington gewöhnt, als sie mit dem sterbenslangweiligen Craven Richmond verheiratet gewesen war.

Mittlerweile war sie Mrs. Dimitri Stanislopoulos, und gelegentlich stellte sie sich die Frage, ob sie es damit wohl tatsächlich besser getroffen hatte. Möglicherweise war auch einfach die Einrichtung Ehe als solche nichts für sie. Mit jedem Tag erschien ihr der Lebensstil einer freien und ledigen Frau wünschenswerter. Dimitri war ihr offenbar trotz allem fremd geblieben. Er zeigte sich inzwischen arrogant und herrisch, und aus dem aufregenden und erfahrenen Liebhaber der ersten Zeit ihrer Bekanntschaft war ein Mann geworden, der an Sex immer weniger interessiert zu sein schien.

Francesca Fern war mit dramatischem Pomp an Bord der Yacht eingetroffen. Horace, ihr Mann und Blitzableiter ihrer Launen, blieb stets bescheiden im Hintergrund.

Dimitri tröstete die von der Reise völlig Aufgelöste mit Champagner, Rosen und anderen Aufmerksamkeiten.

Lucky, die natürlich von seiner langjährigen Affäre mit Madame Fern wußte, begann sich zum erstenmal zu fragen, ob die Beziehung tatsächlich zu Ende war, wie Dimitri das bei der Besprechung der Gästeliste behauptet hatte. »Francesca ist meine große Leidenschaft gewesen«, hatte er offen erklärt. »Aber mittlerweile sind wir nur noch gute Freunde, und deshalb möchte ich sie einladen.«

»Aber natürlich«, hatte Lucky geantwortet, die von Natur aus nicht besonders eifersüchtig war. Außerdem sah sie in Francesca kaum eine ernsthafte Bedrohung ihrer Stellung... eher eine berühmte Frau mittleren Alters mit einem Pferdegesicht.

Nachdem die Ferns ihre Kabine bezogen hatten, trafen auch Saud Omar, ein unglaublich reicher Araber, und dessen Freundin, die Contessa Tania Zebrowski, ein. Ein Blick genügte Lucky, um zu erkennen, woran sie war. Der kleine, dicke Mann mit den braunen Augen war ein Lüstling, und seine mit Brillanten behängte Gespielin war eine harte, berechnende Frau, die offenbar schon mehrere Gesichtslifts hinter sich hatte.

Als nächster kamen Jenkins Wilder, der texanische Ölmilliardär, ein auffälliger Mann Mitte Fünfzig, und seine achtzehnjährige Frau Fluff, die ihn »Daddy-pie« und »Bumpkins« nannte. Auf diese Weise verging der erste Tag.

Am nächsten Morgen dann reiste Brigette mit ihrer Nanny Mabel an.

Gino und Susan trafen um die Mittagszeit ein, und kurz darauf stach die Yacht in See.

Freundschaften bildeten sich allmählich.

Die Contessa und Susan verstanden sich auf Anhieb blendend.

Fluff und der arabische Lüstling stellten fest, daß sie ein gemeinsames Hobby, das Schnorcheln, verband.

Francesca und Dimitri lieferten sich Wortgefechte und bedachten sich gegenseitig mit sehnsuchtsvollen Blicken.

Horace langweilte sich.

Jenkins Wilder verbrachte die meiste Zeit am Telefon.

Auf diese Weise blieben Lucky und Gino übrig.

»Wie geht's?« fragte sie.

»Weshalb bist du aus L. A. fortgelaufen?« konterte er.

»Susan sieht gut aus«, bemerkte sie, um irgend etwas zu sagen.

»Dieser... dieser Dimitri ist viel zu alt für dich«, nörgelte Gino.

Was zum Teufel machen wir beide eigentlich hier, hätte Lucky am liebsten Gino gefragt. Wir passen hier überhaupt nicht her.

»He, Kleines, was sollen wir eigentlich hier?« sprach Gino ihre Gedanken plötzlich laut aus. Der gute alte Gino hielt mit seiner Meinung nie hinter dem Berg.

Lucky zuckte mit den Schultern und starrte aufs Meer hinaus. Die Yacht glitt beinahe lautlos durch das azurblaue Wasser. Sie hatten Kurs auf St. Tropez genommen, wo sie Olympia und ihren neuen Ehemann an Bord nehmen sollten. Lucky und Gino lagen auf einem der oberen Decks und sonnten sich. Unter ihnen spielten Dimitri und Francesca im Schatten einer Sonnenmarkise lärmend eine Partie Gin-Rommé.

»Ich habe keine Ahnung«, murmelte Lucky schließlich als Antwort auf Ginos Frage.

»Soll ich dir mal was sagen?« überlegte Gino. »Wir beide haben in den letzten beiden Jahren 'ne Menge Fehler gemacht.«

Lucky sah ihn aufmerksam an. Was wollte Gino damit andeuten? Daß etwas mit seiner Ehe nicht stimmte?

In diesem Augenblick erschien ein Steward und rief zum Abendessen. Lucky stöhnte unterdrückt. Es schien ihr Schicksal zu sein, daß sie immer dann, wenn sich ein ernsthaftes Gespräch zwischen Vater und Tochter zu entwickeln schien, von irgend jemandem unterbrochen wurden. Gino stand auf, zog ein Polohemd über und half ihr aus dem Liegestuhl.

»Gehen wir, Kleines«, seufzte er. »Je mehr Mahlzeiten wir zu uns nehmen, desto schneller können wir dieses schwimmende Luxus-Altersheim wieder verlassen. Und genau das kann ich kaum erwarten.«

Die Stanislopoulos-Yacht machte um sieben Uhr abends im Hafen von St. Tropez fest.

Lucky war unruhig und nervös, als sie ein langes, weißes Kleid zum Abendessen anzog, ihr neues Brillantkollier, ein Geschenk von Dimitri, umlegte und ihr lockiges, langes Haar über die Schultern kämmte. Sie schminkte sich nur sparsam.

Dimitri, der in dunklem Anzug, weißem Hemd und Seidenkrawatte erschien, betrachtete sich gefällig im hohen Wandspiegel.

»Das ist doch wirklich lächerlich«, erklärte Lucky. »Wir sind an Bord einer Yacht in St. Tropez, machen Urlaub... und ziehen uns an wie zu einer Opernpremiere.«

»Das magst vielleicht du lächerlich finden«, entgegnete er herablassend. »Aber das ist eben meine Art, mein Lebensstil.«

»Und was ist mit mir?« brauste sie wütend auf. »Warum fragt mich eigentlich niemand nach meinem Lebensstil?«

Dimitri musterte sie von oben bis unten. »Dein Dekolleté ist entschieden zu tief«, urteilte er mißbilligend. »Außerdem hast du zuviel Lidschatten aufgetragen.«

Es war das erste Mal, daß Dimitri ihr Äußeres kritisierte. »Scher dich zum Teufel«, zischte sie erbost. »Ich mache mich so zurecht, wie ich will!«

Dimitri starrte sie nur schweigend an und erkannte voller Bedauern, daß er Lucky nie hätte heiraten dürfen. Lucky war für ihn zu jung, zu temperamentvoll und unbezähmbar und viel zu direkt. Er hatte gehofft, daß sie als seine Frau seine Autorität akzeptieren und sich von ihm eine kultivierte

Lebensart beibringen lassen würde. Ganz offensichtlich war er in dieser Beziehung einem Irrtum erlegen.

Die Stimmung zwischen ihnen war aufs äußerste gereizt, als sie sich im großen Speisesaal zu Tisch begaben. Dimitri nahm am oberen Ende der Tafel mit Francesca zu seiner Linken und Susan zu seiner Rechten Platz, während sich Lucky am anderen Ende zwischen Saud Omar und Horace Fern wiederfand. Gino saß irgendwo in der Mitte neben Fluff. Lucky war mit dieser Tischordnung nicht zufrieden und fragte sich sogleich, wer sie wohl arrangiert haben mochte.

Ein Blick auf den silbernen Tischkartenhalter verriet ihr Dimitris Schrift auf dem weißen Papier. Lucky war insgeheim empört. Denn allmählich hatte sie Dimitris herablassende Eigenmächtigkeiten satt. Als Mrs. Stanislopoulos hatte sie in diesen Dingen schließlich auch einmal etwas zu sagen.

Die Konversation während des Essens war, gelinde gesagt, förmlich und steif. Lucky entwickelte instinktiv eine Antipathie gegen den Araber mit seinen lüsternen Blicken. Horace war grenzenlos uninteressant, und die Frauen mit ihren Gesprächen über Modellkleider, Schmuck, Gesellschaftsklatsch und Dienstbotenprobleme langweilten sie tödlich.

Francescas lautes Lachen, das sie an eine Kreissäge erinnerte, riß Lucky aus ihren Gedanken. Die Schauspielerin lachte oft, und sie und Dimitri schienen sich am oberen Tischende köstlich zu amüsieren. Sie ignorierten Susan völlig. Gino war ungewöhnlich schweigsam.

Das Diner schien sich ewig hinzuziehen. Man hatte mit Kaviar begonnen. Anschließend hatten drei Filipinos in gestärkten, weißen Uniformen Chateaubriand mit Kartoffelpürree und verschiedenen Gemüsesorten serviert.

Lucky stocherte lustlos auf ihrem Teller herum. Beim Dessert war sie vor Langeweile erschöpft, und Gino schien es seinem Gesichtsausdruck nach zu schließen nicht viel besser zu gehen.

Lucky machte mühsam Konversation mit Horace, während Francesca Dimitri löffelweise mit Schokoladencreme fütterte. Beide tauschten dabei bedeutungsvolle Blicke. Francesca lachte lauthals und leckte sich schmatzend die Lippen.

In diesen Momenten wurde Lucky sich bewußt, daß die beiden noch immer miteinander schliefen. Grenzenlose Wut überkam sie.

Die Anzeichen waren deutlich sichtbar. Lucky war schließlich nicht dumm. Allerdings liebte sie Dimitri nicht... hatte ihn nie geliebt. Vielleicht hatte sie sich vorübergehend vorgemacht, er sei der richtige Mann für sie. Doch eigentlich hatte sie Dimitri nur wegen Roberto geheiratet... und natürlich, darin war sie sich selbst gegenüber ehrlich, weil sie sich mehr als alles andere auf der Welt gewünscht hatte, ein eigenes Hotel zu bauen.

Verdammt, was war nur aus ihrem Liebesleben geworden?

Horace wiederholte irgendeine belanglose Frage. Lucky wünschte, er würde endlich den Mund halten. Was für ein Schwachkopf war er überhaupt? Er mußte doch längst wissen, was gespielt wurde.

Luckys Augen verengten sich, während sie einen Plan ausheckte. Vor allem war sie entschlossen, sich auf keinen Fall durch eine Szene zu erniedrigen. Die illustre Gesellschaft wartete vermutlich nur darauf, daß sie sich auf diese Weise selbst bloßstellte.

Nein, sie würde abwarten, und erst im richtigen Augenblick zuschlagen.

Warum hatte Marco, ihre einzige, große Liebe, nur sterben müssen?

Sie spürte, wie Tränen in ihre Augen traten, doch sie hielt sie mit eisernem Willen zurück. Weinen war eine Schwäche, die sich die starke Lucky Santangelo nicht genehmigte.

61. Kapitel

Carrie und Steven trafen am späten Nachmittag in Los Angeles ein. Steven war schweigsam wie immer und verbarg Wut und Empörung hinter einer steinernen Maske. Nachdem sie ihre Hotelzimmer belegt hatten, vereinbarte er mit Carrie: »Wir sehen uns dann morgen.« Das war alles. Von da an war Carrie auf sich gestellt. Steven kümmerte es nicht, daß ein langer, einsamer Abend vor ihr lag.

»Gut«, antwortete Carrie ruhig und ging zum Lift.

Steven betrat sein Zimmer, betrachtete eine Weile das Telefon, rasierte sich, nahm eine Dusche, bestellte eine Flasche Scotch beim Zimmerservice und setzte sich neben den Telefonapparat.

Um Viertel vor sieben nahm er schließlich den Hörer ab und wählte eine Nummer. Eine freundliche Frauenstimme meldete sich.

»Ich möchte unbedingt sofort mit Mr. Gino Santangelo sprechen«, erklärte er mit beherrschter Stimme. »Es handelt sich um eine dringende Angelegenheit.«

»Ach, du liebe Zeit!« Die Frau am anderen Ende klang erregt. »Was für eine Dringlichkeit denn? Mr. und Mrs. Santangelo haben Amerika gestern verlassen. Sie sind für zwei Wochen in Europa.«

»Europa?« wiederholte Steven tonlos.

»Ja, in Frankreich«, erwiderte die Frauenstimme. »Ich kann versuchen, sie zu erreichen...«

Sie redete weiter, doch Steven hatte längst aufgelegt.

Später am Abend fuhr Steven in einem Mietwagen an der Villa der Santangelos vorbei, und plötzlich wurde ihm bewußt, was für ein abgeschottetes und behütetes Leben diese Leute führten. Allmählich begriff er, daß er praktisch keinerlei Chance hatte, von Gino Santangelo überhaupt angehört zu werden... ob dieser nun in der Stadt war oder nicht. Weshalb machte er sich eigentlich etwas vor?

Deprimiert kehrte er in sein Hotelzimmer zurück und

begann zum erstenmal klar und logisch über seine Vergangenheit, Gegenwart und Zukunft nachzudenken. Er hatte während seiner Zeit bei der New Yorker Staatsanwaltschaft häufig mit Fällen zu tun gehabt, die dem Schicksal seiner Mutter ähnelten. Mußte er nicht tatsächlich endlich einsehen, daß er von verlogenen Moralvorstellungen ausging, daß sie tatsächlich vieles nur für ihn getan hatte... um ihm ein einigermaßen behütetes und normales Leben zu sichern?

Und wie dankte er ihr das alles? Indem er sie auf der Suche nach einem Traum, oder eher einem Alptraum, quer durchs Land hetzte. Und Carrie begann ihn dafür zu verachten... das spürte er. Aber wer wollte ihr das schon übelnehmen? Die Qualen, denen er sie bewußt aussetzte, mußten sie einander zwangsläufig entfremden. Und nun erst wurde Steven sich klar darüber, wieviel ihm seine Mutter bedeutete und was er ihr in den vergangenen Wochen zugemutet hatte. Er hatte sie ausgeschlossen. Vielleicht war es jetzt an der Zeit, Türen wieder aufzustoßen. Diese Jagd... diese zerstörerische Jagd nach der Wahrheit führte zu nichts.

Am frühen Morgen des nächsten Tages rief Steven Jerry in New York an. »Ich brauche Hilfe«, sagte er ohne Umschweife.

»Was ist denn jetzt schon wieder passiert?« fragte Jerry gequält.

»Wir sind in Los Angeles. Und Gino Santangelo ist fort. Ich habe bei ihm angerufen. Er ist für zwei Wochen verreist. Und soll ich dir was sagen? Ich glaube, mir ist endlich klargeworden, daß du recht hattest... Falls ich mit meiner Geschichte vor seiner Haustür auftauche, ruft er vermutlich die Polizei und läßt mich abführen. Ich könnt's ihm nicht mal übelnehmen.«

»Mußtest du erst nach Kalifornien fliegen, um das zu begreifen?« bemerkte Jerry trocken.

»Ich bin an seinem Grundstück vorbeigefahren. Das große Tor ist elektronisch gesichert, und der Wachtposten ist bewaffnet.«

»Was soviel bedeutet, daß du mit deinem schwarzen

Gesicht nicht mal in die Nähe des alten Knackers kämst«, schloß Jerry messerscharf.

»Ganz richtig.«

»Und jetzt soll ich dir helfen?«

»Ja.«

Es entstand eine längere Pause. Schließlich brach Jerry das Schweigen. »Steven«, begann er streng, »ich habe es langsam satt, dir immer nur Geld zu leihen, dir zuzuhören und dir gute Ratschläge zu geben.«

»Das kann ich verstehen.«

»Wie bitte?«

»Ich sagte, ich kann dich verstehen. Ich an deiner Stelle hätte mich schon längst aufgegeben.«

»Soll das heißen, daß du diese wahnsinnige Suche aufgeben und wieder Vernunft annehmen willst?«

»Ich möchte noch immer herausfinden, wer mein Vater ist«, erwiderte Steven ernst. »Aber ich entlasse Carrie aus jeder Verantwortung. Von jetzt an soll sie ihre verdiente Ruhe haben. Und... wenn dein Angebot noch gilt... dann arbeite ich wieder für dich. Es wird Zeit, daß ich anfange, meine Schulden zurückzuzahlen.«

»Das ist ja kaum zu glauben!« rief Jerry am anderen Ende. »Ein Tag an der Westküste hat genügt, um dich zur Vernunft zu bringen.«

»Hör auf! Ich weiß, wie du darüber denkst.«

»Hast du schon mit Carrie gesprochen?«

»Nein.«

»Dann tu das gefälligst. Und zwar schnell. Und mach, daß du wieder nach New York kommst.«

Sie wohnten im Hyatt-Hotel am Sunset Boulevard. Die kalifornische Sonne strahlte, und in der Eingangshalle drängten sich die Touristen. Steven hatte sich für zehn Uhr am Haupteingang mit Carrie verabredet. Er sah sie schon von weitem. Elegant, in ungealterter Ausstrahlung hob sie sich deutlich von der Masse ab.

Carrie glaubte, einen erniedrigenden Besuch bei Gino

Santangelo vor sich zu haben. Doch für Steven war sie bereit, es auf sich zu nehmen.

Er trat von hinten auf sie zu und umarmte sie. Sie war verblüfft.

»Wir fliegen nach Hause«, erklärte er. »Zurück nach New York.«

Sie musterte aufmerksam sein Gesicht, ahnte, daß sich etwas in seinem Innern verändert hatte, stellte jedoch keine Fragen.

»Ich habe dich vermißt, Steven«, sagte sie nur leise.

»Ich weiß«, antwortete er. »Ich weiß es nur zu gut.«

62. Kapitel

Von dem Augenblick an, da sie nach kurzem Aufenthalt das Connaught in London verließen, um zum Flugplatz Heathrow zu fahren, war Olympia für ihre Umwelt unerträglich. Als sie schließlich im Flugzeug saßen, hatte Lennie ihre Mätzchen satt.

»Herrgott, hör gefälligst auf, das reiche, verwöhnte Biest zu spielen!« sagte Lennie leise. »Was willst du damit erreichen? Daß sie dich zur charmantesten Frau des Jahres wählen?«

»Ich habe einen riesigen Kater«, jammerte Olympia trotzig.

»Dann sieh zu, wie du damit fertig wirst, ohne deine schlechte Laune an anderen auszulassen.«

Olympia bewunderte energische, selbstbewußte Männer. Es war ein Jammer, daß es davon so wenige gab. »Entschuldige«, murmelte sie zerknirscht. »Ich werd versuchen, mich zu benehmen.«

Aber das war ein leeres Versprechen, und als sie in Nizza

landeten, schäumte Lennie vor Wut. Ein Hubschrauber wartete am Flugplatz, um sie nach St. Tropez und an Bord der Yacht zu bringen. Kaum waren sie in der Maschine, schlief Olympia prompt ein.

Lennie hatte damit zum erstenmal einen Vorgeschmack darauf bekommen, was ihn an der Seite von Olympia erwartete. Jess hatte recht gehabt, es war der reine Wahnsinn.

Der ungeheure Luxus auf der Stanislopoulos-Yacht machte selbst Lennie im ersten Augenblick sprachlos. Er glaubte sich in eine alte, aufwendige Hollywoodproduktion verirrt zu haben.

Sie wurden sofort von dienstbaren Geistern umringt, die ihnen ihr Gepäck abnahmen und eisgekühlten Champagner auf Silbertabletts reichten.

»Wo ist mein Vater?« fragte Olympia einen Herrn in Uniform barsch.

»Auf Landgang, Miss Olympia«, erwiderte Captain Pratt, »zum Mittagessen. Er muß aber jeden Augenblick zurückkommen. Er bittet Sie, ihn gegen drei Uhr in der Deckbar zu erwarten. Ihre Tochter Brigette ist bei ihm.«

»Und wo sind die anderen Gäste?«

»Die meisten sind ebenfalls an Land gegangen, Miss Olympia.« Captain Pratt musterte Lennie prüfend, während Olympia ungeniert gähnte und sich über die unbequeme Reise beklagte. »Möchten Sie etwas zu Mittag essen, Miss?« erkundigte er sich.

»Nein«, lehnte sie ab, ohne Lennie nach seinen Wünschen zu fragen. »Ich muß mich erst mal ausruhen.«

Lennie duschte sich und zog Levis-Shorts und ein ausgeblichenes Tropenhemd an, während Olympia auf dem Bett lag und vor sich hin jammerte.

Sie beklagte sich darüber, daß ihr Vater zu ihrem Empfang nicht an Bord gewesen war.

Sie beklagte sich über Captain Pratt, und sie beklagte sich über Captain Pratts Frau.

»Ach, was... ruh dich aus!« Lennie versuchte, ihre

schlechte Laune zu ignorieren. »Wir machen Urlaub. Komm, wir bummeln durch die Stadt.«

»Bummeln?« wiederholte sie verächtlich. »Ich hasse St. Tropez. Da gibt's nur langweilige Touristen und Nutten.«

»Also, ich möchte mir die Stadt mal ansehen«, beharrte Lennie.

»Ich halte dich nicht auf. Geh nur. Aber warte gefälligst, bis du Dimitri kennengelernt hast.«

Er sah auf die Uhr. Es war Viertel vor drei. »Das ist schließlich der Grund, weshalb ich hier bin, oder?«

Olympia stand auf und begann vor dem Spiegel ihr Haar zu ordnen. Sie hatte das dringende Bedürfnis, Kokain zu sniffen, jedoch nicht die Absicht, ihre Ration zu teilen. Schließlich schmuggelte sie ihren kleinen Vorrat ins Badezimmer, schloß die Tür und nahm zwei Portionen.

Die Wirkung trat augenblicklich ein. Sie hatte sich den ganzen Tag über miserabel gefühlt, und nur zwei Valiumtabletten griffbereit gehabt, um Abhilfe zu schaffen. Dummerweise hatte sie ihren Kokainvorrat so gut verpackt, daß sie während der Reise nicht hatte drankommen können.

Sie nahm eine Nase voll. Ihr Kopf wurde sofort klar. Sie hatte plötzlich das Gefühl, die Welt erobern zu können.

Lennie klopfte laut an die Tür. »He..., was machst du da drin?«

»Ich frisiere mich!« rief sie.

»Beeil dich!« Lennie fühlte sich merkwürdigerweise nicht wohl in seiner Haut. London war großartig gewesen, aber mittlerweile kamen ihm Zweifel, ob es richtig gewesen war, sich auf diese Kreuzfahrt einzulassen. Er traute sich durchaus zu, mit Olympia allein fertig zu werden. Aber ihr Vater glaubte sicher, daß er es nur auf ihr Geld abgesehen hatte, und die Namen der übrigen Gäste schienen kaum eine sorglose Seereise zu versprechen.

Endlich kam Olympia aus dem Badezimmer. Sie nahm seine Hand und war offenbar besserer Laune. »Komm, wir gehen jetzt zu Daddy«, erklärte sie fröhlich. »Er sieht vielleicht ein bißchen streng aus, aber eigentlich ist er ganz nett. Beantworte einfach seine Fragen und laß dich nicht einschüchtern. Ich verspreche dir, daß wir das nur einmal pro Jahr durchmachen müssen.«

Sie gingen zum Promenadendeck hinauf. Griechische Musik tönte dort aus den Lautsprechern, und Dimitri zeigte Brigette gerade ein paar schwierige Tanzschritte. Das Kind war sonnengebräunt und strahlte.

»Die perfekte Familienidylle«, flüsterte Olympia. Dann begann die lautstarke Begrüßungszeremonie.

»Mein Kleines!« Die völlig emotionslose Brigette wurde mit Küssen überschüttet.

»Papa!« Olympia stürmte mit offenen Armen auf Dimitri zu, der jedoch abwinkte, bis er seine Tanzschritte beendet hatte.

Erst dann begrüßte er seine Tochter.

Lennie blieb im Hintergrund und beobachtete die Szene aufmerksam.

»Papa, ich möchte dir meinen Mann, Lennie Golden, vorstellen«, verkündete Olympia schließlich.

Lennie stöhnte innerlich. Bei Olympia klang es, als sei ein Ehemann eine Art Anschaffung. Trotzdem streckte er höflich die Hand zum Gruß aus.

Dimitri musterte ihn eingehend. Er verzog keine Miene. »So, so«, sagte er dann laut. »Sie sind also Olympias letzte Errungenschaft.«

Die Bemerkung gefiel Lennie ganz und gar nicht, und als Dimitri auch noch seine Hand ausschlug, überlegte er sich eine passende Antwort.

Doch bevor er noch etwas sagen konnte, hatte Dimitri Stanislopoulos die Arme ausgebreitet und ihn an die Brust gedrückt. »Willkommen in der Familie!« erklärte er strahlend. »Wenn du für Olympia gut genug bist, dann bist du's auch für mich.« Er machte dem Barkeeper ein Zeichen. »Champagner für alle! Wir haben viel zu feiern.«

Olympia nahm lächelnd Lennies Arm. »Ist es nicht herrlich?«

»Ich habe übrigens auch eine Überraschung für euch«, verkündete Dimitri.

»Was denn?« fragte Olympia neugierig, die ein neues

Brillantkollier als Hochzeitsgeschenk erwartete. Dimitri hatte sich bei ihren früheren Hochzeiten stets sehr großzügig gezeigt.

»Großvater hat auch geheiratet!« zwitscherte Brigette munter drauflos. »Und du hast einen kleinen Bruder, Mama. Ich bin seine Tante. Wirklich! Ganz ehrlich! Ich bin eine Tante!«

Olympias Lächeln erstarb. Wollte man ihr etwa die Show stehlen? Sie sah ihren Vater nach einem nachsichtigen Blick auf Brigette erwartungsvoll an. Brigette mußte sich das ausgedacht haben.

Doch Dimitri nickte. »Ja, Brigette hat recht. Ich bin ebenfalls wieder verheiratet. Und der Himmel hat mir einen Sohn geschenkt.«

Einen Augenblick glaubte Olympia, ohnmächtig werden zu müssen. Die anstrengende Reise und zu wenig Kokain hatten sie anfällig gemacht. Dieser Nachricht, die wie eine Bombe bei ihr einschlug, fühlte sie sich nicht gewachsen. »Das glaube ich nicht«, murmelte sie undeutlich.

»Doch es stimmt! Es stimmt!« rief Brigette.

Olympia holte tief Luft. Die Tatsache, daß Dimitri wieder geheiratet hatte, war noch nicht einmal das Schlimmste... aber daß er in seinem Alter noch ein Kind gezeugt hatte, war unerhört! Bisher war sie die einzige Erbin des riesigen Stanislopoulos-Vermögens gewesen, und so hätte es ihrer Ansicht nach auch bleiben müssen. Sie hatte keineswegs die Absicht, ihr Erbe zu teilen. Das war einfach nicht fair!

Lennie reichte ihr ein Glas Champagner und nahm sich auch eines. »Herzlichen Glückwunsch, Mr. Stanislopoulos«, prostete er Dimitri zu und war froh, nicht mehr selbst im Mittelpunkt der Aufmerksamkeit zu stehen.

»Nanny Mabel, bringen Sie Brigette in ihre Kabine. Sie muß ihren Mittagsschlaf machen!« ordnete Olympia streng an.

»Aber Mama...«, protestierte Brigette, doch Olympia ließ sich nicht erweichen.

»Und wer ist die Glückliche, Papa?« erkundigte sich

Olympia mit zuckersüßem Lächeln. Francesca konnte es nicht sein. In diesem Punkt war sie sicher.

»Ah... das wird wirklich eine Überraschung für dich sein«, erwiderte Dimitri, der die Situation sichtlich zu genießen schien.

Lennie hatte das Gefühl, bei diesem Gespräch zwischen Vater und Tochter nur zu stören, und trat den Rückzug an. »Bitte entschuldigt mich. Ich möchte noch gern einen Spaziergang machen.«

»Ja, geh nur«, murmelte Olympia, die ihn kaum eines Blickes würdigte.

Er verschwand hastig.

»Wer ist es?« beharrte Olympia.

»Nun«, begann Dimitri und nützte die Gelegenheit weidlich aus. »Du erinnerst dich vielleicht, daß ich dir vor einiger Zeit erzählt habe, daß mir zufällig eine alte Schulfreundin von dir begegnet ist, Lucky Santangelo.«

»Ja.«

»Wir haben unsere Bekanntschaft in New York aufgefrischt und...«, er zuckte mit den Achseln, »...dabei ist es passiert.«

»Ist was passiert?« entfuhr es Olympia schriller als beabsichtigt. »Du hast doch wohl nicht Lucky Santangelo geheiratet, oder?«

»O doch. Genau das habe ich getan.«

63. Kapitel

Nachdem Lucky klargeworden war, daß Dimitri noch immer eine Beziehung mit der exaltierten Madame Fern unterhielt, beschloß Lucky, ihre eigenen Wege zu gehen. Da Roberto bei seinem Kindermädchen in den besten Händen war, beschloß sie, sich so gut wie möglich allein zu amüsieren und sich in dem malerischen St. Tropez auf eigene Faust umzusehen. Sie hinterlegte für Dimitri eine kurze Nachricht und verließ am Vormittag die Yacht. Was sollte sie sich an Bord langweilen, wenn sie selbst etwas unternehmen und mit sich und ihren Gefühlen ins reine kommen konnte?

Lucky konnte gut allein sein. Sie war von Kindheit an daran gewöhnt. Aber inzwischen gab es für sie noch Roberto, der der eigentliche Grund dafür war, daß sie nicht mit der nächstbesten Maschine nach New York zurückkehrte und einen Anwalt aufsuchte. Sie wollte die Scheidung... mit der Einschränkung, daß sie nicht auf die Chance, ihre Pläne für ein eigenes Hotel zu verwirklichen, verzichten mußte. Sie beschloß daher, mit diesem Schritt zu warten, bis in Atlantic City alles geregelt war.

Nachdem sie eine Weile durch zahlreiche kleine Boutiquen in den verwinkelten Straßen der Altstadt gebummelt war, nahm sie ein Taxi zum »Tahiti Beach«, dem Strand, der für jeden Besucher von St. Tropez ein absolutes Muß zu sein schien. Sie trug bereits einen knappen Bikini unter ihrem lässigen, übergroßen T-Shirt und Sandalen. Ihr Haar hatte sie in einem dicken Zopf zusammengefaßt, und eine große Sonnenbrille verdeckte ihre Augen.

Mit einem Walkman, einer Flasche Sonnenöl und einem guten Buch ausgerüstet ging sie selbstbewußt den belebten Strand entlang. Sie sprach einigermaßen Französisch, das sie während ihrer Internatszeit gelernt hatte; schließlich mietete sie einen Liegestuhl, Handtücher und einen großen Sonnenschirm.

Der braungebrannte Bademeister stellte alles am Strand ab, und Lucky ließ sich entspannt nieder, um den Badebetrieb und vor allem die jungen Franzosen zu beobachten, die in knappen Tarzanhosen wie Hähne auf und ab stolzierten. Es machte Lucky Spaß, im Schutz ihrer großen Sonnenbrille die athletischen, gebräunten Körper kritisch zu begutachten.

Lennie sprach kein Wort Französisch. Er konnte etwas auf italienisch und deutsch fluchen, auf schwedisch »Ich liebe dich« sagen, aber Französisch war ein Buch mit sieben Siegeln für ihn. Der Grund war vermutlich, daß er nie mit einer Französin geschlafen hatte, denn auch seine übrigen Sprachkenntnisse hatte er sich im Bett angeeignet.

Aber in St. Tropez stellte das kein Problem dar, denn dort sprach jeder Englisch.

Lennie verliebte sich auf Anhieb in die kleine Stadt am Meer. Vielleicht war er nicht reich oder überfüttert genug, um darin ein schmutziges Touristennest zu sehen. Für ihn gab es nur massenweise junge Leute, die sich gut zu amüsieren schienen, und das gefiel ihm. Nachdem er durch die Straßen gebummelt war, setzte er sich in ein Straßencafé, bestellt ein Glas Cinzano mit Eiswürfeln und dachte daran, wie nett es wäre, das mit Jess, Isaac, Joey, den Zwillingen... und Eden erleben zu können.

Eden. Wie hatte sie sich nur wieder in seine Gedanken geschmuggelt? Das Bild, wie sie in ihrem Silberlamékleid zwischen ihren Gangsterfreunden in der ersten Reihe bei seiner Premiere in Las Vegas gesessen hatte, war noch frisch in seinem Gedächtnis.

Eden Antonio.

Sie hatte doch ein Filmstar werden wollen. Was war bloß geschehen?

Er versuchte, sich ihr Gesicht vorzustellen, als sie von seiner Heirat mit Olympia Stanislopoulos erfahren hatte. Schmale Katzenaugen, dünne verbissene Lippen... Es mußte ein Schlag für sie gewesen sein. Hoffte er wenigstens.

Tat er das wirklich?

Seine Gefühle hatten sich etwas abgekühlt.

Es war immerhin das erste Mal, daß er an sie dachte, seit er Amerika verlassen hatte. Sein Gefühlsleben schien sich zu normalisieren.

Schließich nahm Lennie ein Taxi zum Strand. Er schlenderte eine Weile am seichten Wasser entlang, bewunderte die Aussicht und die Frauen, die sich fast ausnahmslos

»oben ohne« sonnten und sich so selbstverständlich bewegten, als seien sie angezogen.

Und dann entdeckte er das Mädchen mit dem rabenschwarzen Haar und den dunklen Augen, das ihm in Las Vegas einen so eindeutigen Antrag gemacht hatte. Da war sie plötzlich wieder, zwei Jahre später, lag am Strand von St. Tropez in der Sonne und sah so sinnlich aus wie eh und je. Sie trug einen grellroten Bikini... mit Oberteil... hatte Kopfhörer aufgesetzt und hielt die Augen geschlossen. Er hatte sie sofort erkannt. Sie mußte also doch einen unauslöschlichen Eindruck bei ihm hinterlassen haben.

Du mußt vorsichtig vorgehen, warnte ihn eine innere Stimme. Erinnere dich, sie hat eine scharfe Zunge.

Sein Blick umfing ihre großgewachsene, schmale Gestalt mit den langen Beinen, den schmalen Hüften, dem schönen Busen und den breiten Schultern.

Er erinnerte sich noch allzu deutlich an ihren pantherhaft geschmeidigen Gang.

Und er erinnerte sich an ihren Kuß.

Wie sollte er sie ansprechen?

Warum sollte er sie ansprechen?

Du bist schließlich verheiratet, sagte sein Gewissen.

Na und, antwortete sein männlicher Instinkt.

Tu's nicht, warnte sein Gewissen.

Tu's doch, drängte sein Trieb.

Sie mußte gespürt haben, daß sie beobachtet wurde, denn plötzlich setzte sie sich auf, nahm die Kopfhörer und die Sonnenbrille ab und erwiderte seinen fragenden Blick.

Er war nicht nahe genug, um etwas zu sagen. Glücklicherweise! Denn bisher hatte sie ihm stets den Wind aus den Segeln genommen, wann immer er nur den Mund aufgemacht hatte.

Erinnerte sie sich etwa an ihn? Kam sie zu ihm?

Er stand abwartend am Wasser.

Langsam erhob sie sich, reckte lässig die Glieder und kam auf ihn zu.

Lennie hielt den Atem an. Er war zwar verheiratet, aber deshalb noch lange nicht aus Stein. Diese Chance würde er sich nicht entgehen lassen. Beim zweitenmal wollte er keinen Fehler machen.

Ihre Blicke verschmolzen. Als sie näher kam, verzauberte ihn der dunkle Glanz ihrer Augen mit den langen, dichten Wimpern, ihre schimmernde Haut und die vollen sinnlichen Lippen.

Er wollte etwas sagen... überlegte krampfhaft, wie er beginnen sollte...»Hallo! Sie wieder?«... Ähnliches kam ihm in den Sinn. Doch bevor er überhaupt ein paar Worte hervorbringen konnte, war sie an ihm vorbei ins Wasser gegangen.

Im ersten Augenblick stand er wie gelähmt. Aber er erholte sich schnell, drehte sich um und beobachtete, wie sie mit kräftigen Zügen auf ein Holzfloß zuschwamm. Ohne lange zu überlegen, zog er sein Hemd aus, warf es in den Sand, stürzte ins Wasser und schwamm hinterher.

Sie war eine ausgezeichnete Schwimmerin und hatte einen guten Vorsprung. Doch Lennie durchschwamm mit seinem sehr individuellen, aber kraftvollen Kraulstil recht flink das Wasser und hatte sie eingeholt, bevor sie noch die Hälfte der Strecke zum Floß zurückgelegt hatte. Dann schwamm er mit ruhigen Zügen neben ihr her. Sie sagten beide kein Wort.

Es war Spätnachmittag, und das Floß vor ihnen schaukelte ruhig und verlassen auf dem Wasser.

Lennie bemerkte, daß sie kleine Brillantohrringe trug.

Und er sah ihre schmalen, kräftigen Arme, wie sie leicht und elegant das Wasser durchteilten.

Er spürte die Atmosphäre von Abenteuer, wußte, daß alles mögliche sich ergeben konnte, und war entschlossen, nicht zu kneifen. Wie oft im Leben begegnete einem Mann schon eine Frau wie diese?

Eden?

Nein, keinesfalls.

Lucky genoß das Versteckspiel. Sie hatte Lennie hinter ihrer Sonnenbrille und durch halb geschlossene Lider längst am

Strand näher kommen gesehen, ihn sofort mit dem mißlungenen Abenteuer in Las Vegas assoziiert und sich unvermittelt gefragt, ob er ihr vielleicht genau das bieten konnte, was sie jetzt brauchte: eine rein physische Beziehung, ohne jegliche weitergehende Verpflichtung. Vorausgesetzt, der Herr machte nicht wieder einen Rückzieher wie das letzte Mal.

Lennie Golden. Sie erinnerte sich sogar an seinen Namen. Der Mann sah ausgesprochen gut aus und hatte Sexappeal. Warum sollte sie's nicht probieren? Immerhin hatte das Schicksal sie am Strand von St. Tropez zusammengeführt. Er war der ideale Partner, um Dimitri die Eskapaden mit Madame Fern heimzuzahlen.

Sie erhob sich und ging auf ihn zu. Er murmelte etwas, als sie an ihm vorbeieilte und sich ins Wasser stürzte. Ihr war klar, daß er ihr folgen würde, und sie hoffte, er würde nicht alles durch ein unbedachtes Wort verderben.

Weiter draußen war ein Holzfloß im Wasser verankert, auf das sie zuhielt.

Er war bereits hinter ihr.

Falls Dimitri glaubte, sie sei eine Frau, die man ungestraft betrügen konnte, dann hatte er sich geirrt. Lucky Santangelo war durchaus in der Lage, sich zu wehren... und Lektionen zu erteilen, die keiner so leicht wieder vergaß.

Das Floß lag leer und einladend vor ihnen. Sie erreichten es gleichzeitig und kletterten auf die Holzplanken. Lennie Golden schien sie diesmal verstanden zu haben und sagte kein Wort. Die Sonne stand schon niedrig am Horizont, und die Badenden am Strand begannen allmählich ihre Sachen zu packen und aufzubrechen. Ein einsamer Wasserskifahrer zog etwas weiter draußen seine Bahnen und brachte das Floß durch seine Wellen zum Schaukeln. Ihre Blicke trafen sich. In stummem Einverständnis rückten sie näher. Sie starrte ihn aus jenen zigeunerhaften... wilden und sinnlichen Augen an... ein unmißverständliches Signal.

Er hätte gern gewußt, wie sie hieß und was sie hier machte. Alles an ihr interessierte ihn. Doch er spürte instinktiv, daß für Gespräche nicht der richtige Zeitpunkt war.

Lennie streckte den Arm aus und zog sie an sich. Sie schmiegte ihren Körper wie selbstverständlich an ihn. Der Funke sprang augenblicklich über, als sie sich lange und leidenschaftlich zu küssen begannen.

Ihre nassen und salzigen Körper rieben sich aneinander. Er preßte seine Hände flach auf ihr Hinterteil und ließ sie seine Erregung spüren.

Sie zuckte nicht zurück, sondern schob ihm langsam und verlangend die Hüften entgegen. Seine Hände glitten leicht über ihr Rückgrat, bis die Finger den Verschluß ihres Bikinioberteils spürten. Mit einem Handgriff löste er das Kleidungsstück und fühlte ihre nackten Brüste erregend auf seiner Haut.

Ihre Hände glitten in seltsamen Mustern über seinen Rücken, am Bund seiner Shorts entlang, bis sie seine Lenden durch das Material hindurch spürte.

Lennie stöhnte unwillkürlich auf, erhob sich etwas und schlüpfte hastig aus den Shorts, ohne auf eventuelle Zuschauer am Strand zu achten.

Ihre Hände strichen über seine Haut, liebkosend, zärtlich, fordernd, und trieben ihn zum Wahnsinn.

Beherrsche dich, warnte ihn eine innere Stimme. Mach jetzt nicht alles zunichte!

Er griff nach ihrem Busen, spürte die harten Brustwarzen, die festen Konturen... schön und formvollendet.

Er streifte das letzte Bikiniteil über ihre Hüften, und sie zog es aus.

Dann sanken sie auf die kühlen, feuchten Planken des Floßes. Keiner spürte, wie unbequem es dort war. Alle Bewegungen schienen ihnen vertraut und ganz natürlich zu sein. Er drang vorsichtig in sie ein. Sie schlang ihre langen Beine eng um seine Taille und bewegte sich instinktiv in seinem Rhythmus, wie er automatisch ihren Rhythmus zu erfassen schien.

Sein Glied glitt wie auf einer Bahn der perfekten Woge entgegen, von der er mit ihr zusammen fortgetragen werden wollte.

Lucky schloß die Augen und gab sich ganz diesem Augenblick hin. Schon auf den ersten Blick hatte sie in Lennie Golden den idealen Liebhaber erkannt und sich nicht getäuscht. Das wiederum jagte ihr gleichzeitig Angst ein, denn eigentlich hatte sie dieses Abenteuer lediglich als einen Racheakt gegen Dimitri geplant. Und jetzt war es mehr... viel mehr. Es war eine mehr als beredte Körpersprache, die sie austauschten, und das letzte, was sie in ihrer jetzigen Situation brauchen konnte, war eine echte Liebesbeziehung.

Sie fühlte, wie sie beide zum Wellenkamm getragen wurden, und ahnte, daß das nicht einfach irgendein Orgasmus werden würde. Was sie hier erlebten, war das Absolute, das Einmalige...

»O Gott!« hörte sie sich selbst stöhnen. »Ohhhhh...«

Und sie verlor sich in Sinnlichkeit, glitt in ein Paradies und wurde schließlich von ihrem pulsierenden, erlösenden Orgasmus in die höchsten Höhen der Lust entführt.

Lennie fühlte dasselbe. Die Intensität und Macht seines Orgasmus' überraschte ihn selbst und ließ ihn bebend und erschöpft zurück. Er blieb noch einige Minuten über ihr... in ihr... und starrte dabei in ihre tiefen, geheimnisvollen Augen.

Wer war diese Frau?

Er mußte es wissen.

Aber vielleicht war diese Anonymität die beste Lösung. Offenbar hatte sie die Absicht, das mysteriöse Wesen zu bleiben, das bei Gelegenheit seinen Weg gekreuzt hatte. Was hätte er auch in dieser Situation sagen sollen? Alle Worte hätten zwangsläufig banal geklungen.

Die Sonne ging unter, und die Luft wurde allmählich kühl. Lennie rollte zur Seite und tastete nach seinen Shorts.

Sie setzte sich auf, griff nach ihrem Bikini und zog ihn an.

Zwei Jungen schichteten die Gästematratzen am fast verlassenen Strand auf, und in der Ferne joggte ein Mädchen mit ihrem Schäferhund am Wasser entlang.

Lucky beugte sich leicht vornüber, schüttelte ihre schwarze Haarmähne und steckte sie lässig auf. Dann warf sie Lennie einen flüchtigen Blick zu, sagte leise, beinahe zärtlich: »Adieu, mein Freund«, tauchte geschmeidig vom Floßrand ins Wasser, und das letzte, was Lennie von ihr sah, waren ihre kräftigen braunen Arme, als sie kraftvoll das Wasser in Richtung Strand durchteilten.

Er wartete zehn Minuten, bevor er ihr folgte. Als er den Strand erreichte, war sie bereits verschwunden. Vermutlich würde er sie nie wiedersehen.

Der Traum eines Nachmittags... und er kannte noch nicht einmal ihren Namen.

64. Kapitel

»Wir essen mit dem spanischen Schnulzensänger und Quinn zu Abend. Ich glaube, der Vertrag ist perfekt.«

»Wann?« fragte Eden hastig.

»Heute abend«, antwortete Santino ungerührt.

Eden verkniff sich einen wütenden Protest. Warum teilte Santino ihr wichtige Dinge immer erst im letzten Augenblick mit? Es war Viertel vor sechs Uhr abends. Das angekündigte Abendessen fand sicher in einer Stunde statt, und sie wollte natürlich besonders gut aussehen.

Eden sprang aus dem Bett und lief in ihr luxuriöses Badezimmer. »Wann und wo?« fragte sie Santino im Vorbeieilen und war bereits unter der Dusche.

»Bei Chasen's«, erklärte Santino. »Zieh was Heißes an... das heißt, zu scharf sollst du auch nicht aussehen. Chasen's ist ein elegantes Restaurant. Sei gefälligst um Viertel nach sieben dort. Zeko fährt dich. Ich muß jetzt zuerst noch nach Hause.«

Eden antwortete erst gar nicht. Sie stand bereits unter der Dusche, wusch sich Santinos Geruch von der Haut und aus dem Haar, spielte mit den Fingern in dem goldenen Dreieck in ihrem Schoß und verschaffte sich auf diese Weise den Orgasmus, den er ihr zu geben nie in der Lage war.

Viel Zeit brauchte sie nicht, um sich zurechtzumachen. Als ehemaliges Fotomodell beherrschte sie sämtliche Tricks.

Nachdem sie sich sorgfältig geschminkt hatte, zog sie ein enges, schwarzes Kleid mit breitem Goldgürtel über ihre spärlichen Spitzendessous und schlüpfte in Schuhe mit dünnen, hohen Absätzen.

Um fünf Minuten nach sieben war sie bereits fertig. Sie beschloß, so früh wie möglich und vor allem vor Santino bei Chasen's zu erscheinen. Sie genoß jede Minute der Freiheit.

Zeko las in der Küche Zeitung.

»Gehen wir!« befahl sie ungeduldig.

»Der Boß hat bestimmt, wir sollen um Viertel nach losfahren.«

»Und ich bestimme, daß wir jetzt fahren!«

Eden musterte den verhaßten Wächter mit kaltem Blick.

Diesmal erntete sie keinen Widerspruch.

Eden hielt bei Chasen's Einzug wie ein Star. Sie erkundigte sich beim Geschäftsführer nach dem Tisch für Mr. Bonnatti. Doch eine Tischreservierung unter diesem Namen war dem Maître nicht bekannt. Eden versuchte es mit Mr. Quinn Leech und schließlich mit Vitos Felicidade.

»Ah, Mr. Felicidade«, seufzte der Geschäftsführer endlich beeindruckt. »Wenn Sie mir bitte folgen wollen.«

Weit brauchten sie nicht zu gehen, denn Vitos saß mit seinem Manager an einem Nischentisch im vorderen Speisesaal. Von Quinn oder Santino war noch nichts zu sehen.

»Guten Abend«, begann Eden geziert, als beide Männer aufstanden, »bin ich zu früh? Oder kommen die anderen zu spät?«

»Oh, sie sind gewiß pünktlich, meine Liebe!« versicherte Vitos ihr galant in seinem besten Englisch. »Und Sie sind...«

Erinnerte er sich vielleicht nicht mehr an sie?

Sie hatte ihn keinesfalls vergessen.

»Eden Antonio«, erwiderte sie mit einem Lächeln. »Wir haben uns in Las Vegas kennengelernt.«

»Ja, natürlich«, seufzte Vitos, dem diese Begegnung völlig entfallen war. Er küßte ihr die Hand. »Enchanté«, murmelte er.

Sie klapperte mit den Wimpern; eine Geste, die sie in Gegenwart von Santino nie gewagt hätte.

Nachdem sie neben Vitos Platz genommen hatte, bestellte sie einen Martini und merkte, wie sich Vitos und sein Manager verwirrte Blicke zuwarfen.

»Soviel ich weiß, verhandelt Mr. Bonnatti mit Ihnen wegen einer Rolle in meinem Film«, begann sie.

»Ja, wir haben über einen Film gesprochen«, gab Vitos zu. »Aber von Ihnen ist nie die Rede gewesen.«

»Eigentlich ging es bei unseren Verhandlungen mit Mr. Bonnatti um eine Produktion mit dem Titel *The Singer,* die Vitos ganz groß rausbringen soll«, warf der Manager verwundert ein.

Bevor Eden noch etwas dazu sagen konnte, trat Quinn Leech an ihren Tisch. Er roch nach Knoblauch und Whisky, begrüßte alle und setzte sich dann neben Eden. »Wo ist Santino?« wollte er wissen.

»Er ist noch nicht da«, gab Eden ihm Bescheid über das, was für alle sowieso deutlich sichtbar war. »Aber was soll, bitte schön, das Geschwätz über den Film *The Singer*?« erkundigte sie sich prompt. »Ich dachte, wir verhandeln mit Mr. Felicidade über eine Rolle in *My Life as a Callgirl*?«

»Wir haben das Drehbuch umgeschrieben«, erklärte Quinn gelassen.

»Umgeschrieben?« wiederholte Eden gereizt.

Quinn nickte. »Hat Santino Ihnen das nicht gesagt?«

Eden schüttelte den Kopf. Die Bombe war geplatzt. Sie bebte vor Wut.

»Hören Sie«, wandte sich Quinn leise an Eden. »Vitos Felicidade kann unmöglich in einem Streifen mit dem Titel *My Life as a Callgirl* auftreten, oder? Deshalb haben wir die Thematik etwas geändert. Sie kriegen das Drehbuch noch zu lesen. Es gefällt Ihnen bestimmt.«

»Bin ich denn überhaupt noch dabei?« fragte Eden.

Quinn hob abwehrend die Hände. »Keine Ahnung. Ich bin nur der Regisseur.«

»Hat Santino Ihnen je gesagt, daß dieser Film dazu da sein sollte, *mich* groß rauszubringen?« zischte Eden.

»Nee, das höre ich jetzt zum erstenmal«, erwiderte Quinn ehrlich und bestellte sich auf den Schreck einen doppelten Whisky.

Eden verfiel in dumpfes Schweigen. Dieser Halunke! Santino hatte sie reingelegt! Kein Wunder, daß Santino ihr verboten hatte, mit anderen über das Filmprojekt zu reden. Er hielt sie einfach nur hin und bezahlte ihr Entgegenkommen im Bett mit leeren Versprechungen. Eden hätte Santino am liebsten mit bloßen Händen erwürgt.

In diesem Augenblick brachte ein Ober einen Telefonapparat an den Tisch. »Ein Anruf für Miss Antonia!« verkündete er.

Eden nahm den Hörer.

»Weshalb bist du so früh aus dem Haus gegangen, verdammt noch mal?« ertönte Santinos wütende Stimme am anderen Ende.

»Wo bist du?« konterte Eden mühsam beherrscht.

»Zu Hause. Mein Junge ist krank. Er hat Fieber. Ich kann nicht weg! Und du bewegst gefälligst deinen Hintern aus Chasen's und begibst dich auf dem schnellsten Weg nach Hause, kapiert? Sag den Knaben, wir müßten die Besprechung verschieben. Klar?«

»Ja, du schreist ja laut genug.«

»Also, dann denk dir eine Ausrede aus. In fünf Minuten sitzt du wieder bei Zeko im Auto, verstanden?«

»Ja.«

Eden legte auf, drehte das Martiniglas zwischen ihren schlanken Fingern und verkündete: »Mr. Santino Bonnatti kann heute abend leider nicht mehr kommen. Sein Sohn ist krank geworden. Und als besorgter Familienvater...«

Alle nickten verständnisvoll.

Quinn legte unter dem Tisch seine Hand auf Edens Oberschenkel. Dabei allerdings blieb es nicht.

Eden schob die Hand weg. »Mr. Bonnatti hat mich gebeten, seinen Chauffeur Zeko nach Hause zu schicken. Könnte das bitte jemand übernehmen?«

»Kein Problem!« versicherte Quinn und sagte einem Ober Bescheid.

Von da an verlief der Abend viel eher nach Edens Geschmack.

65. Kapitel

Dimitri Stanislopoulos war ein exzellenter Gastgeber, dessen sommerliche Kreuzfahrten in dem Ruf standen, einmalige gesellschaftliche Ereignisse zu sein. Kein Aufwand wurde gescheut, um den Gästen den Aufenthalt an Bord so angenehm wie möglich zu machen.

Nachdem er eine Partie Backgammon mit Francesca beendet hatte, lief er in seine Kabine hinunter, um sich zu duschen und umzuziehen. Anschließend erwartete er seine Gäste zum Aperitif an der Bar auf dem Promenadendeck. Lucky war an seiner Seite. Sie hatte es geschafft, gerade noch rechtzeitig zu diesem abendlichen Ereignis von ihrem Abenteuer am Strand von St. Tropez an Bord der Yacht zurückzukehren, und sah in ihrem weißen Smoking von Ives St. Laurent und dem lose über die Schultern fallenden schwarzen Haar aufsehenerregend aus. Gino stand allein an der Bar. Lucky ging sofort zu ihm.

»Ich muß hier weg!« erklärte er ohne Umschweife.

»Ich auch«, seufzte Lucky.

»He... vielleicht fällt uns eine Ausrede ein? Wir wär's mit einer Familienangelegenheit, die dringend unsere Anwesenheit in New York erfordert? Weißt du was, Kleines? Die Stadt fehlt mir doch sehr.«

»Ich dachte, Beverly Hills gefällt dir?«

»Ach, was! Da ist doch nichts los. Mir reicht's.«

»Wirklich?«

»Ich brauche wieder mehr Trubel.«

»Und was ist mit Susan?«

»Sie weiß zwar noch nichts davon, aber ich spiele mit dem Gedanken, mir wieder eine Wohnung in New York zu kaufen.«

»Um dort teilweise zu leben?«

»Warum nicht?«

»Klingt nicht schlecht«, stimmte Lucky ihm zu.

Olympia war wütend, weil Lennie wie vom Erdboden verschwunden zu sein schien. Sie hatte nicht die Absicht, wie ein Mauerblümchen herumzusitzen. Außerdem konnte sie es kaum erwarten, endlich Lucky wiederzusehen. Die kleine, magere und naive Lucky Santangelo! Einst ihre beste Freundin, ihre engste Vertraute! Pah! Es hatte sich noch nie ausgezahlt, freundlich zu Leuten zu sein! Die meisten nutzten die Nachsicht nur aus, um bei der nächstbesten Gelegenheit zu versuchen, dir das Wasser abzugraben.

Allein der Gedanke daran, daß Dimitri und Lucky miteinander schliefen, war ekelerregend. Sie, Olympia, hatte schließlich Lucky alles beigebracht, was diese über Sex wußte. Als die beiden vor fünfzehn Jahren nach Frankreich gekommen waren, hatte Lucky noch niemals zuvor einen Mann geküßt!

Sie zog ein teures Ungaro-Kleid aus Goldlamé an, das an einem schlanken Fotomodell todschick ausgesehen hätte, ihr jedoch überhaupt nicht stand. Dann legte sie ihren Brillantschmuck an, schüttelte ihre üppigen blonden Lokken und machte sich auf den Weg zum Wiedersehen mit Lucky Santangelo.

Olympia erkannte die frühere Freundin sofort und blinzelte verblüfft. Im ersten Augenblick konnte sie es kaum fassen, daß aus der einst so mageren, unbedarften Lucky eine solche Schönheit geworden sein sollte. Olympia registrierte besonders erbost, daß Lucky kein Gramm Fett zuviel am Körper zu haben schien.

Lucky fing Olympias Blick auf, und plötzlich fühlte sie sich Jahre zurückversetzt... sie war wieder eine freche Siebzehnjährige, die Jungen in die Schlafsäle schmuggelte... und zu allen Abenteuern bereit war.

Ihr ganzes Leben lang war Lucky eine Einzelgängerin gewesen. Sie hatte nie eine Mutter oder Freundinnen als Vertraute gehabt... mit einer Ausnahme: Olympia Stanislopoulos.

Lucky lief mit ausgebreiteten Armen auf Olympia zu.

Olympia wich zurück.

Lucky spürte instinktiv die Abwehr der ehemaligen Freundin. Offenbar war sie über die Ehe ihres Vaters nicht glücklich. Und das erschien Lucky nur allzu verständlich. »Olympia!« sagte sie und ließ die Arme sinken. »Mein Gott, ist das lange her! Du siehst großartig aus.«

Olympia brachte kein Wort heraus. Zuviel Kokain benebelte ihr Gehirn. Sie wollte kühl und gelassen erscheinen, so als mache ihr das alles nichts aus. Dabei kochte sie innerlich vor Wut.

»Die kleine, unschuldige Lucky«, erwiderte sie spöttisch. »Du bist wirklich erwachsen geworden.«

»Das möchte ich doch hoffen.«

»Dabei warst du früher nur ein dummes Huhn.«

»Danke.«

»Tut die Wahrheit weh?«

Lucky senkte die Stimme. »Warum bist du so feindselig, Olympia?«

»Wer ist hier feindselig?« konterte Olympia gereizt. »Ich bestimmt nicht. Warum sollte ich auch?«

In diesem Augenblick rauschte Francesca in einem roten Ballkleid, ein schimmerndes Rubinkollier um den Hals, in die Bar und ersparte Lucky damit eine Antwort.

Horace zuckte sichtlich zusammen. Offenbar hatte er das Schmuckstück noch nie an seiner Frau gesehen. Es konnte daher nur ein Geschenk von Dimitri sein.

»Verdammt«, murmelte er kaum hörbar.

Lennie hastete mit Verspätung an Bord und begegnete als erstem Captain Pratt. »Sie sind ein bißchen spät dran, Mr. Golden«, empfing er ihn. »Die Gesellschaft begibt sich gerade zu Tisch.«

»Ich bin in fünf Minuten umgezogen«, versprach Lennie atemlos und rannte in seine Kabine.

Die Abendgesellschaft machte höflich Konversation, während die Diener das Essen servierten und Rotwein in die Silberpokale schenkten.

Währenddessen stürzte sich Lennie in seinen Smoking, warf einen letzten Blick in den Spiegel und sah plötzlich wieder das Mädchen vom Strand im Geist vor sich. Dunkel, geheimnisvoll, sexy... Bisher hatte er ausschließlich Blondinen bevorzugt, doch sie hatte ihn sämtliche Blondinen, einschließlich Eden, vergessen lassen.

Hatte er Eden endlich überwunden?

Ja.

Lennie lockerte seine Schleifenkrawatte, fuhr sich mit der Hand durchs Haar, lief den Korridor entlang und betrat das Speisezimmer. Sein Blick fiel sofort auf Olympia, und er ging auf sie zu.

»Entschuldige die Verspätung«, begann er, »aber ich konnte am Strand zuerst kein Taxi auftreiben.«

»Du warst am Strand?« erkundigte sich Olympia verächtlich, als handele es sich dabei um etwas Unanständiges.

»Ja, ganz richtig. Das ist der Ort, wo sich das einfache Volk rumtreibt, weißt du? Nicht jeder besitzt ein so hübsches Spielzeug wie eine Yacht«, erwiderte Lennie sarkastisch.

»Sehr witzig. Setz dich doch.« Olympia wandte sich an die Tischgesellschaft: »Darf ich euch meinen Mann Lennie Golden vorstellen?«

Lennie sah im ersten Augenblick nur Juwelen und alte Männer.

Dann begann Olympia, ihm die Anwesenden vorzustellen: »Das ist Contessa Zebrowski... Saud Omar, Mr. und Mrs. Jenkins Wilder, Susan und Gino Santangelo, Francesca und Horace Fern; meinen Vater hast du ja bereits kennengelernt.« Sie machte eine Pause und überlegte hastig, ob sie es wagen konnte, Lucky einfach zu übergehen. Dann entschied sie, daß der Affront doch zu offensichtlich war und fuhr fort: »Oh... ja... und das ist Lucky.«

»Meine Frau«, ergänzte Dimitri.

»Ihre Frau«, wiederholte Lennie dümmlich.

Er starrte sie an. Sie starrte ihn an. Es war, als würde die Zeit stillstehen.

66. Kapitel

Es tat Steven ausgesprochen gut, zu den Realitäten des Lebens zurückzufinden. Er hatte bis dahin stets der Versuchung widerstanden, für eine große, gutgehende Anwaltskanzlei zu arbeiten und eine Stellung als stellvertretender Staatsanwalt vorgezogen, die wesentlich schlechter bezahlt wurde.

Inzwischen allerdings war er älter und überlegender geworden, und es erschien ihm durchaus eine Herausforderung, sich eine gesicherte Existenz zu schaffen.

»Nur weil sie Geld haben, müssen sie noch lange nicht schlecht sein«, behaupete Jerry gutgelaunt. »Ich könnte dir den Fall Mary Lou Moore übertragen. Sie ist eine intelligente farbige Schauspielerin, die gerade mit einer Familienserie im Fernsehen bekannt geworden ist. Sie verklagt ein Pornomagazin, das ziemlich üble Nacktfotos von ihr veröffentlicht hat, die vor ihrem großen Erfolg gemacht worden sind. Die eidlichen Aussagen dazu sollen in dieser Woche erfolgen.«

Mary Lou Moore. Steven hatte die Serie ein paarmal gesehen. Mary Lou spielte darin die Adoptivtochter einer weißen Familie in Connecticut. Sie war praktisch noch ein Kind, höchstens achtzehn oder neunzehn, und wirklich sehr hübsch.

»Kriege ich alle schwarzen Klienten?« erkundigte sich Steven sarkastisch.

»Nur, wenn du sie haben willst. Der Fall ist interessant. So nach dem Motto: Betrogene Heldin kämpft gegen die bösen Jungs. Also genau deine Kragenweite. Unterschrieben hat sie nichts. Sie behauptet, ihr Freund habe die Fotos aus Spaß geschossen, als sie gerade fünfzehn war. Glaubst du, wir haben da eine Chance?«

»Ich möchte sogar behaupten, daß wir kaum verlieren können.«

»Schlag für das Mädchen soviel Geld raus wie nur möglich. Die Jungs können es sich leisten.«

Mit der festen Anstellung in der Kanzlei hatte Steven auch sein Eigenheim zurückgekauft. Er hatte Glück gehabt. Der bisherige Mieter, ein Ingenieur mit seiner Familie, hatte einen Job im Mittleren Osten angenommen und konnte sofort ausziehen.

Nach drei vergeudeten Jahren war Steven endlich wieder heimgekehrt. Er fühlte sich großartig.

67. Kapitel

Lucky wußte selbst nicht, wie sie das Diner überstehen sollte. Sie versuchte, Lennie nicht anzusehen und spürte, daß er offenbar denselben Vorsatz hatte. Trotzdem wollte es beiden nicht recht gelingen. Immer wieder begegneten sich ihre Blicke und sofort schien die Luft zwischen ihnen so elektrisch geladen zu sein, daß es die gesamte Tischgesellschaft merken mußte.

Lucky begriff aus der Unterhaltung, daß Lennie offenbar ein neuer Star im Showgeschäft war.

Und Lennie erfuhr nun, wer Lucky eigentlich war. Sie war nicht nur die Frau von Olympias Vater, sondern *die* Lucky Santangelo, die zwei Jahre zuvor seiner Show im Magiriano-Hotel kaltblütig den Garaus gemacht hatte.

Plötzlich fiel es Lennie wie Schuppen von den Augen. Endlich wußte er, weshalb er damals aus heiterem Himmel gefeuert worden war.

Sie war darauf aus gewesen, mit ihm zu schlafen.

Er hatte nicht in der ihr gewohnten Manier funktioniert.

Damit hatte er sich natürlich selbst disqualifiziert.

Und aus gutem Grund war er wütend.

»Sind Sie derselbe Lennie Golden, der gerade Triumphe in meinem Hotel gefeiert hat?« erkundigte sich Gino.

»Ja«, antwortete Lennie. Was sollte das Ganze? Er hatte das Gefühl, jeden Augenblick aus einem Alptraum aufzuwachen.

»Sie haben sämtliche Zuschauerrekorde des Hauses gebrochen«, fuhr Gino fort. »Ich habe Matt schon gesagt, daß ich Sie jederzeit wiederhaben will. Er versucht gerade, einen Vertrag mit Ihrem Manager auszuhandeln. Vielleicht könnten Sie es einrichten, alle zwei Monate für eine Woche bei uns zu gastieren. Und zwar exklusiv!«

Lucky war erstaunt, wie genau Gino über die Vorgänge in seinem Hotel unterrichtet war. Sie hatte angenommen, er würde nur noch kassieren.

Lennie Golden hatte ein spektakuläres Gastspiel in ihrem eigenen Hotel gegeben, und sie war ahnungslos. Sie kam sich reichlich dumm vor.

Es ist längst nicht mehr dein Hotel, sagte ihr eine innere Stimme. Weshalb hätte es dich also interessieren sollen?

Eben, dachte sie. Was kümmerte sie Lennie Golden? Sie hatte mit ihm ihren Spaß gehabt. Das Erlebnis war hundertprozentig gewesen. Aber Sex blieb Sex, und es war Pech, daß er ihr ausgerechnet auf Dimitris Yacht wieder über den Weg laufen mußte.

Nach dem Abendessen hatten einige Gäste die Idee, einen Nachtclub an Land zu besuchen.

»Ich bin dabei!« verkündete Olympia ohne Zögern.

Lennie hatte instinktiv eine Ausrede parat, wünschte Olympia viel Vergnügen und zog sich, gefolgt von ihren wütenden Blicken, an die Bar zurück.

Lucky schützte Kopfschmerzen vor, was Dimitri äußerst erleichtert akzeptierte.

Francesca nämlich war bereit und willig. »Du bleibst hier«, erklärte sie Horace. »Ich weiß schließlich, daß du die Nachtclubszene haßt.«

Zusammen mit Jenkins und Fluff Wilder, Saud und der Contessa machte man sich auf den Weg. Susan und Gino zogen sich in ihre Kabinen zurück. Luckys Blick schweifte unwillkürlich zu Lennie. Lennie machte ein unauffälliges Zeichen in Richtung Tür.

Lucky nickte unmerklich. »Gute Nacht allerseits«, wünschte sie und war verschwunden.

Lennie zählte insgeheim bis zehn und verließ ebenfalls den Raum.

Draußen an Deck sah er sich nach Lucky um. Sie lehnte an der Reling, rauchte eine Zigarette und beobachtete ihn wachsam aus ihren schwarzen Augen, als er näher kam.

»Wie klein ist doch die Welt!« sagte sie leise. »Wir hätten es beim Abschied in Las Vegas belassen sollen. Dann wär's weniger kompliziert gewesen.«

Eine Menge Fragen schossen Lennie durch den Kopf, doch das übermächtige Bedürfnis, sie einfach in seine Arme zu nehmen, ließ ihn schweigen.

Lucky sog heftig an ihrer Zigarette und warf sie über Bord. Dann, ohne ein weiteres Wort, fielen sie sich instinktiv in die Arme. Lennie war augenblicklich für sie bereit. Alle Müdigkeit und Anspannung war aus seinem Körper gewichen.

Sie küßte ihn mit ihrem Mund, ihrer Zunge... ihre Hände streichelten zärtlich über sein Gesicht und glitten geradezu mit obszöner Hast über seinen Körper.

Lennie erwiderte ihre Küsse, schob ihr Seidenoberteil

hoch und strich über ihre nackten Brüste. »Ich will dich«, murmelte er. »Immer... und überall... nur dich.«

Sie machte einen halbherzigen Versuch, ihn von sich zu schieben. Er hatte Gefühle in ihr geweckt, die lange tief unter der Oberfläche geschlummert hatten. Diese Art sexueller Erregung, die er bei ihr zu entfachen verstand, hatte sie längst vergessen zu haben geglaubt. Sie war in eine gefährliche Strömung geraten, hatte jedoch nicht die Kraft, sich ihrem Sog zu entziehen.

Schweigend küßten und liebkosten sie sich, bis schließlich er sie von sich schob. Seine Stimme klang gepreßt. »Was für ein Spiel treibst du mit mir? Wer's länger aushält?«

»Ich spiele nie«, murmelte sie, öffnete seine Hose und sank vor ihm auf die Knie. »Niemals.« Dann spürte er ihre Lippen zwischen seinen Lenden und sie entführte ihn in nie gekannte Höhen.

»Oh, mein Gott!« entfuhr es ihm. Er hatte guten und schlechten Sex, ja oft nur mittelmäßigen Sex erlebt. Aber nie war Sex so erotisch für ihn gewesen, wie mit Lucky Santangelo.

»Während des ganzen Abendessens habe ich nur daran gedacht, das mit dir zu machen.« Ihre Augen leuchteten. »Es ist so was wie ein Abschiedsgeschenk von mir.«

»He... wenn das der Abschied war... dann möchte ich gern wissen, wie die Begrüßung bei dir ausfällt.«

Lucky blieb ernst. »Das *ist* das Ende«, erklärte sie energisch. »Wir wollen doch beide keine Komplikationen. Was heute passiert ist, war ein Traum... eine Illusion. Jetzt kehren wir in die Wirklichkeit zurück.«

»Bist du verrückt?« Er packte sie bei den Armen. »Liebst du den alten Herrn, mit dem du verheiratet bist? Oder hast du ihn nur seines Geldes wegen genommen?«

»Das geht dich überhaupt nichts an«, entgegnete sie scharf. »Aber wenn wir schon mal dabei sind: Was hat dich denn in Olympias Arme getrieben? Ihr sonniges Gemüt etwa oder vielleicht doch eher ihr fettes Bankkonto?«

Er packte sie fester, bog ihren Oberkörper zurück und legte den Kopf auf ihren Busen.

»Nein!« wehrte sie ihn entschieden ab.

»Doch«, beharrte er, »ohhh... doch.«

Sie verlor sich in seinen Armen. Etwas hatte sie verändert: Es wuchs eine Leidenschaft in ihr, die sie seit Marco nicht mehr empfunden hatte. Und Marco war inzwischen seit fünf Jahren tot...

Eine unbestimmte Angst mischte sich in ihre Erregung. Sie hatte alle Vernunft und Vorsicht über Bord geworfen, als sie sich an ihn drängte. Und sie hatte noch immer nicht genug von ihm.

Captain Pratt, der auf allen vieren auf einem der oberen Decks kauerte, hätte beinahe das Übergewicht bekommen und wäre hinuntergefallen.

Langsam und lautlos trat er den Rückzug an. Er schätzte, daß er bis zum Pensionsalter eine einträgliche Informationsquelle sprudeln lassen konnte.

»Wir sind komplett verrückt«, bemerkte Lucky atemlos, suchte hastig die abgeworfenen Kleidungsstücke zusammen und zog sich an. »Jeder hätte uns praktisch sehen können. Auf dieser Yacht wimmelt es von Dienstpersonal. Wir sind völlig verrückt geworden. Völlig!«

»Du brauchst es nicht dauernd zu wiederholen. Du hast mich auch so überzeugt.«

Lucky wandte sich trotzig Lennie zu. »Was uns verbindet, ist Sex... nur Sex und nichts anderes. Das ist dir doch hoffentlich klar!«

Er hielt ihrem Blick stand. »Ich habe keine Ahnung, wie es dir geht, aber meine Ehe war schon vorbei, bevor sie überhaupt begonnen hatte. Ich habe Olympia in einer völlig ausgeflippten Nacht in der Kapelle ›Love and Honor‹ in Vegas geheiratet. Kannst du dir das vorstellen?«

Lucky nickte. »Nur zu gut. Dorthin schleppen die Showgirls die dämlichen Burschen ab, die mehr als hunderttausend Dollar beim Würfelspiel gewonnen haben.«

»Ich war völlig mit Drogen zu... Verstehst du?«

»Allmählich.«

»Du... du bist vermutlich die Frau, nach der ich mein ganzes Leben lang gesucht habe; nur habe ich mich bisher immer durch Unmengen an Blondinen von der Fährte abbringen lassen.«

»Großartiger Sex ist noch keine Garantie für eine echte Beziehung«, bemerkte Lucky weise.

»Ein wahres Wort.«

»Lassen wir die Faxen, Lennie. Du bist ein Schürzenjäger... und nicht mal mein Typ.«

»Wie kommst du auf die Idee, *du* könntest mein Typ sein?«

Sie brachen beide in schallendes Gelächter aus.

Lucky berührte leicht seine Wange und sagte unwillkürlich: »Lennie Golden, ich weiß zwar nicht, was... aber irgend etwas ist hier passiert.«

»Der Blitz hat eingeschlagen«, murmelte Lennie. »Und es ist nicht nur in bezug auf Sex.«

»Nein.«

»Es ist mehr.«

»Richtig.«

»Weit mehr.«

»Du sagst es.«

»Wir kennen uns nicht mal richtig.«

»Wie alt bist du überhaupt?« wollte Lucky wissen.

»Dreißig. Und du?«

»In zwei Tagen werd ich genauso alt. Angeblich wird man doch mit Dreißig offiziell erwachsen, oder? Es ist das Ende der frivolen Zwanziger.«

»Da macht man's nicht mehr draußen unter freiem Himmel, was?«

»Das war niemals eine Gewohnheit von mir.«

Lennie nahm sie bei den Schultern. »Was tun wir jetzt?«

Sie zuckte mit den Schultern. »Ich habe nicht vor, wegen dir alles andere in den Sand zu setzen, wenn du das meinst. Außerdem weißt du, daß ich für einen glatten Schnitt bin. Wir sagen Adieu und tun so, als sei nie etwas geschehen.«

Das Tuckern eines Motorbootes kündigte die Rückkehr der Nachtclubparty an.

»Das darf doch nicht wahr sein!« rief Lennie ärgerlich aus. »Wann sehe ich dich wieder?«

»Morgen. Beim Frühstück, zum Mittagessen und zum Abendessen. Wir können uns kaum aus dem Weg gehen... es sei denn, einer von uns reist ab.«

»Du weißt genau, wie ich es gemeint habe.«

Lucky ging bereits zum Aufgang. »Mein Abschiedsgeschenk hast du, Lennie. Belassen wir's dabei.«

Beide jedoch spürten, daß das unmöglich sein würde.

68. Kapitel

Eden hatte die feste Absicht gehabt, den Abend bei Chasen's in sinnlicher Umarmung mit Vitos Felicidade zu beenden, und landete statt dessen mit Quinn in dessen schwüler Junggesellenvilla im Laurel Canyon in den Hollywood Hills, wo dieser Chivas Regal aus der Flasche trank, sich die Kleider vom Leib riß, von Eden verlangte, sich sehr langsam auszuziehen, und dann keinen hochbrachte.

Schließlich schlug er eine Alternative vor... nämlich einen hochmodernen Vibrator im schwarzen Lederetui und seine Freundin zu Hilfe nehmen, die im ersten Stock im Bett lag und schlief.

Eden bestellte sich daraufhin beleidigt ein Taxi und begriff selbst nicht mehr, weshalb sie dem Regisseur vor Vitos den Vorzug gegeben hatte.

Als sie nach Hause kam, wurde sie bereits von Zeko erwartet. »Der Boß verpaßt Ihnen dafür sicherlich 'ne Abreibung!« drohte er.

»Nur, wenn Sie's ihm erzählen«, entgegnete Eden kurz angebunden. »Und falls Sie plaudern, sehe ich mich gezwungen, ihm zu verraten, daß Sie sich immer dann draußen vor dem Fenster einen runterholen, wenn ich im Badezimmer bin.«

Das wirkte. Zeko schwieg.

Als Santino am nächsten Tag kam, erzählte Eden ihm freiwillig, daß sie zum Essen bei Chasen's geblieben war.

»Was ist in dich gefahren?« Ein Nerv begann in Santinos Gesicht zu zucken. »Weshalb tust du nicht, was ich dir sage?«

»Quinn Leech hat mir erzählt, daß das Drehbuch umgeschrieben worden ist, und der Film jetzt *The Singer* heißt. Das hat mich natürlich interessiert«, entgegnete sie gereizt.

»So, das hat er dir also erzählt, wie?«

»Ja, ganz richtig.«

»Der Kerl hat ein verdammt großes Mundwerk.«

»Weshalb erfahre ich so was nicht von dir?« beharrte Eden vorwurfsvoll.

Santino ging unruhig im Zimmer auf und ab. »Ich muß mich vor dir nicht rechtfertigen. Halt gefälligst die Klappe! Nörgeleien muß ich mir zu Hause schon genug anhören.«

Eden war sich nicht ganz sicher, wie weit sie gehen konnte, und beschloß dann, sich noch weiter vorzuwagen. »Ich will das neue Drehbuch sehen«, verlangte sie. »Ich möchte wissen, was aus meiner Rolle geworden ist. Du hast mir versprochen, daß das mein Film ... meine Chance wird. Quinn Leech weiß nicht mal, daß ich in diesem Streifen der Star sein soll.«

Sein erster Schlag traf ihre Wange.

»Du verdammter Schei ...«, begann sie.

Der zweite Schlag riß sie zu Boden. »Versuch ja nicht, mich herumzukommandieren. Das nächste Mal, wenn ich sage, geh nach Hause, dann gehst du gefälligst nach Hause und stellst keine dämlichen Fragen, verstanden? Sonst bist du aus dem Rennen!«

Eden begann zu weinen ... und zwar mehr aus Wut und Frustration als aus Schmerz. »Vielleicht will ich das ja. Vielleicht will ich ja von dir weg!«

Er starrte sie mit seinen kleinen, gemeinen Augen an. »Erst, wenn *ich* soweit bin«, sagte er langsam.

69. Kapitel

Dimitri plante eine große Party. Lucky wußte nicht, ob Schuldgefühle eine Rolle spielten, jedenfalls war er nicht davon abzubringen, ihren Geburtstag stilgerecht zu feiern. Sie beschloß, gute Miene zum bösen Spiel zu machen ... und danach abzureisen. Gino hatte bereits für ein Telegramm gesorgt, das ihn zu einer geschäftlichen Besprechung nach New York rief.

Lucky war durcheinander und unschlüssig. Lennie Golden hatte ihr Gefühlsleben in Unordnung gebracht. Dabei war er nicht einmal ihr Typ...

Sie dachte an Marco und daß sie denselben Kummer nie wieder durchmachen wollte.

Lennie gehörte zu Olympia. Mollige, nörgelnde Olympia, die sie wie eine vorübergehende Flamme Dimitris und nicht wie dessen Frau behandelte. Lucky hatte versucht, unter vier Augen mit ihr zu sprechen, aber Olympia hatte jede Diskussion mit dem Satz abgewehrt: »Was würdest du empfinden, wenn ich mit deinem Vater ins Bett ginge?«

Eine passende Antwort darauf war Lucky bis jetzt nicht eingefallen.

Die Yacht hatte inzwischen Kurs auf Cannes genommen, wo die Party stattfinden sollte. Lucky lag am Rand des Swimmingpools und beobachtete, wie ihr schwarzes Kindermädchen CeeCee Roberto das Schwimmen beizubringen versuchte, während Brigette ständig in der Nähe der beiden klatschend ins Wasser sprang und zahllose Störversuche unternahm. Lucky hatte Mitleid mit dem völlig vernachlässigten Mädchen, das so verbissen um Aufmerksamkeit kämpfte. Sie fühlte sich unwillkürlich an ihre eigene Kindheit erinnert. Allerdings hatte sie es heil überstanden. Lucky Santangelo brauchte keinen Psychiater. Aber falls Brigette nicht bald Hilfe bekam, mochte es für das Kind schon zu spät sein.

Lennie tauchte gegen Mittag am Schwimmbecken auf. Er

begrüßte Lucky nur flüchtig und warf Brigette eine Kußhand zu. Das Mädchen kletterte sofort aus dem Wasser und rannte zu ihm.

»Kannst du unter Wasser schwimmen?« wollte sie wissen. »Kannst du's mir beibringen?« bettelte sie.

Lennie warf einen Blick auf Lucky, die im flachen Wasser mit Roberto spielte. »Komm, meine Hübsche!« sagte er und schwenkte Brigette durch die Luft. »Ich bring dir bei, wie's die Fische machen, ja?«

Brigette jauchzte vor Vergnügen, und sie sprangen gemeinsam ins Wasser, wo sie planschten und lachten, bis Lennie Brigette auf die Schultern nahm und mit ihr durchs Becken schwamm.

Als Roberto das sah, wollte er unbedingt auch auf Lennies Schultern. Lennie setzte also Brigette ab und nahm Roberto.

»Vorsichtig!« warnte Lucky ängstlich.

»Keine Angst... ganz ruhig«, entgegnete er. »Was Kinder betrifft, bin ich Experte.«

Ihre Blicke trafen sich, und jeder spürte die tiefe Zuneigung des anderen.

Lucky erschauerte wohlig, während sie Lennie beim Spiel mit den Kindern beobachtete. Roberto jauchzte vor Vergnügen, als Lennie ihn durch die Luft schwenkte. Und Lucky wurde sich plötzlich bewußt, wie wenig Zeit Dimitri jetzt für Roberto hatte, da Madame Fern seine ganze Aufmerksamkeit zu beanspruchen schien.

Sie runzelte verärgert die Stirn. Ihre Ehe war ein Fehler gewesen; in diesem Punkt machte sie sich nichts mehr vor.

Luckys Geburtstagsparty fand in einer herrlichen, warmen und windstillen Sommernacht statt. Die Yacht war mit Hunderten von kleinen Lichtern geschmückt, auf dem Promenadendeck war eine Tafel für hundert Gäste gedeckt, und eine Band spielte Soft-Rock.

Feierlich überreichte Dimitri Lucky sein Geburtstagsgeschenk, bevor die Gäste eintrafen, die nicht an der Kreuzfahrt teilnahmen. Das elegante Lederetui von Van Cleef enthielt ein herrliches Kollier aus lupenreinen Brillanten und Smaragden mit den dazu passenden Ohrringen.

»Phantastisch«, seufzte die Contessa, die sich mit Juwelen auskannte.

»Wie bezaubernd!« rief Susan, der Ginos Geschenke dagegen ausgesprochen popelig vorkamen.

»Es ist wirklich wunderschön«, bemerkte Lucky, nahm das Kollier aus dem Etui und küßte Dimitri züchtig auf die Wange.

»Vielen Dank, Liebling.« Dimitri sah lächelnd in die Runde.

Francescas Augen blitzten wütend in ihrem starren Gesicht auf.

Olympia schmollte.

Lucky wandte sich den übrigen Geschenken zu: zwei Bilderrahmen aus massivem Silber von der Contessa und Saud, ein goldener Reisewecker von Jenkins und Fluff, ein häßliches Seidenhemd von den Ferns, ein Kaschmirpullover von Susan und ein kleines Lederetui von Gino. »Das hab ich allein für dich ausgesucht«, murmelte er verlegen. »Wenn's dir nicht gefällt, mußt du's bloß sagen.«

Lucky öffnete langsam das Etui. Gino hatte seit Jahren zum erstenmal wieder an ihren Geburtstag gedacht. Auf der Samtunterlage glitzerte ein mit Brillanten, Rubinen und Smaragden besetzter Panther. Für Lucky war es das schönste Schmuckstück, das sie sich vorstellen konnte. Es traf genau ihren Geschmack und Stil. »Mein Gott, ist der schön«, murmelte sie leise und glücklich. »Ich bin einfach hingerissen!« Sie umarmte Gino überschwenglich.

»Ich liebe dich, Kleines«, sagte Gino leise. »Herzlichen Glückwunsch zum Geburtstag!«

Bald begannen die Gäste an Bord zu strömen. Die meisten legten weitere Geschenke auf den Gabentisch.

Lucky trug ein scharlachrotes Kleid aus fließender Seide, das sie wie eine zweite Haut umgab und an der Vorderseite tief geschlitzt war. Sie legte ihr neues Kollier und die Ohrringe an und befestigte Ginos Brosche an der weichen Seide.

Mit ihrem aufgesteckten Haar und der tiefbraunen Haut sah sie geradezu exotisch aus. Lucky spielte die perfekte Gastgeberin, eine würdige Mrs. Stanislopoulos.

Lennie hielt sich im Hintergrund und beobachtete alles. Ein Traum war Wirklichkeit geworden. Lucky war die erste Frau, die ihm unter die Haut ging.

Schließlich gesellte er sich zu ihr an die Bar. »Du fehlst mir«, flüsterte er, sobald niemand mehr in Hörweite war.

Lucky lief ein wohliger Schauer über den Rücken.

»Ich bin einsam, verdammt scharf auf dich und habe das Theater hier satt«, fuhr er fort. »Du wirst's nicht glauben, aber ich habe mich verliebt.«

»Kenne ich die Glückliche?« fragte sie nonchalant.

Er berührte ihren Arm. »Wie fühlst du dich?«

»Verheiratet«, entgegnete sie prompt. »Und dasselbe gilt für dich.«

»Sobald wir in Amerika sind, trenne ich mich von Olympia«, erklärte Lennie. »Was ist mit dir und Dimitri?«

»Das weiß ich noch nicht«, antwortete sie aufrichtig.

»Was soll das heißen? Du läßt dich doch scheiden, oder?«

Lucky gefiel die Frage nicht. Lennie war ihr zu stürmisch.

»Ich kann mich nicht erinnern, jemals so etwas behauptet zu haben«, konterte sie kühl.

Lennie tippte verächtlich an ihr Kollier. »Ich schätze, der luxuriöse Tand an deinem Hals erschwert die Entscheidung, oder?«

»Was willst du damit andeuten?« herrschte sie ihn wütend an. »Daß ich nur wegen seines Geldes bei ihm bleibe?«

»Dann nenn mir einen besseren Grund.«

»Du kannst mich mal!« zischte sie.

»Ich wünschte, du würdest es tun.«

»Verschwinde, du Idiot!«

In diesem Augenblick trat Olympia zu ihnen. Ihre Wangen waren gerötet, und ihr üppiger Busen quoll aus dem Dekolleté eines tief ausgeschnittenen gelben Kleides, in dem sie wie eine überreife Banane aussah. Sie hatte Drogen genommen und getrunken, was jedoch ihre Laune kaum gebessert zu haben schien.

»Ihr beide scheint euch ja richtig schön in der Wolle zu haben«, mischte sie sich mit schleppender Zunge ein. »Worum geht's denn?«

»Um gar nichts«, wehrte Lennie ab.

»Sie hat immerhin ›Idiot‹ zu dir gesagt.« Olympias Augen blitzten eifersüchtig. »Irgendwas muß es also gegeben haben.«

»Ich habe ihr einen schlechten Witz erzählt«, behauptete Lennie.

»Deine Witze sind immer schlecht.«

»Besten Dank für die Blumen!«

»Er ist ein miserabler Komiker. Hast du ihn je auf der Bühne gesehen, Lucky? Stinklangweilig, kann ich dir sagen.« Olympia kicherte.

»Ja, ich habe Lennie auf der Bühne gesehen... und fand ihn eigentlich ausgezeichnet.« Lucky wußte selbst nicht, weshalb sie sich berufen fühlte, Lennie zu verteidigen.

»Wo hast du ihn gesehen?« erkundigte sich Olympia aufgebracht.

»In einer Show im Magiriano in Vegas. Das Hotel hat mal mir gehört.«

»Dann habt ihr euch also gekannt?«

»Ja«, antwortete Lucky.

»Nur flüchtig«, schränkte Lennie ein.

»Und was habt ihr gemacht? Miteinander geschlafen?« höhnte Olympia betrunken.

»Du bist ja völlig zu«, beschwichtigte Lennie sie hastig und legte den Arm um Olympias Schultern.

Sie riß sich los. »Spiel hier nicht den besorgten Ehemann, weil ich den unappetitlichen Nagel wieder mal genau auf den Kopf getroffen habe! Lucky hat doch mit allem geschlafen, was Hosen anhatte.«

»Verwechselst du mich nicht mit dir?« wehrte Lucky sich, wandte Olympia den Rücken zu und verschwand in der Menge.

»Du verdammtes Biest!« schrie Olympia ihr schrill nach. »Ich weiß, wo du herkommst! Von der Straße... genau wie dein Vater, dieser Gangster!«

»Olympia!« ertönte plötzlich Dimitris donnernde Stimme, und eine kräftige Hand legte sich auf Olympias Schulter. »Werd' hier nicht ausfallend! Geh in deine Kabine! Ich will dich so lange nicht mehr sehen, bis du wieder vorzeigbar bist.« Dimitris Miene duldete keinen Widerspruch.

Er machte einem Diener ein Zeichen. »Begleiten Sie Miss Stanislopoulos in ihre Kabine, und flößen Sie ihr so lange Kaffee ein, bis sie wieder nüchtern ist. Ich kann ein solches Benehmen hier nicht dulden!«

Olympia gehorchte kleinlaut. Sie brauchte inzwischen mehr als nur einen Joint und ein paar Gläser Champagner... sie hatte Kokain nötig, und zwar dringend.

70. Kapitel

In New York herrschte flimmernde Hitze. Touristen bevölkerten die Straßen, und die Einheimischen standen den Tag nur mit Hilfe von Klimaanlagen in den Büros und Geschäftshäusern durch. Die Räumlichkeiten der Kanzlei Myerson, Laker und Brandon lagen in einem eleganten Geschäftsgebäude an der Park Avenue. Dort hatte auch Steven ein großes Eckzimmer mit allem Komfort bezogen. Jerry vertrat die Ansicht, daß in einer angenehmen Umgebung auch gute Arbeit geleistet wurde.

Für Steven bedeutete all das eine große Umstellung. Statt seines kargen, beinahe schäbigen Büros in der Staatsanwaltschaft arbeitete er jetzt in geradezu luxuriöser Ausstattung, um, genau wie Jerry, Geld, viel Geld zu verdienen. Zum Teufel mit seinen Ambitionen, ein Wohltäter der Menschheit zu sein!

Stevens erste Klientin war die Schauspielerin Mary Lou

Moore, die mit ihrem hüftlangen schwarzen Haar, den weit auseinanderstehenden braunen, großen Augen und dem bezaubernden Lächeln in Wirklichkeit noch viel hübscher war als im Fernsehen. Mary Lou wurde überallhin von ihrer Mutter und ihrer Tante, die gleichzeitig als Managerin fungierte, und ihrem Freund begleitet, einem Weißen mit wirrem Haar und der Angewohnheit, ständig Kaugummi zu kauen.

Nach dem ersten einleitenden Gespräch mit Mary Lou hatte Steven den Eindruck gewonnen, daß die Begleitmannschaft das junge Mädchen nur hemmte, und daher höflich darauf bestanden, mit Mary Lou allein zu sprechen.

Zögernd verließen Mutter, Tante und Freund schließlich Stevens Büro. »So, und jetzt erzählen Sie mir einmal die ganze Geschichte von Anfang an«, bat Steven.

Mary Lou zuckte mit den Schultern und versuchte, sich kühl und überlegen zu geben. Als sie jedoch von ihrer Wut, dem Gefühl der Erniedrigung und der Empörung berichtete, die die Veröffentlichung ihrer Nacktfotos in einem billigen Magazin bei ihr ausgelöst hatten, wirkte sie nur noch wie ein hilfloser Teenager. »Die gemeinen Kerle, die diese Schmutzblätter rausgeben, müssen einen Denkzettel verpaßt kriegen. Natürlich war's nicht besonders intelligent von mir, mich überhaupt für solche Fotos herzugeben, aber ich bin damals gerade fünfzehn gewesen und war in meinen Freund verliebt. Er hat sie gemacht. Woher sollte ich wissen, daß er sie behalten... und auch noch verkaufen würde?« Mary Lou straffte entschlossen die Schultern. »Ich will gegen diese Leute klagen.«

»Das braucht seine Zeit«, erklärte Steven.

»Das ist mir egal.«

»Sie müssen natürlich damit rechnen, daß diese Leute ihrerseits Anwälte einschalten, die Sie in jeder erdenklichen Art und Weise zu diskreditieren versuchen werden.«

»Darauf bin ich vorbereitet.«

»Es kommte eine Menge auf Sie zu... schriftliche Aussagen, einstweilige Verfügungen... und schließlich eine Gerichtsverhandlung«, mahnte Steven.

»Genau das will ich haben.«

»Und wenn wir uns einmal für diesen Weg entschieden haben, gibt es kein Zurück mehr.«

»Tun Sie's, Mister. Ich habe keine Angst!«

Nach Mary Lous Aufbruch nahm Steven das betreffende Magazin in die Hand... es war ein buntes Pornoblatt mit dem Titel *Comer*. Die Fotos von Mary Lou bedeckten insgesamt sechs Seiten. Sie waren deutlich von amateurhafter Qualität, doch das tat der fünfzehnjährigen nackten Schönen auf den Bildern keinen Abbruch.

Steven besaß die Namen ihres verflossenen Freundes, der Herausgeber des Pornomagazins und des Verlages. Soweit er es beurteilen konnte, hatte sie eine gute Chance, diesen Prozeß zu gewinnen.

Anna Robb, der Ghostwriter, der Carrie vom Verlag für ihr Buch zur Verfügung gestellt worden war, arbeitete an ihrer Schreibmaschine. Sie hatte inzwischen bereits vier Kapitel von *Carrie Berkeleys Buch über Schönheit und Stil* fertig gestellt. Grundlage ihres Manuskripts waren Tonbandaufzeichnungen, die Anna während der langen Sitzungen mit Carrie gemacht hatte. Die gemeinsame Arbeit hatte die beiden Frauen sogar zu Freundinnen werden lassen.

Schließlich gähnte Anna vor Ermüdung. Sie beschloß, eine Pause zu machen, und stand auf. Sie bewohnte das Apartment in Manhattan zusammen mit ihrem Liebhaber, der vor ihr, die Brille auf der Nase und ein Manuskript auf dem Schoß, auf der Couch eingeschlafen war.

Anna sammelte die heruntergefallenen Seiten auf und rüttelte ihn sanft wach.

»Puhhh... ich bin eingeschlafen«, murmelte er überflüssigerweise als Erklärung.

Anna warf einen Blick auf ihre Uhr, die er ihr zu Weihnachten geschenkt hatte, und war überrascht, daß es schon nach Mitternacht war.

»Es ist schon spät«, seufzte sie. »Soll ich uns eine heiße Schokolade machen?«

Er stand auf. »Das wäre fabelhaft!«

»Geh schon mal ins Bett. Ich bringe dir alles ins Schlafzimmer.«

Er sah sich das Ende der *The Tonight Show* im Fernsehen an, als Anna mit einem Tablett eintrat, auf dem zwei Tassen mit dampfend heißer Schokolade und eine Schale mit englischen Keksen standen.

»Ich habe an Carrie Berkeleys Buch gearbeitet«, begann sie.

Er griff nach einem Keks. »Und wie geht's voran?«

Anna, eine zierliche Frau mit sympathischen Zügen und einem warmen Lächeln, setzte sich auf die Bettkante. »Sehr gut sogar. Ich glaube, der Titel wird ein Renner.«

»Das hoffe ich doch.«

»Aber eines sage ich dir«, fuhr sie fort. »Unter dem ganzen Glanz und Glimmer steckt noch eine andere Geschichte.«

Er starrte auf die Mattscheibe. »Wirklich?«

»Ja, dessen bin ich ganz sicher.« Anna nickte. »Carrie Berkeley könnte noch eine andere, durchaus lebensnahe Geschichte erzählen. Du weißt, daß ich so was im Gefühl habe.«

Er knabberte an dem Keks. »Du bist ja ein richtiger Sherlock Holmes!« murmelte er.

»Nein, ich habe nur einen guten Instinkt.« Und nach einer Pause fuhr sie fort: »Ich würde gern mal über eine Autobiographie mit ihr sprechen. Wie stehst du dazu?«

»Warten wir erst mal ab, wie das Schönheits-Buch einschlägt.«

»Glaubst du, sie gibt sich für eine Werbekampagne her?«

»Keine Ahnung.«

Anna lächelte. »Du könntest sie überreden«, erklärte sie. »Sie mag dich.«

»Wie meinst du das?«

»Oh, das ist nur mein berühmter Instinkt. Sie hat mich gefragt, ob du verheiratet seist. Ich habe ihr daraufhin erzählt, daß du mit einer Frau zusammenlebst.« Anna lachte leise. »Daß ich diejenige bin, weiß sie allerdings nicht.«

»Trotzdem..., wie kommst du darauf, sie könnte mich mögen? Sie muß mittlerweile Ende Sechzig sein.«

»Genau wie du«, erinnerte Anna ihn.

»Das ist doch Blödsinn!«

Anna trank ihre Schokolade aus und ging ins Badezimmer. Fred E. Lester starrte leer auf den Fernsehapparat. Seine Gedanken wanderten viele Jahre in die Vergangenheit zurück.

Freddy war ein gutaussehender Collegestudent aus guter Familie mit schnellem Mundwerk und einem Hang zum Alkohol. Er hatte Ferien, und sein Freund Mel Webster hatte ein Mädchen für ihn organisiert. Das Mädchen Carrie entpuppte sich als sehr schön und... schwarz. Freddy war zuerst schockiert gewesen. Seine Familie stammte ursprünglich aus den Südstaaten.

Die Erinnerung an das, was folgte, war nur noch schemenhaft. Nachtclubs, Alkohol und die Erwartung, mit einer Farbigen zu schlafen, beherrschten seine Gedanken. Der Champagner war in Strömen geflossen.

Irgendwann war der Film bei ihm gerissen... Die nächste Erinnerung setzte ein, als er, Mel und Mels Mädchen in die Wohnung, einer hübsch eingerichteten Mansarde mit einem Bett auf jeder Seite, zurückkehrten. Mel und sein Mädchen steuerten sofort auf das eine Bett zu, während Freddy zu der zweiten Liegestatt stolperte und dort sofort einschlief. Nur Minuten später rüttelte Carrie ihn wach. Sie sah so entzükkend aus, und er war so geil auf sie gewesen. Warum sollten sie also nicht dasselbe tun wie Mel und sein Mädchen?

Carrie leistete hartnäckig Widerstand, doch er war stärker. Im Unterbewußtsein war ihm durchaus klar, daß er sie praktisch vergewaltigte, doch er konnte einfach nicht aufhören. Sie bekam doch nur, was sie wollte... was alle Frauen wollten.

Als alles vorbei war, verlangte sie Geld. Freddy war wütend, zahlte, nahm Mels Autoschlüssel und fuhr nach Hause. In einer Kurve kam er durch seine rücksichtslose

Fahrweise im Rausch plötzlich ins Schleudern und prallte frontal gegen einen entgegenkommenden Lastwagen.

Monate später wachte er in einem Krankenhaus aus dem Koma auf. Sein Gesicht war von Narben entstellt, aber seine Eltern konnten sich die besten kosmetischen Chirurgen leisten. Monatelang sah er nur Krankenhäuser von innen und Carries Gesicht. Er hatte das Mädchen vergewaltigt und seine Strafe sofort bekommen.

Das änderte sein Leben.

Die Jahre vergingen. Er heiratete. Seine Frau schenkte ihm zwei reizende Kinder, und er gründete einen kleinen Verlag, der bald viel Erfolg hatte.

1973 starb seine Frau, und seine Kinder, beide inzwischen erwachsen, führten ihr eigenes Leben. Er war allein geblieben, bis er eines Tages Anna Robb kennenlernte. Mittlerweile lebten sie seit zwei Jahren zusammen.

Es war ein Schock für ihn gewesen, als Carrie plötzlich eines Tages in seinem Büro erschienen war. Er hatte ihre Geschichte als Mitglied der guten Gesellschaft seit Jahren verfolgt und sie sofort erkannt. Seine Erleichterung war grenzenlos, als sie tatsächlich keine Ahnung zu haben schien, daß er der junge Mann gewesen war, der sie Jahre zuvor so brutal behandelt hatte.

Er dachte zweiundvierzig Jahre zurück. Damals war er ein dummer Junge mit Rassenvorurteilen gewesen. Wie sich die Dinge geändert hatten!

»Sie mag dich«, hatte Anna gesagt. Stimmte das wirklich?

Falls sie je erfuhr, wer er wirklich war, würde sie ihn zur Hölle wünschen.

71. Kapitel

Gino war der erste der Gäste, der die Yacht verließ. Er verabschiedete sich am Morgen nach Luckys Geburtstagsfeier unter dem Vorwand dringender geschäftlicher Verpflichtungen.

Susan zog es vor, noch zu bleiben.

Gino hatte nichts dagegen. Er freute sich auf seine Freiheit. In zehn Tagen wollten sie sich in Los Angeles wieder treffen.

Er nahm die Concorde von Paris nach New York, wo er bereits seine Stammsuite im Hotel Pierre bestellt hatte. Von dort rief er als erstes Paige an.

»Nimm die nächste Maschine nach New York!« forderte er sie auf.

»Das ist unmöglich.« Sie lachte.

»Ich habe ein Geschenk für dich.«

»Was ist es?«

»Etwas, das du zum Fressen gern hast.«

»Du bist ein alter Bock mit einer schmutzigen Phantasie«, entgegnete sie.

Gino lachte. »Du kommst also mit der nächsten Maschine?«

Eine Stunde später rief Paige zurück und versprach, am Mittwoch nach New York zu kommen. Vorher konnte sie auf keinen Fall fort.

Als nächstes telefonierte Gino mit Costa. Sie verabredeten sich für ein Treffen ebenfalls in New York.

Ein weiterer Tag verging, an dem Lucky und Lennie lange, bedeutungsvolle Blicke wechselten. Lucky wurde allmählich klar, daß es Zeit für sie wurde, einen Szenenwechsel vorzunehmen. Vielleicht würde sich die Anziehungskraft, die Lennie auf sie ausübte, legen, sobald sie ihn nicht mehr täglich sah.

Trotzdem mußte sie tief in ihrem Innern zugeben, auch wenn ihr das schwerfiel, daß diese Beziehung mehr war als nur ein Abenteuer.

»Ich muß einige Familienangelegenheiten mit meinem Vater regeln«, erklärte sie Dimitri. »Ich fliege deshalb nach New York.«

Dimitri nickte gedankenabwesend. Francesca war auf das Brillantenkollier und die passenden Ohrringe, die er Lucky zum Geburtstag geschenkt hatte, so eifersüchtig, daß er bereits veranlaßt hatte, daß ein ähnliches Präsent im selben Wert für Francesca angefertigt und ihr diskret übersandt werden würde.

»Tu, was du tun mußt«, lautete Dimitris einziger Kommentar.

»Roberto bleibt mit CeeCee, dem Kindermädchen, hier«, entschied Lucky. »Vielleicht komme ich in ein paar Tagen schon wieder zurück.«

Das allerdings war eine leere Phrase. Eine Kreuzfahrt auf einem schwimmenden Palast im Mittelmeer mit Leuten wie Saud Omar und Jenkins Wilder entsprach wirklich nicht ihrer Vorstellung von einem interessanten Urlaub.

Und Lucky bezweifelte, daß außer Roberto und CeeCee überhaupt jemand sie vermissen würde. Vielleicht noch Lennie... aber das war ein gefährliches Pflaster. Sie ging ihm besser aus dem Weg. Olympia haßte sie offenbar. Und sie wollte die Situation nicht noch verschlimmern.

»Wo ist Lucky?« erkundigte sich Lennie beim Abendessen.

»Was geht dich das an?« fuhr Olympia ihn schnippisch an. Seit ihrem Wutausbruch auf der Geburtstagsparty war sie ungenießbar.

»Sie hat geschäftlich in New York zu tun«, erklärte Dimitri schulterzuckend.

Nach dem Essen wurde wie üblich besprochen, was man mit dem angebrochenen Abend anfangen wollte.

»Gehen wir doch tanzen«, schlug Olympia vor, trank einen Brandy nach dem anderen und hoffte inständig, bald an eine beruhigende Dosis Kokain herankommen zu können.

»Ich möchte etwas im Casino spielen«, verkündete die Contessa.

Sie teilten sich in zwei Gruppen auf. Saud, die Contessa, Jenkins Wilder, Dimitri, Francesca und Susan entschieden sich für das Casino, während Lennie Olympia und Fluff in eine Diskothek begleiten sollte. Horace blieb an Bord.

»Zu Regine's!« befahl Olympia, als sie in einen der bereitgestellten Cadillacs stiegen. Lennie machte gute Miene zum bösen Spiel, um sie nicht noch weiter zu reizen.

Er tanzte abwechselnd mit Olympia und Fluff, doch seine Gedanken waren bei Lucky. Er hatte Sehnsucht nach ihr und war entschlossen, in den nächsten Tagen zu seinem Engagement bei der *The Tonight Show* zu fliegen und einfach nicht hierher zurückzukehren.

Fluff hatte sich bald zwei Italiener geangelt, und Olympia war gerade in einer ruhigen Ecke dabei, eine Ration Kokain von einem bekannten Dealer der High-Society zu erwerben, als Flash Einzug in die berühmte Diskothek hielt.

Olympia glaubte, ihr Herz bliebe stehen.

»Flash!« rief Olympia.

Doch sie war nicht allein im Raum. Die Hälfte aller anwesenden Frauen hatte diesen Aufschrei getan.

Olympia runzelte die Stirn, denn Flash kam nicht allein. Er hatte eine Blondine in einem und eine Brünette im anderen Arm. Olympia kannte beide. Es handelte sich um zwei Jet-set-Bienen, die sie besonders haßte. Von Flashs junger Frau war weit und breit nichts zu sehen.

Olympia reckte ihren Busen, wartete, bis Flash an einem Tisch Platz genommen hatte, und trat dann zu ihm. »Na, so was!« begann sie. »Ist das ein Wiedersehen!«

Flash blinzelte aus blutunterlaufenen Augen zu ihr auf.

»Hallo, Darling«, murmelte er zerstreut.

»Na, was macht das Eheleben?« erkundigte Olympia sich sarkastisch. »Ist nicht besonders, was?... Hoffe ich wenigstens.«

»Ah… du bist's, Süße! Na, wir haben wohl ein paar Pfund zugelegt, was?«

Olympia zog automatisch ihren Bauch ein. »Noch immer der gleiche Charmeur! Du siehst aus wie 'ne wandelnde Leiche.«

Flash grinste nur höhnisch und wandte sich dann wieder seinen hübschen Begleiterinnen zu. Olympia schien für ihn Luft zu sein.

Olympia wandte sich ebenfalls abrupt ab.

Aus der Ferne hatte Lennie die Szene beobachtet. Sie ließ ihn kalt. Miss Stanislopoulos würde bald der Vergangenheit angehören.

Je schneller desto besser.

72. Kapitel

Nach ihrer Rückkehr nach New York rief Lucky sofort Gino an.

»Ich habe eine Überraschung für dich, Kleines«, versprach er. »Sei um halb sechs im ›Pierre‹.«

Als nächstes telefonierte sie mit ihren Anwälten wegen des Grundstückskaufs in Atlantic City. Die Verhandlungen waren erfolgreich gewesen. Es bedurfte nur noch ihrer Unterschrift, und das Grundstück, das sie gewählt hatte, gehörte ihr.

Eine seltsame Erregung erfaßte sie. Endlich war es soweit. Die Arbeit konnte beginnen. Sie war viel zu lange untätig gewesen. Außerdem würde das Projekt sie so mit den Gedanken in Anspruch nehmen, daß sie ihre Probleme mit Dimitri… und Lennie vergessen konnte.

Sie mußte unter die Affäre mit Lennie einen Schlußstrich ziehen, bevor es zu spät war. Ja, genau das mußte geschehen.

Drei Stunden später fuhr sie ins »Pierre«. In Ginos Suite erwartete sie auch die Überraschung... nämlich Onkel Costa aus Los Angeles. Gemeinsam gingen sie in ein bekanntes italienisches Familienrestaurant in Queens, wo sich Aldo und Barbara Dinunzio, alte Freunde von Gino, mit Kindern und Enkelkindern zu ihnen gesellten. Es wurde ein richtiger italienischer Familienabend mit ausgezeichnetem Essen, Wein und viel Gelächter.

Gino und Lucky hatten all diese Freunde seit Jahren nicht mehr gesehen, und die Herzlichkeit und Freude, die an ihrem Tisch herrschten, waren ansteckend.

Und während man in Erinnerungen schwelgte, schien auch Maria Santangelo, Luckys geliebte Mutter, gegenwärtig zu sein.

Später, auf der Rückfahrt zum Hotel, bat Gino Lucky noch auf einen Gute-Nacht-Drink in seine Suite.

Nachdem Costa sich zurückgezogen hatte, saßen Vater und Tochter nebeneinander auf der Couch und tranken Kognak.

»Daran könnte ich mich gewöhnen«, murmelte Gino. »Wir sollten das öfter machen.«

Lucky nickte und berührte vorsichtig seinen Arm. »Weißt du, vorhin... als Barbara von früher... und von Mutter erzählt hat...« Sie verstummte verlegen.

»Wir haben darüber nie gesprochen, was Kleines?« Gino hatte den Wink verstanden.

Lucky schüttelte den Kopf. »Nein... nie.«

Gino stand auf und ging zum Fenster. Schließlich drehte er sich um und sah sie an. »Deine Mutter ist die liebevollste und schönste Frau der Welt für mich gewesen«, begann er rauh. »Sie hat uns alle sehr geliebt. Als sie Maria umgebracht haben, haben sie mich umgebracht. Verstehst du?«

Das war also Ginos Erklärung dafür, daß er all die Jahre

vor seinen Kindern davongelaufen war. Er hatte wohl geglaubt, er könne sie nicht verlieren, wenn er sie nicht zu sehr liebte.

Welch ein Irrtum!

Aber dagegen war jetzt nichts mehr zu machen.

Lucky stand auf, ging zu ihrem Vater und umarmte ihn. »Erzähl mir von Mommy! Ich will alles wissen. Bitte! Sie soll wieder Teil meines Lebens werden.« Gino ließ sich nicht lange bitten.

Die Stunden vergingen wie im Flug mit glücklichen Erinnerungen. Erst in den frühen Morgenstunden kehrte Lucky in ihre Wohnung zurück.

Jess holte Lennie vom Flugplatz in Los Angeles ab und fuhr mit ihm in seine Wohnung.

»Ich brauche deinen Trost und Rat«, erklärte Lennie, als sie in seinem Apartment waren.

»Als ob du schon mal auf mich gehört hättest«, entgegnete Jess lächelnd.

»Ah, wie gut du mich kennst! Du wirst's nicht glauben, aber ich habe die einzige Frau getroffen, mit der ich mein Leben verbringen möchte.«

»Halt! Du brauchst nichts mehr zu sagen!« Jess hob in dramatischer Geste die Hände. »Eden hat sich auf die Yacht geschmuggelt und dich der griechischen Prinzessin unter der Nase weggeschnappt, stimmt's?«

»Eden?« Lennie lachte verächtlich. »Wer ist Eden?«

Jess seufzte. »Die große Liebe deines Lebens. Erinnerst du dich nicht mehr?«

»Spaß beiseite, Jess. Ich will mich scheiden lassen.«

Jess zog die Augenbrauen hoch. »Weiß deine jetzige junge Braut, daß sie bereits überflüssig geworden ist?«

»Ich hab's ihr noch nicht gesagt. Aber ich glaube kaum, daß ich ihr damit das Herz breche. Sie steht noch immer auf Flash.«

»Und in wen hast du dich diesmal verliebt?« erkundigte sich Jess interessiert.

»In Lucky Santangelo«, antwortete Lennie mit betont ernster Miene.

Jess Augen wurden groß. »Machst du Witze?«

»Mir ist es in meinem ganzen Leben noch nie so ernst gewesen.«

73. Kapitel

Nach der Abreise von Gino, Lucky und Lennie änderte sich der Lebensrhythmus auf der Yacht von Dimitri Stanislopoulos kaum merklich. Susan unternahm bloß nichts mehr ohne die Zustimmung der Contessa.

Dimitri, der der Meinung war, die Erneuerung seiner Affäre mit Francesca sei äußerst diskret vonstatten gegangen, lockerte seine vorigen strikten Verhaltensregeln an Bord, um jede freie Minute mit der wetterwendischen Schauspielerin zu verbringen.

Horace hielt sich wie immer ganz unauffällig im Hintergrund.

Olympia wartete nach Lennies Abreise genau eine Stunde, dann rief sie Flash in dessen Villa an.

»Beweg deinen feisten Hintern und komm her!« befahl er ihr herrisch. »Und bring Stoff mit. Wir feiern eine Party.«

Die Party dauerte drei Tage, und Olympia begann sich danach zu überlegen, wie sie Lennie beibringen sollte, daß es zwischen ihnen aus war. Vielleicht sollte sie die Schmutzarbeit einfach ihren Anwälten überlassen, die sowieso genug Geld von ihr kassierten.

Fluff und Jenkins kehrten bald nach Texas zurück.

An einem langen, heißen Nachmittag, als alle außer der Contessa von Bord gegangen waren, betrat Susan ihre Kabine und legte sich nackt aufs Bett. Wenige Minuten später trat die Contessa ein und befriedigte sie, wie nur Paige das verstanden hatte.

Susan schloß die Augen und genoß jede Minute weiblicher Berührung. Allein der Gedanke an Gino jagte ihr einen Schauer über den Rücken.

Captain Pratt und seine Frau hörten und sahen alles und taten so, als sei nichts geschehen.

Das Wetter in Südfrankreich war prachtvoll. Dimitri Stanislopoulos' Kreuzfahrt wurde wie üblich ein Erfolg.

74. Kapitel

Lucky und Paige waren sich auf Anhieb sympathisch. Nach Paiges Ankunft in New York brachte Gino sie zum Abendessen mit. »Paige ist eine alte Freundin von Susan und mir aus Kalifornien«, stellte er sie vor.

Na schau mal an, dachte Lucky, die diesen eigenartigen Glanz in Ginos Augen kannte. Sie hatte doch wirklich angenommen, Susan habe dem ein Ende bereitet.

Sie aßen bei »Elaine«, einem jener bekannten New Yorker Restaurants, in dem man saß, um zu sehen und gesehen zu werden.

Elaine, eine dunkelhaarige, interessante Frau, die alle ihre Gäste persönlich kannte, führte sie an ihren Tisch.

Paige begrüßte ein paar befreundete Schriftsteller, und Bobby Zarem, der bekannte PR-Agent, kam an ihren Tisch.

Es wurde ein fröhlicher und unterhaltsamer Abend für alle Beteiligten.

»Wer ist sie eigentlich?« erkundigte sich Lucky, als Paige kurz auf die Toilette gegangen war.

»Susans beste Freundin«, antwortete Gino verschmitzt.

»Warum tauschst du Susan nicht gegen sie ein?«

Gino grinste. »Sei nicht so vorlaut, Kleines.«

»Ich finde den Vorschlag gut. Was meinst du, Onkel Costa?«

Costa nickte amüsiert.

Lucky fühlte sich an diesem Wochenende in New York überglücklich. In Atlantic City waren alle wichtigen Dokumente unterzeichnet worden. Jetzt folgten Besprechungen mit Architekten und Baufirmen. Sie war wieder im Geschäft, und das war ein großartiges Gefühl.

Als sie in ihr Apartment zurückkehrte, lagen dort drei Nachrichten von Lennie für sie, die der Butler notiert hatte. »Mr. Golden bittet um Rückruf«, lauteten sie übereinstimmend, und darunter stand eine Nummer in Los Angeles.

Lucky zerknüllte die Zettel und warf sie in den Papierkorb, nur um sie Minuten später wieder herauszuholen und sorgfältig zu glätten. Und dann rief sie doch nicht an.

Lennie hatte keinerlei neues Textmaterial für den Auftritt in der *Tonight Show* aus Frankreich mitgebracht. Jess und Isaac waren wütend.

»Herrgott, was hast du denn die ganze Zeit auf dem verdammten Schiff getrieben?« empörte sich Jess. Dann fiel ihr Lucky Santangelo, Lennies neueste Flamme, ein. »O Mann!« stöhnte sie. »Und das alles wegen einer Frau, die dich schon mal in Vegas kaltgestellt hat! Weißt du nicht, daß Lucky Santangelo Beziehungen zum organisierten Verbrechen hat? Sie spielt mit den ganz großen Jungs! Ihr Vater ist Gino Santangelo... und der gehörte zum sogenannten Mob.«

»Das muß doch Jahre her sein, oder?«

»Wen interessiert das schon?«

»Ach, komm, Jess. Du scheinst doch so gut über die Santangelos Bescheid zu wissen. Wie lange ist denn das her? Jetzt ist Gino Santangelo bloß noch ein dicklicher, älterer Herr, der die Witwe eines Filmstars geheiratet hat.«

Jess blieb hartnäckig. »Glaub mir, Lennie, da bestehen

noch Verbindungen. Vor ein paar Jahren erst war Lucky in eine üble Schießerei verwickelt.«

»In eine Schießerei?«

»Ja, aber es ist alles unter den Teppich gekehrt worden. Es heißt, daß sie ihren Paten erschossen hat.«

»Gerüchte interessieren mich nicht... nur Tatsachen.«

»Sie hat ihn mit seiner eigenen Waffe in den Unterleib geschossen, wenn du's unbedingt wissen willst...«, entgegnete Jess aufgebracht. »Angeblich soll er versucht haben, sie zu vergewaltigen. Aber man vermutet eher, daß es ein Racheakt gewesen sei. Er hatte ihren Bruder und ihren Geliebten umgebracht.«

»Welchen Geliebten?«

»Marco... auch so ein charmanter Bursche, der aussah wie aus einem Verbrecheralbum.«

»Was war mit ihm?«

»Er wurde auf dem Parkplatz des Magiriano erschossen«, erzählte Jess. »Ich bin damals gerade ein halbes Jahr dort gewesen. Es war schrecklich. Alle redeten von Bandenkriegen. Lucky ist daraufhin eine Weile verschwunden, und die Gemüter haben sich wieder beruhigt. Damals hat Enzio Bonnatti, der Mann, den sie später erschossen hat, das Hotel geleitet.«

Lennie verarbeitete diese Neuigkeiten erst einmal schweigend.

»Matt kennt die ganze Geschichte«, fügte Jess hinzu. »Aber er hält den Mund. Der Mob in Las Vegas... das ist eine Grauzone, über die niemand spricht.«

»Danke für die Details im Lebenslauf von Lucky Santangelo«, sagte Lennie schließlich. »Aber meine Gefühle kann das trotzdem nicht berühren. Und merk dir eines, Jess: Du bist meine Managerin... und nicht mein Kindermädchen!«

Beide starrten sich wütend an. Doch keiner sagte mehr ein Wort. Dann kam Lennies Auftritt in der *Tonight Show*, und er wurde ein Erfolg. Johnny Carson war sehr angetan und lud ihn zu einer weiteren Ausgabe der Show ein.

Lennie allerdings beschäftigte nur die Frage, ob Lucky die Show ebenfalls gesehen haben könnte. Sie fehlte ihm.

Am Tag nach der Carson Show sagte Lennie zu Jess' Empörung einen Auftritt in einem Nachtclub ab und flog nach New York. Dort stieg er im Regency-Hotel ab und rief Lucky an. »Ich bin in der Stadt. Wir müssen miteinander reden«, erklärte er ohne Umschweife.

»Gib's auf! Es wird nichts passieren«, erwiderte sie.

»Mach's mir nicht so schwer. Du brauchst nur mit mir zu Abend zu essen.«

»Wozu denn? Das nützt auch nichts.«

»Ich möchte, daß du mir ins Gesicht sagst, daß zwischen uns nichts mehr geschehen kann. Dann lasse ich dich in Ruhe. Das verspreche ich dir.«

Lucky zögerte noch.

»Abgemacht?« drängte Lennie.

»Ich weiß nicht recht...«

»Also, du willst doch in Ruhe gelassen werden, oder? Ich kann dich mit Telefonanrufen, Briefen und Blumengeschenken bombardieren und dich völlig verrückt machen.« Und nach einer Pause fuhr er fort: »Ich an deiner Stelle würde diese großartige Gelegenheit, mich loszuwerden, beim Schopf packen.« Er ließ ihr einige Sekunden Zeit, zu einem Entschluß zu kommen, und fragte dann: »Wann soll ich dich abholen?«

»Es hat...«

»...keinen Sinn«, fiel er ihr ins Wort. »Du kannst mich um halb neun bei dir erwarten.«

Bevor Lucky noch widersprechen konnte, hatte Lennie aufgelegt. Er wollte Lucky Santangelo. Und daran würde ihn niemand hindern.

75. Kapitel

Francesca Fern empfand es als persönliche Beleidigung, daß Dimitri Stanislopoulos noch einmal geheiratet hatte, und gegen Ende der Kreuzfahrt wurden ihre diesbezüglichen Klagen immer eindringlicher.

»Es ist einfach erniedrigend!« warf sie Dimitri bei einer ihrer gewohnten Partien Backgammon vor. »Die ganze Welt weiß, daß du *mich* liebst! Und wie stehe ich jetzt da?«

Dimitri beugte sich über das Spielbrett, berührte ihr rotes Haar und ließ seine Hand spielerisch in den Ausschnitt ihres Kleides gleiten.

Francesca gab ihm einen Klaps! »Herrgott Dimitri, habe ich dir denn nicht genügt?«

»Ich habe Lucky wegen des Jungen geheiratet«, verteidigte Dimitri sich.

»Ja, ich weiß. Aber jetzt mußt du dich scheiden lassen!« forderte sie herrisch.

»Warum? Lucky stört uns doch nicht. Sie ist eine sehr unabhängige Frau... Außerdem scheinst du zu vergessen, daß du mit Horace verheiratet bist. Seit wie vielen Jahren schon bitte ich dich darum, dich endlich von Horace zu trennen und mich zu heiraten? Ich habe gebettelt und gedroht, alles Menschenmögliche getan. Und du wagst es, von ›Erniedrigung‹ zu sprechen?« Dimitri redete sich allmählich in Rage. »Mein Gott, Francesca, du könntest längst Mrs. Stanislopoulos sein!«

»Trenne dich von dieser... dieser Person... und wir sehen weiter«, erklärte Francesca arrogant.

»Nein«, widersprach Dimitri, schob das Backgammon-Brett beiseite und stand auf. »Du läßt dich von Horace scheiden... und *dann* sehen wir weiter.«

»Ich lasse mich von dir nicht erpressen!« fuhr Francesca empört auf.

»Mit Erpressung hat das nichts zu tun«, konterte Dimitri scharf. »Ich möchte endlich wissen, woran ich bin.«

Francesca straffte hoheitsvoll die Schultern. »Also gut«, entschied sie, »es ist wohl an der Zeit.«

»Wozu?«

»Daß wir endlich so zusammensein können, wie wir es uns immer gewünscht haben.«

»Dann läßt du dich also von Horace scheiden?«

»Ich werde über diese Möglichkeit nachdenken.«

Dimitri schlug mit der Faust auf den Tisch. »Verdammt! Entscheide dich gefälligst bald!«

Francesca warf mit funkelndem Blick ihre rote Haarmähne zurück. »Gut«, erwiderte sie. »Ich tu's.«

Die Contessa hielt Susans Hand. »Auf Wiedersehen, meine Liebe«, sagte sie. »Au revoir! Wir werden uns sicher irgendwo irgendwann wiedersehen.«

Die Contessa duftete nach Chanel. Sie hatte eine ledrige Haut und einen bitteren Zug um den Mund. Früher mußte sie eine ungewöhnliche Schönheit gewesen sein, jetzt war sie nur noch chic. In ihrer Gegenwart fühlte Susan sich wie ein unerfahrenes Mädchen.

»Bitte ruf mich an, wenn du mal in Beverly Hills bist«, murmelte Susan höflich und hoffte insgeheim, daß es dazu nie kommen würde.

»Beverly Hills«, wiederholte die Contessa mit einem amüsierten Lächeln. »Rodeo Drive und Leute vom Film.« Aus ihrem Mund klang es wie ein Schimpfwort.

»Und Araber«, fügte Susan bissig hinzu. Die Contessa war ein Snob. Und in Susans Augen hatte sie außerdem einen Hang zum Perversen. Nach ihren ersten, äußerst reizvollen sexuellen Erlebnissen hatte die Contessa vorgeschlagen, ihren schmierigen arabischen Freund hinzuzuziehen. Susan war entsetzt gewesen und hatte sich strikt geweigert. Seitdem hatte die Contessa sie mit geradezu aufreizender Herablassung behandelt.

Susan dachte an Paige. Sie konnte es kaum erwarten, sie wiederzusehen. Paige wäre nie auf die Idee gekommen, einen Dreier vorzuschlagen.

Olympia kehrte vollgepumpt mit Kokain auf die Yacht zurück. Dimitri war viel zu beschäftigt, um überhaupt Notiz von seiner Tochter zu nehmen. Francesca hatte sich bereit erklärt, seinen Anwalt in Paris aufzusuchen und mit ihm Einzelheiten ihrer Scheidung von Horace zu besprechen. Danach wollten sie ihm gemeinsam ihren Entschluß mitteilen.

Olympia zählte die Tage, bis Brigette in ihr Internat nach England zurückkehren würde. Das Kind war für sie nichts als eine lästige Verantwortung.

Flash war zu Plattenaufnahmen nach Deutschland geflogen. In einer Woche wollten sie sich in ihrem New Yorker Apartment treffen. Dann würde das Leben wieder normal verlaufen: mit Sex, Drogen und Rockmusik.

Flash hatte seine junge Frau mit keinem Wort erwähnt, und Olympia war fest entschlossen, Lennie loszuwerden.

»Francesca fliegt diese Woche einen Tag nach Paris«, verkündete Dimitri beim Abendessen. »Sie kann meine Privatmaschine nehmen.« Horace konzentrierte sich auf sein Essen und versuchte, die für ihn bedrohlichen Anzeichen zu ignorieren. Bis auf die Ferns, Olympia und die beiden Kinder mit Kindermädchen hatten alle übrigen Gäste inzwischen die Yacht verlassen.

»Na, wunderbar!« rief Olympia aus. »Dann fliege ich mit. Ich muß unbedingt mal einen Tag einkaufen gehen!«

Man beschloß, in zwei Tagen zu fliegen.

76. Kapitel

Susan kehrte nach Beverly Hills zurück, doch statt Gino fand sie dort nur ihre Tochter Gemma vor. »Was machst du denn hier?« erkundigte sie sich und versuchte ihre Enttäuschung zu verbergen. Sie war damals durchaus erleichtert gewesen, als die völlig überdrehte Gemma zusammen mit ihrem Freund eine eigene Wohnung bezogen hatte.

»Wir haben uns gestritten«, erklärte Gemma und biß in einen Apfel.

Susan zuckte mit den Schultern, begann Blumen in einer Vase zu arrangieren und ging ihrer Wege. Sie hoffte nur, Gemmas Aufenthalt würde nicht allzu lange dauern, denn sie fieberte Paige entgegen.

Gino verabschiedete sich mit Bedauern von Paige in New York. Sie hatten denkwürdige Tage zusammen verlebt. Paige war genau die Frau, die er brauchte.

»Ich bin in ein paar Tagen wieder in Los Angeles«, versprach er beim Abschied.

»Gut, dann buche ich die Suite im Beverly Wilshire für uns«, entschied sie mit einem liebevollen Lächeln. »Gib mir einfach Bescheid, wenn's soweit ist.« Sie wußten beide nicht, was aus ihrer Affäre werden würde, aber sie waren entschlossen, sie fortzusetzen.

Als Paige nach Hause kam, fand sie drei Nachrichten von Susan Martino-Santangelo vor. Nur äußerst widerwillig raffte Paige sich auf, zurückzurufen. Sie wußte nicht, ob sie das doppelte Spiel mit Gino und Susan noch weiter durchhalten konnte.

»Ich muß dich unbedingt sehen«, erklärte Susan.

»Ich ertrinke in Arbeit!« stöhnte Paige kurz angebunden.

»Es ist schrecklich wichtig«, beharrte Susan im Flüsterton.

Paige zögerte. Hatte Susan etwas gemerkt? »Also...«

»Komm morgen zum Tee zu mir. Um vier Uhr bei mir, ja?«

»Mein Gott, wie britisch!«

»Bitte mach's möglich!«

Paige seufzte. Es war besser, die Entscheidung nicht weiter hinauszuschieben. »Also gut, ich komme.«

Nachdem Paige New York wieder verlassen hatte, hatte Gino vorgehabt, noch ein paar Tage mit seiner Tochter zu verbringen, bevor er an die Westküste zurückkehrte. Aber als er Lucky endlich telefonisch erreichte, erklärte sie ihm beinahe atemlos, daß sie schrecklich viel Arbeit habe, es sehr bedaure, aber im Augenblick keine Zeit für ihn erübrigen könne.

Gino war, gelinde ausgedrückt, enttäuscht. Wer sollte die jungen Leute heutzutage verstehen? Gino beschloß, schon früher als geplant nach Los Angeles zurückzufliegen und Susan... und Paige zu überraschen.

77. Kapitel

Sich zu verlieben ist wie einen Autounfall haben, ohne mehr als eine Schramme davonzutragen. Himmelhoch jauchzend und zu Tode betrübt. Hungrig, aber unfähig, etwas runterzuschlucken. Heißes Bad folgt kalter Dusche. Man sehnt sich ständig nach Liebe, ist voller Hoffnungen und Lebensgier.

Sie kommt ohne Vorwarnung. Man fällt ins Wasser, ohne überlegen zu können wie es eigentlich passieren konnte. Der Zustand drängt sich einem auf, ist nicht mehr kontrollierbar. Ein verrücktes Herzklopfen, ein wild verwegenes Gefühl, ein Schicksalsschlag, der unbeirrt seinen Lauf nimmt.

Weder Lucky noch Lennie hatten damit gerechnet. Selbstverständlich hatten sie sich voneinander angezogen gefühlt, sexuell alles ausgekostet... aber bedeutete das Liebe?

Keiner wollte recht daran glauben.

Sie waren beide starke Persönlichkeiten, unabhängig und

intelligent, Menschen, die im Leben standen. Jeder war karriereorientiert und hatte ein festes Ziel vor Auge: Lucky ihr Hotel, und Lennie Ruhm und Anerkennung.

Ihre Beziehung fiel eigentlich völlig aus dem Rahmen.

Und doch... in gewissem Sinn hatten sich zwei Seelenverwandte gefunden... zwei leidenschaftliche Menschen mit ungeheurem Lebenshunger.

»Und wie geht's weiter?« fragte Lucky, nachdem sie achtundzwanzig Stunden ununterbrochen zusammen verbracht hatten.

»Wir machen uns von unseren wahnwitzigen Beziehungen frei... und dann tun wir was wirklich Verrücktes und heiraten, kriegen ein Dutzend Kinder und werden alt«, spottete Lennie, obwohl es ihm eigentlich ernst damit war.

Lucky erlebte alles wie in einem Traum. Sie hatte jegliche Kontrolle über ihre Gefühle verloren. Aber das beunruhigte sie nicht einmal. Sie fühlte sich herrlich.

»Meinst du wirklich?«

Lennie grinste. »Natürlich.«

»Sag das bitte nicht noch mal.«

»Warum? Erregt es dich?«

Sie stürzte sich auf ihn. »Du erregst mich! Und wie!«

Lachend wälzten sie sich im Bett in Luckys Haus in East Hampton.

Lennie drückte sie in die Kissen. »He, Lady... weshalb kämpfst du eigentlich immer gegen mich an?«

Lucky leckte sich aufreizend über ihre Lippen. »Damit du gewinnen kannst«, antwortete sie rauh. »Ich mag Sieger, weißt du?«

Mit einem Kuß brachte er sie zum Schweigen, und sie gab sich seiner Kraft, seinem Körper und dem Geruch seiner Haut hin. Ihr Widerstand war längst gebrochen. Lennie hatte sie mit seinem Aussehen, seinem Witz, seinem Intellekt, seiner Art, mit Kindern umzugehen, und nicht zuletzt mit seinen überzeugenden Qualitäten im Schlafzimmer im Sturm erobert.

Eine ganz normale Verabredung hatte genügt. Lennie hatte sie in ihrer New Yorker Wohnung abgeholt und sie in ein chinesisches Restaurant geführt. Die höfliche Konversation bei Frühlingsrollen, haschiertem Rindfleisch und einer Flasche Wodka hatte genau zehn Minuten gedauert. Danach hatten sie das Leben des anderen erforscht, Erfahrungen ausgetauscht, zugehört, erzählt, Zugeständnisse gemacht. Als das Restaurant gegen ein Uhr geschlossen hatte, waren sie mit Reden noch immer nicht fertig gewesen und in eine Jazzkneipe in Greenwich Village weitergezogen, wo sie es bis vier Uhr morgens ausgehalten hatten.

»Ich will noch nicht nach Hause«, erinnerte sich Lucky, schließlich gesagt zu haben.

Lennie schleppte sie daraufhin in ein Café, das hauptsächlich von Obern und Schichtarbeitern besucht wurde und durchgehend geöffnet hatte. Dort saßen sie in einer Ecke, tranken Unmengen von Kaffee, während alte Billie-Holiday-Platten aus der Musikbox dröhnten und eine grell geschminkte Nutte sich auf der engen Tanzfläche produzierte.

Lucky erzählte Lennie Dinge, über die sie bisher noch mit niemanden gesprochen hatte: über die entstellte Leiche der Mutter, die sie im Alter von fünf Jahren im Swimmingpool entdeckt hatte; wie sie sich mit dem Bruder völlig sich selbst überlassen geblieben war, weil der Vater sich seinen Kindern entfremdet hatte; wie sie als Teenager mit Olympia aus dem Internat ausgerissen war; und von der Ehe, in die Gino sie mit sechzehn Jahren getrieben hatte.

Und Lennie sprach von Alice und seiner Kindheit mit einer Mutter, die sich keinen Pfifferling um ihn scherte.

Gegen acht Uhr morgens waren sie schließlich zu der Tiefgarage gefahren, in der Luckys Ferrari stand. Sie warf Lennie die Schlüssel zu und beschrieb ihm den Weg zu ihrem Haus in East Hampton.

In einem Supermarkt kauften sie französisches Weißbrot, Butter, Speck und Eier.

»Ich kann nicht kochen«, gestand Lucky.

»Ich schon«, entgegnete Lennie und legte noch Champignons und Tomaten in den Einkaufskorb.

Das Haus in East Hampton war leer und verlassen. Die

Haushälterin war für einen Monat zu ihrer Familie nach Finnland gereist.

Obwohl keiner von beiden müde war, zogen sie sich nach dem Frühstück, das Lennie zubereitet hatte, in das große Schlafzimmer mit den bequemen Korbmöbeln zurück und liebten sich entspannt, als sei es das erste Mal. Dann schliefen sie engumschlungen ein.

Lucky wachte in der Abenddämmerung wieder auf. Lennie schlief noch tief und ruhig neben ihr. Lautlos ging sie in die Küche hinunter, öffnete eine Dose Kartoffelsuppe und trug wenige Minuten später zwei Suppentassen mit dem dampfend heißen Gericht nach oben.

Im Schlafzimmer küßte sie Lennie wach und reichte ihm seine Suppe. »Hier ist was Nahrhaftes«, erklärte sie. »Iß! Du brauchst alle Kraft, die du kriegen kannst.«

»Donnerwetter!« Er aß einen Löffel Suppe. »Also eine Büchse öffnen kannst du jedenfalls.«

Sie lachte leise. »Für dich lerne ich sogar das Kochen.«

»Wirklich?«

»Nein, eigentlich nicht. Aber es klingt doch gut, oder?«

Er stellte die Suppentasse beiseite und griff nach ihr. »Komm zu mir.«

Sie leistete keinen Widerstand. Die Sehnsucht nach seiner Berührung war zu groß, denn er verstand es, sie damit förmlich zu elektrisieren.

Sie streichelten einander nach allen Regeln der Kunst, bis sie beide einen ekstatischen Orgasmus erreichten.

Danach erzählten sie wieder bis tief in die Nacht hinein. Lucky erwähnte Ginos Steuerflucht nach Israel und wie sie das Familienunternehmen übernommen hatte. »Ich habe das Magiriano gebaut«, berichtete sie stolz. »Ich war damals fünfundzwanzig... und weiblichen Geschlechts! Schon deshalb hat man es mir nicht leichtgemacht.«

»Das kann ich mir vorstellen.«

»Nein, ich glaube, das kannst du nicht.«

»Aber ich versuch's jedenfalls.«

»Versuch' das mal!«

Sie barg ihr Gesicht zwischen seinen Lenden.

Lennie stöhnte vor Lust.

Lucky lächelte triumphierend.

Danach gestand er seine Affäre mit Eden, wie sehr er ihr verfallen gewesen war und wie trivial und nichtig ihm das alles jetzt erschien.

»Wie hat sie ausgesehen?« wollte Lucky wissen.

»Mager, blond, katzenhaft.«

»Hm«, murmelte Lucky.

»Sie war sehr schön.«

»Na und?«

»Eben. Na und?«

Er schob sanft ihre Schenkel auseinander. Ihr Schamhaar fühlte sich wie Seide auf seiner Stirn an, und es roch nach exotischen bittersüßen Blüten.

Lucky reckte die Arme über den Kopf, murmelte immer wieder seinen Namen, bis sie in einem weiteren, heftig pulsierenden Orgasmus Erlösung fand.

Endlich schliefen sie tief und fest bis zum darauffolgenden Morgen.

Als Gino anrief, erinnerte sie sich nicht einmal mehr daran, was sie zu ihm gesagt hatte. Sie wollte lediglich die Wirklichkeit noch eine Weile von Lennie und sich fernhalten. Bald würde Dimitri nach New York zurückkehren, und dann mußte eine Entscheidung getroffen werden.

78. Kapitel

»Wie kultiviert«, bemerkte Paige und betrachtete den Teetisch, den Susan gedeckt hatte. Es gab Brote mit hauchdünnen Gurkenscheiben belegt, Teegebäck, Ingwerkuchen und Earl-Grey-Tee in hauchdünnen, chinesischen Porzellantassen.

»Auf der Stanislopoulos-Yacht wurde jeden Nachmittag um vier Tee serviert«, berichtete Susan stolz.

»Das muß ja amüsant gewesen sein«, bemerkte Paige unbeeindruckt.

»Es war wunderbar!« seufzte Susan. Sie hatte die Kreuzfahrt ausgiebig genossen. Allerdings wünschte sie, sie hätte den perversen Avancen der Contessa lieber nicht nachgegeben. »Schade, daß du nicht dabeigewesen bist«, fügte sie hinzu und warf Paige einen vielsagenden Blick zu.

Paige aß hungrig ein Sandwich. Sie hatte doch Susan vor ihrer Abreise deutlich genug zu verstehen gegeben, daß es zwischen ihnen aus war. Wollte sie das denn nicht begreifen?

»Ich habe dich vermißt«, murmelte Susan und rückte auf der beigefarbenen Couch näher. Sie legte die Hand auf Paiges Schulter. »Sehr sogar.«

Paige wurde verlegen. Weshalb mußte das Ende von Liebesaffären immer so kompliziert sein?

Sie holte tief Luft und stand auf. »Susan, meine Liebe«, begann sie und sah die perfekt zurechtgemachte Freundin an. »Ich weiß, wir hatten was zusammen... aber das ist vorbei«, stellte sie unmißverständlich klar. »Die Zeit ändert vieles. Ich habe dir schon bei unserer letzten Begegnung gesagt, daß Ryder und ich noch einmal von vorn anfangen wollen.«

Susans schöne blaue Augen füllten sich mit Tränen. »Ich weiß, ich weiß«, murmelte sie, tapfer um Fassung bemüht. »Aber ich brauche dich, Paige. Du bedeutest mir soviel... Und wir haben uns doch viel gegeben...«

Paige warf einen besorgten Blick zur Tür. Sie hoffte, daß die Haushälterin nicht horchte.

Susan folgte ihrem Blick. »Ich habe dem Personal für den Rest des Tages Ausgang gegeben«, erklärte sie. »Sie kommen erst spät zurück. Und Gemma ist in San Franzisko. Wir sind vollkommen allein«, fügte sie bedeutungsvoll hinzu.

Paige nickte. Noch einmal mit Susan. Zum Abschied.

Sie hatte es zwar so nicht gewollt, aber es war vielleicht das beste.

79. Kapitel

Die Wirklichkeit holte sie ein. Lennie mußte an seine Karriere denken... und an seine Verpflichtungen.

Er rief Jess in Los Angeles an. Sie war außer sich vor Wut, weil er vierundzwanzig Stunden lang verschwunden geblieben war. »Deshalb rufe ich ja an«, beruhigte er sie. »Ich komme morgen zurück.«

»Na, ist ja großartig«, schnaubte sie verächtlich. »Fährst du direkt vom Flugplatz ins Studio? Oder wie hast du dir das vorgestellt. Die Aufnahmen für die neue Serie beginnen morgen... falls dich das interessiert.«

»Also dann komme ich doch gerade rechtzeitig.«

»Das Skript liegt in deinem Hotel. Tu mir den Gefallen, und lies es wenigstens im Flugzeug. Acht Uhr Montagmorgen... Studiotermin.« Nach einer Pause fragte sie: »Lennie?«

»Ja?«

»Ich kann dich nicht ausstehen!«

Lennie lachte. »Und ich liebe dich.«

»Da kann ich mir viel dafür kaufen!« zischte Jess.

Er legte auf. Lucky saß im Schneidersitz neben ihm auf dem Bett. Sie trug ein weites Sweatshirt, Kniestrümpfe und hatte das Haar zu Zöpfen geflochten. Ohne Make-up sah sie aus wie eine Sechzehnjährige.

»Unsere Idylle ist bedroht«, murmelte Lennie.

Sie zuckte mit den Schultern. »Das mußte ja irgendwann passieren.«

Er ließ sie nicht aus den Augen. »Ich wünschte, du könntest mitkommen.«

Lucky nickte. Und sie meinte es ehrlich. Aber beide wußten, daß das unmöglich war. Dimitri sollte mit Roberto nach New York zurückkehren, und bevor sie wirklich an ein gemeinsames Leben denken konnten, gab es viel zu regeln. Sie hatten lange und ausgiebig über eine gemeinsame Zukunft gesprochen und waren zu dem Schluß gelangt, daß sie dafür eine kurze Trennung in Kauf nehmen mußten. Lucky wollte Dimitri vor vollendete Tatsachen stellen, und Lennie hatte dasselbe mit Olympia vor.

»Ich möchte nicht weg«, seufzte Lennie leise und streichelte ihr Bein.

»Glaubst du, ich lasse dich gern gehen?« entgegnete sie.

Er nahm sie in seine Arme und wiegte sie zärtlich.

Sie atmete den besonderen Duft seiner Haut ein und war zufrieden.

»Du zitterst ja«, stellte Lennie besorgt fest.

Sie schmiegte sich enger an ihn. »Mir ist kalt.«

»Wir sind ja nicht lange getrennt.«

»Ich weiß.«

»Nach den Studioaufnahmen könnte ich Freitag nach New York zurückfliegen. Wir treffen uns dann hier. Dann haben wir das Wochenende für uns.«

Lucky lachte leise. »Dann koche ich herrliche Sachen für dich.«

»Prima! Sorg dafür, daß genügend Konserven hier sind. Deine Kartoffelsuppe ist ausgezeichnet.«

»Warte nur, bis du meine Waldchampignons versucht hast...«

»Hör zu... Es war die schönste Zeit in meinem Leben. Ich möchte, daß du das weißt.«

Sie berührte zärtlich seine Wange. »Ich weiß es.«

Sie liebten sich erneut; und diesmal zärtlicher und liebevoller denn je.

Lucky schlief in dieser Nacht in seinen Armen. Am darauffolgenden Morgen wachten sie früh auf und fuhren schweigend nach New York zurück.

Der Ausflug in die Idylle war vorüber.

Marco hatte sie einst verlassen...

Und sie hatte ihn lebend nie wiedergesehen...

80. Kapitel

Gino haßte das Altwerden. Er fühlte sich zwar noch großartig, aber mit vierundsiebzig begann man doch allmählich, das Licht am Ende des Tunnels zu sehen.

Während seines Aufenthaltes in New York hatte er seinen Arzt konsultiert.

»Sie sind in erstklassiger Verfassung«, bescheinigte ihm dieser. »Sie haben Herz und Lunge eines Fünfzigjährigen.«

Er pfiff auf die Konstitution eines Fünfzigjährigen. Am liebsten wäre er wieder zwanzig gewesen.

Auf dem Flug nach Los Angeles flirtete er ungeniert mit der Stewardeß. Sie hatte kupferrotes Haar und erinnerte ihn an Paige.

Sie reagierte durchaus geneigt. Allerdings wußte er nicht, ob sie ihn wirklich so unwiderstehlich fand oder es nur auf seine Brieftasche abgesehen hatte; und daß letztere keineswegs schmal sein konnte, war deutlich an seinem teuren Maßanzug und der goldenen Rolexuhr im Wert von sechstausend Dollar abzulesen.

Er wußte, sie würde zustimmen, sobald er ihr eine Einladung vorschlug. Frauen. Leicht zu haben. Die Geschichte seines Lebens.

Trotzdem probierte er es nicht. Er fühlte sich Paige gegenüber in der Pflicht. Seine Gefühle gehörten ihr. Und dieses Reservoir war unerschöpflich.

Susan hatte sich als große Enttäuschung entpuppt. Unter der gut zurechtgemachten Fassade steckte offensichtlich eine frigide Frau.

Vom Flugplatz aus nahm er ein Taxi nach Beverly Hills. Er hätte Susan anrufen und sie bitten können, ihm einen Wagen mit Chauffeur zu schicken, aber er war aus New York reichlich überstürzt abgereist. Außerdem machte es ihm Spaß, Susan zu überraschen. Bei ihr ging es stets viel zu programmiert zu.

Beverly Hills empfing ihn sauber, hypergepflegt und

friedlich. Genau wie meine Frau, dachte Gino, bezahlte das Taxi und ging zum Tor.

Zwei Eichhörnchen rannten über den Rasen, als Gino auf das Haus zuging. Susans Rolls-Royce parkte in der Auffahrt... und dahinter stand Paiges goldmetallicfarbener Porsche.

Damit schlug er zwei Fliegen mit einer Klappe. Er würde Paige früher wiedersehen als erwartet.

Er beschleunigte seine Schritte und griff nach dem Schlüsselbund in seiner Jackettasche.

Susan lag nackt und zitternd auf dem Bett. Ihre weiche, alabasterfarbene Haut hatte in Südfrankreich keinen Strahl Sonne abbekommen. Ihre helle Tönung war perfekt.

Paige hatte bis auf einen knappen, auberginefarbenen Slip und einen passenden Spitzen-BH alle Kleidung abgelegt. Sie sah auf Susan herab und fühlte absolut nichts. Aller Reiz ist vorbei, dachte sie.

Susans Busen lag schlaff, die Brustwarzen waren klein und zeigten keinerlei Erregung. Alles an ihr wartete darauf, sexuell stimuliert zu werden. Sie hatte stets Paige dieses Hervorkitzeln der Spannung überlassen. Früher war das für die Partnerin eine reizvolle Herausforderung gewesen, doch heute wußte Paige nicht, wie sie beginnen sollte. Aber es bedurfte nicht viel, um Susan zu erregen.

Paige biß die Zähne zusammen und konzentrierte sich auf ihre Aufgabe.

Die Villa in Beverly Hills entbot Gino kaum ein herzliches Willkommen. Sie besaß ebenfalls wie Susan nur eine luxuriöse Fassade.

Am späten Nachmittag regte sich dort nichts; mit Ausnahme einer einsamen Biene.

Gino betrat das Eßzimmer und fand dort einen gedeckten Teetisch mit angebrochenen Kuchenplatten vor. Er bediente sich an den Gurkensandwiches und schlenderte in die leere Küche. Schließlich ging er in den ersten Stock hinauf. Er hatte den Verdacht, daß Susan dort ihr neuestes Haute-Couture-Modell der Freundin vorführte. Frauen und Kleider! Sie gehörten zusammen wie Geld und Macht.

Paiges Parfüm hing in der Luft. Er atmete tief durch, denn er mochte diesen Duft und mußte unwillkürlich lächeln. Gino Santangelo, der Duftexperte, der ehemalige Straßenjunge mit der sensiblen Nase.

Er stieß die Schlafzimmertür auf und blieb bewegungslos stehen. Das Bild, das sich ihm bot, erinnerte an ein bekanntes Gemälde: zwei Frauen, vor Entsetzen plötzlich zu Stein erstarrt.

Die Rothaarige – drall und sexy, die Blonde – schlaff und gleichgültig.

Offenbar wurde hier das Spiel gespielt: »Zeigst du mir deinen... zeig ich dir meinen.«

Das einzige Geräusch in dem großen Haus schien plötzlich das Pochen des Blutes in seinen Schläfen zu sein.

81. Kapitel

Im Süden Frankreichs wartete Dimitri geduldig auf die Rückkehr seines Privatjets, der Olympia und vor allem seine Geliebte Francesca aus Paris zurückbringen sollte. Er beobachtete Roberto und Brigette, die ausgelassen im Swimmingpool planschten, und versuchte, Horace' versteckten Fragen auszuweichen. Als sein Anwalt ihn nach dem Gespräch mit Francesca aus Paris angerufen hatte, war er angesichts von Francescas reichlich überzogenen Forderungen im Fall einer Ehe nur vor dröhnendem Lachen beinahe vom Stuhl gefallen und hatte die Anweisung gegeben, auf alles einzugehen.

Francesca würde endlich ihm gehören. Die Kosten spielten für ihn dabei keine Rolle.

Lennie kehrte aus Los Angeles zu der noch immer wütenden Jess und in sein ödes Apartment zurück. Die Produzenten der Fernsehserie *The Springs* waren alles andere als begeistert, als er das Drehbuch bemängelte, das man ihm nach New York geschickt und das er auf dem Rückflug gelesen hatte. »Es ist nichts als Mist!« erklärte er unumwunden.

»Sie können uns mal!« schimpften die Produzenten. »Morgen fangen wir mit den Dreharbeiten an. Änderungen hätten Sie längst geltend machen müssen. Aber Sie waren ja überall, bloß nicht in Los Angeles!«

Lennie saß die ganze Nacht an seinem Schreibtisch und schrieb seine Rolle um, versuchte sich zu konzentrieren und nicht an Lucky zu denken.

Er rief jede Stunde an, bis sie ihm schließlich sagte: »Unser Verhalten ist absolut lächerlich.« Trotzdem redeten sie weiter.

»Ruf mich morgen an«, bat Lennie zum Schluß. »Ich bin gegen acht Uhr kalifornischer Zeit wieder zu Hause.«

Sie hatten alles besprochen. Lucky wollte Dimitri so schnell wie möglich beibringen, daß sie die Ehe als beendet betrachtete. Dann sollte sie mit Roberto und CeeCee aus der New Yorker Wohnung wieder in ihr Haus in East Hampton ziehen. Alles Weitere war Sache der Anwälte.

Olympia spürte sofort, daß etwas nicht stimmte. Sie war oft genug geflogen, um die Anzeichen von so etwas zu erkennen. Die Maschine hatte immer wieder und schon viel zu lange zur Landung angesetzt.

Die schwedische Stewardeß war unter ihrer Sonnenbräune bleich geworden, und das hatte wohl kaum etwas mit dem Gewitter zu tun, das sie durchflogen hatten.

»Was ist denn los?« verlangte Olympia zu wissen und hielt sie am Arm zurück, als sie an ihr vorbeihasten wollte.

Die Stewardeß lächelte flüchtig. »Nichts«, erwiderte sie mit falschem Optimismus.

»Das können Sie mir nicht erzählen!« konterte Olympia seltsam ruhig.

»Wir haben nur Probleme mit dem Fahrwerk«, gestand die Stewardeß schließlich.

»Probleme? Inwiefern?«

»Es klemmt.«

»Na, ist ja wunderbar!«

»Die Flughafenbehörden in Nizza sind bereits verständigt. Aber der Captain glaubt, daß es von selbst freikommen wird, bevor wir uns auf eine Notlandung vorbereiten müssen.«

Im ersten Augenblick erfaßte Olympia Panik. Sie warf einen flüchtigen Blick auf Francesca, die auf dem Nebensitz fest eingeschlafen war. »Wecken Sie sie erst auf, wenn es unbedingt nötig ist!« befahl sie der Stewardeß.

Die Stewardeß nickte. Sie war sichtlich nervös.

»Wie lange kann der Captain die Maschine noch in der Luft halten?« wollte Olympia wissen.

»Zwanzig Minuten.«

Zwanzig Minuten! Und was passierte, wenn sich das Fahrwerk bis dahin nicht ausfahren ließ?

Olympia griff nach ihrer Notration Kokain.

82. Kapitel

»Dimitri Stanislopoulos' Privatjet verunglückte bei einer versuchten Notlandung um Viertel vor acht Uhr am Freitagabend.

Es befanden sich neun Menschen an Bord ... zwei Passagiere und sieben Mitglieder der Crew.

Bei der Landung auf einem Schaumteppich geriet die Maschine auf der Landebahn ins Schleudern, brach auseinander und ging sofort in Flammen auf. Zwei Crewmitglieder und einer der Passagiere entkamen dem Flammeninferno. Alle drei erlitten schwere Verbrennungen.

Die übrigen Insassen der Maschine konnten nur noch tot geborgen werden.«

DRITTES BUCH

Sommer 1983

83. Kapitel

Carrie Berkeley lächelte charmant, während sie Bryant Gumbel in der *Today Show* gegenübersaß und die amerikanische Nation unterhielt. Über den Straßen von New York lag flimmernde Hitze, doch im klimatisierten Studio der NBC im Rockefeller Center plauderten die jugendlich wirkende, elegante neunundsechzigjährige Carrie und Bryant, der beste Interviewer des Fernsehens, witzig und entspannt miteinander.

Carrie machte einen Werbefeldzug für die Taschenbuchausgabe ihres Buchs, das sie in Zusammenarbeit mit Anna Robb unter dem Titel *»The Carrie Berkeley Book of Beauty and Style«* herausgebracht hatte und das inzwischen auf der Bestsellerliste der Taschenbücher immer höher kletterte. Die gebundene Ausgabe hatte sieben Wochen lang an der Spitze der Bücherliste der *New York Times* gestanden.

Nach der Sendung wartete bereits draußen eine Limousine auf Carrie, um sie zur nächsten Veranstaltung zu bringen. Sie lehnte sich in die kühlen Lederpolster zurück und dachte wie so oft in den vergangenen Wochen verwundert darüber nach, was aus ihrem Leben geworden war. Sie, Carrie Berkeley, war eine bekannte Autorin! Natürlich nur mit Hilfe von Anna Robb. Die beiden Frauen verband mittlerweile eine enge Freundschaft... eine Freundschaft, die schließlich dazu geführt hatte, daß Carrie Anna Einblick in die Geheimnisse ihrer Vergangenheit gewährt und zugestimmt hatte, unter ihrer Anleitung ihre Biographie zu schreiben. Seit mehr als einem Jahr nun hatten sie an dem aufsehenerregenden Manuskript gefeilt, das erst vor wenigen Tagen fertiggestellt worden war und nun einem Verleger angeboten werden konnte.

»Wir können mit einem Vorschuß von mindestens einer halben Million Dollar rechnen«, hatte Anna behauptet. »Deine Lebensgeschichte ist reiner Sprengstoff!«

Carrie wußte nicht recht, ob es ihr den Preis einer halben

Million wert sein sollte, ihre Lebensgeschichte zu enthüllen. Aber Geld hatte von vornherein bei diesem Vorhaben keine Rolle für sie gespielt. Anna hatte sie überzeugt, daß ihre Lebensgeschichte einfach erzählt werden sollte. Und beim Korrekturlesen des Manuskripts waren einige Teile so schmerzlich für sie gewesen, daß sie erkannt hatte, wie recht Anna gehabt hatte.

Bis zu diesem Zeitpunkt wußte noch niemand etwas von dem neuen Buch... nicht einmal Steven oder Fred Lester.

»Wir müssen Fred Lester das Manuskript zuerst anbieten«, erklärte Anna. »Ich glaube nicht, daß er den Preis in dieser Höhe bezahlen wird, aber er hat auf alle Fälle das Vorkaufsrecht.«

Carrie stimmte zu. Sie wußte inzwischen von Annas und Fred Lesters Beziehung.

Für Carrie war die Niederschrift ihrer Lebensgeschichte eine Art seelische Befreiung gewesen. Sie machte sich lediglich darum Sorgen, wie Steven darauf reagieren würde. Anna hatte sie in dieser Beziehung stets beruhigt. »Steven ist erwachsen«, lautete ihr Argument. »Du mußt stets das tun, was du für richtig hältst. Und Steven sollte deine Entscheidung akzeptieren.«

Carrie mußte Anna recht geben. Ihre Sorgen wurden allerdings dadurch nicht geringer.

»Ich bin zu allem bereit«, erklärte Mary Lou Moore und sah Steven Berkeley aus ihren großen braunen Augen entschlossen an. »Ich will kämpfen und... gewinnen!«

»Sind Sie sich Ihrer Sache ganz sicher?« hakte Steven noch einmal nach. »Es wird nicht leicht werden. Die Burschen setzen alles daran, Sie fertigzumachen.«

»Das ist für mich doch erst recht ein Grund zu kämpfen«, entgegnete sie heftig.

»Gut, dann lassen wir es also auf eine Aussage vor Gericht ankommen«, entschied Steven, der froh war, daß seine Klientin so mutig war. »Der Termin liegt bereits fest. Es gibt keinen Aufschub mehr.«

Mary Lou seufzte erleichtert und warf Steven lange einen Blick zu.

Steven sah weg und begann, in seinen Akten zu kramen. In letzter Zeit waren Mary Lous Blicke in seine Richtung allzu vielsagend geworden, doch er wollte lieber keine Bedeutung darin lesen. Sie blieben Anwalt und Klientin... auch wenn sie für ihn sehr attraktiv war. In den vergangenen drei Jahren hatte er beobachtet, wie aus dem linkischen Teenager eine liebenswerte junge Frau geworden war. Mary Lou hatte eine interessante Entwicklung durchgemacht.

»Wie wär's mit einem gemeinsamen Mittagessen?« erkundigte sich Mary Lou mit einem Lächeln. »Wir müssen doch feiern, daß wir endlich vor Gericht gehen, oder?«

Steven fand sie sehr verlockend... aber sie war zu jung für ihn... erst zwanzig. Außerdem hielt er prinzipiell Privatleben und Beruf streng voneinander getrennt. »Ich habe leider schon eine Verabredung mit einem Klienten«, log er hastig.

»Ich bin eine Klientin«, erinnerte Mary Lou ihn und neigte den Kopf nachdenklich zur Seite.

»Ich weiß. Aber wir haben während des Gerichtsverfahrens noch häufig genug Gelegenheit, zusammen zu essen«, entgegnete er.

Nachdem Mary Lou sein Büro verlassen hatte, saß Steven grübelnd hinter seinem Schreibtisch. Wäre es wirklich ein Fehler, mit ihr auszugehen?

Ja, sagte eine innere Stimme.

Warum?

Weil sie praktisch noch ein Kind ist.

Er war fünfundvierzig und konnte praktisch schon ihr Vater sein. Außerdem war sie Schauspielerin und ein Fernsehstar.

Na und, fragte eine andere innere Stimme.

Vielleicht sollte er mit ihr ausgehen, sobald der Fall beendet war.

Aber vielleicht wollte sie dann gar nicht mehr mit ihm ausgehen.

Steven dachte einen Augenblick über die Entwicklung

dieses Falls nach. Sie hatten als erstes einen billigen Illustrierten-Verlag verklagt. Während der Recherchen und Niederschrift der Aussagen hatte sich dann herausgestellt, daß die sogenannten Vista Publications und die Ravier Distribution, Inc., die Verteilerfirma, lediglich Tochtergesellschaften der Bonnatti Publications waren. Sie kämpften also praktisch gegen das Bonnatti-Imperium. Der Hauptaktionär dieses Unternehmens war ein gewisser Santino Bonnatti. Und Steven wußte gut über diesen Santino Bonnatti Bescheid. Er war der Sohn jenes berühmt-berüchtigten Enzio Bonnatti, den Steven beinahe verhaftet und vor Gericht gebracht hätte, hätte ihm das Schicksal in der Gestalt von Lucky Santangelo keinen Strich durch die Rechnung gemacht.

Aber jetzt hatte er wenigstens etwas gegen den Sohn in der Hand. Allerdings genügte das Material nicht, um ihn hinter Gitter zu bringen; und das, obwohl er bekanntermaßen an der Westküste einer der Hauptverantwortlichen im Geschäft mit Drogen, Pornographie und Prostitution war. Aber zumindest konnte Steven ihm mit seiner Klage empfindlich schaden... und zwar nämlich dort, wo es am meisten weh tat: in der Brieftasche.

Mary Lou klagte auf zehn Millionen Dollar Schadensersatz. Und Steven hatte vor, diese Summe bis auf den letzten Penny einzutreiben.

In diesem Moment betrat Jerry sein Büro. »Hast du Lust, mit mir zu Mittag zu essen?«

»Wenn du bezahlst, jederzeit«, erwiderte Steven.

Sie gingen ins Restaurant »Four Seasons« und trafen dort Carrie, die mit Anna Robb und Fred Lester zu Mittag aß. Carrie war wie immer chic und elegant, von Kopf bis Fuß eine perfekte Dame.

»Deine Mutter ist wie ausgewechselt«, bemerkte Jerry, nachdem sie sich gesetzt hatten. »Wirklich toll, was sie aus ihrem Leben gemacht hat!«

Steven mußte ihm recht geben. Er war froh, daß er drei Jahre zuvor die besessene Suche nach seinem Vater aufgegeben und sich darauf konzentriert hatte, wieder ein eigenes

Leben aufzubauen. Bisher war ihm das gut gelungen, so gut, daß Jerry ihn zu seinem Partner machen wollte.

Er lebte wieder in seinem eigenen Haus von früher und war mit mehreren interessanten Frauen befreundet. Es lief also alles bestens.

Warum war er dann nicht glücklich?

Weil ihn tief im Inneren noch immer die ungelöste Frage nach seinem leiblichen Vater quälte.

Eines Tages mußte er die Antwort finden.

Eines Tages.

84. Kapitel

»Lennie!« ertönte es in nervtötend jammerndem Ton. Und noch einmal lauter: »Lenniiiie!«

Er hörte sie, obwohl er in seinem Arbeitszimmer saß. Vor ihren Rufen gab es kein Entkommen. Sie verfolgten ihn sogar noch bis an den Strand.

Lennie griff langsam nach dem Telefonhörer und schaltete die Haussprechanlage ein. »Was gibt's denn?« fragte er gereizt.

»Ich fühle mich einsam.«

»Ich muß arbeiten.«

»Das weiß ich. Ich bin trotzdem einsam. Komm und rede wenigstens mit mir.«

»Gut. Gib mir noch zehn Minuten!«

Er legte den Hörer auf und starrte aus dem Fenster. Die Aussicht war herrlich: üppige, künstlich angelegte Wasserfälle, tropische Farne, Blüten und Palmen, soweit das Auge reichte.

Sein Arbeitszimmer war elegant eingerichtet und besaß die neueste hochempfindliche Stereoanlage mit Videorecordern und Bildschirmen, mit denen man Programme aus aller Welt empfangen konnte.

Das riesige Herrenhaus, in dem sie lebten, lag hoch über Bel Air. Es hatte vierzehn Schlafzimmer, ebenso viele Badezimmer und unzählige Wohn- und Aufenthaltsräume, Swimmingpools im Haus und im Garten, zwei Tennisplätze, ein japanisches Wellenbad und eine Rollschuhbahn.

Im Keller befanden sich eine komplett ausgerüstete Diskothek, zwei Zimmer mit Billardtischen und ein Privatkino mit dreißig Plätzen.

Dabei hatten sie so gut wie nie Besuch. Olympia war krankhaft menschenscheu geworden, obwohl ihre häßlichen Brandnarben längst verheilt und die Kunst der plastischen Chirurgie wahre Wunder bei ihr bewirkt hatte. Sie war fast wieder so hübsch wie vor ihrem Unfall. Der Grund, warum sie keine Menschen um sich duldete, war ihre Fettsucht. Die einst hübsche mollige Olympia Stanislopoulos wog mittlerweile über zwei Zentner. Sie war eine fette, blonde, übellaunige reiche Erbin geworden, die ihre unappetitlichen Formen unter weiten Kaftans verbarg. Ständig versprach sie Lennie abzunehmen und ließ sich doch unablässig von ihren Hausmädchen Schokoladentorte, Süßigkeiten und alle Lekkereien, die sie kriegen konnte, ins Haus schmuggeln.

»Lennie!« ertönte erneut Olympias Stimme schrill und ungeduldig.

Er stand auf und machte sich widerwillig auf die Suche nach ihr.

Sie stand in der riesigen Küche und starrte mißmutig in den gefüllten Hotelkühlschrank.

»Hier gibt's nie was Anständiges zu essen!« schimpfte sie.

»Wir haben doch erst vor einer Stunde gegessen«, erinnerte Lennie sie.

»Nennst du Karotten und Sellerie was zu essen?« schnaubte sie verächtlich. »Das ist doch lächerlich!«

»Du solltest in eine Klinik gehen«, bemerkte er. »Dann wäre alles viel einfacher für dich.«

Ihre blauen Augen verengten sich zu Schlitzen. Sie musterte ihn gehässig. »Und vor allem für dich, was? Man schickt die Frau zur Abmagerungskur, damit der Star hier eine sturmfreie Bude hat, was?«

Damit war sie wieder beim Thema. Der übliche Streit. Wie lange wollte er das noch über sich ergehen lassen?

»Ich weiß nicht, warum du dich so dagegen wehrst«, entgegnete er ruhig. »Deine Pfunde wirst du nur mit ärztlicher Hilfe los.«

»Du Ratte!« zischte sie. »Du willst *mich* doch nur loswerden, damit du in diesem Haus deine Orgien feiern kannst!«

Sie hatte ihn nie in flagranti ertappt, doch sie verfolgte mißtrauisch alles, was er tat. Und sie hatte recht. Lennie war alles andere als ein Heiliger. Mit Frauen zu schlafen war seine Methode, über den Schmerz hinwegzukommen.

Was sollte er auch tun? Seitdem ihn die Nachricht von Olympias Unfall erreicht hatte, sie mit schweren Verletzungen zuerst im Koma und dann monatelang im Krankenhaus gelegen hatte, war er praktisch der Gefangene seiner eigenen Moralvorstellungen und seines Pflichtbewußtseins.

Dimitri hatte viel zu sehr mit seinem eigenen Kummer über den Verlust von Francesca zu tun, als daß er sich um seine Tochter hätte kümmern können. Er schickte nur Rosen. Noch während Olympias Krankenhausaufenthaltes hatte Lennie Lucky zum letztenmal gesehen. Als Dimitri damals mit Olympia am Krankenbett gesprochen hatte, hatte Lennie Dimitris Frau beiseite genommen. »Wir müssen miteinander reden!« hatte er gedrängt.

Lucky hauchte entschlossen, die Augen hinter einer großen Sonnenbrille verborgen: »Es hat sich jetzt alles geändert.«

»Das ist nur ein vorübergehender Rückschlag...«, begann er.

Lucky unterbrach ihn scharf: »Nein, das ist Schicksal! Wir sind eben nicht füreinander bestimmt. Ich habe irgendwie immer geahnt, daß das, was uns verband, zu schön war, um von Dauer zu sein.«

»Sobald Olympia aus dem Krankenhaus entlassen wird...«

»Braucht sie dich mehr als alles andere«, fiel sie ihm

erneut ins Wort. »Und du kannst dich dieser Pflicht nicht entziehen«, fügte sie resignierend hinzu.

»Lucky...«

»Es geht ja nicht allein um Olympia«, fuhr sie ruhig fort. »Dimitri braucht mich ebenfalls jetzt. Er... er läßt mich auch gar nicht gehen.«

Kurz darauf kam Dimitri aus Olympias Krankenzimmer, und er und Lucky hatten sich verabschiedet.

Seit damals hatte er Lucky nicht wiedergesehen. Dimitri hatte sich auf seine Insel zurückgezogen, und Lucky und Roberto lebten bei ihm.

Lennie hatte lernen müssen, mit dem quälenden, deprimierenden Gedanken zu leben, daß Lucky zu ihrem Mann für immer zurückgekehrt war.

Er zog mit Olympia nach Kalifornien, wo diese die riesige Villa über Bel Air gekauft hatte. Und eines Morgens, wenige Tage nach einem kurzen Besuch von Brigette, bestellte Olympia Wagen und Chauffeur und fuhr, das Gesicht von einem Schal verhüllt, aus.

Als Lennie davon erfuhr, war er glücklich. Es war das erste Mal, daß sie das Haus verlassen hatte. Eine Stunde später kehrte sie völlig aufgelöst nach Hause zurück. Sie erzählte ihm nie, was geschehen war, aber Lennie fand bald heraus, daß sie offensichtlich bei Flash gewesen war, der nur einen Blick auf sie geworfen und sich dann jeden weiteren Besuch von ihr verboten hatte.

Lennie erhielt kurz darauf einen Anruf von Flashs Manager, der gnadenlos verlangte, daß Olympia in Zukunft nicht mehr in dessen Nähe kam.

Und daraufhin begann Olympia, sich wie nie zuvor an Lennie zu klammern... die Auffrischung ihrer sexuellen Beziehungen zu verlangen.

Lennie tat sein Bestes, aber sein Bedürfnis nach Lust war gleich Null.

Olympia war anfangs erstaunlich verständnisvoll gewesen und hatte für die Misere ihr entstelltes Äußeres verantwortlich gemacht.

Lennie allerdings hatte nur eine Entschuldigung dafür,

und die konnte er ihr nicht sagen: Lucky beherrschte seine Gedanken und Gefühle. Sie war die einzige Frau, nach der er sich sehnte und die er durch diesen tragischen Unfall nun für immer verloren zu haben schien.

Seine Karriere stagnierte monatelang. Schließlich erfüllte er sich einen alten Wunsch und begann, selbst ein Drehbuch zu schreiben, während Olympia weitere kosmetische Operationen an sich vornehmen ließ, die sich später als erfolgreich erwiesen.

Nach Fertigstellung des Drehbuchs übergab Lennie das Manuskript Jess, die so begeistert davon war, daß sie mit all ihrer Energie einen Produzenten dafür suchte und schließlich auf Ryder Wheeler stieß, der kurz zuvor mit einer Billigproduktion mit Vitos Felicidade als Star einen unerwarteten Riesenerfolg gehabt hatte. Er zeigte sich interessiert, und innerhalb weniger Wochen war man sich einig.

Der Rest ging in die Filmgeschichte ein. *Private Dick* wurde der erfolgreichste Film des Jahres 1981. Lennie wurde zum Filmstar und bekam einen Millionenvertrag von einer der größten Filmgesellschaften, die ihn als Autor und Star für drei weitere Filme einkauften.

Beruflich hatte er die absolute Spitze erreicht.

Sein Privatleben war ein Scherbenhaufen.

Und das für ganze drei Jahre.

85. Kapitel

Eröffnungsfeierlichkeiten waren für Lucky stets ein Alptraum, und dies war das zweite Mal, daß sie die selbstauferlegten Qualen durchmachte. Das erste Mal lag acht Jahre zurück. Damals hatte sie das Magiriano in Los Angeles eröffnet. Mit geschlossenen Augen erlebte sie noch einmal die ängstliche Erwartung, die gespannte Erregung von damals.

Und jetzt war es das Santangelo-Hotel in Atlantic City. Endlich war es soweit. Sie konnte es kaum erwarten.

Langsam, beinahe rituell bereitete sie sich auf den Abend vor. Nach einer ausgiebigen Dusche frottierte sie sich mit den riesigen, weichen Frotteehandtüchern ab, die in sämtlichen Farbtönen speziell für das Santangelo hergestellt worden waren. Dazu gab es passende Seidenkimonos aus Hongkong, ein Gastgeschenk des Hotels an seine Gäste.

Lucky, die sonst selten Make-up auftrug, schminkte sich für den feierlichen Anlaß sorgfältig und zog ein langes Kleid aus schwarzem Satin, Schlangenleder und Spitze an, das sie wie eine zweite Haut umgab.

Das Haar trug sie locker auf die Schulter fallend.

Nach einem zufriedenen Blick in den Spiegel steckte sie ihre Lieblingsbrosche, den juwelenbesetzten Panther, an und vervollkommnete ihre Erscheinung mit tropfenförmigen Brillantohrringen, zwei passenden Armbändern und einem blinkenden Brillantring. Dimitri überhäufte sie ständig mit Geschenken. Dies war seine Art, sich bei ihr zu bedanken.

Von Francescas Tod hatte er sich nie wieder erholt. Und sein Dank galt Lucky, weil sie als seine Frau bei ihm geblieben und ihm Roberto, seinen einzigen Lebensinhalt, gelassen hatte.

Nachdenklich betrachtete Lucky ihr Spiegelbild in ihrem Penthouseapartment im Santangelo-Hotel. Sie wußte, daß Außenstehende in ihr eine starke, selbstbewußte Frau mit Sexappeal sahen. Unsichtbar für die anderen blieb, daß sie unter dem berechnenden Äußeren verwundbar und unglücklich war. Sie würde es nie verschmerzen, Lennie verloren zu haben, und deshalb war sie fest entschlossen, sich nie wieder in die gnadenlose Umklammerung der Liebe zu begeben.

Zuerst Marco.

Dann Lennie... Beide hatte sie ohne eigenes Zutun verloren.

Oft fragte sie sich, wie ihm wohl zumute war. Anfangs hatte er häufig versucht, sie zu erreichen. Telefonanrufe, Briefe hin und her.

Begriff er nicht, was geschehen war? Für sie war der Flugzeugabsturz eine Art Warnung gewesen. Falls sie ihn je wiedersah, würde etwas Schreckliches eintreten. In diesem Punkt war sie sich ganz sicher.

Sie atmete tief durch, fuhr sich mit der Zunge über die Lippen, warf den Kopf entschlossen zurück und ging zu ihrem Privatlift. Sie war bereit.

»Wirklich eine reife Leistung«, murmelte Costa bewundernd.

»Ja, nicht schlecht«, stimmte Gino ihm gelassen zu.

Gino war mittlerweile geschieden.

Susan hatte ihn ausgepreßt wie eine Zitrone.

Kalifornische Gesetze.

Was Gino betraf, so hatte er kein Hehl daraus gemacht, was er von solchen Gesetzen hielt.

Er hatte sie in flagranti erwischt... aber sie hatte die Forderungen in Millionenhöhe gestellt.

Eine Hyäne hinter damenhafter Fassade.

Und die ganze Zeit über war sie hinter Frauen her gewesen.

Er würde nie den Ausdruck ihrer Gesichter vergessen, als er sie beide im Bett erwischt hatte.

Susan und Paige – seine Frau und seine Geliebte.

Zwei Lesbierinnen.

Er gestand es sich zwar nie ein, doch er vermißte Paige. Die eigentliche Enttäuschung für ihn war sie. Selbstverständlich hatte er sie nie wiedergesehen.

»Da kommt Lucky«, sagte Costa voller Bewunderung. »Sie sieht einfach hinreißend aus.«

Gino mußte ihm insgeheim recht geben. Seine Tochter war eine erstaunliche Erscheinung.

Brigette Stanislopoulos frisierte ihr langes blondes Haar. Sie war nun schon vierzehn Jahre alt, wurde jedoch stets für achtzehn oder neunzehn gehalten. Das machte ihr Spaß.

Brigette ging inzwischen in ein Schweizer Internat. Das L'Evier, eine strenge Mädchenschule, hatte vor ihr bereits ihre langweilige, fettsüchtige Mutter Olympia und die Frau ihres Großvaters besucht, die sie so sehr bewunderte. Olympia und Lucky waren damals von eben jener Schule geflogen, und Brigette wunderte sich gelegentlich, weshalb ihre Mutter sie ausgerechnet dorthin geschickt hatte. Doch insgeheim ahnte sie den Grund: Das Internat war weit weg.

Und wie ihre Mutter schon vor ihr hatte sie Mittel und Wege gefunden, sich dort gründlich zu amüsieren, sobald in den Schlafsälen die Lichter gelöscht wurden. Es war alles ganz einfach. Hunderte von Schülerinnen hatten im Laufe der Jahre den Weg ins nächste Dorf gefunden. Man durfte sich nur nicht erwischen lassen.

Brigette beherrschte das Spiel perfekt. Und außerdem war sie auf die Hilfe anderer Mädchen nicht angewiesen. Sie hatte keine Freundin. Für Brigette waren die anderen nur dumme Kinder, während sie sich bereits für eine erfahrene, weltgewandte Frau hielt. Schließlich war sie weit herumgekommen. Ihr Großvater gehörte zu den reichsten Männern der Welt. Ihre Mutter war eine Schönheit in den besseren Kreisen gewesen und ihr Stiefvater war ein Star. Sie hatte Lennie gern, obwohl sie ihn nur selten sah. Ihre Ferien verbrachte sie meistens auf der Privatinsel ihres Großvaters.

Sie hatte einen beachtlichen Stammbaum, den sie jedem auf die Nase band, und ein gefährliches Temperament; letzteres war der Grund, warum die meisten auf ihre Freundschaft nicht scharf waren.

Mit Ausnahme der Jungen im Dorf. Denn diese kümmerte ihre Launenhaftigkeit wenig, solange sie ihnen Freiheiten erlaubte, die sie sich bei den anderen Mädchen nicht herausnehmen durften.

Brigette Stanislopoulos hatte es noch nie richtig getan.

Aber sie hatte es vor.

Und zwar bald. Sobald sie den richtigen Jungen gefunden hatte.

Brigette lächelte unwillkürlich. Sie war bemerkenswert hübsch, denn sie hatte das gutgeschnittene Gesicht und den üppigen Busen von der Mutter geerbt. Jungen mochten große Brüste, und sie mochte es, wenn sie daran herumfummelten. Am wenigsten Spaß machte es ihr allerdings, die Jungen mit dem Mund zu bedienen. Aber sie tat es trotzdem. Sie mußte es tun. Die Jungen waren ganz versessen darauf. Und sobald sie sie mal im Mund gehabt hatte, besaß sie alle Macht über sie. Dies war gut zu wissen.

Brigette strich das Oberteil des weißen Kleides glatt, das Lucky ihr für die Eröffnung des Santangelo-Hotels gekauft hatte. Es war zwar nichts Besonderes, aber durchaus chic und jugendlich. Brigette allerdings hätte irgendeinen schwarzen, aufreizenden Fetzen vorgezogen. Schwarz war Trumpf. Besonders, wenn man blondes Haar hatte.

Die Jungen liebten ihr langes, blondes Haar. Sie ließen es fasziniert durch ihre Hände gleiten, drapierten es über ihre »Dinger« und befriedigten sich in ihrem Haar. Manchmal konnten Jungen richtig widerwärtig sein!

Brigette fragte sich oft, was Lennie mit Olympia im Bett anstellte.

Und dann überlegte sie, was wohl Dimitri mit Lucky machte.

Plötzlich kicherte sie laut und hoffte, Lucky würde sich nicht an ihrem Make-up stoßen, das sie gerne kräftig auftrug.

Lucky ging mit elastischen, eleganten Schritten, gleich einer Raubkatze, auf ihren Vater zu.

»Kleines!« Er stand auf, um sie zu begrüßen.

»Alter Herr!« Sie grinste.

»Sei nicht so frech.« Sie umarmten und küßten sich. »Ich bin stolz auf dich, Kleines«, flüsterte er ihr ins Ohr.

»Es war nicht leicht«, erwiderte sie.

»Was wirklich der Mühe wert ist, ist nie leicht zu kriegen«, erklärte er.

Ein Klischee, dachte sie; aber dem Leben entnommen.

Ihre Gedanken wanderten automatisch zu Lennie. Sie hatte seinen Film *Private Dick* viermal und den zweiten Film *Piece of Class* dreimal gesehen.

Es war quälend für sie gewesen, ihn vor sich auf der Leinwand zu beobachten, ohne ihn zu berühren, ohne ihn spüren zu können. Sie sehnte sich mit jeder Faser ihres Seins nach ihm. Zum Glück war es ihr bisher erspart geblieben, ihm persönlich gegenüberzustehen. Er lebte mit Olympia in Kalifornien. Die Ehe schien schließlich doch noch gutgegangen zu sein.

Ja, und du bist noch immer mit Dimitri verheiratet, meldete sich eine innere Stimme. Bedeutet das vielleicht, daß deine Ehe gut ist?

Nein, hätte sie am liebsten laut hinausgeschrien. Sie war mit einem Einsiedler verheiratet. Dimitri war nur noch ein Schatten seiner selbst. Er trauerte um Francesca und hatte weder das Bedürfnis noch die Absicht, seine Insel je wieder zu verlassen.

Eine Weile lang hatte Lucky ihn getröstet. Schließlich war er alt und einsam. Er brauchte Roberto, um seine eintönigen Tage zu überstehen. Aber irgendwann war dann der Zeitpunkt für sie gekommen, wieder an sich zu denken. Die Pläne für ihr Hotel waren fertig, und sie wollte endlich mit der Arbeit beginnen.

»Du kannst gehen«, hatte Dimitri erklärt. »Aber ich werde es nie zulassen, daß du Roberto mitnimmst... Niemals!«

»Ich bin seine Mutter. Er gehört zu mir!« hatte sie ihm damals wütend entgegnet.

Dimitris Miene verzog sich zu einer lächelnden Maske. »Versuch es, und du wirst verlieren. Dann mußt du auf dein Hotel verzichten, und glaub mir, Lucky, ich sorge dafür, daß du Roberto nie wiedersiehst.« Nach einer Pause fuhr er fort: »Du kannst kommen und gehen, wie es dir paßt. Du kannst dein Hotel bauen, reisen, tun und lassen, was du willst. Aber Roberto bleibt hier bei mir. Er ist mein Sohn. Wenn ich sterbe, gehört er dir allein. Roberto erbt einmal alles.«

Lucky wußte, daß Dimitris Drohungen ernst zu nehmen waren. Und warum sollte sie es auf einen Kampf ankommen lassen? Sie konnte die Insel so oft besuchen, wie sie wollte. Warum sollte sie Roberto also nicht bei Dimitri lassen? Auf der Insel seines Vaters war er sicher. Und bei CeeCee wußte sie ihn in den besten Händen.

Schließlich entschied sie sich, Dimitris Vorschlag anzunehmen und zwischen Dimitris Insel und Atlantic City hin und her zu pendeln. Sie hatte keinen Grund, sich nicht mit dieser Lösung zufriedenzugeben. Lennie war bei Olympia. Wenn sie Lennie schon nicht haben konnte, dann verzichtete sie ebenfalls auf andere feste Bindungen. Eine echte Liebesbeziehung kam für sie nicht mehr in Frage.

Sobald sie das Bedürfnis verspürte, suchte sie sich einen Mann für eine Nacht. Sie hielt sich an das Prinzip von Sex ohne weitere Verpflichtungen.

Ihr Blick schweifte zu Gino, der inzwischen ebenfalls wieder allein lebte. Sie fragte sich oft, was aus seiner Beziehung zu Paige geworden war. Gino selbst schwieg sich dazu aus.

Mit dem Bau ihres eigenen Hotels hatte sich auch das Verhältnis zu ihrem Vater zum Besseren geändert. Sie verstanden sich ausgezeichnet, und sie liebte ihn sehr, aber seine Ansichten waren nicht mehr das Wichtigste für sie.

Er lebte in Las Vegas.

Sie lebte in Atlantic City und auf Dimitris Insel.

Es wäre zu einfach gewesen, nach dem Scheitern seiner Ehe zu ihm zurückzulaufen oder ihn um Hilfe zu bitten, als beim Bau des Hotels die Probleme angefangen hatten. Lucky konnte nichts beweisen, aber jemand hatte ständig versucht, ihr Knüppel zwischen die Beine zu werfen.

Als sie versuchte, die Gründe für die zahlreichen Verzögerungen, Streiks und Sabotageakte herauszubekommen, tauchte immer wieder nur ein Name auf: Santino Bonnatti.

Santino... vor langer Zeit waren sie locker befreundet

gewesen. Aber dann hatte sie Enzio, seinen Vater, erschossen, und sie wußte, daß Santino seither wie eine giftige Kobra auf seine Chance wartete, sich tödlich an ihr zu rächen.

Nachdem sie sicher sein konnte, daß Santino hinter den Sabotageakten an ihrem Projekt steckte, hatte sie umgehend Schritte unternommen.

Ein Telefongespräch war selbst ohne Ginos Hilfe zustande gekommen.

Es folgte ein Treffen mit einem älteren Mann in New York.

Ihre Bitte war unmißverständlich gewesen. Danach hatte es keine Schwierigkeiten mehr gegeben.

Sie war durchaus bereit gewesen, wenn nötig, auch noch einen Schritt weiterzugehen. Aber Santino war im Grund seines Herzens ein Feigling. Das wußte sie seit langem. Wenn er den Befehl bekam, sich zurückzuhalten, dann tat er dies... und zwar schnell.

Gino sah sich bewundernd und stolz um. »Du hast wirklich gezaubert, Kleines«, lobte er aufrichtig. »Das Hotel ist ein Traum. Das Magiriano ist ein langweiliger Schuppen dagegen.«

Lucky lachte glücklich. »Ganz so schlimm ist es nicht.« Sie hakte sich bei ihm ein. »Komm, wir feiern. Heute ist ein besonderer Tag!«

86. Kapitel

Die Sonne fiel strahlend durch die riesigen Panzerglasscheiben des Hauses im Blue Jay Way, doch Eden Antonio fehlte jegliche Energie, sich von ihrem riesigen Bett zu erheben. Sie lag unter der Seidendecke und verfluchte stumm Santino Bonnatti. Er hatte ihr Leben ruiniert.

O Gott! Sie hätte sich erst gar nicht mit ihm einlassen

dürfen. Ein Blick auf den kahlköpfigen perversen Mann mit dem haarigen Körper hätte genügen müssen, um ihr zu sagen, daß er einen miesen Charakter hatte. Und mit jedem Jahr hatte er sie ein Stück weiter in seine Niederungen hinabgezogen. Er hatte sie in dem Glauben gelassen, ihn benutzen zu können, dabei war es umgekehrt gewesen.

Mittlerweile war ihr klargeworden, daß sie schon längst – spätestens nachdem er sein Versprechen, sie als Star neben Vitos Felicidade groß herauszubringen, nicht wahr gemacht hatte – einen klaren Schlußstrich hätte ziehen müssen.

Sie hatte ihre Chance verpaßt. Jetzt hielt er sie in seiner Nobelvilla mit Zeko als Wächter wie eine Gefangene.

Und sie war schwach. Je länger sie ihre Flucht aufschob, desto schwieriger wurde das Unterfangen. Und jünger wurde sie dabei auch nicht...

Sie legte sich träge auf den Bauch. Niemand würde ihr glauben, wenn sie die Wahrheit erzählte. Niemand würde ihr Glauben schenken, daß es möglich war, daß im Los Angeles des Jahres 1983 ein Mann eine Frau als sexuelle Gefangene halten konnte.

Selbst die Polizei wäre kaum in der Lage, ihr zu helfen, falls es ihr überhaupt je gelingen sollte, bis zu einem Polizisten vorzudringen. Zeko war allgegenwärtig, und sie hatte keine Beweise dafür, daß Santino sie unter Androhung brutaler Gewalt zu obszönen, abstoßenden sexuellen Praktiken zwang.

An eine Filmkarriere wagte sie kaum noch zu glauben. Ihre letzte Hoffnung war geschwunden, als Santino Lennie Goldens ersten Film *Private Dick* finanziert hatte. Eden hatte das Drehbuch gelesen und erkannt, daß die weibliche Hauptrolle ihr wie auf den Leib geschrieben war. »Ich möchte diese Rolle übernehmen«, hatte sie Santino gebeten. Sie wußte, daß Lennie ihr helfen würde, sobald er erfuhr, was mit ihr geschah.

»Ich habe auf die Besetzung keinerlei Einfluß«, hatte Santino verächtlich geantwortet. »Ich gebe nur die Knete... und ich glaube, der Film wird ein Renner.«

Und Santino sollte recht behalten. *Private Dick* brach sämtliche Zuschauerrekorde, und Lennie Golden wurde ein Star. Eden war noch nicht einmal bei der Premiere dabei. Santino hatte seine fette Ehefrau mitgenommen, während sie das Schauspiel nur am Fernsehapparat mitverfolgen durfte.

Sie saß in einer schrecklichen Falle.

Ihr Leben war ruiniert.

Verdammt zur Bedeutungslosigkeit.

Unruhig stieß sie die Bettdecke von sich. Der mexikanische Gärtner, der draußen den Rasen sprengte, hatte Schwierigkeiten mit einem Gartenschlauch.

Sie griff nach dem Telefonhörer. Santino hörte zwar ihre sämtlichen Gespräche ab, aber er erlaubte ihr, gelegentlich mit einigen Freundinnen zum Essen auszugehen. Paige Wheeler war eine solche Freundin. Und Eden war versucht, Paige alles zu erzählen. Vielleicht konnte sie helfen.

O natürlich! Sie würde sicher helfen, wenn Eden mit zerschnittenem Gesicht im Krankenhaus lag.

87. Kapitel

»Du hast zuviel Make-up aufgelegt«, kritisierte Lucky nachsichtig. »Aber du siehst trotzdem großartig aus. Also paß auf, daß du's wenigstens nicht verschmierst.«

»Mein Make-up ist zu dick, meinst du wirklich? Normalerweise bin ich noch viel mehr geschminkt«, entgegnete Brigette.

»Wann? In der Schule?«

»Nein. Außerhalb der Schulzeit. Da lebe ich sowieso erst auf.«

Lucky umarmte sie. Das Mädchen erinnerte sie sehr an

Olympia in diesem Alter. Sie mochte Brigette gern... und das Mädchen wirkte schon sehr erwachsen. Sie war inzwischen fast so groß wie Lucky und sah aus wie achtzehn.

»Ich freue mich, daß du hier bist«, sagte Lucky und meinte es ehrlich. »Und das Kleid steht dir ausgezeichnet.«

»Hübsch und jungfräulich.« Brigette zwinkerte verschmitzt.

Lucky lächelte. »Wenn du's sagst...« Sie legte den Arm um Brigettes Schultern. »Komm! Du sollst bei Gino und Costa sitzen.«

Brigette sah sich im überfüllten Ballsaal um. Für sie war es ein herrlich aufregendes Erlebnis, bei der Eröffnung des Santangelo dabei zu sein. Allerdings war es nicht chic und cool, aufgeregt zu sein, und an diesem Abend wollte sie vor allem cool erscheinen.

Während sie mit Lucky auf deren Tisch zuging, glaubte sie, John Travolta unter den Gästen zu erkennen... und Cheryl Tiegs! Brigettes Herz schlug höher. Und war das nicht... Ja, es war tatsächlich der Schauspieler Tim Wealth. Er war sechsundzwanzig Jahre alt und sah einfach phantastisch aus. Sie schwärmte seit einiger Zeit leidenschaftlich für ihn... und jetzt war er mit ihr sogar im selben Raum!

Gino begrüßte sie mit einem galanten Handkuß. »Donnerwetter, du bist ja eine richtige Dame geworden«, sagte er. »Und eine hübsche dazu.«

Brigette mochte Luckys Vater. Obwohl er alt war, schien er doch wesentlich lustiger und amüsanter zu sein als Dimitri. Brigette spürte, daß sie sich glücklich schätzen konnte, bei der Einweihung des Santangelo dabeisein zu dürfen. Sie hatte Lucky von der Schweiz aus deshalb seit Wochen mit Briefen bombardiert, bis man ihr schließlich die Reise erlaubt hatte.

»Nur für ein paar Tage«, hatte Lucky gesagt. »Dann mußt du weiter nach Kalifornien zu deiner Mutter. Sie erwartet dich.«

Brigette wäre am liebsten bei Lucky geblieben. Allein der Gedanke, den Sommer bei Olympia verbringen zu müssen, war deprimierend. Lucky dagegen...

Es wurde ein großartiger Abend. Alle schienen sich glänzend zu amüsieren. Lucky hatte ein erfahrenes und kreatives Team unter der Leitung von Matt Traynor für das Santangelo gewinnen können. Gino hatte ihr erlaubt, Matt abzuwerben.

Matt, der in seinem neuen Smoking ausgesprochen gut aussah, schien eine neue Freundin zu haben. Sie war klein, hatte lockiges rotes Haar und eine ausgezeichnete Figur. Lucky hatte das Gefühl, sie zu kennen, wußte jedoch nicht woher, bis Matt sie ihr vorstellte. Dann fiel es ihr plötzlich wie Schuppen von den Augen. Jess, natürlich! Der weibliche Croupier aus dem Magiriano, deren Baby ertrunken war. Lennies Freundin. Lennies Managerin.

Lucky begrüßte sie lächelnd. »Schön, Sie wiederzusehen. Und herzlichen Glückwunsch zu Ihrem Erfolg mit Lennie Golden!« Lucky unterdrückte nur mühsam weitere Fragen.

»Ihr Hotel ist einfach phantastisch!« bewunderte Jess begeistert. »Das auf die Beine zu stellen, muß Wahnsinn gewesen sein!«

»War es auch!« seufzte Lucky. Wußte sie von ihr und Lennie?

Nein. Niemand hatte eine Ahnung. Es war ihr Geheimnis.

»Sie haben wirklich etwas Großartiges vollbracht«, bemerkte Jess und sah sich in dem glitzernden Ballsaal um.

»Danke.« Vermißt Lennie mich, hätte sie am liebsten gefragt. Mir fehlt er sehr.

»Hallo, Brigette!« Jess beugte sich über den Tisch. »Wir haben uns ja eine Ewigkeit nicht gesehen. Beinahe hätte ich dich nicht erkannt. Du bist richtig erwachsen geworden.«

»Oh, hallo ... Jess!«

»Wie ich höre, kommst du uns in Kalifornien besuchen?«

»Ja, richtig.« Brigette rutschte unruhig auf ihrem Stuhl hin und her. Warum mußte sie nur immer zu allen höflich sein?

Brigette beobachtete, wie Tim Wealth am gegenüberliegenden Ende des Ballsaals von seinem Tisch aufstand. Vermutlich langweilte er sich ebenso wie sie. Schnell erhob sie sich. »Ich muß mal auf die Toilette«, flüsterte sie Lucky leise zu.

Und ohne Zögern ging Brigette in die Richtung, in die der junge Schauspieler verschwunden war.

»Ich finde, wir könnten heiraten«, erklärte Matt förmlich. »Auf diese Weise würden wir den Anlaß in dieser Umgebung gebührend feiern.«

Jess glaubte, ihren Ohren kaum zu trauen. Nach mehreren Jahren Funkstille kam plötzlich das.

»Was meinst du dazu?« erkundigte er sich gelassen.

»Wie bitte...« Sie starrte ihn verblüfft an. »*Ich*... soll heiraten?«

»Ja. Es sei denn, du hältst gar nichts davon.«

Jess schüttelte verwirrt den Lockenkopf. »Aber warum?«

»Warum nicht?«

Allmählich faßte sie sich wieder. »Soll ich dir eine Liste von Gründen geben?«

Er schien wie vor den Kopf gestoßen. »Okay, laß es sein.«

»Warum?«

»Hör auf, ständig ›Warum?‹ zu fragen.«

»Matt?«

»Ja?«

»So idiotisch finde ich deinen Vorschlag gar nicht.«

Brigette stand vor der Herrentoilette, als Tim Wealth herauskam. »Hallo!« begrüßte sie ihn freudig wie einen alten Bekannten.

Er sah sich um, weil er glaubte, sie meine einen anderen.

»Ich habe *Sie* angesprochen«, erklärte sie forsch. »Wir kennen uns. Erinnern Sie sich nicht?«

Tim Wealth war ein großgewachsener, schlaksiger junger Mann mit schmalem Gesicht, ausdrucksvollen Augen und üppiger brauner Haarmähne. Er trug einen geliehenen Smoking, ein schwarzes Hemd und hatte einen kleinen, goldenen Knopf im linken Ohrläppchen. Er hatte zwei Jahre zuvor seinen ersten Film gedreht und war von der Presse als Entdeckung des Jahres gefeiert worden. Seitdem hatte man ihm kein einziges Drehbuch mehr angeboten.

Wer kannte sich schon mit der Filmindustrie und ihren Launen aus? Tim Wealth sicher nicht.

Nachdem er achtzehn Monate auf Besseres gewartet hatte, hatte er sich schließlich dazu herabgelassen, als Gaststar in schlechten Fernsehshows aufzutreten. Danach war es mit seiner Karriere nur noch bergab gegangen. Jetzt war er mit einem schwulen Produzenten in Atlantic City, der ihm mehr als nur seinen mageren Hintern versprochen hatte.

»Und wo sind wir uns schon mal begegnet?« erkundigte er sich und musterte sie von oben bis unten.

»Ich habe mir Ihren Film sechsmal angesehen«, erwiderte Brigette aufgeregt. Sie konnte es kaum fassen, daß er sich wirklich mit ihr unterhielt. »Warum haben Sie nicht mehr Filme gemacht?«

»Gute Frage«, bemerkte er säuerlich.

»Mein Stiefvater ist Schauspieler.«

»Wie aufregend.«

»Er heißt Lennie Golden. Kennen Sie ihn?«

»Hiermit hast du die goldene Zitrone für die dämlichste Frage des Jahres gewonnen.«

»Wie bitte?«

»Vergiß es.«

»Meine ... also meiner Tante gehört das Hotel hier«, fuhr sie mutig fort.

»Und wer ist diese sogenannte Tante?«

»Lucky Santangelo. Haben Sie sie bereits gesehen?«

»Wer könnte sie schon übersehen!«

»Sind Sie mit einem Mädchen hier?«

»Willst du mir deine Dienste für die Nacht anbieten?«

Brigettes Herz begann schneller zu schlagen. Tim Wealth war in Wirklichkeit noch attraktiver als im Film. »Ja«, antwortete sie prompt.

Er starrte sie prüfend an. »Wie alt bist du?«

»Achtzehn«, log sie, ohne zu zögern. »Und Sie?«

»Sechsundzwanzig... aber ich gehe rapide auf die Fünfzig zu. Und wenn dieser Abend noch lange dauert, kriege ich graue Haare.«

Sie kicherte. »Sie langweilen sich also?«

»Kluges Mädchen.« Er zog die Augenbrauen hoch.

»Wo wohnen Sie eigentlich?« fragte sie wißbegierig.

»In Los Angeles«, antwortete er.

»Da fahre ich morgen hin«, verkündete Brigette stolz.

»Was willst du eigentlich von mir? 'ne Tapferkeitsmedaille?«

Brigette kicherte erneut und reckte aufreizend ihren Busen unter dem jungfräulich weißen Kleid von Lucky.

Tim Wealth war Brigettes eindeutige Bewegung nicht entgangen. Er war zwar bisexuell veranlagt, aber ein Paar umwerfend geformte weibliche Titten verfehlten auch auf ihn ihre Wirkung nicht. Außerdem würde sein Freund, der Produzent, erst in einigen Stunden in die Suite zurückkehren. »Möchtest du meine Füße sehen?« erkundigte er sich spöttisch.

»Ihre Füße?«

»Ja, meine Zehen sind berühmt.«

»Ehrlich?«

»Sag mal, stimmt bei dir alles?«

»Wie bitte?«

»Schon gut. Folge mir, schönes, kleines Mädchen.«

»Trink es.«

»Saug ihn!«

»Schnupf es!«

Tim Wealths Anweisungen kamen knapp und präzise, und Brigette gehorchte, weil sie völlig überwältigt davon war, daß er sich überhaupt mit ihr abgab.

Er ließ sie Wodka pur trinken, der widerlich wie Medizin schmeckte, den Brigette jedoch mit Todesverachtung hinunterschluckte, weil sie nicht als dumm und unerfahren gelten wollte.

Dann öffnete er den Reißverschluß seiner Smokinghose und befahl ihr, vor ihm niederzuknien. Alles Weitere kannte

Brigette, nur blieb diesmal der gewohnte Erfolg ihrer Bemühungen aus.

Tim Wealth machte einfach seine Hose wieder zu, ging zu einer Kommode, kramte in einer Schublade und kehrte mit einem Tütchen weißen Pulvers wieder zurück, das er in zwei geraden Linien auf der Marmorplatte eines Couchtisches auslegte. Dann reichte er ihr eine Banknote und befahl: »Schnupf es!«

Brigette erkannte sofort, daß es sich um Kokain handeln mußte. Eine ihrer Mitschülerinnen im Internat, die Tochter eines reichen Arabers, hatte es stets auf diese Weise genommen.

Brigette hatte zwar schon Marihuana geraucht, aber mit Kokain besaß sie keinerlei Erfahrung. Sie begann, das weiße Pulver vorsichtig einzuziehen, mußte niesen, verschluckte sich und zerstreute hustend und prustend die zwei weißen Portionen im ganzen Zimmer.

»Mist!« schimpfte Tim lautstark. »Was ist los mit dir? Stell dich nicht so blöd an, du Anfänger!«

»Entschuldigung«, murmelte sie atemlos.

Tim Wealth legte zwei weitere Linien seines wertvollen Kokainvorrats aus. »Also, zieh sie dir rein! Aber anständig!«

Ihr zweiter Versuch verlief erfolgreicher, und plötzlich fühlte sie sich leicht wie eine Feder.

»Zieh dich aus!« verlangte Tim Wealth.

Brigette zögerte nur einen Augenblick. Normalerweise zogen die Jungs *sie* aus, und zwar meistens im dunklen Fond irgendeines Autos. Das, was sie nun erlebte, war völlig anders; oder vielmehr, *er* war anders!

Sie gehorchte und legte ihr weißes Kleid, BH und Slip mit überhastetem Eifer ab. Es war ihr seltsam zumute ... aufgeregt und voller gespannter Erwartung.

Was dann kam, war für Brigette ein schmerzhaftes und erregendes Erlebnis zugleich. Wealth befahl ihr, sich vor ihm auf den Teppich niederzukauern; dann drang er schnell und heftig von hinten in sie ein, und diesmal war sein Glied steif und groß.

Sie unterdrückte einen Aufschrei, und endlich mischten sich Wellen eines wohligen Gefühls in die schmerzhaften Empfindungen, während Wealth ihr auf das nackte Hinterteil schlug und sie mit heftigen Stößen traktierte.

Dann endlich war es soweit. Wealth kam mit einem tiefen Seufzer, ließ sie los und rollte auf dem Teppich zur Seite.

Noch benommen versuchte Brigette aufzustehen. Als sie endlich mit zitternden Knien aufstand, fühlte sie klebriges Blut zwischen den Schenkeln.

»Zieh dich an und geh nach Hause, Kleines!« murmelte Wealth schläfrig auf dem Fußboden. »Auf ein Wiedersehen.«

Offenbar war Wealth völlig entgangen, daß er sie eben entjungfert hatte.

Da Brigette nicht wußte, wie sie sich hätte verhalten sollen, ergriff sie hastig ihre Kleider und zog sich an. Dann schrieb sie ihren Namen und die Telefonnummer von Olympias und Lennies Haus in Los Angeles auf einen Notizblock und lehnte diesen ans Telefon.

Tim Wealth war bereits eingeschlafen.

Sein zufriedenes Schnarchen begleitete sie bis zur Tür.

»Da bist du ja endlich!« begrüßte Lucky Brigette erregt. »Wo hast du denn gesteckt?«

»Ich hab mir nur mal alles angesehen«, antwortete Brigette mit Unschuldsmiene. Außer ihren leicht geröteten Wangen deutete nichts auf das hin, was sie eben erlebt hatte.

»Ich mag es nicht, wenn du einfach so verschwindest«, entgegnete Lucky vorwurfsvoll. »Wenn du unbedingt auf Erkundungstour gehen willst, dann sag mir gefälligst Bescheid, daß ich dir Begleitung mitgeben kann.«

»Ich bin doch kein Baby mehr!« wehrte Brigette sich, die sich nun als erwachsen betrachtete. Nach den Gefühlen, die Tim Wealth bei ihr ausgelöst hatte, war sie nun bestimmt eine richtige Frau.

»Das weiß ich auch«, lenkte Lucky nachsichtig ein. »Aber du bist eine wichtige junge Dame, die eines Tages ein großes Vermögen erben wird. Du kannst deshalb nicht einfach mal so untertauchen, ohne jemandem Bescheid zu sagen. Dein Großvater würde einen Anfall kriegen, wenn er das wüßte.«

»Ich verstehe schon«, log Brigette. Manchmal konnte Lucky ebenso stumpfsinnig wie alle anderen Erwachsenen sein. »Jetzt bin ich ziemlich müde. Ist es okay, wenn ich ins Bett gehe?«

»Natürlich«, antwortete Lucky, die erleichtert war, die Verantwortung für Brigette für diesen Abend los zu sein.

Um halb vier Uhr morgens verließen die letzten Gäste die Party. Lucky saß noch mit Matt, Jess und Gino und einem Showgirl, das letzterer sich angelacht hatte, am Tisch.

Der unermüdliche Gino. Wurde er nie alt?

Offenbar nicht. Er stand, das Showgirl im Schlepptau, auf, um zu gehen. »Es ist spät geworden«, erklärte er und legte den Arm um das Mädchen. »Ich bin nicht mehr der Jüngste und brauche meinen Schlaf.«

Lucky lächelte.

Gino gab seiner Tochter einen Kuß. »Du gehörst zu den Gewinnern im Leben, Kleines«, murmelte er liebevoll. »Vergiß das nie.«

»Er ist schon was Besonderes... mein alter Herr«, seufzte sie, als Gino und das Showgirl gegangen waren.

Jess und Matt nickten augenzwinkernd.

Lucky unterdrückte ein Gähnen. Sie wollte allein sein. So gern sie Matt und auch Jess hatte, die sie allmählich besser kennengelernt hatte... es war doch ein langer, anstrengender Abend gewesen. Sie brauchte jetzt Ruhe oder ein sexuelles Erlebnis ohne weitere Fragen.

»Ich geh schlafen«, verkündete sie. »Und ich schlage vor, ihr tut dasselbe.«

»Gute Idee«, sagte Matt.

»Ja«, stimmte Jess zu und fühlte sich zum erstenmal seit Jahren wie ein schüchternes Schulmädchen.

Lucky stand auf, die anderen folgten ihrem Beispiel.

»Gratuliere zu eurem Entschluß – ich freue mich sehr für euch beide«, sagte sie herzlich. »Wirklich!«

Jess sah zu Matt auf, der eigentlich gar nicht dem Männertyp entsprach, den sie bisher bevorzugt hatte. »Ich mich auch«, murmelte sie.

Als sie den Ballsaal verließen, wandte sich Lucky beiläufig an Jess: »Wie geht es eigentlich Lennie?«

Jess, die natürlich über alles Bescheid wußte, wählte ihre Worte sorgfältig.

»Ganz gut«, erwiderte sie. »Er arbeitet hart. Manchmal kommt es mir so vor, als sei Arbeit die einzige Freude in seinem Leben.«

Lucky dachte noch länger über diesen Satz nach, während sie sich von den beiden verabschiedete und mit dem Lift hinauffuhr.

Oben im Bett ihres Penthouses konnte sie nicht einschlafen. Immer wieder ging ihr das durch den Kopf, was Jess gesagt hatte: »Manchmal kommt es mir so vor, als sei Arbeit die einzige Freude in seinem Leben.« Wie wahr! Wenn sie Roberto nicht hätte, würde es ihr ähnlich ergehen.

Sie beschloß, sich anzuziehen und auszugehen. Es gab in der Nähe eine Westernbar, die die ganze Nacht durchgehend geöffnet hatte. Hastig zog sie Jeans und eine Hemdbluse an. In diesem Augenblick klingelte das Telefon. Einen verwegenen Moment lang hoffte sie, es könne Lennie sein. Mit klopfendem Herzen nahm sie den Hörer ab.

»Mrs. Stanislopoulos?« sagte am anderen Ende eine Stimme mit ausländischem Akzent.

Lucky befiel plötzlich eine schlimme Vorahnung, und ihr Herz begann wie wild zu schlagen. Roberto! Lieber Gott, laß Roberto nichts geschehen sein!

»Ja?« antwortete sie mit ängstlich bebender Stimme.

»Es tut mir so leid...«

»Was ist denn passiert!« schrie sie erregt und voller Angst um ihren kleinen Jungen.

»Mr. Stanislopoulos... er... hatte einen schweren Infarkt... für einen Arzt war keine Zeit mehr... er ist vor einer Stunde gestorben.«

88. Kapitel

Die Auswahl der Geschworenen nahm mehrere Tage in Anspruch. Jedesmal, wenn Steven einen Geschworenen akzeptierte, erklärte der Anwalt der Gegenseite diesen für befangen, und umgekehrt. Schließlich hatte man sich über die Geschworenen geeinigt, und der Prozeß konnte beginnen.

Mary Lou erschien vom ersten Verhandlungstag an vor Gericht, saß in der ersten Reihe und beobachtete das Verfahren aufmerksam.

Es dauerte bereits eine Woche: Moore gegen Bonnatti. Und gegen Ende dieser Woche war Steven sehr zuversichtlich, den Fall gewinnen zu können. Im Zeugenstand hatte Mary Lou einen tadellosen Eindruck hinterlassen, während die Gegenseite nur zwielichtige Herren in dreiteiligen Anzügen mit schwachen Ausreden, nervösen Händen und vor Pomade glänzenden schwarzen Haaren hatte präsentieren können.

Bonnatti selbst erschien sogar am letzten Tag nicht. Steven hätte sich gewünscht, ihm persönlich gegenüberzustehen und sein Gesicht sehen zu können, als das Gericht ihn in seinem Urteil zur Zahlung von sechzehn Millionen Dollar an Miss Moore verurteilte.

Mary Lou war restlos glücklich. »Mir geht's nicht ums Geld«, versicherte sie immer wieder erregt. »Ich fühle mich wie Clint Eastwood! Ich habe mich für gewisse Prinzipien stark gemacht und gewonnen.«

»Die werden Berufung einlegen«, warnte Steven sie. »Bei diesem hohen Streitwert müssen wir damit rechnen, daß die Schadensersatzsumme drastisch reduziert wird.«

»Das ist mir egal!« entgegnete sie. »Das ist mein Sieg... und den kann mir niemand nehmen.«

Steven führte sie zur Feier des Tages aus. Sie feierten die Nacht durch, und schließlich fand er sich mit einem zwanzigjährigen Fernsehstar im Bett wieder, mit dem er sich eigentlich gar nicht hatte einlassen wollen. Aber sie war einfach entwaffnend jung, hübsch und süß!

»Wie bin ich nur da hineingeraten!« stöhnte Steven, nachdem sie sich geliebt hatten.

»Hat's dir denn keinen Spaß gemacht?« erkundigte sich Mary Lou und sah ihn aus ihren großen Augen unschuldig an. Dabei wußte sie nur zu gut, daß er jede Minute genossen hatte.

»Dumme Frage!« seufzte Steven und betrachtete ihren schönen Körper und die tadellose Haut, die die Farbe cremiger Milchschokolade hatte und vielleicht einen Ton heller war als bei ihm.

»Also für mich war's phantastisch.« Sie lächelte. »Es scheint doch zu stimmen, was man über Anwälte sagt.«

»Und was sagt man denn über Anwälte?«

Sie kicherte. »Wenn du dir einen guten angeln kannst, dann behält er deinen Fall für immer! Steven, du bist wirklich ein ausdauernder Liebhaber.«

Steven mußte unwillkürlich lachen. Sie war wirklich entzückend. Trotzdem war er sich im klaren, daß das nie wieder vorkommen durfte.

Er blieb die ganze Nacht bei ihr und erklärte ihr am nächsten Morgen ernst, daß es keinen Sinn habe, eine Affäre daraus werden zu lassen.

Mary Lou lächelte. »Da bin ich vollkommen deiner Meinung.« Dann umschlang sie ihn geschmeidig, und er versank in ihr.

Die Liebe mit Mary Lou war etwas ganz Besonderes; und das spürten sie beide.

Als er sich schließlich von ihr verabschiedete, sagte sie: »Heute abend koche ich für dich.«

»Ich hab dir doch gesagt, daß es mit uns nicht so weitergeht.«

»Natürlich«, erwiderte sie. »Sei um sieben hier! Ich bin für meine ausgezeichnete chinesische Küche bekannt.«

Es dauerte nur eine Woche, und Mary Lou zog von ihrer Wohnung in sein Haus um.

»Vorsicht!« warnte Jerry.

»Ist sie nicht ein bißchen zu jung für dich?« mahnte Carrie.

Steven mußte beiden recht geben. Aber Mary Lou zerstreute all seine Befürchtungen.

Er war in seinem Leben noch nie so glücklich gewesen.

»Wir haben ein großartiges Angebot... und zwar ein festes Angebot«, berichtete Anna Robb. »Und rate mal, von wem?«

Carrie schüttelte den Kopf. »Keine Ahnung.«

»Das ist gut«, seufzte Anna zufrieden. »Du würdest auch nie draufkommen.«

»Also, von wem?«

»Soll ich's dir wirklich sagen?«

Das neckische Spiel war untypisch für Anna. Carrie wurde ungeduldig. »Ja!« antwortete sie. »Sei so nett und erzähl's mir endlich!«

Anna holte tief Luft. »Eine halbe Million Dollar. Ein Viertel bei Unterzeichnung des Vertrags. Ein weiteres Viertel nach der Veröffentlichung, das nächste Viertel bei Veröffentlichung der Taschenbuchausgabe und den Rest nach einem halben Jahr.«

»Und wer will das Manuskript kaufen?« fragte Carrie.

»Fred!« rief Anna aus. »Ist das noch zu fassen? Fred Lester! Der Geizkragen!«

»Fred«, wiederholte Carrie.

»Ja, meine Liebe. Und er kauft es, weil er der Meinung ist, daß es sich um die beste Biographie handelt, die ihm seit Jahren angeboten worden ist, und daß sie ein Riesenerfolg werden wird. Er hat wörtlich gesagt, es sei so authentisch und ehrlich, daß ihm manchmal die Tränen in die Augen getreten seien... Und so was kommt einem Fred Lester nicht leicht über die Lippen.«

Anna redete weiter, doch Carrie hörte längst nicht mehr zu. Die Welt sollte also ihre Lebensgeschichte erfahren. Und es war nicht nur ihre, sondern auch Stevens Geschichte, und sie hätte ihn vorher fragen müssen.

»...Fred möchte mit dir reden. Wenn's geht, gleich morgen.«

Anna strahlte. Carrie hatte sie noch nie so glücklich erlebt.

»Er hat große Pläne mit dir.«

Pläne! Großer Gott! Vielleicht hatte sie einen Fehler begangen. Es waren zweierlei Dinge: ob man seine Lebenserinnerungen mit Anna teilte oder sie vor dem ganzen Land ausbreitete.

»Ich weiß nicht...«, begann sie.

»Du weißt was nicht?« fuhr Anna auf. »Freu dich doch, um Himmels willen! Lach endlich, Carrie! Du wirst die bekannteste schwarze Autorin Amerikas werden!«

89. Kapitel

»Arschficker!« schrie Santino Bonnatti ordinär. »Wofür halten die mich? Sechzehn Millionen! Die können sie sich sonstwohin stecken! Von mir kriegen sie sie nicht! Donatella!« brüllte er nach seiner Frau.

Donatella ließ sich Zeit. Als sie schließlich das Zimmer betrat, sah sie ihn und seine sogenannten Geschäftsfreunde wütend an. »Deine Sprache gefällt mir überhaupt nicht«, erklärte sie mit auffallend italienischem Akzent. »Nimm dich gefälligst zusammen! Was sollen denn die Kinder von dir denken?«

Man hatte ihn auf sechzehn Millionen Dollar Schadenersatz verklagt, und Donatella machte sich Sorgen wegen der Kinder!

Bonnatti sah nur noch rot. »Ich muß weg!« zischte er mit einem vernichtenden Blick auf seine Frau. »Falls Reporter anrufen, abweisen!«

»Weshalb abweisen?« entgegnete Donatella.

»Das hat dich nicht zu interessieren! Sag's einfach!« Damit stürmte er aus dem Haus. Bonnatti war wütend auf seinen New Yorker Anwalt. Dieser verdammte Idiot! Genausogut hätte er sich selbst verteidigen können. Schließlich waren sie in Amerika und konnten in ihren Zeitschriften drucken, was sie wollten. Wenn sich die dämliche Kuh nackt hatte fotografieren lassen, dann war das ihr Problem.

Und kein mieser kleiner Richter hatte Bonnatti Vorschriften zu machen! Keiner!

Eden hielt sich gerade im Wohnzimmer auf, als Santino plötzlich wie Klein Cäsar hereinstürmte, sich schnaubend in einen Sessel fallen ließ, die Hose öffnete, die Beine spreizte und befahl: »Bedien' mich gefälligst, wie du's gewohnt bist!«

Eden war empört. Zeko saß in einer Ecke und spielte Patience, und das Hausmädchen staubsaugte im Flur. Draußen vor dem Fenster reinigte jemand den Swimmingpool.

»Jetzt reicht's mir aber!« entgegnete sie mutig. In Anwesenheit all der anderen fühlte sie sich einigermaßen sicher.

Doch bevor sie wußte, wie ihr geschah, hatte er sich auf sie gestürzt und begann, sie zu verprügeln.

Eden wehrte sich verzweifelt. »Du Schwein!«

Der Brillantring an seinem kleinen Finger hinterließ eine blutende Schramme an ihrer Wange.

»Ich hasse dich!« schrie sie und hielt sich die Wange.

Zeko sah nicht einmal von seinen Karten auf. Das Hausmädchen staubsaugte seelenruhig weiter, und der Mann am Swimmingpool drehte ihnen den Rücken zu.

Eden rannte ins Badezimmer und starrte entsetzt auf ihr Spiegelbild: Ihr Gesicht war verunstaltet.

Santino folgte ihr. »Warum bist du auch immer so schwierig?« jammerte er. »Ich hab genug Sorgen. Ich bin hergefahren, um auf andere Gedanken zu kommen!«

Sie tat, als sei er Luft.

»Los! Auf die Knie mit dir, Süße!«

Süße? Er nannte sie »Süße« und verlangte nach allem auch noch von ihr, daß sie ihn mit dem Mund bediente?

Unter keinen Umständen.

Sie war fertig mit ihm.

Irgendwie mußte sie da raus.

Zwei Tage später erklärte Santino ihr, er habe schließlich das perfekte Drehbuch für sie gefunden, und warf ihr ein Manuskript in den Schoß.

Sie hatte ihm die Schramme in ihrem Gesicht noch nicht vergeben, doch sie las das Drehbuch und knirschte mit den Zähnen.

Reine Pornographie.

»Das is' bloß 'n Soft-Porno«, argumentierte Santino. »Mit viel Busen und Hintern. Wenn du ihn nicht machen willst, suche ich eine andere.«

Eden las das Drehbuch noch einmal. Vielleicht konnte man mit ein paar Änderungen etwas Besseres daraus machen. Immerhin sollte sie die Hauptrolle spielen.

»Wer ist der Regisseur?« fragte sie.

»Ryder will das versuchen.«

»Er ist Produzent.«

»Reagan war auch mal Schauspieler... und was ist er jetzt?«

»Wer ist mein Partner?«

»Ein grüner Junge namens Tim Wealth.«

Eden verzog keine Miene. Tim Wealth. Er war der junge Schauspieler gewesen, mit dem sie vor fünf Jahren nach Los Angeles durchgebrannt war, nachdem sie mit Lennie Schluß gemacht hatte.

»Mal was von ihm gehört?« wollte Santino wissen.

»Nein«, log Eden.

»Ich auch nicht!« bemerkte Santino verächtlich. »Aber es heißt, er sei gut. Willst du jetzt die Rolle?«

Eden seufzte.

Und nahm an.

Selbst der schlechteste Soft-Porno war besser als überhaupt keine Beschäftigung.

90. Kapitel

Das Begräbnis von Dimitri Stanislopoulos auf seiner Privatinsel war ein trauriges und bedrückendes Ereignis. Nach einer Schönwetterperiode hatte sich der Himmel bezogen, und es war Nebel aufgekommen. Dimitris Freunde und Geschäftspartner kamen aus aller Welt, um ihm die letzte Ehre zu erweisen. Lucky, ganz in Schwarz, hatte Roberto an der Hand, der mittlerweile schon fast im schulpflichtigen Alter war und überhaupt nicht begriff, was um ihn herum vorging. Brigette stand neben Lucky am offenen Grab. Auch Gino war anwesend. Er hatte darauf bestanden, Lucky nach Griechenland zu begleiten, um sie in den schweren Stunden zu unterstützen. Nur Olympia war zur Beerdigung nicht erschienen.

»Soviel ich weiß, ist Mrs. Golden krank«, erklärte der Anwalt der Familie auf Luckys diesbezügliche Frage.

»Was fehlt ihr denn?«

Der Anwalt räusperte sich verlegen. »Ich glaube, sie hat sich noch immer nicht vollständig von ihrem Unfall erholt.«

»Aber das ist mittlerweile drei Jahre her«, gab Lucky zu bedenken.

»Ich weiß«, seufzte der Jurist. »Zur Testamentseröffnung wird sie sich sicher wieder einigermaßen erholt haben.«

»Das kann ich mir lebhaft vorstellen«, bemerkte Lucky sarkastisch.

Dimitris Tod und sein Begräbnis waren eine neue, seltsame Erfahrung für Lucky. Sie fühlte sich nicht als trauernde Witwe ... sie hatte eher einen guten Freund verloren, denn nachdem sie Dimitris Bedingungen bezüglich Robertos einmal akzeptiert hatte, waren sie gut miteinander ausgekommen. Seit Francescas Tod war er weder Ehemann noch Geliebter für sie gewesen. Doch sie hatte in ihm stets einen weisen Ratgeber gefunden, und seinem Sohn war er ein guter Vater gewesen. Sie würde ihn wohl vermissen.

Was jetzt? Sie hatte ihre Freiheit *und* Roberto wieder. Die Welt stand ihr offen.

Nur jetzt, da sie alles das vor sich hatte, wußte sie nicht, was sie damit anfangen sollte.

Olympia hätte durchaus am Begräbnis ihres Vaters teilgenommen; sie wollte es aus tiefstem Herzen. Aber wie hätte sie das nur verkraftet ... fett und unförmig, wie sie war?

Als sie die Nachricht von Dimitris Tod erfuhr, konnte sie es zuerst nicht fassen. Warum hatte er ihr das nur angetan? Aus ihrer ersten Wut war Frustration und dann haltlose Trauer geworden. Ihr ganzes Leben lang war Dimitri der Fels im Hintergrund gewesen, auf den sie sich stets dann hatte verlassen können, wenn sie mit ihren Eskapaden wieder einmal Schiffbruch erlitten hatte. Mit Dimitri Stanislopoulos als Vater hatten weder böse Lehrer in den zahllosen Internaten noch dreiste Ehemänner ihr je ernsthaft etwas anhaben können.

Jetzt war er tot.

Und das konnte nur Luckys Schuld sein.

»Das Biest hat ihn umgebracht!« wütete Olympia vor Lennie.

»Das Hotel genügt ihr noch nicht. Die Hexe hat es auf sein ganzes Vermögen abgesehen!«

»Das ist doch Unsinn!« versuchte Lennie sie zu beruhigen. Allmählich trieb sie ihn mit ihren Launen zum Wahnsinn. Seit er vorsichtig eine Scheidung angedeutet hatte, setzte sie ihn mit ihren Selbstmorddrohungen unter Druck. Seit drei Jahren nahm er nur Rücksicht auf Olympia. Jetzt war das Maß voll. Er konnte nicht mehr.

»So, meinst du?« Olympias stahlblaue Augen blitzten ihn wütend an. »Was findest du nur an diesem Biest? Weshalb verteidigst du sie immer?« Jedesmal, wenn das Gespräch auf Lucky kam, verspritzte Olympia Gift und Galle. »Ich kenne sie besser als du, mein Lieber. Glaub mir, sie ist von Grund auf böse. Sie allein hat Dimitri auf dem Gewissen!«

Lennie wußte, daß jede weitere Diskussion mit Olympia überflüssig war.

Sobald Jess wieder in Los Angeles war, rief sie Lennie an erzählte ihm von ihrer Verlobung und verabredete sich mit ihm in der »Polo Lounge« zum Mittagessen.

Lennie umarmte sie herzlich, wünschte ihr alles Gute für die Zukunft mit Matt und bemerkte dann: »Ich schätze, von jetzt an trennen sich unsere Wege.«

»Machst du Witze?« rief sie erstaunt aus. »Den Job bei dir will ich nicht aufgeben... wirklich nicht!« Sie bestellte eine Bloody Mary und einen gemischten Salat, während Lennie sich für Rühreier mit Speck entschied. »Ich habe schon alles mit Matt besprochen«, fuhr sie ernst fort. »Ich werde einfach pendeln.«

»Zwischen Los Angeles und Atlantic City?«

»Nein. Ich dachte eher an Leningrad und Paris.«

»Haha, Witzbold!«

»Ich sehe da keine Probleme«, beharrte Jess. »Mein Büro mit den übrigen Angestellten bleibt weiterhin in Los Angeles. Aber anstatt täglich dort zu erscheinen, bin ich eben nur drei Tage in der Woche da. Und die restliche Zeit kann man mich telefonisch erreichen. Wärst du damit einverstanden?«

Lennie zuckte mit den Schultern. »Selbstverständlich. Ich dachte schon, du würdest mich in den Wind schießen.«

Jess lächelte und trank einen Schluck. »Ich habe übrigens Lucky gesehen«, bemerkte sie leichthin.

Lennie griff hastig nach seinem Glas. »Und wie geht es ihr?« erkundigte er sich und gab sich unbeteiligt.

»Gut. Ich fand sie längst nicht mehr so abweisend wie früher... im Gegenteil. Sie war äußerst reizend zu mir. Und das Hotel ist wirklich absolut erste Klasse. Also falls du mal wieder daran denken solltest, in Nachtclubs aufzutreten...«

Jess beschrieb das Santangelo, während Lennie daran dachte, was hätte sein können, wenn... Ja, wenn Lucky ihn ebenso sehr begehrt hätte, wie er sie.

Aber offensichtlich hatte es dafür nicht gereicht. Es war ihr wichtiger gewesen, bei Dimitri zu bleiben und ihr Hotel zu bauen.

Er fragte sich, was sie nun unternehmen würde, nachdem Dimitri tot war.

Olympia hatte ihn gebeten, sie zur Testamentseröffnung nach New York zu begleiten. Die Dreharbeiten zu seinem neuen Film begannen erst in einigen Monaten, und zum Schreiben fehlte ihm sowieso die innere Ruhe. Er spielte daher mit dem Gedanken, tatsächlich nach New York zu fliegen.

Warum auch nicht?

Er sollte die Sache vielleicht eher auf die leichte Schulter nehmen.

Er würde Lucky nach drei Jahren wiedersehen.

Und er konnte es kaum erwarten.

91. Kapitel

Die Witwe eines der reichsten Männer der Welt zu werden, war eine beängstigende Angelegenheit. Als Dimitri Stanislopoulos' Frau war Lucky von seinen Geschäftspartnern mit einem gewissen Respekt behandelt worden. Als seine Witwe katzbuckelten plötzlich alle vor ihr.

Sie begriff allmählich, daß sie mit Dimitris Tod eine Machtstellung erreicht hatte, von der sie nicht einmal geträumt hatte. Obwohl Olympia und Roberto den Löwenanteil erben würden, fiel trotz ihres im Heiratsvertrag enthaltenen Verzichts auch für sie noch genug ab. Sie besaß das Santangelo ohne jede finanzielle Belastung, behielt auf der Bank das Geld aus dem Verkauf des Magiriano, und das Haus in East Hampton gehörte ihr außerdem.

An der Testamentseröffnung allerdings wollte sie lediglich teilnehmen, um Robertos Interessen zu vertreten. Mit Problemen allerdings rechnete sie nicht. Dimitri hatte den Jungen vergöttert.

Als Gino nach Las Vegas zurückkehrte, schickte Lucky Roberto und CeeCee mit ihm. Sie wollte Roberto nicht allein auf der Insel lassen, die so viele traurige Erinnerungen barg. Auf CeeCee konnte Lucky sich blind verlassen, und es tat Roberto gut, eine Zeit mit seinem Großvater zu verbringen.

Brigette sollte Gino und Roberto bis Los Angeles begleiten, wo sie die Ferien bei ihrer Mutter verbringen würde. Lucky versuchte stets zu vermeiden, daß sie allein reiste. Mädchen wie Brigette waren ein gefundenes Fressen für Entführer.

Brigette war glücklich, als sie endlich mit Gino und Roberto im Flugzeug saß.

Sie hatte Großvater Dimitri zwar gern gehabt, aber sein Tod eröffnete ihr ein neues und aufregendes Leben. Mit den langweiligen Ferien auf seiner abgeschiedenen Insel war es nun vorbei. Vor ihr lag ein Aufenthalt in Los Angeles!

Mommy war dick und langweilig.

Lennie war großartig.

Und Tim Wealth lebte in L.A.

Sie fieberte einem Wiedersehen entgegen.

Die Stewardeß kam den Gang entlang.

»Möchtest du was trinken?« fragte Gino.

»Einen Scotch mit Eis, bitte«, witzelte Brigette.

»Einen Klaps auf den Hintern kannst du haben«, entgegnete Gino grinsend.

Olympia hatte sich schließlich dazu durchgerungen, Diät zu halten. Ein paar Pfund mehr oder weniger fielen bei ihrer Unförmigkeit allerdings kaum noch ins Gewicht. Aber das wollte sie nicht wahrhaben. Sie hatte in letzter Zeit unter Schlafstörungen gelitten und war, nachdem das Kokain bei ihr nicht mehr die gewünschte Wirkung gezeigt hatte, auf die härtere Droge Heroin umgestiegen. Seitdem besserte sich ihre Verfassung sichtlich.

Die Vorbereitungen für die Reise nach New York traf sie fast in alter Frische.

Als Lennie in ihr Schlafzimmer kam, fand er dort Unmengen von Kleidungsstücken auf Bett, Stühlen und Fußboden verstreut.

»Brigette kommt heute abend«, erinnerte er Olympia. »Und wir fliegen am Montag nach New York. Wir können sie doch nicht mit den Dienstboten hier allein lassen. Sollen wir nicht jemanden ins Haus holen?«

»Hast du an jemanden Bestimmten gedacht?« erkundigte sich Olympia.

Lennie ging im Zimmer auf und ab. »Wie wär's mit Jess?«

»Pendelt sie nicht dauernd zwischen L.A. und Atlantic City hin und her, weil sie mit diesem Typ verlobt ist?«

»Ja, stimmt.« Er hatte das ganz vergessen.

Olympia hielt sich ein blaues Kleid an, das ausgezeichnet zu ihren Augen paßte. Wenn sie nur ein paar... nun natürlich mehr als ein paar Pfund schlanker wäre... dann könnte sie die Männerwelt wieder erobern. Sie war Lennie und seiner lahmen Ausreden überdrüssig.

»Ich bin zu einer Entscheidung gekommen!« erklärte sie.

»So?« Olympias gute Vorsätze dauerten meistens nur zehn Minuten.

»Ich mache eine Schlafkur, um wirklich abzunehmen.«

»Großartig«, sagte Lennie und hoffte, sie meinte es ernst; um ihretwillen. Sobald sie aus New York zurück waren, wollte er die Scheidung einreichen. Er hatte genug für sie getan.

»Großartig«, äffte sie ihn nach. »Ich bin gespannt, ob du's noch immer so großartig findest, wenn ich mein Leben wieder in meine Hände nehme.«

»Du... das ist genau das, was du tun solltest!«

»Wie bitte?« Sie starrte ihn entgeistert an.

Lennie spürte instinktiv, daß ein handfester Krach in der Luft lag, und versuchte hastig abzulenken:

»Warte... wie wär's, wenn wir Alice... meine Mutter... bitten, während unserer Abwesenheit bei Brigette zu bleiben?« Alice kannte Brigette von ihren sporadischen Besuchen bei Lennie und Olympia, und die beiden hatten sich immer gut verstanden.

Olympia überlegte. »Warum nicht? Eine deiner Sekretärinnen soll sie anrufen.«

»Gute Idee.« Lennie reckte sich. »Ich fahre rüber zu den Wheelers«, verkündete Lennie. »Ich habe eine Besprechung mit Ryder!«

Olympia runzelte die Stirn. »Warum fährst eigentlich du immer zu ihm? Weshalb kommt er nicht mal hierher?«

»Weil du keine Besucher haben willst.«

Ihre Augen verengten sich. »Und das paßt dir natürlich ausgezeichnet in den Kram! Auf diese Weise ist deine Freiheit gewährleistet.« Sie warf einen blauen Kaftan zu Boden. »Nun, genieß es, solange du's noch kannst! Bald wird sich nämlich einiges ändern. Du hast mich lange genug hier eingesperrt.«

»*Ich* habe *dich* eingesperrt?« schnaubte Lennie verächtlich. »Ich? Dich dazu bringen, zu deinem plastischen Chirurgen zu fahren, erfordert jedesmal all meine Überredungskunst!«

Olympia fühlte sich einer Auseinandersetzung nicht gewachsen. »Geh endlich!« sagte sie gereizt.

»Worauf du dich verlassen kannst! Und zwar für immer«, murmelte er.

»Wie bitte?«

Lennie stürmte aus dem Haus, setzte sich hinter das Steuerrad seines Porsche und raste davon.

92. Kapitel

Der Kaffee wurde in wertvollen Porzellantassen serviert. Nur die Kaffeelöffel paßten nicht dazu. Carrie beschloß, Fred Lester einen Satz zierlicher Silberlöffel zu Weihnachten zu schenken. Doch sie ahnte insgeheim, daß er sie vermutlich niemals benutzen würde.

Fred Lester räusperte sich zum zweitenmal und strich sich mit der Hand übers spärliche Haar.

Carrie schlug die Beine nervös übereinander. Sie hatte noch immer makellos schöne Beine. Das Alter hatte ihnen nichts anhaben können... wenigstens bisher nicht. Gelegentlich, wenn sie in den Spiegel sah, bemerkte sie traurig, daß auch bei ihr die Jahre Spuren zu hinterlassen begannen. Doch sie war voller Leben und gehörte damit zu den Glücklichen. Sie fragte sich oft, was aus den Begleitern ihrer Jugend, den Nutten und Stripperinnen, den Zuhältern und Gangstern geworden war. Gab es sie überhaupt noch? Sie bezweifelte es ernsthaft. Das Leben damals war hart und brutal gewesen. Nur die Widerstandsfähigsten hatten das überlebt.

»Ihr Buch ist ein Kleinod«, bemerkte Fred Lester schließlich. »Ein ehrliches Bekenntnis in einer unehrlichen Zeit.«

»Danke«, murmelte Carrie. Fred war der einzige außer Anna, der ihr Buch bisher gelesen hatte. Steven wußte noch immer nichts davon.

Fred Lester legte die Fingerspitzen seiner Hände gegeneinander. Er vermied es, Carrie anzusehen, als er fortfuhr: »Allerdings könnte es rechtliche Probleme wegen einiger Namen geben, die Sie benutzt haben. Möglicherweise müssen wir Pseudonyme verwenden.« Er lachte laut auf. »Besonders natürlich für Freddy Lester.«

Carrie lachte ebenfalls. »Ich hab's Ihnen nie erzählt, aber deshalb bin ich damals überhaupt zu Ihnen gekommen.«

Er betrachtete eingehend seine gepflegten Fingernägel. »Wirklich?«

»Natürlich. Als ich Steven schließlich die Wahrheit gestanden hatte, war er wie besessen von der Idee, herauszufinden, wer nun wirklich sein Vater ist: Gino Santangelo oder Freddy Lester.«

»Sind Sie auch bei Gino Santangelo gewesen?«

»Fast. Wir waren in Kalifornien, aber irgend etwas muß Steven dort veranlaßt haben, seine Suche aufzugeben. Gott sei Dank«, fügte sie hinzu.

Der Himmel über New York war grau, und Regentropfen trommelten gegen die Bürofenster.

»Wie viele Freddy Lesters haben Sie eigentlich gefunden?« fragte Fred. »Und weshalb kam ich nicht in Frage?«

Carrie trank einen Schluck Kaffee. Er war stark und zu heiß. »Warum?« entgegnete sie amüsiert. »Wollen Sie vielleicht andeuten, daß Sie's gewesen sind?«

Es war einen Augenblick lang totenstill im Zimmer, bis Fred Lester laut zu lachen begann. »Ich wünschte, ich wär's gewesen.«

»Nein, lieber nicht!« Ihre Stimme klang plötzlich hart. »Dieser Freddy war ein Tier. Er hat nur an sich gedacht.« Sie erschauerte. »Er hat mich vergewaltigt. Auch wenn ich eine Hure gewesen bin, hatte ich ein Recht darauf, daß man meine Menschenwürde respektierte, oder?«

»Selbstverständlich«, beruhigte er sie. »Selbstverständlich.«

Carrie stand auf und trat ans Fenster. »Die Wut und den Schmerz spüre ich noch heute«, fuhr Carrie fort und starrte mit leerem Blick auf die belebten Straßen der City hinab. »Ich war allein, hatte kein Geld, keinen Job und in mir wuchs ein Baby. Mir blieb keine andere Wahl, als das einzige Gewerbe wiederaufzunehmen, mit dem ich gelernt hatte, Geld zu verdienen. Ich hatte keine Wahl. *Er* hat mir keine Wahl gelassen.«

Fred erhob sich ebenfalls. »Aber Sie haben einen Sohn, auf den Sie stolz sein können. Aus all dem Schmerz ist etwas Gutes geboren worden.«

Carrie nickte resigniert. Plötzlich waren ihr Zweifel gekommen. »Steven weiß nichts von meinem Buch. Ich möchte ihm nicht weh tun.«

»Wenn Ihr Leben ihm zu schaffen macht, dann ist das sein Problem.«

»Ich weiß. Aber...«

»Soll ich es ihm sagen?«

Carrie schüttelte den Kopf. »Nein, das kann mir niemand abnehmen.«

»Vielleicht sollte ich aber dabeisein.«

Der Ton seiner Stimme ließ sie abrupt aufhorchen. Sie drehte sich um und starrte ihn an. Allmählich fiel es ihr wie Schuppen von den Augen. »Du bist es, nicht wahr?« flüsterte sie. »Du bist es! Und aus diesem Grund bezahlst du eine halbe Million Dollar. Um deine Schuld zu tilgen! Du bist es!«

»Ja«, antwortete er und eine Zentnerlast fiel ihm vom Herzen.

93. Kapitel

»Hallo, allerseits!« flötete Brigette fröhlich und versuchte ihren Schrecken darüber zu verbergen, als sie ihre Mutter sah. Olympia schien aus allen Nähten zu platzen.

»Du bist ja richtig erwachsen geworden!« rief Olympia aus. »Mein Gott! Wenn ich dich ansehe, komme ich mir richtig alt vor. Und das bin ich ja noch gar nicht!« fügte sie hastig hinzu.

»Na, sieht deine Mutter nicht gut aus?« versuchte Lennie geschickt abzulenken. »Sie hat mehrere Operationen über sich ergehen lassen müssen.«

»Ja, du bist wirklich wieder so hübsch wie früher«, gab Brigette zögernd zu. »Hat jemand für mich angerufen?«

»Erwartest du jemanden?« fragte Olympia. Es gefiel ihr gar nicht, daß ihre vierzehnjährige Tochter schon so fraulich entwickelt war.

»Ich habe Freunde in Los Angeles«, log Brigette hastig.

»Na, prima«, bemerkte Olympia.

»Ja, großartig«, stimmte Lennie zu.

»Wir müssen für ein paar Tage nach New York«, verkündete Olympia dann. »Alice bleibt hier bei dir.«

»Wer?«

»Alice. Lennies Mutter. Du erinnerst dich sicher an sie? Du hast sie doch immer gemocht.«

Brigette gähnte und reckte sich. »Ja, stimmt.« Sie erinnerte sich an die komische alte Frau. Jedenfalls war bei ihr ihre Freiheit nicht in Gefahr. Mit Alice würde sie schon fertig werden.

Tim Wealth verließ seinen Liebhaber und zog aus dessen Wohnung an dem Tag aus, als die Dreharbeiten zu Ryder Wheelers Film *Heat* begannen. Der Typ behandelte ihn seit einiger Zeit wie Dreck, und jetzt brauchte er ihn nicht mehr. Er war nur ein mieser Produzent und kein zweiter Clark Gable.

Tim arbeitete wieder. Er konnte seine Rechnungen bezahlen. *Heat* war zwar nicht gerade *The great Gatsby,* aber es war durchaus ein heißer Streifen.

In jeder Beziehung.

Am ersten Drehtag lernte er seine Partnerin kennen. Er mußte zweimal hinsehen: Eden Antonio.

»Kennt ihr euch?« fragte Ryder prompt, dem Tims Mienenspiel nicht entgangen war.

»Nein«, antwortete Eden und wandte sich ab.

Verlogenes Biest, dachte Tim. Aber von Eden war nichts anderes zu erwarten. Er kannte sie zu gut.

Eden Antonio. Sie war ebenso heiß wie der Film... rein äußerlich. Ansonsten hielt Tim sie für ein eiskaltes Frauenzimmer. Er hatte sie nie vergessen... seit jener kurzen gemeinsamen Zeit in Kalifornien, bis sie ihn wegen eines anderen verlassen hatte. Aber mittlerweile war er ein paar

Jährchen älter und erfahrener geworden. Diesmal würde er sich nicht mehr von ihr übertölpeln lassen.

Sie strahlte Stil und Sexappeal aus, obwohl sie eher mager zu nennen war. Für einen Film, der viel nacktes Fleisch versprach, war das eine merkwürdige Besetzung der weiblichen Hauptrolle.

Der Maskenbildner beruhigte Tim. Die restlichen Sexhäschen würden mit ihren üppigen Formen Edens Defizite wieder wettmachen.

Tim konnte den Spaß kaum erwarten. Sex! Die Geschichte seines Lebens.

Er hatte es sich nie aussuchen können.

Er drehte endlich wieder einen Film und war froh, daß er das Angebot angenommen hatte. Wenn Richard Gere alles zeigen konnte, weshalb er dann nicht? Allerdings wurde von ihm eine Menge mehr erwartet, als »es« nur zu zeigen.

Ryder Wheeler behauptete, was sie machten, sei der Film der Zukunft. »Das Publikum will endlich alles sehen«, versicherte er seinen Schauspielern. »Heute seid ihr's... morgen sind es Burt Reynolds und Jessica Lange.«

Tim hatte da seine Zweifel. Aber wie sein Agent schon gesagt hatte, alles wurde mit Stil und Geld erledigt.

Als sie das erste Mal allein waren, fragte Eden: »Du hast es also auch nicht geschafft, was?«

»Du bist noch immer dasselbe charmante Biest«, entgegnete er.

»Das macht mich ja gerade so anziehend«, konterte sie.

Sie waren in Edens Garderobe. Er stieß die Tür mit dem Fuß zu und nahm sie – um alter Zeiten willen.

»Mein Freund bringt dich dafür um, wenn er's je rauskriegt«, flüsterte sie atemlos.

»Willst du's ihm denn erzählen?«

Dann kam zum erstenmal wieder das kehlige, rauhe Lachen. »Na, was meinst du?«

In der zweiten Woche der Dreharbeiten lernte Tim den »Geldgeber« Santino Bonnatti kennen. Er spazierte herum, als gehöre ihm die ganze Welt. Ganz offensichtlich hatte er Eden völlig in der Hand. Er nannte sie liebenswürdigerweise vor allen anderen nur meine »Nutte«.

»Dein Freund?« fragte Tim unnötigerweise.

»Leider«, antwortete Eden.

Wenn Eden Antonio und Tim Wealth eine gemeinsame Szene drehten, dann flimmerte die Leinwand vor Elektrizität. Und dabei waren sie bei den wirklich heißen Szenen noch nicht einmal angelangt. Ryder spürte das sofort, als er die ersten Aufnahmen im Studio sah.

»Wir müssen diesen Film auf einem gewissen Niveau halten«, erklärte Ryder seinen Mitarbeitern. »Es soll der *Letzte Tango* der achtziger Jahre werden.«

Sein einziges Problem war Bonnatti. Ryder war auf eine Auseinandersetzung gefaßt.

Und er sollte recht behalten. Nach mehreren Wochen Arbeit stellte Bonnatti seine Forderungen: »Ich will mehr Titten und Hintern sehen. Da wird mir zu wenig gefickt und gehurt!«

»Nur keine falsche Scham«, erwiderte Ryder. »Was haben Sie sonst noch auf dem Herzen?«

Santino starrte ihn wütend an. Er finanzierte schließlich einen Pornofilm. Aber alles, was er zu sehen bekam, waren lange Einstellungen, Spielereien mit Lichteffekten und künstlerischer Kram.

»Tun Sie, was ich Ihnen sage! Sonst fliegen Sie. Das ist mein Film!«

Zwei Tage später stieg Ryder Wheeler tatsächlich aus.

Tim Wealth und Eden Antonio waren entsetzt. Und sie hatten allen Grund dazu, denn wenige Tage später stellte Santino ihnen einen bekannten Pornoregisseur vor, der sofort zur Sache kam... und zwar in jeder Beziehung.

In den Drehpausen, wenn Santino nicht da war und der allgegenwärtige Zeko hinter Komparsinnen herstieg, tröstete Tim Eden in der Abgeschiedenheit ihrer Garderobe. Das Bedürfnis, miteinander zu schlafen, war gegenseitig. Eden war erregt und hungrig nach gutem Sex, und Tim entdeckte überrascht, daß sich bei ihm Gefühle einstellten, die er längst tot geglaubt hatte.

Es dauerte nicht lange, bis Santino mißtrauisch wurde. Er beobachte sie bei gemeinsamen Szenen ... und was sie dabei taten, störte ihn nicht. Schließlich hatte er Eden unter Kontrolle. Aber wenn sie nicht gerade vor der Kamera standen, hatten sie Sprechverbot.

»Du mußt weg von ihm«, warnte Tim.

»Ich weiß«, stimmte Eden zu.

Tim Wealth wußte selbst nicht, weshalb er sich engagierte. Mit Bonnatti war nicht zu spaßen.

»Wenn ich an 'ne Menge Geld rankäme, könnten wir nach Mexiko fliehen und dort eine Zeitlang untertauchen«, schlug Tim vor.

Eden nickte. Aber wie sollte Tim Wealth genug Geld auftreiben, um für sie beide eine sichere Flucht zu gewährleisten?

Noch am selben Abend durchsuchte Tim den Koffer, den er bei dem letzten Trip mit seinem verflossenen Liebhaber nach Atlantic City dabei gehabt hatte. In einer Ecke fand er zusammengeknüllt einen Zettel: Brigette Stanislopoulos; und eine Telefonnummer.

Tim zögerte keine Sekunde.

94. Kapitel

In New York war Kampf angesagt. Dimitri Stanislopoulos' Testament entpuppte sich als ein umfangreiches und kompliziertes Dokument. Zur Überraschung aller Beteiligten hinterließ er den Löwenanteil seines Vermögens Lucky ..., die es für Roberto verwalten sollte, bis dieser fünfundzwanzig war.

Olympia wurde allerdings nicht völlig übergangen. Sie sollte jährlich eine Million Dollar auf Lebenszeit bekommen, was sie jedoch als Beleidigung empfand. Brigette bekam die doppelte Summe, und nach ihrem einundzwanzigsten Geburtstag fiel ihr eine Erbschaft von fünfundzwanzig Millionen Dollar zu.

»Wie konnte er es wagen, mich so abzuspeisen?« kreischte Olympia, als sie die Kanzlei des Anwalts verließen. »Wie konnte dieser senile alte Trottel mir so was antun?«

Lennie interessierten Olympias hysterische Ausbrüche wenig. Er hatte Lucky gerade nach drei Jahren zum erstenmal wiedergesehen und fühlte sich, als habe ihm jemand mit einem Stiefel in die Magengegend getreten. Lucky sah in ihrem schlichten schwarzen Kostüm mit dem streng aus dem Gesicht gekämmten dunklen Haar schöner denn je aus.

Sie war sofort auf sie beide zugekommen, doch Olympia hatte sich nur mit einem eiskalten Blick einfach abgewandt.

Lennie wußte nicht, was er sagen sollte. »Wie geht es dir?« brachte er schließlich heraus.

Sie sah ihn kaum an. »Gut, danke«, erwiderte sie ebenso banal.

Und das war die gesamte Unterhaltung gewesen, bevor die tödlich langweilige Verlesung des Testaments begonnen hatte.

Lennie hatte wiederholt versucht, Luckys Blick aufzufangen, doch sie war kühl und reserviert geblieben. Das konnte nur bedeuten, daß für Lucky das Kapitel Lennie ein für allemal abgeschlossen war. Lennie war am Boden zerstört.

Die Presse stürzte sich wie Hyänen auf ein neues Opfer. Lucky, die sich bisher aus den Schlagzeilen hatte heraushalten können, fand sich plötzlich im Mittelpunkt des öffentlichen Interesses wieder. Unangenehme Gesellschaftsglossen erschienen über sie, und Fotos aus ihrer Zeit als Senator Richmonds Schwiegertochter, von der Eröffnung des Magiriano und des Santangelo wurden ausgegraben.

TOCHTER DES EHEMALIGEN MOB-MITGLIEDS GREIFT IN

DIE VOLLEN lautete eine der Schlagzeilen; oder: SANTANGELO-TOCHTER WIRD ÜBER NACHT REICH.

Es dauerte danach nicht lange, bis auch die alte Geschichte über die versuchte Vergewaltigung durch Enzio Bonnatti an ihr und die anschließende Schießerei in den Zeitungen wieder auftauchte. Selbst nach sechs Jahren wurde daraus noch immer eine aktuelle Schlagzeile: STANISLOPOULOS-ERBIN ERSCHIESST IHREN VERGEWALTIGER.

Lucky war wütend über diese plötzlichen Eingriffe in ihr Privatleben, und als eine Zeitung auch noch ein Bild von Roberto brachte, wie dieser am Swimmingpool des Magiriano in Las Vegas spielte, wo er mit Gino lebte, war bei ihr das Maß voll. Sie rief umgehend Gino an. »Was zum Teufel ist bei euch eigentlich los?« erkundigte sie sich gereizt. »Wieso hast du zugelassen, daß man Roberto fotografiert?«

»Das habe ich gar nicht«, wehrte Gino grimmig ab. Auch er war über die unerwünschte Publicity nicht glücklich. »Ich hab die Presse von meinen Sicherheitsleuten rauswerfen lassen, aber gegen die Touristen mit ihren Kameras habe ich keine Handhabe.«

»Schaff Roberto bitte da raus!« drängte Lucky. »Und zwar sofort.«

»Du hast ja recht«, seufzte Gino. »Daran hab ich auch schon gedacht.«

Gino plante bereits etwas: Costa hatte für einen Monat ein Haus in Beverly Hills gemietet und wollte noch am selben Abend dorthin fliegen. Gino beabsichtigte, ihn zusammen mit Roberto und CeeCee zu begleiten. »Auf diese Weise weiß niemand, wo wir sind«, schloß Gino. »Vielleicht lassen sie uns dann in Frieden.«

»Gut«, stimmte Lucky zu. »Ich komme so bald wie möglich zu euch.«

»Das hat keine Eile«, versicherte Gino ihr. »Roberto ist bei mir sicher.«

»Ich weiß«, erwiderte sie. »Aber er fehlt mir.« Und zwar sehr, fügte Lucky in Gedanken hinzu. Ein Hotel war kein Ersatz für ihren kleinen Sohn.

Sie unterhielten sich noch eine Weile, und als Lucky schließlich auflegte, fühlte sie sich besser. Endlich konnte sie sich mit Problemen an Gino wenden. Er verstand, was sie bewegte, und war immer für sie da. Und im Augenblick brauchte sie dringend eine moralische Stütze.

Lennie.

Noch immer mit Olympia verheiratet.

Wie hatte sie je glauben können, daß sie etwas Besonderes verband?

95. Kapitel

Eden wußte, wenn es ihr erst einmal gelänge, Kontakt zu Lennie aufzunehmen, würde er ihr gewiß das nötige Geld leihen, das es ihr ermöglichte, sich aus den Klauen von Santino Bonnatti zu befreien. Seit Ryder Wheeler die Leitung der Dreharbeiten aufgegeben hatte, verschlimmerte sich die Lage täglich.

Die Szenen mit Tim, so anzüglich und obszön sie auch sein mochten, stellten kein Problem dar. Sie stand sie durch, weil eben Tim ihr Partner war. Doch als Santino darauf bestand, daß die Vergewaltigungsszene, die Wheeler gestrichen hatte, wieder ins Drehbuch aufgenommen wurde, wurde der Film für sie zum Alptraum.

Den Vergewaltiger Edens spielte ein ungeschlachter Schauspieler, der sich einen gewissen Ruf in Hard-Pornos erworben hatte. Und Eden spürte, daß Santino dem Regisseur befohlen hatte, die Szene bis an die Grenzen des Möglichen auszuwalzen.

Vor Drehbeginn der entscheidenden Szene steckte Tim ihr ein paar Tabletten zu. »Nimm sie!« befahl er. »Damit stehst du's durch.«

Eden gehorchte und fühlte sich umgehend besser.

Santino saß in einem Regiestuhl direkt hinter der Kamera, als die Klappe fiel. »Viel Glück, Süße!« wünschte er ihr mit einem gemeinen Grinsen, eine dicke Zigarre zwischen den Zähnen.

Eden lächelte flüchtig. Tims Tabletten hatten sie gegenüber ihrer Umwelt völlig gleichgültig gemacht.

»Also, laß dich einfach treiben«, wies der Regisseur Eden an. »Wir drehen die ganze Szene an einem Stück, dann kommen die Nahaufnahmen.«

»Sehe ich gut aus?« murmelte Eden unsinnigerweise.

»Ganz heiß, Kleines. Du richtest sie alle auf!«

Dann fiel die Klappe.

Eden agierte wie ein Profi.

Eden Antonio.

Die großartige Leinwandschönheit.

Sie trug ein Nachthemd aus Satin und sonst nichts.

Ihr grober Angreifer lauerte hinter einem Vorhang.

Auf das Zeichen des Regisseurs stürzte er sich von hinten auf sie.

Eden hing hilflos wie eine Puppe in seinen gorillahaften Armen.

»Los, wehr dich!« zischte der Regisseur.

»Ja, wehr dich doch!« wiederholte Santino und beugte sich vor. Schweißperlen standen auf seiner Stirn.

Warum sollte sie noch kämpfen? Das Unvermeidliche mußte schließlich doch geschehen. Dagegen konnte ihr alle Kraft der Welt nicht helfen.

Halbherzig versuchte sie, Widerstand zu leisten.

Den Angreifer schien das erst richtig auf Touren zu bringen. Er zerriß ihr Nachthemd, hob sie hoch und warf sie aufs Bett.

Die Tabletten hatten eine betäubende Wirkung. Eden war froh darum. Sich vor einer Kamera vergewaltigen zu lassen, war nie das Ziel ihrer Karriere gewesen.

Brigette langweilte sich seit Tagen mit Alice in der Villa von Olympia und Lennie. Alice liebte es, sich vom Chauffeur in Olympias weißem Rolls-Royce herumkutschieren zu lassen, aber Brigette ödete auch das allmählich an. Eines Tages klingelte das Telefon.

»Hallo, kleines Mädchen!«

»Tim!«

»Na, du hast aber ein Gedächtnis!«

»Warum rufst du erst jetzt an?«

»Ich dachte, kleine reiche Mädchen wollten von armen Schauspielern nicht belästigt werden.«

»Bist du pleite?«

»Fast. Aber ich kann gerade noch soviel zusammenkratzen, um dich zu einem Abendessen einzuladen.«

»Wirklich?«

»Warum denn nicht? Oder hast du was anderes vor?«

»Nein, nein.«

»Dann treffen wir uns in der Bar bei ›Trader Vic‹ um acht Uhr. Einverstanden?«

Brigette legte den Hörer auf und stieß einen Freudenschrei aus. Sie hatte es ja stets gewußt, daß Tim Wealth anrufen würde. Und jetzt war's geschehen! Die Welt war wieder in Ordnung.

Er hatte sie eingeladen, und sie würde annehmen.

Allerdings...

Wie kam sie allein aus dem Haus?

Alice schlief vor dem riesigen Fernsehapparat.

Sie schnarchte leise.

Brigette rüttelte sie unsanft wach.

»Was ist denn los?« murmelte Alice im ersten Augenblick schlaftrunken.

»Meine Schulfreundin ist in L.A.«, erklärte Brigette. »Sie hat gerade angerufen. Ich soll bei ihr übernachten«, log sie.

Alice war entzückt. Lennie hatte ihr strikt verboten, ihre Freunde in sein Haus einzuladen. Jetzt, da sie Brigette eine Weile los sein würde, witterte sie eine Chance, mit Claudio, ihrem neuen Freund, ein paar ungestörte Stunden verbringen zu können. Sie hatte schließlich nicht die Absicht, wegen Brigette auf ihr Liebesleben zu verzichten. Claudio war ein sehr talentierter Mann, und sie vermißte seine stürmischen Aufmerksamkeiten.

»Ich möchte allerdings nicht im Rolls-Royce zu meiner Freundin fahren«, erklärte Brigette.

Wäre es nach Alice gegangen, würde sie nur noch Rolls-Royce fahren. Brigette war wirklich ein merkwürdiges Kind.

»Ich nehme ein Taxi«, entschied Brigette.

»Aber Lennie hat gesagt...«, begann Alice.

»Bitte, Alice! Bitte! Wir brauchen Lennie ja nichts davon zu sagen, ja?«

Alice sah eigentlich auch nicht ein, warum sie dem Mädchen nicht erlauben sollte, mit einem Taxi zu einer Freundin zu fahren. »Also gut«, stimmte sie schließlich zu. »Aber sprich bitte nicht mit dem Fahrer. Das sind alles Illegale!«

Brigette grinste schlau. Was sie vorhatte, war ebenfalls illegal, aber wen kümmerte das schon?

Brigette rannte zu Olympias Schrank und sah hastig die umfangreiche Garderobe ihrer Mutter durch: Pullover und Blusen, Kleider und Röcke, Tücher und Gürtel, Jacketts und Hosen. Brigette konnte jedoch außer einem verwegen aussehenden Leopardenfellschal nichts entdecken, was ihrem Geschmack entsprochen hätte. Sie hatte den Verdacht, daß der Schal einst Flash gehört hatte. Olympias Geschmack war er jedenfalls nicht.

Erregt griff sie danach. Hautenge Jeans, ein Jackett von Lennie und der Schal... das war für ihre Begriffe eine »coole« Aufmachung.

Als sie an dem Schal zog, der ganz hinten im Schrank hing, gab es ein merkwürdig schwirrendes Geräusch, ein Teil der Rückwand des Schrankes glitt zurück und gab den Blick auf einen Geheimraum frei.

Brigette erholte sich schnell von ihrer anfänglichen Verblüffung und nahm an, den Tresorraum für die Juwelen ihrer Mutter entdeckt zu haben.

Neugierig zwängte sie sich durch die Kleider und betrat den kleinen, fensterlosen Raum. Regale standen an allen

Wänden. Und in den Fächern reihten sich Fläschchen aneinander mit verschiedenfarbigen Tabletten, Glasampullen, Schächtelchen mit seltsam riechendem braunem Tabak und Pakete mit weißem Pulver.

Brigette runzelte die Stirn.

Drogen?

Wessen Drogen?

Lennies? Er war immerhin Filmstar. Nahmen nicht alle Filmstars Drogen? Die Illustrierten behaupteten es jedenfalls.

Neugierig griff sie nach einem Tütchen mit weißem Pulver, das wie Puderzucker aussah. Brigette vermutete allerdings sofort, daß es sich um Kokain handelte. Aufgeregt erinnerte sie sich an ihre erste Begegnung mit Tim Wealth. Er hatte Kokain geschnupft und war wütend gewesen, als sie ungeschickterweise eine Ration in die Luft geblasen hatte. Sie nahm sich vor, ihm als Geschenk ein Tütchen mitzubringen. Sicher machte sie ihm damit eine Freude. Und sie wollte ihm doch unbedingt gefallen!

Das Abendessen mit Tim Wealth war großartig. Das heißt, die Mahlzeit sah wenigstens großartig aus. Brigette war viel zu aufgeregt, um auch nur einen Bissen herunterzubekommen. Sie konnte es noch immer nicht fassen, daß sie mit Tim Wealth in einem Restaurant saß.

»Erzähl mir was von dir!« forderte Tim sie schließlich auf. »Bist du wirklich die Enkelin von Dimitri Stanislopoulos?«

Brigette nickte. »Er ist gerade gestorben, weißt du.«

»Ja, das habe ich gelesen«, bemerkte Tim leichthin. Er hatte jeden Bericht über dieses Thema verschlungen! »Muß ja ein verdammt reicher alter Herr gewesen sein.«

»Ich schätze schon.«

Sie schätzte schon! Tim musterte die hübsche kleine Blondine und überlegte, wie er sie sich am besten zunutze machen konnte. In dieser Beziehung hatte er keine Skrupel. Schließlich versuchte sie dasselbe mit ihm. Sie war vierzehn... und gab sich als Achtzehnjährige aus. Wenn das rauskam, konnte er sich das Gefängnis von innen ansehen. Vermutlich war es ihr völlig gleichgültig, was sie mit ihrem Betrug anrichten konnte. Warum sollte sie das auch kümmern? Sie hatte doch ihr ganzes Leben lang alles auf dem Silbertablett serviert bekommen. Seine Kindheit und Jugend waren dagegen etwas anders verlaufen. Mit vierzehn hatte er sich seines Stiefvaters auf dem Klohäuschen im Hof erwehren müssen. Dann ging er auf den Männerstrich. Miss Stanislopoulos mit den großen blauen Augen wußte vermutlich nicht einmal, was ein Klohäuschen im Freien war.

Tim fragte sich, inwieweit sie Zugang zu dem Geld hatte, das angeblich ihr gehörte. Vierzehn war verdammt jung. Zweifellos war sie von Treuhändern und Aufpassern umgeben und wurde rund um die Uhr bewacht.

Falls sie allerdings bewacht wurde, wie hatte sie es dann geschafft, die Verabredung mit ihm einzuhalten?

Er stellte ihr ein paar gezielte Fragen und erfuhr, daß sie mit der verrückten Alice, Lennie Goldens Mutter, allein in Los Angeles war.

»Wie bist du überhaupt hergekommen?« erkundigte er sich neugierig.

»Ohhh... ich hab ein Taxi genommen.« Sie zögerte. »Eigentlich wollte ich selbst fahren, aber mein Wagen ist gerade in der Werkstatt.«

»So? Was ist denn daran kaputt?«

»Irgendwas am Motor«, erwiderte sie hastig, trank einen Schluck und hoffte, er würde keine weiteren Fragen mehr stellen.

»Was fährst du denn?« beharrte er.

Brigette dachte geistesgegenwärtig an Lennies Porsche, der zu Hause in der Garage stand. »Einen Porsche«, antwortete sie schnell.

»Was für ein Modell?« Das Katz-und-Maus-Spiel machte ihm Spaß.

Brigette stand auf. »Ich muß mal auf die Toilette.«

Tim grinste.

96. Kapitel

Die Illustrierte landete mit einem dumpfen Schlag auf Stevens Schreibtisch. Er starrte auf das farbige Glanzpapier. Es war eine Ausgabe des Bonnatti-Magazins *Comer*, und das Titelbild zeigte Mary Lou Moore in schwarzen Seidenstrümpfen und Strapsen. Ansonsten war sie fast nackt. Sie starrte mit feuchtem Schmollmund und in aufreizender Stellung in die Kamera.

»Hier, sieh dir das mal an«, sagte Jerry und deutete auf die Bilderunterschrift: DIE BEICHTE DER MARY LOU... ALLES SEHEN, ALLES HÖREN... IN FÜNF GLANZSEITEN.

Steven blätterte fluchend in der Zeitschrift.

»Hast du davon gewußt?« wollte Jerry wissen.

»Nein, verdammt noch mal!« antwortete Steven und betrachtete zähneknirschend die restlichen, ganzseitigen Fotos von Mary Lou.

»Sie hätte dir was davon sagen müssen«, fuhr Jerry mißmutig fort. »Damit ist unser Sieg keinen Pfifferling mehr wert. Das Gericht wird seine Entscheidung revidieren, und dann läuft alles darauf hinaus, daß *sie* auch noch Bonnattis Unkosten bezahlen muß.«

Steven starrte schweigend auf die obszönen Bilder von Mary Lou in eindeutigen Stellungen in einer großen Badewanne, auf einer Couch mit einer Federboa als einzigem Kleidungsstück und so weiter. Jeder Schnappschuß ein gekonntes Pornofoto.

»Verdammt!« stieß Steven heiser hervor.

»Ich weiß, es ist ein Schock für dich«, seufzte Jerry mitfühlend. »Du hast sie für ein süßes, harmloses Mädchen gehalten. Aber glaub mir... Frauen sind unberechenbar. Ich...«

»Erspar mir deine hausgemachte Lebensphilosophie!« fiel Steven ihm wütend ins Wort, ohne den Blick von den Fotos zu wenden. »Das Mädchen ist nicht Mary Lou!«

»Wie bitte? Was soll das heißen?«

»Das Mädchen auf den Fotos ist nicht Mary Lou«, wiederholte Steven. »Das sind Fälschungen.«

»Steven, ich weiß, du magst Mary Lou...«

»Fälschungen. Fotomontagen!« fuhr Steven erregt fort. »Sie haben ihr Gesicht einem anderen Körper gegeben. Herrgott, kapierst du denn noch immer nicht, was los ist?«

»Bist du da sicher?«

»Jerry, bitte! Ich lebe seit einiger Zeit mit dem Mädchen zusammen. Ich müßte doch eigentlich am besten wissen, wie sie ohne Klamotten aussieht!« Er schwenkte das Magazin durch die Luft. »Und das ist ganz entschieden nicht Mary Lou!«

»Dann müssen wir das nur noch beweisen«, folgerte Jerry logischerweise. »Und dann gehen wir wieder vor Gericht... dabei allerdings geht's wirklich ums Ganze. Denn wenn das stimmt, was du sagst, mein Freund, dann haben wir alle Trümpfe in der Hand... dann kostet das Mister Bonnatti eine gehörige Stange Geld.«

»Bis es soweit ist, kann es drei oder vier Jahre dauern«, bemerkte Steven.

»Das brauchst du mir nicht zu erzählen.«

»Das weiß ich. Aber ich bin nicht sicher, ob Mary Lou das alles noch mal durchmachen will. Sie möchte bestimmt nicht, daß diese Bilder überhaupt erscheinen!«

»Zu spät. Das Magazin liegt schon zur Auslieferung an den Zeitschriftenhandel bereit.«

»Verfluchter Mist!« zischte Steven. »Das lasse ich nicht zu!«

Jerry zuckte mit den Schultern. »Du kannst praktisch nichts mehr dagegen tun.«

»Da bin ich nicht so sicher!« widersprach Steven grimmig.

97. Kapitel

Der Reiz lag darin, etwas Neues zu schaffen, ein weiter gestecktes Ziel zu erreichen. Jetzt, da sie das Vorgenommene in die Tat umgesetzt hatte, brauchte Lucky eine andere Aufgabe. Sie hatte das Santangelo gebaut. Es war nach ihren Vorstellungen entstanden und stellte alles dar, was sie sich gewünscht hatte. Sie war mit Recht stolz darauf. Trotzdem hatte sie nicht die Absicht, in Zukunft in Atlantic City zu sitzen und Geld zu zählen. Lucky war auf der Suche nach einem neuen reizvollen Betätigungsfeld.

Eine Firmengruppe interessierte sich für das Santangelo. Sie bot ihr einen satten Gewinn einschließlich der zweihundert Millionen Dollar, die der Bau des Hotels verschlungen hatte.

Verkaufe, entschied sie. Nimm das Geld und wandere, wie Gino sagen würde. Nicht, daß sie Geld brauchte ... sie hatte mehr davon, als sie es sich je in ihren wildesten Träumen ausgemalt hatte. Sie brauchte vielmehr die Freiheit. Den Rest ihres Lebens in Atlantic City festzusitzen, entsprach nicht ihrer Vorstellung vom Lebensglück. Gelassen gab sie ihren Anwälten den Auftrag, den Verkauf des Santangelo einzuleiten.

»Olympia Stanislopoulos will das vorliegende Testament anfechten«, informierten die Rechtsberater sie bei dieser Gelegenheit.

Lucky konnte das nicht überraschen.

»Sagen Sie ihr, daß ich die jährlichen Zahlungen, die ihr Vater für sie vorgesehen hat, verdoppele«, entschied Lucky großzügig. »Außerdem kann sie die Yacht geschenkt haben.«

Olympia lehnte dieses Angebot rundweg ab.

Lucky machte einen erneuten Versuch zur gütlichen Einigung. Sie bot Olympia an, die von ihrem Vater verfügte Apanage zu verdreifachen und ihr das New Yorker Apartment zu überlassen. Allerdings verlangte sie eine Zusage innerhalb von zehn Tagen. Anderenfalls wollte sie sämtliche Angebote zurückziehen.

»Warum zehn Tage warten?« lautete Olympias Antwort. »Wenn ich das Biest vor Gericht kriege und beweisen kann, daß sie meinen Vater umgebracht und ihn gezwungen hat, sein Testament zu ändern, gehört sowieso alles mir.«

Die Anwälte sämtlicher Beteiligten – und nicht zuletzt die Presse – rieben sich die Hände.

»Mir reicht's. Ich packe meine Sachen!« erklärte Lennie.

Olympia bedachte ihn mit einem wütenden Blick. »Das ist nicht dein Ernst«, sagte sie. »Nie verläßt du mich und all das, was ich dir bieten kann.«

Seit der Testamentseröffnung hatten sie ständig Streit. Im Haus in Bel Air konnte er ihr aus dem Weg gehen, aber auf diesen Luxus mußte er in der New Yorker Wohnung verzichten. Lennie wußte, daß das Maß des Erträglichen längst überschritten war. Welchen Grund gab es denn noch, bei Olympia zu bleiben? Ihr Aussehen war dank moderner plastischer Chirurgie wiederhergestellt. Mit ihrer Fettsucht mußte sie jedoch selbst fertig werden.

»Ich will keinen Pfennig von dir«, entgegnete er müde. »Alles, was du mir während unserer Ehe geschenkt hast, kannst du wiederhaben: die Autos, das Haus, die Möbel. Ich will nichts weiter als meine Freiheit.«

»Das würde dir so passen!« kreischte sie. »Und was ist mit dem Geld, das du verdient hast?«

»Das habe *ich* verdient, wie du so richtig bemerkst. Also gehört es mir.«

»Irrtum«, widersprach sie. »Nach kalifornischem Recht gehört die Hälfte von dem, was du besitzt mir.«

»Und umgekehrt!« konterte Lennie. »Aber ich will nichts von dir. Also laß mich gefälligst in Ruhe!«

»Du Dreckskerl!«

»Du bist charmant wie immer.«

»Verpiß dich! Du verläßt mich nur, weil ich nicht so reich bin, wie du's dir vorgestellt hast.«

»Geld spielt bei meiner Entscheidung keine Rolle. Und das weißt du ganz genau.«

»Natürlich«, höhnte sie. »Aber es wird dir noch leid tun, mein Lieber. Das Gericht wird das Testament für ungültig erklären, und dann bin ich die reichste Frau der Welt!«

Lennie klappte seinen Koffer zu und ging zur Tür. »Adieu, Olympia!«

Sie folgte ihm und warf mit einem schweren Kristallaschenbecher nach ihm, der seinen Kopf nur um Zentimeter verfehlte.

Er öffnete die Tür und trat in die Freiheit hinaus.

Zu diesem Schritt hätte er sich schon längst entschließen sollen.

98. Kapitel

»Na, wie war's bei deiner Freundin, Kleines?« erkundigte sich Alice gutgelaunt, nachdem ein Taxi kurz vor Mittag am darauffolgenden Tag Brigette wieder vor der Luxusvilla in Bel Air abgesetzt hatte. »Gino hat angerufen«, fuhr sie fort, ohne eine Antwort abzuwarten. »Er ist mit Roberto hier in Bel Air. Sie möchten dich besuchen.«

»Wo wohnen sie denn?« erkundigte sich Brigette mißmutig.

»Keine Ahnung«, zirpte Alice.

Brigette runzelte die Stirn. Sie hatte sich auf einen gemütlichen, ruhigen Tag gefreut, um über Tim nachzudenken. Sie hatten einen unvergeßlichen Abend zusammen verbracht!

Die aufregendste Nacht ihres Lebens!

Tim Wealth war eine Sensation!

Sie liebte ihn.

Für ihn würde sie alles tun.
Er war ihr Herr und Meister.

Tims Garderobe war ihre einzige Zufluchtsstätte. »Wie ist es gegangen?« fragte Tim.

Eden hatte dunkle Ringe unter den Augen und blaue Flecken am ganzen Körper. »Einmal für die Kamera und einmal für Santino, als er mich nach Hause gebracht hatte«, antwortete sie voller Bitterkeit. »Wenn ich eine Waffe gehabt hätte, hätte ich ihn umgebracht.«

»Soweit mußt du nicht gehen«, beruhigte Tim sie. »Ich habe einen Plan, wie wir erster Klasse hier verschwinden können. Würde es dir gefallen, den Winter in Acapulco zu verbringen?«

»Ich muß bloß weg von ihm«, drängte Eden. »Ich halte es nicht mehr aus.«

»Keine Sorge. Es ist schon alles vorbereitet.«

Sie schlang ihre schlanken Arme um seinen Hals und küßte ihn. Wie anders sie war als diese Frau – oder besser, das Kind, mit dem er die Nacht verbracht hatte; und viel aufregender. Eden Antonio verstand es, einen Mann auf Touren zu bringen. Sie war für ihn die einzige Frau, mit der er zusammenleben konnte, ohne sich tödlich zu langweilen.

Als es an der Tür klopfte, fuhren sie erschreckt auseinander.

»Wer ist da?« rief Tim.

»Ihr Auftritt!«

»Ich komme!«

Gino, Costa, CeeCee und Roberto aßen in der Polo Lounge des Beverly-Hills-Hotels zu Mittag. Gino genoß sein Rührei mit geräuchertem Lachs und das bunte Treiben um ihn herum.

Plötzlich fiel sein Blick auf Paige Wheeler.

Sie kam gerade herein, sprach kurz mit dem Oberkellner, sah Gino, wollte schon wortlos an seinem Tisch vorbeige--

hen, erinnerte sich dann aber ihrer guten Manieren. Außerdem hatte auch Costa sie bereits entdeckt und winkte ihr freudig zu.

Paige trug einen ihrer berühmten geschlitzten Röcke, ein Leinenjackett und darunter eine getupfte Bluse. Sie hatte keinen BH an, und Ginos Phantasie begann bei diesem Anblick zu arbeiten.

»Gino!« Sie lächelte herzlich. »Wir haben uns lange nicht gesehen.«

Seit Gino sie mit Susan in flagranti ertappt hatte, war jeglicher Kontakt abgebrochen.

Gino stand höflich auf und küßte sie auf beide Wangen. Sie roch nach herbem Parfüm und war sexy wie eh und je. Allerdings wirkte sie etwas älter. Aber auch er war inzwischen nicht jünger geworden.

»Hallo, Costa«, begrüßte sie Ginos Freund. »Schön, Sie zu sehen.«

»Das ist Roberto, Ginos Enkel«, stellte Costa stolz vor. »Sehen sich die beiden nicht verdammt ähnlich?«

Paige sah lächelnd auf den kleinen Jungen herab, der an einem Brötchen knabberte. »Ja, das kann man wohl sagen.«

»Wollen Sie nicht einen Schluck mit uns trinken?« lud Costa sie ein, der nicht ahnte, was sich zwischen Gino und Paige abgespielt hatte.

Paige warf Gino einen flüchtigen Blick zu. Er zeigte keine Reaktion.

»Danke, aber ich habe leider keine Zeit«, entschuldigte sie sich hastig. »Ich bin mit einem Kunden zum Mittagessen verabredet. Vielleicht ein andermal.«

»Rufen Sie uns doch an!« drängte Costa und schrieb hastig seine Telefonnummer auf ein Streichholzmäppchen. »Wir bleiben einen Monat hier.«

Sie starrte Gino an. »Vielleicht tue ich das wirklich«, murmelte sie.

Er zeigte noch immer keine Reaktion.

»Hat mich gefreut, Sie beide mal wiederzusehen«, sagte sie lächelnd und ging dann zu ihrem Kunden weiter, der sie an einem Tisch bereits erwartete.

»Ich mag sie«, bemerkte Costa. »Wieso hast du sie gehenlassen, Gino?«

Gino antwortete nicht. Die Erinnerung hatte ihn eingeholt.

99. Kapitel

Lennie wollte allein sein, denn er brauchte Zeit zum Nachdenken. Er verriet daher niemandem, nicht einmal Jess, daß er nach Los Angeles zurückgekehrt war. Vom Flugplatz aus nahm er ein Taxi in sein altes Penthouseapartment in der Doheny Street, das er aus nostalgischen Gründen behalten hatte.

Dort zog er die Jalousien hoch, lüftete und fühlte sich zum erstenmal seit langer Zeit wieder zu Hause.

Harriet, das alte Hausmädchen, das ihn versorgt hatte, solange er in diesem Apartment gewohnt hatte, war zwar noch weiterhin für ihre Dienste bezahlt worden, doch sie schien schon lange nicht mehr saubergemacht zu haben.

Lennie sah sich um. Das Bett war zerwühlt... ein liebevolles Andenken an unzählige Blondinen. Im Wohnzimmer herrschte die altvertraute Unordnung. Er fand eine halbleere Flasche Wodka und einen Stapel gelber Notizblocks, auf denen er stets gearbeitet hatte. Früher! Das war lange her.

In der kleinen Wohnung herrschte Friede. Keine Dienstboten eilten umher, kein Telefon klingelte, keine Sekretärinnen klopften... und vor allem gab es keine Olympia.

Er hatte den entscheidenden Schritt getan.

Er war frei.

Beinahe.

Nach der Mittagspause verließ Santino die Szenerie der Dreharbeiten.

Eden schritt erhobenen Hauptes in ihre Garderobe, obwohl Santino sie vor dem versammelten Team auf demütigende Art und Weise abkommandiert hatte. Dort hatte er sie gezwungen, vor ihm zu seiner Befriedigung niederzuknien, und ihr gedroht, als sie versucht hatte, sich zu weigern. Santinos Verhalten wurde immer unberechenbarer. Wenn sie noch mit heiler Haut davonkommen wollte, dann mußte sie schnell fliehen. Sie war überzeugt, daß sie nicht nur die Verstümmelung ihres Gesichts befürchten, sondern um ihr Leben bangen mußte.

Tim hielt sie zuerst vor der Kamera und dann in seiner Garderobe fest in seinen Armen. Sie liebten sich hungrig und drängend. Mit Tim Wealth tat sie freiwillig Dinge, zu denen Santino sie zwingen mußte.

»Ich hole dich da so schnell wie möglich raus«, versprach Tim. »Vielleicht schon morgen. Warte auf meinen Anruf!«

»Santinos Arme reichen weit«, warnte Eden ängstlich.

»Keine Angst, mit Geld ist alles möglich... und ich besorge uns genug Knete.«

Sein Plan stützte sich auf Brigette, das verdorbene, reiche Früchtchen. Skrupel quälten ihn dabei als allerletztes.

Brigette lag schmollend in einem weißen Bikini in der Sonne am Swimmingpool. Auf den fast fünfjährigen Roberto aufpassen zu müssen, das hatte ihr gerade noch gefehlt.

Gino hatte den Jungen und das Kindermädchen CeeCee am frühen Nachmittag zu ihnen gebracht. Dann hatte sich CeeCee einen Zahn abgebrochen, worauf Alice kurzentschlossen mit dem Chauffeur zu ihrem Zahnarzt nach Marina del Rey gefahren war, und Roberto Brigettes Obhut überlassen hatte.

Brigette nahm jeden Sonnenstrahl begierig auf. Sie wollte für Tim besonders schön sein. Der Sommer war bald vorüber, und sie mußte in das verhaßte Schweizer Internat zurückkehren.

Die Nacht mit Tim Wealth war ihr unvergeßlich. Er hatte sogar Bilder mit einer Polaroidkamera von ihr gemacht. Jetzt wartete sie sehnsüchtig auf seinen Anruf.

Nachdem Gino seinen Enkel Roberto und CeeCee bei Brigette abgeliefert hatte, wußte er nicht mehr, was er so mit dem Tag anfangen sollte. Costa war auf eigene Faust in die Stadt gefahren.

Seit seiner Scheidung von Susan konnte er zwar tun und lassen, was er wollte, doch irgend etwas fehlte ihm. Er brauchte die feste Beziehung zu einer Frau. Für ständig wechselnde Bettbekanntschaften war er zu alt. Und die meisten Frauen, mit denen er derzeit schlief, erregten nur sein flüchtiges Interesse.

Gino mußte sich endlich eingestehen, daß er alt wurde.

Bei Paige Wheeler hatte er sich nie alt gefühlt. Das Wiedersehen mit ihr hatte alte Erinnerungen wachgerufen; und es waren gute Erinnerungen.

Er glaubte, ein Leuchten in ihren Augen gesehen zu haben. Täuschte er sich, oder fehlte er ihr ebenfalls?

Einem Impuls folgend, fuhr er zum Beverly-Wilshire-Hotel und mietete eine Suite.

»Kein Gepäck, Mr. Santangelo?« erkundigte sich der Mann am Empfang.

»Das kommt später«, erwiderte Gino. »Aber schicken Sie mir eine Flasche Dom Pérignon und eine reichliche Portion von Ihrem besten Kaviar aufs Zimmer.«

»Selbstverständlich, Sir.«

Oben in seiner Suite ging er unruhig auf und ab.

Er hatte Paige mit Susan erwischt. Die unschuldige Jungfrau hatte sie ihm allerdings nie vorgespielt.

Warum sollte er sie also nicht anrufen?

»Ich möchte mich bei meiner Wohnungseinrichtung beraten lassen«, sagte Gino förmlich am Telefon.

Paige hatte seine Stimme sofort erkannt. Sie machte

ihrem Assistenten ein Zeichen, ihr Büro zu verlassen, und lehnte sich auf ihrem Sessel entspannt zurück. »Was für ein Job wäre das denn?«

»Ein dringender!«

»Hmmmmm... Ich fürchte, vor nächster Woche habe ich leider keine Zeit.«

»Sie werden es schon irgendwie einrichten können.«

»Mal sehen. Und wo?«

»Im Beverly Wilshire. Wo sonst.« Er nannte ihr die Nummer der Suite.

»Haben Sie eine ungefähre Vorstellung, was Sie wollen?« fragte sie geschäftsmäßig.

»Sie. Und zwar schnell.«

Beide lächelten, als sie auflegten.

»Hallo, Kleines!«

Brigette hätte vor Freude beinahe einen Luftsprung gemacht. »Ich habe schon auf deinen Anruf gewartet... aber so schnell habe ich nicht damit gerechnet.«

»Hast du Lust, zum Spielen zu mir zu kommen?«

»Mist! Ich kann nicht! Ich muß auf meinen blöden Onkel aufpassen.«

»Auf deinen Onkel?«

»Ja, er ist knapp fünf Jahre alt.«

»Roberto?« fragte Tim Wealth, und Brigette bemerkte gar nicht den erregten Unterton in seiner Stimme.

»Woher weißt du denn seinen Namen?«

»Ich bin eben nicht nur ein ausgezeichneter Schauspieler.« Brigette kicherte.

»Wo sind denn die anderen?« fragte Tim betont lässig. »Warum paßt ausgerechnet du auf ihn auf?«

»Robertos Kindermädchen mußte dringend zum Zahnarzt. Alice ist mitgefahren. Sie kennt einen guten Doktor in Marina del Rey.«

»Ich mag Kinder«, behauptete Tim hastig, während er fieberhaft seinen Plan neu überdachte. »Bring ihn doch einfach mit.«

Brigette zögerte. Die Versuchung war groß. Sie wollte Tim unbedingt wiedersehen. Allerdings würde CeeCee eine schreckliche Szene machen, wenn sie erfuhr, daß sie mit Roberto einen Ausflug unternommen hatte. Und CeeCee traute Brigette nicht. Sie hatte vor ihrer Abfahrt zum Zahnarzt noch Gino oder Costa anzurufen versucht, beide jedoch nicht erreicht.

»Also?« fragte Tim. »Wie steht's?«

»Wir kommen sofort. Bis gleich«, antwortete Brigette kichernd.

Die Dinge entwickelten sich besser, als Tim erwartet hatte.

Er griff nach dem Skandalblatt, das vor ihm auf dem Tisch lag, und starrte auf die Schlagzeile über dem Foto eines kleinen, dunkelhaarigen Jungen, der gerade aus einem Swimmingpool kletterte: DER REICHSTE KLEINE JUNGE DER WELT.

In dem dazugehörigen Artikel stand alles, was er über Roberto wissen mußte.

Tim legte die Zeitung langsam beiseite. Brigette Stanislopoulos allein war schon ein fetter Fisch, aber jetzt boten sich ihm beide Kinder auf einen Schlag an.

Soviel Glück auf einmal hatte er sich nicht träumen lassen.

100. Kapitel

Steven war sich unschlüssig, ob er es Mary Lou sagen sollte. Aber bald wurde ihm klar, daß ihm letztlich nichts anderes übrig blieb. Das reißerische Magazin würde in kürzester Zeit an jedem Zeitungsstand ausliegen, und dann waren die Presseleute sicher nicht mehr zu bremsen. *Er* wußte, daß das

Mädchen auf den Pornofotos nicht Mary Lou war, aber das mußten sie den Lesern erst einmal beweisen.

»Verdammt!« murmelte er leise, während er sich fragte, welche Daseinsberechtigung menschlicher Abschaum wie Bonnatti eigentlich hatte.

Und plötzlich sah Steven, sonst ein strenger Verfechter der Rechtsnormen, auch Lucky Santangelos Tat an Enzio Bonnatti in einem anderen Licht.

Er war sich nun nicht mehr so sicher, daß Recht mit Gerechtigkeit gleichzusetzen war. Auch Recht konnte gebeugt werden.

Steven sagte eine geschäftliche Besprechung ab und fuhr nach Hause. Je eher er mit Mary Lou sprach, desto besser. Schließlich mußte sie den Fernsehsender und die Sponsoren ihrer Show informieren. Außerdem sollte eine Erklärung in die Öffentlichkeit lanciert werden, bevor die Reporter damit begannen, das Haus zu belagern.

Er wußte genau, was zu tun war. Mary Lou mußte mit Ruhe und Würde jedwede Verbindung zu den pornographischen Fotos leugnen.

Als er die Haustür öffnete, schlug ihm starker Gasgeruch entgegen. Er rang mühsam nach Luft.

Dann rannte er in die Küche.

Mary Lou lag leblos vor dem geöffneten Backofen.

Neben ihr entdeckte er die neueste Ausgabe der Illustrierten *Comer*.

101. Kapitel

Das Rauschen der Dusche war bis ins Schlafzimmer zu hören. Gino saß im Bademantel auf der Kante des zerwühlten Betts und nahm eine Flasche Dom Pérignon aus dem

Sektkübel auf dem Nachttisch. Sie war leer. Bis auf den letzten Tropfen. Er konnte sich gar nicht erinnern, soviel getrunken zu haben.

»He...!« rief er. »Uns geht der Champagner aus!«

»Dann bestell noch 'ne Flasche!« antwortete Paige. »Irgendwas muß schließlich dabei herausspringen, wenn man mit einem alten Herrn schläft.«

Gino lachte unterdrückt, als er den Telefonhörer abnahm. Paige war pfiffig wie immer. »Der Champagner ist schon unterwegs«, erklärte er schließlich, ging ins Badezimmer und öffnete die Tür zur Duschkabine, wo Paige sich gründlich einseifte. Wie immer musterte er fasziniert ihre ausgezeichnete Figur.

»Ich möchte, daß du die Nacht über bei mir bleibst«, sagte er. »Wie damals in New York, weißt du noch? Das war eine schöne Zeit, was?«

Paige legte die Seife beiseite und stellte das Wasser wieder an. Dann stieg sie aus der Duschkabine und wickelte sich in ein flauschiges Badetuch.

»Du weißt, daß das unmöglich ist. Ich bin schließlich verheiratet.«

»Was du tagsüber machst, ist deinem Mann wohl egal... aber nachts mußt du brav zu Hause sein.«

»Ganz richtig.« Nachdem sie sich abgetrocknet hatte, zog sie einen Bademantel an.

Gino setzte sich auf den Badewannenrand. »Du hast mir verdammt gefehlt, Liebes«, murmelte er. »Ich hab vergeblich versucht, Ersatz für dich zu finden. Du bist die einzige, die mich auf Touren bringt.«

Paige begann zu lachen. »Das kannst du mir nicht erzählen, Gino. Du kriegst noch einen hoch, wenn sie dich beerdigen!«

Er schlang die Arme um ihre Taille und vergrub sein Gesicht in ihrem Busen.

Sie öffnete den Bademantel. »Hmmm... wo du schon mal dabei bist...«, murmelte sie.

Gino brauchte keine weitere Aufforderung.

Der Schlag war so heftig, daß Eden rückwärts taumelte.

»Du Hure! Mehr bist du nicht! Eine alternde Hure auch noch!« höhnte Bonnatti.

Eden kauerte sich schluchzend in eine Ecke und wartete auf den nächsten Angriff.

Santino zog Jackett und Weste aus und krempelte die Hemdsärmel auf. Es war anstrengend, Frauen zu verprügeln. Er schwitzte mehr als sonst.

Eden schlang die Arme um die Knie. Sie sah schrecklich aus. Ein Auge war blau und verquollen, das Kinn rot unterlaufen und geschwollen, und ihre Unterlippe blutete.

Santino beugte sich über sie. »Wenn man Santino Bonnatti betrügt, dann muß man dafür zahlen. Hast du verstanden?«

»Ich habe nichts getan!« wimmerte sie.

Er hob die Hand erneut zum Schlag, besann sich dann jedoch eines Besseren. Sie hatte ihren Denkzettel verpaßt bekommen. So schnell würde sie für keinen anderen mehr die Beine breit machen. Jetzt wußte sie erst mal, wem sie gehörte.

Er mußte nur noch mit Tim Wealth abrechnen.

Niemand schlief ungestraft mit Bonnattis Frau... es sei denn, vor der Kamera.

Niemand.

Es sei denn, er befahl es.

102. Kapitel

Carrie besaß nun all die Antworten, die Steven unbedingt hatte haben wollen. Nachdem Fred Lester erst einmal die Wahrheit gestanden hatte, war alles Weitere ganz einfach gewesen.

Gino Santangelo war Stevens Vater.

Gino. Eine Erinnerung aus schon längst vergangenen Zeiten...

Er hatte ihr Kind gezeugt, ohne je davon erfahren zu haben.

Gino Santangelo.

Damals, nach der Vergewaltigung durch Fred Lester, war sie ihm in einer seiner Bars begegnet. Sie hatten eine erinnerungswürdige Nacht miteinander verbracht. Im Lauf der Jahre hatte sie anhand von Zeitungsmeldungen gelegentlich seinen Aufstieg vom Mitglied der Unterwelt zum reichen, angesehenen Geschäftsmann verfolgt. Mittlerweile war er alt geworden... wie sie. Erst vergangene Woche war ein Foto von Gino Santangelo durch die Presse gegangen, das ihn bei einem Wohltätigkeitsball in Las Vegas an der Seite eines ehemaligen Präsidenten der Vereinigten Staaten zeigte.

Stevens Vater.

Ihr war es absolut gleichgültig. Aber Steven mußte es erfahren.

Carrie lief die Lexington Avenue in Richtung des Reihenhauses in der Achtundfünfzigsten Straße entlang, das Steven bewohnte. Die widersprüchlichsten Gedanken jagten ihr durch den Kopf. Sie war durcheinander... völlig durcheinander. Fünfundvierzig Jahre lang war Fred Lester in ihrer Erinnerung nur ein mieser Vergewaltiger gewesen. Und jetzt war er plötzlich wieder als respektabler Verleger und Gentleman in ihr Leben getreten.

Es war schwer zu glauben, daß er der betrunkene Kerl von damals gewesen sein sollte, der sich sogar über ihre Hautfarbe lustig gemacht hatte.

Die Verachtung war ihr ins Gesicht geschrieben gewesen, als er ihr seine Geschichte erzählt hatte.

Sie wußte nun alles über seinen Unfall, sein Leben und seine Familie.

»Sobald ich alle Fakten erfahren hatte«, schloß er, »habe ich es mir natürlich zur Aufgabe gemacht, herauszufinden, ob ich wirklich Stevens Vater sein könnte... schon um

Versäumnisse wiedergutzumachen. Und wenn Sie sicher sind, daß nur Gino Santangelo und ich in Frage kommen, dann gibt es keinen Zweifel mehr.«

»In meinem Buch steht nur die Wahrheit«, entgegnete Carrie in eisigem Ton. »Ich lüge niemals.«

»Gut, dann ist Gino Stevens Vater. Ich habe eine sehr seltene Blutgruppe. Nach Überprüfung von Stevens medizinischen Unterlagen kann ich nachweisen, daß ich nach den Gesetzen der Vererbung nicht sein Vater sein kann.« Nach einer langen Pause fuhr er fort: »Außerdem war ich so frei, Gino Santangelos Vergangenheit unter die Lupe zu nehmen. Er saß zwischen 1940 und 1947 im Gefängnis. Die Gefängnisverwaltung besitzt umfassende medizinische Unterlagen über ihn. Er hat dieselbe Blutgruppe wie Steven.«

Danach hatte Fred Lester noch weitere Beweisgründe aufgeführt, die er alle belegen konnte. Und er hatte sämtliche Unterlagen ihr übergeben.

»Mr. Lester«, hatte sie schließlich gesagt. »Ich möchte vorerst nicht, daß mein Buch veröffentlicht wird.«

»Aber...«

Sie hob die Hand. »Bitte. Ich brauche Zeit zum Nachdenken. Vielleicht überlege ich es mir nächste Woche oder nächstes Jahr anders. Im Augenblick weiß ich das einfach noch nicht.«

»Ich hoffe, Sie kommen doch noch zu einer positiven Entscheidung«, entgegnete Fred Lester. »Es ist mir sehr wichtig, daß wir dieses Buch veröffentlichen. Es...«

»Vorausgesetzt natürlich, die Namen werden geändert, um die Herren zu schützen«, fiel sie ihm ins Wort.

Lester machte eine hilflose Handbewegung. »Carrie... das ist alles lange her...«

»Noch nicht lange genug, Mr. Lester. Bei weitem noch nicht lange genug.«

Danach hatte sie sein Büro verlassen und war in Gedanken versunken die Straße hinuntergegangen. Mittlerweile war es Spätnachmittag, und sie näherte sich Stevens Haus. Er sollte die Wahrheit umgehend erfahren.

Vor dem Haus parkte ein Krankenwagen, und eine kleine Menschenmenge hatte sich bereits versammelt.

Carrie drängte sich hindurch. »Was ist passiert?« fragte sie eine Frau.

»Selbstmord... glaube ich«, antwortete die Frau mit leuchtenden Augen. »Zünden Sie sich ja keine Zigarette an, sonst fliegt noch die ganze Gegend in die Luft. Riechen Sie's denn nicht? Gas, würde ich sagen.«

Einen schrecklichen Augenblick lang dachte Carrie, Steven könne das Opfer sein. Doch dann kam er plötzlich aus dem Haus... gefolgt von zwei Sanitätern mit einer zugedeckten Bahre.

»Steven!« rief sie verzweifelt. »Was ist denn geschehen?«

103. Kapitel

CeeCee quälten böse Vorahnungen. Brigette war ein unzuverlässiges, verwöhntes Mädchen, das nur an sich dachte.

Sie seufzte laut. Leider hatte sie nicht gewußt, wie weit Marina del Rey von Los Angeles entfernt lag. Anderenfalls hätte sie den abgebrochenen Zahn einfach ignoriert und wäre bei Roberto geblieben. Zu allem Übel hatte Alice sie auch noch zwei Stunden lang in der Praxis warten lassen, bevor sie endlich mit Wagen und Chauffeur zurückgekehrt war. CeeCee schäumte innerlich vor Wut.

Endlich waren sie auf der Rückfahrt nach Bel Air.

»Wie lange brauchen wir nach Hause?« erkundigte sich CeeCee bei dem Chauffeur des weißen Rolls-Royce.

Der Engländer in Uniform ließ sich mit der Antwort Zeit.

»Ungefähr eine halbe Stunde, Madam«, erklärte er schließlich. »Kommt auf den Verkehr an.«

104. Kapitel

»Magst du mich?« fragte Tim Wealth.

Brigette wußte nicht so recht, was sie darauf antworten sollte. Roberto saß am Küchentisch von Tims kleiner Einzimmerwohnung und schaufelte Mengen von Speiseeis in sich hinein, und Tim stellte ihr die wichtigste Frage ihres Lebens. Ich mag dich nicht, ich *liebe* dich, hätte sie am liebsten gesagt; aber schließlich war es dazu noch zu früh. Von Liebe hatte *er* schließlich nie gesprochen.

»Das weißt du doch«, murmelte sie schließlich. »Was ich mit dir mache, habe ich noch mit niemandem getan.« Vielleicht verstand er den Wink.

»Ich mag dich auch«, fuhr Tim fort. »Aber ich weiß etwas von dir, das mir Sorgen macht.«

»Was denn?«

»Du bist nicht achtzehn, sondern erst vierzehn Jahre alt«, erklärte Tim.

Brigette erschrak und wurde rot.

»Ist dir klar, daß ich mich damit der Verführung Minderjähriger schuldig gemacht habe?«

Außer Robertos Schmatzen war kein Geräusch im Raum zu hören.

»Wie hast du das herausgekriegt?« murmelte Brigette schließlich mit roten Wangen.

»Nun, dein Alter ist kein Staatsgeheimnis«, erwiderte Tim. »Ich habe 'ne Menge über dich, deine Familie und das Testament deines Großvaters in den Zeitungen gelesen. Im Dezember wirst du erst fünfzehn, Kleines.«

Roberto hatte inzwischen den Fernsehapparat in einer Ecke des Apartments entdeckt.

Brigette ließ sich auf die Bettcouch fallen.

Tim schaltete dem kleinen Jungen den Fernsehapparat ein, setzte sich dann neben Brigette und legte den Arm um sie.

»Ich will nicht vierzehn sein!« jammerte Brigette mit

Tränen in den Augen. »Ich hasse es, vierzehn zu sein... Und jetzt haßt du mich auch!«

»Nein, das tue ich nicht«, beruhigte Tim sie. »Aber jetzt haben wir ein Problem, das wir lösen müssen.«

»Keine Sorge«, entgegnete sie trotzig. »In einer Woche muß ich sowieso ins Internat in die Schweiz zurück. Dann bist du mich los.«

»Willst du denn ins Internat zurück?« fragte Tim hastig. »Oder möchtest du nicht lieber bei mir bleiben?«

Diese Möglichkeit war Brigette in ihren kühnsten Träumen nicht eingefallen.

»Schon, aber wie könnte ich?« wollte sie hoffnungsvoll wissen.

»Jetzt hör mir mal gut zu. Ich habe da einen Plan...«

105. Kapitel

Paige Wheeler rief um halb sechs Uhr nachmittags zu Hause an. Sie müsse unverhofft geschäftlich nach San Franzisko und werde erst am darauffolgenden Tag zurückkommen, behauptete sie.

»Willst du dir denn nicht wenigstens kurz zu Hause das Nötigste für die Nacht holen?« erkundigte sich Ryder.

Sie erklärte, der arabische Kunde sei sehr ungeduldig und warte bereits am Flugplatz mit seinem Privatjet auf sie.

Ryder hatte vollstes Verständnis. Geschäft war Geschäft.

Gino wählte die Nummer der Mietvilla in Beverly Hills. Dort war nur der automatische Anrufbeantworter eingeschaltet. Offenbar war niemand zu Hause.

»Das ist wirklich ein kleines Abenteuer«, gurrte Paige mit einem spitzbübischen Lächeln. »Und Abenteuer habe ich eine Ewigkeit nicht mehr erlebt.« Sie streckte sich zufrieden auf dem Bett aus. »Du kannst verdammt überzeugend auf mich sein, Gino!«

»Das ist mein Schicksal«, antwortete er grinsend. »Wenn's darum ging, meinen Kopf durchzusetzen, hatte ich nie Probleme.«

»Kann ich mir vorstellen.«

Lennie arbeitete den ganzen Nachmittag lang an einem neuen Manuskript. Dabei leerte er die halbe Flasche Wodka und hörte Platten von Bruce Springsteen. Schließlich beobachtete er von seinem Apartment mit dem zerwühlten Bett aus den Sonnenuntergang über Hollywood.

Er fühlte sich großartig; so gut wie schon lange nicht mehr. Und mit den Texten, die er geschrieben hatte, war er vollauf zufrieden. Nach monatelanger Untätigkeit hatte er endlich wieder den Drang verspürt, produktiv zu werden.

Jetzt würde er frei sein.

Keine Villen und kein Dienstpersonal mehr.

Und keine Olympia.

Es war wie ein neuer Anfang für ihn.

Aber natürlich war er jetzt durch eigene Kraft reich geworden. Er war gefragt... ein Filmstar.

Allerdings gab es noch einige Dinge zu regeln. Vor Olympias Rückkehr nach Los Angeles mußte er seine persönlichen Habseligkeiten aus dem Haus in Bel Air holen und Alice die Situation erklären. Alice kümmerte sich dort um Brigette. Den Kontakt zu dem Mädchen wollte er aufrechterhalten, denn das Kind tat ihm irgendwie leid. Eine Mutter wie Olympia zu haben, war kein Zuckerlecken.

Morgen würde er mit den beiden reden.

Doch an diesem Abend wollte er sich amüsieren.

Spontan rief er Jess an und verabredete mit ihr, einmal wieder einen Abend bei »Foxie« zu verbringen.

Kaum hatte der Rolls-Royce an der Auffahrt der Villa in Bel Air angehalten, lief CeeCee in das Haus.

Das farbige Kindermädchen verlor keine Zeit. Es war kurz nach sechs Uhr. Falls Lucky je herausfand, daß sie Roberto so lange allein gelassen hatte, würde sie wütend sein... und mit Recht. CeeCee wußte, welchen Ruf sie zu verlieren hatte.

»Roberto!« rief sie, als sie gefolgt von Alice ins Haus eilte. »Roberto!«

Keine Antwort.

CeeCees hastige Suche in Haus und Garten förderte keinen Roberto zutage.

Zwei mexikanische Hausmädchen, die nur gebrochen Englisch sprachen, behaupteten, nichts über Robertos Verbleib zu wissen. Schließlich erschien eine dritte Hausangestellte, die etwas von einem Taxi murmelte.

»Ist Roberto mit Brigette etwa in einem Taxi weggefahren?« fragte CeeCee trotz ihrer Erregung langsam und deutlich.

»Si, si«, antwortete die Frau.

»Was soll bloß die Aufregung?« bemerkte Alice. »Brigette hat Roberto sicher längst nach Hause gebracht.«

CeeCee rief sofort in Ginos Ferienvilla an, doch dort meldete sich niemand.

»Gino ist sicher mit den beiden zum Essen gegangen«, vermutete Alice seelenruhig.

CeeCee nickte. Sie hoffte inständig, daß Alice recht hatte. Ihre böse Vorahnung jedoch konnte das nicht zerstreuen.

106. Kapitel

Ihr ganzes Leben lang hatte Brigette darauf gewartet, daß ihr eines Tages etwas Großartiges widerfahren würde. Sie war in einer Welt gedankenloser Erwachsener aufgewachsen, die ihr zwar ein Übermaß an materiellen Annehmlichkeiten, aber nie das Gefühl von Nestwärme gegeben hatten. Aufmerksamkeit hatte sich das Kind nur durch auffälliges Verhalten verschaffen können, und es war beinahe eine Art Sport für sie geworden, die Mutter zu ärgern, die stets nur mit ihrem augenblicklichen Freund beschäftigt gewesen war.

Je älter Brigette jedoch geworden war, desto klarer hatte sie erkannt, daß es noch mehr im Leben gab, als um die Aufmerksamkeit ihrer Mutter zu buhlen.

Und jetzt war Tim Wealth in ihr Leben getreten. Für Brigette war damit der so lange und heiß ersehnte Augenblick gekommen. Schule und alles andere waren für sie vergessen. Tim Wealth war ihre Gegenwart und Zukunft. Er wollte für immer mit ihr zusammenbleiben, und sie hörte aufmerksam zu, während er ihr seinen Plan erklärte. Roberto saß noch immer fasziniert vor dem Fernsehapparat.

Tim betonte wiederholt die Tatsache, daß sie erst vierzehn war. »Wärst du achtzehn«, sagte er, »hätten wir keine Probleme. Wir könnten nach Nevada fliegen und sofort heiraten, ohne daß uns jemand etwas anhaben könnte. Aber da du minderjährig bist, müssen wir uns verstecken... und dazu brauchen wir viel Geld, verdammt viel Geld.«

»Ich bin sehr reich«, erklärte Brigette leichthin. »Mein Großvater hat mir doch gerade ein riesiges Vermögen hinterlassen.«

»Sicher. Aber an das kommst du erst mit achtzehn oder einundzwanzig heran, stimmt's?«

»Ja. Trotzdem... das Geld gehört mir.«

»Das weißt du... das wissen wir beide, aber versuch das

den anderen mal klarzumachen.« Tim Wealth hielt inne, um dann um so eindringlicher fortzufahren: »Ich will mit dir zusammenbleiben, Kleines. Du bist was ganz Besonderes für mich. Ich möchte nicht riskieren, dich zu verlieren. Verstehst du?«

Brigette nickte selig. All ihre Träume schienen plötzlich wahr zu werden.

Tim begann aufgeregt im Zimmer auf und ab zu gehen und auf Brigette einzureden: »Wie deine Mutter auch zu dir stehen mag, sie versucht bestimmt, uns auseinanderzubringen. Dasselbe gilt für Lennie Golden... und Lucky. Sie werden behaupten, du seist zu jung. Wir hätten also keine Chance. Sie würden dich irgendwo einsperren, und wir würden uns nie wiedersehen.«

»Ich könnte fliehen!« entgegnete Brigette mutig.

»Schon... aber das möchte ich dir nicht zumuten.« Tim Wealth machte eine Kunstpause. »Unsere einzige echte Chance besteht darin, die Herausgabe deines Vermögens zu erzwingen. Schließlich ist es dein Geld.«

Brigette nickte aufgeregt.

»Aber freiwillig geben sie es dir bestimmt nicht. Deshalb müssen wir mit Tricks arbeiten.«

»Und wie machen wir das?«

»Indem wir ein Spiel mit ihnen spielen.«

»Was für ein Spiel?«

»Hmmm... nennen wir es mal ›Entführung‹.«

Brigette erschauerte. »Ist es gefährlich?«

Tim lachte. »Nein, sonst würde ich es dir ja nicht vorschlagen. Du mußt mir schon vertrauen.«

»Und was ist mit ihm?«

Sie wandten sich beide Roberto zu.

»Er ist sozusagen unser Unterpfand«, sagte Tim. »Unsere Garantie dafür, daß sie schnell bezahlen... zum Beispiel schon morgen.«

Brigette bekam plötzlich Gewissensbisse... doch dieser Augenblick ging schnell vorüber.

»Sobald sie bezahlt haben, kriegen sie euch beide zurück«, fuhr Tim fort.

»Ich will nicht zu ihnen zurück!« jammerte Brigette.

»Es ist ja nur für ein paar Tage... solange wie ich brauche, um unsere Flucht zu organisieren«, beruhigte Tim sie hastig. »Dann treffen wir uns am vereinbarten Ort und hauen ab. Aber zuerst beschreibst du deine Kidnapper als Mexikaner, die euch in Santa Monica festgehalten haben.«

»Hmmm... und wie erkläre ich, daß ich mit Roberto in einem Taxi davongefahren bin?«

»Du hast ganz einfach einen dringenden Anruf von deiner Mutter bekommen, die dich und den Jungen sehen wollte«, schlug Tim vor.

Brigette kicherte. »Tolle Idee. Du hast wirklich an alles gedacht.«

»Selbstverständlich!« Tim war selbst verblüfft, wie naiv Brigette war. Wenn sie begriff, daß aus dem versprochenen Treffen wohl nichts werden würde, war er mit Eden längst über alle Berge.

Und selbst für den Fall, daß man ihm auf die Spur kam, besaß er noch immer die Polaroidfotos der süßen Brigette in eindeutigen Stellungen. Diese Bilder allein dürften der Familie schon eine Million Dollar wert sein. Und was bedeutete solchen Leuten schon eine Million?

»Und wieviel verlangen wir?« fragte Brigette.

»Eine Million Dollar«, erwiderte Tim ernst. »Eine Million Piepen, Süße!«

107. Kapitel

Gegen neun Uhr abends war CeeCee halb wahnsinnig vor Angst. Allerdings war sie offenbar die einzige, der Brigette und Robertos Verschwinden Sorgen machte. Sie war mehrmals zu der Ferienvilla in Beverly Hills gefahren und unverrichteterdinge wieder zurückgekehrt. Weder Gino noch Costa waren zu Hause.

»Sie sind mir vielleicht ein Angsthase!« spottete Alice nur verständnislos. »Roberto ist bei Brigette. Was sollte ihm da schon passieren? Die beiden sind entweder mit Gino zusammen oder im Haus von Brigettes Freundin.«

»Und wer ist diese Freundin?« erkundigte sich CeeCee verzweifelt.

Alice zuckte mit den Schultern. »Keine Ahnung ... es muß eine Schulfreundin sein. Brigette hat gestern bei ihr übernachtet.«

»Kennen Sie deren Telefonnummer?« drängte CeeCee, der die ganze Sache immer merkwürdiger vorkam.

Alice schüttelte nur den Kopf.

CeeCee rang die Hände. »Aber wie könnten wir denn herausfinden, wo Brigettes Freundin wohnt?« drängte sie.

»Keine Ahnung«, entgegnete Alice gereizt. »Machen Sie doch kein Theater! In ein paar Minuten sind sie sicher wieder da!«

Gegen Viertel vor zehn Uhr rief schließlich Costa an.

CeeCee war am Apparat. »O Gott sei Dank! Mr. Zennocotti, wo sind Sie?« jammerte sie. »Ist Roberto bei Ihnen?«

»Warum sollte er bei mir sein?« erwiderte Costa verblüfft.

»Geben Sie mir Gino ... schnell.«

»Er ist nicht hier ... und Roberto auch nicht!« CeeCee erklärte Costa völlig aufgelöst die Lage.

Und Costa sagte genau das, was auch Alice behauptete: »Die beiden müssen bei Gino sein. Machen Sie sich keine Sorgen. Sicher kommen sie bald nach Hause. Rufen Sie mich an, sobald sie da sind.«

Um Punkt zehn Uhr abends klingelte in der großen Villa in Bel Air das Telefon.

»Hallo?« meldete sich Alice gutgelaunt. Sie hatte mehrere Gläser Grand Marnier getrunken und war selig.

»Eine Million Piepen«, sagte am anderen Ende eine undeutliche Stimme.

»Was?«

»Ich habe Roberto und Brigette... und ich will eine Million Piepen für die beiden.«

»Ich kann Sie so schlecht verstehen. Sprechen Sie doch bitte lauter!«

»Keine Polizei. Sehen Sie zu, daß Sie das Geld zusammenkriegen. Ich will Bares... in unnotierten Fünfzigdollarscheinen.«

»Ich verstehe das alles nicht. Wer spricht denn da?«

»Bringen Sie die Knete um vier Uhr morgen nachmittag zu Farmers Market. Stellen Sie das Geld in einer braunen Ledertasche in der Buchabteilung hinter das Regal mit den Diätkochbüchern und verlassen Sie das Geschäft durch den zweiten Eingang. Sehen Sie sich nicht um. Verstanden?«

»Großer Gott!« entfuhr es Alice erregt.

»Wenn Sie die Kinder lebend wiedersehen wollen, dann befolgen Sie meine Anweisungen. Eine Million Dollar. Und keine Tricks. Das ist Ihre einzige Chance. Ich melde mich nicht mehr.«

Damit wurde am anderen Ende aufgelegt.

108. Kapitel

Auf dem Kennedy Airport wimmelte es von Menschen, die einen frühen Flug ins Wochenende gebucht hatten.

Lucky ging geradewegs auf den Pan-Am-Schalter zu. Es blieb ihr gerade noch Zeit, eine Tasse Kaffee zu trinken, bevor ihr Flug aufgerufen werden würde.

Steven traf etwa fünfzehn Minuten später auf dem Flugplatz ein. Mit grimmiger Miene kaufte er ein Ticket für den nächsten Pan-Am-Flug nach Los Angeles. Er war unrasiert und müde, denn er hatte die ganze Nacht an Mary Lous Krankenbett verbracht.

Gelegentlich gab es Dinge im Leben, die man einfach tun mußte. Und manchmal half es nicht, wenn man auf der Seite von Recht und Gesetz stand.

Steven hatte zum erstenmal in seinem Leben vor, das Gesetz in seine Hände zu nehmen.

Steven war entschlossen, Santino Bonnatti selbst zu erledigen.

109. Kapitel

»Das ist ja verdammt unbequem hier«, jammerte Brigette zum wiederholten Mal während der Nacht.

»Herrgott, schlaf weiter!« entgegnete Tim Wealth gereizt.

Brigette setzte sich auf. »Ich muß auf die Toilette«, murmelte sie.

»Dann geh!« zischte Tim übellaunig.

Brigette kletterte von der Schlafcouch, stieg über Roberto, der auf ein paar Kissen auf dem Fußboden schlief, und schloß sich in der winzigen Toilette ein. Es machte keinen Spaß, eingezwängt wie eine Sardine neben Tim die Nacht verbringen zu müssen. Vielleicht wäre die Nacht auch ganz anders verlaufen, wenn Roberto nicht dabei wäre. Weshalb hatten sie das Kind auch dabehalten?

Brigette konnte sich lebhaft vorstellen, in welcher Verfassung sich CeeCee mittlerweile befinden mußte.

Als sie wieder ins Zimmer kam, waren sowohl Roberto als auch Tim wach. »Ich habe Hunger«, sagte der kleine Junge und rieb sich die Augen.

Lucky war sicher ebenfalls außer sich. Brigette hatte ihr

gegenüber ein schlechtes Gewissen. Sie mußte wenigstens dafür sorgen, daß es Roberto an nichts fehlte. »Ich mache dir Frühstück«, verkündete sie daher fröhlich.

»Bei mir findest du nichts, womit du Frühstück machen könntest«, entgegnete Tim. Jetzt, da seine Aktion im Gange war, wollte Tim keine Zeit mit Nebensächlichkeiten verlieren. Ein gutes Timing war das A und O.

Das Geld abholen.

Brigette und den Jungen irgendwo aussetzen.

Eden treffen... und fliehen.

Tim Wealth hatte bereits zwei Plätze in der Maschine gebucht, die am Spätnachmittag nach Mexiko City flog. Dort würden sie einen Mietwagen nehmen und untertauchen.

»Ich will heim... zu CeeCee und Mama«, jammerte Roberto.

Brigette machte den Kühlschrank auf. Er war leer.

»Ich gehe was einkaufen«, entschied sie.

»Nein«, widersprach Tim Wealth hastig. »Das übernehme ich. Schreib auf einen Zettel, was du haben möchtest.«

Tim Wealth wollte natürlich unbedingt vermeiden, daß Brigette in der Nachbarschaft gesehen wurde. In der großen Villa in Bel Air herrschte jetzt vermutlich Hochbetrieb. Sie waren sicher dabei, das Geld aufzutreiben. Für ihre Kinder taten reiche Leute alles. Und sie wollten Publicity vermeiden.

Er hatte Brigette eingehend darüber ausgehorcht, ob sie je irgend jemandem der Familie von ihm erzählt hatte. Sie hatte das strikt verneint.

Tim zog sich hastig an, während Brigette einen Einkaufszettel schrieb. Konnte er dem Mädchen trauen? Zur Sicherheit warnte er sie noch einmal, ja nicht ans Telefon zu gehen, und schloß die Tür gut hinter sich ab.

Von der nächsten Telefonzelle aus rief er Eden an. »Kannst du reden?« fragte er.

»Nein!« antwortete sie mit einem leichten Beben in der Stimme. »Sie sind falsch verbunden.«

»Wir treffen uns vor der May Company in der Wilshire Street... kurz nach vier Uhr«, sagte er leise und schnell. »Der Plan läuft. Wir sind praktisch schon weg!«

»Wer war das?« wollte Santino wissen.

»Falsch verbunden«, wiederholte Eden.

»War's ein obszöner Anruf?«

»Nein.«

»Warum hast du dann so lange zugehört... warum hast du nicht gleich wieder aufgelegt?«

»Der andere Teilnehmer hat die Nummer wiederholt, die er gewählt hatte.«

»Für wie blöd hältst du mich eigentlich?«

Eden konnte seine physischen und psychischen Quälereien nicht länger ertragen. Er war die ganze Nacht bei ihr geblieben. Jetzt mußte sie ihre Flucht vorbereiten. Es würde nicht leicht sein, aus dem Haus zu gelangen. »Laß mich doch in Ruhe«, entgegnete sie müde.

»Ja, das sollte ich vielleicht. Du wirst schließlich auch nicht jünger. Eigentlich bist du allmählich schon ziemlich abgetakelt. Aber mein gutes Herz verbietet es mir, dich fallenzulassen wie eine heiße Kartoffel. Ohne mich säßest du doch praktisch auf der Straße, meinst du nicht?«

»Ich bin dir für alles dankbar, was du für mich getan hast, Santino.« Eden hatte mittlerweile gelernt, sich wie ein Schoßhündchen zu verhalten.

»Ich hab dich sogar in einem Film ganz groß rausgebracht«, fuhr Santino fort. »Und das war es doch, was du wolltest, oder nicht, Süße?«

Sie nickte. »Das war sehr lieb von dir.«

Sobald er gegangen war, wollte sie verschwinden. Mit Zeko traute sie sich zu fertig zu werden. Bei einem Einkaufsbummel in Beverly Hills konnte sie ihn leicht abhängen.

»Ja, ja«, murmelte Santino. »Allerdings hast du dich mir gegenüber auch durchaus erkenntlich gezeigt.« Er strich sich über die haarige Brust.

Da Eden nicht recht wußte, worauf Santino eigentlich hinauswollte, schwieg sie lieber.

»Hmm... und wie erkenntlich du dich gezeigt hast«, wiederholte er nachdenklich.

Ihr Gesicht fühlte sich schrecklich an. Ihr linkes Auge war fast völlig zugeschwollen, und ihre Unterlippe war dick und tat weh. Sie mußte furchtbar aussehen.

»Ich bin ein rachsüchtiger Mensch«, fuhr er fort. »Es hat sich noch nie ausgezahlt, Santino Bonnatti zu betrügen, kapiert?«

»Ich habe dich nicht betrogen.«

»Und wie nennst du es, daß du mit deinem Filmpartner geschlafen hast?«

»Das habe ich aber nicht getan!«

Erneut traf sie ein Schlag ins Gesicht.

Sie fühlte, daß ihre Zähne das nicht länger aushalten würden. »Ich hab's eben nicht getan, du Schuft!«

»Vielleicht hast du's nicht... vielleicht hast du's doch getan«, erklärte er nachsichtig. »Es reizt mich, die Wahrheit herauszufinden.«

Ihre Lippe war wieder aufgeplatzt. Blut tropfte langsam auf den Bettbezug aus Satin.

110. Kapitel

Wo war bloß Gino? Er hatte auf dem Band seines automatischen Anrufbeantworters eine Nachricht hinterlassen, die besagte, daß er die ganze Nacht ausbleiben würde. Wo er zu erreichen war, gab er allerdings nicht an.

Nach dem Anruf des Kidnappers saß Alice eine Weile wie erstarrt in ihrem Sessel, ehe ein hysterischer Anfall sie überkam.

CeeCee verständigte sofort Costa. Sie zitterte am ganzen Körper. Kurz darauf kam Costa und versuchte, die Sache in die Hand zu nehmen. »Keine Polizei«, verkündete er. »Zuerst müssen wir Gino finden.«

»Was ist mit Lucky?« jammerte CeeCee. »Mein Gott, sie wird außer sich sein. Bestimmt gibt sie mir die Schuld... und es ist ja auch meine Schuld!«

»Niemand ist schuld«, entgegnete Costa müde. Er versuchte, Lucky im Santangelo in Atlantic City zu erreichen, konnte jedoch nur mit Matt sprechen, der ihm sagte, daß Lucky mit der Frühmaschine von New York aus nach Los Angeles fliegen wollte. »Wenn's was Wichtiges ist, können Sie sie im Hotel Pierre erreichen«, schloß Matt.

Costa war ratlos. Warum sollte er Lucky unnötig beunruhigen? Sie kam ja sowieso nach L. A. Er beschloß, sie vom Flugplatz abzuholen. Dann versuchte er, Olympia und Lennie anzurufen.

In New York erhielt er von einem Hausmädchen die Auskunft, daß Mrs. Stanislopoulos ausgegangen und Lennie längst nicht mehr in New York sei.

»Und wo ist er jetzt?« fragte Costa.

Das Hausmädchen, das er aus dem Schlaf gerissen hatte, gab vor, nichts Näheres zu wissen.

Costa verbrachte eine unruhige Nacht. Alice hatte er ins Bett und CeeCee in die Mietvilla nach Beverly Hills geschickt, wo diese auf Gino warten sollte. Er konnte mittlerweile nur hoffen, daß es Gino und Lucky gemeinsam gelingen würde, bis vier Uhr nachmittags am darauffolgenden Tag eine Million Dollar in bar aufzutreiben.

»O... toll... bei dir fühle ich mich wieder wie sechzehn!« Gino strahlte schon am Morgen. »Oder sagen wir... wenigstens wie zwanzig!«

Paige reckte sich wohlig. »Mein Gott, Gino... wie mußt du erst als junger Mann gewesen sein!«

Gino grinste verschmitzt. »Mit dreizehn hatte ich meine erste Lehrmeisterin... Sie war wesentlich älter als ich...

Aber... glaube mir... sie wußte Bescheid. Schockiert dich das?«

»Mich? Niemals!«

Er streckte die Hand nach ihr aus, doch sie entzog sich ihm. »Aber es hat *dich* schockiert, als du mich mit Susan im Bett überrascht hast, was?« fragte sie ruhig.

Im Zimmer herrschte plötzlich eine bedrückende Stille. Gino war bereit gewesen, diesen Vorfall zu vergessen. Jetzt fing Paige davon an.

»Du solltest wissen«, begann sie, entschlossen, endlich klare Verhältnisse zu schaffen, »daß ich längst vor dir eine Affäre mit Susan hatte. Wir waren...«

»Ich will darüber nichts hören«, unterbrach er sie barsch.

»Das solltest du aber. Als dann wir beide uns näher kennenlernten, wurde mir klar, daß ich dich viel mehr wollte als Susan. Aber Susan war nicht bereit, mich so einfach gehen zu lassen... an dem Tag, als du uns beide überrascht hast... nun, das war meine Art, mich von ihr zu verabschieden.«

»Ein netter Abschied«, schnaubte er verächtlich.

»Weißt du nicht auch, wie schwierig es manchmal sein kann, eine Bettgeschichte zu beenden?«

»Ich hätte dich lieber mit einem jungen Adonis überrascht als mit meiner Frau«, entgegnete Gino gereizt.

»Gut, ich werd' mir's fürs nächste Mal merken.«

»Du...« Er zog sie an sich. »Hat dir schon mal jemand gesagt, daß du ein ziemlich loses Mundwerk hast?«

»Ja, aber das ist lange her.«

Lennie schlief tief und entspannt wie lange nicht mehr. Er war kreativer denn je, konnte ausgezeichnet arbeiten, wieder mit seinen alten Freunden umgehen... der Abend mit Jess bei Foxie war großartig gewesen... und er war frei.

Am Morgen stand er auf und setzte sich sofort mit Kugelschreiber und seinen geliebten gelben Blocks an die Arbeit. Er war allein mit seinem Geist und seiner Phantasie.

Später wollte er Alice anrufen und ihr von der bevorstehenden Scheidung erzählen. Es würde sie hart treffen. Die Tatsache, daß ihr Sohn mit einer der reichsten Frauen der Welt verheiratet war, hatte ihr außerordentlich gut gefallen.

Tja, so spielt das Leben.

Schade.

Arme alte Alice.

111. Kapitel

Fröhlich pfeifend trug Tim Wealth die Papiertüte mit Milch, Orangensaft, Brot, Marmelade und Eis, zur Beruhigung des kleinen Jungen, zu seiner Wohnung zurück. Sein Plan funktionierte einfach traumhaft. Er spielte bereits mit dem Gedanken, von Mexiko aus mit Eden nach Brasilien weiterzureisen.

Rio... der Strand von Ipanema... Copacabana! Mit einer Million Dollar stand die Welt ihnen offen. Vielleicht sollte er daran denken, seine Karriere als Schauspieler aufzugeben. Besonders vielversprechend schien sie sowieso nicht zu sein. Und bald konnte er sich alles leisten, was er sich wünschte.

Er balancierte die Einkaufstüte in einer Hand, als er die Außentreppe zu seiner Wohnung hinaufstieg und rief »Ich bin's«, während er den Schlüssel im Schloß herumdrehte.

Im ersten Augenblick wußte er nicht, was ihn eigentlich getroffen hatte. Der Angriff kam wie aus heiterem Himmel. Er wurde zu Boden geworfen und mit brutaler Gewalt in die Wohnung gestoßen.

Die Einkaufstüte flog zu Boden... Milch ergoß sich überallhin, Eis und Orangensaft spritzten an die Wände.

»Was zum Teu...«, begann Tim, doch ein schmerzhafter Tritt in die Magengegend ließ ihn verstummen.

Brigette und Roberto fingen wie auf Kommando an zu schreien.

»Na, wen haben wir denn da?« Santino Bonnatti stieg über Tim, machte den beiden Ganoven ein Zeichen, die ihm Eintritt verschafft hatten, und starrte Brigette und Roberto an. »Is' hier 'n Familientreffen, oder was?«

»Wer sind Sie? Was wollen Sie?« fragte Brigette atemlos. Dann stürzte sie sich auf einen der Schläger, der den am Fußboden zusammengerollt liegenden Tim methodisch mit Tritten bearbeitete.

»Lassen Sie ihn in Ruhe!« kreischte sie.

»Lassen Sie ihn in Ruhe!« brüllte auch Roberto, der zu Brigette rannte und sich an ihr Bein klammerte.

Santinos Mund verzog sich zu einem verächtlichen Grinsen. Woher zum Teufel hatte Tim Wealth die Kinder?

112. Kapitel

Der freundliche Chinese und Platznachbar von Steven in der 5-Uhr-Maschine nach Los Angeles stieß bei diesem mit seinen Versuchen, höflich Konversation zu machen, nur auf ablehnendes Schweigen. Ein älterer Geschäftsmann erlebte dasselbe mit Lucky.

Keiner von beiden aß einen Bissen oder sah sich einen Film an. Nach der Landung auf dem Flugplatz von Los Angeles eilten sie jeweils dem Ausgang zu und standen sich an der Gangway der ersten Klasse plötzlich gegenüber.

»Lucky Santangelo!« rief Steven erstaunt.

Lucky stutzte einen Augenblick, dann erkannte sie ihr Gegenüber. »Der Herr Staatsanwalt persönlich«, murmelte sie mit einem flüchtigen Lächeln.

Steven grinste sie an. »Das bin ich längst nicht mehr.«

»Haben Sie so schnell die Flinte ins Korn geworfen? Ich dachte immer, Sie würden eines Tages Bürgermeister von New York werden.«

Gemeinsam gingen sie durch die Fluggastbrücke in die Ankunftshalle. Für Steven war es ein seltsames Gefühl, Lucky Santangelo jetzt wiederzusehen, da er wußte, daß sie möglicherweise denselben Vater hatten.

»Als wir uns das letzte Mal gesehen haben, sollte ich gerade verhaftet werden.« Sie sah ihn an. »Erinnern Sie sich noch?«

»Oh, wie könnte ich das vergessen?« erwiderte Steven. »Sie haben schließlich den Kerl erschossen, für dessen Verhaftung ich zwei Jahre lang gearbeitet hatte.«

»Es war Notwehr.«

»Natürlich.«

»Wirklich!«

Lucky mußte unwillkürlich wieder an jenes Zusammentreffen denken, das mittlerweile sechs Jahre zurücklag. Es war jene lange, heiße Nacht des berühmten Stromausfalls in New York im Jahr 1977 gewesen, und sie war mit Mr. Steven Berkeley neun Stunden lang in einem Aufzug festgesessen. Damals hatten sie sich ein wenig angefreundet... und hätten sich beinahe ineinander verliebt.

Einen Tag später hatte sie erfahren, daß er der Staatsanwalt war, der den Fall Enzio Bonnatti bearbeitete. Seither war sie ihm nie wieder begegnet.

»Leben Sie hier?« erkundigte er sich höflich.

Sie schüttelte den Kopf. »Nein. Und Sie?«

»Ich bin nur auf Besuch hier.«

»Und was machen Sie jetzt... da Sie kein Staatsanwalt mehr sind?« erkundigte sie sich neugierig.

»Ich bin Anwalt.«

Sie traten auf die Rolltreppe. Lucky erinnerte sich noch deutlich, wie sie an jenem heißen, schwülen Morgen in sein Apartment gekommen war, weil sie ihre Schlüssel irgendwo liegengelassen hatte. Er hatte ihr sein Badezimmer und ein paar frische Sachen zum Anziehen überlassen. Wie korrekt er bei allem geblieben war!

Steven hatte einen Augenblick seinen Ärger vergessen. Er nahm ihren Arm. »Hören Sie... vor vielen Jahren hat Ihr Vater Gino meine Mutter gekannt.«

Sie starrte ihn an. Er war ein erstaunlich gutaussehender Mann mit dichten, schwarzen Locken, schokoladenfarbener Haut und intensiv grünen Augen. »Wirklich?«

»Ich glaube, ihm gehörte in den dreißiger Jahren der Nachtclub ›Clemmie's‹, stimmt's?«

»Das ist richtig.«

»Tja, also...«

»Lucky!« Costa stand am Ende der Rolltreppe und winkte heftig.

Sie winkte zurück und fragte sich, woher er von ihrer Ankunft erfahren haben konnte.

»Mein Onkel«, erklärte sie Steven. »Es... es war nett, Sie wiederzusehen. Alles Gute!«

War es nur Einbildung, oder sah er in ihrem Abschiedslächeln einen kleinen Teil seiner selbst?

Er starrte ihr nach, bis sie verschwunden war, und wußte, daß er doch herausfinden mußte, wer sein Vater war.

Flashs Hotelzimmer war ein Eldorado der Drogen. Olympia schwebte im Nirwana. Sie hatte mit Flash die ganze Nacht im Drogenrausch verbracht und hatte nicht die Absicht, je wieder von ihm zu lassen. Flash hing schon seit einiger Zeit wieder an der Nadel... und als er Olympia im »Studio 45« gesehen hatte, waren Dollarsummen wie Neonlichtreflexe vor seinem geistigen Auge aufgeflammt.

Flash war pleite, körperlich fertig und als Rockstar erledigt. Seine frühere Rockgruppe weigerte sich, mit ihm zu arbeiten, und seine minderjährige Frau hatte ihn rausgeworfen.

Olympia war genau im richtigen Zeitpunkt erschienen.

Olympia war die richtige; mit ihr konnte man auf die wunderbarsten Trips gehen.

Olympia konnte ihm alles kaufen, was er wollte und brauchte.

Sie hatten mit Kokain angefangen und waren schließlich bei »speedballs«, einer Mischung aus Kokain und Heroin, gelandet.

Es war eine lange Nacht, die lediglich von einer Reihe von Dealern unterbrochen wurde, die ihnen auf Flashs jeweilige Anrufe hin verschiedene Spezialitäten lieferten.

Levine, eine seiner vielen ehemaligen Freundinnen, die inzwischen süchtig geworden war und mit Drogen handelte, hatte das Paar gegen sechs Uhr morgens bedient.

»Komm in vier Stunden zurück«, hatte Flash sie beauftragt. »Und bring alles mit, was du auftreiben kannst... aber nur erste Qualität!«

Olympia hatte nur gelächelt.

Pünktlich gegen Viertel nach zehn Uhr morgens kehrte Levine mit einem reichlichen Vorrat an Schätzen zurück.

Das Hotel war eine billige Absteige, aber Flash liebte die gemütliche Künstleratmosphäre, die dort herrschte.

Levine klopfte und öffnete dann die Tür mit dem Zimmerschlüssel, den Flash ihr gegeben hatte.

Ein entsetzter Blick genügte. Sie machte auf dem Absatz kehrt und beeilte sich unterzutauchen.

113. Kapitel

Santino Bonnatti ging herrisch in Tim Wealths Einzimmerapartment auf und ab. »Ein Saustall ist das hier!« behauptete er, nahm ein gerahmtes Bild von Tim vom Regal und warf es wütend zu Boden.

»Ich will heim!« weinte Roberto und klammerte sich fester an Brigette.

Tim versuchte aufzustehen, doch einer von Bonnattis Schlägern stellte den Fuß auf seinen Bauch.

»Heim! Ich will heim!« jammerte Roberto schrill.

»Stopft dem Knirps das Maul!« schnaubte Bonnatti wütend.

Brigette erschauderte. Auch sie wollte nach Hause. Sie begriff zwar nicht, was um sie herum geschah, aber sie hatte plötzlich schreckliche Angst.

»Ich bringe Bobby nach Hause«, erklärte sie mit unsicherer Stimme und drückte sich mit Roberto nervös zur Tür.

Tim nahm nur noch wahr, wie ihm eine Million Dollar durch die Lappen gingen.

Einer von Santinos brutalen Handlangern versperrte den Ausgang.

»Laß sie vorbei!« befahl Santino.

Brigette und Roberto erreichten unbehelligt die Außentreppe.

Santino baute sich vor Tim auf. »Du beschissener, mieser kleiner Schauspieler«, begann er böse. »Hast du wirklich geglaubt, du könntest ungestraft meine Frau flachlegen? Hast du das wirklich gedacht?« Die Spitze seines eleganten italienischen Schuhs traf Tim am Hals.

Tim hustete und würgte.

»Ich brech' dir sämtliche Arme und Beine und sorge dafür, daß deine hübsche Larve 'ne Weile auf keine Leinwand mehr paßt!«

»Tun Sie das nicht«, keuchte Tim, der nur noch ans Überleben dachte. »Wenn Sie die Kinder zurückholen, habe ich 'ne Million Dollar. Die könnten wir uns teilen.«

Santino berührte Tims Kehle spielerisch mit seiner Schuhspitze. »Was soll das? Was redest du da für Schrott?«

»Die Kinder sind 'ne Million wert«, brachte Tim mühsam heraus. »Das Mädchen ist Brigette Stanislopoulos, und der Junge ist Roberto Santangelo. Der Kleine erbt mal das ganze riesige Vermögen der Familie. Lucky Santangelo ist seine Mutter. Ich habe eine Million Dollar Lösegeld verlangt.«

»Willst du mich verarschen?«

»Nein, das würd' ich nicht wagen!« stöhnte Tim voller Verzweiflung.

»Ja, das glaub ich dir«, überlegte Santino. Er machte einem seiner Schläger ein Zeichen. »Hol die Gören zurück, Blackie... und zwar Tempo!«

Der Mann rannte aus der Wohnung.

Tim rieb sich die geschundene Kehle. »Kann ich aufstehen?«

Doch Santino Bonnatti hörte ihn gar nicht. Die Erinnerung hatte ihn eingeholt.

Keine Vergeltung, was? Das hatten sie sich so gedacht. Das hatten die sich alle so gedacht. Sogar der Scheißer Carlo. Aber jetzt... mit dem Jungen in seiner Gewalt... mit ihrem Kind...

Großer Gott! Das war ein Geschenk des Himmels!

114. Kapitel

Auf der Autofahrt zur Villa in Bel Air erzählte Costa Lucky die ganze Geschichte. Ihre schwarzen Augen glitzerten vor Wut, und sie war leichenblaß geworden.

»Wo ist Gino?« lautete ihre erste Frage, nachdem er geendet hatte.

»Keine Ahnung. Er hat auf dem automatischen Anrufbeantworter die Nachricht hinterlassen, er würde die Nacht über fortbleiben. Und heute morgen hat er sich noch nicht gemeldet.«

»Hat er eine Freundin?«

»Nicht, daß ich es wüßte.« Costa zögerte. »Gestern mittag haben wir ganz zufällig Paige Wheeler getroffen. Meinst du...«

»Ruf bei ihr zu Hause und im Büro an.«

»Gute Idee.«

Luckys Ton war beherrscht und geschäftsmäßig, obwohl

sie innerlich wütend und verzweifelt war. Ihre schlimmsten Befürchtungen waren eingetreten, und sie konnte nicht viel tun. »Hat jemand schon mal bei den Taxizentralen angerufen und versucht, den Fahrer ausfindig zu machen, der Brigette und Roberto gefahren hat?«

Costa schüttelte den Kopf. »Nein«, antwortete er niedergeschlagen. Er begriff selbst nicht, weshalb er noch nicht daran gedacht hatte.

Lucky vermied es, Costa anzusehen. Er war ein übermüdeter alter Mann. Wer wollte ihm schon all diese Versäumnisse ankreiden?

Sie warf einen Blick auf die Uhr. Es war kurz vor zwölf Uhr mittags. »Großer Gott, Costa!« entfuhr es ihr dann doch heftiger als beabsichtigt. »Warum hast du mich nicht sofort in New York angerufen? Und weshalb hat niemand Matt benachrichtigt? Du weißt, daß wir ihm vertrauen können. Sobald Alice den Anruf erhalten hatte, hätten wir anfangen müssen, das Geld aufzutreiben.«

Costa senkte den Kopf. »Ich weiß... Es war falsch... Ich...«

Lucky zwang sich mühsam zur Ruhe. Es half Roberto und Brigette nichts, wenn sie jetzt den Kopf verlor.

Mein Gott, wo war nur Gino?

»Ich rufe Boogie an«, sagte sie schließlich laut. »Er soll in Vegas alles in die Wege leiten, damit wir wenigstens an das Geld rankommen. Dann kann er eine Maschine mieten und nach Los Angeles fliegen. Und sobald wir zu Hause sind, telefoniere ich mit ein paar Leuten, die mir noch einen Gefallen schulden.«

In der Villa in Bel Air erwarteten sie die völlig niedergeschlagene Alice und eine in Tränen aufgelöste CeeCee.

»Hat jemand schon Olympia verständigt?« fragte Lucky sofort.

»Olympia ist nicht zu Hause«, erwiderte Costa hastig. »Ich habe eine Nachricht für sie hinterlegen lassen.«

»Was ist mit Lennie? Ist er denn nicht wenigstens zu erreichen?«

»Offenbar nicht. Das Hausmädchen hat behauptet, er sei

aus der New Yorker Wohnung ausgezogen. Niemand weiß, wo er steckt.«

Lucky ging rastlos im Zimmer auf und ab. »Laßt mich allein«, verlangte sie schließlich. Als die anderen gegangen waren, nahm sie den Telefonhörer ab und rief einen alten Geschäftspartner von Gino an. »Hier spricht Lucky Santangelo«, begann sie vorsichtig. »Mein Vater hat Ihnen einmal einen großen Gefallen getan. Ich möchte Sie bitten, sich jetzt zu revanchieren. Ich brauche einen Wagen mit zwei erfahrenen Fahrern und zwei bewaffneten Begleitern. Außerdem möchte ich einen Lieferwagen, mit elektronischer Ausrüstung, um ein anderes Fahrzeug zu überwachen. Ich brauche das absolut Beste, was Sie haben... und das sehr schnell.«

Dann organisierte sie die Lösegeldsumme. In Vegas, mit Ginos Freunden und Boogies Hilfe ging zum Glück alles glatt. Das einzige Problem war nun, den Zeitplan einzuhalten. Boogie mußte das Geld von der Bank holen, ein Flugzeug besteigen und noch vor vier Uhr am Farmers Market sein.

Über vier Uhr hinaus wagte sie in diesem Moment noch gar nicht zu denken.

Was sollte passieren, wenn Brigette und Roberto nicht freigelassen würden?

Was, wenn sie die beiden nie wiedersah?

Sie erschauerte bei dem Gedanken und verdrängte ihn sogleich.

»Warum fahren wir nicht übers Wochenende nach San Franzisko?« schlug Gino vor. »Bei dir zu Hause denken doch alle, daß du sowieso dort bist. Und Montag fliegen wir wieder zurück.«

Paige trank einen Schluck Kaffee. »Was erwartest du von mir, Gino? Ich bin immerhin verheiratet.«

Gino sah ihr fest in die Augen. »Na, und?«

»Ich hätte nicht mal diese Nacht mit dir verbringen dürfen... ganz zu schweigen von einem ganzen Wochenende.«

Gino dachte einen Augenblick nach. »Hm, ich bin dir also nicht mal ein Abenteuer-Wochenende wert.«

Paige lächelte. »Du hast mich schon überredet.«

Lucky ging unruhig in Lennies ehemaligem Arbeitszimmer auf und ab. Es war ein merkwürdiges Gefühl, in seinem Zimmer von seinen privaten Dingen umgeben zu sein. Sie nahm ein ledergebundenes Manuskript in die Hand und starrte geistesabwesend darauf.

Sie dachte an ihren Sohn Roberto, den fröhlichen und lebhaften kleinen Jungen.

Falls jemand es wagte, ihn auch nur anzurühren...

Sie würde ihn töten. Sie hatte es ja schon einmal getan.

CeeCee kam zögernd und ängstlich ins Zimmer und gab Lucky Bescheid, daß der Taxifahrer da sei, der Brigette und Roberto gefahren hatte.

»Bring ihn rein!« befahl Lucky tonlos.

Der bullige Taxifahrer erwies sich als keine große Hilfe.

Er konnte Lucky lediglich sagen, daß er die beiden Kinder Ecke Fairfax Street und Sunset Boulevard vor einem Drugstore absetzte, wo die beiden offenbar erwartet worden waren. Von wem, das hatte er nicht mehr beobachtet.

Als Lucky wieder allein war, kam ihr ein Gedanke. Alle behandelten Brigette wie ein Kind... dabei sah das Mädchen reichlich reif und sexy für ihr Alter aus. Vielleicht hatte irgendein Kerl sie in der Hand... ein Kerl mit großen Flausen im Kopf und einer schmutzigen Phantasie...

Lucky lief aus dem Arbeitszimmer. Draußen im Korridor drückte sich CeeCee herum. »Wo ist Brigettes Zimmer?« fragte Lucky barsch.

CeeCee führte sie in den ersten Stock und in Brigettes Reich. Dort herrschte ein ziemliches Durcheinander.

Lucky sah sich nur einige Minuten sorgfältig um und überlegte, wo und wie sie in diesem Alter Dinge versteckt hatte, die ihr am Herzen lagen.

Unter der Matratze war Fehlanzeige; hinter einem Bilderrahmen... auch nichts; hinter einem Stapel Magazinen... Volltreffer! Lucky fischte ein schmales Buch mit der Aufschrift »Mein Tagebuch« heraus.

Als sie es aufschlug, fielen ein paar farbige Polaroidfotos heraus. Sie ging sie hastig durch und erkannte, daß ihr Verdacht richtig gewesen war: Irgendein Kerl hatte Brigette in der Hand. Und wie!

115. Kapitel

Santino Bonnattis breitschultriger Schläger Blackie stieß die beiden Kinder unsanft in Tims Apartment zurück. Brigette war völlig durcheinander. Sie hielt Roberto fest an der Hand.

Tim saß inzwischen auf der Couch. Er war leichenblaß.

»Hallo... Brigette«, begann er heiser und deutete auf Santino. »Das... das ist ein Freund von mir. Wir... wir haben uns um Geld gestritten, das ich ihm schulde. Jetzt ist alles wieder okay.«

Santino grinste falsch. »Tut mir leid, wenn wir euch einen Schreck eingejagt haben. Wir hatten nur was Internes zu klären.«

Brigette starrte unverwandt auf Tim. Etwas stimmte da nicht. Das spürte sie deutlich. »Ich will mit Bobby nach Hause«, erklärte sie mit zitternder Stimme.

Tim vermied es, sie anzusehen. »Das geht jetzt nicht. Noch nicht. Du weißt doch... es ist alles geplant.«

»Und ich bin jetzt euer Partner«, warf Santino aalglatt ein.

Brigette haßte den Mann instinktiv. Er jagte ihr kalte Schauer über den Rücken.

»Ich glaube, ich mache da lieber nicht mehr mit«, brachte sie schließlich heraus.

Santino grinste unverschämt. »Du hast gar keine andere Wahl, Kleines.«

»Ich will heim! Heim!« Roberto stampfte mit dem Fuß auf.

Santino trat vor Brigette und legte die Hand unter ihr Kinn. »Hm, du bist vielleicht eine Süße!« gurrte er. »Möchtest du mich glücklich machen?«

Panik erfaßte Brigette. »Fassen Sie mich nicht an!« fauchte sie und fuhr zurück.

»Santino Bonnatti kriegt, was er will!« zischte Bonnatti, packte sie geschickt bei den Armen, preßte seine fleischigen Lippen auf ihren Mund und stieß seine dicke Zunge zwischen ihren Zähne hindurch.

Brigette würgte und versuchte, sich schreiend zu befreien.

Santino schlug ihr mit dem Handrücken kräftig ins Gesicht. »Halt den Mund, du dämliche Schlampe!« brüllte er sie an.

Brigette fiel rücklings zu Boden und begann zu weinen. Roberto lief sofort zu ihr, um sie zu trösten.

Tim holte tief Luft. Das Leben war nicht immer einfach. Er hatte das zwar nicht gewollt, aber verhindern konnte er es nun auch nicht.

Zeko erwies sich als unüberwindbares Hindernis.

»Ich gehe einkaufen«, verkündete Eden arrogant.

»Ich darf Sie nicht aus dem Haus lassen. Anweisung von Mr. Bonnatti«, entgegnete er ungerührt.

»Mr. Bonnatti kann mich mal!«

Zeko zuckte mit den Schultern. »Er gibt die Befehle. Ich gehorche nur.«

Eden versuchte eine andere Taktik. Vielleicht half es, wenn sie auf die Tränendrüsen drückte. »Sehen Sie sich mein Gesicht an, Zeko«, begann sie traurig. »Er hat mich geschlagen. Ich brauche besondere Salben und Crèmes. Bitte, fahren Sie mich zum Einkaufen. Ich sag's ihm auch ganz bestimmt nicht.«

Zeko dachte einen Augenblick darüber nach und blieb dann stur. Er wußte nur zu gut, daß es sich nicht auszahlte, eine eindeutige Anordnung des Chefs nicht einzuhalten.

»Arschlecker!« beschimpfte Eden ihn schrill, als sie merkte, daß sie ihn nicht überreden konnte.

Dann schloß sie sich in ihr Schlafzimmer ein und dachte fieberhaft über eine andere Fluchtmöglichkeit nach. Santino hielt sie praktisch wie eine Gefangene. Wer wußte, was er als nächstes vorhatte? Sie hatte schon Geschichten über unerwünschte Freundinnen von Mitgliedern des Mobs gehört, die einfach in ausländische Bordelle abgeschoben worden waren. Santino hatte ihr von einem Mädchen erzählt, das sich schließlich in einem mexikanischen Bordell erhängt hatte. Eden erschauerte bei dem Gedanken.

Im Haus wimmelte es von Alarmanlagen. Sobald sie auch nur die Haustür öffnete, begannen Sirenen zu schrillen. Und selbst wenn sie es schaffte, das Grundstück zu verlassen... was dann? Der Blue Jay Way lag hoch in den Bergen von Hollywood, und Zeko trug die Autoschlüssel an einem Kettchen um den Hals.

Wütend und frustriert schleuderte sie eine Tischlampe quer durchs Zimmer.

Plötzlich kam ihr eine Idee... eine ausgezeichnete Idee.

Es gab doch jemand, der sie retten konnte. Eine einzige Person!

116. Kapitel

»Paige Wheeler ist in San Franzisko. Aber es scheint niemand zu wissen, wo«, erklärte Costa müde. »Ich habe in sechs der besten Hotels nachgefragt... überall Fehlanzeige. Dasselbe gilt für Gino.«

Lucky sah auf. Sie hatte gerade mit der Lektüre von Brigettes Tagebuch begonnen. »Vielleicht ist sie nie in San Franzisko eingetroffen«, vermutete sie. »Paige und Gino haben sich möglicherweise irgendwo hier in der Stadt verkrochen. Alice und CeeCee sollen in sämtlichen Hotels nachfragen. Sie fangen am besten mit dem Beverly Hills und dem Beverly Wilshire an.«

Costa nickte. »Bist du irgendwie weitergekommen?«

»Vielleicht. Ich sag dir dann Bescheid.«

Brigettes Handschrift erwies sich als kaum lesbar, und ihre Eintragungen waren äußerst unsystematisch und sporadisch. Lucky begann mit den letzten Aufzeichnungen, die offenbar am Tag vor ihrem Verschwinden entstanden waren:

»Abendessen mit... na, mit wem schon? Bei Traders Vic. Total ausgeflippt. Dann sind wir in sein Apartment gefahren. Haben alles getan! Einfach alles!!! Habe ihm Koks geschenkt. Er hat dafür ein paar Nacktfotos von mir gemacht und mir geschenkt! Schade, daß ich keines von ihm habe. Das nächste Mal werd' ich ihn darum bitten. Er ist einfach phantastisch! Traumhaft. Bin die ganze Nacht geblieben. Alice denkt, ich war bei einer Freundin. Sie ist so naiv. Ich liebe Tim. Und ich glaube, er liebt mich auch!!!«

Er hieß also Tim. Das war wenigstens ein Anfang. Hastig blätterte Lucky weiter im Tagebuch zurück. Die meisten Eintragungen waren kurz und zeugten von Langeweile.

Dann stieß sie endlich auf etwas Interessantes. Die Eintragung betraf die Eröffnungsfeier des Santangelo.

»Phantastischer Abend! Habe Tim Wealth kennengelernt! Den einzigartigen Tim Wealth! In Wirklichkeit ist er noch zehnmal besser. Ich hab's endlich getan... und zwar mit ihm!!! Ich kann's selbst noch nicht fassen. Aber er ist so ›cool‹ und ausgeflippt! Total gut! Natürlich liebe ich ihn. Habe ihm gesagt, ich sei 18!«

Lucky legte das Tagebuch beiseite und sprang auf. Wer zum Teufel war Tim Wealth?

Sie griff zum Telefonhörer und rief Matt in Atlantic City an. »Hol die Gästeliste unserer Eröffnungsfeier und sag mir, wer Tim Wealth ist.«

Matt war ein Ordnungsfanatiker. Innerhalb weniger Minuten hatte er die Gästeliste parat. »Da steht kein Tim Wealth drauf«, seufzte er schließlich.

»Verdammt. Kennst du den Kerl?«

»Nein. Was ist los mit ihm?«

»Das kann ich dir im Augenblick nicht sagen.«

»Warte! Vielleicht weiß Jess mehr. Bleib dran.«

Lucky warf einen Blick auf die Uhr. Es war bereits halb zwei. Bald mußte sie zum Flugplatz, um Boogie mit dem Geld abzuholen.

Jess meldete sich. »Tim Wealth hat vor ungefähr vier Jahren einen erfolgreichen Film gemacht. Er ist ein guter Schauspieler. Ich weiß auch nicht, warum er seit damals nicht mehr gedreht hat. Er ist einfach von der Bildfläche verschwunden.«

»Er war doch bei unserer Eröffnungsfeier, oder?«

»Ich hab ihn jedenfalls nicht gesehen.«

»Jess... bitte sagen Sie Matt, daß er seine Adresse ausfindig machen und mich dann sofort anrufen möchte. Ich bin in Lennies Haus in Bel Air. Es ist verdammt dringend!«

»Das ist ja nicht zu fassen! Gestern abend noch bin ich mit Lennie in L. A. zusammen gewesen. Er hat mir kein Wort gesagt, daß du...«

»Lennie ist in L. A.?« unterbrach Lucky Jess überrascht.

»Ja. Seid ihr denn nicht zusammen?«

»Nein. Ich bin nur in seinem Haus, weil... Darüber kann ich jetzt nicht sprechen. Wo ist Lennie zu erreichen?«

Jess war perplex. Sie begriff überhaupt nicht mehr, was eigentlich gespielt wurde. »Er wohnt in seinem alten Apartment.« Sie gab Lucky die Telefonnummer.

Costa kam herein. »Gino war im Beverly Wilshire. Er ist vor einer Stunde wieder ausgezogen.«

»Verdammter Mist!« schimpfte Lucky.

»Wie bitte?« fragte Jess am anderen Ende.

»Nichts. Beschafft mir Wealths Adresse.«

Lucky legte auf. Costa zog sich wortlos zurück.

Sie schloß die Augen. In ihren Schläfen pochte das Blut. Es war wie ein Alptraum. Sie dachte an Lennie und hätte ihn am liebsten angerufen. Aber was konnte er schon tun? Sie mußte die Angelegenheit auf ihre Art und Weise erledigen; und zwar ohne fremde Hilfe... auch ohne Lennie.

Das Telefon klingelte. Sie riß den Hörer von der Gabel.

»Ich weiß nicht, wie ich es anstelle, aber ich schaffe es doch irgendwie immer«, sagte Matt am anderen Ende selbstgefällig und gab ihr die Adresse von Tim Wealth.

117. Kapitel

Er reckte sich und gähnte. Lennie hatte für diesen Tag genug gearbeitet. Dreißig Seiten – keine schlechte Ausbeute. Er war glänzend in Form. Das Manuskript nahm Formen an.

Dann dachte er an Alice und daß er sie hatte anrufen wollen. Irgendwann mußte sie es schließlich erfahren. Er griff zum Telefon, das in diesem Augenblick zu klingeln begann. Das konnte nur Jess sein.

»Hallo! Wie war dein Flug?« sagte Lennie in die Sprechmuschel.

»Woher hast du gewußt, daß ich es bin?« fragte Jess verblüfft.

»Weil du die einzige bist, die weiß, daß ich hier bin.«

»Nein, das bin ich nicht mehr.«

Lennie stöhnte. »Wem hast du's erzählt?«

»Lucky«, erwiderte Jess.

»So, tatsächlich?« Lennie versuchte gleichgültig zu klingen.

»Ich dachte, es macht dir bestimmt nichts aus.«

Er wußte selbst nicht recht, was er davon halten sollte. Natürlich wollte er sie wiedersehen ... mehr als alles andere sogar. Andererseits war er nicht sicher, ob es dazu nicht zu früh war. Sie brauchten beide Zeit, sich mit der neuen Situation zurechtzufinden.

»Und weshalb hast du das getan?« fragte Lennie schließlich.

»Sie ist oben in deinem Haus in Bel Air«, erwiderte Jess.

»Du meinst in Olympias Haus«, verbesserte er sie.

»Egal, wem's gehört ... sie ist jedenfalls dort.«

»Und was macht sie dort?«

»Offenbar macht sie sich Sorgen.«

»Kannst du das näher erklären?«

»Ruf sie doch einfach selbst an.«

»Du bist wieder mal eine große Hilfe!«

»Los!«

»Ach, laß mich in Ruhe!«

Er legte auf und faßte einen Entschluß. Anstatt anzurufen, würde er einfach hinfahren. Er mußte Lucky unbedingt wiedersehen.

Brigette erkannte allmählich, daß etwas Schlimmes passiert war. Roberto und sie waren in eine üble Falle geraten. Ängstlich zog sie Roberto auf dem Rücksitz des Wagens enger an sich. Rechts und links von ihnen saßen die beiden Schlägertypen.

Bonnatti hatte sie aus der Wohnung und in den Wagen bringen lassen. Als er nach einer Viertelstunde selbst wieder aufgekreuzt war und neben dem Fahrer Platz genommen hatte, war Tim Wealth nicht mehr bei ihm gewesen.

Brigette erschauerte. Zum erstenmal in ihrem Leben hatte sie wirklich Angst; und zwar nicht nur um sich, sondern auch um Bobby, der noch ein Kind war ... und um Tim. Was hatten sie mit ihm gemacht? Und wohin brachte man sie?

»Hör auf zu heulen!« Santino drehte sich um und sah Roberto wütend an.

»Wo ist Tim?« fragte Brigette zaghaft.

»Wie war er denn im Bett, hm?« erkundigte sich Santino mit höhnischem Grinsen. »War er ein heißer Liebhaber, Süße? Warte nur... ich zeig euch, was heiß ist... euch beiden zeig' ich's.«

118. Kapitel

Lucky hatte gerade noch Zeit, die Angaben bezüglich Tim Wealth zu überprüfen, die Matt ihr gegeben hatte, bevor sie zum Flugplatz mußte. Hinter der Adresse verbarg sich ein Haus im Laurel Canyon.

Die beiden jungen Männer, die Ginos früherer Geschäftspartner ihr »geliehen« hatte, machten einen intelligenten und kompetenten Eindruck. Sie nannten sich Caveman und The Guardian. Ein dritter fuhr den Wagen... einen Lincoln, Baujahr 1980, mit Telefon.

Lucky hatte sie kurz in alles eingeweiht.

Das Haus im Laurel Canyon besaß ein elektronisch überwachtes Tor. Lucky und ihre Begleiter verschafften sich Eintritt unter dem Vorwand, vom städtischen Wasseramt zu kommen.

Sie fuhren zum Hintereingang und warteten, bis sich die Tür öffnete. Dann nahmen Caveman und The Guardian den Butler in die Zange, hielten ihm falsche FBI-Ausweise unter die Nase und zogen ihre Waffen.

Lucky folgte ihnen. Ihr Stil gefiel ihr.

Sie durchsuchten das Haus gründlich und systematisch. Das Parterre war leer. Im ersten Stock fanden sie den Hausbesitzer, der in der Mitte eines purpurroten, runden Wasserbetts saß und sich eine Komödie im Fernsehen ansah. »Gott beschütze mich!« jammerte er, als sie zu dritt bei ihm eindrangen.

»Rauschgiftdezernat«, verkündete Lucky. »Wir haben einen Haftbefehl für Tim Wealth.«

Der Mann hob abwehrend seine sorgfältig manikürten Hände. »Wie eine Szene aus meinen Filmen. Tun Sie mir bitte nichts. Ich mache alles, was Sie verlangen.«

»Wo ist Tim Wealth?« fragte Lucky drohend.

»Den habe ich seit Wochen nicht mehr gesehen. Er ist mit zwei meiner Lieblingskoffer von Gucci, achthundert Dollar, drei Kameras und etlichen Kaschmirpullovern verschwunden. Schauspieler! Es wird mir eine Lehre sein!«

»Wissen Sie, wo er jetzt wohnt?« erkundigte sich Lucky.

»Nein... und es interessiert mich auch nicht.« Er rutschte nervös auf dem Bett hin und her. »Sind Sie wirklich vom Rauschgiftdezernat? Sie kommen mir so bekannt vor.«

»Hören Sie! Wir müssen Wealth unbedingt finden«, erklärte Lucky in scharfem Ton. »Und wenn Sie uns nicht sagen, wo er ist, dann machen Sie sich der Komplizenschaft schuldig. Ist das klar?«

»Versuchen Sie's bei seinem Agenten... Zack Schaeffer.« Er starrte sie stirnrunzelnd an. Plötzlich ging ihm ein Licht auf. »Ah... das soll wohl ein Witz sein, was? Sie sind doch die Frau vom Santangelo in Atlantic City, oder? Ich war bei der Eröffnung.« Er kletterte in seinem roten Pyjama ungelenk vom Bett. »Mein Gott, ich bin in eine dieser TV-Shows geraten, was? Wo sind die Kameras versteckt? O... Gott! Ich werde zum Gespött der Leute! Sie bekommen auf keinen Fall meine Erlaubnis, das zu senden. Ich werde gerichtlich gegen Sie vorgehen... Ich...«

Lucky ließ ihn weiterschimpfen und eilte gefolgt von den anderen aus dem Haus.

Auf dem Weg nach Bel Air versuchte Lennie sich zurechtzulegen, was er zu Lucky sagen würde. »Ich habe Olympia verlassen.« Nein, das war zu unpersönlich. Wie war es mit: »Ja. Ich habe schließlich den Schlußstrich gezogen.« Oder vielleicht noch besser: »Hallo, Lucky, was machst du denn hier? Weißt du, daß ich mich von Olympia getrennt habe?«

Lennie fühlte sich wie sechzehn. Warum konnte er mit ihr nicht einfach ganz normal über seine Gefühle sprechen?

Er betrat das Haus und spürte instinktiv, daß etwas nicht stimmte. Alice lag bleich und müde auf einer Couch im Wohnzimmer. In der Hand hielt sie ein Glas mit brauner Flüssigkeit.

»He... was ist denn hier los?« fragte er. Die ganze Atmosphäre gefiel ihm nicht.

»Lennie! Mein Junge!« Alice setzte sich auf und gestikulierte aufgeregt. »Bobby und Brigette sind gekidnappt worden. Man hat die Kinder entführt!«

119. Kapitel

In der Auffahrt vor der Villa Bonnatti parkten drei Autos. Steven hielt hinter einem scheußlich gelben Toyota an. Nachdem er sich nach seiner Ankunft vergewissert hatte, daß es Mary Lou im Krankenhaus einigermaßen gutging und Carrie bei ihr war, hatte er sich einen Wagen gemietet und war zu Bonnattis Adresse gefahren.

Steven stieg aus seinem Auto aus und klingelte an der Haustür.

Donatella Bonnatti öffnete persönlich. Santino hatte seit Jahren vergeblich versucht, seine Frau an Hauspersonal zu gewöhnen. Donatella allerdings zog es vor, sich selbst um alles zu kümmern. Und während sich Santino mit Leibwächtern umgab, zog Donatella die Gesellschaft ältlicher italienischer Tanten vor, die noch die schönen altmodischen Ansichten vertraten und dreimal pro Woche ins Haus kamen.

An diesem Tag jedoch war Donatella allein. Und obwohl es Samstag war, hatte sie beschlossen, den Fußboden der riesigen Küche zu schrubben, während Santino und die Kinder nicht zu Hause waren.

Sie wischte sich die feuchten Hände an ihrem buntgemusterten Hauskleid ab und musterte Steven mißtrauisch.

»Was wollen Sie?« erkundigte sie sich mit starkem italienischem Akzent.

Steven nahm automatisch an, daß sie das Hausmädchen sein mußte. »Ich möchte gern Santino Bonnatti sprechen. Es ist dringend«, erklärte er langsam und deutlich.

»Sind Sie verabredet?«

»Ich bin gerade aus New York angekommen und vom Flugplatz gleich hierhergefahren. Ist Mr. Bonnatti zu Hause?«

Donatella hatte keine Ahnung, daß Santino auch mit Schwarzen geschäftlich zu tun hatte. Er erzählte ihr nie etwas.

»Worum geht's denn?« wollte sie wissen.

»Wer sind Sie eigentlich?« erkundigte sich Steven.

Sie lachte heiser. »Ahhhh... Sie halten mich wohl für ein Hausmädchen, was? Ja, ja... in Beverly Hills machen sich die Damen nie die Hände schmutzig. Ich bin Mrs. Bonnatti.«

Gino und Paige machten in einem einfachen Restaurant am Pacific Coast Highway bei frischem Hummer und einer Flasche Wein Mittagspause. Sie genossen jede Minute der Zweisamkeit.

»Hast du je daran gedacht, Ryder zu verlassen?« erkundigte sich Gino vorsichtig nach dem Essen. Paige, die ihm das Gefühl gab, wieder jung zu sein, beschäftigte ihn unaufhörlich.

Sie saßen an einem Tisch mit einem herrlichen Blick aufs Meer. Paige sah ihn nicht an. »Ryder braucht mich«, antwortete sie leise. »Genau wie die Kinder.«

»Blödsinn!«

»Es ist die reine Wahrheit.«

»Dein Mann würde nicht mal merken, daß du nicht mehr

da bist, wenn du morgen die Koffer packst. Und deine Kinder sind schon erwachsen.«

Sie sah ihn ruhig an. »Danke für die Blumen! Du verstehst die Psyche einer Frau und Mutter.«

»Komm, Süße! Ich will dich! Das möchte ich damit ausdrücken.«

»Du hast mich doch.«

»Für ein lausiges Wochenende.«

»Vielleicht wäre mehr für uns beide sowieso zuviel, mein Liebling.«

Er verstand sie einfach nicht. Warum lief sie nicht mit fliegenden Fahnen zu ihm über, wie das die Frauen sonst stets in seinem Leben getan hatten?

Aber vielleicht machte sie gerade das so reizvoll. Paige tat, was und wann sie es wollte.

»Ich rufe mal lieber kurz zu Hause an«, seufzte Gino und stand auf. »Sonst hetzen die mir noch das FBI auf den Hals.«

120. Kapitel

Boogies Anwesenheit gab Lucky Sicherheit. Er war in schwierigen Zeiten stets auf ihrer Seite gewesen, und sie wußte, daß sie ihm blind vertrauen konnte.

Er hatte das Lösegeld in einer Reisetasche mitgebracht, und seine wäßrig-blauen Augen schweiften rastlos über die Menschenmenge, als sie zum Wagen liefen.

Lucky berichtete ihm noch einmal, was sie wußte. »Glaubst du, wir sollten die Polizei einschalten?« fragte sie zum Schluß.

»Nein, auf keinen Fall«, wehrte er ab. »Das machen wir allein.«

Lucky war heilfroh, daß Boogie da war. Da Gino unauffindbar schien, war er ihre einzige Stütze.

»Ich habe folgenden Plan«, erklärte Lucky. »Wir deponieren das Lösegeld wie gefordert im Farmers Market und hoffen und beten, daß die Kinder freigelassen werden. Caveman folgt der Person, die das Geld abholt...«

»Nein«, unterbrach Boogie sie. »Das übernehme ich. Im Beschatten bin ich unschlagbar.«

»Gut. Wir haben einen Lieferwagen mit Telefon, Funkausrüstung und Überwachungsgeräten zu unserer Verfügung. Alles steht bereit.« Lucky zeigte Boogie einen Zettel. »Das ist die letzte Adresse des Kerls, der vermutlich etwas mit der Entführung zu tun hat. The Guardian überprüft das gerade.«

Boogie sah sie prüfend an. »Und wie ist deine Verfassung?«

Lucky schwieg einen Augenblick. »Gut«, erwiderte sie schließlich mit eisiger Stimme. »Ich will nur die Kinder wohlbehalten zurückhaben. Und wenn ich sie habe...« Ihr Blick wurde starr. »Dann gnade den Entführern Gott!«

121. Kapitel

Das Wohnzimmer der Bonnattis war peinlich sauber und aufgeräumt und erinnerte an einen bürgerlich italienischen Salon der Jahrhundertwende.

Steven setzte sich erst gar nicht. »Mrs. Bonnatti«, begann er. »Ihr Mann ist eine ganz abscheuliche Kreatur.« Er warf eine Ausgabe des Magazins *Comer* auf einen Tisch. »Die Dame auf dem Titelbild ist meine Verlobte«, erklärte er wütend. »Oder besser gesagt, das Gesicht gehört ihr... nicht der Körper.«

»Warum zeigen Sie mir das?« entgegnete Donatella schrill und fuhr zurück. »Ich dulde diesen Schmutz in meinem Haus nicht!«

»Freut mich, das zu hören«, bemerkte Steven mit Ironie. »Ihr Mann hat diesbezüglich keine Skrupel. Er verlegt nämlich solche Blätter!«

Er griff nach der Pornoillustrierten und schlug die Seiten auf, die angeblich Mary Lou zeigten. »Hier, sehen Sie sich diese Bilder an, Mrs. Bonnatti!« Er hielt ihr das Magazin unter die Nase. »Diese Fotos sind Fälschungen. Verstehen Sie? Fotomontagen. Jemand hat der Nackten Mary Lous Gesicht aufgesetzt!«

»Dieser Schmutz interessiert mich nicht«, beharrte Donatella, der es mittlerweile bereits leid tat, den Fremden überhaupt ins Haus gebeten zu haben. Sie hatte gehofft, etwas über ihren Mann zu erfahren ... aber nicht so etwas.

»Wegen dieser Fotos hat Mary Lou einen Selbstmordversuch unternommen«, fuhrt Steven unerbittlich fort. »Wegen Ihres kranken, sadistischen Mannes wäre sie fast draufgegangen!«

»Ich weiß davon gar nichts!« entgegnete Donatella.

»Nein? Dann wird es Zeit, daß Sie sich mal mit den Geschäften Ihres Mannes näher befassen! Wenn ich Sie wäre ...«

In diesem Augenblick klingelte das Telefon. Froh über die Ablenkung lief Donatella in die Diele und hob den Hörer ab. Wenn es Santino war, bekam er was zu hören. Falls er tatsächlich etwas mit diesen widerlichen Magazinen zu tun hatte, würde sie ihm das nie verzeihen. Ihr gegenüber hatte er immer behauptet, Computer- und andere technische Zeitschriften zu verlegen.

»Mrs. Bonnatti?« sagte am anderen Ende eine heisere Frauenstimme. »Donatella?«

»Ja. Wer spricht denn dort?« fragte Donatella ungeduldig.

»Es gibt ein Haus am Blue Jay Way in den Hügeln über Hollywood... Dort hält Ihr Mann seine Geliebte aus«, flüsterte die Stimme.

»Was? Was sagen Sie da?«

»Seine Geliebte! Freundin... Betthäschen.« Die Stimme nannte dann die vollständige Adresse und fügte außerdem hinzu: »Warum kommen Sie nicht her und überzeugen sich selbst?«

Dann wurde aufgelegt.

122. Kapitel

Sie erreichten den Farmers Market an der Fairfax Street zwanzig Minuten vor der verabredeten Zeit. Auf dem dazugehörigen Parkplatz stand bereits der Lieferwagen mit den Überwachungsgeräten, den Lucky bestellt hatte. Der Fahrer war ein ehemaliger Kriminalbeamter namens Dave.

»Ihr überwacht am besten sowohl mich als auch Boogie über Funk«, sagte Lucky zu ihm. »Ich stelle das Lösegeld ab, und Boogie übernimmt die Verfolgung. Sie bleiben dicht hinter ihm und halten ständig Kontakt zu mir.«

»Alles klar«, murmelte Dave. Er wußte, daß er für seine Mühe reichlich belohnt werden würde.

Lucky hoffte, daß er seine Aufgabe gut machte. Es hing so enorm viel von ihm ab.

Santino war von Natur aus mißtrauisch. Er traute niemandem. Und eine Million Dollar stellte eine zu große Versuchung dar, als daß er einen Einzelnen damit betrauen konnte. Aus diesem Grund beschloß er, im Wagen dabei zu bleiben und dafür zu sorgen, daß unterwegs nicht auf wundersame Weise einige Hunderttausend einfach verschwanden. Und falls Tim Wealth die Wahrheit gesagt hatte, dann war die ganze Aktion sowieso ein Kinderspiel.

Lucky Santangelo mußte inzwischen vor Wut platzen... und sie würde noch viel mehr durchmachen, bevor sie ihren Jungen wiedersah... falls sie ihn überhaupt je wiedersah.

Santino lächelte still in sich hinein. Was für ein Tag! Keine Rache war süßer als die, auf die man so lange hatte warten müssen.

Farmers Market war ein Touristenparadies; ein riesiger Komplex mit Souvenirläden, Kiosken und einem Lebensmittel-Supermarkt.

Lucky fand den Buchladen in der Mitte der Anlage. Langsam ging sie darauf zu. In der Hand trug sie eine Ledertasche mit dem Lösegeld. Äußerlich wirkte sie völlig ruhig, doch eigentlich hätte sie vor Wut und Kummer laut schreien mögen.

In der Buchhandlung herrschte reger Kundenbetrieb. Sie sah sich nach der Abteilung mit den Diätkochbüchern um. Als sie sie entdeckte, stand dort lediglich eine dicke Frau in einer weißen Helancahose und blätterte in Jane Fondas neuestem Buch.

Lucky warf einen Blick auf die Uhr. Zwei Minuten vor vier.

Die dicke Kundin legte das Fonda-Buch beiseite und ging.

Lucky sah erneut auf die Uhr. Noch eine Minute.

Sie hoffte, Boogie war in der Nähe.

Punkt vier Uhr stellte sie die Reisetasche in eine Ecke und verließ den Laden durch den Hinterausgang. Sie mußte sich zwingen, sich nicht umzusehen.

Boogie würde alles Weitere in die Hand nehmen. Sie durfte jetzt keinen Fehler machen. Das Wohlbefinden der Kinder hing davon ab. In der Reisetasche war ein Sender versteckt, den Boogie jederzeit orten konnte.

Santino bestimmte, daß Blackie das Lösegeld abholen sollte, während er mit Roberto, Brigette und den beiden anderen im Wagen wartete. Sie parkten einen Block weit entfernt vor einem Supermarkt.

»Beeil dich!« befahl Santino Blackie. Dann drehte er sich um und tätschelte Brigettes Oberschenkel. Sie zuckte ängstlich vor ihm zurück.

»Wir beide haben noch viel vor, Kindchen... noch viel«, sagte Santino mit geilem Grinsen.

Brigette drückte Roberto noch enger an sich.

123. Kapitel

»Fahr gefälligst langsamer!« warnte Paige. »Du bringst uns noch um. Und damit ist erst recht niemandem geholfen.«

»Willst du fahren?«

»Offen gestanden, ja.«

Gino hielt am Straßenrand und tauschte mit Paige den Platz.

Dann steuerte Paige den schnellen Sportwagen ruhig und geschickt auf die Fahrbahn zurück. Sie hatten noch immer eine mindestens zweistündige Autofahrt bis Los Angeles vor sich.

»Ich habe mich in meinem ganzen Leben noch nie so hilflos gefühlt«, stöhnte Gino. »Wenn ich diesen Dreckskerl zu fassen kriege, der die Kinder entführt hat, dann gnade ihm Gott!«

»Reg dich jetzt lieber nicht auf«, mahnte Paige. »Spar deine Kräfte. Lucky ist bestimmt verzweifelt. Sie braucht dich.«

»Herrgott, ich müßte jetzt bei ihr sein!« jammerte Gino. »Aber wer rechnet schon mit so was!«

Lennie wollte sofort die Polizei in diesen Fall einschalten.

»Nein, das kannst du nicht machen!« hielt Alice ihn energisch davon ab. »Lucky hat gesagt, daß sie alles im Griff hat.«

»Im Griff? Na, da bin ich aber gespannt!« schrie Lennie wütend. »Und warum hat niemand Olympia Bescheid gesagt?«

»Wir haben's ja versucht«, antwortete Alice. »Sie ist nirgends zu erreichen.«

»Herrgott, Brigette ist ihre Tochter!« stöhnte Lennie. »Sie müßte jetzt hier sein... oder zumindest wissen, was passiert ist.«

»Ich versuch's ja weiter«, versprach Alice.

»Wo ist Lucky jetzt?«

Costa kam ins Zimmer. »Sie hat mich gerade angerufen. Sie haben das Geld deponiert. Boogie nimmt die Verfolgung auf. Wir können jetzt nur warten und hoffen, daß die Kinder irgendwo auftauchen.«

»Ich kann jetzt nicht hier tatenlos rumsitzen!« entgegnete Lennie erregt. »Wo ist Lucky? Gib mir die Telefonnummer ihres Wagens.«

Costa gab sie ihm nur zögernd. »Sie will jetzt sicher nicht gestört werden«, warnte er. »Die Leitung muß frei bleiben.«

»Es ist mir scheißegal, was sie will!« brüllte Lennie. »Die Sache geht auch mich was an. Wenn's ihr nicht paßt, dann ist das ihr Problem.«

Donatella starrte Steven an. »Ehm... Mr. Berkeley... Sie wollten meinen Mann sprechen. Er ist nicht da. Es ist deshalb wohl besser, Sie gehen jetzt.«

Steven musterte sie aufmerksam. Sie wirkte erregt und ungeduldig. Das Telefongespräch schien sie durcheinandergebracht zu haben. Sein Gefühl sagte ihm, daß der Anrufer zwar nicht Bonnatti gewesen war, daß es jedoch bei dem Telefonat um ihn gegangen sein könnte.

Donatella ging zur Tür. »Auf Wiedersehen. Ich muß jetzt fort.«

Steven nickte. »Ich komme zurück.«

Donatella schob ihn hastig hinaus und knallte die Tür heftig hinter ihm ins Schloß.

Steven setzte sich ans Steuer seines Mietwagens, fuhr in die nächste Seitenstraße, hielt an und wartete. Eine Viertelstunde später tauchte der Toyota mit Donatella Bonnatti am Steuer auf.

Sie fuhr Richtung Hollywood.

Steven folgte ihr unauffällig.

124. Kapitel

Eden ging unruhig im Haus auf und ab. Sie versuchte, Make-up aufzutragen, doch ihr Gesicht war durch Santinos Schläge so entstellt, daß auch das nichts nützte. Ihr einziger Trost war, daß diese Blessuren heilen würden.

Zeko saß draußen in der Sonne am Swimmingpool, hatte sich dem Haus zugewandt und warf sich Erdnüsse in den Mund.

Eden starrte auf die Küchenuhr. Es war bereits nach vier. Tim wartete nun bereits auf sie, doch sie sah keine Chance, unbemerkt aus dem Haus zu kommen. Sie verfluchte Bonnatti. Irgendwie mußte sie von ihm weg!

Draußen in der Auffahrt hielt plötzlich ein Wagen. Eden rannte hoffnungsvoll zum Fenster... und sah Santino, begleitet von seinen beiden Leibwächtern, einem blonden Teenager und einem kleinen Jungen auf das Haus zukommen.

Brachte er jetzt schon seine Kinder mit zu ihr? Sie konnte nicht glauben, daß selbst ein Santino Bonnatti so pervers sein konnte.

Hastig floh sie ins Badezimmer und schloß sich ein. Dort

war es angenehm kühl. Das leise Rauschen der Klimaanlage war das einzige Geräusch.

Dann hörte sie, wie die Haustür geöffnet wurde. Was wollte Santino von ihr? Würde er sie jetzt töten?

»Komm, Kleines«, lockte Bonnatti mit seinem widerlichen Lächeln und zog Brigette ins Haus.

Brigettes Herz klopfte so heftig, daß sie glaubte, alle müßten es hören. Alice hatte ihr von Mädchen erzählt, die sogenannten »weißen Sklavenhändlern« in die Hände gefallen waren. Stand ihr jetzt dasselbe bevor?

All die Warnungen fielen ihr wieder ein, über die sie bisher nur gelacht hatte. Hätte sie nur darauf gehört!

Sie fragte sich, was wohl jetzt in der Villa in Bel Air geschah. War Lucky dort? Olympia? Lennie? Hatten sie die Polizei eingeschaltet? Suchte man nach ihr und Roberto?

Sie fühlte sich wie ein kleines, hilfloses Mädchen ... dabei mußte sie jetzt stark sein; schon um Robertos willen. Er vertraute ihr. Der kleine Junge hielt ihre Hand umklammert, als hänge sein Leben davon ab.

»Sie haben das Geld!« erklärte sie schließlich tapfer. »Jetzt müssen sie uns freilassen, wie Tim es versprochen hatte.«

Santino lachte heiser. »Tim? Wer ist Tim?« Er warf seinen Leibwächtern einen schlauen Blick zu. »Weiß einer von euch, wer Tim ist?«

»Nee ... nie von ihm gehört, Boß«, antwortete Blackie.

Auch der andere schüttelte nur den Kopf.

»Komm, Süße«, drängte Bonnatti und zog Brigette in Richtung Schlafzimmer. »Der Junge kann ruhig mit ... Er soll zusehen ... da kriegt er schon früh was Wichtiges mit.« Bonnatti lachte ausgelassen. »Wir drei geben ein flottes Gruppenfoto ab ... Das wird seine Mutter freuen.«

Er stieß die Schlafzimmertür auf.

Dort stand Eden.

»Raus, du Schlampe!« befahl er.

»W... w... was ist denn los?« stotterte sie.

»Warte draußen und stör mich gefälligst nicht. Kapiert?«

Brigette warf Eden einen flehenden Blick zu. Die Tatsache, daß noch eine Frau im Haus war, beruhigte sie etwas. »Er hat uns entführt«, begann sie. »Er ist...«

Bonnatti schlug ihr mit der flachen Hand mitten ins Gesicht.

Roberto schrie laut.

Eden stürzte aus dem Zimmer, als Bonnatti auch den Jungen schlug. Sie konnte ihnen nicht helfen. Sie konnte nicht einmal sich selbst helfen.

125. Kapitel

Die Würfel waren gefallen. Was jetzt auch geschah, entzog sich ihrer Kontrolle.

Ein Anruf von The Guardian wies Lucky den Weg zu einem Apartmenthaus hinter dem Hollywood Boulevard. Dort lag Tim Wealths Wohnung.

Caveman begleitete sie. Sie stiegen vorsichtshalber die Außentreppe hinauf. The Guardian erwartete sie bereits an der Tür.

Lucky betrat die kleine schäbige Wohnung und blieb wie erstarrt stehen. Auf dem Fußboden lag ein Toter. Sein Mörder hatte ihn zuerst grob mißhandelt und mit einem Kopfschuß erledigt.

»Tim Wealth«, erklärte The Guardian mit rauher Stimme. »Ich hatte noch Glück. Er ist kurz nach meiner Ankunft erst gestorben.«

Lucky hielt den Atem an. »Und?«

»Schlimmer hätte es nicht kommen können«, fuhr The Guardian fort. »Ist Ihnen der Name Santino Bonnatti ein Begriff?«

Lucky glaubte, ihr Herz müsse aufhören zu schlagen. »Bonnatti?« flüsterte sie.

The Guardian nickte. »Bonnatti hat die Kinder.«

126. Kapitel

Der Blue Jay Way war eine ruhige, kurvenreiche Straße in den Hügeln über Hollywood. Es herrschte kaum Verkehr.

Boogie, der hinten im Lieferwagen saß, erkannte die Gegend instinktiv als günstiges Versteck für Roberto und Brigette. Er war sicher, daß sie ihr Ziel erreicht hatten, als der Mercedes, dem sie gefolgt waren, plötzlich die Fahrt verlangsamte, eine Einfahrt hinaufrollte und anhielt. Dann stiegen drei Männer aus... und die Kinder. Einer der Männer kam Boogie seltsam bekannt vor, doch er konnte sich nicht erinnern, wo er ihn schon einmal gesehen haben könnte.

Für Boogie stellte sich die Frage, ob er sie hier und jetzt angreifen sollte, doch die Situation war äußerst ungünstig. Die Männer waren sicher bewaffnet, und wenn es zu einer Schießerei kam, waren die Kinder in Gefahr.

Boogie wartete also, bis alle im Haus verschwunden waren. Dann versuchte er, Lucky telefonisch zu erreichen. Ihr Fahrer meldete sich und bat ihn zu warten.

Die Minuten verstrichen nur schleppend. Boogie war ein geduldiger, überlegender Mann. Die Entscheidung lag letztendlich bei Lucky.

Als am anderen Ende schließlich ihre Stimme ertönte, klang diese kalt und wütend. »Wo bist du?« fragte sie hastig.

Er nannte ihr die Adresse und erzählte, was er bisher beobachtet hatte.

Lucky gab die Information an ihren Fahrer weiter und

befahl diesem, so schnell wie möglich dorthin zu fahren. Nur mit Mühe an sich haltend fragte sie ruhig: »Könnte einer der Männer Santino Bonnatti gewesen sein?«

Boogie fiel es plötzlich wie Schuppen von den Augen. Natürlich, der eine war ihm sofort bekannt vorgekommen. Und dann wurde ihm einiges klar.

»Was sollen wir jetzt machen?« fragte er. »Vielleicht sollten wir doch die Polizei verständigen.«

»Dadurch verlieren wir viel zuviel Zeit«, entgegnete sie, während sie fieberhaft nachdachte. »Caveman und The Guardian sind bei mir. Und du hast Dave. Wir nehmen es allein mit ihnen auf. Es ist unsere einzige Chance.«

»Ich weiß allerdings nicht, wer sonst noch im Haus ist«, gab Boogie zu bedenken. Er wußte aus Erfahrung, daß es keinen Sinn hatte, lange mit Lucky Santangelo zu diskutieren.

»Versuch soviel wie möglich über die Gegebenheiten herauszubekommen«, befahl sie eisig. »Wir kommen so schnell wie möglich.«

Boogie sagte Dave im Führerhaus des Lieferwagens Bescheid, verschwand dann lautlos im Unterholz neben der Straße und arbeitete sich zügig und geschickt den sanften Abhang hinauf.

Es dauerte nicht lange, und er hatte den perfekten Beobachtungsposten über dem Haus erreicht.

Lennie saß in seinem Arbeitszimmer und versuchte verzweifelt, Lucky über die Telefonnummer zu erreichen, die Costa ihm gegeben hatte.

Die Leitung war ständig besetzt.

Alice kam herein und stellte eine Tasse Kaffee auf seinen Schreibtisch. Überrascht sah er ihr nach, wie sie das Zimmer wieder verließ. Soviel Fürsorge war er von ihr gar nicht gewohnt.

Plötzlich ertönte das Rufzeichen. Er hatte es geschafft. Am anderen Ende meldete sich eine Männerstimme.

»Geben Sie mir Lucky«, sagte Lennie.

Es knackte in der Leitung, dann war Lucky dran.

»Wo bist du?« fragte er ohne Umschweife.

Sie hatte seine Stimme sofort erkannt. Aber für Privatgespräche war jetzt keine Zeit.

»Ich mache das schon, Lennie«, versprach sie atemlos.

»*Du* machst das also schon!« fuhr er wütend auf. »Und was ist mit der Polizei?«

»Die lassen wir ganz aus dem Spiel«, antwortete sie ruhig. »Verlaß dich ruhig auf mich.«

»Wo bist du?« wiederholte er drängend.

»Das kann ich dir jetzt nicht sagen.«

»Verdammt noch mal, was soll denn das?« Lennie war hilflos.

»Wir haben den Blue Jay Way in wenigen Minuten erreicht«, sagte The Guardian.

»Ich muß Schluß machen!« erklärte Lucky leise. »Ich hole die Kinder da raus.«

»Wo zum Teufel bist du?« brüllte Lennie.

Sie sagte es ihm. Jetzt konnte das nicht mehr schaden. Bis er den Blue Jay Way erreichte, war ja alles schon vorbei.

»Keine Polizei!« betonte sie noch einmal.

»Gut!«

Lennie warf den Hörer auf die Gabel und stürmte aus dem Haus und zu seinem Wagen.

127. Kapitel

Der Nachtportier des New Yorker Hotels stand vor dem Zimmer Nummer 425 und klopfte mehrmals. Es waren bereits etliche Anrufe für den Musiker Flash gekommen, doch es hatte sich seit Stunden niemand gemeldet.

Als er wiederum keine Antwort bekam, steckte er seinen Nachschlüssel ins Schloß und ging hinein.

Zuerst glaubte er, sie seien eingeschlafen... der legendäre Rockstar und die fette Blondine. Sie lagen in merkwürdiger Stellung quer über dem zerwühlten Bett.

Der Nachtportier blieb bewegungslos stehen und horchte auf Atemzüge. Es war alles still. Schließlich trat er einen Schritt näher und sah sich vorsichtig um. Die Tablettenröhrchen, leeren Spritzen und das halbleere Glas mit weißem Pulver auf dem Nachttisch deuteten auf eine wilde Drogenparty hin.

Der Portier sog tief die Luft ein, und der Geruch des Todes stieg ihm in die Nase. Er erschauerte. Es war nicht das erste Mal, daß er eine solche Szene sah, und es würde auch nicht das letzte Mal sein. Aber Flash war eindeutig der bisher berühmteste Tote, den er auf diese Weise entdeckt hatte.

Mit einem letzten Blick auf das unglückliche Paar griff er nach dem Telefonhörer.

Die Nachricht tickte gerade noch rechtzeitig für die 10-Uhr-Nachrichtensendungen über die Fernschreiber der Agenturen in New York. In Los Angeles war es sieben Uhr.

Für die Medien war der Tod von berühmten Persönlichkeiten stets ein gefundenes Fressen.

Und diesmal stimmten die Zutaten.

Geld.

Sex.

Drogen.

Und Rock 'n' Roll.

Was wollte man noch mehr?

128. Kapitel

»Zieh dich aus, Süße!« befahl Santino.

»Lassen Sie mich in Ruhe!« wehrte sich Brigette mit vor Angst weit aufgerissenen Augen.

Santino lachte. Er hatte die Tür abgeschlossen und den Schlüssel eingesteckt. Er hatte die Außenwelt ausgesperrt und war nun allein mit dem hübschen blonden Kind, das zu vergewaltigen er kaum erwarten konnte.

Und dabei war er nicht ganz allein! Eben das machte die Sache so reizvoll. Der Junge, Lucky Santangelos Junge, war ebenfalls bei ihnen.

In seinen kühnsten Träumen hätte er sich kaum eine Rache dieses Ausmaßes ausmalen können.

Er zog sein Jackett aus und schnalzte vor Freude mit der Zunge.

Brigette starrte wie hypnotisiert auf die Waffe, die aus Bonnattis Schulterhalfter ragte. Sie bekam eine Gänsehaut, und ihr wurde schwindlig, als sie beobachtete, wie er zu einer Videokamera ging, die vor dem Bett auf einem Stativ stand, und sie einschaltete.

»Okay, laß jetzt die Faxen! Zieh dich endlich aus!« zischte Santino Brigette an, zog die Waffe aus dem Halfter und richtete die Mündung auf Roberto, der starr vor Angst in einer Ecke kauerte. »Beeil dich, Küken... sonst kriegt der Junge die erste Ladung ab!«

Brigettes Knie wurden weich vor Entsetzen. Sie kam sich vor wie in einem Alptraum und begann zu weinen.

»Los! Vor die Kamera mit dir, und zwar sofort!« herrschte Santino sie an.

Wie in Trance gehorchte sie.

Plötzlich sprang Roberto auf, rannte zu Bonnatti und bearbeitete dessen Bein mit seinen kleinen Fäusten. »Hör auf! Hör auf!« schrie das Kind schrill.

Santino stieß das Kind mit brutaler Gewalt von sich.

Brigettes Schluchzen wurde zwar lauter, doch das kümmerte Santino wenig. Er musterte sie mit lüsternen Blikken. »Runter mit den Klamotten, mein Küken, oder ich erschieß den kleinen Teufel noch vor deinen schönen blauen Augen!«

Donatella fuhr am Haus im Blue Jay Way vorbei und erkannte sofort Santinos Wagen in der Auffahrt. Sie stieß einen Schwall italienischer Flüche und Verwünschungen aus.

Lug und Trug... Huren... Casanova... Bastardo!

Wie konnte er es wagen! Wie konnte er es nur wagen!

Vater ihrer Kinder... treusorgender Ehemann... hatte er ihr stets geschworen. Sie hatte ihm die besten Jahre ihres Lebens geschenkt... und er war nichts anderes als ein räudiger, streunender Straßenköter!

Sie parkte den Wagen und stieg aus.

Als Donatella ihren Toyota verließ, hielt der Lincoln etwas weiter bergaufwärts vor dem Lieferwagen.

Boogie stand bereits neben dem Wagenschlag, als Lucky heraussprang. »Santino ist mit drei weiteren Männern im Haus«, berichtete er schnell. »Außerdem ist noch eine Frau da. Ich schlage vor, Caveman und The Guardian inszenieren ein Ablenkungsmanöver, während ich durch den Hintereingang ins Haus eindringe.«

»Und was mache ich solange? Etwa Däumchen drehen«, entgegnete sie kühl. »Ich komme mit.«

»Ich an deiner Stelle würde im Wagen bleiben. Ich bringe dir die Kinder wohlbehalten wieder. Du kannst dich auf mich verlassen.«

»Ich komme trotzdem mit«, entschied Lucky.

»Es könnte gefährlich werden«, gab Boogie zu bedenken.

Sie musterte ihn geringschätzig. »Eigentlich solltest du mich mittlerweile besser kennen, Boogie. Das Argument zieht bei mir nicht.«

Boogie wußte aus Erfahrung, daß jede weitere Diskussion sinnlos war.

»Ich gebe den Jungs jetzt die nötigen Anweisungen«, sagte er sachlich. »Dann geht's los.«

Ärgerliche Selbstgespräche führend, ging Donatella die Auffahrt zum Haus hinauf. Ihre Schritte knirschten auf dem Kies. Sie trug statt des Hauskleides jetzt ein dunkelbraunes Kostüm und feste Schuhe mit hohen Absätzen. Sie hatte sich sorgfältig frisiert und grellroten Lippenstift und blaue Lidschatten aufgetragen. Donatella hatte keine glückliche Hand beim Schminken... und das sah man natürlich.

Schließlich bediente sie die Türglocke des Hauses, in dem sie ihren Mann in den Armen irgendeiner billigen Prostituierten zu finden erwartete.

»Wer ist die Frau?« erkundigte sich Caveman und beobachtete Donatella auf ihrem Weg zur Haustür.

»Das interessiert jetzt nicht«, erwiderte Lucky. »Sie kommt uns aber wie gerufen. Du gehst hinter ihr ins Haus... denk dir irgendwas aus, womit du die anderen aufhalten kannst... Wir sind am Hintereingang.«

The Guardian hob seinen falschen FBI-Ausweis in die Höhe. »Damit schaffen wir's schon.«

»Ausgezeichnet, Jungs«, lobte Lucky. »Also, worauf warten wir noch?« Sie folgte Boogie durchs Unterholz.

Steven hatte Donatella in ihrem gelben Toyota in dem undurchsichtigen Straßengewirr des Hügellandes über Hollywood aus den Augen verloren. Sie wiederzufinden erwies sich als hoffnungsloses Unterfangen.

Entmutigt war er dadurch allerdings nicht. Er beschloß, zu der Villa der Bonnattis zurückzufahren und zu warten. Schließlich wußte er genau, was er tun wollte, sobald Bonnatti auftauchte.

»Was zum Teufel hat er mit den Kindern vor?« fragte Eden Blackie, der in der Küche nach etwas Eßbarem suchte.

Blackie zuckte nur gleichgültig mit den Schultern. Der Tag war für ihn ungewöhnlich ereignisreich gewesen. Für einen kurzen Augenblick hatten sich sogar eine Million Dollar in seinem Besitz befunden – eine bleibende Erinnerung.

Was er allerdings lieber vergaß, war die Tatsache, daß er auch kaltblütig und vorsätzlich einen Mann durch einen Kopfschuß getötet hatte.

Er biß in ein großes Stück Käse.

Eden hörte, wie es an der Haustür klingelte, und hielt die Luft an...

»Ja?« fragte Zeko mißtrauisch und öffnete die Tür einen Spaltbreit.

Donatella stieß die Tür mit einem kräftigen Fußtritt einfach auf. »Was machst du denn hier?« fragte sie scharf. »Wo hat sich denn mein Mann versteckt?«

Zeko starrte sie ungläubig an. »Mrs. Bonnatti!« stotterte er.

»Ja, ich bin Mrs. Bonnatti. Na und? Geh mir gefälligst aus dem Weg!«

Zeko trat benommen zur Seite. Was würde der Boß nur dazu sagen?

Die beiden Männer, die sich hinter Mrs. Bonnatti ins Haus drängten, sah er viel zu spät.

»FBI«, verkündete der eine und hielt ihm einen Ausweis unter die Nase. »Wir haben ein paar Fragen an Sie!«

129. Kapitel

Brigette kauerte nackt in der Mitte des Bettes. Tränen rannen ihr über die Wangen. Der widerliche, lüsterne Kerl hatte sie angefaßt... sie gezwungen, vor der Kamera zu posieren. Und jetzt zog er lachend Bobby aus, der sich mit Händen und Füßen dagegen wehrte.

Sie erschauerte, wenn sie an das dachte, was er als nächstes angedroht hatte. Er hatte ihr in allen Einzelheiten erklärt, was er mit Bobby vorhatte. Mittlerweile hatte auch er sich bis auf seine Unterhose ausgezogen, unter deren dünnem Stoff seine Erektion kaum zu übersehen war.

Bobby brüllte wie am Spieß, und jeder seiner Schreie schnitt ihr ins Herz. Es war ihre Schuld, daß Bobby überhaupt in diese Situation geraten war. Ganz allein ihre Schuld!

Santino konzentrierte sich auf das Kind. Er bereitete eine so abscheuliche, obszöne Szenerie vor...

Boogie schlich lautlos und schnell zwischen den Kakteen und Dornenbüschen hindurch.

Lucky gelang es mit Mühe, dicht hinter ihm zu bleiben. Sie achtete gar nicht auf die überhängenden Zweige und Äste, die ihr Gesicht und Arme zerkratzten.

Sie näherten sich dem Hintereingang des Hauses. Vor ihnen lag ein großer Swimmingpool, hinter dem eine breite Glastür ins Haus führte.

Darauf hielt Boogie mit gezückter Waffe zu.

»Mrs. Bonnatti?« fragte Eden und drängte sich an Zeko vorbei, bis sie der Frau im braunen Kostüm gegenüberstand.

Donatella musterte sie eingehend. »Haben Sie hier meinen Mann versteckt?«

»Ja, er ist hier«, antwortete Eden. »Aber bevor Sie zu ihm gehen, sollten wir uns mal unterhalten.«

»Schläft er mit Ihnen?« fragte Donatella ohne Umschweife. »Sagen Sie mir die Wahrheit!«

The Guardian nutzte die Gelegenheit, weiter ins Haus vorzudringen.

»He... warten Sie!« rief Zeko verwirrt, doch Caveman zog die Waffe und hielt sie ihm unter die Nase. »Halt die Klappe!« herrschte er Zeko an. »Wo sind die Kinder?«

»Was ist denn hier los?« rief Donatella erregt.

»Stellen Sie sich an die Wand und seien Sie gefälligst still!« befahl Caveman. »Sie auch, Süße!« Er machte Eden ein Zeichen.

In diesem Augenblick kam Blackie aus der Küche. Als er Cavemans Waffe sah, versuchte er zurückzuweichen, doch Caveman zielte gelassen auf ihn: »Keine Bewegung... sonst kannst du dir die Radieschen von unten ansehen!«

An der Rückseite des Hauses gab es einen fürchterlichen Krach. Dann ertönten Schüsse.

Einmal.

Zweimal.

Dreimal.

ACHT MONATE SPÄTER

Mai 1984

130. Kapitel

Im Gerichtssaal herrschte eine drückende Stille.

Lucky starrte geistesabwesend ins Leere. Ihre schwarzen, opalisierenden Augen waren ohne jeden Ausdruck. Die Angst und seelische Anspannung, die sie beherrschten, waren ihr nicht anzusehen.

Der Gerichtsdiener begann mit nasaler Stimme das Urteil zu verlesen.

»Am heutigen Tag, dem vierten Mai 1984, hat im Staat Kalifornien...«

Worte. Nichts als Worte. Was würden sie bringen?

Luckys Blicke schweiften unruhig durch den Gerichtssaal und blieben schließlich auf Brigette ruhen, die in der ersten Reihe saß. Ihr Gesicht war ernst. Das blonde Haar trug sie im Nacken zu einem züchtigen Zopf geflochten.

Die Stimme des Gerichtsdieners tönte monoton weiter.

Lucky hielt die Luft an... hoffte... betete...

Die Öffentlichkeit hatte das Urteil über sie längst gefällt. Und es lautete »schuldig«. Die Zeitungen waren an dieser Meinungsmache nicht unbeteiligt. LUCKY SANTANGELO! DIE TOCHTER EINES MITGLIEDS DES MOB. Gino hatte seit zwanzig Jahren nichts mehr mit dem organisierten Verbrechen zu tun, doch jener dunkle Fleck auf seiner Weste blieb.

Lucky hob stolz den Kopf. Sie wollte sich nicht unterkriegen lassen. Sie war bereit, das Schicksal zu nehmen, wie es kam.

»Und wir, die Geschworenen«, fuhr der Gerichtsdiener fort, »erklären die Angeklagte Lucky Santangelo...«, er machte eine Kunstpause, »...des Mordes für schuldig.«

Der Urteilsspruch durchzuckte sie wie ein elektrischer Schlag.

Stimmen.

Krach.

Das Trappeln von unzähligen Füßen.

Die Geräusche dröhnten in ihren Ohren, drangen in ihre Augen, in ihre Nase, schnürten ihr die Kehle zu.

Mit glasigem Blick starrte sie auf die Menschen im Gerichtssaal.

Sie drängten zu Telefonen... formulierten bereits Schlagzeilen in ihren Köpfen... Jeder wollte die Meldung als erster durchgeben.

Plötzlich schrillte ein spitzer, gequälter Schrei durch den Gerichtssaal, und Brigette sprang auf.

»Neiiiiin!« schrie das junge Mädchen. »Nein! Nein! Nein! Lucky Santangelo ist unschuldig. Ich hab's getan! Ich habe Santino Bonnatti erschossen! Ich bin's gewesen!«

EPILOG

Der erste September 1984 war ein herrlicher Tag... wie geschaffen für eine Hochzeit. Die Sonne stand strahlend, aber nicht heiß am märchenhaft blauen, wolkenlosen Himmel. Und das weiße Herrenhaus inmitten des üppigen Gartens voller blühender Blumen machte einen unendlich friedlichen Eindruck.

Roberto, mittlerweile fünf Jahre alt, rannte in seinem Sonntagsanzug fröhlich zwischen den Gästen herum, die sich auf dem Rasen bereits versammelt hatten.

Costa war einer der ersten Gratulanten.

Kurz nach ihm folgten Jess und Matt. Jess erwartete in wenigen Wochen Zwillinge, und Lennie neckte sie mit Bemerkungen über ihre üppigen Formen.

Steven Berkeley fuhr in einem bronzefarbenen Rolls-Royce vor, einem Hochzeitsgeschenk seiner Frau Mary Lou, die neben ihm saß. Sie hatten eine Woche nach Mary Lous Entlassung aus dem Krankenhaus geheiratet.

Carrie begleitete die beiden. Sie war elegant und damenhaft wie immer. Die Illustrierte *Women's Wear Daily* hatte sie gerade zur bestangezogenen Frau Amerikas gewählt.

Als Hochzeitsgeschenk hatte Carrie Steven eine Kopie ihres Manuskripts überreicht. »Es hängt von dir ab, ob es veröffentlicht wird«, hatte sie gesagt. Und dann hatte sie Steven endlich eröffnet, wer sein Vater war. Schließlich hatte er ein Recht darauf, es zu erfahren.

Steven hatte die Hochzeitsreise mit Mary Lou nach Europa gemacht, wo er die Geschichte seiner Mutter gelesen hatte. Nach ihrer Rückkehr hatte er Carrie gesagt, es sei ein Verbrechen, wenn sie dieses Buch nicht veröffentlichen würde. Dann war er mit einer Kopie und den entscheidenden Unterlagen über Ginos Vaterschaft nach Kalifornien geflogen und hatte Lucky im Gefängnis besucht.

Die Zeitungen versuchten, an Lucky ein Exempel zu statuieren. Schließlich hatte sie einmal gemordet, ohne dafür bestraft zu werden, und nun waren alle Medien entschlossen, dafür zu sorgen, daß sie sich mit Geld und Einfluß nicht erneut die Freiheit erkaufen konnte. Die Tatsache, daß der Mann, den sie diesmal erschossen haben sollte, der Sohn ihres früheren Opfers war, spielte dabei natürlich eine besondere Rolle.

Steven erzählte ihr alles. »Dein und mein Leben... sind auf das engste verbunden«, sagte er, bevor er sich verabschiedete. »Ich weiß nicht, ob du es je akzeptieren wirst oder willst, aber ich bin stolz darauf, dich als Schwester zu haben. Und ich werde alles tun, um dir zu helfen.«

Lucky akzeptierte ihn nicht nur... sie überzeugte auch Gino davon, daß er einen Sohn hatte. Und obwohl Gino Monate brauchte, um der Geschichte Glauben schenken zu können, erklärte er sich schließlich zu einem Treffen mit Steven bereit... um vielleicht... aber nur vielleicht... eine Beziehung zu ihm aufzubauen.

Brigette trug ein weißes Kleid, ein jungfräuliches Kleid... das Kleid einer Brautjungfer. Sie sah mit ihrer hellen Haut, dem blonden Haar und den großen blauen Augen sehr hübsch aus.

Brigette war mittlerweile eines der reichsten Mädchen der Welt. Sie hatte das Vermögen ihrer Mutter geerbt und verfügte darüber hinaus noch über die Apanagen, die ihr Großvater ihr testamentarisch vermacht hatte.

Sie besuchte ein Mädcheninternat in Connecticut und verbrachte die Wochenenden bei Lucky, die bereitwillig die Vormundschaft für das Mädchen übernommen hatte.

Einmal pro Monat mußte sie sich bei ihrem Bewährungshelfer melden... das allerdings war im Grunde eine reine Formalität.

Brigette litt gelegentlich unter Alpträumen. Es waren immer dieselben:

Tim Wealth.

Lächelnd.

Glücklich.

Und dann stellte sie sich vor, wie er tot in seinem Apartment gelegen hatte, während Santino sie auszog und sie lüstern betatschte.

Sie erinnerte sich an jenen schicksalhaften Tag in all seinen schrecklichen Einzelheiten.

Die Waffe.

Santinos Waffe auf dem Tisch.

Santino... sein widerliches Gesicht tief über Bobby gebeugt. Sie mußte ihn daran hindern...

Schluchzend kroch sie auf allen vieren über das Bett... Griff nach der Waffe.

Bobbys gellende Kinderstimme... ein einziger Schrei.

Instinktiv richtete sie die Waffe auf Santino und drückte ab.

Der erste Schuß riß Santino rückwärts, und Blut spritzte aus einer Schulterwunde. Er starrte sie überrascht an. »Du verdammte kleine Nutte...«, begann er.

Brigette drückte erneut ab. Und dann ein drittes Mal.

Überall war Blut. Dann sackte er wortlos zu Boden.

Und so hatte Lucky die Szene vorgefunden, als sie ins Zimmer gestürmt war.

Von da an verschwamm alles in Brigettes Erinnerung. Lucky riß ihr die Waffe aus der Hand und wischte den Griff mit einem Taschentuch ab, riß die Spule aus dem Videoapparat und befahl Boogie, die Kinder hinauszuschaffen.

Dann erschien eine dicke Frau im Türrahmen und begann hysterisch zu schreien und zu schimpfen, während sie mit dem Finger auf Lucky zeigte: »Sie haben es getan! Sie gemeine Nutte! Sie haben meinen Mann erschossen. Sie haben ihn umgebracht! Ich hab's gesehen!«

In der folgenden allgemeinen Verwirrung beförderte

Boogie Brigette und Roberto aus dem Haus und zu dem Wagen draußen, der sie in die Villa nach Bel Air brachte, wo man ihnen Beruhigungsmittel gab und ihnen einschärfte, nie jemandem zu erzählen, was geschehen war.

Als nächstes war Lucky unter Mordverdacht verhaftet worden, und Brigette hatte geschwiegen ... bis zum Schuldspruch. Dann hatte sie ihr Geheimnis nicht länger für sich behalten können und noch im Gerichtssaal ein umfassendes Geständnis abgelegt. Das Videoband enthüllte schließlich die ganze Wahrheit. Lucky wurde freigelassen, und Brigette erhielt als Minderjährige lediglich ein Jahr Gefängnis; die Strafe wurde allerdings zur Bewährung ausgesetzt. Schließlich hatte sie aus Notwehr gehandelt.

Jetzt war alles wieder gut ... wenn auch nicht vollkommen. Brigette vermißte trotz allem ihre Mutter ... Olympia ... und zwar sehr.

Gino machte gutgelaunt und in blendender Verfassung wie immer die Runde unter den Gästen.

Er fühlte sich großartig. Sein Alter sah man ihm noch immer nicht an, und er genoß das Leben. Schließlich hatte er eine wundervolle Tochter, einen Enkel, der die Familientradition fortsetzen würde, und ... seine Gesundheit. Außerdem hatte er einen verlorenen Sohn wiedergefunden. Eine merkwürdige, aber offenbar wahre Geschichte. Steven war ein interessanter, vielseitiger Mann ... und Gino begann, sich allmählich an ihn zu gewöhnen.

Paige Wheeler allerdings hatte er nicht bekommen. Sie war die einzige Frau in seinem Leben, die ganz für sich zu besitzen ihm verwehrt geblieben war.

Sie trafen sich noch immer. Nachmittage im Beverly Wilshire ... gelegentlich für ein Wochenende ... aber sie weigerte sich standhaft, Ryder zu verlassen.

Gino gab allerdings nicht auf. Sie war für ihn eine Herausforderung. Und das hielt ihn jung.

Lennie betrachtete sich im Spiegel. Er war nervös wie ein Tiger im Käfig. Aber gleichzeitig erfaßte ihn ein unglaubliches Hochgefühl.

Zum zweitenmal unternahm er den entscheidenden Schritt. Aber diesmal in vollem Bewußtsein dessen, was er tat... Und vor allem war es jetzt für immer.

Lucky Santangelo.

Gefährlich.

Stark.

Eigensinnig.

Verrückt.

Sinnlich.

Alles, was er sich wünschte.

Einst hatte er geglaubt, Eden sei die Frau seines Lebens. Arme Eden, die vor Gericht in den Zeugenstand getreten war und aussagen mußte, was im Schlafzimmer des Hauses im Blue Jay Way alles geschehen war... und doch nichts gewußt hatte. Er war natürlich damals zu spät gekommen. Lucky hatte die Angelegenheit auf ihre Art und Weise erledigt.

Eines Tages waren sich Eden und er vor dem Gerichtssaal begegnet. Sie hatte eine Hand auf seinen Arm gelegt und ihm eindringlich in die Augen gesehen. »Du hast mir sehr gefehlt... aber Santino hat mich wie eine Gefangene gehalten. Kannst du jetzt verstehen, wie schwer alles für mich gewesen ist?«

Lennie fühlte nichts mehr... als habe es die Jahre mit ihr nie gegeben.

»Ich möchte dich wiedersehen, Lennie«, flüsterte sie verführerisch. »Ich glaube, der Zeitpunkt für uns ist gekommen.«

Lennie versuchte, ihr schonend beizubringen, daß ihr gemeinsames Leben für ihn Vergangenheit war, aber Eden reagierte wie immer bitter und verständnislos. »Ah, der große Star hat wohl kein Interesse mehr, was? Ich wußte, dir würde der Erfolg zu Kopf steigen!«

Eden war längst vergessen.

Er rückte seine Krawatte zurecht. Seidenkrawatte, weißes Seidenhemd, schwarzer Anzug von Armani... und schwarze Tennisschuhe.

Nun, besonders konventionelle Vorstellungen hatte er noch nie gepflegt.

»Nun... meine Tochter!« Gino steckte den Kopf durch die Tür. »Bist du soweit?«

Lucky drehte sich zu ihrem Vater um. »So hast du mich noch nie genannt«, sagte sie leise.

»Wie habe ich dich noch nie genannt?« fragte Gino verblüfft.

Sie lächelte. »Meine Tochter.«

Er kam ins Zimmer. »Hm... vielleicht sollte ich dir dann noch was sagen, was ich dauernd zu vergessen scheine... Ich liebe dich, mein Kind. Und ich bin stolz auf dich... verdammt stolz!«

Lucky unterdrückte die Tränen... am Hochzeitstag weinte man nicht. Sie umarmte ihren Vater. »Und ich liebe dich, Daddy«, murmelte sie.

»He...« Er schob sie von sich. »Du zerknitterst meinen Anzug. Also... gehen wir?«

Er reichte ihr seinen Arm. Sie hakte sich bei ihm ein.

Lennie wartete.

Sie wurden im Garten des Hauses in East Hampton getraut: Lucky Santangelo und Lennie Golden.

Lucky sah ihren zukünftigen Ehemann an, als sie langsam auf ihn zuging. Er hielt ihren Blick fest.

Es knisterte geradezu zwischen ihnen beiden. Sie waren ein schicksalhaftes Paar.

Gino war der Brautvater.

Roberto streute Blumen.

Brigette war die Brautjungfer.

Und Jess fungierte als Lennies Brautzeugin.

Es war eine vollkommene Hochzeit.

HEYNE BÜCHER

JACKIE COLLINS

01/7706

In ihren Romanen beschreibt die berühmte amerikanische Autorin die schillernde mondäne Welt, die von der Lust und Gier nach Geld, Macht und Luxus geprägt ist. Eine unvergleichliche Mischung aus Spannung, Action und Erotik.

01/6904

01/7982

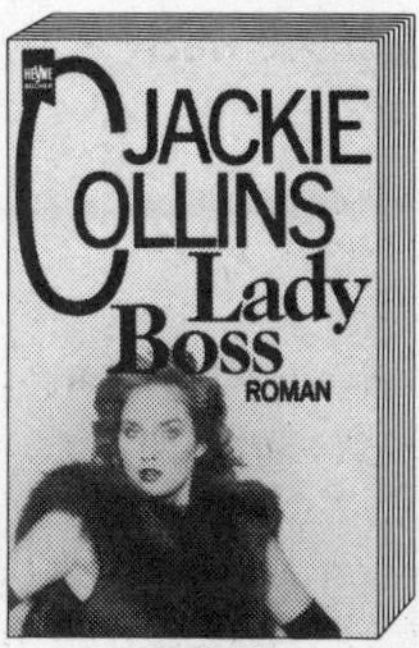

01/6659

WILHELM HEYNE VERLAG MÜNCHEN

HEYNE BÜCHER

DIE TOP TEN VON HEYNE

ZEHN AUTOREN UND IHRE BESTEN ROMANE

01/8513 - DM 8,–

01/8514 - DM 10,–

01/8515 - DM 12,–

01/8516 - DM 10,–

01/8517 - DM 8,–

Wilhelm Heyne Verlag München

DIE TOP TEN VON HEYNE

HEYNE BÜCHER

01/8518 - DM 10,–

01/8519 - DM 10,–

01/8520 - DM 10,–

01/8521 - DM 12,–

01/8522 - DM 12,–

Wilhelm Heyne Verlag München

HEYNE BÜCHER

Harold Robbins

01/7601

Er ist der erfolgreichste amerikanische Unterhaltungsautor: Harold Robbins schreibt nur Bestseller!

01/7668

01/7748

01/7864

Wilhelm Heyne Verlag München